克苏鲁神话全集

上

［美］霍华德·菲利普·洛夫克拉夫特⊙著
欧阳瑾　车其姝⊙译

群言出版社
QUNYAN PRESS
·北京·

图书在版编目（CIP）数据

克苏鲁神话全集．上 /（美）霍华德·菲利普·洛夫克拉夫特著；欧阳瑾，车其姝译．-- 北京：群言出版社，2024. 12. -- ISBN 978-7-5193-1036-3

Ⅰ．I712.45

中国国家版本馆 CIP 数据核字第 2025M7L908 号

责任编辑：李　群　张　程
封面设计：同人阁文化·书装设计

出版发行：群言出版社
地　　址：北京市东城区东厂胡同北巷 1 号（100006）
网　　址：www.qypublish.com（官网书城）
电子信箱：qunyancbs@126.com
联系电话：010-65267783　65263836
法律顾问：北京法政安邦律师事务所
经　　销：全国新华书店

印　　刷：河北鸿运腾达印刷有限公司
版　　次：2024 年 12 月第 1 版
印　　次：2024 年 12 月第 1 次印刷
开　　本：710mm × 1000mm　1/16
印　　张：59.5
字　　数：856 千字
书　　号：ISBN 978-7-5193-1036-3
定　　价：188.00 元（全 3 册）

目　录

上　册

大　衮[1]

我是在精神极度紧张的状况下，写下这些文字的；因为到了今天晚上，我将不再存在。我身无分文，唯一能够让我继续生存下去的毒品也断了供，因此再也无法忍受这种折磨，应当从阁楼上的这个窗口纵身一跃，跌到下方那条污秽不堪的街道上摔死。您可不要因为看到我离不开吗啡，就以为我是个胆小鬼或者败类。看完这几页草草写下的文字之后，尽管您不会彻底明白，但您或许能够推测出，我必须忘却这一切或者必须死去的原因了。

事情还要从我押运的那艘邮轮，在浩瀚无边的太平洋上最开阔、最人迹罕至的那片海域被德国海军俘虏之后说起。当时，大战硝烟刚起，德国佬的海军还没有彻底削弱到后来的程度，我们这艘邮轮便理所当然地成了他们的战利品；同时，由于我们这些船员都算是海战中的俘虏，因此还受到了相当公正和细心的对待。事实上，俘虏我们的那些德国佬军纪极其涣散，所以在被俘后的第5天，我便设法弄到了一条小船，独自逃走了；我还在小船上备足了饮用水和食物，足够坚持很长一段时间。

于是，我重获自由之身，划着小船开始在大海上漂浮，可对自己所处海域的情况，我却几乎一无所知。我向来都不是一名合格的海员，只能根据太阳和星星的位置，模模糊糊地推想自己是在赤道偏南的海面上漂流。至于所处的经度，我完全不清楚；极目四望，我也看不到岛屿或者海岸线。天气始终都是晴朗无云，因此我在炎炎烈日下漫无目标地漂流了不知多少天，等着船只路过，或者被海浪冲到岸上某个适于生存的

[1] 大衮（Dagon），《圣经·旧约》中非利士人的主神，上半身为人，下半身为鱼，被古代以色列人视为魔鬼。亦译“达贡”。

地方。可是，我既没有看到路过的船只，也没有看到陆地；在上下起伏、一望无垠、连绵不断、水天一色的大海上孤独地漂浮着，我开始感到绝望了。

后来，在我睡着的时候，情况却发生了变化。当时的具体情形，我一直都没有搞清楚，因为我当时虽然睡得很不安稳，噩梦不断，但中间没有醒过。那天醒来之后，我发现自己的下半身竟然陷在一处烂泥遍地、有如地狱般恐怖的黑暗沼泽里；那片沼泽地形单调，起起伏伏，从我的四周一直延伸到视野所及之处。那艘小船也搁浅了，并且离我还有点儿远。

尽管您完全有可能想见，我的第一反应就是对眼前的情景出现如此巨大、如此意外的变化感到惊讶，可实际上我心中的恐惧却甚于震惊，因为那儿的空中和烂泥里都透出一股邪气，令我不寒而栗。整片沼泽都恶臭难当，弥漫着死鱼和其他一些莫可名状之物腐烂时散发出的味道；我看到那些不可名状的东西，都直直地挺立在这片无边旷野上的烂泥里。或许我不应当指望，自己仅仅用几句话就能说清一个万籁俱寂、沉闷荒凉的广袤之地所蛰伏的那种难以言表的可怕。我听不到任何声音，除了大片大片黑乎乎的烂泥，我也看不到任何东西；不过，正是这种彻底的寂静与单调沉闷的景色，才让我的心中产生了一种令人憎恶的恐惧感。

高高的天空中，骄阳似火；在我看来，苍穹也几乎变成了黑色，没有一丝云彩，残酷无比，仿佛映衬出了我脚下那片漆黑的沼泽地。手脚并用地爬进搁浅的小船之后，我意识到，只有一种理论能够解释我的这种处境，那就是：某种史无前例的火山喷发作用，使得一部分海底升出了海面，让一些本已在深不可测的海底埋藏了千百万年之久的地方露了出来。身下隆起的这片新陆地，面积必定极其广袤，因为尽管海上波涛汹涌，可我使劲竖起耳朵，却连最细微的水声也听不到。抬头望去，我也没有看到任何海鸟在死尸上觅食。

接下来的好几个小时里，我都坐在船上，仔细地思考着这一切；小船是侧立着的，因此随着烈日横过天空、西斜下去，我终于有个遮荫的地方了。白天慢慢过去，地上不再那么泥泞，似乎很快就有可能晒干，可以在上面行走了。那天晚上，我几乎没怎么睡着；第二天，我便开始准备，装了一背包的饮用水和食物，打算走陆路去寻找神秘消失的大海，希望能够被人救起。

第三天上午，我发现地面已经干透，可以随意行走了。死鱼散发出来的臭味越来越浓烈，令人抓狂；不过，我的心思全都放在了更加重要的事情上，根本就无暇顾及这种小小的不适，然后就动了身，大胆地朝着一个未知的目标前进了。那一整天，我始终都在往西走；远处耸立的一座山丘可以为我指路，因为那里的地势比这个起伏不断的荒野上其他地方都要高。当天晚上，我在野外住了一宿；次日，尽管与刚刚看到的时候相比，那座山丘似乎并没有变近，可我还是继续朝着那里前进。到第四天傍晚时分，我终于来到了山丘脚下，发现它比我在远处时看到的样子要高得多；我来到的那个地方，是一条夹在平地与山丘之间的峡谷。正是这条峡谷，让那座山丘有如浮雕一般，从地面突兀地向上隆起，棱角分明。由于太过疲惫，再也无力登山，我便在山丘的影子之下睡着了。

我不知道，那天晚上自己做的梦为什么会那么离奇；但是，不待那轮奇特的亏凸月从东边遥远的地平线上升起，我就惊醒过来，发觉自己出了一身冷汗，故决定不再睡下去。这种梦境我经历得太多，无法再忍受了。在皎洁的月光下，我突然想到，白天走路太不明智了。若是没有炎炎烈日的炙烤，这一路我原本是可以省下不少体力的；事实上，日落时我还觉得自己爬不上那座山丘，但此时我却觉得，自己完全能够登上去了。我背起背包，开始朝着山顶而去。

我在前面说过，那片起伏不断、连绵单调的荒原，让我莫名其妙地感到恐惧；但是，当我登上山顶，顺着另一侧山坡往下看去，看到一个无边无际的巨坑或者说一条巨大的峡谷后，我就觉得自己越发恐惧了。下面漆黑一团，因为此时月亮还升得不高，照不到峡谷深处。我觉得，自己站在峡谷边上，凝视着永恒黑夜里一个深不可测、有如混沌的深渊时，仿佛是站在整个世界的边缘。我的恐惧当中还夹杂着一种好奇之心，令我不由得想起了《失乐园》，想起了撒旦爬过异形黑暗王国时的可怕情景。

随着月亮在夜空中越升越高，我开始看出，峡谷里的山坡并不像我原先想象的那么陡峭。山坡上那处凸出的岩石可以当我的落脚点，让下山变得相当容易；往下走上几百英尺远之后，坡度就变得非常平缓了。在一种无法准确地加以分析的冲动驱使下，我费力地往下走去，来到那处凸出的岩石上，然后站在岩石下方较为平坦的山坡上，凝视着此时月光仍未照到的幽暗深处。

突然，对面山坡上有个巨大而又奇特的东西，笔直地耸立在我前方大约100码远的地方，引起了我的注意；在冉冉上升的月亮刚刚洒下的银辉里，那东西闪烁着白色的光辉。我马上看出，那不过是一块巨石罢了；但是，我还明显地注意到，那块巨石的轮廓与所在的位置，完全不能说是自然形成的。再一细看，我的心中便产生了一种难以言表的感觉：尽管那块岩石巨大无比，并且位于自创世之初就已裂开形成的一个海底深渊当中，可我毫不怀疑地觉得，这个奇特的东西就是一块造型规整的巨石碑，其硕大无比的主体经历过有生命、会思考的生物的加工，或许还经历过那种生物的顶礼膜拜呢。

虽然不知所措并且感到害怕，但我的心中同时也涌起了科学家特有的那种激动，或者说考古学家特有的那种高兴之情；于是，我更加仔细地环顾了一下四周。此时，明月已近中天，月光古怪而又澄澈地照在峡谷两边高高耸立的峭壁上，让我看得清清楚楚，谷底蜿蜒流淌着一片宽阔的水面，两边都望不到头；我站在坡上时，水都差不多要溅到脚上了。峡谷的对面，水波冲刷着那块有如庞然大物般的石碑的基座；此时我已看清，基座上既有铭文，还有粗糙的雕塑。上面的铭文，是用某种象形文字刻就的，我根本看不懂，也完全不像以前我在书上见过的那些象形文字；其中的绝大多数符号，表示的都是常见的水生生物，比如鱼类、鳗鱼、章鱼、甲壳类动物、软体动物、鲸鱼，不一而足。其中有几个象形文字，显然代表着现代世界并不了解的一些海洋生物，但我在海底隆起后形成的那个平原上，曾经看到过它们腐烂之后的样子。

然而最让我着迷的，还是巨石碑上那些生动的雕塑。隔着横在中间的这片水域，我看到对面有一排浅浮雕，它们体积巨大，清晰可见；至于浮雕的内容，没准会让多雷[1]这样的艺术家都羡慕不已。我认为，这些浮雕应该是用于描绘人类，或者至少是用于描绘某一类人的，只是雕刻出来的生物，都像是在某个海洋洞穴的水中嬉戏，或者是向同样位于波涛之下的某座巨大神殿献祭。我不敢详细地描述那些生物的面孔和外表，因为仅仅回想一下，我就会晕厥过去。那些生物的样子非常奇特，爱伦·坡或者布沃尔[2]这样的作家都想象不出来；但是，除了手脚上长蹼、嘴唇宽大肥厚得惊人、眼睛呆滞鼓胀，以及其他一些令人回忆起来不太舒服的特征，那些生物的整体轮廓还是可恨得像人。奇怪的是，这些生物似乎被雕刻得跟其背景严重得不成比例，因为其中之一被雕成正在猎杀一条鲸鱼的样子，可那条鲸鱼的身体却比猎杀者大不了多少。我想说的是，我在前面已经提到过它们的古怪模样与硕大体形了；可转瞬之间我又断定，它们不过是某个以捕鱼或航海为生的原始部落想象出来的神灵而已，只是在皮尔当人和尼安德特人[3]的始祖出现的无数个年头之前，这个部落就已灭绝了。这样久远的历史，连最大胆的人类学家都没有概念，我却意想不到地看到了，因此我心中充满了敬畏之情，站在那里沉思着，而月光则古怪地照着我面前这条寂静的峡谷。

接着，我突然看见了一个东西。随着水面一阵轻微的扰动，那个东西悄无声息地浮了上来，现身于黑暗的水面之上。那是一个庞然大物，

---

[1] 古斯塔夫·多雷（Gustave Doré，1832—1883年），十九世纪法国著名的版画家、雕刻家和插图作家，曾为拉伯雷、巴尔扎克、但丁、弥尔顿、塞万提斯等伟大作家的作品做过插图，还为《圣经》配过插图。

[2] 埃德加·爱伦·坡（Edgar Allan Poe，1809—1849年），十九世纪美国的杰出诗人、小说家和文学评论家，浪漫主义思潮时期的重要成员。布尔沃（Edward Bulwer-Lytton，1803—1873年），十九世纪英国作家、杂志编辑兼政治家，在犯罪与神秘小说写作领域做出过贡献，著有《庞贝末日》及一些广受好评的剧作。

[3] 皮尔当人（Piltdown Man），二十世纪初考古学家发现的一种“早期人类”，因发现地点位于英国东萨塞克斯郡尤克菲城附近的皮尔当村而得名，但后来证明那是一场骗局，这种早期人类实际上并不存在。尼安德特人（Neanderthal），旧石器时代分布于欧洲的一种猿人，是现代欧洲人祖先的近亲，灭绝于2.4万年前。

就像波吕斐摩斯[1]一样，面目可憎，如同噩梦当中的一只巨型怪兽，朝着那块巨大的石碑飞奔而去，然后在石碑旁挥舞着一双巨大的带鳞手臂，同时低下那颗可怕的脑袋，发出某种缓慢而有节奏的声音。我想，当时我一定是疯了。

至于我是如何狂乱地爬上山坡和悬崖，又是如何神志模糊地回到那艘搁浅的小船上的，整个过程我都不太记得了。我相信，当时我肯定狂呼过，还在叫不出来的情况下怪笑过。我只模糊地记得，回到船上之后不久，一阵狂风暴雨就接踵而至；反正，我知道自己听到了隆隆的雷声，还有大自然只有在极其狂躁的时候才会发出的其他声音。

我从恐怖当中清醒过来的时候，已经是在旧金山的一家医院里了；一艘美国船在茫茫大海中发现了我的小船，船长把我救起来，送到了这家医院。在精神错乱的那段时间里，我说过很多的话；但我发现，别人对我的胡话不怎么在意。对于太平洋中隆起的那块陆地，连救我的人都一无所知；我也觉得，既然明知他们不可能相信，就没有必要不停地说起这事了。后来有一次，我找到了一位大名鼎鼎的人种学家，向他提出了一些奇怪的问题，让他觉得很好笑；那些问题，都是关于古非利士神话中的鱼神“大衮”的；不过，我很快便察觉到，他的思想非常传统，简直无可救药，便不再紧紧追问了。

每当黑夜降临，尤其是当月亮亏缺不圆的时候，我都能看见那个东西。我试着用吗啡来麻醉自己；可吗啡的药效很短暂，只能让我得到暂时的解脱，使得我像一个绝望的奴隶一样，紧紧被它的魔爪攫住了。所以，我现在决定，哪怕是让同胞们耻笑，我也要完整地把当时的情况写下来告知他们，然后彻底终结这一切。我经常问自己，这一切有没有可能只是一种纯粹的错觉，有没有可能只是我从德国军舰上逃走之后，躺在毫无遮挡的小船里，受到烈日炙烤、发着高烧、胡言乱语时产生的一种幻觉。我经常这样问自己，可眼前总会浮现出一幅异常清晰的可怕图景。一想到茫茫大海，我就浑身发抖，因为此时此刻，那些不可名状的

[1] 波吕斐摩斯（Polyphemus），古希腊神话中的独眼巨人之一，是海神波塞冬的儿子。

生物可能正在泥泞的海底踉跄爬行，去祭祀它们的古老石像，将它们可憎的模样雕在海底那些浸泡于水中的石碑上。我梦见，终有一日，它们可能浮到海面的滔天巨浪之上，用散发着恶臭的魔爪，将被战争拖得精疲力竭的弱小人类中的残余者拖入深渊；终有一日，陆地将会下沉，黑暗的海底将会上升，把宇宙变成一个魔窟。

末日即将来临。我听到门边传来了一种声音，像是某具庞大而滑溜的身体正在笨拙地撞击着房门。它不应该找得到我的。天哪，那只手！看那窗口！

奈亚拉托提普

奈亚拉托提普……乃是伏行之混沌……

我是最后之人……我将述说，倾听者之虚空……

事情究竟是从什么时候开始的，我记不太清了，但肯定是在几个月之前。当时，全面紧张的时局令人忧惧。那是一个政治剧变和社会动荡的时期，又因为人们心中还有一种奇怪而挥之不去的担忧，害怕遭遇可怕的危险，所以形势变得更加复杂了；人们担忧的那种危险，广泛而包罗万象，只有在晚上最可怕的噩梦中才能想象出来。我还记得，不管走到哪里，每个人都是脸色苍白，带着忧心忡忡的神色，喃喃地低声说着各种警告和预言，却没有一个人敢于有意地在心里重复这些说法，或者承认自己听到过这些说法。大地上弥漫着一种巨大的罪恶感，从星辰之间的深处吹来了阵阵寒风，让处在阴暗之中和荒凉之地的人们瑟瑟发抖。季节更替也像着了魔似的，出现了巨变：明明已是秋天，酷热却依然难当，不肯消退，令人畏惧；大家都觉得，这个世界，或许还有整个宇宙，可能不再受到已知诸神和力量的控制，可能已经被不为人知的神灵与力量主宰了。

正是在那个时候，奈亚拉托提普在埃及降生了。没人知道他究竟是谁，但此人身上拥有古老的土著血统，模样则像一位法老。农夫们见到他时，都会跪拜，可谁也说不出为什么要跪拜。他称自己是从长达27个世纪的黑暗中崛起的，还听到了来自尘世之外的消息。肤色黝黑、身材修长、阴险不祥的奈亚拉托提普，深入到了各个文明的国度，总是买来许多奇怪的玻璃或者金属器具，然后再将这些东西组合成更加奇怪的器具。他讲述了许多的科学知识，其中还包括电学和心理学，话语中带着让人无法抗拒的巨大力量，每次都把观众批驳得无言以对，也让自己的名气大到了无以复加的地步。人们一边相互劝告，说他们都应当去见一见奈亚拉托提普，可一边又在浑身发抖。奈亚拉托提普走到哪里，哪里就不再安宁，因为深更半夜经常会响起做噩梦之人的尖叫声。以前，在噩梦中大声尖叫从来都不是大家普遍存在的问题；可如今呢，贤人智者几乎都希望可以禁止人们在深夜里睡觉，希望黑夜之中各个城市里那一阵阵令人毛骨悚然的尖叫声不会那么恐怖地打扰到月光与那些古老的尖塔；那道颜色苍白、惹人怜惜的月光，在桥下静静流淌的碧绿河面上闪烁，而一座座尖塔则在苍白天空的映衬之下，显得格外颓败。

我还记得，奈亚拉托提普来到我所在的这个城市时的情形；这是一座巨大而古老的恐怖之城，其中充斥着数不清的罪行。我的朋友已经向我介绍过奈亚拉托提普的情况，还提到此人有如启示录般的话语中，拥有令人无法抗拒的魅力和诱惑；因此，我热情高涨，急不可耐地想去探究一下此人身上种种达到了极致的奥秘。我的朋友都说，奈亚拉托提普所说的话语非常恐怖、令人敬畏，我再怎么狂热也想象不出；说在阴暗的房间里投射到一块屏幕上的那些东西，都是除奈亚拉托提普之外无人敢去显示的预言；说他制造出的一阵阵火花，能够前所未有地吸引所有人的目光。我还听到国外有人暗示说，那些认识奈亚拉托提普的人能够看到别人看不到的景象。

就是在那个炎热秋季的一天晚上，我与那些焦躁不安的人一起去见奈亚拉托提普。那是一个闷热得令人喘不过气来的夜晚，我们走过无数级楼梯，走进了那个令人窒息的房间。在投射于屏幕上的阴影中，我看到废墟中有一些戴着头巾的人，而垮塌了的纪念碑后，有许多黄色的邪恶面孔在向外窥探。我还看到，世界正在与黑暗对抗着，正在对抗来自终极空间的一波波毁灭大潮；世界旋转着、翻动着，在一颗光线黯淡、正在冷却下去的太阳周围苦苦地挣扎着。接下来，火花开始令人惊讶地在观众的头上到处闪烁，观众的头发全都根根直立，而出现的阴影也变得怪异起来，在人们的头顶上盘旋，令人无法用语言来形容。接下来，由于我比别人更为冷静，也较有科学头脑，因此我用颤抖的声音不满地嘟囔了一句“这是招摇撞骗”，并说那是“静电现象”；听到这话，奈亚拉托提普便把我们全都赶了出去，赶下了那些令人目眩的楼梯，赶到了潮湿闷热、空无一人的街道上。当时已是午夜时分，我大声地尖叫着，说我不害怕，说我根本就不害怕，其他人也跟着我一起尖叫着，安慰自己。我们对彼此信誓旦旦地说，这座城市依然跟以前没有两样，依然生机勃勃；街上的路灯开始暗下去之后，我们又一遍遍地咒骂电力公司，还互相嘲笑对方扮出的鬼脸。

我相信，当时我们都察觉到，那个发绿的月亮中有什么东西正在往下而来，因为我们开始借着月光走路之后，竟然在不知不觉中，慢慢地形成了各种古怪的队形，尽管不敢去想，可我们似乎都知道自己要到哪里去。有一次，我们往人行道看去，发现铺路的石块都松掉了，路上长出了野草；一条罕见的、锈迹斑斑的钢轨，表明这里曾经是电车轨道。后来，我们又看到了一辆有轨电车，孤零零的，没有窗户，残破不堪，几乎翻到了一侧。环顾四周的地平线时，我们发现这里看不到河边的第三座塔，却看到了第二座塔的轮廓，还发现塔顶参差不齐。然后，我们便分成了三队，并且每一队似乎都是身不由己地朝着一个不同的方向前进。其中的一队，消失在左边那条狭窄的巷子里，只留下了一阵可怕的呻吟之声，在空中回荡。另外的一队，则鱼贯走进了一个杂草丛生的地铁入口，其中的人都在疯狂地大笑着。我自己那一队，像被什么东西吸引着似的，朝着空旷的野外而去，并且不久后我们就感觉到了一阵寒意，完全不是当年秋天的那种炎热了；我们走到那个阴暗的沼泽边上后，竟然发现四周都是在月光下令人毛骨悚然地闪烁着的不祥积雪。一堆堆没有足迹、怪异费解的积雪星散分布，形状表明风向始终未变；远处就是一条深谷，由于两侧的谷壁闪闪发光而显得谷中越发黑暗了。我们这一队人就像梦游一般，拖着沉重的脚步，缓缓地走进深谷；至于队形，其实是稀稀拉拉的。我在队伍后方磨蹭着，因为在闪烁着青绿之光的积雪映衬下，那条黑乎乎的深谷非常骇人，而且我还觉得，空中回荡着一种令人不安的哀号之声，就是我的同伴们消失时发出来的；不过，我很快就无法再磨蹭下去了。就像受到了先进去的人的召唤似的，我在巨大的雪堆之间浑身颤抖，心中充满恐惧之情，半漂半滑地走进了那个看不见、超乎想象的漩涡。

那种令人惊愕的感觉，那种无法用言语来表达的神志失常，只有神灵才能说得清。一个令人恶心而又反应敏捷的阴影，在一双双无形的手中蠕动着，盲目地旋转着掠过阴森森的午夜；这个午夜里，充斥着腐烂的造物和死亡世界的尸体，尸体上还长满了城市这种疮痍。阴风拂过黯淡无光的星辰，令它们闪烁着的光芒变得很微弱。众多世界之外，隐约浮现出一群群有如庞然大物般的幽魂；不洁神庙里的圆柱若隐若现，坐落在深空之下那些难以名状的岩石之上，高高耸立，直达超越光明与黑暗、让人头晕目眩的虚空。穿过这座令人作呕的宇宙墓地，从时光之外那些匪夷所思、黑暗无光的房间里，传来了一阵阵沉闷而令人疯狂的鼓声，以及亵渎神明的长笛发出的细微单调的哀鸣；那些硕大无比、黑暗阴沉的终极之神，则随着这种可憎的鼓声和笛声，缓慢、笨拙而可笑地跳着舞：这些终极之神，就是什么都看不见、什么都说不出，也没有脑子的怪兽——它们的灵魂，就是奈亚拉托提普。

无名之城

快到无名之城的时候，我就明白，那是一座受到了诅咒的城市。当时，我披着月色，行走在一条干透炎热的可怕山谷之中，远远看到这座城市神秘地耸立在黄沙上，宛如从一座简陋的坟墓里曝露出来的部分尸体。这是一座历史悠久、在大洪水[1]中幸存下来的城市，年头比那座最古老的金字塔不知早了多少，历经岁月磨蚀的石头中，透出一丝丝令人恐惧的气息；一种无形的预感迫使我却步，要我远离那些古老而邪恶的秘密，因为任何人都不应当看到这些秘密，也从未有人敢去目睹这些秘密。

这座无名之城，位于遥远的阿拉伯半岛上的沙漠中，已经摇摇欲坠，一片寂静；低矮的城墙，几乎已被经年累月堆积起来的黄沙掩埋。因此，在人们铺下孟斐斯[2]的第一块基石之前，在修建巴比伦[3]的砖块还未干透之前，这座城市必定早已存在了。没有一则古老的传说提及过此城的名字，或者记载过此城的存在；不过，人们却在篝火边窃窃地谈论它，而老妇们也在部落酋长的帐篷里喃喃地提到它。所有部落实际上都是在完全不知缘由的情况下，有意地回避这座城市。疯子诗人阿卜杜拉·阿尔哈萨德在夜间梦到过的，就是这个地方；之后，他还吟出了

---

[1] 大洪水，《圣经·创世记》关于“诺亚方舟”的故事里提到，耶和华看到人类在世间罪大恶极，就决定：“看哪，我要使洪水泛滥在地上、毁灭天下。凡地上有血肉、有气息的活物，无一不死。”并且提前告知诺亚造方舟逃生。中国、古巴比伦、古希腊等文明中也有大洪水的传说。

[2] 孟斐斯，古埃及的一座城市，是古埃及中古王朝时的首都，废墟在今开罗之南。

[3] 巴比伦，古代巴比伦王国的首都，位于今伊拉克附近，因为当时极其富庶、市民生活奢华而被称为“罪恶之都”。

下面这首令人费解的两行诗：

能够永世长眠的，并非亡者，

万古轮回之奇，死神亦可消亡。

我本该明白，阿拉伯人之所以回避这座无名之城，之所以回避这个只出现在离奇传说里、活着的人却从未见过的地方，肯定有充分的理由；可是我却毫不在意，我没有听他们的话，骑上自己的骆驼，踏入了这片杳无人迹的不毛之地。我曾在独身一人的情况下看到过无名之城；这便是为什么没有人会有我脸上那种因害怕而形成的可怕皱纹，也是夜风将窗户刮得嘎嘎作响时，没有人会像我颤抖得那么厉害的原因。我在那种有如无尽长眠般毛骨悚然的死寂中偶然碰到这座城市时，无名之城也看到了我；在那个炎热的沙漠中，一轮冷月高悬空中，月光让我的心中升起了阵阵寒意。看着这座无名之城，我全然忘掉了刚刚发现这里时的欢欣得意之情，只是与骆驼停下步伐，等待黎明降临。

我等了几个小时，直到东方开始变成灰白，群星逐渐隐去，然后那种灰白又变成了玫瑰色，边上还带着金色的光辉。我听到了一阵呼啸之声，接着就看到那些年代久远的石头中间刮起了一场沙暴；可此时的天空晴朗清澈，广袤的沙漠上也毫无动静。然后，透过那场正在逐渐平息下来的小型沙暴，我突然看到沙漠遥远的地平线上露出了炽热刺目的太阳；在激动无比的状态下，我依稀觉得，从某个遥远深邃的地方传来了一阵音乐般的金属声，向这个炽热的太阳致敬，就像门农[1]站在尼罗河岸边向着太阳欢呼一般。当我牵着骆驼，慢慢地穿过沙地，走向那座无声的城市时，耳中一直回响着这种声音，想象力也在不断地迸发；这个地方太过古老，古埃及人与麦埃罗[2]人都不会记得，而活着的人里面，也只有我才亲眼目睹过。

[1] 门农，古希腊神话中的埃塞俄比亚王，是提托诺斯和黎明女神厄俄斯的儿子。特洛伊被围困时，他曾率军前去援助特洛伊人，后在命运女神的安排下，为阿喀琉斯所杀。

[2] 麦埃罗，非洲苏丹北部尼罗河畔的一座古城。

我信马由缰地在城中漫步，进出那些地基形状不定的房屋与宫殿，却始终没有看到描述远古时期那些修建并居住于此之人（如果他们真是人类的话）的一座雕塑或者一处铭文。这个地方的古老遗迹保存得并不完善，我盼望着碰到某种记号或者图案，来证明这座城市的确是人类建造出来的。城中的废墟里，某些遗迹的比例和大小我并不喜欢。我随身带着许多工具，在那些业已废弃的房屋墙壁里也挖掘过不少地方；可进展缓慢，我没有发现什么重要之物。黑夜再次降临、月亮再次升起之后，城中吹来了一阵寒风，让我感觉到了新的恐惧，因此我不敢再留在城中。当我走出一道道古老的围墙，准备到外面去睡觉时，我的身后刮起了一场小小的沙暴，呼啸着，刮过那些灰白色的石头；不过，此时皓月当空，沙漠上的绝大多数地方都寂静无声。

黎明时分，我从一连串的噩梦当中惊醒过来，耳中回响着某种有如金钟鸣响一般的声音。我看到，一场小型沙暴正笼罩在无名之城的上方，太阳透过沙暴最后的几阵劲风，投下殷红明媚的光芒，映衬出了眼前其他景色的幽静与安宁。我再一次壮起胆子，走进了那片阴郁恐怖的废墟；它们在黄沙之下隆起，宛如盖着东西的巨魔。然后，我再次开始徒劳地挖掘那个已被遗忘的种族留下的遗迹。中午的时候，我停下来休息了一阵子；到了下午，大部分时间我都是沿着墙壁，沿着以前的街道，以及沿着那些几近消失的房屋的轮廓进行探查。我看得出，这座城市的确曾经强大非凡；因此我想知道，究竟是什么让这座城市变得强大非凡的。我在心中想象出了古老得连迦勒底王国[1]也无法记起的一个时代所有的壮观场景，并且想到了人类历史之初就屹立在穆纳尔之地的“注定毁灭的萨尔纳斯”[2]，还有人类出现之前早已存在的那块灰岩石雕“伊布”。

我突然来到了一个地方，那里的基岩明显地从沙地向上突起，形成了一道低矮的断崖；在这里，我高兴地看到了一些似乎可以提供更多线

[1] 迦勒底王国，古代西亚两河流域的一个奴隶制国家，由居住在此地南部的迦勒底人首领那波帕拉萨尔于公元前626年建立，又称新巴比伦王国，后为波斯所灭。

[2] 萨尔纳斯，游牧民族在“穆奈尔之地”中央的大湖边建造的一座城市，始见于作者1920年创作的《降临到萨尔纳斯的灾殃》（The Doom that Came to Sarnath）一文。

索、让我能了解那些上古之人的东西。断崖的表面刻着几座建筑，手法很粗糙，但明显是数座低矮的小石屋或者神庙的正面；虽然沙暴早已侵蚀掉了它们外侧可能存在的雕刻，但这些石屋或者神庙的里面，可能保存了历史久远得无法估量的秘密。

离我不远的入口全都非常低矮，并且被沙子堵住了；不过，我用铲子清理出了一个洞口，然后带着一支火把爬了进去，准备揭开其中可能隐藏的任何秘密。进到里面之后，我便看出，那里的确是一座神庙；我还看到了许多清晰的符号，描述了在这个地区还没有变成沙漠之时就在此生活、在此祭祀神灵的那个种族的情况。那些原始的祭坛、石柱与壁龛，全都非常低矮，令人奇怪，并且无一缺失。尽管我没有看到任何雕塑与壁画，但那里有许多怪异的石头，被人为雕刻成了种种符号，形状清晰。那间凿出的石室太过低矮，因为在石室里我几乎只能跪在地上，这一点非常古怪；可石室的面积却相当巨大，以至于火把每次都只能照亮部分区域。走到一些较深的角落时，我会莫名其妙地浑身发抖；因为那里的某些祭坛与巨石，都表明了一些早已被人们遗忘，却非常可怕、令人作呕而又费解的仪式，让我不由得想知道，究竟是什么人能够建造并且经常光顾这样一座神庙。待我把这座神庙里的东西都看了个遍之后，便爬了出来，急不可耐地想要搞清楚，在其他神庙里究竟又会看到什么。

此时，夜幕已经降临，但我看到的都是切切实实的东西，使我的好奇心盖过了恐惧，因此我并没有对月光下那一道道长长的阴影避而远之；可刚看到这座无名之城时，那些阴影却曾令我望而却步。在熹微的暮光中，我清理了另一个入口，带着一支新的火把爬了进去，发现了更多形状模糊的石头与符号，却没有发现任何比前面那座神庙里所见之物更有明确含义的东西。第二间石室同样低矮，但宽度要比第一座神庙窄得多，尽头则有一条非常狭窄的通道，其中堆满了模糊不清而又神秘无比的壁龛。我正在仔细探究这些壁龛的时候，外头传来一阵风声，夹杂着我那头骆驼的叫声，打破了四下的死寂。于是，我退了出去，想看一看究竟是什么东西惊着了骆驼。

清冷的月光，有如银练般倾泻在那片远古的废墟上，照亮了一团浓重的沙云；这团沙云似乎是被我身前这处断崖上某个地方吹出的一股强劲狂风搅起来的，只是狂风的力度正在逐渐减弱。我知道，正是这阵夹杂着沙尘的寒风惊扰到了骆驼，因此我打算把骆驼牵到一个更好的避风之处。就在此时，我无意中抬头看了一眼，却发现断崖顶上完全无风。这种情景，既让我大吃了一惊，又让我惧怕起来。可我随即记起，以前在日出与日落的时候，我曾经看到和听到过这种突如其来的局部狂风，因此断定这是一种常见的现象。我判断，这种狂风应该来自某条与地下洞穴相通的岩石裂隙，于是我盯着那团旋转翻滚的沙尘，想要找出它的源头。不久我便察觉到，风是从一座神庙黑乎乎的入口刮来的。那座神庙位于我的南面，离我很远，不仔细看的话，根本就看不见。迎着那阵令人喘不过气来的沙尘，我拼力走向那座神庙。走近之后，我便发现，这座神庙比其他神庙都要大，可入口堆积的沙土却要少得多。若不是冰冷刺骨、强劲可怕的寒风差点儿将火把吹灭，我原本是打算进去的。寒风从那道黑暗的门里疯狂地刮出，可怕地呼啸着，将地上的沙尘卷起来，吹到外面那片怪异的废墟里。不久之后，风力减弱，沙尘也慢慢地平息下来，最终再次落到了地上。不过，这座无名之城里各种鬼怪一般的石头中间，似乎有幽灵正在潜行，而当我抬头仰望月亮时，月亮似乎也在颤抖，仿佛是倒映在涟漪阵阵的水面上一般。于是，我更加感到莫名的恐惧了，但这种恐惧还不足以遏制住我心中燃起的好奇心；因此，寒风完全平息下来之后，我便爬过洞口，爬进了刮出寒风的那间黑暗石室。

这座神庙与我在外面时想象的一样，面积比之前到过的那两座都要大；而且这里可能是一个天然洞穴，因为寒风是从石室深处的某个地方刮出来的。在这座神庙里，我的身子完全能够站直，可是我也看到，里面的石头与祭坛跟其他神庙里的石头与祭坛一样低矮。在石室的墙壁与天花板上，我第一次看到了那个远古民族留下的一些绘画痕迹，那是一道道奇怪地卷曲着的色彩，几乎已经完全褪去或者剥落了；而令我越来越兴奋的是，在两座祭坛的上方，我还看到了大量线条优美、有如迷宫般曲折往复的雕刻图案。举起火把之后，我发现石室屋顶的形状非常规则，不太像是自然形成的。因此我很想知道，那些史前时期的石雕匠人最初究竟是用什么样的工具，才在岩石上留下这些图案的，看来他们的工程技术知识渊博得很。

接下来，火把不可思议地熊熊燃烧，发出更加明亮的光辉，让我看到了自己一直都在寻找的东西，即通往那个突然刮出阵阵寒风的遥远深渊的入口；可等我看清那是一扇嵌在坚固的岩石当中、明显属于人工凿就的小门之后，我却胆怯起来。我将火把伸进门里，看到里面是一条黑乎乎的隧道，隧道顶部呈拱形，低低地笼罩着一段粗糙凿就的台阶；台阶都很窄小，级数多得数不清，陡峭地向下而去。后来，我在梦中总是看到这些台阶，因为我明白了这些台阶的意思。可在当时，我几乎不知道究竟该把它们称为台阶呢，还是认为它们不过是一段陡峭的下坡路上的踏足点罢了。我的心中涌起了各种疯狂的念头，阿拉伯先知的话语与警告似乎也正在越过沙漠，从人们熟悉的土地上，向人们不敢来探究的这座无名之城飘来。不过，我只犹豫了片刻就走进了入口，像爬梯子一样，脚先下去，小心翼翼地沿着那道陡峭的台阶往下爬。

我爬过的那段下坡路，其他人只有在吸毒或者精神错乱后产生的可怕幻觉里才有可能经历。那条狭窄的通道一直向下延伸，无休无止，就像一口可怕的、回旋往复的深井；就算将火把高高地举在头顶，也无法照亮我正在爬向的那个未知深渊。我忘记了时间，也忘记了看我的手表；不过，想到自己必定已经走了很远的一段路，我便害怕起来。那条通道的方向与坡度都经常改变，我曾爬到一段狭长而低矮的水平通道里，不得不先沿着岩石地面把双脚往前伸，一只手伸得直直的，平举着火把。那里的高度，连跪着往前挪移也不行。过了那里之后，又是更多的陡峭台阶，因此，当火把坏掉并熄灭的时候，我竟然还在没完没了地往下爬。我依稀记得，自己当时并没有注意到火把熄灭了，因为注意到这一点的时候，我仍然高高地举着火把，好像火把还在燃烧一样。正是那种追寻奇异与未知事物的本能，才让我不得安生，让我变成了世间的一个流浪者，变成了一个经常前往遥远、古老和禁止人们踏入之地的人。

身处黑暗之中，我的脑海里闪过了一段段极其喜爱的邪恶传说，闪过了“阿拉伯疯子”阿尔哈萨德的诗句，闪过了大马士革那些虚构的可怕传说里的段落，还有戈蒂耶·德·梅斯那部现实与幻想交错的《世界图景》[1]里的可恶词句。我反复回想着这些古怪的片段，喃喃地低声吟诵着关于弗拉西阿卜[2]以及与之一起漂向奥克苏斯河下游的恶魔们的情节；后来，我又反复诵念着邓萨尼勋爵[3]的小说《不会回荡的黑暗深渊》里的一段。有一次，那段下坡路还变得令人惊讶地陡峭起来；于是，我又开始抑扬顿挫地背诵起托马斯·穆尔[4]的诗作，直到我不敢背诵更多诗作为止：

无边的黑暗，
幽黑如女巫之坩埚，装满
月亮之药，由月蚀提炼。
如若迈步经过，不妨探身细看：
我看到，穿透脚下之深渊，
视力所及之遥远，
黑玉般的侧面，玻璃一般光滑，
仿佛用了死亡之海，
抛至泥泞岸边的黑色沥青，
完全将其掩盖。

---

[1]《世界图景》，法国十三世纪的牧师兼诗人戈蒂耶·德·梅斯（Gauthier de Metz，生卒年不祥）撰写的一部关于创世、地球和宇宙的百科全书式作品，起初由拉丁语写成。

[2]弗拉西阿卜，波斯民族史诗《列王纪》中的主角与图兰国（即公元二世纪到六世纪的波斯）的国王和英雄。后文中的奥克苏斯河是如今阿姆河的旧称，亦译“乌许斯河”。

[3]邓萨尼勋爵（Lord Dunsany，1878—1957年），原名Edward John Moreton Drax Plunkett，英裔爱尔兰作家、剧作家，获封邓萨尼男爵十八世，以奇幻作品著称，多以“邓萨尼勋爵”的笔名发表。

[4]托马斯·穆尔（Thomas Moore，1779—1852年），爱尔兰历史上著名的爱国主义诗人，著有《爱尔兰歌曲集》《游吟男孩》《夏日的最后一朵玫瑰》等作品。

我的脚再次触及水平地面的时候，时间几乎不再存在，我发现自己来到了一个比先前那两座小神庙里的石室稍高一点的房间，此时，先前那两座小神庙已不知道在我头顶上多远的地方了。虽然无法完全站直，但我起码也能直起腰跪着了。在黑暗之中，我东一下、西一下，慢慢地爬行着。很快我就搞清了，自己正在一条狭窄的通道里，通道两侧的墙壁上，分别安放着一排木箱，箱子的正面都是玻璃的。身处这样一个年代久远、深不可测的地方，我竟然摸到了这些像是经过了抛光、镶有玻璃的木箱；一想到它们可能暗含的意思，我就不寒而栗。箱子沿着通道两侧的墙壁安放，之间所留的间隔显然很有规律；箱子是长方体，水平放置着，形状与尺寸都像棺材，令人觉得毛骨悚然。我想移动其中的两三个木箱，以便进一步查探，却发现它们都牢牢地固定在墙上。

我知道，这条通道很长，于是迅速向前爬去。假如黑暗中有人注视着我的话，会觉得我爬行的样子非常可怕。我还不时从通道一侧爬到另一侧，靠摸索来感知自己的所在，并且确保墙壁与那两排木箱仍然在向前延伸。人类都习惯了形象思维，因此我几乎忘记了四周是漆黑一片，在心中想象出了一条无穷无尽的长廊，两侧排列着千篇一律的镶有玻璃的低矮木箱，仿佛亲眼目睹了一样。接下来，带着一阵难以描述的激动之情，我可是确确实实地看到了。

我说不清楚，心中的幻想究竟是什么时候与眼前的真实情景融为一体的；不过，待前面出现了一缕逐渐明亮起来的光芒，我便忽然察觉到，自己看清了这条长廊及那些木箱的模糊轮廓：照亮它们的，原来是地下某种不明的磷火。有那么片刻，一切完全都是我想象中的那个样子，因为磷火的光亮非常微弱；但是，当我继续不由自主地、磕磕绊绊地前行，爬到更强的光线下后，我便意识到，自己的想象实在是苍白无力。这条长廊与地上无名之城里的神庙完全不同，并非一处粗糙简陋的遗迹，而像一座保存着世间最宏伟、最奇异艺术品的纪念馆。墙壁上那些丰富多彩、栩栩如生、大胆离奇的图案与图画，构成了一幅壁画式的连环画；其中所用的线条与色彩，简直难以形容。那些箱子都由一种奇怪的金色木料制作而成，正面嵌有精美的玻璃，里面盛放着一些干瘪的生物尸体；那些干尸模样极其怪异，即便是在人类最混乱离奇的梦境里，也不会出现这种东西。

想要描绘出那些可怕的怪物，几乎是不可能做到的。它们是一种爬行动物，模样有时会让我想起鳄鱼，有时又像是海豹；但其中更加普遍的模样，连博物学家或古生物学家可能都闻所未闻。至于体型，它们接近于人类中的小个子，前腿上长有非常精巧、同时显然非常灵活的足部，样子奇特，就像人类的手。不过，最古怪的还是它们的脑袋，那种模样完全违背了我们已知的所有生物学原理。这些生物，完全无法将其比作任何一种东西；有那么片刻，我还想过，它们像猫、像斗牛犬、像神话里的萨梯[1]、像人类，不一而足。连天神朱庇特也没有它们那种硕大而凸起的额头；可这些生物头上还长有犄角，脸上没有鼻子，下巴则像鳄鱼一样，使得它们完全无法归入业已确定的物种里去。有段时间，我还考虑过这些干尸的真实性，心里半信半疑，觉得它们都是一些人造的偶像；可不久之后我又断定，它们的确是某种远古物种，在无名之城还生机勃勃的时候就生存于此了。绝大多数干尸都裹在极其昂贵的织物里，织物华美非凡，上下缀满黄金、珠宝以及用其他不知名的闪亮金属制作而成的饰物。这种情景，更是让它们的怪异达到了无以复加的程度。

这些爬行生物曾经必定占有十分重要的地位，因为在墙壁与通道顶上那些壁画描绘的不合常理的图案里，它们都位于首要的位置。当时的那位艺术家一定拥有无与伦比的本领，将这些生物绘进了一个属于它们自己的，并建有适合它们特点的城市与花园的世界里；我不禁想到，它们用图画描绘而成的历史可能含有寓意，表现出来的或许是崇拜此种生物的那个种族的发展过程。我心想，这些生物对曾经生活在无名之城里的人类来说，可能就像罗马人眼中的那头母狼[2]，或者像印第安部落崇拜的某种具有图腾性质的神兽吧。

带着这种观点，我认为自己能够大致地描绘出无名之城的一段不可

[1] 托马斯·穆尔（Thomas Moore，1779—1852年），爱尔兰历史上著名的爱国主义诗人，著有《爱尔兰歌曲集》《游吟男孩》《夏日的最后一朵玫瑰》等作品。

[2] 母狼，在古罗马神话中，罗马城是由一对曾经被母狼养活的兄弟建立的。

思议的史诗般的历史，形成下面这样一个连贯的传说了：这是一座显赫一时的海滨都市，在非洲大陆还没有从海中隆起之前，统治着整个世界；随着海洋的面积逐渐缩小，这座城市苦苦挣扎、努力生存，而沙漠也在不知不觉中侵入了城市所在的那片肥沃谷地。我看到了无名之城发动的战争与获得的胜利，看到了无名之城出现的问题与遭遇的失败，以及后来与沙漠进行的可怕斗争；当时，城中成千上万的居民，也就是这些壁画中那种怪异的爬行生物所喻指的居民，被迫用某种不可思议的办法，凿开岩石，一路向下，来到了他们的先知所说的另一个世界。我的这种想法，既异常怪诞，又极其现实；而它与我曾经走过的那段可怕的下坡路之间的关联，也是确凿无疑的。我甚至看出了其中的细节。

沿着通道向较亮的地方爬去时，我又看到了这部图绘史诗的后面部分：曾经在无名之城和周围河谷里居住了一千万年的那个民族，告别了这里；尽管他们早已清楚自己必须放弃家园，可这个民族的内心却不愿面对放弃家园之后的凄惨前景，因为在整个地球还很年轻的时候，他们就已作为游牧民族来到了这里，在岩石中开凿出了那些原始的神庙，并且一直都在其中进行祭祀。此时，由于光线更明亮了，我便更加仔细地研究起那些壁画来；而且，因为我还记得壁画里那种奇怪的爬行生物一定是代表了那个不为人知的人类民族，所以我开始细细思索起无名之城的传统习俗来。这些壁画里，有许多东西都非常奇特，令人费解。这里的文明（其中包含一套书面文字），似乎已经发展到了比很久之后才出现的埃及文明和迦勒底文明更高的程度；不过，壁画中却有一些非常奇怪的疏漏现象。比如，我能看出，除了那些描述战争、暴力和瘟疫的壁画，没有哪幅壁画描绘过死亡或者丧葬的风俗；因此我很好奇，想知道他们为何会毫不提及为数不少的、与正常死亡相关的问题。这种现象，就像他们是形成了一种令人愉快的幻觉，把人间永生当成了一种理想似的。

距通道终点较近的地方，绘有许多的场景，其生动形象与奢侈华丽的程度都达到了极点；其中，既有无名之城荒芜一片与逐渐变成废墟的画面，也有这个民族凿穿岩石之后到达那个奇异的新乐土或新天堂的画面，并且它们之间形成了鲜明的对照。在这些壁画里，无名之城与荒芜的河谷往往都是沐浴在月色之下，一轮金色的光环高悬于残垣断壁之上，隐约呈现出了昔日那种完美的辉煌，并在那位艺术家的画笔之下显得如梦似幻、巧妙绝伦。至于呈现新乐土的那些场景，都太过华丽荒诞，令人觉得难以置信；它们描绘了一个具有永恒白昼的秘境，其中全都是壮丽辉煌的城市、只有天上才有的山岳与河谷。我认为，最后一批壁画里，显示了艺术衰落的迹象。其中，画作的手法不再那么娴熟了；而画作的内容，则比前面那些壁画里最疯狂的场景还要怪异得多。它们记载的，似乎是那种远古血统逐渐没落的情况，以及对那个用沙漠迫使他们离去的外部世界日益暴戾的态度。画作中一直都表现为神圣的爬行动物的居民，外形似乎也在逐渐瘦弱下去；不过，那些在月光之下的废墟里到处徘徊的灵魂，却按照比例相应地增大了。憔悴瘦弱的祭司，在画中是用身穿华丽长袍的爬行动物呈现的，它们诅咒着地上的空气以及所有呼吸空气的生物；在最后一幅可怕的场景里，描绘了一个有着原始模样的人被这个远古种族里的人撕成了碎片的情形；前者或许就是来自古时号称“支柱之城”的伊莱姆[1]的一名拓荒者吧。我还记得，阿拉伯人都极其害怕这座无名之城；同时我也高兴地看到，过了此处之后，通道两侧的灰色墙壁与通道顶部，就什么都没有了。

一路察看着这些描绘历史的壮观壁画，我在不知不觉中已经走到了距这段低矮通道尽头很近的地方；我看到了一扇大门，而那些发光的磷火，全都是从大门的那边透过来的。我向大门爬去，待看清了大门后面的景象之后，我一下子异常惊骇地大叫起来：因为门后并不是其他什么更加明亮的石室，只有一片布满了均匀光芒的无尽虚空，就像我们完全可以想象，一个人站在珠穆朗玛峰之巅，向下凝望阳光普照的茫茫雾海时的情景。我的身后是一条如此狭小，以至于让我无法直立的通道；可我的前方，却是那么浩瀚、无穷无尽的地下之光！

从通道往下方的深渊探去，是一道陡峭台阶的顶端；这条台阶，分

[1] 伊莱姆，伊斯兰教《古兰经》里提到的一座古城（或者地区、部落），传说因为国王沙达德无视先知呼德的警告，因此真主安拉毁掉了这座城市，将其埋入了沙漠当中。

成了无数级小台阶，与我刚刚穿过的那条黑暗通道里的台阶一样，只是向下爬过几英尺之后，发着光的雾气就淹没了一切。通道左边的墙壁对面，有一扇巨大的黄铜大门向后打开，那扇门厚实得令人难以想象，上面还饰有奇妙的浅浮雕；如果关上这扇大门，就把里面整个世界发出的亮光隔开，使之透不到岩石拱顶上和岩石通道里去了。我看着那些台阶，一时间不敢试着下去。我推了推那扇开着的黄铜大门，却根本推不动。接下来，我瘫倒在岩石地面上，心中闪过了无数种惊人的想法；即便此时我累得要死，也无法将这些想法从脑海中赶走。

我静静地躺在地上，闭着眼睛开始天马行空地思考起来。之前在壁画上我没怎么注意的许多东西，此时重新浮现在我的脑海里，并且有了新的可怕含义。比如，描绘无名之城处于鼎盛时期的场景，城市周围河谷里的植被，以及该市商人与之进行贸易的遥远国度。用爬行生物进行托寓的这种手法在壁画里用得普遍而且显著，让我很是摸不着头脑，因此我想知道，在这样一种重要的、记载历史的画作当中，究竟应不应该如此隐晦地使用这种托寓手法。在壁画中，无名之城的规模与那些爬行生物的大小是极其相称的。我想知道，这座城市以前的真正规模与宏伟壮丽，究竟达到了何种程度；有那么一会儿，我还想起了自己曾经在废墟中注意到的一些古怪之处。我兴致盎然地想到了那些低矮的原始神庙与地下通道，认为它们无疑是为了向此地崇拜的那种爬行神灵致敬而雕凿出来的，尽管这样一来，崇拜者必须低头俯首、爬进神庙与通道才行。或许，崇拜者的祭祀仪式里，本来就含有模仿那些生物的爬行动作吧。然而，没有哪种宗教理论能够确凿无疑地解释清楚，地下深处那条可怕的通道里，水平段为什么也会凿得低矮如神庙，甚至更矮，因为人在里面跪着都做不到。一想到那些爬行生物，一想到它们那种可怕的干尸就在距我不远的地方，我的心中就不由得再次涌起一阵恐惧。心理联想是非常奇怪的，所以我根本不敢去想这一点：除了最后那幅壁画里有个可怜的原始人被撕成了碎片，在众多遗骸与代表原始生活的众多符号中，我就是这里唯一的人类了。

不过，我的好奇之心很快就驱散了心中的恐惧；在奇妙的漂泊生涯中，我一向如此，因为这个光线明亮的深渊以及深渊当中可能存在的东西提出了一个问题，值得最伟大的冒险家前去一探究竟。由异常狭小的台阶组成的那条通道下方的遥远之处，必定有一个离奇怪诞的神秘世界，我对这一点深信不疑，我也希望在那里能找到这条壁画长廊里没有描述过的、说明人类活动的遗迹。壁画中业已描述了这个低矮王国里令人难以置信的城市、山岳以及峡谷，因此，我的想象力全都集中到了那些正在等着我去发现的、丰富多彩且巨大无比的遗迹上。

事实上，我的恐惧涉及的是过去而非未来。即便是身处那条狭窄逼仄、其中还有爬行生物的干尸和远古壁画的通道里，即便是位于距我熟悉的那个世界下方有数英里远的地底深处，面对另一个充满了怪异之光与神秘雾气的世界，这种现实处境带来的可怕感，也比不上现场以及现场氛围中那种深不可测的古老给我带来的致命恐惧感。这种古老之意，无边无际、无法衡量，似乎正从无名之城里那些原始的巨石和岩间开凿的神庙往下，带着敌意地斜睨着我；而那些令人讶异的壁画地图里的最后一幅，竟然标注出了人们早已遗忘的海洋与大陆，其中只是偶尔有些地方的轮廓，让我依稀觉得有点儿熟悉。至于自壁画描述的那个时代结束，自这个憎恶死亡的种族充满忿恨地在死神面前屈服以来，他们在那段漫长的地质时期里可能还经历了些什么，没有人能说得清楚。这些洞穴以及被光芒照亮的那个王国里，曾经生机勃勃、一片繁荣；如今，我却是独自一人，陪伴着那些栩栩如生的遗迹。一想到这些遗迹已经在一片寂静和荒芜中守候了无穷的岁月，我就浑身颤抖起来。

突然之间，我的心中又涌起了一阵强烈的恐惧感；从我看到一轮冷月之下那条可怕的峡谷与无名之城的第一眼起，这种恐惧感就不时地侵扰着我。尽管此时已经筋疲力尽，但我发现自己开始疯狂地坐直身子，回头紧紧地盯着身后的那条长廊，它与上面那条通往外部世界的通道相连。这种感觉，与那天晚上曾经让我离开无名之城时的感觉很相似，既强烈又无从解释。然而，过了片刻之后，我便确凿无疑地听到了一种声音，不禁又大吃了一惊；这个墓穴一般的深渊原本寂静无声，可这种寂静被那个声音第一次打破了。那是一阵低沉的呻吟之声，仿佛是远处一大群受到了诅咒的鬼魂发出来的，来自我正在盯着的那个方向。那种声音的音量迅速变大，很快便在低矮的通道里到处回响起来；与此同时，我还感觉到了一股越来越强的寒风，同样是从通道以及上面的城市里刮进来的。冷风的吹拂，似乎让我恢复了神智，因为我马上想起了深渊入口周围每到日出与日落时都会突然出现的那种强风；事实上，正是那种强风，才让我看到了这条隐藏着的通道。我看了看手表，发现此时快到日出了，便打起精神，抵抗这股强风。强风呼啸着，往下吹进它发源的这个洞穴，力度强劲，有如黑夜席卷一切。我的恐惧感又慢慢地消失了，因为一种自然现象往往都会驱散笼罩在未知事物之上的那种恐惧和忧思。

夜风尖叫着、呼啸着，越来越疯狂地吹入地底深处。我再次趴在地上，徒劳地抓着地面，害怕被狂风吹过那扇开着的大门，掉入那个布满磷光的深渊。夜风吹得如此猛烈，完全出乎我的意料；意识到自己的身体真的正在滑向那个深渊之后，我的心中不禁充满了忧惧与想象，不禁涌出了无数种新的惊骇之情。这股不祥的狂风，唤醒了我心中种种不可思议的幻想；于是，我再一次浑身哆嗦起来，觉得自己与那条可怖通道里唯一的人类形象，即那个被无名种族撕成了碎片的人一样，因为这种呼啸着、凶神恶煞地困住我的狂风当中，似乎还留有一种报复性的怒气，还因这种暴怒基本没有产生效果而变得更加强劲了。我依稀觉得，快到最后的时候，我可能疯狂地尖叫过，因为当时的我已近癫狂；不过，就算的确如此，我的叫声也一定是淹没在呼啸的风之幽灵形成的那种地狱般的喧嚣当中了。我试图趴在地上，顶着那阵杀气腾腾的无形冷风向前爬行；可我完全无法坚持下去，只能被狂风缓慢而无情地推向那个未知的世界。最后，我的理智一定已经全然崩溃，因为我开始陷入呓语当中，一遍又一遍地诵念着曾经梦到过无名之城的阿拉伯“疯子”阿尔哈萨德那首令人费解的两行诗：

能够永世长眠的，并非亡者，
万古轮回之奇，死神亦可消亡。

只有沙漠里那些冷酷无情、阴郁黑暗的神灵，才知道当时究竟发生了什么，才知道我在黑暗中要么是经历了难以言表的挣扎与爬行，要么是受到了亚巴顿[1]的指引，才重新获得了生机。我肯定会永远记住这个地方，并且永远会在晚风中浑身颤抖，直至脑海里变成一片空白，或者陷入更加糟糕的状态之中。这件事情太过怪诞，太不自然，太过异常，远远超出了人类的所有观念，只有在深夜无法成眠时那段可恶而死寂的时间里，人们才会相信这样的事情。

我已经说过，那阵猛烈地吹来的狂风强劲暴戾，有如邪灵般穷凶极恶；狂风的呼啸，加上此地永世荒芜、永世幽闭形成的邪恶气氛，让人觉得毛骨悚然。不久之后，正当我大脑一片空白、心中怦怦乱跳的时候，仍然在我前面杂乱喧嚣的风声，却似乎又转到了我的身后；身处地下这个沉寂了无数岁月、有如坟墓一般，与曙光初现的人类世界相隔数里格[2]远的远古遗迹当中，我分明听到魔鬼在说着奇怪的语言，发出可怕的诅咒和咆哮。我转过身去，突然看到深渊中那团发光的虚空里，映衬出了一群狂奔的、可怕恶魔的身影；脸朝昏暗的通道时，我是不可能看到它们的。它们的样子扭曲变形，令人厌恶，身上穿着怪异的华服，呈半透明状，正是任何人都不会错认的一种恶魔，也正是那些在无名之城里潜行的爬行生物。

狂风消散之后，我纵身一跃，跳入了地下深处这个生活着恶魔鬼怪的黑暗当中；因为最后一只爬行生物进入深渊之后，那扇厚重的黄铜大门便“哐当哐当”地关上了，同时还传来一阵震耳欲聋、持久鸣响的金属乐音，隆隆地回荡着，涌向那个遥远的世界，就像站在尼罗河畔向太阳致敬的门农一样，为旭日而欢呼。

---

[1] 亚巴顿，《圣经》故事中的毁灭之神和地狱之神，是无底坑的魔王。

[2] 里格，英制距离单位，有海陆之分，陆上1里格约合3英里（相当于4.827千米），海上1里格约合3海里（相当于5.556千米），现已少用。

阿撒托斯

当悠长的岁月从世间流逝，当人类的心中不再有好奇；当灰蒙蒙的都市里阴森丑陋的大厦高高地耸入布满烟尘的空中，当高楼的阴影之下没人再梦见太阳，没人再梦到春天鲜花盛开的草原；当知识夺走大地那一袭美丽的外衣，当诗人只会用昏花的眼睛审视自己的内心，只会吟咏那些扭曲的幻象；当这些现象真的降临，当人们不再抱有孩子气的希望，有一个人却抛弃了生活，踏上了旅程，去探索世间梦想逃往的那个空间了。

至于这个人姓甚名谁、住在哪里，几乎没什么记载，可谓鲜为人知，因为这些东西都只属于清醒世界；不过，据说此人的这两个方面都毫无出奇之处。我们只需知道，此人住在一座城墙高耸、笼罩在死气沉沉的暮光之下的城市里，整天在阴影和混乱中辛勤劳作，晚上才能回到家里；可寓居的那个房间的窗户打开之后，面对的并不是原野和森林，而是一个昏暗阴森的庭院，院中的其他窗户也都阴阴沉沉而绝望地对着这个庭院。一个人从那个窗口看到的，可能只有一道道墙壁和一扇扇窗户，唯有把身体使劲探出窗外，向空中望去，才会偶尔看到在夜空中一闪而过的小小星辰。天天只能看到墙壁和窗口，足以把一个经常做梦、喜欢看书的人迅速逼疯，因此这个房间里的这位住客，便夜复一夜地将身体探出窗外，望向苍穹，想要看一看超越于清醒世界和高楼耸立、灰蒙蒙的城市之外的一些零碎之事。多年过后，他还能够叫出那些在苍穹中缓慢穿行的星辰的名字；当它们令人遗憾地划过天际、划出视野之后，他也依然在幻想当中追随着它们。直到最后，他终于看到了许多秘密的远景，常人根本就不知道世间还有这样的秘密远景。一天晚上，巨大的深渊上架起了一座桥，而幻梦萦绕的天空则不断鼓胀，挤进这位孤独的观星者的窗户，与他房间里封闭的空气融为了一体，让他变成了苍穹中那种令人难以置信的奇观的一部分。

他的房间里，出现了氤氲午夜那一道道闪闪发光的金色粉尘；金尘与火焰的涡流旋转着，从终极空间里喷涌而出，散发着超越三界的芳香。那里有如一个令人昏昏欲睡的海洋，在世人可能从未目睹过的太阳照耀下，漩涡当中游弋着奇异的海豚，还有来自深邃之地的海中仙女。寂静安宁的无尽虚空在入梦者四周翻腾，甚至没有触碰到他从孤独的窗户里探出来的、业已僵硬的身体，便将他轻轻卷起来漂走了；过了并非用人类的历法来计算的多日之后，这些来自遥远苍穹的浪潮，便轻柔地让此人进入了他渴望进入的那个梦境，也就是人类已然迷失的那个梦境。在无数次潮起潮落中，潮水都温柔地任由他沉睡在一片太阳初升的绿色海岸上。在这片绿色的海岸边，莲花盛开，点缀着红色的稗草，氤氲芬芳。

猎 犬

1

我的耳边，不停地传来一种像鸟儿呼呼地拍打着翅膀飞翔的声音，以及好似远处一只大型猎犬发出的微弱吠声，如噩梦般地折磨着我。这不是做梦；我还担心，这甚至也不是发疯，因为已经发生了太多的事情，才让我产生出了这些合理的疑虑。圣约翰此时已经成了一具残缺不全的尸体；只有我，才知道为什么会这样。正是由于害怕自己也会变得同样残缺不全，我才打算说出这个秘密。在地下那一条条漆黑一片、一望无际、充斥着可怕幻象的走廊里，黑魆魆且丑陋不堪的复仇女神飞快地掠过，逼得我要自杀了。

但愿上天宽恕我们的愚昧与病态吧，因为正是那种愚蠢与病态，才让我们两人走向了如此骇人的命运！由于厌烦了平凡世界中的庸碌无为，并且在这个平凡的世界里，连风流韵事与冒险经历带来的乐趣也很快变得平淡乏味了，因此我和圣约翰两人一直都在热切地追随着每一场美学与知识方面的运动；只有这样做，才有可能让我们摆脱极度的无聊。象征主义文学家和艺术家那些令人费解的作品、前拉斐尔派艺术家那种强烈的情感，当时全都是我们猎奇的目标；不过，每一种新的风气，都会太过迅速地耗尽那种令人愉快的新鲜感与魅力。或许，只有阴郁的颓废主义哲学可以吸引我们了；我们完全是在逐渐增加了探究的深度，而沉迷于探究的行为也越来越多之后，才发现这种哲学有一种本领。波德莱尔和于斯曼[1]作品带来的兴奋感，很快就消耗殆尽了；最后留给我们的，就只有反常的个人经历，以及冒险带来的那种更加直接的刺激。正是这种惊人的情感需求，引领我们最终走上了那条可恶的不归之路，干出了人类极端可怕的暴行，干出了挖坟掘墓这样令人痛恨的行径。就算我此时满心恐惧，提起这件事情仍令我感到羞愧和胆怯。

我不能透露这场令人震惊的探险行动的具体情况，甚至也无法将最差劲的战利品进行归类；我们两人一起，住在一幢没有雇用仆人的大型石头别墅里，而我们的战利品就放在别墅的一间无名收藏室里。我们的收藏室，是一个亵渎神灵、不可思议的地方，里面弥漫着神经质的、“古玩癖”般邪恶的味道，因为我们收集的各种东西，形成了一个散发着恐怖和腐烂气息的世界，目的就在于刺激我们业已厌倦的情感。那是一个隐秘的房间，位于地下极深之处。这间收藏室里，有用玄武岩和黑玛瑙雕就、长有翅膀的巨型恶魔，它们咧开的血盆大口里发出怪异的绿光与橙光；还有隐秘的通风管道，吹动一排排紧密地织在许多黑色帘幕上的、颜色殷红的可怕之物，让它们跳着各种各样的死亡之舞。顺着这些管道，我们的情绪最需要的种种味道随意飘来，有时是葬礼上那种白色百合花的香味，有时是想象中东方神庙里祭祀高贵死者时那种令人昏昏欲睡的熏香气味，有时则是未被发掘的坟墓里散发出来的那种可怕而令人毛骨悚然的恶臭。回想起这一切，现在的我颤抖得多么厉害啊！

这间令人厌恶的收藏室里，四周墙上全都挂着盛放古老干尸的盒子，里面都是填塞得非常完整、经过了干尸制作者的高超加工而显得非常漂亮、栩栩如生的尸体，盒子之间则存放着从世间最古老的墓地搜寻到的墓碑。四散分布的壁龛里，存放着形状各异的头骨，以及处于各个腐烂阶段的头颅。在那里，我们可以看到一些著名的秃顶贵族正在腐烂的脑袋，以及刚刚下葬、金发闪闪的孩子的新鲜头颅。那里有雕像和画作，它们的主题全都邪恶无比，有些还是由圣约翰和我自己操刀制成

[1] 波德莱尔（Charles Pierre Baudelaire，1821—1867年），法国十九世纪最著名的现代派诗人和象征派诗歌先驱，代表作有《恶之花》。于斯曼（Joris-Karl Huysmans，1843—1907年），法国十九世纪的伟大小说家，是西方现代主义文学转型中的重要作家和象征主义的先行者，擅长对颓废主义和悲观主义进行深度剖析，著有《逆天》《该诅咒的人》《起航》等作品。

的。有一个上了锁的夹子，里面夹着许多糅制过的人皮，还有一些不为人知和难以形容的画作；据传，这些画作原本都是戈雅[1]所作，可画家本人却不敢承认。那里还有一些令人恶心的乐器，有弦乐器、铜管乐器和木管乐器，我和圣约翰有时会用它们奏出极端病态、有如恶魔般可怕且完全不成调子的乐音；与此同时，许多具有嵌饰的黑檀木柜子里，则摆放着我们劫掠墓穴得来的各种最不可思议、最难以想象的东西，它们都是人类深陷疯狂和邪恶之中收集起来的。正是这种劫掠，我尤其不能多言；幸好，在想要毁灭自己之前，我早就鼓起勇气，把这些东西全都毁掉了。

我们为了收集这些难以启齿的藏品而进行的一趟趟掠夺之旅，从艺术上来看的话，往往都是令人难以忘怀的事件。我们并非普通的盗墓贼，只在某些情绪、景观、环境、天气、季节和月光条件之下才会动手。在我们看来，这种消遣活动就是最高雅的一种审美表达形式，因此我们非常注意技术方面的细节，几乎达到了挑剔的程度。一个不恰当的时刻、一种不合适的照明效果或者把一块草皮处理得不灵巧，随着掘开坟墓、发现某种不祥的、令人咧嘴大笑的地下秘密而来的那种欣喜若狂的愉悦感，差不多就会被彻底破坏。我们对新奇场景和刺激状况的追寻，达到了狂热与贪得无厌的程度；圣约翰一向都是领头人，也正是他，才领着我们最终走向了那个可笑的、给我们带来了可怕的和必然的厄运的可憎之地。

究竟是什么样的可恶宿命，把我们引到了那座可怕的荷兰墓地呢？我认为，引诱我们前往的，是那神秘的谣言和传奇，是关于一个埋葬了500年的人的传说；此人生前就是一个盗墓者，曾经从一座大墓里盗走了一件强大之物。我还记得我们那次盗墓的最后时刻的情景：一轮苍白的秋月照耀着墓地，留下一道道长长的、可怕的阴影；模样怪异的树木阴森森地低垂着，垂到了无人理会的杂草和破碎的石板上；一群群异常巨大的蝙蝠，朝着月亮飞去；那座历史悠久、长满常春藤的教堂里，尖顶

[1] 戈雅（Francisco José de Goya，1746—1828年），西班牙浪漫主义画家，画风奇异多变，对后世的现实主义、浪漫主义和印象派都产生了很大的影响，曾获“宫廷画家”称号。

有如魔鬼的巨指，指向青灰色的苍穹；远处的一个角落里，萤火虫在紫杉树下跳舞，宛如死神之火；泥土、植被的气味以及一些不那么容易辨识之物的气味在晚风里混合，从遥远的沼泽与海洋上方淡淡地吹来；而最糟糕的就是，还有某种大型猎犬发出的微弱而低沉的吠声传来，可我们既看不见猎犬，也无法确定猎犬在哪里。听到这种可能是犬吠的声音后，我们都浑身发抖，记起了当地农民的一种传说；因为我们前去寻找的那个人，几百年前就是在同一地点被人发现的，当时他被某种说不出来的野兽用尖牙利爪撕成了碎片。

我还记得，我们是如何用铁铲掘进这个盗墓者的坟墓里，记得我们面对由自己、坟墓、那轮注视着我们的苍白月亮、可怕的阴影、奇形怪状的树木、巨大的蝙蝠、古老的教堂、有如鬼火般舞动的萤火虫、令人作呕的气味、轻轻呼啸着的夜风，以及我们几乎无法肯定其存在的那条猎犬发出的奇怪而若有若无、不知来自哪个方向的吠叫声所组成的画面时，那种异常紧张的心情。接下来，我们便挖到了一个比湿土要硬的东西，看到了一具正在腐烂的长方形棺材；因为墓地长期没有受到干扰，因此棺材上面还结了一层矿物沉积物。

尽管时光已经流逝了500年，可这座坟墓里还是留下了许多的东西，并且多得惊人。其中的骸骨，虽说被那头致命野兽撕咬过的地方已经碎裂，却依然结合在一起，并且惊人地牢固。我们贪婪地盯着那具干净的白色头骨，盯着上面那两排长而坚固的牙齿，以及没有了眼球、曾经闪耀着我们自己这种可怕的狂热之光的眼眶。棺材里放着一个图案古怪而奇特的护身符，显然曾经佩戴在这位长眠者的脖子上。那是一只蜷伏着的有翼猎犬，或者说是一只脸部半为猎犬的神秘动物，样子怪异而传统，带着古老的东方风格，用一小块翡翠雕琢而成，非常精巧。这个护身符的表情集死亡、兽性和狠毒于一体，极端令人讨厌。护身符的基座上有一圈铭文，其中的文字我和圣约翰都不认识；护身符的底部还刻有一个形状怪异、令人畏惧的头骨，仿佛是制作者的印章。

一看到这个护身符，我们马上就意识到，我们必须拥有这个东西；而且，我们两人从这座历史达数个世纪之久的坟墓里找到的合理赃物，其实就只有这一件宝贝。就算并不熟悉它的轮廓，我们也希望拥有它；不过，待更加仔细地观察一番之后，我们发现，自己并非完全不熟悉这个东西。诚然，它在神志健全和身心平衡的读者所熟知的所有艺术和文学作品里都不常见，但我们意识到，它就是阿拉伯“疯子”阿卜杜拉·阿尔哈萨德创作的禁书《死灵之书》里暗示过的那种东西，属于中亚人迹罕至的伦格荒原那种食尸邪教里的可怕灵符。这位古老的阿拉伯恶魔学家描绘的此物的种种险恶外观，我们都非常清楚；他曾写道，这些外观，是借鉴了那些争夺并啃咬死尸的生物身上某种超自然的神态。

抓起那件翡翠护身符之后，我们最后瞥了一眼墓主人那张苍白、眼眶凹陷的脸，就照着原来的样子重新封好了墓穴。就在圣约翰的口袋里装着盗来的护身符，我们匆匆离开那个可恶之地的时候，我们都觉得，自己看到了一群蝙蝠从空中向我们刚刚劫掠过的那个地方猛扑下去，似乎是在寻找某种受到了诅咒的邪恶食物；不过，秋月的光芒微弱而苍白，因此我们无法肯定。而第二天乘船离开荷兰，踏上归途的时候，我们也觉得，自己依稀听到身后传来了某种巨型猎犬发出的微弱而遥远的吠叫声；可是，秋风的呼啸凄凉而无力，我们也无法肯定。

2

我们返回英国不到一个星期之后，怪事就开始出现了。我们原本过着隐居生活，没有朋友，只有两个人，住在一片荒凉、人迹罕至的荒原上一幢房间众多的古老庄园里，并且没有雇用仆人，因此几乎没有访客会前来敲门打搅我们。然而，如今我们却遇上了麻烦；似乎有一个人经常在夜间前来，不但在门边，还在窗户旁边上上下下地摸索徘徊。有一次，夜里月光皎洁，我们似乎看到了一个巨大的、不透明的身体，挡住了书房的窗户，让书房里骤然暗了下来。还有一次，我们以为听到不远处传来了一阵拍打翅膀的呼呼声。但每次查探起来，却什么都没有。于是，我们开始认为，这些现象都是幻觉造成的，就是我们以为曾经在荷兰的教堂墓地里听到遥远而微弱的犬吠时那种奇怪而令人不安的幻觉；

它让我们的耳朵里一直都回响着阵阵犬吠，挥之不去。如今，那个翡翠护身符就存放在收藏室的一个壁龛里，有时我们还会在这个壁龛前点起香味奇特的蜡烛。我们翻遍了阿尔哈萨德的《死灵之书》，来了解这个护身符的特性，以及盗墓者的灵魂与其象征的物体之间的联系，可看到的内容却让我们深感不安。接下来，就出现了恐怖的一幕。

9月24日晚上，我听到有人在敲我的卧室门。我以为是圣约翰，便请敲门者进来，却只听到了一阵尖锐刺耳的笑声。打开门一看，走廊里却没人。我把圣约翰从睡梦中唤醒后，他说自己完全没有听到响动，然后就跟我一样担心起来。就在那天晚上，我们听得真真切切，荒原上那种微弱而遥远的犬吠变成了某种可怕的现实。4天之后，就在我们两人都待在地下的收藏室里时，门上传来了一阵低低的、小心翼翼的抓挠声；那扇门连着一段秘密楼梯，通往书房。此时，我们的忧虑已经有所分散，因为除了对未知事物的恐惧，我们两人的心中始终还在担心，害怕别人会发现我们这些可怕的收藏品。把所有的灯都熄灭之后，我们便朝门口走去，猛地拉开了门；我们感觉到，有一阵莫名其妙的风扑面而来，并且听到了一阵怪异的沙沙声，其中还夹杂着嗤嗤的笑声和清晰的细语声，正在渐渐远去。不管自己究竟是疯了，是在做梦，还是头脑清醒，我们都没有试图去对这种情形做出判断。我们只是怀着最阴郁的忧惧之心，意识到那种明显只闻其声的细语，无疑是用荷兰话说出来的。

此后，我们便陷入了一种日益恐怖、却也日益让自己着迷的生活当中。我们通常都觉得，两人是因为那种充斥着不正常刺激的生活而一同疯掉了；不过，有时我们却更加乐于戏剧性地把自己想象成某种悄悄降临的可怕厄运的受害者。此时，怪事越来越多，出现得越来越频繁，以至于数不胜数了。在这幢孤零零的别墅里，似乎到处都是某种邪恶之物，可我们却无从推断它究竟是什么。每天晚上，那种有如恶魔般疯狂的犬吠声，都会在夜风呼啸的荒原上回荡，并且总是一声高过一声。10月29日，我们在书房窗户下方的松软泥土上发现了许多完全无法描述的奇怪脚印。脚印就像一群群大型蝙蝠那样变幻莫测；一些蝙蝠经常飞到这幢古老的别墅来，数量前所未有，并且越来越多。

11月18日，这种恐怖终于到达了顶点。那天天黑之后，当圣约翰从相距甚远的火车站步行回来时，被某种可怕的食肉动物抓住，撕成了碎片。他的尖叫声传到了别墅里，我赶紧跑到那惨不忍睹的现场，正好听到了一阵翅膀扇动的呼呼声，并且隐约看到初升的月亮映衬出了一个黑乎乎的模糊之物。我去跟圣约翰说话的时候，这位朋友已到弥留之际，已经无法条理清晰地回答我的问话了。他只能低低地对我说："那个护身符……那个要命的东西……"接下来，他就变得神志不清，而残缺不全的身体也瘫软成了一团。

到了下半夜，我把他埋在别墅中一个荒芜的花园里，对着他的尸身，喃喃地吟诵着他生前非常喜欢的那种邪恶祷文。念到最后一句可怕的祷文的时候，我又听到远处荒原上传来了某种巨型猎犬微弱的吠声。月亮升起来了，可我不敢抬头仰望。我依稀看到，昏暗的荒原上有个宽大模糊的影子，从一个坟茔掠到另一个坟茔之上；于是，我双眼一闭，脸朝下扑倒在了地上。不知过了多久，我才浑身颤抖着站起身来，跌跌撞撞地走进屋里，站在神龛中的那个翡翠护身符之前，深深地顶礼膜拜。

由于此时我开始害怕独自住在荒原上的这幢古老的别墅里，因此到了第二天，用火焚烧并且埋掉了收藏室里其他的邪恶藏品之后，我便带着那个护身符，动身前往伦敦了。可只过了3个晚上，我便再次听到了那种犬吠声；还不到一个星期，我就感觉到，不管什么时候，只要身处黑暗当中，总有怪异的目光在注视着我。有天晚上，当我在维多利亚堤上散步，呼吸新鲜空气时，从河中的路灯倒影里，我竟然看到了一个模糊不清的黑影。一阵狂风迅速掠过，力度强过夜风；我很清楚，圣约翰遭遇的那种厄运，必将很快降临到我的身上。

第二天，我小心翼翼地包好那个翡翠护身符，坐船前往荷兰。我不知道，将这个护身符归还给那个长眠不醒、寂静无声的主人之后，我可能得到什么样的宽恕；但我认为，自己起码也必须尝试一下任何一种可以想见的、合乎逻辑的措施。那是一条什么样的猎犬，它又为什么纠缠着我，这是两个依然模糊不清的问题；但我是在那个古老的墓地第一次听到犬吠之声的，而后来发生的每一件事情，包括圣约翰临死前的低语，都把祸根与盗走这个护身符联系了起来。因此，在鹿特丹的一家小旅馆里，发现小偷竟然把这个唯一的救赎之物偷走之后，我就陷入了最绝望的深渊。

那天晚上，犬吠声很响亮；第二天早上我就听说，这个简陋的城区里发生了一桩难以名状的事件。这里的市民都惊恐不安，因为一幢邪恶的公寓陷入了暴力死亡的魔爪，惨状超过了以前这个社区里最恶劣的罪行。在一个污秽不堪的贼窝里，有一家人全都被一种不明生物撕碎了，并且不明生物没有留下一丝痕迹；可住在周围的人整夜都听到了，从通常都是醉鬼吵闹喧嚣的街道上，传来了一种像是巨型猎犬发出的那种微弱低沉而持续不断的吠声。

于是，最终我再次来到了那座腐朽不堪的墓地。一轮苍白的冬月投下可怕的阴影，光秃秃的树木阴沉地低垂着，垂到了枯萎、结了霜的野草和开裂的石板之上，爬满常春藤的教堂尖顶，像是嘲弄地对着不友好的苍穹举着一根手指，夜风从业已封冻的沼泽和寒冷的海洋那边，疯狂地呼啸而来。此时的犬吠声非常微弱，而当我走近那座古老墓地时，犬吠声就完全停止了。我曾经侵扰过这座墓地，当时是被一群异常庞大、一直奇怪地在墓地四周盘旋的蝙蝠吓跑的。

我不知道，除了祈祷，除了向躺在墓地里那具宁静而发白的骷髅胡乱地提出一些疯狂的恳求和道歉之外，我为什么会来到这里。但是，不管出于什么理由，我都带着一种绝望之情，开始拼命地扒开一半已经上冻了的草皮；这种绝望，部分源于我自己，部分源于我身外一种高高在上的意志。掘开墓穴比我想象的要容易得多，但我也一度碰到了一种古怪的情况，不得不停下来。当时，有一只瘦瘦的秃鹰从寒冷的苍穹中猛扑下来，疯狂地啄着墓穴中的泥土，后来我用铲子把它打死了。最终，我挖到了那具腐朽的长方形棺材，打开了那个潮湿的、布满硝石的棺盖。这就是我神志清醒时做的最后一件事情。

因为在那具已有数个世纪历史的棺材里、在我和朋友曾经劫掠过的那具骷髅周围，密密麻麻地蜷伏着许多肌肉强壮、沉睡不醒的巨型蝙蝠，它们把里面挤得满满当当，情景宛如噩梦。此时，那具骷髅不再像当初我们看到的那样干净宁和，而是覆盖着一团团血块，以及一缕缕古怪的血肉与毛发，用泛着磷光的凹陷眼眶斜睨着我，好像有知觉似的，而那些尖锐锋利、带着血迹的牙齿，则怪异无比地张得大大的，似乎是在嘲弄我必然遭受的厄运。当骷髅大开着的颌部之间发出宛如一头巨型猎犬那种低沉而冷笑般的吠声，当我看到它那只鲜血淋漓、肮脏不堪的爪子里，竟然抓着那个丢失了的、带来灾难的翡翠护身符之后，我只是尖叫了一声，就如一个白痴般逃走了；而且，我的尖叫很快就变成了一阵阵歇斯底里的大笑。

疯狂驾驭着星空之风……已有几百年历史的骸骨上竟然有利爪獠牙……一大群从彼列[1]那些深埋于地下、有如暗夜般黑暗的神庙废墟里飞来的蝙蝠，带来血淋淋的死亡……此时，那具死去的、没有血肉的可怕骷髅发出的犬吠之声越来越响，而那些受到了诅咒的蝙蝠鬼鬼祟祟地拍动翅膀，发出呼呼的声音，围着我打转，并且越来越近；我将用自己的左轮手枪求得解脱，这是我逃避这个无名与不可名状之物的唯一办法。

[1] 彼列，《圣经》当中魔鬼撒旦的别名，也是弥尔顿作品《失乐园》里的“堕落天使”之一。

魔　宴

恶魔之能，乃化无形为有形；

而令凡人见之，以之为真。

——拉克坦提乌斯[1]

我远离故土，感受着东方海洋的魔力。在熹微的暮光中，我听到波浪拍击岩石的声音，明白大海就在小山的那一边；那座小山上长满了盘根错节、相互缠绕的柳树，在黄昏时分明净的天空和刚刚现身的星辰之下翻滚着。由于先辈们召唤我前往大海彼岸的那座古老小镇，因此我沿着一条孤零零地往上升的小路，踏着刚刚落下的一层薄雪，奋力朝着林中毕宿五星[2]闪耀的方向而去，朝着我从未目睹却经常梦见的那座古老小镇而去。

此时正值朱尔节[3]，也就是大家俗称的“圣诞节”；只是人们内心都明白，这个节日要比伯利恒和巴比伦的历史更加悠久，要比孟斐斯和人类更加古老。现在正是朱尔节期间，我终于来到了这座古老的海边小镇。在禁止节庆的古时，我的家族就住在这个小镇上，秘密地保持着节庆的习俗；先辈们还嘱咐自己的子孙，每隔100年就要举行一次祭祀仪

[1] 拉克坦提乌斯（Lucius Caecilius Firmianus Lactantius，240—320年），古罗马时期的基督教学者与作家，曾担任过第一位基督教皇帝康斯坦丁一世的顾问，著有《论迫害者之死》等作品，此处引文引自其最重要的著作《神圣教义》。

[2] 毕宿五星，即金牛座α星，直径约为6200万公里，是太阳直径的44倍，距离地球约65光年。

[3] 朱尔节，本是古代北欧的冬至祭日，祭祀的是主神奥丁（雷神托尔的父亲，在日耳曼神话和宗教中称为“沃登”），后来与基督教纪念耶稣的圣诞节混同起来。

式，以免子孙们忘掉那些原始的秘密记忆。我的家族拥有悠久的历史，甚至比人们在这片土地上定居的300年历史还要悠久。我的先辈是一群异乡人，都是偷偷地从南方那些种植幽兰、令人心如止水般的花园地区搬来的，说的是另一种语言，后来才学会了当地那些蓝眼渔民的语言。如今我的族人都散居各地，而他们的共同之处，也只有这种没有一个活着的人能够理解的神秘仪式了。那天晚上，我是唯一因为受到了传说中的召唤而回到这座古老渔镇的人，因为只有贫穷者和孤独者还记得那个传说。

接下来我就看到，在山顶的那一边，黄昏中的列王港[1]冷若冰霜地呈现在我眼前：列王港内白雪皑皑，其中古老的风向标和尖塔、屋梁和烟囱、码头和小桥、柳树和墓地，在这里都一览无余；陡峭、狭窄和弯弯曲曲的街道，加上教堂上方那座令人目眩、时光似乎不敢侵蚀的中央尖顶，组成了一个个无穷无尽的迷宫；还有殖民时期建起的一座座房屋，或密或疏，角度与高度各式各样，就像一名儿童扔得四下凌乱的积木；白色的山墙和复折式屋顶上，弥漫着一种年深日久、古色古香的味道；在寒冷的黄昏中，各家的楣窗和玻璃小窗一个接一个地透出光线，与猎户星座及其他古老恒星的光芒遥相辉映。大海卷起的波浪，拍击着一座座破败不堪的码头；古时候人们乘船越过并来到这里的，也正是这片一言不发、古老永恒的大海。

在山顶那条小路的旁边，还耸立着另一座更高的顶峰，上面光秃荒凉、寒风肆虐；我看出，那里是一处墓地，黑魆魆的、可怕的墓碑立在雪地上，像一具庞大无比的尸体上腐烂掉的指甲一样。这条小路杳无人迹，偏僻荒凉，只是我偶尔会觉得，自己依稀听到远处传来一种可怕的嘎吱声，仿佛是寒风吹过一座绞刑架发出来的。1692年，我有4位族人曾经因为施行巫术而被人们绞死了，但我并不知道他们被绞死的确切地

[1] 列王港（Kingsport），亦音译为“金斯波特”或意译为“国王港”。译者更倾向于意译，以便读者一眼看出这是一个海边渔港。

点[1]。

沿着小路，在面朝大海的山坡上蜿蜒而下时，我侧耳细听，想听到黄昏时分小镇里那种欢乐的声音，可没有听到。接下来我就想到了季节，觉得镇里那些老派的清教徒可能有着我并不熟悉的圣诞习俗，可能都是围坐在家中的火炉边默默祷告吧。因此，过后我就不再去细听有没有欢声笑语，也不再去寻找街上的行人，只是一路往下，经过一座座悄无声息、点着灯火的农舍和一道道幽暗朦胧的石墙，走向那些古老的商店和海边酒馆，它们的招牌在海风中嘎吱作响；街上空无一人，没有铺砌砖石，一排装有立柱的大门上，嵌着奇形怪状的门环，在一扇扇挂有窗帘的小窗透出的光线下闪闪发亮。

我已经看过这座镇子的地图，知道到哪里才能找到我们族人的家园。据说，他们应该认得我并且欢迎我，因为镇里的传说有着非常悠久的历史；所以，我匆匆穿过后街，走到圆形广场上，踏着新雪穿过镇上唯一铺了板石的街道，来到了位于市场管理所后面的绿草巷的巷口。原来的那些地图依然有效，所以我一路行来，没有遇到任何困难；不过，阿卡姆的人一定是在骗我，他们竟然说电车已经通到了这个地方，可我一路上却没有看到一根架空电线。不管怎么说，就算有电车的话，大雪也会把铁轨埋住的。我庆幸自己选择了步行，因为从山上俯瞰的时候，这个银装素裹的镇子非常美丽；此时，我已经急不可耐地想去敲响族人的大门了。那是绿草巷左边的第七幢住宅，有一个古朴的尖顶，二楼向外凸出，在1650年前就已建成。

我走向这座宅子的时候，屋里亮着灯。透过菱形的玻璃窗向里望去，我看出屋里一定还保持着与以前很接近的状态。宅子的二楼悬在那条长满杂草的狭窄街道上方，几乎与街道对面那栋宅子凸出来的二楼对

[1] 此处显然是影射1692年美国的“塞勒姆女巫案”。当时，美国马萨诸塞州塞勒姆镇一位牧师的女儿突然得了一种怪病，随后与她平素形影不离的7个女孩也相继出现了同样的症状。人们普遍认为，是镇里的黑人女奴蒂图巴和另一个女乞丐，以及一个从不去教堂做礼拜的怪僻老妇人让孩子们得了怪病，便对这3个女人严刑逼供，说她们是“女巫”。随后，各地揪出的“女巫”和“巫师”数量不断增加，先后有20多人死于这起冤案，另有200多人遭到逮捕或监禁。

接，因此我差不多就是站在一条隧道里，而宅子门口低矮的石阶上，也没有落一点儿雪。街上没有人行道，但许多宅子的大门位置却很高，要经过两段装有铁栏杆的台阶，才能到达门口。这种情景颇为古怪；由于对新英格兰地区并不熟悉，因此我完全不知道这里以前是个什么样子。尽管这种情景让我觉得很有意思，可要是雪上留有足迹、街上走有行人，还有几家窗户没有拉上窗帘的话，我就会更加喜欢这里的。

叩击那个古老的铁制门环时，我不由得有点儿害怕了。我的心中涌起了一丝恐惧之意，至于原因，或许就在于我对自己的传统感到陌生，在于傍晚时分这里显得荒凉阴郁，在于这个保持着奇怪习俗的古镇在寂静无声中透出一种怪异的气氛吧。当我的敲门得到屋里人的回应后，我更是浑身发抖，因为我没有听到脚步声，门却突然打开了。不过，我并没有害怕很久，因为出现在门口的是位老者，他身穿长袍，趿拉着拖鞋，面容温和，打消了我的疑虑；老人向我打手势，表明他是个哑巴，但他用随身携带的铁笔，在蜡板上写下了一句古老而雅致的欢迎之辞。

老者示意我走进一个点着蜡烛的低矮房间，我看到房间里面那些巨大的椽木都裸露着，房中零散地摆着几件漆黑而坚固、带有17世纪风格的家具。整个房间栩栩如生地呈现出了过去的样子，因为过去的所有特质都无一缺失。房间里有一个洞穴般的壁炉，有一架纺车，还有一位老太太；尽管此时正值节期，她却穿着宽松的外衣，戴着很深的宽檐女帽，背对我坐在纺车前，静静地纺着纱。整个房间里似乎都弥漫着一股浓郁的潮气，可令我感到惊奇的是，他们竟然没有生火。左边是一张高背长椅，正对着那一排挂有窗帘的窗户，上面似乎坐了人，但我不太肯定。看到的这一切，我都不喜欢，因此心中再度涌起了原先的那种害怕之情。这种恐惧的感觉，还因为一个方面而变得愈发强烈了，因为我越是看着那位老者温和的面容，那种温和就越让我感到恐惧；他的这种温和，原本却已缓解了我的害怕之情。老者的眼睛始终都没有动过，而他的皮肤也太过像蜡了。最后，我确信那根本就不是一张脸，而是一副有如恶魔般狡诈的面具。不过，他用那双肌肉松弛、奇怪地戴着手套的双手，在蜡板上写下了和善的话语告诉我，说我必须在这里等上一会儿，他才能领我去举行祭祀仪式的地方。

此时，老者指了指一套桌椅和桌子上的一堆图书，便离开了房间。我坐下来开始看书时，才发现所有的书都陈旧不堪，早已发霉，其中包括老莫利斯特那部异想天开的《科学奇迹》[1]、约瑟夫·格兰维尔[2]出版于1681年的《撒都该教徒的胜利》、雷米吉乌斯[3]那部令人震惊的、1595年印行于里昂的《魔鬼崇拜》；而最糟糕的是，其中竟然有阿拉伯"疯子"阿卜杜拉·阿尔哈萨德撰写、官方禁止人们提及的《死灵之书》，还是奥洛斯·沃尔密乌斯[4]那部被禁的拉丁语译本。我从未见过此书，只是经常听到人们低声说着它的可怕之处。没有人跟我交谈，但我听得见外边招牌在风中的嘎吱声和纺车的嗡嗡声；那个戴着帽子的老太太仍旧一言不发，静静地纺着棉纱。我觉得，这个房间、房间里的书和人都非常恐怖，令人不安；不过，我是受到了祖辈们一种古老传统的召唤，来参加这场古怪盛宴的，因此决心很坚定，早就预料到自己会碰见一些奇怪之事。于是，我静下心来看书，并且很快就开始浑身发抖，被那本受到了诅咒的《死灵之书》里的一些内容深深地吸引住了；那是一种想法和一种传说，在理智或者清醒的人看来，这种想法和传说都太过骇人。不过，我仿佛听到了高背椅正对着的一扇窗户被人关上的声音，好像有人曾经暗中打开过那扇窗户一样；我很不喜欢那种声音。关窗的声音，是随着一阵呼呼之声出现的，可这阵呼呼声却不是老太太的纺车发出来的。只是这种声音并不大，因为老太太正在起劲地纺着棉纱，房间里那座年代久远的时钟也在"滴答滴答"地走着。过后，我就

[1] 老莫利斯特，作者杜撰出来的一个人物。至于《科学奇迹》一书，则是美国作家安布罗斯·比尔斯（Ambrose Bierce，1842—1914年）在其短篇小说《男人与蛇》中首次杜撰出来的。

[2] 约瑟夫·格兰维尔（Joseph Glanvill，1636—1680年），英国作家、哲学家兼牧师。《撒都该教徒的胜利》一书全名《撒都该教徒的胜利：或者与女巫和幽灵有关的完整直接证据》，是在其死后出版的。

[3] 雷米吉乌斯（Remigius，1530—1616年），全名尼古拉斯·雷米（Nicholas Rémy，"雷米吉乌斯"是其拉丁名），法国历史上的一位地方行政长官，也是一位有名的"巫师猎手"，撰写过一些诗作和历史著作，但《魔鬼崇拜》一书最为有名。

[4] 奥洛斯·沃尔密乌斯（Olaus Wormius），作者杜撰的一名中世纪牧师，曾将《死灵之书》的希腊语译本转译为拉丁文。

不再觉得那张高背椅上坐着有人，而是一边专心致志地看书，一边吓得浑身直打哆嗦。不一会儿，那位老者回来了，脚上穿着靴子，身上披着一件宽松而古旧的衣裳，在那张高背椅上坐了下来，因此我无法看到他。这种等待自然会让我觉得紧张不安，而我手中那本亵渎神明的《死灵之书》，更是让我变得加倍紧张。然而，时钟敲响11点之后，老者便站起来，悄无声息地走到房间角落里一个巨大的雕花衣柜前，取出了两件带有兜帽的斗篷。他自己披了一件，又把另一件给此时已经不再单调地纺纱的老太太披上了。接下来，两人就开始向门口走去，老太太一瘸一拐，行动迟缓；老者则捡起我一直在看的那本书，把兜帽拉上去，盖住那张不动声色的脸或面具，然后便示意我跟他们走。

我们走出屋子，来到了街道上。这座小镇古旧得不可思议，街道上没有月光照耀，并且迂回曲折。出去之后我看到，街道两边拉着窗帘、亮着灯光的窗户一扇接一扇地熄灭了，天狼星不怀好意地斜睨着，从每家门口静悄悄地走出来的人全都裹着头巾、披着斗篷，组成了一支可怕的队伍，沿着这条街道前进，经过一块块嘎吱作响的招牌、一堵堵古老的山墙、一座座盖着茅草的屋顶和一扇扇嵌着菱形玻璃的窗户，穿过两旁都是朽坏交错、挤在一起的房子且陡峭不平的一条条巷子，悄然无声地走过开阔的广场和墓地；他们手中的提灯摇摇晃晃，就像一群喝醉了酒的可怕星座。

我置身于沉默不语的人群当中，跟着那两位不说话的向导一路前行。我碰到的人和推挤我的人，胳膊和胸腹似乎都异常柔软，可我没有见到一个人的面孔，也没有听到一个人说话。这支怪异的队伍一路蜿蜒，不停地往上、往上、往上；我又看到所有的人走近小镇中央一座高丘顶上之后，便汇集到了一起。那里似乎是由异常错综复杂的小巷形成的一个焦点，山丘顶上还矗立着一座很大的白色教堂。我曾经在暮色初起时，站在小路顶端俯瞰列王港的时候见过这座教堂；它让我浑身发抖，因为毕宿五星似乎正在教堂那座阴森森的尖塔顶上微微摇晃。

教堂周围，是一片空地；其中有一部分是墓地，上面立着一块块有如幽灵一般的墓碑，另一部分则是广场，只铺了一半的石板，上面的雪几乎被风吹得干干净净，广场两边则排列着许多带有尖顶和悬空山墙、业已腐朽的古旧房屋。鬼火在一座座坟墓上方飘荡，呈现出一幅可怕的景象，但怪异的是，鬼火竟然没有让墓碑投下任何阴影。过了墓地之后，就没有房屋了，我只能看到山顶上方的天空，看着星辰在港口的上空闪烁，可小镇却笼罩在黑暗之中，完全看不到。我只是偶尔看见，一盏提灯速度惊人地穿过蜿蜒的小巷，一路追赶此时已经悄然无声地进入教堂的人群。我等候着，直到人群慢慢地挤进了教堂那个黑魆魆的门口，直到掉队的人全都跟上来。那位老者一直在拉扯我的袖子，可我决定最后一个进去。接下来，我终于跟在那位不祥的老者与纺纱的老太太身后，走了进去。跨过门槛，进入那座笼罩在未知的黑暗氛围里、挤满了人的教堂后，我曾经回过一次头，看了看外面的世界，发现墓地上的鬼火在山顶的石板路上投下了一缕苍白的光芒。就在回头望去的那一瞬间，我禁不住全身颤抖起来。那是因为，尽管积雪已经被风吹得没剩多少，但靠近门口的小路上还是有几处积雪的；可就在这匆匆忙忙的回头一瞥中，我那双不安的眼睛却依稀看到，这几处积雪之上完全没有人群经过的足迹，连我自己的足迹也没有。

尽管进去的人都提着灯笼，可教堂里面仍然昏暗得很，因为绝大多数人此时都已经不见了。他们沿着教堂里那些白色高椅之间的通道，如溪流一般，源源不断地向通往地下室的那扇活动门走去；那扇活动门就在布道坛的前面可恶地敞开着，大家此时正不声不响、慢慢地走进去。我默默地跟在后面，走下已经被人们踩踏得破旧不堪的台阶，来到了那个阴冷潮湿、氛围压抑得令人喘不过气来的地下室里。这支弯弯曲曲的夜行者队伍的尾部，看上去非常恐怖；而当我看着他们歪七扭八地走进一个古老的地下室时，这支队伍似乎就令人觉得更加恐怖了。接下来我又注意到，这个地下室的地上还有一个洞口，人群正从洞口悄然往里走去，并且不久之后，所有的人就来到了一条用粗糙石头修成的不祥台阶上，一路往下走；那是一条狭窄的螺旋式台阶，潮湿不已，还散发出一股怪异的气味，经过一堵堵单调乏味、上面的石块还滴着水、灰浆也已剥落的墙壁，一路无休无止地蜿蜒而下，通到了山腹当中。这是一段静默无声、令人惊骇的下坡路；心中恐怖了一阵子之后，我又看到，墙壁和台阶的材质也发生了变化，好像是从坚硬的岩层里凿刻出来的。让我感到不安的，主要是有那么多人在走路，他们却没有发出一点声音，我也听不到任何回音。又走了一段漫长的下坡路之后，我看到了一些侧道或者洞穴，它们仿佛是从未知的幽暗深处，通到了这个神秘莫测的黑夜深渊里。很快，这些侧道或者洞穴的数量就变得异常之多，像是一座座弥漫着莫名危险的邪恶陵墓；侧道或者洞穴当中还飘来了一种刺鼻的腐臭气味，变得让人完全无法忍受。我明白，我们一定是往下穿过了那座山，来到了列王港的下面；想到一个如此古老的小镇，地下竟然隐藏着如此邪恶的地方，我就不寒而栗。

接着，我便看到了一阵怪异地闪烁着的黯淡灯光，听到不见天日的流水那种阴沉的拍岸之声。我再一次浑身战栗起来，因为我不喜欢夜晚带来的这些东西，心中只希望没有什么祖辈召唤我前来参加这种原始的仪式。石阶和通道变宽之后，我还听到了另一种声音，就是一支长笛有气无力地发出的那种微弱、哀怨而嘲弄般的乐音。突然，一个地下世界的无限远景呈现在我的眼前：一片广袤的河岸，岸边长满菌类；一束喷射而出的光柱，带着令人恶心的绿焰，照亮了整个河岸；一条宽阔油滑的河流，不停地冲刷着河岸。这条河流，从可怕的未知深渊流出，汇入了远古海洋里最阴暗的鸿沟当中。

看着邪恶黑暗中那些巨大的毒菌，看着亵渎神明的火焰和黏滑的河水，看到披着斗篷的人群围着那根喷火的柱子形成了一个半圆，我顿时觉得浑身无力，简直喘不过气来。这正是朱尔节的祭祀仪式，它的悠久历史超过了人类自身，并且注定会随着人类的存续而存续下去；这既是冬至节日举行的一种原始祭祀，也是一种期待积雪化去、盼望春回大地的祭礼，要以火焰与常绿植物、光与音乐来进行。在这个幽暗的洞穴里，我看到他们在举行祭祀仪式，崇拜那根令人生厌的火焰之柱，一把一把地向河中扔他们用手抠出来的某种黏稠植物，植物上还闪烁着一种像是褪了色却有点刺目的绿光。我不但看到了这一切，还看到有个模糊不清的人影隐伏在距亮光很远的地方，吹奏着一支长笛，笛声令人觉得不快；因为长笛一吹响，我便觉得自己听到的仿佛是一种令人憎恶、含混沉闷的颤动声，从看不到的那个散发着恶臭的黑暗之地传来。不过，最让我恐惧不已的，还是那根冒着火焰的柱子；它宛如火山喷发一般，火焰从不可思议的地下深处喷射而出，没有像正常火焰那样映出物体的影子，却照在积满硝粉的岩石上，显出一种令人生厌的邪恶铜绿之色。尽管熊熊燃烧着，火焰却没有散发出一丝暖意，只让人感觉到一种阴冷的死亡和腐烂的气息。

带我前去的那位老者，此时慢慢来到了紧挨着那根可怕的火焰之柱的地方，面对着那半圈人，做出了呆板的祭祀动作。在祭祀仪式的某些阶段，人们都趴在地上顶礼叩首，尤其是在老者把带来的那本可恶的《死灵之书》高举过头之后；我也始终跟着他们顶礼叩首，因为我是受到先辈们记载的召唤，来参加这场祭祀仪式的。接下来，老者向黑暗中那位几乎看不见的长笛手打了一个手势，于是长笛手改变了那种有气无力的低沉调子，开始难得一见地用较为响亮的笛声，吹奏起另外一首曲调来。长笛突如其来地变调，更是给人带来了一种不可思议、意想不到的恐惧之情。由于心中涌起了这种恐惧之情，我几乎瘫坐到长满青苔的地上，害怕得无法动弹了。这种恐惧既非来自于尘世，也非任何一个世界所有，只存在于星辰之间那些疯狂的空间里。

那道冰冷火焰发出的腐朽光芒没有照到的地方，是一片难以想象的黑暗，以及一条神秘莫测、静寂无声、无人知晓、波涛起伏的黏滑之河，不知在黑暗的地狱里流过了多远。在黑暗与河流的那边，还有一群已经驯服、经过了训练且似乎是杂交出来的有翼生物，正在发出有节奏的脚步声前来：任何一双正常的眼睛，都无法彻底看清它们的模样；任何一颗正常的脑袋，也无法全然记住它们的形貌。它们根本就不是乌鸦，也不是鼹鼠、秃鹫、蚂蚁、吸血蝙蝠或者腐烂的人类尸体，而是我不可能回想起来、也绝对不能回想起来的东西。它们半是用带蹼的脚爪、半是用带有薄膜的翅膀，有气无力地一路行来。它们走到参加祭祀的人群那里后，披着斗篷的人便纷纷抓住它们并骑了上去，然后沿着那条黑暗大河的岸边，一个接一个地驰入了深渊与洞穴当中；这些深渊与洞穴当中弥漫着恐怖的气息，有毒的地下水则形成了一道道可怕而隐秘的瀑布。

那位纺纱的老太太也跟着人群离开了，只有老者仍然留在那里；他打着手势，要我像别人那样抓住一只动物并骑上去，我却拒绝了。摇摇晃晃地站起来之后，我看到那个人影模糊的长笛手已经跑得看不见，但还有两只动物正耐心地站在那儿等候着。就在我犹豫不决的时候，老者拿出铁笔在蜡板上写道，他就是我那些曾经在这个古老之地开创了朱尔节祭祀仪式的先辈们的真正代理人，我命中注定要回到这里，接下来还要举行一些最为神秘的仪式。这些话，他都是用一种非常古老的笔迹写出来的；看到我仍然犹豫不决之后，他又从身上穿着的那件宽松长袍里掏出了一枚印戒和一块怀表，两件东西上都刻有我的家族纹章，来证明他说的是实情。不过，这可是一种让我感到异常恐怖的证据，因为我从古老的记载中曾经得知，那块怀表在1698年就随同我的六世祖葬于地下了。

随即，老者拉下兜帽，指着自己脸上的家族特点让我看；可我只是浑身发抖，因为我早已确信，他的脸不过是一张可怕的蜡制面具罢了。此时，那两只扑腾着的动物开始焦躁不安地抓挠地上的青苔；我看得出，老者自己也差不多同样焦躁起来。当其中一只动物开始摇摇晃晃地向远处走去时，老者迅速转过身去，挡住了那只动物；由于他的动作太过突然，那张蜡制面具竟然掉了下来！就在此时，由于站在一个可怕的位置上，我已经没法回到来时所走的那条石阶上去，因此我纵身一跃，便跳进了那条黏滑的、有些地方还冒着泡泡、通往海底洞穴的地下河；就在我疯狂的尖叫声可能把潜藏在这些可怕深渊里的妖魔鬼怪全都招来之前，我纵身一跃，便跳入了那条流淌着地底深处种种恐怖之物的腐烂汁液的河流。

在医院里的时候，人们告诉我说，我是在黎明时分的列王港被人找到的，当时我差点儿冻僵了，只是因为我紧紧地抓着一根浮木，无意中才救了自己一命。他们告诉我说，我是前一天晚上在山上的分叉处走错了路，然后在橙峰那里摔下了悬崖。这是他们根据雪地上留下的足迹推断出来的。我什么也没法说，因为一切都不对头。一切都不对头：透过病房里那扇宽大的窗户，我看到了一大片屋顶，可其中只有差不多1/5的屋顶显得很古老；我又听到，下方的街道上传来了电车和汽车的声音。人们坚持说这里就是列王港，而我也没法否认。听说这家医院距中央山丘上那片古老的墓地不远之后，我便陷入了一种精神错乱的状态。于是，他们把我送到了阿卡姆的圣玛丽医院，好让我在那里得到更好的照料。我喜欢待在那家医院，因为那里的医生心态开明，甚至利用他们的影响力，帮我从密斯卡托尼克大学图书馆借来了该馆精心保存的、阿尔哈萨德那部争议不断的《死灵之书》的抄本。医生们说我可能属于“精神失常”，并且一致认为，我应当摆脱掉心中所有的烦恼和妄念。

于是，我再次阅读了《死灵之书》里那可怕的一章；看完之后，我更是吓得浑身直打哆嗦，因为对我而言，其中的内容确实并不陌生。不管足迹说明的是什么情况，我都已经亲眼见过这本书；而见到这本书的那个地方呢，却被我彻底忘掉了。在清醒的时候，没有任何人能够让我记起那里；可由于看到了我不敢引述的那些话语，我的梦境却充满了恐惧。我只敢引述其中的一段话，并且竭尽所能，把这段话从令人困惑的中古拉丁语，翻译成了下面这段文字：

“至深之穴，”阿拉伯“疯子”如此写道，“非凡眼所窥；穴中之奇，怪异可怖。承咒之地，亡思存诸怪异之新体，无首而存邪念。贤者伊本·查卡巴欧尝曰：墓中无巫为大福，城邑入晚，为巫者湮灭亦为大福。古人尝传，结交恶魔者，亡灵无曾速别其尸骸，而积其膏脂，俟蛆虫噬咬；至于腐朽，可怖之物生焉。世间食腐之虫原本驽钝，渐而狡诈，令世间烦忧，俄而渐增，致天下遭殃。地脉本应充盈，奈何彼等秘掘大穴；有物本应伏爬，奈何彼等步趋习之。”

克苏鲁的呼唤[1]

可想而知，如此强大的力量或者存在当中，可能有残存下来了的……是一种经历了漫长岁月的残存之物，那时……意识是以人类进步大潮来临之前早已消逝的形状与形式表现出来的……这些形式，只在诗歌和传说中留下了一种稍纵即逝的记忆，被称为神灵、鬼怪以及各种各样的神秘存在……

——阿尔杰农·布莱克伍德[2]

1. 可怕的陶塑

我觉得，世间最仁慈之事，莫过于让人类无法将心中的所思所想关联起来。我们都生存在一片无尽漆黑的海洋中一个宁静的无知之岛上，可这并不是说，我们就非得离开这座小岛去远航。在不同领域朝着各个方向发展前进的科学知识，迄今还没有给我们带来伤害；只是有朝一日，我们把互不相关的知识拼凑到一起之后，就会把现实世界中种种令人恐惧的远景，以及人类在现实世界中的可怕处境，全都呈现在我们的面前，使得我们要么是因为揭露出来的真相太过残酷而陷入疯狂，要么就是逃离知识这种致命的光明，逃到一个新的黑暗时代带来的和平和安全当中去。

---

[1] 见于波士顿已故人士弗朗西斯·韦兰德·瑟斯顿的文集。

[2] 阿尔杰农·布莱克伍德（Algernon Blackwood，1869—1951年），英国著名的灵异与恐怖小说家、记者兼电台解说员，著有《空屋子与鬼故事》《人首马身怪》《柳树》《琼斯的疯狂》等作品。

通神论者曾经对宇宙当中那种异常宏大的循环进行过揣测，而在这个循环当中，我们的世界和人类本身都是匆匆过客，转瞬即逝。通神论者明确无误地暗示说，世间还有一些奇特的残存之物；要不是用一种温和的乐观态度加以掩饰，他们的说法就会让我们觉得毛骨悚然。不过，我却并非从他们那里，才对那段漫长得无边无际的受禁时期有所窥见；这段时期，让我一想起就不寒而栗，一梦到就会如若癫狂。我的这种窥见，起因于自己在无意之中把一些互不相干的东西拼凑到了一起，与所有人窥见可怕真相时的情形一样；我拼凑起来的，就是一张旧报纸上的一篇文章，还有一位已故教授留下的笔记。我希望，再也没有别人会把这两种东西联系起来；当然，只要尚活于世，我是绝不会故意让别人去将二者如此骇人地联系起来的。我认为，这位教授原本也打算让他所了解的那部分事情烂在肚子里的，若不是因为猝然离世的话，他也一定会把自己的笔记毁掉。

我对这件事情的了解，始于1926—1927年间我叔祖父去世的那个冬天。我的叔祖父名叫乔治·甘梅尔·安格尔，是罗德岛州普罗维登斯市布朗大学的闪米特语荣誉教授。他声名赫赫，是古代铭文领域的权威人士，一些著名博物馆的馆长经常去请他帮忙；因此，他在92岁高龄时去世的情况，许多人可能都还记得。当地的人呢，却非常关注他的离奇死因。从纽波特返回家里的途中，他就一直觉得身体不舒服；据目击者称，后来是一个海员模样的黑人撞了他一下，他就突然摔倒了。那个黑人从陡峭的山坡上一条异常阴暗的巷子里走出来，那里是一条近路，从海边通到逝者位于威廉姆斯大街的家里。医生们都查不出他身上有什么明显的疾病，因此经过一番茫无头绪的争论之后，他们只好得出结论说，那么大岁数的老人爬那么陡峭的山坡时速度太快，对心脏造成了某种不明的损害，就是导致教授死亡的原因。当时，我看不出有任何理由来对这种意见持有异议；但到了近来，我却开始怀疑这种说法，并且不单是对此感到怀疑了。

我的叔祖父是个鳏夫，去世时并无子嗣，因此我成了他的财产继承人与遗嘱执行人，理应比较彻底地检查和整理一下他的文件，于是我把他的所有文件和箱子都搬到了我位于波士顿的住处。我关联起来的大部分资料，过后都将由美国考古学会集结出版；但是我发现其中有一个箱子特别让我觉得困惑，我也很不愿意让别人看到。这个箱子上了锁，我没有找到钥匙，后来突然想起去查看一下叔祖父总是随身带在口袋里的那串私人钥匙。接下来，我的确打开了箱子；结果呢，出现在我面前的，似乎却是一种更难克服、封锁得更加严密的障碍。我在箱子里发现了一件古怪的浅浮雕陶塑制品，还有一些杂乱无章的便条、随笔和剪报。它们究竟是什么意思呢？难道我的叔祖父到了晚年，真的开始相信那些最浅显的骗局了？于是我下定决心，要找到雕刻出这个东西的人，因为这座陶塑明显扰乱了一位老者内心的宁静。

那件浅浮雕陶塑大致呈长方形，厚度不到1英寸[1]，面积差不多是5英寸×6英寸，并且显然是现代的作品。然而，浮雕图案上的基调和效果，却跟现代作品相去甚远，因为尽管立体派和未来派的风格奇特多变、狂放不羁，可两派的作品都不常模仿蕴藏于史前时期作品中的那种玄妙的规则性。而且，其中的大部分图案无疑是某种文字；不过，虽然我对叔祖父的文集与藏品都非常熟悉，可我绞尽脑汁，也没有想起它们究竟是一种什么样的文字，甚至完全想不起与它们稍有类似的文字来。

在这些明显属于象形文字的图案上方，刻有一个图形，并且这个图形显然带有形象化的意味；不过，雕刻图形所用的印象派手法，却让我无法清晰地判断出图形的性质。它似乎是某种怪物，或者是一个代表了怪物的符号，反正那是一种只有通过不正常的幻想才能想到的形状。就算我说运用自己那种有点儿过度的想象力之后，我同时想到了章鱼、猛龙和漫画中人类的形象，我也不会不如实地描述出这个东西的精髓来。这个东西长着一个软乎乎、有触须的脑袋，身体形状怪异，上面覆有鳞片，还有一双退化了的翅膀；但最让人觉得震惊和恐怖的，还是它的整体轮廓。图形的后面是一幅模糊不清的背景，依稀是一栋巨大的石制建筑。

与这件古怪的浅浮雕陶塑放在一起的，除了一堆剪报，还有安格尔

[1] 英寸，英制长度单位，1英寸约合2.54厘米。

教授最近所写的东西，但没有一件文学作品。其中有一份似乎是主要文件，题为“克苏鲁教”；这几个字，是煞费苦心地用印刷体写下的，似乎是为了避免让人误读这个前所未闻的词语。这份手稿分成了两节，第一节的标题是“1925年——H. A. 威尔考克斯的梦境和梦境作品，罗德岛州普罗维登斯市圣托马斯大街7号”，第二节的标题是“1908年约翰·R. 勒格拉斯侦探在美国考古学会年会上的叙述，路易斯安那州新奥尔良市比恩维尔大街121号——同一次会议的记录和韦布教授的描述”。别的手稿全都是一些简短的笔记，有些记录的是不同的人所做的怪梦，有些是从通神学书籍和杂志上摘录的引文（其中最引人注目的，就是W. 斯各特·艾略特[1]的《亚特兰蒂斯和消失的利莫里亚》），剩下的则是对一些长期残存的秘密社团与秘密宗教的评论，并且提到了一些神话学专著与人类学专著中的段落，比如弗雷泽[2]的《金枝》和默里小姐[3]的《西欧的女巫崇拜》。至于剪报提到的，主要都是一些怪异的精神疾病，以及1925年春季暴发的集体躁狂现象。

这份主要手稿的前半部分，讲述了一个非常怪异的故事。故事发生在1925年3月1日，一个有点儿神经质和容易兴奋的黑瘦小伙子，带着那尊奇怪的浅浮雕陶塑前来拜访安格尔教授；当时，那座浅浮雕陶塑还非常潮湿和新鲜。他的名片上，印着“亨利·安东尼·威尔考克斯”几个字；叔祖父认出此人是他略有所知的一个显赫家族里的小儿子，近来一直在罗德岛设计学院学习雕塑专业，一个人住在学校附近的百合花大厦。威尔考克斯少年老成，是一位众所周知的天才，只是性格非常古怪，从小就喜欢说那些奇闻轶事和古怪梦境，并且一说起来就全神贯注、兴奋不已。他说自己“精神上高度敏感”，可在普罗维登斯市这座

[1] 艾略特（W. Scott-Elliot，1849—1919年），英国商人、通神论者与业余人类学家。《亚特兰蒂斯和消失的利莫里亚》一书，由《亚特兰蒂斯传奇》与《消失的利莫里亚》两部作品合并而成。

[2] 弗雷泽（James George Frazer，1854—1941年），英国著名的社会人类学家，常被认为是现代人类学鼻祖，对现代神话学与比较宗教学的早期阶段产生了一定的影响。《金枝》一书，全名《金枝：比较宗教学研究》第二版时更名为《金枝：巫术与宗教研究》。

[3] 默里小姐（Margaret Alice Murray，1863—1963年），英国的埃及学家、考古学家、人类学家、历史学家和民俗学者，曾在伦敦大学学院任教，是英国第一位考古学女讲师。

古老的商业之都里，保守古板的市民却不屑一顾，完全把他看成一个“怪人”。由于一直都不怎么跟其他人打交道，因此他在社会上的知名度逐渐下降，如今只为一小群来自其他城镇的艺术家所熟知。连热衷于保持其保守主义理念的普罗维登斯艺术俱乐部，也认为他无可救药了。

教授的手稿中继续写道，在此次拜访期间，这位雕塑家突然请教授帮个忙，要教授利用自己的考古学知识，帮他辨识浅浮雕陶塑上的象形文字。他说话时神情恍惚，语气夸张做作，显得有点装模作样，让人顿失好感，所以我的叔祖父便回答得有点儿严厉，因为那尊陶塑明显是不久前才制成的，说明它跟考古学完全沾不上边。年轻的威尔考克斯进行了反驳，他的话无疑给我的叔祖父留下了极其深刻的印象，以至于后者竟然能够一字不漏地回想和记录下来。那段话极其富有诗意的色彩，想必是此人在交谈过程中的典型风格，而后来我又发现，这一点也正是此人最典型的性格。他说：“的确，这是刚刚制成的，是我昨晚在梦到了许多陌生城市的梦境里制作出来的；梦境之古老，甚于深陷忧思的提尔古城，甚于爱好冥想的斯芬克斯，甚于花园环绕的古巴比伦。”

就在此时，他开始讲述一个不着边际的故事，而那个故事突然唤醒了一段沉睡的记忆，引发了叔祖父极大的兴趣。前一天晚上，发生了一场小型的地震，但这也是新英格兰地区多年来震感最强烈的一次，因此，威尔考克斯的想象力自然受到了很大的影响。刚一睡着，他就做了一个前所未有的梦，梦见了一座巍峨壮观的巨石城市，城里到处都是巨大的石块和直指苍穹的巨型石碑，并且石块和石碑上全都滴出绿色的液体，透出险恶的恐怖气息。墙壁和柱子上都刻有象形文字，而从地下某个不确定之处，还传来了一种并非人声的说话声；那是一种混乱不堪的感觉，只有在幻觉中才有可能把它当成声音，可他还是勉勉强强地用差不多无法发音的凌乱字母，拼出了“克苏鲁—富坦”这几个字。

这几个杂乱的字，正是打开安格尔教授回忆之门的钥匙，令他既兴奋又不安。他带着严谨的科学态度询问威尔考克斯，并且怀着一种几近狂乱的紧张感，仔细地研究了那座浅浮雕。威尔考克斯称，当他渐渐地从迷乱中清醒过来之后，发现自己冷得要命，身上只穿着睡衣，正在制作这尊浅浮雕陶塑。后来威尔考克斯还称，我的叔祖父很自责，因为他的岁数太大，辨认象形文字和图形的时候很费劲。叔祖父提出的许多问题，在威尔考克斯这位访客看来都不得要领；尤其是有些问题，竟然试图把威尔考克斯与怪异的邪教或秘密社团联系起来。威尔考克斯无法理解的是，我的叔祖父竟然不停地向他保证，说即使威尔考克斯承认自己是某个分布广泛的神秘宗教团体或异教团体的成员，他也会替其保密。当叔祖父确信威尔考克斯真的对任何邪教或者神秘传说体系都一无所知之后，他便请这位雕塑家把今后所做的梦都告诉他。于是，他们之间便开始定期会面，因为第一次见面之后，手稿中每天都有那位年轻人来访的记载。后者会讲述他在夜里梦到的一些惊人片段，而梦境里总是反复出现某种可怕的巨石场景，其中的石头总是黑乎乎、湿淋淋的，还有一种从地底下发出的声音或者消息在单调地呼喊着，给人带来种种不可思议的感官冲击，除了称之为胡言乱语，他们就无法加以描述了。在这两种声音当中，反复出现的次数最多的，就是威尔考克斯拼出的“克苏鲁”和“拉莱耶”两个词。

手稿中继续写道，3月23日，威尔考克斯没有露面；到他的住处打听消息后发现，他患上了某种不太明确的热病，已经被人送回位于沃特曼大街的家里去了。前一天夜里，他曾经大喊大叫，惊醒了屋里的其他几位艺术家，而此后他的症状要么是不省人事，要么就是精神错乱。我的叔祖父马上给他家里打了电话，并且从那时起，就开始密切关注他的病情；得知负责治疗的是托比医生之后，叔祖父还经常给位于塞耶大街的医生办公室打电话。很显然，威尔考克斯这位年轻人那颗发热的头脑里，想的全是些怪异的东西；听到患者说出这些东西的时候，托比医生时不时也觉得不寒而栗。威尔考克斯在胡言乱语中，不仅反复提到他以前的梦境，还不合常理地提到了一个有几英里高、笨拙地到处乱走的庞然大物。每一次，威尔考克斯都没有完整地描述出这个东西；不过，根据托比医生复述的、患者偶尔出现的那些胡言乱语，教授确信，这个东西就是威尔考克斯试图在梦中雕成的陶塑上描绘出来的那种难以名状的怪物。医生还说，每次一提到这个东西，威尔考克斯就会陷入昏睡状态中。非常怪异的是，他的体温比正常体温没高多少；可从其他方面来看，他却真的像是在发烧，而不是患有什么精神障碍。

4月2日下午差不多3点钟的时候，威尔考克斯的所有症状突然消失了。他在床上坐起来，发现身在家中时大吃了一惊，并且完全不知道自3月22日晚以来，他在梦里或者现实当中发生的一切。医生说他已经痊愈了，而他也在3天之后回到了自己的住处；可对安格尔教授来说，此人却再也没有什么用处了。随着病情康复，威尔考克斯完全不再做什么怪梦；由于在接下来的一个星期里，他讲述的都是一些没有意义、无关紧要、纯属普通的梦中情景，因此我的叔祖父就不再记录此人的梦境。

手稿的第一部分到此就结束了，但在参考了零散笔记中的一部分之后，我却有了更多需要思考的问题；实际上，这些问题还非常多，以至于只有我当时所持哲学观里那种根深蒂固的怀疑论，才能说明我到了此时仍然信不过威尔考克斯这位艺术家的原因。让我起疑的，就是对不同的人在威尔考克斯出现怪梦的同一段时间里所做梦境的那些描述。我的叔祖父似乎迅速开始了一项范围广泛、规模庞大的调查，差不多调查了所有可以直白地提问而不会得罪的朋友，请这些朋友把每天晚上所做的梦，还包括以前做过的、值得注意的梦的日期都告诉他。对他的这一要求，朋友们的反应似乎各不相同；但起码来说，他一定得到了很多的反馈，普通人要是没有秘书的话，根本就处理不了那么多的信函。这些反馈信息的原件都没有保存下来，可教授的笔记却很完整，把真正重要的内容都进行了摘录。社交圈子与商界里的普通人，也就是新英格兰地区那些传统的“社会精英”，给出了一种可以说是完全否定的结果；只是其中偶尔也有一些零散的、在夜间梦境里心神不安却说不出具体情况的案例，并且做这种梦的时间往往都是在3月23日到4月2日之间，即发生在年轻的威尔考克斯出现精神错乱的那段时间里。从事科学工作的人受到的影响也不大，只有4桩案例中含糊其词地提到，他们曾经短暂地梦到过一些神秘的景象，其中有个人还提到了一种可怕的异常之物。

至于持肯定意见的反馈信息，则全都来自艺术家和诗人；我知道，假如能够相互交换意见的话，这些人一定都会恐慌不已。当时，由于找不到这些人的原始信函，所以我将信将疑，认为安格尔教授可能提出了一些具有诱导性的问题，或者可能对信函进行了修改，来证明他内心想要看到的结果。我之所以继续觉得威尔考克斯是不知用了什么方法，得知了安格尔教授手里一些旧资料的内容，然后跑来欺骗这位老科学家，原因就在于此。这些艺术家的反馈材料里，讲述了一个令人不安的故事。从2月28日到4月2日，他们中的很多人都梦到过一些匪夷所思的东西，而在威尔考克斯精神错乱的那段时间里，他们在梦中感受到的紧张程度也要严重得多。在那些事无巨细、和盘托出的反馈信息里，有超过1/4的人都提到了一些情景，说他们听到了一些似乎是人在说话、却又觉得不是人在说话的声音，与威尔考克斯描述过的那种情景与声音都很相似；有些人还承认，最后梦到那个难以名状的庞然大物时，他们都极为害怕。笔记中还重点描述了一个非常凄惨的案例。案例中的调查对象是一位大名鼎鼎、爱好通神论与秘术的建筑师；就在年轻的威尔考克斯发病的那一天，他陷入了极度的疯狂状态，不停地尖叫，要人们把他从某个逃出地狱的魔鬼手中救出来，并且几个月之后就去世了。假如我的叔祖父在提到这些案例时用的是调查对象的姓名而不是编号，我就会去查证和私访一番；可当时叔祖父用的正是编号，所以我只找到了其中的几个调查对象。然而，他们通通证实了笔记的内容。我经常想知道，安格尔教授调查过的人，是不是都像这几个人一样感到困惑。幸好，他们永远都不会知道产生这些现象的原因。

我在前面已经提到，其中的剪报涉及的，都是那段时间里出现的恐慌、躁狂和怪异案例。安格尔教授一定是雇用了一家剪报社，因为剪报的数量非常庞大，而且来自全球各地。比如，伦敦发生过一起夜间自杀事件，有位独居者在睡梦中发出了一声骇人的惊叫之后，就从窗户跳了楼。同样，南美洲有个疯子写了一封胡言乱语的信，寄给当地一家报社的编辑，说他在梦中看到了一种可怕的未来。加利福尼亚州有一则报道，描述了一群通神论者全体身穿白袍，只是为了达到某种从来都没有实现的“光荣圆满”的情况；印度的一些报道，则谨慎地提到当年3月底该国出现了严重的国内动荡。海地伏都教[1]的教众在聚会上纵情狂欢的现象激增，非洲的边远地区也报告说人们听到过不祥的隆隆声。美国驻扎在菲律宾的军官们发现，这段时间里有些部落总爱惹麻烦，而纽约警方也在3月22日至23日的那个晚上，遭到了一些歇斯底里的黎凡特人[2]的围攻。爱尔兰的西部，到处流传着一些荒诞不经的谣言和传闻；一位名叫阿杜瓦·博诺的古怪画家，还在1926年的巴黎春季沙龙上挂出了一幅亵渎神明的画作《梦景》。还有很多的报道记录了精神病院里出现的各种问题，因此只有出现奇迹，才有可能让医疗界不去注意到这些古怪的对应关系，不去得出神秘化的结论。总而言之，这是一堆非常怪异的剪报；时至今日，我仍然无法面对自己把那些剪报弃之一旁时，心中怀有的那种无情的理性态度。不过当时我却坚信，安格尔教授提到的这些陈年旧事，年轻的威尔考克斯早就心知肚明。

2. 勒格拉斯侦探的故事

这份长篇手稿的下半部分，主要讲述了一些陈年往事；正是这些旧事，才让我的叔祖父那么关注威尔考克斯的梦境和那件浅浮雕陶塑。手稿中称，安格尔教授以前其实看到过那只不可名状的怪物的可怕轮廓，曾经对着那些不为人知的象形文字冥思苦想，也曾听到过只能拼成“克苏鲁”的不祥音节；由于这些事情之间的关联如此令人不安、如此令人恐惧，因此他追着年轻的威尔考克斯问个不停，要求后者提供情况的做法，也就不足为怪了。

安格尔教授最初接触到这个怪物，还是在17年前的1908年；当时，美国考古学会正在圣路易斯召开年会。安格尔教授凭借自己在考古学方面的专业权威和造诣，在所有的研讨会上都扮演了一个突出的角色。有几位外行人士想利用这次会议的机会提出一些问题，来寻求正确答案和

[1] 伏都教，源自西非，后来盛行于加勒比地区，揉合了祖先崇拜、万物有灵论和通灵术等方面的一种原始宗教，亦音译为“巫毒教”。

[2] 黎凡特人，指来自地中海东部地区国家，如叙利亚、黎巴嫩、约旦、以色列、巴勒斯坦等国的人，主要都是阿拉伯人。

专业的解决办法；他们最先去找的人当中，就有安格尔教授。

这些外行人士中领头的那个人，很快就引起了所有与会者的关注。此人是一位样貌平平的中年男子，千里迢迢从新奥尔良而来，想要从与会者那里找到一些在新奥尔良无法获得的专业信息。此人名叫约翰·雷蒙德·勒格拉斯，职业是警方的一名侦探。他带来了一座形状怪异、令人厌恶、显得非常古老的石雕；至于石雕的出处，他却无从判断，并且正是为此而来。我们可不能仅凭这一点就认为，勒格拉斯侦探对考古学产生了什么兴趣。相反，他之所以希望了解考古学知识，纯属职业需要使然。那座石雕是在几个月前的一次突袭行动中缴获的，当时警方认为，伏都教徒正在新奥尔良南部一个森林沼泽里集会；教徒在集会上举行的那种仪式非常怪异、非常骇人，因此警方意识到，他们碰到的是一个自己完全不了解的神秘邪教，其邪恶程度甚至超过了非洲那些最邪恶的伏都教派。至于石雕的来历，除了被捕教徒受审时交代了一些怪异得令人难以置信的传说，警方根本就没有别的发现；因此，他们急于找来一些文物研究者帮他们鉴定这尊可怕的雕像，并且由此查出那个邪教的源头。

勒格拉斯侦探完全没有心理准备，没想到自己带来的东西能够引起那么大的轰动。一见到这个东西，就足以让参会的科学界人士全都陷入一种异常兴奋的状态；他们马上围到了勒格拉斯侦探身边，全都紧盯着那座小石雕；石雕的形状非但怪异至极，无人熟悉，而且带着一丝真正神秘莫测、历史悠久的味道，强有力地暗示出了一段尚未启封的远古记忆。没人认出制作这件可怕之物的是哪一个雕塑流派；不过，尽管无法确定石雕的制作年代，但石雕表面的颜色模糊、发绿，似乎留下了几百年、甚至几千年的岁月痕迹。

最终，石雕慢慢地从一位与会者传到另一位与会者手中，好让他们进行近距离的、仔细的研究；这座石雕高七八英寸，雕工精细；上面刻绘的是一只怪物，轮廓模糊，像是人类，却长有一个章鱼般的脑袋，脸上有许多触须，身上覆有鳞片，身体像是橡胶，前后肢上都长有巨爪，身后还有一对狭长的翅膀。这只怪物的身上，似乎弥漫着一股可怕而非自然的恶毒气息，身躯有点儿臃肿肥胖，邪恶地蹲在一块长方形的石块或者说基座上，而基座上面又刻满了难以辨认的字符。怪物的翅尖搭到了基座的后沿，臀部位于基座正中，而那双对折地蹲着的后肢上，长而卷曲的脚爪紧抓着基座的前沿，并且朝着基座底面向下垂伸，垂伸距离约为基座高度的1/4。那颗属于头足动物的脑袋向前倾着，巨大的前爪紧抱着自己那双高抬的膝盖，因此怪物面部的触须末端都垂到了前爪的背上。整座石雕的样子异常逼真，又因为大家完全不清楚它的来历而显得更加可怕。石雕的年代极其久远，简直无法衡量，这一点是确凿无疑的；可是，石雕上并没显示出与人类文明之初的任何一种已知艺术有什么联系，实际上也没有显示出与任何时期的艺术形式有什么联系。这座石雕完全是独成一家，与众不同，而其所用的材质也是一个谜，因为那种滑腻而呈暗绿色的石头上还带有金色或彩虹色的斑点与条纹，不像地质学或矿物学所知的任何一种石材。基座上的字符，同样显得莫名其妙；在场者尽管代表了世界上半数在这一领域内具有专业学识的人士，可没有一个人能够弄清楚，连与之有一丁点儿相似的文字也想不起来。这些字符，与石雕的主题、材质一样，属于某种遥远的、可怕的东西，它们与我们所了解的人类完全不同；而这种东西，还令人恐怖地联想起了古老而邪恶、我们的世界和我们的观念都不属于其中的生命轮回。

此时，在场的人纷纷摇头，承认他们被勒格拉斯侦探的这个问题难住了，不过其中有一个人，依稀觉得自己对石雕那种可怕的形状和上面的文字有一种古怪的似曾相识之感，然后马上有些忐忑不安地说起了他知道的一些怪事。此人就是已故的威廉·钱宁·韦布，他不但是普林斯顿大学的人类学教授，还是一位大名鼎鼎的探险家。48年前，韦布教授曾经参加了一次远赴格陵兰岛和冰岛的旅游，当时他想去寻找一些北欧古字碑，却没有找到。来到海拔很高的格陵兰西部沿海地区之后，他碰到了一个由一些堕落的爱斯基摩人组成的罕见部落或者教派；这些人信仰的宗教，是一种非常古怪的恶魔崇拜，还蓄意营造出一种残忍恐怖、令人憎恶的味道，令他不寒而栗。这种信仰，其他爱斯基摩人都不甚了然，并且一提到它就浑身发抖，说它是从可怕的远古时代，甚至是在整个世界创生之前流传下来的。除了一些难以形容的仪式和用人来献祭之外，那个教派还承袭了某些怪异的宗教仪式，祭祀一个至高无上的远古恶魔“托纳萨克”；关于这一点，韦布教授还在一位年老的爱斯基摩巫医或者说巫师那里仔细地做过一份语音记录，并且竭尽所能，用罗马字母对其中的声音进行了标注。不过，对眼下来说最重要一点就是，那个教派珍藏着一件神物，每当极光高悬于冰崖之上，教众就会围着神物跳起舞来。教授称，那件神物就是一尊非常粗糙的石质浅浮雕，上面刻着一个非常可怕的形象，以及一些神秘的文字。据他判断，那件神物所有的基本特征，与此时摆在与会者面前的这尊兽状石雕都大致相似。

韦布教授的话，让在场者既感怀疑又惊愕不已，却令勒格拉斯侦探倍感兴奋；于是，他马上向韦布教授提出了一连串的问题。由于通过审讯手下从沼泽里逮捕的那些邪教信徒，他已经注意到并且记录了一场口述的祭祀仪式，所以他请求教授尽可能地回忆回忆，想起他在崇拜恶魔的爱斯基摩人那里记录的音节。接下来，经过详尽的细节比对，勒格拉斯侦探和韦布教授一致认为，在相距如此遥远的两个地方发现的这两种可怕祭祀仪式，所用的祷文几乎相同；听到这个消息，与会者顿时陷入了一种可怕的沉默当中。爱斯基摩巫师与路易斯安那州沼泽里的祭师，向这两尊类似的神像反复吟诵的祷词，基本上就是下面这句话；至于断句，则是他们根据人们大声吟诵赞歌时所用的传统断句方法推断出来的：

“菲恩瑞—米戈路内夫—克苏鲁—拉莱耶—瓦纳戈—富坦。”

有一个方面的情况，勒格拉斯侦探比韦布教授更为了解，因为在逮捕的教徒当中，有几个已经向他解释过这句话的意思，是老一辈祭司传下来的。上面这句话的大意就是：

“在拉莱耶之永恒宅邸中，长眠的克苏鲁候汝入梦。”

此时，在众人的急切要求下，勒格拉斯侦探尽可能详细地描述了他率部突袭沼泽里那些邪教教徒的过程；我看得出，叔祖父认为勒格拉斯侦探讲述的过程极其重要。这个故事，就像是神话作者和通神论者最荒诞不经的梦境，并且揭开了这些血统混杂者和社会遗弃者一个令人震惊的宇宙幻想；可是，这些人却最不应当拥有这样一种幻想。

那是1907年11月1日，新奥尔良警方接到了南部乡村那片沼泽和浅湖区送来的紧急召集请求。在那片公地上定居的人，主要都是拉菲特[1]那帮海盗的后裔，他们虽说原始简朴，却也生性善良；他们陷入了极度的恐惧当中，因为有种不明的东西，每每在夜里悄无声息地前来偷袭。这显然是一种妖术，但要比他们所知的其他妖术更加可怕；自从一种邪恶的鼓声开始在任何居民都不敢前去的那座遥远的、黑乎乎的森林里不停地敲响之后，他们当中的一些妇女和儿童就开始失踪了。森林里还传来疯狂的呼喊声、痛苦的尖叫声、令人胆寒的吟唱声和舞动的鬼火，据那个惊恐不已的送信者说，人们再也忍受不下去了。

于是，一支由20人组成的警察分队分乘两辆马车和一辆汽车，由那个浑身发抖的公地定居者带领，在当天傍晚就向沼泽进发了。走到不能通行的地方之后，他们都下了车，然后悄然无声地在水中跋涉了好几英里，穿过了一片暗无天日、气氛可怕的松柏树林。丑陋难看的树根和令人厌恶地与铁兰缠在一起的藤条让他们举步维艰，偶尔出现的一堆湿漉漉的石头或者一堵残垣断壁，也因为它们可能说明这是一个恐怖之地，而突出了每棵奇形怪状的树木和每片菌类共同形成的那种压抑感。最后，他们终于靠近了那个公地居民点，一排肮脏拥挤的棚屋顿时映入了眼帘；激动异常的居民纷纷跑过来，围住了这一队手提灯笼的警察。这时，从前面很远很远的地方隐约传来了沉闷的鼓声；在风向偶尔改变时，间隙还传来一种令人胆战心惊的尖叫声。透过昏暗的灌木丛，在森林的无尽夜色之外，似乎还能看到一种红色的闪光。那些惊恐不安的居民，就连再次被警方单独留在那里也不乐意，一个个都断然不肯向那个正在举行邪恶祭祀仪式的地方走上一步；因此，勒格拉斯侦探和19位同事只好在无人带路的情况下，勇敢地朝着他们从未到过的那个黑暗恐怖之地进发。

警员们此时进入的那个地区，自古以来就是一个恶名昭著的地方，

[1] 拉菲特（Jean Lafitte，约1780—约1823年），十九世纪早期横行于墨西哥湾的一名法国海盗。

白人差不多都没有听说过，也没有来过。据传，这里有一个凡人见不到的隐秘湖泊，其中栖息着一只白色的怪物，其体型硕大，形状不定，有点儿像是水螅，眼睛还会发光；那些在公地上定居的人也在悄悄地说，每到午夜时分，一些长着蝙蝠翅膀的恶魔就会从地下深处的洞穴中飞上来，去祭拜这只怪物。他们都说，在迪亚博维尔出现之前，在拉萨尔[1]出现之前，在这里的印第安人出现之前，甚至在森林中进化出健全的鸟兽之前，那只怪物就存在于此了。它是一种梦魇，见到它就是死路一条。不过，它会给人类托梦，因此人们都明白要躲着它。实际上，目前伏都教徒举行秘密仪式的地点，还只是这个可怕地区最不起眼的边缘地带，可那儿已经够恐怖的了；因此，伏都教徒真正祭拜的地点，或许要比那些令人震惊的声音和事情更让这些公地定居者觉得恐惧呢。

当勒格拉斯一行在沼泽中艰难地朝着那种炫目的红光和沉闷的鼓声前进的时候，他们听到的那种喧嚣之声，只有在诗歌里或者一个人疯了之后才能去欣赏。其中既夹杂着人类独有的声音特质，也有野兽独有的声音特质；而令人恐惧的是，他们还听到了既像是人又像是兽发出的声音。在这里，野兽般的狂暴和秘密祭祀的放荡氛围，通过怒吼与狂叫达到了可怕得无以复加的程度；声声怒吼与狂叫，划过并在黑魆魆的森林里回荡，像是地狱深渊里刮来的阵阵邪恶风暴。时不时地，那种不太齐整的嚎叫会停息下来，而在一片沙哑的、似乎经过了充分练习的整齐声音中，就会响起一种高低起伏、抑扬顿挫的吟诵声，吟诵的正是那句骇人的祷文：

“菲恩瑞—米戈路内夫—克苏鲁—拉莱耶—瓦纳戈—富坦。”

接下来，警员们来到了一处树木较为稀疏的地方，祭祀现场的情景突然映入了他们的眼帘。其中有4位警员吓得站立不稳，直往后退，一个人晕了过去，还有两个人猛地发出了一声惊叫，幸好被秘密祭祀仪式上那种疯狂而刺耳的声音盖过了。勒格拉斯侦探赶紧捧起沼泽地上的水，泼到那个吓晕过去的警员脸上，把后者弄醒了。所有警员都浑身发抖地站在那儿，几乎都害怕得无法动弹。

---

[1] 迪亚博维尔和拉萨尔，都是美国南部的地名。

在沼泽里一片天然的空地上，有一块面积约为1英亩[1]的草地，上面没有树木，还算比较干燥。在这片草地上，有一群怪异的人正在上面跳跃着、扭摆着，样子更加难以形容，只有塞姆或安加罗拉[2]这样的艺术家才能描绘出来。这群血统混杂的人身上没穿衣服，正在围着一圈怪异的篝火嚎叫、咆哮和扭动；火焰圈子偶尔会分开来，因此警员们看到，这圈篝火的中央立着一块巨大的石碑，高约8英尺[3]，顶上则摆着那座模样可憎的小石雕，石碑之大与石雕之小显得很不协调。10座间隔均匀的绞刑架以火圈里的石碑为中心，形成了一个大圆圈，而那些失踪之后没有获救的公地定居者的尸体则头朝下地吊在绞刑架上，身上都带有古怪的伤痕。邪教教徒围成一圈，在这个大圈里面蹦跳着、嚎叫着，整体上按照从左到右的方向，在火圈和悬挂尸体的那个大圈之间，永不停歇地狂欢着。

有一位容易激动的西班牙裔警员，或许只是出于想象，或许只是因为林中的回音，竟然觉得自己好像听到从那片承载着古老传奇与恐怖的森林深处某个遥远而黑暗的地方传来了阵阵吟诵之声，在回应这一神秘的祭祀。此人名叫约瑟夫·D.加尔韦斯，我后来见过他，还向他询问过此事；他说，当时自己的确陷入了一种混乱的幻觉之中。实际上还不止如此，他又暗示说，自己甚至隐约听到了巨大翅膀拍动的声音，依稀瞥见了最遥远的树林那边有一双闪闪发光的眼睛和一个像大山一般的白色身躯。但我认为，他完全是因为听当地的迷信说法听得太多，才会出现那样的幻觉。

事实上，惊恐不已的警员们只是木立了相对很短的时间。职责总是第一位的；尽管那里聚集了差不多100名血统混杂的祭祀者，警员们还是仗着手中的枪械，义无反顾地冲进了那群令人作呕的乌合之众当中。随

[1] 英亩，英制面积单位，1英亩约合4047平方米。

[2] 塞姆（Sidney Herbert Sime，1865—1941年），英国画家，作品以风格奇幻与具有讽刺性著称，曾经为现代奇幻文学奠基人、爱尔兰作家邓萨尼勋爵的小说绘制过插画。安加罗拉（Anthony Angarola，1893—1929年），意裔美国画家，曾在1928年荣获“古根海姆奖”，是作者最喜欢的画家之一。

[3] 英尺，英制长度单位，1英尺约合30.48厘米。

之而来的喧嚣和混乱持续了5分钟左右，场面简直无法形容。有挥拳乱打的，有开枪的，有到处乱逃的，最后勒格拉斯侦探他们还是抓到了大约47名愁眉苦脸的教徒。他命令这些人匆匆穿上衣服，然后在两列警察中间排成一队。有5名教徒死了，还有两名受了重伤，由他们的同伙用临时做成的担架抬着走。自然，摆在石碑上的那座偶像也被小心翼翼地取了下来，由勒格拉斯侦探带了回去。

经过了一段紧张而令人疲惫的旅程，回到警局总部并进行身份核实之后，警方发现，那些被捕的教徒都是一些出身非常卑贱、血统混杂且精神不正常的人。绝大多数被捕者都是水手，其中只有少数几名黑人和黑白混血儿，并且主要都是来自佛得角群岛的西印度人或者布拉瓦的葡萄牙人，从而给这个成员混杂的教派赋予了一丝伏都教的色彩。不过，这个教派涉及某种比黑人的物神崇拜更加深刻、更加古老的东西；这一点，在警方提出诸多问题、对教徒进行审讯之前，就已经是一件显而易见的事情了。尽管那些教徒都很卑贱、很愚昧，可他们对自己信奉的那种令人恶心的教派的核心思想，却保持着惊人的一致性。

据教徒们交代，他们崇拜的是比人类诞生早了无数世代、从天空之外来到创生不久的世间的旧日支配者[1]。这些旧日支配者如今都已逝去，进入了地下和海底，但是它们的尸身却在第一批人类的梦中透露出了它们的秘密，后者由此创立了一个永远不灭的教派——这就是他们的那个教派。被捕者还称，这个教派以前始终存在，将来也会一直存在下去，隐身于世界各地的偏远之处与黑暗之地，直到伟大的祭司克苏鲁从海底大城拉莱耶的那座黑暗宅第里崛起，重新掌控大地的那一刻降临。有朝一日，待星辰都做好了准备之后，克苏鲁将发出召唤；这个秘密的教派则随时等候着，准备把克苏鲁解放出来。

至此，他们就什么都不能再说了。有一个秘密，哪怕是受尽酷刑，他们也不能说出来。人类绝对不是地球上唯一有意识的生物，因为曾经有幻影从黑暗当中现身，造访过少数忠心耿耿的教徒。不过，那些幻影

---

[1] 旧日支配者，是作者创造的克苏鲁神话中的一类神祇。旧日支配者曾在远古时代统治宇宙，但在一场战争中失败后，被禁锢在宇宙各处，无法自由行动。

并非旧日支配者。没人见到过旧日支配者。那座石雕上刻画的就是伟大的克苏鲁；可谁也说不清楚，其他旧日支配者的样子是否完全与克苏鲁相同。如今没人认识那些古老的文字了，可这些事情还是通过口口相授而流传了下来。教徒们吟诵的那句祷文虽然不是秘密，但他们从未大声说出来过，只会悄声低语。这句祷文的意思，不过就是："在拉莱耶之永恒宅邸中，长眠的克苏鲁候汝入梦。"

警方发现，被捕者当中只有两人神志正常，应当被处以绞刑，其余的人则被送到了不同的社会机构。所有被捕者都否认自己参与了秘密祭祀过程中的谋杀行径，并且一致声称，此事是从鬼影重重的森林里那个远古的聚集之地跑出来的"黑翼神"干的。不过，警方一直没能获得他们对这些神秘同谋的一致描述。警方真正获得的供词，主要来自一个年纪很老、名叫卡斯特罗的欧裔印第安混血儿教徒；此人声称，他曾经坐船远航，到过一些异域的港口，并且与某个长生不死的大祭司交谈过。

老卡斯特罗还记得一些可怕的零散传说；这些传说，既让通神论者的推测变得相形见绌，事实上还让人类和世界的历史似乎显得刚刚出现和非常短暂了。千万年以前，曾经有其他"东西"统治过地球，"它们"还建造了许多了不起的城市。老卡斯特罗说，那个长生不死的大祭司曾经告诉他，"它们"的遗迹如今仍能找到，那就是太平洋一些岛屿上的巨石。在人类诞生很久很久以前，"它们"全都死了；但有一种办法，待日月星辰在永恒的轮回中再次回到正确位置之后，能够让"它们"复活。实际上，"它们"本身就来自那些星辰，并且带着"它们"的神像。

卡斯特罗接着说，这些旧日支配者并非全是血肉之躯。"它们"具有形状，因为这尊具有星际风格的神像，不就证明了这一点吗？不过，"它们"的形状并非由物质构成。星辰处于恰当位置时，"它们"能够在空中穿梭，从一个世界跃入另一个世界；但是，倘若星辰的位置不对，"它们"就活不成了。只不过，尽管不再活着，"它们"却绝对不会真的死去。"它们"全都躺在大城拉莱耶的石屋里，由强大的克苏鲁用咒语保护着，等到星辰与地球再次为"它们"做好了准备的时候，

"它们"就会荣耀无比地复活。只是到了那时，必须有某种来自外部的力量，去解放"它们"的躯体。咒语既提供保护，让"它们"完好无损，同时也不让"它们"随意移动；因此，"它们"只能清醒地躺在黑暗当中，在无尽的岁月滔滔流逝的过程中不断思索着。宇宙当中发生的一切，"它们"全都知道，但"它们"交谈时用的是思维传播模式。即便是此时，"它们"也在自己的墓穴里交谈着。待无尽的混沌消退，第一批人类出现之后，旧日支配者便用托梦的办法，对那些敏感的人说话；因为只有那样，"它们"才能让人类这种哺乳动物的世俗心灵听懂"它们"的语言。

接下来，卡斯特罗又小声说道，第一批人类便围绕着旧日支配者在人类梦中向人类展示的小神像，创立了这个教派；那些小神像，都是旧日支配者从黑色星辰上的昏暗地区带来的。这个教派永不消亡，直到星辰再次回到正确的位置；到了那时，神秘的祭师会把伟大的克苏鲁从墓穴中解放出来，克苏鲁则会让臣民复活，并且重新统治大地。这个时刻很容易分辨出来，因为到了那时，人类将变得和旧日支配者一样，自由、狂野、超越善恶界限，将法律和道德全都抛至一边，所有人都会喊叫、杀戮、狂欢，充满欢乐。然后，获得解放的旧日支配者会教人类用新的方法喊叫、杀戮、狂欢和享乐，大地就会到处燃起一场狂欢与自由的浩劫之火。在此期间，这个教派必须利用恰当的秘密祭祀仪式，将他们记得的那些古老方法保存下来，并且暗示出旧日支配者必将回归的预言。

以前，一些被选中的人都是在梦里与困于墓穴中的旧日支配者进行交谈，可后来发生了一件事情。拉莱耶这座大石城，连同其中的巨型石碑及墓穴，全都没入了海浪之下；深邃的海洋中弥漫着一种原始的神秘力量，连意念也无法穿透，从而隔绝了旧日支配者与人类之间的那种无形交流。但是，记忆从未消失；一些大祭师也声称，星辰归位之时，大城拉莱耶就会再次浮出水面。到了那时，地下还会钻出世间的黑色魂灵，带着发霉的味道，影影绰绰，到处散布它们在被人遗忘的海底墓穴中听来的隐晦传闻。不过，对于这些传闻，老卡斯特罗不敢说得太多。

他急急忙忙地闭上了嘴巴，不管怎么威逼利诱，再也没法让他在这方面吐露半个字。而奇怪的是，他也不肯提及旧日支配者的身材大小。至于那个教派，他交代说，他认为教派的中枢之地位于阿拉伯半岛那些无路可通的沙漠中，那里有座伊莱姆城，亦即“支柱之城”；此城应该是既隐秘，又保存得很完好。这个教派与欧洲的巫术崇拜没有关系，除了其中的教众，外人对这个教派几乎一无所知。任何一本书中都不曾真正暗示过有这样一个教派，只有那个长生不死的大祭司曾经提到，阿拉伯“疯子”阿卜杜拉·阿尔哈萨德的那部《死灵之书》含有双关性，刚入门的人可以按自己的意愿去理解，尤其是下面这样一首被人们经常讨论的两行诗：

能够永世长眠的，并非亡者，
万古轮回之奇，死神亦可消亡。

听后，勒格拉斯侦探留下了深刻的印象，同时又百思不得其解，因而一直在探究这个教派的历史渊源，却徒劳无果。卡斯特罗说这是一个不折不扣的神秘教派，显然说的是实情。杜兰大学的专家权威既说不清楚这个教派，对那座神像也一无所知；于是，勒格拉斯侦探便来到了国内最高权威云集的这个年会上，可他听到的，不过就是韦布教授自己在格陵兰岛的奇遇罢了。

勒格拉斯侦探所说的情况，以及那座石雕提供的证据，在这次会议上引发了与会者的极大兴趣，而参加过这次会议的人在后来的通信中也曾不断地提及；不过，考古学会的正式出版物中，却基本没怎么提起。对于那些经常碰到吹牛者与骗子的人来说，首先要注意的，就是谨慎为上。有一段时间，勒格拉斯侦探还把那座石雕借给韦布教授去研究，但韦布教授去世之后，石雕便还回来了，并且一直由他保管着，我前不久还看到过。那可真是一件令人害怕的东西，并且无疑与年轻的威尔考克斯在梦中制作的那座雕塑很相似。

叔祖父听了威尔考克斯讲述的情况之后非常兴奋，对此我并不感到奇怪；因为在听说了勒格拉斯侦探对那个教派所掌握的情况之后，又听到一个很敏感的年轻人述说自己梦到的神像和象形文字，与沼泽地里发现的那座神像及格陵兰岛上那座邪恶石碑上的神像和象形文字一模一样，而且在梦里至少准确地听到了爱斯基摩巫医与路易斯安那州那些血统混杂的教徒所说话语中的3个词，他又会怎样想呢？所以，安格尔教授马上进行了一场最全面的调查研究，就是一件非常自然的事情了。不过，我私下里仍然怀疑，年轻的威尔考克斯可能是在欺骗我的叔祖父，怀疑他是通过某种间接的途径听说了那个教派的情况，然后编造了一系列梦境，来突出和延续这件神秘的事情。当然，安格尔教授收集的梦境故事和剪报，的确是强有力的证据；可我心中的理性以及整个事件的荒诞程度，还是让我得出了自己认为最明智的结论。因此，再次彻底地研读了一遍手稿，并将箱子里的通神学、人类学笔记与勒格拉斯侦探述说的那个教派的情况一一对照之后，我便前往普罗维登斯，找到了威尔考克斯，打算用我觉得不卑不亢的语气，谴责他欺骗一位学识渊博、上了年纪的老者的做法。

威尔考克斯仍然独自居住在托马斯大街上的百合花大厦。那是一座外观丑陋的维多利亚风格的建筑，模仿的是17世纪的布列塔尼建筑样式；其正面外墙用灰泥粉刷过，在那座古老山丘之上一些可爱的殖民风格住宅当中显得非常突出，上方尖顶的风格则是全美国最精致的乔治王朝式，在地上投下了长长的影子。我到达那里之后，发现他正在房间里工作；看到四下散布的雕塑样品，我不得不立刻承认，此人确有过人的天赋。我相信有朝一日，他会成为一位了不起的颓废派艺术家，因为他在陶塑中呈现出了亚瑟·梅臣用散文激发出来、克拉克·阿什顿·史密斯[1]则用诗行和画作描绘出来的那种梦魇和幻境，并且有朝一日，他还会用石雕把这些方面呈现出来。

威尔考克斯皮肤黝黑，体态羸弱，还有点儿不修边幅；听到我的敲

[1] 亚瑟·梅臣（Arthur Machen，1863—1947年），英国十九世纪末和二十世纪初的著名作家兼神秘主义者，以超自然、奇幻和恐怖小说著称，代表作有中篇小说《潘恩大帝》。克拉克·阿什顿·史密斯（Clark Ashton Smith，1893—1961年），美国一位自学成才的诗人、画家兼雕塑家，也是一位奇幻、恐怖和科幻短篇小说作家。

门声之后，他并没有起身，而是懒洋洋地转过身来，问我有何贵干。我把身份告知之后，他提起了一定的兴致，这是因为我的叔祖父虽然研究了他的怪梦，却从未向他解释过为什么要研究这些怪梦，所以他对这一点觉得很是好奇。在这个方面，我也没有告知他更多的情况，而是想要巧妙地套他的话。没过多久，我便确信他绝对没有撒谎，因为他说到梦境时的那种神态，我是不可能搞错的。那些梦境以及它们在潜意识里残留下来的印象，对他的艺术创作产生了深刻的影响；他还给我看过一座可怕的雕像，雕像轮廓中可能隐含着的那种黑暗力量，简直令我不寒而栗。除了梦中制作的那座浅浮雕陶塑，他不记得自己曾经在哪里见过那尊陶塑的原型，可陶塑的轮廓却在他的手下自然而然地呈现了出来。无疑，这就是他在精神失常、胡言乱语时提到的那个庞然大物。威尔考克斯很快就表明，除了我的叔祖父在跟他连续进行问答的过程中无意透露出来的一些东西，他对那个神秘的教派确实一无所知；于是，我又开始绞尽脑汁，想要知道他是不是有可能从其他途径获得了那些怪异的印象。

他谈到自己的梦境时，用的是一种非常奇怪而带有诗意的语气。这种语气，让我的眼前顿时浮现出了那座由黏滑绿石建成、阴冷潮湿的巨石之城栩栩如生的可怕模样；他还奇怪地提到，那些巨石的几何结构全然不对。他说话时的那种语气，让我在满怀恐惧的期待中，仿佛听到了地下那种无休无止、半属意念的召唤之声——“克苏鲁—富坦”“克苏鲁—富坦”。这几个词，正是在那种可怕的祭祀仪式上，教徒们吟诵的祷文里的一部分；可那篇祷文，讲述的正是死去的克苏鲁在拉莱耶的石墓里不眠长梦。尽管持有理性的信仰，可他的话还是让我极其动容。我敢肯定，威尔考克斯应该是曾经在无意中听说过那个教派的情况，只是由于他看的书、想的事同样古怪荒诞，因此很快就忘掉了这回事。后来，这件事情又凭借其纯粹的印象感染力，在他的梦境、他的浅浮雕陶塑以及此时我手中正拿着的这座雕像里，下意识地表现了出来；因此，他欺骗我的叔祖父，就纯属无心之失。这位年轻人属于那种既有点儿做作，又有点儿粗鲁的人，原本我是绝对不可能喜欢的；不过，如今我却很愿意承认，此人既有天赋，也很诚实。于是，我客客气气地和他道别，并且祝愿他发挥出天赋，事业有成。

后来，那个教派的问题依然令我着迷；偶尔我还会幻想幻想，觉得研究出这个教派的起源，以及它与其他教派之间的联系，有可能让我声名远扬。我曾经到过新奥尔良，走访了勒格拉斯侦探以及其他曾经参与过那场突袭行动的警员，看到了那尊可怕的石雕神像，甚至还询问了一些当时被捕、如今却依然在世的混血教徒。可惜的是，老卡斯特罗已经去世多年了。我如今亲耳听到、亲眼目睹的事情，尽管实际上只是充分印证了叔祖父记录下来的那些内容，却还是让我再次感到兴奋；因为我确信，自己是在追踪一种非常真实、非常神秘也非常古老的宗教，一旦有所发现，我就会变成一位万人瞩目的人类学家。那时我的态度，依然是一种绝对的唯物主义（我希望如今仍是如此），并且带着一种几乎无法解释的任性，不相信安格尔教授搜集的那些梦境记录和剪报之间有什么巧合可言。

还有一件事情，也引起了我的怀疑，并且如今恐怕我已经弄明白了，那就是：我的叔祖父绝对不是正常死亡的。他是在一条狭窄的山坡街道上，被一位黑人水手不小心推了一下才摔倒的；那条街道，是从一个血统混杂的外国人聚集的古老海滨区通往山上的。我并没有忘记，路易斯安那州那些邪教教徒就是一群混血水手；因此，就算得知他们拥有某些神秘的手段和毒针，并且那些手段和毒针就像其神秘祭祀仪式和信仰一样残忍而古老之后，我并不会感到惊讶。诚然，勒格拉斯侦探及其手下的警员一直都安然无恙；可在挪威，有位水手看到了一些东西之后就死了。有没有可能，是我的叔祖父得知了威尔考克斯的怪梦之后进行深入调查的消息，传到了一些邪恶之人的耳朵里呢？我认为，安格尔教授要么是因为知道得太多，要么是因为他日后有可能知道得太多才死的。我会不会也遭遇他那样的结局，目前还不得而知，因为此时我已经知道得不少了。

3. 来自大海的疯狂

要说上苍的确想要眷顾于我的话，那么这种眷顾就绝对不会让我在纯属无意的情况下，看到架子上散落的一张报纸了。那张报纸，根本就不是我在日常生活当中理应碰到的东西，因为它是澳大利亚的一份旧刊物，是1925年4月18日的《悉尼公报》。这份报纸发行的时候，剪报公司正在大力搜集资料来供我的叔祖父进行研究，可他们竟然漏过了这份报纸。

当时，我基本上已经放弃了调查研究安格尔教授称之为“克苏鲁教”的那个教派，正在新泽西州的帕特森拜访一位博学之友，此人是当地一家博物馆的馆长，也是一位有名的矿物学家。有一天，我们正在博物馆后部的一个房间里，查看那些草草存放在储藏架上的矿物标本；突然，矿石下面铺着的一张旧报纸上，有幅古怪的图片却吸引了我的目光。那份报纸，就是我已经提到的《悉尼公报》；而它之所以出现于此，是因为我的朋友与世界各地都有联系。那幅图片是报纸上的一幅灰色插画，画中有一尊可怕的石头神像，几乎与勒格拉斯侦探在沼泽地里发现的那尊石雕一模一样。

我急不可耐地把报纸上的珍贵矿石标本清理掉，然后开始仔细地阅读那篇报道；令人失望的是，我发现那篇报道非常简短。然而，报道的内容却给我原本已经不太起劲的调查研究带来了非同寻常的意义，因此我立即付诸行动，小心翼翼地把那一部分撕了下来。报道中如此写道：

海上发现神秘弃船

“警戒号”拖着失去动力的新西兰武装快艇。艇上一人生还，一人死亡。据称海上曾发生殊死战斗，导致伤亡。获救船员拒绝细述其神秘经历，其随身物品中现有一尊怪异神像。

详情有待继续调查。

莫里森公司的“警戒号”货轮从智利的瓦尔帕莱索港起航，今晨抵达了达令港的卸货码头，其后拖有一条来自新西兰但尼丁港的武装汽艇“警戒号”，后者全副武装，经历过战斗并遭受重创，4月12日于南纬34度21分、西经152度17分处被发现，当时艇上一人幸存，一人死亡。

“警戒号”于3月25日驶离瓦尔帕莱索港，4月2日因遭遇异常强大之风暴与巨浪，严重往南偏离了航线。4月12日弃船被发现；尽管明显属于弃船，但登船后发现，艇上留有一名已陷入半昏迷状态的幸存者，还有一名显然死于一周之前的船员。生还者手中紧攥一尊来历不明、高约1英尺的可怕石制神像，悉尼大学、皇家学会和学院街博物馆的专家全都承认，他们对此物的性质一无所知；据生还者称，他是在快艇船舱里一个样式普通、雕有花纹的小圣物箱里发现此物的。

恢复神志之后，此人讲述了一个极不寻常、涉及海盗和杀戮的故事。此人名叫古斯塔夫·约翰森，是个比较聪明的挪威人，曾在奥克兰双桅帆船“爱玛号”上担任二副，此船于2月20日补员11人，然后驶往秘鲁的卡亚俄港。他称，“爱玛号”3月1日遭遇暴风雨，非但耽误了航程，而且偏离了航线，漂到了南边很远的海域；3月22日，“爱玛号”在南纬49度51分、西经128度34分遇到了“警戒号”，当时驾驶“警戒号”的是一群举止怪异、模样邪恶的肯纳卡人[1]和印欧混种人。那帮人蛮横无理地命令“爱玛号”调转船头，但柯林斯船长拒绝了；于是，那帮怪人兽性大发，在毫无警告的情况下，用艇上装备的铜制大炮狠狠地对“爱玛号”开了火。这位幸存者称，“爱玛号”的船员奋力还击，并且尽管被击中之后“爱玛号”开始沉入水下，可他们还是慢慢地接近并登上了敌艇，在快艇甲板上与那帮野蛮人展开了近身肉搏，又在数量稍占优势的情况下被迫把那帮人全都消灭掉，因为后者尤其可恶和拼命，只是搏斗时显得非常笨拙。

“爱玛号”上丧生3人，其中包括船长柯林斯和大副格林；余下8人则在二副约翰森的率领下，驾驶着缴获的那艘快艇，开始沿着他们起初的航向继续前行，想看一看那帮人究竟是为了什么，要命令“爱玛号”掉头。第二天，他们似乎看到了一座小岛并且登上了小岛，只是没人知道那片海域还有这样一座小岛；后来，有6个人莫名其妙地死在了岸边，但约翰森

[1] 肯纳卡人，夏威夷与南太平洋诸岛土著的统称。

非常奇怪，对这一部分的情况只字不提，只说他们跌进了一条大石缝里。接下来，似乎是他和一位同伴回到了快艇上，并且努力驾驶着快艇，却遭遇了4月2日的暴风雨，快艇也被狂风暴浪打坏了。从那时起到4月12日获救这段时间里发生的事情，此人几乎什么都记不起来，甚至想不起同伴威廉·布雷登是什么时候死的。布雷登的死亡原因并不明显，很可能是由于受到了刺激，或者是受到了太阳暴晒而死。从但尼丁发来的电报通知称，“警戒号”在当地是一条广为人知的海岛商船，在港口素有恶名。船主是一帮非常古怪的印欧混血儿，他们经常聚集在一起，并在夜间跑到森林里去，让人们都极感好奇；3月1日出现暴风雨和地震之后，“警戒号”就极其仓促地出了海。本报驻奥克兰记者对“爱玛号”及其船员赞誉有加，称约翰森是一位沉着冷静、值得尊敬的人。海事法庭将于明日起对整个事件展开调查，并会用尽一切办法，让约翰森说出比迄今为止更多的情况。

整篇报道就是如此，外加那尊可怕神像的一张照片；不过，我的心中一下子涌出了无数想法！它既是“克苏鲁教”这方面的宝贵新资料，也是一种证据，说明这个教派不仅对陆地具有奇怪的兴趣，对海洋也是一样。究竟是什么样的动机，导致那些混血船员带着那尊可怕的神像在海上航行时，竟然要命令“爱玛号”掉头呢？让“爱玛号”6名船员丧生的那个不明岛屿究竟是什么，而令约翰森这位二副守口如瓶的又是什么呢？澳大利亚海事法庭的调查结果究竟如何，但尼丁港的人对这个可恶教派又了解多少呢？而最不可思议的就是，报道中提到的日期又是一种多么深刻而又超自然的联系，以至于曾经给我的叔祖父精心记录下来的各种事件带来的是一种邪恶的色彩，如今却变成给它们带来了不可否认的重大意义。

3月1日，据国际日期变更线来看，也就是我们这边的2月28日，接连出现了地震和暴风雨。“警戒号”及其令人憎恶的船员仿佛受到了紧急召唤似的，匆匆忙忙地从但尼丁港出海了；而在地球的另一边，诗人和艺术家们都开始梦到一座奇怪的、湿漉漉的巨大石城，期间还有一位年轻的雕塑家，在梦中雕出了克苏鲁那令人畏惧的形象。3月23日，“爱玛号”上的船员登上了一座不为人知的岛屿，留下了6位死者；就在同一天，那些敏感之人所做的梦都变得异常生动，他们因为在梦里被一只巨大的怪物追击而充满了恐惧之情，还有一位建筑师疯掉，而一位雕塑家突然陷入了精神错乱当中！4月2日那场暴风雨过后，情况又如何呢？就在同一天，所有的人都不再梦到那座湿淋淋的城市，威尔考克斯也从那场古怪的热病中安然康复了。这一切，与老卡斯特罗提到的关于沉入海底和源自星辰的旧日支配者及其即将到来的统治，与它们坚守的那个教派以及它们对梦境的掌控，到底是怎么回事呢？我是不是正徘徊在人类的力量无法承受、属于宇宙间才有的恐怖之事的边缘呢？假如真是这样的话，那么这些恐怖现象必定只是心理上的种种恐惧导致的，因为不管是带来了怎样骇人听闻的威胁，4月2日都用某种方式，结束了它们对人类心灵的攻击。

那一天，我都在匆匆忙忙地发电报、做安排，然后晚上我便告别了东道主，乘坐火车前往旧金山了。不到1个月后，我就来到了但尼丁港，然而我发现，此处的人对那些出没于古老的海边酒馆、举止奇怪的邪教教徒几乎一无所知。那帮人就像海滨的浮渣，因为太过常见而不值得人们特别关注；不过，我还是隐约听到，有人说这些混血教徒曾经到内陆去过一次，期间人们听到遥远的群山中传来了微弱的鼓声，还看到过红色的火焰。在奥克兰，我得知约翰森到悉尼接受了一次敷衍了事且没有结论的质询回来之后，原先的一头黄发全都变白了，并且此后便卖掉了他在西街的那座小宅子，带着妻子坐船回奥斯陆的老家去了。至于那段惊心动魄的经历，他对朋友说起的情况并不比他告知海事法庭官员的多，因此他的朋友们能够做的，就是把他在奥斯陆的地址告诉了我。

随后我便到了悉尼，与一些水手及海事法庭的官员进行了交谈，但都一无所获。我还在悉尼湾的环形码头看到了“警戒号”；如今这艘快艇已经卖掉，转为商业用途了，可从艇上那些不愿表态的船员身上，我依旧什么都没有发现。那座蹲伏在刻有象形文字的基座上、长着章鱼般的脑袋、身子像龙、翅膀带鳞的神像，如今保存在海德公园的博物馆里。我仔细地研究了很长的时间，发现那座雕像做工异常精细，完全称得上神秘莫测，古老得令人觉得可怕，所用材质也出奇地怪异；这些方面，与我在勒格拉斯侦探处看到的那件小样品如出一辙。博物馆的馆长告诉我说，地质学家也发现它是一个可怕的谜团，因为他们都发誓说，地球上根本就没有这种石头。接下来，我想起了老卡斯特罗对勒格拉斯说过的那些关于旧日支配者的话，禁不住浑身哆嗦起来："它们是从星辰上而来，还带着它们的神像。"

这种以前从未有过的心理变化，让我的信念发生了动摇；因此，如今我决心到奥斯陆去造访二副约翰森一次。我先是坐船到了伦敦，然后马上换乘船只前往挪威的首都。在一个秋日里，我终于来到了掩映在埃格伯格城堡阴影里的那片整齐的码头区。我发现，约翰森的住址位于哈罗德·哈德拉达国王区的老城；在整座城市改称"克里斯蒂娜"的那几个世纪里，只有这个老城区还一直沿用着奥斯陆的旧称。乘坐出租车走了不远的一段路之后，我就怀着忐忑不安的心情，叩响了一幢整洁而古老、正面墙壁粉刷过灰泥的宅子的大门。一个愁眉苦脸、身穿黑衣的女人来开了门，然后用不连贯的英语告诉我说古斯塔夫·约翰森已经离世。听到这个消息，我不禁大失所望，木立当场。

他的妻子说，回来之后，约翰森没活多久，因为1925年海上发生的那些事情把他给毁了。他告诉妻子的事情并不比他告知公众的多，只是他还留下了一份长长的、用英语写成的手稿；据他自己说，手稿记录的是一些"技术问题"，但显然是为了防备她在无意中看到，以免给她带来危险。有一次，他正在散步，穿过哥德堡码头不远处的一条狭窄巷子，突然之间，一捆报纸从一户人家的阁楼窗户从天而降，把他砸倒在地。两名印度水手马上扶着他站起身来，可还没等救护车赶到，他就死了。医生没有发现他的确切死因，故而归因于心脏病发作以及他的体质虚弱。

此时，我的心中不由得涌起了阵阵寒意，觉得自己的生命正在一点儿一点儿地被什么东西啃噬掉，觉得那种黑暗的恐怖决计不会放过我，一直要到我不管是因为"意外"还是因为别的什么原因也死去才会罢手。我对约翰森的遗孀说，我跟她丈夫记录的那些"技术问题"有着莫大的关系；于是，我拿到了那份手稿，并且带着它，在返回伦敦的轮船上就开始查看。那是一份非常简单、前后不太连贯的文件，是一位朴素的水手在事后尽量回忆并写下来的日记，内容则逐日记下了他最后那次可怕的航行经过。这份日记里，有些地方既晦涩模糊，又啰嗦得很，因此我无法逐字逐句地转述出来；不过，我还是会大致说一说其中的主要内容，因为仅凭这些内容，就足以说明当时我为什么会觉得海水拍打轮船侧壁的声音变得极其令人难以忍受，以至于我还用棉花堵住了耳朵。

幸好，尽管看到了那座城市和那只“怪物”，但约翰森并不清楚所有的事情；只是每当想到生命背后的时空里无休无止地潜藏着种种恐怖之物，想起那些来自于古老星辰、亵渎神明的邪恶力量，我就再也无法安然入梦了。那些邪恶势力长眠于海底，只被一个可怕的教派所知和崇拜，而这个教派也做好了准备，渴望着出现另一场地震，让那座巨石之城再次浮出海面、重见天日，渴望着将那些邪恶势力解救，让它们重见天日。

约翰森这次航海旅程一开始时的情况，与他对海事法庭所说的完全一致。2月20号，“爱玛号”空载驶离奥克兰港，然后遭遇了那场由地震引发的暴风雨；人们在梦中经历的种种恐怖情景，一定就是这场暴风雨从海底搅上来的。情况稍稍恢复正常之后，此船就航行得很顺利了，直到3月22日被“警戒号”拦住；我看得出，这位二副在写到“爱玛号”被对方击沉的时候，心中充满了惋惜之情。至于“警戒号”上那些皮肤黝黑的恶魔教徒，他提到的时候则显得极其恐惧。那帮人身上带有一股特别可恶的邪气，使得杀掉他们似乎是一件天经地义的事情，因此约翰森真的不明白，在接受海事法庭调查的过程中，他们这些船员为什么会受到“手段残忍”的指控。接下来，当大家在好奇心的驱使下，由约翰森指挥着，驾驶那条缴获的快艇继续前行后，他们看到海面上耸立着一根巨大的石柱，并且在南纬47度9分、西经126度43分那里碰到了一处海岸；那条海岸由泥浆、淤泥和海草丛生的巨石建筑物组成，完全就是地球上最令人恐惧的有形之物。那里就是拉莱耶这座梦魇般的鬼城，是那些来自黑暗星辰、令人憎恶的庞然大物在史前的无限万古之时建造出来的。那里长眠着伟大的克苏鲁及其同类，它们隐藏在一座座碧绿黏滑的墓穴之中，并且在经历了无数个轮回之后，终于释放出了让敏感者的梦里弥漫着恐惧之情的种种意念，终于发出了让其信徒前来朝圣、解救它们并让它们复活的召唤。所有的事情，约翰森都丝毫没有察觉；可天知道，他很快就看到了一切！

据我推测，当时其实只有一座山顶耸出了海面，就是那座埋葬着伟大的克苏鲁、模样十分骇人、上面还立有巨型石碑的城堡。一想到那些城堡之下可能存在多少阴魂不散的邪恶之物，我就恨不得立即自行了断。约翰森及其手下的船员，对古老恶魔们这座湿淋淋、恍若巴比伦的巨石之城呈现出来的宏伟与巍峨气势都敬畏不已；他们肯定无需有人指点就很清楚，这座石城既非地球上的建筑，也非任何一颗智慧星球上的建筑。他们惊叹，因为那些绿色石块的大小都令人难以置信；他们惊叹，因为那些巨型石碑的高度令人头晕目眩。他们还惊讶地发现，那些巨型石像和浅浮雕，与他们在“警戒号”的圣物箱里找到的那座小石雕一模一样，令人觉得无比震惊。这些方面，在二副约翰森满怀恐惧地写下的每一行字里都非常明显，完全看得出来。

虽然不知道未来主义是个什么样子，但约翰森在写到那座城市的时候，却表现出了一种很像未来主义的风格，因为他没有描述出任何明确的建筑或者房屋，只是详细地描述了巨大的角形和巨石表面给他留下的宽泛印象；巨石的表面实在太大，根本就不是这个地球的应有之物，何况上面还刻有邪恶可怕的神像与象形文字。我之所以提及他谈到了角形这一点，是因为这让我想起了威尔考克斯曾经告诉过我的那些噩梦。当时，威尔考克斯说，自己在梦境里看到的那些几何体都很反常，并不属于欧几里得几何体，而是一些完全不同于我们所知的球体与维度，还弥漫着一种令人作呕的气味。此时，一位没有接受过教育的水手在凝视着这种恐怖的现实时，竟然也产生了同样的感受。

约翰森及其手下登上了这座巨型城堡的一处斜坡泥岸，然后走一步滑两步地爬上了那些布满了淤泥的巨石；那些巨石之上，自然是不可能有凡人所用的台阶的。瘴气从这座浸泡在海中的异形建筑中不断地冒出，而透过从这座被海水浸泡的邪恶城堡里涌出的、具有偏振作用的瘴气看去，苍穹中的太阳似乎也变了形。邪恶的危险与悬念，鬼鬼祟祟地隐伏在经过雕凿的巨石上那些异常怪异、难以捉摸的角形中；因为乍一看去，它们都是凸形，可再一细看呢，它们却又变成了凹形。

看到比巨石、淤泥和海草更加明确的东西以前，所有人的心中其实早就涌起了某种很像是惊骇的感觉。要不是担心被其他人耻笑，大家可能早就拔腿而逃了；因此，他们搜寻的时候都是马马虎虎，只想找些可以带走的纪念品，但最终什么也没有找到。

葡萄牙水手罗德里格斯爬到了巨型石碑的底座上，大声喊着，说他有所发现。其他人都跟了过去，看着一扇巨大的石门，门上雕有他们此时已经熟悉的、那尊集章鱼和龙为一体的神像，让他们都觉得十分古怪。约翰森称，石门就像一扇巨大的谷仓大门；而他们之所以全都认为那是一扇门，是因为它的四周还有华丽的门楣、门槛和侧柱，只是他们无法确定，这究竟是一扇平铺在地上的活门，还是一扇斜斜地立着的地窖门。正如威尔考克斯可能会说的那样，这个地方的几何结构全都不对头。由于我们无法确定海面和地面是水平的，因此其他东西的相对位置似乎就显得虚幻多变了。

布雷登从几个位置推了推那扇石门，可都没有推开。然后，多诺万便仔仔细细地用手摸索大门边缘，一边摸，一边按压每一个地方。他还沿着那些奇形怪状的石雕纹路，没完没了地往上爬去；大家都想知道，宇宙中还有哪一扇门会有这么大。接着，那扇巨门的顶部开始轻轻地、缓慢地向内打开了；他们看到，巨门是上下对称的。多诺万沿着侧柱滑了下来，或者说他是把自己推了下来，回到了同伴身边；大家全都目不转睛，看着这道古怪的石门慢慢地打开。在这种奇幻得有如棱镜般的变形环境里，石门是以一种倾斜的反常方式打开的，因此所有的物质定律和透视法则，似乎在这里都被颠覆了。

门洞里黑乎乎的，并且是几近漆黑。那种黑暗其实算得上一种有利条件，因为它让门洞内墙上原本应当呈现出来的一些部位变得不那么显眼了；实际上，从已经密闭了万古之久的门内还喷出了一阵类似烟雾的东西，拍打着膜翼，偷偷地潜入了高远而向上凸起的天空当中，明显地遮挡了太阳的光辉。从刚刚打开的地下深处飘上来的那股气味，简直令人无法忍受；最后，听觉敏锐的霍金斯认为，他似乎听到下方传来了一种邪恶的喷溅声。大家都侧耳细听，可正当他们仔细倾听的时候，“它”一下子就垂着涎液、步伐笨重地出现在大家的眼前，并且四下摸索着，将自己那具有如凝胶一般且呈绿色的巨大身躯一点一点地挤出漆黑的门口，来到了外面那座疯狂而邪恶之城的不洁空气中。

记到这里的时候，可怜的约翰森几乎写不下去了。他认为，在那6名再也没有回到船上的水手当中，有两名纯粹是在那个该死的瞬间被吓死的。那只怪物的样子，完全无法描述，因为没有哪一种语言，能够描绘出这样一种集令人有如坠入深渊般不住尖叫的恐怖与远古的疯狂于一体，与所有的事物、力量和宇宙秩序都相矛盾的可怕之物。走出来或者说跌跌撞撞地挤出来的，简直就是一座大山。天哪！怪不得在这个心灵感应的瞬间，地球的另一边有一位了不起的建筑师疯掉，而可怜的威尔考克斯也因为发烧而开始胡言乱语呢！神像上的怪物，也就是这团来自星辰的绿色胶状物，已经醒来，要夺回它的权力了。星辰已经再次就位，而那个古老教派未能按照计划做到的事情，被一群无知的水手在无意当中做到了。亿万年之后，伟大的克苏鲁终于重获自由，又可以四处劫掠为乐了。

大家还来不及转身，就有3个人被那只怪物松松垮垮的巨爪扫倒了。愿他们安息吧，要是宇宙之间真的能够让人安息的话。那3个人，就是多诺万、格雷拉和埃斯特朗。正当其余3人狂乱无比地跳过那段由表面碧绿的巨石形成的一望无际的狭长地带，向小船跑去的时候，帕克滑了一跤；约翰森还在日记中信誓旦旦地说，帕克竟然是被原本不该在那个位置的一座石制建筑的一角吞噬掉了。那个角虽说是个锐角，可起到的作用却像一个钝角。因此，只有布雷登和约翰森回到了小船上，然后两人拼命地划向“警戒号”；此时，那只大山一般的怪物重重地走下黏滑的巨石，正在水边犹豫着、徘徊着。

尽管原本所有船员都上了岸，但快艇并没有彻底熄火，所以两人狂乱无比地上上下下，只在驾驶舱和引擎之间忙活了片刻，就把“警戒号”发动起来了。在那幅难以形容的场景带来的畸形恐怖气氛当中，“警戒号”的螺旋桨开始搅动致命的海水；而在身后阴森恐怖的海滩上，那只来自星辰之间、不属于地球的巨大怪物正站在石制建筑上，流着涎水，喃喃自语，就像独眼巨人波吕斐摩斯诅咒坐船逃走的奥德修斯一样[1]。接着，伟大的克苏鲁做出了比传说中的独眼巨人更加勇敢的举动：它黏滑无比地游入水中，开始追赶；划水的时候它掀起了阵阵巨浪，仿佛汇聚了整个宇宙的力量。布雷登回头看了一眼之后就疯掉了，时不时地尖声大笑，直到有天晚上在船舱里死去；他死去的时候，约翰森正在船上神志不清地到处乱转。

但是，约翰森当时并没有放弃希望。他明白，只有让快艇全速前进，否则那只怪物肯定会赶上来，因此决定孤注一掷；他把发动机调到全速，然后迅速跑到甲板上，将船舵掉转过来。散发着恶臭的海面上，出现了一个巨大的漩涡，泡沫四溅。随着快艇的引擎越转越快，这位勇敢的挪威人驾驶着船只，迎头冲向那只正在追来的胶状巨怪；巨怪耸立在肮脏不堪的泡沫之上，就像一艘恶魔之船的船尾。它那颗可怕的章鱼脑袋上，触须缠绕翻腾，差不多要伸到这艘勇往直前的快艇船头的斜桅了，可约翰森依然毫不留情地继续驾驶快艇往前冲去。只听得像是气囊炸开似的一声裂响，海中浮起了一滩黏稠的污秽之物，就像一条剖开的翻车鱼，空气中则弥漫着一股像是同时打开了千百座坟墓似的恶臭，还传来了约翰森这位日记作者不愿付诸笔端的一种声音。顷刻之间，快艇便冲进了一团带有酸味、令人看不清东西的绿色雾尘当中，随后就只听得船尾发出了一阵恶毒的翻腾之声。天啊！在船尾那边，那只莫可名状的外星生物到处散落的胶状体就像云雾似的，重新聚拢起来，慢慢恢复了它那种可憎的原始形状；而随着“警戒号”的发动机全速开动，速度

[1] 在古希腊神话中，奥德修斯与同伴在特洛伊战争结束后返乡途中因遭遇海难，漂泊到了独眼巨人波吕斐摩斯所在的岛屿，并被后者关在山洞里当食物。奥德修斯自称“奥提斯”（意思是“无人”），并设计刺瞎了波吕斐摩斯的眼睛。波吕斐摩斯向其他独眼巨人求助，后者问是谁刺瞎了他的眼睛，波吕斐摩斯因回答“奥提斯”而受到了讥笑。后来，奥德修斯又与幸存下来的同伴设法逃离了该岛。

越来越快，快艇与怪物之间的距离也越拉越远。

情况就是这样了。此后，约翰森只是看着船舱里的那座小石像沉思着；除此之外，他干的事就是吃点儿东西，以及照料身边那个不停狂笑的疯子之类的事情。第一次勇猛地逃脱之后，他再也没有试图去驾驶船只，因为那种勇敢之举导致的反应，已经带走了他灵魂中的某样东西。接下来，两人又遭遇了4月2日的那场暴风雨，而约翰森也日益开始变得神志不清起来。他感觉到，自己正在旋转着穿过一条条无尽的液态深渊，它们有如幽灵一般，令人眩晕；他感觉到，自己是坐在一颗彗星的尾巴上，飞速穿越一个个令人头晕目眩的宇宙；他感觉到，自己歇斯底里地从深渊当中跃向了月亮，然后又从月亮跃回了深渊；同时，那些形状扭曲、欢闹不已的古老神灵，以及地狱中长有蝙蝠翅膀、喜欢嘲笑的绿色小鬼都在大笑，让这一切都变得令人愉快起来。

做完那个噩梦之后，他被“警戒号”救起来了；接下来，就是接受海事法庭的调查，看到了但尼丁港的街道，以及返回埃格伯格附近老宅那段漫长的旅程。他无法把一切都和盘托出，因为那样的话，人们会以为他疯了。但他要在死神降临之前，把自己知道的事情全都记下来，只是不能让妻子得知。倘若能够把这些往事通通抹去，那么死亡未必就不是一种福泽呢。

这就是我看到的那份手稿。如今，我把手稿放在一个铁盒里，与那座浅浮雕陶塑以及安格尔教授的文件存放在一起。我记下的这些内容，本应随之消失才对；这些东西，都是对我自己身上那种健全神志的考验：我曾经把它们拼凑到了一起，但我希望，日后再也没人会把它们拼凑起来了。我已经看到宇宙中容纳着的所有可怕之物，此后，连春日明媚的天空与夏季盛开的鲜花，可能也会置我于死地。不过，我认为自己活不了太久的时间。叔祖父走了，可怜的约翰森走了，所以我也该走了。我知道的事情太多，那个教派却依然存在。

我想，克苏鲁也依然存在，重新回到了那个自远古以来就一直庇护着它的石头深渊当中。它那座遭到诅咒的城市，如今再次沉入了海底，因为4月的那场暴风雨过后，“警戒号”又驶过了那片水域，却什么也没有发现；但是，克苏鲁在尘世间的那些仆人，却依然在一些荒僻无人的地方，围着顶上安有神像的巨型石碑嚎叫着、跳跃着和杀戮着。它一定是因为石城下沉而困在了那个黑暗的深渊里，不然的话，整个世界到了此时，早应充满了惊恐与疯狂的尖叫声。谁又知道，最终的结局将是怎样呢？已经升起的，可能沉下去；已经沉下去的，也有可能再次升起。令人恶心的东西正在深渊中等待着、幻想着，而人类那些摇摇欲坠的城市里，早已弥漫着腐朽的气息。那一刻终将到来，可我不该去想，也不能去想！我只祈愿，就算我在死去之前没有来得及把这部手稿毁掉，我的遗嘱执行人也不会鲁莽行事，而是会小心谨慎，确保其他任何一个人都不会看到。

星空之彩

阿卡姆镇以西，耸立着绵延不断的群山，人迹罕至；那里有一些山谷，谷中林木茂密，人们从未前去砍伐过。那里还有一些幽暗狭窄的峡谷，树木都是斜着生长，并且斜得厉害，下面流淌着潺潺的小溪，终日不见阳光。较为平缓的山坡上，有许多古老而多石的农场，其中低矮而苔藓遍地的农舍都位于高大山脊的背风之处，宛如永远都在思索着新英格兰地区一个个古老的秘密；不过，那些村舍如今都已完全空置，粗大的烟囱摇摇欲坠，而低矮的复折式屋顶下，盖有木瓦的侧墙也已向外鼓起，非常危险。

原来的村民已经离去，外来者也不喜欢住在这里。法裔加拿大人试过，意大利人试过，波兰人也是来了又走了。至于原因，并不是说人们在那里看见、听到或者对付过什么不好的东西，而在于人们想象出来的某种东西。这个地方并不适合人们发挥自己的想象力，晚上也不会给人带来安静、祥和的梦境。这一点，必定就是导致外来者对这个地方敬而远之的原因，因为老艾米·皮尔斯从来都没有跟他们讲述过自己记忆中那段“奇异日子”里的任何事情。艾米的脑筋多年以来都不太正常了，可他既是唯一还留在此地的人，也是唯一会谈起那段“奇异日子”的人；他之所以敢于这样干，却是因为他家离阿卡姆周边的开阔田野和往来大路很近。

从前，群山之上和山谷之间有过一条大路，一直通到如今那片所谓的枯萎荒原上；不过，现在人们已经不再走那条路，而是修了一条新的马路，弯弯地通向遥远的南方。在重新长满杂草的旷野里，我们依稀还能找到那条旧路的痕迹，即便是半数洼地都已蓄了水，变成了一个新的水库，那条旧路的某些地段无疑也会继续存在下去。接下来，人们将砍伐掉那片阴森的森林，而那片枯萎荒原也将沉入深深的水库底下；水库湛蓝的水面之上，将映出蓝天的倒影，将在明媚的阳光下泛起阵阵涟漪。而且，“奇异日子”里的种种秘密，也将与深渊中的秘密融为一体，与古老海洋中的隐秘传说融为一体，与古老地球所有的秘密融为一体。

我进入那片群山和溪谷当中为新水库进行勘测的时候，人们都对我说，那里是个邪恶之地，阿卡姆的人也对我这么说过。由于阿卡姆是一座充斥着巫蛊传说、历史非常悠久的古城，因此我以为，他们所谓的邪恶，一定就是千百年来祖母们悄悄地说出来吓唬孩子的那种故事。“枯萎荒原”这个名称在我看来也很奇怪、很夸张，我都不知道它究竟是怎样进入一个清教徒民族的民间传说里的。接下来，我就亲眼看到了西边那些幽暗纠结的峡谷和山坡；因此，除了此地本身就有的那种古老的神秘气氛，我对任何事情都不再感到惊讶了。我看到那些峡谷与山坡的时候正值上午，可那里始终都让人觉得阴森森的。树木长得过于茂密，树干过于粗大，新英格兰地区的正常木材根本就不是这样的。树木之间那些昏暗的峡谷都太过幽静，而树木之下的地面则覆盖着潮湿的青苔和经年累月的腐叶，因此太过软绵。

在开阔的地方，主要就是那条旧路的沿线，分布着一些小型的山坡农场；有些农场里的房屋还在，有些农场里只剩下一两座，还有些农场里只剩下一根孤零零的烟囱，或者一间很快就会填埋掉的地窖。野草和荆棘四处蔓延，野生动物鬼鬼祟祟地躲在灌木丛中，沙沙作响。放眼望去，眼前的一切都笼罩在一层令人不安和感到压抑的阴霾之下，带有一抹不真实和怪异的色彩，宛如一幅画作上透视和明暗对比中的某种关键要素出了差错。对于外来者都不愿留在这里，我不再感到奇怪，因为这种地方根本无法让人安然入睡。这里的情景，太像是萨尔瓦多·罗萨[1]的一幅风景画，太像是恐怖故事中某幅封禁的木版画了。

[1] 萨尔瓦多·罗萨（Salvator Rosa，1615—1673年），十七世纪意大利著名的巴洛克创新派画家，其作品充满激情，色彩明亮丰富，同时他也是一位诗人和版画家。

可即便如此，这一切也没有像枯萎荒原那样令人厌恶。有一次，我在一座空旷的山谷底部无意中碰到了这片荒原；一看到那里，我便明白了这一点：再也没有别的什么名字适合那里，或者说，再也没有别的什么地方适合用这个名称。仿佛是哪位诗人在看到这个独特的地区之后，才想出了这么一个名称。看到这个地方之后，我曾经以为，这里肯定是发生过火灾，才变成现在这个样子；不过，那片方圆达5英亩的灰色荒野，就像森林和田野中被酸液腐蚀而成的一个大斑点似的，袒露在苍穹之下，为什么一直都没有长出新的植被呢？这片荒原，大部分都位于旧路的北边，只是稍稍延伸到了旧路的南边。我下意识不愿意走近那里，而最终之所以到那里去，完全是因为我有任务在身，必须穿过这片荒原。开阔的荒原上没有任何植被，地上只有一层细细的灰色尘土或者灰烬，似乎从来都没有被风吹动过。离这里不远的树木，也都是一副病怏怏和发育不良的样子；荒原边缘还有很多枯死的树木，树干或是光秃秃地立在那里，或是倒在地上腐朽不堪了。我匆匆忙忙地经过那里的时候，看到右边有一座旧烟囱倒塌后堆成的砖块和一口地窖，还有一口废弃的水井；井口阴森森地大张着，冒出污浊的水汽，在阳光下古怪地变幻着色彩。相比而言，就算是在那边阴暗的森林里攀爬上很长一段路，似乎也要比待在这里舒服；因此，我就不再对阿卡姆人偷偷说起的那些可怕传闻感到惊讶了。附近没有一座房屋或者废墟，由此来看，就算是在过去，这里一定也是个偏僻遥远的地方。到了黄昏时分，由于不敢重新经过那个不祥之地，我便绕了一圈，沿着南边那条弯路回了城里。我茫然地希望，头顶能有一些云彩聚拢而来，因为那片深邃蔚蓝的虚空给我带来的某种古怪的胆怯之情，早已悄悄地渗入了我的灵魂深处。

到了晚上，我便向阿卡姆镇的老人们问起那片枯萎荒原的情况，询问许多人口中闪烁其词的“奇异日子”究竟是什么意思。然而，我无法从他们那里得到任何满意的答案，只是得知，这桩神秘事件其实是不久前才出现的，完全没有我原本以为的那么久远。这根本就不是一个古老传说的问题，而是其中某些人亲身经历过的一件事情。这件怪事发生在80年代；当时，有一户人家失踪了，或者是被人害死了。说起这事的人，都不愿一五一十地把情况和盘托出；正是由于他们全都劝我不要理睬老艾米·皮尔斯的疯言疯语，我才在第二天上午就去找他了。我听说，他独身一人住在一栋摇摇欲坠的破旧农舍里，就在树林刚开始变得非常浓密的那个地方。那是一个古老得令人发怵的地方，并且开始散发出一种淡淡的腐臭味道；凡是年代太过久远的房屋，周围总是有着那么一股味道。我敲了半天门，才叫醒了那个老头。他慢慢吞吞、小心翼翼地打开门后，我看得出，老头不怎么欢迎我。他的样子并没有我预料的那么羸弱，不过他的眼神却显得奇怪的萎靡不振，而身上蓬乱的衣服和灰白的胡子，也让他的模样显得十分憔悴和阴郁。我不知道用什么办法才能让他把自己的故事和盘托出，于是假装是为了公事而来。我对他说，我正在为了水库而进行勘测，然后就不那么明显地问起了这个地区的一些情况。与我之前听到的情况相比，此人的头脑要灵活得多，受教育的程度也要高得多；不待我看出这一点，他就像阿卡姆与我交谈过的那些人一样，充分理解了我的问题。他与我在即将修建水库的这一地区认识的其他乡下人不同。他没有提出抗议，没有说什么周围数英里的古老森林和耕地都会被水库淹掉之类的话；但我觉得，若非他的家位于新建水库的范围之外，他可能也会提出抗议吧。他表现出来的，完全是一种如释重负的心情，似乎为他一辈子都在其中穿行的那些古老阴暗的山谷即将消失而感到欣慰。那些山谷，最好是现在就没入水下，最好是从“奇异日子”以来就没入了水下。开口说了这句话之后，他那沙哑的声音就低沉下去，同时身体前倾，右手的食指颤抖着开始指指点点，给我留下了深刻的印象。

就在那个时候，我从他的嘴里听到了下面的这个故事。尽管当时正值夏天，可在他用那种不着边际、低沉刺耳的声音向我讲述的过程中，我还是一次次地不寒而栗。我不得不经常打断他杂乱的题外话，澄清科学上的一些问题，或者在他的叙述缺乏逻辑性和连贯性的时候将其连贯起来；他对许多问题其实都不太了解，只是照搬一些专家的说法，并且对这些说法的记忆也日渐模糊起来。待他讲完之后，对于他的精神有点儿不太正常，以及阿卡姆人都不愿多谈“枯萎荒原”的现象，我便不再感到惊讶了。我在日落之前匆匆赶回了旅馆，因为我不愿再在星光闪烁的野外走夜路；第二天，我就返回了波士顿，辞去了工作。我不敢再次进入那个位于古老森林和山坡之间的阴暗混沌之地，也不敢再次面对那阴郁灰白的枯萎荒原，以及倒塌的砖石旁边那座阴森森地张着血盆大口的深邃水井。此时，水库很快就要动工，所有的古老秘密都将永远埋藏于水底，不再为害了。可我相信，即便是到了那时，我也不会在夜间前往那里，起码也不会在天上闪烁着邪恶星辰的时候前往那里；而且，就算给再多的好处，我也不会饮用阿卡姆镇新供的自来水。

老艾米说，一切都是从那块陨石开始的。此前，自女巫受审以来，那里根本就没有出现过什么耸人听闻的传说；而且，就算是在女巫受审的时候，人们对西边森林的畏惧感，也没有达到他们对密斯卡托尼克地区那座小岛的害怕程度。据说，在那座小岛上，恶魔曾经在一座祭坛旁边接受信徒的祭拜，而那座祭坛的历史，比印第安人的历史还要悠久。这儿的森林里面没有闹鬼，并且在“奇异日子”降临之前，林中的黄昏虽说古怪，却绝对不会令人感到恐惧。接下来的一天正午，空中出现了一团白云，发生了一连串的爆响，而林中深处的那条山谷里，也升起了滚滚的浓烟。到了晚上，所有的阿卡姆人便都得知，有一块巨大的陨石从天而降，一头砸进了内厄姆·加德纳家那口水井旁边的土里。内厄姆家的房子就坐落在即将出现的枯萎荒原上，那原本是一幢白色的村舍，整洁得很，四周都是肥沃的菜园和果园。

内厄姆跑到镇上去，想去报告陨石坠落的事情，途中在艾米·皮尔斯家歇了歇脚。那时艾米才40岁，因此所有古怪的事情都印在他的脑海里。他和妻子曾经跟着密斯卡托尼克大学的3位教授去过现场，后者第二天上午就匆匆赶来了，想要看一看那个来自未知星际空间的怪异访客；看了之后，艾米觉得非常诧异，不知道前一天内厄姆为什么要说那块陨石极其巨大。内厄姆指着他家前院里距那套古老的汲水设备不远的、堆在陨石铲开的泥土和烧焦的杂草之上的一个褐色土堆说，那块陨石缩小了。不过，3位博学的教授却回答说，石头是不会收缩的。陨石仍在散发着热量；内厄姆又称，那块陨石在夜里还会发出微弱的光。几位教授用地质锤敲了敲，发现陨石松软得出奇。事实上，那块陨石松软得几乎跟塑料一样；因此，他们是抠下而不是切下了一份样本，带回大学去检测。他们借了内厄姆家厨房里的一只旧水桶，把样本放在桶里，因为即便只有那么一小块，陨石的温度也丝毫没有降下来。回去的途中，他们在艾米家休息了一会儿；当皮尔斯太太说那块小陨石的样本正在变小，并且把桶底烧坏了之后，教授们似乎都开始小心起来。的确，那块陨石样本并不大，或许是因为教授们带走的原本就没有他们以为的那么多吧。

这一切，都发生在1882年的6月份。第二天，那些教授们又是带着极其兴奋的心情离开的。经过艾米家时，他们还把那块陨石标本出现的一些怪事，以及把陨石样本放入玻璃烧杯之后它就慢慢消失了的情况，全都告诉了艾米。连盛放陨石标本的烧杯也不见了；那些博学的教授还说，那块奇特的陨石与硅元素具有什么“亲合性”。样本在那个井井有条的实验室里的表现，完全可以说令人难以置信：用木炭加热时没有任何反应，其中也没有显示出含有任何的内在气体；在硼砂珠实验[1]中完全呈阴性；不久后又证明，样本在任何可以达到的温度下，包括在氢氧吹管造成的高温下，都完全不具有挥发性。放到铁砧上之后，样本显示出了高度的可塑性，而放在黑暗中的时候，样本发出的光芒也非常明显。陨石样本始终都没有冷却下来，因此很快让密斯卡托尼克大学上下都出现了一种真正的兴奋状态；而得知把样本放到光谱仪前加热，显示出一些闪亮的光谱带与任何正常光谱上的已知颜色都不同之后，大学里的人更是激动不已，纷纷谈论起新的元素、匪夷所思的光学性质，说的都是面对未知事物并感到困惑不解时科学家们常常会说的那些东西。

由于陨石样本的温度很高，因此教授们把它放在坩埚里，用所有合适的试剂进行了测试。陨石与水不起任何反应，盐酸也是如此；硝酸，

[1] 硼砂珠实验，熔珠实验的一种，由瑞典化学家永斯·雅各布·贝采利乌斯在1812年发明并推广，利用的是熔融的硼砂能与多数金属元素的氧化物及盐类形成各种不同颜色化合物的特性，是一种传统的金属分析实验。

甚至王水[1]，在陨石灼热密实的表面上也只会嘶嘶作响地滴落下去。艾米很难再记起所有的事情，但我按照通常的使用顺序提到一些溶剂之后，他还是想起了其中的一部分。教授们使用了氨水、苛性钠、酒精和乙醚、气味令人作呕的二硫化碳，以及其他十几种试剂；但是，虽说样本的重量一直随着时间的推移而在稳定地缩减，而样本的温度似乎也略有降低，但溶剂中完全没有出现什么变化，表明溶剂与陨石中的物质没有发生反应。不过，这块陨石属于某种金属，这一点是毫无疑问的。一方面，样本带有磁性；另一方面，浸入酸性溶剂之后，样本表面似乎出现了陨铁上特有的魏德曼花纹[2]的微弱迹象。待陨石样本的温度开始大幅降低之后，教授们又把样本放到玻璃仪器里继续进行实验：他们将起初的那一小块陨石样本切碎，放进了一个烧杯。第二天上午，陨石碎片和烧杯竟然一起消失得无影无踪，只在木架上放置烧杯的那个位置留下了一个烧焦的斑点。

教授们在艾米家歇脚的时候，把这些情况全都告诉了他；于是，艾米再次跟着教授们去看了一次那块有如信使一般来自星际的陨石，但这一次他的妻子没有同去。此时他们发现，陨石的确缩小了；眼前看到的事实，连沉着冷静的教授们也无法否认。水井边那一大块不断缩小的棕色陨石周围，如今已经空空如也，只剩下陨石砸出来的一个坑；前一天陨石的直径还足足有7英尺，可如今直径几乎不到5英尺了。陨石的温度仍然很高，学者们充满好奇之心地研究了陨石的表面，然后用锤子和凿刀又取下了一块较大的样本。这一次，他们凿得很深；而把较小的碎块撬开之后，他们还发现，陨石的中心与其他部分的质地大不相同。

他们发现，陨石里面嵌着一个东西，像是一个彩色的球体。上面的颜色，与他们在实验室里看到的陨石那种奇特光谱带一样，几乎无法用语言来描述；他们也只是依据类推，才称之为“颜色”的。球体质地光滑，轻轻敲击的时候，让人觉得很硬脆，内部还是中空的。有位教授用

[1] 王水（Aqua regia），一种腐蚀性非常强、冒黄色烟雾的液体，由浓盐酸与浓硝酸混合而成，是少数几种能够溶解金的液体之一，亦称“王酸”和“硝基盐酸”。

[2] 魏德曼花纹，陨铁中由长镍-铁结晶形成的独特纹路，还包括锥纹石和镍纹石交织形成的带状物。存在这种花纹，就是材料来自外太空的证明。

锤子狠狠地砸了一下，球体轻轻地发出了“砰”的一声，令人紧张，然后就爆裂开来。球体内没有释放出任何东西，而爆裂之后，整个球体也消失得无影无踪。陨石上留下了一个空空的、直径约为3英寸的凹洞；大家都认为，随着陨石外层物质逐渐减少，他们多半还会发现更多的球体。

然而，猜想是徒劳无益的；因此，等到又凿了一阵却无果而终，没有发现别的球体之后，众人便再次带着新的样本离开了。可是，后来的实验却表明，新样本与前一块陨石标本一样令人困惑。除了质地几乎像是塑料、会发热、有磁性、能发出微光、在强酸中温度会稍微下降、具有未知的光谱、在空气中质量会逐渐减少、能够与硅化物反应并且最终与后者一起消失等方面，陨石没有表现出任何可以识别的特征；检测到最后的时候，大学里的科学家全都不得不承认，他们无法确定陨石的性质。这块陨石，不是地球上的任何东西，而是来自广袤的外层空间，因此它具有外层空间的种种性质，服从外层空间的法则。

那天晚上，下了一场大暴雨，雷电交加。第二天，教授们再次来到内厄姆家进行调查研究，结果却让他们大失所望。那块带有磁性的陨石一定具有某种独特的导电性，因为据内厄姆称，陨石会“把闪电吸引过来”，并且作用异常持久。这位农夫在1个小时之内，就看到陨石在前院铲出的那条沟有6次被闪电击中；风停雨住之后，院子里什么都没有剩下，只在那具古老的汲水设备旁留下了一个凹凸不平的大坑，里面有半坑都是陨石铲出来的泥土。他们往下挖掘，却没有发现任何东西，因此这些科学家证实陨石的确已经彻底消失。所有的努力都完全失败了，他们只好回到实验室，再去检测那块小心谨慎地存放在铅制容器里、却依然在慢慢消失的样本。那一小块陨石样本只保存了1个星期之久，可直到最后，教授们也没发现什么有价值的东西。样本消失之后，连一点儿残渣都没有留下，以至于到了最后，教授们都不敢肯定地说，自己究竟有没有在清醒状态下见过外层空间那些无底深渊的神秘痕迹，究竟有没有见到过其他宇宙和其他物质界、力量界、实体界送来的那条孤独而怪异的信息了。

自然，在密斯卡托尼克大学的支持下，阿卡姆的各大报纸也充分报道了这件事情，还派出记者采访了内厄姆·加德纳及其家人。此外，至少还有波士顿的一家日报社也派出了一名记者，因此内厄姆很快就成了当地的一位知名人物。此人身材干瘦，态度和蔼，年纪在50岁上下，带着妻子和3个儿子，一起生活在山谷中那座舒适的农场里。他和艾米经常往来，两人的妻子也是如此；因此过了那么多年后，艾米仍然对内厄姆称誉有加。对自家引起了人们如此巨大的关注这一点，内厄姆似乎还有点儿自豪，因此在后来的几个星期里经常说起那块陨石。那一年的七八月份，天气非常炎热，内厄姆一直辛勤地劳作着，在查普曼溪两岸那片面积达10英亩的牧场上割晒干草；他那架嘎吱作响的马车，在阴凉的小径上轧出了一道道深深的车辙。那一年的农活，似乎比其他年份更让他感到疲惫，可他觉得，那是因为年纪开始让他的身体大不如前了。

接下来，就到了瓜果和作物的收获季节。梨和苹果都慢慢成熟了；内厄姆曾经信誓旦旦地说，他家的果园获得了前所未有的大丰收。果实的个头大得异常，果皮带有不同寻常的光泽，而且产量极其巨大，因此内厄姆又订购了许多木桶，为将来的收获做准备。可是，果实成熟之后，结果却令他大失所望，因为水果的模样虽说极其好看，似乎甘甜鲜美，实际上却没有一个能够入口。梨子和苹果原有的鲜美滋味当中，隐隐带有一种苦涩和令人作呕的味道；哪怕咬上一小口，也会让人恶心很久。甜瓜和番茄也是这样，因此内厄姆痛心地发现，他家的所有收成都化为了泡影。他很敏锐地把以前发生的事情联系了起来，说那是因为陨石污染了土壤；万幸的是，其他绝大多数作物都种在那条路边位置较高的地里。

那年的冬天早早降临，而且非常寒冷。艾米不那么经常见到内厄姆了；他还注意到，内厄姆的样子开始变得忧心忡忡。内厄姆的家人也是如此，似乎都变得不太说话，去教堂做礼拜和参加乡下各种社交活动的情况也变得非常不规律了。他们为什么会变得如此沉默寡言、如此忧郁沮丧，没有人知道；不过，这一家子偶尔会承认，他们的身体都变得越来越差，心里也总是说不清道不明地觉得不安。内厄姆曾说，自己是被雪地上的某种脚印搅得心神不宁；他的说法，是所有解释里最为确定的一种。其实，那些脚印不过是红松鼠、白兔以及狐狸在冬天里留下的寻常踪迹罢了，可这位忧心忡忡的农夫却称，自己看到了某种习性与分布情况都不大对头的东西。内厄姆一直都没说得很明确，只是他似乎认为，那种东西没有松鼠、兔子、狐狸应该具有的骨骼特点与习性。艾米对内厄姆说的这番话并没有多加注意，直到有一天晚上，他驾着雪橇从克拉克角回家，途中经过内厄姆家的时候才想起来。当时皓月当空，一只兔子突然横过了大路；那只兔子一跳那么远，让艾米和拉雪橇的马儿都吓了一大跳。事实上，要不是有缰绳牢牢拉住，马儿差不多就被那只兔子吓跑了。从那以后，艾米便开始较为慎重地看待内厄姆说的事情，并且想知道，加德纳家的狗为什么每天早上都那么害怕和浑身颤抖。慢慢地，加德纳家的狗连吠叫的胆量都没有了。

2月份，草甸山麦格雷戈家的儿子们正在野外抓土拨鼠的时候，曾在加德纳家附近捕捉到了一只非常古怪的标本。那只土拨鼠的身体比例，似乎发生了一种轻微而难以名状的怪异变化，而其面部流露出的可怕神情，人们可从来没有在土拨鼠身上看到过。那些男孩吓坏了，马上扔掉了那只土拨鼠，因此乡里的人都只是听到了他们说起的这件怪事，而没有亲眼看到过那只可怕的土拨鼠。不过，艾米的马儿在内厄姆家附近被吓得畏缩不前这件事，却得到了大家的公认，使得乡间迅速出现了一种传闻，大家都在悄悄议论，并且迅速散播开来了。

人们都信誓旦旦地说，内厄姆家四周的积雪比其他地方融化得都要快；到了3月初，他们还畏怯地在克拉克角的波特杂货店里就这些问题讨论了一番。有天早上，史蒂芬·赖斯赶着马车经过加德纳家，注意到大路两侧树林边的土里竟然长出了臭菘草。人们从来都没有见过长得那么大的臭菘草，而它们的颜色也十分古怪，简直无法用言语来描述。它们的样子极其丑陋，散发的气味令马儿直打喷嚏，史蒂芬也闻到了，觉得那是一种前所未有的恶臭。当天下午，又有几个人驾着马车经过那里，去看那种异常的植物；所有的人一致认为，一个健康的世界里绝对是不该长有那种植物的。有人直接提起了前一年秋天果实坏掉的事情，于是，内厄姆家地里有毒的说法便慢慢地传开了。导致这种情况的罪魁祸首，自然就是那块陨石；想起大学教授们都发现陨石极其古怪这一点之后，几位农民便进城去，把这件事情告诉了他们。

有一天，教授们再次来到了内厄姆家；但是，他们并不喜欢听什么荒诞故事或者民间传说，而是谨慎保守地对他们听到的说法做出了推测。那些臭菘草当然非常怪异，但所有的臭菘草在形状、气味和颜色方面多少都是有些怪异的。这种情况，或许是因为陨石当中的某种矿物质渗入了土壤所致，但不久之后，这些矿物质就会被雨水冲走。至于雪地上的古怪脚印和马儿受惊的事情，当然也只是乡间的传言罢了；像陨石坠地这样的异象，肯定会引发这样的传言。对于荒诞不经的流言蜚语，严肃认真的人是不会相信和参与的，因为迷信的乡下人什么都会说，什么都会信。于是，在“奇异日子”的那段时间里，教授们始终都不屑一顾地冷眼旁观。其中只有一位教授，在过了一年半多之后，为警方分析两瓶尘土时才想起，臭菘草的怪异颜色，与之前陨石样本在大学里的光谱仪下显示出的那些异常光谱条纹很相似，与来自外星深渊的陨石里面嵌有的那个硬脆球体的颜色很相似。此人分析的尘土样本，起初也显示出同样古怪的光谱条纹，只是到了后来，这种性质就消失了。

内厄姆家四周的树木都提早发芽了；到了晚上，它们就在风中不祥地摇曳着。内厄姆的次子叫撒迪厄斯，是个15岁的小伙子，他曾经赌咒发誓地说，哪怕是没有起风，那些树也会拂动；不过，在别人看来，他这种说法的可信度连流言蜚语都不如。然而，他们当中自然弥漫着一种令人不安的气氛。加德纳家的人全都养成了一种不声不响地聆听的习惯，但他们无法清清楚楚地说明，自己究竟听到了什么声音。这种聆听，实际上多半是在他们的意识不太清醒的时候才会出现。可惜的是，这样的时候一周比一周多，以至于人们最后都说：“内厄姆一家子肯定是有了什么毛病。”虎耳草发芽之后，也带着另一种古怪的颜色；虽然与臭菘草的颜色不太相同，但不管是谁看到，都相信这两种颜色之间显然具有某种联系，人们同样从未见过。内厄姆采了一些虎耳草花带到阿卡姆，给《公报》的编辑看，可那名位高权重的编辑只写了一篇关于这些虎耳草花的幽默文章，礼貌地对乡民心中那种最阴暗的恐惧感嘲讽了一番就完事了。内厄姆将生长过快的巨大黄缘蛱蝶围着这些虎耳草花飞舞的怪异现象告诉一个对什么都无动于衷的城里人，本身就是一种错误的做法，完全没有用处。

到了4月份，村民们几乎有点儿疯狂了，并且开始不再走内厄姆家附近的那条大路，导致那条大路最终被废弃了。人们之所以不愿再走那条路，原因就在于那里的植物太过可怕。果园里所有果树开出的花朵，都带着怪异的颜色，而穿过院子里那片多石的土地上，直到与牧场毗连的地方，全都长出了古怪的植物，只有植物学家才能看出它们与这一地区那些正常植物之间的联系。除了绿草和绿叶，哪里也看不到正常和健康的颜色；到处都疯长着五颜六色的变异植物，它们都带有某种病态的、不属于地球任何一种已知色彩的古怪色调。兜状褐色牡丹成了一种带来可怕威胁的东西，美洲血根草的颜色也变得很怪异，旁若无人地生长着。艾米和加德纳一家都认为，绝大多数古怪的颜色都让他们觉得有一种令人不安的熟悉感；他们断定，这些颜色都让他们想到了陨石里的那个硬脆的球体。内厄姆将那片10英亩的牧场和位置较高的那块地翻过之后，播下了种子，但房子四周的地里什么也没种。他明白，在房子四周的地里耕作播种毫无用处，只希望夏季长出的古怪植物能够把土里的有毒物质全都吸收掉。此时，他已经做好了充分的心理准备，已经习惯了身边有什么声音等着他去聆听的那种感觉。邻居们都对他家避而远之的做法，自然令他觉得难过；但是，他的妻子受到的打击更大。孩子们的情况稍好一点，因为他们每天都要去上学；不过，孩子们听到那些流言蜚语之后，也不免觉得很害怕。撒迪厄斯是个特别敏感的孩子，因此吃的苦头也最为严重。

到了5月份，昆虫纷纷开始活跃起来；内厄姆家的周围，就变成了一个到处都是嗡嗡声、到处都是爬虫的可怕之地。绝大多数昆虫的样子和行为，似乎都跟以前不一样了；它们形成了夜间出没的习性，这与人们以前的经验相矛盾。加德纳一家子开始在夜里进行观察，也就是随机地观察所有的方向，提防某种东西……可他们却说不清，自己要提防的究竟是什么。直到那时，他们才承认，撒迪厄斯说树会无风自动的话是真的。加德纳夫人是第二个隔着窗户看到了这种现象的人；当时，她正在观察皓月之下一棵枫树上那些臃肿肥大的枝条。那些枝条的确拂动了，可其实却没有刮风。原因一定在于枫树的树液。此时生长出来的所有植物，全都变得非常古怪。不过，这一次有了新发现的，却不是内厄姆家的人。他们对这些方面早已见怪不怪，而他们没能看到的东西，却被博尔顿来的一位胆小的风车推销员瞥见了；那位推销员是因为没有听到过乡间的那些传言，所以有一天晚上驾车路过了那里。过后，他在阿卡姆说起了当晚的所见所闻，《公报》还用很短的篇幅进行了报道；也正是在这篇报道中，所有的农民，其中也包括内厄姆在内，才第一次听说了那种现象。当天晚上漆黑一片，推销员那辆马车上的灯光很微弱，可他看到山谷中有座农场却不怎么黑暗；看了报道之后，大家都很清楚，那里一定就是内厄姆家。农场上的所有植物，比如草啊、树叶啊、花朵啊，似乎都发出一种虽然昏暗却清晰可见的光辉，而且有那么一会儿，院子里那座谷仓的附近还有一团单独的磷火，在鬼鬼祟祟地移动。

直到那时，牧草似乎还没有受到影响，牛群也在离房子不远的地里自由地吃着草；可到了5月末，挤出来的牛奶就开始变味了。于是，内厄姆把牛群赶到了地势较高的牧场上，之后奶质便恢复了正常。此后不久，草叶上出现的变化就变得非常明显，连肉眼都看得出来了。原来青翠碧绿的草叶，全都变成了灰色，并且具有了一种极其异常地硬脆的特性。此时，只有艾米仍会到那里走一走，可他去的次数也越来越少。学校放假之后，加德纳一家几乎不再与外界来往，有时还会托艾米到城里去跑跑腿。他们的身体和心理状况都古怪地变得每况愈下，因此加德纳夫人发疯的消息悄悄传开之后，竟然没有一个人感到惊讶了。

加德纳夫人是在6月份发疯的，也就是陨石坠落之后过了差不多一年的时候。当时，这个可怜的女人尖叫着，说空中有什么东西，可究竟是什么东西，她又说不上来。她在胡言乱语的时候，连一个具体的名词也听不到，用的全都是动词和代词。东西移动了，变化了，然后飘动了，完全不算是声音的脉冲弄得耳朵里刺痛不已。什么东西被拿走了，也就是说她身上的什么东西正在被人吸走；原本不该有的什么东西正附在她的身上，必须有人帮她赶走；夜里什么东西都不安静，墙和窗户都在移动。内厄姆没有把她送到县里的精神病院去，而是任由她在家里四处游荡，只要她不伤害自己和别人就行了。连她的脸色完全变了个样子之后，他也没有采取什么措施。不过，待孩子们都开始怕她，待她冲撒迪厄斯做鬼脸、撒迪厄斯吓得差点儿晕了过去之后，内厄姆便做出了决定，把她锁进了阁楼里。到了7月份，加德纳夫人便不再说话，开始在地上爬行；不待这个月过去，内厄姆就产生了一种疯狂的想法，觉得她在黑暗中竟然也会发出微弱的光芒，竟然与他如今在附近那些植物上清清楚楚地看到的情形一样！

就在这种情况出现之前不久，他家的马儿有一次还受到了惊吓，四散跑了。夜里有什么东西惊醒了马儿，它们在马厩里乱叫乱踢，叫声非常恐怖。当时，似乎没有任何办法可以让它们平静下来；内厄姆刚一打开马厩的门，它们就像是受了惊吓的丛林麋鹿一样，猛地冲了出去。他用了一个星期的时间，才把那4匹马儿全部找到；可找到之后，内厄姆却看出，那几匹马儿完全没法再用，也不可能再去驾驭了。某种东西已经让它们变得精神失常，逐一用枪把它们打死，对它们来说算是一种最好的解脱。内厄姆向艾米借了一匹马来运干草，却发现那匹马儿死活都不愿意走近马厩。它不停地退缩、犹豫、嘶叫，让内厄姆束手无策，最终只好把它赶进院子里，然后和孩子们一起，靠人力把沉重无比的马车尽量推近干草棚，以便装卸起来轻松一点。在此期间，植物开始变成灰色，变得硬脆易碎了。连颜色一直非常怪异的花朵，此时也开始变成灰色；果树上结出的果实也呈灰色，个头很小，又没有味道。紫苑和秋麒麟草开出的都是灰色的畸形花朵，而前院里的玫瑰、百日菊和蜀葵，模样看上去也非常邪恶，因此内厄姆的大儿子泽纳斯把它们全都砍掉了。差不多也就是那个时候，他们又发现，到处都有一些身子奇怪地膨胀着、死掉了的昆虫，连蜜蜂也离开蜂巢，飞进了森林。

到了9月份，所有的植物迅速碎裂，变成了一种淡灰色的粉末。内厄姆非常担心，怕那些树也会在土壤里的有毒物质清除干净之前就死掉。

此时，他的妻子已经开始发出一阵阵可怕的尖叫，让他和孩子们的精神总是处在一种持续不断的紧张状态下。如今他们开始避开别人，连学校开学后，儿子们也没有再去上学。不过，艾米是第一个发现井水变质了的人，他是在偶尔一次造访时意识到这个问题的。内厄姆家的井水里有一股令人作呕的味道，既非全然恶臭，也非全然咸涩；因此，艾米建议他的这位朋友在地势较高的地方另打一口井，待这里的土质恢复正常后再饮用这口井里的水。然而，内厄姆却没有听他的劝，因为当时他对种种古怪而令人不快的事情已经麻木了。他和孩子们继续用着那口井里的水，吃着没有多少、做得又不好的饭菜，同时无精打采而又机械地喝着井里的水，每天干着徒劳而单调的事情，度过了那段毫无目标的日子。他们全都变得有点儿麻木和逆来顺受，似乎整个人有一半都已跑到另一个世界，正在两列不可名状的守卫护送下，走向某种熟悉的末日。

9月份，撒迪厄斯到那口井边去了一趟之后，也发了疯。他去时提了一个水桶，回来时却两手空空，一边尖叫一边挥舞着双臂，有时还会发出阵阵傻笑或者喃喃低语，说着"井里有颜色在移动"之类的话。一家人里面疯掉了两个，本是一件极其糟糕的事情，可内厄姆此时却显得非常勇敢。他任由儿子到处乱跑了一个星期，直到撒迪厄斯开始站立不稳、伤到了自己之后，才把儿子关进阁楼上的一个房间里，正对着关他母亲的那个房间。两人在上了锁的门后对着彼此尖叫，声音非常恐怖，尤其让小儿子默温觉得害怕；默温猜想，哥哥和妈妈可能正在用一种不属于地球的可怕语言交谈着。默温的想象，还日渐变得离奇起来，自从与他玩得最好的哥哥被关到阁楼上之后，他也变得越来越焦虑不安了。

差不多与此同时，加德纳家的禽畜也开始死亡。家禽先是变成灰色，然后很快死去；切开之后发现，禽肉不但非常干燥，还散发出一股恶臭的味道。猪长得格外肥胖，然后突然开始出现可怕的变化，至于原因，谁也解释不清。禽畜的肉自然不能再食用，对此内厄姆完全是束手无策。没有哪位乡村兽医愿意走近他家，阿卡姆来的城里兽医也公开表示无能为力。猪开始变成灰色并且发脆，还没死就倒在地上摔成了碎块，它们的眼睛和口鼻都出现了极其怪异的变化。这种现象极其费解，因为内厄姆从来没有用受到了污染的草料喂过那些猪。接下来，厄运又降临到了奶牛身上。奶牛的某些部位，有时甚至是整个牛身都神秘地干瘪或者收缩，最终通常都是可怕地缩成一团，或者全身分解开来。在最后阶段（结局往往都是死去），奶牛也会全身发灰，变得硬脆，与猪的情况一样。这种情况，不可能是人为投毒造成的，因为它们全都发生在一座上了锁、没有受到干扰的畜棚里。也不可能是因为小动物咬啮带来的病毒造成的，因为世间又有哪种野兽，能够越过畜棚四周那一道道坚固的围挡呢？因此，这肯定只是一种自然疾病导致的；不过，究竟什么样的疾病能够导致这样的结果，就没人知道了。收割季节到来之后，内厄姆家已经没有剩下一头禽畜，因为它们全都死掉，连狗也不见了。那3条狗是同一天晚上消失的，此后再也没人见过它们。内厄姆家的5只猫，此前不久就跑掉了；不过，几乎没人注意到它们走了，因为他家此时似乎已经没有了老鼠，并且原本也只有加德纳夫人才宠爱那些举止优雅的小猫。

10月19日，内厄姆踉踉跄跄地来到艾米家，带来了一个可怕的噩耗。关在阁楼房间里的撒迪厄斯死了，并且死状凄惨恐怖，无法言说。内厄姆在农场后面那片装有围栏的家族墓地里挖了一座墓穴，把他找到的遗骸全都埋了进去。撒迪厄斯的死亡，绝对不是外部原因导致的，因为闩上的小窗和上锁的房门都完好如初；不过，撒迪厄斯的死状却跟畜棚里禽畜的死状很相似。艾米和妻子尽可能地安慰这个悲痛欲绝的人，可同时也怕得直打哆嗦。加德纳一家和他们接触到的一切，似乎都笼罩在一种彻底恐怖的力量之下；来到艾米家的这个人，宛如从无名之地或者无可名状之地吹来的一缕死亡气息。艾米极不情愿地陪着内厄姆回去，并且竭力安抚，让哭得歇斯底里的小默温平静了下来。泽纳斯不需要别人来安抚。近来他什么也不干，只是直勾勾地盯着空中，父亲说什么他就干什么；因此艾米觉得，命运之神对泽纳斯算是非常慈悲的了。默温尖叫的时候，阁楼上偶尔会传来微弱的回应；看到艾米询问的神情后内厄姆说，他妻子的身体已经变得极其虚弱。夜幕降临的时候，艾米设法离开了内厄姆家；因为就算是再深厚的友谊，也无法让他继续留在内厄姆家，等到那些植物开始发出微光，等到树木在无风或者有风的情况下开始摇曳的时候才走。对艾米来说，想象力没有那么强大实在是一桩幸事。即便如此，他的精神也稍微有些不正常了；不过，要是能够将自己周围发生的一切怪异之事联系起来，并且细细思考一番的话，他就一定会变成一个十足的疯子。在熹微的暮色中，艾米匆匆忙忙地跑回了家；那个发疯的女人和惊恐不安的孩子发出的阵阵尖叫，依旧在他的耳边回响。

3天过后，内厄姆一大早就步履蹒跚地走进了艾米家的厨房，可艾米不在家；他又一次断断续续地说出了一个令人绝望的消息，而皮尔斯夫人则胆战心惊、害怕不已地听着。这一次，出事的是小默温。他失踪了。前一天深夜，他拎着一盏提灯和一只水桶出去打水，却再也没有回来。出事之前，他的精神已经崩溃好几天了，几乎不知道自己在做些什么。他朝着见到的所有东西尖叫。出事的时候，院子里曾经传来一声疯狂的尖叫，可不等内厄姆赶到门口，儿子就不见了。他看不到孩子带着的那盏提灯发出的灯光，孩子本人也不见了踪影。当时，内厄姆还以为提灯和水桶也一同消失了；可内厄姆在森林和田野里搜寻了一整夜，天亮后迈着沉重的脚步慢慢地回到家里后，他却在水井旁边发现了一些非常古怪的东西。那里有一坨压扁了且明显稍稍熔化过的铁块，这自然就是孩子拎着的那盏提灯；旁边还有一个坏了的水瓢和几个歪七扭八的桶箍，全都呈半熔化状态，似乎说明它们就是孩子提着的那只水桶残余下来的。情况就是这样。内厄姆不敢再往更深的地方想象，皮尔斯夫人则不知所措，而艾米回家听说了这件事情之后，也没有去胡乱猜测。默温已经不见了，就算把这件事情张扬开来也于事无补，因为现在大家都对加德纳一家避而远之了。把事情告诉阿卡姆的城里人也没有用，因为他们对什么事情都是嘲笑一番就没有下文了。撒迪厄斯死了，现在默温也不见了。某种东西正在悄悄地、悄悄地潜来，等待着人们看到，等待着人们听到。内厄姆很快也会死去，所以他希望，要是妻子和泽纳斯死在他后面的话，艾米能够去照料一下他们。这一定是上帝对他进行的某种审判；只是他不知道究竟为什么，因为他思来想去，认为自己一直都是诚诚实实地遵循着上帝为他指出的道路前进的。

过了两个多星期，艾米都没有见到内厄姆；接下来，由于担心内厄姆可能出了什么事，所以他还是战胜了心中的恐惧，去加德纳家走了一趟。加德纳家那座高大的烟囱里，没有炊烟升起；有那么一段时间，艾米真的害怕这一家人出现了最坏的结局。整座农场的模样令人震惊，地上满是枯萎的灰色杂草和落叶，葡萄藤脆裂成了一段一段，从古老的墙壁和山墙上掉落下来，光秃秃的大树上，枯枝带着一种不自然的怨恨之意，对着11月份那片灰蒙蒙的苍穹张牙舞爪。艾米不由自主地觉得，之所以让人产生这种恶毒的怨意感，是因为树枝的倾斜角度出现了微妙的变化。不过，内厄姆还活着。他的身体极其虚弱，躺在非常低矮的厨房里的一张睡椅上，但神志很清醒，还能简单地吩咐泽纳斯做这做那。厨房里非常寒冷；看到艾米冻得直打哆嗦之后，内厄姆便用嘶哑的声音，喊泽纳斯去添柴火。的确，这里极其需要柴火，因为那座又大又深的壁炉里面空空如也，根本就没有生火，烟囱里吹下的寒风，将炉灰刮得到处乱飞。一会儿之后，内厄姆便问艾米，加了柴火后有没有感觉舒服一点；直到此时，艾米才明白发生了什么事情。再结实的绳索，也有断裂的时候，内厄姆这位不幸的农民终于精神崩溃，不会再经历悲痛了。

尽管问得很委婉，可艾米完全没法问清楚此时已经不见踪影的泽纳斯的情况。“在井里，他住在井里……”那位精神错乱的父亲只会这样回答。此时，艾米心中突然想起了内厄姆那位疯了的妻子，便转而问到了她。“娜碧？哦，她在这里啊！”可怜的内厄姆惊讶地回答道；艾米很快就明白，只能自己去找一找了。他任由不会危及别人的内厄姆在厨房里胡言乱语，从门边的钉子上取下那串钥匙，踩着嘎吱作响的楼梯来到了阁楼上。阁楼上十分狭窄，散发着恶臭，四周也没有任何响动。他看到上面有4扇门，其中只有一扇上了锁，因此他用那串钥匙逐一试了试。试到第3把钥匙的时候，锁开了；艾米又笨手笨脚地弄了一阵子之后，终于推开了那扇低矮的白色房门。

房里的光线相当昏暗，因为窗户很小，外面又钉上了粗糙的木条，挡住了一半的光线；宽大木板铺成的地上，艾米根本看不到任何东西。

房间里的恶臭令人无法忍受，他没法继续往里走，不得不先退到另一个房间里，呼吸了一阵不那么难闻的空气之后才返回去。艾米进去之后，看到角落里有个黑乎乎的东西；待看清那个东西是什么之后，他就惊恐不已地尖叫起来。就在尖叫的时候，他依稀觉得窗户上闪过了一道阴影。紧接着，他就觉得有什么东西从身上拂过，仿佛是一股令人讨厌的蒸汽。他的眼前，各种怪异的颜色在舞动；要不是当时的恐惧让他脑袋里一片空白，艾米肯定会想到陨石当中被教授们用地质锤敲碎的那个球体，想到春季生长出来的那些可怕植物。可在当时，他一心想到的只是面前那只亵渎神灵的怪物；显而易见，它也遭受了跟年轻的撒迪厄斯及牲畜一样不可名状的可怕命运。不过，这种可怕情景当中的恐怖之处还在于，那只怪物的身体一边分解，一边还在明显地缓慢移动着。

艾米不愿向我描述当时那幅情景的更多细节，但在接下来的讲述中，角落里的那个东西却再也不会移动了。有些事情不能提起，而有的时候，出于普通人性做出的事情，也会受到法律的无情审判。我推断，那个阁楼房间里并没有留下任何会动的东西；因为在此种情况下，让那里留下任何能够移动之物的做法，都会让负有责任的人陷入万劫不复的境地，承受无尽的煎熬。如果不是一个古板迟钝的农民，任何一个人可能早就晕倒在地或者发疯了，可艾米还是神志清醒地走出了那扇低矮的房门，将那个可恶的秘密锁在了身后。现在，还有内厄姆需要照顾；必须先给内厄姆吃点东西，照看一下，然后把他送到一个能够获得照料的地方去。

刚开始沿着黑乎乎的楼梯往下走，艾米就听到下方传来了“砰”的一声。他甚至还依稀听到，似乎有一声尖叫在骤然之间中断了，因此他紧张不安地想到了楼上那个可怕的房间里拂过自己身体的那股湿冷气体。他的尖叫声与进去的脚步声，究竟是惊动了什么样的妖魔鬼怪呢？一种隐隐的恐惧，让艾米停下了脚步；他听到，下面传来了更多的声音。毫无疑问，那是一种拖曳着脚步沉重地走动的声音，还有一种极其可憎、像是某种邪恶的不洁之物吮吸时发出的黏稠之声。带着一种越发狂躁不安、越发纷繁杂乱的感觉，他又莫名其妙地想到了自己在楼上看到的一切。天哪！他盲目地闯进来的，究竟是一个什么样的恐怖噩梦啊？他既不敢退回阁楼上，也不敢继续往前走，只能站在那里，对着封闭的楼梯上那个黑乎乎的拐弯处瑟瑟发抖。当时的每一个细节，都深深地烙入了他的脑海当中。恐怖的声音、可怕的预感、四周的黑暗、狭窄陡峭的楼梯；仁慈的上帝啊！他还看到，所有的木制品，包括楼梯、两侧的扶手、露在外面的板条和房梁，竟然都发出了微弱但明确无误的微光！

接下来，外面突然传来了马儿疯狂的嘶鸣声，随即又是一阵嘈杂的哗啦声，说明他的马儿惊惶地逃走了。不到片刻，马和马车的声音就全都听不见，只剩下惊恐不安的艾米站在黑暗的楼梯上，猜测是什么惊着了他的马儿。可是，事情到此还没有结束。外面又传来了另一种声音，一种像是液体飞溅的声音，像是水声，一定就是从那口水井里发出来的。他那匹叫“英雄”的马儿原本拴在离水井不远的地方，一定是马车轮子撞到了井沿，把一块石头撞到井里去了。那些古旧得令人生厌的木制品上，仍然在闪烁着惨白的磷光。天啊！这座房子多么古老啊！其中的大部分地方，都是1670年之前建成的；就算是那座复折式的屋顶，建成时间也不迟于1730年。

此时，楼下的地板上传来了一阵微弱却十分清晰的刮擦声；刚才出于某种目的，艾米曾在阁楼里捡了一根粗木棍，于是他把木棍紧紧地握在手里。他慢慢地鼓起勇气，走下楼梯，然后大着胆子，朝厨房走去。可他没有走多远，因为他要找的人已经不在厨房里了。那个东西仍然活着，勉勉强强地向他走了过来。究竟它是自己爬着还是被某种外力拖过来的，艾米说不清楚；不过，死神已经降临到了它的身上。这一切，全都是刚才那半个小时之内发生的，可它身上崩溃、变成灰白色和分解的程度，却已非常严重了。那个东西呈现出一种吓人的硬脆性，干燥的碎片正在剥落下来。艾米不能去触碰，只是惊恐地看着那张扭曲得变了形的脸。“是什么东西，内厄姆，究竟是什么东西？”他低声问道，而内厄姆那张裂开鼓胀的嘴巴，完全就像要爆裂开来一样，说出了最后的答案：

“没什么……什么也没有……那种色彩……烧起来了……又冷又湿……但会燃烧……它住在井里……我看到了……一种烟雾……像去年春天开出的花一样……水井夜里会发光……撒迪厄斯、默温和泽纳斯……活着的一切……把一切活物的生命吸走……那块陨石里……一定是从那块陨石里来的……毁掉了整个地方……不知道它想要什么……大学那帮人从陨石里凿出的圆球……他们砸碎了……它是同一种颜色……完全一样，像花和植物……肯定还有更多……种子……种子……它们长大了……我这个星期才第一次看到它……肯定对泽纳斯造成了很大的影响……他是个大男孩，生命力旺盛……它毁掉你的神志，然后抓住你……让你燃烧……在井水里……你说得对……邪恶的井水……泽纳斯再也没有从井边回来……没法逃走……吸住你……你知道有东西过来了，可没有用……泽纳斯被抓走之后，我常常看到它……娜碧怎么样了，艾米？……我的脑袋不好使……不知道有多久没给她吃饭了……要是我们不小心的话，它就会抓走她……只有一种颜色……有时一到夜里，她的脸上就会出现那种颜色……它一边燃烧一边吮吸……它是从完全不同于这里的地方来的……有位教授这么说过……他说得对……你要小心，艾米，它还会继续干……吸取生命……”

只有这些了。内厄姆无法再开口说话，因为那个东西已经完全塌落成了一团。艾米把一块红色的格子桌布盖在残留的东西上面，然后趔趄着走出后门，来到了田野上。他爬上山坡，走到那块10英亩的牧场上，然后跌跌撞撞地沿着北边的那条大路和树林，回到了家里。他不敢再经过把他的马儿吓跑了的那口水井。他曾经透过窗户观察那口井，却发现井沿上的石头都完好无损。那么，颠簸着行进的马车根本就没有撞到任何东西，井水的泼溅声肯定是别的东西发出来的，也就是结果了可怜的内厄姆后进入井里的那个东西发出来的。

艾米回到家里时，发现马儿和马车已经先行到家，他的妻子正焦虑万分。他没有多做解释，只是安慰了妻子几句，然后马上动身前往阿卡姆，向当局报告了加德纳一家子已经不在人世的消息。他没有详细说明情况，只是告知了内厄姆和娜碧夫妇的死讯，以及大家早已知道的撒迪厄斯的死讯，还称这一家子的死因似乎就是杀死牲畜的同一种古怪疾病。他还提到，默温和泽纳斯两人已经失踪。在警察局里，艾米接受了很长时间的讯问；而到了最后，警方又强迫他带领3名警官前往加德纳家的农场，同去的还有验尸官、法医和那位治疗过加德纳家生病牲畜的兽医。艾米很不愿意去，因为此时已是下午，他担心到达那个倒霉之地时，夜幕已经降临；不过，想到有那么多人跟他一起去，他的心里才稍稍安稳了一点儿。

这6个人乘坐一辆双座敞篷马车，跟在艾米的马车后面，下午4点钟左右到达了那幢霉运不断的农舍。那些警官原本对各种可怕的经历都习以为常了，可看到阁楼上的情景和楼下那块红色格子桌布盖着的东西后，却没有一个人能够继续保持镇定了。这座农场整体上那种灰白荒芜的景象，本来就够可怕的了；而那两个破碎不堪的东西，更是完全超出了他们的心理承受极限。没人敢于长时间地盯着它们看；连那位法医也承认，几乎没有什么东西可以拿去化验。当然，他们还是可以带些标本回去进行分析的；于是，他便急急忙忙地收集了样本，也就是前面提到过的那两瓶尘土。样本最终送往了密斯卡托尼克大学的实验室，分析后却出现了一种令人极感困惑的结果。在光谱仪下，两份样本都呈现出了一种陌生的光谱，其中许多变幻莫测的光谱带都与前一年那块奇怪陨石呈现出来的光谱带一模一样。一个月之后，样本发出这种怪异光谱的特性就消失了；此后，样本尘土中的主要成分就变成了碱性磷酸盐和碳酸盐。

要是艾米知道当时那帮人会在当地立刻行动起来的话，他肯定是不会把水井的事情告诉他们的。其时，太阳快要落山了，因此他急于离开这个地方。不过，他带着提心吊胆的神色，情不自禁地瞥了那具大型汲水设备旁边的石制井栏一眼；这一瞥，却被一名侦探发觉了。那名侦探问起之后，艾米只得承认说，内厄姆非常害怕井里的什么东西，以至于一直都不敢下去寻找默温和泽纳斯。听了这话，警官们能做的，就是立刻将水井排干并下去搜索。就在他们一桶接一桶地将井水提上来，倒在井外湿乎乎的地上时，艾米只能浑身颤抖，躲在一旁等着。警官们闻着井水发出的恶臭气味，一个个都憎恶不已；到了最后，他们全都捏住了自己的鼻子，不再去闻提上来的井水。排干井水所用的时间，并没有他们原本担心的那么久，因为这口井其实很浅。我们无须太过准确地描述他们找到的东西。从某种程度上来说，默温和泽纳斯两兄弟都在井下，但残留下来的主要是骨骼。其中有一只小鹿和一条大狗，它们的情况也差不多，还有很多小型动物的骨骼。井底的淤泥里布满气孔，并且冒着泡泡，这一点似乎令人费解；有位警官带着一根长杆，沿着扶手下到井底，发现那根木杆可以插到井底淤泥中的任何深度，完全没有碰到任何固体。

此时暮色已经低垂，他们便从屋里取来了提灯。接下来，看到无法再从井里捞出任何东西之后，大家就走进屋里，坐在那间古旧的客厅里进行商量；此时，一轮幽灵般的半圆月亮那苍白的光芒照在外面那片灰色的荒凉之地上，投下的阴影显得斑斑驳驳。警员们都对这起案件感到很困惑，实在找不到任何有说服力的共同点，将植物身上的离奇状况、禽畜和加德纳一家所患的不明疾病，以及默温和泽纳斯在这口受到污染的水井中离奇死亡等方面联系起来。诚然，大家都听到过乡间的那种传言；不过，他们并不相信这里发生了与自然法则相矛盾的事情。毫无疑问，陨石污染了土壤，但没有吃过地里种出来的任何东西的人畜所患的疾病，却是另一回事了。是不是井水的问题呢？很有可能。分析分析井水，可能是个好主意。不过，又是陷入了哪种特定的疯狂状态，才让两个男孩子接连跳入了井中呢？他们的行为非常相似，而从残骸来看，他们生前也都经历了变灰、碎裂、致死的过程。为什么所有的东西都会变成这种灰色，都会变得那么硬脆易碎呢？

最先注意到水井四周有亮光的，是坐在一扇能够俯瞰整座院子的窗户旁的那位验尸官。此时，天色已经完全黑下来，讨厌的地面上似乎到处都在闪烁着微弱的光芒，比时而有时而无的月光范围更大；不过，这种刚刚出现的光芒很清晰，也与月光不同：它从漆黑一片的坑里射出来，样子就像是探照灯发出的柔和光线，在地上倾倒的井水形成的小水洼里投下了模糊的倒影。这种光芒，带着一种异常古怪的颜色；当大家都聚到窗户边上去看时，艾米不禁吓得猛地跳了起来。因为这种由可怕瘴气形成的古怪光柱的颜色，他并不陌生。他以前见过那种颜色，因此简直不敢去想它意味着什么。他在两年前的陨石当中那个令人生厌的脆质球体上见过这种颜色，在春天疯长的植物身上见过这种颜色，并且觉得，就在这天上午他还见过一次那种颜色，就在发生不可名状之事的那个可怕的阁楼房间里，在那扇钉有板条的小窗户上见过那种颜色。当时，光柱在窗户边闪现了片刻，接着就有一股湿冷可恨的水汽拂过他的身子，而可怜的内厄姆也是被某种带有这种颜色的东西夺走了性命。内厄姆临死之前其实已经说出了这一点，说那个东西就是陨石内的球体和植物。此后，院子里的马儿被吓跑了，井里也传来了水溅声；现在呢，那口水井竟然正在对着夜空，射出一道颜色同样恐怖的苍白而邪恶的光芒。

即便是在那种紧张的状况下，艾米仍在对一个本质上属于科学的问题感到困惑；之所以如此，原因就在于他的脑子非常机敏。白天的时候，他曾在一扇对着午前天空的窗户上瞥见过那股湿冷的水汽；漆黑的夜里，他又在那些黑乎乎、一片枯萎的景色映照之下，看到了那道有如磷光的雾气。虽然看到的时间不同，可给他留下的印象却是一样的，因此他感到异常震惊。这种情况不对头，因为它违背了自然法则；于是，他又想到了那位遭遇不幸的朋友临终时留下的可怕遗言：“它是从完全不同于这里的地方来的……有位教授这么说过……”

外面那3匹拴在路边两棵小枯树上的马儿，突然疯狂地嘶叫起来，蹄子也在地上乱刨乱踢。赶马车的人跳起身来就往门口跑，想去管一管，可艾米却把自己那只颤抖着的手搭到了车夫的肩膀上。“不要出去，”他低声说道，“外面的情况可不止这个，我们都搞不清楚。内厄姆说，有什么东西住在井里，会吸走你的生命。他说，那东西肯定是从一个圆球里长出来的，就像我们在去年6月份掉下来的那块陨石里都看到过的圆球一样。他还说，那东西会吸取和燃烧，是一团颜色，就像现在外面的光一样，既看不清楚，也说不清它到底是什么。内厄姆认为，它靠吸取所有的活物来生存，并且一直都在变得越来越强大。他说上个星期还见过这东西。这东西一定是从遥远的太空中来的，去年大学里的教授也是这样说那块陨石的。它生成和产生影响的方式，与上帝创造的这个世界不一样。它是从更加遥远的世界来的。”

于是，屋里的人都犹犹豫豫地停了下来，因为井里发出的光芒正变得越来越强烈，而拴着的几匹马儿的嘶鸣声和蹬踢声也越来越疯狂。这是一个真正可怕的时刻。那座不幸的老宅本身就弥漫着恐怖的气息，屋后的柴屋里摆着5具怪异的残骸，其中3具来自屋里，两具来自井里。而在屋子前头，水井的泥泞深处还在发出一束未知的邪恶虹彩。艾米是一时冲动才挡住了马车夫，却忘记了自己在阁楼那个房间被湿冷的彩色水汽拂过之后安然无恙这一点；不过，他这样做或许也没有什么坏处。没有人明白，那天晚上究竟是什么东西在房子外面。尽管到那时为止，来自遥远世界的那个不洁之物还未曾伤害到任何意志坚强的人，可谁也说不准，它有没有可能在最后时刻伤害到他们；而随着它的力量似乎正在变强，并且有意地表现出种种异象，它应该很快就会在云层半遮的月夜天空下现出身来。

突然之间，站在窗边的一位侦探发出了一声短促而尖锐的叫声。其余的人都看着他，然后迅速跟着他的视线往上看去，在他那迷离的目光突然定住的地方停了下来。他们什么都不需要再说。乡下传言中一直存有不同说法的东西，如今已不再有争论的余地；正是因为当晚在场的人后来都悄悄表示同意的那件事情，才使得阿卡姆人永远都不会谈到“奇异日子”的情况。必须预先说明的是，当晚那个时候没有起风。虽然不久之后确实刮起了一阵大风，但当时绝对没有。连残留下来的篱笆那种灰白枯萎的尖枝，以及停着的马车顶篷边缘，都纹丝未动。然而，就在这种紧张而邪恶的平静当中，院子里所有的树上，那些高大光秃的树枝却在摆动。它们时不时地抽动着，像是得了癫痫病一样，对着月光下的云朵疯狂地痉挛着，令人看了毛骨悚然；它们在有毒的空气中虚弱无力地乱抓乱挠，仿佛是黑暗的根部正在与地下深处的某些恐怖之物纠缠着、挣扎着，仿佛是被某种怪异而无形的线条拉拽着。

此时，他们连大气都不敢喘。接着，一团厚厚的乌云遮住了月亮，那些树枝张牙舞爪的影子暂时消失了。看到这个，大家都不约而同地惊叫起来；虽然他们的惊叫声因为恐惧而不是太大，但都嘶哑得很，而且每个人的声音几乎都是一样的。那种恐怖的气氛，并没有随着树枝影子的消失而消失；在接下来一个更为黑暗的可怕瞬间，大家都看到树冠上有成千上万点微弱而邪恶的光芒在蠕动，就在每一根树枝的顶部，有如圣埃尔莫之火[1]，或者圣灵降临节[2]落到信徒们身上的火焰。那是一团巨大可怕而不自然的光芒，如同一大群以死尸为食的萤火虫，在一片受到了诅咒的沼泽之上跳着可怕的萨拉邦德舞[3]；光芒的颜色，正是艾米已经领教过并且极感害怕的同一种不可名状之物的颜色。在此期间，水井里射出的那道光柱越来越明亮，远远超越了他们大脑清醒时能够想象出来的任何情景，让挤在屋里的这群人心中都产生出了一种末日降临的异常恐怖感。那道光柱已经不能说只是从井中发出，而应该说是喷涌而出了；它宛如一条由未知颜色组成的无形之河，离开水井，径直泻向空中。

那位兽医浑身颤抖着走到前门边，在门上又加了一根厚重的门闩。艾米也直打哆嗦，他想要大家注意到树上的光芒正在变亮，却因为声音也控制不住地发抖，所以只好努力指给他们看。外面的马儿在极其恐惧地嘶鸣和踢蹬着，但躲在这座老宅里的人，却没有一个敢为了这么一点点世俗的利益而出去。随着树上的光芒变得越来越明亮，扭动的树枝也像是不断地紧绷着，直直地指向苍穹。此时，汲水装置上的木头也在发光；过了一会儿，一名警员无声地指了指西边在那堵石墙不远处的几间木棚和蜂房。木棚和蜂房此时也开始发光，但到目前为止，这群人拴在外面的马车似乎还没有受到影响。接着，路上传来了一阵狂乱的骚动和嘈杂的马蹄声，艾米马上熄灭了提灯，以便看得更清楚一点——他们这

[1] 圣埃尔莫之火，指暴风雨中雷电击中桅尖、塔尖等发出的火光或火球。圣埃尔莫（St. Elmo，？—约303年）原本是一位基督教圣徒，后被尊为水手的守护神。

[2] 圣灵降临节，基督教的一个重要节日，定于复活节后的第50天，是教会用来庆祝圣灵被赐予使徒们，使得教会在早期迅速成长起来的一个节日。犹太教中称为“五旬节”。

[3] 萨拉邦德舞，一种三拍子慢速舞曲，十五世纪起源于波斯，十六世纪流行于西班牙，曲调严肃、沉缓、庄重、哀伤。

才意识到，那几匹灰色的马儿疯狂地挣脱了树桩，拖着马车跑掉了。

震惊之余，这几个人倒是可以说话了，便尴尬地低声交谈了几句。“它会散布到这里所有的有机物上，”法医嘟囔着说道。没人回应他，只是那位到井里去过的警员却暗示说，一定是那根长杆唤醒了井底某种无形的东西。“太可怕了，”他又说道，“那口井完全没有底。只有冒着泡泡的淤泥，还给人有某种东西潜藏在下面的感觉。”艾米的马儿仍然在外面的路上乱踢乱刨和大声嘶鸣，艾米低声颤抖着说出心中种种杂乱的想法时，马儿震耳欲聋的嘶鸣几乎把他的声音都淹没了：“它是从那块陨石里出来的……在井底慢慢长大……它抓住一切有生命的东西……然后吞掉他们，精神和肉体都吞掉……先是撒厄迪斯和默温，然后是泽纳斯和娜碧……最后是内厄姆……他们都喝过井里的水……吞掉他们之后，它的力量更强了……它是从遥远的世界来的，那里的一切都不像这里……现在它要回去了……”

就在此时，随着那道由未知颜色形成的光柱突然变强，开始幻化成种种形状（后来，每一个亲眼目睹的人对这些形状的描述都截然不同），艾米拴在外面的那匹可怜的马儿“英雄”发出了一声惨叫，可以说此前和此后都没有人听到过那种惨叫。躲在那间低矮客厅里的人，全都捂住了自己的耳朵，艾米则恐惧不已和深恶痛绝地转身离开了窗边。那种声音，简直无法用语言来形容；待艾米再次往外看去，那匹倒霉的马儿已经缩成了一团，倒在洒满月光的地上，在四分五裂的车轴之间一动不动了。可怜的“英雄”就这样死了。直到第二天，他们才把马儿埋了。可当时的情况却不容大家去料理，因为几乎就在那时，一名侦探悄悄地提醒大家，房间里出现了某种可怕的东西。由于没有点灯，因此屋里的人都清楚地看到，一缕微弱的磷光开始在整个客厅里弥漫开来。那种磷光，在地上的宽木板条与破旧开裂的地毯之上闪烁，连镶有玻璃的小小窗框上也在微微发光。磷光很快蔓延到了屋角裸露的梁柱上下，在木架与壁炉架上闪耀，弥漫到了四周的每一扇门和家具上。磷光每时每刻都在增强；到了最后，情况就变得显而易见了：想要活命的话，他们就得赶紧离开这座旧宅。

艾米领着他们走后门，沿着小路穿过田野，往那片10英亩的牧场走去。他们就像做梦一样，跌跌撞撞地走着，不敢回头去看，最终来到了远处那片地势较高的牧场上。他们都庆幸有那么一条小路，因为大家不可能再去走前门水井旁边的那条路。经过闪烁着磷光的厩房和木棚就够恐怖的了，更何况还要经过那些有如恶魔般地扭动着的果树呢；不过谢天谢地，它们的枝条再怎么可怕，也是向上扭曲的。他们走过查普曼溪上那条粗糙的木桥时，月亮钻入了一片黑压压的云层后面，因此从河边到那片开阔的牧场上，他们一路都是摸着黑前进的。

回头向那座山谷以及位于遥远谷底的加德纳家望去，他们看到了一幅极其可怕的景象。整座农场，到处都闪烁着那种可怕而不明的混合色彩；农场上的树木、房屋，甚至那些尚未完全变成致命的灰脆状态的杂草上，全都闪烁着那种色彩。树枝都紧绷着，直指苍穹，末梢闪耀着邪恶的火舌，而一缕缕同样可怕的火焰，还在摇曳不定、慢慢地侵往那栋老宅里的房梁、厩房和木棚。这种场景，简直就是想象中的富塞利[1]的画作；其他的一切，全都笼罩在那种发光的无形之物下面，笼罩在井中逸出的神秘毒气形成的那道怪异而没有维度的虹彩之下：那道虹彩，按照那种来自于星空、世人难以辨认的旋律，不停地沸腾着、触摸着、舔舐着、延伸着、闪耀着、紧绷着，邪恶地冒着泡泡。

接下来，在没有任何预兆的情况下，那个可怕之物宛如火箭或者流星一般，不待任何一个人倒抽一口气或者惊叫起来，就笔直地射向苍穹，穿过云层当中一个形状规则得很古怪的圆洞，消失得无影无踪了。亲眼目睹了这一切的人当中，没有哪一个会忘掉当时看到的情景；艾米茫然地凝望着苍穹中的天鹅座，其主星“天津四”在众星上方闪耀，而那道不明的虹彩，也正是在此处汇入了银河当中。但紧接着，山谷中传来了一阵噼噼啪啪的声音，让他的目光回到了地上。当时的情况，就是那样。在场的人全都信誓旦旦地称，他们听到的只是山谷中传来了木头

[1] 富塞利（Henry Fuseli，1741—1825年），瑞士裔英国画家，其绘画风格明暗对比强烈，线条柔美而充满诗意。他喜欢用大片的暗色，配上主体自身的光亮，犹如在黑暗里晃动的幽灵。他的作品色彩富有幻想力，主题充满寓意和暧昧不明的隐喻。

裂开的噼啪声，而不是爆炸声。可不管怎样，结果却完全相同，因为在一个极度令人不安和变幻莫测的瞬间，那个在劫难逃、受到了诅咒的农场上，突然喷出了一大团若隐若现的怪异火花与物质；这团东西，让看到的人眼睛都花了，同时夹杂着一阵爆炸般的尘雾，直冲高空，其中的色彩与怪异碎片显然绝对不属于我们这个宇宙。那些东西穿过一团迅速聚拢的水汽，随着刚才那道极其可怕的光柱而去，很快也不见了踪影。它们的后方和前面，只留下了这些人不敢返回去一探究竟的漆黑夜幕，四周只有越来越强劲的寒风，仿佛是从星际空间向着这无边的黑暗猛扑下来。寒风呼啸着、咆哮着，带着一个疯狂宇宙的狂暴力量，无情地抽打着田野和扭曲的树木。他们这帮人浑身颤抖，并且马上意识到，等着月亮重新出来、看一看内厄姆家还剩下些什么的做法，已经没有任何意义了。

这7个浑身直打哆嗦的人都太过恐惧，甚至想不起什么理论来解释这种现象，便拖着沉重的脚步，费力地沿着北边那条大路返回阿卡姆了。艾米比其他人更加害怕，因此要求同伴们先把他送回家里，而不是径直回城。他不想独自一人穿过那片黑暗笼罩、寒风吹打的树林，走回位于大路旁边的家里去，因为他已经对其他人都幸免于难这一点产生了另外一种震惊之情，而这种想法还让他在后来的岁月里，始终都饱受着一种挥之不去的恐惧感的折磨；在接下来的多年里，他甚至都没敢对人提起过这种恐惧感。就在其他人都站在狂风大作的那块高地上呆呆地转身朝大路走去的时候，艾米曾经回过头去，看了一眼那位不幸的朋友一度居住过、如今却笼罩在黑暗之中的荒凉山谷，却看到某种东西从那个遭了殃的遥远之地无力地升起来，结果却在那个巨大可怕的无形之物曾经冲入苍穹的地方再度落了下来。那个东西，也是一种色彩，但并非我们地球上或者宇宙里的任何一种色彩。由于艾米认出了那种色彩，知道那个东西的一点点残余必定仍然潜伏在水井深处，因此从那以后，他的精神就不太正常了。

艾米再也不愿意走近那个地方。虽然如今距那恐怖事件已经过去了50多年，可在此期间，他从来都没有去过那里，因此看到新水库会把那个地方彻底淹没，他觉得很高兴。我也应当感到高兴，因为我不喜欢经过那口废弃的水井，不喜欢看到井口周围的阳光那种变幻莫测的色彩。我希望，水库里的水永远都深不见底；可就算如此，我也绝对不会去喝上一口。我相信，自己以后再也不会到阿卡姆的乡村去了。那天跟艾米一起去过的人当中，有3个人在第二天早上又返回内厄姆家，想在白天看一看留下的废墟。可那里并没有什么真正的废墟，只有烟囱掉落的砖头、地窖边的石头、到处散落的一些矿石和金属垃圾，以及那口邪恶水井的井沿。除了艾米那匹倒毙的马儿，那里曾经生存过的一切都没有了；他们把艾米那匹马拖走埋掉，又很快把马车还给了艾米。留下来的，还有5英亩被尘土淹没而令人生畏的灰色荒漠，并且此后那里再也没有长出过任何东西。直到今天，那里都像是森林和田野上被酸液腐蚀出来的一个大斑点，仰面躺在苍穹之下；而一些无视乡间的传说、胆敢到此地看过的人，便给它起了"枯萎荒原"这样一个名称。

乡间的传说都是非常怪诞的。要是城里人和大学里的化学家产生了浓厚的兴趣，对取自那口废井里的水进行过分析，或者对那些似乎不会被风吹散的灰色尘土进行过分析的话，那些传言可能还会变得更加怪诞。植物学家也应该去研究一下枯萎荒原周围那些生长受阻的植物，因为它们或许可以说明乡民的说法究竟是对是错，因为乡民们都认为，枯萎的面积正在一点一点地扩张，速度或许是每年增加了1英寸。人们都说，附近草木的颜色今年春季都不是很对头，而冬天薄薄的雪地上，也会留下一些野兽的古怪足迹。枯萎荒原上的积雪，似乎始终都没有其他地方厚。这个汽车时代里所剩不多的马匹，到了那座寂静的山谷里很容易受惊，而猎人们也无法指望，自己的猎犬会太过靠近这片被灰白尘土覆盖的荒原。

他们还说，此地给人们心理上带来的影响也十分严重。内厄姆去世之后的那些年里，许多人都变得非常古怪，并且他们往往都没有坚强的毅力离开此地。接下来，意志较为坚定的人纷纷离开了这个地区，只有外来者想要住在这些摇摇欲坠的老旧宅子里。但是，外来者是不可能长久留在这里的；因此，有时人们禁不住想知道，那些疯狂而古怪、悄悄地流传着的魔力，究竟给外来者带来了什么吸引力。他们都称，住在这个古怪的乡间，夜里做的全都是极其可怕的噩梦，而且这个阴暗之地的样子，无疑也足以激发出他们一种病态的幻觉。身处这些深邃的峡谷当中，所有旅行者都会产生一种古怪的感觉，而画家在描绘这些茂密的、给视觉和心理都带来神秘色彩的森林时，也会浑身颤抖。至于我自己，却对我在没有听到艾米讲述这个传说之前，独身一人经过该地时经历的那种感觉很是好奇。夜幕降临的时候，我曾经模模糊糊地希望天上聚集一些乌云，因为头顶那片深邃蔚蓝的虚空，让我产生了一种古怪的怯意，并且这种怯意已经悄悄地渗入了我的灵魂。

不要问我对此事有什么看法。我也搞不清楚，仅此而已。除了艾米之外，我没法向其他任何一个人求证此事；因为阿卡姆人都不愿谈起“奇异日子”的情况，而3位见过陨石以及陨石内部那个彩色球体的教授，也早已不在人世。我相信，陨石里面还有其他的彩色球体。其中的一颗，肯定是吸取了足够多的生命力之后就离开了；很可能那里还有一个彩色球体，因为吸取生命力太迟而没有离开。毫无疑问，那个球体仍然隐藏在井底深处；那一天，看到毒雾弥漫的井沿上方的阳光之后，我就知道有点儿不对头。乡民们都说，枯萎荒原的面积每年都悄悄地扩大1英寸；因此，即便就在此时，那个东西可能也正在吸取养料和长大呢。但是，不管井里是个什么样的小恶魔，它都必须附着在某种东西上，否则的话，它很快就会扩散开去。它是不是附着在枝条上对着天空乱抓乱挠的那些树木根部呢？因为时至今日，阿卡姆还流传着一种说法，说一些粗壮的橡树竟然会在夜里发光和无风自动。

那东西究竟是什么，只有上帝才知道。从物质来看，我认为艾米描述的那个东西可以称为一种气体，只是这种气体遵循的是不属于我们这个宇宙的法则罢了。这种东西，既不是我们这个世界的产物，也不是我们在天文台用望远镜观测和用相机拍摄时看到的那些发光恒星的产物。这种东西，既非来自天文学家能够测量到其运动与维度的苍穹中的生命，也非来自天文学家认为太过广袤而无法测量其运动与维度的苍穹中的生命。它只是来自外层空间的一种色彩，是超越我们所知的一切自然之外，那些尚未成型的世界派来的恐怖信使；那些世界仅凭其存在，就会在我们狂乱的双眼面前，打开异常宇宙里的一道道黑暗深渊，令我们大脑眩晕，四肢麻木。

艾米是不是有意向我撒了谎，对此我极感怀疑。我相信，他的说法也不像城里人事先警告我的那样，全都是他疯狂地幻想出来的。那块陨石，将某种可怕之物带到了这些山丘之上和峡谷里，而某种可怕的东西如今仍然留在那里，只是我不太清楚这种东西究竟可怕到了什么样的程度。看到这里将被水库淹没，我觉得很欣慰。与此同时，我也希望艾米不会遭遇什么厄运。对于那种可怕之物，他看到的事情太多了，而那种东西带来的影响，却又如此阴险。艾米为什么一直不搬走呢？内厄姆的临终遗言，他可记得清清楚楚："没法逃走……吸住你……你知道有东西过来了，可没有用……"艾米是一位心肠极好的老头，等水库施工队开始施工后，我一定会写一封信给首席工程师，托他好好照顾艾米。我不想看到他也变成一只全身灰白、扭曲变形而硬脆易碎的怪物，因为这只怪物的样子始终印刻在我的脑海里，挥之不去，日益让我无法入眠。

《死灵之书》的历史

《死灵之书》原名《阿尔阿吉夫》；至于“阿吉夫”一词，阿拉伯人用来指那些出现在夜晚、由昆虫发出来的声音，因为他们认为那些声音应该都是恶魔的咆哮。

此书系也门萨那[1]的一位“疯子”诗人阿卜杜拉·阿尔哈萨德所作；据传，此人在倭马亚哈里发王国时期（公元700年左右）曾享有盛名。他曾经到过古巴比伦王国遗址，探访过孟斐斯古城的地下秘密，并且在阿拉伯南部的大沙漠里孤身一人待了10年；那片沙漠，古人称之为“鲁卜哈利沙漠”或者“虚空沙漠”，现代阿拉伯人称之为“代赫纳沙漠”或者“深红沙漠”，据说那里被恶灵与死亡怪兽保护着。许多自称深入过这片沙漠的人，都讲述过这里众多古怪而令人难以置信的奇迹。到了晚年，阿尔哈萨德一直住在大马士革，并在此地撰写了《死灵之书》；至于他在公元738年死亡或者失踪一事，人们有过许多可怕而相互矛盾的说法。据12世纪的传记作家伊本·赫里康称，阿尔哈萨德是在光天化日之下，被一只看不见的怪物抓住，并在许多吓得无法动弹的目击者面前，被那只怪物活生生地吞掉了。至于他的疯狂，世间也流传着许多的说法。他曾经声称，自己看见过伊莱姆，即“支柱之城”，并且在某座名不见经传的沙漠小城的废墟之下，发现了由一个比人类还要古老的种族留下的令人震惊的历史与秘密。他只是一个无足轻重的人物，崇拜的是两种未知的存在，他称之为“犹格·索托斯”与“克苏鲁”。

公元950年，《死灵之书》已经在当时的哲学家中广为流传，只不过是在暗中流传罢了；于是，君士坦丁堡的提奥多鲁斯·弗列塔斯秘密

[1] 萨那，也门共和国现在的首都。

将其翻译成了希腊语，并以《死灵之书》为名。在长达一个世纪的时间里，此书促使一些实验者做出了许多可怕的尝试，因此后来遭到了米迦勒主教的查禁与焚毁。此后，人们就只在私下里听说过这本书；但到中世纪晚期的1228年，奥洛斯·沃尔密乌斯却将其翻译成了拉丁语，而这部拉丁语译本还印行过两次：一次是15世纪印行的黑体版（显然是在德国印刷的），另一次就是17世纪印行的版本（多半是在西班牙印刷的）；两个版本都没有可以识别的标记，只能凭借内文在印刷方面的证据来推测印行的时间与地点。就在拉丁语译本出版后不久，罗马教皇格列高利九世查禁了此书的拉丁语版与希腊语版，从而引发了世人对此书的关注。沃尔密乌斯所写的序言表明，此书的阿拉伯文原版早在沃尔密乌斯那个时期就已遗失；而且，1500—1550年间印行于意大利的希腊语版本，自1692年一个塞勒姆人家中的书房被焚毁之后，就再也没人看到过了。迪伊博士曾将此书翻译成英语，可这一英译本始终都没有出版，如今又只剩下从其原始手稿中恢复而来的部分内容了。在拉丁语版本当中，如今尚存有15世纪印行的一个版本，据说被妥善保管在大英博物馆里；而17世纪印行的另一个版本，则保存在巴黎的法国国家图书馆中。另外，哈佛大学的威德纳图书馆和阿卡姆的密斯卡托尼克大学图书馆里，还分别保存有17世纪印行的一种版本。布宜诺斯艾利斯大学图书馆里，也保存有一种。很有可能，世人还秘密保存着为数众多的版本；人们一直都在谣传，美国一位声名赫赫的百万富翁的藏书中，就有一部15世纪印行的版本。还有一种更加模糊的谣传，称塞勒姆的皮克曼家族保存着一部于16世纪印行的希腊语版本；但即便这种谣传属实，如此保存下来的那个版本，也早已与1926年初失踪的R.U.皮克曼这位艺术家一同不见了踪影。此书受到了绝大多数国家的政府当局以及拘泥于教规的各个教会分支的严厉查禁。阅读此书，有可能导致可怕的后果。据说，罗伯特·W.钱伯斯[1]早期创作的小说《黄衣之王》的灵感，就是源自世

[1] 罗伯特·W.钱伯斯（Robert W. Chambers，1865—1933年），美国画家与小说家。短篇小说集《黄衣之王》是其代表作，出版于1895年，被誉为美国奇幻小说中最重要的作品。洛夫克拉夫特非常钦佩此人。

人关于此书的传言（相对而言，公众中知道此书的人并不多）。

《死灵之书》年表

公元730年左右，阿卜杜拉·阿尔哈萨德在大马士革撰写了《阿尔阿吉夫》

公元950年，经提奥多鲁斯·弗列塔斯翻译成希腊语，命名为《死灵之书》

1050年，希腊语版本被主教米迦勒焚毁。阿拉伯语版本此时已经遗失

1228年，奥洛斯将希腊语版本翻译成拉丁语版本

1232年，教皇格列高利九世查禁了此书的拉丁语版本（还有希腊语版本）

14××年，黑体印刷版（德国）

15××年，意大利印行希腊语版

16××年，西班牙重印希腊语版

伊格的诅咒[1]

1925年，我前往俄克拉荷马州，去搜集一些关于蛇类的传说，可最终我却带着对蛇的一种恐惧心理离开了那里；而且，这种恐惧感还会纠缠我一生，挥之不去。我承认，这种心理很愚蠢，因为我所看到和听到的一切，全都可以做出自然的解释，尽管如此，这种恐惧还是让我无法摆脱。如果单单只有那个古老的故事，我或许不会吓得如此严重，以至于浑身发抖。我是一名美洲印第安种族学家，工作性质早已让我对各种夸张怪异的传奇故事习以为常了；我也清楚，说到杜撰出稀奇古怪的故事，头脑简单的白人完全可以胜过那些红皮肤的印第安人。不过，我却忘不了自己在古特里那所精神病院亲眼目睹的一切。

我之所以前往那所精神病院，主要是因为有几位最年长的拓荒者告诉我说，在那里我会找到某种重要的东西。我前来探究的蛇神传说，不论是印第安人还是白人，都不愿意谈论。当然，那些随着“石油热潮”而初来乍到的人，对这些东西都一无所知；而当我向那些红皮肤的印第安人与年长的拓荒者提起这些传说的时候，他们显然都极为恐惧。只有不到六七个人提到了这所精神病院，并且他们提起的时候都很谨慎，都把声音压得低低的。不过，这些低声说话的人又说，麦克尼尔医生会让我看一看一件非常恐怖的遗物，将我想知道的所有事情都告诉我。此人可以解释清楚，伊格这个半人形的巨蟒之父为什么在俄克拉荷马州中部地区会是一个人人避而不谈、大家都觉得惧怕的东西，而那些年长的殖民者又为什么会对印第安人的神秘祭祀仪式感到不寒而栗——这种秘密的祭祀仪式都是在偏僻的地方举行，仪式上无休无止的手鼓声，会让秋

[1] 与齐莉娅·毕晓普合著。

季的日日夜夜都变得极其可怕。

我像一条嗅觉敏锐、正在追踪猎物的猎犬一样，来到了古特里，因为我多年来一直都在收集关于印第安人巨蟒崇拜的发展历程方面的资料。从考古学与神话传说中种种明确的潜在倾向来看，我一向都认为，伟大的羽蛇神（就是墨西哥人崇拜的“善良蛇神”）应该具有一种更加古老、也更加邪恶的原型。最近这几个月里，我在一系列从危地马拉直到俄克拉荷马州平原地区进行的调查研究中，差不多已经证实了这一点。不过，一切都既让人心痒难耐却又不完善，因为在蛇类崇拜方面，总是笼罩着一种恐惧与鬼祟的气氛。

如今我似乎看到，一种新的、内容丰富的资料来源即将出现，于是怀着一种不加掩饰的热切之心，找到了这所精神病院的负责人。麦克尼尔医生身材矮小，胡子刮得很干净，稍微上了点儿年纪。从他的言谈举止中，我立刻就看出，此人是一位学者，在其职业之外的诸多领域都涉猎广泛，并且造诣非凡。尽管在我表明来意的时候，他的态度既严肃又有些怀疑，但仔细地看过我的证件，看过一位和蔼可亲、年事已高的前印第安事务官[1]为我写的介绍信之后，他的脸色便变得凝重起来。

“哦，这么说您一直都在研究关于伊格的神话了？”他言简意赅地说道。“我知道，俄克拉荷马州有许多的民族学家都曾试图把它与‘羽蛇神’联系起来，但我觉得，他们当中没有一个人像您这样深入地探究过两者之间的中间环节。对于您这样一个看上去非常年轻的人而言，您的研究工作做得非常出色，理应获得我们能够提供的所有资料。

“我想，老莫尔少校和其他人都没有告诉过您，我这里究竟有些什么吧？他们都不喜欢说到这个，我也一样。那个东西非常不幸、非常可怕，但也仅此而已。我认为那根本不是什么超自然的东西。您见过之后，我就会跟您说一说那个东西的故事；那是一个极其悲惨的故事，但我可不会说，其中有什么魔法。它仅仅说明，信念在某些人身上具有多么强大的力量。我承认，有时候我也觉得不寒而栗，并且不只是生理上的；但在白天，我还是会压制住这种恐惧感，让自己镇定下来。唉，我

[1] 印第安事务官，代表美国政府负责与印第安部落进行联络并处理相关事务的官员。

可不是个年轻小伙儿啦。

“言归正传吧。我保存的那个东西，您不妨称之为伊格的诅咒牺牲品，并且是生理上还活着的牺牲品。我们不允许护工看到它，只是绝大多数护工其实都很清楚，它就在这儿。我只让两个踏实可靠的老伙计去给它喂东西，给它打扫住处。以前原本有3个人干这活儿，可善良的老史蒂文斯几年前过世了。我想，用不了多久，我就得新找几个人来干这些事情了，因为那个东西似乎既不会变老，也不会出现什么变化，可我们这些老家伙却不可能永远活下去。或许，到了不久的将来，道德伦理会允许我们让它获得仁慈的解脱，可到时究竟怎样，现在还很难说。

“您沿着车道过来的时候，看到病院东楼唯一一扇装有毛玻璃的地下室窗口了吗？那东西就在那里。现在我就亲自带您过去。您什么话都不要说。只要通过门上的那块活板往里看一看就行，但愿那样做不会让房间里的光线变亮。然后，我就会把整个故事告诉您，或者说把我能够拼合起来的情况告诉您。”

我们非常安静地走下楼梯，一言不发，穿过了那个似乎已经废弃的地下室里的一条条走廊。麦克尼尔医生打开了一扇刷着灰色油漆的铁门，但这扇门只是一道隔板，通往另一条走廊。最后，他在一扇标有“B116”编号的门前停了下来，踮起脚尖，打开了门上一块很小的观察活板，然后在刷有油漆的铁门上使劲地敲击了几下，像是要叫醒里面的居住者，而不管这个居住者究竟是什么东西似的。

麦克尼尔医生刚打开那块活板，观察孔里就飘出了一股微微的恶臭之味；我还依稀听到，他的敲击似乎得到了回应，就是一种低低的“嘶嘶”声。最后，他示意我换到他那儿去，往观察孔里看一看。我走过去，全身却无缘无故地逐渐颤抖起来。从观察孔里望去，那扇贴着外边的地面、上面装有栅栏的毛玻璃窗户只能透进一丝微弱而模糊的灰白光线；因此，我使劲往那间散发着恶臭的地下室里看了一阵，才看到那个在铺着稻草的地板上四处爬行和蠕动、还不时发出一种微弱而空洞的嘶嘶声的东西。接下来，阴影里那个东西的轮廓开始清晰起来，而我也察觉到，在地上蠕动的这个东西，隐隐约约像是一个俯卧着的人。我使劲地抓住门上的把手来支撑身体，竭力不让自己晕过去。

那个蠕动着的东西，差不多有一个人那么大，只是没穿任何衣物。它的身上也完全没长毛发；在昏暗而阴森的光线中，它那黄褐色的背部似乎长有细小的鳞片。它的肩膀周围还有很多的斑点，并且近乎褐色，而脑袋则非常古怪，竟然是扁平的。当它抬起头来，对着我发出“嘶嘶”声的时候，我看到它那对珠子般晶亮的黑色小眼睛，竟然就是人类的眼睛；不过，我可不敢长时间地盯着那双眼睛看。那双眼睛带着一种可怕的固执，死死地盯着我，因此我赶紧颤抖着关上了那块活板，留下那东西继续在门后阴森昏暗的光线下，在铺满稻草的地面上蠕行。当时我肯定有些头晕目眩，因为我看到，医生领着我离开的时候，正轻轻地搀着我的胳膊。我一直结结巴巴，不停地语无伦次：“可……可是，老天爷，那究竟是什么东西？”

到了他的私人办公室之后，我躺在他对面的一张安乐椅上，麦克尼尔医生便向我讲述了一个故事。此时，傍晚时分晚霞的那种金色与深红已经变成了夜幕初降时的紫色，可我躺在那里的时候，心中依然充满了畏怯，一动也没有动。我讨厌每一次电话铃响，憎恨呼叫器的每一次发声；每当护士与实习医师们时不时地敲开房门，将麦克尼尔医生叫到外面的办公室去待上片刻的时候，我都忍不住想要骂他们。夜晚降临后，让我感到高兴的是，麦克尼尔医生终于把所有的灯都打开了。虽然我是一位科学家，但在这种令人喘不过气来的恐怖场景下，我早已把自己的研究热情抛到了一边，就像一个小男孩听到家人在壁炉角落里悄悄地说起那些巫蛊传说时的感受一样。

中部平原部落崇拜的蛇神伊格，似乎是一种古怪而半具人形的恶魔，性格极其武断专横，极其反复无常；南部各个部落崇拜的羽蛇神或者“库库尔坎”[1]，大概就是以伊格为源头，发展演化而来的。伊格并非一个全然邪恶残暴的蛇神，对于那些适当地崇拜他和他的子孙即蟒蛇的人，伊格的态度通常还非常友好；可一到秋季，伊格就会变得异常贪婪，必须通过合适的祭祀仪式，才能将他驱走。每到8月、9月和10月

[1] 库库尔坎，玛雅人对羽蛇神的称呼，他们还修建了金字塔形神庙来祭祀这位蛇神。

份，波尼族、威奇托族与喀多族聚居的乡村地区之所以会接连好几个星期都响起无休无止的手鼓声，而巫医们之所以会像阿兹特克人与玛雅人中的巫医一样，用古怪的方式发出嘎嘎声与口哨声等奇怪的声音，原因都在于此。

伊格的主要特点，就是挚爱自己的子孙后代，并且会用残酷无情的手段来保护后代；这种舐犊之情极其强烈，因此面对那个地区到处都存在的剧毒响尾蛇时，印第安人几乎都不敢采取措施来自保。一些秘密流传的骇人传说都称，要是凡人藐视伊格，或者伤害其后代的话，伊格就会进行报复；而伊格选择的复仇方式，就是在适当地折磨过受害者之后，将受害者变成一条带有斑点的蛇。

医生接着对我说，在印第安保留区[1]里，人们过去对伊格的情况并不像如今这样遮遮掩掩。那时，生活在平原上的部落不如荒漠里的游牧部落和普韦布洛族那样小心，他们经常与第一批印第安事务官相当随意地谈起部落的传说和秋季举行的祭祀仪式，使得大量传说散播到了附近的白人殖民区。1889年的圈地运动中传出了一些非常离奇的事件，给人们带来了极大的恐慌；由于有一些似乎真实得可怕的证据，因此那些传闻还流传了下来。印第安人都称，之所以出现那些离奇事件，都是因为新来的白人不知道如何与伊格打交道；于是，后来的移民便在表面上接受了这种说法。如今在俄克拉荷马州中部的老人当中，不管是白人还是印第安人，除了一些模棱两可的线索，您怎么也没法让他们中的任何一个人透露出一句关于这位神蛇的情况了。然而，医生接着又差不多没有必要地强调说，那桩唯一真实可信的恐怖事件，其实是一桩值得怜悯的悲剧，而不是什么妖术。那次事件的确存在，也非常残酷；尽管事件的最后阶段引起了人们的广泛争论，也是如此。

麦克尼尔医生停了一会儿，清了清嗓子，开始讲述他那个故事的详情，我的心中不由得涌起了一股兴奋之情，就像一台戏剧拉开大幕时一样。那件事情始于1889年春，当时沃克·戴维斯带着妻子奥黛丽离开阿

[1] 印第安保留区，亦称印第安准州，是十九世纪初期美国政府强迫印第安人定居的区域，位于如今俄克拉荷马州的东部。

肯色州，到刚刚开辟的公共土地上去拓荒，结果却在威奇托族聚居的乡村丧生了；那个乡村位于威奇托河以北，就在如今的喀多县内。现在那里有一个小村庄，叫宾格尔，还有铁路经过；但在别的方面，这个地方却不像俄克拉荷马州其他地区的变化那么大。此地仍然是一个到处都是农场与牧场的地区，如今物产相当丰富，因为附近没有什么大油田。

沃克与奥黛丽夫妇来自欧萨克地区的富兰克林县，他们驾着一辆装有帆布顶篷的四轮马车，赶着两头骡子，还有一条年纪很老、已没什么用的狗沃尔夫，带着所有的家当出发了。他们是典型的山区乡民，年纪轻轻，或许比绝大多数人还多了那么一点儿雄心大志，希望通过辛勤劳作，过上比他们在阿肯色州时收益更好的生活。夫妇二人都身材瘦削、骨瘦如柴；丈夫个子很高，头发呈黄棕色，眼睛则是灰色，女人身材矮小，肤色很暗，一头黑色的直发说明她还带有一点儿印第安人的血统。

总的来说，他们身上并没有什么与众不同的地方；要不是有一个方面，他们的人生与同一时期涌向新乡村的成千上万名其他拓荒者可能没有什么不同——那就是沃克极其怕蛇，几乎到了看见蛇就像患了癫痫般抽搐的地步。有些人认为，这种惧怕是他出生前的某些原因导致的；还有一些人却声称，他是因为听过一个关于其结局的可怕预言才那样，因为在他小的时候，有个印第安婆娘曾经用那个预言吓唬过他。不管是什么原因，这种惧怕带来的影响的确极其明显：尽管他总体上非常勇敢，可只要一提到蛇，他就会近乎晕厥，面色变得惨白；甚至只要看到一条小小的蛇类标本，他也会惊骇不已，有时甚至会痉挛发作。

戴维斯夫妇在当年年初启程，希望赶在春耕之前到达他们的那片新土地上。他们一路行进得非常缓慢，因为阿肯色州的道路状况很糟糕，而印第安保留区里又是绵延不断的山丘与沙砾遍地的红色荒漠，根本就没有道路通行。当地势逐渐变得平坦起来之后，背井离乡、告别土生土长的山区所带来的那种沮丧感，或许还超过了他们自己意识到的程度；但他们发现，印第安事务局的人非常友善，而绝大多数已经定居下来的印第安人也很友好、很文明。他们偶尔也会遇到同行的拓荒者，并且通常会用粗俗的客套话与表达友好竞争的话语，同对方打招呼。

由于季节的原因，当时那里还看不到很多的蛇，所以沃克并没有因为他那种特殊的性格弱点而吃苦头。在旅途刚开始的那段时间里，他也没有听到过印第安人关于蛇的传说，所以没有产生什么不安之感；之所以没有听到，是因为那些从东南部移民过来的印第安部落，不像西面的相邻部落一样持有种种古怪的观念。只是命该如此，在克里克乡下第一次对戴维斯夫妇含蓄地提到关于伊格的信仰的，竟然是一个来自奥克马尔吉的白人；这种暗示，却对沃克产生了一种古怪的影响，让他变得神魂颠倒，并且从此以后就开始随意地提出各种问题。

不久之后，沃克的入迷就变成了一种非常严重的恐惧症。每到晚上扎营时，他都会不厌其烦地采取最特别的预防措施，总是把看到的所有植物都清理干净，并且只要做得到，他就不会到石头多的地方去。此时，在他看来，每一丛矮小的灌木下，巨大岩石上的每一条裂缝里，似乎都藏着邪恶的毒蛇；而每一个并非明显属于某个定居点或某队移民的人影，似乎都有可能是蛇神，直到他走到那人附近，证明那人不是蛇神才会安心。幸好，在这段时间里他们没有碰到什么麻烦，没有让他脆弱的神经绷得更紧。

他们走到基卡普族聚居的那片乡村后，发现不到岩石附近扎营已经变得越来越困难，最后他们干脆彻底做不到这一点了。因此，可怜的沃克只得采取幼稚的权宜之计，单调地吟诵着他在孩提时代学到的一些简单而土气的驱蛇咒语。期间有两三次，他们真的看到了蛇；可看到那些蛇，对饱受恐惧折磨、一直都在努力保持镇定的沃克来说，却没有什么好处。

在他们这趟旅程中的第22天傍晚，刮起了一场猛烈的大风。为了那两头骡子的安全着想，夫妇二人不得不寻找一个尽量有所遮挡的地方扎营。奥黛丽说服了丈夫，利用加拿大河[1]原来一条支流那个干涸河床上高高耸立的一道悬崖来扎营。虽然不喜欢那个地方岩石嶙峋的样子，可沃克还是决定自我克制。由于那里的地势很高，马车无法靠近，所以沃特闷闷不乐地牵着骡马，往那个可以遮风挡雨的斜坡走去。

---

[1] 加拿大河，发源于美国新墨西哥州东北部、向南并向东流经俄克拉荷马州后注入阿肯色河的一条河流，全长1458千米，是阿肯色河最长的一条支流。

此时，正在仔细查看马车附近一片岩石的奥黛丽注意到，那条体质衰弱的老狗正在古怪地四下嗅探着。于是，她学着丈夫的样子，抓起一杆步枪就开始搜寻起来；很快她便在心里说，谢天谢地，让她在沃克之前发现了那幅景象。因为隐藏在两块巨石之间一条夹缝里的那种情景，沃克看了是绝对没有好处的。她看到的，只是一大团缠绕在一起的东西，有可能是由三四个独立的部分组成，正在懒洋洋地蠕动着——那团东西，不可能是别的，正是一窝刚刚孵化出来的响尾蛇。

因为急于不让沃克陷入一种令人难受的惊骇状态，所以奥黛丽毫不犹豫地采取了行动。她紧紧抓住枪管，用枪托一遍又一遍地向那堆正在扭动的响尾蛇捣去。当时那幅情景让她觉得极度嫌恶，只是这种嫌恶感还没达到真正恐惧的程度。最后，看到自己已经把蛇群打死，奥黛丽便转过身去，在红色的沙土与近旁枯死的野草上擦净了她即兴当成木棍的枪托。她心想，必须在沃克拴好骡子返回来之前，用东西盖住这个蛇窝。那条年老体衰、步履蹒跚、由牧羊犬与郊狼杂交而成的狗不见了，她担心它是跑去把自己的主人领过来。

就在此时，耳边传来的脚步声说明，她的担心是很有道理的。片刻之后，沃克便看到了一切。奥黛丽走上前去，扶着丈夫，以免他晕过去，可沃克的身子却只是轻微地晃了一晃。接下来，他毫无血色的脸上那种纯粹的惊恐之色，便逐渐变成了一种畏怯与生气交织的神情。他开始用颤抖的语调，责骂起自己的妻子来。

“天哪！奥德[1]，你为什么要这样干？你难道没有听到他们一直都在说着蛇魔伊格的事情吗？你应该告诉我的，那样我们就会继续往前走。你难道不知道这里有个邪神，如果伤害了它的子孙，它会来找你算账吗？你以为那些印第安人在秋天里跳舞击鼓，是为了什么？我告诉你，这块土地受到了诅咒，从我们来到这里开始，跟我们交谈过的每一个人都是这样说的。伊格统治着这里，每年秋天都会出来寻找受害者，把他们变成蛇。唉，奥德，加拿大河两岸可没有一个印第安人会因为爱或者钱去杀死一条蛇！

[1] 奥德，奥黛丽的昵称。

“天知道你给自己闯下了什么祸，老婆，你竟然打死了伊格整整一窝的子孙。他迟早会报复你的，除非我能从印第安巫医那里买来一道符咒。它肯定会报复你的，奥德，就像天堂里有上帝那样肯定。它会在晚上出来，把你变成一条长满斑点、只能爬着走的蛇！”

在余下的旅程中，沃克都在不停地斥责妻子，说起那些令人恐惧的预言。他们在纽卡斯尔附近渡过了加拿大河，不久就遇到了他们看到的第一批真正的平原印第安人。那是一群身上披着毯子的威奇托人，他们的头领喝了威士忌酒之后，便醺醺然地高谈阔论起来，并且要了一瓶1夸脱[1]的威士忌酒作为交换，教了可怜的沃克一道冗长啰嗦、防御伊格的保护咒。到了那个周末，戴维斯夫妇终于来到了他们在威奇托族聚居的乡村选定的那块土地上。接下来，夫妇二人还没来得及建造一座小屋，就马不停蹄地开始勘测边界、进行春耕了。

那个地区地势平坦，虽然有风的日子很多，自然植被也很稀疏，但经过耕作之后，却有可能变得非常肥沃。地上偶尔露出一些花岗岩，让原本由红砂岩风化而成的土壤显得多姿多彩；偶尔还有一块巨大平坦的岩石在地面上延伸，像是人工铺设的地板。那里似乎没有什么蛇，也不太可能有蛇窟，因此奥黛丽最终说服了沃克，在一片巨大而平坦、露出地面的岩石上建了一座只有一个房间的小屋。有了这样一块地板，再加上一座大壁炉之后，哪怕是最潮湿的天气，他们也无须在意了；可两人很快便看出，潮湿根本就不是这个地区的显著特点。修建房屋所用的圆木，是他们赶着马车，从威奇托山脉那个方向数英里以外，但距这里却算最近的森林里拖回来的。

尽管最近的邻居也在1英里之外，但沃克还是在其他移民的帮助下，建起了一座烟囱宽敞的小屋，以及一间粗糙的马厩。作为回报，他也替帮助他的人干过类似的建房活儿；于是，这些邻居之间便产生了各种各样的友谊。除了沿着铁路往东北方向走上30英里或者更远才能到达的埃尔雷诺镇，附近就没有哪里算得上是城镇了；因此，尽管散布在这片开阔的荒野上，可没过几个星期，这个地区各家移民之间的联系就变得非

[1] 夸脱，英美容量单位，美制1夸脱约合公制0.946升。

常密切起来。绝大多数印第安人都没有什么恶意，其中一些人还开始在各个牧场里定居下来，只是喝了酒之后，他们就有点儿喜欢吵架；虽然政府颁布了各种禁酒令，但这些印第安人总有办法弄到酒。

戴维斯夫妇发现，在所有邻居当中，同样来自阿肯色州的乔·康普顿和莎丽·康普顿夫妇最肯帮忙，也与他们最意气相投。如今莎丽依旧健在，人们都叫她“康普顿奶奶”；她的儿子克莱德当时还是个抱在怀里的婴儿，如今已经是该州的一位领导人了。莎丽与奥黛丽那时经常相互走动，因为两家相距只有两英里远；在春季与夏季那些漫长的午后时光里，她们经常聚在一起，相互说起老家阿肯色州流传的许多故事，以及关于这个新故乡的许多传言。

对于沃克怕蛇的这个弱点，莎丽感到非常同情，可她的做法或许反而加重而非缓解了奥黛丽因为丈夫不断祷告与预言伊格的诅咒而产生的紧张心理。莎丽罕见地知道许多与蛇有关的恐怖传说，并且因为一个大家都公认的杰出故事，对奥黛丽造成了可怕的强烈影响。那个故事说的是，斯科特县里有一个人，曾经被一整群响尾蛇咬了，然后蛇毒使得他的身体可怕地肿胀起来，最后“砰”的一声爆裂了。不用说，奥黛丽并没有把这个故事转述给丈夫听；她还恳求康普顿夫妇到乡间其他地方去的时候，讲这个故事也要谨慎。值得称颂的是，乔与莎丽夫妇秉持着极其守信的态度，遵从了奥黛丽的这一请求。

沃克早早就种下了玉米，并在仲夏时分不失时机地收割了这个地区丰富的野生牧草。在乔·康普顿的协助下，沃克打了一口井，虽说水量不大，水质却非常不错；不过，他计划日后再打一口自流井。在这段时间里，虽然没有碰到多少蛇，也没有受到严重的惊吓，但他还是把自己的土地尽可能地整理得不适于蛇类居留。他常常骑着马儿，到威奇托族印第安人的村里去，走进那些簇拥在一起的圆锥形草屋里，与村里的老人和巫医们长谈，说的都是关于蛇神的事情，以及如何平息蛇神怒气的问题。虽然印第安人总有各种各样的符咒来交换他的威士忌酒，可他得知的许多情况，却完全没法让自己感到安心。

伊格是位了不起的神灵，它是个丧门星，什么事情都不会忘记。到了秋天，不但它的子孙会变得饥肠辘辘、狂暴不已，伊格自己也会变得饥肠辘辘、狂暴不已。收割玉米的时节到来之后，所有部落都会配制药物，来防患伊格。他们会送给伊格一些玉米，会穿着合适的盛装，随着口哨声、响铃声和手鼓声跳舞。他们不停地击鼓，是为了将伊格赶走，并且召唤提拉瓦[1]下凡来帮助他们，因为提拉瓦的子孙是人类，就像伊格的子孙是蛇类一样。戴维斯的婆娘不该杀掉伊格的子孙。等到收割玉米的时候，戴维斯应当多念几次符咒。伊格就是伊格。伊格是位了不起的神灵。

待收割玉米的时节终于到来之后，沃克已经让妻子陷入了一种可怜的神经质状态中。他不停地祷告、装模作样地念咒的做法，已经变成了一件令人厌恶的事情；待印第安人的秋季祭祀仪式开始，风中总是传来遥远的手鼓声，更是增添了一种邪恶的气氛。开阔的红土平原上，不知不觉中总是传来那种沉闷含混、无休无止的喧闹声，简直逼得人要发疯。这种声音为什么永不停歇呢？这种声音不分日夜，过了一周又一周，总是无穷无尽、前仆后继，与裹挟着这种声音而来且弥漫着红色尘土的秋风一样持久延绵。奥黛丽比丈夫更加憎恶这种声音，因为沃克认为这种声音带来了一种保护作用，是一种补充措施。正是带着自己是在一座强大有力、能够抵御邪魔的无形堡垒里的这种感觉，他收割完了玉米，并且修缮了小屋与厩棚，准备应对即将到来的冬季。

那一年的秋天异常暖和，除了简单地做做饭菜，戴维斯夫妇几乎没怎么用到沃克极其精心地修建起来的那座石砌壁炉。尘土飘浮的温暖云层显得不太正常，其中有种东西，正在折磨着所有移民的神经，但奥黛丽与沃克更是首当其冲。那些关于蛇神的诅咒的怪念头挥之不去，印第安人在远方击打着手鼓，传来无休无止的怪异旋律；它们糟糕地交织起来，只要随便再增添一点儿怪异之处，就会让人觉得完全无法忍受了。

尽管气氛紧张，但收割完庄稼之后，人们还是相继在几家的小屋里举行了几场节日聚会，让丰收节这种几乎与人类的农耕历史一样悠久的奇怪仪式，在现代社会能够朴素地延续下去。拉斐特·史密斯来自密苏

[1] 提拉瓦，北美地区印第安部落波尼族神话里的创世之神，指“天父”。

里州南部，他家的小屋位于沃克家以东约3英里远的地方，此人是位还算不错的提琴手，他演奏的曲子起到了很大的作用，让参加聚会的人都忘掉了远方那种单调的击鼓声。接下来，万圣节就快到了，移民们打算再举行一次聚会；这一次的传统，如果他们清楚的话，实际上甚至比人类农耕的历史还要古老；它本是原始的史前雅利安人那种可怕的巫术安息日，世世代代都在隐秘森林的黑暗午夜里延续着，并且仍然暗示出，“审判日”那种具有喜剧性与欢快的面具之下，掩盖着种种并不明确的恐怖之物。那一年的万圣节是星期四，所有邻居都一致同意，届时在戴维斯夫妇的小屋里举行他们的第一场狂欢派对。

就在那一年的10月31日，暖和的天气终于出现了变化。那天上午，天色灰蒙蒙的，非常沉闷；到了中午，持续不断的秋风也从炎热变成了阴冷。人们冻得直打哆嗦，因为大家都没有做好防寒的准备工作；连沃克·戴维斯家的老狗沃尔夫也拖着疲惫的步伐进到屋里，趴到了壁炉边上。可是，远处的鼓声依旧“砰砰”地响着，而这些白人移民也没有一个人的兴趣稍减，愿意放弃他们已经定下的这场聚会。早在下午4点钟，各家的马车便陆续来到沃克家的小屋前；到了傍晚，享受过一场令人难忘的户外烧烤之后，拉斐特·史密斯拉起了小提琴，为这帮人数众多、穿戴整齐的移民奏起舞曲，大家便在那间面积原本很大、此时却挤得满满当当的房间里，模样可笑地跳起舞来。这些年轻人，都在尽情地享受着与这个季节相称的令人愉悦的空虚气氛；时不时地，当拉斐特手中咿呀作响的小提琴拉出了某种特别古怪的曲调时，老狗沃尔夫还会发出阴沉的、让人听了觉得脊背发凉的不祥嚎叫，因为它从来都没有听到过这种乐器的声音。不过，在狂欢派对的绝大部分时间里，这只年迈体衰的老狗都在睡觉，因为它已经过了对什么都感兴趣的年纪，所以大部分时间都只能是在梦中度日了。汤姆·里格比与珍妮·里格比夫妇把他们家的牧羊犬泽克也带来了，可两只狗并没有交上朋友。泽克感到很奇怪，似乎因为某种东西而感到不安，整晚都在古怪地四下嗅探着。

奥黛丽与沃克是一对好舞伴；直到如今，康普顿奶奶依旧喜欢回忆他们那晚跳舞时的情形。他们似乎都暂时忘记了各自的忧虑；沃克刮掉了胡子，全身上下收拾得令人惊讶地整洁潇洒。到了10点钟，所有的人都已尽兴，倦意开始袭来，客人们便开始一对接一对地离去；离开前，大家都握手告别，坦率诚恳地表示每个人都过得很开心。当泽克跟着汤姆与珍妮走到马车边上时，突然发出了可怕的嚎叫，但两人都以为那是泽克在表达因为要回家而感到遗憾的心情；不过，奥黛丽却说，泽克肯定是被远处传来的鼓声给惹恼了，因为在屋里狂欢过后，远处传来的鼓声听上去的确很可怕。

那天晚上寒冷刺骨，沃克头一次往壁炉里添了一大块木头，并用柴灰将木头封了起来，好让木头慢慢燃烧到第二天早上。老狗沃尔夫慢慢地走到火光红红的壁炉边，然后又陷入了惯常的昏睡当中。奥黛丽与沃克夫妇也都太累了，因而没有再去想咒语或者诅咒的事情，一头倒在做工粗糙的松木板床上，不待壁炉架上那座廉价闹钟“滴答滴答”地走过3分钟，两人就睡着了。那些令人毛骨悚然的手鼓发出有节奏的拍击声，仍然在刺骨的夜风中跳动，从远方传来。

讲到这里的时候，麦克尼尔医生停了一下，摘下了眼镜，仿佛客观世界变得模糊一点，就能够让他回想起来的往事变得清晰一点似的。

“您很快就会明白，”他说，“我很难完整地讲出客人走后发生的所有事情。不过，起初我还是有机会试着去将一些事情拼凑起来的。”沉默了一会儿之后，他便继续讲述那个故事。

奥黛丽做了几个噩梦，梦到了伊格；她在梦里看到，伊格是以魔鬼撒旦的样子现身的，就像她在一些廉价的雕塑品上看到的那样。实际上，正是在这样一种噩梦连连的绝对恍惚状态下，奥黛丽突然惊醒过来，发现沃克早已清醒，正在床上坐着。他似乎正在凝神细听某种声音；而当奥黛丽想要开口，询问究竟是什么惊醒了他的时候，他却低声吩咐妻子不要说话。

“听，奥德！”他轻轻地说，“你听到有什么东西发出的嗖嗖声、嗡嗡声和沙沙声了吗？你觉得那是不是秋天的蟋蟀呢？”

确实，小屋里可以清晰地听到他描述的那种声音。奥黛丽试着去细听那种声音，却立刻发现，声音里具有某种让她觉得既恐怖又熟悉的东西，让她有点儿想不起来，却又挥之不去。而且，除了那种声音，黑暗的平原上，那半轮阴郁模糊的月亮已经落下，远方手鼓那种单调的敲击声则穿过平原，不停地传来，唤起了她心中一个可怕的念头。

“沃克……不会是……是……伊格的诅咒吧？”

她能感觉到，丈夫浑身都在颤抖。

“不，老婆，我觉得它不会这样出现的。它的样子像人，除非你到近处看清它。灰鹰酋长就是这么说的。有些令人讨厌的动物会在冷天出来，我估计不是蟋蟀，但应该是某种类似的东西。我最好还是起来，把它们踩死，免得它们到处乱爬，或者爬到橱柜里去。”

他起了床，摸到了挂在床边墙上的提灯，然后叮当作响地从钉在提灯旁边的那个铁火柴盒里取出了火柴。奥黛丽在床上坐起身来，看着他用火柴点亮提灯，看着火柴摇曳不定的火苗变成了提灯发出的平稳光芒。接下来，待目光开始扫视整个房间之后，夫妇二人同时发出了一声狂乱的尖叫，连房间那一根根粗糙的椽子似乎也震得晃动起来。在刚刚点着的提灯照耀下，房间里那片平坦的岩石地板上，竟然蠕动着一团密密麻麻、带有褐色斑点的响尾蛇；它们悄无声息地向灯光这边爬来，此时甚至昂起一颗颗令人作呕的脑袋，对着手持提灯、已经恐惧得无法动弹的沃克，发出威吓的声音。

奥黛丽瞬间便看清了形势。那些毒蛇大小不一，数量多得数不胜数，并且显然有好几个不同的种类；就在她看着的时候，两三条蛇竖起脑袋，似乎准备袭击沃克了。当时，她并没有晕过去，可沃克却猛地扑倒在地上，提灯一下子熄灭了，让她的眼前瞬时间变得一片漆黑。沃克没有再次尖叫，因为恐惧已让他彻底惊呆；倒下去的时候，他仿佛是被不属尘世的弓弦上射出的无声之箭击中了一般。至于奥黛丽，整个世界似乎都与她从中惊醒的那个噩梦交织在一起，似乎都令人难以置信地旋转起来。

此时，她无法做出任何一种自主性的动作，因为她已经丧失了意识与现实感。她呆呆地倒在枕头上，希望自己很快就会醒过来。有那么一段时间，她的脑子里一片空白，对于刚刚发生的事情没有一点真实感。

接下来，她开始一点儿一点儿地产生怀疑，开始知道自己此时其实就是处在清醒的状态下。随着惊慌与悲痛交织在一起并且变得越来越强烈，她不停地抽搐着；尽管像被魔咒封禁一样发不出声音，可这种日益强烈的惊慌与悲痛之情，却让她渴望着大声尖叫起来。

沃克死了，可她没有办法去帮他。他死在蛇的手里，与他还是个小男孩时，那个老巫婆预言的一模一样。可怜的沃尔夫也没能施以援手，它很有可能甚至没有从那种老年性的昏睡当中醒过来呢。现在，那些令人毛骨悚然的毒蛇一定正在向她爬来，在黑暗中每时每刻都离她更近，没准它们此时正黏滑地缠在床腿上，慢慢地爬上粗糙的毛毯呢。她神志不清地蜷缩在被子下面，浑身颤抖。

这一定是伊格的诅咒。它在万圣节之夜派出了那些可怕的后代，它们先带走了沃克。为什么会那样，沃克不是完全无辜的吗？为什么不直接对着她来，不是她一个人杀死了那些小响尾蛇吗？接着，她又想起了印第安人说过的那种诅咒方式。她不会被毒蛇咬死，只会被伊格变成一条长满斑点的蛇。天哪，这么说来，她就会变得与她在地板上看到的那些东西一样；伊格派出那些东西来抓住她，要把她变成其中的一员！她试图含含糊糊地念出沃克教给她的一道符咒，却发现自己发不出一点儿声音。

闹钟的滴答声，比远处几乎令人疯狂的击鼓声更大，也更刺耳了。群蛇已经爬行了很久，难道它们是在有意耽搁时间，来作弄她那紧张的神经吗？她时不时地以为，自己感觉到被子上传来了一种平稳而阴险的压力；可到头来，每次都只是因为她的神经过度紧张，所以不由自主地颤抖罢了。黑暗中，闹钟在不停地滴答作响，而她的想法，也慢慢地发生了变化。

那些蛇爬过来，不可能要花那么久的时间！它们可能根本就不是伊格派来的，可能只是一群以岩石下面为窝，然后被火光吸引过来的野生响尾蛇。它们或许并非冲她而来，咬死了可怜的沃克之后，它们或许就心满意足了。它们此时又在哪儿呢？是走了，是蜷缩在壁炉旁边，还是依旧在沃克那具俯卧着的尸体上爬行呢？闹钟滴答作响，而远处的手鼓也在不停地敲击着。

一想到丈夫的尸体就倒在旁边伸手不见五指的黑暗当中，一股纯属生理上的恐惧感便漫过了奥黛丽的全身，令她毛骨悚然。莎丽·康普顿讲的那个故事，即老家斯科特县那个人的遭遇，是多么恐怖啊！那人也是被一整群响尾蛇咬了，结果如何呢？蛇毒腐蚀了肌肉，让整具尸体肿胀起来，最终那具鼓胀的尸体还恐怖地爆裂了，发出一声令人憎恶的“砰”，然后就恐怖地爆裂开来。倒在岩石地面上的沃克，也会发生这种事情吗？她本能地觉得，自己已经开始凝神细听某种太过恐怖，因而心中连想都不敢去想的声音了。

闹钟仍在滴答作响，与夜风中传来的遥远鼓声交织在一起，形成了一种带有嘲弄和讥讽意味的节拍。她希望，那是一台能够报时的闹钟；果真如此的话，她就知道这段令人恐惧的守夜时间还会持续多久了。她一边诅咒自己的性情太过坚强，以至于没有晕过去，一边又想知道，最终黎明将给她带来一种什么样的解脱。多半会有邻居经过，肯定会有人前来串门；他们会不会发现，那时的她神志依然清醒呢？而她此时的神志，又是不是正常呢？

奥黛丽内心充满恐惧地倾听着，突然明白了某种她必须尽一切努力去证实、然后才能相信的东西；可一旦证实，她却不知道自己究竟该欢迎还是该畏惧这种东西。远方印第安人的击鼓声已经听不见了。鼓声一直都让她觉得心中发狂；不过，沃克不是一直都把鼓声看作一种保护，说鼓声能够抵御来自宇宙之外的无名邪恶吗？他与灰鹰酋长及威奇托族的巫医们谈过之后，一再悄声向她说起的那些东西，又是什么呢？

这种刚刚出现、突如其来的寂静，她根本就不喜欢！这种寂静当中，隐藏着某种邪恶的味道。鼓声甫歇、只剩闹钟那种响亮的滴答声之后，钟声似乎也变得异常起来。凭借自己神志清醒时的最后一丝行动能力，她抖开了脸上蒙着的被子，在黑暗中朝窗户望去。月落之后天色一定转晴了，因为她看到，星空清清楚楚地衬托出了那扇方形的窗户。

接着，在没有任何预兆的情况下，房间里突然传来了一种令人震惊、难以言表的声音——啊！就是皮肤裂开、在黑暗中溢出毒汁时，发出的那种低沉而腐坏的爆裂声。天啊！跟莎丽讲的故事一模一样，那种污秽不堪的恶臭，还有这种无情地折磨着她、令她觉得抓心挠肺的寂静！她受不了了。紧紧束缚着她、让她发不出声音的恐惧感突然崩溃，奥黛丽那种清晰而彻底疯狂的尖叫，便一声大过一声，在漆黑的夜空中不断回荡。

尽管惊骇不已，但她没有丧失神志。要是晕了过去，神志不清，该是多么幸运的一件事情啊！就在回荡着的一阵阵尖叫声中，奥黛丽依然看得见前面那扇闪耀着星光的方窗，听得到那座可怕的闹钟仿佛预示着末日到来的滴答声。她听到另外一种声音了吗？那扇方窗是否仍是一个完美的正方形呢？此时的她，完全无法判断自己的感觉，也完全无从分辨什么是现实，什么是幻觉。

不，那扇窗户并不是一个完美的正方形。某种东西正在侵蚀窗户下部的窗框。闹钟的滴答声，也不是房间里唯一的声响。毫无疑问，屋里还有一种沉重的呼吸声，可既不是她发出的，也不是可怜的沃尔夫发出的。沃尔夫睡觉时非常安静，而它醒着时发出的那种喘息声，奥黛丽也不可能听错。随后，在星光的映照下，奥黛丽突然看到了一个黑乎乎、轮廓有点儿像人的可怕之物，看到一个脑袋和肩膀硕大无比、身上起伏不平的东西正在摸索着，慢慢地朝她走来。

“哎呀！哎呀！滚开！滚开！滚开！蛇魔！滚开，伊格！我不是有意要杀掉它们，我只是担心他被它们吓着。不要，伊格，不要！我不是有意伤害你的子孙，不要靠近我，不要把我变成斑点蛇！”

但是，那个下半身没有形状、只有脑袋与肩膀的东西，还是悄无声息、步履蹒跚地向床边走来。

奥黛丽脑袋里的一切，突然彻底崩溃了；瞬间过后，她便从一个恐惧畏缩的孩子，变成了一个狂怒不已的疯妇。她知道斧子的位置，知道斧子就挂在墙上提灯旁边的那些挂钩上。那个位置离她很近，即便是在黑暗里，她也摸得到。不待想到其他的问题，她就把斧子摸到了手里，然后向床尾爬去，向那个顶着脑袋与肩膀摸索着、每时每刻都在离她更近的可怕之物爬去。假如房间里有光线的话，她脸上的神情绝对是极其恐怖的。

“吃我一斧，你这怪物！再吃一斧，再吃一斧，再吃一斧！”

然后，她就尖声大笑起来；看到窗外的星光正在变成一种昏暗灰白之色，预示着黎明即将到来之后，她的笑声也越来越响亮了。

麦克尼尔医生擦了擦额头上的汗水，又把眼镜戴上了。我等着他继续讲下去，可他始终沉默不语；于是，我只好轻声问他：

“她活下来了吗？你们找到她没有？这件事情的原因有人解释过吗？”

医生清了清嗓子。

“是的，她活下来了，可以这么说。原因也解释清楚了。我告诉过您，这里面没有什么妖术，只不过非常残忍、可悲，实在令人觉得可怕罢了。”

最先发现这桩可怕事件的，就是莎丽·康普顿。她在第二天下午驾着马车到戴维斯夫妇家去，想与奥黛丽商量聚会的事情，却看到烟囱里没有冒烟。那种情况是很可疑的。虽说天气再次变得暖和了，可那个时候奥黛丽一般都在做饭。两头骡子在厩棚里发出饿了的叫声，而在沃尔夫平时喜欢趴在门边晒太阳的地方，她也没看到那条年迈的老狗。

总而言之，莎丽一点都不喜欢她在那里看到的情景，因此下车和敲门的时候都非常胆怯，并且犹豫不决。敲门之后，没人回应，于是她又等了一阵子，才试着去推那扇用劈开的原木做成的前门。门似乎没有上锁，她便慢慢地推开门，走进屋里。紧接着，看到屋里的情景之后，她就踉跄着往后直退，倒抽了一口凉气，紧紧地抓住门框，努力不让自己倒下去。

她一打开门，里面就飘出了一股可怕的气味，不过让她惊骇的并不是这种气味。令她惊骇不已的，是她眼前的景象。在那间阴暗的小屋里，发生了极其可怕的事情——3个骇人之物倒在地板上，让看到了这一切的莎丽既感觉畏怯，又觉得迷惑不解。

已经熄灭的壁炉旁边，躺着那条体形庞大的老狗；兽癣与年迈让它的皮肤留下了裸露着的紫色溃疡，而整具尸体都因为响尾蛇毒液造成的肿胀作用而爆裂了。它一定是被一大群毒蛇咬过。

门的右手边，是一名男子被斧头劈砍之后剩下的残骸；残骸穿着睡衣，一只手还紧紧地抓着那盏打碎了的提灯。此人身上完全看不到明显有被毒蛇咬伤的迹象。他的身边，是一把血迹斑斑的斧子，随随便便地扔在地上。

而伏在地板上不住蠕动的，则是一个模样可憎、眼神空洞的女人，只是此刻她已经变成一只无法说话的疯狂怪物。这只怪物的口中，只会发出嘶嘶、嘶嘶、嘶嘶的声音。

说到这里，医生和我都擦了擦额头上的冷汗。他从办公桌上的一个酒瓶里倒了点儿酒出来，喝了一口，然后把另一杯酒递给了我。我只能浑身颤抖着，傻傻地问道：

“那么说，沃克第一次只是晕了过去，妻子的尖叫惊醒了他，然后他就被妻子用那把斧子砍死了？”

“是的，”麦克尼尔医生的声音很低沉。“可他还是因为蛇才死的。他的恐惧心理，产生了两种作用：一是让他晕倒在地，二是他给妻子灌输了许多荒诞谵妄的故事，导致她在以为自己看到了蛇魔之后全力出击。”

我沉思了片刻。

“至于奥黛丽——伊格的诅咒似乎的确在她身上应验了，难道您不觉得怪异吗？我认为，嘶嘶作响的毒蛇留下的那种印象，已经完全刻进她的骨子里了。

“是的。起初她还能清晰地说些话，可后来就说得越来越少了。她的头发一长出来，根部就是白的，后来又开始脱发。她的皮肤也变得斑斑点点，到她死了的时候……”

我吓了一大跳，打断了他的话。

“死了？那么，楼下那个……那个东西是什么？”

麦克尼尔医生回答的时候，面色凝重——

“那是她9个月之后生下来的。原本她一共生了3个，其中有两个甚至更加可怕，但只有这个活了下来。”

敦威治恐怖事件

蛇发女妖、九头蛇怪、奇美拉[1]——这些源自赛拉伊诺和鹰身女妖[2]的可怕故事，纵然都是远古的事物，也许仍会长久地萦绕在信徒的脑海里。那些生物虽然拥有永生，但原型仍旧来源于人类，其本身也不过是一种复制品或符号。那为何我们即便头脑清醒，当读到这些明知为虚妄的事物时，仍会心生恐惧呢？难道是认为它们能肆意伤害我们的肉体？其中最重要的一点或许是这些恐怖事物存在久远，它们的存在超越了肉体的束缚，虽然本质上是一样的……我们在此处探讨的这类恐惧，完全是精神层面的——越是虚幻的事物，对人造成的恐惧就越大，这一点充分体现在我们纯真的幼年时期。对于这类恐惧，我们或许可以提供一些办法来应对。其中的一些办法，免不得要洞悉或者至少要窥探下你的前尘过往。

1

当一名旅人来到马萨诸塞州时，要是他在艾尔斯伯里公路交汇处，也就是经过迪恩地区不远的地方，不小心走岔路的话，他就会踏上一片

[1] 戈耳工（Gorgon，或译蛇发女妖），古希腊神话中三个蛇发姐妹中的一位，见到这三姐妹的人会变成石头。海德拉（Hydra，或译九头蛇怪），古希腊神话中的九头怪蛇，其中一颗头要是被斩断，立刻会生出两颗头来。奇美拉（Chimaera），古希腊神话中狮头羊身蛇尾的吐火怪物。

[2] 塞拉伊诺（Celaeno），古希腊神祇之一。具有赫耳墨斯之母以及阿卡斯的继母的双重身份。成为金牛座昴宿星团命名的重要来源。哈耳皮埃（Harpy），希腊神话中的鹰身女妖，长着妇女的头和身体、长长的头发、鸟的翅膀和青铜鸟爪。

荒僻且怪异的土地。在这里，路面是逐渐向高处延伸的，遍布荆棘的石墙不断挤压着满是灰尘、蜿蜒曲折的道路。森林随处可见，里面的树木长得格外高大，杂草、荆棘和青草都似发疯地猛长，而这些景象都是在居民区很难看到的。相较而言，耕种的土地却显得异常稀少和贫瘠。那些零星分布的房子，保持着令人惊奇的一致风貌——古老、肮脏且残破不堪。偶尔会有一些饱经风霜的老人独自坐在破旧门槛上或站在遍布碎石的草地上。不知为何，旅人们总是犹豫着是否要向他们问路。这些人表现得既神秘又诡异，就像某种最好永远不要与之牵扯的事物一般，让你不敢靠近。道路不断往上延伸着，当旅人们能够看到幽深森林之上的群山时，心中那奇怪的不安感也会愈加强烈。那些圆整、对称的山峰，显得不太自然，让人陡增一种不适的感觉。在这些山峰上都有着巨大石柱环绕而成的怪圈，有时在晴朗的天空下，这些怪圈的轮廓会被映衬得格外清晰。

深不可测的山峡和溪谷会突然截断脚下的道路，而架于其中的粗糙木桥显得那么危险。当道路再次向下延伸的时候，旅人们会看到一大片沼泽地。当然，这是他们最不愿意遇到的。当夜色降临，夜鹰开始低鸣，不断涌现的萤火虫会伴着刺耳、聒噪的牛蛙叫声而到处飞舞，这些景象不由让人心生战栗。夜色之下，从密斯卡托尼克上游流下的涓涓细流显得尤为明亮，它辗转迂回地流淌在山脚下，蜿蜒成了毒蛇一般的诡异模样。

当靠近群山时，旅人们更为在意的不是巨石环绕的山峰，而是那些被密林遮蔽的山丘。山丘显得异常黑暗和陡峭，以致旅人们都希望躲得远远的，然而他们无处可逃。走过一座隐秘的桥后，旅人们可以看到一个小村庄，它坐落在圆顶山那近乎垂直的斜坡上，被溪流环绕。让旅人们大为惊奇的是，村庄里破败的复折式屋顶显然要比周边地区所有的建筑物都更具年代感。要是再走近一点看，就会发现大多数房子都已荒废，且随时有坍塌的危险，连破败的尖塔教堂也早已成了废品堆放处。没有任何旅人愿意经过那座黑暗阴森的桥，但他们别无选择。一旦穿过桥来到这个村庄的街道上，旅人们就会闻到一种若有若无的刺鼻气味，那气味就像是东西发霉、腐烂了几个世纪一样。沿着山脚处狭窄的道路，穿过村庄一直走到艾尔斯伯里公路，这时旅人们才得以松一口气。在此之后，旅人们才会突然意识到那片荒僻诡异的地方竟是敦威治村。

敦威治，一个鲜少有外人愿意踏足的地方。在某个恐怖事件发生之后，所有指向那里的路标都一夜之间消失无踪。至于那里的风景，假若你能用平常的审美眼光来看待，却也是异常优美的；但是，仍旧没有哪位艺术家或者夏日的游客愿意去那里。两个世纪以前，人们对女巫之血、撒旦崇拜和诡秘森林等话题还未嗤之以鼻的时候，就常拿它们当作逃避敦威治的借口。而在如今这充满理性的时代，人们为了小镇和世界的安宁，宁愿选择隐瞒1928年敦威治恐怖事件的真相。自此之后，人们也都下意识地想避开那片土地。

纵使陌生人对这整件事一无所知，但也都想着避开那里。对于这种现象，或许还有一种理由可以解释，就是那里的居民已经颓废到了令人生厌的地步。他们不思进取，在颓废的道路上越走越远，状态犹如新英格兰地区其他许多如同一潭死水的地方一样。他们已经成为了独特的种族，有强大的心理，身体布满了因退化症和近亲结婚而导致的红斑，智力水平也低得可怜。他们的年鉴所展现出的历史，到处都透着某种邪恶的气息，隐匿着一些隐秘的谋杀、乱伦以及难以用言语形容的暴力和变态事件。

古老的贵族阶级，尤其是自1692年就从塞勒姆搬来的受过表彰的家族们，他们的衰落程度就更为严重了，其中的一些贵族已沦为卑贱的平民，名字也只被当作一种线索，用以揭开他们不愿提起的耻辱家族史。惠特利和毕夏普家族中的一些人，依然坚持将家族长子送到哈佛或密斯卡托尼克大学，即使他们的儿子不太可能再回到这个衰败的、祖先和自己曾出生的地方。

不过，即使是知道恐怖事件真相的那群人，也说不清敦威治到底发生了什么。古老的传说里面提及了印第安人亵渎神灵的仪式和秘会。在举行那些仪式和秘会时，他们会在巨大的圆顶山上召唤出诡异的阴影；在虔诚的信徒们疯狂地祷告的同时，地底会不时传来阵阵爆裂和隆隆声，与之隔空呼应。1747年，亚比雅·霍德利教士刚来到敦威治村公理教会的时候，他就曾针对撒旦与恶鬼的话题，展开了一场令人难忘的布道。在布道仪式上，他说：

“我们必须要承认，恶魔们亵渎神明的言行是人尽皆知、无从否认的。阿撒兹勒、布泽尔、别西卜和贝利尔[1]发出的诅咒声，如今正从地狱传出。世间尚有数十名目击者可证实此事。约莫两个礼拜之前，我就曾真切地听到了恶魔们清晰的对话声，不时从房子后的群山中传来。群山里不知名的某处，不断传出撞击声、轰隆声、呻吟声和尖叫声，还伴有嘶嘶的响声。世上没有任何东西能发出如此诡异的声音。这些声音一定来自恶魔的巢穴，那个只有用巫术才能够找到的地方。”

霍德利教士在布道后不久，就不知所踪了。但是他的布道内容却在斯普林菲尔德被刊印了出来，而且出版物现在也还能找到。群山里的诡异声响，年复一年，从未停止过。时至今日，这些声响对地质学家和地形学家来说仍旧是个谜。

一些古老传说曾提到过笼罩在山顶巨石圆环附近的恶臭，以及某些虚幻的事物——人们只有在一天中的某个时间段里，站在大峡谷底特定的几个点上，才能模糊地感受到它们的存在。还有一些传说则描述了一个叫恶魔集结地的地方，那是个备受诅咒的荒芜山坡，那里寸草不生，更没有灌木和树木。那里的居民极度害怕夜鹰，它们乌泱泱一片，总是在暖夜里发出阵阵的低鸣。传说这些夜鹰其实是死神的化身，目的是为了抓走亡灵，那可怕的低鸣声与逝者死前的喘息声在节奏上是一致的。如果在灵魂离开死者身体的那一刻，夜鹰一旦抓住它，就会立即飞走，只留下那如魔鬼般的笑声。但是如果失手，它们则会变得异常安静，陷入一种失望所带来的死寂之中。

当然，这些故事流传已久，对于人们来说无疑是古老而又荒谬的。敦威治这个地方，确实是古老得离谱——比它30英里内的任何村庄都

[1] 阿撒兹勒，犹太传说中八大堕落天使之一，为失乐园中叛乱天使之首领，与撒旦联手对抗上帝。别西卜，《圣经新约》中耶稣提到的鬼王。贝利尔，又称彼列，《失乐园》中的堕落天使之一，是所罗门七十二柱魔神中排第68位的魔神。

要古老得多。在村子的南边，人们或许还能发现毕夏普家族古宅的遗迹——地窖墙壁和烟囱，宅子始建于18世纪前。而在1806年建于瀑布旁的磨坊，却早已变为废墟，但这却是当地最现代的建筑。村子里的工业并不发达，就连19世纪轰轰烈烈的工业运动对这里的影响也是微乎其微。整个村子里最古老的东西，莫过于山顶上粗糙的石柱，但那些都是印第安人留下的，并不属于敦威治村的居民。在巨石环内以及哨兵山上的桌状巨石附近，人们可以发现一堆骸骨，这也刚好佐证了民间的一种说法——那里曾经是埋葬鹿田印第安人的地方。但仍有一些人种学家无视科学的理论推测，固执己见地认为这些骸骨是属于高加索人。

2

在1913年2月2日，也就是星期日凌晨5点，敦威治的一个大农舍里，惠特利·威尔伯出生了。农舍位于离村子4英里远的山坡上，并且离其他村民家都不止一英里半。对于那一天，村民们都印象深刻。其中的一个原因是因为那天恰巧是圣烛节[1]，但敦威治村的居民都以其他的名义来进行庆祝。另一个原因就是群山中不断传出的诡异声响，连带村子里的狗也狂吠了一整夜。还有一件不那么引人注目的事，就是威尔伯的母亲——来自没落的惠特利家族的一员，她是个其貌不扬、毫无魅力且患有白化病的35岁妇女，一直和年老、半疯癫的父亲生活在一起。她父亲年轻的时候，被盛传和最恐怖的黑魔法故事有牵扯。至于惠特利·拉维尼亚的丈夫，没有任何一个村民知道他究竟是谁。但因为当地的习俗，大家也都欣然地接受了拉维尼亚的孩子，即使他来历不明。关于孩子的父亲，村民纷纷猜测。这个婴儿看起来皮肤黝黑、面貌酷似山羊，与拉维尼亚的红眼睛、白化病症状形成了鲜明的对比，但是她仍以这个婴儿为骄傲。村民们还经常听到她喃喃自语，说着一些有关婴儿的非凡力量和不可估量的前途的古怪预言。

---

[1] 圣烛节，又称“圣母行洁净礼日”或“献主节”，是在2月2日，即圣母玛利亚产后40天带着耶稣往耶路撒冷去祈祷的纪念日。

拉维尼亚会自言自语，这一点也不奇怪，因为她是一个会在暴雨天去山里游荡的怪人，而且常看从她父亲那里继承下来的古怪书籍。由于年代足有两个世纪之久，所以书闻起来臭烘烘的。又因为年代久远和虫子啃食，那些书基本都成了碎片。拉维尼亚从未上过学，但是她知道很多古代传说，这些都是她父亲告诉她的。敦威治的村民都不敢靠近她家，因为当地盛传老惠特利会巫术，以及在拉维尼亚12岁时她母亲的离奇死亡事件，这下就更没人敢去那里了。这一系列奇怪事情的发生，致使拉维尼亚被孤立，之后她就开始沉迷于荒诞的白日梦和一种沉闷的消遣方式——山间漫步。她从不会利用空闲时间来做家务，因为在这个家里，守规矩和爱干净的传统早就不复存在了。

在威尔伯出生的那个晚上，有一声可怕的尖叫声从远处传来，这声音盖过了之前群山里的诡异声响和村子里整晚的狗吠声。然而那个晚上，没有哪位有名的医生或产婆来帮拉维尼亚接生，甚至连邻居们也对这个新生儿一无所知。直到一个星期后，老惠特利踩着雪橇、穿过雪地来到敦威治村，在奥斯本的杂货店里与一群闲人闲聊时，大家才知道了威尔伯的存在。当时的老惠特利似乎有了些变化，变得小心翼翼、鬼鬼祟祟，当然他并不是一个会为家庭琐事心烦的人。他的神情里透露出一股自豪感，之后村民们在他女儿脸上也发现了相同的神情。老惠特利当时对孩子生父的评价，即使过了许多年，当时的听众仍记忆犹新。他说：

“别人如何想的，我从不关心。如果那婴儿长得像他父亲的话，我敢说你们从未见过那样的相貌。拉维尼亚读过一些传说故事，也亲眼见过某些东西，那是你们只能在传说中听到的。我敢肯定拉维尼亚的丈夫是艾尔斯伯里这一带的绝世男人，谁也找不出第二个。另外，如果你能像我一样了解这片山里的秘密，就不会傻到认为她需要一场教堂婚礼或者其他结婚仪式。我告诉你们，总有一天，拉维尼亚的一个孩子会站在哨兵山的顶峰，大声喊出自己父亲的名字！”

等到威尔伯尔一个月大的时候，唯一见过他的人就是年老的惠特利·撒迦利亚——来自惠特利家族里还未没落的一个分支，以及厄尔·索亚的妻子玛米·毕夏普。玛米会来这里无疑是受好奇心驱使，她察觉出了一些诡异之处，而这些也在后面发生的一系列事件中得到了印证。撒迦利亚，他来这里纯粹是为了送两头奥尔德尼奶牛，这是老惠特利从他儿子柯蒂斯那里买来的。从那天以后，小威尔伯家就开始不停地购买牲畜。直到1928年，也就是敦威治恐怖事件发生的时候，他们才停止了购买。然而不论何时，老惠特利家里那破败不堪的畜棚，却从未被牲畜填满过。曾有一段时间，一些村民对此非常好奇，决定偷摸去清点牲畜的数目，它们被放养在位于老农舍上方的陡峭山坡上。村民们发现牲畜的数量永远不会超过10或12头，而且每头都是病恹恹的、没有血色，活像一个个标本。不少村民都认为这是因为不洁的牧草、畜棚里病菌及腐烂的木材所引发的枯萎病或者犬瘟病引起的，所以导致了牲畜极高的死亡率。这些牲畜身上切口状的伤口和溃疡，似乎在不断地折磨着它们。在早几个月前，去威尔伯尔家的宾客也在这个头发花白、邋里邋遢的老头身上，以及他那头发打卷、患白化病的女儿的咽喉处，找到了那种类似的伤口。

在威尔伯出生后的第一个春天，拉维尼娅又开始在山里闲荡，这次她那不成比例的胳膊里抱着一个皮肤黝黑的婴儿。在大多数村民都见过小威尔伯后，他们对惠特利一家的兴趣逐渐变淡了，也没有人再愿意谈论他身上发生的惊人变化。威尔伯的成长速度令人难以置信，不到3个月大的时候，他就拥有不常见的高个头和大力气，这在一岁以下的婴儿中也是很罕见的。他的行为甚至声音都表现出一丝克制和谨慎，这在婴儿中尤为独特。让所有人始料未及的是，在他7个月大的时候，就可以不需要任何人的帮助，开始蹒跚学步了，而8个月大的时候，就可以自如地行走了。

万圣节的午夜时分，在那个有桌状巨石和有无数个尸冢的哨兵山的山顶上，突然燃起了一团熊熊大火。塞斯·毕夏普——他的家族尚未没落——他说起火前的一个小时，亲眼看到威尔伯和他母亲一前一后爬上了山顶，他当时正在围捕一头流浪的小母牛，当透过手提灯的昏暗光线瞥见那两人的身影之后，他吓得几乎忘记了自己来的目的。那两个人悄无声息地穿过矮树丛，而且似乎都一丝不挂，这让塞拉斯惊呆了。不过到了后来，塞拉斯也不能确定那个男孩是不是威尔伯，因为他系着某种流苏腰带，还穿着一条深色的长裤，也有可能是短裤，但是威尔伯从来都是穿戴整齐的，任何让他衣衫不整的事情都会令他愤怒和惊慌。在这方面，他与他邋遢的母亲和外祖父形成了鲜明的对比。直到1928年恐怖事件的发生，村民们才为那件事找到了最合理的解释。

在第二年的一月，村民们开始议论纷纷，因为拉维尼亚的黑小子（威尔伯）竟然开始说话了，那时候他才只有11个月大。他特别引人关注，一方面是因为他的口音与这个地区的有所不同，另一方面还因为他不是牙牙学语，而是在非常流利地说话，这一点就是三四岁的孩子也很难做到。这个男孩并不健谈，但他说的一些事情总是令人难以捉摸，这些事情都是敦威治的居民们闻所未闻的。对此，村民们都有种奇怪的感觉，但这并非来自他说话的内容，或者是他引用过的简单习语，而是似乎与他说话的语调或发声器官有关。与此同时，他那与年龄不相称的成熟面貌也同样引人注目。虽然他遗传了母亲和外祖父的短下巴，但坚挺的鼻梁和那双与拉丁人一样又黑又大的眼睛组合在一起，让他看起来就像一个天赋异禀的成年人。尽管他看起来很有才华，但仍旧是其貌不扬，嘴唇肥厚、皮肤粗糙且泛黄，头发枯燥打卷，耳朵瘦长，浑身上下透着一股古怪，似乎藏匿着某些近乎疯狂或兽性的东西。很快，村民开始厌弃他，比对他的母亲和外祖父更甚，都认为他和老惠特利过去的巫术有关。对于那一天，村民们都记忆深刻——他手捧大书、大声喊着“犹格·索托斯”这个可怕的名字时，群山是如何剧烈震动的。对于这个男孩，连村里的狗也异常痛恨他，因此他不得不采取各种方法来防范那些充满敌意的狂吠。

3

与此同时，老惠特利又开始不断地购买牲畜，而家里的牲畜数量也还是没增加分毫。他还去砍木材来修那宽敞的尖顶房子，房屋的后端已完全被岩石遍布的半山腰遮蔽，但一楼三间未被破坏的房间对于他和他女儿来说，完全足够了。这个老人体内一定拥有不同寻常的力量，使他能干如此多的体力活。尽管他有时会发疯似地喃喃自语，但他的木工活似乎还是经过精确计算的。威尔伯一出生，老惠特利的修葺工程就已经开始了，他众多杂乱的工具房中的一间也已被重新整理好，装上了新隔板，并挂上了结实的新锁。如今，他在修整二楼那废弃的房间，堪称是个技艺精湛的工匠。有一天，他却突然发了疯似地把二楼所有房间的窗子全部封死了。一些村民认为修缮房子这件事本身就很容易让人抓狂，所以对此并没有察觉出任何异样。在一楼，他为新出生的外孙精心布置了一个房间，为此一些村民还特地来参观过。不过，老惠特利从来不许任何人靠近窗户全被封死的二楼。在那个新房间里摆放着高高的、结实的书架，他按照某种古怪的顺序将那些腐烂的古书和书页碎片摆放起来，而它们原先是被胡乱地堆在各个屋子的角落里。

“我偶尔会用到这些书，”他一边用生锈火炉上准备好的浆糊修补残破的书页，一边说道，“比起我，我想我外孙能更好地利用这些书，他理应拥有它们，因为那些都是他必须要学的。”

1914年9月，也就是威尔伯一岁零七个月的时候，他的体格和能力已经相当地令人吃惊了，长得像个4岁的孩子一样高，而且能说会道。他经常在田野里、山丘上狂奔，偶尔还会陪着自己的母亲在山里游荡。回到家中，他会勤奋地钻研起外祖父给的书中奇怪的图画。在无数个冗长而又寂静的午后，老惠特利总是陪着外孙，耐心地指导他。到了修葺工程已经完成得差不多的时候，凡是看到房子的人都免不了好奇，为什么老惠特利把二楼其中的一扇窗户改成了一扇坚实的木板，那扇窗户刚好位于东墙尽头且靠近后山。也更没人知道为什么老惠特利会从地面修建一条直通到这个房间的木板走道。工程完工之后，村民们还留意到自打威尔伯出生后，那个上锁的密封旧工具房又一次被老惠特利闲置了。厄尔·索亚在接到老惠特利要买牛的请求后，牵着牛就来了，老惠特利从二楼的门后走了出来，随之扑面而来的一股臭味让厄尔·索亚感到极其不安。他很肯定地说这种恶臭他只在山上那些印第安人留下的石环附近闻到过，而且这种气味一定不可能源自某种正常的东西，甚至不可能来自地球生物。不过，敦威治村民的房子和棚户也多多少少会有一些怪味。

接下来的几个月很是平静，没有什么特别的事件发生。但是山间怪音日渐增强，所有村民对此都开始咒骂起来。1915年五朔节[1]的时候，地面突然开始颤动，就连艾尔斯伯里的村民们都感受到了。在之后万圣节的前夕，哨兵山顶突发大火，地底不时传来阵阵奇怪的轰隆声。“也许是惠特利老头的巫术在作祟！”村民们窃窃私语。威尔伯的成长速度着实惊人，他4岁的时候看起来却像个10岁的男孩，那时他已经可以独自阅读外祖父的那些古书了，但他变得缄默不语，不再像以前一样喜欢夸夸其谈。那时，村民们慢慢发现他那长得酷似山羊的脸上竟然浮现出了恶魔的样子。有时候他会咕哝着一串奇怪的咒语，还会用奇怪的节奏来吟诵，凡是听到的村民们都会深陷于某种难以名状的惊恐中。另外，村子里的狗对他的厌恶也是全村皆知，所以他不得不随身携带手枪，以便能安全地穿越乡村。尽管他只有在万不得已的时候才会使用手枪，但这并没有让狗主人对他增加一丁点儿好感。

当二楼传来奇怪的抽泣声和脚步声时，访客们发现拉维尼亚总是独自待在一楼。不过，她从不向人透露她的父亲和儿子在做什么。有一次，一个爱开玩笑的鱼贩试图去敲开二楼紧闭的那扇门时，拉维尼亚的脸色唰地一下变白了，一脸的惊恐。之后，这个小贩和敦威治商店的闲人闲聊时，他说虽然时间很短，但坚信自己听到了马匹在二楼走动的蹄声。听罢，那些人都陷入了沉思，开始回想起二楼那紧闭的门、通向二楼的木制走道以及陆续消失的牲畜。他们一想到老惠特利年轻时发生的事和某个古老的传说——在特定的时间里献祭一头公牛给异教神，就可以从地底召来某些怪物，就不自主地浑身颤抖起来。村民们渐渐注意到连村子里的狗都开始讨厌和害怕惠特利家所在的那块地方，其程度比它们对威尔伯更甚。

---

[1] 五朔节，欧洲传统民间节日。用以祭祀树神、谷物神，庆祝农业收获及春天的来临。历史悠久，最早起源于古代东方，后传至欧洲。每年5月1日举行。

1917年，战争爆发[1]。作为当地征兵局的负责人，乡绅索亚·惠特利遇到了一件棘手的事情——在敦威治，难以挑选出一定数目的符合征兵标准的年轻人，更不要提送去新兵训练营了。而当地政府对敦威治地区大规模的衰败现象感到颇为震惊，便派遣一些官员和医学专家前去调查。对于这项调查，或许新英格兰地区报纸的一些读者仍然记忆犹新，当媒体参加调查后，他们派记者持续跟进惠特利一家的消息，《波士顿环球报》和《阿卡姆广告人》还刊印了星期日版来专门报道一系列的怪事——小威尔伯的早熟、老惠特利的巫术、摆满了古怪书籍的书架、老农舍里被封死的二楼、当地的离奇事件以及山间怪音。等到威尔伯4岁半的时候，他看起来就像个15岁的小伙子，嘴唇周围和脸颊两侧长满了黑色的绒毛，连声音也像青春期的男孩一样起了变化。

厄尔·索亚领着一群记者和摄像师来到惠特利家，叮嘱他们要留心从紧闭着的二楼房间内飘散出来的古怪恶臭。厄尔·索亚表示在房子修整完工后，他曾在废弃的工具房里闻到过这种气味，这让人头晕的气味让他仿佛再次置身于山顶上的石环之中。敦威治的故事一经刊印出来，村民们纷纷买来看，一边浏览一边嗤笑其中的低级错误。他们很纳闷，为什么编辑总是花大量笔墨在老惠特利用古金币买牛这件事上。惠特利一家在接待这群不速之客——记者和摄像师时，从不会掩饰他们的厌恶之情，却也不会很粗鲁地对待这些访客，或者把他们晾在一旁不予理睬，因为他们不想因此引起公众更大的关注。

4

之后的10年间，有关惠特利一家的故事已经成为这个衰败村庄日常琐事的一部分，村民对他们一家的古怪行为以及在五朔节和万圣节的神秘狂欢习以为常了。每一年，他们都会两次爬到哨兵山的山顶上点燃篝火，自那之后，山里传来的隆隆声会越发响亮。一年四季总会有不祥之事发生在老惠特利那间偏僻的农舍内。那段时间内，但凡去过老惠特利

[1] 这里的战争，应该指的是第一次世界大战，美国于1917年参与其中。

家的人都声称听到了奇怪的声响，声响不断从被封死的二楼传来，而当时老惠特利一家全都在楼下坐着。访客们都很好奇这一家子是如何快速地献祭一头母牛或公牛的。传言有人曾向防止虐待动物协会投诉过，然而没有任何下文。但是敦威治的居民却因此感到庆幸，因为不必担心会引发外界的关注。

大约在1923年，那时威尔伯10岁，然而他的思想、声音、身高以及长满络腮胡的脸都给人一种成熟的印象。之后，老房子又迎来了一次大修，这次的对象还是被封死的二楼。从被废弃的木材来看，敦威治的居民都猜测“年轻人”和他的外祖父已经把所有被隔开的房间给打通了，甚至把阁楼的地板也拆掉了，这样一来，在二楼和尖顶式的屋顶之间就空旷无物了。他们还拆掉了家中巨大的中央烟囱，在原来锈迹斑斑的地方又重新安装了一个锡制的烟囱，看起来似乎不太牢固。

在大修完工后的春天，老惠特利注意到夜里有越来越多的夜鹰，从冷泉峡谷飞到他房间的窗户下低声鸣叫。他认为这件事非比寻常，为此他告诉奥斯本店里的闲人说自己的时日无多了。

“夜鹰们伴着我的每一次呼吸在鸣叫，”老惠特利说，“我觉得它们正密谋着要抓走我的灵魂，它们知道我命不久矣，灵魂随时会挣脱肉体，它们没打算轻易放过我的灵魂。伙计们，等我过世那天，你们就会知道它们是否得手。如果得逞了，它们就会欢快地鸣叫到天亮。如果不小心失手，它们便会陷入一片死寂，宛如黎明破晓前一样安静。有时候，我甚至开始期待自己的灵魂和它们之间即将上演的激烈搏斗。”

在1924年，也就是收获节[1]的晚上，威尔伯急急忙忙地骑着家里仅有的一匹马，穿过夜色去了奥斯本的杂货店，并打电话让艾尔斯伯里的霍顿医生马上赶来。等霍顿医生赶到时，他发现老人大限将至，身体状态非常糟糕——脉搏微弱、呼吸沉重，老人那患白化病的女儿和长了络腮胡的外孙则守在老人的床边。黑夜里，不时响起夜鹰的叫声，犹如海浪有节奏地拍打海滩一般。那晚霍顿医生被屋外聒噪不停的夜鹰搅得心神不宁，它们好像在重复着某种咒语，如恶魔般计算着这个将死之人的

[1] 收获节（八月一日），是北半球一些英语国家的节日，用于庆祝第一批小麦的收获。

最后期限。这里的一切着实太过反常和离奇了，要不是迫不得已，霍顿医生实在不愿意来这里出急诊。

凌晨一点的时候，老惠特利才恢复了些许意识，挣扎着用最后的力气向外孙吐露了临终遗言：

“要再大点儿，威利[1]，再大点儿。你长大得很快，但那个东西比你长得更快。别着急，很快它就能侍奉你了。记得吟诵祷文来迎接犹格·索托斯，为他打开那扇门吧！在完整版的第751页，你可以找到那首祷文，用火柴去点燃它。别担心，孩子！即使是地狱之火也不能将其烧毁。”

显然，老惠特利疯癫得不轻。就在他不说话的间隙，屋外的夜鹰调整了它们低鸣的节奏，还有山间怪音也不断地从远处传来。紧接着，他又对外孙说了几句话：

“威利，记住！每天都要按时喂它！注意用量，千万不要让它长得过快，免得这地方装不下它！如果在犹格·索托斯降临之前，它先冲破这里并跑了出去的话，那我们之前所做的一切就全都白费了。只有异度空间的它们，才会让我们事半功倍……也是因为它们，旧日支配者正准备归来……”

老惠特利话还没讲完，就开始剧烈地喘气。此刻，屋外的夜鹰也马上转变了鸣叫节奏，拉维尼亚不禁高声尖叫起来。又过了一个小时，老人只能从喉咙里艰难地发出零星的声音。当霍顿医生阖上老人那空洞无神的双眼时，屋外原本聒噪不停的夜鹰，却悄悄地安静起来。拉维尼亚在老人床前俯身哭泣，威尔伯的脸上却浮现出一抹诡异的笑容，因为他听到了那隆隆的山间怪音。

“它们没能得逞，”威尔伯用他浑厚的嗓音说道。

当时的威尔伯，也可以算得上某些领域知识渊博的学者，对于那些仍存有古代禁书的图书馆的管理员而言，他小有名气。而敦威治的居民对他是既厌恶又害怕，因为村民们怀疑他和多桩年轻人失踪案有关，而失踪者很可能就在他家里，但是没有人敢去质问他。他从外祖父那里继

[1] 威利，是老惠特利对外孙威尔伯的亲昵称呼。

承了不少古金币，他和老惠特利一样会按时购买牲畜，而且购买量还越来越大。威尔伯越来越成熟了，身高也似乎接近正常成年人所能长到的极限，但是还没有丝毫要停止的迹象。1925年的某一天，密斯卡托尼克大学的一位记者前来拜访，那时的威尔伯已经长到6英尺多了。那个记者在离开的时候，神色凝重，脸色惨白。

多年之后，威尔伯开始愈发地蔑视自己那有些许残疾、患白化病的母亲。最后，他还不许她在五朔节和万圣节的晚上跟着自己去山里。在1926年，那个可怜的女人还向玛米·毕夏普抱怨说她很害怕自己的儿子威尔伯。

“玛米，我知道他很多的秘密，但是我不能说，”拉维尼亚说，“他的秘密远比我知道的要多。我发誓我是真的不知道他想要什么，想做什么。”

在那个万圣节的晚上，山间怪音变得前所未有的响亮，哨兵山上的火焰一如既往地燃烧着。但是，更引人注目的是一大群夜鹰发出来的有节奏的鸣叫声，它们似乎都聚集到了惠特利家那黑漆漆的农舍附近。午夜过后，它们突然爆发出一阵鬼魅般的鸣叫声，这种声音一直笼罩在敦威治地区的上方，直到黎明破晓时分才渐渐消散。之后，夜鹰纷纷拍动着翅膀一路向南，飞去本该一个月前就该到的南方地区。没人知道这意味着什么，因为在那时，村里没有任何人离世。直到后来的某一天，村民们才发现老拉维尼亚·惠特利——那个饱受白化病摧残的可怜女人，似乎早已不知所踪。

1927年的夏天，威尔伯修整了农场里的两个棚屋，并把他的书籍和个人财物都搬了进去。不久之后，厄尔·索亚告诉奥斯本店里的闲人们，惠特利家的农舍似乎又要迎来一次大修。那段时间，威尔伯把一楼所有的门窗都关得死死的，还打通了一楼所有的房间，就像他的外祖父当初所做的那样。修整房子的时候，他就住在农舍的一处棚屋内。索亚发觉当时的威尔伯面色异常焦虑，神情也显得十分害怕。村民都不由得猜测他知道拉维尼亚失踪的真相，但是没人敢去威尔伯家里问他。那时的他已经长到了7英尺多高，还是没有停止的迹象。

5

之后的冬天，发生了一件怪事。威尔伯竟然离开敦威治只身去了别的地方。在此之前，他就曾多次和哈佛大学的威德纳图书馆、布宜诺斯艾利斯大学以及密斯卡托尼克大学的图书馆写信，但还是没能成功借到那些他梦寐以求的书籍，哪怕是一本。最终，衣衫褴褛、满脸胡碴、满口方言的他只好亲自去一趟，跑去了离他最近的密斯卡托尼克大学。这个身高近8英尺、皮肤黝黑、脸似山羊的人，提着一个从奥斯本杂货店买的廉价旅行箱出现在了密斯卡托尼克大学。他想要看这个大学图书馆里被严密保管起来的可怕书籍——《死灵之书》。这本书的原作者是疯狂诗人阿卜杜拉·阿尔哈萨德，而图书馆里保存的是奥洛斯·沃尔密乌斯翻译的拉丁语版本，它出版于17世纪。威尔伯虽然此前并未见过城市，但他没有片刻逗留，一心一意地直奔密斯卡托尼克大学。到了学校门口，长着尖牙的看门犬突然变得异常暴怒，对着他狂吠起来。但是威尔伯毫不在意，径直走进了大学。

威尔伯一直随身携带着价值连城却不成套的《死灵之书》，那是迪恩博士翻译的英文译本，是外祖父临死前交给他的。一借到完本，他就迫不及待地对照起来，想马上知道751页的完整内容。他激动地询问图书管理员、博学的亨利·阿米蒂奇（他是密斯卡托尼克大学硕士、普林斯顿大学博士以及约翰霍普金斯大学的文学博士）。亨利曾去过威尔伯的农舍，现在正和威尔伯讨论着问题。威尔伯表示自己正在查找某种仪式或者某个咒语，而它里面包含了一个可怕的名讳——尤格·索托斯。因为文本语言上的差异、语句的重复和歧义，所以他很难弄清楚那页纸上文字的真实含义。最后，他只好决定把描写仪式的句子抄下来。当他开始誊抄时，阿米蒂奇掠过威尔伯的肩膀，不经意地瞥见了书页上的文字，他感觉上面的咒语可能会威胁到这个现实世界的和平。

阿米蒂奇一边看文字一边在心里默念：“人类不是这世间最古老的主宰，亦非其最终的主宰。所有的生命绝非独存于时间。过去、现在亦或将来，旧日支配者将永世存在。它存在之所，绝非凡人所知空间，然是诸空间之间。其无声地行走在混沌之地，行走在次元空间，却不为凡人所见。通往此世间的大门，只有尤格·索托斯知道。因为他就是那扇门，是那把开门的钥匙，也是大门的守卫。过去、现在亦或未来，万物皆属于尤格·索托斯。也只有他才知道旧日支配者曾于何处降临，又将再次降临于何处。他知道旧日支配者曾踏足哪片土地，仍徘徊于何处，又为何踏足之时无人得见其面容。闻到其周身之气味，才得以知晓其存在，但面貌仍无人能知，只知其人类子孙之特征。其子孙样貌各异，非人类所能想象。若在特定的时间，念出咒语，举行仪式，它便会降临到这片荒凉的土地上，悄无声息地走过，只留下呼啸的狂风、震颤的土地。森林会被弯折，城市会被摧毁，万物都难以逃脱那双作恶之手。荒凉之地的卡达斯知晓它的存在，而凡人对卡达斯又知晓多少？在南方的冰漠和海洋里沉没的岛屿上，都有镌刻着它印记的巨石。但谁能有幸见到冰封的城市或那被海藻和藤壶所包围的紧闭高塔？它的兄弟克苏鲁，也只能模糊地感知它的存在。看！莎布·尼古拉丝！透过那满地的污浊，凡人可知它的到来！即使是它的双手扼制你的咽喉，你也难以看到它的面容。它的居所，就在你们监视的其中的一扇门内。尤格·索托斯就是此门的钥匙，空间都汇聚于此。人类的居所，也曾是它统治之地，可能不久便会重归于它的统治之下。夏去冬来，冬去夏来。它耐心地等待着，因为它将重新主宰这片土地。”

一想到敦威治的传言、那里广为流传的鬼怪故事以及威尔伯·惠特利——这个来历不明、有弑母嫌疑的人，阿米蒂奇博士就觉得事情变得古怪起来，感到阵阵害怕，就像被来自墓穴里冰冷黏腻的寒风吹过一般。在他面前的这个俯着身子、长着一副山羊脸模样的巨人，仿佛是来自异星球的生物或者是异度空间。他只有一部分身体像人类，其他的部分则不然，似乎与黑暗深渊里某种可怕的存在有关，那些东西像巨人一般，不受任何力量和物质、空间和时间的束缚。但是，这时威尔伯抬起了头，开始用他那奇怪而又洪亮的声音说话，这声音暗示着他拥有不同于人类的发声器官。

“阿米蒂奇博士，”他说，“我想，我必须把这本书带回家。只有在某个环境下，我才能理解书中描写的这些东西，在这里我难以做到。如果是因为这些繁文缛节般的规章制度使我没弄清楚这本书的内容的话，那我必会犯下某种不可饶恕之罪。让我把它带走吧，先生！我发誓没人会知道的。我一定会妥善保管这本书的，你知道的，不是我把这本英译本弄成这样的……”

然而，当看到阿米蒂奇博士脸上坚决反对的表情时，他把到嘴边的话咽了回去，酷似山羊的脸上透出一丝狡诈。阿米蒂奇原本打算告诉他，他可以抄下需要的部分章节内容，不过一想到这样做可能带来的后果也就作罢了。把可以通向亵渎神明的异度空间的钥匙交到这样一个生物手里，将来是要付出极大代价的。威尔伯·惠特利明白自己很难借到那本书，他压抑着内心的情绪，试着轻描淡写地说：

“好吧，要是你真的为难的话，或许哈佛大学不会像你们一样小气。”说罢，便没再多说什么。他直起身来弯着腰穿过一扇扇门，径直离开了图书馆。

伴随着学校看门犬发出的阵阵狂吠，透过窗户，阿米蒂奇看到威尔伯像个黑猩猩一样大步走在校园里。那一刻，他想到了自己曾听说过的蛮荒故事——《阿卡姆广告人》的星期日版上刊登过的，以及他在访问敦威治村时所了解到的风土人情。传说某些肉眼难以看见的异度空间里的生物会携带着恶臭，恐怖地穿梭在新英格兰的幽谷之中，游荡在群山之顶。对此，他长久以来都有着明确的感觉。现在，他似乎可以感受到一个可怕的生物的魔爪正慢慢逼近，旧日支配者——这个噩梦般的存在也将再次降临。想到这里，他一脸厌恶地把《死灵之书》锁进柜子里，但是房间里似乎仍充斥着一种难以辨认的恶臭。“看那满地的污浊，我们可知它的到来！”他不由得回想起书中的词句。是的，现在的这种恶臭，和他3年前在老惠特利的农舍里那令人作呕的气味一模一样。他再一次想到威尔伯，那个山羊模样的不祥之人，一想到村里流传的关于威尔伯的身世传言时，他一脸的不屑。

“近亲结婚？”阿米蒂奇呢喃着，“我的上帝，多么愚蠢啊！敦威治的村民看到亚瑟·玛臣的《潘恩大帝》[1]里的情景，竟然还以为是一桩普通的敦威治丑闻！威尔伯的生父到底是什么东西，又会给现实世界带来什么可怕的影响？他出生在圣烛节，在那之前9个月便是五朔节。当时你即使在阿卡姆，也能清楚地听到那些山间怪音——就像是有什么东西行走在山顶一般。到底是怎样的恐怖事物，与半人半兽的东西有所牵扯呢？”

而接下来的几星期，阿米蒂奇博士开始着手搜集关于威尔伯·惠特利以及徘徊在敦威治附近的鬼怪的全部资料。后来他尝试与艾尔斯伯里的霍顿医生——曾送走老惠特利最后一程的人——取得了联系。在交谈之后，他开始深思起医师提到的老人的临终遗言。之后他又一次去了敦威治村，不过没有什么新的发现。但是，在对威尔伯疯狂找寻的章节仔细研究过后，他似乎发现了一些可怕的新线索——能威胁整个地球的魔鬼的本体、它来这儿的方法和目的。在与几个来自波士顿的历史系学生谈话，并与世界各地的其他学者进行书信往来之后，他愈发不安起来，一开始的简单惊慌也已转化为心理上的极度恐惧。伴随着夏季的离去，阿米蒂奇觉得自己应该做点事情，以此应对位于密斯卡托尼克溪谷上方的恐怖事物，以及像威尔伯·惠特利一样的诡异生物。

6

1928年，也就在收获节和秋分期间，敦威治恐怖事件到来了。阿米蒂奇博士亲眼目睹了诡异事件，当然还有很多人也看到了。他知道威尔伯·惠特利访问剑桥一事，以及他为了在维德纳图书馆借用或复制《死灵之书》所做出的疯狂努力。事实证明这些努力都是徒劳的，因为阿米蒂奇早已向负责看管这些恐怖书籍的图书馆员们发出了最严厉的警告。待在剑桥大学时，威尔伯表现得异常紧张，他既担心不能借到书，又渴望能够马上返回家中，似乎害怕因为长期不归家而产生的某种可怕后

[1]《潘恩大帝》，亚瑟·玛臣写于1894年。讲述的是一名女子接受实验，使她能看到自然之神潘恩，并与潘恩大帝生下怪物后代的故事。

果。8月初，发生了一件意想不到的事。午夜时分，阿米蒂奇博士被疯狂的撕咬声惊醒，那声音显然是来自校园里那只凶恶的看门狗。那低沉、半疯狂的吠声一直持续着，而且越来越大声，还不时夹杂着可怕的死寂。在此之后，黑夜里又传来一声尖叫，显然是来自另一个喉咙。这一尖叫声惊醒了阿卡姆地区一半的熟睡者，并且在此后成为他们挥之不去的梦魇。这声音绝不可能来自世间任何生物，或者任何东西。

阿米蒂奇胡乱地套上衣服后，急匆匆地穿过马路和草坪跑去学校图书馆。他看到很多人围在这里，而且还听到了图书馆不断传来的刺耳的防盗警报声。夜色下，人们发现一扇敞开的破碎窗户，显然某人的偷窃已经得手了。之前的犬吠声和尖叫声也已变成了低沉的咆哮和悲吟声，而这些声音都是从那扇窗户后面传来的。本能似乎警告着阿米蒂奇，对于窗户里面正在发生的事情要提前做好心理准备。他拨开人群，打开了图书馆前厅的大门。他在人群中看到了沃伦·赖斯教授和弗朗西斯·摩根博士，他曾向他们两个讲述过自己此前一些猜想和疑虑。现在，他示意两人陪自己一同进入图书馆查看。这时的图书馆，除了看门狗发出的警惕叫声外，没有其他任何声音。但他突然发觉灌木丛中的夜鹰们竟伴随着一种可怕的节奏齐声鸣叫起来，就像是在给一个垂死之人的喘息声伴奏一样。

图书馆里充斥着熏天的恶臭，阿米蒂奇博士对此是再熟悉不过了。他们三人穿过走廊，飞奔到宗谱阅览室，之前的哀鸣声正是从这里传出来的。这一会儿，没有人敢去开灯。阿米蒂奇在鼓起极大的勇气后，走到开关旁，啪地一下按了下去。也许是看到了躺倒在乱七八糟的桌子和翻倒的椅子间的那个东西，他们中有个人开始不受控制地高声尖叫。赖斯教授说，有那么片刻他完全失去了意识，然而当时他并没有被绊倒或摔倒。

地上的那个东西，几乎有9尺高，向一侧微卷着，躺在一滩黄绿色的脓液和黏腻的黑色液体里，狗撕破了它身上的衣服和一部分皮肤。它还没死，还在无声地、间歇地抽搐着。它胸腔起伏的节奏和屋外夜鹰的疯狂叫声竟然惊人的一致。房间里遍布着皮鞋和衣服的碎片，窗外的地上有一个空帆布袋，显然是被扔出去的。在中央办公桌附近的地上，赫然躺着一把左轮手枪以及一个凹陷但未脱落的弹匣，这正好解释了为什么人们没有听到枪声。当时，三人都目不转睛地盯着地板上的那个庞然大物。如果说完全不能够描述它的模样，似乎显得太过敷衍和绝对。换句话来说，就是如果人们想把它和世界上任何寻常生物的轮廓或外形联系起来的话，那一定是不能准确地刻画出它的模样的。它身体的一部分是人类——人类的双手和脑袋，而脸则长得像惠特利家族的人——面貌酷似山羊、短下巴。但是它的身躯和下半身是畸形的，畸形得令人难以置信，恐怕只有穿上异常宽大的衣服来掩盖，才不致引起骚动，可以毫无顾忌地走在路上。

它胸膛上的皮肤是有着网状纹理的坚硬兽皮，似乎是鳄鱼或短吻鳄的皮。此时，那看门狗正警觉地把爪子放在上面。那东西的背部有黄黑相间的花斑，有点像蛇的鳞片。相比于上半身，它的下半身完全不像是人类。对于这个景象，他们三个脑中都冒出了一种奇怪的想法。它的皮肤上长满了坚硬的黑色毛发，腹部还长出了20条灰绿色的长触手，末端似乎布满了红色的吸盘式口腔。不过这些触手现在都无力地瘫在地上，排列方式也很是奇怪，似乎遵循着在地球上、整个太阳系都未知的某种关于宇宙几何学的对称定律。触手的另一端连接着腹部红色的纤毛环，那些环看上去像是一双还未长好的眼睛。在身体上应该是尾巴的位置，长出的却是某种躯干或触手，它们表面布有紫色的环形花纹和尚未发育完全的嘴和喉咙。忽略那个东西身上的黑色毛发，它的下肢大致类似于史前地球巨型蜥蜴的后腿，只不过长在腿的末端的不是蹄也不是爪子，而是青筋暴起的肉趾。当地上的那东西呼吸的时候，它的尾巴和触手会随之改变颜色。似乎是由于某种体液的循环，它才得以从祖先非人类模样变成如今稍微正常的样子。那些触手整体呈现深绿色，末端则为淡黄色。在紫色环形花纹周围的皮肤则是灰白色的。这东西没有血液，流出来的是散发恶臭的青黄色脓液，这种液体能让地板褪色。

三个人的出现似乎唤醒了这个将死之物，它开始嘟嘟囔囔，但是始终没有转头或抬头。阿米蒂奇博士没有记录下它说的话，不过他敢肯定那些绝不是人类的语言，开始的几个音节不属于世上的任何语言，但最后几句话里断断续续出现的几个音节似乎出自《死灵之书》。显然，它是因为追寻某些亵渎神灵之物而招致了杀身之祸。依照阿米蒂奇的回忆来看，那些只言片语好像是“纳格、尼古拉丝、修格斯、耶布、犹格·索托斯……”在夜鹰有韵律的鸣叫声中，这些声音逐渐消散成为虚无。

此时，房间的喘息声停止了，狗正抬着头发出一声悲惨的低嚎。地上那张酷似山羊的蜡黄脸似乎变得不同寻常，那双黑色的大眼睛突然紧闭起来。窗外那些夜鹰也停止鸣叫，开始慌乱地扑腾着翅膀飞向远方，只留下一阵扇动翅膀的呼呼声。夜色下，这些长满羽毛的哨兵如黑色云团般消失在人们的视线之外，疯狂地追捕着猎物——那怪东西的灵魂。

猛然，狗直起身子发出一声受惊的尖叫，紧接着惊慌失措地从窗户跳了出去。人群中也随之传来一声呐喊，阿米蒂奇博士向着窗外的人高声警告，以此来确保在警察或验尸官来之前没人踏足这个房间。此刻他很庆幸窗户够高，没人能擅自爬窗进来，为了保险起见，他还是拉上了每个窗户的黑色窗帘。后来有两个警察来了。摩根博士和警察在图书馆的前厅进行了短暂的会面，他警告他们为了自身安全，暂时不要去臭气熏天的阅览室，等验尸官把躺倒在阅览室地上的东西遮盖好了再进去。

但在这时，地上的那东西正发生着惊人的变化，正在快速地收缩和分解，没人能够描述出阿米蒂奇博士和赖斯教授眼前正发生的这一切。但是可以这么说，除了面部和双手，威尔伯·惠特利身上没有多少是属于人类的。当验尸官来的时候，油漆地板上只剩下一团黏稠的白色物质，那熏天的恶臭也荡然无存。显然，威尔伯·惠特利并没有真正意义上的头骨或身体骨架，想必是遗传了他那不知姓名的父亲的缘故。

7

然而这一切只是敦威治恐怖事件的开始。完成了所有办案手续后，警察们还是困惑不已，他们决定对公众和媒体隐瞒案件中的诡异细节。后来，当局还专门派人去敦威治和艾尔斯伯调查威尔伯的生前财产，并通知可能成为他的继承者的那些人。一踏进村子，他们就觉得不对劲。他们发现半球形的山丘下不时传来巨大而且越发响亮的轰隆声，以及从惠特利家被木板封死的农舍不时传来的撞击、拍打和飘散出来的熏天恶臭。在威尔伯离家的这段时间，一直是厄尔·索亚负责照顾那些马和牛，最近的他却变得有点神经兮兮。为了不必走进那间充满恶臭的封闭房间，官员们胡乱地扯了个谎，只简单地参观和调查了死者的住处——那个新修补的棚屋之后，便跑回艾尔斯伯里的政府大楼，闷头写了一篇冗长的调查报告，其中叙述了有关威尔伯继承权的诉讼官司、密斯卡托尼克溪谷上游的那些惠特利家族成员，不论是没落的还是未没落的都想对此插一脚。

在调查过程中，官员们在一张被主人当作书桌的旧衣橱上发现了一个账本，其中还夹着一张写有奇怪字符的冗长手稿。从字符间隔、笔墨和字迹的变化来看，初步判断它应该是一种日记。不过，大家在讨论一星期之后，还是没弄清手稿中字符的意思，所以只好把它连同那些可能是死者收集用于学习或翻译的奇怪书籍一起，送到密斯卡托尼克大学去。然而，即使是最优秀的语言学家也觉得这件事情很棘手。至于老惠特利和威尔伯用来付钱的那些古金币，都不知所踪了。

9月9日，那个漆黑的夜晚，恐怖悄然而至。山间怪音响彻不止，全村的狗也狂吠了一整夜。到第二天，早起的一些村民都注意到了空气的特殊恶臭。大约7点，路德·布朗——受雇在乔治·科里的牧场工作，而牧场位于在冷泉峡谷和村庄之间——早上他才刚牵着奶牛去牧场，现在却一路狂奔跑了回来。当他跌跌撞撞地跑进厨房时，一脸惊恐不安，浑身还不停地抽搐。院子里那些和他一起跑回来的牲畜，显然也被吓得不轻，它们趴在地上正低声哀叫着。路德一边喘着粗气，一边结结巴巴地告诉科里夫人他看到的东西。

“科里夫人！你知道吗！峡谷外的那条小路上有个奇怪的东西！那气味太难闻了，路边所有的灌木丛和矮树木都倒向一边，就像被什么东西推倒了一般。但这还不是最糟糕的，路上还有很多的脚印，科里夫人！那脚印又大又圆，有大木桶盖子那么大，脚印深得如同大象踩的，不过这些脚印绝不是四足动物踩出来的。我一路发了疯地狂跑回来，所以只细看了一两个这样的脚印。我发现每个脚印都被一些线条连接着，那些线条都汇集在同一个点上，形状好像大芭蕉扇一样，大小却是它的两三倍。整条路上都有这种奇怪的脚印，它们散发着可怕的气味，和巫师惠特利房子附近的气味一模一样……”

说到这里，他开始支支吾吾，身体也因之前的恐惧而再次颤抖起来。因为无法得到更多的信息，科里夫人决定给邻居打电话询问此事，这次的恐慌为即将上演的恐怖事件拉开了序幕。她准备打给塞斯·毕夏普的管家萨莉·索亚，因为塞斯家离惠特利家最近，她或许会知道一些事情。萨莉家的男孩琼西，晚上一直睡得不沉，此前他还曾跑去惠特利家的后山上，不过只是看了一眼那个毕夏普家的牛群整夜待过的牧场之后，他就惊恐不已地狂奔回了家。

“是啊，科里夫人！”萨利在电话那头说，“琼西刚跑回来的时候，整个人吓得连话都说不出来了！他说老惠特利的房子全都被毁了，木头散落得到处都是，像被炸药炸过一样。只有一楼没被毁，但是表面上覆盖着一种难闻的、类似焦油的黑色液体，它从屋子的顶端一滴滴地流到被掀翻的地板上。院子里有很多可怕的脚印，甚至比大桶还大。脚印里充满了黏腻的液体，和惠特利家里的液体一样。琼西还说脚印向着广袤的牧场去了，而牧场那里的畜棚也被毁了，所有的石墙都被推倒了，倒得到处都是。”

萨利接着说：“琼西说自己前去察看塞斯家的奶牛时，又被吓到了。当时，那些奶牛都待在靠近恶魔集结地的上方草场里。一半的奶牛都不见了，剩下的一半虽然还在，但是血全被吸干了。这种伤口和惠特利家的牛身上的差不多。现在，塞斯跑去看那些奶牛了，不过他肯定不敢去巫师惠特利家附近。琼西没有细看那些大脚印最后通向了哪里，不过他想肯定是往村子的方向去了。

“要我说，留下脚印的东西一定是个不祥之物。威尔伯·惠特利那个黑鬼，活该遭报应，他肯定是偷偷养了东西在家里。那黑鬼根本就不是人，顶多算个半人，我逢人都说老惠特利和他外孙威尔伯一定养了个怪物，而且就在他家被封死的房间里。现在，游荡在我们这个村子里的那些东西都是些非人的不祥之物。

“昨晚，又有声音从地下传来。整个晚上，琼西都可以听到冷泉谷里夜鹰的鸣叫，那声音吵得他快天亮的时候都没睡着。之后，他说自己还听到了巫师惠特利家那边传来的声音，像是大盒子或板条箱被撑破，木头被撕裂的声音。这些声音让他一夜没合眼，所以今天他一大早就起来了，打算去惠特利家看看到底发生了什么事。科里夫人，你不知道！他这一看可不得了！我想我们要一起开个会，商讨一下接下来该怎么办。我感觉某种可怕的东西即将降临，天知道是什么东西，我想我是活不了多久了。

“你家的孩子卢瑟，知道大脚印往哪个方向去了吗？不知道？好吧，科里夫人！要是这些脚印是朝着小路那边去了，但是没到你家附近的话，那它一定是去了峡谷。肯定没错！我常说冷泉峡谷不是什么干净的地方，那里的夜鹰和萤火虫古怪得很。村子里的人都在传，如果站在谷底的特定位置上——熊穴和岩石堆中间的那块地，就可以听到奇怪的风声和说话声。”

到了中午，敦威治几乎3/4的男人和男孩，开始成群结队地走向已废弃的惠特利家和冷泉峡谷间的小道和草地。他们虽然内心害怕，但还是决定察看下情况——那些怪异的大脚印、毕夏普家受伤的牛、散发着恶臭的废墟以及田野和路边上那些乱蓬蓬的植被。虽然不知道是什么东西降临到了地球上，但可以肯定的是，它已经闯入了这个不祥峡谷。沿路的树木都被压弯和折断了，而且峭壁边的矮树丛里也被弄出了一条宽阔的大道。看起来就像是一座房子被雪崩推着一路从近乎垂直的斜坡向下滑，再穿过盘根错节的树木来到底端一样。当时，悬崖下边没有传来任何声音，只有隐隐的恶臭飘来。在这种情形下，怪不得村民们情愿待在悬崖边上，也不愿下到峡谷里去面对那未知的恐怖。刚开始，有三条狗跟着村民们，一路上它们都在狂吠。然而，当靠近峡谷边的时候，它们就像受了惊吓一般，突然没了气势，不肯再靠近一丁点儿。后来，有些村民打电话给《艾尔斯伯里报》告知有关村里近期发生的事情。不过，报社的编辑似乎早就对敦威治的荒诞故事见怪不怪了，最后只是胡乱写了一段可笑的文字来报道此事。没过多久，美联社也转载了这篇报道。

那天晚上，所有人都乖乖地待在家里。村里所有的房子和畜棚也都被村民锁得紧紧的，更不用提那空旷的牧场了，在那里看不到一头牛。大概凌晨两点钟，可怕的恶臭味和狗吠声惊醒了埃尔默·弗莱一家，他们家就在冷泉峡谷的东边。他们说当时听到了一阵低沉的嗖嗖声和拍打声不断地从外面某个地方传来，弗莱夫人提议给邻居打电话。正当埃尔默准备同意的时候，突然传来了一阵木头破裂声打断了他。显然，这声音是从畜棚那里传来的，紧接着又传来可怕的尖叫声和地面震动声，弗莱家里的狗都吓得蜷伏在主人的脚边。弗莱习惯性地点了一个灯笼，但是他不敢去黑漆漆的农场，因为他知道去了可能就回不来了。这时候，村里的妇女和儿童都紧紧地捂着嘴，以免自己因为害怕而叫出声来，因为他们下意识地觉得要想活着，就必须保持安静。最终，牛群的叫声渐渐平息下来，转而变成一阵阵可怜的呻吟声、撞击声和噼啪声。弗莱一家因为害怕都蜷缩在客厅里，动都不敢动一下，直到峡谷里没有任何声音传来。之后，在夜鹰的凄凉叫声中，赛琳娜·弗莱哆哆嗦嗦地走到电话边，用电话告诉村民们刚发生的恐怖事件。

第二天，整个村子都笼罩在惶恐不安中，因害怕而沉默不语的村民在发生恐怖事件的地方走来走去。那两条因破坏行为产生的痕迹，从峡谷一直延伸到了弗莱的院子里，如今那光秃秃的地上布满了可怕的脚印。弗莱家红色畜棚的一边已经完全塌陷，至于那些可怜的牛，村民只能找到并辨认出其中大约1/4的牛，还有一些牛的尸体是残缺不全的。由于害怕，村民们不得不把少数存活下来的牛也杀掉。厄尔·索亚提议向艾尔斯伯里或阿卡姆地区寻求帮助，然而其他人坚持认为这样做毫无意义。老泽伦·惠特利——他的家族既不殷实也不没落——提出了一个既可怕又疯狂的建议，声称要在山顶上举行仪式。他的家族一直把传统看得很重，所以传统对他的影响很大。在他的记忆中，在巨石环内诵念咒语的，除了威尔伯和他外祖父，还有别人。

当夜幕再次降临这个苦难的乡村时，村民们都担惊受怕，表现得很是被动，难以组织起来进行防御。只有在少数情况下，几个往来密切的家庭会团结起来，待在同一个屋檐下互相守着。大多数时候，村民们就只是回到家中重复地做着无用的事——装好枪，把干草叉放在容易拿取的位置。然而，在这几天里，除了一些山间怪音，没有其他的怪事发生，村民们都希望这个恐怖事件能尽快过去。不乏有胆大的村民提议去峡谷一看究竟，但是没人愿意领头行动。

当夜幕再次降临时，村民们又纷纷回到家中把门锁得紧紧的，不过扎堆在一起的家庭却少了一些。早晨的时候，弗莱和塞斯·毕夏普家的人都说家里的狗又狂吠了一整晚，还听到了远处传来的模糊声响，闻到了远处飘来的恶臭味。早起的那些村民，又在环哨兵山的山路上发现了新的可怕足迹，从路两旁的景象来判断，这个怪物体积非常大，而这些脚印似乎来自两个不同方向。那个大怪物似乎是从冷泉峡谷下来的，然后又原路折返回去了。在山脚下，有一个由压扁的灌木丛组成的30英尺的脚印，这些脚印一直向着山上前进。另外，村民们还发现即便是在最陡的地方，地面上还有脚印，而且朝向丝毫未变。无论这个怪物是什么，但它显然已经爬到了几乎垂直的多石峭壁上。之后，那些前去察看的村民决定沿着安全的小路爬上山去。到了山上，他们发觉脚印在这里就消失了，或者确切地说，是从这里折返下了山。

在五朔夜和万圣节的时候，惠特利一家子就是在这里——在圆桌状的巨石附近，燃起地狱之火般的熊熊大火来举行他们的恐怖祭祀仪式的。现在，那个体型庞大的怪物已经把巨石的周围都变成了空地，巨石的凹面上还有一层散发着恶臭的沉积物，它和那个怪物在逃跑时留在惠特利的老房子地板上的黏液是一模一样的。见此情景，村民们都面面相觑，低声嘟囔着开始从山上低头往下看。很显然，这个怪物是沿着上山的原路下山去了。不过，这一切也只是猜测而已。因为无论村民们怎么想，都猜不出那东西这么做的目的。村里只有老泽伦没有和那些人一起上山。但是对于这件事，他却给出了一个看似合理的解释。

星期四的夜晚，刚开始和往常一样，并没什么奇怪的事情发生。然而，在深夜时分，却发生了一些令人不愉快的事情——峡谷里的夜鹰一直叫个不停，搞得全村的人难以入眠。大约凌晨3点，全村的电话又开始响个不停。只要是拿起电话听筒的村民，都听到了一声惊恐的尖叫声——“救命啊！天啊！……”还有不断传来的撞击声，不过之后就再无其他声音。村民们都吓得不敢动，直到天亮，也没人知道这些电话是从哪里打来的。天亮后，村民们开始给村里其他人打电话，发现只有弗莱一家没人接听电话。过了一个小时，真相才开始渐渐地明朗起来。村民们纷纷武装起来，聚在一起准备动身去山顶的弗莱家察看，他们发现那里看起来阴森森的，但是没人觉得奇怪。在弗莱家附近，有更多的脚印和痕迹，但是房子早已不复存在，弗莱家的房子被踩得稀巴烂，就像一个被压扁的鸡蛋一样。在废墟中，村民们没有发现任何活物甚至尸体，有的只是一股恶臭和焦油似的黑色黏液。埃尔默·弗莱家彻底从敦威治村消失了。

8

与此同时，一种更为平静但更折磨人们精神的恐怖事件，正悄然发生在阿卡姆镇上一个摆满书架的房子里。威尔伯·惠特利写的那份奇怪手稿，也可以看作是日记，被送到密斯卡托尼克大学让人翻译去了。手稿引发了很多古代语言和现代语言学专家的极大困惑和焦虑。文稿的用词很简单，所使用的文字和美索不达米亚平原人们使用的阿拉伯语有些相似，但还是没有任何人明白它所表达的含义。最后，那些语言学家得出的结论是文稿的作者使用了一种独特的、人为设计的字母表，来对内容进行保密。然而，考虑到作者可能会对每个词进行加密，他们尝试了现在所有的破译方法，最终也不得其意。相比而言，从惠特利的住处带过来的古代书籍就有吸引力得多，其中部分书籍可能会为哲学家和科学家开辟出崭新的、可怕的领域，但这对翻译那本手稿毫无帮助。其中的一本厚书，上面有一个铁扣，那里面使用的文字和手稿里面的不同，有点像梵语。最终，那本写在老账本里的奇怪手稿被移交给了阿米蒂奇博士，因为他对惠特利一家的事情有着浓厚的兴趣，而且他知识渊博，特别是在古代和中世纪的神秘仪式方面。

阿米蒂奇认为手稿里的文字来自某些异教，这些异教可能是从古代一直流传至今的，而且它们还保留了阿拉伯世界关于巫师的许多风俗和传统。不过，他认为这个发现没有任何意义，因为正如他之前怀疑的一样，这些文字就是利用现代语言来充当密码的，而弄清楚这些文字的起源显然是没什么必要的。考虑到手稿里的冗长文字，阿米蒂奇坚信作者肯定是使用了某种特别的写作规则和咒语，以此来解决在写作过程中因使用其他语言所带来的不便。因此，阿米蒂奇假定文稿的大部分文字是英文，之后就开始翻译文稿。

因为同事们的接连失败，阿米蒂奇博士深知手稿就像个深奥复杂的谜题，没有任何简单的破译方法是管用的。8月下旬，他一直在努力专研着密码学。凭借学校图书馆的丰富图书资源，他夜以继日地翻阅了很多书，特里特米乌斯的《密码术》、詹巴蒂斯塔·波尔塔的《书中写的隐秘字符》、德·维琼内尔的《多元复写法》、菲尔克勒的《无秘钥的秘密信息之艺术》、戴维斯以及西克尼斯的18世纪专著，还有一些现代学者比如布莱尔、马蒂以及克鲁勃的手稿。他一边学习这些书籍里面的知识，一边研究手稿里面的文字。最后，他确信自己面对的是一种非常精妙的密码，其中暗含许多对应的字母表，它们排列得像乘法表。但是，文本是用随意的关键词来写成的，那些词只有原撰稿人才知道。在研究手稿方面，古代书籍要比现代书籍有用得多。阿米蒂奇推断手稿使用的是古代密码，毫无疑问是由众多神秘的试验者流传下来的。翻译手稿的时候，他有好几次似乎都快要解开谜团了，不过却又被某些预料之外的问题难住了。直到9月，谜团才开始慢慢清晰起来。在文稿的特定段落里，一些特定字母的含义被清楚地展现出来，这也从侧面表明了这份手稿的确是用英语写的。

9月2日晚上，阿米蒂奇博士解开了最后一个谜团，那是他第一次读到一段关于威尔伯·惠特利过往的连贯文字。这份手稿的确是一份日记，正如其他人判断的一样。它的写作风格从侧面表明撰写的人有着某种神秘的知识，但在常识方面却表现得像个文盲一样。阿米蒂奇破解的

第一篇文字，是写于1916年11月26日的。那篇翻译出来的文章令他感到很惊奇和惶恐，要是没记错的话，这段文字应该是由一个实际年龄只有3岁半，但是体型外貌像是十二三岁的孩子所写的。

“今天学了召唤万军之主的邪灵语，”文章写道，“一旦念起咒语，群山里就会发出奇怪的声音与之呼应，但它不会通过空气传播。楼上的那东西，比我想象的还要大，远远超过我的想象，它好像没有像人类一样的脑子。当埃兰·哈钦斯的牧羊犬杰克跑过来准备咬我的时候，我用枪把它打死了。当时，埃兰说如果可以的话，一定会把我弄死，但我猜他肯定不敢。前一晚，外祖父要我一直重复一个奇怪的咒语，我想我当时看到了那个位于两个磁极之下的城市。如果到时候，我还不能凭借这个咒语冲破界限的话，那就只能等到地球被清理干净的时候，我才能去那里。在安息日的仪式上，有个声音告诉我，清理地球还需要些时日。但我想那时候外祖父肯定不在人世了，所以我必须尽快学会关于这个星球的所有知识，以及召唤尤格·索托斯和尼布拉丝的咒语。它们会在异度空间帮助我，不过因为没有人血，它们没法拥有人类的肉身，楼上的那东西也是这样。不过当我念咒语——维瑞之印，或者把伊本·卡兹之粉吹到它身上的时候，我就能隐约地看到它的样子，它和五朔夜那天我在山上看到的差不多。之后，它的样子开始消失，回归于无形。我很好奇，等到地球被肃清且没有任何生物的时候，我的外表是否会发生变化。万军之主的阿克罗咒语响起时，它告诉我会改变形态，变得和异度空间里的它们一样。”

第二天早晨，人们发现阿米蒂奇博士陷入了一种极端的恐惧中，浑身直冒冷汗。一整个晚上，阿米蒂奇博士都手不离文稿，伏于桌前，开着灯，用颤抖不停的双手翻开一页页文稿，以最快的速度翻译着神秘手稿。他颤抖着给妻子打了个电话，说自己晚上不回家睡了。至于他妻子送来的早饭，他忙得没时间吃上一口。

一整天里，他都在翻译，有时会发了疯似地找寻破解手稿需要的关键词。午饭和晚饭都是他妻子送过来，但他也只是吃了点儿。等到第二天，也就是9月3日的深夜，他困得在椅子上打盹，不过没一会儿就被噩梦吓醒了。噩梦般的文稿中可怕的内容以及那个可能危及人类的存在，全都让他害怕不已。

9月4日早上，赖斯教授和摩根博士执意要和他见上一面。两人离开的时候也都浑身颤抖，而且面如死灰。那天晚上，他终于去床上睡觉了，不过睡得不安稳。9月5日，也就是星期三，他又继续研究手稿，并对现在和之前翻译的文字做了详细的笔记。晚上，他又只是在办公室的简便椅上眯了一会儿。不过天没亮的时候，他又开始工作了。中午之前，他的家庭医生哈特维尔打电话过来说要见他，并叮嘱他一定要停止工作。不过，这都被阿米蒂奇博士拒绝了，他表示现在自己最重要的事就是读完这本日记，之后一定会找个合适的时机向他解释这件事。

夜幕降临的时候，他完成了可怕的细读工作，接着无力地瘫倒在椅子上。当他妻子送来晚饭时，他早已陷入半昏睡的状态。然而，当他妻子不小心瞥到了他的笔记时，他却立马惊醒，大声呵止了妻子，并劝她赶紧离开这里。他把所有的草稿纸封在了一个大信封里之后，就立马塞进自己外套内侧的口袋里。他的身体一天比一天虚弱，虽然还有力气可以支撑着走回家，不过他的身体显然很需要医生的帮助，所以他马上打电话叫哈特维尔医生到他家去。就在医生让他去睡觉的时候，他嘴里还在反复嘟囔着："上帝啊，我们究竟能做些什么？"

后来，阿米蒂奇博士终于睡着了。第二天，他看起来还是有点神志不清，但他也没有对哈特维尔医生说些什么。在清醒的时候，他叫来了赖斯博士和摩根教授召开了紧急会议。阿米蒂奇的胡言乱语让他们很是吃惊，他不但说要杀掉在老惠特利家中的某个东西，而且还发疯地提到了一些来自异度空间的可怕的古老生物，他说它们会消灭地球上所有的生物，连人类也难以幸免。他近乎尖叫地高声说整个世界岌岌可危，那个古老生物想要侵占地球，甚至打算让地球从太阳系以及物质宇宙中消失，再把它拽入另一个空间——远古时期，那个地球曾待过的空间。在其他的谈话时段里，他则说要查阅那两本恐怖的书籍——《死灵之书》和《恶魔崇拜》，他似乎希望能从这些可怕的书籍中找到某些方法来阻止这场灾祸的发生。

“阻止它们！别让它们得逞！”他高声尖叫着，“惠特利那一家子人是故意让它们来到地球的，最糟糕的事情还在后面。赖斯和摩根，我们必须要做点事情了，虽然我们看不见它们，但是我知道怎么制作伊本·卡兹之粉……从8月2日威尔伯来这里到他死去，应该有两个月了，在这期间一直没人喂那个东西，如果是那样的话……”

虽然阿米蒂奇已经73岁了，但是他的身体机能一直很不错。所以，等他再睡了一觉之后，精神状态就恢复得差不多了，在晚上也没有出现发烧的情况。星期五的时候，他醒得有点晚，脑袋却很清醒，虽然他的表情仍透出害怕，但是还掺杂着一股坚定，好似正肩负某种重任一般。星期六中午，他觉得恢复得差不多了，就决定去一趟图书馆，并和赖斯、摩根碰个面。于是，三个人又在疯狂的猜测和激烈的讨论中度过了一天一夜，他们从书架和保险柜中搬出了古怪又可怕的书籍，并急匆匆地抄下了那些令人费解的图表和咒语仪式。他们因为曾亲眼见过躺在图书馆地板上的尸首，所以对书上的内容毫不怀疑，而且也不再认为那本日记里记录的是一个疯子的胡言乱语。

然而，当讨论到是否要通知马萨诸塞州的警察时，他们有了不同的意见。不过他们最后还是一致决定不通知警察，毕竟没亲眼见过的人是不可能相信这样荒诞的事情的，要想弄清楚整件事情就必须做一番后续调查。他们讨论到深夜，但是仍没能制定出什么明确的计划。整个星期日，阿米蒂奇都忙着对比那些神秘的咒语，研究如何把从大学实验室里带出来的化学药剂混合在一起。他越是想起那本恐怖日记，就越是怀疑这些药剂的作用，不知道它们究竟能否帮助自己消灭威尔伯·惠特利留下的怪东西。但他不知道的是，就在几个小时后，那个可能对这整个世界造成威胁的东西会突然冲到外面，并且成为村民们难以磨灭的敦威治噩梦。

在阿米蒂奇博士看来，星期一和星期日并没有什么不同，因为他还是要不停地钻研手头上的工作，继续做实验。通过深入地研究那本恐怖日记后，他再一次对之前制定的计划进行了调整，他明白即便到了最后一刻，事情仍可能会存在变数，因为很多东西都难以确定。到了星期二，他已经有了一个明确的行动计划，并决定在这个星期去一趟敦威治村。第二天，发生了一件令他震惊的事情，在《阿卡姆广告人》报纸一个不起眼的角落里，刊登了一则来自美联社的看似滑稽的消息——一个体型巨大的怪物出现在敦威治村。看到这个新闻，阿米蒂奇被吓得不轻，只好打电话叫来了赖斯和摩根。那天，他们三个又一直讨论到了深夜。星期四，他们匆匆忙忙地把东西打包好。阿米蒂奇深知自己即将面对的是那些极度恐怖的力量，而且在他之前，还没有任何人有办法来与之对抗。

9

星期五早上，阿米蒂奇、赖斯和摩根坐汽车去敦威治，到那儿已经是下午一点多了。那天的天气很好，然而即使是在耀眼的日光下，仍有一种阴森森的恐怖、不祥之兆笼罩在那些奇怪的半球形山丘和幽暗的峡谷之上。在天空的映衬下，他们还瞥见了山顶上古怪的巨石圆环。待在奥斯本杂货店里的村民们陷入了一片死寂，他们觉得某些恐怖的事情即将要发生。之后，村子里很快就传来了埃尔默·弗莱一家发生悲剧的消息。整个下午，三个人坐车在敦威治村附近转悠，还特地向村民打听当地发生的所有怪事。后来，三人还在已成为废墟的弗莱家里发现了一种黑色黏液，在院子里发现了可怕的脚印、受伤的塞斯·毕夏普家的牛以及很多被脚印压扁的植被。阿米蒂奇久久地盯着山顶上祭坛状的石头出了神，因为他认为哨兵山的脚印预示着某种灾难的降临。

最后，他们通知了艾尔斯伯里的警察。接到报警电话后，警察决定先派一些人前来调查并做好笔录。然而，他们很快就发现调查远比他们想象的要困难，因为他们无从找寻到犯人的踪迹。五名警察坐着一辆车来了这个村子，但是现在车里空无一人，车现在就停在弗莱家的院子里。那些曾与警察交谈过的村民以及阿米蒂奇一行三人，都对此困惑不已。老山姆·哈钦斯脑中闪现出某些东西，脸唰地变得苍白起来，他推了推弗莱德·法尔，又指了指附近那个阴冷潮湿的幽谷。

“天啊，”老山姆·哈钦斯喘着粗气说，“我告诉过那些警察千万别去峡谷里，没想到在看过那些可怕的足迹、闻过那些可怕的恶臭味之后，还有人不怕死去那里。一到正午时分，那里的夜鹰就会躲在黑暗的角落里诡异地鸣叫……”

听到这里，所有人都不由自主地打着寒颤，下意识地聆听周围的一切动静。由于阿米蒂奇亲眼看见过这个怪物的恶行，他更加觉得自己肩负的责任重大。天很快就黑了，那个巨大的不祥之物也快要开始实施恶行了——黑暗之中的不义之事。阿米蒂奇预先对先前记住的神秘仪式进行了排演。为防万一，他手里还抓着一张纸，上面写了另一个他还未来得及记住的仪式。暂时还没有异常情况出现，他手里的手电筒仍然在正常地发光。站在他身边的赖斯博士从一个小提箱中拿出了一个金属材质的喷瓶，它平常是用来喷灭害虫的；另一边，摩根教授拿出了一把大型猎枪，虽然之前阿米蒂奇告诉过他，地球上的任何武器都伤不了那东西。

阿米蒂奇在读过那本可怕的日记之后，深知将会有怎样的事情发生。但是他不想向敦威治的村民透露任何有关的线索或提示，因为这只会徒增他们的恐惧。他希望能够在世人意识到之前，就把那个怪物解决掉。夜幕降临，原先聚在一起的村民渐渐地散开，各自回到家中，焦虑地把门拴牢，纵然这些对于那个轻易压弯树木、碾碎房子的怪物来说不过是徒劳之举。听到三人打算准备待在离峡谷最近的弗莱家废墟处守夜时，村民们直摇头，大呼不赞成。等到三人动身前往的时候，村民都认定了他们不会活着回来。

那天夜里，群山内又传来了轰隆隆的声音，夜鹰也跟着疯狂地鸣叫。不时会有风从冷泉山谷刮来，裹挟着一股难以形容的恶臭。三个守夜人都曾闻到过这种恶臭，这和他们在那个15岁的半人类的尸首旁闻到的臭味是一样的。他们等了一个晚上，也没有见到那个怪物。不论待在冷泉山谷下面的是什么，但是可以肯定一点——它在等待一个时机。阿米蒂奇告诉另外两个人，如果他们打算在黑夜里袭击它，无疑是自寻死路。

清晨来临的时候，夜间的噪声也逐渐消失。那天，天暗沉沉的，还下起了一阵蒙蒙细雨，黑压压的乌云似乎都积聚到山的西北方。来自阿卡姆的三个人，这时候不知道该如何是好。雨越下越大，为了避雨，他们躲进了弗莱家的一处尚未被毁坏的外屋里，讨论是继续在这里等雨停，还是去峡谷寻找那个未知的巨大怪物。暴雨一直没停，一声惊雷突然从地平线那边传来，片状、分叉式的闪电划破天空，直直地劈向那个不祥峡谷。天空越来越暗，三个人都希望这场暴风雨能够尽快过去，天空能变得晴朗起来。

但是事与愿违，天空还是阴暗得令人害怕。没过一个小时，路边传来了一阵混乱的声响。他们看到十几个受惊的村民一边狂奔，一边歇斯底里地叫喊着。跑在最前面的人哽咽嘟囔着，当三个人把它们拼凑成一句完整的话之后，他们变得异常不安起来。

“噢！天啊！我的天啊，”说话人哽咽着，“那东西又来了，这次竟然是白天！它在移动，在移动，就是现在！天知道它什么时候会来袭击我们！”

说话的人停了下来，拼命地喘粗气，另一个人接着他的话继续说着：“今天晚上，也就一个小时前，泽布·惠特利接了一个电话，那是科里女士——乔治的妻子打来的，她的家位于十字路口的下方。她说下雨的时候，她家的仆人卢瑟跑了出去，想把拴在外面的牛牵回畜棚里。当时，他看见峡谷入口处的树木和灌木丛都被压弯了，纷纷倒向另一边，另外还闻到了一种似曾相识的臭味，这气味和村民们在上星期一发现的巨大脚印处闻到的很像。她还说，当时卢瑟听到了拍打声和嗖嗖声，而这些绝不是被压弯的树木和灌木丛发出来的。当时，路两边的树叶集体倒向了另一边，泥地上也像是被某个东西踩了一脚，泥巴被溅了出来。要知道，那时候卢瑟并没有看见任何东西，只有那些被压弯的树和灌木丛。

“他偷偷地跟着那声音，在路下方毕夏普家那边的小河方向，他听到桥上传来一阵可怕的嘎吱响声。他说那是木头断裂的声音。但他还是没有看见任何东西，仍旧只有被压弯的树木和灌木丛。然后，传来一阵嗖嗖的响声，好像是朝着巫师惠特利家和哨兵山的方向去了。等到那声音越来越远时，卢瑟这才敢抬脚走到开始发出声音的地方去一看究竟。他发现地上全是泥水，当时天色很暗，加上雨水不断冲刷着这些脚印，很快它们便消失不见了。但是在峡谷入口处和树木被推开的地方，仍然留有一些可怕的、如桶底一般大的脚印，它们和他星期一看到的脚印很像。”

说到这里，第一个说话的村民激动地插话道：“但这还不是最糟糕的，这还只是开始。泽布开始打电话给村子里的其他人，当村民们都在听的时候，塞斯·毕夏普家的电话突然打了进来。他家的女管家萨利说她看到路两旁的树木都被压弯了，而且还听到一个模糊的声音，就像是一头大象气喘吁吁地踩着地面，朝她家走来一样。然后，她说还闻到了一股刺鼻的恶臭，家中的男孩琼西也突然尖叫起来，说这气味和他星期一早晨在惠特利家废墟处闻到的很像。她还说，村子里所有的狗也发了疯似地狂吠。

“这时候，电话那头的她发出了一声尖叫，她说下坡处的那个棚屋突然坍塌了，就像被风暴席卷过一样，但是当时的风并没有如此强劲。电话这头的村民们都在紧张地听着，当时他们都清楚地听到了那头的喘息声。突然，萨利又尖叫起来，说自家前院的尖桩篱笆栅栏被碾碎了，但是他们一家人都没看到是谁干的。电话这头的村民又一次听到了琼西和老塞斯·毕夏普的尖叫声，萨利表示好像有一个重物似的东西正砸向屋顶，它不是闪电或者其他的寻常事物，那个重物还袭击了前院，一遍又一遍地来回碾压着。院子里空无一物，他们说自己仍没看到这个罪魁祸首的样子。就在这时候……这时候……”

每个人的脸上都露出了更加惊恐的表情，阿米蒂奇止不住颤抖起来，不过已然没力气催对方赶紧往下说。

“这时候……萨利喊着：‘救命啊，房子快塌了……’我听到了电话那头的可怕撞击声和惨叫声……这和当初埃尔默·弗莱家发生的一样，只是……”

说话的人突然止住了话语，人群中的另一个人接过了话头，继续讲道："我们就只听到了这些，之后电话那头再也没有任何响声或说话声，寂静得让人害怕。之后，我们就开着汽车和货车去了科里家，并尽可能召集到了一些年轻力壮的男人，我们在一起商讨着接下来应该干点什么。不过，我想这一定是上帝在惩罚我们，没有人能逃过此劫。"

阿米蒂奇知道采取行动的时候到了，他坚定地对着那群仍犹犹豫豫、害怕不已的村民说："我们一定要跟着那东西，伙计们！"他尽可能地让自己的声音听起来更加坚定，"我相信一定可以找到一个好时机除掉它！你们都知道惠特利那一家子是巫师，那东西也是巫术的产物，所以我们必须用巫术消灭它。我看过威尔伯·惠特利的日记，也翻过一些他看过的古怪书籍，我想我知道如何念出那些咒语，让那东西彻底消失。当然，我也不能百分百确定，但是我们总得试一试！我知道那东西是无形的，但是如果用长距喷瓶往它身上喷粉末的话，就能让它现形几秒钟。稍后，我们三个人会尝试这个方法，光是想想能看到它，我就浑身直哆嗦。但是，它远比不上威尔伯将释放的那个怪物。幸好，威尔伯早就死了，你们永远不会知道这个世界因此逃过了怎样的一场滔天浩劫！现在，我们唯一要做的就是一心一意对付它。虽然它能造成很大的破坏，好在它不能繁殖，所以我们得马上除掉它。

"我们必须跟上它，它正要去那个刚发生坍塌的地方。谁来带个路？我对这里还不太熟悉，但是我想一定有小路通到那里，你们意下如何？"

村民们沉默了好一会儿后，厄尔·索亚用满是泥巴的手指着屋外。此刻，屋外雨势渐小。他轻声地说："你要是想尽快赶到塞斯·毕夏普的家，就得穿过这片低草地，淌过低洼处的小溪，再翻过卡里尔山。到时候，你会发现一条路，那时你就离他家不远了，再过去一点便到了。"

阿米蒂奇、赖斯和摩根三人朝着他指的方向动身了，很多村民则远远地跟在三人的后面。天空开始放晴，似乎暴风雨已经过去了。当阿米蒂奇不小心走错路的时候，乔·奥斯本会好心地提醒他，然后马上跑上前去领路，村民们似乎也渐渐有了信心和勇气来对抗那个怪物。很快他们就被长满树的小山挡住了去路，那座山直直的挡在那儿，犹如一堵墙。他们要想翻过去，就必须把山上的古树当梯子，慢慢爬上山。这对于他们来说，无疑是严峻的考验。

他们一路向上爬，在天快亮的时候，发现了一条泥泞的小路。这时他们离毕夏普家不远了，从压弯的树木和地上明显的脚印来看，那怪物刚刚经过了这里，因为这情形和弗莱家的是一样的。在坍塌的毕夏普家以及畜棚里，他们没有发现任何活物，甚至是尸体。那弥漫着的恶臭和随处可见的黑色黏液，都令村民们不愿再多待一秒。他们转头看到了那一串脚印，正向着惠特利家和有祭坛状巨石的哨兵山方向移动。

当来到威尔伯家时，村民们开始犹豫起来，心想跟踪一个大如房子的隐形怪物，绝不是一件闹着玩的事，何况那东西堪比恶魔。快到哨兵山脚下的时候，那些脚印突然偏离了道路，转向了草地，草地上那一长串的脚印都说明它朝山顶去了。

这时，阿米蒂奇拿出一个袖珍望远镜，扫视了一圈那陡峭山坡之后，把望远镜递给了摩根，因为摩根的视力更好。看了一会儿之后，摩根突然尖叫着把望远镜丢给厄尔·索亚，用手指了指山坡上的一个地方。索亚从来没用过这个东西，所以捣鼓了好一阵子也不会，好在有阿米蒂奇帮他。当他看见摩根手指着的那个地方后，他叫得比摩根还大声："天啊！草地和灌木全在动！现在它正慢慢向上爬，就快到山顶了！这是怎么回事？"

恐慌开始在村民中蔓延开来，他们心想，找那个东西是一回事，找到它又是另一回事，咒语可能会奏效，但是万一失灵了呢？村民们都不安地问阿米蒂奇，问他有多了解那怪物，但是他的回答似乎难以安抚村民们。他们都清楚地感觉到，自己已经离那个超乎人类想象的禁忌之物非常近了。

10

最终，来自阿卡姆的三人——白胡子的老阿米蒂奇博士，面色铁青、身型矮胖的赖斯教授以及年轻的、身材清瘦的摩根博士，都爬上了山坡。他们费了好大的劲才教会村民们如何使用望远镜，并进行对焦后，就把它留给了那群受惊过度的村民，那些村民则一直待在山脚下的小路上。村民们相互传递着望远镜，时刻观察三人的动向。上山的路太难走了，阿米蒂奇有好几次都需要别人的帮助才能继续前进。他们三人的上方，出现了一条狭长的痕迹，似乎是那可怕的怪物慢慢向上移动而留下来的。幸好他们还有机会赶上那怪物。

当三人快要绕过那条痕迹时，柯蒂斯·惠特利正拿着望远镜。他告诉别的村民，那三人正打算爬到一个稍低点的小山峰上，在那之上刚好可以看到那条狭长的痕迹，小山峰正好位于压弯的灌木丛的正前方。事实证明他的话没有错，那个亵渎神灵之物刚走没一会儿，三人就爬上了小山峰。

之后，卫斯理·科里拿着望远镜尖叫着说："阿米蒂奇正在调试赖斯拿着的那个喷瓶，一定有什么大事要发生。"人群开始骚动起来，一想到那喷瓶是为了对付那个隐形的怪物，好让它现形，有两三个村民就害怕得紧闭了双眼。这时，柯蒂斯·惠特利抢回了望远镜，瞪大双眼看着山上。他看见三人正在那个东西的后方，赖斯占据了很好的位置，这对赖斯来说是一个极好的机会，他能趁此机会把神奇粉末喷洒在那东西身上。

另一边，没有望远镜的村民只是看到了一团突然显现的灰色云团，云团有中等大楼那么大，正处于山顶附近。这时，拿着望远镜的柯蒂斯突然发出了一声刺耳的尖叫，慌乱地把望远镜丢到了脚踝深的泥地里，接着他一阵眩晕倒向地面。若不是有两三个人扶住他，恐怕他就会栽倒在地上。当时，村民们只能隐约听到他嘟囔着说："天啊，天啊，天啊……那……那……"

村民们闹哄哄的，互相交头接耳。只有亨利·惠勒想到要去捡被丢弃的望远镜，他正在清除上面的污泥。柯蒂斯支支吾吾的，说不出一句完整的话来，即使是些短句，对于他来说都太过困难，他嘟囔着："比一间畜棚还大……全是蠕动的绳子……外形看起来像是鸡蛋，体型巨大无比，有几十条胳膊，每一条都有桶那么大。那些胳膊移动的时候，是半卷曲着的……它全身都不是固态的，都是胶状的……它身上满是突起的大眼睛……那些胳膊的末端好像长着一二十张嘴，外形像是大象的鼻子，每个都和烟囱一样大。摆动的时候，那些嘴巴一张一合……灰色的、蓝色或者紫色的环……上帝，顶端还有半张脸……”

不论看到了什么，但是这些对于可怜的柯蒂斯来说，都太过沉重了。在还想说更多之前，他就完全昏死了过去。弗雷德·法尔和威尔·哈钦斯只能将他抬到路边，放到潮湿的草地上。亨利·惠勒颤抖着抓起刚从泥地里拿出来的望远镜，想看一下山上的情况。通过望远镜，他依稀看到那三个小小的身影正朝山顶奔跑，尽管山坡非常陡，他看到的也就只有这些了。之后，所有人都听到一阵不寻常的声响，而那正是从后面的深谷和哨兵山的灌木丛中传来的。那是无数夜鹰鸣叫的声音，在这可怕的和鸣声中，似乎还掺杂着一丝紧张和对邪恶的期盼。

现在拿望远镜的是厄尔·索亚，他说那三个人已经爬到了最高的顶峰上，和祭坛状的巨石正处于同一高度，不过隔着一段距离。他还说其中一个人正将双手举过头顶，按着一种奇怪的节奏在摆动。在索亚说话的时候，其他村民都听到了远方传来的一种模糊的声音，似音乐声一般，又像是一首高声吟唱出的圣歌。遥远山顶上的那个怪异身影一定非常诡异和震撼，然而没人有心情去欣赏那幅画面。“他一定在念咒。”惠勒一边抢回望远镜，一边低声说着。此刻，夜鹰的鸣叫变得更加疯狂，而且带着一种奇怪的节奏，和山顶上的仪式的节奏完全对不上。

突然，天色似乎变暗了，但当时并没有云团遮住太阳，所有人也都注意到了这个奇怪的景象。一阵轰隆隆的声音在群山之下蓄势待发，天空中传来清晰的轰鸣声，两个声音交织着、呼应着。此刻，电光划过天空。充满疑惑的村民们抬头望向天空，希望发现一点暴风雨来临的迹象，但是一无所获。念咒之人的身影渐渐变得清晰，惠勒看到那三个人正跟着咒语的节奏挥舞双臂。之后，村民们听到了从远处农庄传来的阵阵犬吠。

天色越来越暗，村民们好奇地盯着地平线那端。在渐渐变暗的蔚蓝天空中，有一片略带紫色的黑云，正阴沉沉地笼罩在隆隆作响的群山之上。电光再一次划过天空，把它照得比白天还亮，村民们觉得这道电光必定也照亮了待在祭坛状巨石旁的那个身影。但是，当时没人想到用望远镜来目睹那个震撼的景象。此刻夜鹰仍在慌乱地狂鸣，面对空气中那难以估量的未知恐怖，敦威治的村民个个绷紧神经，严阵以待。

没有丝毫的征兆，远处突然爆发出一阵低沉、嘶哑而刺耳的声音。听到的村民们都吓得不轻，他们一辈子也难以忘却那声音。那声音绝不是人类发出来的，因为它是如此的反常、扭曲。尽管它是从山顶祭坛状巨石处传来的，但对于村民们而言，更像是从地狱深处传来的。这声音甚至算不上真正的声音，因为它的音色可怕而低沉。它给村民们在意识上带来的冲击力，远比双耳遭受的要严重得多。然而，村民们也只能称其为声音，它虽然模糊不清，但无疑是由一些词语组成的。那声音，和群山下隆隆的巨响以及天空中的雷鸣声一样响亮。不同的是，这声音是那无形之物，也就是村民认为的异度空间之物发出的。一想到这儿，山脚下原本挤作一团的村民越挤越紧，表现得更加畏畏缩缩，认为接下来一场大浩劫无可避免了。

“耶戈尼拉……耶戈尼拉……斯弗斯起拉……犹格·索托斯……”可怕、低沉的声音响彻天空。那个低沉的声音突然变得断断续续，好像说话者正遭受着某种精神上的巨大折磨。亨利·惠勒拿着望远镜，瞪大双眼看着山顶，但他只看到了摆着奇怪姿势的三个人影。当咒语接近高潮的时候，三个人以一种奇怪的姿势疯狂地摆动着手臂。

“呃啊–呀–呀–啊–嗯啊……救我！快救我！……父–父–父–父亲！我的父亲！犹格·索托斯！……”

这些如雷鸣般响亮、低沉的声音，不断从巨石旁的空地里爆发出来。过了一会儿，这些声音就消失无踪了，可怕的一切终于结束了。待在山脚下的村民们，个个脸色苍白，还沉寂在刚刚听到的类似人类话语的声音中。但是，他们之后再也没有听到这样的词语了，只听到一阵巨大的爆炸声，仿佛要把山体给撕裂。这可把他们吓得够呛，这震耳欲聋、可能带来灾祸的轰隆声，仿佛来自地底深处，又或者天空，没有谁知道准确的位置。紧接着一道闪电划破了天空，直直地劈向那祭坛状的巨石。一股看不见的强大力量，如潮水般从山顶涌来，袭击了整个村庄，一股熏天的恶臭笼罩着村子。

沿路的树木、野草、灌木丛开始剧烈地摇晃。因为这熏天的恶臭，站在山脚的受惊过度的村民也快要窒息了，一个个几乎站不住脚，要栽倒在地，远处还不断传来狗叫。原来还是绿色的野草和枝叶瞬间枯死，褪成了奇怪的黄灰色。在田野间、森林里，遍布着夜鹰的尸体。

恶臭很快就消散了，而枯萎的植物却没有恢复正常。那一天，在那座可怕的山上以及周边的生物身上，一定发生了某些奇怪的、罪恶的事情。来自阿卡姆的三个人，迎着天边的几束阳光，缓缓地下了山。直到那时，可怜的柯蒂斯·惠特利才逐渐清醒了过来。三人面色凝重，沉默不语，似乎还沉浸在之前的可怕经历中，那远比之前使村民浑身颤抖的事情要可怕得多。面对村民们提出的一大堆问题，三个人也只是摇了摇头。

“那东西已经永远消失了，”阿米蒂奇说，“它被彻底分解了，回归了最初的混沌状态，永远不复存在了，它本就不属于这个世界。它身体上只有极少部分是我们所熟知的，它很像它的父亲。现在，它身体的大部分已经回到那个身处未知领域或异度空间的生父身边，那个地方存在于我们的物质宇宙之外，只有通过亵渎神明的、最邪恶的仪式，才能从那未知的无尽深渊中召唤出它的生父，让它的生父短暂地出现在山顶之上。”

听到这里，村民们陷入了一阵短暂的死寂。趁着这个空隙，柯蒂斯·惠特利重新梳理了一下他那混乱的意识，希望可以把它们串联起来，所以他嘟囔着把手放到了头上。之后，从之前记忆断点的地方——他昏倒的时候，他开始回想起来了一些事情，那个恐怖场景再次涌入他的脑海。

柯蒂斯·惠特利惊呼着：“噢！噢！我的天啊，那个半张脸，它顶端的那半张脸……有红色的眼睛和卷曲的白毛，和惠特利一家人一样没有下巴……它的外形看起来像是章鱼、蜈蚣或者蜘蛛一类的东西，但是有一张类似人脸的东西长在顶部。它的外形有点像威尔伯·惠特利，不过体型上要大得多……”

他说得没了力气，只好停下来。听到这里，村民们没有像之前一样陷入恐慌，而是一脸迷茫地盯着他。只有老泽伦·惠特利猛然想起了一些旧事，那些之前他一直没说的事。于是，他突然大喊起来：“15年前，我曾听老惠特利说过，总有一天，我们会听见拉维尼亚的一个孩子，站在哨兵山的山顶上，高声喊出他父亲的名字……”

之后，乔·奥斯本打断了他的话，接着向阿米蒂奇一行人问道：“那东西究竟长什么样？年轻的惠特利是如何将它从天空中召唤出来的？”

阿米蒂奇在纠结该如何回答，他清了清嗓子：“它……嗯，其实是一种来自异度空间的神秘力量。它的行为、成长以及外型，遵循的并不是地球上自然界的规则。没人会去召唤这种恐怖的东西，只有最邪恶的人和邪教徒才会这样做。威尔伯·惠特利身上有这种力量，那力量足以把他变成一个邪恶而又早熟的怪物，给他一副恐怖的外形。我要去把他那本该死的日记烧掉，如果你们够聪明的话，最好去把那祭坛状的巨石炸掉，连带着附近的巨石圆环一起。惠特利一家都痴迷于这些危险的事物，他们故意将它们召唤出来。出于某些未知的目的，它们想要消灭人类，想把地球拖到某个未知的空间去。

“至于我们刚才驱赶的那东西，惠特利一家之所以饲养它，因为它是实施这所有恶行中必不可少的一环。由于某种奇怪的原因，它和威尔伯一样长得又快又大，但是还要远远超过他，因为它体内的力量比威尔伯要大得多。你们不必问威尔伯是如何从天空中把它召唤出来的，因为他根本没有召唤它，它是他的兄弟，只不过比威尔伯更像他们的父亲。”

黑暗中的低语者

1

我只好说服自己，我最后并没有看见任何恐怖的东西，所有恐惧都来自于我的臆测——这是压垮我、迫使我出逃埃克利的偏僻小屋的最后一根稻草。我在佛蒙特的夜色中开着一辆强抢来的车，疾驰于那片穹顶般的山野——以此来忘记最后这段经历中所看见的最平白的事实。尽管从前在很大程度上，我总是和亨利·埃克利分享我的信息和推测，但我的所见所闻着实留下了无法抹杀的鲜明记忆，致使我至今无法冷静判断自己的一些可怕推理究竟是对是错。毕竟埃克利就这么平白无故地消失了。在埃克利的小屋中，除了留在墙体里里外外的弹孔，所有物品都完好如初，仿佛他只是出门散步，却再也没回来。没有任何表明这里曾有访客到来的迹象，书房中也没有任何摆放过那些骇人的圆缸和机器的线索。尽管他生长于此，却打心眼儿里害怕这重山和无尽的流水。但这也不意味着什么，因为同样受此病态的恐惧折磨的大有人在。不过他的这一怪异之处，也可以解释他最后古怪的行为和忧虑了。

据我所知，这一切始于1927年11月3日，佛蒙特州发生了一场史无前例的大洪水。那时，我只是马萨诸塞州阿卡姆市密斯卡托尼克大学的一名文学老师，更是一名兴趣盎然的新英格兰民间传说爱好者。而洪水发生不久后，在五花八门的洪水报道中，除了人们的困境遭遇和救援行动组织外，也出现了某一奇怪的传闻，说是决堤的河流中漂浮着奇怪的物体；我的许多朋友都充满好奇，饶有兴致地讨论此事，引得我也想去探索其中的奥秘。我很庆幸自己曾认真研究过民间传说，这种一看便知是由古老迷信节外生枝的粗糙流言，在我的研究面前相形见绌。令我感到好笑的是，竟有那么多受过良好教育的人却坚定地相信，部分扭曲晦涩的真相也许就隐匿于这些流言之中。

如此一来，引起我注意的故事多来自于剪报；不过也有一则是我的朋友口头转述的——那是一则他住在佛蒙特州西恩市的母亲来信时写到的怪谈。所有故事中所说的“那样东西”虽然涉及三个独立的事物，但都属于同一类东西——一样与蒙彼利埃附近的威努斯基河有关，另一样与纽芬城外的温德姆县的西河有关，第三样则与维尔市喀里多尼亚县的帕苏帕西克河[1]有关。关于漂流物的传闻，传言中的说法不尽相同，但经过简单分析，它们似乎都来源于这三者。在每一例传闻中，都说是村民们提到，他们在人迹罕至的山区汹涌而来的水滔中，看到了一个或多个令人匪夷所思又惶惑不安的物体，在此情景下，一些老人开始重提一个几乎被遗忘的古老传说，于是人们普遍倾向于将所见与这个传说联系起来。

许多人坚称，那是一具前所未见的奇怪尸体。虽然考虑了在大洪水中，自然会出现很多人被湍流冲走的情况，但根据人们的描述，这具尸体尽管在外观上或许与人有几分相似，但肯定不属于人类。目击者声称，它也绝对不可能是佛蒙特州任何一种已知动物的尸体。这一粉红色的尸体长约五英尺，带有坚硬的外壳，生着较宽的背鳍，又或许是膜状翅膀一类的结构，另有若干相互铰链的肢节，连接着一个覆盖了一层密集短须的复杂椭球体，可能是一颗头颅。值得注意的是，来自不同目击者的所有描述都近乎一致，不过在这一带曾经流传的古老神话里，有一段画面描写得细致入微到几近可怕的程度，可为所有目击者的证词提供参考，于是这种一致也就不那么惊人了。我只能认为这种“亲眼目睹”——所有这些未开化的天真淳朴的村民——他们只是在湍流中，瞥见了人类或是牲口残缺浮肿的部分尸体，就凭借模糊的记忆，创造出了

[1] 纽芬和维尔都是佛蒙特州的城市。帕苏帕西克河是康涅狄格河的支流，位于佛蒙特州。

带有魔幻色彩的不祥之物。

一些现代人快要忘干净的民间古老传说，不仅含糊隐晦，且都格外离奇，并在印第安早期的传说中也有明确提及。我从没有去过佛蒙特州，但伊莱·达文波特为数极少记录了1983年前人们的口述故事的著作，我都了如指掌。不仅如此，这些材料还与我从前在新罕布尔什山区听当地年长者讲过的一则故事极为相似。简而言之，他们都在暗示某种不为人知的可怕物种正潜伏在荒山之中——在峰巅的深山老林，伸手不见五指的暗谷，不知源头的溪流中。这些生物难觅踪迹，但曾有几个走到狼群都不曾到过的深山或峭壁处的探索者，亲眼目睹过它们存在的痕迹。

溪边泥泞的土地里留着一些诡异的爪印，排列成奇怪环形的石头周围草木枯萎，看起来并非自然所为。山坡上有一些深不见底的山洞，入口无一例外被岩石封死，大量奇怪的爪印出入于此——如果这些爪印的朝向确实和人们所想一致的话。最糟糕的是，其中有一些东西，探险者们称在暮光中、在最偏僻的山谷或茂密到常人难以通行的树林中都极为少见。

如果不是关于隐匿生物的传言都如此一致，也许它们就不会那样令人不安。事实上，几乎所有的流言中都有这几点相似之处；目击者断言，它们看起来像巨大的亮红色螃蟹，长了许多对足，背的中部生出一对蝙蝠般的翅膀。有时它们全脚着地行走，有时又只靠后肢直立，用其他脚来搬运不规则形状的巨大货物。有一次有人见到它们大批聚集在一起，一小队生物分三列并排，队列整齐地沿着树林中浅浅的河道行进。曾有人见过它飞翔——在夜色中从突兀荒芜的山顶凌空而起，拍打着翅膀的身影临月而过，随即消失在天幕之中。

总之，这些生物似乎因远离人类而十分满足，虽然有时人们因探险者失踪而给它们定罪——尤其是那些在太靠近某个峡谷的地方，或是在某座山的过高处安家的人。许多地点被划为非宜居之地，不过当初做这些划定的原因早已无从考据。即使已经记不清周围的群山峭壁曾吞噬过多少居住者，将多少房屋燃作灰烬，带走了多少在半山坡上执守的年轻哨兵，人们依然对它心怀敬畏。

但根据最古老的传说，这些生物只会伤害擅闯它们领地的人；后来又有补充说，它们也会伤害那些过分好奇，想把它们的秘密公之于众的人。另有传言说，清晨时在屋边看见奇怪爪印的人，随后就会在那些生物经常出没的地点失踪。此外，还有传说提到它们模仿人语沉吟，恐吓密林中或是车道上赶路的旅行者和极靠近原始森林的那些人家；孩童们也常受到它们的惊吓。而之后——仅仅是迷信相较从前有所弱化，传说和禁忌之地也不再有紧密联系——一些隐士和农民却和这些令人震惊的传闻扯上了关系，他们人生中的某一阶段，会经历令人厌恶的精神转变，当地人就开始刻意回避他们，并在背后偷偷说他们是向恶魔出卖灵魂的人。东北部的一个县中，有1800人被认为是怪人或不受欢迎的隐士，是这些令人痛恨的生物的盟友或代表。

关于它们究竟是什么样的存在，说法自然千奇百怪。人们通常以“它们”或“上古之物”称呼，不过有时某些地区也会暂时地出现其他叫法。也许有很多定居在此的清教徒，二话不说就直接把它们当作怪物，臆测出令人生畏的神学形象。那些相信凯尔特神话的部落（主要是新罕布尔什州的苏格兰-爱尔兰裔，以及那些接受温特斯沃市政府移民补助而定居在佛蒙特州的家属），将他们大略地和邪恶精灵以及沼泽山寨里的“小人”联系在一起，并希望代代相传的残存古老咒语能够保护自己。流传在印第安人之中的故事则是最为奇幻的。虽然各部落之间的故事版本略有不同，但其主要部分都有明显的共同之处——他们都相信这些生物是天外来客。

纳库克神话的统一度最高，刻画也最生动：这些有翅膀的生物是大熊星座的来客，在山中开采一种地球特有的矿石。神话中说，它们并不居住于此，仅仅是在此放哨，并带着那些巨大的石头飞回天穹北方的故乡。它们只会伤害那些靠得太近或想要暗中观察它们的地球人。出于仇恨的本能，动物都对它们避而远之。它们无法将地球上的任何东西作为食物，因此会自带补给。总之，离它们太近并不是什么好主意，而那些闯入它们所在山林的猎人，也总是有去无回。同样，夜晚在丛林中偷听它们如蜜蜂般模仿人类的低语，也是一件危险的事。它们懂得人类所有的语言——无论是纳库克语、休伦语[1]，还是五族联盟[2]的语言——但它们似乎没有自己的语言。它们通过改变脑袋的颜色进行交流，用不同的颜色来代表不同的事物。

当然，不管是在白人族裔还是印第安部落中，所有流传的神话都在19世纪日渐没落，只是在祭祖的场合才会被再次提起。佛蒙特州的人总是走这样一条老路：一旦他们制定好定居计划，并习惯在此生活后，就渐渐忘记曾做出这一计划是出于恐惧而逃避，甚至将恐惧和逃避本身也忘得一干二净。大多数人只知道居住在山中的某些特定区域百害而无一利，居住者会遭受厄运，越是对那些偏僻地方避而远之，就越能过上富足的生活。在这个古老传统和经济利益断层的时代，人们也没有理由放弃安详的生活，于是那些不祥的山区自然被人们荒废弃置了。除了地域性恐慌爆发的极少时刻，平日里只有那些喜欢大惊小怪的老奶奶和十分年迈的长者才会小声提起居住在山中的往事；即便是这些年长者，习惯了与山隔离的人类住所中安适的生活，也逐渐忘却了这些生物有多么可怕。

所有这些故事都是我曾经读到过，或是在新罕布尔什州采风得来的；因此，当关于大洪水时期的传言开始散播时，我就轻易地猜到了这些传言的背景。我为了把这些故事告诉我的朋友们而煞费苦心，却只能得到他们说笑似的回应；其中不少好争执的人，依旧坚信传闻中藏着真相。他们总说，这些古老传说的渊源太过久远，且说辞不一，想凭此就对佛蒙特州几乎从未有人涉足的山中住着什么生物武断地下定论，是很不明智的；光凭我根本无法使他们心服口服，即便我一再指出，这些神话都在套用模板，并且都是早年时人们结合自己的经历，加上大同小异的臆测编造而成的。

和这些人强调佛蒙特州流传的这些看似不同的神话实则相差无几，

[1] 休伦语：住在圣罗伦斯河沿岸、聚成村落的北美印第安人使用的语言。

[2] 五族联盟：由居住在现为纽约州附近的北美印第安民族组成的同盟，包括卡尤加人、莫霍克人、奥内达、奥农达加和塞内卡人部落。

根本是徒劳的。那些广为流传的将自然人格化的传说中，充斥了关于古旧世界中法翁、得律阿德斯、萨梯的故事，带着现代希腊卡梅坎扎莱[1]的影子，并杜撰出了在威尔士和爱尔兰掘地穴居而不见天日的小规模古怪族群。同样，我指出，这与那不勒斯山脉部落中流传的潜伏在喜马拉雅山巅冰雪与顽石中的“惊悚的雪人”的迷信惊人地相似，但对他们也不起作用。当我提到这些时，反对者们倒用我的故事来反驳我，说越是如此，就越能证明这些古老的传说应有对应的史实，这些古老的奇怪生灵在地球上都真实存在，只不过在人类诞生并统治这颗星球之后被迫隐匿，并且很有可能还有极少数存活至今。

我对他们的谬论越是加以嘲讽，我那些固执的朋友就越严肃地为这些生物的存在辩护；他们还补充说，即使没有流传下来的神话作为背景，时下这些报道描述也足够细致清晰，并且高度一致，甚至合乎情理得有些平淡无奇，所以不容小觑；其中几个狂热的极端分子，极力想推断出古老印第安神话中，来自外太空的隐秘种族背后的真相；他们还利用查尔斯·福特[2]的著作，证明他们“来自异世界或是外太空的旅行者会经常造访地球”的论断没有错。然而，大部分反对者都只能算是浪漫主义者，他们执着地把神话中蛰居的“小人”套进现实，而那分明只是亚瑟·梅琴[3]夸夸其谈的恐怖小说中的炒作。

2

最终，这场激烈的争论自然而然为阿卡姆的广告商们所用，出现在各类印刷物中；这其中又有一部分，被刊登在洪水传说发源地的快报上。《拉特兰先锋报》用半个版面刊登了意见双方信件的精华，《博瑞特波罗改革者报》则直接翻印了我关于历史神话概览的整幅长篇大论，并在“流浪笔者”的反思专栏上对我的怀疑论调表示赞许。尽管我从来

[1] 法翁是古罗马传说中半人半羊的农牧神，得律阿德斯是希腊神话中的树神，萨梯是希腊神话中的森林之神，卡梅坎扎莱是希腊神话中守卫地球树木的小精灵。

[2] 查尔斯·福特（1874—1932年），异常现象研究者和作家。

[3] 亚瑟·梅琴（1863—1947年），威尔士作家。

没有去过佛蒙特州，但在1928年春天，我几乎要成为那里家喻户晓的人物。随后亨利·埃克利就写信质疑我，给我留下了深刻的印象；他的信向我展现了一个空前奇幻的国度，着眼之处青崖连绵，林中溪流潺潺。

我所了解到的大部分关于亨利·温特沃斯·埃克利的消息，都是我在他那遗世独立的小屋中留宿的短短时光里，与他的邻居以及他在加州的独生子的通信中了解到的。我发觉他是他的家乡最后一位知名的法学家、行政官以及受过良好教育的农学家的代表。然而，比起实际案例操作，他的家族向来更倾向于纯学术领域的研究。在此家庭背景下，就读于佛蒙特大学的他也是一个精通数学、天文学、生物学、人类学以及民俗学的优秀学生。我从前对他一无所知，在与他的对话中，他也很少透露关于自己的个人信息；但我与他初次见面时就能感受到，他是一个性格鲜明、受过不俗教育且充满智慧的人，同时也是一个远离世俗的隐士。

尽管他总是主张超自然的理论，但我总情不自禁地重视他的言论；相比之下，我对其他反驳者就要冷淡许多。至少他曾经亲临现场——切切实实目睹了他荒诞言论中的一切；而且他也愿意保留意见，承认他的观点都是假设——这才像是一个真正的科学研究者应该做的。他并不急于求成，总是扎扎实实地寻找他认为真实可靠的证据。一开始我常指出他的错误，但这些聪明的错误也值得赞扬。刚开始的时候，我像他的朋友们那样，把他的胡思乱想和对寂寞青山的恐惧都归因于他的疯狂。但我意识到他是一个值得重视的人，而且他所说的一切大都来自一些值得深究的诡异实情，虽然与他给出的荒唐理由可能关系不大。之后我收到一些他寄来的实物证据，为之后的故事奠定了一个全然不同、扑朔迷离的基础。

我只好尽可能转抄埃克利的长信全文。在这封长信中，埃克利做了自我介绍，并写了一些对我的认知造成巨大冲击的内容。信已经弄丢了，但其中传递凶兆的一字一句，几乎尽数铭刻在我的脑海中；我有十足把握，保证写这封信的人神志清晰。以下就是信的全文——这封信以一种潦草却古板的字体写就，写信人显然过着与世隔绝的平淡学者生活，与外界并无过多联系。

乡村免费邮递2号
佛蒙特州温德姆郡汤德森镇
1928年5月5日
马萨诸塞州阿卡姆市
索顿斯托尔街118号
阿尔伯特·N.威尔马斯先生亲启

敬爱的先生：

我已兴味盎然地读完了《伯瑞特波罗改革者报》（4月23日第28期）中重新刊登的您关于大洪水中奇怪漂流物的信，报社显然也很支持您的看法。局外人支持您的原因，或是“流浪笔者”同意您的观点，他们的理由都显而易见。无论是否是佛蒙特州的当地人，大概每个受过教育的人都会像您这么想，甚至连年轻时未做过深入研究的我也不例外（我现在已经57岁了）。不过后来，我进行了一些简单的研究，并仔细研读了达文波特的书，所得所获都吸引着我进一步探索这一带人迹罕至的山区。

我从前从一些未受过教育的年长村民那儿听来了一些诡异的古老传说，引导我走上了关于诡秘事件的研究道路——但现在我真诚地希望，我从来没有涉足这一禁地。我敢说，我对人类学和民间传说的内容毫不陌生。在大学时期，我学了很多相关的内容，对泰勒、卢布克、弗雷泽、卡特勒法热、穆雷、奥斯本、基思、艾略特·史密斯等大部分权威人士的言论都很熟悉。我对这些随人类历史流传下来的隐匿种族故事早已耳熟能详。读过《拉特兰先锋报》上刊登的您和您的反对者们写的信后，我想我大概能明白你们的争论点了。

然而我想说的是，您的反对者们恐怕比您离真相更接近，即使您的观点听起来更加合情合理。他们甚至连自己也没有意识到这一点——他们所说的一切也只是从理论角度出发，却不像我一样有着切身的体会。如果我和他们一样知之甚少，就不会像他们那样笃信，而是坚定地支持您的观点。

在谈论重点之前，我绕了很大的弯，也许是因为我害怕谈论这件事；但我还是要说，我有确凿的证据，证明高山上无人涉足的森林里，居住着一群怪物。虽然没有亲眼见到河里漂流的尸体，但我曾经确实见到过这些令我怯于回想的可怕生灵。我在山中见过它们骇人的脚印，随后这些脚印就出现在我的房子附近（我住在汤森德镇南部埃克利家族旧时的居住地，在黑山的半山腰）。我还曾在树林中偷听过它们难以用语言描述的低语。

林中有一处地方，时常能听到它们的声音，因此我带着有录音功能的留声机和空白碟片前往那里，之后也希望请您能听一听这段录音。我把录到的声音放给当地的一些老人听，听到其中某种声音时（就像达文波特书中提到的树林中的嗡嗡声），他们被吓得四肢瘫软，说从前祖母们讲起过这种声音，并给他们模仿过。我知道别人都是如何谈论一个总拿"听见奇怪声音"说事的人的——但在您做定论前，请务必听一听这盘录音，并听一听年长的原始居民对它的看法。如果您能给出合理的解释，那再好不过；但这其中一定另有隐情，毕竟您要知道，无风不起浪。

我给您写信不是为了争辩，而是想提供一些您可能会感兴趣的信息。这只是我们的私下交流而已，在公众面前，我仍然会站在您这一方，因为有些事不便公之于众。在这一方面，我的个人研究目前完全没有公开，我也不希望勾起人们的好奇，去探访我走过的路。千真万确的是，有一些非人的生物每时每刻都在监视我们；它们中一些成员潜伏在人类之中收集情报。曾经有一个可怜的男人，如果他不是个疯子（至少我认为他不是），就是这些潜伏者中的一员。我曾从他那里得到过大量的线索，不过之后他就自杀了，但我认为还有其他的潜伏者存在。

它们来自其他的星球，可以在星际空间中生活；它们笨拙但有力的翅膀可以在以太中飞行，在地球上却几乎成了摆设。如果您没有立即把我视作一个疯子而抛之脑后，我之后会和您详细说明这一点。它们来到地球上，挖采深山中一种独特的矿石。我想我可能知道它们来自哪个星球。只要不干扰它们，它们是不会伤害我们的；但如果我们对它们表现出了过分的好奇心，结果可能会很糟糕。当然，我们只需要一支军队，就可以把它们采矿的殖民地夷为平地，因此它们才会害怕人类靠近。但如果我们真的这么做了，只会有越来越多的奇怪生物到来。它们可以轻而易举地占领地球，但并没有这么做，因为这是多此一举。为了避免不必要的麻烦，它们更乐意让一切保持现状。

我猜它们很想除掉我，因为我知道得太多了。我在东边朗德山的树林里发现一块黑色的石头，上面刻着未知的象形文字，其中有一半已经模糊不清；我把这块石头带回了家，此后我的生活开始变得诡异。如果它们认为我知道了太多，就一定会杀掉我，或带着我离开地球，到它们的星球去。它们有时也会带走有学问的人，请教人类世界的事。

我给您写信的第二个原因，是希望您能在这场争论引起更多关注之前，尽快做个了结。人们应该与这些山保持距离；为了维持现状，不应该继续激发他们的好奇心。现在越来越多的促销员和房地产商涌入佛蒙特州，在荒山野岭建起廉价的平房，夏日观光者也频频拜访此地，天知道他们是否触碰到了危险的边缘。

我很乐意与您进一步交流，如果您有兴趣，我会尽量把那份录音还有黑色的石头寄给您（它磨损得太厉害，无法用照片拍出原貌）。我只能说"尽量"，因为我觉得那些生物会想方设法干涉。我认为农场附近村庄里一个叫布朗的男人很可能就是它们的间谍——他总是郁郁寡欢、偷偷摸摸的。这些外来生物总是想方设法将我与人类的世界隔绝，毕竟我知道得太多了。

他们自有奇特的方法来探明我正在做什么，也许您永远都收不到这封信。如果情况继续糟糕下去，我也许就要离开这里，去圣地亚哥和我的儿子住到一起——但我实在无法轻易离开这片生养我们家族六代人的土地。而且现在，这座房子已经被那些生物盯上了，我也不敢把它再卖给任何人。它们似乎想夺回那块石头，并销毁录音，但我也不会让它们轻易得逞。我忠实的警犬总能防止它们靠近，因为目前它们的数目并不庞大，加之在地球也行动不便。我之前提到过，它们的翅膀在地球上近乎摆设。我离破解石头上的密文仅一步之遥——但却遭受了可怕的经历——如有您的帮助，我应该能够弥补字里行间缺失的信息。您大概了解所有地球人诞生前的可怕传说，包括《死灵之书》里记载的关于犹格·索托斯和克苏鲁的事。我有幸得到了《死灵之书》的副本，并且听说您所在大学的图书馆密封馆藏室里也有一本。

最后，威尔马斯先生，我想我们各自的研究会对彼此都有所帮助。我不想让您身陷险境，并想提醒您，持有那份录音和那块石头着实是一件危险的事；但我认为，您也会赞成，冒这样大的风险是值得的。只要您同意，我就会带着它们来到您跟前，这会比邮局寄送更加保险。由于不能雇佣帮手，我现在独自蛰居。其他人无法忍受住在这里，因为那些生物总在夜晚尝试接近我的房子，引得狗连夜狂吠不止。我很庆幸当我的妻子还在世时，我尚没有在这其中陷得太深，不然她一定会被逼疯的。

希望我的来信没有不合时宜地打扰您，也希望您能同我保持联络，而不是把这封信当作一张写满胡言乱语的废纸丢弃。

您真诚的来信者

亨利·W·埃克利

附：我正在洗一些曾经拍下的照片，它们有助于证实我的一些观点。老人们相信它们是真实存在的恶灵。如果您有兴趣的话，我会尽快把这些照片寄给您。

第一次读完这封信时，我的心情难以言表。我本该比从前更加不留情面地嘲讽这通篇妄言——它比此前其他反对者的理论都更偏激；但这封信的表述语气，反而让我更重视它。我从不相信这位来信者所说的什么来自异星球的隐匿种族；但是除了严重怀疑之外，我却又莫名生出几分信任，相信他的理智和真诚，相信他正面对着一些除看似充满臆想的表达外无法描述的异常现象。也许事实并不如他所想，但若不是如此，这件事也就不再有调查的价值。这个男人似乎过度警惕着什么东西，但很难判定这一切都是他毫无根据的说辞。他的描述是如此细致且条理清晰——可终究这些说辞也只是古老传说的翻版——虽然是来自最令人难以置信的印第安传说。

就算他真的听见山林中令人不安的低语，也真的找到了他所说的那块黑色石头，剩下的言论也很有可能是他一厢情愿的疯狂推断——也许就是那个自称是来自外星的潜伏者、随后又自杀了的人告诉了他这些。不难判断，那个人一定是彻底疯了，但他的言论大概是有极强的逻辑，能够让本就已在研究中得出了这一套理论的天真的埃克利相信他的故事。但至于最后那一部分——关于他无法雇人来帮忙这一点，埃克利朴实的邻居们表示，他的房子确实会在夜里被什么东西包围，而他的狗也确实会在夜里狂吠。

至于那盘录音，我根本不相信他对音源的描述是属实的。我猜这声音真实存在，但若不是什么声音像人语的动物发出来的，就是一些常在夜里躲在暗处的退化的像动物一样的人发出的。接下来我又想到那块刻了铭文的大石头，开始推测它究竟意味着什么。还有那些将会寄出的照片，以及让老人们闻风丧胆的东西，究竟会是什么呢？

当我重读他用难辨的字迹写的信时，我突然前所未有地意识到，我的反对者们也许在提出观点时比我更加有理有据。毕竟山中也许虽然没有传说里提到的外星怪物，但可能真的有世代生存的畸形放逐者。若果真如此，那么洪水中漂来诡异尸体的传闻好像也变得有几分可信。但认为古老传说和近日的报道背后都有据可循，是否又有些过火了呢？虽然怀揣这些疑惑，但我仍为亨利·埃克利的一纸狂言感到羞耻。

最后我还是给埃克利回了信，尽可能友好地表达了我的兴趣，并希望了解更多细节。他很快就回复了信件，并附上了他答应寄来的照片和物件，以证明他所说的一切。当我从信封中拿出这些相片时，仅是一瞥就生出怪异的恐惧，仿佛身临禁忌之地；虽然这些照片拍摄粗糙，但其中暗含着震撼人心的力量。它们货真价实而锋芒逼人——这是真实的光路所留下的影像，不带半点粉饰、半点谬误、半点虚伪。

我越是仔细看这些照片，就越觉得我读过埃克利的故事后，产生的诡异感受并非无稽之谈。这些照片很显然是佛蒙特州山区存在奇怪生物的决定性证据，却又和我们的常识相差甚远。最令人害怕的是一张脚印的照片——它是在一处阳光照耀的荒芜高地上拍摄的。我一眼便能看出，这绝不是什么廉价的赝品，照片中轮廓分明的鹅卵石和脉络清晰的草叶表明，这绝不可能是具有欺骗性的双重曝光的产物。虽然我称它们为“脚印”，但也许说是“爪印”要更为贴切。即使现在，我也难以描述它们，且不说这些印记形状像是面目可憎的螃蟹，甚至连前进的方向也难以确定。这个脚印并不是很深，也不是拍摄前不久刚留下的，看起来和一个普通的人类脚印差不多大小。从中间的爪印来看，成对的螯排列于反方向——如果这种生物只有一种运动器官，那它的运动方式真的很奇怪。

另一张照片是在浓重的阴影中定时曝光拍摄的，画面里是一处林中山洞的入口，所有的缝隙都已经用规则的圆形石块堵上了。山洞前寸草不生的土地上，可以清晰地看到纵横交错的奇诡痕迹。当我用放大镜仔细研究这张照片时，十分肯定这些痕迹就是另一张照片里捕捉到的脚印。对此我感到难以置信。第三张照片中展现的，是山顶上排成环形的石头。在这个神秘的石圈周围，草木萎蔫，而我找不到任何踩踏的痕迹。照片的远景显然是荒无人烟的群山，绵延至模糊不清的地平线处。

这些画面中，除了令人不安的脚印，最令人好奇的该属那块朗德山的密林中找到的黑色石头。埃克利把石头放在自己的书桌上，拍下了这张照片，背景里还有成堆的书籍和弥尔顿的半身像。据猜测，这块石头正对相机的一面，是一个不怎么规整的弯曲表面，石头本身约一两尺高；但若要对此物的表面和大体形状加以描述的话，却怎么也找不到精准合适的语言。是根据怎样古怪的几何学原则，才能完成这种切割呢——这一定是人工切割而成的——不必猜也能知道这一点。但在此之前，我从未见过如此怪诞、与这个世界格格不入的东西。我很难分辨出石头表面的象形文字，但其中一两个可以辨识的符号，也实实在在地吓了我一跳。当然，它们也有可能是伪造的。毕竟除了我之外，也有别人读过阿卜杜勒那本可怕的、令人厌恶的《死灵之书》。但这些象形文字仍然让我感到毛骨悚然，我的研究让我将此与一些最让人不寒而栗的渎神传闻联系在一起：这些传闻在地球和太阳系内其他一些星球诞生前，就已存在，阿卜杜勒的《死灵之书》中都有记载。

剩下的五张照片中，有三张拍摄的是沼泽和山地，其间有怪人隐秘的居住痕迹。另一张则是埃克利房子周围拍摄到的奇怪痕迹，据说是在某个狗吠得比平时更加暴戾的夜晚之后的清晨拍摄的。这张照片十分模糊，几乎不能从中看出任何线索；但它看起来又和那张在高地上拍摄的脚印照片惊人的相似。最后一张照片中，拍摄的是埃克利的住所：这是一间中规中矩的白色小屋，一共两层楼高，外加一个阁楼，搭建至今约有125年，屋前有一片精心打理的草坪，和一条引向精雕细琢的格鲁吉亚风格大门的鹅卵石小路。草地上有若干只健硕的警犬，蹲在一个留着灰色短胡茬的男人身边，我猜这就是埃克利本人了——他的右手中拿着细管连接的快门，亲自拍摄了这张照片。

随后我开始阅读密密麻麻写满文字的长信，接下来的三个小时中，我陷入了难以言喻的沉重恐惧之中。之前埃克利轻描淡写提到的东西，这一次他都进行了细致入微的刻画；他详细转述了夜间树林中的话语，记叙了黄昏时分山林里发现的浅粉色可怖生物，将深奥的学问结合很久之前与那个自称间谍又自杀了的人的对话，讲述了一个可怕的宇宙故事。我读到了很多之前在别处见过的人名和名词，它们之间有着令人毛骨悚然的联系——尤格斯[1]，伟大的克苏鲁，撒托古亚[2]，犹格·索托斯，拉莱耶，奈亚拉托提普，阿撒托斯[3]，哈斯塔[4]，伊安[5]，冷原[6]，哈利湖[7]，贝斯穆拉[8]，黄印[9]，利莫里亚-卡斯洛斯[10]，布朗以及不可言说的伟大存在[11]——我被拽入无名的时空和不可思议的

[1] 尤格斯，冥王星的异称。

[2] 撒托古亚，克苏鲁神话的旧日支配者，恩凯之沉睡者，蟾之神，长有黑色软毛，有蟾蜍般的巨腹。

[3] 阿撒托斯，克苏鲁神话中的旧日支配者和外神们的领袖，是一个邪恶的存在，别名“盲目之神”“痴愚之神”或“魔神之首”，有时也被称为“万物之主”。

[4] 哈斯塔（Hastur），克苏鲁神话中的一个恐怖存在，属于旧日支配者，是“风”元素阵营中的存在之一。

[5] 伊安，罗伯特·钱伯斯短篇小说《月球创造者》中虚构的城市。

[6] 冷原，一个寒冷干燥的高原，不同的故事里它的具体位置也不同。

[7] 哈利湖，地球外一地点。

[8] 贝斯穆拉，爱尔兰作家洛德·邓萨尼的短篇小说中的虚构城市。

[9] 黄色印记（Yellow Sign），简称黄印，克苏鲁神话中记载的故事之一。

[10] 利莫里亚-卡斯洛斯，克苏鲁神话体系中永生的魔鬼。

[11] 不可言说的伟大存在，克苏鲁神话体系中阿撒托斯的子嗣。

维度，进入更古老的外来者的世界——那是一个连《死灵之书》的作者也仅仅是含糊描述过的世界。信中还提到这些原始生物生存的深渊，以及从那儿发源的溪流，其中有一条微不足道的支流，与我们地球的命运紧紧缠绕在一起。

我的大脑陷入一片混乱之中：从前我一直尝试把一切都解释得通顺，但现在我不得不相信这些出奇反常的事了。如此大量且至关重要的证据让我感到窒息，而埃克利冷静的科学态度——一种与癫狂、歇斯底里或仅仅是过度推理都毫无关系的态度——对我的思考和判读都产生了极大影响。当我放下这封令人错愕的信时，我渐渐能理解他心怀的恐惧，也确信他已一丝不苟地做好了让世人远离这山岭的决心。当下，我的错愕已被时间冲淡，亲身经历过的困惑感和恐惧感也已变得模糊，但埃克利的信中仍有我只字不敢提起的内容。我很庆幸所有的信件、录音和相片都已经消失得无影无踪——并且我也希望在海王星之外，人类再也不会发现新的星球——这一点我很快就会向大家说明。

读完他的信，我终结了关于佛蒙特州恐怖事件的公开辩论。我的反对者们再也没有得到回应，于是这场争辩也逐渐淡出了公众视野。5月下旬和6月，我和埃克利持续通信；有时候信件会丢失，所以我们不得不仔细回想丢失信件的内容，大费周章地重新写一遍。总之，我们想就关于晦涩神话的研究交换意见，进一步探索佛蒙特州恐怖事件中与古老神话有关的真相。

其中有一点，我们都同意，这些恶魔般的生物和凶恶的喜马拉雅山雪人一样，是被人形化的梦魇。还有一些动物学角度的猜想，我本可以请教本校的德克斯特教授，但考虑到埃克利警告过我，不要让任何人受到牵连，于是我并没有这么做。如果我当时没有听从埃克利的警告，那也只是因为我那时认为，让公众了解佛蒙特州远在天外的群山——以及探险者们愈发渴望征服的喜马拉雅山顶——比保持沉默更有利。我们曾想破译那块无名黑色石头上的象形文字，那一定会带给我们更深层的秘密和更难以置信的认知。

3

6月末，我收到了那盘录音——埃克利不愿相信北方邮件的运输条件，于是从伯瑞特波罗把它寄来。他越来越觉得自己受到了监视，信件频频丢失更让他深信这一点；他更加频繁地谈论这些隐匿物种，称它们派出同类潜伏在人类之中。最重要的是，他怀疑独自住在深林附近荒芜山坡上的农民沃尔特·布朗就是潜伏者之一，因为他经常在伯瑞特波罗、贝罗斯福尔斯[1]、纽芬以及伦敦德里郡[2]南部徘徊，这种行为动机不明且令人费解。听过布朗的声音后，埃克利确信这声音曾出现在林中的骇人谈话中；他也曾在布朗的房子旁找到一个爪印，这一点很可能意义不凡。这些脚印和布朗的脚印夹杂在一起——看起来就像两者曾面对面站在一起。

因此埃克利开着他的福特，一路到了伯瑞特波罗，从那里寄出了这盘录音。在附寄的纸条上，他承认这一路充满了恐惧，即使走在光天化日下的大路上，他也不敢去汤森德领取补给。他反复强调，除非离寂静的诡异山岭很远，否则知道的太多都是极其危险且不值得的。他很快就会搬去加州，和儿子住在一起，即使离开这片承载了世代记忆的土地将会是一次十分痛苦的告别。

在用大学行政楼借来的商用留声机播放录音之前，我又一次仔细阅读了埃克利的信。他提到，这份录音是1915年5月1日夜里1:00，在黑山里氏沼泽中拔地而起的西坡深林里的山洞口录到的。这一带常有各种古怪的声音，因此他才会带着留声机、录音机和空白录音带来到这里，希望能录到想要的东西。根据此前的经历，他了解到五朔节前夕的夜里——也就是欧洲民间传说中信魔者集会的深夜里——出现的声音会比任何时刻都更加丰富，显然这个深夜也没有让他失望。然而此后，他再也没有在那里听到这些声音。

与曾在林中听到的多数声音不同，这些声音听起来充满了仪式感，

---

[1] 贝罗斯福尔斯，佛蒙特州城市。

[2] 伦敦德里郡，爱尔兰阿尔斯特省的一个郡，位于北爱尔兰西北部。

其中有一个声音显然是人类发出的，但埃克利无法判断这究竟是谁。这不是布朗的声音，但很有可能也是一个农夫。不过另一种声音才是问题的关键——那充满嫌疑的嗡嗡低语，除了充满学术腔调的标准英语发音之外，和人语毫无相似之处。

留声机和录音机的使用效果并不太好，再加上偷听距离隔得较远，录音有些含糊不清，因此我能听到的只是对话中的一些碎片。埃克利仔细听过录音后，给了我一份大致的对话内容，我在准备播放之前又读了一遍。比起直截了当的恐惧，对话中更多的是晦涩的神秘，它的来源和采集方式，又为它添上一种无法言说的恐怖感。接下来我会把我还记得的内容悉数写下——我有十足把握，我已将它牢记于心，因为我不止仔细阅读过埃克利的记录，也曾亲自反反复复地聆听。这段对话的确会令人一生难忘！

（无法分辨的声音）

（男性人类农夫的声音）……森之王者，即便面对……人之天赋异禀……虽海枯石烂，斗转星移，伟大的克苏鲁，撒托古亚，及未名者皆英名不朽。其皆英名不朽，森之黑山羊子孙千万。啊！莎布·尼古拉斯！山羊子孙千万！

（模仿人语的嗡嗡声）啊！莎布·尼古拉斯！森之黑山羊子孙千万！

（人声）它已穿过森林之王，正在……七和九，走下缟玛瑙的台阶……向深渊中的阿撒托斯致敬，他教给我们奇迹……用夜之翼超越空间，超越那……尤格斯是最年轻的孩子，在黑暗的以太中、在边缘处独自转动……

（嗡嗡声）……走到人类中去，并且在那找到道路，深渊中的他可能知道。一定要告知奈亚拉托提普、伟大的信使所有事情。他将会扮成人的样子，穿戴上蜡质面具和隐藏的长袍，从七日之地走下来，去嘲笑……

（人声）……（奈亚）拉托提普，伟大的信使，借虚空向星之冥王带去异样欢喜，千万子孙之父辈，潜于……

（录音结束）

这便是我在录音中听到的话语。当时，我满怀恐惧和抗拒地移开了留声机的唱臂，听蓝宝石唱针发出刮擦的声音。但我又庆幸，最初听见的是一个模模糊糊、断断续续的人声——一个圆润的、彬彬有礼的声音，隐约带有一点波士顿口音，说话者显然不是佛蒙特州山区的当地居民。当我听着这微弱的声音时，我似乎在埃克利精心准备的抄本中找到了相对应的部分。它以饱满但带有波士顿口音的嗓音说“……啊！莎布·尼古拉斯！森之黑山羊子孙千万！”

之后我听到了另一种声音。即便埃克利已经提醒过我，但这声音还是令我震慑，回想起来仍不寒而栗。后来我向一些人描述了录音的内容，但他们都说这肯定是一文不值的赝品，或是些疯言疯语；如果他们曾亲自听过这盘录音，或是读过埃克利的信（尤其是那百科全书般的第二封信），他们的态度就一定会有所改观。然而，我遵循了从埃克利的警告，没有把录音放给他们听，现在想来有些遗憾——也为我丢失了所有信件感到遗憾。因为有着对这声音最直观的印象，以及对其背景环境的了解，这种声音对我来说就是恶魔之音。它仪式般的回应紧随着人类的声音，让我总觉得这是飘荡在深渊与地狱中的回音。距我离开那些忤逆神明的黑暗深渊已有两年之久，但我的脑海中仍时时响起那低沉而凶恶的嗡嗡声，如初次听见时一般清晰。

“啊！莎布·尼古拉斯！森之黑山羊子孙千万！”

但即便这声音在我脑中挥之不去，我仍然无法对它进行认真分析，并清晰地描述出来。它听起来像是一只丑恶的巨型昆虫发出的鸣声，再被生硬地拼凑成外星种族的演讲——我确信能发出这种声音的器官和人类发声器官绝无任何相似之处，甚至和任何哺乳动物的发声器官都没有相似之处。它在音质、音域以及泛音上都极有特色，与任何人类和地球生物所能发出的声音清晰地区分开来。这声音初响起时，我吓得瞠目结舌，此后的内容我近乎是在难以言说的眩晕中听完的。当嗡嗡声开始说一段更长的话时，比起先前更加尖锐的渎神之感直直划入我的脑中。最后，录音在异常清晰的波士顿口音中戛然而止，但我浑身僵硬，只能木讷地长久直视播放机。

不必多说，我自然又把这段录音播放了许多遍，并与埃克利抄录的文字进行分析比较，最后终于筋疲力尽。再重复一遍我们的成果有些啰嗦多余，但我还是要提一句，那时的我们相信，自己已经找到了揭示人类历史上某一神秘古老宗教中最为邪恶的仪式的起源之谜的线索。同时，我们还认为，很显然有那么一些古老且煞费苦心的天外来客，躲藏在人类和外星种族之间的暗区里。它们究竟是怎样的存在，今天的它们又与昔日有何不同，关于这些问题，我们毫无头绪；但至少，对此我们有了无尽的可怕猜想。仿佛有一条来自远古的令人生畏的纽带，在方方面面把人类和这无名的虚空联系在一起。这些挑战了神明存在的生物从太阳系边缘黑暗的尤格斯星出发，来到地球，但那仅仅是这可怕的星际种族一个人口众多的前哨地罢了，它们的故乡肯定是爱因斯坦所说的时空连续体，或是目前已知的最广袤的宇宙之外。

我们继续讨论把黑色石头送去阿卡姆的最佳方法——埃克利认为我想直接到他噩梦般的书房中取这块石头，是极不明智的。出于某种原因，他很害怕把这块石头托付给任何一种常规可以预料的运输方式。最后，他决定带着石头去贝洛斯福尔斯，通过波士顿和缅因州的邮政系统寄出，一路途经基恩[1]、温琴登[2]和菲奇堡，虽然这就意味着他需要开车穿过比去伯瑞特波罗的大路更加偏僻幽深的林中山路。他说，他注意到去伯瑞特波罗邮政局寄录音时，有一个男人在附近徘徊，举止和谈吐都显得十分可疑。这个男人看起来很紧张，无法和邮局办事员正常交谈，并搭上了运送那盘录音的火车。埃克利坦言道，当他知道我收到了录音之后，心中像是落下了一块巨石。

大约是7月的第二周，我从埃克利焦灼的话语中得知，又一封信寄丢了。此后他告诉我，不要再把汤森德镇作为收件地址，而是把信全部放在伯瑞特波罗邮局的存局候领处，他可以经常开车或乘坐刚取代落后支线铁路的大巴到那里去。我能感受到他的焦虑日益增长——他越来越细致地谈论漆黑暗夜中愈加频繁的犬吠，谈论清晨路上或屋后泥泞地里新

[1] 基恩，美国新罕布什尔州东南部城市。

[2] 温琴登，马萨诸塞州城市。

出现的爪印。有一次他提到一大片排列整齐的脚印，仿佛有整支军队来过，这些脚印坚定地列开，正对着与之等深的狗爪印。他将此骇人之景拍下，并把这张胶卷相片寄给我作证。那是在一个警犬们因狂吠而体力不支的夜晚之后记录到的场景。

6月18日，星期三上午，我收到了一封来自贝洛斯福尔斯的电报，电报中埃克利说，他已经把石头送上了B&M公司的5508号列车，列车将于中午12:15于贝洛斯福尔斯准时出发，并会在下午4:12到达波士顿北站。我估计它将在次日中午到达阿卡姆，因此周四上午都在等待它到来。但一直等到整个中午都过去了，我也没有等到它；当我打电话给邮局时，他们说并没有我的邮件。我心头一震，立刻打了长途电话到波士顿北站的快递代理站，却错愕地被告知他们没有见到过任何一件寄给我的邮件。5508号列车在前一天这个时间点的35分钟后就停在了车站，但车上并没有写着我的地址的邮件。代理站一方表示，他们无论如何都会仔细调查。那天深夜，我给埃克利写了一封信，讲述了这一情况。

次日下午，波士顿北代理站在查明真相后，很快就给我来电。根据5508号列车的快递工作员回忆，下午1:00刚过不久，列车在基恩停靠，有一个风尘仆仆的瘦村夫用奇怪的嗓音和人争执，可能就是在那时我的邮件被弄丢了。

据他描述，这个男人表现得十分激动，强烈要求签收一个很重的箱子，但他所说的这个箱子既不在车上，公司的登记簿上也没有记录。他声称自己叫斯坦利·亚当斯，低沉得出奇的嗓音让工作人员昏昏欲睡，因此他不太记得两人之间的对话究竟是如何结束的，但能想起列车再次开动时，他彻底清醒了过来。波士顿北站的代理站补充道，这名工作人员毋庸置疑是一位诚实可靠的年轻人，并且在公司已经工作了很多年。

那天傍晚，我从办公室问到这名员工的姓名和住址后，决定亲自到波士顿拜访他。他确实是一个诚实的人，令人心生好感，但是除了先前代理站办公室转达给我的消息外，他几乎想不起其他任何细节。奇怪的是，他对是否能再次辨认出那个奇怪的声音这一点犹豫不决。确认他再也给不出更多信息后，我回到了阿卡姆，连夜给埃克利、快递公司、警署以及基恩车站的代理站写信。我隐约觉得，这位有着令列车员工昏昏欲睡的奇怪嗓音的男子，就是快递丢失的关键，并希望基恩车站的员工和电报站的记录能够提供更多的相关信息，并要求告知这个男人是在何时何地如何向列车工作人员提出要求的细节。

然后我不得不承认，一切努力都是徒劳。确实在6月18日午后，有人在基恩站附近看到了这个嗓音奇怪的男人，似乎还有一个路人曾看到他搬着一个很重的箱子；但总而言之，关于他的个人信息，我仍然一无所知，此前没有人见过他的行踪，此后也再没有过。据电报站说，这个男人以前从没来过，他们也从未收到过给他的消息，也没有收到任何一条与5508号列车上的黑色石头相关的消息。埃克利也加入到我的调查行列中，甚至亲自动身去了基恩，在车站向人们四处询问；但很显然，与我相比，他对这一事件的看法充满了宿命论的意味。他认为箱子的丢失是不可避免的，是命中注定的威胁凶兆，并对找回它不抱有丝毫希望。他在信里提到了这些深山生物，提到它们的潜伏者所具备的传心术和催眠术；他在信中暗示，他觉得这块石头已经离开地球了。就我而言，我理所当然感到愤怒——我本认为至少还有一点机会能从古老而含糊的铭文中，探索到一点深层的惊人事实。这件事在我脑海里痛苦地翻滚着，但埃克利紧随其后的来信，很快攫取了我的全部注意力。

4

埃克利在这封满溢着恐惧的信中写到，这些未知的生物开始越来越顽固地入侵他的住所。只要月色稍有黯淡，犬吠声就会连夜不息，并且总有什么东西企图在他每日必经的路上骚扰他。8月2日，他本该开车去镇上，但是一棵树拦腰横在高速公路穿过一片森林的路段上；他那两条狗暴戾的狂吠，直截了当表明了那些生物就潜伏在不远处。他根本不敢想象，如果没有这两条狗陪在身边，会是怎样的后果——现在，若没有带上至少两条忠诚有力的狗，埃克利绝不愿意出门。另一起道路事故发生在8月5日和6日，先是一枚子弹从他的车身擦过，随后忠犬们的狂吠再一次警告他，这些邪恶的生物就藏身树林中。

8月15日，我收到了一封写满疯言疯语的信，让我大为震惊，我希望埃克利能够打破沉默，寻求法律帮助。信中写的是8月12日和13日晚发生的怪事：埃克利的屋外子弹横飞，次日清晨，他发现他的12只大狗中有3只被射杀。附近的道路上密布着爪印，这其中也夹杂着沃尔特·布朗的脚印。埃克利给伯瑞特波罗城里打电话，希望他们能送更多的狗来，但通话到一半时，电话突然断了。随后他又开车去了伯瑞特波罗，得知他的电话线在经过纽芬北部山区的那一段，被人干净利落地切断了。他带上四只新的良种狗和几箱狩捕大型猎物用的连发步枪子弹回家。而他寄给我的这封信，是在伯瑞特波罗的邮局写的，并且很快就转送到了我手中。

这次我不再固执己见地寻求科学的解释，而是很快进入了对超自然之物的警备状态。作为这一系列怪事的知情者，我很是担心住在遥远而僻静的小屋里的埃克利，同样也很担心自己。这些生物在不断扩大它们的势力范围。我会受到牵连吗？我会被它们吞噬吗？在给埃克利的回信中，我极力劝说他向人寻求帮助，并暗示如果他不这么做，我将代之行动。即使他不希望我这么做，我也执意亲自去佛蒙特州拜访他，并希望能帮他向当局把这一切解释清楚。但最后，我只收到了一封来自贝洛斯福尔斯的电报，内容如下：

我很理解您的处境，但我束手无策。请不要轻举妄动，否则可能伤及彼此。静候真相。

亨利·埃克利

但这件事显然愈演愈烈。在我回复了这封电报之后，埃克利寄来了一张皱巴巴的纸条，其中内容令人胆战心惊：埃克利说他既没有发过什么电报，而且在那之前也没收到过我的回信。他在贝洛斯福尔斯时轻率地四处打听，不幸暴露了他在找一个头发枯槁、有着异样低沉嗓音的男人的事，却也没有获得更多的信息。工作人员把此前发送电报的人的铅笔手稿拿给他看，但这字迹他从未见过。引人注目的是落款中的拼写错误——“AKELEY”被写成了“AKELY”，第二个“E”被遗漏了。这不由得引人猜忌，但即使身临这样的险情，埃克利也仍坚持详细地分析。

他不断提起又有狗暴毙，并不断地买新狗代替，枪火也已经成了漆黑暗夜的必需品。除了布朗之外，小屋外道路和庭院里的爪印中还出现了另外一两个的鞋印。埃克利说，这一切糟透了，无论他是否能把这块地卖掉，他都需要尽快搬到加州去。但离开这唯一一个能被称作“家”的地方并不像想象中的那么容易。他竭尽全力，希望能够再停留得久一点；他甚至希望能有机会让这些入侵者放弃进攻——如果公开表示放弃继续挖掘它们的秘密，能让入侵者们有所收敛的话，他一定毫不犹豫地这么做。

我立刻给埃克利写信，再次表示我愿意提供帮助，会亲自拜访他，并尽我所能向当局阐明他的险境。这次他不再像从前那样抗拒了，但他仍希望能够再坚持一小段时间——他希望能打点好家当，并花上一点时间，来接受他不得不离开故土的事实。人们一直以来都对他的学术观点持疑，所以他认为能够在人们怀疑他精神失常之前悄然离去而不引发混乱，则是再好不过。他承认他已经受够了这一切，并希望能够有尊严地淡出人们的视线。

我收到这封信时是8月28日，我给埃克利回信，希望能让他鼓起勇气。而我的鼓励显然奏效了，埃克利读完我的信后，恐惧也有所减轻。然而他仍然坚信，状况不太乐观，认为只是近日来的满月，才让那些怪物收敛了几分。他祈祷天空中不会出现厚重的乌云，也顺带提起自己会在月亮消蚀时，暂时住到伯瑞特波罗城里去。我又回复了一封鼓励他的信，但是在9月5日时，埃克利的来信突然话锋一转；这一次连我也感受到了彻底的绝望。我认为这些信是整个事件中的重大转折，因此将尽可能完整地转述这些字迹扭曲的信件的内容。信中内容大致如下：

周一

亲爱的威尔马斯先生：

这将有可能是我寄出的最后一封信。昨夜虽不是雨夜，但乌云密布，竟无月色。情况糟透了，尽管我还抱有一丝侥幸，但也不得不接受我的命数将终结于此。夜半过后，有什么东西落在了我的房顶上，引得所有的狗都一拥而上。我听见它们撕咬的声音，其中一只狗借一侧较矮的厢房跃上屋顶。屋顶上是一场恶战，时不时还传来那令我永生难忘的嗡嗡声。随后，一阵剧烈的腥味涌进屋里；几乎是同一瞬间，一颗子弹打碎了窗玻璃，从我身旁擦肩而过。当屋外的狗突然四处逃窜时，我想它们的大军已被屋顶的恶战招致，正在向我逼近。我并不清楚屋顶上到底发生过什么，但我有一种不祥的预感，这些生物已经逐渐掌握了在地球上飞行的方法。我熄灭了灯火，从窗口逃了出去，拖着猎枪沿屋侦查了一圈，并把准星对在刚好不会打中狗的高度。一切似乎都已经平息了，但第二天清晨，我在院子里发现了一片巨大的血泊，旁边还有一滩绿色的黏稠物体，散发着我有生以来闻过的最令人作呕的味道。我爬上屋顶，发现了更多这种绿色的物质。一共有五只狗在昨夜死去——我很担心其中有一只是因为我的疏忽而死于枪口之下的，因为它的背上还留着弹孔。现在我要把被打碎的窗玻璃换掉，并到伯瑞特波罗城里去买更多的狗。饲养场的人肯定以为我疯了。我很快会再次给你写信。我大概会在一两周之内搬走，虽然光是想到离开就要了我的命。

埃克利　草就

但这不是埃克利唯一一封吓到我的信。9月6日，也就是第二天早晨，另一封信也送到了。这一次，埃克利近乎发狂的字迹看起来既咄咄逼人又毫无逻辑，让我完全摸不清头绪。因此我也只能再一次凭借记忆，把全文转写在这里。

周二

云层丝毫没有退散之意，因此我又迎来了一个月黑风高的夜晚——而此时正值月缺时日。我在整个房子外都布上了电网；因为不知道电缆会不会很快就被切断，我还装上了探照灯。

我快被逼疯了。也许我和你通信也只是一场梦，或者根本就是我的妄想。情况本来就不容乐观，但它还在不停地恶化。那些生物昨晚对我说话了——用它们那诅咒般的低沉嗡嗡嗓音，并警告我不准向你转告他们说的话。犬吠嘈杂一片，我却能清晰地听到它们的声音；每当它们的声音变弱时，又会有一个人类的声音帮它们继续下去。快远离这一切吧，威尔马斯先生——情况已经比你我所能预见的都更加糟糕了。它们绝不会放任我逃到加州去——他们要生擒我，至少让我保持意识清醒——并把我放逐到比冥王星更远的外太空——甚至比银河系边界更远的地方，一直流放到宇宙的尽头。我回敬它们说，我绝不会任由它们这么做，也不会轻易被它们恐吓，但我实在认为这只是以卵击石，是毫无意义地拖延时间。我的小屋坐落得如此偏僻，它们无需避讳人类到来，随时都可以来这里带走我。又有六条狗被杀死了。今天去伯瑞特波罗的路上，我感受到这些生物无时无刻不在监视我。

我把那盘录音和黑石头寄给你简直是天大的错误。我本该在一切都可以挽回的时候销毁录音。明天如果我还活在地球上，我会再给你寄一封信。我希望我还来得及打包好自己的书和行李住到伯瑞特波罗城里去。我本该不顾一切地逃走，但我实在是放不下一些东西。我本可以逃到伯瑞特波罗，以保暂时的安全，但住在那里总让我觉得自己像一个囚徒。我隐隐觉得即使抛弃一切，我也逃不远。这是名副其实的血光之灾——千万不要牵连其中。

埃克利

读完这封令人毛骨悚然的信，我彻夜无眠，完全弄不清埃克利是否还留有一丝一毫的理智。这封信看起来就像出于疯子之手，但考虑到之前的一系列信件，字里行间坚定而强烈的语气显得那么具有说服力。我不再试图回信，并希望埃克利能够抽出时间回复我之前寄出的信。他的回信几天之内就到了，但信中的内容尽是关于最新发生的事，给我的回复却寥寥无几。以下，我也会把埃克利在恐慌之中匆忙寄出的这封潦草且沾满污渍的信转写下来。

周三

W.先生：

您的信我收到了，但当务之急实在不是再对此加以讨论。我只想彻底摆脱它。我怀疑自己是否真的还有一点点的希望，能对它们做出有效的反击。即使我愿意为了逃跑放弃一切，我也已经失去了脱身的最后机会。它们必将抓住我。

我收到了它们的来信——当我还在伯瑞特波罗的时候，乡村免费邮递的投递员把信送到了我家中。寄信地址是贝罗斯福尔斯。它们把将对我做的事一五一十写了下来——我完全不敢回想。您一定也要提高警惕！请尽快把录音销毁。接下来几个夜晚仍会是乌云密布，整夜都看不到月亮。我希望我能有勇气向外界求救——我也许需要很大的勇气才能下这样的决心——但除非我能拿得出证据，不然每一个听我说这些的人都会觉得我疯了。我不能无缘无故要求别人到这里来——我已经与世隔绝居住多年了。

但我还没有把这其中让人崩溃的最后一击告诉您，威尔马斯先生。在继续读下去之前请先做好准备，它必将使你错愕不已。我发誓，我所说的字字属实——我亲眼看见了一只这种生物，并亲手触碰了它——至少它身上的一部分。天呐，太可怕了！我今天早晨发现了它在饲养场附近，当然它已是一具尸体，是我的一条狗找到的。我想把它保存在柴房里，好在之后向别人说明时有据可循；可没过几个小时，它就凭空蒸发了，一点也不剩。在大洪水之后，人们也只在次日清晨看见了那具奇怪的尸体。接下来最糟的事情发生了——我本想拍照寄给你，但当我冲洗好胶片之后，却发现相片中只有空空如也的柴房。它们究竟是怎样的生物？它明明看得见摸得着，甚至在土地上频频留下脚印。它们一定是由真实存在的物质构成的——可究竟是什么样的物质呢？我难以描述它的外形：它看起来像一只大螃蟹，身上带有许多丰满的锥形圆环，或者说是一些浓厚黏稠的物质结块形成的结构，本该长出头颅的位置却布满了触觉感受器。那些绿色的黏稠液体是它的血液或体液。每一分钟都会有更多这样的生物降临在地球上。

沃尔特·布朗消失了……再也没有看到他在从前常出现的地方或附近的村子里徘徊。一定是我之前用枪击中了他，但这些生物总会把它们死亡或受伤的同类带走。

今天下午我顺利地进了城，但又十分恐惧它们之所以收手，是因为我已成了瓮中之鳖。我在伯瑞特波罗的邮局写好了这封信。这也许就是我和您的永别了——若果真如此，请寄信告知我住在加州的儿子乔治·古迪纳夫·埃克利，他的地址是加利福尼亚州圣地亚哥市快乐街176号，但无论如何请千万不要到我的住处来。如果接下来一周您都没有得到我的消息，也没有读到任何相关的新闻，就请您给我的儿子写信。

我马上就要采取我最后的两步抵抗了——如果我的意志还能坚持到底的话。第一是尝试对它们使用毒气（我已经得到了我所需的化学物质，并将它们按比例调配好了，也已经给我自己和狗们准备好了防毒面具），如果这不起作用，我就把这件事上报给警长。如果他们认为我疯了，大可把我关到精神病院去——再怎么也比那些怪物要对我做的事好上许多。也许我能借机让警官们注意屋子周围的脚印——虽有些淡去了，但每天清晨还是会有新的脚印出现。但他们可能会认为这是我伪造的；毕竟在他们眼中，我就是一个疯子。

我必须让一名警官在我的屋里待上一晚，亲自看看到底发生了什么——但那些生物很可能在得知此事之后，就会消停一晚。每天晚上，无论我是否需要使用电话，它们都会来切断我的电话线——接线员认为这简直莫名其妙，他们也许就会亲自留下来，看看是不是我自己把电话线切断的，因为在过去一周，我每天都会报修电话线的故障。

我以前会请些无知的农民来屋中，亲自体会那可怖生物的存在，但之后他们向别人讲述经历时，就会被嘲笑，更何况现在离他们来时已经相隔许久，他们对这里的近况一无所知。我已不能仅通过钱或感情，让这些农民再来一趟了。当邮递员听完他们说的故事后，就开始拿我作乐——我的上帝啊！要是我胆敢向他证明这一切都是多么真实就好了！我想方设法让他注意到地上的脚印，但他总是在下午才来，而头晚上留下的脚印那时早已消失得差不多了。如果我试图用箱子或盘子盖住其中一个脚印，好让它保留得更久一些，他一定会认为这只是我造假而搞的恶作剧罢了。

我多希望我不是一个隐士，这样村民们就会像往常一样过来串门。除了一些无知的村民外，我从不敢把那块黑色石头或相片展示给别人看，也从未把那盘录音放给其他人听过。换作别人，他们必将一口咬定是我装神弄鬼，伪造了整件事，并且还要对我加以嘲笑。但现在，我想把这些东西公之于众。即使我无法用相片记录这些邪恶的生灵，但至少相片中能清晰地看到它们像螃蟹一样的爪印。没能让其他人看到我今早找到的尸体，这是多么遗憾呐！

但是我不知道我是否真的在意这些事情。在经历了这一切之后，也许精神病院确实是最适合我待的地方。医生们一定有办法，让我下定决心远离故土，而这将拯救我于水火之中。

如果我们失去了联系，请务必给我的儿子写信。再见了朋友，切记毁掉那盘录音，不要让自己受牵连。

埃克利

这封信着实把我推向了极度的恐惧之中。我不知道该给埃克利怎样的回复，只好生拼硬凑了一些安抚性的只言片语，并用挂号信寄出。我还记得我催促埃克利立刻动身到伯瑞特波罗城中去，并一定要得到当局的庇护；我还告诉他，我也会带着那盘录音到城里去，帮助他取得信任。此时此刻，我也认为是时候要写公开信警告公众，小心提防他们身边就有这些生物的卧底存在。当下，只有我站出来强调我对埃克利所说的一切的信任，才能引起人们的关注，即使连我也觉得，他没能拍下那只死去怪物的样貌，并不是因为某种神奇的自然因素，而是因为他自己太过激动而导致的失误。

5

显然，在读过我毫无逻辑可言的信后，埃克利在9月8日周六的下午给我回了信。这一次信的内容大有不同，语气平淡得出奇，并且用一台新的打字机工整地打在纸上。这封引人生疑的信中写着请我安心，甚至向我发出了来访的邀请，这意味着曾是山中梦魇的事件必定发生了巨大的转机。我会再次凭记忆转述这封信的内容——基于某些特殊的原因，我尽可能地保留了这封信的原汁原味。信上的邮戳来自贝洛斯福尔斯邮局，信件内容及落款都是打印的——刚上手的打字机使用者往往都会这么做。不过，信的正文部分却十分规整，不像出于初学者之手。我猜测埃克利之前也用过一段时间的打字机——也许是他上大学的时候。我虽表面上说这封信让我松了口气，但它却唤起了我更深层的不安。如果埃克利在此前的惊恐之中始终保持着清醒，那么此时平复的他是否仍然理智呢？以及他提到的“关系改善”……究竟指的是什么？埃克利的态度竟会发生如此不可思议的逆转！我仅凭借引以为傲的记忆力，转述下面这封信的大致内容。

佛蒙特州汤森德镇
1928年9月6日周四
我亲爱的朋友威尔马斯：

考虑到我曾在信中给您写过那么多傻话，我很高兴这次终于能让您松一口气了。我说它们是“傻话”，只是因为我在写下这些话时，语气显得惊慌失措，而并非我对事实的描述有差池。我曾和您说过的一切，都是真实存在的，并且都很重要；我唯一犯下的错，是我在面对它们时的失态。

现在，我已经能和之前提到的奇怪来访者们沟通了，至少我们尝试着进行沟通。昨夜我们终于进行了对话。为了回应它们发出的邀请，我允许一名信使进到屋中，不过他也是一个普通人类。他向我解释了很多，并指出我们在猜测外星来客们潜伏在地球上的意图时，不免产生了许多误解。

这样看来，那些关于它们企图伤害人类、占领地球的邪恶传说，统统都是别有用心的谣传引发的无知误解——当然，这些话都是以人类的文化和思想为雏形的，与我们的梦境有着天壤之别。我从前和那些无知的村夫及野蛮的印第安人一样，做出的猜测远远偏离了真相。那些想象中病态且肮脏的生物，在现实中实在令人惊叹，它们如梦若幻，甚至闪耀着光芒——而我从前的猜想，仅算是出于人类对异己者本能的恐惧与憎恶，而做出的误判。

我有些后悔，我曾在若干次夜晚的斗争中，对这些外星来客造成了伤害。要是我一开始就同意和它们平起平坐地交谈就好了！但它们并没有因此怀恨在心，它们的感情与人类不同。我只能说，它们在佛蒙特州所选的人类潜伏者，很不幸恰是些卑劣的人——比如我近日提到的沃尔特·布朗。是他令我对它们产生了极大的偏见。其实它们从来没有伤害人类的意图，却总遭到人类的误解，并被粗鲁地刺探。一个由一群邪恶的人聚集而成的秘密教会（若我把他们和黄衣之王哈斯塔联系在一起，你就能明白究竟有多么邪恶），不择手段追查它们的行踪并伤害它们，借口它们是来自异次元的邪恶力量。而我们的外星朋友们一系列激进的举措，都只针对这些冒犯者——而并非针对全人类。附带一提，我发现偷走我们一部分信件的人，并不是这些天外来客，而恰恰是这些邪恶教会中的间谍。

这些天外来客希望能与人类和平共处，互不侵犯，并建立起联络。考虑到科技不断发展，拓展了我们对世界的认知，也扩大了我们的活动范围，外星来客们继续藏匿在地球上的难度也越来越大，因此第三点显得尤为重要。这些外星朋友希望能够对人类有更全面的了解，同样也希望能有几个贤明智慧的人类领袖了解它们。若能互相理解，种族间的伤害与冲突也就不复存在，并能构建起皆大欢喜的相处方式。这样看来，一切关于入侵者想要奴役人类的想法都荒诞至极。

作为建交的开端，这些天外来客决定从我入手——因为我对它们已经有了较为充分的了解——它们希望我能在这个星球上，作为它们的代言者。昨晚它们对我说了很多——其中大部分都关于宏伟开阔的自然——它们还将通过口头和书面的方式向我讲述更多。我近期大概不会有做星际旅行的想法，但之后我会这么做的——采用一些特殊的办法，可能会超越迄今为止一切人类经验中所能提供的办法。我的房子不再会被团团围住，所有一切也将回归正常；同样，我也不需要那么多看门犬了。我不再恐惧——过去很少有凡人能受益于由知识和脑力的探险，而现在，我有了这样的收获。

这些天外来客大概是所有时空里最值得惊叹的生物了——与这些遍布宇宙的生物相比，其他的生命体都显得如此逊色。若从个体构成的角度来说，比起动物，它们要更接近植物一些，甚至在它们身上还有一些类似真菌的结构；但它们体内有一些类似叶绿素的物质，并拥有一个极其简单的营养系统，这将它们和实际意义上的真菌划清了界线。事实上，它们的生物结构和地球物种完全不同——连它们身上的每一个电子，都在以不同的频率震动，这就是为什么虽然我可以用肉眼看到它们，却不能用相机将它们拍下的原因。但若能找到正确的方式，一个优秀的药剂师是能让它们的影像在相纸上显形的。

这些物种的独特之处在于，它们凭己之力就可以在极寒且真空的星际间穿行，而它们的一些变异体，就无法在没有外力帮助，或不通过精细手术改变形体的情况下做到这一点。只有极少数的物种，能够像这些佛蒙特州的来客一样，拥有能在以太中飞行的翅膀。旧世界里那些居住在偏远山峰的族群，是以别的方式抵达地球的。它们的生活方式与动物相似，就我们所掌握的资料而言，它们目前的结构更像是平行进化而来的，不存在与动物之间的近亲关系。它们的脑容量比任何其他物种都大，不过翅膀的发育却不是最发达的。它们最常用的交流方式是心灵感应，但也保留了最基本的发声器官，在简单的手术之后（极其精细的手术对它们来说是家常便饭），就可以简单地模仿其他生物，发出说话时的声音。

它们目前的住所还没有被其他生物发现，那是一个位于太阳系的边缘几近黑暗的星球——这颗星球的轨道在海王星之外，是太阳系中第九颗行星。就像我们所推测的那样，那个天体在某部古老的禁书中，被神秘地暗示为"尤格斯星"；但为了建立与地球的友好关系，它很快会成为我们好奇心的焦点。如果是这些天外来客希望自己的星球被人察觉，那么天文学家们突然变得十分敏锐，并顺着思路发现了尤格斯星，我也将毫不惊奇。但尤格斯星只是它们来到地球的中转站罢了。它们真正栖居的异形深渊，远远超出了人类想象力可及的边缘。这被我们视作整个宇宙的时空一角，在它们眼中不过是无穷世界里的一颗微粒。现在，和这无垠世界一样浩瀚广袤的知识，最终将会向我敞开——自人类出现以来，不会有超过五十个人拥有过这一切。

威尔马斯先生，您一开始也许会认为这都是胡言乱语，但您必将会重视我偶然发现的这一机遇。我希望尽可能地与您分享此事，为了实现这一点，我还要与您分享一些无法诉诸于纸的事情。过去我曾警告过您不要来见我。现在一切都尘埃落定了，我郑重收回那一警告，并邀请您光临寒舍。

在下一学期开始之前，我能否有幸邀请您来寒舍做客？若您能来访，我将不胜荣幸。请带上那盘录音，以及我们所有的信件，作为我们届时讨论的参考材料——这些材料对我们理清整个故事来说，是至关重要的。烦请您最好也带上所有相片，因为在最近这段有惊无险的生活里，我似乎遗失了所有底片和相片。这些曾经通过摸索和试探而得来的材料，我将向您丰富它们的内涵——用一种惊人的手法进行补充说明！

请不要犹豫——我已不再受到监视，您在此处不会碰上任何异常或恼人之事。我将驾车前往伯瑞特波罗车站，等候您的到来——请您做好长期留宿的准备，我们将有无数夜晚讨论此事，且免受旁人干扰。另外，切勿与他人谈及此事——这一切不该为鱼龙混杂的公众所知晓。

前往伯瑞特波罗的列车服务良好，您在波士顿可以拿一张他们的列车时刻表。您可以乘坐波士顿–缅因州铁路列车到达格林菲尔德，再转乘短途列车。我建议您乘坐下午4:10从波士顿出发的列车，这趟列车将在7:35到达格林菲尔德；9:19会有一班前往伯瑞特波罗的火车从那里出发，并在10:01到达目的地。这是工作日的火车时刻安排。请告诉我您动身出发的日期，我会开车到车站等候。

请谅解我用打字机打了这封信，但您也注意到了，近日来我的书写实在太过潦草，不适合写这么长篇幅的信。昨天我在伯瑞特波罗，买了这台全新哥罗娜打字机，它看起来运作良好。

我期待您的来信，也诚挚地希望很快就能见到你带着录音、信件以及照片来访——

你所预期来信的 亨利·W·埃克利

马萨诸塞州，阿卡姆市

密斯卡托尼克大学

阿尔伯特·N·威尔马斯收

这封信的内容出乎意料；我一读再读，反复寻思，心中的复杂情绪难以言喻。我说过，这封信使我既心安又焦虑，但这样的表述仅仅是对我复杂的内心世界的粗浅描述。信的开头，气氛就已经和过去发生的一系列恐怖事件截然不同——情绪由极度的恐惧转向了自鸣得意，甚至还有几分出乎意料的喜悦和满足！不管那天他们进行了怎样令人宽慰的对话，我都难以想象，仅一天的时间里，一个周三时刚写下发狂般临终简讯的人，心理可以发生如此大的转变。有那么一瞬间，我怀疑我和埃克利通信，听他讲述远方这场关于超自然的闹剧，大部分都是我自导自演的臆想。然后我又想到了那盘录音，却陷入了更深的困惑。

万万没想到我收到的会是这样一封信！我努力地回想，归纳了两点可疑之处。首先，就算埃克利从始至终都保持理智，这种语气上的转变也显得太过突兀。其次，埃克利的写信习惯、态度和用语的改变都有些超乎常理。他的人格似乎经历了急转直变——这种改变发生得如此深刻且彻底，如果说改变之前的他和现在的他都头脑清醒，那么一个正常人，根本难以使这样的两面人格在一个人身上和谐共存。包括用词的选择和拼写，一切都发生了微妙的改变。而作为一个学者，我也察觉到了写作风格的变化，我甚至可以根据信中最普通的语句和韵脚的变化，进行深入分析。显然，经历过如此深痛的折磨后，还能产生如此彻底转变的人，必是一个非常极端的人！但换个角度想，这封信看起来又的确是埃克利的风格：同样对未知的无限充满了热情——同样强烈的学术热情。我根本无法鉴定，这封信是否存在伪造或被调包的情况。信中发出的邀请——请我亲自前往小屋证实这一切——是否足以证明它的真实性？

整个周六晚上，我都没有停歇，通宵思考这封信背后的隐情和奇遇。在过去4个月，快速发展的可怕事件正面冲击着我的意识，让我的头脑一直隐隐作痛；像最初面对这些奇事时一样，我在循环往复的怀疑和接受中，开始着手研究这份新的令人惊讶的材料。直到黎明前不久，一种强烈的兴趣和好奇，才开始取代最初的疑惑和不安。不论是疯狂还是理智，也不论是质的转变，还是仅仅是由精神放松带来的变化，埃克利都对他危险的研究产生了不同的看法；某些变化一时之间化解了他身处的危险——或真或假——为他展示了全新的、令人眼花缭乱的宇宙前景和超人类的知识。而我自身也摆脱了先前病态的恐惧，对未知的热情突然被点燃。算是为了摆脱这些令人发怒、使人疲倦的、来自时空和自然法则的限制——为了和浩瀚的外太空建立联系——为了接近黑暗而深不可测的、有关无穷和终极的秘密——都值得一个人冒着付出生命、灵魂和理智的风险去做！埃克利说这里不会再有任何危险——他邀请我去拜访他，而并非像原来那样警告我要远离他。我为他现在可能要告诉我的秘密而感到激动——坐在那间孤零零、不久前还被围攻过的农舍里，与这个和外空使者谈过话的男人长谈，身边还放着可怕的录音和整叠记录着埃克利早前结论的信件，一想到这场景，我就感到一种酒精般令人麻痹的吸引力。

因此，周日将近正午时，我给埃克利发了一份电报，告诉他如果可以的话，9月12日周三，我会在伯瑞特波罗和他见面。但仅关于搭乘火车这一点，我不打算接受他的建议。说实话，我并不希望在深夜时分抵达怪事频发的佛蒙特州山区；因此我打电话到车站，重新自行规划了行程。我只需早点起床，搭乘8:07前往波士顿的火车，我就能赶上9:25出发的火车，并在中午12:22抵达格林菲尔德。接下来我可以继续换乘，并于在下午1:08到达伯瑞特波罗——相比在晚上10:01抵达，搭乘埃克利的车到他那近临险区的隐蔽小屋，这个计划要令人安心得多。

我在电报中和他说了我的计划，并在当晚高兴地得知他也认可了我的计划。他的电报中写道：

这个安排很不错。周三的1:08我将在车站等候您的到来。切记带好录音、信件和相片。请勿泄露行程。期待您的到来。

埃克利

给埃克利的电报确认已被签收——从汤森德站往埃克利家发送信息，既可以托付给官方的信使，也可借助已恢复的电话服务——这样一来，那长期萦绕不散的潜意识中的疑惑便消失了，我不再揣测这些令人生疑的信件都是何人写的。我感到很轻松——事实上，我无法用语言描述那时的轻松愉快之感。那天晚上我睡得又沉又久，也开始为我接下来两天的行程做准备。

6

周三，按事先安排的一样，我带着旅行包出发了，里面装满了简单的生活用品和科学数据，包括那骇人听闻的录音和令人震悚的相片，还有和埃克利联络的所有信件。按照指令，我没有告诉任何人我的去处；即便考虑到事件可能已有所好转，我也仍尊重它所需的高度隐秘。撇开其他一切，光是与外星人切实地进行精神沟通这一点，都足够震撼我这个经受过考验且有思想准备的人了。对大多数毫不知情的普通人来说，这件事会对他们有什么影响呢？我也并不清楚自己心中对未知的恐惧与对冒险的期待，二者究竟谁占了上风。我在波士顿转车，开始了一路向西的漫长旅程，从熟悉渐渐步入陌生：沃尔瑟姆[1]——康科德——艾尔——菲奇堡——加德纳——阿索尔[2]——

到格林菲尔德的火车晚了7分钟，不过北上的换乘快车也晚点了。我匆忙地换乘，车穿过午后的阳光，隆隆驶进那些我早已在书本中领略过、却从未亲身踏足的地方；一阵强烈的好奇涌上心头，让我有些喘不过气。我知道，和我一直以来生活的工业化的南部沿海城市相比，我正在走进古老、原始的新英格兰，一个未遭破坏的、保留着最初模样的新英格兰，一个外国人、工厂浓烟、广告牌、水泥路以及其他现代文明还未踏足的新英格兰。历史长河中连绵不绝的古老生活方式，在这片土地上扎了根——这从未间断的古朴生活方式中，保留了远古的记忆，且滋养了隐秘惊奇又鲜为人知的信仰。

[1] 沃尔瑟姆（Waltham），米德尔塞克斯县的一个城市，北美洲工业革命的早期重镇之一。

[2] 康科德、艾尔、菲奇堡、加德纳和阿索尔，都是美国马萨诸塞州城市。

离开诺思菲尔德后，列车穿过了碧蓝的康涅狄格河，河流在阳光下时不时闪着微光。前方是郁郁葱葱的神秘群山，当售票员来到我身边时，我才知道到佛蒙特州了。因为北部的山区不使用最新的夏令时，他让我把手表拨慢了一个小时。时针逆转，我似乎也跟着时间回溯到了上个世纪。

火车沿着河流，穿过新罕布什尔州，我看见陡峭的怀特斯提奎特峰逐渐逼近——那儿便是古老传说的发源地。随后，街道出现在我的左侧，右侧则是溪流中浮现的绿色小岛。人们站起来，挤向门边，我则随着人流前进。车停了，我下了火车，来到布拉特尔伯勒车站长长的车棚下。

看了看等车的队伍，我犹豫了一会，思考哪个才是埃克利的福特车。在我接受这一邀请前，我的身份于他一直是神秘的。显然，他本人也不会主动伸手向我表示欢迎，措辞熟练地问我是否是来自阿卡姆的阿尔伯特·N.威尔马斯先生。然而，来接我的男人和相片上那个蓄满络腮胡、头发花白的人毫无相似之处；这是一个扮相年轻靓丽的人，穿着时髦，只留了一点黑黑的小胡子。尽管我无法在回忆中找到对照，但他彬彬有礼的语调，隐隐给我一种出奇不安的熟悉感。

在我打量这位前来接送的先生时，他自称是我即将拜访的主人的朋友，代表主人从汤森德来。他声称埃克利突发哮喘，不能外出旅行，但病情并不严重，不影响我此次访问。我并不知道这位自称诺伊斯的先生对埃克利的研究和发现有何了解，但在我看来，他漫不经心的举止为他贴上了外来者的标签。想起埃克利是何等孤僻的隐士，安排这样一个朋友前来，我有些意外。诺伊斯招呼我上车，我虽心存疑惑，但也没有拒绝。读埃克利的信时，我想象着来接送我的应是一辆宽敞整洁且新款时尚的车，而并非这辆小小的老爷车——很显然，这是诺伊斯自己的车，挂着马萨诸塞州的车牌，还安装了当年流行过的滑稽的“神圣鳕鱼”设备。我想我的向导定是夏天来汤森德镇暂住的。

诺伊斯上了车，坐在我身边，接着发动了车。空气中弥漫着古怪紧张的气氛，我没有聊天的兴致，因此庆幸他的话并不多。我们拐过斜坡，向右转进主路。小镇在午后的阳光中显得格外迷人，一切都还是记忆中年少时新英格兰的古老小城，屋顶、塔尖、烟囱和砖墙的轮廓交错，触动着远古思绪的琴弦。时光的痕迹沉淀于此，我正进入一个散发魅力的地方。由于远离纷扰，这片土地成了孕育古老奇异之物的温床。

经过布拉特尔伯勒后，我心中的局促和不祥感愈发强烈。这个群山林立的山村中，那片繁盛的绿意以及花岗岩斜坡，暗示着某些隐晦的秘密，以及来自远古的、对人类来说敌友不明的生物。接着，我们沿着一条源于北方不知名山脉的宽浅河流前行。当我的同伴告诉我这就是西河时，我不禁哆嗦了一下。我回忆起报纸上的新闻，在洪水过后，就是在这条溪流里，出现了螃蟹样的变异生物。

渐渐地，身边的乡村越来越荒凉。那些古旧的桥梁令人生畏地横亘在山间，平行于河流的半荒废铁轨散发着若有若无的凉意。悬崖峭壁皆始于这里磅礴的山谷。好几次，我瞥见一些令人生畏的巨大河谷，在那儿耸立着悬崖——那种新英格兰地区常见的原始花岗岩悬崖，在鳞次栉比的葱翠树林间露出了一丝灰沉和朴素。峡谷间，无数溪流肆意奔流，汇入这条承载着许多山间秘密的河流。不时出现的岔路狭窄隐蔽，在茂密的森林里若隐若现，仿佛其中潜伏着自然灵力。看到这一切的时候，我不禁想到，当埃克利在这条路上行进时，毋庸置疑曾受到无数看不见的力量骚扰。

不到一小时，我们就到达了纽芬。这片土地已经彻底被人类征服，因此这个风景秀丽的古老村庄成了我们与背后的世界最后一点联系。在那之后，我们就远离了有形的世界和时间线上的事物，进入了寂静缥缈的魔幻境地。在那里，丝带似的狭路起起伏伏，变幻无常得有些刻意，在无人居住的青葱山丘和半荒芜的山谷中穿梭。除了汽车的声音，以及沿途少数几个农场的微弱动静，我唯一能听见的声音，就是在幽暗的树林里，无数暗泉涌动发出的怪异流水声。

矮生植物拥簇，此刻高耸入云的山峰带来的惊心动魄之感如此清晰。它们陡峭得超乎想象，使我从前认知的世界变得平淡无奇。一片无人问津的森林，坐落在难以抵达的山巅，其间似乎居住着让人难以置信的外来生命。同时，我觉得这些山脉的轮廓，暗示着流传亘古的奇特含义，它们像是传说中的泰坦种族留下的巨大象形文字，此中荣光仅仅活在浅薄的梦境里。所有这些远古的传奇，以及所有亨利·埃克利信件中令人震惊的指控，都浮现在我的脑海中，加剧了紧张恐怖的氛围。我将拜访的目的和假定存在的可怕反常事件，一时间让我感到害怕，甚至压倒了我对探索未知的喜爱。

我的向导一定是注意到了我的不适。当道路变得越来越荒凉崎岖时，车开得也越来越慢，他偶尔也发表些轻快的看法，让对话稳定地继续下去。他谈起这个国家的美和野性，也谈论我所从事的民俗学，试图拉近和我的距离。他礼貌地提问，明显透露出他知道我此行的学术目的，并知道我带来了一些重要的证据；但他却没有表露对埃克利所掌握信息有多糟糕的看法。

他的行为令人愉悦，举止得体且儒雅，话语也理所当然地安抚了我，使我冷静下来。但奇怪的是，我们越是深入未知的群山和森林，我就愈发不安。有时候，他似乎在试探我，看看我对这个地方骇人的秘密到底了解多少。每当他说出一点，那种恍惚、戏谑且令人困惑的熟悉感也愈发强烈。尽管他的声音听起来很有教养，但这并不是一种正常的或令人安心的熟悉感。不知为什么，我将他与那本来已快要忘记的梦魇联系在了一起，如果我的判断真是正确的，我想我可能会疯掉。如果有任何适当的托词，我大概就会马上放弃这次旅行而中途折返。而事实上，我没能这么做——抵达目的地后，我和埃克利间冷静的学术对话，又让我重新振作起来。

除此之外，在翻山越岭时，这片迷人土地上的开阔风景也使我安下心来。在这片迷宫里，时间都失去了意义。在我们周围，仙境般的花海蔓延开来，消逝了几个世纪的美在此都重现了——古老的树林和未受玷污的牧场，周边镶嵌着迷人的秋日花朵，矮小的棕色农庄安卧于大树之间，藏身于铺满馥郁芬芳的野蔷薇和葱郁草地的垂直悬崖下边。甚至连阳光也沾染上超然的魅力，似乎有一种特殊的气氛笼罩着这整片区域。即使是在魔幻故事的场景中，我也不曾体会过这般富于意式原始风情的意境。索多玛和莱昂纳多曾构思过如此的场景，并将其描绘在文艺复兴时期的拱廊中，但那也仅仅是遥远思绪的展现；而此刻，我们亲身穿梭在画中，我似乎在那巫术中发现了一些我天生就知道、却一直茫然追寻的东西。

突然，在沿着陡坡向上翻过一个缓坡后，车停了下来。我的左侧有一块保养良好的草坪，一直延伸到路边，几块漆白的石头摆放在草坪的边缘。草坪另一侧是一栋两层半高的白色楼房，房子的堂皇和雅致与四周的环境格格不入。房子的右后方毗邻以拱廊相连接的谷仓、马厩、风车。我一下就认出了这个地方：我曾在相片中看到过，因此在看到亨利·埃克利的名字出现在路边的镀锌铁邮箱上时，我一点也不意外。房子后不远处，是一片树木稀少、沼泽似的洼地。洼地之后，另一座陡峭且树林茂密的山拔地而起，一直蔓延到远方山坡上参差的树林。我知道，那就是黑山的峰顶，而我们已经在半山腰了。

诺伊斯下了车，拿起行李袋，叫我等在原地，而他则进门去通知埃克利我的到来。他声称自己在别处还有很重要的事情要办，所以一刻也耽误不得。当他熟练地走过通往房屋的小径时，我爬下车，希望在进行一场久坐的漫长对话前，稍微活动一下腿脚。此时此刻，我正处于埃克利信中所说的发生过令人无法忘怀的可怕围攻的战场，因此又紧张到了极点。深知接下来我和埃克利的谈话，将让我与怪异的禁忌世界更近一步，我同时又生出了几分恐惧。

要说与全然怪异之物产生紧密联系，往往是恐惧超过了激动，而且一想到在经历过若干充斥着恐惧和死亡的漆黑之夜后，眼前这条满是灰尘的小径曾布满巨大足迹和恶臭的绿色脓液，我一点也高兴不起来。无意间我注意到埃克利的狗都不在了，难道是他在与外来者和解后，就把那些狗统统卖掉了吗？不管我怎样努力，我都无法相信，埃克利在最后一封一反常态的信中想传达饱含真诚的深厚情谊。毕竟，他只是一个单纯的、未经世事的人而已。或许，在这新联盟的表象下涌动着一些邪恶的暗流呢？

我这么想着，眼睛不自觉地看向那满是尘土的路面，心头掠过它曾布满那么多令人毛骨悚然的证据。这本该是片人迹罕至的区域，但过去几天天气干燥，这条路上各种各样的痕迹都没有消退，混杂密布在一起。我的好奇心隐隐作祟，开始在心中勾勒出各种足迹的主人的身形，同时又努力克制自己可怕的联想——在这悲哀肃穆的寂静中，在远方溪流传来的微弱的流水声中，在绿树拥簇的山峦中，在黑木丛生的狭窄峭壁中，处处暗含着威胁和令人不安的东西。

接着，我脑中突然出现一个景象，使得那些模糊的威胁和联想变得黯然失色。我说过，我曾以一种毫无依据的好奇心观察过那些杂乱无章的足迹——但是一阵强烈的恐惧突如其来之后，好奇心突然消失了。虽然尘土的足迹大多是模糊不清，并且重叠在一起的，不大可能吸引我随意扫视的目光，但我焦躁不安的视线还是落在了通向房子的小路和公路连接处的细节上，并肯定而又绝望地认出这些细节中真实存在的恐怖。我曾经花费几个小时，细细察看埃克利发来的外来者爪印的相片，这并不是毫无用处的。我对于那些令人厌恶的爪印了如指掌，这种在方向上模棱两可的脚印，是地球上任何生物都无法创造的。我绝不会搞错。就我看来，这些爪印中，至少有3个是几小时前留下的，模糊不清地混在许多其他进出埃克利家的脚印里。它们是来自尤格斯星的生物留下的令人生畏的足迹。

我及时定住神，防止自己尖叫出声来。毕竟，如果我确信埃克利信中所言为真，这些又怎么会在我的意料之外呢？埃克利提过，他已与它们握手言和，那它们中有人去拜访他又有什么好奇怪的呢？但心中的恐惧仍然比我强行编造的安慰感要强烈。谁会在第一次看到来自外太空的生物的爪印时，内心却毫无波澜？就在那时，我看到诺伊斯出现在门前，快步向我走来。我想，我一定要保持镇定，因为这位好友对埃克利有关禁忌的最深奥、最惊人的探索，大概一无所知。

诺伊斯急忙上前告诉我，埃克利对我的造访很高兴，并已准备好见面，尽管由于哮喘突发，他没有办法立刻作为一个称职的主人出现。哮喘发作期间，他的身体受到很大的影响，且还伴随着磨人意志的高烧，因此他全身乏力。这些症状持续发作可够他受的了——甚至在走动时，他也显得非常笨拙虚弱——他的双脚和脚踝肿胀，所以必须把脚绑得像患了痛风的伦敦塔卫士。今天他的状况仍然很糟糕，所以请我照顾好自己。但他仍热切地想要与我交谈。他就在前厅左侧的书房里——那里所有的窗帘都紧拉着。当他生病的时候，眼睛会变得十分敏感，所以一点光都不能透进来。

诺伊斯向我告别，并开车往北去，而我就向那座房子慢慢靠近。诺伊斯为我留了半开的门。在进入之前，我审视了一下周边的环境，试图弄清究竟是什么使我产生如此不安的感觉。谷仓和马厩看起来整洁普通，我注意到埃克利那辆老旧的福特车停在无人看管的宽敞车棚里。很快我就明白了——通常，一个农场里会有各种牲畜，发出嘈杂的声音，但在这里所有生命的痕迹都消失了。那些母鸡和猪呢？埃克利曾提过他有几头牛，那些牛很可能被赶到牧场去了。狗也可能被卖掉了。但如果连母鸡的咯咯叫声和猪的咕噜声都没有的话，那就真的有些异常了。

我并没有在路上停留太久；相反，我步履坚定地走进了半开着的大门，并顺手关上了它。我也曾经过一番内心的挣扎，当被关在房子里面时，有一瞬间我想要逃离。并非是因为这个地方看起来可怕；恰恰相反，我认为这里别致的、后殖民主义时代的走廊非常高雅，也很欣赏选择了这种装修的人的教养。使我想要逃离的东西逐渐减弱且愈发含糊，那也许是我注意到的某种古怪气味——但我也很清楚，即使在最精心打理的农舍里，霉味也是很常见的。

7

为了不让这种模棱两可的不安控制我，我回想了一遍诺伊斯的嘱咐，推开了左边那扇镶着六块木板和黄铜门闩的白色大门。和我预期中一样，前方的房间漆黑一片。当进入这个房间时，我发觉那古怪的气味愈发强烈。空气中隐隐浮现着一丝幻觉似的旋律和震颤。有一瞬间，透过紧闭的窗帘我看到一丁点光亮，但很快，一声怀有歉意的干咳和呢喃细语吸引了我的注意力。我看向稍远处更黑的角落，那儿放着一把安乐椅。在那阴暗的深渊里，我看见一个男人惨白的脸和他轮廓模糊的双手。我立刻走过去，向那个试图开口说话的人问好。尽管灯光昏暗，我还是能认出，这的的确确就是我这趟旅行目的地的主人。我反复研究过那张相片，绝不会认错这张坚定的、饱经风霜的、长满花白胡子的脸。

但当我再看他一眼时，我的心情也多出一分伤感和不安。准确来说，这是一张重病患者的脸。但我也确认这紧张僵硬且死板的表情和一眨不眨的双眼中呆滞的目光，绝不仅仅是哮喘造成的；我意识到，这一阵子可怕的经历带给埃克利的精神压力，对他造成了多么严重的后果。这难道还不足以击垮一个人吗？即使换一位比这位勇敢的禁忌探索者更年轻的人，也无法承受这一切。我害怕这突如其来的、百思不得其解的轻松到得太晚，无法将他从大势已定的崩溃中解救出来。他的手无力地搭在膝盖上，看起来十分凄惨。他身着宽松的晨衣，头和脖子都被黄色围巾和风帽覆盖。

这时，我见他正试图用他刚才跟我打招呼时发出的干咳般的呢喃细语说些什么。一开始我听不清他在说什么，他花白的胡子遮盖了嘴唇的动作，声音里的某种奇异更是极大程度地让我分心。但在我集中注意力后，我很快就能明白他要表达的意思。他的口音绝不是乡下口音，言辞甚至比我从信件中感受到的还要优雅。

“我猜您就是威尔马斯先生吧。很抱歉我不能站起来迎接您，我病得很重，诺伊斯先生一定告诉您了。但我仍然忍不住邀您来。您已经读过我写的最后一封信了。有许多想告诉您的事情，明天等我感觉稍微好些了再对您说。在我们通信这么久之后，能够与您相会让我感到难以言表的开心。您把那些信件带来了吗？还有相片和录音呢？诺伊斯已经把您的行李放在走廊里，我想您应该看见了。今夜您恐怕需要一个人度过了。为您安排的房间在楼上，刚好是这间卧室的正上方，浴室就在楼梯口。走出这扇门，右侧就是餐厅，我们为您准备了餐食，您想什么时候吃都可以。明天我会尽力做一个更为称职的主人，但现在虚弱的身体叫我无能为力。

“请您就当在家一样——不过在您带着包上楼前，烦请先把信件、照片、录音从包中取出，留在桌上。我们将在这里开展讨论，您可以在那个角落里看见我的留声机。

“不必在意我了，谢谢——您帮不上什么忙的。我这都是老毛病了。晚上回来时，只要您愿意，随时可以上床休息。我会在这里休息，也可能直接睡在这里，我常常这么做。等到早上，我的身体就会恢复许多，然后我们就可以探讨必要深究的事情了。当然，您已经知道我们所面对的这件事的惊人真相了。对于我们，也是对地球上寥寥几人来说，超越人类已有科学和哲学概念的时空深渊和知识，将由此打开。

“您知道爱因斯坦是错的吗？某些物体和力的运动速度可以快过光速。只要得到恰当的辅助，我就有望在时间里来去自如，可以切身体验地球的远古时代和未来新纪元。您无法想象这些生物的科学发展到了何等程度。只要有思想和身体，没有什么是它们不能做的。我希望可以拜访其他行星、恒星，甚至其他星系。第一趟旅程的目的地将会是尤格斯星，这是它们离我们最近的一个哨站。这是一个在太阳系边缘的古怪黑色球体，至今都不为地球上的天文学家所知。但我必须写信告诉您这些。您知道的，在合适的时机，这些生物会直接通过脑波和我们联系，从而使人们察觉这颗星球，或者是派遣它们的人类潜伏者给我们的科学家一点暗示。

“在尤格斯星上有一些大城市，矗立着一排排黑色石头建造的高塔，形如我曾试图寄给你的岩石样本。那就是来自尤格斯星的岩石。在那里，阳光并不比星光更亮，但是它们也不需要光照。它们有其他更加敏锐的感官，因此宏伟的房子和寺庙里都没有窗户。光照甚至会伤害、阻碍、迷惑它们，因为在它们最初起源的、超越时空的黑色宇宙里，压根儿不存在光。拜访尤格斯星会使一个虚弱的人崩溃——不过我还是要去那里。在它们神秘的大桥下，流淌着漆黑的河流。这些大桥是由更为古老的种族建造的，那个种族在现在这些生物从终极虚空中来到尤格斯星之前，就已经灭绝，被长久地遗忘了。如果一个人可以在看到那黑色的沥青河流之后，还能够保持足够的清醒，并将这些讲述出来，那么他势必能成为但丁或埃德加·爱伦·坡了。

“但请记住，那个满是真菌和无窗建筑的黑暗世界本身并不糟糕，只是我们看来觉得糟糕而已。也许对于在原始时代首次探索我们世界的它们来说，这个世界也同样可怕。您知道，它们在克苏鲁传奇时代结束之前就已存在了，并且在拉莱耶还未沉入海底时，就已记住了关于它的一切。它们也在地球内部活动——地表有人类毫不知情的通道，其中一处就位于佛蒙特州的群山里，未知的世界埋藏于此：蓝色火焰跳跃的昆扬[1]，红色火焰中的幽嘶，和漆黑无光的恩凯[2]。那可怖的撒托古亚就来自恩凯——您知道的，就是纳克特抄本[3]、《死灵之书》以及由亚特兰蒂斯大祭司克拉卡什顿保存的神界混沌周期中都有提及的身形不定、蟾蜍般的神物。

“我们一会儿再细说。现在一定是下午四五点了。您最好先把东西从包中拿出来，去吃一点东西，我们回头再聊。”

我缓缓转身，遵从房子主人的建议，拿起行李袋，取出该取出的物品，最后上楼去了我的房间。路边的爪印还历历在目，埃克利呢喃的话语也对我产生了难以言喻的影响。他处处暗示自己向往着那颗满是真菌和未知生命的星球——那充满禁忌的尤格斯星——带给我的恐惧要比想象中更加深重。我对埃克利抱病感到十分遗憾，但也不得不坦白，他沙哑的喃喃低语既惹人讨厌，又让人心生同情。如果他对尤格斯和它黑色的秘密不这么贪婪地关注就好了！

我的房间装修妥贴，且十分舒适，没有霉味和扰人的震颤感。把行李放在楼上后，我又下楼和埃克利打招呼，享用他事先为我准备的午餐。餐厅就在书房边上，我看到同一方向更远处有一个厨房。餐桌上摆放着三明治、蛋糕和芝士，茶杯茶碟旁还有一个保温瓶，显然他连热咖啡也准备好了。在享用了这顿美味的大餐后，我给自己倒了一大杯咖啡，发现比起其他食物的美味，咖啡的烹煮显得有失水准。仅一小口，我就从中隐隐尝出了令人不快的辛辣味，因此就没有继续喝下去。在用

[1] 昆扬，克苏鲁神话中的地下世界。

[2] 位于王座下方的黑暗世界，旧日支配者撒托古亚的栖身地。

[3] 《纳克特抄本》：克苏鲁神话体系中的魔法书，据称是地球上现存最古老的书籍。

餐的过程中，我都想着静静地坐在隔壁黑暗屋子里的埃克利。我也邀请过他来同我一起进餐，但他却喃喃低语说吃不下任何东西。他在睡前，会吃一些麦芽乳，这就是他一整天吃的东西。

吃完饭后，我坚持自己清理餐具，并且在厨房的水槽前清洗餐具——一不小心把我自己无心享用的咖啡倒了。接着我又折回黑暗的书房，搬了一张椅子，坐在主人的身边，准备开始期待已久的谈话。信件、相片和录音仍然放在房间中央的大桌子上，但目前为止我们都没有分析过它们。不久之后，我甚至都习惯了那奇怪的气味和令人不安的震动。

我曾说过在埃克利的信件中，有一些令人窒息的细节——尤其是篇幅最长的第二封信中——我甚至不敢引用这信中的文字。因为这封信，我也不愿再详述当晚在渺无人烟的群山中，在这个黑暗房间里听见的低声呢喃。同样，我也不愿细想他这喑哑声音里映射出的来自宇宙深处的恐怖。但是他与外星生物达成协议之后，所了解到的事物超越了任何清醒头脑可以承受的范围。甚至，我现在都完全不愿相信他提及的终极无穷的构造、多维度的并列，以及我们已知时空在某一无穷锁链中所处的可怕位置，而这些由宇宙微粒构筑的链条，形成了有着弧线、角度、物质、半物质电子组织的超级宇宙。

从来没有哪个神志清醒的人如此危险地接近那基本元体的奥秘——也从没有哪个生物能如此接近那存在于超越一切形式、力量和对称性的混沌中的终极毁灭。我了解到克苏鲁最初从何而来，也明白为何历史上多半的巨大恒星的寿命都如昙花一现。这其中有一些暗示，甚至使告诉我这一切的埃克利都胆怯停顿，我猜测那些隐藏在麦哲伦星云、球状星云以及黑色真相背后的秘密，都藏在道家古老的寓言之中。尽管我仍不知起源，但已了解了杜勒斯[1]的本质，也得知了廷达洛斯猎犬[2]的真相。

---

[1] 杜勒斯，一种微小的异度空间中以血肉为食的生物。

[2] 廷达洛斯猎犬，克苏鲁神话中一类习性极为独特的异形生物，这是一种形态极为模糊的异次元生物，没有人能够将其具体形态描述清楚，因为目击猎犬者必定会被其追踪，最终难逃一死，根本来不及对它们的形态作详细描述。

而伊格——众蛇之父的传说，也不再具有隐喻。当我得知《死灵之书》中记载的宇宙边界之外，凶恶的核混乱是由阿撒托斯发动的时候，我感到一丝厌恶。听埃克利毫不含糊地讲述秘密传说中最凶险的梦魇，无疑把我吓得不轻，其中包含的病态的仇恨，其直白程度已超过了古代和中世纪神话中最大胆的暗示。我不可避免地开始相信最早开始传播这些被诅咒的传说的人，一定和埃克利所知的外来者们曾有过交流，甚至也可能拜访过埃克利计划前往的外太空疆域。

埃克利告诉了我黑色石头上象形文字的含义，我也很庆幸它终于没有到我手上。我对这些象形文字曾经的猜测都太正确了！埃克利打算与他过去偶然发现的可怕体系和解，也热情饱满地计划深入探索这可怕的深渊。我很想知道，在给我写了最后一封信后，他还与什么生物交谈过，那些生物中是否有一部分与他提到的秘使那样，也伪装成了人类的样子。我脑中的弦紧绷到无法承受，脑中也冒出许多不可思议的想法，来解释这里弥漫的古怪而持续的气味，以及阴暗房间里隐隐的颤动。

夜幕降临，回忆起埃克利早些时候信中描述的夜晚，再想到今夜大抵是无月夜，我不寒而栗。我不喜欢这种将农舍建在森林密布的巨大山坡背风面的做法，况且它还位于通往黑山那人迹罕至的峰顶的半途。得到埃克利的许可之后，我点了一盏小小的煤油灯，把光线调暗，放在远处的书架上，靠着那像鬼似的弥尔顿半身雕像。但没过多久，我就开始后悔自己这么做了。借着灯光，我看到主人紧绷着一动不动的脸，看起来就像死尸一样。虽然他时不时僵硬地点一下头，但总体而言还是无法动弹。

在他告诉我这么多骇人听闻的消息以后，我无法再想象，他还留了什么更深奥的秘密要到明天再说。最后他透露出，明天的话题将涉及他去尤格斯以及更远的地方的旅行计划，并希望我能参与其中。当我一开始听到我也将参与这次宇宙航行时，埃克利开始剧烈地摇头晃脑，大概是我所表现出来的惊慌让他觉得可笑。随后他非常温和地向我解释，人类要如何完成这看似不可能的跨越星际真空的飞行，并说实际上早已有人完成过这一壮举。从表面上看来，人类凭借自己的身体，似乎无法完成这样的旅行，但是外来者利用它们惊人的外科、生物、化学、机械技术，可以做到仅仅改造人类的大脑并保持其原先身体构造的情况下实现这一点。

它们有一种方法，可以毫无伤害地取出人的大脑，并且保证剩余的器官在离开大脑的情况下继续存活。接下来，赤裸小巧的大脑会被浸泡在由尤格斯金属制作的气缸中，用一种偶尔才往缸中补充的液体完全隔绝开来，电极与缸中精心设计的仪器连接，从而模拟视觉、听觉和语言系统这三个最重要的感官。让能够飞翔的真菌生物完好无损地运输这些装着大脑的气缸，是一件轻而易举的事情。接着，在任何一个覆盖了它们文明的星球上，它们都拥有足够的感官调节设备，与液体里的大脑相连。所以在经过一定调试后，这些气缸穿梭于时空连续体的每一阶段，在历尽长途跋涉后，也还是拥有完全感官和清晰表达能力的生命体，尽管只是没有实体，需要由机器驱动。这就跟携带留声机唱片、并在有相配的留声机的地方播放一样简单。毫无疑问，这样的旅途可以成功，埃克利也并不害怕。难道这不是曾一次又一次地完美实现过吗?

终于，他那始终没有动过的双手举了起来，指向房间另一侧一个高大的架子。在那里，整齐排放着十几个我之前从未见过的金属气缸：这些气缸大约一英尺高，直径不足一英尺，每个气缸前面凸起的表面上，都有三个奇怪的凹槽呈等腰三角形分布。其中一个气缸通过两个插座，连接着其后一个结构简单的机器。我早就猜到了它们所蕴含的意义，但还是像得了疟疾一样颤抖着。然后埃克利又指向另一个近得多的角落，那儿堆着一些精密仪器以及连接的电线和插头，其中有几个很像架子上那两个摆在气缸后面的装置。

“这儿有四种仪器，威尔马斯先生，”他低声说道，“四种，每种有三样感官，一共12个部分。你看，在那些气缸里一共有四种不同的生物。三个人，六个不能以肉体去探索宇宙的真菌生物，两个来自海王星的生物，（老天啊！要是能看看这些生物在它们自己星球上的样子就好了！）剩下的都是来自银河系之外的一个非常有意思的暗星的中央窑洞。在朗德山的主前哨中，你将会发现更多气缸和机器——有一些装载着从宇宙之外来的大脑，它们有着与我们已知生物完全不同的感官——它们是来自外太空的同盟者和探索者——这些特殊的机器可以马上为它们提供各种合适的模拟表达器官，也能为不同生物提供对应的感知。朗德山就像大多数存放不同生物的主前哨地，是一个属于宇宙的地方。当然，它们只会提供最普通类型的哨地供我实验。

“把我指着的三个机器拿过来放到桌子上。那个装着两个玻璃镜头的高高的仪器放到最前面，然后是带有真空管和音响的盒子，最后是顶端有金属圆盘的那个。现在把带有‘B–67’标签的气缸放在上面。站在那把温莎椅上去，够那个书架。重吗？不要担心！记住B–67这个数字。别管那个连着两台测试仪的锃亮崭新的气缸——别管写了我名字的那台。把B–67也放在桌上，就放在刚才那些机器的旁边，然后把这三台仪器的控制器都转到最左边。

“现在将装有透镜的气缸上方的插孔用电线相连——那儿！把带有真空管的机器和左下方的插孔相连，将有圆盘的机器与外侧的插孔相连。现在把所有机器的表盘都转到最右边——先转带透镜的，然后是顶端有圆盘的，最后是装有真空管的那个。就是这样。告诉您吧，这也是一个人类，跟我们都一样。我明天再告诉您一些别的。”

这一天结束时，我仍不明白我为什么要像个奴隶一样，遵循他这呢喃的低语，也不知道我心中是否真的认为埃克利疯了。经历了之前的一切，我应该已经准备好面对任何事；但是这机械的低喃，像极了典型的疯狂的发明家和科学家们的作品，它在我心中敲响的警钟，比此前任何一次谈话都更加令人心怀警惕。我眼前这个呢喃低语者所提到的一切，超出了所有人类的认知——但在外太空就真的没有别的东西了吗？仅仅因为它们缺乏可触碰的实体证据，就能说明它们的存在荒谬吗？

当我的思绪在这片混乱中游离时，我听到刚才和气缸连接的三台机器发出刮擦和呼呼的声音——但这声音很快又消失在彻底的寂静之中。接下来会发生什么呢？我会听到什么声音吗？如果真是如此，又有什么能够证明，那不是某个隐藏在暗处却又密切关注着我们的人，通过巧妙调配的无线电设备对我们说话呢？甚至到现在，我都不愿意承认，我究竟听到或是看到我面前发生了什么，但又不可否认一定有事发生了。

简单而言，一个带有真空管和音箱的盒子开始说话了，它们的话语毫无疑问地证明了发言者就在现场，并且观察着我们。声音很响，却带着死气沉沉的金属质感，并且在发出每一个音节时，都表现出由简单的机械驱动的感觉。这声音没有语调变化，也不具备表现力，但却带着极度的精准和从容，以刮擦声和乒乓的碰撞声说个不停。

“威尔马斯先生，”它说，“希望我没有吓到您。我跟您一样也是一个人类，虽然此刻，我的身体正安然无恙地存放在东边1.5英里的朗德山里，并得到了妥善的照料。同时，我也和您在一起——我的大脑就在那个气缸里，我看、听、说都通过这些电子振捣器。一周以后，我将再次踏上穿越虚空的旅途。我之前已经做过好几次相同的事情，希望届时我能够有幸得到埃克利先生的陪伴。同样，我希望您也能参与这场旅行。从打探您的名声，关注您与埃克利先生的通信，到亲眼见到您，我也算是认识您了。我也与来地球访问的外来生物结成了同盟；我第一次见到它们是在喜马拉雅山，并且通过各种方式帮助它们适应这里。同样，与它们在一起，我也体验到了一般人不会有的经历。

“您知道我说的‘曾经去过37个不同天体’是什么意思吗？这37个天体包含行星、暗星，还有一些无法描述的天体，其中8个在银河系外，两个在这个弯曲的宇宙时空之外。这些旅行都没有对我造成一丁点儿伤害。它们把我的头颅打开，将我的大脑与身体分离，整个过程极其精妙，我甚至认为称之为外科手术并不妥当。这些天外来客们有许多方法，能轻而易举地取出人的大脑。当人的大脑被取出来后，他的身体就不再变老。我再补充一下，如果一个大脑能凭借机械产生感官，由偶尔更换的保存液供给更新的适量营养，那么实际上他已经是不朽的了。

“总而言之，我衷心希望您能够与埃克利先生一起，和我共同开启这趟旅途。那些天外来客们非常希望能够认识像您这样知识渊博的人，同时也想展示他们那大多数人只能在梦境中见到的伟大深渊。刚见到它们时，您可能会有一些奇怪，但我知道您不会介意的。我想诺伊斯先生应该也会随行——就是那个开车将您带来这儿的人，他在多年前就已经成为我们中的一员，我猜您一定认出他的声音了，他就是埃克利先生送给您的录音中的其中一个声音的主人。”

我猛地抽搐了一下。说话者停顿了一下，接着开始做总结——

“所以，威尔马斯先生，我把这个问题留给您自己思考。我只想说，一个像您一样对未知和民间传说有着深厚热爱的人，绝不应该错过这样的机会。没有什么好害怕的。所有的转变过程都是无痛的，拥有完全机械化的感官是一件惬意的事。当电极没有连接的时候，大脑就会进入睡眠状态，做着格外生动和美妙的梦。

“现在如果您不介意的话，我们将结束谈话，明天再继续，晚安。记得把所有的开关都转到左边，除了带透镜的机器需要最后关闭，别的顺序都无所谓。晚安，埃克利先生，好好招待我们的客人！准备好关掉这些开关了吗？”

它的话这就结束了。尽管我对发生的这一切都还心存疑虑，还是机械地遵守着它的指令，关掉了三台机器的开关。然后我听见埃克利呢喃着，告诉我可以把那些设备就这样留在桌上时，我仍有些恍惚。他对刚刚发生的这一切没有做任何评价，实际上也没有任何评价可以表达出我深受重压的感受。我听到他说，我可以将这盏灯提回到我的房间。我猜测他希望独自一人在黑暗中休息。确实也到了他该休息的时间了，他下午和晚上说了那么多，一个身体强健的人也难免感到疲惫。我有些晕眩地向主人道了晚安，虽然我手头就有一个不错的小型手电筒，我还是提着灯上楼去了。

我很高兴能够离开楼下那个弥漫着古怪气味和模糊震感的书房，每当想起我当时所处的位置和我将要面对的力量时，就不可避免生出一阵毛骨悚然的恐惧。这偏僻荒野本身，以及房子后面被黑色密林覆盖的山坡，路边的爪印，黑暗中病弱的、一动不动的呢喃低语者，可怕的气缸和机器，还有奇怪的手术和更加奇怪的旅途邀约——所有这些事情，对我来说都如此陌生，却突然以一种逐渐积累的力量涌入我的生活，消磨我的意志，甚至几乎要耗尽我的体力。

后来我发现我的向导诺伊斯，正是录音中那场很久以前的可怕半夜仪式中的人类司仪，虽然我早已隐隐察觉他的嗓音有一丝令人反感的熟悉感，但还是不免大吃一惊。另外，我当时对主人的态度令我自己也感到惊讶，以至无论如何我都不愿再细想。在潜意识之中，我更愿意相信自己凭借书信构想的埃克利，却对眼前的这个埃克利充满厌恶。他的疾病理应引起我的同情，但相反的，这却让我不寒而栗。他表现得太过僵硬，一动不动地坐着，仿佛一具尸体——而他那持续不断的低语，实在是太惹人厌恶，有违人性。

就我而言，这种低语不同于以往我听到的任何声音。尽管被胡子挡住的嘴唇几乎一动不动，却又暗藏了能量，这种能量来自哮喘病人确乎有些惊人。即使隔着整整一个房间，这股能量也能将说话者想表达的意思传达给我。有那么一两次，不知什么原因，我觉得那声音虚弱却有穿透力。从一开始，我就觉得他的声音里有些令人不安的东西；我试图要探明其间真相，于是凭借潜意识回溯到印象里熟悉的场景中，就和追踪诺伊斯嗓音里那模糊的不祥一样，但仍想不起何时何地我曾遇到过那种声音。

唯一确定的是，我不会再在这里多待一天。在恐惧和厌恶中，我对科学的热爱已经被消磨完毕。现在，我只想逃离这扭曲的、带有异常启示的大网。我知道得足够多了。它们同宇宙的联系肯定也是真实存在的——但这并不意味着普通人类可以干涉这些事情。

我似乎被某些触犯神灵的力量包围，并且紧紧压迫着我的神经。我实在是睡不着，所以仅仅熄灭了灯，然后穿戴整齐躺在床上。这一切都太奇怪了。我准备好要应对未知的突发事件，右手紧紧抓着随身携带的左轮手枪，左手则抓着我的小型手电筒。楼下没有任何动静，我想象着那形容枯槁的主人一动不动坐在黑暗中的样子。

我听到某处传来钟表的嘀嗒声，能听到这样正常的声音，我甚至有些心怀感激。尽管这让我想起此地另一个让我不安的因素——这里没有任何动物——不仅没有任何农场动物，连野生动物本该在夜晚发出的声音都没有。除却远处传来的瘆人的流水声外，再无别的声音。这种寂静格外反常——仿佛是星际间的寂静——我在想，星际间究竟孕育出了什么样的生物，被放逐到这片被无形践踏的土地上。我想起古老的传说，想起狗和其他一些野兽，想起它们过去都非常厌恶这些外来者，并思索着路边的痕迹究竟意味着什么。

8

后来，我莫名其妙地陷入了昏睡。请不要问我睡了多久，也不要问我接下来说的有多少是纯粹的梦境。如果我告诉你，我在某一时刻醒来，听见和看见了一些奇怪的东西，你一定会认为我还在睡梦里。我冲出房子，跌跌撞撞地跑到那个停着那辆老福特的棚子前，跳上车，开启了一段翻山越岭、漫无目的地疯狂旅程。而在这之前，发生的一切都只是梦境。在恐怖森林中经历了数小时的颠簸后，我终于到达了汤森德镇。

你大可不必信我的故事，也可以认为所有的相片、录音、气缸和机器声以及其他证据完全是我在埃克利失踪后的臆想。你甚至可以说，这是埃克利与其他怪人一起精心密谋的一场愚蠢的恶作剧，比如他故意让基恩拿走了快递，让诺伊斯录了那张刻盘。尽管还有一点让人想不通，那就是诺伊斯的身份还没有完全确认。诺伊斯一定常常在这片区域活动，但是在埃克利家附近的村子里，却没有人认识他。要是我当时记住他的车牌号就好了，但也许什么都不做才是更好的选择。于我而言，无论你说什么，无论我试图说服自己什么，我知道那令人厌恶的外太空力量一定潜伏在这渺无人烟的荒山野岭上——地球上也一定有它们的间谍和密使。我对未来生活的唯一要求，就是离它们的势力能远则远。

当我把这疯狂的故事讲给当地治安官听后，他们带着一队官兵赶向埃克利的农场，但那时埃克利已经离开了，没留下任何痕迹。他松松垮垮的晨衣、黄色围巾，还有脚上的绷带，都散落在书房的地板上，靠近他那把安乐椅。也不知道他是否还带走了其他物品，不过他的狗和牲畜是真真切切地消失了。在房子内外的几堵墙上都发现了可疑的弹孔，但除此之外没有任何异常。没有气缸，也没有机器，没有我从行李包里带来的证据，没有古怪的气味和震颤感，没有路边的爪印，直到最后我再也没能找到任何可疑的东西。

逃离埃克利的小屋之后，我在伯瑞特波罗待了一周，并拜访了所有了解埃克利的人，收集到的信息让我相信所有这一切都并非虚幻。记录显示，埃克利行为古怪，曾大量购买狗、弹药和化学物品，他家的电话线也曾被多次切断。所有认识他的人，包括他在加利福尼亚的儿子，都承认埃克利曾多次谈论起他那些不着边际的研究，而且内容都大抵一致。市民们都认为他疯了，想都没想就认为所有的证据都是精巧的恶作剧，甚至认为他可能是受到了怪人的唆使，但朴素的村民们则相信他所说的每一个细节。他曾经向这些村民展示了他的照片和黑石头，还播了一段可怕的录音给他们听。村民们说，那爪印和嗡嗡声与上古传说中描绘的一切十分相似。

他们还说，自从埃克利发现了那块黑石头后，在他家附近就越来越频繁地出现可疑的场景和声音，现在那个地方除了邮递员和少数几个固执的人外，再不会有其他人经过。黑山和朗德山都是臭名昭著的灵异之地，也没有其他人仔细探索过这些地方。根据历史记录，偶尔会有人在这片区域失踪，失踪者包括那个埃克利信中曾提到过的游手好闲的沃尔特·布朗。我还想起了一个农民，他说他曾在洪水时期，亲眼看见泛滥的西河上漂着古怪的生命体，但是他讲述的故事太过混乱，所以并没有什么价值。

当我离开伯瑞特波罗时，我下定决心再也不返回佛蒙特州，也深知我一定会遵守这个决定。这些荒山肯定是某个可怕的宇宙种族所选的前哨基地——就像天外来客们说好的那样，之后我就在新闻中读到人们在海王星之外发现了第九颗行星，我对此更深信不疑。天文学家们没有对这令人毛骨悚然的准确结果产生任何怀疑，并把这颗行星命名为冥王星。毫无疑问，我觉得它简直和黑暗的尤格斯星一模一样——当我试图想明白，为什么这颗星球上的可怕原住民希望人类在这特殊时期以这种方式发现它的真正原因时，我不禁打了个寒战。我试图说服自己，这些恶魔般的生物并没有打算执行对地球和地球生物有害的新政策，但这仅是徒劳。

不过我还是要讲述一下，我在那个农舍度过的最后一个可怕的夜晚。我之前说过，我最终陷入了糟糕的昏睡之中，梦见许多可怕的场景。不知道是什么唤醒了我，但我的确在某一确切时刻突然醒来。刚醒时，我感觉大脑中一片混沌，听见房门外的走廊里隐约传来地板的嘎吱声，好像有人笨拙地插上了门闩。但仅一瞬间，这声音就戛然而止。当我彻底清醒时，我听见了来自楼下书房的声音。书房里似乎有几个人在说话，我推断他们可能是在争论。

几秒之后，我已经完全清醒了，这些声音将我的睡意驱逐干净。它们的声调各式各样，不管是谁，只要听过那被诅咒的留声机录音，都一定能分辨出至少两个声音。尽管这个念头很疯狂，但我意识到我和这些来自外太空的无名生物正位于同一屋檐下。毫无疑问，那两个声音是外来生物在与人类沟通时发出的渎神的嗡嗡声。这两种声音不尽相同，在声调、口音、语速上都有所差异，但总的来说，它们都同样可憎。

而第三个声音，无疑是说话机器与气缸里被分离出来的大脑连接后发出的声音。这一点和那些嗡嗡声的来源一样明确。前一天晚上听到的响亮的、带有金属质感而又死气沉沉的嗓音，语调平平和缺乏表现力的刮擦碰撞声，还有它的客观、精准和从容，都令我极其难忘。曾有一度，我毫不犹豫地怀疑那个弄出刮擦声的大脑，与此前和我谈话的是同一个。但是过了一会儿，我就发现所有大脑在与说话机器连接后，发出的声音都是一样的，只是在用语、节奏、语速和发音上可能存在一些区别。实际上。有两个人类的声音掺杂在这可怕的争论中，其中一个显然带有乡下人的口音，我并不熟悉它的主人；另一个则是彬彬有礼的波士顿口音，是之前我的向导诺伊斯的声音。

结实的地板过滤掉了大部分说话的声音，当我努力听清楚这些说话声时，也听见楼下传来的刮擦和骚动，因此不免想到那个房间里一定充满了活物——绝对多于我可以辨别出的声音的个数。因为没有什么合适的声音拿来类比，所以我自然也很难准确描述这些动静。似乎有一些有意识的实体时不时在房间里移动，他们的脚步声听起来有些像坚硬物体的表面和地板摩擦发出的声音——就像兽角或者硬橡胶的粗糙表面在刮擦地板。用一个更具体但不那么准确的比喻来说，就像是人们穿着一双松松垮垮的、有很多裂痕的木屐在光滑的地板上踱步的声音。至于到底是什么发出了这些声音，我并不想深究。

很快我就明白，想要分辨出连续的对话是不可能的。一些词语时不时单个蹦出，包括我和埃克利的名字，说话机器发声时更是如此。由于缺乏上下语境，我弄不清楚他们想表达的意思。如今我仍然抗拒根据这些零星的对话擅自揣测，它们对我来说更像是暗示而并非启示。我明确地感受到，有一场异常可怕的会议正在我楼下的房间里召开，但在进行的究竟是怎样令人震惊的商讨，我不得而知。尽管埃克利向我保证这些外来生物都是友善的，但不知为何，我感到一种绝对的恶意和亵渎神明之感弥漫在我的身边。

我继续耐心听着，逐渐可以分辨不同的声音；不过我还是不能把握这些声音所说的大体内容。我似乎理解了其中一些讲话者特定的情绪，比如说其中有一个声音就带有不容置疑的威严。虽然那个机器发出的声音十分响亮规矩，但听起来却像是在努力讨好谁一般。诺伊斯的声音中则带着安抚的语气。至于其他的声音，我就无法再解读下去。我没有听到埃克利熟悉的呢喃低语，但也清楚他的声音肯定没法穿透房间结实的地板。

我试着记录下断断续续的话语，尽量区分标志出说话者的词句。我最初听到的一些可辨认的词句是由机器发出的。

（说话机器）“……我自己把它带来……把信和录音送回去……结束它……接受……看见和听见……该死的……力量，毕竟……带着金属光泽的新气缸……伟大的神明……”

（第一个嗡嗡声）“……我们停止的时间……渺小，人类……埃克利……大脑……说……”

（第二个嗡嗡声）“……奈亚拉托提普……威尔马斯……录音和信件……拙劣的骗局……”

（诺伊斯）“……（一个难注音的词或名字，可能是恩伽·克森）……无害的……和平……几周……夸张的……之前就告诉过你……”

（第一个嗡嗡声）“……没有原因……普通的计划……影响……诺伊斯可以看到……朗德山……新气缸……诺伊斯的车……”

（诺伊斯）“……好吧……都是你们的……下来到这里……休息……地方……”

（几个声音同时响起，在对话中他们的声音无法区分）

（许多脚步声，包括一种奇怪的拍打声）

（汽车发动和远去的声音）

（一片寂静）

在荒山野岭中一座阴森的农舍里，我一动不动地躺在二楼卧室古怪的床上，细细聆听这些动静——我穿戴整齐地躺在床上，右手拿着一把左轮手枪，左手抓着一个小手电筒。正如之前所说，我已经完全清醒了。但在回声消失很久之后，我感到浑身麻木，只能一动不动地躺在那里。我听见楼下某处，一座年代久远的木质康涅狄格州大钟滴答作响，之后还听见一个沉睡者不规则的鼾声。埃克利在经历那场奇怪的会议后，肯定睡着了，我猜他一定需要休息。

我不知道接下来该如何打算。毕竟，我所听到的内容，让我难以根据仅有的信息做出推断。难道这些无名的外来者可以随意进出这间农舍吗？毫无疑问，这些不请自来的拜访者给了埃克利一个惊喜。不过，这些破碎的对话对我造成了强烈的刺激，使我不住地打寒战，同时也激起了我心中最荒谬、最可怕的困惑，让我像疯了一般，努力想要从这梦魇中醒来。我觉得我在潜意识中，一定已经有所发现，但却不能清晰意识到。那埃克利呢？他真的是我的朋友吗？如果这一切会伤害到我，他会做出反对吗？楼下平静的鼾声似乎在嘲笑我突然被放大的恐惧。

有没有可能是埃克利被当作了诱饵，用信件和相片引诱我到山中来？这些生物是不是因为我俩碰巧知道了太多，打算把我俩都杀死？当我读到埃克利信中的倒数两个音节、最后一个单词时，我再次感觉事态发生了转变，它发生得那么突然且又不同寻常。我的直觉告诉我，有非常糟糕的事情发生了。所有的一切都和表面看起来不同。那杯我拒绝下咽的怪味咖啡，会不会是有未知的东西躲在暗处，曾试图在里面下药？我必须立刻和埃克利说明，让他重新醒悟过来。它们用所谓揭示宇宙奥秘的承诺来迷惑埃克利，但是他现在必须变得理智起来。我们必须在为时还不算晚的时候，摆脱这个困境。如果他缺乏为自由而打破这一切的意愿，我会鼓励他，又或者最起码我会说服他离开，至少我自己一定会离开。我确信他会让我开走他的福特车，并把它停在布莱特尔博罗的汽车修理厂里。我注意到这辆车就在车库里，且车库的门大开着；既然危险已经暂时过去，我认为这是一个绝佳的临时藏身场所。晚上和埃克利交流后对他产生的片刻反感，现在也已经褪去。他身处与我十分相像的环境中，我们必须同心协力。即便知道他深陷逆境，即便知道我不该在这个节骨眼上唤醒他，但我必须这么做，我不能束手无策等到天亮。

我蹑手蹑脚地走下吱吱作响的楼梯，去到楼下的大厅。我听到那些生物睡得很安稳。我猜测埃里克一定在我左手边的房间里，那个起居室我还没有进去过。右边的书房很黑，从里面传出些许动静。推开起居室没有拴好的门，我打开手电筒，循着一条小路走向鼾声的来源，并且最后用手电筒照这些睡着的人的脸。下一刻我立马转过去，像猫一样走回大厅，我的理智和直觉让我警惕起来——睡在长沙发上的人并不是埃克利，而是我的向导诺伊斯。

真相究竟如何，我无法猜测；但常识告诉我，最好在引起所有人注意之前找到埃克利。我重回大厅，并且在回到起居室之后拴好门，尽可能不吵醒诺伊斯。我小心地走到书房，期待能找到沉睡或是清醒的埃克利，也许就在他最喜欢的大角椅上。我在黑暗中前进的时候，手电筒的光照射到中央的大桌子上，看见一个地狱般的气缸，附有视觉和听觉机器，旁边摆着一个语音机器，已做好了连接的准备。我想，这里一定是之前在恐怖会议中发声的大脑；有一秒，我甚至有一个错误的冲动，想要连接上语音机器，听听它到底会说什么。

在我看来，它一定已经察觉到了我的存在；但仅有视觉和听觉机器，并不足以让它揭发手电筒的光线以及我脚下轻微作响的地板。我并不敢插手这件事，但最后却无意中瞥见，一个崭新发亮的气缸上面写着埃克利的名字；早些时候，我也在架子上发现了它，可主人告诉我不要介意。回想那时，我十分后悔自己的胆怯，期望那时我可以勇敢地说出来。天知道它能澄清什么样的谜团和可怕的疑惑。但是那时，我并没有多问，这或许是个仁慈的决定。

从桌子开始，我把手电筒照向我本以为埃克利会在的角落，但令我困惑的是，那张巨大且舒适的椅子上，没有任何睡着或醒着的人坐在上面。从座位到地板，布满了大量熟悉的痕迹，痕迹旁边的地板上有一条黄色的围巾和一大团脚绷带。我感到奇怪，也有些犹豫，努力思考埃克利可能在哪里，并且猜测他为什么突然丢弃了这些必要的病房服装。我还注意到，那种奇怪的气味和震颤感都从这个房间消失不见了。这是为什么呢？令我好奇的是，它们只存在于埃克利身边；埃克利坐的地方附近，波动感也最强烈，并且除了埃克利所在的房间和隔壁的房间外，其他房间都没有这种震感。我停下来，让手电筒的光束在漆黑的书房里游荡，试图理清脑中的思路。

随后我悄悄地离开了这个地方，然后再次照亮了那张空椅。结果我并没能安静地离开：我听见一声低沉的尖叫，虽然没有惊醒大厅里沉睡的守卫，但也足以让我感到不安。在那孤寂的青山中，在那光怪陆离的乡村里，在那蜿蜒曲折的溪水间，弥漫着跨越宇宙的恐怖；而阴森的农舍里传出的那声尖叫，以及诺伊斯不可撼动的鼾声，是我在此地听到的最后的声音。

慌乱逃离时，我没有扔掉手电筒，还带走了小手提箱里的连发左轮手枪，这可真是个奇迹；不知为什么，我没有弄丢这其中任何一样东西。事实上，我拖着我自己的东西，安全地进入车库，没有弄出任何动静，成功地逃离了那座房子。在这个月黑风高的夜晚，我坐进年久失修的福特汽车，发动陈旧的引擎，朝着未知但也无疑更加安全的地方驶去。接下来的旅程，就像是从爱伦·坡或兰波的恐怖作品或古斯塔夫·多雷的魔幻画作中跑出来一样，我最终平安抵达汤森德镇。这一切终于告一段落。如果我的理智仍然清晰，那我算是非常走运。有时，我担心那段经历会把我卷进新的风波，尤其是冥王星被发现后，这种忧虑也愈演愈烈。

我曾提过，在环视了那个房间之后，我再次用手电筒照射那把空椅子；然后我第一次注意到，椅子上其实摆放着物件，但由于一旁挂着宽松褶皱的晨衣，让它们的存在变得并不显眼。那里一共有三样物品，侦探来时已经不见了。正如我开头所说的，仅是见到它们并不会令人恐惧，问题在于这些物品背后的隐情。即便现在，我仍有心生疑虑的时刻——但我总想半推半就地说服自己，这一切都是梦境，是神经质的错觉和疑神疑鬼的猜忌。

这三件物品结构精妙，精致的金属夹子将它们连接到维持生命的机器上，这些我都不敢细想。我希望——衷心地希望，它们是某个大师打造的艺术品，尽管面对我内心深处的恐惧时，这种说辞显得毫无说服力。天啊！那时，黑暗中的低语者还在散发出病态的气味和震感！巫师，间谍，邪恶精灵，外来者……那可怕的压抑嗡嗡声……而且一直在架子上的那个有金属光泽的新气缸……可怜的人……“惊人的手术，生物，化学和机械技能……”

那椅子上的东西，简直完美得天衣无缝，从细节上极其精妙地还原了亨利·温特沃斯·埃克利的脸和手——或者说，它们本来就是埃克利本人的身体。

山　丘

1

只在最近几年里，大多数人才不再把西方当作一块全新的地方。我猜想这种观念的普及是由于我们自身的特殊文明碰巧对于西方来说也是全新的；但如今，探险家们正在地底下挖掘，掀开生命全新的篇章。在有史记载之前，这些生命的篇章便在平原和山脉间兴衰更迭。我们对普埃布洛村2500年的历史毫不在意，当考古学家将墨西哥的亚佩德雷加文化追溯至公元前17000年或18000年时，我们几乎毫不惊讶。因为我们听说过年代更久远的事物的传闻，也听说过与灭绝动物同时代的原始人的传闻。如今，这些传闻只需通过几块骨头碎片和几件零散的石器便可为人所知。因此，新的观念正在迅速消失。比起我们，欧洲人通常能更好地从延绵不断的生命中，感悟远古时代及其深厚的积淀。就在几年前，一位英国作家把亚利桑那州称为一个“月色朦胧的地方，非常可爱，不过既荒凉又古旧，这是一片古老而孤独的土地”。

不过，对于西方那近乎可怕的沉郁而古老的气息，我认为我比任何一位欧洲人的感触更深刻。这一切源自1928年发生的一件事，这件事我很想当作是头脑中产生的大部分幻觉而从记忆中抹去，但此事给我留下的印象十分可怕，已深深地刻在我的脑海中，挥之不去。在俄克拉荷马州，我的工作是一名美国印第安人种学家，这份工作总让我不断想起从前在那里碰到的一些千奇百怪、令人不安的事情。毫无疑问，俄克拉荷马州远不止是一块拓荒者和开拓者的领地，那里还有十分古老的部落，伴随着遥远而陈旧的记忆。秋天，当手鼓在沉闷的平原上空不停地回响，为人们的思绪带去了原始的吟吟低语的情怀。我是个白人，大部分时间待在东方，但我知道关于众蛇之父伊格的宗教仪式总有一天会让我浑身颤栗。这些事我听得多，也看得多了，但仍无法做到“处乱不惊”。1928年发生的事也是如此，我完全可以一笑置之，但我做不到。

我曾到俄克拉荷马州去追寻鬼故事，并把其中一个鬼故事关联起来。尽管这些鬼故事在白人殖民者中广为流传，却带有强烈的印第安人的色彩，而且我确信，这几个鬼故事的终极来源就是印第安人。这些光天化日之下的鬼故事是如此地令人好奇，尽管在白人的口口相传中，听起来平淡乏味，但这些故事标志着本土神话中最丰富、最令人费解的片段被密切连接了起来。所有的故事都围绕着俄克拉荷马州西部那巨大的、孤独的、看似人造的山丘铺陈开来，而且所有的故事都提到了各种各样、千奇百怪的魅影。

其中最耳熟能详、年代最久的是发生在1892年的一则故事。后来这则故事变得相当有名。当时一位名叫约翰·威利斯的政府元帅追赶着盗马贼来到了山丘周围，随之而来的是庞大无形的幽灵军团，其中涌现出大批大批夜行骑兵所骑的疯狂战马——这场战斗，马蹄声声，号角铮铮，金鼓齐鸣，战士嘶声呐喊，人仰马翻。月光之下，发生的一切都让他的战马和他自己感到害怕。战斗的声音持续了一个小时，这声音激昂却十分沉稳，似乎由风从遥远的地方带来，而军队却消失得无影无踪。后来，威利斯才知道，声音来自一个臭名昭著的闹鬼的地方，殖民者和印第安人早就从那里逃走了。有许多人，甚至有一半的人看到骑兵在天空中交战，不过这些描述大多含糊不清、模棱两可。由于印第安人穿着奇装异服，带着最奇怪的武器，因此，尽管殖民者并不熟悉印第安人部落，他们还是把这些幽灵般的战士形容成印第安人。殖民者甚至说，他们无法确定那些马是不是真正的马。

而另一方面，印第安人似乎并不把这些幽灵称作是他们的亲人。他们称这些幽灵为“那些人”“古人”或“住在地底下的人”，似乎把幽灵奉为令人敬畏的神明而不愿意多谈。没有一个人种学家能把任何一位说故事的人说的话确定为对这些生物体的具体描述，况且没有人非常清楚地看到过幽灵。印第安人对此有着一两句古老的谚语：“人越老，灵魂就越大；人不老，灵魂就没那么大；当人老到极点，灵魂就越大，越接近肉体；那些老人和他们的灵魂最终相结合，混为一体。”

当然，这一切对一位人种学家来说都是“老生常谈”。这是一部永无止境的关于富饶而隐秘的城市、关于被埋藏在普埃布洛的和生活在平原上的印第安人的神话传说。几个世纪前，科罗纳多就对这些传说非常着迷，因此他徒劳地寻找着传说中的基维拉。促使我来到俄克拉荷马州西部的是某个更为明确且真实的事物——一则独具特色的地方故事。尽管这则故事年代久远，但对外界的研究来说却是完全陌生的，而且这则故事第一次清晰地描述了幽灵。更令人兴奋的是，这则故事出自卡多县偏远的宾格镇，而我早就知道在这个与蛇神话有关的地方，发生了一件十分可怕且有些令人费解的事件。

从表面上看，这则故事十分简单，情节主要集中在一座巨大的、孤零零的山丘或小山上，而山丘则耸立在村庄以西约1/3英里的平原上。一些人认为这座山丘是大自然的产物，但也有一些人认为它是史前部落建造的墓地或举行宗教仪式的场所。据村民们说，有两个印第安人的影子时常轮流在这座山丘周围出没，其中一个是老头，无论天气如何，他从早到晚都会在山顶上来回走动，只是中间会偶尔消失几次；另一个是女子，晚上就在老头来回走动的位置上，拿着一把闪着蓝色光芒的火把，微弱的蓝光一直持续到早晨。当明亮的月光出现，人们可以异常清楚地看到那个印第安女子古怪的身影。一半以上的村民都一致认为，这女子是个没有头的幽灵。

对于这两种幻影出现的目的和有关鬼怪的传说，当地人意见不一。有些人认为这个老头根本不是鬼，而是一个活生生的印第安人，他杀掉了一个女人，抢走了她的金子，把她的头砍了下来，并把她埋在了山丘上的某个地方。根据这些空论家的说法，他是在无尽的悔恨中来回踱步的，他的灵魂被受害者缠绕着，而那个受害的女人天黑后才会现形。但其他空论家在信仰鬼怪这一点上更加一致，他们认为这个老头和女人都是幽灵；很久很久以前，老头杀了女人，然后自杀了。这些说法和少数众说纷纭的其他说法，似乎从1889年威奇托村建立以来就一直很流行，而且据我所知，这些说法已达到了令人震惊的程度，因为每个人都可以亲自来看看这些至今仍然存在的幻影。没有多少鬼故事能提出如此清晰明朗的证据，我非常渴望通过芸芸众生，通过科学知识残酷的探照灯，去发现这个偏僻的小村庄里，迄今为止还隐藏着哪些令人惊叹的奇观。于是，1928年夏末，我乘火车去了宾格镇，当火车发出咔哒咔哒的声音，沿着单行道小心翼翼地向前驶去，周围的景色越来越萧索时，我开始沉思这些古怪的神秘之物。

宾格镇位于一处平坦的中部地区，有着简陋的木屋和商店。这里总是刮风，充满了红尘般的云彩。邻近的保留地除了印第安人，还有约500家住户；这些住户似乎都从事农业劳作。这里土壤非常肥沃，还没有进行石油开采。火车一路向南驶去，每天我都无法接触有益健康的东西，于是我感到有点迷茫和不安。火车于黄昏时分到站，站台上到处都是流浪汉，好奇地看着周围，当我向其中一个人询问我介绍信上的内容时，他们似乎都很乐意给我指点。我被人领着，沿着一条普通的大街向前走去，街道上的车辙是红色的，表面布满了乡村的沙岩土。最后，我被送到了我未来房东——康普顿先生的家门口。康普顿先生是一个有大智慧、有地方责任感的人，因而那些为我作安排的人服务很周到。康普顿先生的母亲和他住在一起，人们亲切地称她为“康普顿奶奶”。他的母亲是宾格镇第一代开拓者，是个名副其实的知道各种趣闻轶事和民间传说的人。

那天晚上，康普顿一家为我总结了村民当中流行的全部传说，证明了我所研究的幻影确实是令人费解而又重要。宾格镇上的每个人似乎都接受了这些幽灵，因为有两代人都是在那个古怪而孤独的山丘及其令人不安的幻影的注视下出生和长大的。山丘附近的居民自然而然都感到恐惧逃走了，因此，那里的村庄和农场在40年的人类定居期间，一点都没发展壮大。不过，还是有些胆大的人曾多次去那里查探过，他们回来宣告说，当他们靠近那个可怕的小山时，根本就没看见什么幽灵；不过，不知道怎么回事，在到达小山之前，那个孤独的哨兵就不见了。于是，他们得以自由地爬上陡峭的山坡，在平坦的山顶上探查一番。据探查的人说，上面什么也没有，只有一大片粗糙的灌木丛。他们根本不知道那个印第安人是在哪里消失的。他们认为，尽管视线范围内没有捷径，但那个印第安人一定是下了山坡后，不知通过什么方法，从人们看不见的地方沿着平原逃走了；人们在对山丘四周的灌木丛和高大的杂草进行了大量探查之后得出结论，不管怎样，这座山丘看上去似乎没有可逃走的空隙。有时候，一些较敏感的探查者宣称，他们感到被一种无形的力量阻挡着。不过，再没有比这更精确的描述了，就好像他们越往前走，越感觉呼吸的空气在慢慢加厚。不用多说，所有这些大胆的探查都是白天进行的。宇宙中没有任何东西能在天黑后引诱人类——不管是白人还是印第安红种人，去接近这块险恶的高地；事实上，即使是在阳光最明亮的时候，也没有一个印第安人想去接近那座高地。

不过，幽灵山丘的恐怖氛围并不是从这些神志清晰、眼光敏锐的探寻者的故事中传播开的；事实上，要是这些探寻者的经历具有代表性，那么出现幻影的这种现象在当地传说中就不会非常突出了。最令人感到邪门的是，许多探寻者回来后，精神和身体都受到了非常奇怪的损伤，还有一些探寻者则根本没回来。第一则案例发生于1891年，当时一个名叫希顿的年轻人带着铲子前往山丘，想看看自己能挖出哪些隐藏的秘密。他从印第安人那里听来了一些奇怪的故事，并对另一个去过那座山丘，却什么也没发现的年轻人平淡的叙述嗤之以鼻。当另一个年轻人独自前往山丘探查之际，希顿用望远镜在村里密切观察着他。当他靠近山丘时，希顿看见一个印第安哨兵好像从山顶上的天窗和楼梯从容不迫地走进了山丘。而那个年轻人却没有注意到印第安哨兵是如何消失的，只是在到达山丘时才发现那个哨兵不见了。

后来，希顿独自前往山丘，他决心要揭开谜团。村里的人们看到，他在山丘顶上的灌木丛里努力地劈砍。随后，人们看到他的身影慢慢消逝了，最后再也看不见了。黄昏过后，他的身影很长时间内都没再次出现，而那个无头女人拿着的蓝色火把却在远远的高地上闪烁着鬼魅般的微光。大约两小时后，夜幕降临，希顿跌跌撞撞地回到了村里，带去的铁锹和其他东西都不见了。突然，希顿口中发出尖利的叫声，念着断断续续的胡言乱语的独白。他嘴里哀号着可怕的地狱和怪物，哀号着狰狞的雕刻图案和雕像，哀号着非人道的逮捕者和荒诞不经的各种折磨，哀号着那些过于复杂、过于异常以致无法记起的古怪而反常的东西。“古人！古人！古人！”他一遍又一遍地呻吟着，“伟大的上帝，他们比地球还老，他们从别的地方来到了这里——他们知道你在想什么，也让你知道他们在想什么——他们一半是人，一半是鬼——他们穿过了地球的边界，融化又重新变成人形——变得越来越多，越来越多……不过，天地混沌之初，我们都是他们的后代——苏鲁的孩子们都是用黄金做的——恐怖的动物，半死不活的奴隶——疯狂的——我！莎布·尼古拉斯！——那个白人——哦，天啊，他们对他做了什么！”

希顿在村里做了近八年的白痴，之后死于癫痫发作。自他经历这场痛苦的磨难之后，又发生了两起跟山丘有关的疯狂事件，还有八起完全失踪事件。希顿回来疯了之后，很快又有三个人，他们铤而走险，全副武装，带着铁锹和镐，一同前往那座孤零零的山丘探查。那三个人靠近山丘的时候，村民们看到印第安幽灵渐渐消失了，接着这些人爬上了山丘，开始在灌木丛中四处寻找。突然，那些人一下子消失了，再也看不见了。一位观察者拿着一台功能强大的望远镜观察，他说看到那三个人旁边隐约出现了一些模糊的人影，把那三个不幸的人拖进了山丘；不过，这一说法尚未得到证实。不用多说，这些人失踪之后，就再也没有人组队前往探查了，而且多年来再也没人去过这座山丘。只有当人们渐渐淡忘了1891年发生的事情，才有人考虑进一步的探查行动。后来，大概在1910年的时候，有个小家伙独自去了那个人们避之不及的地方，但他一无所获。只是他年纪太小了，无法回忆起那些古老而恐怖的东西。

到了1915年，1891年那可怕而疯狂的传说逐渐消失了。这些传说就现在来看，早已成了司空见惯、平淡乏味的鬼故事了。换句话说，这样的鬼故事早已不在白人当中盛传。不过，小镇附近的保留地里，一些老印第安人仍然回忆着这些传说，并保留他们自己的观点。大概就在这个时候，第二波令人好奇而活跃的探险浪潮出现了，几个胆大的探险者前往山丘，查看一番又回来了。随后，两位来自东方的游客带着铲子和其他工具也来到了山丘。这两位游客是一对业余考古学家，一直从事印第安人研究，他们与一所小型大学取得了联系，之后便前往山丘探查。没有村里人看到过他们的这次行动，不过他们再也没回来。于是，搜寻队立即出发前往寻找，我的房东康普顿先生便是其中之一。然而，搜寻队在山丘上没有发现任何异样。

第二次独自前往探险的是一位老上尉劳顿，他是位头发灰白的开拓者。1889年，他帮助开拓了这一地区，但从那以后，他就再也没回去过。年复一年，他总是想起那座山丘及其独特的魅力；现在，他刚刚享受安逸的退休生活，于是打算去解开这个古老的谜团。由于他对印第安神话非常熟悉，因此他想的要比平常的村民奇怪得多，而且他为深入探究做好了准备。1916年5月11日上午，村子里和附近平原20多位村民通过望远镜，看着他前往山丘。但是，当他用刷刀在灌木丛中劈砍的时候，却突然失踪了。没有人说得清楚，为何他刚刚还在那儿，一会儿就不见了。一个多星期后，宾格镇仍然没有关于他的任何消息。后来，某天半夜里，有个怪物被拖进了村里，人们开始议论纷纷。

据说，那个怪物是劳顿上尉，或者说是曾经的劳顿上尉，但它肯定比那座山丘上的老头至少小了40岁。它的头发是黑色的，脸上没有皱纹，却因受到无名的惊吓而变得扭曲。但这确实让康普顿奶奶想起了那位异常神秘的上尉，因为这个怪物正是上尉1889年时的模样。它的脚沿着脚踝被齐刷刷地砍掉了，要是这个怪物一个星期前真是个可以直立行走的人，那么它的残肢早就以令人难以置信的速度顺利愈合了。它胡言乱语地说着一些晦涩难懂的东西，不停地重复着“乔治·劳顿，乔治·E.劳顿”这个名字，好像在重新确认自己的身份一样。在康普顿奶奶看来，它胡言乱语说的这些话语像极了1891年可怜的小希顿出现幻觉时说的话，尽管两者有些细微的差别。“蓝光！——蓝光……！”这个怪物呢喃着，“就在那下面，前面还有活物——比恐龙还老——看上去跟恐龙一样——只比恐龙弱一点儿——它们永远不会死——繁衍繁衍再繁衍——长得跟人一样——半是人半是气体——它们是行尸走肉——哦，那些是野兽，是半人独角兽——它们住在金子做的城市和屋子里——太老太老啦，比时间还古老——它们从星星上下来——伟大的苏鲁，阿撒托斯，奈亚拉托提普——等等，等等……”那个怪物死在了黎明之前。

于是，村里人展开了调查，把保留地上的印第安人无情地拷问了一顿。但那些印第安人一无所知，什么也说不出来。至少，除了老灰鹰，其余的人什么也不说。老灰鹰是一位100多岁的威奇托酋长，不像普通人那么恐惧，他咕哝着向调查者提了一些自己的建议。

“你们让那个白人一个人去，不好。这里下面，那里下面，全是老家伙。众蛇之父伊格，他就在那里。伊格，是伊格。众人之父提拉瓦，他也在那里。没有死，没有老，就跟空气一样。活着，等待着。一次，他们来到了这里，生活、战斗，给我们搭起了肮脏的圆锥帐篷。他们带着大量的金子，盖起了新房。我是他们，你也是他们。后来，大水来了，一切都变了。没人出去，也没人进来。你要进去，就出不来。他一个人去，又没有办法保护。我们红种人不会被他们伤害。白种人一插手，就再也回不来了。离小山越远越好，没什么好处的。”灰鹰说。

乔·诺顿和兰斯·惠洛克是伟大的倾听者，也是伟大的唯物主义者。如果他们采纳了老酋长的建议，今天很可能还活着，但他们没有采纳。他们天不怕，地不怕；他们认为，一些印第安恶魔在山丘里成立了一个秘密总部。从前，他们去过那座山丘，现在他们要重新前往那里为老劳顿上尉报仇，并夸下海口说，只要把那座山丘整个儿拆掉，就一定能为劳顿上尉报仇。克莱德·康普顿通过一副棱镜双筒望远镜观察这两个人的探险行动，他看到他们绕着险恶的山丘兜圈子，很明显，这两个人打算循序渐进，详细地对那块土地做一番调查。可是，几分钟过去了，两个人再也没有出现。从此，没人看到过他们。

山丘又发生了一次令人惊恐的事情，也只有第一次世界大战的战火才能使山丘退回到宾格镇民间传说中提到的那个更为久远的时代。1916年至1919年，没有一个人去过山丘，要不是一些从法国服役回来的年轻人无所畏惧地前往探险，那座山丘还是无人问津。然而，在1919—1920

年，一种名副其实的“山丘探险”活动突然间在年轻的退伍军人中风靡起来。随着一个又一个年轻人从山丘回来，毫发无伤，满脸不屑，这种流行活动渐渐盛行起来。到了1920年，这座山丘几乎成了一个笑话；诸如印第安女人被谋杀这种平淡乏味的故事开始取代人们平日里茶余饭后的闲聊。由此可见，人类的记忆如此短暂。后来，两个没什么想象力、心如铁石的克莱兄弟决定去挖埋在土里的印第安女人，还有印第安老人谋杀女子而得到的金子。

9月的一天下午，这对年轻的兄弟出发了，那时大约是印第安手鼓每年在平坦单调、布满红尘的平原上开始持续不断地发出敲打声的时候。没人看到他们出发，而他们的父母也不担心两个小兄弟几个小时都没回来。但后来，警报器响了，搜寻队也来了，人们终于不再沉默和怀疑了。

不过，其中一个兄弟最终还是回来了。回来的是哥哥埃德，他麦秆色的头发和胡须从根部两英寸的地方开始全白了，就跟白化病人一样。他的额头上多了一道古怪的伤疤，就像一个烙上去的象形文字。在和弟弟沃克失踪3个月后的一天晚上，埃德鬼鬼祟祟地走进了屋子，什么衣服都没穿，就披了一条花纹古怪的毛毯，然后他穿上了一套自己的衣服，马上把毛毯扔进了火堆里。他告诉父母，他和沃克被一些奇怪的印第安人抓住了，那些印第安人既不是威奇托人，也不是喀多人，他们把囚犯关在西面的某个地方。沃克受尽酷刑而死，而他自己付出了巨大的代价之后逃跑了。这次的经历实在是非常可怕，以至于他当下实在无法言说。无论如何，他说他必须休息了，报警并试图找到、再惩罚那些印第安人是徒劳无益的。那群印第安人是无法被抓住或惩罚的，而且尤为重要的一点是，为了宾格镇的利益，也为了全世界的利益，人们不能追到他们的秘密藏身之所。事实上，他们并不完全是真正的印第安人，埃德说他会以后再解释这一点。与此同时，他说他必须休息了，最好不要把他回来的消息弄得整个村子都知道，他要上楼睡觉了。他从客厅的桌子上拿了一本笔记本和一支铅笔，又从他父亲书桌的抽屉里拿了一把自动手枪，然后爬上了快要散架的楼梯，回到了自己的房间。

三小时后，枪声响了，埃德·克莱左手紧握着枪，一颗子弹整齐地穿过他的太阳穴，床边摇摇欲坠的桌子上留下了一张纸，上面断断续续地写了些字。随后，从他削过的铅笔头和满是烧焦纸片的炉子上可以看出，他原来是写了很多字的，但最后却决定不把他所知道的说出来，只留下些含糊不清的暗示。残存的碎纸上，只潦草地写着一则疯狂的警告。很明显，这是一个人因环境艰难困苦而精神错乱后的胡言乱语，对于一个一向沉默寡言的人来说，这着实令人大为惊讶。这古怪而充满讽刺的一段话是这样的：

“上帝啊，别去山丘！它属于极为邪恶而古老的某种世界，难以言说。我和沃克刚去那里，就被带到了刚刚融化的东西里面，然后那些东西又重新凝结起来。他们做的事，整个外部世界都无可奈何。只要愿意，他们可以永葆青春。说不清他们是真正的人还是鬼，而且他们的所作所为不能谈论。山丘只有一个入口，说不清里面有多大。我们进去看过之后，我就再也不想活下去了。法国前线的事和这相比不值一提；而且，如果人们看到沃克是怎样死去的，一定会离得远远的。哦，上帝！——埃德·克莱”

尸检时发现，年轻的克莱身体里的所有器官都从右边移到了左边，就像被整个儿调换了过来。对于从山丘回来的人是否都被这样对待，当时没人能下断言。但后来根据军队的记录，埃德在1919年5月被征召入伍时是完全正常的。是否在某个地方发生了错误，或者是否确实发生了某种前所未有的颠覆，这仍然是一个悬而未决的问题，正如他额头上的象形文字疤痕一样。

针对山丘的探险行动到此为止了。在这8年里，没有人靠近过那个地方，甚至很少有人愿意架起望远镜对准山丘观望。人们时而仍会紧张地望着那座孤零零的小山，它向着西方的天空平地而起，直挺挺地伫立在那里，白天是块小黑斑的样子，夜晚则升起一缕缕闪烁舞动的微光，令人不寒而栗。表面上看，此事被定义为深不可测的神秘之事，而且村里人一致赞同，要回避谈论这一话题。毕竟，要避开这座山丘十分容易，因为山丘周围有着一望无际的广阔空间，而村里的生活总是老样子。山丘靠近村子的一侧完全没有落脚的地方，仿佛那里只有水、沼泽或沙漠。以前流传下来的关于山丘里有些像人的动物、并低声警告孩子和陌生人远离山丘的传说，随着村里人持久的麻木和想象力的减退，逐渐变成了和杀死女子的印第安老人一样的笑谈。只有保留地上的印第安人和像康普顿奶奶这样老一辈思想深刻的人，才记得那些从山丘回来的受伤或崩溃的人胡言乱语所道出的邪恶景象及来自宇宙深处的未知威胁。

天色已晚，康普顿奶奶早已上楼睡觉了，后来克莱德把事情完整地告诉了我。我几乎不知道如何看待这一令人毛骨悚然的谜团，不过我却对任何与理性唯物主义相冲突的想法都感到反感。是什么使得这么多到过山丘的人发疯、逃避现实或者彻底崩溃的呢？尽管这件事令我震惊，但我没被吓到，反而感受到了莫大的鼓舞。我一定要弄清事情的真相。如果我保持冷静，坚定信念，我想我是一定能做到的。康普顿先生洞悉了我的想法，担忧地摇了摇头。然后，他示意我跟他到外面去。

我们从木屋走到了外面安静的小街巷子，在8月黯淡的月光下，我们走了几步，来到了一处房屋稀疏的地方。月亮露出半张脸，低低地挂在夜空，尚未遮住星星的光芒。因此，当我顺着康普顿先生所指的方向眺望辽阔的大地和天空时，我不仅可以看到牛郎星和织女星在西方的天空闪耀，还可以看到银河系神秘的光芒。然后，我突然看到一颗火星，跟一般的星星不一样的是，这是颗闪着蓝光的火星，它在地平线附近的银河系上移动着，闪烁着，似乎很模糊的样子，比穹顶上的任何东西都显得更邪恶、更狠毒。又过了一会儿，我清楚地看到这颗火星从远处一望无际、隐约闪烁着光芒的平原最高处升起。于是，我转向康普顿先生，问了他一个问题。

“是的，”他回答道，“这就是蓝色的幽灵之光，那最高处就是山丘。我们见证了历史上的每个夜晚，在宾格镇，从来没有一个活着的灵魂会穿过平原，走向山丘。年轻人，这不是件好事，如果你是个理智的人，就让它长埋地下吧。孩子，最好取消你的探险行动，知道一下这里有关印第安人的其他传说就行了。上帝知道，就我们说的这些事已经够让你忙活的了！”

2

但我对此忠告并不上心；尽管康普顿先生给我提供了一个舒适的房间，但我急切地盼望着第二天早上能有机会去看看日间的山丘幽灵，去问问保留地上的印第安人，因此我一点儿都睡不着。我打算慢慢地彻底了解整件事的来龙去脉，我准备好了所有可用的有关白种人和红种人的数据，然后开始着手进行实际的考古调查。黎明时分，我起床穿好衣服，下楼时，我听到了其他人起床的声音。康普顿先生正在生火，他的母亲则在食品储存室里忙着。康普顿先生看到了我，点了点头，过了一会儿，他邀请我出去，我们走到了迷人的朝阳之下。我知道我们要去哪里。沿着小巷向前行走时，我的眼睛紧紧盯着平原西边的方向。

远处便是山丘，由于它带有人造感的外观而显得十分奇妙。山丘的高度至少有三四十英尺，在我看来，整座山丘从北到南有上百米。康普顿先生说，从东到西的距离没有从南到北那么宽，但却呈现出一个薄薄的椭圆形的轮廓。据我所知，康普顿先生已经好几次安全地往来于山丘之间了。当我看到西边的天际呈现出深蓝色的轮廓时，我试着追寻其细微的不规则之处，我感到某种东西在上面移动。我感觉脉搏跳得很快，于是我一把抓过康普顿先生悄悄递给我的高性能双筒望远镜，匆忙调整好焦点，开始了观察。起初，我只看到远处山丘边缘上有一处杂乱的灌木丛，然后我看到某个东西偷偷潜入了土地。

这无疑是一个人的样子，我立刻意识到，我看见的是日间的“印第安幽灵”。我对这种描述并不感到奇怪，因为按照我过往的经验，那高大瘦削、穿着深色长袍、留着辫状黑发、有着文身的古铜色肌肤、鹰钩鼻子、面无表情的人，看上去无疑更像是一个印第安人，而不是其他人种。然而，作为人种学家，我受过训练的眼睛立即告诉我，这不是迄今为止历史上所知的任何一种红种人，而是一种种族差异巨大、文化渊源截然不同的人种。现代印第安人的头颅很短，也就说他们的头是圆的，除了2500年前或年代更久的古美洲普韦布洛遗存外，你找不到任何长形的颅骨或很长的头盖骨。然而，眼前这个人长长的头骨是如此的明显，即使离他很远，双筒望远镜可观察的范围不确定，我也一下子就发现了这一不同之处。同时，我看到他长袍的图案代表了一种传统装饰，与任何我们在西南地区本土艺术中所知道的完全不同。此外，这个人带着闪闪发光的金属装饰品，身边还佩戴着一把短剑或类似短剑的武器，但制作的样式却与我所知道的全然不同。

他在山丘顶上来回踱步，我从望远镜里观察了他几分钟，注意到了他的步态和抬头挺胸的姿势；而且我有了一种坚定而持久的信念，那就是这个人，无论是谁，无论是什么人，他一定不是一个野蛮的人。我本能地感觉到，他也是文明世界的产物，尽管我无法猜到他是来自哪种文明。最后，他消失在了山丘更远的另一头，仿佛从对面看不见的斜坡上走了下去。我带着好奇又迷惑不解的心情放下了望远镜。康普顿先生疑惑地望着我，我不置可否地点了点头。“你怎么想？”他试探着问我，“这就是我们生活中每一天都能在宾格镇上看到的。”

中午时分，我去了印第安人的保留地和老灰鹰聊天，尽管他已经快150岁了，却奇迹般地活到了现在。他是一个古怪而令人印象深刻的人物，也是个严肃而无畏的领袖。他曾身着毛边鹿皮裤和亡命之徒及商人交涉，也曾戴着三角帽和法国官员侃侃而谈。我对他很恭敬，他也似乎很喜欢我，这一点让我很高兴。不过，得知我此行的目的后，他马上毫不客气地阻挠了我，而且一直警告我不要进行任何探险行动。

“你是个好孩子，就别为那山费神了。那里不吉利！有很多魔鬼在那山下面，你一挖就会被抓走的，不挖就没事，去挖的人没一个回来的。我年轻的时候是这样，我父亲年轻的时候，还有他父亲年轻的时候也都是这样。一直以来，白天都是那个老头在那儿，到晚上就是那个无头女人出来了。还有穿着镀锡大衣的白人，他们从落日和大河下游走来，跋山涉水去到那里又回来，他们一而再再而三地去了又回来，但从那里回来后都一样了。很多人从那里回来后，就再没有人靠近过那座山，也没有人再去满是石窟的深谷。还有更多的人去了那里回来，那些古人没有藏起来，他们出来建起了村子，带来了大把大把的金子。我就是他们，你也是他们。然后大水来了，一切全变了。没人出得来，也不让任何人进去，只有进来的，没有出去的。他们不会死，也不会变老，就像面如深谷、头上有雪的灰鹰一样。这些人，这些幽灵，跟空气没什么差别，都不是好东西。幽灵有时候在晚上会跑出来，半人半马的样子，带着号角，在人类曾经战斗过的地方打仗。还是离那个地方远点吧，对你没好处。你是个好孩子，回去吧，别管那些古人了。”

这就是我从这位老酋长那里得到的全部信息，而其他印第安人则什么都不说。但要是我遇到了麻烦，灰鹰肯定会更难过；因为一想到我要冒险进入那个让他害怕到近乎绝望的地区，他一定从心底里感到后悔。当我准备离开保留地时，他拦住了我，为我做了最后一次告别仪式，并再次试图让我保证放弃探险。当他发现无法让我改变决心的时候，他有些羞怯地从鹿皮裤口袋里拿出了一件东西，非常庄重地递给我。这是一个有些磨损但制作精巧的金属圆盘，直径约两英寸，形状奇特，用一根皮绳穿过孔拴着。

“你还是要去那儿，那我老灰鹰就帮不了你啦，我也算不出会有什么危险。但如果你需要什么帮助的话，这东西或许能帮上你。这是我曾祖父传给我祖父，我祖父再传给我父亲，我父亲再传给我，一路传下来的。和现在的人相比，他们和众人之父提拉瓦更近。我父亲说过：‘你得离那些古人远点，离那些小山和有石窟的山谷远点。’但如果那些古人出来抓你，你就把这东西给他们看，他们一看就知道了。他们会让你走很长的路回去，他们会看着你，但不会加害于你。没人能说得清楚。你还是像从前一样留点心吧。那些人都不是好人，千万别把他们做的事说出去。”

灰鹰一边说，一边把这件金属圆盘挂到我的脖子上。我觉得它确实是一件很奇怪的东西，而且我越看越惊奇；不仅仅因为它厚重、颜色深、有光泽，上面斑斑驳驳，在我看来是一种极为奇异的金属，而且这东西的设计用的似乎是一种绝妙的艺术和完全不为人知的工艺。在我看来，这东西的一面雕刻着一只造型精美的蛇，另一面刻画的是一只章鱼或是某种有触角的怪物。此外，上面还有一些擦掉一半的象形文字，但没有考古学家能辨认甚至猜出这类文字。征得灰鹰的同意后，我请来了历史学家、人类学家、地质学家和化学家等专家，仔仔细细地检查这张金属圆盘，但他们一脸迷惑，给不出任何明确的结论来。几位化学家称其为重原子中未知金属元素的混合物，而另一位地质学家则提出，这种物质一定起源于从星际空间未知的沟壑中射出的流星。这件金属圆盘是否能真正拯救我作为一个人的生命，是否能让我神志清醒，或有存在之感，我无法肯定，但老灰鹰对于金属圆盘的作用是确信的。现在他再一次作了肯定，而我想知道的是这金属圆盘是否与他那无限增长的年龄有关。他所有拥有这件金属圆盘的祖先，寿命都远远超过了上百年，而他去世的那些祖先都是在战斗中死去的。如果不发生意外事故，老灰鹰有没有可能长生不老呢？但接下来，我要讲讲自己的故事了。

回到镇上后，我试着获得更多有关山丘的传说，但只听到了人心惶惶的流言蜚语和反对之声。看到人们对我的安全归来如此关切，我从心底感到高兴，但我不得不把他们近乎疯狂的告诫抛之脑后。我向他们展示了老灰鹰金属圆盘的魔力，但他们以前从未听说过，甚至从未见过任何和它相似的东西。他们一致认为这不可能是印第安人的遗物，并猜想那位老酋长的祖先一定是从某个商人那里买来这东西的。

宾格镇的人看到无法阻止我前往山丘的探险行动，于是他们尽其所能，哀伤地帮我准备出行的装备。前往山丘前，我已知悉了要带的东西，准备好了大部分必需品，比如用于清除和挖掘灌木的大砍刀和沟槽刀，用于地底下勘探的手电筒，还有绳子、野外观察镜、卷尺、显微镜和紧急情况下用到的小物件。事实上，这些东西刚好妥帖地装在了一个便携手提包里。这套装备中，我只添加了一把当地负责治安的官员一定要我带上的重型左轮手枪，以及我认为能够迅速完成挖掘工作的铁镐和铲子。

我决定用结实的绳子把这些额外添加的东西扛在肩上，因为我很快就发现我不能指望任何助手或探险家与我同行。毫无疑问，镇上的人会用所有可用的望远镜和野外观察镜来密切关注我此次的行动，但没有一个人会踏近那孤独的小山丘哪怕一步。出发的时间定在第二天一早，那天余下的时间里，我感受到了村民们对一个注定要走向死亡的人的敬畏之情和些许不安的恭敬之心。

第二天一早，天气阴沉沉的，但并不预示此行凶险万分。整个镇上的人都出来了，他们要看着我穿过尘土飞扬的平原前往目的地。通过双筒望远镜，我看到那个孤独的身影以其一贯的姿势在山丘上踱步，我决定靠近他的时候，要尽可能牢牢地盯着他。出发前的最后时刻，我感到被一种模糊的恐惧感压迫着，我颤抖着，异想天开地希望所有人或所有的幽灵都能够注意到我胸前晃动着的老灰鹰给我的护身符。我向康普顿先生和他母亲道别，尽管左手拿着手提包，后背绑着叮当作响的铁镐和铲子，我还是迈着轻快的脚步大踏步出发了。我右手拿着野外观察镜，不时地看一眼那个沉默的踱着步的人。走近山丘时，我很清楚地看到了那个人，并幻想着从他那满脸沟壑、没有头发的相貌上找出一种极为邪恶和颓废的表情。这时，我看到了他佩戴的金光闪闪的武器，上面镌刻的象形文字竟和我戴着的那个不知名的护身符非常相似，这令我大吃一惊。而且这个人所有的服饰和装束做工都十分精湛，是精雕细琢过的。随后，突然间，我看到他从山丘较远的另一边下去了，不见了踪影。离出发大概十分钟后，我终于来到了山丘，但那里空无一人。

在探险的前期阶段，我是如何对这座山丘进行测量、环行、采取相应措施以及从不同角度观察山丘的，都不值一提。因为当我走近山丘的时候，它已给我留下了非常深刻的印象，并且其整整齐齐的轮廓中似乎隐藏着一种威胁。这座山丘是这片宽阔而平坦的平原上唯一的一处高地；因此，我丝毫不怀疑这是一座人造坟冢。山丘的边界近乎笔直，四周也没有坑洼，看不出有人经过的痕迹，因而没有可通往山顶的路。我虽然负担沉重，但还是克服了重重困难，成功地爬上了山顶。到达山顶时，我发现了一个大约面积为300英尺长、50英尺宽，大体上类似椭圆形般的高地，上面均匀覆盖着一排排杂草和茂密的灌木丛，与那里经常有一个哨兵不断来回走动的场景完全不符合。眼前的状况实在使我震撼，因为就目前来看，那个“印第安老头”虽然看上去是个活生生的人，却并不真实存在，只是人们产生的一种共同的错觉。但真的是这样吗？

我带着阵阵迷惑和惶恐环顾四周，惆怅地回望了一眼，我看到了村子里许许多多的黑点，我知道那是注视着我的人群。我把望远镜对准他们，发现他们也正通过望远镜热切地望着我。为了让他们放心，我挥动着帽子，露出久违的欣喜。随后，我放下铁锹、铲子和手提包，开始干活，并拿出大砍刀，开始清理灌木丛。我发现这是项很累人的活，而且随着一阵阵怪风迎面吹来，我感到有股不断逼近的蓄意的力量使我动作十分费劲，我不时地一阵打颤，感到十分诡异。有时，我感觉似乎有种无形的力量在我干活的时候把我往回推，就好像我面前的空气变得更加浓厚了，抑或好像有些无形的手拖拽着我的手腕。尽管已经有些进展，但没产生足够的效果，而且我似乎感到精疲力竭。

到了下午，我已清楚地意识到，在山丘的最北面，盘根错节的土地上有一个很小的碗状凹陷。虽然这并不意味着什么，但等我挖掘的时候，从那个地方开始是很合适的，于是我把那个地方记在了脑海中。与此同时，我注意到另一件非常奇怪的事情，那就是我脖子上晃动着的印第安护身符，在东南方向约17英尺处有神秘碗状凹陷的地方似乎变得十分诡异，每当我在那个地方弯腰的时候，它就会朝另一个方向转动，并产生一股向下拖拽的力量，好像被土壤中的某种磁力吸引住了。越是注意这一点，这个护身符就越让我惊恐，最后我决定不再耽搁，从那里开始做点初步的挖掘。

当我用沟槽刀翻起土壤时，我不禁对相对稀薄的红色土层感到疑惑。因为整个地区的砂岩土都是红色的，但我在这里一英尺深处却发现了一种奇怪的黑黏土。这种黑黏土一般在遥远的西部和南部神奇的深谷中才能找到，这一定是史前时期山丘形成的时候，从十分遥远的地方带来的。我跪在地上，不停地挖，我感到有股力量不断地使劲拖拽着我脖子上的皮绳，就像土壤里有某种东西正不住地把我沉重的金属护身符往下拉。然后，我感到手里的工具碰到了一块坚硬的地方，不知下面是否有岩石层。我拿起沟槽刀四处撬动，发现情况并非我想的那样。相反，令我大为惊讶、欣喜若狂的是，我挖出了一个塞在地里的模子，这是一个沉重的圆筒，长度大约有一英尺，直径为四英寸，上面黏如胶状，把我挂着的护身符紧紧地吸了上去。清理黑土的时候，我对探寻中的发现越来越感到诧异和不安。整个圆筒的表面和两端都布满了数字和象形文字，我注意到这些数字和象形文字与老灰鹰的护身符及我在望远镜里看到的那个幽灵的黄色金属佩饰上的一模一样，这一发现让我愈发兴奋。

我坐了下来，把那个带有磁性的圆筒放在灯笼裤上，用粗糙的灯芯绒反复擦拭。我发现这个圆筒和我戴着的护身符一样，是用沉重而发光的未知金属做的，这无疑独具吸引力。圆筒上面精雕细镂的图案极为怪异，也极为恐怖，都是些说不上名字的怪物和邪恶阴险的图像，不过制作的工艺和技巧都是最高的。一开始，我不知道这件东西的头尾，直到我发现圆筒的一头有个裂口，这才漫无目的地摆弄起来。随后，我急切地寻找可以打开这件东西的方式，最后才发现，尾端那头只要一转就能松开了。

尾端的小盖很紧，但最后还是被我打开了，里面立刻散发出一种古怪的芳香气味。这个圆筒里只有一大卷黄色的纸状东西，上面刻着绿色的文字。一瞬间，我极度兴奋地幻想着，自己拿着的是一把通往未知古老世界和史前深邃时代的密钥。不过，展开纸卷的一端，我马上发现，这份手稿是用西班牙文写就的——尽管是用遥远的时代所使用的正式而浮夸的西班牙文所写。在金色的落日余晖下，我看着手稿的标题和开头段落，试图破译这位已故作家拙劣而粗鄙的手迹。这是件什么遗物呢？我将会发现什么？但手稿的第一句话让我再次陷入了兴奋和好奇的狂喜之中，因为手稿竟然惊人地证实了我之前努力探寻的成果，使我更加坚定了最初探寻的方向。

黄色的卷轴上，开头用绿色的文字写了一个醒目的标题，并郑重地呼吁人们相信接下来这个简直令人难以置信的故事：

以圣父圣子圣灵之名：在上帝真神与童贞女圣光照耀下，潘菲洛·德·扎马科纳·努涅斯在此发誓，我所叙述的一切均为真实，就像萨克拉门托一样……

我停下来，思考这些文字到底暗示着什么重大事情。“阿斯图里亚斯卢阿卡尔，潘菲洛·德·扎马科纳·努涅斯绅士所记载的，关于公元1545年西奈恩的地下世界……”显然，这个故事的情节实在太多了，任何人都不能一下子明白过来。一个地下世界——这种执着的念头再一次渗透到了所有的印第安故事和那些从山丘回来的人们的话语中。1545年是什么意思呢？1540年，西班牙探险家弗朗西斯科·科罗纳多和他的手下从墨西哥一路向北进入了一片荒地，但直到1542年都没回来！我的眼睛好奇地顺着黄色卷轴打开的部分读了下去，这时，弗朗西斯科·瓦斯切兹·德·科罗纳多这个名字几乎立刻吸引了我的眼球。很明显，故事的作者是科罗纳多的一个手下，但在他所带领的团队回来后的3年里，他在这个遥远的国度一直在做什么呢？我又瞥了一眼全文，知道目前展开的部分只是对科罗纳多一路向北行动的总结，与已知的历史截然不同。因此，我得深入地读下去。

就在我继续展开纸卷，准备读下去的时候，月光暗了下来，而且在我感到烦心困惑的时候，我几乎忘了在这阴森森的地方，黑夜的汹涌将带给我的恐惧。然而，其他人并没忘记恐怖的氛围正悄悄地逼近，因为我隐约听到一群聚集在村子周边的人正大声呼喊着。我向焦虑的人群挥手致意，然后把手稿重新放回那个怪异的圆筒里，再把脖子上和圆筒黏在一起的护身符掰下来，最后我把圆筒和其他小工具装进包里，准备离开。为了方便第二天干活，我把铁镐和铲子留在了那里，之后拿起手提包，爬下了陡峭的山丘，过了一刻钟，我回到了村里，向村民们解释并展示了我的惊人发现。夜幕渐近，我回头看了看我刚离开的那座山丘，发现那个印第安女幽灵在夜间出来了，她举着的火把开始闪烁着微弱的蓝光，这让我一阵颤栗。

要弄清那位已故西班牙人的故事，恐怕得费一番功夫；但我明白得静下心来，用空闲时间把这些文字翻译出来，于是我不得不把这一任务留到晚间晚些时候再做。我向镇民们保证，我会在早晨向他们清楚地说明我的探寻成果，并给他们充分的机会查看这个离奇而令人振奋的圆筒。然后，我陪克莱德·康普顿先生回了家，随后立刻上楼走进自己的房间，准备着手翻译。而我的房东康普顿先生和他母亲急切地想听听手稿里的故事，但我认为他们最好能等我自己完全了解了这个故事之后，再把故事要点简明扼要地告诉他们。

我在灯光下打开手提包，再一次拿出那个圆筒，注意到这个物件瞬间就把老灰鹰给我的护身符吸到了它刻有图案的表面上。这些图案在光彩夺目的未知金属上闪烁着邪恶的光芒，我不禁颤抖起来，因为我通过研究发现这东西实在非同寻常，完全一副亵渎神灵的样子，它正用极其精湛的工艺邪魅地看着我。我真希望我已经仔仔细细地把所有的图案都拍了下来，尽管或许不拍下来也没什么影响。令人欣慰的是，当时我还不知道圆筒图案中出现的章鱼怪物叫什么，手稿中则称之为“苏鲁”。近来，我找到了一些新的有关怪物的神话传说，并将它和文件中的克苏鲁神话联系起来。原来，故事是这样的：年轻的地球才刚刚形成一半的时候，就渗出一种可怕的物质；如果我当时就知道它们之间的联系，我就不会和这东西待在一个房间了。我在圆筒上发现的第二个图案是条一半像人的蛇，我十分乐意把它当作伊格、羽蛇神和库库尔坎这些神灵的原型。打开圆筒之前，我对它在除灰鹰的金属圆盘以外的其他金属上做了磁力试验，发现它无法吸引其他金属，这说明这种未知世界令人毛骨悚然的碎片的磁力并不普通，这种碎片只能吸引与之同类的金属。

最后，我拿出手稿开始翻译，先用英语草草地写下提纲。当我发现一些特别晦涩或古体的词或结构时，我有些后悔缺了一本西班牙语词典。在阅读翻译的过程中，我总有种莫名的奇怪之感，就好像倒退回了近4个世纪之前的时代，倒退回了我自己的祖先定居下来的年头。那一年，在亨利八世统治下，德文郡和萨默塞特的居家绅士们从没想过他们前往弗吉尼亚和新大陆的冒险行动会付出血的代价；即使当初那个新世界和如今的世界一样，拥有令人深思的神秘山丘，也能形成我现在看到的地界和地平线，但探寻总是要付出代价的。我有一种愈发强烈的倒退之感，因为我本能地感觉到那个西班牙人和我之间的共同疑问是永无止境的，永远带着可怕而神秘的色彩，以至于我们之间相隔的不到400年时间毫无可比性。只要看一眼那个恐怖而阴险的圆筒，就可以知道地球上的人类和地球的初始神秘之间，存在着令人眩晕的巨大深渊般的隔阂。为了解开这些谜团，潘菲洛·德·扎马科纳和我并肩作战；就像亚里士多德和我，或者说奥普斯和我并肩作战一样。

3

扎马科纳年轻时在比斯开湾一个宁静的小港口卢阿尔卡度过，但他对此却闭口不谈。那时，他是个桀骜不驯、朝气蓬勃的年轻人。1532年，他来到新西班牙，那时他才20岁。他是个敏感而富有想象力的人，因而富裕的大城市和北方未知世界的各种流言传闻，尤其方济各会[1]修士马科斯·德·尼萨的故事更使他听得如痴如醉。1539年，马科斯·德·尼萨从某次旅行回来后，滔滔不绝地描述着传说中的黄金七城锡沃拉及其有着高大城墙的小镇，还有其中带阶梯的石屋。听说科罗纳多经过深思熟虑，打算组织考察队去探寻这些奇迹，据说在这些奇迹背后的遥远荒野中还有更神奇的东西。于是年轻的扎马科纳设法加入了这支300人的队伍，并于1540年向北出发了。

历史把这次考察队的故事记录了下来，比如：人们虽然发现了锡沃拉，但令人失望的是，它不过是祖尼人仅存的几个肮脏的村落；德·尼萨因为夸夸其谈的言辞而失宠被送回墨西哥；科罗纳多第一次看到北美大峡谷，以及他如何在佩科斯河上的塞库埃，听到印第安人把富饶而神秘的基维拉叫作埃尔·图尔科——位于遥远的东北，那是一片金子和水牛一样多的地方。扎马科纳简单地提到了冬天在佩科斯河蒂格斯野营的情况，以及从4月份开始一路向北的探险故事。那时有位当地导游搞错了方向，把他们带迷路，进了一个到处是土拨鼠、咸水湖的游牧部落。

当时，科罗纳多解散了他的大队人马，并精选了一支非常小的队伍来完成最后42天的探险，而扎马科纳则设法加入了这支继续前进的队伍。扎马科纳谈到了那里肥沃的土地，以及只有从陡峭的岸边才能看到

[1] 方济各会是天主教托钵修会之一，一译法兰西斯派，拉丁文名Ordo Fratrum Minorum，是拉丁语小兄弟会的意思，因其会士着灰色会服，故又称灰衣修士。

树木的巨大峡谷；他还谈到了那里所有人是如何只靠水牛肉过日子的。接着，他提到了考察队到达的最远的地方——神秘莫测但令人失望的基维拉，那里有着茅草屋的村庄，有着小溪和河流、肥沃的黑色土壤、李子、坚果、葡萄和桑果，还有种植玉米和使用铜矿的印第安人。另外，他无意中提到了那位搞错方向、把队伍带入迷途的当地导游埃尔·图尔科。他还提到，1541年秋，科罗纳多在一道河岸边竖起了一个十字架，十字架上写着“伟大的将军弗朗西斯科·巴斯克斯·科罗纳多自远道而来”。

文件中提到的基维拉位于北纬四十度，而且我注意到，最近纽约考古学家霍奇博士在通过阿肯色河前往堪萨斯的巴顿和赖斯地区时再次发现了它。基维拉是威奇托印第安人的老家，苏族人将他们向南驱赶到了现在的俄克拉荷马州，那里现在已经发现了有茅草屋的村落遗址，而且发掘出了一些生活用品。科罗纳多在这一带进行了大量的探索，而这一带到处盛行着有关富饶城市和印第安人口口相传的可怕的隐秘世界的传闻。比起墨西哥印第安人，这些从北方来的土著人似乎更害怕，更回避谈论传闻中的城市和世界；不过，只要他们愿意或敢于做生意，他们似乎能比墨西哥人做得更好。这些土著人的模棱两可触怒了科罗拉多，经过多次失望而归的探索之后，他开始非常严厉地对待那些告诉他故事的人。但扎马科纳比科罗纳多更有耐心，他觉得这些故事特别有趣，于是学会了大部分当地方言，还和一个绰号叫“追牛仔”的印第安年轻人混熟了——追牛仔充满了好奇心，敢去他的同胞都不敢去的地方。

正是追牛仔告诉扎马科纳，探险队伍一路向北前行时发现的那些深邃、陡峭、树木丛生的峡谷底部，还有古怪的石洞、大洞或洞穴口。他说，这些洞口大多被灌木丛盖住了，千百万年来几乎没人走进去过，去那里的人几乎没有一个回来的，但也有少数情况，回来的人不是疯了就是被奇怪地弄残了。但这一切都是传说，因为在寿命最长的老人的记忆中，还从来没有人踏进去过一步。追牛仔本人到的地方比任何一个人都远，而且他见多识广，早已不再感到好奇，也不贪图传闻中地底下的黄金。

他曾进过一个洞口，里面有一条长长的通道，曲曲折折，到处都刻着人类从未见过的可怕怪物和令人毛骨悚然的图案。最后，绕来绕去，走过蜿蜒曲折的几英里之后，出现了一片可怕的蓝光；再往里走，就进入了一个令人震惊的地下世界。关于这个地下世界，追牛仔没有多说，因为他看到了一些东西，那些东西马上把他赶了回来。不过，他补充道，黄金城市一定就在那下面的某处，也许某个带了雷击棒魔法（也就是枪）的白人可以成功到达那里。他不会把他知道的情况告诉科罗纳多，因为只要是印第安人讲的话科罗纳多是一句都听不进去的。当然，要是扎马科纳离开队伍并接受他做向导，他就可以告诉去那里的路。但是他不会进洞里面，因为那里太恐怖了。

那洞口位于南方，要走五天，在靠近那些山丘的地方。这些山丘与地底下的邪恶世界有关，它们很可能是通往邪恶世界的古老而封闭的通道，因为地底下的古人曾在地面上建立殖民地，与各个地方的人做生意，甚至与早已沉入水底的陆地上的人做生意。正是在那些陆地沉没的时候，这些古人把自己关到了地下，拒绝与地面上的人打交道。从早已沉没的地方来的难民告诉他们，地面之外的神会对他们不利。除非这些人能变成半人半神的精灵，与邪恶的神结盟，否则没有一个人能在地球之外生存下来。这就是他们把所有地面上的人都拒之门外的原因，对于那些冒险到他们居住地探查的人，他们会采取可怕的行动。各个不同的洞口曾有哨兵守卫，但过了几年，他们把哨兵撤掉了。没有多少人愿意谈论那些隐秘的古人，有关他们的传说很可能早已消失了，只不过有些幽灵样的东西时不时地出现，证明了他们的存在。这些万世长存的古人似乎能怪异地接近灵界，因此他们也就能通灵。这些山丘附近的地区，晚上经常有战斗的光影，那是因为他们召唤来了幽灵重演以前在白天发生过的战斗。

事实上，那些古人看上去都像鬼。据说，他们不会再变老或繁衍出跟他们一样的人，而是在肉体和灵魂之间永不停歇地转变。不过，这一转变并不完整，因为这些人仍需要呼吸。这是因为地下世界需要空气，深谷中的洞口不会像进入山丘的洞口那样被封锁。追牛仔补充道，这些洞口可能是由于地表的自然开裂形成的。有人私底下议论说，那些古人是从其他星球来的，来到了刚刚初生的地球，并走进了那个世界，因为那时候地面上的世界并不适合居住，于是他们便在地表下打造属于他们的纯金世界。他们是所有人类的祖先，但没有人能猜出他们是来自哪颗星球，或来自星球之外的哪个地方。他们隐秘的城市全是金银，但我们人类最好还是不要去打扰他们，除非有强大的魔法保护。

这些古人驯养着带有人类血液的可怕野兽，他们骑在这些野兽上面，并用这些野兽干活。于是，人们猜测，这些野兽就像它们的主人一样，是肉食性的，偏爱人肉；因此，虽然古人自己没有繁衍后代，但他们有一种长得类似于人的奴隶种群，用来抚养人类和动物群体。这种做法非常怪异，是通过死尸复活形成的第二个奴隶种群来繁衍。他们知道如何把一具尸体变成一部几乎可以永远工作的机器人，并通过控制它们的思想来执行一切任务。追牛仔还说，那个地下世界的人都是借助心灵来对话，而且进行了千万年的研究和探索；除了宗教信仰和情感表达，他们并不用嘴说话，而且对他们来说，用嘴说话显然是多余的。古人崇拜众蛇之父伊格，以及把他们从星球上带下来的长着章鱼头的苏鲁；他们用人类献祭，抚慰这些可怕的神灵。但他们是如何以怪异的方式用人类献祭的，追牛仔不愿描述。

扎马科纳被印第安人的故事深深吸引了，决定立即让追牛仔做向导，带他前往深谷中的神秘山洞。他不相信传说中有关古人的神奇故事，因为考察队经历的事情使人们对未知土地上的原始神话不再抱有幻想；不过他确实感到，在地表下古怪而曲折的通道之外，一定存在着相当不可思议的财富和值得探险的地方。一开始，扎马科纳想说服追牛仔向科罗纳多讲述他的故事，并提出不会让他受那位统帅多疑易怒脾气的任何影响，但后来他决定单独去冒一次险。因为如果没有帮手在场，找到任何东西他都可以独享了，或许他还能成为一位伟大的探险家，并拥有惊人的财富。如果成功了，他将成为比科罗纳多本人更伟大的人物，或许比新西班牙的任何征服者都要伟大，甚至包括那位伟大的总督安东尼奥·德·门多萨先生。

1541年10月7日，离午夜还有一小时，扎马科纳从茅草屋村落附近的西班牙营地偷偷溜了出来，和追牛仔汇合后，一路向南开始了漫长的旅途。扎马科纳轻装上阵，没有戴沉重的头盔和护胸甲。关于这次旅行的细节，手稿中几乎没有提及，但扎马科纳记录了他于10月13日抵达大峡谷的情况。追牛仔没花太多时间，便从树木繁茂的山坡走了下来；尽管要在暮光笼罩的深谷中找出隐藏在灌木丛里的石门很困难，但追牛仔最后还是找到了。这是个像门一样很小的洞，由庞大的沙石门框和门梁构成，石门上刻的标志几乎被抹去了，现在只剩无法辨认的图案了。石门的高度大概有7英尺，宽度不超过4英尺。门框上有被凿过的痕迹，证明过去这里曾有一扇带铰链的门，不过其他相关的痕迹都已经消失了。

追牛仔一看见这个黑暗的入口就显得非常恐惧，急忙扔下背在身上的装备。他给扎马科纳准备了大量的松脂火把和粮食，并真心诚意地当向导，但拒绝了和扎马科纳一起继续冒险。扎马科纳把自己为这次行动准备的小玩意儿给了追牛仔，并得到了他一个月后仍回到原地的保证，随后继续往南向佩科斯河畔的普韦布洛村走去。他们选择了平原上一块巨石作为会合的地方，谁要是第一个到达就在上面建起营地，直到第二个人到来。

在手稿中，扎马科纳对于这个印第安人到达会合点后能等多长时间表示出了强烈的怀疑，因为他自己为了寻找宝藏，无法保证一定能在约定的时间出来。在分手的最后时刻，追牛仔劝扎马科纳不要继续前往探寻，但很快发现这是徒劳的，于是他坚定地向扎马科纳挥手作别了。扎马科纳看着追牛仔瘦削的身影匆匆爬了上去，敏捷地钻进了树林里。随后，他点燃了第一支火把，背上沉重的装备走进山洞，从此，他与这个世界的联系割断了，尽管他不知道此行将再也无法见到任何一个人——即再也无法见到公认意义上的人类了。

扎马科纳走进入了可怕的地道，尽管一开始他就感到被一种离奇而恐怖的气氛包围着，但没有立刻感到邪恶之意。通道比洞口略高略宽，是一条由巨石铺就的平坦隧道，脚下的路面都是磨损严重的石板，四周和天花板的花岗岩和砂岩块上刻着形状怪异的图案。从扎马科纳的描述来看，那些图案实在是令人憎恶而且非常恐怖。因为在他的描述中，大部分图案都关乎两个恐怖的生灵伊格和苏鲁。扎马科纳记载说，尽管外部世界里的所有事物，只有墨西哥的本土建筑与之最为接近，但这些图案却和他从前发现的任何图案都不像。向前走了一段之后，隧道突然往下倾斜，四周出现了不规则的天然岩石。这条通道似乎只有部分是人造的，周围装饰的也仅仅是恐怖的浮雕图案。

沿着一条巨大的斜坡走下去，这斜坡陡峭的程度随时都会让人跌倒并马上滑下去，真是险象环生。同时，通道的方向变得极为不确定，路线也是千变万化。有时通道几乎缩得只有一条裂缝那么小，或者变得很低很低，需要弯腰甚至爬行才能通过。而有时候通道又变得很宽很宽，成了庞大的洞穴或洞穴链。很明显，隧道的这一部分几乎没有人为建造的成分，虽然墙上偶尔会出现一条邪恶的漩涡花饰或丑陋的象形文字，或是一条封闭的侧向通道，但这一切都会提醒扎马科纳，这的确是一条被永远遗忘的大道，它将通往生命最初令人难以置信的世界。

扎马科纳能估计到的最好的情况是，他要在这山洞里待上三天，在这片阴森幽暗的地方不断地上下攀爬，尽管他大多数时候都是在向下爬。有一次，他听到黑暗中一些神秘之物正嘀嗒作响，或打着节拍阻挡他往前走的路，只有那么一次，他似乎瞅见了一个庞大的、被漂白的东西，他吓得浑身战栗。尽管洞里有些地方不时飘来恶臭，但空气还不太闷，只有一个带钟乳石和石笋的巨大洞穴给人一种颓废的潮湿之气。追牛仔当初到这个山洞的时候，就发现由于漫长岁月的沉积，石灰岩在原始深邃的道路上形成了许多新的柱子，把洞穴前方的道路完完全全挡住了。不过，追牛仔以前来的时候就把这些柱子弄碎了，因而扎马科纳前行的道路并未受阻。对于扎马科纳来说，这是种无意识的慰藉，让他明白还有其他外界的人来过这里——正是追牛仔详细的描述消除了他的惊讶和意外。追牛仔对隧道的诸多了解，以及为了他在山洞里进进出出方便而留下的明亮的火把，使扎马科纳不会在黑暗中有被困的危险。于是，扎马科纳得以在山洞里两次扎营，而洞里的自然通风似乎可以有效地控制火把的烟雾。

第三天，快要走完通道的时候，扎马科纳想到，尽管他对此次探险行动的时间有着十分自信的估计，但这并没有让他感到轻松。他遇到了极端倾斜的坡道，他艰难地攀爬着，这正是追牛仔所描述的隧道的最后一段路。就像从前发现的某些地方一样，这里也能看到人工的痕迹，而一排粗糙的石阶数次减缓了坡道的陡峭程度。在火把的亮光下，墙上显示出了越来越多的恐怖雕刻图案，随着扎马科纳不断向上攀爬，把最后一级石阶踩在脚下的时候，火把最终似乎和一种更黯淡、却更为广布的光混合在了一起。最后，上坡的路段结束了，出现了一条由黑色玄武岩铺就的平坦通道，这条通道一直向前延伸着。这时不需要火把了，因为空气里出现了一种如极光般闪烁着的淡蓝色的准电辐射。这便是那个印第安人所描述的地下内部世界的奇异之光。很快，扎马科纳从隧道里走了出来，来到了一块荒凉的岩石山坡上，他的头顶上是一片炽热的、无法穿透的天空，闪烁着淡蓝色的光芒，而他的脚下明显是一片无边无际的平原，笼罩在蓝色的薄雾之中，令人眩晕。

扎马科纳终于来到了未知的世界。从他的手稿中可以清楚地知道，他看到了幽暗世界中梦一样的景致，这让他感到骄傲和兴奋，就像他的同胞巴尔博亚[1]从达里恩令人难忘的峰顶上看到新发现的太平洋一样。追牛仔到这里就退缩了，由于害怕，他只能含糊其辞地将某些东西描述为一群野牛，既不是马，也不是水牛，而是像夜间山丘上骑着马出来的幽灵。反观扎马科纳却没有被此类小事吓倒，他不但没有害怕，反而充满了一种神奇的自豪之感；因为他想象得出，独自一人站在这个没有任何白人相信存在的神秘地下世界的边缘，将意味着什么。

耸立在扎马科纳身后的高山，在他脚下险峻地延展开来，地面呈深灰色，覆盖着岩石，没有植被，很可能是玄武岩，而且形状怪得离谱，使他感觉自己就像一个入侵外星球的闯入者。脚下几千英尺的地方，是广袤而辽阔的平原，他没发现什么特别之处，因为大部分平原似乎都被无边无际的淡蓝色雾气笼罩着。让这位冒险家震惊的不只是山或平原或云彩，更是这片蔚蓝明亮、焕发着光彩的天空给他留下了的惊异和神秘

[1] 巴尔博亚（1475—1517年），西班牙探险家，西方发现太平洋的人。

之感。虽然他知道北极光的存在，甚至曾见过一两次北极光，但在一个无法辨识的世界里，这片天空是由什么形成的呢？他的结论是，这种隐秘的光是某种类似于极光的东西；现代人或许是认同这种观点的，尽管这种隐秘的光看上去像是无线电活动在天空中产生的某些现象。

扎马科纳的背后是洞口，他刚从那里出来，洞口呈现出无尽的黑暗，那里竖着一块石门，像极了他刚进入这片世界时看到的石门，只不过这块石门是用灰黑色的玄武岩铸造的，而不是红砂岩。门框上有极其怪异、保存完好的雕像，也许这是为了与入口处的雕像相对应，而入口处的雕像大部分都已随着时间的推移而风化了。出口处的雕像没有风化，证明那一带的气候是干燥而温和的；事实上，扎马科纳已经开始注意到，这一带如春天般宜人稳定的气温正代表了北方内陆的空气。石门的框上做了些处理，说明上面曾有过铰链，但真正的门早就不见了。

扎马科纳把背上那些支撑他走出隧道的食物和火把卸了下来，把它们藏在洞口一堆零散的岩石碎片下面。减轻负担后，他坐下来开始思考。然后，他把减轻的背包重新整理一遍，走下山坡，向着遥远的平原走去，准备闯入那近百年甚至更长时间都没人进入过的地方，那里从来没有白人进去过，而且如果传说是真的，那么至今还没有任何生命能从那里神志清醒地回来。

扎马科纳沿着陡峭而冗长的斜坡，迈着轻快的步伐大踏步往前走；一路上，时而有松散的岩石碎片把他绊倒，时而遇到极其陡峭的路面使他步伐蹒跚。笼罩着雾的平原一定在十分遥远的地方，因为走了好几个小时，似乎还没有靠近一步。扎马科纳身后永远是那座大山，一直延伸到一片明亮而闪烁着蓝光的天空。周围一片沉寂，以至于他自己的脚步声和踢到石头的掉落声，都能让他听到震耳的响声。就在他觉得快到中午的时候，他第一次看到了奇异的脚印，这使他想到了追牛仔可怕的暗示，那种令其仓皇逃跑和难以忍受的恐惧。

满是岩石的地面几乎没有留下任何痕迹，但有一段路上，松散的岩屑堆积在山脊上，露出来一大片深灰色的黏土。由于扎马科纳发现的奇异脚印，因此，这里的杂乱无章说明曾有一大群东西来这里漫无目的地游荡过。令人遗憾的是，他无法更加准确地描述这些脚印。比起具体的描述，他的手稿中透露出的更多的是茫然的恐惧。使扎马科纳如此害怕的究竟是什么，只能从他后来关于野兽的描述中才能推断。关于这些脚印，他描述说："不是蹄子，不是手，不是脚，也不是明显的爪子，而且不至于大到令人恐惧。"为什么这里会有脚印，出现多长时间了？由于那块地方没有可见的植被，因此放牧是不可能的了；当然，如果这些野兽是食肉动物，它们很可能会猎杀小型动物，两者的脚印或许会混杂在一起。

从这片高原望向最高处，扎马科纳感觉自己发现了一条蜿蜒曲折的大道，从隧道向下延伸至平原。由于大道很久以前就被一块松散的岩石碎片遮住了，因而人们只能从广阔的全景视角才能一窥这条旧路的轮廓，但这位冒险家依然坚定地认为，那条路是存在的。不过，这条大道可能不是精心铺设的主路，因为和大道相连的隧道似乎不像是通往外部世界的主要通道。尽管扎马科纳已经一两次穿过那条大道了，但他还是选择了一条可以笔直走下去的路，并没有沿着它曲折的路线前行。他的注意力集中在这条路上，他往前看了看，想看看是否能沿着这条大道往下发现平原的迹象，而且他认为他最终是可以到达平原的。他决定下一次经过的时候，要在这条曲折的路上仔细勘察，如果下次还能认出这条路的话，或许要把剩余的路走完。

一段时间后，扎马科纳再次出发，踏上了他认为的古道路的拐弯处。道路出现了坡度，岩石表面有被修整过的迹象，但路况并不好。当扎马科纳拿着剑在泥土里翻来翻去的时候，发现了一个持久发光的东西，这是一枚黑色的、未知的、闪闪发亮的金属做成的圆盘，上面刻着极为恐怖的图案，这一发现使他兴奋不已。从他的描述来看，我毫不怀疑，这件东西对他来说绝对是令人费解的外来之物，也正是400年之后老灰鹰给我的那种护身符。经过仔细地查看，扎马科纳把这件东西放进了口袋，继续大步向前走去。过了一小时，他猜想已经到了外部世界的晚间时分，便在那儿歇息了。

第二天，扎马科纳很早就起来，继续在这片蓝雾笼罩、异常荒凉沉寂的世界探索。随着继续前行，他终于看清了远处平原上的一些景物——树木、灌木丛、岩石和一条从右边看才能进入视野的小河，河流在某个位置向左蜿蜒流动。小河上方似乎架了一座桥，连接着继续往下走的路。扎马科纳小心翼翼地沿着平原上方桥旁边成一直线的路前行。最后，他甚至观察到了散落在这条直线周围的城镇。这些城镇的左侧靠近河边，有些还跨过了河。下山时，他看到在这些城市跨河的地方都有桥梁，但有些被毁了，有些还残存着。现在他站在一片稀疏的草丛中，看到脚下的植物越来越茂盛，道路已然清晰可辨。这条路上的碎石片不是很多，他身后是一片贫瘠而荒凉的景色，与他身边的环境形成了鲜明的对比。

就在这一天，扎马科纳隐约看到远处的平原上有移动的东西。自从第一次看到那些可怕的脚印以来，他再也没有碰到过类似的脚印了，但那缓慢移动的东西使他感到特别恐惧。因为只有大群食草动物才会那样移动，而自从看到那些脚印后，他再也不想遭遇留下那些脚印的东西。那些东西仍在离他很远的地方移动，而他对传说中的黄金也有着极大的兴趣和贪婪之心。何况，那些模糊混乱的脚印和令无知的印第安人恐慌的传说，又能说明什么呢？

扎马科纳紧紧盯着那群移动的东西，这使他想到了其他一些有趣的东西。其中之一是清晰可辨的城市轮廓，在模糊的蓝光中闪烁着奇异的光芒；另外就是几座分散在道路和平原各处的零落孤单的建筑，正闪烁着类似奇异的光芒。这些建筑似乎隐藏在树丛之中，而远离大路的建筑都通过小道连接大路。这些城市或建筑都看不到炊烟或其他生命的迹象。最后，扎马科纳意识到，尽管平原在蓝色的薄雾中若隐若现，但并非如看上去的那样一望无际。远处，平原被一片低矮的小山包围着，似乎朝着一条河和道路之间的间隔延伸。所有这一切，当扎马科纳在无边无际的蓝天下第二次扎营的时候，都变得极其生动，尤其是城市里某些建筑物顶端闪烁着的光芒。扎马科纳也注意到了像鸟一样的东西在高空飞翔，但他无法看清究竟是什么。

第二天下午——他的手稿中总是使用他估计的外部世界的时间——

扎马科纳到达了死寂的平原，穿过寂静无声、缓缓流动的小河，来到一座造型奇特、保存相当完好的黑色玄武岩桥上。河水十分清澈，里面有十分奇特的大鱼。这条路铺得很好，两侧长满了野草和藤蔓，路上有时候能看见刻有模糊符号的小柱子。路的两边，长满青草的平地延伸开来，到处都是树丛或灌木丛，还有叫不出名字的蓝色花朵。有时，蛇爬过草地，青草发出一阵窸窸窣窣的声音。几个小时后，扎马科纳到达了一片古老的、形状怪异的常绿阔叶树林，从远处看，他发现这片树林遮蔽着一座屋顶闪闪发光的孤零零的建筑。在杂乱的树丛中，他看到一座石门上刻着恐怖的图案，他沿着石头路在荆棘中穿行，路面上嵌满了苔藓，两旁是形状骇人的巨树和相对低矮的大石柱。

终于，在这片幽暗寂静的夜幕中，扎马科纳看到了那座建筑破旧不堪的古老外表，他毫不怀疑，这是一座神庙，上面刻着一大堆令人作呕的浅浮雕，描绘着场景、生命、物体和仪式，但这些东西在我们这个星球，甚至任何有生命体的星球上都是不存在的。面对这些东西，扎马科纳露出了震惊的表情，他在自己的记述中闪烁其词，这种刻意的表现降低了他手稿信息的价值。神庙的门敞开着，漆黑一片，里面没有窗户。扎马科纳克服了墙壁上的雕像带给他的恐惧感，拿出火石和钢材，点燃一支树脂火把，推开了枯萎的藤蔓，大胆地跨进了这个不祥的入口。

有那么一瞬间，扎马科纳被眼前的一切吓得目瞪口呆。不仅仅是因为神庙里布满了灰尘，有结了几千万年的蜘蛛网、扑棱着翅膀的东西、墙上恐怖的令人反感的雕像、许多形状古怪的火盆、顶部空心的邪恶的金字塔祭坛，或是那个怪诞的长着章鱼头、用奇异的暗色金属制作、表情邪魅、卑微地蹲伏在刻有象形文字基座上的险恶神像。不，使扎马科纳吓得惊叫的并非这些尘世的东西——虽然再没有比这更恐怖的场景了——而是这里的一切，除了灰尘、蜘蛛网、有翅膀的东西和庞大的有着翡翠色眼睛的神像之外，眼前的每一件东西很明显都是纯金打造的。

即使这份手稿使扎马科纳知道了黄金是这个地下世界最常见的结构金属，而这里富含无穷无尽的矿藏和矿脉之后写下的回忆录，也能反映出他突然找到了有关黄金城市的所有印第安传说的真正来源时狂热的兴奋。曾有一段时间，他连仔细观察的勇气都没有，但最终，心底一种神奇的感觉把他拉了回来，使他恢复了继续探究的能力。跟着这种感觉，他意识到在废弃的道路上捡到的奇怪金属圆盘，正被紧紧地吸在基座上那长着巨大的章鱼头、有着翡翠色眼睛的神像上了，于是他知道这个金属圆盘是用同样未知的外来金属制作的。后来，他了解到，这种奇怪的磁性物质与内部世界并不相容，就像与人类的外部世界不相容一样，是闪着蓝光的地狱里一种珍贵的金属。没有人知道这种金属是什么，也不知道它出现在自然界的什么地方，当长着章鱼头的大神苏鲁第一次把它带到这个地球上时，这种金属在我们这个星球上的数量就和从恒星上下来的人类一样不断下降。当然，它唯一已知的来源是预先保存好的大堆文物，包括数量庞大的独眼巨神。这种金属从没有被分类或被分析过，甚至其磁力也只能吸引同类材料。它是这个隐秘世界最神圣的金属，其使用被严格管制，因此它的磁性不会造成任何麻烦。这种金属与铁、金、银、铜或锌等金属混合形成的具有极其微弱磁性的合金，曾是这个隐秘世界某个历史阶段的货币。

扎马科纳思考着这个奇怪的神像及其磁力，但一波巨大的恐惧感困扰着他的思绪。因为在这片沉寂的世界里，他第一次听到了一种极为确切、明显跟声音很像的隆隆之音。这是种毋庸置疑的声音，好似一群体型庞大的动物发出的雷鸣般的声响。一想起追牛仔的惊慌失措，一路发现的脚印，以及远远望去移动着的人群，扎马科纳不禁一阵颤栗。他没有分析自己所处的地方，也没有分析那群横冲直撞的庞然大物到底意味着什么，只是为了保护自己做出本能的冲动反应。在这偏僻的地方，直冲的兽群不会因为发现了受害者而停下奔跑，而在地上世界，扎马科纳在这样一座树林包围着的庞大建筑之中，几乎或根本没有惊恐之感。然而，他的灵魂中本能地滋生出一种强烈古怪的恐惧感，他开始疯狂地四处寻找安全的藏身之所。

扎马科纳觉得有必要关上那扇早已废弃的门，尽管它仍固定在破旧的铰链上，背对着里面的墙壁，因为在这个庞大的、纯金打造的建筑物内部，没有任何可用来躲藏的地方。泥土、藤蔓和苔藓已从外面蔓延进了建筑物的门口，扎马科纳不得不用剑在金门边清出一条路，听着越来越逼近自己的可怕声响，他很快完成了这项任务。当他开始用力去拉那扇沉重的门时，他听到蹄声越来越响，感觉威胁正在临近；有那么一瞬间，他害怕得几乎要疯了，因为经年累月开着的大门根本拉不动。然后，随着一阵吱吱的声音，扎马科纳终于成功地关上了那扇笨重的金门。除了那支被他插在古鼎支架上的火把闪烁着光芒外，周围一片黑暗。他插上门闩，只能祈祷他的守护神——金属圆盘能继续保佑他。

只有声音能告诉他接下来要发生什么。当轰鸣般的脚步声越来越近的时候，分散成了零碎的脚步，仿佛是常青的树林使兽群不得不放慢速度并分散开来。但脚步声仍在不断靠近，显然是有野兽在树林里奔跑，在雕刻着可怕图案的神庙墙壁上转圈。扎马科纳好奇地思索着这些野兽的脚步，随后发现了一些怪异的事情；这些声音穿透厚重的石墙和沉重的金门传进黑暗的神庙，使他不寒而栗。有一次，大门在古老的铰链部位发出了恐怖的吱吱声，仿佛被重重地撞击着，但幸运的是，大门依然保持原样。随后，经过一段看似永无止境的停顿后，他听到了后退的脚步声，并意识到那些不知名的来访者就要离开了。由于兽群的数量似乎并不庞大，扎马科纳认为冒险出去半小时或更短时间或许是安全的；但他没有冒险，而是打开了背包，准备在神庙地板的金砖上安营扎寨。大门仍然牢牢地锁着，任何不速之客都不会进来。最后，他走进一个可以让他睡得更安稳的地方，至少比起外面他所知道的闪着蓝光的地方要好得多。他甚至不介意那可怕的、长着章鱼头的大神苏鲁——这是个用未知金属打造的神像，在他头顶上方的一片漆黑中，蹲伏在刻着可怕的象形文字的基座上，用它像鱼一般海绿色的眼睛，邪魅地睥睨着一切。

自从离开隧道以来，扎马科纳是第一次处在黑暗的包围之下，他睡得深沉而长久。他太困了，因为前两次在地下世界野外扎营的时候，尽管疲惫不堪，他还得强行支撑着，因为他总能听到遥远的地方还有其他活物发出的脚步声。幸运的是他这次睡得很沉，因为他知道，在下一阶段的探索中，还会遇到许多离奇古怪的事情。

4

最后，扎马科纳被突然间雷鸣般的敲门声吵醒了。这声音一直在他梦里敲打着，他一想到这种敲门声是什么，所有昏昏欲睡的倦意瞬间消除了。毫无疑问，这种声音十分清晰，是人为的十分蛮横的敲击声，显然是用某种金属物体敲击发出来的，而且这声音的背后能感到是有人在经过计划后蓄意而为。当扎马科纳醒了站起来的时候，叫门的嘈杂声中又夹杂了一声刺耳的响声，有人正用不合调子的声音喊叫着。扎马科纳在手稿中试着这样描写这个调子“哦，哦，我的天啊，天啊”。扎马科纳确信，来的是真正的人，而不是传说中的守护神，并认为他们没有理由把他当作敌人，于是决定立即开门去见他们。于是，他摸索着打开了古老的门闩，门外面的人也使劲往里推，最终金门吱嘎一声打开了。

当大门向后转动打开的时候，扎马科纳站在那里，他的眼前是一群人，大概有20多个，他们的相貌并没有引起他的惊慌。这群人似乎是印第安人，虽然他们穿着得体的长袍，身上的服饰和佩剑并不像他在外部世界的任何部落中所看到的那样，而且他们的面孔与印第安人的典型面孔有许多细微的差别。这群人并不是有意要表现出充满敌意的行为的，这一点非常清楚，因为他们没有用任何方式威胁他，只是专注而仔细地打量着他，好像他们期待着这样盯着他能使他们之间打开话匣子。这群人盯着扎马科纳看的时间越长，扎马科纳对他们和他们此行的了解似乎就越多；因为尽管叫开门之前，他们没有人说话，但他发现自己渐渐明白，这群人是从低矮的山丘之外的大城市来的，他们骑在动物的身上，动物向他们传达了自己出现的地方，并把他们带到了这里；这群人不知道他是什么人，也不知道他是从哪里来的，但他们知道他一定与那个他们记忆中模糊不清的、时而在奇怪的梦境中造访过的外部世界相关。扎马科纳无法解释他是如何从这两三位领头人的目光中了解这一切的，尽管他很快就明白了个中缘由。

在这种情形下，扎马科纳试图用他从追牛仔那里学到的威奇托方言向来访者们说话；在没有得到他们的回答后，他接连尝试了阿兹特克语、西班牙语、法语和拉丁语，另外他还结结巴巴地用上了自己所有能记得的蹩脚的希腊语、加利尼西亚语和葡萄牙语，以及他的家乡阿斯图里亚斯地区的方言。但即使那么多语种挨个尝试，用上了储备的全部语言，他也没有得到任何回答。然而，当他在一片茫然中停下来时，其中一位来访者开始用一种完全陌生、但相当动听的语言说话了，但后来扎马科纳发现这种声音很难在纸上写出来。看到他不明白自己说的话，那位来访者首先指着自己的眼睛，然后指向前额，接着又指向扎马科纳的眼睛，仿佛希望后者盯着他，来接受通过目光传递的信息。

扎马科纳照着做了，发现自己很快掌握了某些信息。他了解到，虽然这群人以前使用的是一种口头语言，而且他们现在还作为书面语言保留着，但他们现在是通过无声的思维来交谈的，只有在表达强烈的情感时，他们才会用语言。扎马科纳只需盯着他们的眼睛就能理解他们的意思，只要把他想说的话在头脑中勾勒出一个幻象，并把幻象的内容放进自己的目光，再对他们做出回应。这时，那位传信息的来访者停顿了一下，显然是在邀请他做出回应，于是扎马科纳尽可能按照对方的交谈模式去回应，但效果似乎并不好。于是扎马科纳点了点头，试图用手势来描述自己和一路过来的旅途。他向上指了指，好像在说上面就是外部世界；然后他闭上眼睛，像鼹鼠挖洞那样做动作；接着他再次睁开眼睛，向下指了指，表明自己是从一座很大的斜坡上下来的。他还试着把一两个口语词汇和手势混合在一起，比如他接连指向自己和所有的来访者，说“人”，然后单独指向自己，非常仔细地拼出了自己的名字潘菲洛·德·扎马科纳。

在奇怪的谈话结束之前，双方已传递了大量的信息。扎马科纳学会了如何表达自己的想法，也学到了这个地下世界古老口语中的一些词汇。同时，他的来访者们也学到了很多简单的西班牙语词汇。他们的古老语言完全不像扎马科纳曾听过的任何语言，尽管后来有几次，他曾以为这种语言可能与阿兹特克语有着微弱而遥远的联系，仿佛阿兹特克语代表着某种遥远的退化了的语言，或者是由某种外来语渗透而变化的语言。扎马科纳了解到，这个地下世界有一个古老的名字，他在手稿中把这个名字记录为“克斯奈安（Xinaián）”，但从他后来的补充解释和附加的注释来看，这个名字在盎格鲁-撒克逊语中应该是“昆扬”。

不出意外，扎马科纳和那群人的交谈并没有超出最基本的情况，但这些情况是非常重要的。扎马科纳了解到，昆扬人是非常非常古老的，他们来自太空中一个遥远的地方，那里的环境与地球非常相似。当然，现在这一切都成了传说，没有人能说清楚那里的情况，也没有人能说清楚那个长着章鱼头的大神苏鲁——那个传说中把他们带来这里，而他们出于文化原因仍然对它满怀敬畏。显然，这些人是知道外部世界的，而且当初外部世界适合生存时，他们的祖先就在那里生活了。早在冰川时代，他们就在外部世界的表面创造出了非凡的文明，尤其是在南极靠近卡达斯山的地方。

在过去极为遥远的某个时候，大部分外部世界已沉没在海洋之下，只有少数难民幸存了下来，并把消息带来了昆扬。毫无疑问，这场灾难是由于外部神灵的愤怒造成的，这些神灵对人类和人类之神怀有敌意，因为有这样一个传说得到了证实——远古时期，还发生了一次更早的沉没，把诸神都淹没了，包括伟大的苏鲁，而苏鲁仍然被封在海底的拉莱耶城的水窖里，并沉睡在梦境中。昆扬人认为，所有人都是外来邪神的奴隶，可以在地面上生活。因此，他们断定，所有从外部世界幸存下来的人都有某种邪恶的关系，于是，太阳和星光之间的联络通道突然中断了。通往昆扬的隐秘道路，或者说他们还记得的通道，要么被封锁了，要么被哨兵小心地看守着；因此，所有的入侵者都被视为危险的间谍和敌人。

但这是很久很久以前的事了。随着岁月的流逝，到访昆扬的人越来越少，最后，哨兵也离开了未被封锁的道路。渐渐地，地下世界的人除了一些依稀的记忆、神话和奇特的梦之外，也逐渐忘记了外部世界的存在，尽管受过教育的人们从未停止对这些重要往事的探索。在过去的几个世纪里，历史记录下的最后一批来访者甚至没有被当作邪神的间谍来对待，而古老传说中的信仰也早已消失殆尽了。昆扬人曾热切地向最后一批来访者询问传说中的外部世界，因为他们有着强烈的好奇心，而与地球表面有关的神话、记忆、梦和历史碎片常常吸引学者们去从事一次他们尚不敢尝试的外部探险活动。昆扬人对这些来访者唯一的要求是，不能再回到地面，告诉外界昆扬的存在，因为毕竟昆扬人无法相信外部世界的人。他们觉得人类会垂涎金银，而且他们可能会入侵昆扬，带来极大的麻烦。那些遵守禁令的来访者过得很幸福，尽管遗憾的是，幸福的生活很短暂。他们把自己知道的关于外部世界的一切都告诉了昆扬人，但是他们讲得太少了，而且他们讲述的内容非常零碎且相互矛盾，以至于昆扬人几乎不知道该相信什么和不该相信什么。于是，有人就希望能有更多的来访者到昆扬来。对于那些不服从禁令并试图逃跑的来访者，结局将是非常不幸的。但扎马科纳本人却很受欢迎，因为他看上去是一个很有学问的人，而且在昆扬人的记忆中，扎马科纳比任何来昆扬的人都更了解外部世界。他能告诉昆扬人很多信息，而且他们希望他能在昆扬快乐地度过一生。

扎马科纳在第一次谈话中了解到了有关昆扬的许多事情，这使他几乎喘不过气来。比如他了解到，在过去的几千年里，昆扬人已征服了年老和死亡的客观规律，因此除非暴力或自愿死亡，昆扬人已经不会衰老或死亡了。通过调节身体机能，昆扬人在生理上可以如其所愿永葆青春和不朽，唯一让他们选择衰老的理由居然是他们觉得没有成长的生活太乏味单调；而且，当他们想要变得年轻时，还可以轻易地重新变年轻。除非为了试验目的，昆扬人已经停止了繁衍，因为他们认为一个能控制自然界和有机竞争对手的大种族是不需要大量人口的。然而，许多昆扬人在一段时间后选择了死亡，因为尽管他们竭尽所能地发挥聪明才智以对抗无聊，但对敏感的灵魂来说，意识上的痛苦考验变得了无生趣，尤其是对那些随着时间的流逝和饱食终日、对自我保护的原始本能和情感视而不见的人。扎马科纳面前的这群人，年龄在500岁到1500岁之间。尽管时间早已模糊了记忆，但其中有几个昆扬人曾见过以前的来访者。顺便提一下，这些来访者经常试图复制这个地下种群的长生不老之术，但由于昆扬人在一两百万年的分裂过程中进化差异十分巨大，来访者们的试验很少能成功。

这些进化上的差异在另一方面更为显著——它比长生不老术更加怪异。这就是昆扬人在物质和抽象能量之间调节平衡的能力，即使碰到活的有机生命体也能做到，这完全是靠技术上训练有素的意志所产生的纯粹力量来实现的。换句话说，一个精于此道的昆扬人可以把自己的肉身转化成无形，也能再转回肉身；或者，可以通过更精密的设备和更精妙的技术，对他选中的任何目标进行这种转化。他能简化固体物质，释放出外部粒子，在不对目标造成损害的情况下，重新组合这些粒子。要是扎马科纳当初没有对来访者们的敲门声做出回应，这些人没准会以能量转化的形式穿墙而入，突然在黑乎乎的庙宇中从虚空出现，那样的话他准会被吓个半死；由于这种能量转化需要耗费体能，才使得这20个人没有直接破门而入，而是先停下来叫门。这门技术比长生不老术古老得多，某种程度上任何聪明人都能学会，但效果不如昆扬人的那么好。在远古时代，传说这门技术已经传遍了外部世界，在隐秘的传统和有关幽灵的传说中可以找到这门技术的只言片语，而昆扬人总是会被来自外部世界的人所带来的有关幽灵的故事逗乐。在昆扬人的生活中，这门技术曾大有用处，但由于缺乏使用它的特别目的，因此很少被使用了。它继续保存下来的主要用途与睡眠相关，许多人在做梦时，为了寻求刺激，往往利用它来转化成能量飞出去。通过这种方法，某些梦想家甚至可以造访一个奇异朦胧的世界，那里有山丘、山谷和千变万化的光体，据说那就是被昆扬人遗忘的地面世界。梦想家们骑着野兽前往那里，在和平年代里重温他们祖先所经历的古老而光荣的战斗。他们中的一些思想家认为，这种情况实际上是这些梦想家与他们好战的祖先留在地面上的非物质能量融合在了一起。

昆扬人都住在山那边高耸巨大的撒特城里。从前，他们中的几个部族居住在整个地下世界，而且一直延伸到深不可测的地下，那里除了有一个闪着蓝光的地区外，还有一个叫幽嘶的闪着红光的地区，考古学家在那里发现了一个更古老的、非人类种族的遗迹。后来，随着时间的推移，撒特人征服并奴役了其他的部族，让他们与闪着红光地区的长着角的四足动物杂交，这些杂交出来的物种一半像人，十分怪异。虽然这些物种含有某种人为改造的成分，但很可能是那些杂交出来的怪异物种离开了原先的居住地后退化了的后裔。几千万年过去了，先进的技术使撒特人的生活变得非常容易，他们聚集在萨特城，昆扬其余的地方都渐渐荒废了。

所有人都住在一个地方，生活就容易多了，但他们聚居在一个地方并不是想要维持不断增长的人口。以前使用的机械设备只要还能用的，依然在使用。但对于单靠心灵力量就能控制大批卑贱的半人类物种的昆扬人来说，机械文明就不是十分必要的。这个庞大的奴隶阶级有着非常复杂的组成，有来自古代被征服的敌人、有来自外部世界的流浪者，也有受好奇心驱使成功复活的死尸，还有来自撒特城的天生卑贱的成员。经过有选择性的繁殖和社会进化，昆扬的统治阶级本身变得非常高级——这个种族经历了一段给予所有人平等机会的理想主义的工业民主时期，因此，为了提高天生的聪明才智并使之转变为权力，使得大部分撒特人耗尽了智慧和精力。除了满足基本需要和满足不可避免的欲望之外，撒特人认为工业生产根本上就是一场空，生产是非常容易的。因为撒特这座城市通过制定标准，实现了机械化和易于维护的模式，确保了他们生理上的舒适环境，同时科学农业和畜牧业也为他们提供了其他基本需求。于是，他们放弃了长途旅行，不再保存大量的金、银，也不再使用能够穿行于土地、水和空气的钢铁运输机，倒回去重新骑那些长角的半人半兽。扎马科纳几乎不敢相信这些做梦才会见到的东西竟然真的存在过，但昆扬人告诉他，他可以在博物馆里看到这些东西的标本。而且，他要是去多海纳山谷旅行一天，还可以看到巨大的魔法装置留下的残迹，而在多海纳山谷，昆扬人不断繁衍，人口数量已达到了顶峰。扎马科纳眼前平原上的城市和神庙，属于更古老的时代，基本上只是弃置的宗教寺庙和纪念场所，建造于昆扬人全盛时期。

撒特的政府机构是一种共产主义或类似无政府的状态，通过习俗而不是法律来决定日常的秩序。这是由这一种族古老的经验和早已麻痹了的倦怠情绪造成的。现在，他们的欲望和要求仅限于生理上的基本需求和新的感官刺激。几千万年来的痛苦折磨虽然没有被愈发强烈的倦怠感所破坏，但这种痛苦的折磨已经消除了所有对于价值观和原则的幻想，除了追求或期待着某些风俗外，撒特人已经一无所求。正因为这样，撒特人对享乐的共同追求使他们大部分的社会生活才未陷入瘫痪，而这也是他们全部的人生追求了。家庭形式的组织早已消亡，文明社会的性别差异也消失了。日常生活是通过仪式进行的；游戏、醉酒、折磨奴隶、白日做梦、美食和激情的放纵、宗教仪式、怪异的实验、艺术和哲学的讨论构成了撒特人最主要的生活内容。财产——主要是土地、奴隶、动物，都是公有的；过去的宇宙级货币、有磁性的苏鲁金属，则根据非常复杂的方式分配——即按照某种特定的数量，均等地分配给所有自由人。撒特人对贫穷一无所知，他们有一套由测试和筛选构成的错综复杂的体系来决定要做的行政事务，只要做好这些特定的事务就行了。这些情况与扎马科纳以前所知道的截然不同，他很难准确地描述出来。因此，他手稿中的这部分实在令人费解。

在撒特，艺术和才智似乎已经达到了很高的水平，但却变得了无生趣，走向了没落。死板的统治一度阻碍了美学的正常发展，被引进的无生命的几何学又破坏了合理的表达方式。这种状况很快就蔓延开来，并在所有的绘画和装饰物中留下了印记。因此，除了按照传统设计的宗教图案之外，撒特人后来的作品几乎没什么深度和情感。他们早期的仿古复制品似乎更适合普通的享乐。文学倒是变得非常丰富且有深度，以至于扎马科纳完全无法理解。这里的科学一直高深莫测，除了天文学，它几乎无所不包。然而，近来科学正走向没落，因为人们发现，回忆科学种种令人发狂的细节和分支，只会增加思想负担，徒劳无益。人们认为，更明智的做法是放弃最深层次的思考，把哲学禁锢在传统形式中。当然，技术可以通过经验法则来实现。历史越来越被人们忽视，但图书馆里却保存着数目庞大而精确的历史资料。不过，这是一个有趣的主题，因为将有很多人会为扎马科纳带来的新鲜的外部世界知识而欢欣鼓舞。然而，总的来说，现代人更倾向于靠感觉来判断而不是思考。因此，人们现在更重视发现新的消遣方式，而不是墨守成规，或退回到宇宙充满奥秘的原始时代。

在撒特，宗教是人们的主要兴趣，尽管很少有人真正相信超自然的力量。人们渴望的是神秘氛围和感官仪式所带来的审美的提升和情感的宣泄，这些神秘的氛围和感官仪式蕴含着丰富多彩的远古信仰。伟大的苏鲁是古代万物和谐的精神象征，这位长着章鱼头的神，把所有人类从群星上带了下来，有关它的神庙在整个昆扬是最多的；而作为众蛇之父、象征生命之源的伊格，其神秘的圣殿几乎同样奢华而引人注目。随着时间的推移，扎马科纳了解到了很多与这一宗教有关的狂欢和献祭仪式，但似乎不愿在手稿中描述。除了那些他认为和他的信仰类似的，他从未参加过任何与这些宗教相关的仪式；同时，他还把握一切机会，试图劝说昆扬人信仰天主教——即西班牙人希望推广到世界各地的宗教。

在当代撒特的宗教中，最明显的特点是对稀有、神圣的苏鲁金属几乎发自心底的崇拜，因为这种黑色、富有光泽、带有磁性的物质在自然界是找不到的，而留存下来的都以神像或圣器的形式出现在昆扬人的生活中。自古以来，只要看到纯的苏鲁金属，都会引起昆扬人深深的敬意，而所有神圣的宗教资料和卷宗都保存在用这种金属锻造的圆柱形筒里。如今，由于对科学和才智的忽视，批判分析精神正被削弱，昆扬人开始再次用远古时代的敬畏和迷信来对待这种金属。

宗教在这个世界的另一功能是对历法的调整，因为在之前的某个时期，昆扬人把时间和速度看作是情感生活中最基本的需求。什么时候醒来，什么时候入睡，中间交替的时间是长是短，抑或是倒转过来，全凭心情和是否方便，而这些都由伟大的众蛇之父伊格拍打尾巴来计时，这种计时方式大致相当于地面上的昼夜更替。但扎马科纳凭感觉认为，实际上这种方式计算出来的时间几乎是地面上时间的两倍。而昆扬人所谓的“年”，是以伊格每年的蜕皮来计算的，大概相当于外部世界一年半的时间。扎马科纳认为自己在写这份手稿时已经很好地掌握了昆扬人的这一历法，因此他非常自信地认为当时是1545年，但他没有提供充分的证据。

当其中一个撒特人继续滔滔不绝地说着他们的情况时，扎马科纳却越来越反感和惊恐。不仅是因为对方所讲的信息，还因为对方的讲话方式使他产生了强烈的心灵感应，他猜想要再回到外部世界是不可能的了，这一猜想使扎马科纳希望自己从来没来过这片怪异、反常和颓废的地区。但他知道，只有表现出友好的默许才是应对之策，因此，他决定配合来访者，同意他们的全部计划，并提供他们想要的全部信息。而反观这群昆扬人，他们听着扎马科纳吞吞吐吐地介绍外部世界，简直入迷了。

自几千万年前，昆扬人从沉没海底的亚特兰蒂斯和利莫里亚难民那里听到关于外部世界的消息以来，这还是他们第一次听到外部世界的可靠信息。因为紧随那些难民之后，从外界来的人都是当地各个部落的成员，他们对整个世界一无所知，这些人充其量不过是玛雅人、托尔特克人和阿兹特克人——尽是些平原上的愚昧部落。扎马科纳是这群昆扬人见过的第一个欧洲人，而且是个受过教育、才华横溢的年轻人，这使得他对于他们来说更有价值，更能给他们提供源源不断的知识。这群来访者对扎马科纳所说的一切表现出了极其浓厚的兴趣。很明显，扎马科纳的到来将大大提高百无聊赖的撒特人对地理和历史的兴趣。

唯一让撒特人感到不快的是，扎马科纳的出现说明对地面世界充满好奇的探险者开始涌入通往上层世界的某些地方了，而那里就是通往昆扬的通道。扎马科纳向这些撒特人讲了佛罗里达的殖民和新西班牙的成立，并明确表示，外面世界很大一部分地区的人都怀揣着极大的探险热情——西班牙人、葡萄牙人、法国人，还有英国人。墨西哥和佛罗里达州迟早会合并为一个庞大的殖民帝国，那时候很难阻止外来者去找寻传说中的地下世界的金银了。追牛仔已经知道扎马科纳进入了地下世界。他会不会把此事告诉科罗纳多呢？要是他在约定的会合地点找不到扎马科纳，他会不会写一份报告，把此事告诉那位伟大的总督呢？这群昆扬人露出了恐慌的神色，他们担心昆扬是否能继续对外部世界保密，他们能否继续生活在安乐窝里。扎马科纳从他们的思想中明白了这样一个事实：从今以后，哨兵们无疑会再一次在撒特人还能够记得的、通往外部世界的所有未被封锁的通道上站岗。

5

扎马科纳和来访者们在神殿大门外郁郁葱葱的小树林里进行了长时间的交谈。他们中的一些人坐在几乎消失的走道旁茂密的杂草和苔藓上，而包括西班牙人扎马科纳和代表撒特人说话的其他人，则坐在神殿走道旁低矮巨大的石柱上。他们几乎花了地面上一整天的时间来交谈，因为扎马科纳好几次都想要吃东西，并吃了背包里准备好的食物，而一些撒特人也回到了大路上，去取他们带来的食物，因为他们把坐骑留在了大路上。最后，那群人的头领结束了谈话，并表示该回城了。

随后，头领肯定地告诉扎马科纳，他们还有几只多余的野兽，扎马科纳可以骑上，跟他们一起前往城市。想到要骑上这种可怕的杂交物种，扎马科纳就万分惊恐，而传说中喂养这些物种的饲料实在令人震惊，追牛仔只看了一眼便发疯般地逃了出去，因此这对扎马科纳来说可不是好玩的。此外，关于这些野兽还有一点使他大为不安，那就是它们有着超乎寻常的能力，因为就在前一天，这群野兽中的一部分就跟着扎马科纳来过这个地方，随后向撒特人汇报了他的行踪，并领着这群撒特人到了这个地方。但扎马科纳并不怯懦，他大胆地跟随这群人沿着杂草丛生的道路向他们安置这些野兽的地方走去。

然而，当他穿过那座爬满藤蔓的巨型高塔，来到古老的大路上看到那些怪物时，他不禁恐惧地尖叫起来。顿时，他明白了追牛仔为何会惊慌失措地逃走，他不得不闭上眼睛保持镇静。不幸的是，扎马科纳虔诚地保持了沉默，没有在手稿中充分地描述他所看到的恐怖景象。尽管如此，他还是在手稿中暗示了这些体型巨大、躁动不安的白色野兽，以及它们令人震惊的畸形模样。这些野兽背上长着黑色的皮毛，额头中央长着一只未完全发育的角，脸上的鼻子塌塌的，嘴巴前凸——毫无疑问，它们与人类或类人猿有着某种血亲关系。扎马科纳后来在手稿中写道，无论是在昆扬还是在外部世界，这些怪物是他一生中见过的最恐怖但却真实存在的野兽。它们最恐怖的地方并不在于它们容易辨认，或容易描述的外貌特征，而在于它们特殊的本质，最关键的是这些野兽并不完全是自然界孕育的物种。哦，什么人能想出这种怪物，并敢骑在上面！

撒特人注意到了扎马科纳的恐惧，于是赶紧想方设法地让他放下心来。这些野兽，或者说“吉亚·约恩”，的确是些怪异的东西，但实际上不会对他构成任何伤害，它们不会吃有智力的人的肉，只会吃特殊的奴隶阶级的肉，而这些奴隶多半已不能算作真正的人类了，实际上是作为昆扬地区主要的肉类食物。这些野兽，或者说它们最初的祖先，一开始是在一片巨大废墟中的蛮荒之地被发现的，而那片废墟正好位于闪着蓝光的昆扬下面，空无一人的闪着红光的幽嘶地区。很明显，这些野兽长得和人类一样，但昆扬的科学家们永远无法确定它们是否是那些统治过这片奇怪的废墟，并在那里生活过的远古物种的后代。这种假设的主要依据在于一个众所周知的事实——即早已消失的幽嘶原住民是四足动物。这一事实是从位于幽嘶最大的一座废弃城市下面、墓群中发现的少量手稿和雕刻物中得知的。但这些手稿也告诉我们，幽嘶的原住民已经掌握了用合成的方法来创造生命的技术，并在他们的历史发展过程中创造并摧毁了几个十分先进、能够进行高效的工业生产和运输的物种。更不用说，在走向没落的漫长岁月里，他们会为了追求娱乐和寻求新的刺激，而创造出稀奇古怪的生命形式。毫无疑问，幽嘶的原住民在种群上属于爬行类动物，而且撒特大多数生理学家都一致认为，撒特人目前驯养的这群野兽在与昆扬的哺乳类奴隶种群进行杂交繁衍之前就和爬行类动物非常相似。

文艺复兴时期征服了半个未知世界的西班牙人确实有着勇敢无畏的精神。扎马科纳最终勇敢地骑上了撒特人驯养的一只畸形野兽，并在头领的陪伴下加入了这支队伍。头领名叫吉尔·哈·伊恩，是之前和扎马科纳交流时最活跃的一个。骑在这样一只畸形野兽身上的感觉实在令人厌恶，但要稳稳当当地坐在上面却很容易，而令人惊讶的是，这些笨拙的吉亚·约恩步态平稳，均匀而又有规律。眼前的这只野兽没有配鞍，似乎也不需要任何指引。队伍开始以轻快的步伐向前行进，只在某些废弃的城市和神殿边稍作停留，扎马科纳对此感到十分好奇，于是伊恩亲切地指给他看，并向他解释。这些城中最大的一座叫比格拉，这是一座由黄金精雕细琢的建筑奇迹，于是扎马科纳怀着浓厚的兴趣，好奇地研究着这座华丽的建筑物。城中的建筑物高大而细长，屋顶向周围扩散，形成了很多尖塔顶。城里的街道很窄，曲曲折折的，偶尔出现许多如画般的坡道，但伊恩说，昆扬后来建造的城市在设计上更宽敞，也更有规律。平原上的旧城，到处可见被夷为平地的城墙残迹，这让人想起这些旧城曾接连被如今四散各地的撒特军队征服的遥远岁月。

伊恩主动邀请扎马科纳参观一处建筑物，尽管这需要沿着一条爬满藤蔓的小路绕行近一英里才能到达。这是一座由黑色玄武岩建造的低矮简陋的神庙，没有雕刻任何图案，只有一个空的缟玛瑙神位。这座庙宇不同寻常之处在于它的故事，因为它与传说中更古老的世界相关，与这个更古老的世界相比，即使是神秘的幽嘶也好像是昨天才诞生的。这座神庙是仿照津墓群中的一些寺庙建造的，供奉了一个十分恐怖的黑蟾蜍神像，据说这是从闪着红光的世界找到的，在幽嘶的手稿中它被称之为撒托古亚。这是一个有权势、受到广泛崇拜的神，昆扬人接受了这位神之后，便借用了它的名字来命名此后统治了整个昆扬的那座城市。根据幽嘶的相关传说，这位神来自闪着红光的世界下面一个神秘的地下王国——这是一个黑色的王国，住着感官奇特的物种，那里一片漆黑，在幽嘶爬行类四足动物诞生之前，它已经有了伟大的文明和强大的神。在幽嘶，有许多撒托古亚的图像，据说这都出自那个黑色的地下王国，幽嘶的考古学家认为这些图像代表了这个地下王国在万古之前就已灭绝了的种族。这些考古学家已经竭尽所能地彻底探索了幽嘶人手稿中称为“诺凯”的黑色王国，那里奇异的石槽和洞穴引发了考古学家们无限的猜测。

当昆扬人发现闪着红光的幽嘶世界并破译了它奇怪的手稿后，他们燃起了对撒托古亚的崇拜，把所有可怕的蟾蜍图像带到了闪着蓝光的昆扬，并把它们安置在设计源自幽嘶的玄武岩神庙内，就像扎马科纳眼前看到的这座一样。昆扬人对撒托古亚的崇拜之情愈演愈烈，甚至几乎与远古时代对伊格和苏鲁的崇拜不相上下。昆扬人的一个分支甚至把这种崇拜带到了外部世界——靠近地球北极的洛玛地区，有一座位于奥拉索尔城的神庙，在那里就曾发现了迄今为止最小的一幅蟾蜍画像。有传闻说，即使是在大冰期和浑身长毛的诺弗刻摧毁洛玛文明之后，外部世界对于撒托古亚的崇拜仍然生生不息。不过，这些事情在昆扬很少为人所知。然而，在这个闪着蓝光的世界，对撒托古亚的崇拜戛然而止，即使人们容忍了撒特这个名字，但不会再崇拜撒托古亚了。

对撒托古亚崇拜的终结，源于昆扬人对黑色王国诺凯的一次探险——诺凯是位于幽嘶之下的闪着红光的世界。根据幽嘶残留手稿的叙述，诺凯早就没有活着的生命存在，但从幽嘶时代到人类出现在地球上，这之间的几千万年一定发生了什么变故，而且也许和幽嘶的灭亡有一定的关联。这变故可能是一场地震，它撕开了这片黑暗世界之下原本对幽嘶考古学家封闭的低矮墓室；也可能是破坏力更大的能量和电子爆发，而这对任何有思想的脊椎动物来说都是完全不可想象的。无论如何，当昆扬人带着巨大的原子探照灯进入诺凯的深渊世界时，他们发现了有生命的物体——这些生命体从石槽里缓缓流出，还有用珍贵的缟玛瑙和玄武岩制成的撒托古亚雕像，但它们并不像撒托古亚本身那样长着蟾蜍的模样。更糟糕的是，它们是没有定型的黑色黏性软泥，可以为了需要暂时变成各种令人作呕的不可名状的形状。昆扬的探险家们没敢继续探索，那些活着逃出来的人把幽嘶到地下的恐怖世界之间的通道全部封锁了。从那以后，昆扬大地上所有的撒托古亚雕像都被分解射线融为无形，对撒托古亚的崇拜也永远被废除了。

几千万年之后，昆扬人当时盲目的恐惧逐渐被科学的好奇心取代。于是，有关撒托古亚和诺凯的古老传说再次兴起，人们组成了一支装备精良的探险队前往幽嘶，去寻找那扇通往黑暗深渊的封闭大门，看看沉睡地下的还有哪些未知的东西。但他们无法找到那扇门，也没有任何人在往后的岁月里找到过这扇大门。时至今日，有人怀疑诺凯是否真的存在；但少数能解读幽嘶手稿的学者们认为，有充足的证据证明它是存在的，尽管昆扬人去那里的探险记录很值得怀疑。后来，一些宗教狂热分子试图禁止人们研究诺凯是否存在，并对提到诺凯的人给予严厉的惩罚。不过，在扎马科纳刚到昆扬的时候，人们还没有严格执行这些惩罚。

当队伍重新返回那条古老的大路，渐渐靠近低矮的山脉时，扎马科纳注意到之前看到的那条河变得非常靠左。不久，随着地势的上升，小溪流进了峡谷，穿过了山丘。这条路则沿着峡谷的一边，队伍在山丘的峭壁边缘行走。就在这时候，下起了小雨。扎马科纳注意到零星落下的雨滴和蒙蒙细雨，他抬头仰望那闪着蓝光的天空，但奇怪的是那光芒一直未有丝毫的减弱。伊恩告诉他，这是水蒸气的冷凝和沉淀，是十分常见的现象，丝毫不会减弱天空的光芒。事实上，这种薄雾一直围绕在昆扬地势较低的地区，弥补了这里没有真正的云彩的缺憾。

山坡稍微朝上倾斜了一些，扎马科纳向后望去，那片古朴荒芜的平原尽收眼底，就像他在山坡的另一端看到的景象。扎马科纳似乎很欣赏这奇异的美景，对即将离开平原感到隐隐的遗憾，因为他提到，伊恩正催促他，要他赶着野兽走快些。当他面朝前方时，他看到山顶的路已经迫近了，而那条杂草丛生的大路笔直地向上延伸，最后消失在了一片闪着蓝光的空白地区。眼前的景象给扎马科纳留下了十分深刻的印象——队伍右侧是一座陡峭的翠绿大山，如墙一般，左侧是一条幽深的河谷，河谷的另一边还有一座如城墙般的翠绿大山，往上走的路最终消失在像海一样起伏的浅蓝色光中。接着，队伍到达了山顶，整个撒特雄伟壮丽的美景展现在眼前。

这壮美的景色让扎马科纳不禁屏住了呼吸，因为眼前这个人声鼎沸、适宜定居和活动的地方已超越了他曾经见过或梦见的一切地方。山丘下坡的地方相对稀疏地分布着小农场和零落的神庙，而从山坡下来的另一边是一片巨大的平原，那里就像覆盖着一副棋盘，上面种着树木，还建造了用来灌溉树木的狭窄水渠。此外，还有一条按照精确的几何学原理设计的宽阔大道，从平原上方横穿而过，大道上铺设着黄金或玄武岩。粗大的银色吊桥耸立在金色的巨柱上，将分散、低矮的建筑和随处可见的建筑群连接在一起；在另一些地方，可以看到部分没有吊桥、已经毁坏的柱子。某些物体在农田上移动，表明有人正在耕作。而扎马科纳也在一些地方看到，昆扬人正赶着令人反感的、半人的四足动物耕种农田。

但最令扎马科纳印象深刻的是一片令人不解的景象——成群的尖塔和顶峰高高地耸立在遥远的平原之上，在明亮的蓝光中，闪烁着如花般鬼魅的光芒。起初扎马科纳以为这是一座到处是房屋和神庙的大山，就像他的故乡西班牙一些风景如画的山城一样；不过，当他又看了一眼之后，意识到事实并非如此。这是一座耸立在平原之上的城市，是由直入云霄的高塔组成的，因此它的外形看起来就像是一座很高的山。城市的上方笼罩着一层奇怪的灰蒙蒙的薄雾，蓝色的光芒穿过薄雾闪闪发亮，而几百万个闪着金光的塔顶更为城市增添了光辉的色彩。扎马科纳看了一眼伊恩，便知道这就是那座庞大而古怪、无所不能的城市——撒特。

沿着大路向着平原走去，扎马科纳感到一种不安和罪恶。他不喜欢胯下那头野兽，不喜欢驯养这种野兽的世界，也不喜欢遥远的撒特城上空幽暗的气氛。当队伍开始穿过一些零星的农场时，扎马科纳注意到了那些人的劳作方式，他不喜欢那些人的动作和样子，也不喜欢他们大部分人古怪而残缺的身体。此外，他还非常厌恶畜栏里那些生物，或这些东西吃草的样子。伊恩指出，在农场劳作的是奴隶生物，它们的行为是由农场主人控制的，主人会在每天早上用催眠的方式安排它们白天要做的一切。作为有着半意识的机器，它们的工作效率近乎完美；而被关在畜栏里的则是更低级的种群，仅仅是作为肉用牲畜。

到达平原后，扎马科纳看到了更大的农场，并看到了令人厌恶的长着角的野兽吉亚·约恩，它们几乎做着所有人类的工作。他还看到一些长得像人一样的东西正沿着犁沟辛勤地耕作，并对其中一些东西的僵硬动作感到极其恐惧和厌恶。伊恩解释说，这些被称为“伊莫比”的东西是已死之人，但为了生产的目的，可以通过原子能和心灵力量，用机械手段使之重新活过来。由于奴隶种群并不像撒特自由人那样享有长生不老的权利，因此，随着时间的推移，伊莫比的数量变得非常庞大。它们像狗一样忠诚，但要它们像活着的奴隶一样，在思想上听从命令就很难做到了。最令扎马科纳反感的是那些被严重致残的东西，因为它们中的一些完全没有头，而另一些则在不同的部位遭受了怪异而又似乎反复无常地减损、致畸、置换和移植。扎马科纳无法解释这一情况，但伊恩明确表示，这些奴隶曾在一些庞大的竞技场上供人们娱乐，因为撒特人是追求美妙的感官刺激的行家，不断需要新鲜和新奇的刺激，以满足他们无聊沉闷的生活。虽然扎马科纳不怎么挑剔，但他对现在的所见所闻还是呕吐了。

队伍离撒特城越来越近，这座大都市从外貌和高度来看，都隐约变得可怕起来，因为这座城市的样貌古怪而丑陋，建筑物都到达了人类无法企及的高度。伊恩对此解释说，大型塔楼的上面部分已不再使用，为了避免维护上的麻烦，有许多都拆除了。大多数情况下，原先城区周围平原上建造的许许多多较新较小的住所，比古老的塔楼更受昆扬人的欢迎。平原上空，昆扬人日常生活的喧嚣声从堆砌着的黄金和巨石中传出。与此同时，铺设纯金和玄武岩的路上永远都是人流不息，在幽暗空间的蓝光下看上去繁华而又令人畏惧。

伊恩几次停了下来，指给扎马科纳一些特别有趣的东西，尤其是供奉伊格、苏鲁、涅格和伊卜的神庙，还有不可直呼其名的黄衣王的神庙，它们稀疏地排列在道路两旁，每一座都按照昆扬的习俗隐藏在茂密的小树林中。与大山另一边坐落在荒芜的平原上的神庙不同的是，这些神庙仍在不断地使用，大批朝拜者经常来来往往地穿梭其中。伊恩带着扎马科纳前往每一座神庙，而扎马科纳则带着一种迷恋但又排斥的情绪，看着这些微妙的宗教狂欢仪式。供奉涅格和伊卜的两座神庙里的仪式尤其使他感到厌恶——事实上，他实在是太过厌恶，因此没有在手稿中把这些仪式描述出来。伊恩和扎马科纳还偶尔看见一座低矮的黑色神庙，供奉着撒托古亚，不过这座神庙已变成供奉莎布·尼古拉斯——众物之母、无名者之妻的圣殿了。这位女神有些像腓尼基丰饶女神阿斯塔特的神韵，昆扬人对她的崇拜使虔诚的天主教徒扎马科纳感到极其憎恶，因为他最不喜欢那些司仪为了发泄感情时发出的号叫——在日常生活中早已停止使用语言的种族发出来的这种号叫，实在是太刺耳、太亵渎了。

走近撒特城紧邻的郊区，在那可怕的高塔所笼罩的阴影之下，伊恩指着一座庞大的圆形建筑，建筑前面有大批人正排着长队。他解释道，这就是其中一座圆形露天竞技场，为百无聊赖的昆扬人提供怪异的竞技运动和感官刺激。正当他停下来，打算领扎马科纳走进那座宽阔的弧形建筑时，扎马科纳回想起了在农田里看到的那些肢体残缺不全的东西，于是立即拒绝了。这是他们第一次因情趣差异而发生的冲突，这使得撒特人相信这位从外部世界来的客人和他们并不投缘。

整个撒特城是一个由奇怪而古老的街区组成的网络，尽管恐惧和陌生感愈发强烈，但扎马科纳仍被其展现出来的神秘迹象和宇宙奇迹所吸引。这里有令人头晕目眩、高耸入云的尖塔，华丽的大道上涌动着各种各样体型庞大的生命体，门廊和窗户上雕刻着奇形怪状的图案，从有着栏杆的露天广场和层层巨型阶梯上到处可见奇奇怪怪的景色，还有灰色的薄雾似乎一直笼罩着峡谷状的街道，像天花板似的覆盖着。所有这一切都使他产生了一种从未有过的想要冒险的冲动。不久，他就被带到一个由昆扬的执政者组成的政务会上，会议在一个有着花园和喷泉的公园后面、一座由黄金和铜打造的宫殿里举行，不过这座宫殿已经封闭多时了。随后，扎马科纳被带到一间拱形大厅，大厅装饰着令人眩晕的绚烂花饰。那里的人友好地问了他几个问题，很显然他们希望从他那里获得更多有关外部世界的历史信息；不过作为回报，那些人也会把昆扬所有的秘密都毫无保留地告诉他。但对扎马科纳来说，最大的遗憾是那则毫无商量余地的禁令——他再也无法回到那个属于他自己的，有着太阳、星星和他的故乡西班牙的世界了。

这些人为他们的客人扎马科纳安排了一套日程，把他的时间合理地分成几种不同的活动，如安排各方面的学者与他交流，而他也要学习许多有关撒特的专门知识。同时，扎马科纳想要拥有进行自由研究的时间也是允许的，而且只要他掌握了昆扬的书面语言，那么所有昆扬的图书馆，无论是世俗的还是有关宗教的都会对他开放。此外，扎马科纳还被要求参加许多有关宗教的仪式和表演，除非他自己提出明确的反对才不必参加，而且他得留出大量时间去娱乐和宣泄，因为这些正是昆扬人日常生活的目标和核心。他可以选一栋位于郊区的独立房子，或是一套位于城市的公寓，他还将加入一个大型的情感社团，那里有许多极其美丽且充满艺术气质的贵妇。在近现代的昆扬，这种情感社团已经取代了以家庭为单位的社会模式。此外，昆扬人还将提供给他几只长着角的吉亚·约恩，作为他出行和跑腿的工具，另外还将派给他十个身体完好无损的活奴隶，帮他做日常工作，并在公共场合保护他。他还必须学会许多机械装置的使用，不过伊恩会立刻教他使用那些最实用的。

扎马科纳选择了一套公寓，放弃了郊区的独栋别墅，在执政者们崇高的礼节和仪式的款待之下，他终于屈服了。随后，他被领着走过了几条华丽的街道，来到了一座大约有七八十层楼高、如悬崖般雕刻着图案的建筑物。奴隶们为他的到来已经做好了准备，这套房子位于一层，宽敞且带有穹顶，此时奴隶们正忙着调整墙上的挂毯和家具。房间里有上了漆的镶嵌着图案的小凳子，有天鹅绒和丝绸制作的转角沙发和垫子，还有无数排柚木和黑檀木制作的鸽笼式分类架，上面放着金属圆筒，里面装着他即将读到的一些手稿——即所有城市里的公寓都有的经典文学作品。这栋建筑每个房间的书桌上都放着一堆厚厚的羊皮纸和几罐经常使用的绿色颜料，而每张桌子上都有一套大小各异的颜料刷和一些古怪的文具。华丽的金色三脚架上放着打字机，安装在天花板上的能量地球仪则散发出耀眼的蓝光，笼罩着房间里的一切。由于房间在建筑物的最底层，因而虽然有窗户，但光线昏暗，几乎无法照明。一些房间有着精心设计的浴室，而厨房则是由一大堆烹饪机械组成的迷宫。随后，扎马科纳被告知，这些东西都是通过撒特城的地下通道网络运来的，而再古怪的机械都可以通过这些通道网络进行运输。这栋建筑的地底下有一个厩棚，很快又有人告诉扎马科纳如何找到那些牲畜去上街。当扎马科纳还在建筑物里四处走走看看的时候，有人把为他长期服务的奴隶带了过来，并为他作介绍；很快，又来了六位自由人和贵妇，他们都是扎马科纳以后将要参加的情感社团中的成员，接下来的几天他们将陪伴他，教他使用各种东西并陪他打发寂寞。在这群自由人和贵妇离开之后，将有另一些成员来替代他们对扎马科纳进行相关的指导，就这样轮流替换，直到一组约50人都轮上一遍。

6

于是，扎马科纳在昆扬闪着蓝光的幽暗世界生活了整整四年，并逐渐适应了邪恶的撒特城生活。但他显然没有在手稿里把他学到、看到和做过的事情写出来；因为当他开始用自己的西班牙母语写这份手稿时，出于宗教信仰的虔诚，他保持了沉默，不敢把自己的所见所闻都写下来。许多事情都令他产生排斥，而且他坚决不看某些宗教仪式，不参加某些宗教活动，也不食用某些食物。对于其他的一些事情，他总是不断地坐在角落里念《圣经》来忏悔。四年间，他探寻了昆扬的所有地方，包括生长着金雀花的尼思平原、早已在中世纪被废弃的机械化城市废墟。此外，他还到过一次闪着红光的幽嘶世界，去参观那里宏伟的遗址。他看到过令他叹为观止的工艺和机械方面的奇迹，也见识过如何改造生物转变形态、脱胎换骨之后再恢复肉体凡胎，最后成功复活，这一切使他一遍又一遍地在胸前划着十字。每天，他都惊讶于数不胜数的各种传奇，渐渐地他连惊讶的能力都麻木了。

不过，在昆扬待得越久，扎马科纳就越想离开。因为昆扬的生活明显与他的正常生活格格不入，他是在突如其来的冲动下来到这里的。随着获得越来越多的历史知识，他对昆扬人也有了更多的了解，但这种了解只会加剧他的厌恶感。因为他认为撒特居民是一个迷失自我而又危险的种族——比他们自己认为的更危险，而且他们愈发狂热地追求着单调的角斗竞技和新奇的事物，这一切正使得他们加速走向崩溃和极度恐惧的边缘。他很清楚，自己的到访加剧了昆扬人的不安；不仅仅是因为昆扬人对外来者的入侵感到恐惧，更因为他的到来激发了许多昆扬人打算外出探险的念头，他们想去看一看扎马科纳所描绘的多姿多彩的外部世界。随着时间的推移，他注意到昆扬人越来越喜欢将生命体的质能转换作为一种娱乐手段；因此，撒特的很多公寓和圆形露天竞技场成为了名副其实的巫术表演场，昆扬人纵情恣意地变形、调整年龄、体验死亡和投射情绪。随着百无聊赖和动荡不安的氛围不断加剧，扎马科纳看到残忍、微妙和反叛的行为也在急剧增长。宇宙的异常现象越来越多，施虐狂施虐的方式也越来越怪，无知和愚昧正大行其道，同时越来越多的昆扬人希望逃离行尸走肉般的生活，进入电子扩散后半幽灵的状态。

然而，扎马科纳离开昆扬的一切努力都化成了泡影。几次三番的尝试证明，要劝说昆扬人同意他离开是徒劳无益的；不过，一开始上层阶级就用各种老练的手段使扎马科纳对离开不再抱有幻想，因此他们不会因客人公然提出离开而感到愤怒。根据扎马科纳的猜想，这一年是1543年。这一年，他采取了实际行动，试图从他进入昆扬的那条隧道逃跑。但当他刚穿过荒芜的平原，走完了一段精疲力竭的路程之后，就在黑暗的通道里遇到了驻守的哨兵，于是他打消了今后试图往那个方向逃走的念头。为了支撑自己活下去的希望，为了把家乡的印象牢牢记在心头，从那以后，他开始粗略地记录下自己的探险历程；最终，他用自己钟爱而古老的西班牙文字和熟悉的罗马字母写下了这份手稿。不知为何，他总幻想着要把这份手稿送到外部世界去；于是，为了让外部世界的同伴相信他的故事，扎马科纳决定把这份手稿装在一个用于保存神圣档案的外面刻着苏鲁的金属圆筒里。这种怪异而带有磁性的金属圆筒会让外面的人不得不相信他所讲述的这个不可思议的故事。

但即使他有这个想法，也没办法和地面建立任何联系。因为他知道的每一处通道都被昆扬哨兵把守着，和他们冲突没什么好处。而逃跑也绝非上策，因为他现在能明确地看到，昆扬人对他所代表的外部世界的敌意正与日俱增。于是，他希望不再有欧洲人发现他所走过的那条隧道，从而来到这个地下世界，因为昆扬人可能不会像对待他一样盛情款待后来的人。在昆扬人眼里，扎马科纳就是一座宝贵的资源库，可以为他们源源不断地提供信息，因此他可以享有特权地位，而其他人在昆扬人眼里不是那么重要，因而可能受到全然不同的待遇。扎马科纳甚至想知道，当撒特的先贤们意识到他已经把他所知道的新奇事物全部讲光了，他们又会怎样对待他呢？因此，出于自卫的本能，在谈到地面信息的时候，他开始有所保留，并且无论何时都表现出一种还没有完全把自己所掌握的大量知识讲出来的态度。

在撒特，还有一件令扎马科纳感到处境万分危险的事情，那就是他一直对闪着红光的幽嘶地底下那个终极地狱“诺凯”怀有强烈的好奇之心，而那些在昆扬地位显著的宗教狂热分子却越来越倾向于否认“诺凯”的存在。扎马科纳在幽嘶进行探险的时候，曾试图去寻找那个被堵住的入口，结果一无所获；后来，他又尝试质能转换和情绪投射之法，希望借此把自己的意识投进肉眼无法看到的地面裂口之下。虽然扎马科纳从未真正熟练地掌握这些方法，但他还是做了一系列可怕不祥的梦，而且他相信这些梦确实包括了一些投射到“诺凯”的情绪。而当他讲述这些梦的时候，那些崇拜伊格和苏鲁的昆扬头领们表现得大为震惊和烦躁不安，他在昆扬的朋友们也劝他把这些事情藏在心底，不要说出去。随着时间的推移，扎马科纳开始非常频繁地做这些梦，简直到了令人发狂的地步，梦里包含了一些他不敢在手稿中记录的内容，但他还是把这些梦记录在了一份特殊的手稿中，以供撒特的学者研究使用。

可以说不幸，也可以说幸运的是，扎马科纳一直在很多事情上保持沉默。此外，他还保留了许多主题和可供描述的种类，打算写到手稿的附件中。他的手稿让人们只能对昆扬的习俗、思想、语言和历史等情况进行猜测，对撒特的整体面貌和日常生活进行想象。而最让人困惑的是，昆扬人活着的真正目的，因为他们每天过着奇怪而慢吞吞的生活，性格怯懦不好战，对外部世界有着想要逃离的恐惧，尽管他们拥有核能和消解物质的技术，即使碰到训练有素的军队，也可以所向无敌，就像远古时代一样。很明显，昆扬在没落的道路上已经越走越远——表现在昆扬人有时冷漠地无动于衷，有时又兴奋地歇斯底里，这两种混合的态度充斥着昆扬历史发展的中期时代，机械化令他们严格地按照标准和时间表，刻板地近乎疯狂地生活。即使是荒诞不经、令人厌恶的习俗，思想和情感的表达模式也可以追溯到这一根源。因为在扎马科纳有关历史的研究中，他找到了过去某个时期的证据，那时的昆扬与古典和文艺复兴时期的外部世界拥有相似的思想成果，其种族性格和拥有的艺术作品，充满了被欧洲人认为是有尊严、善良和高贵的内容。

扎马科纳对这些研究得越多，对未来就越感到不安；因为他看到道德和智慧的分崩瓦解无所不在，而且这种现象极其根深蒂固，有着不祥的加速发展的态势。即使他待在昆扬的这段时间，这种腐朽的现象也在不断增加。理性主义越来越衰退，逐渐演变成狂热而错乱的迷信，主要表现在对带有磁性的金属苏鲁的过分崇拜上，而宽容则逐渐被一系列狂暴的仇恨吞噬。随着昆扬的学者们从扎马科纳那里获取的信息越多，他们对外部世界的仇恨就越强烈。有时他会害怕昆扬人总有一天会放下冷漠和失落的架子，像狗急跳墙那样去对抗地面未知的世界，运用他们独特的、至今仍然记得的科学力量横扫千军。但就目前而言，他们正以其他方式与自身的寂寞无聊和空虚抗争，不断增加着发泄丑恶情绪的渠道，不断发明着疯狂怪诞而又变态的消遣方式。那个被下了诅咒、难以置信的地方——撒特人的竞技场，是扎马科纳从来没有靠近过的。再过一个世纪，甚至再过10年，他都不敢去想这地方会变成什么样。这个虔诚的西班牙人在看不到头的日子里只能更频繁地划着十字，默念着《圣经》。

按照扎马科纳的推算，时间到了1545年，他开始了可能是最后一次逃离昆扬的尝试。他有了一次意想不到的新机会——一位来自他所属的情感社团里的女性。这位女性对他产生了一种古怪而独特的迷恋，这种迷恋是以过去撒特一夫一妻制的婚姻生活中遗留下来的某种记忆为基础的。这位名叫塔拉·尤布的贵妇，略有几分姿色，但智商平平。对于这个女人来说，扎马科纳有着非凡的影响力，最终使她忍不住要帮他逃跑，当然扎马科纳也做出承诺，让她在身边陪伴。整个出逃事件，源于一次十分重要的偶然机会，因为塔拉·尤布来自一个原始的有领土的大户人家。在口口相传中，他们家至少还留着一条通往外部世界的通道，而且早在昆扬人大规模封锁所有通道入口的时候，却没人知道这条通道。这是一条通往地表平原之上某处山丘的通道，因而从未被封锁，也没有哨兵守卫。塔拉·尤布解释说，在昆扬人与地表之上的世界切断联系的时候，原始的有领土的大户人家并不是守卫或哨兵，只是拥有经济大权和主持宗教仪式的权利，地位上有些类似于封建的世袭贵族。而她的家族在昆扬人大规模封锁通道的时候，已经走向没落了，因此他们家的入口当时被忽略了。从此，他们家世世代代都保守着这个秘密，对通道的存在闭口不言。尽管从此失去了财富和影响力，令他们时不时地感到愤怒，但这个秘密仍然是他们家族骄傲的源泉，是家族秘密实力之所在。

现在，扎马科纳正兴奋地收尾他的手稿，以防发生不测。他决定逃出昆扬的时候，只带上五只可以负重的野兽，让它们驮上小块的金锭。他估计，昆扬人眼中的这种二流装饰品，在地面世界足以使他成为一位权力无边、地位显赫的人物。居住在撒特的四年时间里，扎马科纳已经在一定程度上克服了对可怕的怪物——吉亚·约恩的恐惧感，因此，他不再排斥使用这些物种。不过，他已经决定，一旦逃到外部世界，就立刻杀死这些怪物，把它们长埋于地下，并把金子藏起来。因为他知道，只要瞥一眼这些东西，任何一个普通的印第安人都会吓得发疯。随后，他将安排一支可靠的考察队，把这些宝物运到墨西哥。也许他会同意塔拉·尤布和他一起共享这笔财富，因为她浑身散发着魅力。不过，扎马科纳可能会安排她混入平原上的印第安人当中，和他们旅居在一起，因为他不想和撒特的生活方式还保持联系。当然，如果要选择妻子，他会选择一位西班牙女士，或者再不济也得是一位具有外部世界正常贵族血统、名正言顺的印第安公主。但就目前而言，他必须利用塔拉·尤布来当向导，手稿由他自己携带，装在一个雕刻了神圣图案的苏鲁金属圆筒中。

最后一次逃跑行动后来被记在手稿的附录中，上面的字迹显示出作者当时精神十分紧张。这部分叙述表明，他们当时是做好了最谨慎的准备，特意选择了撒特人都休息的时候出发的，并尽可能沿着城市下方光线昏暗的通道前进。扎马科纳和塔拉·尤布穿着奴隶的衣服，背着装满补给的背包，赶着五只负重的野兽一路前行，这样其他人很容易认为他们是普通的工人；他们尽可能长时间地沿着地下通道行进，而且选择了一条漫长但分叉很少的道路。这条通道以前是用来指挥机械设备运往如今早已废弃的勒萨郊区的。在勒萨的废墟中，他们到达了昆扬的地表，然后尽快穿过荒芜、闪着蓝光的尼思平原，向着有一排排低矮山丘的格延山脉走去。在杂乱无章的灌木丛中，塔拉·尤布发现了那条早已废弃、几乎是传说中才有的通往被遗忘隧道的入口。这个入口她从前也只看到过一次——那是很久以前，她的父亲带她去那里，向她展示这处他们家族引以为傲的遗迹。要赶着负重前行的吉亚·约恩穿过藤蔓和荆棘的重重障碍很辛苦，其中一只野兽表现得极为叛逆，最终造成了可怕的后果——它突然跑出了队伍，驮着背上的黄金和所有其他东西，飞快地跑回了撒特。

在闪着蓝光的火把的照射下，他们向上、向下、向前、再向上地穿行于一条潮湿而令人窒息的隧道，简直是一场噩梦。这是一条早在亚特兰蒂斯沉没之前就已无人涉足的隧道。在某个地方，塔拉·尤布不得不在她自己和扎马科纳以及负重的野兽身上运用物质转换的恐怖技艺，以便通过一个因地层移动而被完全阻塞的地方。对扎马科纳来说，这是一次十分可怕的体验，因为尽管他经常目睹昆扬人施展物质转换术，甚至还亲身实践过梦境投射之术，但他以前从未完完全全地操作过。塔拉·尤布十分擅长这一技艺，十分安全而圆满地完成了两次变形，通过地层之后把一切又转换了回来。

随后，他们继续在长满钟乳石的地下通道里穿行，而每一个转弯处刻着的恐怖图案邪魅地看着他们。他们轮流宿营，再交替走上一段时间，扎马科纳估计，要走完这条通道大概需要三天时间，但也可能不到三天。最后，他们来到了一处非常狭窄的地方，那里天然形成的或只凿了一点点的洞穴石墙壁，完全被人造砖石砌成的墙所取代，上面刻着恐怖的浮雕图案。往上爬了大约一英里陡峭的路，这些石墙末端的两边分别出现了一对巨大的壁龛，里面供奉着伊格和苏鲁的恐怖图像。伊格和苏鲁互相凝视着对方，就像人类自混沌一片的时代起他们就已经坐在这里了。就在这儿，通道出现了一个带有穹顶的圆形结构，里面刻满了恐怖的图案。在更远的一端，有一条带台阶的拱形通道。根据家族传说，塔拉·尤布知道这是离地表非常近的地方，但她不知道到底有多近。于是，他们在这里扎了营，准备在离开地下世界前再最后休息一次。

几小时后，响起了金属的叮当声和野兽的脚步声，扎马科纳和塔拉·尤布惊醒了，一道刺眼的蓝光从伊格和苏鲁图像之间的狭隘通道照了进来。一瞬间，他们就明白了发生的事情。后来他们才知道，是那只在荆棘丛生的隧道入口叛逃回去的吉亚·约恩将消息带回了撒特城，于是撒特城发出了警报，追捕队伍火速赶来抓捕这两个逃跑者。抵抗显然是毫无用处的，他们也没有抵抗。很快，由12个骑着野兽的昆扬人组成的队伍赶了过来，他们故意表现得十分礼貌，返回时双方都没有说话，也没有进行任何思想交流。

返回撒特的路上，充满了不祥而沮丧的气氛。在通过阻塞地区的时候，重新进行的物质转换和复活的折磨变得更加可怕，因为很显然，唯一的逃离希望已经化作泡影了，而且将永远毁灭。一路上，扎马科纳听到来追捕他的人谈论着近期应该用核武器来摧毁这一通道，而且自此以后，哨兵必须驻守在这个至今未知的通往外部世界的入口。外来者再想进入这条通道是不可能的了，因为如果有人进来之后又从这里成功出逃的话，就会让人知道这里有一个庞大的内部世界，也许还会好奇地带着更强大的队伍返回昆扬。和其他通道有哨兵驻守一样，自从扎马科纳来到昆扬以后，所有的通道口都有哨兵沿路驻守，哪怕是昆扬最外面的大门都有哨兵；这些哨兵是从僵尸奴隶阶层或那些信誉败坏的自由人中选出来的。正如西班牙人扎马科纳预言的那样，随着成千上万的人来到美洲平原，平原上的欧洲人口大量泛滥，每一条通道都有潜在的危险，因此必须严加驻守，直到撒特的科学家能够积蓄足够的能量，发动一次终极毁灭，把隐藏的入口都毁掉，就像他们在更早、更充满活力的时代，对许多通道所做的毁灭性处理一样。

扎马科纳和塔拉·尤布被带到那个前面有花园和喷泉的纯金纯铜打造的宫殿，接受三位法官的审判。扎马科纳重新获得了自由，因为他仍需要向昆扬人传达重要的有关外部世界的信息。他被告知可以回到自己的公寓，回到情感社团中，像以前一样继续生活，并按照他一直遵循的日程安排，继续会见学者代表。只要扎马科纳能老实地留在昆扬，他们就不会对他施加任何限制，但昆扬人也向他暗示，如果他再一次试图逃跑，就不会宽大处理了。扎马科纳觉得，为首的那位法官在他离开宫殿时跟他说的最后几句话有一种讽刺意味，因为他保证原先属于扎马科纳的所有野兽都会归还给他，包括那头背叛他的野兽。

相反，塔拉·尤布就没那么幸运了，昆扬人已经没有留着她的必要了，因为她古老的撒特血统使她的背叛罪行比扎马科纳更为严重。她被送进圆形露天竞技场，供昆扬人进行奇怪的娱乐消遣，随后再把她弄成某种残缺不全、半质能转换的样子，并把僵尸奴隶的各种功能加到她身上，让她和哨兵一起驻守那条她曾经叛逃的通道。扎马科纳很快听说了她的遭遇，这是他之前完全没预料到的，为此他十分悔恨，痛苦万分。可怜的塔拉·尤布将以一种无头而又残缺不全的模样出现在竞技场上，再被发配到昆扬最外面的山丘去守卫，而这座山丘通往外部世界的通道已被废止了。扎马科纳被告知，塔拉·尤布将是一名夜间巡逻哨兵，但她是无意识的，她的职责是用火把警告所有靠近山丘的人类，如果仍有人不听警告，执意前来，她就会向下方的一支小型守备部队报告，这支部队住在有穹顶的圆形房间里，由12个僵尸和6个活着但部分质能转化的人组成。此外，扎马科纳还被告知，塔拉·尤布的岗哨在白天将由另一个哨兵替换，这个哨兵是个活着的自由人，也是因为某种背叛撒特的罪行而受到惩罚，不得已选择了这个岗位。当然，扎马科纳早就知道，那些担任看守的哨兵大都是这种犯罪的人。

虽然昆扬人没有跟扎马科纳明说，但他现在已经非常明白，如果再次逃跑，就会被发配去守卫通道，而且是被处死，然后以僵尸的形式出现，而在这之前他会在圆形露天竞技场遭受比塔拉·尤布更奇特恐怖的处置。昆扬人暗示他，他或者他身体的一部分将得到重生，用来看守通道的内部；在其他人眼中，他残缺不全的躯体就是他曾经背叛撒特的永久标志。但是，暗示他的昆扬人总是补充说，难以想象他会真的遭此厄运；因为只要老老实实地留在昆扬，他仍然是有自由、有特权、受人尊敬的人物。

然而，扎马科纳最终仍遭受了那位昆扬人暗示的可怕的厄运。的确，他并没有料到会真的遭此厄运。但从他手稿后半部分十分紧张的叙述中，可以明确看到，他已经做好了面对可能发生厄运的准备。他从昆扬逃脱的最后希望在于他对质能转换术的日益精通。经过多年的研究，并且从两次失败的逃跑经历中，他学到了更多的东西。现在，他感觉自己能够越来越独立且有效地运用这一技艺了。手稿中记录了他针对这门技艺开展的几次重要实验，并在自己的公寓里取得了小小的成功，这表明扎马科纳希望很快就将这一技艺运用于自身，使自己完全变成幽灵的模样，完全变成隐形，且只要自己愿意，就能一直保持这种状态。

扎马科纳在手稿中坚信，一旦精通了质能转换术，通往外部世界的路就向他敞开了。当然，他无法带走任何黄金，只求逃跑就够了。不过，他会把他的手稿放进苏鲁金属圆筒里随身携带，和他本人一起质能转换，即便他要为此付出更大的努力。因为他决定，不管有多么危险，都要把这份手稿中的记录和留下的证据送到外部世界去。现在他已经知道了逃跑的方法，如果他能在原子散射的状态下，沿着那条通道一直走下去，就不会有任何人或力量能发现他逃跑，并出来阻止他。唯一的麻烦是，他能否始终保持幽灵般的状态，就像他在实验中碰到的那样，这是目前始终存在的一大危险。但在充满风险的探索中，一个人不就是要冒着死亡，甚至更糟糕的风险吗？扎马科纳可是西班牙绅士，他的血液里有着面对未知、努力在新世界开辟出另一个文明世界的闯劲。

经过许多夜晚，扎马科纳最终下定决心，向圣帕姆菲勒斯和其他守护圣徒祈祷，并默念着经文。手稿的最后部分越来越接近日记的形式，结尾处只有一句简单的话——“已经太迟了，我得走了”。

从此以后，留给人们的只有沉寂和猜测，以及现存的证据——比如，目前的这份手稿，以及手稿所昭示的一切。

7

当我昏昏沉沉地从阅读中抬起头来时，清晨的太阳已高挂天空，电灯仍然亮着，但是现实世界的种种事物——即我眼前的这个外部世界，早已远离了我晕晕乎乎的大脑。我知道我现在正身处宾格镇克莱德·康普顿先生家的房间里。究竟是怎样骇人听闻的事情让我吓得目瞪口呆呢？这份手稿是场骗局还是一部真实记录下的疯狂历史？如果真是一场骗局，那么这份手稿是16世纪流传至今的玩笑还是令人虚构的故事呢？在我看来，这份手稿的年代非常真实，真实得令人毛骨悚然。我甚至不敢去想，这个古怪的金属圆筒所要揭示的问题。

此外，这份手稿对山丘上所有令人费解的现象都给出了精准而令人毛骨悚然的解释。比如，昼夜游荡的幽灵所做出的看似毫无意义和自相矛盾的举动，以及那些离奇的发疯和失踪事件。如果有人能接受这些令人难以置信的内容的话，那么手稿里给出的解释就是准确而合乎道理的，且这个解释和手稿的内容竟然同样的邪恶。这手稿一定是某个人在了解了关于山丘的所有传说后，设计的一场惊人骗局。手稿在描述那个令人难以置信的恐怖堕落的地下世界时，甚至有一丝讽刺文学的意味。这无疑是一些有学识的愤世嫉俗者，通过精妙的手段伪造出来的东西，就跟新墨西哥州的铅制十字架一样，当时就是有人故意把十字架埋进去，然后挖出来，谎称发现了中世纪欧洲殖民者留下的遗物。

下楼去吃早餐的时候，我几乎不知道该怎样把这一切告诉康普顿先生和他的母亲，以及那些陆续抵达宾格镇的来访者们。因为我仍然感到一片迷茫，于是我大刀阔斧地从所做的笔记中提炼出了一些要点，然后纠结地告诉他们，整件事是一位之前就去过山丘的探险家留下的一个设计独特而精巧的骗局。当我把手稿的内容告诉在场的人后，似乎每个人都认同了这一看法。不过奇怪的是，那些在早餐时间来到康普顿先生家里的人，以及宾格镇后来陆续得知讨论结果的人，在得知这件事是有人跟他们开了一次玩笑后，他们似乎一下子变得轻松起来。一时间，我们都忘记了近几年发生在山丘附近的已经为人所知的神秘事件，尽管这些事件和手稿中描述的一样离奇，并且远远没有得到可以让人接受的答案。

当我向在场的人询问，有谁愿意和我一起去探寻山丘时，人们又开始变得恐惧和疑虑了。我希望能组成一支规模更大的队伍前往探寻。但对于宾格镇的居民来说，要前往那个令人不安的地方，似乎没过去那么有吸引力了。当我望向那座山丘，瞥见那移动着的黑点时，恐惧感愈发强烈。因为我知道，那些移动着的黑点就是白天驻守的哨兵，尽管我对手稿中令我万分震惊的描述持怀疑态度，但它却给任何与山丘相关的东西蒙上了一层全新并且可怕的意义。我完全失去了用双筒望远镜来观察移动黑点的勇气。相反，我开始故作勇敢，就像做噩梦的时候那样，因为当我们知道自己在做噩梦的时候，为了赶紧结束可怕的梦境，我们会不顾一切地陷入更深的恐惧之中。我的铁镐和铲子还留在那座山丘上，所以我只要带上装有随身小物件的手提包就行了。我把那个奇怪的圆筒和里面的手稿都放进了手提包，隐约感觉到自己也许能找到手稿上用绿色字母写就的西班牙文能证实的一些东西。即使是一场精心设计的骗局，也可能建立在之前的探险家所发现的有关山丘的某些真实内容上，而且这个带磁性的金属圆筒出奇的诡异！于是，我仍旧把老灰鹰给我的那个神秘护身符拴上皮绳，戴在了脖子上。

当我走向山丘的时候，我并没有十分仔细地去观察。而当我到达山丘的时候，那里空无一人。我沿着前一天爬过的路开始向山丘上爬去，我一直被一种想法困扰着，如果出现奇迹，手稿的真实性哪怕只有一半，那我还会有什么另外的发现呢？如果这种情况发生，我不禁开始思考，那么那个无畏的西班牙人或许是在即将到达外部世界的时候，一定被某种突然降临的灾难击倒了，这场灾难也许是一次无意识的现形。如果真是这样，他就会被当时任何一位驻守的哨兵抓住，抓住他的或许是名声败坏的自由人，或许——更讽刺的是，抓住他的正是那个为他策划，并协助他第一次逃跑的塔拉·尤布。在接下来与哨兵的搏斗中，扎马科纳很可能把装有手稿的金属圆筒掉在了山丘顶上，就这样，他们忘了这个圆筒，慢慢地它就在地下被埋了近四个世纪。我得补充一点的是，当我爬过山顶的时候，我其实不应该过度地去想这些事情。尽管如此，但如果故事接下来要发生什么，那一定是扎马科纳被昆扬人拖了回去，并遭受了厄运……圆形露天竞技场……肢体残缺不全……成了一个活死人奴隶，在阴冷潮湿、满是硝石的隧道里站岗……残缺不全的肢体守卫着内部门户……如今还在那里……

突然，瞬间的震撼把我从脑海里的恐怖猜测中拽了回来，因为当我瞥了一眼椭圆的山顶后，立刻发现我的铁镐和铲子被偷了。事情发展到这一步，令我感到十分恼怒，并深感不安；同时，想到宾格镇的所有居民似乎都不愿前往山丘探寻，我感到十分困惑。他们是假装不情愿的吗？十分钟前，村里那些爱开玩笑的人还庄严地注视着我离开，是不是认定了我此去一定无功而返，正咯咯地嘲笑我呢？我拿出望远镜，望着村边凝视我的人群，不过他们似乎并不是在等着看我的笑话；然而，那些与所有村民和保留地里的人都有关的传说、手稿、圆筒和所有的一切，到头来在整件事中会不会是一个巨大的玩笑呢？我回想起了从远处看到哨兵的情景，当时那个哨兵无缘无故地消失了；此外，我还回想起了老灰鹰对我的嘱咐，康普顿先生和他的母亲对我说的话，以及他们说话时的神情，还有宾格镇大部分人表现出来的明显的恐惧。总的来看，这不太可能是整个村子开的一个玩笑。恐惧和问题无疑是真实存在的，但有一点很明显，宾格镇肯定有一两个爱开玩笑的捣蛋鬼偷偷去了山丘，拿走了我留在那里的工具。

山丘上的一切依然和我离开时一样——我用砍刀清理过的灌木丛，北端那个碗状的凹陷，还有我用沟槽刀挖出那个磁性圆筒时留下的洞。此时，在我看来，再返回宾格镇要回铁镐和铲子，简直是对那些恶作剧者的巨大妥协。于是我决定尽我所能，继续用手提包里的砍刀和战壕铲挖掘。我选择了从那个碗状凹陷的地方开始，因为通过观察，我认为那里就是从前进入山丘的一个入口。随着挖掘的不断深入，一阵风迎面刮了过来，我再一次有了和昨天一模一样的感觉，而且这种感觉似乎愈发强烈。随着越挖越深，我穿过了盘根错节的红土，最后挖到了下面奇异的黑土，我愈发感觉到有许多看不见的手正从相反方向拉扯我的手腕。这时，我脖子上的护身符似乎在风中奇怪地晃动着，但它并不向任何一个方向晃动，就像当初被埋在地里的圆筒吸引住的样子，但目前却以一种完全无法解释的方式，微弱而随意地晃动着。

随后，我脚下根系缠绕的黑土开始爆裂，并迅速沉下去，这时我听到一声微弱的声响，像是我脚下很深的地方有某个东西掉了下去。然后，那迎面吹来的风，或是阻挡我的力量，又或是把我往外拉的无形之手似乎正从下沉的地方往上涌。当我从正在挖的洞里跳出来，以免被卷入塌方时，我觉得是这股力量帮助了我，把我向后推了出去。当我弯下身来，趴在洞坑边，用砍刀砍下缠绕在植物根上的结块时，我又感到这股力量在不断地阻挡我，但还不足以强大到让我停止行动。我切断的根越多，听到下方塌陷的声音也越多。最后，这个坑洞开始向中心陷下去，周围的泥土也向着一个巨大的洞穴陷下去，并露出一个相当大的洞口，使得植物的根正好填充在里面。我又挥刀砍了几下，坑洞停止了塌陷，消除了最后一道屏障后，一股怪异而陌生的寒气立即冲了出来。在早晨温暖的阳光下，我看到了一个大洞口，宽至少一米，一排石阶的顶端露了出来，而那些坍塌的松散泥土仍不断地往下滑落。我的探寻终于有了结果！眼前取得的成功让我兴高采烈，甚至对当下的处境不再恐惧，我把战壕铲和砍刀收进手提包，拿出功能强大的手电筒，志得意满地准备独自进行一次完全不计后果的探险，进入那个我发现的、传说中的幽暗世界。

一开始的几级台阶很难走下去，既是因为坍塌下来的泥土阻塞了石阶，又因为一股股不祥的冷风不断地从下面吹上来。这时，我脖子上的护身符开始奇怪地晃动起来，而当沿着石阶一步步地往下走，头顶的亮光逐渐消失的时候，我开始有些后悔。手电筒的光芒照出了由巨大的玄武岩砌成的石墙，上面十分潮湿，布满了水渍，还结满了厚厚的盐结晶，我甚至觉得还能时不时地在这些由硝石构成的沉淀物下发现一些雕刻的痕迹。我紧紧地抓着手提包，让我高兴的是治安官给我的那把重型左轮手枪还安稳地放在我大衣右手边的口袋里。过了一段时间，通道开始朝其他方向蔓延下去，石阶没有了障碍物。石墙上雕刻的图案开始变得十分清晰而有迹可循，当我清楚地看到那些怪诞的雕刻和我圆筒上的图案几乎一模一样时，我不禁一阵战栗。迎面吹来的风和阻挡我的力量继续凶狠地朝我扑过来，在一两处转弯的地方，我的手电光照出了一些微弱而透明的东西，就像我通过双筒望远镜在山丘顶上看到哨兵时的情景一样。当我感到视线一片混沌的时候，我停了下来，因为这无疑是一次令人十分难受的经历，也是我考古职业生涯中最重要的一次壮举，所以一开始我就必须保持冷静。

我真希望当时没在那地方停下来，因为这一停，我的注意力便集中在了一件令人深感不安的东西上。在我下面的一级台阶上，有个很小的东西，紧贴着墙，但这件东西使我的理智受到了严峻的考验，引发了一系列令人震惊的猜测。从灌木根的生长和土壤积聚的情况来看，很明显我头顶上方的入口已经因各种物质的堆积而尘封了一代又一代；然而，我面前的这样小东西显然没有那么长的历史。这是一个手电筒，和我现在手里握着的很像，只是它在如坟墓般潮湿的环境里已经变了形，并结了一层硬硬的壳，但绝对是一个手电筒，这一点绝对没错。我向下走了几步，把它捡起来，用粗糙的外套擦掉了它表面邪恶的沉淀物。这手电筒的镍制标牌上刻着一行名字和地址，我刚把它擦干净的时候就认出来了，上面写着“詹姆斯·C·威廉姆斯，马萨诸塞州，剑桥，特罗布里奇大街17号”。于是，我马上明白过来，这东西属于1915年6月28日失踪的两位勇敢的大学教师之一。才刚过去13年，我竟然接触到了深埋于地下几个世纪的东西！这东西怎么会落在这里呢？是有另一个入口存在吗？或者说那个质能转换和重新复活的疯狂邪术真的存在吗？

当我一直沿着永无止境的石阶往下走的时候，怀疑和恐惧逐渐在我心中萦绕。这石阶会不会永远走不完？随着石墙上的雕刻图案变得越来越清晰，呈现出了一则叙述性的故事，我开始大惊失色，因为我认出了许多清晰的画面场景，这些场景跟我手提包里手稿所描述的昆扬历史完全吻合。我第一次开始认真地质疑自己的探险是否明智，我还在想，在遇到其他足以让我失去理智的东西之前，是否应该赶紧回到地面。但我没有犹豫很久，因为作为一个维吉尼亚人，我的血液里涌动着先烈和绅士冒险者的精神，这种精神有着强大的力量，足以击退任何已知和未知的危险。

我开始加快速度地往下走，并尽量不去研究那些让我心神不宁的恐怖浮雕图案和凹刻的壁画。突然，我看到前面有一个拱形的出口，我明白这段漫长的石阶终于要结束了。但认识到这一点时，我立刻惊恐万分，因为在我面前出现了一个巨大的有穹顶的地窖，外形是如此眼熟——这是一个巨大的圆形空间，与扎马科纳手稿中描述的刻有图案的建筑一模一样。

这就是扎马科纳手稿中描述的地方，绝对没错！如果还有疑问的话，那就是这间房间已被我先前看到的巨大穹顶毁坏了。这是第二个拱形的入口，连接着一条又长又窄的通道，入口处有一对相对而望的巨大壁龛，里面供奉着令人厌恶的庞大图像，图案眼熟却又令人震惊。一片黑暗中，邪恶的伊格和丑陋的苏鲁永远蹲伏着，隔着通道互相盯着对方，一如人类世界刚刚形成的时候那样。

从现在开始，我对我叙述的内容以及我的所思所见不保证真实性。因为我接下来碰到的事情完全超脱自然，实在是太可怕，也太不可思议了，是任何神志清晰的人都不会经历的事情或客观事实。我的手电筒虽然在我面前照出了一束强光，但无法照亮整个圆形地窖，于是我开始不断地移动手电筒的光束，一点点地探索那巨大的石墙。当我移动手电筒的光束时，我惊骇地发现这个地方绝不是空的，到处零落地摆放着古怪的家具、器皿和成堆的包裹，这预示着不久前，曾有大批的人前来居住，因此这不是一处过去留下来的满是硝石的遗迹，而是一些十分现代化、我们每天都在使用的奇形怪状的物件和生活用品。然而，当我手电筒的强光照到每一个物件或每一组物件上时，那些物件清晰的轮廓很快变得模糊起来；直到最后，我也说不清这些东西到底是属于真实的物质世界还是属于虚幻的精神世界。

就在这时候，迎面而来的风越来越猛烈地朝我吹着，一双看不见的手狠狠地拉着我，一下子抓住了我脖子上那个古怪的带有磁性的护身符。疯狂的想法在我脑海里不断地涌动着。我想到了身边带着的手稿，想到了手稿中提到的驻扎在这里的守备部队——12个僵尸奴隶、6名活着但已经部分质能转换的自由人——那是在1545年，是383年前发生的事情了……从那以后发生了什么呢？扎马科纳的预言起了变化……逐渐的崩溃瓦解……越来越多的质能转换……慢慢的越来越弱……是老灰鹰的护身符让他们——他们神圣的用金属打造的苏鲁陷入困境了吗？——他们是不是正无力地试图将护身符从我身上扯掉，这样他们就可以像对待过去来过这里的人那样对待我呢？……我一阵战栗，发现自己完全相信了扎马科纳手稿中的描述，并根据那些描述形成自己的猜测——一定不会的——我一定要冷静下来——

但是，每次我试图抓住护身符的时候，都会看到一些全新的景象，击碎了我刚刚冷静下来的心绪，真是活见鬼！这一次，就在我快要坚持不住，眼前那些半隐半现的物件变得模糊不清时，我瞥了一眼，看到手电筒的光束照到了两件迥然不同的东西——这两件东西来自极为真实和理智的世界；然而，它们比我以前所见过的任何东西都更能动摇我的信念——因为我知道它们是什么，而且我十分清楚，在正常情况下，它们绝不会出现在这里——这两件东西就是我丢失的铁镐和铲子，它们并排着整齐地靠在这个恐怖的深渊那刻满亵神图案的石墙下。上帝啊！我含糊不清地说着自己错怪了宾格镇那些爱搞恶作剧的人。

那是最后一根稻草了。在那之后，这份可恨的手稿就把我催眠了，我清清楚楚地看到一些半透明形状的东西正推拉着我；它们不断推拉着——这些疯癫的有着部分人类特征的远古之物——它们有的形态完整，有的呈现出病态、堕落、不完整的样子……所有这一切，以及其他丑陋的实体——那些头上长角、长着猿猴一样容貌的四足怪物……不过，此时此刻，在地球内部这个满是硝石的深渊里，却没有一点儿声音。

接着，我听到一种声音——这是一种猛然下落、沉闷、笨重的声音，正不断地向我靠近。毫无疑问，这声音预示着某个构造像镐和铲子一样的东西，跟那些围绕在我身边的影子状的东西完全不同，但却像它们一样离地球表面那正常的世界无限遥远。我那支离破碎的意识试图为即将到来的一切做好准备，却无法在脑海里做出任何合适的构想。我只能一遍又一遍地对自己说："这声音来自那深渊，但不会把我质能转换的。"这时，那笨重的声音变得清晰起来，从那呆板的节奏中，我明白了这是一个在黑暗中一直跟着我的死去的东西。然后，哦，上帝呀！我在手电光束的强烈照射下看到了这个东西，它的外形像是一个哨兵，在众蛇之神伊格和长着章鱼头的苏鲁之间的狭窄通道里如噩梦般的幽灵一样站立着……

让我冷静一下来描述我所看到的一切，以及解释为何我会扔下手电筒和包，空着手逃进了一片漆黑之中。那时，一种温和而无意识的状态包围着我，直到太阳和远处的喊叫声以及从村庄传来的枪声把我吵醒，我才恢复了意识，当时我正躺在那该死的山丘顶上喘着气。我至今不知道引领我再次回到地球表面的到底是什么。我只知道，在我失踪三个小时后，宾格镇的人看到我挣扎着站起来，接着我蹒跚前行，又突然一头栽倒在地，就像被子弹击中一样。没有人敢过来帮助我，但他们知道我的状况一定很糟糕，因此他们尽量通过齐声喊叫和开枪来试图唤醒我。

这些举动最终起了作用。当我恢复了意识，发现自己躺在山丘顶上时，我迫不及待地想要逃离这个依旧敞开着的黑色山洞，我几乎是连滚带爬地从山丘的一侧下来了。我的手电筒、工具和装着手稿的手提包全都在下面，但不难理解为什么我和其他人都不再去寻找这些东西。当我摇摇晃晃地穿过平原，走进村子时，我不敢把我看到的东西说出来，只是含糊地说了些山洞里雕刻的图案、雕像、蛇和让人精神崩溃的东西。我再也没有失去意识，后来有人提到，就在我踉踉跄跄地返回镇上的时候，那个幽灵般的哨兵又再一次出现在了山丘顶上。当天晚上我就离开了宾格镇，从那以后再也没有回去。不过，镇上的人告诉我，那些幽灵仍像从前一样在山丘上放哨。

不过，我最终还是决定把我不敢向宾格镇的人描述的事情在这里说出来。事情发生在那个恐怖的8月下午，我至今都不知道该怎么把这件事说出来，如果读到最后，你觉得我说得太少而感到奇怪的话，那么请记住，想象这样一件恐怖的事是一回事，但实际看到又是另外一回事。不幸的是，我亲眼看到了。我想你们应该还记得，我在这个故事一开始引用过一个叫希顿的年轻人的故事，这个聪明的年轻人于1891年的一天离开宾格镇前往那座山丘，而当他晚上回来时，已经成了一个疯子。此后的8年间，他一直喋喋不休地说着各种可怕的事情，然后突然癫痫发作死了。他过去嘴里一直嘟囔着："那个白人——哦，上帝呀，他们对他做了什么……"

那个白人……白人……昆杨人全都是印第安人那样的黄种人……而

那个白人……

是的，我看到的东西和可怜的希顿看到的完全一样，不同的是我是在读了手稿之后才看到的，所以我比希顿更了解那东西的历史。这使一切都变得更糟——因为我知道它意味着什么，而所有的一切仍然沉睡在地下，腐朽溃烂，永远等待着。我曾经告诉过你们，那个东西踏着僵硬的步伐，从狭窄的通道向我走来，就像哨兵一样站在入口处的伊格和苏鲁神像之间。这是自然发生又必然会出现的情况——因为那东西就是一个哨兵！而且它是被弄成了一个哨兵的样子以此作为惩罚的，它已经完全死了但又会动，而且还没有头、胳膊、小腿和其他人类通常拥有的身体部分。当然，它曾经是个有血有肉的人，而且是个白人。很明显，如果那份手稿是真实的话，那么你应该知道他是谁……显然，他在最后那次逃跑失败后，被投进昆扬人的圆形露天竞技场，在活着的时候就被亵神者砍得支离破碎，供他们娱乐消遣，直至其生命完全终止后被送来当守卫，被他们遥控着。

在它那白皙而略带汗毛的胸脯上，用刀刻着或烙印着一些字，我当时没敢仔细观察，只注意到这些字是用难看而蹩脚的西班牙文写的；这难看的字迹足以表明，写这些字的人既不熟悉罗马字母，也不熟悉欧洲语言。那题词写着——

由昆扬的意志被塔拉·尤布的无头躯体所抓

克苏鲁神话全集

中

[美] 霍华德·菲利普·洛夫克拉夫特⊙著
欧阳瑾　车其姝⊙译

群言出版社
QUNYAN PRESS
·北京·

图书在版编目（CIP）数据

克苏鲁神话全集．中 /（美）霍华德・菲利普・洛夫克拉夫特著 ；欧阳瑾，车其姝译．-- 北京：群言出版社，2024. 12. -- ISBN 978-7-5193-1036-3

Ⅰ．I712.45

中国国家版本馆 CIP 数据核字第 20250MV347 号

目　录

中　册

序　言

疯狂山脉

1

因为科学家们未曾了解事情原委，便拒绝听从我的劝告，我才不得不出来发表这番声明：我反对计划中的南极考察活动——反对在南极展开大规模的化石搜寻，也反对在南极进行大规模钻探和融化远古冰盖——但我不愿吐露其中缘由。一想到我即便对考察队发出警告，也可能只是无用功，我更是连一字一句也不愿透露了。我知道，我所揭露的真相必然会引起众人的质疑，但是我如果选择隐瞒其中那些看起来荒诞不经又令人难以置信的部分，那就什么也不剩了。迄今为止未曾公开的照片中，那些用普通手段拍摄的照片，以及飞机航拍下来的照片，都极其清晰，生动形象，皆可为我所言作证。尽管如此，因为拍摄的距离太远，仍有可能经过巧妙的手段人为造假，所以这些照片还是会遭到质疑。而那些水墨画当然也会受人嘲笑，说明显就是伪造的；尽管如此，艺术方面的专家还是会觉察到这些水墨画的绘画技艺是多么怪诞，并为之困惑不已。

到头来，我不得不依靠少数科学领袖所拥有的判断力和所站的立场。一方面，他们的思想足够独立，能根据那些有着极强说服力的证据来权衡我提供的资料，或是借鉴某些既原始又极其令人大惑不解的神话传说；另一方面，他们的影响力也足够大，探险界对这片疯狂山脉的任何草率且野心勃勃的计划，他们都有能力阻止。而与此相比，我和我的同僚就可以说是不幸了——相对而言，我们这样的人不过是人微言轻的小人物，关系网中也仅仅只有一座规模较小的大学，这样的我们是无法在疯狂怪诞或极具争议性的自然事件里给人留下什么深刻印象的。

更糟糕的是，从严格意义上来说我们并非相关核心领域的专家。我们的工程系教授弗兰克·H·帕博迪所设计的钻探设备性能优越，而作为地质学家的我领导密斯卡托尼克大学[1]探险队所要完成的任务也只有一个，那就是在南极大陆的不同地区使用这些性能优越的钻探设备，来采集深层岩石和土壤的标本。尽管除此领域外，我并不想做任何其他领域的先驱者；但是我希望能沿着先前那些南极探险家的线路往下走，在不同的地点挖掘开采，期待能靠着这些新型的机械装备采集到一些迄今为止用普通手段无法采集到的标本。就像公众们早就从我的报告中所知悉的那样，帕博迪的钻探设备极其轻巧便携（因为大多数设备都是用轻巧的铝合金制造的），而且还前卫地将传统的喷水式钻探原理与小型圆凿岩钻的原理相结合，使得设备能快速应对各种硬度不同的地层。钢制钻头、连接杆、汽油发动机、可拆卸的木质钻井架、爆破物品、电线、废料清除钻，以及5英寸宽、全部组合起来长达1000英尺的钻探用分段组合管道，再加上必需的零部件，也不会超重，只需要三架七条狗拉的雪橇就能拖动。为了能够适应在南极高海拔的空中飞行，四架大型多尼尔飞机都经过了专门的设计，而且还配有帕博迪设计的燃料保暖和快速启动装置，以便能将我们整支探险队从大冰障边缘的基地，运送到内陆各个适合考察的地点。这些地点都准备有数量足够的雪橇犬，我们一旦抵达，就可以使用它们。

我们原本计划在南极度过一整个季节——如果有必要的话，也可以再待久一些——以期能尽可能勘探得广阔些。我们会主要勘探山区与罗斯海以南的高原地带，沙克尔顿、阿蒙森、斯科特和伯德[2]等人也曾勘探过这些地区，有的勘探的程度深，有的则较浅。我们驾驶着飞机在营地之间来回移动，飞行的过程中跨越了许多的区域，这些区域的地质作用各异，我们也就在途中观察到了不同的地质构造。我们希望这次可以

[1] 洛夫克拉夫特虚构的大学，在克苏鲁系列中反复出现

[2] 四人均为著名的南极探险家

在南极发现比过去更多的地质标本；尤其是在前寒武纪地层，因为过去在这里挖掘到的标本数量非常少；我们也希望尽可能收集到种类繁多、含有化石的上层岩石标本，因为在这片充满了寒冷与死亡的荒芜世界中所埋藏的历史，那些有关远古生命的历史，对我们了解地球的过去来说，意义是极其重大的。众所周知，南极曾一度位于温带、甚至热带地区，植物与动物生命种类繁多，随处可见；但现在的南极却是片不毛之地，只有地衣、海洋动物、蛛形纲动物以及生活在北部边缘的企鹅仍旧顽强地幸存下来；而我们则希望能在这次探险中获得更多的信息，让我们已知的部分变得更丰富、更准确，也更详细。我们一旦在简单的钻孔中发现岩层中含有化石的迹象，便会用爆破扩大孔径，以便获得尺寸与条件都合适的标本。

因为钻探深度需要根据上层土壤和岩石中显示出的迹象来调整，所以钻探作业也就只能在那些裸露或近乎裸露的地表上进行——也就是说，我们不可避免地要在斜坡和山脊上钻探，因为低地上都覆盖着1—2英里厚的坚冰。虽然帕博迪设计了一套解决方案——将许多铜电极沉入分布密集的钻孔中，然后依靠汽油驱动的发电机去融化坚冰（融化区域有限）——但是我们不能把可钻探的深度浪费在融化那些数量可观的冰川上。尽管像我们这样的探险队只能试验性地使用帕博迪的技术，无法将其投入正式应用，但是即将启程的斯塔克韦瑟-摩尔考察队罔顾我在从南极返回后就向他们发出的警告，坚持要运用这一方案。

考察中，我们给《阿卡姆广告人》[1]与美联社发送了许多无线电简报；在考察结束后，我与帕博迪也写了不少关于这次考察的文章，公众也从中对密斯卡托尼克探险队有了一定的了解。我们这支队伍里有四位密斯卡托尼克大学的专业人士——帕博迪、生物系的莱克、来自物理系的埃尔伍德（同时也是气象学家），还有我这个地质系的代表，在这次活动中担任名义上的总指挥——除此之外，队伍里还有十六个助手：其中七个是来自密斯卡托尼克大学的研究生，另外九个则是经验丰富的技工。他们中有十二个人能胜任飞行员，除了两个人不会之外，其他人都

[1] 洛夫克拉夫特杜撰的杂志，“阿卡姆”亦在他的克苏鲁系列中多次出现

能熟练地使用无线电发报设备。另外，他们中有八个人也像我、帕博迪和阿特伍德一样，懂得如何用罗盘和六分仪来导航。除此之外，当然，我们的两艘船——曾经是普通的木质捕鲸船，但为了对抗冰天雪地的气候特别加装了辅助用蒸汽机，做足了防护——也配足了人手。本次探险有纳撒尼尔·德比·皮克曼基金会和其他几笔特殊捐助的资助；因此，虽然没有在公众面前大张旗鼓地宣传过，但我们还是准备得非常充分。雪橇犬、雪橇、机器设备、营地物资以及五架飞机还未组装的部件都运往了波士顿港装船。我们专门针对考察的目的，做了相当充分的准备。由于这些年来有许多探险先驱者们曾涉足过这片大陆，所以我们在筹备补给、食物、运输以及营地搭建等相关工作时，也从他们留下的极佳先例中获得了很大帮助。同时，因为这些数量众多的先驱者们个个都是大名鼎鼎的人物，所以我们这支探险队尽管做了万全的准备，但世界还是鲜少会注意到我们的存在。

就如报纸上所报道的一样，我们于1930年9月2日从波士顿港起航，从容不迫地沿着海岸穿过巴拿马海峡，沿途停靠在萨摩亚与塔斯马尼亚岛的霍巴特。在抵达霍巴特时，我们装载了最后一批补给。探险队中没有一人曾去过极地，因此我们一切都只能依靠两位船长——指挥着双桅横帆船阿卡姆号的海上指挥官J·B·道格拉斯，以及指挥着小型三桅船密斯卡托尼克号的乔治亚·索芬森了。他们两人都是常年在南极水域出没的捕鲸人，经验丰富、技术老练。随着我们逐渐离开人类居住的世界，悬挂在北方天空中的太阳变得越来越低，每天在地平线上停留的时间也越来越长。在大约南纬62度处，也就是即将进入南极圈前，我们看到了旅途中的第一座冰山——它像张桌子似的，边角垂直。到了10月20日，我们终于驶入了南极圈，还因此而举行了一场又典雅又合适的庆祝会。不过，那些大块大块的浮冰给我们带来了不小的麻烦。在长途航行后，我们穿越过了热带地区，而眼下不断下降的气温又让我颇为烦扰。但我还是让自己振作起来，以迎接更为严峻的气温考验。在沿途中，许多奇妙的大气现象让我深深着迷；其中包括一次极其栩栩如生的海市蜃楼——远处的冰山变成了难以想象的巨大城堡的城垛——这是我生平第一次见到这样的现象。

幸好眼前的这些浮冰延伸得不广，也堆积得不厚，我们推开浮冰继续前进，终于在东经175度、南纬67度的地方重新进入了开阔的水域。10月26日的早晨，茫茫大海的南面忽然出现了一块坚实的大陆。还未到中午，一座白雪皑皑的巨大山脉便出现在我们的视野中，它从一端远远延伸到另一端去，巍峨雄伟，我们都因此而兴奋不已。我们终于遇到了这片未知大陆的前哨，以及它那充满冰封死亡的神秘世界。这些山脉显然就是当年罗斯发现的阿德米勒尔蒂山脉。现在我们的任务就是绕过阿代尔角，沿着维多利亚的东岸继续航行，抵达麦克默多海岸，按照计划在南纬77度9分的埃里布斯火山脚下安营扎寨。

航行的最后一程沿途所见之景栩栩如生，激起了我们的无限遐想。雄伟贫瘠的神秘山峰在西面若隐若现，正午的太阳低垂在北方天空中，午夜的太阳则掠过了南面地平线。朦胧的淡红色光芒倾撒在皑皑白雪、淡蓝冰层、水道，以及巨大山坡上那些裸露在外的小块黑色土地之上。南极不时肆虐的可怕狂风横扫过荒凉的山峰；狂风呼啸的韵律中，隐约含有某种狂野的、若有若无的笛音，它涵盖了一段非常宽广的音域。它似乎与潜意识中的记忆片段相互作用，让我感到烦躁不安，甚至有些害怕。眼前的景色让我想起了尼古拉斯·罗列赫[1]所画下的怪异而令人不安的亚洲风景画，甚至让我联想起了更加怪异、更加令人不安的邪恶传说中对冷原的描述。由阿拉伯疯子阿卜杜拉·阿尔哈萨德所撰写的那本令人恐惧的《死灵之书》[2]里就有这些描述。后来我为此感到十分后悔，早知道就不该在大学图书馆里阅读那本可怕的书籍。

11月7日，我们经过了富兰克林岛，暂时看不到那向西边延伸的山脉了；到了第二天，我们就能远远望见前方罗斯岛上的埃里伯斯峰与恐惧峰，以及后面绵延不断的帕里山脉。巨大冰障低矮的白线已一直延伸到了视野的东面，垂直高度约200英尺，就像魁北克省的悬崖峭壁一样，

[1] 尼古拉斯·罗列赫（Nikolai Konstantinovich Rerikh），是俄国画家、作家、考古学家以及神学家，被俄国人认为是启蒙者。

[2] 洛夫克拉夫特虚构的图书，设定为阿拉伯疯子阿卜杜拉·阿尔哈萨德所作，此书贯穿了克苏鲁系列始终。

此处即标志着我们这次南航的终结。到了下午，我们进入了麦克默多海峡，离开了埃里伯斯峰的背风面，峰顶还在冒着滚滚浓烟。火山的山峰耸立在东面的天空下，十分陡峭，约有12700英尺高，就像是日本绘画里神圣的富士山一样。而在它后面的，则是恐惧峰那海拔10900英尺、鬼魅幽灵般的白色尖峰了。不过，如今它早已是座死火山了。

埃里伯斯峰的峰顶断断续续地涌出阵阵浓烟。队里一个年轻的小伙子——聪明的硕士生丹弗斯，指出了那些在积雪山坡上熔岩似的东西。这座于1840年发现的山峰无疑就是坡[1]在七年之后写下的那首诗的灵感源泉：

——在至高无上的山顶上，
像有充满了硫磺的火山岩浆，
如狂潮般无尽奔腾，
它一面低吟悲泣，
一面从耶利克山奔涌而下，
涌入了极北的国度。

丹弗斯涉猎甚广，读过不少稀奇古怪的书籍，也跟我们谈了许多关于爱伦·坡的事情，我对此也兴致勃勃，因为在爱伦坡唯一的长篇故事、神秘而又令人不安的《阿瑟·戈登·皮姆的故事》[2]中，就有对南极景色的描写。在荒芜的海岸和高大的冰障之下，都能看到有无数奇形怪状的滑稽企鹅一边呱呱大叫，一边拍打着自己的鳍状翼。同时，我们还能看到许多肥胖的海豹，它们或是在水中游泳，或是趴在大块浮冰上，随之缓缓漂流。

午夜过后，我们在第九天的凌晨，靠着小船，艰难地在罗斯岛登陆。我们在每艘船上都接好了缆绳，准备用裤形救生圈从船上卸下补

[1] 爱伦坡，对洛夫克拉夫特有重大影响的作家。

[2] 爱伦坡所著的小说，内容为四名水手遭遇了沉船事故，在茫茫大海上漂流，吃掉了一个名叫Richard Parker的同伴才得以生还。后发生了与此故事一样的真实事件。

给。尽管斯科特和沙克尔顿[1]探险队早就在此登陆过，但是我们第一次踏上南极的土地时，心情依旧是沉重而复杂的。我们在火山脚下冰雪覆盖的海岸上建立了一个临时营地，而探险队的总部依旧在阿卡姆号上。我们卸下了所有的钻探设备、雪橇犬、雪橇、帐篷、给养、汽油罐、实验性的融冰装置、照相机（包括普通相机和航空相机）、飞机零部件，以及其他一些需要的配件。除飞机上的无线电设备外，这些装备中还包括了三台小型的便携式无线电发报机。如此一来，不论我们去到南极大陆的哪里，就都能与阿卡姆号上的大型无线电设备取得联系了。而船上的大型无线电设备则负责与外界联系，将探险过程中的新闻报道转发给阿卡姆广告人位于马萨诸塞州金斯波特角那功率强大的无线电站。我们希望只用一个南极夏季就能把工作全部完成；倘若不成，我们还可以在阿卡姆号上过冬，再派遣密斯卡尼托克号在海面还未封冻前向北航行，获取下个夏季的补给。

报纸已经报道过的早期行动，我就不必在此再赘述了：我们登顶了埃里伯斯火山；我们在罗斯岛上的几处地点进行了地质钻探，相当成功，而这一切都得益于帕博迪的钻探设备：他的设备钻探速度惊人，即使钻头遇到了坚硬的岩层也能畅通无阻；我们还临时试验了一下小型融冰装置；又冒险带着雪橇和给养攀上了巨大的冰障；然后在位于冰障顶端的营地里组装好了五架大型飞机。我们的登陆小队（包括20名队员和25只阿拉斯加雪橇犬）的健康状况非常好。当然，到目前为止我们也还没有遇到真正具有破坏性的低温或者是风暴。大多数时候，气温表上的数字介于华氏零度到华氏20度之间，有时甚至达到25度之上，不过在新英格兰过冬的经验让我们能够适应这样的寒冷气候。冰障上的营地是半永久性的，只是用来贮存汽油、食物、炸药和其他物资。我们在探险时实际所需的设备和物资只用四架飞机运输就足够，所以我们把第五架飞机以及一名飞行员和两名船上的人员留在了贮存营地，以便在我们损失了所有用来探险的飞机后，还能回到阿卡姆号上去。后来，我们在不需要其他飞机来回运送设备的时候，就会安排一两架飞机在贮存物资的营

[1] 南极探险家

地与另一处永久性基地之间来回穿梭，这个基地位于南方600英里的高原上，比尔兹莫尔冰川的后方。尽管有许多报告中都说到过南极那恶劣的天气环境，会有可怕的狂风和从高原上倾泻而下的恐怖风暴，但考虑到经济利益，以及可能可以提高勘探效率，我们还是决定放弃建设中转站，转而去冒险一把碰碰运气。

我们在无线电报里也记载了那段惊心动魄的飞行经历——我们的中队于11月20日飞越了西面巍峨高耸的陆架冰，整次飞行长达四小时，且全程无停歇，飞行途中只有飞机的引擎声在深邃无边的死寂中回荡。好在大风没给我们带来太大的麻烦，虽然遇上了一片浓雾，但在无线电罗盘的帮助下，我们顺利穿过了那片区域。飞临南纬83度到84度时，巍峨的山脉隆起已在前方若隐若现，我们这才意识到自己已经到达了世界上最大的山谷冰川——比尔兹莫尔冰川了。冰冻的大海此刻已逐渐后退，褶皱多山的海岸线大块裸露。我们终于真正进入了这片长期以来静默得难以想象的白色南终之地。就在意识到这点之后，眼前已是高耸入云的南森峰，它几乎有15000英尺高，屹立在遥远的东面。

我们成功地在东经174度23分、南纬86度7分的冰川上建立了南方营地。我们靠着雪橇滑行和短途飞行，在冰川雪地的不同地点之间来回自如，钻探与爆破都进行得快速又高效；此外，在12月13到15日期间，帕博迪与两名学生——格德尼与卡罗尔——经历了千辛万苦，终于成功登顶南森峰；但这些都已经成了历史。我们在那片海拔高度大约为8500英尺的地方进行了试验性钻探，结果发现某些地方的积雪与冰层仅仅只有12英尺厚，下面就是厚实的土地了。因此，我们在许多过去探险家们从未想过要搜寻矿物标本的地方开始了钻探，不仅大量使用了小型融冰装置、甘油炸药，还用上了专门的钻头，深深地钻透了岩层，最终获得了大量前寒武纪时期的花岗岩和比肯砂岩，而由此获得的标本也证实了我们的推断——这片高原与西面的大片陆地组成都是一样的。但是位于南美洲东面下方的小块陆地则略有不同。当时我们认为那是一块因为冰冻的威德尔海与罗斯海将大陆的连接隔断而产生的独立且小块的陆地块，但是伯德后来推翻了这一假设。

一旦在钻孔后发现有砂岩的痕迹，我们便会将那一处炸开，并进行开凿。而且，我们在其中发现了许多非常有趣的化石纹理与碎片；特别是蕨类、海藻、三叶虫、海百合以及各类软体动物的化石，例如舌形贝与胃门足类的化石——这些化石似乎都与此地的原始历史联系紧密，意义非凡。我们还在其中发现了一段奇怪的三角形纹理，纹理最大的直径约有1英尺。这块化石本在一次深层钻探爆破中被炸成了三段，但莱克又把它们给一一拼好了。它们都来自于西面那靠近亚历山德拉皇后山脉的附近；作为一名生物学家，莱克似乎发现这些奇怪的纹理令人迷惑且又大大地激起人的兴趣，让人想弄明白到底是怎么回事。但是在我这个地质学家的眼中，这与沉积岩中常见的连锁效应没什么区别。因为这些板岩不过是沉积层被挤压后形成的一种变质底层，而这种压力本身又能对已经存在的痕迹产生奇怪的扭曲作用，所以我觉得不必对这些凹陷的纹理如此惊讶。

1931年1月6日，我、莱克、帕博迪、丹弗斯、其他六个学生以及四位技工一起，搭乘着两架飞机，径直飞越了南极上空。期间，我们遭遇了突如其来的高空强风，最终不得不迫降，但幸运的是，强风没有逐渐演变成典型的极地风暴。正如报纸上所说，这只是几次观测飞行的其中一次，在其他几次飞行中，我们都到达了过去探险家们从未抵达过的地区，试图辨识出这些地方的地形特征。早期的几次飞行观测都较为令人失望，不过那几次失败的飞行让我们有幸看到了称得上是数一数二壮阔的南极海市蜃楼。那些海市蜃楼都奇幻迷离，而且具有极强的欺骗性，相较之下，我们在海上看到的海市蜃楼也只不过是眼前宏大景观的一个简短序曲罢了。遥远的群山漂浮在天空中，宛如施展了魔法的城市。午夜低垂的太阳散发出魔法似的光芒，整个白色的世界便溶解在这样一片金色、银色与猩红色相互交织的大地里，一如邓萨尼勋爵[1]的梦境与他那对冒险的渴望。阴天时，雪地会与天空相交，融合成一片白茫茫的虚空之景，让人完全无法分辨出地平线，这让我们的飞行受到了非常大的影响。

[1] 爱尔兰奇幻文学家，洛夫克拉夫特也受其影响。

最终，我们下决心要执行原计划，让所有四架探测飞机一起向东飞行500英里，并在那里寻找合适的地点建立新的附属营地。我们并没有意识到先前的推论是错误的，仍旧认为那里是南极大陆上分离出来的一块较小陆地，在那里获得岩石标本用来进行比较研究也必定是较为理想的。到目前为止，我们的健康状况仍然良好，这都多亏了有酸橙汁作为菜单上固定不变的罐装腌制食品的一种营养补充，而温度也一直在华氏零度以上，让我们不用穿上厚厚的皮毛保暖也能维持体温，继续工作。时至盛夏，我们当时要是能在小心谨慎的基础上提升速度的话，也许就能赶在三月结束前完成工作，不必在南极漫长的极夜里挨过冗长无聊的冬季。从西面刮来的暴风袭击了我们好几次，但是我们用雪加固了营地的主要设施，又有着埃尔伍德的技术帮助——靠他设计了简易的飞机掩体，并用厚重的雪块堆建了防风墙——这才躲过了一劫。我们不仅运气大好，效率也非常高，想来实在是不可思议。

当然，外界知道我们的计划，而且也知道我们在转移到下一个营地之前，莱克出于对西面——准确地说，是西北地区——那古怪而固执的坚持，希望能对西面进行一次全面的勘探之旅。他似乎对板岩上的三角形纹理思考良多，而且生出的都是些令人害怕的、激进大胆的想法；他在这些纹理中发现了自然界和地质时期之间存在的某种矛盾，这又将他的好奇心激发到了顶点，也点燃了他的渴望。因为我们挖掘出的那几块碎片显然就是从那片向西延伸的土地上来的，所以他迫不及待要在那里的地层上进行更多的钻探与爆破。莫名其妙的是，他异常坚信这些纹理来自于某种未知、进化程度相当之高，而且完全无法归类的庞大生命体，然而发掘出这些化石的地层已经相当古老了——就算不是前寒武纪时期，起码也是寒武纪时期的了。这样看来，不仅可以排除高等生物存在的可能性，甚至连任何高于单细胞生物的存在——最多到三叶虫阶段的生物存在——以及更高等的生命存在的可能，也都可以一并排除了。这些碎片，以及上面奇怪的纹理回路，肯定是5亿到10亿年前留下来的了。

2

我们在无线电报中报告了莱克前往西北方所展开的探险之旅，想必这个消息一定激发了公众活跃的想象力——毕竟，那是一片人类未曾涉足过的世界，其中所蕴藏的一切，人类甚至都未曾想象过。不过，我们在电报里隐去了莱克那疯狂的想法——他希望通过这次探险，在整个生物学与地质学界引发一场彻底的变革。在1月11日到18日之间，他、帕博迪以及另外五个人，在雪橇上开始了最初的钻探之旅。然而他们在穿过冰层上一条巨大的压力脊[1]时发生了意外，队伍乱作一团，损失了两条雪橇犬。不过，这次探险也有收获，他们带回来了更多太古代的板岩；虽然那片岩层古老得难以置信，但让人万万没想到的是，里面出土的化石纹理相当丰富，甚至都开始引发我的兴趣了。不过这都是一些非常原始的生命的化石，与我们已知的知识并不怎么矛盾，只不过其中也包括了属于前寒武纪时期的生命形式；因此，莱克要求暂停时间本就紧迫的计划，转而调动所有四架飞机、许多人手以及全部的探险机械设备前往西北面进行勘探时，我依旧觉得他这一要求并不理智。不过，我最终没有给这个计划投反对票；莱克虽然向我提出邀请，希望我能一同前去，好为他提供一些地质学方面的建议，但我还是婉拒了。待他们离开后，我、帕博迪以及另外五个人会留守营地，为向东转移制定好最终计划。为了做好准备，我们需要一架飞机前往麦克默多湾补充汽油，不过这事并不紧急，可以暂时放一放。一只雪橇和九条雪橇犬，它们就是我必不可少的随身行李。因为在这样一个杳无人迹、不知已被寂静覆盖了多少岁月的世界里，手边要是没有能用的交通工具，那在任何时候都是非常不明智的。

大家应该都记得，莱克带领探险队踏足那片未知世界时，一直通过飞机上的短波无线电将情况发送给外界；我们留在南方基地的设备和停在麦克默多海峡的阿卡姆号都能同时接收到这些电报，而且后者还会用50米的长波无线电将其转播给外面的世界。1月22日凌晨四时，探险队

[1] 冰川受力挤压产生的山脊状结构。

启程了。他们的第一条电报是在出发后两小时发来的，莱克在电报中说他们找到地方降落了，然后在距离我们大约300英里的地方开工，小规模融冰并开始钻探。6小时后，我们收到了第二条让人兴奋的电报。他们在电报里说，经过一番辛勤工作后，成功开凿了一口浅井，并进行了爆破；最终收获了几块板岩碎片，而这些碎片上的纹理，与最初发现的那块让人困惑不已的化石非常相似。

3小时后，他们传来了一则简讯，称他们顶着冰冷刺骨的暴风继续飞行；于是，我也发送了一条简讯，反对他们进一步以身犯险，但莱克却草率地回复说，只要能发现新的标本，不管冒怎样的风险都值得。这时，我才意识到莱克因为勘探而太过兴奋，为了达成目的，就算违抗我的命令也在所不惜了。虽然知道他们的草率冒险事关整个探险计划的成败，但我却无能为力；但是，想到他在这片绵延了1500英里的险恶神秘之地愈陷愈深，我就觉得毛骨悚然。在这片浩瀚无垠的白色世界里，等待着他们的是无尽的风暴与人类未曾得以窥见过的无数秘密；这片神秘莫测的纯白世界疆域广阔，一路延伸至玛丽皇后地，以及诺克斯地那陌生未知的海岸。

接着，约一个半小时后，莱克还在飞行中，就从飞机上传来了另一条让人无比激动的消息。这条消息让我情绪也为之一转，不安与忧虑都一扫而空，甚至还后悔起来，自己为何没跟他们一起去：

“下午10:05，仍在飞行中。在暴风雪过后，前方出现的山脉高度惊人，是迄今为止所见过的山脉中最高的，其海拔高度约与喜马拉雅山脉相当。大概位于南纬76度15分、东经113度10分。山脉在视野中向左右两侧无尽延伸下去。发现有两处山顶在冒烟，怀疑是火山口。所有山峰都为黑色且无积雪。袭来的强风阻碍了飞行，让我们无法靠得更近。”

之后，我与帕博迪以及其他所有人都静静地守候在收报机边，凝神屏气。一想到700英里之外那座巍峨峥嵘的山脉壁垒，我们内心最深处就会涌现出冒险的渴望；这条未知山脉沉睡千年不曾为人所知，而我们的探险队第一个发现了它——即便我们并未在现场，也不由得为之欢欣鼓舞。半小时后，莱克再次发来了电报：

“莫尔顿的飞机迫降在了高原的山麓丘陵地带。但没人受伤，飞机或许还能修好。有必要的话，在返航或者进一步行动前，我们会把重要物资转移到另外三架飞机上，但目前还不需要再一次长途飞行。山脉之高真是无法想象。我将卸下所有重物，在卡罗尔的飞机上对山脉进行进一步侦察。我所见之景，你肯定完全想象不到。最高峰肯定超过了35000英尺，比珠穆朗玛峰还高。我与卡罗尔起飞观察山脉的时候，埃尔伍德就在用经纬仪计算山峰的高度。不过，我们对火山山峰的猜测或许有误，因为山峰的地质构造可能是由前寒武纪板岩与其他地层混合产生的，从而呈现出分层式的结构。而山峰的轮廓很奇怪，最高的几座峰顶上都贴附有形状规则的立方体。山峰在金红色的阳光里熠熠生辉，如同惊人的奇迹，又像是梦中的神秘之地，抑或是通往禁锢之未知世界的大门。我真希望你能亲自到这里来，再继续研究。”

其实，那时候已经是该睡觉的时间了，但我们这些守在发报机旁的听众，没有一个是想要离开去休息的。在麦克默多海峡那边留守的人心情肯定也跟我们一样，而且贮存营地和阿卡姆号也都接收到了这些电报；道格拉斯船长已经对作出这一重要发现的全体成员致电祝贺；而贮存营地的统筹人员谢尔曼也向他们献上了祝词。当然，我们想到那架受损的飞机便觉得有些遗憾，希望它能顺利修好。接着，上午11点，我们又收到了莱克的另一封电报。

“我与卡罗尔一同飞越了山麓中的最高点。目前的天气状况不利，所以我们不敢尝试飞越真正高大的山峰，但之后肯定可以一试。在这样的海拔高度向上爬升不仅很可怕，而且难度很大，不过并非毫无意义。山脉跨度很大，高度更是惊人，让人无以瞥见后面的景色。主峰比喜马拉雅山还要高，而且很古怪。山脉的构造看起来像是含有前寒武纪板岩，而且还明显混杂了许多其他的隆起地层。可以看出关于火山的假设有误。山脉向两侧延伸，远超视野所及。在山间呼啸来去的风，把21000英尺以上的积雪通通带走了。那些海拔最高处的山坡有许多岩石的构造十分奇怪。比如位于低处的巨大方块结构，它的边角完全垂直；以及同在低处的垂直城墙，组成了一个矩阵；它们像是罗列赫的绘画中古老的亚洲城堡一样，紧紧依附在陡峭的崖壁上，从远处看真令人印象深刻。飞近一些观察后，卡罗尔觉得它们是由许多互不相连的更小碎块组成的，但可能只是风化造成的。大多数岩石构造的边缘都已经破碎且被磨圆了，就像数百万年来一直遭受着风暴和气候变化一般。有些部分，尤其是靠上的部分，似乎由比附近随处可见的山坡颜色更浅的石头组成，因此可以明显推断出，它们的构造外形原来可能是晶体之类的。靠近之后发现山上有许多洞口，其中一些的轮廓异常规则，都是方形或半圆形的。你一定要来调查一番。我好像看到有一座城堡耸立在高大的山峰之上，山峰约有30000到35000英尺高。我们在21500英尺的高空中飞行，寒冷刺骨。呼啸的大风横扫过山间，在洞穴间回荡出阵阵哨声和笛声。目前飞行暂无危险。”

在这之后又过了半小时，莱克给我们不停地发送电报，并且表示他想徒步攀登一些山峰。我回复说，只要他能派来一架飞机，我就立刻加入他们。而帕博迪和我则要一起制定出最佳的汽油补给方案。鉴于探险队的目的已经改变，所以要在哪里、又该如何集中我们的补给，就成了不得不精心计划的事情。显然，莱克的钻探以及飞行行动都需要大量地运送物资，所以他需要在山脚下建立一个新营地。因此，在这个季度里东迁计划是无法实现了。我为此事特地联系了道格拉斯船长，请他尽可能想办法下船来。我们在那里留有一支雪橇犬队伍，希望他可以在雪橇犬的帮助下爬上冰障。我们需要开辟出一条穿越未知区域的路线，能够从莱克所在的位置直通麦克默多湾。

后来，莱克用电报告诉我，他决定在莫尔顿迫降飞机的地方搭建营地。飞机的维修工作也有所进展。那里的冰盖非常薄，薄到在各处都可以看见黑色的地面，所以他会在滑雪旅行或登山探险前，先在这些冰盖较薄的地方钻探和爆破。莱克还谈到了那整个场景所透露出的难以言喻的雄伟，那些山峰如同直达天际的高墙一般攀上了世界的边缘，置身于静谧群山的遮蔽下，他生出了一种非常古怪的感觉。埃尔伍德用经纬仪测量了最高的五座山峰，得知它们的海拔约为30000到34000英尺。地形中的风蚀特征表明，山间偶尔会出现极其猛烈的狂风，甚至会比我们之前遭遇的任何一次风暴都要猛烈，这让莱克甚为焦躁，因为他的营地离高地上突兀隆起的地方只有5英里多一点的距离。他在电报里催促我们加快速度，尽早勘探完这片奇特陌生区域——纵然相隔遥遥700英里的茫茫雪原，但我仍从他这份电报的字里行间察觉到了一丝潜意识中流露出的不安。莱克靠着几乎是前所未有的勘探速度，经过整整一天艰苦卓绝的连续工作，终于取得了空前的成果，可以准备去休息了。

早上，我、莱克和道格拉斯船长三人，在各自相距甚远的营地里用无线电进行了通话。我们一致同意，由莱克派出一架飞机赶赴我们的营地，把我、帕博迪以及另外五个人接到莱克那儿去，同时还要尽可能多地带上些燃料。但是剩下的燃料问题，得到我们东迁计划决定好以后，方能定夺。不过这个问题可以先搁置几天，因为莱克的燃料尚且充足，近期的营地供暖与钻探还不成问题。我们留守的南方营地的补给最终肯定要重新储存。但如果我们推迟东迁计划，那么在明年的夏季之前南方营地都暂时用不上了。与此同时，莱克也必须派遣一架飞机，勘探出一条麦克默多湾与新发现的山脉之间的直达航线。

帕博迪与我准备把南方营地暂时关闭一段时间，至于是长是短，就要看情况来定了。如果需要在南极过冬，我们可能会直接从莱克的营地飞到阿卡姆号上，不必再返回这里。我们已经用冻硬的积雪加固了一些锥形帐篷，现在决定把剩下的工作完成，把营地改造成一个永久性的爱斯基摩人式村落。因为帐篷的供应较为充足，所以就算我们加入了莱克的探险队，他的新营地里也无物资短缺之虞。我给莱克发了电报，告诉他在经过一天的工作和一夜的休息之后，我们已经准备好朝西北方出发了。

可是，下午四点之后，我们的工作效率并不稳定；大约在同一时间，莱克发来了最令人兴奋、也最为夸张的消息。他的工作一开始并不顺利。他们乘飞机调查了那些几乎整个裸露在外的岩石地表，但莱克所要找的那种属于太古代的原始地层却连影子都没有。虽然那些高大的山峰含有大量这种地层，但它们距离营地太远，可望而不可及。他们所观察到的大部分岩石显然都是侏罗纪和科曼奇砂岩，或者是二叠纪和三叠纪的片岩，有时还会在裸露的地表上发现一些闪闪发亮的黑色物质，他们认为那些应该是坚硬的板岩煤。这让莱克有些沮丧，因为要完成他的计划，就非得搜寻到那些五亿年前的化石标本不可。他很清楚，要想发现那些有着奇怪纹路的太古代板岩的岩脉，他必须乘雪橇从这里的山麓出发，经过长途跋涉到达巨大山峰的悬崖陡坡，才能有所收获。

尽管如此，他还是决定继续完成探险队的原定计划，在此地进行地质钻探；因此他搭好钻井，留下五个人负责钻探，剩下的人则继续搭建营地和维修飞机。可见之处所能找到的最柔软的岩层，是一块离营地大约1/4英里的砂岩，于是莱克就选择在那里做第一次采样；甚至都不用多爆破几次，钻探工作就进行得一帆风顺。大约3小时后，才有了第一次称得上大型爆破的举动。随后，人们就听到了钻井队队员们在高声叫喊。钻井队的代理领班——年轻的格德尼径直冲进营地，他带来的消息让在场者无不震惊。

他们炸开了一个洞穴。在早期的钻探工作中，他们就发现有一条科曼齐系时期的石灰岩岩脉正位于砂岩之下，其中充满了各种头足类动物、珊瑚、海胆、石燕贝目生物的小型化石，偶尔还能看到小部分硅化了的海绵与海洋脊椎动物骨骼——其中可能包括有硬骨鱼、鲨鱼、硬鳞鱼等。这些发现本身就已经具有重要意义了，因为这是探险队第一次发现脊椎动物化石；但不久之后，钻井的探头钻通了地层就掉了下去，这明显说明下方有一处空洞，一种全新的兴奋感又在钻井队队员们之间扩散开来，每个人都激动不已。一次大型爆破终于揭开了这个隐藏在地下的秘密：在这群求知若渴的科考员们眼前，有一个大约5英尺宽、3英尺深的齿状开口，从这里能看到下面有一处浅层的石灰岩洞口。5000多万年前的南极还是热带世界，正是此处地下水的涓涓细流逐渐侵蚀出了这样一个洞穴。

这一中空岩层深度约为7到8英尺，但它向着四面八方无限延伸，洞内缓缓流动的新鲜空气说明了它是某个巨大地下系统的一环。洞穴上下都生长着许多体积巨大的钟乳石与石笋，其中一些上下长在了一起，成了石柱；但最重要的是，这里堆积着大量的贝壳与骸骨，在某些地方，更是多到几乎阻塞了通道。这些骸骨全是从树蕨类植物与真菌组成的未知中生代丛林，以及生长着苏铁、棕榈和原始被子植物的第三纪森林中被冲到这里来的，其中有很多白垩纪、第三纪始新世时期动物的骸骨，以及其他生物标本，数量之多，即便是最伟大的古生物学家花上一年的时间，也难以数清和归类。软体动物、甲壳类的外壳、鱼、两栖动物、爬行动物、鸟类以及早期的哺乳动物——无论大小，已知或未知，应有尽有。难怪格德尼会冲进营地大叫，也难怪人们都丢下工作，一头扎进刺骨的寒风中，奔向那座高大的钻塔井架。因为那里是一道门，它连接着地球内部与业已消亡的远古世界，其中埋藏着万古的奥秘。

莱克的好奇心得到了初步满足后，就在笔记本上潦草地记下了这个消息，让莫尔顿跑回营地用无线电传送出去。这是我收到的此次发现的第一份报告。报告中提到，他们从这些化石中辨认出了早期的贝类、硬鳞鱼和盾皮鱼的骨骼，迷齿亚纲类和槽齿类的遗骨，大型的沧龙头骨碎片，恐龙的脊椎骨与甲胄骨板，翼龙的牙齿和翼骨，始祖鸟的残骸，中新世的鲨鱼牙齿，原始鸟类的头骨，以及其他古代原始哺乳动物的颅骨、脊椎骨和其他骨骼，比如古兽马、剑齿兽、尤因它兽、始祖马、岳齿兽和雷兽。但乳齿象、大象、现代骆驼、鹿或牛科动物之类的近代动物骨骼却无影无踪；因此，莱克得出了结论，在渐新世时期发生了最后的沉积作用，而这片在流水侵蚀下形成的空洞岩层，处于目前这种干燥、死寂和无法接近的状态，至少已有3000万年了。

另外在洞穴里还发现了许多属于非常早期的生命形式的化石，这是极其不寻常的。石灰岩构造肯定形成于白垩纪科曼齐系时期，而不是来自于更早期的微粒，那些埋藏在石灰岩中的典型化石瓶状海绵就是铁证，但洞穴中散落的化石，不仅大部分都比所知的生物还要古老得多，而且数量之多也令人惊讶——其中有原始的鱼类、软体动物，甚至还有志留纪或奥陶纪时期的珊瑚。由此可以得出一个显而易见的结论，即在这一地区，3亿年前的生物与3000万年历史的生物之间显示出了某种异常而又独特的连续性。至于这种生物的连续性在渐新世时期洞穴封闭之后又延续了多长时间，则无从知晓。无论如何，大约50万年前的更新世，可怕的冰川降临了地球——而与这个洞穴的年龄相比，这也就像是昨天才发生的事情——彻底终结了任何残留在这一地区、妄图苟延残喘下去的原始生命。

莱克并不仅仅满足于只发送第一条电报，在莫尔顿返回之前，另一条电报就已经化为电波穿过茫茫雪原，送到了营地。此后，莫尔顿就一直守在飞机的无线电前，将电报与莱克不时发来的附言发给我——也发给阿卡姆号，再由它转发给外界。那些关注报纸的人应该会记得，那天下午的报道引起了科学家们怎样的激动——多年以后，也正是这些报告催生了斯塔克韦瑟-摩尔探险队，这也是我不得不竭力劝阻他们的原因。我们营地的电报员麦克蒂格已经把铅笔速记的内容写成了文本，所以在这里，我最好还是将莱克发来的电报原件拿出来：

"福勒在爆破后的石灰岩与砂岩碎片里有了重大发现。碎片上几条条纹状三角形纹路清晰可见，和之前太古代板岩上的痕迹一样。这说明留下这种痕迹的生物存活了6亿年，到了白垩纪科曼齐系时期还顽强存在着，而且形态和尺寸大小都没什么改变。若说有什么变化，那就是跟之前发现的化石相比，白垩纪科曼齐系时期的痕迹要更加原始，或者是退化得更厉害。务必在新闻媒体中强调这次发现有多么重要。因为对于生物学来说，这一发现的意义相当于爱因斯坦在数学和物理学领域所作贡献的意义。要把我之前的发现和附言一同转播出去。我猜想，这似乎表明是在始于某个太古宙细胞的有机生命之前，地球就已经见证了有机生命的整个周期或循环。早在亿万年前时，地球还很年轻，而且不适合任何生命形式或正常原生质结构生存。那么问题来了，这些生物是在何时、何地又是如何进化的呢？"

"之后检查大型陆上和海洋蜥蜴以及原始哺乳动物的某些骨骼碎片，发现了奇特的局部伤痕，类型分为两种——垂直贯穿的孔洞，与明显的切口。这些伤痕的元凶不属于任何时期、任何已知的捕食性或肉食性动物。有一两个骨骼的切面整齐，可以看出切割的手法利落干脆。不过带伤痕的标本不多。正准备让人去营地拿手电筒，通过劈开钟乳石来扩大搜索区域。"

“再之后，发现了奇特的滑石碎片。约6英寸宽，1英寸半厚，完全不同于当地的任何地质构造。碎片呈淡绿色，但没有明显表明标本形成时期的证据。碎片异常规则和光滑，形状像末端破损的五角星，其内角和表面中间有裂痕。无破损的表面中心有小而光滑的凹陷。它的来源和风化过程引起了我的好奇。可能是出自水流侵蚀之手的奇特造物。卡罗尔用放大镜进行了研究，觉得能找到更多具有地质意义的标志。表面有一组小圆点，排列方式规律有致。我们在工作时，狗显得很不安，似乎对这些滑石相当反感。一定要弄明白这些滑石散发的特殊气味。米尔带着手电筒一到，我们就开始探索地下区域，在此之后再发送报告。”

“下午10:15，重大发现。奥兰多和沃特金于9:45带着手电筒在地底搜索，结果发现了性质完全未知的巨大桶形化石；可能是植物，或者某种未知的海洋辐射动物过度生长后留下的标本。显然是矿物盐保护了生物组织。虽硬如皮革，但某些部位却是惊人的柔软而富有弹性。两头和侧面都有断裂的痕迹。两端长度为6英尺，中间直径3.5英尺，两头逐渐变细、缩短，直径为1英尺。就像是个一般的桶状物，只不过上面有五条脊状突起。侧面断裂，断口像是细长的茎，脊状物的正中央都有分布。另外，在脊状物间有道道沟槽，其中还藏着一种奇怪的构造——应该是翅膀，看起来是一种可以如扇子般折叠打开的梳状物。这么多个标本之中，只有一个是完整的，完全展开后长度约有7英尺。这种迷之生物的模样，不由得让人联想到某些原始神话里的怪物，尤其是《死灵之书》虚构的古老存在。这些翅膀似乎是膜状的，借助腺管组成的框架自由伸展飞行。翼尖的框架管中明显有微小的孔。身体的末端都已萎缩，看不出内部结构，也无从判断是从哪儿断开的。等回到营地后，我们必须进行解剖。尚不确定标本是植物还是动物。但其中许多特征又明显原始古老，让人难以置信。已派出所有人手去劈砍钟乳石，以寻找更多标本。又发现了更多带有伤痕的骨骼，但搜索要先缓一缓。因为雪橇犬成了个大麻烦。它们无法忍受新发现的标本，如果不把狗安置在远处，它们可能会冲上来把这些标本撕成碎片。”

“下午11:30，德尔、帕博迪、道格拉斯，请注意！我们有了重大发现——我更想称之为是超越了人类认知的重要发现——阿卡姆号必须把这一发现转发给金斯波特总部。太古代板岩上的痕迹，就是我们之前发现的奇怪桶状生物所留下的。米尔、布德罗与福勒在地下距洞口约40英尺的地方发现了一堆标本，看起来一共有13个，也可能还要更多。标本中混杂着奇怪的、被磨圆的滑石碎片。比先前发现的星形碎片要小，但只有某些地方有破损的痕迹。有8个标本保存状态堪称完美，包括每一个附属器官。所有标本都搬到了地面上来，同时把雪橇犬都引到了远处。它们无法忍受附近有这些东西的存在。请注意，下面将准备进行细致描述，为了确保无误会进行复述。报纸必须准确报导这些数据。

“标本8英尺长。有五条脊状物突起的桶状物躯干长6英尺，中心直径长3英尺半，末端直径为1英尺。深灰色、柔软，但非常坚韧。薄膜状的翅膀颜色与躯干的相同，全部展开后长度为7英尺，发现时仍是折叠状态，可在脊状物间的缝隙中展开。翅膀的骨架呈管状或腺状，浅灰色，翅尖有孔。展开的翅膀边缘为锯齿状。以躯干中央为起点，五种浅灰色的柔软肢体或是触手紧紧地折叠贴附在躯干上，围绕着每条垂直的脊状物分布，可伸展的最大长度超过3英尺。就像原始的海百合触手一样。单茎直径3英寸，伸长6英尺后又分叉，变成了5条更小的茎秆，之后再伸长8英尺，再分叉成5条细小、且越来越细的触手或卷须，每根茎杆总共有25条触手。

“在躯干的顶部是毫无棱角的浅灰色球茎状颈部，似乎是鳃，颈部之上是黄色的星形部位，看起来应该是头部，上面覆盖着3英寸长的五颜六色的纤毛。头部组织厚实而肿胀，两端长度大约2英尺，每一端都有3英寸长的淡黄色弹性管状物向外延伸。在每一端的中心都有裂缝，推测是呼吸用的孔道。每条管状物的末端都有球形的隆起。淡黄色的薄膜翻卷起来，露出状似玻璃晶体、带有红圈的球体，那显然是一只眼睛。有5个稍长一点的红色管状物从海星形头部的内角伸出，末端则是相同颜色的囊状肿胀物，在压力作用下，这些囊状肿胀物可打开最大直径为2英寸的钟形孔洞，内有锋利的白色齿状突起。这可能是嘴部。所有管状物、纤毛以及海星状头部的5个角都紧贴在一起；管状物和尖头则牢牢附着在球茎状的脖子和桶状躯干上。尽管标本的组织是如此坚韧，但又有着惊人的柔软性。

“在躯干的底部有粗糙但功能不同的头部。有球根状的伪颈，没有腮，有淡绿色的星形肢体。这5条坚韧、如同肌肉般的肢体长4英尺，从底部的7英寸直径逐渐变细，缩短到了2.5英寸。末端附着有淡绿色的三角形膜状物，每一片膜上都有5条8英寸长、6英寸宽的脉络。这是蹼、鳍或伪足。它在10亿年到5000或6000万年前，就用这一器官在岩石上留下了三角形的痕迹。2英尺长的淡红色管状物，从海星状排列的肢体的五角形内角中延伸出来，再逐渐变细变短，底部直径3英寸，每端长1英寸。每一端都有小开口。所有的部分都像皮革一样，非常坚韧又非常柔软。长了蹼的肢体有4英尺长，无疑是依靠某种方式来运动的，不是在海洋里就是在其他什么地方。移动时，这些部位的肌肉显得非常强壮。发现标本时，所有的肢体都紧紧地附着在伪颈和躯干的底端，与另一端的情况相对应。

“无法将其归到动物或植物类别中去，但目前倾向于认为它是动物。可能是虽然经历了某种难以想象的高度进化，却没有失去某些原始特征的辐射动物。尽管局部存在相互矛盾之处，但它们有点像棘皮动物。它们可能栖息于海洋中，所以很难解释躯干上薄膜似的翅膀到底是做什么用的，但或许是用来在水中游动的。肢体的对称性很古怪，这一特点与植物相似，因为植物才是上下结构，而动物通常是纵向结构。在进化的最早期，甚至迄今为止已知的最简单的太古代原生动物之前，任何起源的推断都让人觉得并不适用。

“完整的标本与某些原始神话中的生物有着惊人的相似之处，因此，在南极洲以外的地方也必定曾出现过这些古老生物的身影。德尔和帕博迪都曾读过《死灵之书》，也都看过克拉克·阿什顿·史密斯[1]根据《死灵之书》所画出的恐怖之作。所以，我提到远古之物时，他们肯定明白我的意思。据说地球上的所有生物，都诞生于它们的一个错误或是玩笑。学者们一直认为，某些非常古老的热带辐射动物的病态想象催

[1] 克苏鲁系列小说中的人物

生了神话里的这些概念。威尔马思[1]所提到的那些史前民俗传说中的存在必定也是如此——比如克苏鲁教团的附属物等等。

“这开启了广阔的研究领域。根据相关的标本来判断，这些沉积物可能是晚白垩世或早始新世时期形成的。它们上面覆盖着大量的石笋，要这样砍出一条路来非常困难。幸好标本本身非常坚韧，能抵住大部分的破坏。保存状况完美得不可思议，显然是石灰岩起到了保护作用。目前没有更多发现，但稍后会继续搜索。眼下的任务是抛弃雪橇犬，仅靠人力带着这14个巨大的标本返回营地。雪橇犬都在狺狺狂吠，已经不敢继续让狗靠近标本了。必须派三个人去看好雪橇犬，只留下九个人了，但要拖动三架雪橇也足够了，不过大风影响了我们前进，看来必须建立一条直通麦克默多湾的航线，然后开始运送物资。但在我们休息之前，我决定先解剖其中一个标本。我多希望自己在这里能有一个真正的实验室啊。德尔最好为自己阻挠我西行的事感到一丝悔意。先是碰上了世界上最高的山峰，然后又发现了这些东西。如果这还不是探险的重点，那真不知道还有什么能算是重点了。我们在科学领域迈出了影响重大的一步。祝贺你，帕博迪，没有你的钻头我们就打不开那个洞穴，更别谈收获了。现在，阿卡姆号请复述。”

我与帕博迪在收到这份报告时的感觉几乎无法形容。其他人也热情高涨，一点不亚于我们。电报从嗡嗡作响的接收机里发出来的时候，麦克泰格匆忙撰写了一部分重点，莱克的电报员发报完毕后，他就用速记本把这些信息通通写了出来。所有人都赞赏了这一发现，认为其有着划时代的意义，等阿卡姆号上的电报员按照要求把描述性内容的部分复述了一遍之后，我立即向莱克表示了祝贺。随后，在麦克默多湾贮守营地的谢尔曼和阿卡姆号船长道格拉斯也都致以了贺电。后来，我作为探险队的负责人添加了一些评论，一并通过阿卡姆号传递给了外界。在这种极度兴奋的状态下，要想休息实在荒谬；我唯一的念头就是希望能尽快到达莱克的营地。所以他向我发来电报称山间骤然狂风大作，近期都无法飞行之后，我觉得非常失望。

---

[1]《暗夜中低语》的主角

但不出一个半小时，原本的失望被兴趣取而代之。莱克发来了更多的电报，说他们成功地将14个巨大的标本运送到了营地。搬运标本费时费力，因为这些东西重得惊人；但那九个人还是顺利地把标本带了回来。随后，为了更方便喂养雪橇犬，队伍中的一些人在距营地较远的地方仓促地用积雪堆砌了一座畜栏，然后把雪橇犬关在里面。标本则放在营地附近冻硬的雪地上。莱克选了一个标本，准备先粗略地解剖。

解剖工作似乎比预想的要艰难。因为即便新搭建的实验室帐篷里有汽油炉供暖，但莱克所选的标本——一个强壮而完好的标本——在暖和的空气中，身体组织看似变得柔软了起来，但切割时的手感还是如皮革般坚韧。如何能在没有暴力的破坏下进行必要的切割，保证在解剖实验中所要观察的所有结构细节都完好无损？这个问题让莱克一时无法下手。的确，他有7个保存得更完美的标本，但数量还是太少了，除非这个洞穴可以无限地供应保存好的标本，否则莱克不能随心所欲地去解剖，把这些收获到的珍贵标本全都用完。因此，他便放弃了这个保存完好的，转而拖走了一个损坏程度比较严重的：躯干的一条脊沟已经被严重压扁，导致其部分断裂。不过在躯干两端起码还残留着海星状的身体结构，仍旧可以用来解剖。

结果很快通过无线电报送达我们营地，但内容却相当令人困惑，也让我们更加好奇。解剖器械几乎无法切开这些异常的组织器官，莱克也就无法做到精确地获知其中的具体结构细节，但得到的那一点点信息已经足以让我们感到惊惧与迷惑了。结果意味着现存的生物学需要彻底改写，因为这种生物不是由现有科学已知的任何细胞发育生长而成的产物。尽管标本可能已经有4000万年的历史了，但其中没有任何矿物交代的迹象，内部的器官也完好无损。这种生物的组织器官似乎天生就像皮革般坚韧，具有耐腐蚀性，几乎无法破坏，这应该与我们完全无法推测的古代无脊椎动物进化周期有关。起先，莱克解剖发现的组织器官都还是干燥的，但随着时间的推移，帐篷里的温度将其解冻了。某种刺鼻且有一定刺激性的有机蒸汽开始从标本并未受到损坏的一侧弥漫开来。那不是血液，而是一种暗绿色的黏稠液体，但是显然起着血液的作用。此时，我们早已把所有雪橇犬关进还没砌好的畜栏里。即便相隔甚远，雪橇犬仍旧狂吠起来，这种扩散开来的刺鼻气味让它们焦躁不安。

我们通过临时展开的解剖工作所取得的信息，对于给这种奇怪生物归类没有起到任何帮助，反而让它更加神秘了。由于有关外露器官的猜测全都是正确的，根据这些特征任何人都会毫不犹豫地认为它是动物；但通过检视其内部构造，却发现了许多能证明这种生物是植物的证据，这让莱克更摸不着头脑了。它具备消化和循环系统，并且能通过底端海星形结构上生长的淡红色管状物排泄废物。粗略来说，它们的呼吸系统处理过滤的并非氧气，而是二氧化碳；除此之外，还有奇怪的证据显示，它们储藏空气的气室可不仅仅只有一个，而且还能在至少两套发育完全的呼吸系统之间转换：一套是腮，另一套则是毛孔。显然，它是两栖动物，或许也能适应在没有空气的环境下的长期休眠。发声器官似乎与主要呼吸系统相连，但其表现出的异常特征目前无法解释。从音节发声的意义上来说，难以想象它能发出音节清晰的声音，不过非常有可能发出一种音域广泛的音乐般的笛声。此外，它的肌肉系统也异常发达。

它们的神经系统如此复杂和发达，莱克也被吓得目瞪口呆。虽然在某些方面过于原始和古老，但它有一组神经中枢与神经节，证明其进化方向已经极端特化。它的五叶大脑惊人地发达，并且有迹象表明它们有一套感觉器官，有部分可以通过头顶坚韧的纤毛来发挥作用，这一特征与地球的其他生物迥然不同。它或许有五种以上的感官，所以它的习性不能用任何已知的生物来推测。莱克认为，它一定是原始世界中感官敏锐且分工不同的生物，很像今天的蚂蚁和蜜蜂。但是它们在繁衍后代时又特别像隐孢植物，尤其是蕨类植物。它们在翅膀的末端有孢子囊，明显由叶状体或原叶状体发育而来。

但如果在这个阶段就对它进行命名，实在是太愚蠢了。它看起来像是辐射动物，但是显然掺杂了许多其他生物的特征。它有一部分的植物特征，但3/4部分又是动物的特征。它极具对称性的外形以及其他一些特征都明确表明，它最早应该起源于海洋；然而我们却无法准确地推断出它们后来为了适应地球而演变的过程。毕竟，有翅膀就说明它们可能也有飞行能力。它们如何在一个新生的地球上经历极其复杂的进化历程，并最终在太古代的板岩里留下自己的痕迹，这个问题就远超人们的想象了。这使得莱克异想天开地回忆起那些关于旧日支配者的神话；在那些古老的神话里，旧日支配者从群星之中降临到地球上，因为一个玩笑或者错误而创造了地球上的种种生命；此外，他还想到了密斯卡托尼克大学英语系里有一位同僚研究民俗学，那位同僚也曾提起过一些民间传说，其中有观点认为某些来自外太空的物种藏身于广袤的山坳里。

最初，莱克认定前寒武纪岩板上留下的痕迹是由这些生物尚未高度进化的祖先留下来的，但考虑到那些更加古老的化石的结构特征反而进化得更快，他很快推翻了这种过于浅薄的推论。若说有何不同的话，那就是后期化石的轮廓反而有些退化。伪足的尺寸已经缩小，而且整体形态也似乎更为粗糙和简化。除此之外，在刚刚检查过的神经系统与组织器官也发现了一些痕迹，表明这些生物的器官结构原本复杂，后来有了退化。标本身上萎缩与退化的痕迹相当多。所有的疑问都尚未有结果。于是，莱克回归到那些神话里，给这些生物起了个临时的名字，他开玩笑地将之称为“远古者”。

大约凌晨2:30，莱克决定把剩下的工作推迟，稍事休息。他用一块防水布盖上了解剖过的标本，离开了实验室帐篷，他似乎对外面的标本重新燃起了一种兴趣，开始细细研究起那些完整的标本来。南极那永不落下的太阳让它们的组织逐渐软化了。几个标本的头部和两三条管状物开始慢慢舒展开来；但莱克不相信几乎零度的气温会让标本有腐败的危险。不过，莱克还是将未解剖的几具标本堆在一起，盖上一张备用的帐篷，避免阳光直射。这样也有助于罩住这些标本的气味，防止雪橇犬闻到。虽然这些雪橇犬现在已经被隔离得远远的，而且雪墙也越堆越高——越来越多的人仓促地加入了加速修筑雪墙的工作中，而且人数已接近队伍总数的1/4了——但雪橇犬的敌意与骚动不安确实给探险队带来了不小的麻烦。它们仍旧躁动不安、狺狺狂吠。莱克也不得不开始用厚重的积雪压实帐篷的边角，好让帐篷能在愈发强劲的寒风中屹立不倒。那片巍峨的山脉深处，似乎有一场极其猛烈的狂风就要呼啸而至了。先前对南极忽然狂风大作的忧虑又重新燃起，于是在埃尔伍德的监督下，人们采取了许多预防措施，用积雪加固了岸上的帐篷、畜栏，又把朝山一面的简陋飞机掩体堆得更加结实抗风。而飞机掩体的基座原先只是用积雪草草堆砌的，所以这些后来堆砌的雪再多，都完全没办法堆到它们应有的高度；莱克最后只能让所有做其他任务的人都过来帮忙。

大约4:00，莱克终于结束了无线电的播报，并且建议我们趁着堆掩体墙的时候让人和设备都休息休息。他用无线电与帕博迪闲聊起来，再一次称赞了那些钻探设备的性能极其出色，多亏有它们，他才能有如此惊人的重大发现。我也对莱克表示了热烈的祝贺，直言他坚持西进是非常正确的。我们一致同意等第二天早上10:00再用无线电联系。如果那时候风暴过去了，莱克就派一架飞机来接我们营地的人。临睡前，我向阿卡姆号发送了最后一条消息，指示他们在没有更多的证据证实我们的发现前，向外界转播当天的新闻时要有所保留，能少报道则少报道，因为所有的细节似乎都太过激进，目前肯定会激起外界怀疑的浪潮。

3

我猜想那天凌晨我们没有一个人能踏实入睡，或一觉睡到大天亮的。莱克的发现让人兴奋不已，而那凛冽的狂风也越发暴烈起来，根本让人无法安稳入眠。即便是在我们营地，风暴还是那么猛烈，这让我们不禁猜想莱克的营地会有多糟糕，毕竟他们就直接在那未知的峥嵘群山脚下安营，而那里正是这场风暴的孕育之地。早上十点，麦克泰格醒了，如约用无线电联系莱克，但西面似乎刮起了干扰气流，由此产生的电气效应阻断了无线电通讯。不过，我们还是联系上了阿卡姆号。道格拉斯告诉我，他也曾试图联系莱克，但总联系不上。他并不知道群山中有狂风肆虐，尽管风暴正在恣意蹂躏我们的营地，而麦克默多湾却只有几缕微风。

我们焦急地在无线电边等了一整天，并一直尝试与莱克联系，但根本联系不上。临近中午，一阵异常狂暴的寒风从西面袭来，让我们不由得担心自己营地的安全；不过，这场风暴最终还是平息了，只在下午两点时重新出现了一会儿，风力也没有之前那么强，只是几缕温和的寒风。三点过后，风暴已完全消退，外面只剩下一片寂静。于是我们拼命联系莱克，希望能得到回应。因为他有四架飞机，而且每架飞机都配有一套性能优越的短波无线电，所以我们想不出会有什么意外能同时毁坏他所有的无线设备。然而，所有发出的电波犹如石沉大海。当我们意识到他的营地可能也遭到了狂风横扫时，不禁产生了最可怕的猜测。

六点时，我们的恐惧变得越发强烈和清晰了。在与道格拉斯和索芬森进行无线磋商后，我决定亲自去调查一番。我们之前把第五架飞机与谢尔曼以及另两个水手一同留在麦克默多湾贮藏站以作备用，现在这架飞机状况良好，随时都能使用，看来目前也不得不调用它了，加上现在的风力状况显然非常适合飞行，我便用无线电联系了谢尔曼，命令他赶紧驾驶飞机，再带上两名水手，速速赶来南方营地与我们会合。接着，我们讨论了这次的调查行动有哪些人参与，最终决定全体队员都去，原本带在身边的雪橇与雪橇犬也随我们一起行动。虽然这样负荷很大，但我们的大型飞机是为了这次行动特别定制的，为的就是能够运输重型机械设备，所以这次的任务也能轻松胜任。同时，我还不断用无线电联系莱克，但完全没有回信。

谢尔曼驾驶飞机，带着水手冈纳森与拉森于7:30起飞，赶来与我们会合。他们在途中通报了好几次，表示飞行状况良好。午夜时分，飞机降落在我们营地，随后全体人员聚在一起讨论下一步行动。在沿途没有任何基地引导飞行的情况下，单独搭乘一架飞机飞越南极是非常危险的，可是我们显然别无选择，因此也没人退缩。凌晨两点，我们先是完成了一部分的飞机装运工作，随后短暂休息了一会儿，大家在四小时后又都起来，继续完成剩下的打包和装运。

1月25日早上7:15，我们坐在麦克泰格驾驶的飞机上向西北飞行，飞机上带着十名男子、七条狗、一架雪橇、部分燃料和食物补给，以及包括飞机无线装备在内的其他物品。当时的天气晴朗，风平浪静，气温适宜；所以我们预计在到达莱克营地坐标的路上不会遇到什么麻烦。但我们担忧的是，我们在这趟旅途的终点会发现什么，或者什么都没发现——因为，所有发往莱克营地的呼叫都毫无应答。

这次飞行长达四个半小时，期间发生的每一件事我都铭记于心，因为这段飞行在我的人生中占据着至关重要的位置。它标志着我在54岁时，失去了一个正常心智的人在通过常识认识了大自然与自然法则后所获得的一切宁静与平和。从此之后，我们十个人——尤其是我与学生丹弗斯，将要面对一个所有恐惧被放大后、潜伏着无数恐怖的世界。没有什么东西能够将它从我们的情感中抹去，如果可以的话，我们也会竭力避免将其泄露给人类。报纸已经刊登了我们在飞行过程中发送的电报，其中讲述了我们在连续飞行时，与高空狂风的两次殊死搏斗，还提到我们看见了裂开的地面——实际上，这里就是莱克三天前钻探的地方；除此之外，我们还看到了一些奇怪的松软雪柱——这是阿孟森与伯德也曾记载过的——它们在狂风之中翻滚摇曳，我们就这样越过了无垠的冰封高原。之后，我们不得不面对一个问题：我们的感受已经无法用媒体能理解的语言来表达了。再后来，我们只能以更严格的方式来检查发送出去的消息。

前方有一排锥体山岩，它们组成了一条如女巫般散发着不祥气息的锯齿状尖峰。水手拉尔森是第一个发现的，他不由得惊呼起来，把所有人都吸引到了这架大型飞机的舷窗前。虽然我们的飞行速度很快，但眼前山峰向天际延伸的速度却非常慢；这说明那些山脉一定离我们非常遥远，我们之所以能看到，仅仅是因为它们实在高得异常。然而，随着我们越飞越近，那些山峰也逐渐向着西面的天空耸立，看起来诡异而阴沉，使我们能够分辨出各种裸露的荒芜黑色尖峰。矗立在红色南极光中的山峰，与彩虹色冰晶云那令人着迷的背景相映成趣，不禁让我们有了一种奇怪的感觉。在整幅奇特的幻景之中，始终有一种暗示，它无处不在，暗示着一个深埋许久的秘密与潜在的启示。那些荒凉得如同梦魇般的尖顶是一个标志，它标志着通往禁忌的梦之国度的通道——一座高高的塔桥，以及那些遥远时间、空间以及其他维度里的复杂渊薮。我不禁开始觉得它们是那么邪恶，这就是一片疯狂的山脉；而那些更遥远的地方的斜坡，正俯瞰着的就是某些可憎的终极深渊。那些不断翻滚、半发光的云层隐约暗含着一种无可言说的超然性，像是在暗示一个超越了地球陆地之外、模糊而又缥渺的彼界之地；同时又用骇人的方式提醒着我们，这个杳无人迹而又不可窥测的极南世界是一个最为偏僻、与世隔绝、百年荒芜并且早已死亡的世界。

年轻的丹弗斯将我们的注意力转移到了高耸的山岭上，山体高处的轮廓异常规则，就如同从完美立方体上切割下来的一样，与寻常山峰迥然不同。莱克也曾在报告里提到过这一现象，他比喻说，那些朦胧的轮廓就像是罗列赫笔下那奇怪的、位于云雾缭绕的亚洲山峰之顶的原始寺庙遗址。如今我们来到这里，在这幅景象映入眼帘的那一刻，就证实了他说得没错。在这整片布满山脉的神秘超然大陆上，确实存在着一种罗列赫式的东西，它就笼罩在这整个冰天雪地的世界。在10月第一次看见维多利亚地时，我就有过这样的感觉；而这一刻，那种感觉再次出现了。同时，某种不安涌上了心头，这片危险的国度与原始神话里大名鼎鼎的邪恶之地冷原[1]太过相似，实在令人焦虑。虽然神话学者们认为冷原位于中亚；但人类或者说人类的祖先，其族群的记忆是十分漫长的。而其中的某些神话很可能发源于某些恐怖的大陆、山脉与庙宇，那是比亚洲、甚至比我们已知的人类世界更加古老的地方。少数几个胆大的神秘主义者曾暗示过，残破不全的《纳克特抄本》[2]起源于更新世之前的世界，并且宣称那些皈依撒托古亚的居民和撒托古亚本身一样，也不是人类。总之，不论冷原在哪个时间或空间，它可能都在不断孕育着某些不可知的存在，就是这样一个世界，曾孕育出了莱克所提到的那些本体不明的远古怪物——所以我是不会愿意涉足或靠近的，而且我也不想接触与它相似的世界。这时候，我开始后悔自己读了那本令人嫌恶的《死灵之书》，并后悔和大学里那位博学却令人反感的民俗学者威尔马斯讨论这些东西太多了。

[1] 冷原为洛夫克拉夫特杜撰的地点，曾多次在他的作品中出现，每次出现的地点都不同。

[2] 远在人类诞生之前的时代，由“伊斯之伟大种族”撰写的魔导书，是地球上现存最古老的书籍，至少有1万年以上的历史。

我们靠近了山脉，开始渐渐能看清那连绵起伏的山麓轮廓，逐渐变成乳白色的天穹中，海市蜃楼的奇景忽然向我们袭来，而先前心中所泛起的情绪无疑让我对于眼前这一奇景的反应更为强烈。在过去数周，我已见过几十次极地海市蜃楼，其中一些也和眼前的这幅奇景一样神奇而鲜活；但这一次的海市蜃楼却有着全新而晦涩的象征含义，从中渗透出一种险恶的意味。令人叹为观止的高墙、塔楼和光塔组成了遍布此处的迷宫，在我们头顶上的混沌冰汽中若隐若现，使我不寒而栗。

海市蜃楼里出现了一座庞大的城市，里面全是超越了人类认知和想象的建筑。如暗夜般漆黑的巨石建筑组成了无比雄伟的聚合体，体现了对几何对称法则的极端扭曲，甚至是体现不祥的奇异之物中最为极端的。其中有许多截去了顶端的锥形，上面如同梯田一般是阶梯形的，或是铺满了凹槽；有的上面耸立着高大的圆柱形杆状物，杆状物上遍布球状的隆起，顶端则是一层层薄薄的扇形碟盘建筑；还有些突出在外、如同桌子般的奇怪构造，像是用许许多多矩形平板、圆形碟子或五角星一个个堆叠出来的。那当中有单个的圆锥与金字塔，也有上方顶立着圆柱体或者立方体的，或者是截去了顶角、变得更加扁平的圆锥与金字塔，偶尔还会看到有五座形状像针一般的尖塔所组成的奇特构造。参差不齐、高得令人晕眩的管状天桥将所有的疯狂建筑都连接在一起。这座复杂的迷宫巨大得让人恐惧而压抑。普通的极地海市蜃楼通常是一些较为狂野的形式，与北极捕鲸人斯科斯比于1820年看到后留下的画作并无不同。然而，此时此刻，眼前拔地而起的未知尖峰，脑中有关远古世界的种种反常发现，以及笼罩在莱克探险队可能遭遇厄运的阴霾，让我们所有人似乎都在眼前的海市蜃楼里找到了一丝潜藏的恶意和极其邪恶的预兆。

所幸海市蜃楼并未持续太久，它最终还是渐渐消散了，我终于松了口气，但在消散的过程中，各式各样如同梦魇一般的尖塔与圆锥在转瞬即逝中，形态变得更为扭曲，反而更让人毛骨悚然。海市蜃楼最终在翻滚的乳白色中消散，我们再次将目光落在地面上时，发现我们即将抵达终点。前方的未知山脉高耸入云，只看一眼便令人头晕目眩，仿佛是巨型的可怖堡垒。随着飞机继续前进，甚至不用望远镜就能十分清晰地看见它们那惊人规则的轮廓。我们正在低矮的山麓上方飞行，能在冰层、积雪以及高地的裸露处望见一些黑色的斑点。我们觉得那儿应该就是莱克搭建营地与挖掘钻探的地方。山地丘陵地带的地势在五六英里之外迅速升高，俨然形成了一道分割线，把这里与远处那甚至比喜马拉雅山脉还要高的恐怖高峰分割得界限分明。最后，罗普斯——帮麦克泰格驾驶飞机的学生——选定了左边那块地上一处大小与营地相近的黑色斑点作为降落点，操纵飞机缓缓着陆。飞机着陆的时候，麦克泰格向外界发送了一条未经斟酌与审核的电报，报告探险队的行动，而这也成了我们最后一条直接发出的电报。

当然，所有人都读过我们在南极短暂停留期间发送的简短电报。在着陆数小时后，我们就发回了一则对实情有所保留的消息，报告了我们发现的惨剧，同时很沮丧地宣布：前一天或再往前的一个晚上，这里出现了可怕的风暴，把莱克的探险队营地夷为平地。有11人确认已经死亡，年轻的格德尼不见了踪影。这则报告细节不祥，很多地方都含含糊糊，但人们还是对此表示谅解，因为他们觉得这起不幸的事件肯定对我们造成了严重的打击。而当我们解释说狂风的破坏力实在太强，被破坏得面目全非的尸体搬运工作难以进行时，人们也相信了我们。事实上，我可以负责地说，虽然我们那时正深深地陷入悲痛、极度困惑以及灵魂被紧紧攫住的恐惧中，但我们的报导不管何时都是在陈述事实。而隐含着无穷深意的，却是那些我们不敢向公众提起的东西——我本发誓绝不向任何人再提起那些东西，但是为了警告世人不要再靠近那无以名状的恐惧，我只能将其公之于众。

那场风暴确实造成了可怕的破坏。即使没有其他因素，莱克的探险队能否平安渡过这场风暴也是个未知数。这场风暴以及它所卷起的大片冰粒，肯定比我们之前遭遇的任何险境还要危险。有一个飞机掩体似乎所剩无几——几乎彻底不复存在了；而远处的钻井则完全被狂风撕成了碎片，七零八落地散落在风中。固定好的飞机以及钻探设备表面裸露在外的金属部分被狂风打磨得闪亮。尽管他们后来又用积雪加固边角，但仍有两座小帐篷被夷平了。风暴过后的木头表面都变得坑坑洼洼，上面的油漆也都剥落了。雪地上的痕迹被抹得干干净净。而且我们连一个完整的太古代生物标本都没发现。不过我们从一堆巨大的废弃物中发现了一些矿物，其中包括几块淡绿色的滑石碎片。它们古怪的星形轮廓和它们由圆点构成的模糊图案让人疑惑，不由得反复去比对；我们还发现了一些化石骨骼，最典型的就是上面带有之前见过的奇怪伤痕。

没有一只雪橇犬幸存。莱克和队员们在营地附近用积雪匆忙搭建的畜栏几乎完全倒塌了。这种惨状可能是狂风的杰作，但畜栏贴近营地、并未迎风的那一面的破坏却明显更为严重，似乎表明囚禁于此的雪橇犬已趋疯狂，它们向外跳跃或冲撞着，将畜栏弄了个稀巴烂。莱克带来的三架雪橇也不见了，我们觉得可能也是在狂风大作之中被吹到某个地方去了。留在钻井附近的钻探与融冰设备都已严重损坏，于是我们用已经没法使用的设备堵住了莱克炸开的那条通往古老过去、令人有些不安的洞口。除此之外，我们还留下了两架损毁最严重的飞机；因为丹弗斯精神状态实在太差，已经不能领航了，所以剩下的组员里只有四个人——谢尔曼、丹弗斯、麦克泰格与罗普斯——能够驾驶飞机。我们带回了能够找到的书籍、科学设备以及其他杂物，但还有许多东西不知道被吹到哪儿去了。备用帐篷与皮毛衣物不是不见了，就是破烂得不成样子。

大约下午四点，我们进行了大范围搜寻后一无所获，只得认定格德尼已经失踪，并且在谨慎审核之后，才给阿卡姆号发送消息，让他们转播出去；而我觉得我们成功地让这篇报告显得风平浪静又含糊其词。我们在报告里提到最多的还是雪橇犬异常的焦躁，根据可怜的莱克之前的报告，我们都知道雪橇犬在靠近那些生物标本时会非常狂躁。但是，我想我们并没有提到这些雪橇犬在奇怪的淡绿色滑石以及其他一些带去的东西旁边嗅来嗅去时也有同样的表现；其中包括科学仪器、飞机以及营地与钻井附近的机械设备。这些设备中的某些部件不是松动了、被移动过了，就是被谁瞎摆弄过了，如果这一切都出自风暴之手，那么这场风暴肯定有着奇特的好奇心和调查能力。

至于那14个生物标本，我们在报告中无法确定其状况。我们确实说过，只找到了已经损坏的标本，但是这些标本已经足够证明莱克在报告中的描述不仅相当完整，而且精确到令人惊讶。在撰写这份发现的报告时，要把个人情感排除在外实在很困难。我们在报告中没有说明发现了多少个标本，也没有准确地说清我们是如何发现它们的。因为我们已经一致同意，在发出报告时必须谨慎斟酌，绝不能让人认为莱克的队伍里有人已经丧失理智了。我们在9英尺厚的积雪下发现了6个已经损坏的怪异生物标本，它们都是被谁小心地竖直埋进去的。这些积雪坟堆还排成了星形，并且点缀以一组组圆点图案，就跟中生代或第三纪地层里发掘出来的那些古怪淡绿色皂石上的图案一样——这一发现实在太过疯狂，如果在报告中如实写出来，谁不会认为我们已经疯了呢？至于莱克提到的那8个完整的标本，它们全都被风暴吹得无影无踪了。

而且，我们如此谨慎措辞也是希望公众的心智能够保持平静；因此，丹弗斯和我对第二天那次驾驶飞机翻山越岭的可怕旅行只字未提。因为只有最轻巧的飞机才能翻越那么高的山脉，所以旅行的人数也就受到了限制，只有我们两人参与了，这对其他人来说算得上是一种仁慈吧。我们在凌晨一点终于回到营地时，丹弗斯近乎歇斯底里了。不过他依旧紧闭双唇，竭力保持冷静沉着，实在令人敬佩。我甚至不费吹灰之力，就让他答应不把我们一路上画下来的素描和我们装在口袋里带回来的东西拿来示人。除了我们同意要传递给公众的那个版本的故事外，他一个字也没有多说，而且还把探险路上拍摄的相机底片全部藏了起来，以供日后私人研究之用；所以，我现在要说的事情是连帕博迪、麦克泰格、罗普斯、谢尔曼等其他组员，甚至整个世界都不知道的、未曾披露过的新情报。实际上，在这件事上丹弗斯比我更加讳莫如深；因为他甚至连他最后看到的，或者说是他以为他所看到的东西，也不曾对我谈起过。

众所周知，我们在报告中提到了那段驾驶飞机上升的艰难过程，还证实了莱克的观点：即这些巨大的山峰确实是由太古代板岩以及另一些极其原始的褶皱地层形成的，而且自白垩纪科曼齐系中期以来，这些山峰就未曾改变过，一直保持着同样的形状；同时，我们还依照惯例，普通地描述了一下那些贴附在山崖上的立方体和城墙般的构造体；并且赞同那些山坡上的洞穴应该是被流水溶解的石灰性岩脉的这一猜想；我们在报告里提出了一种推断，认为那些经验颇丰的登山老手应该可以通过山路和斜坡翻越这些山脉；最后，我们还在报告里提出了一种说法，山脉神秘的另一端有一座超级高原，它的海拔足有20000英尺，与群山本身一样古老而又未曾改变，其巍峨雄伟，高耸入云，漫无边际。奇形怪状的岩石穿透了高原表面薄薄的冰川层；而高原表面与那些最高峰的悬崖峭壁之间则是由高到低绵延不绝的丘陵山麓。

这部分报告从各方面来说都反映了真实情况，在营地里的人对它也很满意。不过，虽然报告中说我们那段时间不仅进行了飞行和着陆，而且还勘测并开采了岩石，但我们声称自己离开了16小时，这个时间依旧还是超过了本应花费的时间。除了我们谎称逆风环境减缓了我们的速度才没有引起人怀疑之外，其他的事情都是真的，我们的确曾在山脉后方的丘陵降落。幸好，我们的故事听起来非常真实而平淡无味，因此没有引起其他人再去那里探险的兴趣。如果真有人打算再度造访那里，我一定会竭尽全力阻止他们——然而我不知道丹弗斯会作何感想。我们离开的那段时间里，帕博迪、谢尔曼、罗普斯、麦克泰格和威廉森一直在拼命修复莱克那两架状态最好的飞机，以期能够再次使用。这两架飞机的操作系统不知为何都出了问题。

我们决定第二天早晨就把该装的东西全装上飞机，然后尽快返回之前的营地。虽然不是走直达路线，但这是抵达麦克默多湾最安全的路线了；因为直接飞越这片亘古沉寂的大陆上一片完全陌生的荒原，会遇到许多不必要的麻烦。由于有大量队员遇难，钻探设备也尽数损毁，已经不可能继续探险了。我们的脑海中萦绕着未曾向外面的世界传达过的疑问与恐惧，只想尽快逃离这片荒芜死寂、充斥着疯狂的极南世界。

众所周知，我们成功返航，一路上再也没遇到什么灾难。在经过一段快速的连续飞行后，在第二天晚上，也就是1月27日，所有飞机都到达了之前的营地；我们于28日分两趟飞回麦克默多湾，其中一趟飞行时在途中短暂停顿了一次。那次停顿挺短暂的，因为我们离开南极大高原后，在飞越大冰障时遭遇了一阵狂风，飞错了方向。五天后，阿卡姆号与密斯卡尼托克号搭载着其余的探险成员和设备，破开越积越厚的浮冰，从罗斯海启程了。维多利亚的土地上，那仿佛在嘲弄我们的群山在南极混乱的天空的映衬下，若隐若现地耸立在西面，将狂风的呜咽扭曲成了一种音域宽广、宛如音乐的笛声，这种声音让我灵魂深处不寒而栗。两个星期后，最后一丝有关极地的迹象也被我们抛在了身后。谢天谢地，我们终于能顺利摆脱那片受到诅咒的、如鬼魅般在脑子里挥之不去又散发着不祥气息的国度了。自物质在地球那几近冷却的地壳上第一次翻滚、游弋之时起，这片土地上的生命与死亡、时间与空间，就在未知的时代里缔结了黑暗邪恶而又亵渎神明的盟约。

回来之后，我们就致力于阻止他人前往南极探险，并且保持着惊人的团结与忠诚，仅仅将某些怀疑和猜想留在自己肚子里。年轻的丹弗斯虽然已经精神崩溃，但也没有在医生面前表现出丝毫畏惧，更没有对医生多说一个字——事实上，正如我之前所说的，他觉得自己看到了某些东西，但是他甚至都不愿告诉我看到了什么，虽然我觉得如果他愿意说出来的话，他的病情会有所缓和。虽然他看到的那些东西可能只是受到了惊吓之后所产生的幻觉，但如果说出来，也许可以解释我们在南极遭遇的那场惨剧，也可以缓解他已然糟糕透顶的精神状态。有那么几个罕见的、我甚至都无法确定是否真实发生过的瞬间，他朝我窃窃私语，口中尽是一些支离破碎的东西——然而一旦重新控制住自己的情绪，他便会激烈地否认自己曾说过这些。

劝其他人远离那片白雪皑皑的极南之境是件非常艰苦的工作，而且我们为此所做的一些努力也引起了其他人的注意，这样或许反倒让我们与自己原本的目的背道而驰了。我们或许早就该明白，人类的好奇心是永恒的，而我们所宣布的探险结果对其他同样在追寻未知领域活跃良久的人来说，也具有足够的吸引力，完全能激起他们继续向前进发的冒险心。莱克在报告里详尽描绘的那些生理结构异常的怪物，也已经将博物学家与古生物学家的求知欲激发到了顶点，但是我们很明智，没有把那些从埋葬于积雪之下的怪物身上所采集到的部分，以及在发现这些标本时拍下的照片拿出来示人。同时，我们也极端克制，没有把浅绿色滑石以及更加令人困惑的带伤痕的骨骼化石拿出来。丹弗斯与我更是严密地保管着我们从那边的超级高原上拍摄的照片与绘制的素描图片，以及那些我们在平息了心中的恐惧，经过检查之后放在口袋里带回来的扭曲之物。而现在，斯塔克韦瑟-摩尔探险队已经在筹备之中了，而且他们的装备比我们的更加先进，也更加齐全。如果不加劝阻，他们将会直入南极核心之地的最深处，然后融冰钻探，直到他们把那将会终结整个世界的可怕存在带到地壳之上来。所以，我只得打破保持了许久的沉默——即便这意味着要我提起那些隐藏于疯狂山脉背后的终极不可名状之物。

4

一想到我的思绪要再度回到莱克的营地，又要回忆起我们在那里亲眼所见的东西——那些位于疯狂山脉背后的东西，我便犹豫不决，心头涌上一股强烈的抵触情绪。我总是想回避那些骇人的细节，用那些细微的迹象取代事实以及必然的推论结果。我希望自己已经说得够多了，所以接下来可以让我一笔带过剩下的部分——莱克营地其他的恐怖之处。我在前面已经提到过风暴肆虐过后的惨状——业已损坏的掩体，系统错乱的机器，我们的雪橇犬表现出各种程度的狂躁不安，雪橇和其他物品也不见了，探险队员与雪橇犬的死亡，格德尼的失踪，还有那6个以某种疯狂的方式埋葬好的生物标本。奇怪的是，这些来自于早已死亡4000万年之久世界的标本，虽然结构表面已经遍布伤痕，但机体组织却完好无损得不可思议。我不记得自己有没有提到过，我们检查了营地里的动物尸体之后，发现有一只狗不见了。我们直到后来才想到这件事——事实上，也只有我和丹弗斯才再次想起过这件事。

而我一直在隐瞒回避的内容正是关键之处，它们与尸体有关，也与某些容易被人忽略的细微之处有关。那些细微之处或许能解释那片看似混乱的场景，尽管那些解释是毛骨悚然而又令人难以置信的。在此之前，我一直尽力不让人们的注意力落在这些细节上；因为那样会简单许多，也可以让事情显得正常许多——只要让人们认为一切都是莱克队伍中某些队员精神失常造成的就行了。看来，这山间的阵阵妖风一定是太过猛烈，足以将任何置身这尘世中最神秘与荒芜中心的人逼疯。

当然，最反常的还是那些尸体的状态。人也好，狗也罢，所有尸体都像是被卷入了什么惨烈的战斗中一样，不知被谁以残忍而又完全无法解释的方式撕成了碎片。据我们判断，受害者们不是死于绞杀，就是遭撕碎。这场灾难显然是从雪橇犬那里开始的。尚未完工的畜栏遭到了破坏，而从破坏的状态则可以看出，它们是从内部向外部暴力突破，才打开了这样一个大口子。因为雪橇犬对那些令人生厌的古老生物标本极端的憎恶，所以人们刻意在离营地有一定距离的地方修建了畜栏，然而这一措施似乎是徒劳的。那些雪橇犬被扔在了肆虐的狂风中，加上雪墙又矮又薄，它们肯定是因此受惊，在躁动不安的状态下慌忙逃了出来——至于到底是因为狂风，还是因为那些原本就散发着微妙气味的可怕标本气味越来越强烈呢？没人能说得清了。当然，这些标本上盖着一层篷布；但是，南极低垂的太阳却一直照射着它。莱克也提到过，阳光的热量往往会让那些标本组织发出奇怪的声音，它们坚韧的组织也会慢慢放松，伸展开来。也许是狂风把盖在标本上的篷布吹得翻来翻去，让盖在底下的标本也跟着挤来挤去，才使得这些本来古老得令人难以置信的标本发出了更具刺激性的气味。

不管发生了什么，我想那肯定都是让人厌恶不已，同时又毛骨悚然的。也许，我最好无视自己那敏感脆弱的内心，直接说出最为糟糕之处——但我必须先提出一个证据确凿的观点，这是根据我与丹弗斯获得的第一手观察材料，所做出的最严密的推论：我们所发现的那一系列恐怖景象，其元凶绝不会是早已失踪的格德尼。我已经说过，尸体全都被撕得面目全非。不过我还必须补充说明一点，其中有些尸体还被切割过。有某些东西已将人与畜一同撕裂切碎，其手法冷血残忍、毫无人道，而且透着一种诡异。无论是两足动物还是四足动物，所有较为健康、较为肥胖的尸体，其最结实的肌肉组织都被切了下来，仿佛是出自一位技艺非凡的屠夫之手般细心；不仅如此，尸块周围还奇怪地散布着一些盐（这些盐应该是从飞机上破损漏洞的补给箱里取出来的）——这不禁让人产生最恐怖的联想。无独有偶，简陋的飞机掩体旁边也一样发生了诡异离奇的事情。飞机从掩体里被拖了出来，但风暴抹去了所有可以让人做出合理推断的痕迹。营地里散落着衣服碎片，这些都是从被切割得面目全非的尸体身上粗暴地撕扯下来的，但也当不了什么线索。围栏已经成了一片废墟，可是在一个侥幸未被摧毁的隐蔽角落里，却留下了一些模糊不清的痕迹，但这些痕迹并没有什么用——因为这根本不是人类的脚印。但这些痕迹，显然跟可怜的莱克此前几个星期里一直谈论的化石痕迹有关。任何在那片疯狂山脉的阴影笼罩之下的人，都必须小心自己的想象力——因为它会放大一切微小的恐惧。

我之前已经说过，到了最后，我们发现格德尼和一条狗一起失踪了。在我们走进那处位于避风地的帐篷之前，失踪的还是两个人和两条狗；不过，在我们调查过了那些冰雪坟墓之后，我们走进了莱克当作临时解剖室用的帐篷，这帐篷几乎完好无损。它像在保守着什么秘密，在这里静静等待着我们。帐篷里的场景并不是莱克最后解剖完毕后留下的样子，因为原来解剖过的那个怪物已经不知被谁从临时搭建的桌子上移走了。事实上，事情到这里，我们已经意识到，我们在冰雪坟墓中发现的那六个残缺不全、以某种疯狂方式所掩埋的怪物尸体中的一具——就是散发着可憎气味的那个——它正是莱克解剖过的那个怪物标本。在实验室的桌子上和桌子的周围，散落着一些很古怪的东西，而我们很快就猜到了，这些东西其实是一人一狗被解剖后的碎块。解剖者下刀虽仔细，但技法并不熟练。我不愿在这里说出被解剖的尸首究竟是谁，因为我不想让生者再痛苦。莱克的解剖用具全都不见了，但帐篷里却有清洗过用具的痕迹。不仅如此，就连汽油炉也不见了，但我们在放汽油炉的地方发现了一堆用过的火柴。我们把解剖室帐篷里的人跟另外10个人葬在了一起，把一同遇难的狗葬在了另外35条狗旁边。我们还发现，实验台上留有奇怪的斑斑污迹，而且一些带插图的书本还让人粗暴地撕来扯去，书页在实验台旁边散落一地。这场景让我们摸不着头脑，完全推测不出到底发生过什么。

以上便是营地恐怖场景中最让人头皮发麻的部分了。但除此之外，还有其他一些东西同样让人想不出所以然。不只是格德尼和一条狗不见了，那8个保存完整的标本、3架雪橇、某些仪器、图文并茂的科学类书籍、文具、手电筒、电池、食物、燃料、取暖设备、备用帐篷、皮毛衣物也都消失了，这是用理智的思维也无从理清头绪的。某些纸张上还沾着飞溅的墨迹，而且不管是在营地还是在钻井的附近，机械设备和飞机上面都留有痕迹，那看起来是出自某种不明物体之手，他们用古怪的方式，动作笨拙地尝试着使用这些机器。而我们队伍中的雪橇犬似乎对这些被乱弄的机器极其反感。随后，我们又发现营地里的食品贮藏室也是一团糟。有一些主食不见了，里面留下了一堆乱七八糟、样子滑稽可笑的罐头，它们都被打开了，而且全都是以最不可思议的方式、在最不可思议的位置打开的。地上还有许多随处乱扔的火柴，有的是完整的，有的是折断了的，还有的是被用过的，这便成了我们遇到的另一个小小的未解之谜。我们在附近找到的两三张帐篷布与一些御寒的皮毛，也跟火柴和罐头一样，都是用同样古怪的手法撕碎的，从撕扯的痕迹来看完全不像普通人做的。看起来，这应该是那不明物体想要适应人类的用品，才动作笨拙地把东西弄成这样的。由此可见，对人与狗的尸体蹂躏解剖，以及以某种疯狂的方式将受损的标本掩埋，都不过是这场令人崩溃的疯狂中的小小碎片罢了。鉴于目前的情况，我们小心地把营地里大部分疯狂恐怖的场景拍了下来。而现在，我们打算拿这些照片作为证据，恳求筹备中的斯塔克韦瑟-摩尔探险队放弃探险计划。

在庇护所营地里发现了这些尸体后，我们第一反应就是拍下照片，去把那排五角星的疯狂坟墓挖开。我们不禁注意到，这些可怕的坟堆以及它们成群点缀其上的圆点，都跟可怜的莱克对奇怪的绿色滑石的描述是相似的；之后我们在那巨大的矿石堆里也找到了一些滑石，发现确实非常相似。有一点我必须要说明，那就是这些东西的整体形状会让人联想起那些远古生物如同海星般的头部，不由得心生强烈的厌恶之情；我们一致认为，这种想法一定对莱克本就兴奋过度的小队队员产生了巨大的影响，给他们极度敏感的大脑留下了挥之不去的印记。我们第一眼看到那些被埋葬在积雪中的生物标本时，也曾感到过恐惧，并且我和帕博迪都不禁回想起自己曾读过或听过的那些可怕的远古神话。我们都认为，仅仅是瞥一眼这眼前的景象，还有不断出现的某些存在，连着极地世界中压抑至极的孤独和山间诡异的妖风，一道把莱克小队的人给逼疯了。

讲到这里，我想所有人都会自然而然地认为一切都是因为莱克队伍里的成员——尤其是唯一可能幸存的组员格德尼——精神失常才酿成这样的惨剧，这是目前看起来最合理的解释；但我不会天真地直接否认我们每个人都在心中隐藏着某些疯狂的猜测，只不过清醒的神志不允许我们将那些想法清楚地描绘出来而已。谢尔曼、帕博迪与麦克泰格在当天下午就驾驶飞机，拿着望远镜在周边仔仔细细地巡航了一番，他们为了找到失踪的格德尼和一并消失的物品，在地平线上展开了彻底细致的搜索行动，但仍旧一无所获。他们回来后说，这巍峨的山脉屏障向着左右绵延，看不到边际，而且这山脉的高度没有丝毫变化，山体的基本构造也一样毫无改变。不过，一些山峰上那本就规则的立方体和堡垒状结构变得更加醒目惹眼了，与罗列赫笔下的那些位于亚洲山脉上的废墟有惊人的相似之处。没有积雪的黑色山峰上分布着神秘的岩洞，在他们所到之处都能看得到。

尽管遇到了这么多的恐怖事件，但我们的科学热情和冒险精神仍旧不减，足以让我们继续去思考那些神秘山脉之外的未知领域。正如我们在严谨审核后才发布的报告里所说，在经历了充斥着恐怖和困惑的一天之后，我们终于在午夜时可以躺下休息了；我们还抽空制定了一个初步计划：在一架配有相机和地质学装备的轻型飞机上，进行一次或多次飞越高海拔山峰的飞行。大家决定让我和丹弗斯率先试一试。我们早上七点就醒了，打算早点出发；但是外面的风实在太强，飞机无法起飞——这一点在发送给外界的简短报告里也提到了——所以我们不得不推迟时间，差不多九点的时候才出发。

我已经重复过了那个不置可否的故事。这是我们经过了16个小时的飞行带回来的故事，我们不仅用它来搪塞探险队的队员，还让他们把这个故事转播给外面的世界。现在，落在我身上的可怕的职责，就是用我们在群山背面那神秘避世的世界里所看到的东西，来填充这片仁慈的空白——那些东西最终导致丹弗斯完全崩溃。我真希望他能把那只有自己看到的东西，对人们和盘托出——即便那可能只是神经敏感所产生的错觉——却也是将他逼成现在这样的最后一根稻草；但他决意守口如瓶。我们有了真实存在的惊骇体验后，无法自控地逃上飞机，然后冲上云霄，顶着肆虐的狂风飞越过山隘——正是那些东西让他失去控制般尖叫起来，随后便不时会喃喃自语，而我能做的就只有复述他喃喃自语中的破碎片段。我会在最后时刻将这些东西公布出来。如果我所揭露出来的那古老恐怖依然在地球上活动的证据，都不足以阻止其他人深入南极腹地一探究竟——或者，至少阻止其他人深入那片充满冷酷荒芜的终极荒原之下去挖掘那禁忌秘密的真相——那么这不可名状、甚至不可估量的邪恶灾祸将会降临，到那时这一切的责任就不在我了。

我和丹弗斯研究了帕博迪下午飞行时的记录，还用六分仪测量并检查了一下，计算出范围内最低的隘口在我们右边，正好在营地就能看见，高度大约为海拔23000英尺到24000英尺。基于这一点，我们首先搭乘了轻盈的飞机前进，开始了我们的发现探索之旅。营地本身就在大陆高原的山麓上，那里的海拔本来就有12000英尺；因此，实际需要爬升的高度并不像看上去那么高。不过，随着飞机的爬升，我们仍敏锐地感觉到空气渐渐稀薄，气温凛冽刺骨，因为能见度不高，我们不得不打开舷窗。当然，我们也穿上了最厚的皮毛保暖。

在满是缝隙沟壑的积雪与冰川之上，耸立着冷峻而黑暗的山峰，显露出不祥。在越飞越近以后，我们发现了更多攀附在山坡上的地质构造，它们轮廓古怪，让人不由得再度想起尼古拉斯·罗列赫笔下的奇异亚洲风景。那些古老且久经风化的岩石充分证实了莱克在报告中的描述，看来这些山峰确实起源于地球历史中某个非常古老的时期，它们以完全相同的方式拔地而起，一直保持到今天——也许它们的历史已经超过5000万年了。它们曾经是否达到过更高的高度，如今已没法猜测；但与这片奇特区域有关一切东西都表明，捉摸不透的大气影响决定了当地不会有太大的地质变化，而且也会延缓通常的岩石崩解的气候过程。

但最让我们着迷和不安的却是山腰上那些乱七八糟的立方体、堡垒状结构和洞穴口。丹弗斯驾驶飞机的时候，我一边用小型双筒望远镜仔细观察它们，一边航拍；有时候，我会替他驾驶一会儿飞机，让他休息一下，也好用双筒望远镜观察一下；不过我的航空飞行方面的知识完全是业余水平。我们可以很容易地看到，构成这些山体的大多都是略呈淡色的太古代石英岩，不像是在普通山体表面上随处可见的其他岩石结构；这些山体的结构极端规则，甚至规则到不可思议的地步，而这一点可怜的莱克则完全没有提到过。

正如他在报告里所说的，这些规则构造的边缘在经过万古岁月的严重风化后，已经被磨圆了；但是它们异常的硬度和坚韧的物质特性，使其在沧海桑田的岁月变迁中幸存了下来。这些构造的许多部分，特别是最靠近斜坡的部分，与周围岩石在表面上没有什么实质性不同。整个布局看起来就像安第斯山脉的马丘比丘遗址，或是牛津-费尔特博物院联合探险队于1929年在基什发掘出的古基墙；我与丹弗斯有时候会觉得自己看到了兀自耸立的巨大岩石，莱克在报告里说，当初与他一同飞行的卡罗尔也曾有过这样的感觉。说实话，这些东西为何会在这里出现，作为地质学家的我心里也没有答案。通常而言，火成岩会呈现出异乎寻常的规律性，比如爱尔兰岛上著名的巨人堤；虽然莱克曾怀疑这是冒烟的火山锥，但这条巍峨的山脉绝对不是火山构造。

在一些奇形怪状的洞穴附近，可以看到许许多多的古怪岩石构造。它们规则的轮廓缘何如此规则？这又成了另一个不解之谜。洞口的形状和莱克的报告描述一致，大多都接近方形或半圆形，仿佛这自然的洞口是由某双神奇的大手捏成了这样更为对称的模样。它们数量众多，分布范围广，表明整个地区均有溶于灰岩地层的蜂窝状隧道。虽然我们在搜寻时仅仅匆匆一瞥，目光无法穿透黑暗看到更深处的情况，但洞内显然是没有钟乳石与石笋的。在洞穴之外，那些相邻的孔洞似乎也总是平整而规则的；丹弗斯甚至觉得那些风化而成的裂缝与凹坑似乎形成了某种不同寻常的图案。在营地里遭遇的恐怖与怪诞还在他的脑海里挥之不去，这些疯狂的记忆让他觉得，那些风化形成的凹坑似乎跟那一组组遍布在古老的淡绿色滑石上、令人疑惑不解的圆点很是相似，而且这些圆点还被以毛骨悚然的方式照搬到了那六座样式疯狂、葬着那六个怪物的冰雪坟墓中。

我们越飞越高，翻过那些较高的山麓，逐渐沿着选好的那条相对低矮的山隘继续飞行。在飞机前进的过程中，我们会偶尔低头看看陆路上的冰雪，想知道我们是否可以用早期那种更简单的设备来完成这次旅行。在俯瞰中，我们发现要攀登眼前这片地势，其实并没有看起来那么难，这点着实让我们有些惊讶；尽管这一路上会有些冰川裂缝，以及其他山河表里之处，但这些地方似乎都不太可能挡得住南极探险家斯科特、沙克尔顿或是阿蒙森前进的雪橇。某些冰川似乎绵延不断地向上延伸，直通那些暴露在狂风之下的山隘。而等飞机靠近计划着陆的山隘时，我们发现这里的情况也不例外。

山脉的那一边与我们已经发现并且飞越而过的这一边会有什么本质区别呢？虽然我们没有什么理由确信这一点，但一想到我们就将要绕过层层峰峦，得以窥见那片无人涉足的世界时，内心强烈的期待感几乎是无法言喻的。在这些障壁般的群山之后，我们穿过重重峻岭，终于望见了那片悬在天空中的乳白色云海，它在向我们招着手。我们似乎能从中暗暗感觉到一丝微妙纤细的邪恶与神秘，无法诉诸笔端。确切说来，那更像是一种模糊的心理象征和审美联想，其中混杂了异域的诗歌与绘画，也融入了那些禁忌典籍里的古老神话。即便是呼啸的山风也有一股奇怪的、仿佛有意识般的邪恶；就在那么一瞬间，我觉得这种复合混杂而成的声音里，似乎也包含了一种音域宽广、音乐般的奇异哨声或笛声，就像是狂风扫过那些遍布各处、能发出回响的洞穴时所发出的声音。在这声音中，有一种令人回想起来便会心生反感的音符，就像任何其他黑暗朦胧的印象一样，复杂而难以捉摸。

经过一段时间的缓慢爬升之后，根据无液气压计的数值来看，我现在的高度是23750英尺；此时，我们已经远远抛开了那些覆盖着积雪的地区。到了这里时，我们眼前只剩下裸露的黑色岩石斜坡，以及那些棱纹分明的冰川起点——然而那些令人振奋的立方体与壁垒状构造，还有那些有风声回响的洞穴，给眼前的景象增添了一分反常、怪诞甚至梦幻般的预兆。沿着高耸的山峦望去，我觉得自己似乎可以看到可怜的莱克在电报里所提到的那座山峰，因为它那标志性的巨大堡垒就耸立在峰顶。它似乎在这片怪异的南极雾霭中若隐若现；也许正是这种薄薄的雾霭，让莱克在早期报告中认定此处有火山活动。山隘隐约在我们前方浮现，它身处犬牙交错、两侧险恶突起的山崖中，在狂风长年累月的呼啸雕琢之下，它的线条已经变得非常平整光滑。远处是一片被盘旋的水蒸气搅动着、被低垂的极地太阳照亮着的天空——这片天空正位于那个神秘而遥远的世界，那个我们认为未曾有人得以一窥究竟的世界之上。

再向上攀升几英尺，那前所未见的国度便可以望得见了。从隘口呼啸而过的狂风发出嘹亮的呼号，无休止的引擎也在轰鸣，丹弗斯与我几乎说不出话来，只能高声尖叫，通过复杂的眼神交流。然后，我们向上最后攀升几英尺，穿过那条最重要的分界线，去看那片土地上不为人知、属于古老且完全陌生的地球的秘密。

5

终于翻过了重重障碍，当看见山隘那一边的景象时，我们同时尖叫起来，我们当时的心情既有敬畏、惊奇，也有恐惧，甚至不敢相信自己所看到的东西。当然，我们的大脑中肯定是有一些自然理论常识的，这些常识帮助我们稳定了自己狂乱的心情和思绪。我们想，自己看到的东西也许就像是科罗拉多州诸神花园里奇形怪状的风化岩石，或者像亚利桑那州沙漠里那些经风蚀而形成的对称岩石。我们甚至觉得自己看到的只是海市蜃楼，就像我们初次到达这片疯狂山脉时看到的一样。我们的双眼掠过那片在风暴的蹂躏下伤痕累累、无边无际的高原时，目光便被一片由巨大、规则而且比例极度谐调完美的巨石组成的迷宫攫住了，它几乎是在高原上无边无际地连绵下去。高原冰层最厚的地方大约有四五十英尺，在有些地方则明显更薄。而迷宫那凹凸不平、破碎不堪的顶端，就耸立在高原冰层最厚处的冰盖之上。在看到这样的一幅超越了人类感官承受能力的景象时，我们自然要让自己的思绪退回到正常的理念中去。

这种可怕的景象所产生的影响是无法形容的，因为自我们瞥见它的第一眼起，我们所熟知的自然法则就已被它残忍地破坏殆尽了。这片古老的高原海拔足足有两万英尺，其历史也极其悠久，而且从50万年前、人类还未诞生的时期开始，这里的气候就一直不适宜生存；然而，在这片土地上却有无数整齐的巨石构造纵横交错，这些广阔绵延的迷宫一眼望不到尽头。只有绝望地试图自我防卫的心理才会否认眼前的这一切是由某些东西有意识地创造出来的。在此之前，我们曾认真考虑过山坡上的堡垒状构造和立方体并非自然作用形成的，随后又将其排除了。这片土地仍为死亡一般寒冷寂静的冰川所统治时，人类这一物种几乎还没从大型类人猿中进化出来。因此，它除了是由大自然创造的以外，还能有什么别的解释呢？

然而，在这座由方形、弧形与带角的巨石修建起来的气势恢宏的迷宫面前，就连这一理由也站不住脚了。这座迷宫所展现出的特征无情地切断了人们所有能够用合理解释来自我逃避的舒适空间。很明显，之前在海市蜃楼中清晰可见的渎神之城，是有其原型存在的，而那荒凉、客观而又无法回避的现实原型，便是这座迷宫了。最初看见那片山脉的时候，高层大气里有一层水平分布的冰晶云；而这片令人震惊的巨石遗迹，在简单的反射定律作用之下，在山脉的另一边投射出了自己的形象。当然，在冰晶云的投射之下，那幻影已经是扭曲和夸张之后的产物，并且包含了真实源头中所没有的东西；然而，我们如今亲眼看到了它的真实源头时，只觉得它远比那遥远的幻象更加可怕，更加令人骇然。

唯有这些不似出自人类之手、奇险得令人难以置信的巨大石塔与壁垒，才能够经受得住这片荒芜高原上的风暴，屹立数十万甚至数百万年，而不至彻底消失。“世界之冠——世界屋脊——”我们头昏眼花地盯着下方这难以置信的奇景时，嘴里蹦出了各式各样奇妙的词语。我再次想起了那些可怕的原始神话，自从我第一次看到这片死寂的南极世界以来，它们就一直萦绕在我的脑海中：传说中邪恶的冷原和米·戈——那些出没在喜马拉雅山脉的令人憎恶的雪人，《纳克特抄本》以及其揭示的人类出现之前的启示，克苏鲁教团、《死灵之书》，还有终北之地传说中形体不明的撒托古亚以及那些甚至比虽同为形体不明、但仍有一半实体的星宿之卵更加变幻莫测的东西。

这座城市向四面八方蜿蜒开去，一眼望去没有尽头，几乎没有什么稀薄之处；事实上，当我们的目光沿着低矮、平缓的山麓，在能望得见的山脊上向左右扫动时，就发现除了我们经过的那条山隘左侧有一段中断处之外，建筑的密度也没有稀疏之象。这意味着，我们只是偶然瞥见了某个超出人类想象的庞然大物中的冰山一角罢了。山麓之上散布着的更为稀疏的、奇形怪状的石头建筑，将这座可怖的城市与那些我们早就见过的立方体和壁垒构造连接了起来，俨然将那些奇异的构造变成了这座城市的前哨与边沿。这一侧的山坡上分布着规则构造与古怪洞穴的数量及范围，都与山脉的另一侧疏密程度相一致。

这座无以名状的石头迷宫，主要由超出冰面10到150英尺的高大墙体组成，其厚度从5到10英尺不等。这些墙体主要也是由巨大的黑色原始板岩、片岩和砂岩组成，大多数石块的大小可达4×6×8英尺，但某些地方又似乎是由前寒武纪板岩那坚硬、不均匀的基岩雕刻而成的。这些建筑的大小差别明显，有无数巨大的蜂窝状结构，也有林立的较小独立结构。这些建筑的外形往往是圆锥、金字塔或梯形的，但也不乏许多规则而完美的圆柱体、立方体以及其他矩形形状。此外，还有一些零星倾斜的建筑，从它们的五点平面图来看，像是现代的防御工事构造。这座城市的建造者使用拱顶的工艺显然十分娴熟，因此拱顶构造很可能在城市的鼎盛时期就存在了。

这座杂乱的城市已经严重风化了，冰面上耸立着无数尖塔，周围还散落着从高处落下的巨石与古老的碎屑。我们在冰层中透明的地方，能看得到这些巨型建筑物的桩下部分。我们注意到在下面有许多冰封的石桥高低不一地悬挂着，将林立各异的高塔连接起来，而那些裸露在冰盖之上的墙体也遍体鳞伤。想必在过去，这些地方一定也存在着悬挂在更高处的同类石桥。靠近些观察后，我们看到的是无数巨大的窗户；有些地方窗扉紧闭，窗户上原来的百叶窗已经完全石化了，但大多数窗户都充满了不祥与险恶的意味，就这样朝外开着。当然，许多废墟的屋顶都不见了，只剩下高低不齐的墙面，它们经过了岁月的风蚀，边缘的棱角也都被磨圆了；而其他那些有着尖锐圆锥或金字塔形状的高楼，或者那些被更高的建筑保护起来的低矮房屋，虽然通体都是坍塌和腐蚀的痕迹，但还保留着完整的轮廓。通过望远镜，我们能勉强分辨出一些水平方向的横板上似乎雕刻着什么装饰性的花纹——而且那些装饰中也出现了之前所见到的那一组组奇怪的圆点。看来，那些出现在古老滑石上的圆点，其意义之重大，或许远超我们的想象。

在许多地方，建筑物已彻底坍塌成了废墟，冰障也因为各式各样的地质作用被生生撕裂。有些地方，原本高高露出冰盖的建筑物石造部分，已经被腐蚀到与冰盖表面齐平。我们之前所看到的中断处，是从高原内部延伸到山麓的一个裂口，距离我们穿过的山口左边大约1英里，四周完全没有建筑物。我们认为，在第三纪时期，这里曾有一条大河奔流而过，最终汇入了一条巨大的支流，灌进巨大得难以想象的地底深渊。当然，那里肯定是一片人类无法窥探的充满了洞穴、深渊和地底秘密的世界。

回忆起当时的感受，回忆起自己那时亲眼目睹了从某个上古时期残存下来的可怖遗迹时的茫然，我不禁怀疑，我们那时究竟是如何保持镇定的。当时，我们也清晰地意识到，年代史、科学理论，或者是我们自己的意识，在这奇观面前已经严重扭曲了。然而我们没有就此乱了阵脚，还是保持着镇定，继续驾驶飞机飞近建筑仔细观察，并且小心细致地拍下了一系列照片，这些照片对我们以及整个世界都大有帮助。在我看来，根深蒂固的科学素养对我们能保持镇定起了很大的作用；最重要的是，尽管我感到迷惑和畏惧，但我又从这些感情中生出了强烈的好奇心，想更多地了解这个古老的秘密——我想知道，曾修建了这个巨大得难以想象的建筑群，并且在其中居住的生物，究竟长什么样子；也想知道在它所处的那个时代（其他生物也能够如此密集地群居的特殊时代）里，这座城市与整个世界之间究竟是怎样的关系。

这绝不会是一座普通的城市。它一定在地球历史上一些古老而令人难以置信的篇章中处于核心地位，而这些篇章只在最模糊和扭曲的神话中隐约地提起，早在我们所知的任何人类从猿类中蹒跚而出之前，就已经完全消失在地表灾变的混乱之中。这座宏伟得似乎没有尽头的巨型远古城市的历史实在太过古老，那些存在于神话中的亚特兰蒂斯、利莫里亚、康莫尼亚、乌兹洛达隆，乃至洛玛大陆上的奥兰欧若是与之相比，都会像是今天才建起的，甚至连说它们是昨日建起的都显得自大；如果拿这座宏伟壮阔的都市与那些传说早在人类出现就已经存在的亵神之城——伐鲁希亚、拉莱耶，奈尔大陆上的伊伯以及阿拉伯半岛上的无名之城——相比，它也毫不逊色。飞越那些什么都没有的荒凉巨塔时，我的想象力偶尔会自行从桎梏中跳脱出来，漫无目的地在各种奇妙的联想中徘徊，甚至将这个失落的世界与我自己关于营地疯狂恐怖的一些最狂野的梦境幻想联系在一起。

为了使飞机更轻，飞机的油箱只装了一部分油，因此我们在探险中必须保持谨慎。然而，即便如此，我们还是俯冲到了风力几乎可以忽略不计的水平，飞越了极为广阔的地区——或者应该说是天空。山脉似乎绵延得无边无际，而与内部山麓接壤的城市似乎也一样。我们朝着每个方向都飞行了50英里，然而眼前所见的这座由巨石与建筑组成的迷宫也并未有任何明显的变化，就如同一具尸体一样躺在永恒的冰盖之下。不过这也不是说一无所获，我们仍旧观察到了一些有趣的变化，比如那些留在峡谷岩壁上的雕刻。在很久以前，那条宽阔的大河曾经奔流穿过山麓，涌入高大山脉下方的巨大深渊之中。在河水涌入深渊的入口处，岬角被醒目地雕刻成了雄伟的塔门，然而门柱那棱角分明的桶形轮廓令丹弗斯和我产生了一种隐约似曾相识的感觉，这种感觉令人十分困惑，同时又让人非常厌恶。

我们还看到了几处星形的开阔地，那显然是公共广场；同时，我们还注意到了地形上的各种起伏。城市中陡峭耸立的小山大多被掏空，建成了一些杂乱无章的巨型建筑；但至少还保留下来了两处。其中一处山丘已经严重风化，因此没法确定它为何会这样突出隆起；另一处山丘上则有一座神奇的圆锥形纪念碑，由坚硬的岩石雕刻而成，大致类似于佩特拉古老山谷中著名的蛇塚。

飞离群山进入高原内陆时，我们发现这座城市的宽度，并非像它沿着山麓延伸下去的长度那样无穷无尽。飞行了大约30英里后，奇形怪状的巨石建筑逐渐变得稀疏起来。再往前飞行10英里，我们便看到了一片连绵不断的荒原，丝毫没有人造建筑的迹象。城市之外有一条宽阔而下凹的河道，标示出了过去流淌过这里的河水的走向，而荒原的地势则更为险峻，似乎还微微向上倾斜，最终消失在了笼罩西面的薄雾中。

到目前为止，我们一直都处于飞行状态，尚未在此着陆；但让我们就此离开高原，而不进到巨型建筑里探察一番，显然是不可想象的。因此，我们决定在飞过的山隘附近的山麓上寻找一块平坦的地方，在那里停好飞机，并准备步行探险。虽然那些缓坡部分被散落的废墟所覆盖，但在低空飞行时，我们还是发现了许多地方可作为降落地点。我们选择了离山隘最近的那一个，因为我们的下一次起飞将要穿越大片山脉返回营地，我们成功地在下午12:30左右降落在一片光滑、坚硬的雪地上，四周完全没有障碍物，很适合随后迅速顺利地起飞。

徒步探险的时间不会太长，体感较为舒适，也不会刮大风，因此没有必要在离开的这么点时间里用积雪修筑掩体来保护飞机；我们仅仅检查了一下着陆用的雪橇是否固定好了，重要的机械装置是否做好了防寒的保护，就准备启程。为了进行徒步探险，我们舍弃了最厚重的航空皮衣，随身携带了一些简单轻便的设备，包括袖珍指南针、手持相机、少量补给、大笔记本和大量的纸张、地质专用锤和凿子、标本袋、攀爬用绳以及照明用强光电筒和几节额外的电池；这些原本是放在飞机上的，我们在着陆后拿上它们深入遗迹，就可以拍摄地面照片、绘制图纸和地形草图，还能从一些裸露的斜坡、暴露的岩石或山洞中获取岩石样本。幸运的是，我们的备用纸张多得是，能够撕碎装进一个备用的样品袋里，然后像是玩猎狗追兔游戏[1]一样在进入迷宫的时候标出自己走过的路。如果我们发现洞穴系统里的气流足够平缓，那么我们就能用这种快速简单的方法来取代常用的在岩石上凿刻记号的方法。

我们踩着冻硬的积雪，小心翼翼地走下山坡，朝着在西方天空下那若隐若现的巨大石头迷宫走去。我们能敏锐地感觉到，自己即将看到的奇迹会与我们在四小时前所见的几乎一致。确实，我们的双眼已经熟悉了隐藏在山脉屏障之后那不可思议的秘密；然而，这些映入我们眼帘的古老石墙，可是在数百万年前由某群有自我意识的生物建造的，而那时候我们已知的人类族群还没有出现。因此，我们真的走进这些原始高墙里之后，呈现在我们眼前的景象，以及从中散发出的那种无比强烈的异常感，依旧让我们感到敬畏和恐惧。在这样海拔极高、空气稀薄的地方活动要比平时更困难，但我和丹弗斯都发现自己能很好地适应这种环境，也觉得不管需要在这里开展何种工作，自己都可以胜任。我们没走几步就遇到了一片已经风化得不成样子的废墟，高度与雪地齐平。50到70码远的地方，矗立着一座已经没了屋顶的巨大壁垒。那座壁垒的星形轮廓仍旧完好，但约10到11英尺高的墙体已经高低不平。我们朝那座壁垒走了过去；而在我们最终真正触碰到那些早已风化的巨石时，我们觉得自己和那些早已被遗忘的、通常不会在人类族群面前展示自己的亘古时代之间建立起了一种前所未有、甚至有些亵渎神明的联系。

这座城墙，形状像一颗星星，从一个角到另一个角大概有300英尺，是由不规则大小的侏罗纪砂岩建造而成，平均尺寸为6×8英尺。有一排大约4英尺宽、5英尺高的拱形瞭望孔或窗户对称分布在星形结构的五个凸角与五个凹角上，底部距冰川表面约有4英尺高。透过这些瞭望孔和窗户，我们能看到这座石头建筑的墙体足足有5英尺厚，建筑的内部没有隔间，不过内壁上残留有一些痕迹，能看出墙面上曾有过带状分布的雕刻画或浅浮雕；事实上，早前在这座建筑以及其他类似建筑上方进行低空飞行时，我们就有过这样的猜想。虽然这座建筑的下方肯定还有更多的

[1] 一种户外游戏。扮演兔子的人会事先设计好一条线路，用粉笔或其他工具一路留下各种记号，设下终点，一群扮演猎狗的人要根据这些记号找到终点。

痕迹，但如今它们全都被深深的冰层与积雪埋在了下面。

我们爬进一扇窗户，想解读那些几乎完全被磨蚀掉的壁画雕刻，但不想破坏那些封冻的地板。在之前的飞行中我们发现城市里还有许多没有被寒冰完全封堵住的建筑物，如果我们能进入那些还保留有屋顶的建筑，就可能找到完全没有被冰冻影响的内部空间，然后一路抵达真正的地面。在离开壁垒前，我们仔细地拍了照片，还研究了一下建筑上那些无需灰泥黏合的石工技术，但却一片迷茫。我们真希望帕博迪能在身边，有了他的工程学知识，我们也许就能猜出在那个遥远得无法想象的时代里，城市里的居民修建这座城市及其外围建筑时，是如何处理这些巨石的。

想抵达城市真正的边缘，还需要再往山下走半英里，一路上还有在上空中凄厉呼啸穿行的狂风。这半英里路程中的一切，哪怕只是最微小的细节，也会深深地印刻在我的脑海里。除了丹弗斯与我，任何人都只有在诡异怪诞的噩梦里才能想象出这样的视觉效果。那座由黑暗石塔构成的巨型迷宫就平躺在我们与西面翻滚的白色蒸汽之间，它的外形怪诞而且不可思议，每次转到新的视角时，我们都会感到十分震撼。它是一座由坚硬岩石构成的海市蜃楼。要不是有照片，我到现在都仍会怀疑这样的东西是否真实存在。这里的主要建筑物与我们检查过的那座石头壁垒相同，但是这座城市的建筑所呈现出的夸张外形却是完全无法描述的。

即便是有这些照片在，也只能展现出它变化无穷、异常庞大以及完全陌生的异域情调中的一两点罢了。有些建筑的几何形状甚至和欧几里得几何体系中的那些名字对不上——各种极其不规则的截断圆锥、各样不成比例的梯形结构、有着球形隆起的长杆、一组组奇怪的断柱，还有怪诞至极的五角星结构或五条脊线结构。走近之后，我们还能透过冰层中透明的部分，看到建筑物被埋在冰盖之下的情况：许多高低不同的管状石桥连接着那些以疯狂的形式四处散落的建筑。整座城市里似乎连一条秩序井然的街道也没有，左侧1英里外有一片开阔地带，那条古老的河流无疑就是从这里穿过城市流进山脉的。

通过望远镜，我们还看到了那些几乎磨蚀干净的雕刻壁画与一组组圆点遍布四处。虽然大多数屋顶与塔尖都已经在漫长的时光中不复存在，但我们仍旧能勉强想象出这座城市的原貌。从整体上来看，它曾是一个由曲折小巷与街道构成的复杂体系。所有的街道与小巷都像是在深深的峡谷之中一样，相较而言，它们与隧道的差别不过是顶端不像隧道那样完全封闭，而是悬垂着大量的建筑与拱形石桥。它们此刻就在我们脚下延展开来，在西面的迷雾下若隐若现，就像是梦中幻境。南极午后的斜阳挣扎着穿透迷雾，把微红的光芒照射进来；如果光线偶尔碰到了更加巨大的障碍物，无法投射进来时，便会使整个场景暂时陷入阴影之中。那种景象以一种我永远无法描述的方式，为眼前的一切增添了几分险恶。即便是从我们身后的巨大山隘隐约传来的呼啸和寒风，也带着一种更为强烈的邪恶。我们走进城市的最后那一段路非常险峻陡峭，一块巨石从边缘凸了出来，坡度的变化让我们怀疑这里曾经有过一段人造阶梯。因此，我们相信，在冰盖的下方肯定有着台阶或类似的东西。

最后，我们终于走进了那座迷宫之城，爬上了倒塌的石头建筑。断壁残垣无处不在，它们的距离近得让人压抑，在它们的高大阴影下，人显得无比渺小。这种强烈的感觉让我不由得再次为我们的自控力感到惊讶不已。丹弗斯明显变得神经质起来，并且开始令人不快地对发生在莱克营地里的恐怖事故进行毫不相干的揣测——这让我更为恼火，因为他让我不禁想起了某些结论，而这座源自太古时代的恐怖遗迹有许多与之相关联的特征，无疑更加印证了这些结论。而这些结论也激活了丹弗斯丰富的想象力；在一条满是碎石的小巷的转角处，他坚称自己在地上看见了某些让他不安的痕迹；而在其他一些地方，他会停下来仔细聆听甚至连源头都无法确定的、想象中的声音——他说那声音是从被隔绝的某处传来的音乐般的笛声，与风吹过那些洞穴时发出的声音既相似却又有所不同。四周的建筑与墙壁依稀可辨的蔓藤状图案中有许多五角星的形状，这些无穷无尽的五角星似乎有着隐晦的暗示作用，让我们有一种险恶的不祥之感，认为自己无法逃脱了；同时也让我们在潜意识里隐约确信，这里就是那些远古标本的本体曾经成长和栖息的地方。

尽管如此，我们的科学与冒险精神也还未完全磨灭。我们机械地执行着原定的计划，从巨石建筑上凿取采集各种不同种类的岩石标本。我们希望能采集到一系列较为完整的标本，这样就能更加准确判断这个地方的年代历史。外墙上似乎没有早于侏罗纪或白垩纪科曼齐系时期的岩石标本，也没有任何一块石头的年代晚于上新世。可以肯定的是，我们正在一座由死亡统治的城市中漫步——死亡笼罩这里的时间至少有50年，甚至可能更漫长。

我们在穿过这座被巨石阴影笼罩的迷宫时，只要遇到大小合适的孔洞，就会停下来，仔细查看它们的内部，这也是为了判断是否可以将其当作进入建筑的入口。有些孔洞的位置太高，是我们根本够不到的；而另一些则通向冰封的遗迹，就像山丘上那座已经沦为废墟的壁垒。有一个洞穴的内部很宽敞，对我们来说充满了诱惑，但却似乎通向一个无底深渊，根本看不到走进去的通道。我们时不时会看到一扇残存下来的百叶窗的遮板，遮板的木头已经石化了，但我们对仍然清晰可见的纹理中所蕴含的古老历史印象深刻。这些木质结构的材料大多源自中生代的裸子植物与针叶树——特别是白垩纪的苏铁植物，还有些显然是第三纪的扇叶棕榈和早期被子植物。我们没有发现任何晚于上新世的东西。从窗户的百叶窗边缘的痕迹来看，这里似乎安装过奇怪的铰链，但铰链早已不见踪影。这些铰链似乎用途各异，有些安装在窗户的外侧，有些则安装在深深的窗口罅隙内侧。所有的百叶窗似乎都死死嵌在了原本的位置，所以即便原来的金属部件都已锈蚀，但这些百叶窗仍旧纹丝不动。

过了一会儿，我们经过了一栋五边形的锥体建筑，在它那外凸的表面上就有一排窗户。这个锥体的顶端完好无损，而那扇窗户就通向一个巨大的、保存完好的房间，房间里还铺着石地板；但是这些东西太高了，没有绳子是进不去的。虽然带着绳索，但除非真的必要，否则我们不愿意去20英尺的下面，更何况高原上本就稀薄的空气给心脏增添了巨大的负担。这个巨大的房间可能是大厅或礼堂，我们用手电筒一照，就发现了许多清晰显眼而又令人吃惊的雕刻画。这些图案雕刻在宽大的横板上，这些横板又排列在墙面上，在整个房间内四壁环绕，横板与横板之间又有雕刻着蔓藤纹的大小一致的横板隔开。我们在这里认真做了记号，如果找不到更容易进入的洞口，那就选择从这里进去。

不过，我们最终还是发现了最理想的通道。那是一座拱门，大约宽6英尺、高1英尺，拱门后面是一座悬跨小巷的天桥的起点。天桥距冰面大约5英尺高。当然，这样的走廊里通常都散落着从上面的楼层坍塌掉落下来的地板碎片。但这里的上层建筑还相当完好，没有碎片的阻碍，我们便能够顺利通过它进入西面左侧的建筑，那是一座由一系列矩形组成的梯台。小径的对面是另一座敞开的拱门，后面则是一座古旧的圆柱形建筑。这座建筑没有窗户，却在孔洞上方约10英尺的地方有着奇怪的凸起。整座建筑里一片漆黑，看上去就像是连接无尽虚空的深井。

堆积的碎石让进入左侧那座巨大的建筑物变得更加容易，但是，在面对这次期待已久的机会前，我们有些犹豫了。虽然我们已经进入了这座充满古老秘密的迷宫，但要真的进入这样一座通向保存完好的远古世界之城的建筑，而且这个远古世界的恐怖之处，在我们面前已经展现得越来越清晰，在知晓这些前提的情况下，我们还是需要再下决心。我们最终还是做出果断的决定，爬过碎石，走进了敞开的入口。后方的地面铺设着大块板岩，好像是一条长而高的走廊的出口，它两侧的墙壁全都是雕刻画。

我们注意到走廊的内部延伸出了许多道拱门，说明这里面可能是一座如同公寓内部一样、结构也更为复杂的巢穴，于是我们用猎狗追兔游戏的方式一路留下标记。在这之前，我们借助罗盘，同时不停地眺望身后出现在高塔之间的巨大山脉，就能保证不会迷失方向；但从这以后，我们必须要用人工标记来替代了。于是，我们把额外的纸张裁成大小合适的尺度，装进丹弗斯的一个袋子里，准备在确保安全的前提下尽可能节约地使用。这个方法或许能保证我们不迷路，因为在这座古老的建筑物里气流并不太强。但如果想更加安全，或者这些纸都用完了，我们还能继续在岩石上做记号。这种办法虽然单调，而且很慢，但更安全。

在尝试之前，我们无法想象自己开拓的这片疆域有多么宽广。由于只是极少部分的冰川插入这个大型建筑群的内部，不同建筑之间联系得也较为紧密，除了有局部塌陷和地质裂缝之外，我们都可以通过冰层下相互交叉的桥梁在建筑与建筑之间自由移动。只要通过所有冰层透明的地方，我们就能发现封冻在冰层里的窗户全都紧闭着，仿佛这座城市是固定在某个瞬间后就一直保留着这样的状态，直到冰雪从建筑的低矮处开始慢慢向上蔓延，将整个城市冻结成了一个庞大的晶体。事实上，在这座城市里走过的人都会产生一种奇怪的感觉，会觉得这座城市并非被突然降临的灾难吞没的，也不是因为逐渐衰落而荒废的，生活在这里的居民似乎是在某个远古时代有意地关闭并放弃了这座城市。或许是因为预见了冰雪的降临，才全体离开了这座城市，集体去寻找另一个更安全的居住地去了。我们当时来不及研究这里形成冰障的精确地质条件，不过这里显然没有冰川移动的迹象。可能是积雪的压力，或者是大河里泛滥的洪水，抑或山中某些古老冰坝的破裂，才造就了我们现在看到的特别景观。只要发挥点想象力，我们几乎可以猜想出与这块地方有关的一切。

6

这座由远古巨石修建的蜂窝状复杂迷宫，是隐藏着古老秘密的怪物般的巢穴，在历经万古无尽的岁月后，终于迎来了人类的脚步声。要让我们连贯而详细地叙述整个过程，未免过于累赘。因为我们观察研究过那些无处不在的壁画雕刻之后，脑中才产生了如此之多的恐怖情节和启示。我们用闪光灯拍摄了许多幅雕刻画。这些照片能够证实我们所言的真实性。可惜我们的胶片不够，在胶片用完后，便只能在笔记本上粗略地画一些素描，记录下那些引人注目的特征。

我们进入的那座建筑巨大而精致，这座不知于何时建起的建筑给我们留下了深刻的印象。内墙的厚度比外墙小，但较低矮的部分却保存得很好。整个建筑的布局如同迷宫一样复杂，而且每一层高低不同，都会出现一些不规律的古怪变化，这无疑是这座建筑最大的特征；如果没有边走边在身后留下碎纸屑做标记，我们肯定会一开始就迷路。我们决定先探索整栋建筑破败得更严重的上部，于是向上攀爬了大约100英尺，抵达了最高层的房间。那些残破的房间里堆满了积雪，屋顶也已经不见了，只留下一个敞开的巨大空洞，从里面可以望见正对着极地的天空。房间里修建了许多带横向棱纹的陡峭石坡道或斜面，做楼梯用。所到之处看到的房间，将人类所能想象得到的任何形状与比例都囊括其中；从星形到三角形到正立方体，什么样的都有。可以肯定地说，房间的平均建筑面积约为30×30英尺，高20英尺，但也有更大的房间。我们将上层建筑仔仔细细地检查完毕后，便决定向下探索，一层层地深入那埋藏在冰层之下的部分。实际上，我们很快就发现自己身处一座由相连的房间和通道组成的连续迷宫中，而这些房间和通道可能通向这座建筑之外的无垠空间。在这座巨大的迷宫里，身边所有东西都显得无比巨大，让人有一种古怪的压抑感；这些古老石头建筑的轮廓、尺寸、比例、装饰乃至结构上的细微差别，都透露出某种模糊、但却完全非人类所造的信息。不久，墙上的雕刻画中便告诉了我们一个事实：这座可怕的城市已经有数百万年的历史了。

我们至今无法解释城市的建筑者们调整摆放那些巨石，让它们能够保持在怪异的平衡状态是用了怎样的工程学原理，但拱形结构显然起了非常重要的作用。我们看到的房间空空如也，没有任何方便随手拿走的东西。眼前的一切让我们更加相信自己先前的结论——城市里的居民是主动抛弃家园的。这里的建筑装饰中最显著的特征，就是几乎无处不在的壁画雕刻。雕刻画通常都雕刻在3英尺宽的横向宽板上，那一块块横向宽板连续不断地排列着，与另一种同样宽度、雕刻着几何对称的蔓藤纹横板相互穿插，交替出现，一直从地板排列到天花板。虽然其中也有例外，但绝大多数都是这样的设计。不过，我们也经常在雕刻着蔓藤纹的横板上，看到排列有一连串平整并且带有花边的椭圆形装饰方框，方框里还古怪地点缀着一组组圆点。

我们很快就发现，这些雕刻画的技法都非常成熟且精湛，其中透露出的美学造诣更是达到了顶峰，但这些雕刻画的每个细节都与人类任何已知的艺术传统完全不同。单从雕刻的精致程度来说，我还从未见过任何一件人类的艺术作品能与它们相提并论的。尽管雕刻画的比例线条相当粗，但复杂植物与动物最微小的细节也表现得栩栩如生，让人叹为观止；而常用的设计也精巧繁复，巧夺天工。那些蔓藤纹充分运用了数学原理，均由五个一组的复杂的对称曲线与折角组成。雕有绘画的宽板都遵循着一种高度形式化的传统，并且用一种奇特的手法对雕刻画图案的透视进行了处理，尽管中间隔着漫长地质年代所造成的巨大鸿沟，然而这些雕刻画中有一种艺术感染力，使我们深受感动。这些雕刻画的设计方法，依赖于将横截面和二维轮廓以独特的方式并列在一起，其中表现出的分析事物的心理状态，已经完全超越了任何已知的古代人类族群。若是将这些作品与我们陈列在博物馆里的艺术品做对比，恐怕是毫无意义的。那些看过照片的人可能会在那些最大胆超前的未来主义者所提出的某些怪诞构想中找到与它们最接近的相似之处。

刻有蔓藤纹的方框完全由凹陷的刻线组成，这些线条在未风化的墙壁上的深度从1到2英寸不等。而那些刻有一组组圆点的椭圆装饰——显然是用某种未知的远古语言与字母书写的铭文——地平面会陷进墙面1英寸半深，而圆点部分则会再凹陷进去约半英尺。带图案的横板采用的是埋头式的浅浮雕，背景通常往墙面内凹陷大约2英寸。我们发现有一些雕刻画有上色的痕迹，但是大多数雕刻画上的颜料早已被漫长的岁月分解腐蚀干净了。我们越是研究这些了不起的技法，就越是钦佩。在这些雕刻画严格统一的创作规则之下，展现在我们眼前的，是那些艺术家细致而准确的观察力与绘画技巧；事实上，那些极度惯用的创作规则本身恰恰就是用来象征和强调所描绘的每一个物体的真正本质以及重要差异的。我们发现，除了那些目之所见便能辨认得出的优点之外，其中还藏着一些超越了我们可感知的范围的东西。随处可见的痕迹之中都潜藏着一些启示符号与刺激，也许在了解另一种精神背景或文化背景后，借助更全面、或者完全不同的感官，我们才能知晓其中更深远、也更深刻的意义。

这些雕塑的主题显然来自于其创作者早已逝去的时代生活，其中很大部分显然取材于它们的历史。这个古老的种族对历史超乎寻常的执着——虽属巧合，但却奇迹般地对我们探索这个建筑极为有利——让这些雕刻画为我们提供了令人惊讶的丰富信息，也让我们不顾一切，一心只想把它们拍成照片、描摹在纸上。在某些房间里，主要的布局因为有地图、天文图和其他的科学设计图案，也跟着发生了改变。这些科学设计图案可怕而又直白地为我们从刻有绘画的横板和墙裙上了解到的信息提供了佐证。在说明到底揭露了什么之前，我只希望自己的叙述不会激起那些完全相信我的读者心中过分强烈、甚至是超越了理智与谨慎的好奇心。如果我劝阻人们不要前往探索的警告反而更加诱惑人们前往那片充满了死亡与恐怖的国度的话，那实在是太可悲了。

高大的窗户与12英尺高的厚重大门，穿插在刻满雕刻画的石墙之间。我们也能不时发现一些残留下来、早已石化的木门或窗户的百叶窗——那些木板全都精雕细琢，还进行了抛光。所有的金属固定物早已锈迹斑斑，但有些大门还在其原来的位置，所以我们从一个房间进入另一个房间时，还得将这些门推开。有时我们还能发现一些装着古怪的透明玻璃的窗框，它们大都是椭圆形的。尽管数量不多，但它们到处可见。另外，这里也常常会出现一些非常巨大的壁龛，基本上都是空的，但偶尔也有一些绿色滑石雕刻的物件，形状奇特——有的已经破损，有的因为没有带走的价值而留在了原处。房间里的其他孔洞无疑与过去的机械设备、暖气、照明以及许多雕刻品中的类似装置相连，是连接而凿出的，它们在许多雕刻画中也出现过。天花板往往很平整，但有时也有镶嵌着绿色的滑石或其他瓷砖的，不过现在这些装饰大部分都掉了下来。有些地板上也铺设了这样的瓷砖，但还是朴素的石板占大多数。

正如我所说，所有的家具以及其他可以移动的东西都不见了；但那些雕刻画清楚地刻画出了这些如同坟墓般响起回音的房间里曾经摆放过一些怎样奇怪的设备。冰盖上方的楼层里，地面上通常都堆着一层厚厚的石屑与碎片，但是在更往下的地方，这样的情况就越少了。在下面楼层的房间和走廊里，只有些许沙砾或古老的积垢，还有些地方甚至像是新近打扫过一样一尘不染，有一种神秘的气氛。当然，在有裂缝和发生过倒塌的地方，位置较低的楼层也与上方楼层一样杂乱无章。由于我们进入的这座建筑里有一片中央庭院，这种中央庭院的结构和我们从空中看到的其他建筑带有的结构一样——因此，建筑内部不至于完全湮没在黑暗中；所以，在楼上的房间里，除非研究雕刻画的细节，否则我们很少用手电筒。但是在冰盖下方，光线昏暗不明；而在地面结构复杂曲折的地方，几乎是一片漆黑。

如果要让我们把自己深入那万古死寂、绝非人类造物的迷宫中的所思所想描述出一个基本的概念，任何人都会联想到由一连串难以捉摸的情绪、记忆与印象纠缠而成的彻底令人绝望的混乱。即便我们没有在莱克的营地里遇见无法解释的恐怖情景，即便我们没有过早地被四周骇人的雕刻画所影响、接收到它们传递出的种种启示，光是这地方那种骇人听闻的古老和代表着死亡的荒芜，就几乎足以压倒所有敏感者脆弱的神经。在我们看到一系列保存完整的雕刻画的那一刻，所有的疑团都豁然开朗了，我们甚至只在一瞬间就意识到了那令人毛骨悚然的真相——如果要说我与丹弗斯之前没有怀疑过这个解释的话，那未免太过天真了；可是我们一直小心地克制住自己的想法，甚至都不曾向对方暗示过。究竟是什么样的生物在千百万年以前，在人类的祖先还是原始哺乳动物时，在巨大的恐龙还漫步于欧亚大陆的热带草原上时，就建造了这座死亡之城，并且在此定居呢？此前，我们一直对此心存仁慈的疑虑，但到了此刻，我们对于此事的怀疑已经一点仁慈之意都没有了。

在这之前，我们一直坚持着一个绝望的选择，也就是在心中坚信那些无处不在的五角形设计，只是对某种有着五角星特征的古生物的某种文化或宗教崇拜；就像是克里特文明会把神圣的公牛作为装饰主题一样；类似的还有埃及的圣甲虫、罗马的狼与鹰，以及形形色色蛮荒部落挑选出来的图腾动物那样。但在那一刻，我们仅存的安慰已经被剥夺，我们不得不直面足以动摇理智的真相，而这也是读者早已意料到了的。即便到了现在，要我将这些事实一一写下来，也让我难以忍受，也许我的确不需要这么做。

在恐龙时代，曾经居住在这可怕的建筑里面的生物并不是恐龙，但却比恐龙更可怕。恐龙只不过是新生代愚笨无脑的动物，而这座城市的修建者是古老而又睿智的。甚至早在几十亿年前，它们就在岩石中留下了生命的痕迹。而早在地球上真正的生命进化体还处于塑性细胞群阶段时，这些岩石就存在了；早在地球上还没有真正的“生命”之前，这些岩石就存在了……毫无疑问，它们是生命的创造者与奴役者，它们就是那些残酷的远古神话的原型，就连《纳克特抄本》和《死灵之书》这样的书也只敢心怀忐忑、语焉不祥地提到它们，不敢明确地向人们揭示这样的存在。它们就是在地球尚且年轻的时候，就从群星之中降临于此的伟大“远古者”。外星独有的进化历程塑造了它们独特的物质形体；而我们所生活的这颗星球从未孕育过它们那样的力量。想想看，仅仅在一天前，我和丹弗斯才亲眼见到了它们具有数万年历史的化石残片，而可怜的莱克和他的组员却已经亲眼见过了它们的完整轮廓……

尽管我们已经从人类出现以前的地质历史里了解到了这些恐怖历史的零星章节，但也没法用正确的顺序将其一一排列起来。在经历了某些启示带来的第一轮震惊后，我们不得不稍事休息，以便恢复心绪。而等我们开始系统的探索之旅时，已经是三点钟之后了。根据画中的地质、生物以及天文学特征来判断，我们最初进入的建筑中所见到的雕刻画也许有200万年历史。我们穿过了冰下石桥，探索了一些更古老的建筑物，在那些建筑物里发现的古老雕刻画与我们之前见到的相比，先前发现的雕刻画在艺术风格上显示出了颓废的特征。有一座用坚硬岩石开凿出来的高大建筑，其年代可以追溯到4000万甚至5000万年前，也就是早始新世或晚白垩纪时期。其中出现的浅浮雕的艺术造诣，几乎超越了其他任何一幅雕刻画，仅有一处例外。后来，我们一致认为，那是我们进入过的最古老的建筑。

如果不是因为我们拍摄的照片很快就会公之于众，为我们所言提供佐证，我绝不会说出自己发现的东西，以及推测得出的结论，免得被人认为是疯子。当然，在我们拼凑起来的故事中，那些极其早期的部分——描述在地球形成以前，那些有着星形头部的生物在其他星球、其他星系，乃至其他宇宙中生活的部分——可以很容易地解释为这些生物自己创造的奇特神话；然而与这些部分有关的雕刻画里，有时会出现一些特别的图案与简图，而这些图案与简图与人类在数学和天体物理学领域的最新发现不可思议的相似，这让我困惑不已。还是等到我的照片公布后，读者自己去做判断吧。

当然，我们遇到的每组雕刻画都只是讲述了一个完整故事的某个片段，而且我们遇到的各个片段也不是按照正常发展顺序排列的。某些宽大的房间就可以构成一个独立的故事单元，而在其他情况下，一部连续完整的编年史则需要由一系列的房间与走廊组成。最好的地图与简图都刻在一处位于古老的岩石地表之下的可怕深渊中，这个深渊的面积大约200平方英尺，高60英尺，显然像某种教育中心。有许多题材会在不同的房间与建筑中反复出现，着实引人注意，因为有关某些历史的章节、有关种族历史中的某些阶段和摘要，显然会受到不同雕刻家或居民的喜爱。但有时候一个主题也会出现不同的版本，这种做法显然有助于解决争端、调和不同意见。

我为我们能在如此之短的时间内，推断出如此多的结论而感到惊讶。当然，我们现在也仅仅是了解到最粗略的大概，而且其中大部分内容都是研究当时拍摄的照片与素描而获得的。也许，正是因为后来展开的这些研究唤醒了丹弗斯许多的记忆与模糊的印象，加上他天生就神经敏感，以及最后的那恐怖一瞥——他至今都未曾向我说明最后到底看见了什么——直接导致他精神崩溃。但我们又不得不这么做，因为我们无法在没有获悉确切信息的情况下就向世界发出警告，而这又是我们的当务之急。在这片时空扭曲、自然法则怪诞不经的未知南极世界，有股力量一直在游荡，让我们不得不劝阻人们不要再去南极探险。

7

整个故事已经解析过的部分，最终会刊登在密斯卡托尼克大学的官方报告中。我在此只用一种混乱且漫无边际的方式，来谈一谈那些极为重要的部分。不管这些到底是不是神话，雕刻画都讲述了这些星形头部的生物从宇宙空间降临到尚没有生命的初生地球上，而且不仅讲述了它们的到来，也讲述了其他一些外星生物在某些时期为了开拓空间而降临地球的情形。它们似乎可以借助巨大的膜翼穿越星际空间。某位研究古物的同僚在很早以前跟我说过一些奇怪的山区民间传说，而这一发现正好与其不谋而合。这些生物一般生活在海洋里，还修建了许多奇妙的城市，并且使用原理未知的复杂能量设备与一些不可名状的敌人进行了激烈战斗。显然，它们的科学技术已经远远超越了今天的人类，但它们只在必要的时候使用这些更加普遍与复杂的设备。某些雕刻画表明，它们曾在另一些星球上有过一段时间的机械化生活，但因为这种生活无法给予它们情感上的满足，所以它们最终放弃了这样的生活。这些生物的组织器官超乎寻常的坚韧，生理需求却又非常简单，所以即便没有专门制造的设备或是穿衣服的情况下，它们也能在这个高海拔的平面上生活得很好，除了在非常少见的情况下，需要一些保护措施来抵御各种环境里的不利因素。

这些生活在海底的生物，起初为了满足温饱，根据自己早已熟练掌握的方法，利用现有的物质创造出了地球最初的生命，但后来这些生命又有了其他的用途。在消灭了各种来自宇宙的敌人后，它们又进行了一些更加精密的实验。它们在其他星球上也曾进行过同样的实验，不仅制造出了生存必需的食物，而且还制造出了一些多细胞原生质肉团，它们能够在催眠的影响下，把身体组织塑造成各种临时器官。因此，它们也就成了理想的奴隶，可以完成社会中的各种繁重工作。这些黏性肉块无疑就是阿卜杜拉·阿尔哈萨德在他那本可怕的《死灵之书》里小心提到的“修格斯”，然而就连那个疯子也没有暗示过，这种人类在嚼食某种含有生物碱的草药植物后才会在幻梦里遇见的那种东西，是真实存在于地球上的。那些有着星形头部的远古者在这颗行星上合成了生存所需的简单食物，并且培育出了大量修格斯后，便允许其他的细胞组织进化成其他不同形式的动植物生命，以达成各种目的；但同时，这些远古者也会消灭掉任何会成为麻烦的生物。

修格斯能通过膨胀躯体来举起极为惊人的重量。有了它们的协助，远古者在海底修建的矮小城市逐渐发展成巨大壮观的石造迷宫，与后来它们在陆地上建造的城市一模一样。事实上，远古者适应性极强，它们在宇宙的其他地方生活时，也大都是在陆地上活动，很可能也是因此才保留了在陆地上修建大量建筑的传统。在我们研究了出现在雕刻画中的古老城市，也包括我们所穿过的这座城市中万古死寂的走廊通道时，一个惊人的巧合给我们留下了深刻的印象，然而我们至今都没有尝试去解释这个巧合，即便只是给自己一个解释。虽然我们身处的这座真实存在的城市，在久经岁月的侵蚀之后只剩下了一堆不成样子的废墟，但是在那些浅浮雕里，这座城市里曾耸立着一簇簇巨大的针状尖塔，某些圆锥状和棱锥状尖顶上曾有着精致的装饰，还有圆柱形长杆状建筑的顶端曾罩有扇形薄碟。这正是我们刚抵达不幸的莱克的营地时所见的海市蜃楼，那是死气沉沉的城市越过无法窥探的疯狂山脉后，所投射下的扭曲幻景。当时，我们无知的双眼前隐约浮现出的扭曲影像，正是这座死寂已久的城市旧日的模样。不过这座海市蜃楼的原型，早在千万年前就已经失去了那些在海市蜃楼里展示出的特征。

不管是生活在海底，还是后来移居到了陆地上，远古者们的这些生活经历都足以成书了。生活在浅水区的远古者能充分利用自己头部五条触手末端的眼睛，用一种很平常的方式进行雕刻书写，也就是在防水蜡面上用小小的棍子当笔来书写。而那些生活在深海之底的远古者，尽管能靠一种奇怪的磷光生物来照明，但它们也能用一种无法说清的特殊感知能力来感知周围的一切，从而拼凑出视觉画面——而这种感知是通过它们头上的棱状纤毛来发挥作用的。这使得远古者们在紧急情况下，可以不必完全依赖于光线照明。越是往下，它们的书写与雕刻方式就越是不同，显得越发奇怪。雕刻画描述了某些看上去像是用化学物在物体表面包裹覆盖的工艺过程，我们猜测此举可能是为了保持磷光闪耀，但那些浅浮雕已经无法向我们再进一步阐明其真实作用了。在海洋里移动时，远古者们部分时候会依靠侧旁海百合般的肢体游动；部分时候则依靠底部伪足的触手来扭动前行。偶尔它们也会用两对或更多扇子般可折叠膜翼进行长距离滑行。在地面上时，它们会靠自己的伪足行走，但偶尔也会靠膜翼飞到更高或是更远的地方。由于海百合状的肢体有许多细长的触手，使得这些触手在肌肉与神经的协调之下极端的精细、灵活、强壮与精确；这一特点确保了远古者们在从事各种艺术与手工劳动时，能最大限度展现出自己的技能与肢体的灵巧。

这些生物的坚韧程度几乎让人难以置信，即便是海底最深处的可怕压力似乎也不能伤它们分毫。除开遭受暴力外，似乎只有极少数远古者会死亡，而它们的坟地似乎也十分有限。死去的远古者会被竖直埋葬进星形的坟堆中，然后再在坟墓上加绘铭文。看到这里，我与丹弗斯的脑海里都浮现出了某些想法，而这些想法让我们不得不再次停顿下来，重新恢复平静。另一些雕刻画显示的正如莱克之前推测的一样，这些生物依靠孢子进行繁殖，与蕨类植物类似。但是，由于它们的身体异乎寻常的坚韧，寿命也惊人的长久，所以没有必要产生新的世代。除非要开拓新殖民地，否则远古者不鼓励大规模繁衍新的原叶体。幼体成熟的速度很快，而且接受的教育显然超出了我们所能想象的任何标准的范围。当时在远古者之间所盛行的知识和美学，在其社会中的地位相当高，而且已高度发展，形成了一套代代相传的习俗和制度，我将在即将出版的专著中更详细地描述这些习俗和制度。它们根据海洋或陆地的居住环境略有不同，但基础和本质却是不变的。

虽然能像植物一样从无机物中吸取养分，但它们显然更喜欢有机食物，尤其是动物。远古者在海底生活时，会吃未烹煮的海洋生物，但迁居陆地后，它们会将食物烹煮后再食用。这些生物会狩猎，也会喂养做食物用的兽群——它们会使用一种尖锐的武器来宰杀动物。我们的探险队之前在化石骨骼上就发现了此类奇怪的痕迹。另外，它们能奇迹般地耐受住任何普通温度，甚至不需任何保护就能在低于冰点的水中生活。然而在将近100万年前更新世的严寒来袭时，陆地上的远古者们不得不通过某些特殊设备，包括一些人造的热源来谋求生存。但在后来，致命的严寒似乎将它们全都逼回了海里。传说，它们在史前时代穿越宇宙空间的飞行中，吸收了某些化学物质，可以不进食、呼吸或取暖，这对它们几乎不会有影响；但到了严寒来袭的时候，它们的这种能力已经消失无踪了。现在看来，它们不管怎样，都无法在这座城市中仅仅利用那些设备毫发无损地存活下去。

远古者不需要配偶，而且身体结构类似植物，也就没有像哺乳动物那样组建家庭的生物学基础。但从雕刻画上看，它们依旧会根据空间利用的舒适度以及意气相投的程度来组成类似大家庭的社会单元，与我们根据浅浮雕上那些生活在一起的远古者的职业与娱乐活动推断出来的相一致。在布置房间的时候，它们会把所有的东西都放在大房间的中央，让所有的墙壁空间都可以空出来，以便自由装饰。而地上的远古者，可能是使用一种依靠化学电的设备来照明的。但不论生活在水中还是在陆地上，它们都会使用一些奇怪的桌椅，还有一种像是圆柱框架一样的沙发来休息和睡觉。因为它们就连休息时也都是站立着的，仅仅把身体上的触手都折叠起来。同时，我们还在雕刻画里看到了一些置物架，上面摆放着一套套带有圆点、用铰链装订而成的东西，我想那应该是它们阅读的书籍。

远古者的政府体制显然非常复杂，而且很可能是社会主义，但是单单依靠我们所看到的雕刻画，还是无法完全确定这一点。在远古者的生活中，当地城市和不同城市之间都有着广泛的商业往来；而那些小而扁平、上面刻着字的五角星物件，则是当时流通的货币。我们探险队发现的各种淡绿色的滑石中较小的，可能就是这种货币的碎片。虽然它们的文化以城市文明为主，但也存在一些农业与大规模的畜牧业，还有采矿业和有限的制造业。远古者虽然也会频繁旅行，但除了种族扩大的大规模殖民活动外，永久性的移民似乎相对较少。远古者的个体在活动时，不必使用任何外部辅助，因为不论是在水里、地上还是空中，远古者都能发挥出超强的运动能力。不过，搬运重物的工作还是交给了那些能够负重的动物——在水中由修格斯承担；而后来登上陆地之后，承担这项职责的则是各式各样、奇形怪状的原始脊椎动物。

这些脊椎动物，以及无数其他生命形式的动植物、海洋生物、陆地生物和空中生物，都是从远古者们所制造的生命细胞在脱离了它们的注意后，毫无拘束地自行进化繁衍，才出现了这些各式各样的生命。但这些生命之所以能毫无拘束地自由进化，还是因为它们并没有与占统治地位的生物发生冲突。当然，那些带来麻烦的生物全都被远古者们无情地消灭了。但最令我们感兴趣的还是某些年代最晚、艺术风格也最为颓废的雕刻画，我们在画中发现了一种蹒跚的原始哺乳动物，居住在陆地的远古者们有时把它们当作食物，有时则把它们当作逗乐的小丑——而这种哺乳动物已经隐隐约约有了猿猴甚至人类的特征。从雕刻画中，我们也能看到远古者们在陆地上建造城市的情景。在建造的过程中，就有某种长了巨大翅膀的翼龙来托起搭建高塔的巨大石块。不过迄今为止，还没有古生物学家知道这种翼龙。

远古者们在地表各式各样的地质剧变和灾难中最终幸存了下来，实在是近乎奇迹。虽然它们最初修建起来的城市中很大一部分、甚至可以说是全部的建筑，都没有挺过太古代，但它们的文明或它们的历史传承却没有中断。它们最初在地球的降落点是南冰洋，当时，后来形成月亮的物质可能刚被地球从南太平洋上甩出去。根据其中一幅雕刻的地图来看，当时整个地球都淹没在水下，随着时间的推移，它们的石头城市离南极越来越远。在另一幅地图上，南极点附近已经有了一块巨大的干燥陆地。显然，尽管一些远古者的主要居住中心转移到了离这里最近的海底，但它们中的一部分成员还是在这块干燥大陆上进行了实验性定居。年代较晚的地图显示这片巨大陆块在断裂后开始了漂移，同时有一些分离的小陆地逐渐向北移动，所有这些都证明了最近由泰勒、魏格纳与乔利等人提出的大陆漂移理论，实在令人震惊。

随着新大陆从南太平洋的海底隆起，一系列剧变陆续发生。远古者的许多海底城市被彻底摧毁，然而这还不是这一连串不幸中最糟糕的。另一个种族——形似生活在陆地上的章鱼，可能就是那些在传说里提到的、存在于人类之前的克苏鲁的眷族——不久便穿过茫茫宇宙，降临到地球上，向远古者们发起了一场可怕的战争，远古者们很快就被赶回了海底——这对在陆地上不断增加定居点的远古者们来说，无疑是个巨大的打击。后来双方达成和解，远古者们把那片从海中升起的新大陆让给了克苏鲁的眷族；而远古者仍保留海洋的领域与所有的旧大陆。它们新建了一批陆地城市——其中规模最大的城市就在南极，因为本种族最初降临之地有着神圣的意义。从这时起，南极依旧是古老文明的中心，而克苏鲁的眷族之前在南极修建的城市全都被清除掉了。后来，位于南太平洋的那些大陆突然又沉入了水底，那些位于大陆之上的恐怖石城拉莱耶和来自宇宙的章鱼种族，也随之一同在海洋中消失了。于是，远古者们再度成了这颗星球上至高无上的生物，只不过这时它们心中已经有了一种隐隐的忧虑，但它们也不愿提及。又过了很长一段时间，地球的各个大陆与海洋上都耸立起了远古者建造的城市——因此，在我即将出版的专著中，我也会推荐一些考古学家在某些广泛分离的地区，用帕博迪的仪器进行系统地钻探考察。

远古者们有着从海底迁居到陆地的稳定趋势；尽管不断出现的新大陆也推动了这一过程，不过它们从未舍弃过海底的城市。而另一个促使它们选择向陆地转移的原因是修格斯。它们在海底生活需要役使修格斯，但是它们在培育和管理修格斯时遇到了新的困难，于是只好选择迁居陆地。雕刻画中的情景也在悲伤地承认，随着岁月流逝，远古者们已经失去了从无机物中创造新生物的技术，所以它们只能依赖于改造已经存在的生物形态。陆地上的大型爬行动物性情温顺，很容易驯服；但海里的修格斯，不仅能依靠分裂进行繁殖，而且还拥有了达到危险程度的智力水平。一时间，形成威胁的修格斯就成了十分棘手的问题。

远古者们一直都用催眠来控制修格斯，让它们把自己坚韧而又可塑的形体变成各种各样有用的临时肢体与器官；但现在，修格斯偶尔也能在没有命令的情况下表现出自我塑形的能力，并开始模仿过去那些在远古者的示意下所塑造出来的形状。它们似乎发展出了一个不太稳定的大脑，这颗大脑不仅独立，而且有时候非常顽固，这就导致了修格斯会附和远古者的意愿，却不一定总是服从它们。雕刻画中的修格斯让我和丹弗斯充满了恐惧与憎恶。它们通常只是一些黏性胶冻般的块状物，看起来像是无数泡沫的聚集体，呈球形伸展时，其平均直径约15英尺。不过，它们的形状和体积总在不断变化；会舍弃临时发展出的器官，或是形成某些用于模仿它们主人的视觉、听觉和语言系统的器官；它们的这一行为要么是自发的，要么就是遵从于远古者们的命令。

到二叠纪中期，大约2.5亿年前，修格斯对远古者们来说变得尤为棘手。于是，居住在海洋里的远古者发动了一场真正意义上的征服修格斯的战争。雕刻画中描绘了这场战争，也描绘了那些死于修格斯之手的受害者的惨状——化作了被黏液包裹的无头尸体。尽管雕刻画中描绘的场景已经距离我们如此遥远，但依旧让人毛骨悚然。远古者们依靠一种能够将物质分解成分子与原子的奇怪武器对付这些造反者，最终获得了完全胜利。雕刻画告诉我们，战争结束之后的一段时间里，修格斯在做好完全防备的远古者面前变得俯首帖耳，似乎没了反叛之心，就像美国西部那些被牛仔们驯服的野马一样。但在反叛期间，修格斯有了新能力，它们能在陆地上生活了。不过，远古者并不支持它们发展出这种能力，因为一旦到了陆地上，它们的用处远不如它们带来的麻烦大。

到了侏罗纪，远古者又遇到了新的麻烦，这一次是遭遇一种来自刚刚发现的遥远冥王星半真菌、半甲壳类生物的入侵——这种生物无疑与北方的某些山野传说中所提到的生物是一样的。不过在喜马拉雅山脉地区，它们被称为"米·戈"或可憎的雪人。为了与这些入侵者开战，远古者们准备在自降临地球后，第一次返回到星际空间中去；然而，尽管像很久以前一样做好了所有准备，但它们却发现自己要离开地球大气层已经不可能了。那些曾属于它们的有关星际旅行的古老秘密，如今已悉数遗忘。最后，在米·戈的武力驱逐之下，远古者只好从所有位于北部的大陆上撤离。但是，米·戈的力量再强大，似乎也无法侵扰到那些生活在海底的远古者。于是，远古者们开始渐渐退回到它们最初的南极聚居地。

奇妙的是，那些描绘战争的雕刻画中，克苏鲁眷族与米·戈的构成物质与我们所知道的、构成远古者的物质完全不同。它们能够变形与重组，但它们的对手却没有这样的能力，因此这些外星种族似乎来自于更遥远的宇宙空间。而远古者撇开其非同寻常的坚韧躯体和极为独特的生命特性不谈，它们也依旧是由物质构成的造物，因此肯定来自于我们熟悉的时空连续体；然而其他生物的最初起源就只能让我们去屏息猜想了。当然，这种假设是建立在那些入侵者所拥有的特殊能力以及与地球毫无关系，并非纯粹的神话这一基础上的。可以想象，也许远古者们创造了一个宇宙框架来解释它们偶尔的失败，因为它们主要的心理特征，显然是对历史的兴趣和自豪。但值得注意的一点是，它们的编年史里并没有提到许多先进而强大的种族，但在晦涩的传说里，这些种族强大的文化与高塔林立的城市却曾多次出现。

雕刻画中的许多地图与场景生动地反映了这个世界所经历的漫长地质年代，以及世界的地形也随之不断变化的场景。在某些情况下，现有的科学理论必须进行修正才能说得通，而在其他一些情况下，科学界一些大胆的推论则得到了极有力的论证支持。我在此前曾说过，泰勒、魏格纳与乔利提出过一种大陆漂移的假说，即认为所有的大陆都是南极原始大陆断裂后的碎片。这一假说认为南极原始大陆板块因离心力而断裂，而这些断裂的部分随后就在一个严格来说有黏性的地表上漂移——像是非洲与南美大陆的轮廓线能够互补；巨大山脉起伏与堆积的方式都为这一假说的正确性提供了支持——不过这一假说在这个神秘的源头才得到了最有力的证明。

雕刻画中的地图清楚地显示，在1亿年前或更久以前的石炭纪，世界出现了巨大的裂缝与断层，这些变动注定了最后非洲将从原本欧洲（在原始神话中叫伐鲁西亚）、亚洲、美洲以及南极洲组成的联合大陆中分裂出去。而地图上其他的图案表明，现今的大陆分布在那时就已初见雏形——其中最有意义的一张与我们身边这座巨大的死亡之城在5000万年前的建立有关。而在我们能发现的最晚期的地图的世界——也许能追溯到上新世——已经与今天的地球十分相似，虽然当时阿拉斯加与西伯利亚还相互连接着，而北美和欧洲通过格陵兰岛相连，南美则通过格雷厄姆地与南极大陆连接。在石炭纪的地图上，整个地球，不论海底还是裂开的大陆板块上都有远古者建立起一座座巨石城的痕迹；但是在较晚期的地图中，可以明显看出远古者逐渐退缩回南极的迹象。在最晚的上新世地图中，除了南极大陆与南美洲的末端外，已经没有任何远古者建立的陆地城市的踪影；而在南纬50度左右的海底，远古者的城市也都消失了。远古者只利用过它们扇形的膜翼来长途飞行，从而研究过北方大陆的海岸线，至于北方世界的其他情况，它们一无所知，也没有兴趣。

由于山脉隆起、大陆被离心力撕裂、陆地和海底的地震以及其他一些自然变化的原因，远古者的城市也遭到了毁坏，这点在雕刻画中也总是出现。但我们好奇地发现，随着时光一点点流逝，远古者们重新建造的城市越来越少。这座朝着我们咧开大口的巨型死亡之城，似乎是这个种族最后的中心。它在白垩纪早期建成，而在建立之前，地球曾爆发过一次剧烈的地壳弯折运动，将不远处一座更为巨大的城市毁灭殆尽，于是远古者在这里重新修建了一座新城。这片地区对远古者来说，似乎是最为神圣的地方，据说第一批抵达地球的远古者就定居在尚且是原始海底的这里。我们能从雕刻画上找到这座新城市的各种特征，但这座城市沿着山脉向两个方向延伸了足足100英里，已远远超出了我们能观察得到的范围。这里可能保存了一些组成第一座海底城市的部分残骸，它们在远古者的眼里是神圣的岩石。经历过漫长的岁月，随着地壳的起伏和塌陷，这些神圣的岩石也早已高高隆起，露出了海面。

8

当然，我与丹弗斯是怀着浓厚的兴趣与一种独特的敬畏，去细细研究任何与我们身边这座城市有关的事物的。这里关于当地历史的记载相当丰富；在城市错综复杂的迷宫中，我们很幸运地找到了一座修建时间相当晚的房子，虽然在它附近有一条裂痕，使其遭到了一定的破坏，但是这里仍保留了许多技艺已显衰落的雕刻画，这些画承载着这座城市的历史。不过雕刻画中所描绘的历史，已远远超越了上新世时期。我们从那里最后一次窥见了人类之前的世界。这是我们仔细检查过的最后一块地方，因为在那里的发现让我们有了一个新的而且更加迫切的任务。

当然，我们那时正置身于世界上最奇特、最怪诞也最可怕的角落。在所有现存的陆地中，这里是最古老的一块。而我们也越来越确信，这片令人毛骨悚然的高原肯定就是在传说中出现过的那个可怖冷原，这里十分诡异，甚至连写《死灵之书》的阿拉伯作者都不愿提及它。这条长度惊人的巍峨山脉以威德尔海东岸的路德维希地为起点，几乎横穿了整个南极大陆。连绵山脉中高耸的山峦，在南极高原上划出了一道巨大的弧线，始于东经60度、南纬82度，到东经115度、南纬70度为止，而这条圆弧的凹处正对着我们的营地，山脉朝海的末端则消失在狭长的、覆盖着层层冰雪的海岸之上，威尔克斯与莫森都曾在南极圈的边上瞥见过那些起伏的山脉。

然而，某些更可怕、更夸张的事物似乎就近在我们眼前，让人不安。我已经说过，这些山峰甚至比喜马拉雅山脉还要高大，算得上世界上最高的山峰——但我的这一想法又被那些雕刻壁画否定了。这一恐怖的荣誉，应当属于另一条山脉，因为近半数的雕刻画似乎不愿记录下有关那个地方的一切，而其他的雕刻画虽也有提及，但明显透露出憎恶和不安。似乎它也是这片古老高原的一部分——在地球将月亮远远抛出、远古者自群星降临此地后不久，这里就是从海中升起的第一片陆地——但那里似乎还隐藏着一些模糊不清、不可名状的邪恶，导致远古者们对它避而远之。这条山脉上曾建造过许多城市，但它们早在远古者来临之前就已坍塌，而且其状态给人的感觉都是突然被遗弃的。科曼齐系时期发生的第一次剧烈的地壳弯折运动也影响到了这里，使其在强烈的震动之中无法停息。而就在那时候，在最为骇人的喧嚣和混乱中，一座可怕的山峰突然拔地而起。由此，地球便有了这最高耸、最恐怖的山脉。

如果那些雕刻的比例准确，这些可憎尖峰的高度肯定比我们所飞越的那片令人震惊的疯狂山脉还要高出40000英尺。它似乎自东经70度、南纬77度起一直延伸到东经100度、南纬70度，距离这座死亡之城不到300英里，如果没有那些朦胧的乳白色薄雾的遮挡，我们朝着昏暗的西部地区望去，应该可以看到它那可怕的尖峰屹立在远方的姿态。如果站在玛丽皇后的长长的南极圈海岸线上，也同样能看到这条山脉的北端。

在走向衰落的那些日子里，有些远古者会将那片山脉作为参拜的对象，进行一种奇怪的祈祷；尽管如此，它们之中却从未有谁靠近过那片山脉，也没有谁胆敢猜测隐藏在那群山之后的到底是什么。人类从未见过这些尖峰，我不免觉得有些可惜，但在我弄明白了那些雕刻画之中所蕴含的情感后，我便在心里祈祷人类永远也不要看到它们。有许许多多的山峦，沿着威廉二世地与玛丽皇后地的海岸线一路分布下去。正是这些丘陵和山峦在保护着人类——多亏了它们，真是谢天谢地——有了它们才没人能靠近，甚至攀登那片可怕的地方。现在我也不会像往常那样，对那些古老的传说与恐惧持怀疑态度了，也不会嘲笑那些人类之前的雕刻家们在雕刻时的想法了——它们认为，有时闪电会故意在每一座阴沉的山峰上驻留，意味深长；它们认为，这片可怖山脉中的一座高峰，会发出一种无法解释的光芒，持续照亮整个漫长的极夜。在古老的《纳克特抄本》里含糊不清地提到过位于冰冷荒原上的卡达斯，我想这一存在也许有着非常骇人而又真实的含义。

但近在咫尺的这片土地，即便没有难以言喻的可憎，却近乎与那片山脉一样怪异。城市建成后不久，这片巍峨的山脉就成了重要神殿的所在地。许多雕刻画都显示，这里曾有无数古怪的高塔，近乎与天齐高，而今天这里却只剩下簇拥成一团的立方体和城墙罢了；随着岁月的流逝，这一地区出现了许多洞穴，于是远古者们将这些洞穴改造成了庙宇的附属物；再后来，在地下水的持久侵蚀下，这片地区的整条石灰岩脉都完全变成了空洞，因此这片山脉、山脉后的山麓以及平原下方区域，形成了一个由洞穴和坑道相互连接而组成的复杂网状结构。许多雕刻画都讲述了远古者在地下探索的情景，以及它们最终在地球深处的发现：一片幽暗无光、不见天日的海洋。

这片巨大而幽暗的深渊，显然是被从西面那些无可名状的恐怖山峰间流淌而出的大河冲刷腐蚀而成的，那条大河曾绕过了远古者们的山脉，在山崖天堑之间蜿蜒流淌，最后从威尔克斯位于巴德地和托滕地之间的海岸线注入印度洋。大河在漫长的时光中，就这样一点点侵蚀掉了山丘脚下弯道处的石灰岩山基；后来，不断向下冲刷的流水进入由地下水腐蚀而成的岩洞，与地下水汇聚在一起，挖蚀出了更深的深渊。到最后，整条河的河水全部灌入了被掏空的群山之中，只留下一条干涸的河床，空空地朝着大海的方向。事实上，这座城市的许多建筑就修建在那条旧的河床上。远古者们应该是知道这里的地质变化过程的，所以它们发挥自己一贯以来对艺术的敏锐感觉，将山麓上的海岬雕刻成了华丽的塔楼，河水也就是从这里流入了永恒的黑暗之中。

这条大河之上曾架有数十座宏伟的石桥，但在今天，我们在空中观测时只能看到一条早已消失的河道。由于这一区域在时光漫长历史中的各个阶段都曾处于不同的位置，因此，它在不同雕刻画里的位置也能够帮助我们定位，这样我们就可以画出一幅草图，清晰地描绘出广场、重要建筑物等显著特征，为进一步探索提供指示。我们很快就可以想象出整座雄伟城市100万年、1000万年甚至5000万年前那惊人的模样，因为那些雕刻画已经告诉了我们建筑和山脉、广场、郊区和景观环境以及茂盛的第三纪植被的样子。想象这一切的时候，我们觉得那些场景肯定有一种奇妙而神秘的美，这种美甚至让我几乎忘却了那种阴冷邪恶的压迫感。这座城市所展现出的超越人类想象的古老、阴沉、死寂与偏僻，还有极冷的暮色都营造出一种压抑的氛围，笼罩在我的灵魂之上。然而，根据某些雕刻画的描述，这座城市原本的居民也曾感受过这种压抑的恐惧；因为在那些阴冷的雕刻画中，远古者们不止一次表现出了对某种存在的恐惧，并且因为这种恐惧而再三退避。而它们所恐惧的东西，却未被雕刻画绘制出来；但我们还是发现，这些东西出现在那条大河里；而且雕刻画里也暗示过，这些东西存在于河水中，从西面那可怕的崇山峻岭中流过，穿越了满是藤蔓、高低不一的苏铁森林，最后才涌入了远古者的城市里的。

有一处修建年代较晚的建筑，里面已显颓势的雕刻画告诉我们，毁灭这座城市的天灾在发生之前，究竟有着怎样的预兆。毫无疑问，远古者们身负重压，又正处于动荡的时期，它们也不像以前那样对雕刻艺术热情高涨，但在城市的其他地方，一定还有许多相同年代的雕刻画；事实上，不久之后就有了其他相同年代的雕刻画存在的确凿证据。但这是我们第一次也是唯一一次直接遇到那个时代的雕刻画。我们原本打算稍后再去更远的地方继续寻找；但是，我之前也说过，眼下的情况紧急，让我们只能先把注意力集中在新目标上。不过，远古者的能力也是有限的——远古者们本想将这里占为己有，长期居住下去，但是它们的希望破灭了，因此只能彻底放弃继续创作雕刻画。当然，终结这座城市的最后一击便是极寒天气的降临，这样的极寒天气曾一度统治着地球的绝大多数地方，并且再也没有离开过不幸的地球两极。在世界的另一端，这场极寒天气也终结了传说中的洛玛尔与极北之地文明。

现在已经很难推断出南极大陆开始逐渐变冷的确切时间了。目前，我们一般认为冰河期始于距今50万年前，但这场可怕的灾变降临南北两极的时间一定会早许多。所有定量估计在一定程度上都只是猜测，但那些显出颓势的雕刻画肯定没有100万年的历史，根据整个地表来推断，这座城市在大约50万年前很可能已经被废弃——其时间远早于公认的更新世开端。

在那些技法衰颓的雕刻画里，到处都有植物稀疏的迹象，而且远古者们的乡间生活也日渐减少。房间里开始出现供暖设备，冬季外出旅行时也在身上裹上了某些起保暖作用的衣物。然后，我们看到了一系列的椭圆形花饰的纹理——在这些晚期出现的雕刻画里，那些本来连续不断的横板排布方式经常中断——而越来越多的远古者开始转移到最近的温暖栖息地，其中一些远古者逃到了远离岸边的海底城市；而另一些则沿着地下由石灰岩洞穴组成的复杂网络一路爬下去，潜入了旁边的黑暗深渊。

最后，似乎大多数远古者都逃到了与这座城市毗邻的深渊里。毫无疑问，远古者之所以选择躲在这里，一定程度上是因为这片特殊的土地是它们眼中的圣地，但更主要的原因，可能还是深渊与那些满布洞穴的山脉上的庙宇挨得很近，迁移到这里的话，远古者们就可以继续将它们善加利用；同时，也能把这座广阔的陆地城市当成基地，可以将夏季居住地与各个坑道相联系。为了让两个聚居地之间的交通更加高效，它们对两地之间的通道进行了改造，开凿出了无数隧道，可以从这座古老石头城直接进入下方黑暗的深渊。经过极其深思熟虑的推算后，我们在先前绘制的向导图上仔细地标记出了那些隧道入口的位置。根据地图来看，很明显，至少有两条隧道正好在我们可以探索的范围之内——二者都在城市靠山的一侧：一条距离古老河道不到1/4英里；而另一条则在相反的方向，距离大约是前一条的两倍。

看来这个深渊中也有与干燥的海岸相连的部分，然而远古者还是选择把城市建在了水底，因为水底的温度比陆地上更温暖，而且水底总是保持恒温的。这片神秘的地下海似乎非常深，有了从地壳内部传来的地热，它们就能在这里永久生活下去。因为它们的腮腺系统从未退化，这些生物似乎并不用花费多少时间，就适应了水底的生活。当然，一开始它们还只是“部分时间”待在水底，最后就变成了“全部时间”待在水底。许多雕刻画都描绘了它们经常与那些居住在海底其他地方的同类生物相见；而且也描绘了它们是如何一步步适应，最后习惯了大河深处的环境，并在其中肆意潜游的。而且，远古者生活在陆地上时，早已习惯了漫长极夜的黑暗——由此可知，对于这样的种族来说，地下世界的黑暗也根本不足为惧。

虽然晚期的雕刻画风格毫无疑问已经明显退化，但它们依旧如同史诗般宏伟壮丽，描绘了远古者们在水底修建这座新城市的过程。它们的修建方法非常科学，都是从蜂窝状的山脉中心开采出那些不会溶解的岩石，然后到最近的海底城市请来技艺高超的工匠，再选用最好的方案，一步步建造新城市。应邀前来的工匠们也带来了建立全新城市的所有必备品——其中有一种原生质，它是制成照明用磷光生物的原料；而另一种同为原料的组织细胞，则能培育出负重搬运苦力的修格斯。

最后，一座巨大的都市终于完工，在阴森幽暗的水底耸立而起，它的建筑风格也与地面上的古城非常相似。由于在修建城市时采用了大量精确的数学理论，所以从工艺上来说，看不出什么衰颓的迹象。新培育出的修格斯个头极为庞大，而且智力非凡，比如它们接受和执行命令的速度更快了。不过与之前不同的是，它们似乎没有自己的声音，是通过模仿远古者的声音来与其交流的——如果可怜的莱克的解剖推断无误的话，修格斯发出的应该是一种音域宽广、犹如音乐般的笛声。在这个时期，远古者基本是靠口头命令而非催眠暗示来给修格斯分配任务，即便这样，它们也还是牢牢把握着修格斯的控制权。如今远古者已经住在了漆黑的深渊中，在陆地上才能看到的熟悉的极光是照不进这里的。好在有那些磷光生物，它们持续正常地工作着，为远古者提供光源，弥补了地底深渊的这一不足。

此时的艺术与雕刻装饰有关的工作所使用的技法已显衰退之势，而远古者们似乎也意识到了这一点。因此，许多时候，面对处理建筑雕刻的问题，它们采取了后来的君士坦丁大帝采取过的政策：它们将雕刻有优秀的古怪雕刻画的巨石从地上城市转移到了海底城市中去，这种做法与人类历史上的那位皇帝如出一辙。在文明日益衰落的情况下，他将希腊与亚洲最好的艺术作品掠夺一空，将他的新拜占庭装点得富丽堂皇，甚至比它们自己所能创造得更加壮观。但是，被转移的岩石雕刻画并不多，这无疑是因为它们起初并没有打算完全放弃地面上的城市。而等到它们彻底放弃陆上城市的时候（肯定在极地更新世之前），远古者们可能对它们已显衰退的艺术感到满意，或者已经认识不到旧日那些技艺成熟的雕刻到底好在哪里。不管怎么样，想必在旧日，我们周围这座亘古死寂的废墟里，肯定没有远古者大规模搬运雕刻画的身影，它们只在其他的地方带走了最好的独立雕像，以及别的方便移动的东西。

我已经说过，这些已呈衰退之势的雕刻画所讲述的故事，就是我们在有限时间，以及能够触及的最近搜索范围之内，所能搜索并研究得到的最新情报。它们向我们描绘了当时的生活情景：远古者们在夏季的陆地城市和冬天的海底城市里往返穿梭，有时也与南极海岸的海底城市进行贸易。那时候，远古者们肯定已经知道这座陆上城市最终逃不过天灾的厄运，因为那些雕刻画也刻画出了严寒侵袭的种种征兆。地上植被日益减少，即便到了盛夏时节，在冬季留存下来的厚重积雪和坚冰也无法彻底融化。蜥蜴类的家畜几乎已经完全死亡，哺乳动物也无法完全扛住越发逼近的严寒。为了能让地表世界的运转工作继续下去，远古者们不得不培育出了一类形体不明、不惧严寒的修格斯，去适应陆地上的生活——放在以前，远古者们是不会愿意做这种事情的。可是那时，大河中的生物已尽数消失无踪，而海洋的上层水域情况也好不到哪去——除了海豹与鲸鱼，大多数生物已经消失了。鸟类全都飞走了，仅仅剩下一些体型巨大而又长相怪异的企鹅。

后来发生的事情，也只能靠猜测得出答案。地下海中的新城市又存在了多久？它是不是犹如一具石头尸体般，躺在永恒的黑暗中沉睡？那些地下水最终是否也都在严寒之下冻成了硬块？外部世界的海底城市又面临着怎样的命运呢？是否有部分远古者在冰盖蔓延开来之前，就迁移到了以北的地方？现有的地质学知识里并没有支持其存在的证据。那些可怖的米·戈对外部世界的北方大陆来说，是否仍旧是一种威胁呢？时至今日，又有谁知道，还有些什么东西仍在地球最深处水域那暗无天日的无底深渊里苟延残喘着呢？任何强大的压力，对这些生物来说似乎都不在话下——而那些居住在海边的人有时也会捞上来一些奇怪的东西。上一代探险家博克格尔文克在南极海豹身上所发现的神秘而又野蛮的伤口，用一个“杀人鲸所为”，就都能解释得过去吗？

我们的猜测中并不包括可怜的莱克所发现的那些标本，因为标本表明，这批远古者所处的地质环境是非常久远的年代，那应该还是陆上城市发展的早期，距今至少有3000万年的历史了。根据我们的猜想，在它们生活的那个时期，别说洞中的海底城市，甚至就连洞穴本身应该都不存在。它们只会记得那些更加古老的景象：到处都是茂盛的第三纪植被，那座艺术发展得欣欣向荣的年轻城市，还有一条向北奔涌的大河，沿着巍峨山脉的脚下一直流淌进远方的热带海洋里。

然而，我们仍止不住地去思考那些标本，以及与之相关的一切，尤其是那八个我们没能在被彻底摧毁的莱克营地中所发现的完整的标本。整件事情里总有些蹊跷——像是那些我们一直努力将这一切归咎于某些精神失常的疯子所为——还有那些令人毛骨悚然的坟墓——那些不见了的东西——格德尼——这些远古怪物有着异常坚韧的躯体，许多雕刻画也描绘了这个种族有多么诡异古怪——在短短的几个小时里，我与丹弗斯看到了太多的东西，而且也试图相信许多有关远古世界的难以置信而又骇人听闻的秘密，并且保证守口如瓶。

9

正如之前所说，在研究过那些已显颓势的雕刻画后，我们就改变了行动目标。当然，这与那些通往黑暗世界深处的隧道有关。之前我们并不知道这些隧道的存在，但我们现在急不可耐地想要找到这些通道，穿越它们，探索地下世界更深层、更神秘的角落。根据雕刻画的精准比例来看，我们推断，如果进入附近的任何一条隧道，沿着陡峭的下坡路再走一英里左右，就能将我们带到那令人晕眩、暗无天日的悬崖边上的大深渊；然后沿着那些由远古者们修整好的道路继续向下走，就能看到布满岩石的海岸，亲眼目睹那片隐藏其中、如深夜般幽暗的海洋。一旦我们知道如何到达令人难以置信的大深渊的所在，便无法抗拒想要亲眼见证其存在的诱惑，不过我们也意识到，如果我们想要完成这个心愿，就必须立刻寻找那些向下的通道。

当时已经是晚上8点，而我们手里的电池也不多，不可能让手电筒一直亮着。由于在冰盖下方进行了大量的研究与抄誊，我们手上的电池至少已经连续使用了5个小时。尽管我们知道该如何节约电池电量，但剩下的电池显然只能再撑4个小时。不过，如果不是遇到很难通过，以及特别值得一看的地方就不开手电筒的话，我们也许能用得更久一点。在这些巨大的地底墓穴里探险，是不可能没有照明的。因此，出于节省电池、顺利探索深渊的考虑，我们不得不放弃继续研究壁画。当然，我们那时已计划好以后再回到这里来，然后在这里进行数天、甚至数周的深入研究与拍摄。那一刻，我们的好奇心早已战胜了内心的恐惧。但在那时，我们必须加快脚步。我们用来留记号的碎纸片也不是无限的。尽管我们不想牺牲其他的笔记本，但还是不太情愿地撕掉了一个大笔记本，用来补充袋子里的碎纸片。如果情况变得更糟，我们还能通过在岩石上凿刻记号的方法继续前进——当然，就算真的迷了路，只要时间允许，我们就能一次次尝试、分析，摸索出正确的路，重返地面。所以，我们在做了记号以后，就急切地前往离这里最近的通道。

根据我们用作地图参考的雕刻画来看，我们打算进入的隧道，离我们所处位置的距离也不会超过1/4英里。在我们与隧道中间的地方，是看起来十分坚固的建筑群，但在冰盖之下，这些建筑群中间应该也有些空隙可以供我们通行。这个隧道的开口本身就位于地下室的一个角上，这个角与山麓也离得很近，呈现出一个巨大的星形结构，显然是做公共用途，也许是用来举行仪式的。我们试图通过之前对遗迹的勘探，来确定这座建筑的位置，但回忆起在飞机上的所见，却怎么都想不起曾看到过这样的建筑。因此我们得出结论：这座建筑在地面上冒出的部分一定已经严重损毁，看不出模样，或者它已经掉进了我们注意到的一个冰层裂缝中，完全化为了废墟。如果是后一种情况，那么隧道可能已经完全堵塞了，而我们就得尝试去另一条同样离我们很近的隧道，它就在北边，而且距我们不到一英里。因为有城市中间的河道阻挡，所以我们在这次探险中没法尝试去任何一条更靠南的隧道；事实上，如果两条相邻的隧道都被堵住了，我就不确定我们的电池电量够不够用，能否支撑到让我们去尝试另一条位于北边的隧道，那里可比我们现在所处的地方还要远一英里。

我们靠着地图和指南针在黑暗的迷宫中穿行，走过或完整或残破的房间与走廊；爬上斜坡，穿过上层建筑和桥梁，然后再次爬下。我们一路上遇到过被完全堵死的门廊，以及成堆的碎石瓦砾；有时还会遇到一些保存完好、一点儿瓦砾都没有的神秘过道，我们只能尽量地快速通过。如果方向走错了，我们就会原路返回，同时也不会忘记拿走身后留作记号的碎纸片。有时我们会走到一个露天竖井底部，从这里能看见陆地上的阳光如水般倾泻，或是缓缓淌落下来。我们一再受到沿途出现的雕刻画的诱惑。其中许多雕刻肯定讲述了极为重要的历史故事，因此我们只能在心中默默地安慰自己“日后一定会再回来”，才能让自己抵制住诱惑继续前行，而不是屡屡停下脚步，查看沿途的所有雕刻画。尽管如此，我们有时也会情不自禁地放慢脚步，打开第二个手电筒。要是我们有更多的底片，肯定会暂停下来拍摄其中某些雕刻画，仅靠费时地画素描来记录雕刻画肯定是不可能的。

现在，我的叙述又到了一个让我犹豫是否要继续，或者让我更愿意用暗示而非明说的地方。不过，这一部分却是极为有力的证明，能让我阻止其他人继续前往南极探险，因此，我必须继续向公众叙述我们接下来的遭遇。我们已经爬得离计算好的隧道口地点很近了——穿过一座位于二楼的石桥后，就到了一堵尖角形墙壁的顶端，然后就可以沿着一条破旧的走廊继续向下前进。我们看到这条走廊的两侧都是复杂精美、明显是举行仪式用的晚期雕刻画——此时将近夜晚8:30，年轻的丹弗斯嗅觉敏锐，他最先闻到了某种奇怪的气味。如果我们带了一条狗，那么在这之前，我们就会提前得知这一警告。起先，我们不太能准确地判断这种出现在纯净空气中的气味到底是什么，但几秒之后，我们的记忆就对这种东西做出了非常明确的反应。我还是直截了当地说出来吧。空气中弥漫着的隐约而又微妙的怪味，我们可以肯定，这种气味明显与我们打开那座疯狂的墓穴，发现那具被可怜的莱克解剖过的标本的气味是一样的，同样让我们感到恶心。

当然，当时这一启示并没有现在说来这么清楚明了。我们脑中有好几种可能的解释，但都犹豫着拿不定主意，就此事窃窃私语了很久。最重要的是，我们还未展开进一步的调查，实在不能就此先撤退；因为我们都已经走到这里了，除非能确定前方潜伏着的就是灾难，否则我们不愿意为任何事而离开这里。不管怎么说，我们所做的种种猜测都太过疯狂了，就连我们自己都难以相信。正常世界里绝对不可能发生这样的事情。两壁的雕刻画在满怀恶意地斜视着我们，其中的内容诱惑着我们去驻足查看。不过，或许是失去理性后的本能在作祟，为了不再受那些已经衰退又险恶的雕刻画所诱惑，我们将手电筒的灯光调暗，蹑手蹑脚地在越来越凌乱的地板和成堆的碎石瓦砾上匍匐前进。

丹弗斯不仅鼻子比我灵，眼睛也比我更敏锐。我们经过许多部分被阻塞的走廊，以及通向地面上的房间和走廊时，也是他率先发现地上的瓦砾堆有些奇怪。这些瓦砾经历了几千年的荒芜废弃，可看起来却完全不是这样。于是我们小心地将手电筒的光调得更亮些，便发现了一些痕迹。那像是不久之前，有什么东西曾从这里穿过似的。虽然在这些由碎石瓦砾组成的石堆里很难看出任何明显痕迹，但在较为光滑的地方，还是能看出有拖拽重物经过后留下的痕迹。我们恍然间一眼看过去，发现有几条平行的痕迹就像是跑道。于是，我们在这里再次停了下来。

也就是在这次停下脚步时，我们同时闻到前面有另一种气味。让人觉得矛盾的是，这种味道既让人害怕，又让人不是那么害怕——但在这里，在我们已经对这里的环境和历史有所了解的前提下，这种气味又显得极其可怕……当然，除非散发出这种气味的是失踪的格雷尼。因为这种气味正是我们都熟悉的——我们每天都在使用的汽油。

在这之后，我们为何还能继续深入探险，那就只能留给心理学家去解释了。我们知道，那个制造了营地恐怖景象的罪魁祸首肯定已经爬进了这座幽暗的远古坟墓，因此我们绝不应该怀疑现在——或者接下来的一段时间——会遇到什么无可名状的怪物。但最终，或许是纯粹的强烈好奇心，或许是焦虑，或许是自我催眠，或许是隐约中认为一切都是格德尼的杰作，又或是其他什么东西，驱使着我们前进。丹弗斯又开始自言自语起来，说他自己在冰盖上方的小巷废墟中看到有什么痕迹，而且在发现痕迹之后，他还模模糊糊地听见了某种富有音律的笛声——尽管那声音像是山上的狂风在岩穴里引起的回声，但在我们看过莱克的解剖报告后，在我们大脑中，这种神秘的声音便有着更重要的潜在含义——从脚下未知的深渊中传来。轮到我的时候，我低声说起莱克的营地那一片恐怖的惨状；讲起那些不知所踪的物品，讲起那个孤独幸存者是如何在他疯狂的头脑中，孕育出这不可思议的想象——他究竟是如何穿越那荒凉的险峻山脉，进入这片未知的远古城市中的呢——

但是，我们一直都无法说服彼此——甚至说服我们自己，去坚定不移地相信任何东西。我们在原地站着不动时，关掉了手电筒。这时我们模模糊糊地注意到，有阳光从上方透过层层废墟的缝隙照射进来，使这里不至于完全漆黑一片。我们仅凭着下意识的反应前进，并且不时开一下手电筒，好让我们看清前方的路。地上杂乱的碎石废墟堆，让我们有一种挥之不去的古怪感觉；同时，前方飘来的汽油味也越来越浓。我们前方出现了越来越多的碎石废墟，阻碍了我们前进。很快，我们就发现前方的路被完全堵死了。我们在空中勘察时，对出现的裂痕所作的悲观猜测是完全正确的——我们探险所走的这条隧道是走不通的，甚至都无法进入能下到深渊的地下室。

我们站在被堵塞的隧道尽头，手电筒的光扫过两边刻有怪诞图案的墙壁，接着便发现了几条堵塞程度不一的走廊；其中一条走廊里传来的汽油味也很浓烈，导致我们已经完全闻不到先前那种古怪气味了；但这两股味道的区别还是异常明显。经过一番更为镇静的检查后，我们发现从那条走廊的拱门里延伸出了一条跑道般的痕迹，旁边的碎石都被清除了。看来这里最近似乎被什么清理过。不管那里潜伏着的恐怖会是什么，我们现在都觉得自己已经发现了一条可以直达深渊的道路。因此，我想没有人会奇怪为何我们在行动之前，会在这儿驻足如此长一段时间。

然而，我们冒险进入了那神秘漆黑的走廊拱门之后，第一感觉就是既扫兴又失望。因为我们来到了一个边长约为20英尺的标准正方体地下室，这里的空间很大，房间内密密麻麻地雕刻满了壁画，地上散落着碎石。不过，我们却没能在这里发现任何一眼就能看出是不久前才出现的东西。于是，我们本能地想要找到通往别处的出口离开，但一无所获。然而，过了不一会儿，丹弗斯又眼尖地发现了一处不对劲的地方：地面上散落的碎石似乎曾被某些东西弄乱过；于是我们把两个手电筒开到了最亮。在这样的亮光之下，我们看到了一些非常简单，而且是微不足道的东西；尽管如此，我仍然很不愿意直接说出那到底是什么东西，因为它的出现正暗示着什么。那里有一堆碎石已经被粗略地弄平整了，还有一些不起眼的小东西随意地散落在上面。这堆碎石的某个角落肯定曾泼洒了大量的汽油，数量多得即便是在海拔如此之高的超级高原上，那些汽油依旧留下一股刺鼻的浓烈气味。换句话说，这肯定曾是某个营地——其他一些像我们一样的生物，因为意外发现通向深渊的道路被阻塞，所以不得不折返回来，在这里临时搭建营地。

就让我坦白说了吧。我们看到的那些东西，都是莱克营地里的。其中有一些罐头，全都以十分奇怪的方式打开了，就跟我们在一片狼藉的营地中所看到的那些罐头一样；许多用过的火柴；三本带有插图并且多多少少有所污损的书籍；一个空的墨水瓶以及带有图画和说明的墨水瓶纸盒；一支坏了的钢笔；一些以奇怪方式裁剪下来的皮毛衣物和帐篷布的碎片；一只带有使用说明、已经用过的电池；一个帐篷暖炉使用的折叠式硬纸盒；还有一堆皱巴巴的纸。本来这就够糟糕的了，但当我们整理好那些折皱了的纸，看看上面写着什么的时候，我们才觉得事情已经发展到了最糟糕的地步。之前在营地里发现的那些纸张上，也有同样让人毫无头绪的圆点墨迹，那时我们还能有一点心理准备；然而，当我们正置身于一座噩梦之城，置身于人类未出现前就建造好的穹顶上时，再看到这样的东西，心中所产生的惊恐让人几乎难以承受。

也许是发疯的格德尼在这些纸上模仿了出现在绿色滑石上的小圆点，就像他在那些疯狂的坟堆上留下圆点的行为一样；也许他也曾在路上绘制好了简略的地图素描图，但这些地图不太准确。他勾勒出了与城市相邻的地区，并且用圆圈画出了我们没有走过的路线——比如我们在雕刻中看到的圆柱形高塔，或在空中看到的圆形巨坑——他就从这些地方一路找到了一条直通我们所在的这座星形建筑，以及深入到建筑下方的隧道中去的路。我必须再重复说明一次，他也许跟我们一样，在深入这座建筑的时候就准备好了这些地图；尽管可以肯定，面前图纸上的这些画不是我们见过的，更不是我们誊抄的，但这些图纸显然和我们的地图一样，是从冰川迷宫中某个地方的晚期雕刻画中收集来的。然而这样一个笨手笨脚的艺术门外汉，是不可能用这样一种怪异而自信的技法来绘制这些素描地图的。虽然它们看起来画得仓促而粗心，但其技法对于业已衰退的雕刻画来说，都是更为优越的——因为这是在死亡之城的鼎盛时期，远古者雕刻家们所采用的独特技巧。

有人会说丹弗斯和我在看到这一切时居然不赶紧逃命，肯定是已经疯了；因为我们的那些推论——尽管显得荒诞——已经得到了证实，而我也根本不必向阅读这份报告的读者解释我们的推论到底是什么。也许我们的确疯了，难道我没说过，那些可怕的山峰正是疯狂山脉吗？但是我想，那些悄悄跟踪危险的野兽穿越非洲丛林，为的是给它们拍摄照片、好研究其习性的人，在他们身上也能找到某种与我们类似的精神，只不过他们的精神并没有我们这么极端。虽然我们一时间因为恐惧而动弹不得，但是我们心中燃烧得越来越猛烈的好奇心和冒险精神，最终还是战胜了恐惧。

当然，我们也没有打算直接面对那些东西，那些我们知道曾来过这里的东西。但我们觉得它们一定已经走远了。此时，它们一定已经找到了另一个通往深渊的邻近的入口，走进了石城下方的幽暗深渊，属于往昔的黑色碎片可能在它们从未见过的深渊中等待着它们。如果那个入口也像这里一样被碎石堵死了，它们可能会继续向北移动，寻找其他的入口。因为它们与我们不同，可以在不依赖光线的情况下行动。

回首那时发生的一切，我差点儿不记得自己当时是什么样的心情了。眼前的情况变化得太快，让我们更加期待在这里的发现了。我们当然并不希望直面那些我们所恐惧的东西，但我也不否认，我们对此有一种暗藏的、无意识的期盼，希望能从某个隐蔽而有利的角度来监视这里发生的某些事。也许我们想要一睹那片深渊的热情仍未熄灭，不过我们现在还多了一个新的目标。先前发现的皱巴巴的地图上，有一个用大圆圈标示出来的地方。我们立刻认出它是一座巨大的圆柱塔，在最早的雕刻中就有出现了，但从空中看它只是一个巨大的圆孔。虽然这些图是仓促之间画就的，但我们看了之后还是在心中留下了很深刻的印象，我们认为在冰盖之下的部分肯定有着非常重要的意义。也许在那里，我们还能见到尚未遇见过的建筑奇迹。根据那些雕刻画来看，它古老得令人难以置信，而且确实是这个城市最早建造的建筑之一。石塔内部的那些雕刻画要是还能保存下来，其意义一定十分重大。而且，这座石塔可能也是一条保存完好的、通向外部世界的道路——这条路比我们小心翼翼地探索出的那条路要短，也许这也是其他生物下来时所走的路。

不论如何，我们所做的就是研究那些可怕的素描地图，它们很好地证实了我们的结论。我们沿着所指示的路线，回到纸上用圆圈标出来的地方；这条路线，走在我们前面的无可名状的生物肯定也在这里往返过。另一处邻近的通往深渊的大门就在那里。我们一直节约着使用纸屑，边走边撒。详细情况我就不必过多叙述了——因为跟我们在地下墓穴中走进那条被堵死的路时的情况完全一样；只不过这条路与地面离得更近，甚至还要下到地下的走廊里去。一路上，我们经常会发现走过的乱石废墟有被移动的痕迹。走出了汽油味弥漫的区域后，我们再次隐隐约约地闻到了之前那种更难闻、更难消散的气味。离开了先前所走的路线后，我们有时会用一个手电筒偷偷地扫一扫两边的墙壁；我们注意到，这些墙壁上的雕刻画几乎无处不在，事实上，那些雕刻画似乎是远古者们展现自己审美的主要方式。

大约晚上9:30，我们穿过了一条长长的走廊。此时，地面上堆积的冰雪也越来越厚，这意味着我们就在冰盖表层下面的位置了；与此同时，随着我们的前进，走廊的拱顶越来越低。不久，我们就可以看到前方太阳的强光了。于是，我们关了手电筒。似乎我们已经来到素描地图上那个巨大的圆圈圈出来的区域，而且我们离冰盖表面也已经很近了。走廊的尽头是一座拱门，对一座雄伟的废墟建筑来说，拱门由于废墟的堵塞而显得出乎意料的低矮，但就算我们还没靠近，就已经能看到藏身在它后面的很多东西了。在那里，有一个巨大的圆形空间，直径200英尺，布满了碎片，同时也分布着许多与我们之前所穿过的拱门一样的石门，都是已经被封堵的。在我们目之所及之处，四周的石墙都醒目地雕刻成了比例夸张、带有图案的螺旋形宽板。由于直接暴露在外，受各种恶劣天气条件的蹂躏，这些宽板已经严重风化，但那些雕刻画所展示的辉煌艺术成就，远超我们之前所见过的任何雕刻。落满了各种碎石的地面上覆盖着一层厚厚的冰雪，使我们不由得想象位于冰层下更深处的地面又会是什么样。

但这里最引人注目的东西还是一条巨型石头坡道。这条坡道避开了那些拱门，它急转拐出，通向了开阔的楼层。它螺旋状地缠绕在巨大的圆柱形墙上，仿佛是攀附在巨塔外的结构或是古巴比伦的塔庙。由于飞行速度太快，以及把坡道与混乱的塔内墙面混在了一起，我们才没有在高空中注意到这座极具特征的建筑，也使得我们不得不寻找另一条道路去到冰面下层。如果帕博迪在这里的话，也许他就能告诉我们，它究竟运用了哪一种工程学原理才能屹立不倒，但丹弗斯和我就只能欣赏与惊叹了。我们到处都能看到巨大的石制梁托和柱子，但我们所看到的似乎不足以做到支撑整座建筑。这座建筑从底部到塔顶，都保存得很完好——考虑到它就这样直接暴露在外界的自然威胁中，能维持这样已实属不易——它的遮蔽对于保护那些雕刻在墙面上、离奇古怪而又令人不安的巨幅图画，起了很大作用。

我们走进了这座有日光渗入、令人惊叹的巨型遗迹底部。毫无疑问，它是我们见过的最原始的古代建筑，足有5500万年的历史。我们看到斜坡横穿的那些侧面一直延伸，足足有60英尺，令人目眩。我们想起飞行时看到的景象，便意识到外面的冰川约有40英尺厚；因为我们在飞行中往下看时，这座深坑就位于一堆约有20英尺高的坍塌建筑废墟的顶端。一排在废墟中幸存的、更高也更巨大的弯曲墙壁遮挡了此处3/4的周长。根据那些雕刻画可知，这座巨塔最初屹立于一座空旷广场的中央，高度可能曾达到五六百英尺，顶端附近有水平方向的圆形堆叠，而在最顶端的边缘上还有一排针状的尖塔。大部分砖石明显是向外倾倒，而不是向内倾倒——这真是万幸，否则斜坡可能会被砸碎，而整个内部也会因此无法通行。但事实上，坡道还是受损严重；而底部的拱门原本是被堵塞的，似乎也在最近被重新挖开了。

我们很快就得出结论，这确实是其他生物所走的路线，所以我们也能从这里重返地面（虽然身后已经撒了长长的纸屑标记）。靠近山麓的塔顶开口处距离停靠飞机的地方，不会比返回最早进入的那座巨大的梯形建筑更远。我们接下来在冰盖下展开的探索，都将在这片广阔的区域内进行。但很奇怪的是，即便已经看到了那么多可怕的景象，猜想到了那么多恐怖的事情，我们这时候仍在想着下一步该如何探索。接着，当我们小心地在地面上的碎石废墟之中摸出一条路来时，眼前的另一幅景象让我们暂时把其他所有的事情都抛诸脑后。

三架雪橇整齐地挤成一排，放在斜坡较低矮且向外凸出的角落里，我们现在才注意到它们的存在。它们正是从莱克营地丢失的那三架雪橇。由于使用方法不当，雪橇已经有些散架了——它们肯定是被谁在没有积雪的砖石地板以及满是碎石的地面上强行拖拽了很长一段距离，在经过许多无法通行的地方时才改用搬运。它们被小心而巧妙地包装捆扎起来，而里面装的东西我们也非常熟悉：汽油炉、燃料罐、仪器箱、食品罐头，有明显书籍形状凸起的防水帆布，还有其他一些同样涨鼓鼓的帆布，但不知道里面包着的是什么东西——所有这些都是从莱克营地带过来的东西。在地下室里发现了那些东西之后，我们在某种程度上对即将看见这样的场景也有了心理准备。不过，其中一块防水布的轮廓让我们特别不安。我们走上前去将其揭开时，那真正的惊骇感才迎面袭来。似乎那个东西和莱克一样，都对收集典型的标本感兴趣；因为这里有两个标本，它们都已冻得僵硬，并且保存完好，在颈部出现伤口的地方也用胶水做了修补，并且小心地包裹了起来，以防止进一步的损伤——那正是年轻的格德尼，以及那条失踪的雪橇犬的尸体。

10

许多人可能会觉得我们不仅疯狂，而且冷酷无情。因为在发现了如此令人悲痛的真相后，我们竟然很快又开始思考如何进入北边的隧道和隧道下方的深渊了。但我并不是说我们马上就想起了之前的计划，而是因为随后就出现了特殊情况，把我们原来的想法全推翻了，又引起了我们一连串新的猜想。我们重新给可怜的格德尼盖上防水布，然后默默站在原地，因为迷茫而相对无言。这时，我们听到了一种声音——我们也曾听到过山风在极高处发出的微弱哀号，但这是我们在离开地表后第一次听到这样的声音。虽然那声音让人觉得熟悉，而且并无什么特殊之处，然而在这个遥远的死亡世界里，这种声音的存在远比任何怪诞或难以置信的声音都更令人意外和不安——它的出现再一次让我们心中原有的对宇宙万物的概念产生了强烈的动摇。

那声音听起来有点像是一种音域宽广、宛如音乐的奇异笛声——因为莱克的解剖报告，使我们认为自己会在这座死亡之城一睹那发出怪声的东西的原貌——实际上，自从目睹了莱克营地的恐怖景象后，我们的神经已经过度紧张，每次听到狂风的呼号，便能从风声中隐约听出这种声音；而这种声音与我们周围这片万古死寂的世界有着令人胆寒的协调感。那是来自其他时代的声音，是来自属于早已死去的时代的声音。然而，正因如此，我们听到的声音才粉碎了我们原本由常识修筑起来的心理防线——南极内陆是一片荒原，这就是我们一直以来默认的常识。这里一直以来皆是如此，是人迹罕至的绝境，而且也绝对没有任何普通的生命在这里生活的痕迹，就如同月球表面的丰饶之海[1]一般。然而，我们听到声音并不是那些自远古时期便被掩埋在岩洞里，却因为其超乎寻常的坚韧体魄，而最终被岁月无痕的极地太阳唤醒的亵渎神灵之物所发出的诡异音符。相反，那声音太普通了，普通得让人觉得有些可笑。在离开维多利亚地的航行旅途，以及在麦克默多湾营地生活的那些日子里，我们早就听惯了这样的声音，对它非常熟悉。然而，在这里听到它的时候，我们还是不寒而栗，因为它绝不应该出现在这里。简而言之，那只是企鹅的沙哑叫声。

那低沉沙哑的声音，从几乎与走廊方向相反的冰层之下飘来，那显然是朝着另一条通往广阔深渊的隧道的方向——与我们来到这里的道路正好相反。而这只能让我们得出一个结论：尽管这个极地世界的地表在漫长的时期内都了无生机，但在那个相反的方向上，却有一只还活着的水禽；因此，我们当时的第一个想法，就是去验证这个声音是否真的存在。实际上，那个沙哑的叫声不断重复着，而且有时听起来像是好几只企鹅在同时鸣叫。为了寻找它的源头，我们走进了一条碎石被清理过的走廊。我们再一次渐渐将阳光抛在身后，进入无边的黑暗，因此，我们又得沿途留下碎纸做记号。碍于手上的碎纸不够，我们只好带着奇怪的反感，把原来放在雪橇上的防水帆布撕碎，补充了纸袋里不多的碎纸片。

走过覆盖着冰雪的地面后，眼前的场景再度变成了一堆堆散乱的岩屑与碎石。石堆里的拖拉痕迹清晰可辨，我们一眼就看到了；有一次，丹弗斯还从中发现了一个清晰的脚印。至于那个脚印到底是什么样子，恐怕也不需要我再过多描述了。企鹅叫声所指引的路线方向，恰好是我们在地图和罗盘上画出的、通向北面隧道口的路线；接着，我们兴奋地发现了一条不仅位于地面、没有石桥，而且前往地下的通道似乎也没有被阻塞的大道。根据草图来看，那条隧道的起点应该就在一座巨型金字塔式建筑的地下室里。我们依稀记得从空中瞭望时，看到那座建筑保存

[1] 月亮表面巨大的坑洞。虽名为“丰饶”，但是空空如也，是没有生命的荒原。

得相当完好。在我们继续前进的路上，亮着的那个手电筒照出了大量沿走廊分布的雕刻画，但我们并没有停下来去查看其中的任何一幅。

突然，有一个巨大的白色物体隐隐出现在我们面前，我们赶紧打开了第二个手电筒。奇怪的是，虽然我们之前害怕周围潜伏着危险，但追寻企鹅叫声源头的时候，我们已经燃起了探索新事物的热情，足以让我们忘却原本的恐惧。那些东西把它们的补给留在了用圆圈标出来的地方，它们一定是计划在侦察之旅结束后，再返回或进入深渊；然而，我们在那时对它们毫无防备，就好像它们根本不存在一样。这个摇摇晃晃向我们走来的白色物体足有6英尺高，但我们似乎立刻便意识到，那不是我们害怕在这里遭遇的那种生物。那些生物个体更大，颜色也更深；而且根据那些雕刻画的描述，尽管它们长着用来在海里活动的触角，但它们在陆地上的行动速度肯定也很迅速。但要说那个白色物体一点没让我们害怕，倒也不至于。在那一瞬间，我们确实被一种原始的恐惧牢牢攫住，这种感觉甚至比我们内心对那种生物产生的、来自理性层面的恐惧还要强烈。事情接下来的发展却令人扫兴：那个白色物体侧身走进了我们左边的一座拱门，因为在那里有它的两个同类，一直在用沙哑的叫声召唤它。那只是一只企鹅，一种未知的巨型白化企鹅，甚至比已知帝企鹅中最大的个体还要大。由于外表已经白化，而且退化成了目盲，它看起来才会那么可怕。

我们跟着这只企鹅走进了拱门，而且打开了手里的两个手电筒照着这三只企鹅，但它们都对我们无动于衷，表现木然。我们发现它们都是同一种类的未知巨型白化企鹅，而且眼睛也都退化到直接消失。看到它们如此巨大的体型，就让我联想起之前所看到的远古者们的雕刻画，其中曾描绘过某种同样巨大的古代企鹅，而我们也很快断定，这些企鹅就是那种古代企鹅的后代。它们的祖先肯定是躲进了某些较为温暖的地下区域，才最终幸免于难。但地底永恒的黑暗也永远地破坏了它们身体里的色素沉淀，而且还让它们的眼睛退化萎缩，彻底废掉了。它们现在的栖息地应该就是我们所寻找的深渊，这点毋庸置疑；同时，这也证明了那处深渊是温暖而宜居的，这不由得让我们产生了一系列好奇而又微妙的令人不安的联想。

不过我们也在想，这三只水禽为什么要冒险离开它们原来的领地？根据这座巨大死亡之城的状态，以及这股永不消失的死寂来看，这里显然不是企鹅们通常的季节性繁殖地，而三只企鹅面对我们的造访漠不关心，因此即便是那些东西经过了这里，它们也不太可能会受惊吓。难道是它们的什么行为冒犯了企鹅的领地，或者试图捕杀企鹅，好增加自己的肉食补给？那些东西所散发出的气味，让雪橇犬非常憎恶，但我们不确定这些企鹅是否也会表现出同样的反感，毕竟它们的祖先与远古者们相处融洽；而且在深渊里，只要远古者们还活着，它们这种和睦的关系就不会变。我们不由得有些遗憾——由于纯粹追求科学的精神复燃，我们本想拍下这些反常的生物，但却不能如愿。我们随后告别了这三只企鹅，朝着深渊继续前进，任由它们在后面继续鸣叫。这一切已经向我们证明了深渊的广阔，加之地面上偶尔也会出现企鹅脚印，让通向深渊的方向变得更加明确清晰了。

不久之后，前方出现了一条又长又矮、没有拱门也没有雕刻的走廊。沿着这条长长的走廊继续向下，我们走过了一段陡峭的下坡路，之后我们便确信，自己终于接近了隧道的入口。沿途我们又看到了两只企鹅，并且听到了前方还有其他企鹅的叫声。走到尽头之后，出现在我们面前的是一片空旷的开阔地带。见此景象，我们不自觉地倒吸了一口凉气：那明显是一个深埋在地底的完美倒置的半球形空间。这个半球形空间的直径有100英尺，洞顶与地面之间的高度约为50英尺。有许多低矮的拱门绕着圆周的底部依次分布，但只有一个地方例外——那是一座洞穴般的弓形入口，它就这样朝我们敞开着，望过去漆黑一片——正是它打破了这个半球形空间的对称结构。这座洞穴的高度接近15英尺，那便是通向地下深渊的入口。

洞穴凹陷的顶端被雕刻成了一座原始的远古穹顶，分布着大量已显衰退的雕刻画，让人印象深刻。不远处，还有几只企鹅蹒跚前行。虽然我们是陌生的访客，但它们却显得全然无视我们的存在。这条黑色的隧道在陡峭的下坡处无限倾斜下去，凿得形态奇异的侧壁和过梁装饰着整个洞口。在神秘的洞口前，我们似乎感受到有一股暖气流吹出来，甚至还夹杂着一些水汽。我们想知道，除了企鹅以外，在下面那无限空旷的陆地、与之相邻的蜂窝状高原及巍峨的山脉中，还有可能会躲藏着什么样的生物。我们也在想，可怜的莱克最初怀疑是山顶烟雾的、飘在天空中的缕缕雾状踪迹，以及我们自己在城墙顶上看到的奇怪的薄雾，是否可能就是由地心深处类似这样的蒸汽沿着这些弯弯曲曲的隧道迂回上升而形成的。

进入隧道后，至少在最开始这一段路看来，隧道的高度和宽度大约都是15英尺。墙壁、地板以及拱形的天花板，都是由普通的巨石砌成的。墙壁上点缀着椭圆形的传统装饰雕刻画，不过都是风格已显衰退的作品；所有的建筑和雕刻都保存得非常完好。除了一些能看出企鹅向外跑动的痕迹，与那些东西进入时留下的痕迹的碎石外，地面还算干净。越往深处走，隧道里就越暖和；我们很快就解开了厚重的衣服。我们想知道下面是否有岩浆运动的痕迹，那片晦暗无光的海洋的水是否真的温热。没走多远，隧道里的石板就变成了坚硬的岩石，但隧道的宽高不变，而且同样有刻意凿刻整齐的痕迹。隧道的斜坡坡度不断变化，有时会变得非常陡峭，所以隧道的地面上就凿刻了防滑的沟槽。我们有好几次都看到了一些通往左右两侧的小走廊，但这些小走廊在我们的草图上却没有标出来；不过它们并不会阻碍我们折返回去，相反，我们倒是很高兴能有这些走廊——万一我们不想碰上的东西从深渊中现身，又刚好让我们在途中碰上了，也许我们还能跑进这些走廊里避一避。走在隧道里，那些东西散发出的难以言说的气味变得非常明显。毫无疑问，在目前的情况下还要冒险进入那条隧道是愚蠢的自杀行为，但对某些人来说，探索未知世界的诱惑，要远远强于对未知恐惧的担忧。事实上，正是这种诱惑把我们带到了这个地球上极为荒芜的地方。我们沿着隧道继续前行，在路上看到了几只企鹅，并试着推测了一下我们前面的路还有多远。根据那些建筑里的壁画来看，我们推测只要再走大约1英里的下坡路就能抵达深渊，但是之前四处调查时得出的结果告诉我们，那些壁画的比例并不完全正确。

走过大约1/4英里后，那种难以名状的气味开始变得极其强烈，而我们也非常小心地一一记录下我们经过的各个侧壁洞口。在这些洞口附近并没有见到明显的蒸汽，但无疑这是由于缺乏相对较冷的空气、无法凝聚水汽所致。随着我们前进深度的增加，温度也在迅速上升。和预料的一样，不久我们便看到了一堆乱扔在地上、同时也是我们再熟悉不过的东西，也正是因为过于熟悉，我们才感到战栗不安。那堆东西也是莱克营地里的，主要是些保暖的皮毛织物，还有帐篷的帆布，但我们没有停下来去研究这些织物被切割成的奇怪形状。而在这之后不远，我们便注意到两侧的走廊不仅数量增多，而且也变得更高更大了。我们由此推测，自己可能已经进入那些更高的山麓下密集分布的蜂窝状区域。这时，那些东西所散发出的不可名状的气味跟另一种同样难闻的恶臭混在了一起。而那股恶臭到底源自哪里，我们也无法猜测。但我们想到的是什么有机物腐烂了的味道，也许是未知的地下真菌。这时，隧道忽然变宽了——这是雕刻画上没告诉过我们的。这条隧道突然变宽变高，成了一个巨大的椭圆形洞穴，大约70英尺长，50英尺宽，它两侧有许多巨大的、通向神秘黑暗的通道。

虽然这个洞穴的外观很自然，但打着两个手电筒仔细查看过后，才发现它是经由人工，将相邻蜂窝之间的几堵墙挖开后才成形的。这里的墙壁粗糙而高大，拱形洞顶长满了钟乳石，但坚固的岩石地面已经整个磨平了，不仅没有碎片和碎屑，甚至连灰尘也没有。除了我们经过的那条大道之外，从各个方向延伸出去的带有雕刻壁画的走廊都是这样的，这种奇特的环境使我们迷惑不解。在这里，那种跟难以描述的气味混在一起的新出现的恶臭，变得过于刺鼻，其浓烈程度甚至掩盖了其他的气味。这整个地方的地板都被磨得光亮，几乎是闪闪发光，加上躲在这里某处的未知生物，给我们的印象比我们以前遇到的任何怪物都更可怕，让我们困惑不解，又隐约感到恐怖。

前方通道规整有致，附近堆积了更多的企鹅粪便，这些让我们不会陷入疑惑，仍能选中正确的路线。然而我们依旧决定，如果接下来的情况变得更加复杂，还是要继续靠碎纸留记号的方法来认路；因为这里一尘不染，根本不可能依靠尘土来做记号。我们继续前进，将手电筒的光柱打在了隧道的墙上——然而，我们随即便惊讶地停下了脚步，因为这里墙面上的雕刻画已经发生了极其明显的变化。当然我们也已经意识到，在挖掘这些隧道的时候，远古者们已经极大地衰退了；同时，我们也确实注意到了身后那些雕刻画里的藤蔓式花纹的工艺之拙劣粗糙。但是，在洞穴深处的雕刻却突然发生了一种完全无法解释的巨变——这些雕刻在基本特征和质量上的差异之大，可以说是翻天覆地的，而且雕刻者的技艺衰退得极其严重，其程度之深甚至可以说是灾难性的。联想起之前看到的那些雕刻画，我们完全想不到原本那些作品最后竟会衰退成这样。

这幅严重衰退的新作品非常粗糙拙劣，而且细节处理得也相当草率。它的横板陷入墙内的深度有些夸张，浮雕最底层的深度与之前遇到的那些椭圆形框相同，但浅浮雕的高度却没有和普通的墙面高度保持一致。丹弗斯认为这幅作品可能是二次雕刻的产物——抹去了原本在上面的雕刻，然后重新雕刻了新的作品。从内容上来看，这幅作品是用来装饰的新雕刻，所用的图案也都是普通的雕刻图案。它由一系列粗糙简陋的螺旋与折角组成，依旧遵循着远古者传统的五分法数学原理；然而与其说它是对传统的延续，倒不如说是一种拙劣的模仿。我们不能忘怀的是，这些雕刻对于美感的表现中混杂了某种微妙但极其陌生的元素——丹弗斯猜测这可能是由于雕刻者抹去原有的壁画重新雕刻所致。它跟我们所见过的远古者的艺术品有些相似之处，但又存在着令人不安的差异；这种元素混杂的艺术雕刻，总是让我不断地联想起古罗马风格的难看的巴尔米拉雕刻。我们在特征最明显的那一幅雕刻画下方的地板上发现了一截用完的电池，看来有人先于我们进入了隧道，而且同样注意到了这件作品。

由于不能再花太多时间做进一步的研究，所以我们粗略地看了一眼，又继续前进了；不过，我们一路上还是频繁地用手电筒照着两旁的墙壁，想看看在雕刻装饰上是否还有更多的变化。但是，我们没什么发现。不过由于路上有无数地面磨平过的走廊通向两侧，所以这里的雕刻也较为集中。我们看到和听到的企鹅越来越少，但我们隐约地怀疑在地下深处某个遥远的地方，有无数的企鹅在合唱。之后出现的那种来源令人费解的恶臭非常刺鼻，我们几乎都闻不出那些东西散发出的无以名状的气味了。前方有肉眼可见的蒸汽喷涌而出，这说明前方的温度反差越来越强烈了，而我们也越来越接近那巨大深渊旁边晦暗无光的海崖了。随后出乎我们意料的是，我们看到前方磨平发亮的地面上，倒映出了某些巨大物体的影子——这挡在我们面前的东西明显不是企鹅。我们在确认了那些东西是静止不动的之后，打开了第二个手电筒。

11

说到这里，我又很难再继续讲下去了。此时此刻，我本该因为经历了这一切变得坚强才对；然而，有些经历与它所包含的暗示给人带来的伤害实在太深，伤口已经无法愈合，只给我们留下更为敏感的神经，以至于光靠记忆就能重新唤起那原始的恐惧。正如我之前所说，我们看见前方磨平发亮的地面上倒映出了某些障碍物的影子；而我也要补充一句，我们的鼻子也是几乎同时闻到了那种古怪的恶臭，而且恶臭突然间变得无法解释地强烈起来，还明显混进了在我们之前进入这里的那些东西所留下的难以形容的气味。借着两个手电筒的光，我们看清楚了那障碍物的真身；而我们之所以还敢靠近它们，是因为即便从远处我们也能看到，它们就像我们在可怜的莱克营地里发现的那六只深埋在星形坟墓下的标本一样，已经无法伤害我们了。

事实上，它们和我们在营地里发现的那几只标本一样，已经残缺不全，但从它们体下流出的暗绿色浓稠黏液来看，它们是在不久前才受的伤。我们在这里发现的生物一共有四只，但根据莱克的报告，赶在我们之前进入这座深渊的生物应该有八只。对我们而言，以这样的方式与它们遭遇实在是出乎意料，但同时我们也很想知道，在这片地下深渊里到底发生了什么可怕的争斗。

我们知道企鹅们一旦受到伤害，就会用它们的喙发动猛烈攻击，报复对方；而且我们靠自己的耳朵也能确定，远处肯定有一个企鹅栖息地。难道是它们扰乱了企鹅的生活，才引来了企鹅凶残的报复追杀？但考虑到地上的尸体的状况，再结合莱克的解剖分析来看，这些生物的肉体如此坚韧，光凭企鹅的尖喙攻击，是无法留下我们所看到的这些惨烈伤口的，所以这一推断不成立；而且我们觉得这些体型巨大、双目失明的水禽显得异常温和。

那么，又或许是它们之间发生了内斗，而不见了的另外四只就是罪魁祸首？如果是这样，那么它们去哪儿了？它们是否就在附近，而且还会直接威胁到我们？我们继续缓慢前行，非常不情愿地靠近，焦虑地扫视着两边地板已经磨平了的走廊。虽然不知道当时的情况，但那些受惊的企鹅肯定是卷入了这场争斗，才在惯常活动范围以外的地方游荡。这场冲突肯定是在望不见底的深渊里发生的，而且距离我们所听到的那群企鹅的栖息地很近，因为没有迹象表明这里有水禽生活过。我们猜想，这里也许曾发生过一场异常激烈的争斗，较弱的那一方试图逃往它们存放雪橇的地方，但追击者追了上来，结束了它们的生命。我们甚至都能想象出，这些恐怖得难以名状的怪物疯狂地追逐打斗，一大群企鹅受到波及，正高声鸣叫，匆忙逃窜，冲出了黑暗的深渊。

我们迈着缓慢的步子，极不情愿地靠近了那些躺在地上、残缺不全的尸体，但我打心底里希望我们根本没有靠近它们，而是以最快的速度从那条地面光滑、亵渎神灵的隧道中逃出去；在我们看到随后将要映入眼帘的事物、我们理性的大脑还未被某些令人窒息的东西煎熬之前，逃离这个遍布着模仿、嘲讽前代作品的拙劣雕刻画的地方。

我们将两个手电筒都对准了那堆摊开躺在地上的东西，很快便意识到了它们残缺不全的主要原因。虽然它们生前遭到撕扯、挤压、扭曲和撕裂，但它们一致的致命伤却是被斩首。每具尸体长有触角的海星形头部都消失了；再靠近些后，我们发现凶手取下它们首级的方式并非普通的斩首，而更像是残忍地撕下或拔掉的。它们身上流出的刺鼻暗绿色液体汩汩流淌，成了一滩不断蔓延开来的浓浆；但这种刺鼻气味却又被后来出现的陌生恶臭盖过了。在这儿，这种气味比我们沿途经过的任何地方都要刺鼻，只有靠近那些不成形的尸体，我们才能找到这股恶臭的来源。此时，丹弗斯突然想起了某些描绘远古者在二叠纪时期的生活，即距今1.5亿年前历史的、栩栩如生的雕刻画。随后，丹弗斯发出了饱受蹂躏的尖叫，那叫声在这条刻满了邪恶雕刻画的古老拱道里歇斯底里地回荡着。

在丹弗斯尖叫过后，我也差点儿尖叫出来，因为我也看见过那些原始的雕刻画，还曾经不寒而栗地欣赏着那些雕刻家的伟大作品——雕刻画中描绘了那场大规模镇压战争的景象，其中就有包裹在可怕黏液里、在地上动弹不得、残缺不全的远古者。在战斗中，令人恐怖的修格斯屠杀了远古者，并把它们吮吸成了可怖的无头尸体。即便那些雕刻画描述的是远古时代的旧事，但它们依旧莫名的邪恶，如梦魔般恐怖；因为任何人都不该知晓修格斯的所作所为，任何生物也不该去描绘。就连写下《死灵之书》的疯子作者也曾神经质地紧张发誓说，在这个星球上没有修格斯，只有那些咀嚼了大麻的人才能在睡梦中臆想出这种生物来。这些无定形的原生质能模仿各种形态和器官，能用躯体做出各种动作，它们是一黏性肿胀细胞泡的聚合体，是直径15英尺、拥有无限可塑性与延展性的橡胶般的球体——它们本是听话的奴隶，是城市的建造者；但到后来，它们越来越愠怒、越来越聪明、越来越适应水陆两栖的生活、越来越懂得如何模仿它们的主人。上帝啊！究竟是怎样的疯狂才会让那些亵渎神明的远古者竟然想去役使和雕刻这样的怪物？

此时，我与丹弗斯看着那些无头的尸体被黏液层层包裹，还有些黏液溅在那堵重新雕琢过的墙壁上一组组圆点之间的光滑部位，它们闪闪发亮，散发出刺鼻而令人厌恶、只有最病态的幻想才能想象出其来源的恶臭；我们看着那些不久前才残留下来的闪闪发光的黑色黏液，在手电筒的光照下反射着七色彩虹的光芒，而我们只能默默忍受着眼前的一切。在这一刻，我们对无穷的恐惧有了最深刻的理解。我们已经不再害怕遇到那四只失踪的远古者了，因为我们明白，它们不可能伤害我们了。唉，真是可怜的恶魔！毕竟，它们对同类来说也不是恶魔，它们也是人，是属于另一个时代、另一种存在形态的人类。大自然对它们开了一个残忍的玩笑——如果将来，有疯狂、冷酷和残忍的人类要前往这片恐怖的荒原，将那深埋于地下的生物挖出来，那么他们也将面临一样的残酷——这就是它们悲剧的宿命。

它们甚至都不野蛮——它们做了什么呢？它们在未知时代的寒冷中惊醒——或许还有一群浑身是毛的四足动物，朝它们狺狺狂吠，袭击了它们，而它们就这样不知所措地抵抗着那些四足动物的攻击，同时还有一群穿戴奇怪、手持奇特装备，而且同样疯狂的白色猿猴也在攻击它们……可怜的莱克，可怜的格德尼……可怜的远古者！直到最后，它们仍像是科学家那般，保持着追求科学的热忱——要是换作我们，我们的行为又与它们有何不同呢？天啊，它们是多么的智慧，又是多么的执着啊！它们的遭遇，与那些出现在雕刻里的同族与先祖们所面对过的一样难以置信！不论是辐射动物，还是植物，还是怪物，还是从群星降临到此的东西——不论它们是什么，它们都和人类一样，有着人类的智慧和对科学的追求！

它们曾穿过冰封的山脉，曾对着耸立庙宇的乱石山坡顶礼膜拜，还曾在孕育了蕨类植物的山麓间漫步。它们发现了这座属于它们的死亡之城与缠绕其上的诅咒。它们也和我们一样，在这里看遍了远古的雕刻画，了解了后来发生的一切。它们试图前往深渊，与传说中生活在深渊暗海中、素未谋面的同族联系——它们下来以后，发现了什么呢？看着眼前这些包裹在黏液中的无头尸体，看着那些令人憎恶的、重新雕刻过的雕刻画，以及它们旁边墙上那些恶魔般的、一点一点的新鲜黏液，我们脑海中所有的想法，都在同一时间喷涌出来——我们知道了，我们完全明白了，在那片暗无天日、有企鹅栖息地环抱着的水下，究竟是什么在城市中取得了最终胜利，并且在那里存活至今。此时，有一股扭曲翻滚的白色雾气从深渊里喷涌而出，给人以不祥之感，它的出现仿佛是在回应丹弗斯歇斯底里的尖叫声。

当我们意识到挥洒这些可怖黏液与留下无头尸体的罪魁祸首是谁时，极度的恐惧让我们站在原地呆若木鸡，就像两座缄默无言的雕像。事后，我们更深入地交流过后，才知道我们那时的想法竟然不谋而合。

我们感觉自己在那里站了上亿年的时间，但实际上我们可能也就沉默了10秒或15秒钟，甚至比这还要短。那可憎的、苍白的雾气向前翻滚着，仿佛是被一个位于隧道更深处、同时还在不断前进的庞然大物驱动着才向前翻滚——忽然，从隧道深处传来了声音，而正是那个声音打乱了我们纷繁的思绪，也打破了施加在我们身上的沉默魔咒，让我们像是疯了一般撒腿就跑。我们穿过那些同样惊慌失措、呱呱尖叫的企鹅，沿着来时的路不顾一切地跑，沿着冰下巨石修建的走廊一路狂奔回那座空旷的圆形场地，我们全凭下意识的推动，疯狂地快速攀上古老的螺旋坡道，寻找外界真实的空气和阳光。

正如我所说，这个忽然出现的声音让我们对自己的想法感到不安；因为可怜的莱克在解剖报告里的描述，让我们以为自己遇上的，是那些已经死去的东西。丹弗斯后来告诉我，这也是他在冰层上的小巷拐角处隐约听到的声音；它与我们在高耸的山洞周围听到的笛声般的呼啸声惊人的相似。虽然说出来可能会让人觉得幼稚，但我必须再多补充几点，因为在听到这声音后，丹弗斯脑海中浮现出的第一个解释，与我的是相吻合的。当然，我们会有那样的解释，与平时阅读的书籍不无关系，但是丹弗斯也暗示过一些奇怪的想法。他认为，在一个世纪前，爱伦·坡写作《阿瑟·戈登·皮姆的故事》的时候，可能早就意外接触过这禁忌之物。也许会有人记得，在那个怪诞的故事里曾出现过一个对南极而言意义非凡，但来源不明，亦包含有不祥之意的可怖词语。在小说里，那些生活在这块险恶之地的中心，如同幽灵般的雪白巨鸟永远尖啸着：

“得克哩——哩！得克哩——哩！”

我得承认，从不断喷涌而出的白雾背后传到我们耳朵里的，正是这个声音——一种音域宽广、透着阴险意味、犹如音乐般的笛声。

早在那东西发出这三个音符或音节之前，我们已经拔腿就跑了。但我们知道远古者的动作有多敏捷，那些被尖叫声唤醒、在大屠杀中幸存的远古者，只要愿意，它们可以在瞬间追上我们。然而，我们还在隐约之间心存侥幸，希望我们没有做出攻击性的行为，或者活捉我们带去给同类展示，以满足它们的科学好奇心等原因，而留我们一命。毕竟我们对它们来说没什么好怕的，它们自然也没有伤害我们的动机。此时再找地方藏身显然是徒劳的。在这关键时刻，我们逃跑时把手电筒转向身后看了看，发现那股白雾正在慢慢散去。难道我们最终将会看到一个活生生的远古者从雾中走出，向我们展现出它的完整面貌吗？这时，我们又听到了那隐含着阴险的笛声——“得克哩——哩！得克哩——哩！”但我们并没有看到身后有什么在追赶我们，因此我们觉得那东西可能是受伤了。但是，我们也不能冒险，因为它追来并非为了躲避什么，而是纯粹被丹弗斯的尖叫声吸引来的。眼下情况紧急，我们没有时间再犹豫了。至于那些更无法想象、更不能提及的梦魇——那些散发恶臭、肆意喷溅着黏液，却从未有人一睹其真容的原生质庞然大物；那些已经征服了深渊，派出陆上先遣者在山间的洞穴里蠕动，同时把远古雕刻画重新雕刻过的怪物到底在哪里，我们根本不知道。一想到我们要把这只受伤的远古者（而且还很可能是唯一的幸存者）孤零零地扔在这里，让它独自承担再度被抓住的危险，以及落入修格斯手中后难以描述的残酷命运，让我们切身体会到了痛楚。

谢天谢地，我们并没有放慢脚步。卷起的雾气又变浓了，正以越来越快的速度翻涌而来；而在我们身后的那些迷路的企鹅开始尖叫起来，看起来是真正的恐慌——我们经过它们身边时，它们完全是漠然的态度，所以相较之下，它们现在的这一表现实在让人惊讶。紧接着，那音域宽广浑厚的阴郁笛声，再度在我们身后响起——“得克哩——哩！得克哩——哩！”我们错了，那东西并没有受伤，它只是在遇到同类的尸体，以及两边墙壁上面沾满了黏液的铭文时，才稍稍停了下来。我们可能永远也无法明白，它的这一举动究竟有着怎样如同守护神一般的意味，但我们在莱克营地里发现的那些坟墓，已经能充分说明它们非常重视死者。我们开着手电筒照亮前路，借着那人造的光柱，我们看到前方就是那个有许多通道在此汇聚的空旷洞穴，想到能逃离那些重新雕刻的病态雕刻画，我们颇感欣慰——甚至就算我们不再回头去看，也能感受到这种心情。

这个洞穴的出现提醒了我们，这个大型隧道相互交汇的地方若是非常容易迷路的话，也许能够借助这一点让我们躲过那东西的追捕。在空地上有几只白化的目盲企鹅，很明显，它们对即将到来的那东西极其恐惧，甚至害怕得难以言喻。如果我们将手电筒的亮度调到最低，只保证我们能够继续前进，并且只照向前方，白雾中那些巨大鸟儿惊恐的鸣叫也许会掩盖我们的脚步声，掩藏我们所要前进的方向，就能把追逐我们的东西引到错误的路上去。在这翻腾盘旋、袅袅上升的雾气中，那条布满碎石、并不反光的主隧道，跟其他那些打磨得光可鉴人的隧道之间，其实没有特别明显的差别；据我们推测，壁画里描绘了远古者有一套特殊感官，虽然并不完美，但能让它们在紧急情况下不用依赖光线；但即便是这样，恐怕它们也很难快速地分辨不同的隧道。实际上，就连我们在这里行走时，都很担心自己会走错了隧道。当然，我们决定必须一直往前跑，回到那座死亡之城去；因为进入了那些未知山麓下蜂巢状的迷宫后，一旦迷路，后果将无法想象。

我们最后活了下来，摆脱了追逐我们的那东西。这说明那东西还是走错了路，而我们则如有神助般，幸运地走了正确的路。单靠那些企鹅还救不了我们，但加上了迷雾，似乎就能成功了。只有最仁慈的命运才能让喷涌的白雾在关键时刻浓得恰到好处，因为白雾在不断移动，随时都有可能会消散。而事实上，在我们离开那条充满了令人作呕的、重新雕刻的雕刻画的隧道，进入洞穴之前，这些水汽曾消散过片刻；而在调暗手电筒，混进企鹅群里，期望能以此躲过追猎之前，我们曾用极度恐惧的目光向后瞥过一眼——虽然只是一闪而过的匆匆一眼，但我们第一次看到了那个紧追不舍的东西。谢天谢地，我们的命运是这么的幸运，我们还能向你们述说这一切！我们当时所看到的那个恐怖的轮廓，在我们的余生中化为恐惧，一直纠缠着我们，令我们无法摆脱。

我们之所以会向后回望，也许仅仅是出于被追赶者的内在本能，想要辨识追赶者的真容和追赶的路线；或者，这只是一个下意识反应，为的是回应我们某个感官提出的疑问。在逃跑中，我们只顾着埋头狂奔，根本没法去观察和分析细节；然而即便如此，我们的潜意识一定惊讶于我们的鼻子闻到的气味。接着，我们意识到了这个问题到底是什么了——虽然我们与那些覆盖在无头尸体上的恶臭黏液的距离拉得越来越远，而身后一直在追赶我们的东西却在渐渐接近，但我们闻到的气味却没有变化，这是不合逻辑的。之前靠近躺在地上的那些尸体时，我们闻到的是那种在不久前还无法解释的才出现的恶臭，它会完全掩盖其他的气味；但到了这个时候，那种恶臭本该被那些东西所散发出的无法形容的刺鼻气味所取代；然而实际上恰恰相反，之后才出现的那种更加难以忍受的恶臭不仅没有变淡，反而随着时间的推移，变得越来越浓。

所以我们同时回头看了一眼；但毫无疑问的是，肯定是先有一个人回头望了，另一个人才下意识跟着也回了头。我们回头时，将两个手电筒开到了最亮，让光线完全穿过身后在瞬间变薄了的迷雾。要么是纯粹出于原始本能的焦虑，想看到我们所能看到的一切，要么是出于一种不那么原始但同样无意识的冲动，为的就是在调暗手电筒躲进前面的企鹅群之前，先把那东西的眼睛给晃花。多么愚蠢的举动！甚至连俄尔甫斯或者是罗德的妻子，都不曾因回望而付出如此惨重的代价。那音域宽广而又可怕的笛声又响了起来——“得克哩——哩！得克哩——哩！”

虽然我无法忍受直截了当地说出我们所看到的，但还是让我坦诚相告吧，尽管当时我们相互之间都不愿提起这件事。读者读到这些文字，也许根本无法体会那景象到底有多么恐怖。它在瞬间完全摧毁了我们的心智，以至于我不禁怀疑我们当时还能有意识地调暗手电筒的光，而且还能准确无误地跑进那条通向死亡之城的隧道。而这一切都是我们凭着本能完成的——也许在这一点上，本能比理性更好；但是，如果我们确实是被本能所救，那么它的代价也太高了。我们所有的理性当然早就荡然无存了。丹弗斯的精神彻底崩溃了，回忆起后来发生的事，我记得的第一件事情就是听着他神志不清又歇斯底里地反复念叨着一些词。我只能在这些词句中发现纯粹的疯狂与毫无逻辑的碎片，除此之外我再也分辨不出其他。这些词句在企鹅惊恐的尖锐鸣叫声中回荡；回荡着一路穿过前前后后的一条条拱顶。感谢上帝，我们终于把那些拱顶都远远抛在了后面。他肯定并不是一开始就在念叨这些，否则我们不可能还活着，也无法那样不顾一切地拼命狂奔了。如果那时候他因紧张不安的反应而出现丝毫偏差，会造成什么后果？一想到这点，我就不寒而栗。

“南站下……华盛顿站下……公园街下……肯德尔……中央站……哈佛站……”可怜的丹弗斯念叨着的是人们熟悉的波士顿市到剑桥市隧道里的一个个车站名字，而这些车站远在数千英里外。然而对于我来说，这种支离破碎的喃喃低语也丝毫没有给人回家的感觉。我所能感受到的只有恐怖，因为我确切知晓这种喃喃低语究竟暗示着一个多么可怖而污秽的东西。在我们回望的那一刻，如果迷雾足够稀薄的话，我们曾以为自己会看到一个恐怖而不可思议的东西用飞快的速度朝我们贴近；而这个东西到底是什么样子，看到这个轮廓的时候我们心里也会有数。事实上，身后的迷雾在那一刻的确足够稀薄，但我们所看到的东西却与我们之前的想象完全不同，而且更加骇人，更加可憎。那东西完全就是奇幻小说家口中所说的“不应该存在的东西”；如果要打一个最为接近也最容易让人理解的比方的话，那就是你站在地铁站台上，看着一辆巨大列车的黑色前端阴森地从远处朝着你迎面袭来，而且上面还闪烁着怪异的光彩，身上像是活塞填满气缸一般，塞满了巨大的地下隧道。

但我们此刻并不是站在地铁站台上。那散发着恶臭、通体黝黑发亮的无定形圆柱体穿过足有15英尺宽的隧道，速度越来越快，甚至加快到了无法理解的程度，紧紧贴着隧道两侧涌了上来，推动着它身前那些来自深渊的苍白蒸汽再度变浓。那不是地铁，那是一个可怖而无可名状的东西，它比任何地铁都要大——那是一个无定形的原生质肿泡的聚合体，身上还有微光在隐约中不时闪耀。无数只眼睛就像冒着绿光的脓泡一样，在它的表面不断地形成和分解。它那填满整个隧道的前端朝着我们直直地飞驰过来，把疯狂逃窜的企鹅通通碾碎，在它与它的同类清理得一尘不染、闪闪发光的地板上极速滑动游走。耳边依旧传来那嘲弄般的富有乐感的笛声，十分可怕——“得克哩——哩！得克哩——哩！”最后，我们终于想起，这就是恶魔般的修格斯。远古者只靠一己之力赋予了它们生命、思想以及可塑的器官，但却没有赋予它们语言，因此它们只能借用那一组组圆点来表达自己的感想——同样，它们也发不出自己的声音，只能模仿昔日主人的声音。

12

丹弗斯和我都记得自己进入了那个刻有壁画的巨大半球形山洞，然后沿着之前走过的路线，穿过死亡之城那巨大的房间与走廊；但这些记忆已经变成了梦境碎片，我们不记得当时是什么想法，不记得看到了什么细节，也不记得自己做过什么了。我们好像漂浮在一个模糊的世界或维度中，这里没有时间，没有因果，也没有方向。巨大圆形遗迹中的灰蒙蒙的日光让我们清醒了一些，但我们并没有再靠近那些被藏起来的雪橇，也没有再去看一眼可怜的格德尼和那条可怜的雪橇犬。他们已经在一座奇怪而又巨大的陵墓里永远沉睡了，而我希望在末日降临前，没人会去打扰他们。

正是在爬上巨大的螺旋斜坡的过程中，我们第一次感受到了在空气稀薄的高原上拼命奔跑的后果——我们呼吸急促，整个人疲惫得可怕；然而，即使意识到遗迹可能会倒塌，在回到那片有着天空和太阳的正常世界前，没有什么能让我们停下来。我们最终成功逃离了那个早已被尘封的时代，这种选择似乎是明智之举；因为在气喘吁吁地爬上60英尺高的远古石柱时，我们曾瞥过身边那连绵不断的雕刻画，上面记叙的史诗向我们完整地展示了那个业已消亡的种族，在早期它们未曾衰落的时代，曾经拥有高超的艺术造诣——这是5000万年前的远古者们留给我们的道别。

最后，我们爬上了山顶，发现自己站在一个由倒塌的巨石形成的石堆上。站在这里望去，能看到有一排高高的弧形石墙向西延伸出去。在东面，越过更多倒塌的建筑之后，能看到群山那幽静的山峰向东方不断延伸。南极洲午夜那低垂的太阳泛着红光，在遗迹参差不齐的废墟裂缝中时隐时现。这些我们所熟悉的极地风景更加衬托出了这座梦魇之城的可怖与死寂、苍凉与古老。头顶的天空飘过一片翻滚的乳白色冰汽云雾，让我们感受到了刺骨的寒意。在之前的一路狂奔中，我们出于本能，绝望地抓紧了工具袋，现在我们终于可以把它放下了。我们重新穿上了厚重的衣服，跌跌撞撞地爬下巨石堆，穿过这片饱经万古沧桑的巨石迷宫，朝着停泊飞机的山麓前进，我们的飞机就在那里一直等候着我们。至于那迫使我们从地下一路狂奔，逃离那个古老而神秘的深渊的东西究竟是什么样的，我们没有任何提及。

不到一刻钟，我们就找到了通往山麓的陡峭斜坡——那里可能埋着一条古老阶梯——我们就是从这里走下来的。而现在我们站在这里，抬起头就可以望见我们的飞机在前面山坡上那稀疏的遗迹间透露出的黑色身影。向上爬到半路的时候，我们稍事停顿，喘了口气。我们再次回望下方那座由巨石建筑纵横交错形成的奇异迷宫，再一次看着它在未知的西面勾勒出神秘的轮廓。当我们这样看着时，远方的天空那清晨的朦胧已渐渐消失，那团翻腾的冰尘向上直冲天顶。它们仿佛在嘲讽我们，外形轮廓随之变换成各种奇异的图案，但是就连它也不敢将自己的外形表现得太过清楚或确定。

此刻，在这座怪诞的石头城后方那无穷无尽的白色地平线上，隐约地矗立着一排幽暗的紫色尖峰，在西面玫瑰色天空的映衬下，仿佛是在梦境中一般若隐若现。那条早已干涸古老的河道，沿着古老高原微微发光的山峰边沿前行，横穿过高原，犹如一条不规则的朦胧丝带。在一瞬间，我们曾对这幅场景所展现出的超越尘世的力量赞叹不已，但随后隐约的恐惧就爬上了我们的心头。因为那条远方的紫色边沿线无疑就是禁地上的恐怖山脉——那是地球上最高的山峰，也是地球上所有邪恶聚集之所；那里隐匿着不可名状的恐怖与上古的秘密；那些远古的雕刻家都对这些山脉讳莫如深，不愿在雕刻画中描绘它们的真正含义，选择了避而远之，但又会向它们祈祷；地球上从未有任何生物踏足此地，但不祥的闪电却经常拜访此处，而在漫长的极夜中，整个高原都会发出奇异的光——毫无疑问，这就是那令人恐惧的卡达斯的未知原型。它就位于冰冷的荒原之上，但就连远古神话也尽量避免提到它的存在。我们是看到它的第一批人类，愿上帝保佑，让我们成为看到它的最后一批吧。

如果这座史前城市里的地图与壁画所描述的都是真的，那条神秘的紫色山脉就在300英里远处；即便如此，它们朦胧神秘的轮廓在远处白雪皑皑的天际升起，仿佛一颗即将升入未知天空的可怕异星的锯齿状边缘。这些山脉的高度无疑是无可比拟的，它们直插进稀薄的大气层，唯有气态的精灵才能在这样的高空生活。那些会动的生物就算冲上了这样的高度，在无法解释的坠落之后，也几乎不可能再亲口讲述自己的经历。看着它们，我紧张地想起某些雕刻画里的种种暗示——那条大河是从被诅咒的山坡上冲下来的。我想知道，那些沉默寡言、只是埋头默默雕刻的远古者们所感受的恐惧中，又有几分是理智，几分是愚蠢？我回忆起这条山脉的北端正好靠近玛丽皇后地，甚至在那时，道格拉斯·马森爵士的探险队就在与它相隔不到1000英里的地方探险。我希望不会有厄运降临，不要让道格拉斯爵士和他的队员们看到那些可能就存在于沿岸山脉之外的东西。这种想法说明我当时已经过度紧张了，而丹弗斯的情况看上去更糟。

然而，早在我们为了回到飞机的所在地而经过那座巨大的星形遗迹之前，我们的恐惧就已经枯竭了，而我们眼下无法避开的重任，就是要再次翻越这片山脉。山麓以东是无数散落着废墟的黑色山坡，它们阴森恐怖地拔地而起，再一次让我们回忆起了尼古拉斯·罗列赫笔下诡异的亚洲绘画；而当我们想起那浑身散发着恶臭、恐怖的无定形生物可能正穿过那些空洞，扭曲地爬进最高处被腐蚀掏空出来的洞穴中时，我们就更不可能保持冷静地驾驶飞机越过那些引发我们无限联想的洞穴，而且狂风在洞穴中穿梭时，还发出一种音域宽广、极富乐感的邪恶笛声，这就让我们更加浮想联翩。更糟糕的是，我们清楚地看见几座山顶上飘起了团团雾霭（可怜的莱克之前肯定误以为这是火山活动）；而我们则颤抖着想起了我们不久前逃离的那团与之相似的白雾——想起这些蒸汽全都是从那个孕育着无穷恐怖、亵渎神明的无底黑暗深渊中飘出来的。

飞机的状况一切良好，我们笨拙地穿上了厚重的飞行专用皮毛衣物。丹弗斯顺利地发动引擎，我们平稳地起飞了，爬升到了这座噩梦般的城市上空。向下看去，巨大而古老的石头建筑就如我们第一次看到的时候一样，向四面八方铺展延伸。我们开始爬升和转向，测试风况，准备再次飞越山隘。在高空中受到的气流干扰一定很大，因为天顶的冰晶云在不断变幻，形态越发怪诞奇异；但在要穿越山隘的24000英尺的高空上，我们发现还能继续飞行。当我们的飞机靠近那些突兀而起的尖峰时，我们能再次明显地听到那种奇异的笛声。我能清楚看见丹弗斯操纵飞机的双手在颤抖。虽然我只是个不太上道的初学者，但我想在那时候，要让我驾驶飞机在山峰之间的缝隙进行危险难度较高的穿越操作，我也会比他做得更好。当我打起手势，表示要接过操纵杆时，他没有反对。我尽力使出浑身解数驾驶飞机，保持最大程度的镇定，双眼紧紧盯着两侧山崖后面那片泛红的天空，坚决不去关注山顶上冒出的蒸汽，我真希望自己是那些离开塞壬海岸的奥德修斯的手下，能用蜡封住双耳，封住那些令人不安的呼啸，不让它们侵入我的双耳，进入我的大脑。

虽然丹弗斯已从驾驶座上离开，却还是让自己的神经绷紧到了危险的程度。他回望那座逐渐在身后变小的城市时，我感觉他在转来转去，扭动着身子。他或是前望山洞密布、满是立方体的尖顶，或是侧望白雪皑皑、堡垒满布的丘陵组成的白色荒原，又或是仰望布满怪诞白云、翻滚搅动的天空。就在那时，当我正试图安全驶过山隘时，他疯狂的尖叫声击垮了我仅能控制住自己的意志，导致我在那瞬间变得无助而紧张，胡乱摆弄起操纵杆来，差点就要造成无可挽回的后果。过了一会儿，最终还是我的意志占了上风，我们成功地穿越了山隘——然而，我猜想丹弗斯恐怕永远都无法像以前一样了。

我说过，丹弗斯一直拒绝告诉我究竟是什么样的恐怖让他如此疯狂地尖叫；我深感惋惜，显然是那最后一瞥的恐怖景象才导致丹弗斯精神崩溃的。在我们安全到达山脉的另一头，慢慢地朝营地俯冲而下时，我们曾在狂风的怒号与引擎的嗡嗡声中，大喊着对话了几次，但就跟我们准备离开那座可怖城市时说的一样，大多数对话内容我们都发誓守口如瓶，绝不泄露一点秘密。我们都认为，并且也一致约定，某些事情绝不应该让其他人知道，也不应该让其他人讨论，哪怕一丝一毫，即便到现在也是如此。如果不是为了不惜一切代价阻止斯塔克韦瑟-摩尔考察队，以及其他探险队对那片极地荒原的野心行动，我绝不会公布任何与之相关的细节。为了守住人类世界的和平与安宁，这样做是绝对必要的。人类绝不该再踏足地球上某些已然陷入死亡的黑暗角落，也不该再深入未知的无底深渊，以免唤醒沉睡的怪物，让残存下来的邪恶梦魇蠕动着从黑暗的巢穴中涌出，发动一轮全新的疯狂征服。

丹弗斯一直都暗示说，最后的恐怖景象仅仅是一个幻象。他声称，那幅恐怖景象与我们所飞越的那条内部如同虫蛀般已被掏空、形成了错综复杂的地下通道、有风声回响、云雾缭绕的疯狂山脉没有任何联系，也与那些洞穴和立方体石头建筑没有任何关系。那仅仅只是简单而又异常可怕的一瞥，像是被魔鬼触摸后的一瞥——透过天顶中翻腾不休的云雾反射，他看见了某些位于西面那条山脉后的东西——那是远古者们也会为之恐惧颤抖、刻意回避的东西。这很可能纯粹是先前因为经受了种种险境，最后在积累的紧张压力下产生的妄想；也可能是一天前我们在莱克营地附近亲眼目睹，但并未意识到其实是山后这座死亡之城的海市蜃楼给人的错觉；但对于丹弗斯来说，那“幻象”太过真实，甚至让他直到现在仍饱受蹂躏。

他偶尔会支离破碎地喃喃自语着某些并不可信的事情，像是“黑暗的深坑”“雕刻的边缘”“初原修格斯”“没有窗户的五维实体”“无可名状的圆柱”“远古灯塔”“犹格·索托斯”“原始的白色凝胶”“外太空的色彩”“有翼者”“黑暗中的眼睛”“月亮阶梯”“初源，永恒，不朽”之类的，都是一些奇怪的概念；但当他清醒过来，理智再度夺回身体的控制权时，他又会否认自己所说的一切，并将自己说出这些怪诞名词都归咎于那些离奇恐怖的书籍。的确，丹弗斯是少数几个敢把大学图书馆用钥匙锁着的（钥匙也由图书馆保管）那本被虫蛀得破破烂烂的《死灵之书》从头看到尾的人之一。

我们飞越过那片山脉时，天空中满是茫茫雾气在汹涌翻腾着；虽然我没有去看天空，但我能想象出它那旋转着的冰尘也许会变幻成各种奇异的形状。我知道，远方栩栩如生的景象偶尔会被反射与折射，又在云层的翻腾涌动中被扭曲夸张，而一个人的想象力则会很容易补完有所缺漏的记忆，并且对其进行一番加工——当然，丹弗斯那时候根本不可能在短短的回头一瞥中看到太多的东西。如果不是因为他回忆起了曾阅读过的恐怖书籍，他恐怕根本说不出自己所恐惧的东西到底叫什么。

那时，他的尖叫明显是在重复那个疯狂、简单，而来源又再明显不过的词语：

得克哩——哩！得克哩——哩！

印斯茅斯的阴霾

1

1927年至1928年的冬天，联邦政府的官员们对古老的马萨诸塞州海港小镇印斯茅斯进行了秘密调查。那时搜查和逮捕频频发生，随后海边大量废弃的、破烂不堪的空房子被烧毁或炸毁——是在适当的防范措施下进行的——公众于2月首次得知关于调查的消息。不爱四处打听的人们仅仅以为那是一场时不时发生的禁酒风波。

但是，爱打听的人们对频繁的逮捕事件、对为何有如此多的人员参与其中，以及犯人的秘密处置问题，都充满了好奇。人们看不到关于审讯或关于某项控告的任何报道，对关押在监狱中的俘虏们的情况不得而知。大家只是听闻一些避重就轻的关于疾病和集中营的公告，收到一些关于疾病在海军军事监狱散播的消息，事件一直没有积极的进展。印斯茅斯几乎变成了一座空城，直到现在才开始出现缓慢复苏的迹象。

多个自由主义组织在长时间的秘密讨论中发出抱怨，并派代表走访了部分集中营和监狱。结果，社会各界对此举表现出异常的消极和沉默。新闻人往往是难以控制的，但他们似乎最终还是选择了与政府合作。但有一家经常肆意降价售卖的小报，提到有深潜潜水艇在恶魔礁之外的区域向深海投掷鱼雷。这些在水手们经常出没的地方发现的鱼雷，似乎并不应该在那儿出现，因为低洼的黑礁石位于印斯茅斯港1.5英里之外的区域。

整个村子和附近小镇的居民私下里议论纷纷，但他们极少对外人提及此事。一个世纪以来，他们都在谈论着没落而荒凉的印斯茅斯，但如今的事件比过往数年的情况更令人恐惧。曾经的种种经历已经教会他们如何守口如瓶，而现在无需再对他们施加压力，更何况他们真的对此了解得少之又少。印斯茅斯因地处广阔的盐沼地而变得荒无人烟，很多居民都离开了这里去往内陆地区。

然而，我还是要不顾一切地谈论一下这件事。我确定大批可怕的入侵者在印斯茅斯调查的结果，在公之于众时一定是冠冕堂皇而不会给公众带来负面情绪。除此之外，对于最终的发现很可能会做出不止一种解释。我已经不记得听过多少次关于这个事件的整个过程，并有各种理由让我认为还是不要继续深入调查为好。相对于其他人，我与这个事件的联系算是非常紧密了，我努力摆脱种种先入为主的想法，而避免产生极端的举动。

1927年7月16日一大早，我疯狂地逃出印斯茅斯，随后强烈地恳请政府对此事进行调查并采取行动，这令整个事件公之于众。当事件还未水落石出的时候，我很愿意保持沉默；而如今这件事已经变为陈年旧事，人们对此不再感到好奇时，我反而想讲讲我曾在这个弥漫着死亡和诡异的海港度过的最令人恐惧的几十个小时里发生的事。将事情讲出来能助我重拾信心，让我知道不止我一个人被持续的梦魇笼罩着。这也会帮助我更好地面对未来即将发生的可怕的事。

在我第一次——到目前为止也是最后一次——来到印斯茅斯之前，我从未听说过这里。当时我在新英格兰观光、考古、寻根，以庆祝我即将成年。我打算从古老的纽伯里波特直接去阿卡姆，阿卡姆是我母亲一家的故乡。我没有车，一路只能搭乘火车、有轨电车和长途汽车，尽量选择最便宜的交通方式。在纽伯里波特，人们告诉我坐蒸汽火车能抵达阿卡姆，但当我来到火车站售票处时，才发现票价如此高昂，并因此知道了印斯茅斯这个地方。那位胖胖的、一脸精明的票务代理人讲起话来不像是当地人，他似乎很同情手头拮据的我，并给了我一个其他人都没提过的建议。

他略带犹豫地对我说："你可以坐那趟旧巴士，但附近的人很少提起它。人们不喜欢坐这趟巴士，因为它要经过印斯茅斯，你可能已经听说过那里了吧。这趟车由一位来自印斯茅斯的叫乔·萨金特的家伙经营，但好像这里和阿卡姆的人很少坐这趟车。我很好奇这趟车怎么经营得下去。我猜票价很便宜吧，但经常看到车上最多只有两三个人，他们应该都是来自印斯茅斯的。如果最近没变动的话，那趟车每天上午十点和傍晚七点从哈蒙德药店门前的广场出发。它看起来又破又旧，我从来没坐过。”

那是我第一次听说阴霾笼罩着的印斯茅斯。我一般对普通地图或旅游指南书里没提到的事物都很感兴趣，这个票务代理人奇怪的暗示吊足了我的胃口。一个小镇能引起周围居民如此的厌恶，它一定存在一些值得游客关注的不寻常之处。如果去阿卡姆的路上需要经过这里，我很想下车去看看，于是我让票务代理人给我再介绍一下印斯茅斯。他深思熟虑、略带优越感地给我讲述了一番。

“印斯茅斯？它位于马努赛特的入口，是一个非常奇怪的小镇。在1812年的战争之前，那里曾是一个繁华的港口，但在近一百年里，它变得越来越萧条。现在，没有火车通向那里，波士顿至缅因州铁路从不经过那里，从罗利出发的铁路支线几年前也停了。

“那里的空房子比居民的人数还多，除了捕鱼、捕龙虾，几乎不做其他生意。那里的人来这里或阿卡姆、伊普斯威奇做生意。那里曾经有很多工厂，但如今只剩下一个冶金厂，只是偶尔做些少得可怜的生意。

“那个冶金厂曾经规模很大，由一个叫马什的老头掌管，他一定是个富豪，总是有些奇奇怪怪的、有权有势的人出入他家。他在晚年应该是患了某种皮肤病，或是有了某种残疾，变得销声匿迹了。他是奥贝德·马什船长的孙子，是船长最初成立了这个冶金厂。他的母亲似乎是外国人，听说是来自南太平洋的小岛。他在50年前娶了一位来自伊普斯威奇的姑娘，大家都知道这件事。大家都是这样对待印斯茅斯人的，这里和附近的人们都在努力掩盖自己的印斯茅斯血统。但马什的子孙们和其他人长得没什么两样，我之前让别人指给我看过。现在想想，最近在附近似乎看不到他的孩子们了，也没再见过老马什。

“为什么大家这么不喜欢印斯茅斯？年轻人，你不要太在意这里的人讲的那些话。他们很少提起这些，一旦提起就滔滔不绝。他们对印斯茅斯的议论——私下悄悄的谈论居多——已经有几百年了，我听到过一些最耸人听闻的事。有些故事可能很好笑，比如有人说老马什船长与恶魔进行交易，让地狱里的小鬼住在印斯茅斯。也听说在1845年左右最没落的时期，人们会在码头附近举行某种崇拜恶魔的仪式和可怕的祭祀活动——但我是来自佛蒙特州潘顿的，这些故事吓不到我。

“你应该听老人们说过海岸线以外的黑色礁石，人们把它叫作恶魔礁。曾经很长一段时间里，礁石是一直露在水面之上的，但那又不能被视为一个岛屿。传说人们看到有一大群恶魔有时会出现在礁石上——他们快速穿梭于礁石顶部的洞穴之间。那是一片崎岖不平的礁石，在大约一英里之外，在那还有船只往来的日子里，水手们情愿绕很远的路避开这里。

“水手们一点也不喜欢印斯茅斯。因为如果在风平浪静的日子里，老马什船长偶尔会在晚上让船只停靠在礁石附近，但水手们并不想这样做。也许他曾这样尝试过，因为那些礁石的构造确实很奇怪，或许他只是在找海盗的宝藏，也许真的找到了；也有传言说他和那里的魔鬼进行了交易。事实上，我猜正是船长让那片礁石背上了坏名声。

“那是在1846年，发生了一场大规模的传染病，当时超过一半的印斯茅斯人因此丧生。大家始终不知道因何引发了这场灾难，很可能是由于去过其他什么地方的船而带来了某种外国的病。情况确实很糟糕——那时发生过多次暴乱，还发生了各种难以置信的事——让这个地方落得如此惨状。曾经的兴盛一去不复返，现在那里最多只有三四百人居住。

“那里的人们能切身感受到种族歧视——我不是责怪那些持有歧视态度的人。我自己也对印斯茅斯人深恶痛绝，根本就不想走进他们的地盘。从你的口音我就听出你来自西部，你一定知道以前有很多新英格兰的船只来往于非洲、亚洲、南太平洋和其他一些区域的奇奇怪怪的海港，并带回来许多奇奇怪怪的人。你可能听说过那个塞勒姆人，他带了一个中国老婆回来，你可能也听说在科德角附近依然有一些斐济岛民居住在那儿。

“印斯茅斯人的背后一定还有一些类似的故事。由于沼泽和溪流，那个地方总是与这个国家隔绝开来，所以我们对发生在那里的事情并不是很了解。但我们十分确定，在二三十年代的时候，老马什船长将他的三艘船载满出发，带回了一些非常奇怪的物品。其中包括现在印斯茅斯人吃的一种奇特的牛排——我不知道该怎么形容它，据说吃完了就会想爬着走。如果你搭了这趟车，你可以从萨金特的身上看出些端倪。那里的一些人，头窄窄的，鼻子塌塌的，凸出来的眼睛好像永远闭不上，他们的皮肤也不大对劲，皮肤十分粗糙，还结了痂，脖子的两侧全是褶皱。他们年纪轻轻就秃顶，上了年纪的家伙看起来更糟糕——但我没看到一位有这些特征的上了年纪的人。我猜他们照着镜子就把自己吓死了！动物也不喜欢他们——在汽车出现之前，他们总是要费很大力气驯服马匹。

“我们这里的人以及阿卡姆和伊普斯威奇的人都不愿意和他们打交道，当他们进城或有人去他们那儿捕鱼的时候，他们总是很冷漠。很奇怪，印斯茅斯港总是有很多鱼，而附近的区域鱼很少——你可以去那里体验一下钓鱼，看看那里的人怎样把你赶跑！印斯茅斯人以前总是坐火车来到我们这儿——在支线撤掉之后，他们走到罗利坐火车——而现在他们靠那趟巴士出行。

“对了，印斯茅斯有一家叫吉尔曼的旅店，但那里应该不会有很多人住。我建议还是不要去了，最好还是住在我们这儿，明早去搭乘那趟十点出发的巴士，然后可以再坐晚上八点的夜车从印斯茅斯前往阿卡姆。几年前，有位工厂检视员曾住在吉尔曼旅店，但发生了很多不愉快的事。那里好像是住了一群奇怪的人，而这个检查员听到从其他房间传出来的一些声音——其实大多数房间是没有人住的——让他胆战心惊。他们讲的不是英语，但他们的声音很不对劲。那声音听起来很不自然，像某种喷射出来的声音，他甚至吓得不敢脱外衣睡觉。直到天亮他一直没睡，一大早就退了房。聊天的声音几乎持续了一整晚。

“那个人叫凯西，他说起很多关于印斯茅斯人如何警惕地监视他的事。他发现马什冶金厂非常奇怪。这是一个位于马努赛特瀑布低处的老工厂。他讲的和我听说过的大致相同。工厂的账本残破不堪，里面没有关于任何交易的记录。究竟马什从哪里得到那些用于冶炼的金子，一直是个谜。冶金厂从创立之后几乎没怎么工作过，但几年前他们用船运走了大量的金锭。

“以前大家总是说起，那些船员和冶金厂的工人们有时会悄悄地卖一些奇怪的外国珠宝，人们有一两次看到马什家的一些女性也戴着这些珠宝。也许人们认为这是老奥贝德船长在外面的港口买来的，特别是他经常订购成堆的玻璃珠子和小饰品，就像以前经常有水手卖这些东西一样。有些人一直认为他在恶魔礁发现了旧的海盗宝藏。但很有意思的是，在老船长过世的60年里，从内战之后就没有一艘大船驶离那里，但马什的后代们依然在不断地采购那些和土著做交易的东西，他们说大多是些用玻璃和橡胶做的便宜货。可能印斯茅斯人就是喜欢这些——天知道，他们已经变得像南太平洋的食人族和几内亚的野人一样糟糕了。

“1846年那场瘟疫，一定是把最好的人都带走了。不管怎样，现在的人数可能多了一些，但马什家族和其他一些有钱人现在都过得不怎么样。我跟你说过，现在整个小镇可能不到400人，但算上街上的所有人也没有那么多。他们就是南方人眼中所谓的‘白色垃圾’——无法无天，诡计多端，都在做一些秘密的勾当。他们捕了很多鱼和龙虾，并通过卡车运往其他地方。那里总是挤满了鱼，而其他地方什么都没有，真是奇怪。

“没人能对这些人做出清楚的记录，公立学校的职员和负责人口普查的人都很难做记录。印斯茅斯人肯定不欢迎喜欢乱打听的陌生人。我听说过，不止一个生意人或者政府的人去了那里就消失了，还听说有个人活着回来了，但他疯了，现在人在丹弗斯。那个人一定是在那里经历了一些可怕的事。

“如果我是你，我一定不会在晚上去那儿。我从没去过那儿，一点也不想去，但你白天去那里看看应该没事——虽然附近的人都会劝你最好白天都不要去。如果你只是想去观光，看看古迹，印斯茅斯还是值得一去的。”

当晚，我在纽伯里波特公共图书馆查找关于印斯茅斯的信息。我努力地在商店、餐厅、汽车修理厂、消防局询问当地人关于印斯茅斯的消息，他们不愿意说任何事，比票务代理人说的情况更严重。于是，我意识到花再多的时间也无法让他们说出更多的信息。他们似乎心存戒备，认为谁对印斯茅斯有兴趣那就是有问题的。我晚上住在基督教青年会旅舍，那里的员工建议我不要去那个荒凉而衰败的地方；图书馆的人也给了我同样的建议。很明显，在那些受过教育的人看来，印斯茅斯是一个城市退化的极端案例。

图书馆里关于埃塞克斯郡的资料少之又少，只了解到那里建立于1643年，在独立战争前以造船业闻名，19世纪初，那里的海运业十分兴盛，后来利用马努赛特河的动力成立了一个小工厂。关于1846年那场瘟疫和暴乱几乎没有提及，那似乎是有损当地声誉的一个事件。

几乎所有的资料都在讲述这些内容，后期的记录同样没有任何出入。内战之后，印斯茅斯所有的工业产业就只剩下马什冶金厂，贩卖金锭成为除了捕鱼以外唯一的经济来源。随着物价下降、大企业带来竞争，捕鱼业的收入越来越少，但印斯茅斯港附近从来就不缺少鱼。很少有外国人来此定居，只有少量不是很清晰的证据显示曾有一批波兰人和葡萄牙人试图在此定居，但被当地人用极其古怪的方式赶走了。

最有趣的是，有少量资料提到了那些与印斯茅斯有些许相关的奇怪珠宝。这些珠宝给乡村居民们的生活带来巨大的影响，在阿卡姆的米斯卡塔尼克大学博物馆和纽伯里波特历史协会的陈列室里，可以看到相关的样品展示。虽然关于这些珠宝的零零碎碎的介绍看起来十分普通，但我隐约感到这其中必有蹊跷。这些奇怪而令人兴奋的事一直在我的脑海中挥之不去，尽管天色已晚，如果条件允许，我还是想亲自看看那些珠宝——据说那里有件王冠比普通的王冠大得多。

图书管理员在纸条上写下了历史协会馆长的信息，馆长叫安娜·蒂尔顿，住在这附近，她在大概了解了我的情况后，好心地在闭馆后带我在博物馆里浏览一番，当时并不是特别晚。博物馆里的藏品确实非常值得一看，但此时此刻，一个摆在角落的展柜里、被灯光照射着的奇怪展品，吸引了我的目光。

那件展品放在紫色天鹅绒垫子上，闪耀着异乎寻常的光芒，令我情不自禁地为之惊叹。虽然展品介绍里写着它只是一件王冠，但直到现在我也难以描述出它的美丽。王冠的前面较高，而它的边缘是不规则的，它似乎是为一个特殊的椭圆形的头设计的。整体的材料以金为主，但它闪耀着一种特别的金属光泽，很像是由某种奇怪的、难以辨别的合金制成的。这件作品近乎完美，工匠应该花了很长的时间才设计出这件标新立异的作品。珠宝的表面有一些雕刻或用模具制造出的图案，虽然只是些简单而大气的几何图案样式，但展现了工匠令人赞叹的制造技艺和优雅品位。

这件珠宝看得越久，我越为之吸引，除此之外，它似乎还具有一种不寻常的特质。起初，我以为是它特殊的质地给我带来不一样的感受。我以往看过的艺术品要么是具有某种国家或种族的文化特征，要么是对某种显而易见的流派进行明显的挑战。而这个王冠两者均不是。它明显具有某种成熟而完美的技艺，但这种技艺前所未闻，它既不属于东方，也不属于西方，既不同于古代，也不同于现代——它就像是来自另一个星球的艺术品。

然而，我发现在这些奇怪的设计中蕴含着艺术和数学的精妙，这令我感到些许激动。这些设计样式中隐藏着遥不可及的秘密以及时间和空间中难以想象的深邃，浮雕中刻画的单调的海底世界充满了险恶。浮雕中那怪诞而邪恶的猛兽——一半像鱼一半像蛙——让人很容易联想到某种挥之不去的恐怖的回忆，它似乎能唤起隐蔽于人的细胞和组织之中的记忆，是一种原始的、世代传递的本性。我时常认为这些半鱼半蛙的怪兽的形象充斥着一种未知和邪恶。

蒂尔顿小姐为我讲述了关于这件王冠的故事，它背后简简单单的故事与它的外表形成反差。1873年，一个喝醉的印斯茅斯人以荒谬至极的价格在斯台特街一家店铺典当了这件王冠，这人不久后死于一场斗殴。历史协会直接从典当商那里获得了这件首饰，并立刻安排了得体的展示。它被标记为出自东印度或印度半岛，但由于无从考证，只是暂时这样记录而已。

关于这件首饰的起源以及为何出现在新英格兰，在所有可能的假设中，蒂尔顿小姐更倾向于认为它是由老奥贝德·马什船长在某个海盗宝藏中找到的。马什船长的后人们得知这件王冠后，曾多次试图以高价购买它，但历史协会坚持不卖。

当蒂尔顿小姐送我走出博物馆时，她说马什寻宝的故事只是这个区域中最普遍流传的一个说法。而她个人不喜欢阴霾之下的印斯茅斯——她从未去过那儿——是因为那里的文明已经走向衰败。她说关于那里的恶魔崇拜的传言已经部分地被一个神秘的祭司证实了，他曾在祭典中获得神力，并吞并了所有的正统教派。

她说这种所谓的“大衮密教”毫无疑问是难登大雅之堂的，它是一个世纪以前从东方引进的异教，因为那时印斯茅斯的捕鱼场十分萧条。后来，那里的渔业资源突然并长久地复苏后，从此人们对这个异教深信不疑，不久它代替了共济会，占据了新格林教堂的共济会堂，在整个小镇产生了巨大的影响。

对于虔诚的蒂尔顿小姐来说，这些都充分说明了为何一个古老的小镇会变得如此衰败和落魄。但对于我而言，这却是一种吸引力。原本印斯茅斯只带给我在建筑和历史方面的期待，而现在又增加了一些人类学的吸引力。长夜漫漫，我在基督教青年会旅舍的狭小房间里难以入眠。

2

第二天将近上午十点，我拎着一个小行李箱，站在位于市集广场的哈蒙德药店的门口等车。当车快要来的时候，我发现街上的人都在向着其他的地方走去，或穿过广场走向餐厅。很明显，票务代理人说的话没有半点夸张，当地人对印斯茅斯和那里的人们充满了厌恶。不一会儿，一辆破旧不堪的灰色客车吱吱悠悠地来到斯台特街，转了个弯停在我旁边。我下意识地觉得这就是那趟车，车的挡风玻璃上看不太清的字样

“阿卡姆–印斯茅斯–纽伯里波特”证实了我的猜测。

车上只有三位乘客——几位皮肤黝黑、衣冠不整、一脸闷闷不乐的男人，但他们看起来都很年轻——当车停下来之后，他们笨拙地、摇摇晃晃地下了车，一声不响、几乎是鬼鬼祟祟地朝着斯台特街走去。司机也下了车，我看他走进药店买了点东西。他一定是票务代理人提起的乔·萨金特。当我想再多留意一些细节时，我不由自主地产生了一种难以名状的反感。我突然意识到，当地人一定不愿意坐由这个人运营并驾驶的车，也不愿意去这个人以及他的同族居住的地方。

当司机从药店走出来时，我更仔细地看着他，努力去除心中对他产生的不好的印象。消瘦的司机有些驼背，将近6英尺高，身穿一件破旧的蓝色便服，戴着一顶磨损了的灰色高尔夫球帽。他大概35岁，如果没看到他呆滞且无表情的脸，脖子上深深的皱褶会让他看起来更老。他的头窄窄的，凸出的、水汪汪的蓝眼睛好像一直不用眨眼，鼻子扁扁的，额头和下巴并不是很凸出，耳朵极小；嘴唇狭长而厚实，粗糙而暗沉的脸上几乎没有胡须，只是在不规则的斑块上有一些稀疏的黄色曲发；有些不规则的斑块看起来很奇怪，好像是某种皮肤病剥落后的状态。他宽大的手掌上可以清晰地看到青筋，手上有一种特殊的灰蓝色。他的手指特别短，和身体的其他部位不成比例，手指看起来正紧紧地卷向巨大的手掌。当他走向巴士时，我盯着他蹒跚的脚步，发现他的脚特别大。我一直在研究他的脚，心想他怎么能买到合适的鞋。

这个家伙身上脏兮兮的油腻又增加了几分我对他的厌恶。显然，他是在渔港码头附近工作或者休息的，身上带着那里独有的味道。他身上有哪种外国血统我不得而知。他身上的古怪特征看起来不像是亚洲人、波利尼西亚人、地中海东部人或是黑人，而我终于明白了为什么大家把他看作是异类。我个人认为这是生物退化，而不是外国血统。

很遗憾，车上没有其他乘客了。我不太想一个人坐这位司机开的车。但就快到发车时间了，我心神不宁地跟着司机上了车，递给他一张一美元的纸币，小声地说了声“印斯茅斯”。他好奇地看了我一下，找给我40美分，没有说一句话。我坐在与司机同一侧、离他很远的位置，我想看看沿途海岸的风景。

终于，破旧的车子颠簸地出发了，在排出了一团水汽后吱吱嘎嘎地驶离了斯台特街的旧砖楼。我看着街道两旁的人们，发现他们都在避免看这辆巴士——或者至少避免疑似在看这辆车。之后，我们左转来到大道，车子行驶得很顺畅。我们飞快地驶过了一些建于建国初期的雄伟庄严的老房子，看到了一些年代更悠久的殖民时期的农舍，经过了格林低地和帕克河，最终看到一片分布在狭长海岸线旁边的村落。

那是一个暖和的晴天，但随着车子一路前行，周围的沙滩、苔草和矮小的灌木变得越来越荒凉。透过车窗，我看到普拉姆岛上碧蓝的海水和沙滩海岸线，车子从狭窄的小路转入去往罗利和伊普斯威奇的大道，我们更靠近沙滩了。这里看不到什么房子，从路况来看这里的车很少。矮小的、饱经风霜的电话线杆上只有两条线。我们时不时地从简陋的木桥上驶过，跨过湍急的溪流，这些溪流向着内陆方向不断侵蚀，让这个区域变得隔离起来。

我偶尔在流沙上看到一些枯木桩和断壁残垣，这让我想起我读过的一篇历史故事，里面提到这里曾是一个物产丰富、人口稠密的小镇。据说，自从1846年在印斯茅斯发生了那场瘟疫，这里就变得一片荒凉，人们认为这与潜在的恶魔力量有关。事实上，这是由于将海边的树木乱砍滥伐所导致的，这使土壤缺少了最好的保护，使风沙肆意地向内陆蔓延。

后来，我们就看不到普拉姆岛了，只能在我们的左边看到一望无际的大西洋。车子沿着前方有些陡的窄路一路攀爬，当我看着这条与天空相连的坑洼道路时，心中感到一丝不安。这辆巴士似乎要一路向高处行驶，离开这个太过理智的地球，与天空中的未知和神秘融为一体。海水的味道带来不祥的预感，看着一言不发的司机那僵直的背影和窄窄的头，越看越令我心生厌恶。他的后脑勺和他的脸一样没什么毛发，灰秃秃而粗糙的头上只有一些散乱的黄色头发。

随后，我们来到了山上，在这可以看到远处的山谷，山谷的北部便是马努赛特河的入海口，蜿蜒的峭壁在金斯伯特山顶达到最高处，而后转向安妮岬。在远处，我只能从雾蒙蒙的天际线中隐约看到山顶的形状，山上有栋奇怪的老房子，有很多传说是关于这栋房子的。但此刻，我的目光被山下的景色吸引住了。眼前就是被流言笼罩着的印斯茅斯。

这个小镇土地辽阔、建筑密集，但人们的日子却不好过。只有零星的几个烟囱里冒着炊烟，三座高高的尖塔在海边的天际线里若隐若现。其中一个塔顶已经损坏，而另一个塔顶上只剩下一些破损的黑洞，那里原本应该是一个表盘。下垂的复折式屋顶和耸立的三角式屋顶上都布满了蛀虫，当我们行驶在下坡路时，可以看到很多屋顶已经塌陷。那里有一些带有大广场的乔治亚式房屋，房屋有斜脊式的屋顶、穹顶和栏杆围着的屋顶阳台。这种房屋大多可以抵御水灾，其中一两栋房子的质量看起来还不错。向着内陆的方向望去，可以看到生锈的、杂草丛生的废弃铁路，倾斜的电线杆上已经没有电线了，通往罗利和伊普斯威奇的马车车道已经难以辨认。

海滨附近的建筑被侵蚀得最严重，但我依然可以看到一座保存完好的、用砖堆砌的白色钟楼，它看起来像一个小工厂。古旧的石堤包围着被沙子堵塞住的海港，我可以辨别出石堤上那些小小的物体是一些坐着的渔民，海港的尽头是一座很久以前的灯塔。在石堤的内侧已经形成了沙舌，那里有几栋破旧的小屋、几艘停泊着的小渔船和一些散落的捕龙虾的笼子。河水流过钟楼后向南与防浪堤尽头处的海洋交汇，那里似乎是唯一的深水区。

被侵蚀的码头废墟散乱地从海岸延伸至远处，最南端的那些似乎被侵蚀得最严重。尽管风浪很大，我依然可以在远处的海面上看到一条长长的黑线时不时地从水面上升起，似乎预示着某种不好的兆头。我知道了，那一定就是恶魔礁。我看着那里，心中既有一些好奇又有一些反感。很奇怪的是，心理暗示比第一印象对我造成的干扰更大。

沿路我们没有遇见一个人，而现在我们开始经过一些破败程度不一的废弃农场。我发现了一些有人居住的房子，人们用破布将破碎的窗子填满，垃圾遍布的院子里有许多贝壳和死鱼。有一两次，我看到人们在荒凉的花园里面无表情地工作着，有些人在带着死鱼味的沙滩里挖蛤蜊，还有些小孩在杂草丛生的自家门口玩耍。比起那些阴森的建筑，这里的人们看起来更令人不安，因为每个人的样貌和动作都非常特别，我一下子无法理解这种特别，而是本能地对此生出厌恶感。某个瞬间，我想起来我应该是在某个照片中看到过这种特别的样貌，可能是在恐惧或是忧伤的心情下读过的一本书里看过的，但这个念头只是在头脑中一闪而过。

当巴士开到地势较低的路段时，在一种不自然的寂静中，我听到瀑布发出的平稳的声响。在道路两旁可以看到有些倾斜、从未粉刷过的房子，与刚才看到的房子相比，这里的房子更大一些，更接近于城市风格。眼前的景象已经变成了街景，在一些地方我可以看到鹅卵石车道，也可以发现用砖砌的人行道存在过的痕迹。很明显，所有的房子都是没人居住的，偶尔看到有些摇摇欲坠的烟囱和墙壁之间有缺口，那是由于房屋倒塌造成的。你可以想象得到这里弥漫着恶心的鱼臭味。

不久后，路上开始出现交叉路口，左边的路通往海滨方向脏乱而衰败的区域，右边的路可以看到过去的富丽堂皇。直到现在，我没在小镇里遇到一个人，但可以在这个区域看到一些有人居住的迹象——窗子是有窗帘的，路边停靠着破旧的汽车。车道和人行道看起来越来越规矩，但大多数房子都是些很旧的——建造于19世纪初期，用木头和砖搭建而成——很明显是用于居住的。作为一个业余的古文物爱好者，在看到这些依然保留着的古迹后，我几乎闻不到这里恶心的味道，也不再感到恐惧和反感。

然而，在到达目的地之前我都没感受到司机的怪脾气。车子来到了一片空旷的广场，广场两边分别有一座教堂，中间有一个残破的、绿色的圆形遗迹，我看到右前方的路口有一座带柱子的礼堂。那座礼堂过去被粉刷成白色，而今已脱落成灰色，位于顶部的黑色和金色的字样已经褪了色，我勉强看出上面写的是“大衮密教”。这里就是曾经的共济会堂，如今已经被污秽异教占据。当我紧张地辨认上面的字迹时，突然听到街对面的破钟发出沙哑的钟声，我立刻望向另一边的车窗。

钟声是从一座低矮的石结构教堂传出来的，这座教堂的建造时间明显晚于其他建筑。教堂是不太得当的哥特风格，它的底层高得不成比例，窗子都是紧关着的。虽然我看到的那一侧的钟面已经没有指针了，但我根据沙哑的钟声知道现在是11点。突然，有一种强烈而莫名其妙的恐惧向我袭来，所有关于时间的想法统统被抹去。教堂底层的门是开着的，只能看到一个长方形的黑暗洞口。当我定睛一看时，某个物体正在或准备穿过那个黑色的长方形。我的大脑中突然出现了短暂的噩梦的感觉，更可怕的是，谁都无法证实这是个噩梦。

那是一个活的生物，是除司机以外，我在这个地方看到的第一个生物。如果我以一种稳定的情绪看它，可能感觉不到丝毫的恐怖。当我回过神之后，我发现那是一位牧师，他穿着一件特殊的制服，可能是在大衮密教引入之后修改了当地的礼拜仪式，而引入了特别的制服。还有一件事物吸引了我的目光并让我感到恐惧的是他头上戴着的高高的王冠，它与昨晚蒂尔顿小姐给我展示的王冠几乎一模一样。我忍不住浮想联翩，那张看不清的脸以及身穿长袍蹒跚而行的身躯，让我感到莫名的恐惧。我很快意识到，我不该被那些关于恶魔的虚假记忆吓得发抖。一位当地的神秘祭仪应该佩戴一件人们觉得非常熟悉、甚至被奉为宝物的头饰，不是很正常吗？

远处一群走在人行道上、打扮奇怪的年轻人现在出现在了我眼前。他们有的单独走着，有的三三两两一起走着。破旧房屋的底层通常是一些挂着褪色招牌的小店铺，在路上会看到一两辆停放着的卡车。瀑布的声音越来越明显，随后眼前出现了一道深深的峡谷，一条很宽的铁栏杆公路桥横跨在峡谷之上，通往一片很大的广场。当我们叮叮当当地驶过铁桥时，我来回望向两侧的车窗，看到长满荒草的悬崖边缘和较低一点的地方有一些厂房。低处的水源越发充沛，在我右侧可以看到两条位于上游的奔腾不息的瀑布，在我左侧至少有一条位于下游的瀑布。就在此处，瀑布的声音震耳欲聋。之后，我们穿过河流来到一片很宽敞的半圆形广场，停靠在右侧一栋高高的圆顶建筑的门前。这栋建筑上残存着一些黄色的涂料，有一块部分被磨损的牌子上写着“吉尔曼旅店”。

我很高兴终于能下车了，然后立刻走进破旧的旅店大堂寄存行李。

在大堂里我只看见一个人——一位上了年纪、没有“印斯茅斯特征”的男人——我记得这间旅店发生过一些奇怪的事，而我并不打算向他询问那些困扰着我的事。我走出旅店来到广场，巴士已经离开，我开始仔细地看着周围的一切。

在这片用石子铺砌的广场的一侧是一条河，另一侧是一座大概建于1800年的斜顶砖楼，从这座楼辐射出三条通往东南、南、西南方向的街道。路灯是低功率的白炽灯，不仅数量少，个头还很小，让人感到压抑。虽然我知道这里的月亮一定很亮，但很庆幸我在天黑之前就会离开了。这里的建筑保存得相对完好，可能还有十几家店铺依然在运营，其中一家是“第一家”连锁杂货店，另外还有餐馆、药店、鱼类批发商店，在广场最东边靠近河的地方有一间办公室，那是这个小镇唯一的工业企业——马什冶金公司。在东边，我能看到海港附近碧蓝的海水，还有三座曾经非常壮丽、如今已残破不堪的乔治亚式尖塔。在河岸的另一侧可以看到一座白色的钟楼，那应该就是马什冶金厂了。

我决定先从那家连锁杂货店开始打探消息，因为那里的工作人员看起来不像本地人。我找了一个17岁左右的男孩，他看起来很开朗亲切，似乎能给我提供一些有意思的信息。他异常健谈，告诉我说他并不喜欢这里，不喜欢这里的鱼味和神神秘秘的人们。对他来说，能和外来人聊聊天是一种释放。他在阿卡姆出生，现在与来自伊普斯威奇的一家人住在一起，每当遇到不顺心的事他就会回家。他的家人不喜欢他在印斯茅斯工作，但连锁杂货店把他调到这里，而他不想放弃这份工作。

他说印斯茅斯没有公共图书馆，也没有商会，但我应该不会迷路。我刚才从联邦街走过来，它的西面是一片井然有序的老居民区，其中包括宽街、华盛顿街、拉斐特街和亚当斯街，它的东面是位于海边的贫民窟。在沿着主街的贫民窟里，我发现了一些古老的乔治亚式教堂，但它们都是废弃已久的。最好不要在这个区域让自己很显眼，特别是在河的北岸，因为那里的人总是阴沉着脸，充满敌意。以前，有些外来人甚至从此消失了。

有一些地方几乎成了禁区，他是在付出了巨大的代价后才知道的。

比如，不要在马什炼金厂附近停留太久，也不要在依然使用的教堂或新格林教堂的大衮密教大厅附近闲逛。那些教堂都非常奇怪——他们强行否定其他教派的做法，采用非常奇怪的仪式，让牧师们穿着奇怪的法衣。他们的教义是非正统的、神神秘秘的，暗示人们可以通过某种不可思议的转化达到永生的状态。那位年轻人的牧师是来自阿卡姆镇阿斯伯里教堂的华莱士博士，牧师曾严肃地要求他不要在印斯茅斯加入任何教会。

关于印斯茅斯人，这位年轻人几乎完全无法理解他们的生活状态。他们总是鬼鬼祟祟的，几乎看不到人影，很像生活在洞穴里的动物，很难想象他们除了偶尔去捕鱼，其他时间是如何度过的。如果从他们消费走私酒的数量来看，他们白天可能大多处于醉酒后昏睡的状态。当他们聚在一起时，看上去也是闷闷不乐的，他们好像身处一片富饶的领域，看不起地球上的一切。他们的样貌——特别是那双注目凝视、永不眨眼的眼睛，看起来太吓人了；他们的声音也令人厌恶。在夜晚听到他们窃窃私语的声音会令人非常恐惧，特别是在每年4月30日和10月31日的庆典夜晚。

他们很喜欢水，经常在河里和海港里游泳。经常能看到游向恶魔礁的比赛，每个人似乎都非常乐于参加这项消耗体力的运动。关于游泳，年轻人经常在公共区域游泳，而老年人更喜欢待在脏兮兮的水里。当然也会有例外，比如像旅店老职员这类格格不入的人。人们很好奇为什么上了年纪的人会变胖，究竟这种“印斯茅斯相貌”是不是一种会随着年龄增长而显现的奇怪病状。

当然，只有非常罕见的原因能使个体在发育成熟后产生如此巨大的、根本上的生理结构改变——甚至包括骨骼形状这种基础性的改变——这种闻所未闻的情况比任何可见的病症都令人感到困惑。据那位年轻人所说，关于这件事很难得出什么结论，因为不论你在印斯茅斯居住多久，都无法真正地了解当地人。

那位年轻人确信，有很多情况更糟的人躲在家里，他们的病症比你能看到的那些人的还要严重。人们有时会听到一些非常奇怪的声音。据说那些位于河流北岸的破旧小屋与一些不为人知的隧道是相通的，形成了一种看不见的畸形聚居形态。如果这里的人有某种外国血统，那一定很难辨别出来。在政府职员或其他外来者面前，他们有时会将一些特殊的令人反感的特质掩藏起来。

有人告诉我，向当地人询问关于这里的事情纯属白费力气。唯一一位愿意透露一些事情的是一位相貌正常的老人，他住在镇子最北部的一个救济院里，他经常在消防局附近溜达。这位老人名叫扎多克·艾伦，已经96岁，可能剩下的日子不太多了，但他可是镇里出了名的酒鬼。这个人总是奇奇怪怪、鬼鬼祟祟的，他经常望向自己的肩膀，似乎是在害怕那里会出现些什么，他在清醒的时候是没办法与陌生人交谈的。他总是对酒难以拒绝，一旦喝醉，就会小声地对你讲出回忆中所有令人震惊的片段。

最终，人们只是从他那儿得到极少有用的信息，因为他讲的都是些疯狂、荒诞且惊悚的片段，是些毫无根据的、混乱的个人幻想。从没有人相信他，当地人不喜欢他整日酗酒，也不喜欢他与陌生人交谈，所以在向他询问事情时被人看到是不太安全的。很可能那些最广为人知的流言蜚语就是从他那儿传出来的。

偶尔有些非本地的居民说起他们曾看到过一些诡异的事物，但在听过老扎多克的故事以及得知畸形居民们的事之后，才知道这其实都是些大家心知肚明的事了。从没有过一位非本地居民曾在晚上逛街，大家都知道最好不要这样做。街道确实是黑得非常恐怖。

关于这里的商业——这里能有如此大量的鱼确实非常离奇，但当地人越来越不怎么利用这一资源。此外，鱼产品的价格持续下降，而竞争越发的激烈。当然，这座小镇真正的产业是冶金，冶金公司的办公室就位于我们身处的广场东侧的不远处。人们再也没看见过老马什，他有时会坐一辆窗户被帘子严实遮挡的车去办公。

关于马什现在的样貌有着种种传闻。他曾经是一位花花公子，人们说他仍然穿着爱德华时期的华丽男士大衣，以遮掩他的某些身体缺陷。他的儿子们曾管理过位于广场的办公室，但后来他们经营不善，把烂摊子丢给了下一代人。他的儿子和女儿们都长得非常奇怪，尤其是那些相对年长的几位，据说他们的身体已经出现了健康问题。

马什有一个女儿是一位穿着叛逆、看起来很虚伪的女人，她总是佩戴很多奇怪的首饰，那些首饰和那顶特殊的王冠是同一种类型的。年轻人告诉我，说他见过这些首饰好几次，听说这些首饰来自某个神秘的宝藏，这宝藏可能是属于海盗的，也可能是属于恶魔的。那些牧师——或者叫作神父，不管他们现在被称为什么——也会戴这种头饰，但人们很少注意它。年轻人没看过其他类似的首饰，但传闻印斯茅斯附近依然有很多。

马什家族和镇上其余三个大户人家——韦特家族、吉尔曼家族和艾略特家族——都过着隐居的生活。他们有些人住在华盛顿街旁边的大房子里。据说还有些人住在隐蔽的地方，不想让人看到他们身体的缺陷，而家族早已对外宣称这些人过世，并去政府部门做了登记。

那位年轻人提醒我，街上的很多指示牌已经倒了，他辛辛苦苦地画了一幅粗糙但信息充足的小镇地图。我研究了一会儿地图，发现这是一份非常有用的资料。我谢过他之后，将地图妥善地放进口袋里。我在那间我看到的唯一的餐厅买了一份配料充足的芝士脆饼和姜味华夫饼做午餐，我很讨厌餐厅里又脏又乱的样子。我打算走一走主街道，与我遇到的外地人交谈，然后在晚上八点乘坐去阿卡姆的客车。可以看得出，这个小镇是一个非常典型的社会衰败的案例，但我不是社会学家，所以只能将我的观察聚焦在建筑上。

于是，我走在印斯茅斯狭窄阴森的街道上，开始了步骤明确但困惑重重的旅程。我走过桥转向低处的瀑布，而后非常近地路过了马什冶金厂，很奇怪的是那里完全没有工厂应该有的噪音。这座建筑位于桥旁边陡峭的河崖之上，也是几条街交汇的地方，我想这里最早应该是镇中心，独立战争后被现在的小镇广场取代。

当我再次从主街的桥跨过峡谷时，看到了一片完全荒废的区域，真是令我心惊胆战。那些倒塌的复折式屋顶形成了一道参差不齐、不可思议的风景线，而那上面有一个古老教堂的尖顶，令人感到毛骨悚然。有一些主街两旁的房子是出租的，而大部分是自家居住的。从未铺砌过的小路走过时，我看到一些破旧小屋的黑漆漆的窗子千疮百孔，有些小屋的地基已经下沉，倾斜得非常危险。那些窗子看起来如此诡异可怕，需要有足够的勇气才能朝着东边的海滨区走去。显然，当大片废弃的房子足以构成一座完全荒废的空城时，一栋废弃建筑所带来的恐怖将会呈几何级膨胀。眼前的狭长街道上遍布着死鱼，我的思绪一直沉浸在无穷无尽的黑暗恐怖之中，让人忍不住想起旧房子里的蜘蛛网、种种回忆和那些像侵略者一般的虫子，种种情景带来的恐惧和痛苦，恐怕连最坚定的信念也难以将之驱散。

鱼街和主街一样荒凉，但那里有一些依然保存完好的用砖和石头建造的仓库。水街几乎和鱼街一模一样，但在入海处有些大的缺口，那里曾是一些码头。除了远处防浪堤上的几个渔民，我没看到一个活的生物，除了海水拍打海岸的声音和马努赛特瀑布的轰鸣声，我听不到任何其他声音。这个小镇让我越来越紧张，在偷偷地望向身后之后，我重新回到摇摇晃晃的水街的桥上。因为根据地图，位于鱼街的桥已经变为废墟。

在河的北岸，人们生活在脏兮兮的环境中——水街上的鱼产品包装小屋依然在使用，烟囱里冒着烟，到处是修补过的屋顶，有时会听到一些不知从哪里传出来的声音，偶尔有人蹒跚地走在凄凉的街上和未铺砌的小路上——我发现这里的荒凉比南部的更压抑。这里的人比镇中心的人看上去更可怕、更不正常，这让我多次联想到一些我忘记在哪里看到过的景象。毫无疑问，这里的印斯茅斯人比靠近内陆的人对陌生人的警惕性更高——“印斯茅斯相貌”是一种病，而不是一种遗传，这个区域的人们对海港更有依赖性。

我听到有些微弱的声音从一个奇怪的地方传出来，这令我十分困扰。那声音本应该是从有人居住的房子里传来，但实际上却是从用木板封住的墙里传出的。那是种嘎吱嘎吱、略带些急促的沙哑噪音，我不由得想起那个杂货店男孩跟我提起的不为人知的隧道。我突然开始好奇究竟当地人说话的声音是怎样的。在这个区域内我还没听过人们说话的声音，我莫名其妙地担心起来，生怕听到些什么。

我只在主街和教堂街的两处保存完好、但有些破损的老教堂稍作停留，而后迅速赶往位于河边的肮脏的贫民窟区。我下一步想去探访新格林教堂，但我曾在教堂看到过那个头戴王冠的神父或牧师，某种难以描述的恐惧让我不想再去那里。另外，杂货店男孩还提醒我，外来人最好不要去那座教堂以及大衮密教堂。

我沿着主街继续向北来到马丁街，然后转向内陆的方向，安全地穿过新格林教堂北边的联邦街，来到位于宽街、华盛顿街、拉斐特街和亚当斯街北边的破败的贵族区。尽管这些富丽堂皇的老街的路面已经残破而脏乱，但在榆树的遮蔽下依旧保持着过去的尊贵。一栋又一栋的房子让我目不暇接，大多数残破的、有栅栏围住的房子位于荒凉的位置，每条街中的一两栋房子看起来是有人居住的。在华盛顿街，有连续四五栋修葺过的房子，那里的草坪和花园看起来像是被精心照料着。其中最华丽的一栋房子带有一个很宽的阶梯式花坛，花坛一直延伸到拉斐特街，我猜这栋房子应该就是冶金厂老板、老马什船长的家。

在这些街道上，我没看到过活的生物，我很好奇印斯茅斯竟然没有猫猫狗狗。在保存完好的房子里，那些位于三楼和阁楼的窗子都是紧闭的，这也令我非常困惑。在这个充斥着邪气和死亡的安静城市里，鬼鬼祟祟和神神秘秘似乎是这里的主旋律。我总觉得在四面八方都有人在暗中监视着我，而那些眼睛从未眨过眼。

我左边的钟楼发出三次嘶哑的钟声，吓得我直哆嗦，让我想起那个石结构教堂发出的钟声。沿着通往河边的华盛顿街，我来到一片过去的工业和商业区，看到眼前有一处工厂废墟，有一个旧的火车站，在我右侧的峡谷之上有一座铁路桥。

我前方的这条桥上有一个警告标志，我冒险走过桥来到河的南岸，再次看到了生命的迹象。那些鬼鬼祟祟的人神神秘秘地盯着我，他们的相貌相对正常，依然冷漠、好奇地看着我。印斯茅斯真是个让人难以忍受的地方，我转向潘恩街朝着广场的方向走，虽然距离那辆去往阿卡姆的恐怖客车的发车时间还有很久，但我希望能尽早坐上其他的车离开这里。

随后，那座摇摇欲坠的消防局出现在我的左边，我看到那位面色红润、满脸胡碴、炯炯有神、身着破烂衣服的老人，坐在消防局门前的长椅上，与两位蓬头垢面、相貌普通的消防员在聊天。他一定就是扎多克·艾伦，那位90多岁有点疯疯癫癫的老酒鬼，由他讲述的关于老印斯茅斯的传说都是些耸人听闻、令人难以置信的故事。

3

一定是受到某个邪恶小鬼的驱使，或是受到某种神秘力量的影响，我改变了计划。我一开始只想将注意力放在观察建筑上，然后只想努力地赶往广场，乘坐最快的交通工具离开这个弥漫着死亡和衰败气息的城市。但当我看到扎多克·艾伦以后，我的脑海中有了新的想法，我犹犹豫豫地放慢了脚步。

我知道这老人只会说些风马牛不相及、令人难以置信的传说，我也被警告过如果被当地人看到与他交谈是件很危险的事，但他是这个小镇由盛转衰的见证人，他还记得以前的船只和工厂的情况，这些信息对我而言真是难以拒绝的诱惑。毕竟，那些听上去最离奇、最疯狂的传说都是根据真实情况改编而来的寓言——老扎多克一定见证了90年来印斯茅斯所经历的一切。好奇心一下子战胜了理智和谨慎，我自大地想象着我可以在威士忌的帮助下，从扎多克讲述的云里雾里、夸夸其谈的故事中理清历史的真相。

我知道我不能现在与他在那里交谈，那两位消防员一定会前来阻止。我要先去准备一些走私酒，那个杂货店男孩告诉我有个地方可以买到很多种酒。然后我要漫不经心地在消防局附近晃荡，在老扎多克开始讲起那些讲了好多遍的故事后，自然地和他搭上话。那个年轻人说扎多克是个待不住的人，很少能在消防局附近坐一两个小时以上。

我在广场旁边的艾略特街一家昏暗的杂货店后面轻松买到了一瓶一夸脱装的威士忌，不过那酒可不便宜。那个等着卖酒给我的家伙看起来脏兮兮的，用那种“印斯茅斯眼神”盯着我，但他的行为举止还是比较体面的，可能是习惯于与各种来买酒的陌生人——偶尔来这个镇子的货车司机、金子买家等一类人打交道。

我经过吉尔曼旅店旁边的潘恩街，再次回到广场，幸运的是，我看到又高又瘦、衣衫褴褛的扎多克·艾伦一个人在那里。按照原定计划，我对他炫耀着新买到的酒，成功地吸引了他的注意。我随后来到韦特街，那里是我能想到的最荒凉的区域，而扎多克充满期待地尾随着我。

我按照杂货店男孩给我的地图一直走着，打算走到之前去过的位于河岸南边一片完全废弃的区域。在那唯一能看到的人是远处防浪堤上的渔民。我向南走过几片空地来到了一片更远的地方，在一个废弃的码头找了两个座位，在这里我可以不被人发现地向老扎多克询问一些事情，但不确定多久会被人发现。在我走到主街之前，我听到从后面传来一句微弱而气喘吁吁的“嘿，先生！”于是我停下来让老人赶上我，让他喝了一大口酒。

我们沿着水街走着，然后向南走到一片满是荒凉和孤寂、到处是坍塌废墟的区域，我与老人试探性地谈了几句，发现他的口风比我想象的要紧。最终，我在破损的砖墙之间发现一片面向海的区域，这里杂草丛生，远处是一个石头堆砌的码头。水边成堆的长满苔藓的石头是很稳固的座位，北边有个荒废的仓库，它能很好地遮蔽我们不被发现。这里是进行秘密谈话的绝佳之地，所以我让老人沿着小路走过来，在布满苔藓的石头上坐下。这里充斥着的死亡和遗弃的氛围令人毛骨悚然，鱼的恶臭味令人难以忍受，但我决心克服这些干扰。

如果想要赶上晚上八点去阿卡姆的客车，谈话的时间就只剩下大约四个小时了。我给老酒鬼又倒了一些酒，而我开始吃起那份简单的午餐。我不想给扎多克喝太多的酒，因为我不希望他在酒后的滔滔不绝变成昏睡。一个小时后，他开始变得不再沉默寡言，但令我略感失望的是，他总是在回避我关于印斯茅斯以及这里被阴霾笼罩的过去的问题。他总是不停地讲现在的一些事，聊起报纸上众所周知的新闻，说教式地讲一些大道理。

聊了两个小时以后，我开始担心我准备的一夸脱威士忌可能不够让他说出我想知道的事，我在想是不是最好让扎多克留在这儿，我再去买一些酒回来。突然，我们的交谈有了一些突破，气喘吁吁的老人话锋一转，说起了一些让我俯身仔细倾听的事。我是背对着充满鱼臭味的海，而他是正对着海的，他游离的眼神突然开始盯着远处的恶魔礁，目不转睛地看着远处的海浪。眼前的景象使他感到生气，他小声地说了一连串诅咒的话，最后悄悄地说了句只有他自己知道的话，然后向着礁石又瞥了一眼。他俯身抓着我的衣领，郑重其事地对我小声地说了一些事：

“那是邪恶之源——那被诅咒的、一切邪恶汇聚的地方，深水起源之处。那从天而降的瀑布是地狱之门。那是老奥贝德船长，他在南太平洋岛上发现了很多宝藏。

“在那个时候，大家的日子都过得不好。生意不景气，工厂没生意，甚至新工厂的生意也不好。这里的很多壮丁在1812年战争中丧生，或与‘伊丽兹号’和‘兰杰号’同归于大海，那两艘船都是吉尔曼家族的。奥贝德·马什有三艘可以出海航行的船，分别为‘哥伦比亚号’双桅帆船、‘海蒂号’双桅横帆船和‘苏门答腊皇后号’三桅帆船。在1928年艾斯达·马丁的‘马来之光号’双桅帆船出现以前，他是当时唯一一个仍与东印度和太平洋有生意往来的人。

“奥贝德船长是独一无二的，他是恶魔的化身！哈哈！他总喜欢说起外国的事，他认为所有参加基督教会的人都是傻瓜，认为那会让人们承受更多的痛苦。他说人们应该像印度人一样信奉更好的神，那个神能给大家带来更多的鱼，能真的让大家的祈祷变为现实。

“他的朋友马特·艾略特也说过很多事，那个老家伙做过很多野蛮无理的事。听说在欧塔西第东边的一个岛上，有很多石头废墟，没人知道那里发生过什么，类似位于卡罗琳的波纳佩岛上的遗迹，但这些石头上刻着的是一张张脸，看起来像复活岛上的石像。在那附近还有一个很小的火山岛，那里的废墟刻着一些完全不同的图案，似乎与大海有关，上面刻着一些可怕的怪兽。

“马特曾经说，那里的人们有捕不完的鱼，人们佩戴的手镯、臂环、头饰都是用一种奇怪的金子制成的，首饰上有怪兽的图案，和小岛废墟上刻着的图案类似。那个怪兽是一种像鱼的蛙，或是像蛙的鱼，图案中将怪兽像人一样画出它各种各样的姿势。没人知道这些东西是从哪里来的，人们很想知道他们究竟怎样能找到如此多的鱼，而自己所在的岛屿几乎没什么鱼。马特和奥贝德船长对此也非常好奇。奥贝德发现一年到头都看不到几个年轻人，而周围也没什么老人，有些人比肯纳基人长得还奇怪。

“奥贝德想要找到事情的真相。我不知道他是如何做到的，但他开始和那里的人交换他们戴的金饰品。至于那些金子从哪儿来，还能不能得到更多的金子，这就要提到一个人称瓦拉凯的老首领。除了奥贝德以外没人相信这个老恶魔，但船长对人太了解了。哈哈！现在没人相信我说的话，年轻人，我也没希望你能相信，但当我看到你时，我发现你有着与奥贝德相似的、炯炯有神的眼睛。”

老人的说话声音越来越微弱，虽然我知道他说的很可能只是酒后的胡言乱语，但他那可怕而自负的语调令我颤抖。

“先生，奥贝德发现了一些大多数人都从未听过的事，他也不相信有人听说过。据说肯纳基人会为海里的神灵供奉童男童女，因此才能获得丰厚的回报。他们曾在那个布满奇怪的废弃石头的小岛上遇到过，石头上可怕的图案就是那种蛙鱼怪兽。也许那些人鱼故事就是因这种生物而出现的。这些怪兽在海底有着属于他们的城市，而这个小岛就是从那升起的。在岛屿突然从海面升起后，一部分怪兽生活在石房子里。肯纳基人就是这么知道他们在海底生活的。据说如果有人说起这件事，就会被粉身碎骨。

“这些人很喜欢人祭。很久之前他们就有这种习俗，但和陆地分离后再也没人提起过。我不应该提起他们对那些无辜的人做过什么，我猜奥贝德并不希望有人过问此事。对于野蛮的人来说，这只是些稀松平常的事，因为曾经经历过苦难，他们对任何事已感到绝望。他们每年向海怪供奉两次童男童女，一次是在五朔节，另一次是在万圣节，一直保持这个规律。他们还会向海怪供奉他们制作的刻着图案的小玩意。他们会得到大量的鱼和一些金子作为回馈。

“正如我说的，那些土著会去小火山岛上与海怪见面，他们带着各种各样的祭品，划着独木舟来到岛上，然后带着金子珠宝回来。起初，人祭仪式没在内陆地区出现过，但后来这种做法流传至内陆。它们会在五朔节和万圣节参加人们的祭典活动。他们既能在水里生活，又能在陆地上生活——我猜这就是所谓的两栖动物。肯纳基人告诉他们，如果其他岛屿的人们知道他们在这儿，会将他们铲除，但他们对此并不在意，因为如果他们受到干扰，他们会让所有的人类灭绝，无论是谁——只要他们没有画出那些旧神所用过的特定符号，就会受到惩罚。但当有人来到这个岛时，他们会回到海里，因为他们不希望被打扰。

“当看到这些长得像蛙的鱼时，起初肯纳基人有些犹豫，但后来他们对此有了新的认识。人类似乎与这种水怪有某种联系——任何从水里出来的生物，只需要一点儿改变就能再度回到水里。后来，海怪告诉肯纳基人，如果他们和自己混杂血统，他们的子孙起初会是人的模样，但后来会变得越来越像怪物，最后这些小孩将会进入水里，加入那些海底里的族群。年轻人，这一点很重要——他们会变成鱼回到水里，他们永远不会死。除非用暴力的方式杀死，否则他们永远不会死。

“从那时起，奥贝德开始知道岛上的人们有鱼的血统，他们能生活在深海里。随着年纪的增长，他们会显现出鱼的特征，最后他们会离开陆地回到水里。他们中的一些人会变化得很快，而有一些则不会有很大的变化，也不会回到水里，但大多数人会出现变化。有些人发生变化的时间会比较早，他们在长得还很像人类的时候会继续留在岛上，直到70岁后会完成所有变化，他们会经常去尝试海底生活。那些去了水里的人会经常回陆地，他们常常可以看到自己的曾曾曾祖父，因为他们的曾曾曾祖父在几百年前就已经离开陆地，去水里生活了。

“任何人都不会死——除非和其他的岛民进行船战，或被当作供奉海底怪物的祭品，或遭遇蛇咬、瘟疫及某些突如其来的病——不过，即使只是看着这种变化发生，也是令人恐怖至极的。他们认为，他们得到的比放弃的更有价值——我猜奥贝德在回想起瓦拉凯的故事时，也是这样认为的。瓦拉凯是少数几个没有鱼血统的人，他作为贵族后裔，与来自其他岛上的贵族后裔结婚了。

“瓦拉凯向奥贝德展示了很多与海怪相关的仪式和咒语，让他看了一些模样已经改变了很多的村民，但从未让他看到那些最终在水里生活的人的样子。最后，他送给奥贝德一个很有趣的用铅或其他材料制成的小物件，它会把任何地方的鱼带到某一个地方，那个地方从此就成为鱼的聚居地。想要用的时候，就把它扔进水里，再进行一定的祷告和仪式。瓦拉凯并不介意全世界都知道这件事，任何人都可以找到鱼的聚居地。

“马特一点也不喜欢这种交易，他希望奥贝德离那个岛远一点。但船长的野心很大，他发现可以从岛上很便宜地获得像金子一样的东西，然后把金子做成特殊的东西。就这样继续了几年后，奥贝德得到了足够多的金子，在韦特街荒凉的旧工厂里开了一家冶金厂。他没有直接卖这些金饰品，因为那样人们会不断地询问种种事情。一直以来，他的工人们会偶尔得到一件首饰，然后将它处理掉，他们曾发誓对外界绝口不提这件事。奥贝德还会让他的妻女戴这种很像是人类首饰的珠宝。

“大概是1838年，那时我七岁，奥贝德发现村子里的人都不见了。可能是其他岛上的人知道了什么，于是开始采取行动。他们应该是拿到了古老的魔法符号，也就是那些海怪唯一惧怕的东西。卡纳基人并没有说过那是什么，他们用废墟在海底迅速建了一些岛屿。他们在主岛和小火山岛上没有留下任何东西，仅剩下一些大到难以击倒的废墟。在某些地方还有一些小石头，像具有魔力一般，石头上刻有图案。可能那就是原古族群的标志。人们毫无踪影地消失了，金子也不见了，附近的卡纳基人对此事只字不提。他们甚至不承认他们曾是岛上的人。

“对奥贝德来说，这当然是一个沉重的打击，随后他的生意越来越萧条。这也影响了整个印斯茅斯，因为在以出海为生的日子里，船的拥有者有钱赚，船员们才有钱赚。镇子的大多数人度过了一段艰难的时期，他们要么委曲求全，要么就此放弃。随着鱼的减少以及工厂的不景气，人们的日子苦不堪言。

“那时候，奥贝德开始肆意地骂人，他说人们已经像羊一样呆滞，说向基督祈祷得不到任何帮助。他告诉大家，他认识一些人，他们向神祈祷到了真正需要的东西，他说如果跟着他干活，能得到很多鱼和金子。当然，那些曾在‘苏门答腊皇后号’工作过的人，和那些看过那座小岛的人，很清楚奥贝德在说些什么，他们对有所耳闻的海里的事已不再焦虑，但听了奥贝德的话后还是不知道究竟是怎么回事，他们问奥贝德，如何让他们通过信仰得到他们想要的回报。”

讲到这儿，老人变得支支吾吾、含含糊糊，陷入了焦虑不安的沉默中。他紧张地看了看自己的肩膀，然后转过身目不转睛地盯着远处的黑色礁石。当我跟他说话时，他并没有回答，于是我让他把瓶子里的酒喝光。这些疯狂的故事深深地吸引着我，因为它们具有印斯茅斯的陌生感，又在想象力的创造下变得具有些许异域风情。我一直都不相信这些故事是有真实依据的，但故事中的恐怖却如此真实，因为它提到的奇怪珠宝，我在纽伯里波特确实亲眼见过一件类似的王冠。也许那件首饰是来自某个奇怪的小岛，也许这些疯狂的故事是奥贝德自己编的，而不是老酒鬼编的。

我把酒瓶递给扎多克，他一饮而尽。我很好奇他怎么能喝这么多威士忌，他高亢又带些气喘的声音中丝毫听不出有任何醉意。他舔了舔酒瓶回味了一下酒味，把瓶子塞在自己口袋里，然后点点头，小声地对自己说了些什么。我俯身想要听清他说的话，但我看到他浓密而又被弄脏的胡须下面露出了一抹嘲笑。是的，他确实在说话，而我只能听得到一些片段。

“可怜的马特一直反对这样做，于是他努力地想让更多人支持自己。他与在城外管理公理教会的牧师们聊了很久，但是没有用，卫理公会的人也离开了，人们也没再见过浸信会牧师巴布科克——上帝之怒——我只是一介草民，我只相信我的所见所闻——大衮和亚斯他录——贝利亚恶魔和别西卜堕落天使——金牛犊以及迦南人和非利士人的崇拜物——巴比伦的恶煞——愿主保佑——”

他再次停止说话，从他那对水汪汪的蓝眼睛里，我看出他的眼神有些僵直。但当我轻轻地摇晃他的肩膀时，他警惕地转向我，说了些更晦涩的话。

“你不相信我？哈哈，那就直接告诉我，年轻人，为什么奥贝德船长和20个奇怪的家伙总是在死亡之夜乘船驶向恶魔礁？如果风向合适，整个镇子都能听到他们大声念诵。你说为什么呢？告诉我为什么奥贝德经常向礁石另一侧的深海里投掷很多重物？礁石的底部像悬崖一般深邃。告诉我，奥贝德用瓦拉凯送给他的那个铅制小物件做了些什么？嘿，年轻人？他们在五朔节和万圣节会做些什么？为什么那些曾经是水手的新教堂牧师们要穿着奇怪的袍子，要用奥贝德带回来的金饰装扮自己？”

他那双水汪汪的蓝眼睛看上去十分残酷和疯狂，脏兮兮的白胡子像触了电一般直立着。老扎多克可能发现我已经害怕得缩着身子，他开始发出恶魔般的笑声。

“哈哈！开始了解了吧？在那些日子里，也许你会像我一样，我经常在晚上站在我家的楼顶看向大海。我跟你说，我的消息很灵通，我知道所有关于奥贝德船长和礁石上的人们的小道消息。哈哈哈！有个晚上，我带着我爸船上的望远镜上了屋顶，看到礁石上的东西在月亮升起后迅速潜入海里。奥贝德和他的船员们仍然在船上，但远处那些跳进深海里的东西再也没出来。如果你一个人在屋顶，发现远处那些物体不是人的形状，会不会害怕？……哈哈哈哈……”

老人越来越歇斯底里，我开始莫名其妙地发抖。他把粗糙的手放在我肩膀上，我感觉得出，他的手颤抖并不是因为快乐。

“假设在某个晚上，你看到一些很重的东西从奥贝德的船上扔到礁石之外的海里，第二天你得知有个年轻人再也没回来，你会怎么想？有人看到海勒姆·吉尔曼的一根毛发吗？还有尼克·皮尔斯、卢力·韦特、艾多奈拉姆·索斯威克、亨利·加里森。哈哈哈哈……那些东西用手比划着来沟通……他们真的有手……

“从那时起，奥贝德又重新发达了。人们看到他的三个女儿佩戴着从未见过的金饰，冶金厂的烟囱又开始冒起了烟。其他人也开始富裕起来——鱼开始游向海港等待被捕杀，我们用船向纽伯里波特、阿卡姆和波士顿运送的货物多得惊人。从那时起，奥贝德让铁路支线在此开通。一些来自金斯伯特的渔民听闻这里有很多鱼，乘着小帆船来到这里，但他们后来都没了踪影。没有人再见过他们。就在那时，这里的人发起了大衮密教，并从共济会手中买下兄弟会大厅当作他们的驻扎地……哈哈哈！马特·艾略特是共济会会员，他曾反对这桩交易，但他从那以后就不见了。

“记住，我可没说奥贝德想继续自己在卡纳基岛上做过的生意。我觉得他最初就想要和这些东西混合血统，将年轻人变成可以永生的鱼。他是想要金子，他愿意为此付出沉重的代价，而我猜在那段时间里其他人的日子也过得不错……

“到1846年，小镇做了很多为自身考虑的事。越来越多的人消失了——在周日有越来越多的古怪布道和传教——关于礁石的流言越来越多。我把我在屋顶看到的事告诉了行政委员莫里，这也起了些作用。有天晚上，奥贝德的船来到礁石上，要举行一场聚会，我听到一些来自船上的枪声。第二天，奥贝德和32名船员回来了，大家很想知道他们接下来准备做些什么，又要付出怎样的代价。如果有人能预知未来……几周后，人们没再向海里投掷东西了……”

扎多克看上去有些惊恐和疲惫，我让他歇一会儿不要讲话，而我一直担心地看着时间。潮汐的方向变了，浪不断地涌过来，浪的声音似乎唤醒了扎多克。我很庆幸出现了潮汐，涌动的海水让鱼的恶臭味没那么难闻。我依然在努力地听清他讲的话。

“那个可怕的夜晚……我看到了他们……我当时在屋顶上……礁石上有一大群人，很多人……他们从海港游向马努赛特河……天啊，那晚印斯茅斯的街上发生了些什么……他们拼命地敲我家的门，但我爸没有开门……我爸从厨房爬到外面，带上步枪去找行政委员莫里，看看他有什么办法……死去的人堆积成山……不断传来枪声和尖叫声……从老广场、小镇广场和新格林教堂传来尖叫声……监狱被打开……公告……叛国罪……镇子里一半的人都不见了，人们把这说成是瘟疫……要么加入奥贝德和那些东西一伙，要么保持沉默……我再也没听到我爸的消息……”

老人开始气喘吁吁，出了很多汗。他更加紧紧地抓着我的肩膀。

“早上，所有的一切都被清理干净了——但还留了一些痕迹……奥贝德掌管了大局，他说改变即将开始……其他人要和我们一起在聚会时做礼拜，一些房子要用来招待客人……他们希望与我们混合血统，像之前与卡纳基人混合血统一样，奥贝德不会阻止他们这样做。不久后，奥贝德像疯子一样，他说那些家伙会给我们带来鱼和财宝，所以他们应该得到他们想要的……

“外界没有发生任何的改变，只是我们开始对陌生人变得冷漠，我们知道这样做对我们比较好。我们都必须宣读大衮誓言，后来还有人立下第二和第三道誓言。他们会得到特殊的帮助，获得特别的奖赏——金子以及类似的一些东西——阻止是没用的，因为他们在海底有数以百万计的力量。他们并不想消灭人类，但如果他们被逼无奈，他们会对人类做出各种各样的事。我们不像南太平洋那些人那样能用魔咒干掉他们，卡纳基人也永远不会说出他们的秘密。

“如果需要，他们会要求我们献上足够多的祭品和一些小物品，还留下了足够居住的房子。他们不允许任何外来人将此事透露出去——他们不希望有人打探消息。所有人都要信仰大衮密教——孩子将永远不死，但是要回到九头蛇母神和大衮父神那里，那是所有人的出生地——万岁！克苏鲁唯坦！沉睡的克苏鲁在拉莱耶的宫殿里等待梦境——”

老扎多克很快就进入了胡言乱语的状态，我屏息凝神地听着。这个可怜的老头——酒精的作用，加上他对身边衰败、异种人和病态的憎恶，会将他充满奇思妙想的大脑带进怎样充满幻觉的深渊呢？现在他开始抽泣，泪水从满是褶皱的脸颊流进浓密的胡须里。

“天啊，从我15岁开始就看到——愿主保佑——很多人从此消失，还有很多人结束了自己的生命——阿卡姆、伊普斯威奇和其他地方的人得知此事，都认为这是极度疯狂的，就像现在你也认为我是疯狂的——但我看到了如此多的事——他们早就该杀了我，因为我知道得太多，但我宣读过第一和第二道大衮誓言，我因此受到了庇护，除非有人证明我故意泄露我所知道的事……我不愿宣读第三道誓言——我宁死也不会发那誓——

“那大概是内战时期，出生于1846年以后的孩子都已经长大成人——不过只是其中一部分。我当时很害怕——在那个可怕的夜晚过后我每天都在祈祷，我再也没见过那些人。没有一个是活着的。我参加了那场战争，如果我有勇气冲在前面，我就永远回不来了，而我幸存了下来。但人们写信告诉我情况并没有那么糟糕。我猜是因为1863年后有政府的征兵官员来到镇上。但战争结束后，情况再次变得很糟糕。人们纷纷离开小镇，工厂和商铺闭门歇业，船运停止，海港沉寂，铁路运输终止——但，他们……依然在河里游来游去，来往于被诅咒的礁石——越来越多的窗子被木条封起来，越来越多的声音从没人的房间里传出……

“外面的人会讲起我们的事——我猜你已经听说很多了，看看你想问些什么——那些故事是关于他们的所见所闻，以及那些来路不明的珠宝的，这些故事依然还在流传——但一切都未水落石出。人们都是眼见为实的。他们说那些金子是海盗的战利品，那些怪物让印斯茅斯人带有异族血统，从此性情大变。另外，这里的居民已经枪杀了大量的外地人，他们不希望剩余的外地人对此太过好奇，特别是在夜晚不要好奇心太强。野兽突然开始回避小动物——马比骡子还不如——但他们在外面就一切正常。

“在1846年的时候，奥贝德·马什船长娶了第二个老婆，镇子里的人都从没见过她——有人说他是被逼无奈的。他们有了三个孩子，其中两个在很年轻的时候就不见了，另一个女孩长得不像她的父母，她在欧洲读书。奥贝德最终把他的女儿嫁给了一个来自阿卡姆的家伙，没有引起他任何的怀疑。现在外面的人和印斯茅斯人没什么往来了。目前经营冶金厂的巴纳巴斯·马什是奥贝德第一个老婆的孙子——是大儿子阿尼色弗的儿子，但他妈也是那些东西中的一员，大家从未在外面见过她。

“现在巴纳巴斯即将要变形了。他再也合不上眼睛，完全变了样。他们说他现在仍然穿着衣服，但不久后就要被带到水里。可能他已经尝试下水了——他们有时候会提前一些时间下水，这样比较好。最近九到十年，他已经没在公开场合出现了。不知道他可怜的老婆有什么感受。他老婆来自伊普斯威奇，他们在50多年前遇到了彼此。奥贝德终年78岁，而现在他的下一代都已经变形了——他第一个老婆的孩子都死了，其他的……谁知道呢……”

现在可以听到持续不断的潮水声，而老人的情绪慢慢地在转变，已由微微啜泣变为满脸泪水。他停止了讲话，再次紧张地瞄了几次自己的肩膀，又看看远处的礁石。尽管他的故事十分荒谬，但我忍不住开始分享他的含糊不清的想法。扎多克的声音变得尖锐起来，再次鼓起勇气大声地说着。

“嘿，你怎么不说些什么？你喜欢生活在这样一个到处充满衰败和死亡的小镇吗？这里到处可以看到怪兽，他们爬行着、吼叫着，在黑暗的地下室和楼顶附近跳来跳去。你喜欢每晚听到从教堂和大衮密教堂传出的咆哮声吗？在每年的五朔节和万圣节听到声音从可怕的礁石传过来，你有何感受？你认为那个老家伙很疯狂吗？让我来告诉你吧，那还不是最糟的。”

扎多克发出了尖叫，他声音里的疯狂和愤怒让我心神不宁，比起小镇，我现在更在意他对我的影响。

“去你的，别这样盯着我看——我对奥贝德·马什说他就应该下地狱，最好别回来了！哈哈哈……待在地狱吧！别来烦我——我从没做过任何事，我也没告诉过任何人——

“年轻人，怎么样？我之前没向任何人说过这些，但我现在准备说出来了！你就安静地坐在这儿听我讲——这些我从未向任何人讲过的事……我刚刚说我在那个夜晚过后从未停止过祈祷——但我发现事情依然没有好转！

“你想知道什么是真正的恐怖吗？是这样的——最恐怖的不是鱼怪做过些什么，而是他们将要做些什么！他们将东西从水里带到了镇子——他们已经做了很多年，只是最近做得少了。他们在河北岸位于水街和主街之间的房子里，满是恶魔和他们带来的东西——当他们准备好以后……我说，当他们准备好以后……你听说过修格斯吗？

“嘿，你在听吗？我跟你说，我知道那是些什么——我在某个晚上见过的……啊——啊……”

老人尖叫声中突如其来的恐怖和怪异的惊悚几乎把我吓晕。他的眼睛掠过我，看向带着恶臭味的大海，目不转睛地盯着那里；他的脸像希腊悲剧中的恐怖面具一般。他瘦骨嶙峋的手狠狠地抓住我的肩膀，我转头望向他刚才看过的地方，而他一动不动。

我什么都没看到。我只看到不断涌来的潮水，偶尔有一些浪花，但不是一层层的大浪。扎多克摇了摇我，我看到他有了些好转。现在他的声音正常了一些，但依然是颤抖的耳语。

“走吧！走吧！他们在看着我们——赶紧逃——别等了——他们已经知道了——跑吧——快——离开这镇子——”

又一个大浪重重地拍打在松动的废弃石码头上，老人再次发出狂野而令人毛骨悚然的尖叫。

“啊！——啊！——”

我还没回过神，他已经松开了抓着我肩膀的手，沿着内陆方向的街道快步走着，到了废弃的仓库附近又朝北走着。

我回头看了看海，那里什么都没有。当我回到水街向北望去，却再也没有看到扎多克·艾伦。

4

我难以描述出看到如此悲惨情景后的心情——这一幕让人感到疯狂、惋惜、诡异和惊恐。虽然杂货店男孩已经让我有了心理准备，但现实中的景象依然让我困惑不安。老扎多克讲的故事虽然幼稚荒唐，但他的真诚和恐惧让我感到非常不安，这种不安与之前对这个小镇的厌恶，以及小镇中无形的衰败感，交织在一起，

也许之后我会仔细回味他讲过的故事，研究这些历史故事中的暗喻，但此刻我想将它们抛在脑后。时间不早了——我的手表显示已经

7:15，而从小镇广场出发开往阿卡姆的巴士在8:00发车——我一边努力地让自己的思绪尽可能回到中立而现实的态度，一边经过满是破壁残垣的荒芜街道，朝着旅馆的方向走去，我需要到旅馆取走行李箱，并找到我要坐的巴士。

虽然金色的夕阳使古旧的屋顶和残破的烟囱变得神秘而平静，但我会时不时地转头看看身后。能离开被恶臭和恐怖笼罩着的印斯茅斯，我感到非常高兴，我希望能搭乘其他的车离开这里，而不是坐看上去阴森恐怖的萨金特开的车。但我又不想走得太快，因为在安静角落里的建筑细节还是值得一看的。我计算过时间，在半小时内可以轻松地赶完这段路。

在看过杂货店年轻人画的地图后，我发现了一条之前没有走过的路，于是我选择走马什街而不是斯台特街去往小镇广场。在秋街的转角处，我看到一些在窃窃私语的人，当我抵达广场后，看到各种游手好闲的人聚集在吉尔曼旅店的门口看热闹。当我在大堂领取行李时，似乎那些凸出的、水汪汪的不能眨动的眼睛都在奇怪地盯着我，我希望这些奇怪的生物都不会和我坐同一趟车。

巴士在八点前吱吱嘎嘎地到了，车上有三位乘客，人行道上一位相貌狰狞的家伙对司机小声地说了些什么。萨金特扔出一个邮包和一卷报纸，走向了旅馆。那几位乘客是那天早上抵达纽伯里波特的同一拨人，他们下了车摇摇晃晃地走向人行道，和一个流浪汉嘟囔了几句话，我发誓他们说的不是英语。我上了这辆空车，坐在和之前相同的座位，随后萨金特再次出现，压着声音含糊地说了些什么，我感到很不安。

看起来是我的运气太差了。车子的发动机有些故障，尽管我从纽伯里波特来到这里的时间很好，但这辆车无法让我顺利抵达阿卡姆。今晚车子很可能修不好了，也没有其他离开印斯茅斯去往阿卡姆或任何地方的交通工具。萨金特很抱歉，我不得不在吉尔曼旅店停留一晚。旅馆的职员很有可能给我一个优惠价，除此之外他也不能做些什么。突如其来的波折让我感到晕眩，这个衰败、几乎没什么照明的小镇突然地陷入了黑夜，我下了车重新回到旅馆大堂。闷闷不乐、相貌古怪的夜班职员说我可以花一美元住在428号房，那间房很大但没有自来水，位于顶层的下一层。

虽然我在纽伯里波特听说过这家旅馆的事，但依然登记了入住信息，付了钱，让员工提着我的行李箱，我跟着一个不友好且孤僻的服务员上了三层嘎吱嘎吱响的楼梯，穿过满是灰尘的走廊，这里似乎没人住。我的房间位于背街的一面，很不起眼，房间有两扇窗和一些便宜家具，可以俯瞰到邋遢的院子和一些废弃的矮房子，还能看到一些向西延伸的残破屋顶，郊外是一片沼泽。走廊的尽头是令人沮丧的洗手间，这里有古旧的大理石洗手池、锡制浴缸、昏暗的灯，所有的水管周围是发了霉的木板。

天空还微微有些亮，我来到广场，想在附近吃点晚餐。我发现周围病恹恹的流浪汉们都以异样的眼光看着我。杂货店关门了，我只能去那家我之前想避开的餐厅。那位弓着背的男人头窄窄的，眼睛不能眨动，另一个值班的塌鼻梁小姑娘，一双手格外厚大而笨拙。这家餐厅是在前台点餐，提供的是从罐子或包装里拿出来的食物，这让我放心不少。一碗蔬菜汤配薄脆饼对我来说就够了，然后我回到了旅店那间毫无乐趣的房间。前台旁边有一个摇摇晃晃的小摊，我向那位面目狰狞的店员要了一份晚报和一本脏兮兮的杂志。

随着夜幕降临，我打开了廉价铁架床上方的昏暗的灯，尽可能地继续看报。让我的思绪被占满是非常明智的，这样我就不会想着这个古老阴森的小镇那些古怪的事情，因为我还得待在小镇上。那个老酒鬼给我讲的疯狂故事不会让人做什么美梦，我尽可能不去想他那空调黯淡的眼神。

另外，我不能去想那位工厂检视员对纽伯里波特的票务代理人说过的吉尔曼旅店的故事，他说住客在晚上会发出某些声音——不能想这些；也不能想在教堂门口看见的那位身着黑袍、头戴王冠的人的脸，我不清楚那张脸为什么让我如此恐怖。最好让我的思绪不受这些干扰，也不要受这间阴森发霉的房间干扰。房间里的霉味与镇子里无处不在的鱼臭味混杂在一起，让人忍不住想起死亡和衰败。

我的房门没有门闩，这也让我非常不安。很明显之前门上是有门闩的，但从门上的痕迹来看，门闩是最近被拿走的。毫无疑问，和这栋破旧的楼里的很多东西一样，这是异于常理的。我紧张地环顾周围，发现衣橱上面有个大小合适的门闩，从上面的痕迹来看，它之前就是门上的门闩。为了缓解焦虑，我用钥匙圈上的多功能螺丝刀修了修门闩。门闩的大小刚好合适，门终于可以关好了，我也放松下来。我以前不理解为什么需要门闩，但在这种环境中任何安全措施都非常有必要。通往旁边房间的两个侧门也有门闩，我赶紧起身关好了门。

我没脱去外衣，而是打算看报纸看到困以后，再把大衣、领带和鞋子脱掉躺下。我从行李箱中拿出一个便携式手电筒，把它放在裤子口袋里，这样我在晚上就能看手表。但我一直没有睡意，当我开始琢磨我究竟在想什么时，我才发现我的不安源于我正在不由自主地聆听寻找某些声音——听那些令我觉得恐惧但又难以描述的声音。检视员的故事让我胡思乱想，它给我带来的影响比我预想的要严重。我再次努力地让自己阅读，但毫无进展。

过了一会儿，我似乎听到楼梯和走廊发出间歇式的嘎吱嘎吱声，好像是脚步声，我猜是不是有人住进了其他的房间。依旧没有说话声，但那些吱嘎声听起来很神秘。我不喜欢这样，我在考虑是不是睡着会比较好。这个小镇有很多奇怪的人，并且曾经发生过一些失踪事件。有些游客在旅馆遇害后被抢钱，难道这就是其中的一家旅馆？当然，我看起来并不像个有钱人。镇里的人们真的非常讨厌好奇的游客吗？是不是我明目张胆地游览和频繁地问路引起了注意？一定是我太紧张了，才会在听到这些偶尔传来的吱嘎声后胡思乱想——但我依然没办法解除戒备。

最后，我已经感到非常疲惫，却依然没有睡意，我关好新修好的门，关了灯，躺在又硬又不平整的床上——大衣、衣领和鞋子，我都穿着。在黑暗中，夜里的每一个细微的声响都似乎被放大了，我的脑海里涌出越来越多不安的思绪。我后悔把灯关掉了，但我太累而不想再起来开灯。在一长串沉闷的间隔之后，从楼梯和走廊传来吱嘎声。这微弱但绝对真实的声音，令我所有的焦虑似乎变成了现实。毫无疑问，我听到有钥匙正在试着打开我锁着的房门——有人在小心翼翼而鬼鬼祟祟地试探着。

当我意识到危险降临时反而没有特别激动，因为我之前一直很害怕。我一直无缘无故、本能地处于警惕状态，在无论有任何新的危机实实在在地来临时，这种警惕反而成了我的优势。尽管如此，当隐约的威胁征兆突然变为现实，还是会带来很强烈的震撼，这种震撼像一种真实的力量向我袭来。我从未怀疑鬼鬼祟祟的开门只是个误会。在做了最坏的打算后，我屏住呼吸，等待入侵者的下一个举动。

过了一会儿，轻轻的开门声停止了，我听到有人用钥匙开北边房间的门。之后，有人在轻轻地试着打开与我房间相连的侧门。当然，门闩是闩着的，我听到入侵者离开了房间，地板发出了吱嘎声。不一会儿，再次传来轻轻的嘎吱声，我知道南边的房间也被打开了。那个人再次鬼鬼祟祟地想试着打开闩着的侧门，同样又嘎吱嘎吱地退走了。这一次，嘎吱声一直通向走廊，然后下了楼，我知道入侵者已经发现我所有的门都是闩着的，于是尽早放弃了尝试，接下来不知道会发生什么。

一定是我在潜意识中的恐惧，让我已经做好了准备，想好了几个小时内可能让我躲避的地点。起初我认为那位未曾谋面的潜入者是一种无须面对和应对的危险，只需尽可能快地躲避它。我所能做的就是尽快活着逃出旅馆，但要从某个通道离开，而不是从主楼梯和大堂离开。

我轻轻地起身，打开手电筒，想把床上方的灯打开，向口袋里放了一些随身物品，好让自己不带行李迅速离开。但一切都没发生，我发现我的房间被断了电。显然，某个神秘而可怕的行动正在大规模的进行之中——我还不知道那是什么。我站起来，用手开了下毫无反应的开关，然后听到楼下的地板发出低沉的嘎吱声，我隐约地分辨出有谈话的声音。过了一会儿，我更加不确定那低沉的声音是否是人的说话声，因为那沙哑的叫声和松散的节奏听起来不太像人的说话声。随后，我再次想起那位工厂检视员曾在这栋残旧而令人难受的楼里晚上听到的声音。

我在口袋里放好手电筒，然后戴上帽子，蹑手蹑脚地来到窗边，考虑从窗子逃出去的可能性。尽管国家有消防安全规定，但这个旅馆的侧面并没有逃生通道，从我房间的窗子到铺着鹅卵石的院子，只有三层楼的高度。在旅馆的左右两侧，有一些古旧的商用砖房，从我这间位于四层的房间，理论上可以跳到那些倾斜的房顶上。想要到达这些房子上，我需要在与我房间相隔两个门的房间里——可以在北边，也可以在南边——我的脑子立刻在想着我能跳到对面的可能性。

我不能冒险走到走廊，我的脚步声一定会被听到，并且也很难走进我想进入的房间。因此，我打算从与我房间相连的房间经过，一旦有人攻击，我需要用肩膀猛烈地撞击那间房的门锁和门闩。由于这栋楼不稳定的构造和里面的设备，这个方案是可行的，但在这个过程中我不能发出很大的声响。这完全依赖于速度，以及我能否在对方打开我所在房门之前来到窗口。我把衣柜推到门后以使其更加坚固——我一点点地推，只发出最小的声音。

我知道我能逃生的几率非常小，并对任何不幸遭遇都做了充分的准备。即使跳到另一个屋顶也解决不了问题，因为还存在如何到达地面以及如何逃离这个小镇的问题。不过，我倒是很喜欢附近楼房近乎坍塌的状态，也喜欢每一排楼房上一个个开着的天窗。

从杂货店男孩画的地图来看，逃离小镇的最佳路线是向南走，于是我看了看房间南面的侧门。门是朝内拉开的，我拉开门闩，发现还有其他物件卡在门后，因此这个门并不适合逃走。排除掉这条路线后，我小心地将床架搬到门口，以应对之后来自另一个房间的袭击。北边的门是向外推的，虽然这扇门是从另一面锁住或闩住的，但我知道这就是我的逃生路线了。如果我能落到潘恩街房子的屋顶上，然后再成功地落在地面，就可以穿过院子和附近的楼房，来到华盛顿街或贝茨街——或潜入潘恩街，并快速朝南走，来到华盛顿街。不论是哪种情况，我都要来到华盛顿街，然后快速离开小镇广场。我更希望能避开潘恩街，因为那里的消防局晚上也是有人驻守的。

我一边想着这些事，一边望着楼下那片肮脏破败的房顶，房顶被一轮接近满月的月光照亮。右边的峡谷形成了一道黑色缺口，将整片景色一分为二。废弃的工厂和火车站紧贴在河谷的旁边。在一段生了锈的铁轨和罗利路之外，是一片平坦的沼泽地，沼泽地里的几个小岛上长着高高的灌木。左边比较近的是有小溪流淌而过的郊外，通往伊普斯威奇的窄路在月光的照耀下发着白色的光。从旅馆房间的这一侧看不到我决定要走的那条通往阿卡姆的向南的路。

我反复思考究竟该什么时候撞击北侧那扇门，该如何控制撞击时的声音，这时我听到微弱的脚步声变成了越来越清晰的楼梯的嘎吱声。房间横梁上的灯晃了几下，走廊的木板发出沉闷的声音。模糊不清的声音正在向我靠近，最后有人坚定地敲了我房间的外门。

那一刻，我屏住呼吸等待着。好像过了一辈子那么长的时间，而房间里恶心的鱼臭味似乎突然变得格外明显。敲门声又重复了几次——不断地敲着，敲得越来越坚定。我知道现在该行动了，我立刻把北侧门的门闩拉下，准备用身体把门撞开。敲门的声音越来越大，我希望敲门声能盖住我撞门的声音。最终我不顾肩膀的疼痛，开始一次又一次地用肩膀撞击薄薄的门板。这门比我想象的要结实，但我没有放弃。与此同时，敲门的声音越来越大。

终于，门被我撞开了，但外面的人一定会听到这撞击声。外面的敲门声立刻变成猛烈的击打，同时有钥匙在打开房间两侧的门。我从刚撞开的侧门冲出，成功地在对方打开锁之前把门闩住。即使如此，我听到有人在用钥匙试着打开北侧第三个房间的门——而我正是想从那间房的窗口跳到楼下的屋顶上。

那一刻我感到无比绝望，我被困在了一间没有窗子的房间。一阵异常的恐惧向我袭来，一道由试图开门的闯入者留下的灰尘印记令我更加惶恐。虽然我不由自主地感到晕眩和绝望，但我摸着黑，继续冲向下一扇侧门，在门锁从外面被打开前把门闩住，和闩住第二扇门时一样，有如神助一般顺利。

如此的幸运暂时缓解了我的恐惧，但我前方的侧门不仅仅被打开了门锁，还是微开的。我迅速穿过侧门，用右膝和肩膀顶住正向内打开的房门。开门的人显然放松了警惕，因为我用力一顶就将门关上了。然后，我像关前几扇门一样插上了门后面的门闩。正当我暂时喘口气时，我听到敲击另两扇门的声音减弱了，而我用床架挡住的那扇门后面又传来了莫名其妙的声音。显然，那群攻击者已经进入了南面的房间，打算一起从侧面进攻。同时，北面的门也传来了用钥匙开锁的声音，即将来临的危机正在慢慢靠近。

北侧的门已经大敞四开，但我没时间思考如何阻止客厅里钥匙转动的门锁了。我现在只能关上并闩好两侧敞开着的门——用床架挡住其中一扇门，用衣柜挡住另一扇，并把脸盆架推到厅门的前面。我必须相信这些临时的障碍能助我从窗口逃出，然后来到潘恩街房屋的屋顶上。即使在这一刻，我主要的恐惧并不是来自我太过薄弱的防御能力。我害怕得发抖是因为那些追捕者，他们时不时地发出可怕的喘息声、咕哝声、叫喊声，却不能发出清晰而听得懂的说话声。

在我搬完了家具冲向窗户时，我听到一阵可怕的跑步声从走廊向着北面房间的方向而来，同时南边房间里的击打声停止了。显然，我的对手们即将攻击脆弱的侧门，他们知道那会直接找到我。窗外，月光照在楼下屋顶的房梁上，我发现跳到上面是非常危险的，因为房顶的表面非常陡峭。

在考察过环境后，我决定从南边的两个窗口逃出，落在房顶内侧的斜坡上，然后走向最近的天窗。一旦落在残旧的砖屋顶的内侧，我还必须考虑有人追捕的情况，我希望落地后可以在黑暗的院子的大门内外躲避追捕者，在抵达华盛顿街后朝南跑，逃出这个小镇。

北边侧门的敲击声越来越可怕，脆弱的门快要碎了。显然，围攻者们带来一些重物作为击打工具。但床架依然牢固地顶在门边，这让我的逃生多了些希望。当我打开窗子后，发现窗子的侧面有厚重的天鹅绒帘子，帘子通过铜圈悬挂在杆子上，另外还有一个很大的突出来的窗钩用来钩住外面的百叶窗。在发现了能减少跳跃危险性的工具后，我把帘子连同杆子一同扯下来，将两个铜圈挂在窗钩上，把帘子抛向窗外。厚重的帘子一直垂到了接近屋顶的位置，铜圈和窗钩似乎承受得起我的重量。于是我爬到窗外，沿着临时的绳梯下去，我将这块带着吉尔曼旅店恐惧气息的布永远地留在了那里。

我安全地落在了砖瓦松动的陡峭屋顶上，并成功地钻进黑洞洞的天窗而没有滑倒。看了一眼我刚刚离开的窗子，我发现那里仍然一片漆黑，而北边残破的烟囱之外能看到有灯在幽暗地照着，当我回想起那边是大衮密教堂、浸信会教堂和卫理公会教堂时，不禁浑身发抖。下面的院子里似乎没有人，我希望能在发出总警报之前离开这里。我用口袋里的手电筒照亮了天窗，发现没有楼梯可以下去。由于距离并不远，我爬到边缘跳了下去，落在了满是灰尘的地面上，地上还有一些破破烂烂的箱子和木桶。

这个地方看起来令人毛骨悚然，但我没时间想这些，立刻奔向借着手电光发现的楼梯——我快速瞄了一眼手表，时间是凌晨两点。楼梯发出嘎吱嘎吱的响声，但看起来还算结实。我跑着下了楼梯，经过二楼的谷仓后来到一楼。这里完完全全是一片废墟，只能听到脚步声和它的回音。最后我来到了底层的过道，在过道的尽头看到一个微微带着光的长方形指示牌，那边的门口通往荒废的潘恩街。我朝着另一个方向走，发现后门也是开着的，我飞奔而出，走过五阶石阶来到杂草丛生、铺着鹅卵石的院子。

月光没有照到这里，但我可以不用手电筒就看得到前方的路。吉尔曼旅店的窗户发出微光，我觉得还能听见那里面传出的令人迷惑的声音。我轻轻地走向院子靠近华盛顿街的一侧，发现有几处开着的门廊，我选了最近的一个走了进去。里面的走廊一片漆黑，当我走到了尽头，看到通向街道的门都是被封死的。我重新回到院子，决定试一下其他路线，但在门口附近突然停了下来。

吉尔曼旅店一扇开着的门外，一大群可疑形状的物体正在涌过来——灯罩在黑暗中来回摆动，可怕而沙哑的低沉叫声听上去显然不是英语。那些身影不确定地移动着，为了安慰自己，我让自己相信他们并不知道我要去哪儿，但他们确实让我恐惧地颤抖。很难辨认出他们的特点，但他们屈着腿蹒跚而行的样子非常令人厌恶。最糟糕的是我发现其中一个穿着奇怪的袍子、还明显地头顶着高高的、样子很熟悉的王冠。当那些身影已经遍布于院子里，我感到越来越恐惧。如果我在这栋楼里找不到通往街边的出口怎么办？鱼的恶臭味让人厌恶，我很好奇我是否能忍受这种气味而不晕倒。我再次摸索着朝街的方向走，在打开一扇门后，发现一个关着百叶窗却没有窗框的空房间。借着手电筒的光，我胡乱摸索着，发现可以打开百叶窗，于是我从窗子爬出去，并小心翼翼地按原样将百叶窗关好。

我现在来到华盛顿街了，这里看不到任何生物和任何光亮，只能看到月亮。但我能听到从不同方向传来的沙哑的说话声和脚步声，还有一种啪嗒声，但它听起来不像脚步声。显然，我不能浪费半点时间。现在方向已经明确，我很庆幸所有的街灯都熄灭了，某些不景气的乡村地区通常会在月光皎洁的夜晚关掉街灯。有些声音从南边传来，但我继续按原计划向南逃跑。如果我遇到任何看上去像追踪者的人，这里会有很多废弃的门道可以让我躲避。

我轻快地贴近废弃的房子前进。在我艰难地攀爬一番过后已经变得蓬头垢面，这让我看起来和当地人没什么两样，如果被路人撞见，人们也不会特别地留意我。经过贝茨街时，我躲进一个开着的门廊，看见两个身影蹒跚地从我面前经过。但不久后我重新回到街上，来到艾略特街斜着穿过华盛顿街交汇处南边的空地。虽然我从未见过这个地方，但根据杂货店年轻人的地图，这个地方看起来很危险，因为月光可以肆意地照亮这个区域。任何的躲避都是白费力气，选择其他的路都会在危险地暴露行踪的情况下绕路并耽误时间。我唯一能做的只有大大方方地走过去，尽量模仿印斯茅斯人走路时摇摇晃晃的样子，并相信没有人——或至少没有追赶我的人——在那里。

他们的追踪怎么会如此周密，其背后的目的又是什么——我毫无头绪。镇上好像有特别的活动，但我认为我逃出吉尔曼旅店的消息还没有被散播出去。等一会我将从华盛顿街走到南边的街上，而那群从旅馆追我的人毫无疑问会在我后面追。我一定是在刚刚那栋旧楼的灰尘里留下了痕迹，暴露了我已经来到这条街上。

如我所想，这片空地铺满了月光，我还看到空地的中间好像是一个被铁栏杆围住的公园遗迹。还好周围没有人，但从小镇广场传来的嗡嗡声或是吼叫声变得越来越大。南街是一条很宽的街，通过一段缓坡直通海边，在这里可以饱览海景。希望在我穿过这片被月光照亮的区域时，没人在远处看见我。

我一路前行，没听到任何可疑的声音，我应该没有被人监视。我环视了四周，不由自主地放慢脚步，看了看在街的尽头洒满月光的大海。在防浪堤之外是昏暗的恶魔礁形成的一道黑线，当我看到它时，不禁回想起过去34个小时里听过的可怕传说。传说这片残破的礁石是通往未知恐惧与异形世界的入口。

随后，我看到远处礁石上有断断续续闪烁的光，从没有人提到过这些光。这些光确实存在，并唤醒了我的脑海中莫名的恐惧。我的肌肉因恐惧而紧绷着，整个人处于某种无意识的警觉和半催眠的迷幻之中。更糟糕的是吉尔曼旅店高高的圆顶射出一道光，照亮了我身后东北方向的区域，这些间隔不一的光束一定是一种回应信号。

我努力控制住自己的身体，并重新意识到自己正处于众人可见的状态下，我继续假装摇摇晃晃地向前走——当还能在南街上看到海时，我就一直盯着那地狱般恐怖的礁石。我无法想象在那里发生过的一切，我只记得与恶魔礁相关的一些奇怪的习俗，还记得有人曾乘船登陆这片阴森恐怖的礁石。现在我朝着左边的废弃绿地走去，但仍然盯着被诡异的夏日月光照亮的大海，看着那些难以形容的信号灯射出神秘的光束。

就在这时，我突然想到了一些最可怕的事——这些可怕的事让我仅有的自控力荡然无存，疯狂地逃向南边，奔跑在荒凉的噩梦般可怕的街道上，经过一排排敞开的黑漆漆的门廊和死鱼眼般圆瞪着的窗户。我再定睛一看，礁石和岸边之间被月光照亮的水面并不是空着的，有一大群生物从那片水域游向小镇。即使离得这么远，我看得出他们来回摆动的头和用力挥动的手臂是那么的怪异，简直难以形容。

当我停下疯狂奔跑的脚步时，已经来到了下一个街区，这时我听到左边传来了追捕者发出的叫声。我能听到脚步声和从喉咙里发出的含混声，还有“啪嗒啪嗒”的马达声从南边的联邦街传来。那一刻，我的计划全都改变了——如果前方朝南走的大路被封住了，我必须找到另一个离开印斯茅斯的出口。我停下来躲进一个门廊里，心想幸亏在追捕者来到这条平行街之前，已经离开了被月光照射的空地。

我转念又想到另外一些令人不安的事。既然那些追踪者出现在另一条街，显然说明那些人不仅仅是在跟着我。他们虽然看不到我，却遵照总计划切断了我逃跑的路。这说明所有走出印斯茅斯的路都有人看守，而这些人不知道我会选择哪条路。如果是这样，我只能避开所有的公路，但附近地区都是沼泽和溪流，我如何能逃出去呢？那一刻我感到头晕目眩——不仅是因为彻底的绝望，还因为突然变得异常明显的鱼臭味。

于是，我想到了那条早已被废弃的通往罗利的铁路，这条杂草丛生、铺着碎石子的路，从河谷边残破的车站延伸至西北方向。镇里的人可能不会想起这条路，因为这条布满荆棘、早已荒废的路几乎无法通行，是逃亡者最不可能选择的一条路。我刚才在旅馆的窗口可以清楚地看到这条路，知道它的走向。但不妙的是，在罗利路和镇子里的高处都能看见铁路刚开始的那一段路，但我可以在灌木丛中爬过而不被觉察。无论怎样，这将是我唯一的逃生机会，我只能放手一搏。

在退回我所藏身的荒废房子的大厅时，我借助手电筒的光再次看了杂货店男孩画的地图。最棘手的问题是如何抵达老铁路，目前我发现最安全的方案是朝巴布森街走去，然后向西走到拉斐特街。拉斐特街位于小镇边缘，我不用穿过类似于刚才的那片空地，随后反方向朝北和朝西穿行于拉斐特街、贝茨街、亚当斯街和位于河谷边缘的河岸街，就能来到我在窗口看到的废弃车站。我选择直接走向巴布森街是因为我既不想再次横穿那片空地，也不想沿着像南街那么宽的街向西走。

我立刻动身，穿过右边的一条街后，尽可能不被察觉地来到巴布森街。联邦街的声音依然在持续着，我向身后瞄了一眼，看到我刚刚逃出的那栋楼的附近有一道光。我不安地离开了华盛顿街，开始悄悄地小步跑着，希望不被人看到。在巴布森街转角的附近，我警惕地看到其中一栋房子仍有人居住，窗子上有窗帘，但里面没有灯光，我悄无声息地经过那栋房子。

我有可能在从巴布森街经过联邦街时被搜寻者发现，所以我尽可能地贴近参差不齐的建筑行走，当身后的声响时不时地变得更大声时，我在门廊里停留过两次。前方的空地在月光的照射下显得格外空旷，但我不得不从这里穿过。在我第二次停留时，我能清晰地觉察到那个模糊声响的位置，我仔细地向外看，看到一辆汽车从空地飞驰而过，驶向与巴布森街和拉斐特街都有交汇的艾略特街。

我被短暂减轻后又突然加剧的鱼臭味呛到了，同时我看到一群笨拙地蹲伏着的身影朝着同一个方向摇摇晃晃、大步地跑着，我意识到这些就是看守伊普斯威奇路的人，那条路是艾略特街的延伸。我瞥见其中两个身影穿着宽大的长袍，有一个还头戴在月光下反射出白光的王冠。他的脚步非常奇怪，看起来几乎是在跳跃，这令我不寒而栗。

当所有人走出我的视线后，我继续向前赶路，朝着进入拉斐特街的转角奔去，并迅速穿过艾略特街，以免那些看守人员继续沿着这条大路赶过来。我听到远处小镇广场的方向依然传来嘶哑的嘈杂声，但我安全地走完了那段路。最令我害怕的是要重新穿过那条被月光照亮得能看到海的宽阔南街，我不得不让自己振作起来。在那里很容易就被发现，艾略特街上的流浪者可以从街的任何一端看到我。最后我决定继续模仿当地人摇摇晃晃的步伐，慢慢地穿过那条街。

我又看到了那片海，而这次海在我的右边，我几乎决定不要再向那边看。但我控制不住自己，当我认真地模仿着蹒跚的步伐走到前方一处能保护我的阴影处时，我又向旁边的海上偷偷看了一眼。在海上没看到船，我以为本来会有的。我反而看到一艘小船正向废弃的码头停靠，船上装载着大量的物品被防水布盖住了。远远地看不太清划船人，但他一副不讨人喜欢的样子。依然看得到海里有几个在游泳的人，而在远处的黑礁石上，我看到一束微弱的光，与之前看到的闪烁的光束不同，这种光的颜色有些特别，难以准确地辨别出来。在斜屋顶上方的右侧原本可以看到吉尔曼旅店高高的圆屋顶，但现在那里一片漆黑。刚才有一阵微风将鱼臭味驱散了一些，现在气味再次变得非常浓烈。

当我听到一群人嘈杂地从北边沿着华盛顿街走过时，我还没有走完那条街。当他们来到那片我第一次看到月光下的大海的宽敞空地时，我看到他们只与我相隔一个街区——我被他们畸形的相貌以及像狗一样蹲伏的步伐吓到了。其中有一个人像猴子一样行走，长长的手臂频繁地触及地面；另一个人身穿长袍头顶王冠，一跳一跳地前进着。他们应该是我在吉尔曼的院子里看到的那群人，那群紧追我的人。他们之中的一些人朝着我的方向望过来，我被吓呆了，但仍假装镇静地蹒跚前行着。至今我也不知道他们是否看见了我。如果看见了，一定是我的诡计蒙骗了他们，因为他们径直走过被月光照射的空地而没有改变线路——他们一边走着，一边从喉咙里发出我听不懂的叽里呱啦的声音。

再次回到阴影处，我重新小跑着穿过那些倾斜而破旧的房屋，那些房子空荡荡地伫立在黑夜之中。在穿过西边的人行道后，我从最近的路口转入贝茨街，然后继续贴近南边的建筑前行。我经过两栋有人居住的房子，其中一栋的顶楼房间里透出微弱的光，但我一路上没遇到什么障碍。在转入亚当斯街后，我感觉已经相对安全了，但有一个人从黑洞洞的门廊冲到了我面前，吓我一大跳。但他烂醉如泥，并不会对我造成威胁，因此我安全地抵达了荒凉的河岸街的仓库。

这条街空无一人，河谷中的流水声淹没了我的脚步声。我小跑了很长一段路后来到了废弃的车站，我周围用砖砌成的仓库看上去比前方的私人住宅更可怕。终于，我看到了那个有拱廊的老车站，然后沿着通往远处的路走去。

铁轨已经锈得不能再使用，近一半的枕木已经腐烂。在铁轨上走或跑都很困难，但我竭尽所能，为此花费了很多时间。虽然其中一段路位于峡谷的边缘，但我还是来到了一座桥上，这桥横跨在一个很深的峡谷之上。我下一步该怎么走取决于这座桥的情况。如果它仍能使用，我会从桥上走过；如果不能，我要冒险从街上走过，然后走最近的、没人使用的公路桥。

这座宽阔且如仓谷那么长的古桥在月光的照射下闪着诡异的光，我看到眼前至少几英尺的枕木是完好的。我打开手电筒，走上桥，差点儿被一片从天而过的蝙蝠击倒。在途中有一个危险的缺口，我害怕地停留了一会儿，但最终我冒险一跳，成功地跨过了那个缺口。

从可怕的隧道出去后，再次看到月光令我倍感欣喜。这条老铁路水平地穿过了河街，然后立刻转向一片更有乡村气息的地区，那种印斯茅斯可怕的鱼臭味在这儿逐渐变淡了。虽然这里浓密的杂草和荆棘令我寸步难行，还撕破了我的衣服，但我依然庆幸它们能作为我的掩护，助我抵御危险。我也知道，从罗利路能看见我大部分逃跑的路线。

不久我来到了沼泽区，这里长满低矮杂草的路基上只有一条轨道，而这里的杂草似乎更细一些。随后，我来到一片地势较高、像小岛一样的高地，轨道从一片低浅的空地穿过高地，坑道的两边长满了矮树丛和荆棘。幸好有这条小路，因为我从旅店的窗口看到这里与罗利路非常接近。这条小路的尽头会转向另一条路，并与主路保持一定的距离，但我需要非常小心地走过这里。我很庆幸没有人看守这段铁轨。

在走进这条小路之前我瞄了瞄身后，没看到追踪者。衰败的印斯茅斯的古旧建筑尖顶和屋顶在神奇的黄色月光下闪耀着幽暗的光，我想象着这些建筑在这里变得荒凉之前的样子。当我的目光从小镇扫视至内陆时，一些不安的事物吸引了我的注意，我停下了脚步。

我看到——或者说我以为看到——远在南边有一些起起伏伏的东西，让我以为有一大批人正沿着伊普斯威奇路方向从小镇出来。由于距离非常远，我看不清任何细节，但我实在不喜欢那正在行进中的队伍。他们的起伏太过明显，在向西落下的月亮的照射下发着光。虽然风是向反方向吹的，但我仍可以听到他们的声响，那是一种野兽般刺耳的吼叫声，比之前听到的嘈杂声更可怕。

我的脑海中出现了各种令人不安的猜测。我想起了传说中的印斯茅斯异形人，他们隐藏在海边破旧的老街区里。我还想起我看到过的那些难以名状的游泳者。我计算了一下远远看到的那群人的数量，再加上每条路上的守卫者数量，追踪我的人数对于荒无人烟的印斯茅斯来说已经太多。

我看到的如此多的人究竟从何而来？那些古老而无人知晓的街区是否充满了这种扭曲而未知的生物？是否有一群未知的外来者乘坐未被发

现的船登陆那个地狱般的礁石？他们是谁？他们为什么要去那里？如果这群人搜索过伊普斯威奇路，其他路段上守卫者的数量是否会增加？

我走进了长满灌木丛的小路，缓慢地向前走着，鱼臭味再次变得很强烈。是因为突然变成东风而将气味从海上传到镇上的吗？我猜一定是这样的，因为我开始听到那可怕的从喉咙发出的咕哝声从原本安静的方向传来。我还听到了另一种声音，是大规模的啪嗒啪嗒的脚步声，这令我想起了最可怕的画面，还让我想起远处伊普斯威奇路上那些可怕的起起伏伏走路的人。

随后，鱼臭味和声音都变得越发的强烈，我不禁停下脚步，一边害怕得发抖，一边暗自庆幸有这条能掩护我的小路。我想起正是在这里，罗利路向西出现分岔路之前与老铁路相隔非常近。似乎有人沿着那条路而来，我必须低下身子，直到他们从此处经过并消失在远处。幸好这些人没带着狗一同搜捕，可能是因为在这满是鱼臭味的区域里，狗也很难凭借气味搜捕。蜷缩在长满灌木丛的沙砾中让我感到很安全，即使我知道搜捕者可能在我前方不到100码的小路走过。我可能看到他们，但他们不会看到我，除非我非常倒霉。

突然，我很怕看到他们经过。我看到附近一片被月光照亮的空地，他们很可能蜂拥而至，还异想天开地想到如此会玷污了那片美景。他们可能是最低劣的一种印斯茅斯人，一种人们不屑于去记住的人群。

鱼臭味变得愈加强烈，杂音也变成了野兽的吠声，丝毫听不出是人在说话。这些声音是来自追踪者的吗？他们究竟有没有带狗？到目前为止，我在印斯茅斯没见过低矮的动物。那个“啪嗒啪嗒”的脚步声非常怪异——我无法将其与任何一种退化的生物对应起来。我会一直闭着眼，直到声音向西边退去。那群人现在非常接近我，空气中弥漫着嘶哑的咆哮声，具有怪异节奏的脚步几乎让地面在颤动。我几乎停止了呼吸，用尽所有力气闭紧眼睛。

我甚至都不愿说后面的事情，究竟追赶我的是恐怖的主体，还是噩梦般的幻觉。在我疯狂地上诉后，政府采取的后续行动印证了那是真实存在的经历，但幻觉不能在阴森恐怖的古镇的催眠下反复出现吗？那是个奇怪的地方，到处是臭气熏天的街道和支离破碎的屋顶，疯狂的传说影响了一大群人。难道被阴霾笼罩的印斯茅斯没潜伏着一种会四处蔓延的疯狂？谁能在听完老扎多克·艾伦讲过的故事后分清楚真正的现实？政府的人从未找到可怜的扎多克，也从未想过他究竟是个怎样的人。怎么才能消除幻觉重回现实？我的恐惧难道只是幻觉？

我必须尽可能地将我在那个黄色月夜的所见所想都说出来——当我蜷缩在铁路边长满的荆棘丛里时，看到一群起起伏伏、上蹿下跳的人从我面前的罗利路走过。我没能一直紧闭眼睛不去看他们。这注定会失败的——当一群吼叫着的不知名生物嘈杂地从前方不到100码的地方经过时，谁还能紧闭眼睛一动不动呢？

我以为我已经做好了最坏的打算，在看过一些资料后，应该对此有所准备。另外一些追踪者全是奇形怪状的，我是否应该准备好将其视为没有半点正常、更加一反常态的样貌呢？我一直闭着眼睛，直到有刺耳的叫声出现在我正前方。那一刻我知道一大群人正出现在我的视线范围内，他们正位于通道的两侧和一条横穿而过的路上，我实在忍不住想看看月光会为我揭露出什么样的恐怖。

而这就是一切的终结！我在这个世界度过的余生，我所感知的精神上的每一寸平静和对自然界、对人类心智残存的信心，全都终结了！我想不到任何事——在老扎多克讲述的疯狂故事中从未提及这些——能和我看过或我以为看到过的亵渎神灵的东西相提并论。我想试着对这些东西做一些铺垫，以免在我写下这些恐怖的东西时太过直截了当。这些仅出现在幻想和传说中的生物，却有血有肉地为人所见，他们真的在地球上真实存在吗？

然而，我看着他们重重地跳上跳下、嘈杂地叫喊着，在噩梦般的月光下接连不断地、诡异地涌现出来。他们中的有些头戴不知名的白金色金属制成的王冠，有些身着奇怪的长袍，还有一个带队的穿着背部可怕地隆起的黑外套和条纹裤，而且在那个应该是头部所在的位置戴着一顶毡帽……

我看到他们的主体是灰绿色的，而肚子是白色的。他们的皮肤光亮而光滑，但背上的隆起部分有鳞。他们的形态近似于类人猿，却有着鱼头，巨大而凸出的眼睛从未合过。他们脖子的两侧有扇动着的鱼鳃，爪子上长有蹼。他们不规律地跳着，有时用两条腿跳，有时用四条腿跳。值得庆幸的是他们只有四肢。他们嘶哑的吼叫声就是他们的沟通语言，传递着他们那阴沉的面孔无法表达的情感。

种种骇人听闻的情况对我来说并不是完全陌生的。我非常了解他们究竟是什么——在纽伯里波特看到的恶魔王冠不依然历历在目吗？他们就是亵渎神明的半鱼半蛙生物——形态可怖却活生生地存在着——这令我回想起在黑漆漆的教堂地下室里，那位躬着背、头戴王冠的牧师让我感受到的恐怖。他们的数量难以预估，似乎无穷无尽——我在短时间内看到的只是其中一小部分。随后，我就晕倒而不省人事了，那是我第一次晕倒。

5

天空中的小雨让昏迷在灌木丛铁轨路基上的我苏醒过来，这时已经是白天了，当我摇摇晃晃地向前赶路时，发现泥土上没有任何脚印。鱼臭味也消失了。印斯茅斯废弃的屋顶和倾斜的尖塔在东南方向泛着灰色的微光，附近荒芜的盐沼地区域也没有发现任何生物。我的表还在继续走着，时间显示已经是下午了。

我已经记不清发生过什么，只隐约感觉发生过一些可怕的事。我必须逃出被恶魔笼罩的印斯茅斯，于是，我试着看自己还有没有力气前行。尽管虚弱、饥饿、恐惧和迷惑，我发现我依然可以行走，然后开始沿泥泞的道路缓慢地向罗利走去。在傍晚前我来到了村庄，吃了顿饱饭，换了身体面的衣服。我赶上了去往阿卡姆的夜班火车，第二天和那里的政府官员诚恳地交谈了很久，之后又在波士顿重复了同样的谈话。公众已经对谈话的主要后续进展非常了解，正常来看，我已无须赘述。然而，也许是因为疯狂突然降临到了我身上——但也可能是一个更大的恐怖或惊异——正在逐渐显现。

你也许能想象得到，在剩余的旅途中我放弃了大部分原先的计划，放弃了那些我认为非常值得一看的景色、建筑和古文物。我也没去看那件放在米斯卡塔尼克大学博物馆里的奇珍异宝。不过，我在阿卡姆收集到了我一直想获得的族谱信息。虽然是些粗略的资料，但足以让我在日后对其进行比较和编纂。那里的历史协会馆长E·拉帕姆·皮博迪先生非常乐于帮助我，我告诉他我的外祖母是来自阿卡姆的伊丽莎·奥恩，她1867年出生在阿卡姆，17岁时嫁给了来自俄亥俄的詹姆斯·威廉姆森，皮博迪先生对此非常感兴趣。

好像我的一个舅舅在几年前也去过那儿，和我有相似的请求，而我外祖母一家的家事似乎是当地人茶余饭后的话题。皮博迪先生说，在内战之后，关于我外祖母的父亲本杰明·奥恩的婚姻曾引发很多讨论，因为新娘的身世非常奇怪。新娘是来自新罕布什尔州马什家族仅存的血脉，这个家族是来自埃塞克斯郡的马什家族的表亲，但她在法国读书，对于家族的事了解得非常少。她的监护人会向波士顿的一家银行存钱，以维持她和她的法国女家庭教师的生活。但阿卡姆人并不熟悉她监护人的名字，最终此人杳无音信，按法律规定，家庭教师接替他成为新监护人。那位法国女士不久就离世了，她是个沉默寡言的人，但人们认为她本应该可以透露更多内情的。

人们已经很难将这位年轻女士的双亲——伊诺克·马什和莉迪亚·马什（梅泽夫）夫妇——与新罕布什尔州知名的马什家族的人对应起来。很多人认为她很可能是某位马什家族重要成员的私生女，她有着马什家族特有的眼睛。她在生我外祖母——她唯一的孩子——的时候不幸去世，因此很多事情仍然是一个谜。马什这个名字给我留下了一些不好的印象，因此在我得知我的祖先与这个家族有关时，并没有很高兴，在听到皮博迪先生说我有一双马什家族的眼睛时，也没有很开心。不过，我很感激我得到了这些有价值的信息，并记下了很多笔记，找到了与奥恩家族相关的书目。

我从波士顿直接返回了位于托莱多的家，随后在莫米市花了一个月时间从那场煎熬中恢复过来。9月，我回到奥伯林学院开始了大学最后的一个学年，直到次年6月，我一直忙于学业和其他有意义的活动——只是与由我的申诉引发的政治活动相关的政府官员的偶然来访，会让我回想起那场可怕的经历。大概在7月中旬——在印斯茅斯那场经历发生一年之后——我在克利夫兰与先母的家人们度过了一个星期，查找到一些新的关于族谱的资料及各种保存下来的家传资料，试图找寻其中千丝万缕的联系。

但我并没有乐在其中，因为威廉姆森家族里的气氛总会令我感到很压抑。那里处于一种紧绷的状态，在我小的时候，我的母亲从未鼓励我去拜访她的父母，但当外公来托莱多时她依然很欢迎他。我那位出生在阿卡姆的外祖母看起来很奇怪，总是令我感到害怕，如果她不在了我并不会感到难过。据说在我8岁的时候，外祖母在我的大舅道格拉斯自杀后，由于太过悲伤而走失了。大舅从新英格兰旅行归来后开枪自杀了，毫无疑问与我是同一个旅程，在阿卡姆历史协会博物馆里可以看到关于他的介绍。

这个舅舅和外祖母很像，我也不喜欢他。他们俩总是一副目不转睛的表情，令我非常不安。我的母亲和沃尔特舅舅和他们长得不像，他们像我的外公，但我可怜的表弟劳伦斯——沃尔特舅舅的儿子——和他的祖母长得简直一模一样，他后来被送去坎顿疯人院的长期隔离区。我已经4年没见过他了，我曾听舅舅提起过，劳伦斯的精神和身体状态都非常糟糕。劳伦斯的母亲可能由于太过担忧，在两年前去世了。

现在，克利夫兰的家里只有我外公和沃尔特舅舅住在那儿，但那些旧时的记忆依然停留在那里。我仍然不喜欢那个地方，只想尽可能快地完成调查。我的外公给我提供了大量的关于威廉姆森家族的记录和传统，而关于外祖母奥恩家族的资料主要来自沃尔特舅舅，他给我提供了大量的文档，包括一些笔记、信件、剪报、遗物、照片和画像。

在看过奥恩家族的信件和照片后，我对于自己的身世感到恐惧。我刚才也提到，我的外祖母和道格拉斯舅舅总是令我不安。虽然他们已经过世很多年，但当我看到照片中他们的面容时，油然生出一种厌恶和疏离感。起初，我无法理解这种改变，但我逐渐地会不由自主地进行一种可怕的比较，而我的内心是一直拒绝承认这种变化的。他们脸上的那种典型的表情我以前并没觉得有特殊意义，而现在想起来却感到非常恐惧。

然而，最令我震惊的是舅舅带我到城里的地下保险柜看了一些奥恩家族的珠宝。其中一些珠宝非常精致，令人眼前一亮，但其中一盒是从曾外祖母那里传下来的一些非常奇怪的珠宝，舅舅很不情愿拿给我看。他说这些珠宝的设计太过奇怪，在他印象中从未有人在公开场合佩戴过它们，但外祖母过去很喜欢看这些珠宝。传说这些珠宝附着一种厄运，我曾外祖母的法国女家庭教师说绝不能在新英格兰戴这些，而在欧洲戴就相对安全一些。

当舅舅开始缓慢而不情愿地展示珠宝时，他提醒我不要被上面奇怪而可怕的设计吓到。看过这些珠宝的艺术家和考古学家都不禁赞叹其顶级的工艺和异乎寻常的精致，但没人能辨别出珠宝的材料，也难以将其归为任何一个艺术类别。这里一共有两个臂环、一件王冠和一枚胸针。胸针上极其复杂的雕饰显得尤为奢华。

在他描述的过程中，我一直故作镇定，但我的表情恐怕已经暴露出我的恐惧了。舅舅担心地看着我，停下了正在拆开珠宝包装的手，看着我的表情。我示意让他继续，他再次表现出一种不情愿。当看到第一件珠宝王冠时，他似乎对它有所期待，而我不确定那是否满足了他的期待。我对这件王冠没有任何期待，因为我已经预先知道这件珠宝背后的故事。我悄无声息地晕倒了，正如一年前在长满荆棘的铁轨旁边的小路上晕倒一样。

从那天起，我的生活中一直出现挥之不去的噩梦般的恐惧，我不知道究竟哪些是真实发生的可怕的事，哪些是我的臆想。我的曾外祖母是某个不得而知的马什家族中的一员，她嫁给了一个住在阿卡姆的男人——老扎多克说过奥贝德·马什与一个畸形的女人生下的女儿，后来嫁给了一个阿卡姆人，难道这并不是玩笑？那个老酒鬼还说过我的眼睛和奥贝德船长有几分相像。在阿卡姆，馆长也说过我有一双马什家族的眼睛。难道奥贝德·马什是我的曾曾外祖父？哪个人——或哪个生物——是我的曾曾外祖母？可能这都是胡乱猜测。那些发着白色金光的珠宝很可能是曾外祖母的父亲从某个印斯茅斯水手那里买的。我外婆和自尽的大舅都有着目不转睛的表情，可能只是我的幻想——在印斯茅斯的经历令我的幻想带着阴暗的色彩。但为什么大舅在新英格兰完成寻根之旅后会自杀呢？

我花了两年多的时间终于不再经常胡思乱想。我父亲帮我在保险公司找了份工作，我尽可能地让自己沉浸在日常生活之中。在1930年至1931年的冬天，我又做了那些梦。起初，那些梦只是时不时地潜伏着，但几周过后，梦变得越来越频繁，越来越真实。我看到一片宽阔的水域出现在我眼前，我从巨大的沉没的门廊和长满杂草的石墙迷宫穿过，有一些鱼在我左右。随后又出现了另一些事物，我在莫名的恐惧中惊醒。但在梦里我没有感到任何恐惧——我是他们当中的一员，穿着奇怪的服饰，可以在水上行走，在恶魔的海底庙宇里进行可怖的祈祷。

我记得的只是其中一部分，但如果把我每天早上醒来时所记得的这些梦记录下来，已足以让人们认为我是一个疯子或天才。我感到某种可怕的影响正将我一点一点地从理智的世界拖往黑暗的深渊，这个过程让我倍感折磨。我的健康状况和面容越来越糟糕，后来我不得不停止工作，只能在安安静静、与世隔绝的环境中养病。我偶尔会感到莫名其妙的紧张，还发现我有时候难以合上眼睛。

从那时起，我在照镜子时会变得加倍警惕。我的脸在一点点地病变后变得越发难看，但我的情况可能有些许不同。我的父亲似乎发现了异样，他开始以好奇甚至惊恐的表情看着我。我正在经历什么？我会长得越来越像外祖母和道格拉斯舅舅吗？

某天晚上，我做了一个可怕的梦，在梦里我与外祖母在海底相见。她住在一栋有很多个阳台的波光粼粼的府邸，花园里长着奇怪的珊瑚和花丛，她很热情地欢迎我，这反而有点讽刺。她已经变形了——变成了像那些可以在水里生活的生物一样——她对我说她从没有死。相反，她去了她死去的儿子发现的一个地方，穿越到了一个她儿子曾用枪结束自己生命的地方。这里也会是我最终要来的地方，我逃避不了。我也会长生不老，和这些在人类出现之前就居住在这里的生物一起生活。

我还见到了曾曾外祖母。8万年来，帕瑟雅伊人一直住在雅哈恩雷，她在奥贝德·马什去世后就回到了那里。陆地上的人在向海洋发射鱼雷之后，雅哈恩雷并没有被摧毁。深海族群永远不会灭绝，虽然被遗忘的原古族群有时候会用魔力阻拦他们。现在他们可以安心地休息，但某天他们突然想起后，他们会再次为了伟大的克苏鲁神而崛起。下一次会选择一个比印斯茅斯更大的城市。他们已做好了计划，已经培养出那些会帮助他们的人，但现在他们必须再等一等。因为地面上人类带来的死亡是因我而起，所以我必须接受惩罚，但不会很重。就在这个梦里，我第一次见到了修格斯，在看到的一瞬间我尖叫着惊醒了。那个早上，我从镜子里确定我已经有了“印斯茅斯人相貌”。

到目前为止，我还没有像道格拉斯舅舅那样结束自己的生命。我买了一把自动手枪，差点就走了那一步，但某些梦让我打消了这个念头。那些极端的恐惧在慢慢减少，我奇怪地觉得自己正在被吸引向未知的深海，但不再感到恐惧。我在梦中会听到奇怪的声音，做一些奇怪的事，醒来后会感到兴奋，也不再感到恐惧。我想我不需要像其他人那样等到完全变形的那一天。如果我到了那一步，或许我父亲会像舅舅对待可怜的堂弟那样，把我关进疗养院。前所未有的伟大荣耀正在广阔的海底等着我，不久后我就能去寻找他们了。万岁！克苏鲁之梦！万岁！不，我不能自杀——我不能结束自己的生命！

我要帮表弟逃出坎顿疯人院，然后一起去神秘的印斯茅斯。我们要游到黑暗的礁石边，然后潜入黑暗的深渊，进入到处是石墙和石柱的雅哈恩雷。我们将在奇迹和荣耀中，和深海族群在此永远生活下去。

女巫房内的梦魇

沃尔特·吉尔曼不知道是噩梦让自己发烧了，还是因为发烧而做了噩梦。在这古镇和那肮脏发霉的三角阁楼里，所有东西背后都隐藏着某种难以名状的恐惧。他在那张烂铁床上辗转反侧时，总是会起来，坐在阁楼里写写东西、学习学习数字和公式。他的耳朵已经变得异常灵敏了，到了无法忍受任何细小声音的程度，甚至能听到超自然声音，所以很早之前他就停掉了那个廉价的铁钟，因为那嘀嗒声在他耳朵里像大炮在轰鸣。夜晚，黑暗的城市传来微小的骚动，老鼠在虫蛀的隔板间疾跑，古老的房子里一些隐秘的木块吱呀作响，这些声音都已经足够刺耳，让吉尔曼仿佛置身于乱糟糟的万魔殿[1]。黑暗里传来声音，不知是什么发出的。他有点害怕，只好自己颤抖几下，因为他怕太安静了就会真的听到藏在这些游丝般声音之下的、确切但又很虚弱的声音。

吉尔曼住在阿卡姆镇，这里一成不变，却笼罩着各种离奇的传说。这里聚集成群、盖在阁楼上的尖屋顶摇摇欲坠。相传在黑暗的古普罗维登斯时代，女巫们为了躲避国王卫兵就曾躲在这些阁楼里。而这座城里，没有任何一个地方比他现在待的更骇人——这座宅子、这间屋子曾住着老凯齐亚·梅森，她是如何逃出萨勒姆监狱的至今仍是个谜，无人知晓。那发生在1692年，监狱看守忽然发疯，嘴里神叨着有个小小的、带着白色獠牙的毛东西冲出了凯齐亚的牢房，就连牧师科顿·马

[1] 诗人约翰·弥尔顿所著《失乐园》中，“万魔殿”代表着地狱之都。

瑟[1]也没办法解释灰色石头墙上的曲线、角度、血红黏稠液体到底有何意义。

哥特故事令人毛骨悚然，烟囱角落里传来疯狂的耳语，欧几里得微积分和量子力学已经足够烧脑了，他还要把民间传说融合进来，找出那哥特故事、疯狂耳语背后奇怪、多维的事实背景。也许吉尔曼不需要学得这么刻苦，没有人能在这么紧张的情况下还保持冷静与思考。吉尔曼从马萨诸塞州黑弗里尔来，在阿卡姆上了大学，他才开始把数学和旧魔法中的离奇传说联系起来。这座古老小镇的空气里的一些东西正以一种晦涩的方式影响着他的想象。密斯卡托尼克大学的教授们让他不要学得这么拼命，还主动在好些方面给他减轻课程压力，不让他再去大学图书馆地下室看层层封锁的禁书、怪书。但这些措施都来晚了，吉尔曼已经从阿卜拉哈·阿尔哈撒德的《死灵之书》、《伊波恩之书》、冯·容兹《无名祭祀书》这类邪书的片段之中得到了恐怖的指引，即如何将空间属性的抽象公式与已知、未知的时空相连。

吉尔曼知道他这间屋子以前住着女巫——他当然知道，正因如此他才住在这里。艾塞克斯郡对凯齐亚·梅森审判的资料有很多，梅森重压之下在庭审判决时向法庭低头，条条记录都莫名地吸引着吉尔曼。梅森曾告诉霍索恩法官，那些线条、曲线可以告诉人们怎么穿墙而出到别的空间去；还暗示说，被白色大石围绕的草甸山内那条黢黑的峡谷里，还有一些荒无人烟的岛心湖上举行的某些午夜集会上，这些线条、曲线会经常被用到。她还提到了一些东西，比如“黑暗恶魔”、她的诅咒、她新的秘密名字“奈哈比”。她还把这些玩意儿涂到了她牢房的墙上，接着消失得无影无踪。

发生在凯齐亚身上的所有怪事，吉尔曼都深信不疑。发现她的这座

[1] 1692年，美国马萨诸塞州塞勒姆镇一个牧师的女儿与她平素形影不离的7个女孩相继出现了“跳舞病”。这类症状的病因是一种寄生于黑麦的真菌“麦角菌”。但当时由于知识的匮乏，人们无法解释，只得将其归咎为村里的黑人女奴蒂图巴、一名女乞丐和一名生活孤僻、从不去教堂的老妇人。人们对这3名女人严刑逼供，先后有20多人被冤致死，200多人被逮捕或监禁。直到1992年，马萨诸塞州议会才通过决议为所有受害者恢复名誉，这次事件被称为“萨勒姆女巫审判”。而文中的科顿·马瑟则因参与了这次女巫审判而闻名，其间他一直试图证明“恶魔还活着”。

房子在235年后仍屹立不倒，吉尔曼兴奋不已。当他听到一向寂静的阿卡姆仍在窃窃私语讨论着这座老房子里和狭窄的街道上凯齐亚不散的阴魂，听说睡在这房子内外的人身上有的会留下不规则的人类牙印，或者当他听到五月前夕[1]、万圣节那婴儿的啼哭，听说只要一过完这些节日，老房子的阁楼就会发出阵阵恶臭，黎明破晓前的黑暗之中会有长着毛和尖牙的小家伙出现在小镇里和那些枯朽的房子周围，然后好奇地用鼻子拱拱人类这桩桩离奇事件后，他毅然决然、要不计一切后果地住下来。这间房弄到手很容易，毕竟不受欢迎、无人问津，长期低价出租。吉尔曼其实也不知道自己想在这里发现些什么，但他知道自己就是想住进一个曾经多多少少给予一位17世纪的女士以敏锐的、数学洞察力的地方，她的成就甚至可能超越了普朗克、海森堡、爱因斯坦、德·希特[2]。

他搜寻了这幢房子的每一个角落，壁纸脱落的地方、每一根木头、每一寸石灰墙，就为找到一些神秘符号存在过的痕迹。一周后，他就想办法搬进了西阁楼——凯齐亚练咒语的地方。这里一直空着，毕竟没有人愿意在此地久留，不过波兰房东倒是在出租这间房时表现得很谨慎。吉尔曼发烧之前一直相安无事。没有凯齐亚的灵魂在阴森的大堂和房间飘来飘去，没有小玩意爬进这凄冷的阁楼来拿鼻子蹭他，找了好几次也没有发现女巫的咒语。有时候，他穿过几条散发着阵阵恶臭、相互交错且未经休整的阴暗小道，四周的棕色房子说不出年代，甚是诡异，就总觉得这些房子倾斜着、摇晃着，狭窄的小窗就像眼睛那样斜睨着。吉尔曼感觉到这里曾经有怪事发生过，他隐约感觉在这平和之下，那可怖的、一切的过往都还没有完全消失——至少，在那最阴暗、最狭窄、最扭曲的巷道里，还一息尚存。他还两次划船去过那个没人会提起的湖心岛，画了些灰色石柱的素描图，标上石柱倾斜的角度。这些石柱已布满

---

[1] 四月三十日，一个类似万圣节的日子。传说在这个夜晚，有一种巫术会发作，尽其所能让人们的生活苦不堪言。

[2] 普朗克和海森堡都是德国物理学家，量子物理学之父。海森堡还是“海森堡不确定关系”的提出者。德·西特，荷兰数学家、天文学家，最早研究现代宇宙论的科学家之一，提出了德西特静态时空度规，建立了德西特静态宇宙模型。

了青苔，什么时候竖在这里的也早已无从知晓。

吉尔曼的房间面积挺大，但形状不怎么规则，很明显能感觉北边的墙是从外向内倾斜的，天花板低低矮矮的，也朝同一方向朝下倾斜。北边向内倾斜的墙与外面垂直的墙中间形成了一个空间，不过除了一个一眼就看得到的老鼠洞，还有其他几个已经被堵住的老鼠洞，房间里没有一个地方能通向这块空间，甚至都没有一点点痕迹证明以前有过这样一个入口或通道。但从整座屋子的外面看过来，那一边其实有一扇窗户，但被木板封上了；而且从那些木板来看，这个窗户已经封上很久了。

上面的天花板是倾斜着的，那肯定有个阁楼的地板也是倾斜着的，但是和那块墙后的空间一样，根本找不到入口。吉尔曼借了个梯子爬上了蜘蛛网密布的阁楼顶，居然被他找到了以前这里一个洞口的蛛丝马迹，不过这个洞被一块古老、笨重的厚板子死死地压住了，还有殖民时代常见的一种很结实的木桩牢牢地钉在上面。可是不论吉尔曼怎么说，房东都不为所动，就是不准他继续深入调查这两块封闭的空间。

时间越久，吉尔曼就越发在意他房里这块倾斜的墙和天花板，因为觉得它们奇怪的倾斜角度在数学上似乎有一些含义，虽然很模糊，但似乎可以解释这所房子为何要如此建造。凯齐亚选择住在这间形状、角度奇特的房间肯定有特殊的原因，难道就是这些特殊的倾斜角度帮她穿过了我们已知世界的边界？但慢慢的，他就不再对这堵墙背后那块没去过的空间感兴趣了，因为种种迹象表明，探究这些角度的力气应该花在他自己所在的这块空间。

二月初，他患上了脑膜炎，开始做噩梦。有段时间，他明显感觉到，这个房间奇怪的倾斜角度给他造成了奇怪的效果，甚至有催眠的作用；寒冬将至，他会更加在意下压的天花板和斜墙交错的那个角落。这段时间他也没办法集中精神学习了，这让他很苦恼，期中考试在即，越发让他感到焦虑。过于敏感的听觉完全没有好转。生活不停地发出一种难以忍受的、刺耳尖锐的音调，其他生活以外的声音也是如此，持续而可怕地游离、震颤在他耳畔。具体来说，旧隔间里的老鼠最恼人，有时候它们发出的刮擦声不像是在鬼鬼祟祟的行动，倒像是有意为之；如果是从北面斜墙后传来的话，会伴有一种干瘪的“咯咯”声；如果是从这天花板上尘封百年的阁楼里传下来的话，吉尔曼会紧紧绷住，好像在等一阵伺机而动的“恐惧”从天而降，再活活将他吞噬。

吉尔曼做的梦已经完全超出了理性可以解释的范围，他觉得这一定是因为自己同时研究数学与民间传说而导致的。他一直在想那个隐秘空间，他做的方程式告诉他这个空间肯定存在于我们所知道的三维空间以外；一直在想凯齐亚·梅森是否真的受到什么指引、影响，找到了去隐秘空间的入口。泛黄的乡村记录上记着她的供词和对她的控诉词，真该死，二者都说明了一些人类生活经历之外的事情——关于她的使魔，它们长着毛，动作敏捷，效命于她，这些证词与细节令人难以置信却又是绝对真实的。

使魔这个东西——比正常大小的老鼠小一点，镇上的居民戏称它为“布朗·詹金”——可能是群体共情幻想症发作，1692年至少有11个人作证自己看见过这个东西。最近也有些类似的流言，所以居然也有不少人信以为真。看见的人说这东西有长长的毛发，外形像老鼠，但是牙齿比老鼠锋利得多，脸上还长着胡子，看起来就像个穷凶极恶的人，它的爪子小小的，但就像人的手。它负责给凯齐亚、恶魔传信，巫女的血就是它的饭——像吸血鬼一样。它发出声音就像在恶意地笑，还能说好几种语言。吉尔曼梦过不少奇怪的怪物，但唯有这只小杂种让他感觉最为恐惧和恶心，简直是恶心到亵渎了神明；它的样子比吉尔曼在清醒时从古代文献、现代传说想象出的神秘怪物还要恶心一千倍。

吉尔曼常常梦到自己一头扎进深不见底的深渊，深渊里满是莫名的、各色的微光和紊乱的杂音。深渊里有什么物质，有什么引力，深渊与他是什么样的关系？他都不得而知、无法解释。在梦里，他不能跑、不能爬、不能飞也不能游；但不自觉中总是在动。在这种情况下，他判断不了，因为他看不见自己的手臂、腿、身体，好像被什么奇怪的视角给切断了；但他发现他的身体组织和观感有种奇妙的变化，好像扭曲、倾斜了——而且似乎和他正常的身材比例与肉体之间有种怪异而未知的关系。

深渊虽深却并不空旷，分散着许多样子很难说清楚，只能说是棱角分明的物质，闪着奇幻的光，就像不是来自这个星球的；一部分像是有机物，另一部分像无机物。一些有机物能唤醒吉尔曼脑海深处一些模糊的记忆，不过他不知道这些记忆是不是代表或暗示了什么。后来，他开始在梦里把这些有机物分门别类，每个类别都有截然不同的行为模式和基本动机。其中有一类，移动轨迹和其他类都有所不同，并不相干，也不合逻辑。

有机、无机两类物质都完全超出可描述范围和理解范围。有时候吉尔曼会把无机物想象成棱镜、迷宫、一堆立方体和平面、巨石阵，或者还会想象成各种东西，如一堆泡泡、章鱼、蜈蚣、印度神像，而那错综复杂的藤蔓卷须图案让人不禁想起栩栩如生的蛇。他看见的所有东西都透露着不可名状的威胁与恐怖；任何一个有机体，只要吉尔曼感觉有任何一个有机体注意到他了，他就会忽然背脊发凉，然后被一阵厌恶和恐惧摇醒。他怎么可能说得出这些有机物是怎么动的呢？他连自己是怎么动的都说不出来。有一次他居然发现——有些东西会忽然凭空出现，然后转眼又凭空消失。尖叫、咆哮充斥着深渊的每一个缝隙，但都无法分辨出它们的音准、音色、节奏；但所有这些无法定义的物质，有机的、无机的，都在发生着模糊的变化。吉尔曼一直被恐惧感所包围，恐惧感在不断地波动，迟早有一天会愈演愈烈，让他无法忍受。

但吉尔曼不是在这个翻涌着异质物质的漩涡里看到布朗·詹金的。那种震慑般的恐惧是轻度睡眠的保留节目，在进入深度睡眠之前给他一拳重击。黑暗中，他躺在床上，微弱的光点轻轻摇曳，点亮了这古老的房间，为了保持清醒，他牢牢地盯着紫罗兰的迷雾里若隐若现的、倾斜的屋顶。那个可怕的东西会忽然从墙角的老鼠洞里冲出来，吧嗒吧嗒的跑过下垂的宽木地板，然后跑向他，长着胡须的脸上挂满了人类的邪恶欲望——但谢天谢地，噩梦总是会在那东西正要拿鼻子拱他的时候结束。吉尔曼每天都去堵住那个老鼠洞，但它长着可怕的长犬牙，而且锋利无比，所以不管用什么东西堵，每晚都会被这个隔间里真正的“租客”给叼走。有一次，他让房东钉了块铁皮上去，但是隔夜老鼠为了把一块古怪的小骨头推出来、拖出来，就生生地咬出来一个新洞。

吉尔曼没有向医生说他发烧了，否则就得住进校医务室，但当下应该抓紧每分每秒来看书，准备考试。D微积分和高等普通心理学已经挂科了，不过在学期末之前重新通过也不是不可能。3月，在轻度睡眠里他梦到了新的东西。在梦里，布朗·詹金旁边那块模糊的斑迹越来越像位佝偻的妇人了。这妇人比想象中的让他烦恼，吉尔曼觉得这个老太婆就是他在一个废码头旁边那个乱暗巷里见过两次的人。不知道为什么，老太婆那两次都盯着他，脸上露出邪恶、嘲弄的神态，让吉尔曼不寒而栗——尤其是第一次遇见她的时候，还有一只肥老鼠窜过旁边小巷那个阴暗的街口，吉尔曼一下就想起了布朗·詹金。他想，以前的不安和恐惧都映射到了乱糟糟的梦里吧。

他不否认住在这间老房子里让他很不舒服，但他还是对这里有种病态的兴趣；他觉得晚上浮想联翩全都是因为发烧，只要烧一退，肯定就能摆脱这些梦境怪象了。但是每个梦都那么真实，让他不能怀疑，每次醒过来他都隐隐觉得他在梦里经历过的比他记住的还多得多。他还很肯定，在梦里自己肯定跟布朗·詹金、老太婆都说过话，他们俩还怂恿他去某个地方寻觅第三个更强大的存在。

3月底，虽然其他学科吉尔曼学起来越来越吃力，但他的数学终于有了起色。这段时间他慢慢找到了靠直觉解出黎曼方程的诀窍，同时他对于第四维度以及其他一些足以难倒班上所有同学的问题也有自己深刻的见解，大学的阿帕姆教授对此颇为惊讶。一天下午，班里进行一个探讨会，探讨空间中可能存在的畸形曲率，以及在理论上探讨我们的宇宙与其他区域之间较为靠近甚至接触连通的理论点，比如最遥远的恒星，横穿银河的漩涡，甚至那些遥远得超乎想象的、初步设想出来的、超出爱因斯坦时空连续体之外的宇宙单位。吉尔曼也表达了自己的观点，他一直都神色匆匆、独来独往，他的这些假设性阐述让人又议论起他来，但他的见解还是让大家刮目相看。他说了个理论，同学们都直摇头——整个宇宙模型中有无穷多个特殊点，如果有一个人的数学知识能比全人类的数学知识总和还要多，他就可以踏上任何一个处于这一特殊点中的天体。

他说，这仅仅需要完成两步：第一步，找到一条通道，让我们走出三维空间；第二步，找到让我们回到三维空间的另一点，但这一点也许会无限远。而根据案例推断，这些都不会危及性命。存在于三维空间中任何地方的生物也许都可以在四维空间中继续存活下去；但是否能在第二阶段中仍得以继续生存，那就要看它重新进入三维空间时所选择的那个陌生地点是什么样子了。某些星球上的居民也许能够在某个别的星球上活下去——即使这个星球属于另一个星系，甚至属于维度相似的另一个连续时空时也可以。当然，还是有大量不宜居住但在数学理论上相并列的主体或空间。

同样，存在于某个特定维度空间的居民可以安全地进入许多未知而且不可思议的更高或超高维度，在内部或外部还有时空上的连续——反之亦然。这个假设仍有待商榷，但有一件事能完全确定：在连接某维度与近邻另一更高维度空间的通道中所涉及的突变方式并不会对我们所理解的生物整体性产生破坏。吉尔曼还不是很清楚如何佐证这个设想，但他觉得自己这种模糊的感觉要比他在其他复杂问题上表现出来的清晰更重要。阿帕姆教授特别欣赏吉尔曼能证明一些神秘传说与高等数学理论之间的密切关系。但他所提到的这些神秘传说全都是从无法言说的远古存在——某些人类或者人类之前的存在——传播下来的，他们对于宇宙、宇宙法则都比人类更为了解。

4月1日左右，吉尔曼开始变得相当焦虑，因为他的高烧迟迟不退，其他房客还说他有梦游症。住在楼下的租客说他总会在夜间的某几个小时里下床，还弄得地板吱吱呀呀的响，还说听到过他耷拉着鞋在地板上走过的声音；但吉尔曼确定他搞错了，因为每天早上鞋子、衣物都在原位，未移分毫。待在这间恶心的老房子里，谁都会得各种幻听症的——就连吉尔曼自己也不能确定，在白天，斜墙和歪天花板后面那片黑暗空间里，是不是也会传出那种并不是老鼠弄出来的声响。他那灵敏的、病态的耳朵都开始能听到隐隐的脚步声从他头顶尘封多年的阁楼里传来。这种错觉有时简直逼真得吓人。

不过，他知道自己真的会梦游了。有两次晚上他的房间是空的，所有的衣服都还在，他的同学弗兰克·埃尔伍德就见过。埃尔伍德家境贫寒，没办法才住进这污秽、不讨人喜欢的房子。他常学习到深夜，有一次他有个微分方程的问题想来问吉尔曼，发现吉尔曼并没有在房里。当时门没上锁，他敲了敲，没人回应，虽然也觉得很冒昧，但他当时实在很想得到解答，而且觉得吉尔曼也不会介意自己去轻轻地叫醒他。他去过两次，吉尔曼都不在房间里。埃尔伍德后来说起这件事的时候，吉尔曼都想不明白自己就穿着件睡衣、还光着脚能去哪里晃荡。所以他决定，如果还有人说他梦游，他就要调查清楚到底发生了什么，甚至想过把面粉撒在走廊的地板上，看自己的脚印会走去哪里，毕竟这房间里房门是唯一的出口，窗户外面很小，根本站不了人。

到了4月，吉尔曼极度敏锐的耳朵实在受不了一楼的乔·马祖尔维奇嘀嘀咕咕的祷告声了。马祖尔维奇是织机安装工，总是说些又臭又长的传闻，都和凯齐亚的鬼魂、那长着尖牙、喜欢用鼻子嗅来嗅去的东西有关，他还说他以前一度被这些东西纠缠，最后圣斯坦尼斯教堂的伊万伊奇神父给了他一些银十字架，他才终于摆脱了。现在他又开始祈祷，是因为女巫们的安息日已经近了。五朔节前夕是瓦尔普吉斯之夜[1]，届时地狱中最黑暗的恶魔将造访人间，所有的撒旦奴隶将聚集在一起进行无名仪式。这天对阿卡姆镇来说其实是很糟糕的一天，朴实的人们总会在这时候聚集在密斯卡托尼克大道或高索顿斯托尔街区，假装这一天没什么特别的。镇上还会有坏事发生——可能会有一两个小孩失踪。乔是听他奶奶说到这件事的，他奶奶又是从奶奶的奶奶那里听说的。这样的季节就应该祈祷、数念珠。三个月来凯齐亚和布朗·詹金都没有靠近过乔和保罗·乔尼斯基的房间，也没有去过别的地方，但这不是好事，这说明他们在蓄谋些什么。

---

[1] 瓦尔普吉斯之夜原是英国土著督伊德教教徒的古老节日。每年4月30日晚上，教徒们点燃篝火跳舞，庆祝寒冬逝去，迎接春天来临。在基督教徒看来，督伊德教是异教，因此其神也被认为是魔鬼。随着督伊德教徒逐渐减少，加上他们常在夜间秘密举行仪式，到圣山献祭品并燃烧五月篝火，于是出现了魔鬼在布罗肯山聚会的传说，“瓦尔普吉斯之夜”也成为魔鬼狂欢节的代用语，又被称为“魔女之夜”。

吉尔曼16号去看了医生，他居然没有想象中烧得那么厉害。医生言辞很犀利，还建议他去看看神经科。之后他庆幸自己当初没跟校医瓦德伦说自己的情况，不然他能刨根问底。老头以前就不让他参加各类活动，这次肯定会勒令他休息的——这万万不可能，因为他已经接近等式里的伟大的结果了。吉尔曼已经十分靠近已知宇宙和四维空间的边界了，谁知道他能走多远呢？

虽然是这么想，但吉尔曼也奇怪自己为何如此自信。难道所有这些危险、迫近感都是因为他成天在纸上演算的那些公式么？头上密封的阁楼里传出轻柔、鬼祟、只存在于幻想中的脚步声，让他深感不安。而现在，他还渐渐有了一种越来越强烈的感觉——有人一直在说服他去做某一件他不能做的事情，一件可怕的事情。不然，梦游该怎么解释？晚上他去了哪里？即使在大白天、自己完全清醒的时候，也会偶尔觉得有一片混乱的噪音流过，那又暗示了什么？那声音的节奏和某一两首不能提起的拜鬼圣歌有些类似，除此之外，不与人间任何其他声音相同。有时候吉尔曼担心这声音会不会和自己噩梦里那些回响在异质深渊里模糊的尖叫声、轰鸣声特征相符。

此时，他的梦变得越加可怕。在轻度睡眠里，那个可怕的老太婆变得越发狰狞、清晰，吉尔曼知道就是她在那个巷子里把他吓了个半死。她佝偻的背、长长的鼻子、皱缩的下巴，吉尔曼一定不会认错，她身上那件不像样的棕色外衣和他记忆中的都一模一样。她脸上不是充满恶意就是自鸣得意的表情，吉尔曼醒来之后脑海里仍回荡着她青蛙一样嘎嘎的声音，怂恿着、威胁着他："你必须去见见'黑暗恶魔'，一同前往终极混沌中央谒见阿撒托斯的宝座。"她就是这么说的。她还说吉尔曼已经在这条不归路上走得太远了，他必须以血为书在阿撒托斯名册上签下姓名，并拿到一个新的秘名。但吉尔曼并没有顺从她，和布朗·詹金或者别的什么人去往混沌中央的宝座，去往那个细长的笛声无休无止奏鸣的地方，因为他曾经在《死灵之书》上看过"阿撒托斯"这个名字，他知道这个名字代表着一种原始的、无法描述的极致的邪恶。

这个老太婆总是在歪着的天花板和朝内倾斜的北墙相接的墙角那里

凭空出现。越靠近天花板，她的轮廓就越清晰，每次吉尔曼快要醒来的时候，她就会离得更近，显得更清晰。布朗·詹金也是，在最后一刻会靠得更近，它泛黄的白色犬齿在那片神秘的紫罗兰色磷光中泛着瘆人的寒光。它尖锐恶心的窃笑声在吉尔曼的脑海里回荡，直到早上他都还记得布朗·詹金说“阿撒托斯”和“奈亚拉托提普”这两个词的声音。

在深度睡眠的梦里，所有东西变得更加清晰鲜明，吉尔曼感觉到他这个昏暗的深渊就是那些四维空间。那些运动方式看起来毫无规律、动机可循的有机物质，很可能是我们自己行星上的各种生命形态，包括人类在四维空间的投影。不过其他东西在自己的维度空间，或者它们的空间里会是什么样子，吉尔曼想都不敢想。两个无关运动的东西——一个大一点，由一堆彩虹色扁长类似球体的泡泡堆积而成，一个小一点，飞速变换着角度——似乎注意到了他，当他在那些棱柱、迷宫、大堆立方体与平面堆以及类似的建筑群的东西之间移动时，这两个东西都一直飘在他的头顶。模糊的尖叫声、轰鸣声变得越来越响，已濒临无法忍受的临界点。

4月19至20日的那个晚上，有了一些新变化。吉尔曼不自觉地走在昏暗的深渊里，泡泡堆和一个小型多面体飘在他头上，他发现一些巨大的棱镜边缘组合形成了奇特的角度。下一秒，他已经出了深渊，光着脚穿着睡衣，几乎无法动弹，颤抖地站在一片遍地岩石的半山腰上，四处闪着绿光。一股打旋的水汽掩住了一切，仅留下他眼前这一片倾斜的地面，可能是从水汽中涌出的声响让他不断退缩。

他看到了两个影子在努力地爬向他——是那个老太婆和那个毛东西。干瘪老太婆费力地伸直膝盖，用一种奇异的姿势抱着手臂，布朗·詹金则艰难地举起一只可怕的、像人手一样的前爪，指向某个方向。吉尔曼被一种未知的冲动推着，拖着身体沿老妇人的手臂和那个小怪胎前爪所指的方向前进，但没走出三步，他又回到了那个泛着微光的深渊。各种几何图形围绕在周围，让他觉得头晕眼花、没完没了。最后，他在那座可怕的老房子里，那间有着奇怪墙角的阁楼里，在自己的床上醒了过来。

那天早上，他实在打不起精神，只好没去上课。似乎总有某些未知的东西在牵引着他，他的目光游移，总是忍不住盯着地板上某块空着的地方。半天过去，他眼睛的焦点终于换了位置。到了中午，他终于克制住自己不再总是盯着空地。两点左右，他出去吃午餐，走在城里狭窄的小巷时，他发现自己总是不自觉地转向东南方向。经过教堂街一家自助餐厅时，他好不容易停下了脚步。但吃过午餐后，这种莫名的引力还是存在，甚至变得更强烈了。

吉尔曼确实应该去问问神经科医生这是怎么了——可能这和他的梦游症有关系——但就算是去看了，他还是得先努力打破自己身上这个病态的魔咒。他还是可以试着对抗这种牵引力的，所以他下定决心，故意转向相反的方向，拖着身子沿着加里森大街向北走。走到密斯卡托尼克大桥上，吉尔曼已经满头大汗了，他死死抓住桥上的铁栏杆，凝视着上游那座没人愿意去的小岛。午后的阳光照在晦暗的小岛上，古老的巨石竖立，排列出规则的线条，好似在忧郁的沉思。

这时，他心里一惊。荒岛上居然出现了一个清晰的人影，再看一眼，那人影就是那个老太婆！她邪恶的脸一直残忍地出现在他的梦中。她身旁的草丛也在晃动，好像有活物在地上爬行。看到老太婆转向自己，吉尔曼猛地跑下桥，一头扎进临水小城迷宫般的小巷里去。虽然小岛已经被抛得远远的，但他还是可以感觉到那个穿着褐色衣服的妇人，佝偻着背，投来讥讽的凝视，凝视中带有澎湃的邪恶。

东南方向上那股牵引力仍在作祟，吉尔曼需要用强大的毅力来对抗，才拖着自己回到了老房子，爬上了摇摇欲坠的楼梯。然后他坐在那儿，一动不动，脑子空白，视线慢慢转向西方。大概六点左右，两层楼下乔·马祖尔维奇嘀嘀咕咕的祈祷声传进了吉尔曼灵敏的耳朵里。吉尔曼思虑无果，绝望之中，抓起帽子就踏上了被金色落日洒满的大街，任由正南的引力拉扯。一小时后，天黑了，头顶繁星，他来到了汉格曼斯溪旁一片开阔的空地。那股拉扯他前进的力量忽然奇怪地调转了方向，向天空拉去。突然，吉尔曼知道这股力量来自哪里了。

就来自天上。繁星之中的某个点支配着他，召唤着他。很明显，这个点就在长蛇座与南船座之间，而且吉尔曼知道，黎明破晓后他醒来时，这股力量就在把他往那里引。早上，这个点在他脚下；下午，就移到了东南方向；现在它大致朝南再稍微偏西。这新出来的东西是什么意思？自己这是疯了吗？会疯多久？再一次，吉尔曼下定决心，转身又拖着自己的身子回到了那座污秽的老宅。

马祖尔维奇居然在门口等他，看起来很焦虑，一脸不情愿地给他说了些新的流言。是关于女巫之光的流言。原来这天是马萨诸塞州的“爱国日”，傍晚，乔外出庆祝，午夜才回来。他从外面看向房子的时候，本以为吉尔曼的窗户是黑着的，但他却看见里面有黯淡的紫罗兰色亮光。他想提醒一下吉尔曼这情况，因为在阿卡姆，所有人都知道这种光就是代表着女巫凯齐亚的出现，这种光就是围绕在布朗·詹金和那个丑老太婆鬼魂身边的光。他本来不想说这些，但现在他必须得说，因为这光出现在吉尔曼房里，那说明凯齐亚和她长着长牙的使魔正想对这个年轻人做点儿什么。有几次，他、保罗·乔尼斯基、房东罗夫斯基其实都看到吉尔曼房间上面那个密封阁楼的缝隙里渗出的紫光，不过大家都选择保持缄默。但是吉尔曼最好还是换个房间，再从神父那里，比如伊万伊奇神父，要个十字架来。

这个人讲着讲着，吉尔曼感觉一股莫名的恐慌扼住了自己的咽喉。他知道乔今晚回来之前已经喝得晕乎乎的了，但是他说他看到阁楼窗户里有紫罗兰色光，还是让他感觉很恐惧。因为在他梦里，轻度睡眠时，他坠入深渊之前，那个老太婆和毛东西旁边游动的就是这样的光。现在，另一个醒着的人也看见了他梦里的光，这完全不可理喻。但如果乔不是真看到了，又怎么说得这么准呢？难道自己在梦游时，一边在房子里走，一边还说自己在梦里看到了什么？但乔说没有见过吉尔曼梦游——吉尔曼觉得自己还是要再调查一下这件事情。可能问问弗兰克·埃尔伍德会有用，但吉尔曼讨厌问人。

高烧——疯狂的梦——梦游症——幻听——天空中的引力——现在还有可能神经病一样的喜欢说梦话！不能再研究下去了，他得去看神经科，这样才能控制得住自己。爬到二楼，他在埃尔伍德的门口停了一下，他不在。虽然不情愿，他还是爬到顶楼，坐在黑暗之中。他的视线仍旧不由自主地偏向西南方向，仔细地听着头顶密封阁楼里传来的声音，还半想象着会不会有象征邪恶的紫罗兰色光从倾斜天花板的丝丝裂纹中渗透下来。

然而那天夜里，吉尔曼睡下之后，紫罗兰色的强光突然真的出现了。老女巫和那只毛东西从没靠得这么近，活脱脱一副恶魔的样子，发出非人般的奸笑。虽然深渊之中回荡着模糊的轰鸣声和微光，彩虹色的泡泡堆和那个千变万化的小多面体仍像跟屁虫一样追着他，惹人厌烦又危险重重，但吉尔曼还是庆幸自己能在这时候迅速沉入这里。但瞬时间，一个光滑的物质的巨大聚合平面在他的头顶、脚下若隐若现地发生着转变——最后在吉尔曼癫狂的瞬间和一阵莫名的、怪异的、纠缠混杂在纯黄、洋红与靛蓝的光中，停止了。

这时，吉尔曼半躺在一个高高的、栏杆怪异的露台上。这露台在一片无边的树林之上，林中有古怪的山峰，平衡的平面，圆顶尖塔，平衡在尖顶上的圆盘，还有无数个东西形状更为疯狂怪异——有些是石质，有些是金属制的——都在色彩斑斓的天空中闪烁着绚烂的、猛烈的强光。向上看去，有三个巨大的火焰圆盘——每一个都摇曳着不同的火焰，每一个都高度不同，像是在无穷远处，低矮的群山勾勒出弯曲的地平线。身后，一层更比一层高的露台如同阶梯般耸向天际，消失在远处。下方的城市延伸开来，直到视线的尽头，吉尔曼希望那里面不要传来任何声响。

吉尔曼脚下的地板铺砌过，他站起来不难，但地上那些石头都打磨过，还被砌成了怪异的形状，他没见过这种石头。吉尔曼觉得不能简单地说这些石头的形状是不对称的，而是根据某种他无法理解其规律的、奇怪的、对称性原则而砌成的。栏杆齐胸高，做工精巧细腻却十分诡异，扶手上隔一小段就雕着一些小雕塑，同样制作精巧却风格诡异。与整个栏杆一样，小雕塑似乎都是由某种闪亮金属铸成，在一片混杂的光亮中，金属原本的色泽早已看不出来，是什么金属就更难以知晓了。这些小雕塑好像雕的是一些隆起的桶状物，从腰部的环上水平辐射出抬起的手臂，桶状主干的顶部和底部还伸出一些竖直的瘤或鳞茎。每一个瘤上都伸出五条长长的、扁平的像海星一样的触手，像三角形一样在尖端变细——几乎是水平的，但还是有些许偏离中央的桶状物。这些瘤子已经熔接在了长长的扶手上，但这些接触点相当脆弱，所以好几个雕塑从这里折断不见了。小雕塑大概都有4.5英寸高，腰部的触肢像钉子一般，算上它们的话，最大直径大概2.5英寸。

吉尔曼光着脚，踩在地板上感觉滚烫，周围一个人也没有，他站起来后的第一反应就是走到栏杆旁，茫然地俯视那个将近两千英尺以下、无边无际的巨型城市。忽然，他听见一阵声音，微弱而音域宽广的笛声和从狭窄街道传来的嘈杂声有规律地混杂在一起。要是他能知道这里住的是谁就好了。过了一会儿，这样的场景让他头晕目眩，还好他能凭直觉抓住锃亮的栏杆，不然很有可能会突然倒在人行道上。他的右手扶在一个突出的雕像上，他才稍稍稳住。然而，它承受不了这么大的力，突然折断了。他还感觉有些眩晕，手里紧紧攥住断掉的雕塑，另一只手抓住了光滑的栏杆。

但他极度敏感的耳朵捕捉到他背后有东西，他回头看了看身后的露台，有五个家伙正在悄悄地接近他，他们虽然没有大张旗鼓，但也不是特别小心翼翼。其中两个正是那个恶老太婆和那个长着毒牙的、毛绒绒的东西，但另外三个真的把他吓得晕倒，它们大约有8英尺高，和栏杆上那仿佛浑身都是枝丫的雕塑长得一模一样，区别只是它们是活的，它们身体下端是如海星一般的触肢在蠕动，如蜘蛛般爬了过来。

吉尔曼在自己床上醒了过来，冷汗浸湿了他的衣服，他的脸部、手部传来一阵阵刺痛感。他从床上跳下地板，匆忙地洗漱、穿衣，急速离开这座宅子。他也不知道自己想去什么地方，但是他觉得今天肯定又没法去上课了。长蛇座和南船星之间发出的牵引力已经有所减弱，但现在却又出现了另一个更为强大的引力，这股力量牵引着他去北方——越北越好。但在这途中他不敢经过那座看得到密斯卡托尼克中心荒岛的桥，所以他还是准备取道皮博迪大桥。一路上他之所以时不时会打个踉跄，是因为他的眼睛、耳朵总被澄净蓝天中极致的美景所吸引。

大约一个小时后，他终于逃离了那座城，才开始能慢慢控制自己。他周围是荒芜空旷的盐沼地，而前方的狭窄道路却通向印斯茅斯——一个古老、半荒废的小镇，而且阿卡姆人都很不愿意去那里。北方的那股引力并未减弱，吉尔曼像抵抗之前那股力量一样，奋力抵挡着它，最后发现他几乎可以让两股引力保持平衡。他回到城里，在柜台要了一杯咖啡，拖着疲倦的身体去了公共图书馆，漫无目的地浏览着内容轻松的杂志。他还遇到了一些朋友，他们说吉尔曼的晒伤很奇怪，但他没提起他的这次暴走。三点钟，他在餐馆吃了顿午餐，同时注意到两股引力既没有减弱，也没有分裂。之后，他在一个廉价电影院看演出打发时光，他一遍遍地看着无聊的演出，但心并不在这里，根本不知道演了些什么。

晚上大约九点，吉尔曼像鬼魂一样游荡回了家，然后跌跌撞撞地走进那座老宅。乔·马祖尔维奇正在嘀咕着晦涩的祷告词。吉尔曼立刻跑到自己的阁楼，也未停下来看看埃尔伍德在不在他房间。就在他打开灯后，令人震惊的事情发生了，他立刻发觉桌子上出现了本不属于这里的东西。他又看了一眼，这次他确定自己没有眼花。这些东西躺在桌子上，因为他们无法站立，正是那个怪异浑身都是枝丫的雕像，那个被他从那奇异的栏杆上掰下来的雕像。任何一个细节与梦里都是一样的。脊线的桶型中心、向外伸展的纤细触肢、布满中央圆筒上的肉瘤，以及那些从肉瘤上伸展出来、呈扁平状、稍稍向外弯曲的海星似的触手——就连所有的细节也一模一样。在灯光的映射下，似乎是一种带有彩虹色泽的灰色，间或夹杂一些绿色的脉状纹理。即便身处恐惧、紧张和迷惑之中，吉尔曼仍认出了那是雕像上的一个肉瘤底端不整齐的断口，这断口与他之前梦中见过的扶手上残留着的连接点几乎一模一样。

如果他不是已经被吓得快昏过去了，一定会尖叫出来。梦境与现实常常融为一体，这让他难以承受。虽然脑海晕眩，但他还是抓住那个满是枝丫的东西跌跌撞撞地下楼去了房东罗夫斯基的房里。迷信的织机安装工正在那嘀咕着祷告，这声音穿过了带着霉味的大厅，钻进了他的耳朵里，但吉尔曼此刻根本无暇理会。还好房东就在，吉尔曼跟房东打了招呼，然后说了一些自己的遭遇。房东说之前没遇到过这样的事情，自己对此一无所知。不过他说他妻子中午整理房间时，发现过一个好玩儿的锡制品，可能正是这个东西。之后房东把妻子叫来，她缓慢地走了进来——就是这个！她说。这就是在吉尔曼床上发现的——在靠墙的那一侧。她觉得这个东西挺奇怪的，但是，绅士模样的吉尔曼房间里当然会有很多奇怪的东西——书、古董、纸上的图片和标记，但她显然什么也看不懂。

于是吉尔曼再次爬上了楼，脑子里一片迷糊。他努力说服自己，要么他仍然还在做梦，要么他的梦游症已经走向了一种极端，让他在某个不为人知的地方拿到了这样的东西。他曾经在哪里看到过这个奇异的东西呢？他努力回想自己是否曾在阿卡姆的博物馆里看到过它，但他并没有任何印象。但它一定是在某个地方；他做梦梦到折断这个雕塑的情景肯定继续诱发了其他一系列的奇怪梦境，包括栏杆、露台。明天他就要去做一些非常谨慎的调查，可能还会去看一下精神科。

与此同时，他还试着找了找自己梦游时经过的地方。上楼穿过阁楼大厅的时候，他把从房东那儿借来的面粉往地上撒了撒——房东知道他的目的之后二话没说就答应了。在艾尔伍德的门口他停了下来，但发现这个房间里一片漆黑。他转身进了自己的房间，他把那个浑身是刺的东西放在桌上，身心疲倦，外套都没脱就躺了下来。他又再次听到了斜天花板上方的封闭式阁楼里那轻微的刮擦和脚步声，但他实在是身心俱疲，不能再深究这个来历不明的声音了。北方的神秘引力再次变得非常强大，但似乎引力点已经移动到了天空中的相对较低的位置。

在梦中那眼花缭乱的紫罗兰光中，老妇人和癫狂的皮毛怪物再次出现，并且这次比以往任何时候都要更加真实。这次他们真的抓住了他，他感到老太婆用她那干瘪的手紧紧地抓着他。他被拉下床，被拖到了一处空地。那一刻，他听到了一种有节奏的咆哮声，看到了他周围有一个看不清的深渊里透着暮色。但是那个时刻非常短暂，因为现在他处在一个简陋的、没有窗户的小空间里。在他的头顶上粗糙的横梁和木板隆起了一个尖顶，并且脚下有一个奇怪的倾斜地板。楼梯支撑层有很多箱子，箱子里装满了各种古旧的书，有些书甚至破旧得不成样子了。房间中央摆着一张桌子和一条长凳，似乎都被牢牢固定在地上。在箱子顶部摆放着一些形状、性质不明的小物件，在闪耀的紫罗兰光下，吉尔曼看到了另一个长满枝丫的雕像，那个让他无比费解的东西。左边的地板突然塌陷，凹下了一个黑色的三角形大洞，一秒钟嘎吱嘎吱声之后，那个长着黄色尖牙和满脸胡须的人脸怪物突然爬了出来。

那个恶老太婆狰狞地笑着，手紧紧地抓着吉尔曼，在桌子另一边站着一个他没见过的男人——高大瘦弱，皮肤黝黑，但看着并不像是黑人；他没有头发、没有胡须，身上唯一的衣服是一件没什么形状的黑色布长袍。桌子和长凳挡住了黑家伙的脚，吉尔曼看不到，但他肯定穿了鞋，因为每当他走动时都会发出哒哒声。那个男人没有说话，小而整齐的五官毫无表情。他只是对着桌子上的一本巨大的摊开的书指了指，这边老太婆居然将一根巨大的灰色羽毛笔直插入了吉尔曼的右手。周围的一切都覆上了一层恐怖的气息，足以让人恐惧到癫狂。而当那只长着毛的东西爬上吉尔曼的衣服，爬上了他的肩膀，再顺着他的左臂爬下去，最后狠狠隔着袖口咬向他的手腕时，恐怖骤然冲至顶点。鲜血从伤口里喷张而出，吉尔曼晕倒在地。

22日早上，吉尔曼在左手手腕的阵阵疼痛中醒来，他看到自己袖口伤口结痂的地方已经变成了褐色。他的记忆非常混乱，但是他清楚地记得那个不知道出现在什么地方的黑衣男子。肯定就是这些可恨的老鼠趁他睡着的时候咬了他，他才做了那种可怕的梦，把他吓得不轻。推开房门，他看到昨天洒下的面粉除了有几个住在阁楼另一边那个粗人的大脚印以外，其他的还很完好。所以，这一次他不是梦游。不过他必须行动起来，对付那些可恶的老鼠，还要跟房东投诉。他再一次试着堵死那倾斜墙上的老鼠洞，还往老鼠洞里塞了个大小正合适的烛台。吉尔曼的耳畔依然回荡着可怕的声音，仿佛是梦中残余的恐怖回声。

吉尔曼洗完澡，换了身衣服，一直努力回忆在看到紫罗兰色光芒充斥的空间之后他还梦到了些什么，但什么也想不起来。梦中出现的场景肯定与他头顶上那个封闭的、一直就大力冲击、激发着他想象力的阁楼有种对应的关系，但梦里后半部分的记忆实在是很模糊。那个模糊、昏暗的深渊，在深渊之外更广阔黑暗的深渊——它们到底代表着什么？无从知晓。他是被泡泡聚积体和那个总是尾随着他的小多面体带到这里的；但是跟吉尔曼一样，它们也都在无限的黑暗与虚无中化成一缕缕奶白、明亮的烟云。还有什么东西落到了他的头上——一团更大的烟云，它蠕动着时不时凝聚成不知名的形状——这些烟云不是直线前进的，而是以某种缥缈漩涡中的奇怪曲线或是螺线前进的，运动法则违背了已探索宇宙的数学与物理原理。最后，吉尔曼记忆中还有些巨大、跳跃着的影子，有滔天而缥渺的脉搏跳动，有看不见的长笛奏出的尖细单调的笛音——但仅此而已。吉尔曼觉得就是因为他在《死灵之书》里读到了这些，他才有了这些印象。书中的那一部分讲述了一个叫阿撒托斯的疯狂存在，它是混沌的中心，身处黑色王座中，统治着所有的时间与空间。

吉尔曼洗掉手腕上的血迹后发现伤口其实很浅，但他很奇怪这两个刺伤的位置。床罩上他躺着的位置没有一丝血迹——胳膊和袖口却有血，这实在太奇怪了。难道他一直在自己的房间里梦游，而老鼠咬他时，他正坐在某张椅子上或是在某个奇怪的地方？他认真检查每个角落，看有没有褐色的血滴或污迹，但什么也没有找到。他觉得自己最好也在房间里撒满面粉——虽然已经没有必要再进一步证明自己梦游了。他知道这是肯定的，现在需要做的就是让自己停止梦游。他必须去找弗兰克·埃尔伍德帮忙了。这天早上，天空里的怪异力量的牵引感有所减弱，但又有了另一种更加无法解释的感觉。那是一种模糊却持续的冲动感，他要飞起来，飞离现在的处境，但这股冲动感没有告诉他飞行的具体方向。他拿起桌子上那个满是枝丫的雕像，觉得那股北方的引力变得强烈了些；不过即便如此，它还是被新、更怪的飞行冲动感压制住了。

他揣着这个带枝丫的雕像下楼来到埃尔伍德的房间，一点儿没理会楼底织机安装工那嘀嘀咕咕的祷告。哦！谢天谢地，埃尔伍德在屋子里走来走去。出发去吃早餐、去学校之前还有一小段时间能让他俩简单聊聊，吉尔曼赶忙向埃尔伍德说了他最近的梦境和恐惧。埃尔伍德很同情吉尔曼的遭遇，也觉得吉尔曼应该做些什么来应对。埃尔伍德对吉尔曼扭曲、憔悴的模样有些惊讶，也注意到了上周别人提过他身上那些奇怪的、不正常的晒伤。但其实他也没什么可说的。他没有真的见过吉尔曼梦游，对那个怪异雕像也一无所知。但他听到过吉尔曼正和楼下的法裔加拿大人和马祖尔维奇说话。他们在说他们多么地害怕几天之后沃尔帕吉斯之夜马上就要来了；然后说他们俩对于吉尔曼这位可怜的、倒霉的年轻绅士深表同情。德斯罗尔切住在吉尔曼楼下，以前提到过晚上有穿鞋与赤脚走路的脚步声，有天夜里，他还大着胆子偷偷跑上去，透过钥匙孔向吉尔曼房里看过，看到了紫罗兰色的光。他还告诉马祖尔维奇，那光从四周的门缝里泄了出来，他就不敢再偷看了。而且房里还有轻声说话的声音——之后就小声耳语，埃尔伍德听不清楚了。

埃尔伍德不知道为什么这两个迷信的家伙会聊这些鬼东西，但他猜可能一方面是因为吉尔曼深夜里梦游梦语让他俩胡思乱想，另一方面也是因为总是伴随着恐惧气氛的传统五朔节临近了。吉尔曼会说梦话其实没什么大不了，但很显然，就是从德斯罗尔切这次钥匙孔偷听，什么有迷惑性的紫罗兰微光的事情就此传开了。头脑简单的人就是这样，有一点风吹草动就能展开想象。至于到底怎么应对这些怪事——吉尔曼还是搬下楼住到埃尔伍德那里去好了，也不要一个人睡。至少埃尔伍德只要醒着，吉尔曼一说梦话，一准备梦游了，就能把他拍醒。第二，他还得尽快去看神经科医生。同时他们还想拿那个满是枝丫的小雕像去咨询几个博物馆和相关教授，就说自己是在公共垃圾桶里找到的，想鉴定一下。房东罗夫斯基还会去给墙里的老鼠下毒药。

有了埃尔伍德的陪伴和支持，吉尔曼那天终于能去上课了。那种奇怪的冲动感还在拉扯着他，但他已经能够完全置之不理了。课后，他给好几位教授看了那个奇怪的雕像，所有人都对这个玩意儿很感兴趣，但它的材质、起源，教授们一点儿都说不出来。埃尔伍德从房东那里搬了张沙发到二楼房间，那晚吉尔曼就睡在沙发上。这几周以来，他第一次全身心地从那些可怕的噩梦里解脱了出来。但他还在发高烧，织机安装工那念念叨叨的祷告声还是让他感到紧张不安。

接下来，吉尔曼享受了好几天完全没有病态和鬼怪的生活。埃尔伍德说吉尔曼也没有任何说梦话、梦游的迹象；这时候房东在房间各处都洒上了老鼠药。唯一让吉尔曼觉得有点烦的就是那些迷信的外地人之间的谈话，想象力真是被大大地激发了。马祖尔维奇总是想让他去弄个十字架护体，最后硬把一个据说是虔诚的伊万伊奇神父祝福过的十字架塞到他手上。德斯罗尔切也有话要说——他一直坚持说自己在吉尔曼搬下来之后的前两个晚上，还听到楼上空房间里响起过一些小心翼翼地走路的脚步声。保罗·乔尼斯基则说，晚上他听到大厅和楼梯上传来一些声音，而且说有人轻轻地推拉过他的房门；罗夫斯基还发誓自己在万圣节之后第一次见到了布朗·詹金。但这些幼稚的说辞能说明什么？吉尔曼随手就把那个廉价的金属十字架挂在了埃尔伍德衣橱的门把上。

这三天里，吉尔曼和埃尔伍德去了好几个当地的博物馆，想鉴定那个长满枝丫的奇怪雕像，却没有任何线索。但每个博物馆的人都对这尊雕像有浓厚的兴趣；毕竟对有好奇心的科学爱好者来说，不明物体的出现就是极富吸引力的挑战。科学家们折下一条辐射状细触肢送去做了化学分析，分析结果至今仍在大学研究圈里流传。埃勒里教授在这块奇怪的合金里发现了元素铂、铁、碲，此外还混合着至少三种含量极高的原子量元素，现在的化学分析水平都还完全无法鉴定。不仅无法和已知元素进行对应，也无法填补元素周期表里可能的空缺。这座雕像目前仍陈列在密斯卡托尼克大学的博物馆里，至今仍是个谜。

4月27日早，吉尔曼住的房间里又出现了一个老鼠洞，不过房东罗夫斯基白天用钢板把它封了起来。老鼠药没有多大的作用，墙里的刮擦声、老鼠们啪嗒快跑过的声音还是那么清晰。那天深夜了埃尔伍德还没回来，吉尔曼只好熬夜等他。他不想一个人在那屋子里睡觉——特别是在他隐约感觉在那个傍晚曾瞥见那个讨人厌的老太婆之后，她的样子已经深深地刻在他的梦里了。他想知道她到底是谁，也想知道她在旁边肮脏的天井门口垃圾堆里把锡罐弄得嘎嘎响的地方是哪里。干瘪的老太婆好像注意到他了，恶毒地瞥了他一眼——然而这可能只是他自作多情了。

第二天，两个年轻人都觉得疲惫不堪，知道一入夜自己就会睡得像木头一样。那天晚上，他们两个睡眼惺忪地讨论了让吉尔曼一直如痴如醉、无法自拔的数学研究；还推测了古代魔法和传说之间的关系，可能在某个黑暗角落这种关系真的存在。他们还聊了凯齐亚·梅森，吉尔曼觉得凯齐亚可能偶然发现了某些奇特、重要的信息，埃尔伍德觉得这种猜测不无道理。女巫们归属的秘密邪教时常守护、继承着许多古老而被遗忘的惊天秘密；凯齐亚真的拥有多维空间之门的穿越术，也不是不可能。人们总传说实体障碍物挡不住女巫，那谁又能说出为什么会有巫女骑扫把横跨夜空这样的传说呢？

一个现代学生能否仅仅通过数学研究就能获得类似的力量，还有待查证。吉尔曼补充道，如果真能成功获得这种力量可能会招致危险和意外，有谁能预言出难以到达的相邻维度里会是什么情况？另一方面，也有很多美好的可能性。可能在某些空间地带不存在时间的概念，进入、停留在这里就可以永葆青春；进入或者保持在这样的或相似平面上，就不会发生有机体的新陈代谢与老化。比如还有一种可能，也许能进入一个时间永恒的维度，然后出现在地球远古历史时期。

但是否有人试过，都无从猜起。古老传说模糊而又隐晦，历史上所有想穿越这种隔阂的尝试都因外来存在、使者之间结成诡异、可怕的联盟而变得复杂。隐秘恐怖力量一直有自己永恒的代理人与使者——他是女巫邪教口中的“黑暗恶魔”，是《死灵之书》中的奈亚拉托提普。还有一些让人头疼的家伙是较次要的使者或媒介——传说中总被描绘为女巫使魔的一群类似动物的怪异畜生。吉尔曼与埃尔伍德实在困得聊不下去了，这时他们听到了乔·马祖尔维奇醉醺醺、摇摇晃晃地回来了，嘴里念叨的祈祷词充满了绝望与疯狂，二人又起了战栗。

这晚，吉尔曼又看见了紫罗兰色的微光。在梦里，他听到了隔板里发出的刮擦声和啃咬声，而且觉得有人笨拙地摸索着打开了门闩。然后，那个老太婆和皮毛怪物踩在地毯上一步步逼近。这个恶婆的脸上流露出非人的狂喜，一口黄牙的畸形怪物指着房间对面另一张长椅上熟睡的埃尔伍德窃笑。恐惧彻底麻痹了他的全身、扼住他的喉咙，他一次次想尖叫，一次次被死死掐住。随后就像上次一样，可怕的老太婆一把抓住吉尔曼的双肩，猛地把他拽下床，拽入了虚空。尖叫、昏暗，无边无际、无休无止的深渊再次在他眼畔一闪而过；但下一秒，他发现自己居然出现在一个黑暗、泥泞、陌生而满是恶臭的小巷子里，这里的老房子一面面腐朽的高墙到处耸立着。

他在另一个有着尖顶房的梦里见过的那个穿着长袍、皮肤黝黑的男人，这回就站在吉尔曼面前。厚厚的淤泥盖住了“黑皮肤”的脚踝，而布朗·詹金在他脚踝旁边摩挲着，面带戏谑。右手边是一个敞开的黑色入口，“黑皮肤”没有说话，指了指这个门。接着骷髅一样的老太婆诡笑着，拖着吉尔曼睡衣的袖子走了进去。整个楼道充满了恶臭，楼梯嘎吱嘎吱地响动着，笼罩着一股不祥，前面的老太婆好似在发出淡紫罗兰色的微光；楼道的尽头出现了一扇门。老太婆摸索着打开了门闩，推开门，示意吉尔曼等着，接着就消失在了入口的黑暗之中。

吉尔曼那过于灵敏的耳朵忽然听到了一声令人毛骨悚然、从窒息的喉咙里发出来的尖叫。不一会儿，那个老太婆就拉着一具不省人事的瘦小躯体从房间里走了出来，推向吉尔曼，好像在命令吉尔曼拿着。但这躯体的模样、它脸上的表情让吉尔曼难以接受，他头晕目眩无力叫喊，不顾一切地冲下了臭气熏天的楼道，摔进了泥巴地，却一把被“黑皮肤”抓住。吉尔曼被吓得魂飞魄散无法呼吸，渐渐意志丧失。他在迷迷糊糊中听到了那只长着尖牙、老鼠般的畸形怪物发出的轻微而尖锐的窃笑。

29日早上，吉尔曼从恐惧的漩涡中醒了过来。在他睁开眼睛的一瞬间，他知道大事不好了，他又回到了他阁楼的房间，回到了那个有着斜墙和倾斜天花板的地方，躺在了自己没铺过的床上。他的喉咙不知道为什么很疼，他挣扎着从床上坐起来，眼前的一幕令他惊呆了——他的双脚与睡衣的下摆上居然有褐色泥块。但真该死，那一刻，他什么也回想不起来，记忆一片模糊，但他知道自己一定又梦游了。埃尔伍德一定是睡得太死了，所以听不到动静，没能阻止自己。地板上满是混乱不堪的脚印，但是很奇怪，没有哪串脚印走到了门口。吉尔曼越盯着看，越觉得诡异；有一部分他认得出来那是自己的脚印，但除此之外，还有一些更小的，接近圆形，但中间被劈开了的印记——就跟大椅子腿或者桌子腿按出来的似的。还有一些老鼠沾泥走出来的痕迹，从一个新的洞口里走出来，然后又走了回去。但接着发现的事情让他彻底的困惑和恐惧了——他蹒跚着走到门口，发现外面走廊上居然没有一丁点儿泥印。他回忆起毛骨悚然的梦境，愈回忆愈害怕，就在这时两层楼下传来乔·马祖尔维奇悲凄的吟诵，吉尔曼顿感绝望。

吉尔曼下楼回到埃尔伍德的房间，他还睡着，吉尔曼摇醒了他，跟他说了自己的遭遇，但是埃尔伍德也完全想不到到底发生了什么。吉尔曼能去哪里？如何不在大厅留下足迹回到房间？像家具腿按下的泥印是怎么混进吉尔曼卧室中那些痕迹里的？根本无从知晓。而且吉尔曼发现自己脖子上有暗青紫色的淤痕，好像他试过掐死自己一样。他抬手比了比脖子上的手印，但是并不吻合。正在他们说着话的时候，德斯罗尔切路过门口，告诉他们午夜时分他曾经听到楼上的一阵嬉笑。午夜之前阁楼里还有微弱的脚步声，这个脚步声还下了楼，他真的很讨厌这个声音，但过了零点楼上就悄无声息了。他还说，每年的这段时间阿卡姆镇都不太安静；接着又告诫吉尔曼，他最好还是时时戴着乔·马祖尔维奇之前给他的十字架。即使白天也并不安全，因为这座宅子里以前就发生过这种事——黎明之后传出奇怪声音，特别像尖细、孩童般的啼哭声忽然被扼住。

吉尔曼那天上午的课都还是去了，但完全无法集中精力学习。恐惧、忧虑、期盼在他脑海挥之不去，他似乎正等候着一拳重击将他彻底毁灭。吉尔曼中午在大学冷饮店吃的午饭，等甜点的时候他随手拿起邻座的报纸。但他再也不会想着吃那份甜点了，因为报纸第一版上的新闻让他浑身瘫软、双目圆睁，结了账之后就跌跌撞撞地去了埃尔伍德房间。

原来昨天晚上，奥恩路发生了一起奇怪的儿童绑架案。安娜塔西亚·沃尔洁是一名洗衣工人，看起来呆呆的，她两岁大的孩子无故失踪了。这位母亲在这段时间内提起这件离奇事件时似乎是感到十分恐惧的，但她说出来的恐惧原因实在太荒诞了，根本没人会相信。她说3月初，她其实就时不时在这附近看见过布朗·詹金，而且从它的怪相与窃笑中，她已经看出来小拉迪斯拉斯已经被选中，在沃尔帕吉斯恐怖之夜充当信魔集会的祭品了。她知道之后，曾经求她的邻居玛丽·卡赞克睡在她家帮忙保护孩子，但玛丽不敢。而她报警也没用，警察根本不会相信这种事情。自她有记忆以来，每年这个时候都有孩子无故被带走失踪。而她的男朋友皮特·司托瓦克奇也不会帮她一起保护孩子，因为这孩子消失正中他下怀。

但真正让吉尔曼惊出一身冷汗的是一对酒鬼的口供。刚过零点，他们两个经过了奥恩路路口，他们自己也说自己喝得太多了，但是两个人都发誓，他们真的看到了三个着装怪异、疯疯癫癫的人鬼鬼祟祟地探进了那条黑暗的小路。一个穿着长袍、身材高大的黑人，一个衣衫褴褛的老妇人，一个穿着睡衣的年轻白人。那个老妇人一直拖着年轻人走，另外在那个黑人脚边有一只驯服的耗子摩挲着双手，来回在泥地上穿梭。

整个下午吉尔曼坐在埃尔伍德的房间里，头脑恍惚，而埃尔伍德也读到了这份报纸，还猜到了一些可怕的事件，回到家，看到了心神不宁的吉尔曼。这一次他们两个都不再怀疑了——在他们的身边的确正在发生一些离奇古怪的事情。夜间噩梦中的幻景与客观世界的现实之间，有一种荒谬而鬼魅的联系，而且这种联系正在慢慢显露，只有保持无比的警觉才能避免让事情发展得更为可怕。吉尔曼迟早是要去看精神科的，但现在满报纸全是这桩绑架事件，他不能去。

到底发生了什么事？这仍是个谜，真的让人抓狂。吉尔曼和埃尔伍德互相耳语着，往最疯狂的假设去猜。难道吉尔曼在无意中已经掌握了比他研究得出的更多、更好的空间和维度理论？难道他真的已经可以滑翔出我们的空间之外，到达某些无法猜测、超出想象的地方？在这些恶鬼附身的夜晚，他到底——如果这些地方真的存在——去了哪里呢？那咆哮的、闪烁着微光的深渊——那绿色的山丘——那烫脚的露台——那股来自星星的牵引力——那个黑色的终极漩涡——那个黑人——那条泥泞的巷子和那段楼梯——那个老巫婆和那只长着尖牙浑身是毛的可怕玩意儿——那泡泡聚集体和那小多面体——那身上奇怪的晒伤——那手腕上的伤口——那座不知所以然的雕像——醒来后莫名其妙沾满了泥的脚——喉咙上的手印——那些迷信的外乡人说的传说与他们心中的恐惧——这一切都意味着什么？

那晚他俩谁都没睡，但第二天两人都逃课了，昏昏欲睡。这是4月30日，待到夜幕降临之时，就到了所有外来者和迷信的老人们所畏惧的地狱般的祭鬼时间。马祖尔维奇六点钟回到家，说磨坊里的人们耳语着沃尔普吉斯狂欢将会在草地山那边的峡谷举行，那儿立着块古老的白色石头，奇怪的是它周围寸草不生。有人甚至将这件事告诉了警察，建议他们去那儿找找丢失的孩子维列伊科，但他们不信警察会真的采取什么行动。乔坚持要那个可怜的小伙子戴上他的镍铁链十字架，吉尔曼为了迁就乔，只好戴上它，把它塞进了衬衣里。

深夜，两个年轻人坐在椅子上打瞌睡，楼下织机安装工有节奏的祈祷声有催眠作用。吉尔曼边听边点头，在这座古老房子里的嘈杂声之外，他那异常敏锐的听觉似乎还能听到一些微妙、可怕的低吟。《死灵之书》和黑皮书中所记载的一些危险的内容开始涌上心头，吉尔曼发现自己正随着某种轻快的曲调晃动着，据说这曲调是祭鬼时所使用的最黑暗的仪式，它的起源超出了我们所能理解的时空。

不久，他就意识到了自己在听什么——遥远的黑暗山谷里司仪们地狱般地吟唱。他怎么会如此清楚他们想要什么？他怎么会知道那时奈哈比和她的随从会端着盛得满满的碗，跟在黑公鸡和黑山羊后面呢？他看到埃尔伍德睡着了，就想大声喊醒他。然而，有什么东西堵住了他的喉咙。他无法掌控自己。难道他最后还是签订了黑暗恶魔书？

紧接着，他狂热的、异常的听觉捕捉到了远处随风飘来的信息。尽管它们来自几英里之外的山丘、田地和山谷，他依然辨认得出。必须要开始点火、跳起舞蹈了。他怎样才能阻止自己去那里呢？是什么缠住了他？算数——传说——这房子——老凯齐亚——布朗·詹金？现在，他看到离沙发很近的墙上有一个新打的老鼠洞。远处的吟诵声和近处乔·马祖尔维奇的祈祷声之外，传来了另一个声音——在隔板上隐隐约约、又真真切切的刮擦声。他真希望电灯不要熄灭。接着，他看见老鼠洞里那张长着尖利牙齿和胡须的小脸——那张他终于认出来的可恶的脸，和老凯齐亚长得如此惊人的相像——然后听见门上响起微弱的摸索声。

薄暮中的深渊呼啸着从他面前闪过，他觉得自己在彩虹色泡泡无形的束缚下惶然失措。眼前都是小小的、万花筒似的多面体在转，在所有旋转的间隙里，有一个显眼的模糊色块在加速运转，好像预示着一些不可言说和难以承受的高潮。

他似乎知道接下来会发生什么——将会迸发可怕的沃尔普吉斯旋律，颇具喜感的音色会集聚所有原始的、时空尽头的喧嚣，它隐藏在巨大的物质世界之后，有时爆发出的一些回响能轻轻穿透每一层现实存在，在特定的恐慌时代给全世界播下令人胆寒的征兆。

但所有这些都在一秒钟后销声匿迹。他又回到了狭窄的、紫罗兰色的尖顶房间，这里有着倾斜的地板、低矮的古书箱、长凳和桌子，还有一些奇怪的东西，屋子的一角还有三角形的深坑。桌子上躺着个白色的小人儿——一个男婴，不着一缕也毫无意识——另一边站着一位可怕的老妇人，斜睨着眼睛，右手拿着一把闪闪发光的刀。刀的手柄形状怪异，比例奇怪的灰白金属上满是神秘的雕饰，她左手握着精致的皮质刀鞘，用一种吉尔曼听不懂的语言吟唱着繁杂的仪式，听起来似乎与《死灵之书》中曾小心引述过的某些内容相似。

当这场景变得愈发清晰时，他看到那老太婆弯下腰来，把空碗伸到桌对面——他无法控制自己，不禁伸出双手去接那碗，在接碗的时候，他的动作无比轻盈。与此同时，令人作呕的布朗·詹金攀上了他左边地板凹坑的边缘。这时，老太婆示意他把碗举到一个位置，自己举起模样奇怪的大匕首，举到她右手够得着的高度，正对准那个白色的婴儿。那长着尖尖利齿的、毛茸茸的怪物开始窃声私语，进行着一系列不为人知的仪式，那个女巫则用一种让人厌恶的声音回应着它。吉尔曼觉得很痛苦，一种强烈的憎恶从他被麻痹的心灵和情感中迸发出来，轻巧的金属碗在他手中抖动着。一秒钟后，刀下落的动作完全打破了魔咒，碗掉落下来发出叮叮当当的声音，震耳欲聋。他疯狂地伸出手去，想阻止这可怕的事。

那一瞬间，他从倾斜的地板上站起来，从老巫婆的利爪中扭下匕首，投向那个狭窄的三角形深坑，发出了哗啦啦的声音。但另一秒钟，事态就扭转了。老巫婆那凶残的利爪紧紧地扣住他的脖子，皱皱巴巴的脸因为震怒而变得扭曲。他感觉到那个廉价的十字架正抵着他的脖子。在这危险之中，他想知道这邪恶的怪物看到这十字架会作何反应。她的力量大得惊人，就在她死死掐住他脖子的时候，吉尔曼颤颤巍巍地从衬衫里摸出金属架，扯断链子，把它拿了出来。

看到十字架，女巫似乎有些惊恐，她放松的那一瞬间足够吉尔曼趁机逃出魔爪了。他从脖子上扯下老巫婆那钢铁般的爪子，要是让它获得能量重新扣紧过来，这力量准能把贝尔登堡号拖到海湾边上来。这次，他决定以其人之道还治其人之身，他伸出双手直掐老巫婆的喉咙。在她看清他在做什么之前，他就用十字架的链子缠住了她的脖子，很快他就收紧了链子，勒死了她。就在她挣扎的最后关头，吉尔曼感觉有什么东西在咬他的脚踝，他看到是布朗·詹金来帮她了。他死命地踢出一脚，把这废物踢进凹坑后，他听到它在下面某个遥远的地方呜咽着。

他不知道自己是否杀死了老巫婆，但他把她平放在了她倒下的地方。接着，他掉转身去，看到的桌子上的景象几乎打破了他最后的理智——在老巫婆要掐死他的时候，充满精力的布朗·詹金那四只恶魔般灵巧的小手一直忙碌着，他所有的努力都白费了。虽然他阻止了那把要划开孩子胸膛的利刃，但那亵渎神灵的尖牙绒毛怪却划破了孩子的手腕，刚掉到地上的碗盛得满满的，搁在那具毫无生气的小尸体旁边。

在他错乱的梦境中，吉尔曼听到了恶魔般的祭鬼仪式中的吟唱，正有节奏地从无限悠远的地方传来，他知道黑暗恶魔就在那里。迷乱的记忆和他的数学理论混杂在一起，他知道自己的潜意识在用一种他正需要的角度将他引回正常的世界——这是他第一次孤身一人又四下无援地返回。他确信，他就在自己房间那个被密封得死死的阁楼里，但他是否能穿过倾斜的地板，或穿越长长的需要弯腰的出口逃出，他深表怀疑。还有，从一个梦幻般的阁楼逃出来，难道不会把他带到一个梦幻般的房子里——一个他希望到达的真实地方所产生的异常幻影中去呢？因为就他所有的经历，他仍不能完全搞清楚梦境和现实之间的关系。

穿过那昏暗深渊的通道将会很可怕，沃尔普吉斯旋律还将会在那里响起，他最后也不可避免地会听到那迄今为止仍模糊不清的宇宙的脉动，而这是他最怕听到的。即便现在，他也能察觉到一种低沉、可怕的震动，这种他一听到就能辨认出的节拍。举行祭鬼仪式时，这声音总在变大，直到贯穿整个世界，召唤所有新加入者举行这无可名状的仪式。祭鬼仪式中有一半的吟唱都是在模仿这隐约能听到的颤音，当这种节拍充斥到所有空间时，尘世间没有任何耳朵受得了。吉尔曼也想知道，他是否能相信他的直觉，把自己带回到正确的时空。他怎么能确定自己不会降落到遥远星球的绿色山丘上？或者是银河系以外镶嵌着梯田的城市上空，落在长着触角的怪物身上，又或者是魔神之主阿撒托斯所主宰的终极混乱的黑暗螺旋状漩涡里呢？

就在他要跳下去之前，紫罗兰光熄灭了，他处在一片幽暗之中。这肯定意味着那个女巫——老凯齐亚——奈哈比——死了。在远处祭鬼仪式上的吟唱和凹坑里布朗·詹金的呻吟所形成的混合声中，吉尔曼感觉自己听到了另一未知深处更疯狂的哀鸣。

乔·马祖尔维奇——反对混乱爬行世界的祈祷，现在变成了一种莫名其妙的胜利的尖叫——冷笑着的现实世界与狂热梦境的漩涡冲撞在一起——咿呀！莎布-尼古拉斯！孕育千万子孙之羊……

天尚未破晓，他们就发现吉尔曼躺在他那老旧的、怪模怪样的阁楼地板上，那声可怕的尖叫立刻引来了乔尼斯基、罗夫斯基和马祖尔维奇，甚至还吵醒了在椅子上熟睡的埃尔伍德。他还活着，睁大着眼，但好像没什么知觉。他的喉咙上留着别人要掐死他的手指印儿，左脚脚踝上也有可怕的老鼠咬痕。他的衣服皱成了一团，乔的十字架也不知所踪。埃尔伍德战战兢兢地，甚至不敢猜测他的朋友又经历了怎样的梦游。马祖尔维奇似乎有点晕头转向，他说他曾在祷告中获得了这件事情的某个“征兆”。当他们听见老鼠的尖叫和呜咽声从倾斜的隔板后面传来时，马祖尔维奇疯狂地在胸前画着十字。

昏死过去的吉尔曼被放在埃尔伍德房间的沙发上，他们立刻请来了马尔科夫斯基医生——他是一名当地的医生，他从不会念叨一些让人尴尬的问题——他给吉尔曼打了两针，使他自然地放松下来。等到次日白天，病人恢复了知觉，他断断续续地跟埃尔伍德讲了这个盘根错节的最新梦境。这是一个痛苦的过程，而且一开始就出现了一个令人不安的新的事实。

吉尔曼最近异常敏感的耳朵，现在竟然全聋了。大家又赶忙叫来马尔科夫斯基医生，他告诉埃尔伍德说，他的两只耳鼓都被刺穿了，似乎是受到了某种大得惊人的声音的冲击，那声音之大超越了所有人类的承受力和想象力。在过去的几个小时里，怎么会有如此巨大的声音而又不引起整个密斯卡托尼克山谷的轰动呢？这位诚实的医生就说不清楚了。

埃尔伍德把他们的一部分谈话写在纸上，于是就有了一种十分容易的沟通方式。两人都不知道是什么造成了如此混乱的局势，但他们决定，尽可能少去考虑这件事情，这样应该会好一些。不过他俩都同意，一旦安排妥当，他们必须离开这座被诅咒过的古老的房子。当天的晚报报道，警察黎明前在草地山那边的峡谷里突袭了几个形迹可疑的狂欢者，并提到了那些很久以来就被人当作是迷信的白色石头。没有逮捕任何人，但所有的逃窜者中，有个黑猩猩似的大块头黑人。另一篇专栏文章称，没有找到那个丢失的小孩拉迪斯拉斯·维列伊科的踪迹。

那天晚上，最可怕的事情发生了。埃尔伍德永远也忘不掉那件事，因为这使得他神经衰弱，后半学期再也无法去上学。他本以为他整晚听到的隔板上的声音是老鼠，就没有太注意。可是，他跟吉尔曼都休息很久了，却响起了可怕的尖叫声。埃尔伍德跳起来，关了灯，然后冲到了吉尔曼的沙发旁。吉尔曼发出了简直非人的叫声，好像经受着难以言说的折磨。他在被子里扭动着，毯子上出现了一块巨大的红色血污。

埃尔伍德甚至不敢去碰他。但尖叫和扭动都渐渐平息下来了，这时候罗夫斯基、乔尼斯基、德斯罗切尔斯、马祖尔维奇和住在顶层的房客都挤在了门口，房东叫他的妻子去给马尔科夫斯基医生打电话。当看到一个像老鼠一样的大东西忽然从染血的床单下跳了出来，从地板逃到近处一个新开的老鼠洞里时，所有人都吓了一跳。医生到了，掀开可怕的床单，沃尔特·吉尔曼已经死了。

至于吉尔曼的死因，实际情况比描述出来的要疯狂野蛮得多。他的身上有一个真真切切的洞——他的心被吃掉了。罗夫斯基对自己一直想毒死老鼠的失败行径感到崩溃。他把所有关于租约的事情都抛到了脑后，一个星期之内，他带着所有的老房客都搬去了核桃街一个昏暗但不那么古老的房子。那段时间，最糟糕的事就是让乔·马祖尔维奇保持安静，这个沉思的织机安装工从没有清醒过，不停地嘀嘀咕咕，述说着有关幽灵的恐怖故事。

在那个可怕的最后的夜晚，乔停下来查看从吉尔曼的沙发到附近那个老鼠洞的猩红血迹。在地毯上，痕迹模糊不清，但有一块掀起的地板横在地毯边缘和地面之间。在那儿，马祖尔维奇发现了一些奇怪的东西——或许只有他这样想，但没有人完全赞同，尽管血迹确实古怪。地板上的印记很不像普通老鼠的脚印，但就算是乔尼斯基和德斯罗切尔斯也不敢承认，它们看起来就像四个小小的人的手掌印。

那房子再也没有租出去过。罗夫斯基一离开，最后的苍凉就笼罩了这栋房子，人们对它避犹不及，不仅因为它之前的旧传闻，还有它里面新飘出来的恶臭。也许老房东的老鼠药最后还是起了作用，在他离开后不久，这里变得让邻居们头疼起来。卫生部的人顺着气味来到这个紧闭的地方，他们查看了上面跟旁边东面的阁楼，认为那里面肯定死了许多老鼠。但是他们以为，不值得花功夫去撬开这个长时间封闭的地方进行消毒，因为恶臭很快就会消散，而且住在这儿的人对卫生并没有十分的挑剔。的确，当地总有一些含混的传言，说五朔节和万圣节后，这所女巫房子的楼上会飘出难以解释的臭味。虽然邻居们常有抱怨，但也逐渐习以为常了——但这恶臭还是对整个地区有一些影响。最后，这座房子被房屋督查员认定为不能再住人了。

吉尔曼的梦和那些伴随出现的幻境一直都没有得到合理的解释。埃尔伍德对整个事情的想法有时让他很抓狂，他在秋天回到了大学，并于来年六月毕业。他发现关于镇里幽灵的八卦大多都消失了，而且这确实是事实——尽管对那所废弃房子里恐怖笑声的报道几乎和那栋房子一样一直存在——自吉尔曼死后，没有谁再见到过凯齐亚和布朗·詹金。往后的几年，某些突发事件又重新引发了关于当地古老的恐怖传说；幸运的是，埃尔伍德那时不在阿卡姆镇。当然，后来他听说了此事，也经受了黑魔法对他不可言状的折磨，并做了一些模糊不清的猜测；但那比亲身经历与目睹要好受得多。

1931年3月，一场大风吹毁了那栋空屋的屋顶和大烟囱，屋子一片狼藉。摇摇欲坠的砖块、发黑的、长满苔藓的瓦片和烂掉的木板和木头纷纷坠落在阁楼上，砸穿了下面的地板。整个阁楼都被落在上面的碎片填满了，但没人会费心去处理那堆乱七八糟的东西，因为那幢房子不可避免要被拆除。事情的最后就是接下来的12月，工人们不大情愿地、略带不安地将吉尔曼的旧房间清理干净。这时，流言又起。

斜着的老旧的天花板上掉下来一堆垃圾，有几样让工人必须停工找来警察了。后来，警察又叫来了验尸官和几位大学教授。一些骨头——被压得四分五裂，但很明显是人骨——也证明了是属于现代人，这和这个时代久远的令人困惑的魔幻之地格格不入。这个顶上有倾斜地板的低矮阁楼，按理说早已与世隔绝。验尸官认为其中一些骨头属于一个小孩，而另一些与腐烂的褐色布屑混在一起的则属于一个相当矮小的、弯腰驼背的老妇人。经过仔细筛检残骸，他们又发现了许多细小的老鼠骨头，在屋子倒塌时，它们被压在了下面，还有许多老耗子的骨头上有小小的新牙印，这也引起了激烈的争论和思考。

除此之外还发现了一些书籍报纸的碎片，夹杂在一起的也有一些年代久远的旧书旧报，已经完全风化为黄色粉尘。无一例外，所有的书都说到了最高级和最可怖的黑魔法，但一些明显是现代的物品，仍然跟现代人的骨头一样是个未解之谜。更大的谜团是，在大量的文件中发现有一些潦草的、古老的、笔迹简直一模一样的字，但这些文件的保存状况和水印都表明，它们之间的年份至少相差150到200年。可是对有的人来说，最大的谜团是所有这些东西上难以解释的变化——这些物品的形状、材质、手艺风格及用途足以令任何猜测都相形见绌——散落的碎片呈现出的，是明显不同的损坏状况。其中有一样东西，令密斯卡托尼克大学几位教授格外激动。这是一个被严重毁坏的雕塑，与吉尔曼给学校博物馆的那个很相像，只不过更大些，材料是某种奇怪的蓝色石头，而非金属，它有一个模样古怪的基座，上面刻着难以辨认的象形文字。

考古学家和人类学家仍在极力解释一个被压坏的金属碗上奇怪的图案，发现它的时候，它内侧沾着一些不祥的棕色污迹。外乡人和容易上当的老太太们都对那个混在垃圾里的现代镍铁十字架和它残破的链子议论不休，可怕的是，乔·马祖尔维奇认为这就是许多年前，他送给可怜的吉尔曼的那条。一些人认为这个十字架是被老鼠拖到密闭的阁楼上的，而另一些人则认为它一定一直待在吉尔曼老屋里某个角落的地板上。还有一些人的说法，包括乔自己的，都太疯狂而无法令人信服。

当拆掉吉尔曼房间的倾斜墙壁时，在这个曾经是隔断与屋子的北墙连接的三角形密闭空间里发现的建筑垃圾却很少，即使与房屋本身的大小相比，这儿的残渣也少得多，但这里发现的阴森可怕的东西，惊呆了清理工人。简而言之，这地板上都是小孩的骨架——其中一些年代并不久远，一些却要追溯到十分遥远的时期，那些残骸还几乎是完整的。在这一层骨架之上，立着一把巨大的匕首，样子十分古朴，上面有奇怪的装饰性异域花纹，刀上落满了碎屑。

在这堆残砖烂瓦里，比起在这个被诅咒的鬼屋里发现的所有其他东西，有一样东西注定会给阿卡姆镇制造出更多难以捉摸、让人困惑不解的传言。在一块掉落的木板和一堆废烟囱里的混凝土砖之间，有一只巨大病老鼠的一部分残破的骨架，这种异常的形态仍然是密斯卡托尼克大学比较解剖系成员争论的话题，但他们对外界却秘而不宣。有关这具残骸的信息很少泄露出去，但发现它的工人却总用令人震惊的语气秘密谈论着骨架上面棕色的长毛。

他们传言说，这些小爪子的骨骼，比起老鼠来，反而更像是小猴子能抓东西的手;而这个野蛮的、长着黄色尖牙的小头骨是那么的异常，从某些角度看，它就像一个缩小的、极度退化的人的头骨。工人们看到这个亵渎神明的可怕东西时，常常会吓得求神保佑，他们离开之后总会在斯坦尼斯洛斯教堂里点燃蜡烛以示感恩，因为他们觉得，他们再也不会听到那种刺耳、诡异的窃笑了。

石　人[1]

本·海登这个家伙一直都很顽固，听说阿迪朗达克山顶那些奇怪的雕像后，便要前去一探究竟，什么都无法阻挡他。这些年来，我一直是他最亲密的人，我们是莫逆之交，如同达蒙与皮西厄斯[2]，总是形影不离。所以，当本执意要去时，我就得像一只忠实的柯利犬，二话不说就跟着他了。

他说，“杰克，你知道亨利·杰克逊吗，就是那个得了可怕的肺病，住到普莱西德湖对面小屋的人？嗯，几天前他回来了，基本痊愈了，但说了很多那儿的诡异情形。他突然去忙生意了，所以还不确定那是不是只是奇怪的雕刻品，但那可怕的印象一直深深地印在他的脑子里。

“有一天，他似乎是出去打猎，经过一个山洞，洞前有个东西看着像一只狗。他认为狗要叫起来，便又看了一眼，发现那个东西根本不是活的。它是一只石狗——雕刻得很逼真，连细小的胡须都刻得非常完美，让他不确定那是不是一个有超自然灵性的石像，或者是一只石化的动物。他吓得不太敢摸它，但摸了之后发现那就是石头做的。

“过了一会儿，他鼓起勇气进了山洞，进去后更加吃惊了。刚进洞口没多远，又有一个石像——或者说像石像——但这次是一个人的石像。石像侧着躺在地上，穿着衣服，面部的笑容非常古怪。这次亨利没停下摸，而是从山顶一口气跑回了村里，你知道的。当然，他问了村里人一些问题——但他们并没有说太多。当地人只是摇着头，祈祷着，喃喃地说着有关一个‘疯子丹’的话——他究竟是谁，他觉得自己提了一

[1] 本篇由海泽尔·希尔德和洛夫克拉夫特合著。

[2] 达蒙与皮西厄斯，指生死之交、莫逆之交，典出罗马神话。

个令人忌讳的问题。

“这对杰克逊来说，难以承受，所以他比原计划提前几周回了家。他把一切告诉了我，因为知道我很喜欢一些奇奇怪怪的事情——真是够奇怪的，我回想起一些记忆来，竟然与他讲的故事非常吻合。你还记得亚瑟·惠勒吗？那个雕刻师，他非常崇尚现实主义，所以人们现在都说他完全不是摄影师。我想你多少知道他一些。他最后就是在阿迪朗达克山脉那一带消失的。他在那里住了一阵之后就消失不见了，再也没有过他的消息。现在如果那些看着像人或狗的石像在那一带出现，我觉得应该是他雕刻的作品——不论村里人怎么说，或不愿说什么。当然，像杰克逊那样神经兮兮的家伙看到那样的东西很容易慌张不安，但如果是我的话，我会在跑之前，详细查看一番。

“杰克，其实我现在就要去那儿查看一下——你跟我一起去。找到惠勒很关键——或者他的作品。总之，山里的空气会让我们打起精神的。”

我们先坐了长途火车，又坐汽车一路颠簸着穿过一片片美不胜收的景色，不到一周，我们便于6月的一个傍晚，在金色的余晖中到达了山顶区域。村里只有几座小房子、一家旅馆、一家杂货店，我们的汽车就在杂货店旁边停了下来。但我们知道这家杂货店很可能就是这类消息的汇聚处。门口的台阶上聚着的肯定是一群常来闲逛的人；我们装成寻医的人找住处，他们给了我们很多推荐。

虽然我们计划第二天才做调查，但本看到那群衣衫破烂的闲人中有一位老人喋喋不休时，还是忍不住谨慎地问了几个含糊的问题。根据杰克逊之前的经历，他感到上来就问那些怪石像是没有用的，但决定告诉他们我们认识惠勒，这样我们关心他的命运也是合理的。

当萨姆停下削手中的木头，开始述说时，人群似乎不自在起来，但他们并没什么需要警惕的地方。即便这位光着脚的老山民听到惠勒的名字也有些紧张，本要从他这里听到连贯的讲述还是很困难的。

“惠勒？”他终于呼哧呼哧地喘着气说道，“啊，是的——那个人总是在炸石头，然后刻成雕像。啊，你认识他？我们能跟你说的也不多，可能发生的事情太多了。他一直待在外面，待在‘疯子丹’山上的小屋里——但待得也不是很长。之后那个丹说……就找不见他了。他说话挺温和的，总是围着丹的妻子转，后来被那个老恶魔发现了他们。我猜他很喜欢她。但他突然悄悄走了，之后就没人见过他了。丹一定跟他说了一些很直白的话——‘坏家伙，我跟你没完！’丹是这样的人！孩子们，最好离那儿远一些，那片山上有很大问题。丹的情绪越来越糟，后来就哪儿都不见他了。丹的妻子也不见了。我猜他把她关了起来，这样就没人能和她再眉来眼去了。”

萨姆又发表了几句评论后，重新开始削木头。这时，我和本交换了一下眼神。这儿明显有了一个新线索值得我们好好研究一番。我们决定在旅馆投宿，并尽快住了进去，计划第二天进入野山区。

日出时，我们出发了，每人背着一个背包，装满了食物以及我们认为可能需要的工具。那天的空气中都弥漫着激励我们前进的味道——只有一丝隐隐的凶险气息。高低不平的山路很快变得陡峭而崎岖，不久我们的脚便疼得厉害。

我们离开山路走了大约两英里——按照杰克逊为我们画的地图和方位，穿过右边一棵大榆树附近的石墙，然后朝斜对面的一个陡坡走去。路高低不平、荆棘丛生，但我们知道那个山洞不会很远。最后，那个洞突然出现在我们眼前——一道灌木丛生的黑色裂缝，裂缝处道路陡然向上，旁边有一个浅浅的石砌池塘，一个小小的、静止的形体僵硬地矗立着——好像在跟自己比谁石化得更厉害。

它是一只灰色的狗——或者说是狗的雕像——当我们同时停止喘息后，我们几乎头脑一片空白。杰克逊所说的毫不夸张，我们不敢相信雕刻家的手能雕刻出如此完美的雕像。在石狗那华丽的皮毛上，每一根毛发都清晰可辨，背部的毛发竖立着，似乎某个陌生的东西突然出现在它面前。本最后怀着善意摸了摸那精美的石质皮毛，发出了一声惊叹。

“天啊，杰克，这不可能是雕像！你看它——所有的细节，它的毛发躺着的方式！任何雕刻家都达不到这样的技艺！这是一只真正的狗——但只有上天才知道它怎么变成了这样。真像石头——你自己摸摸。你猜会不会是洞里散出的某种奇怪的气体使动物变成了这样？我们应该多看一些当地的传说。如果这是一只真正的狗——或者曾经是一条真狗——那里面的那个人也一定是真的。”

最终，我们极其严肃地——可以说是恐惧地——双膝双手着地爬进了洞口，本在前面打头。窄窄的洞口看上去至多三英尺宽，进了洞口，洞穴向四面延伸形成一个潮湿昏暗的空间，地上铺着碎石、岩屑。一时间我们无法看清里面的东西，但当我们站起来，睁大眼睛后，开始慢慢辨认出前面更黑的地方横卧着一个人像。本笨手笨脚地摸出手电筒，但在把手电筒对着卧着的石像时，犹豫了一刻。我们几乎确信这个石像曾经是一个人，脑子里的一些想法让我们快没了勇气。

当本最终打开了手电筒，我们看见一个侧躺的东西背对着我们。它的材质显然与外面的狗相同，但是穿着破烂的、还未石化的粗糙的运动服。我们有些惊讶，相互扶着轻轻地走过去查看，本绕到另一侧去看石像转到一边的脸。本把手电筒照到那个石像上时，对看到的东西毫无准备。他大叫是完全情有可原的，当我跳到他那边，目睹了那情景后我也忍不住跟着叫起来。它并不是什么丑陋的或者真正吓人的东西。我们只是因为认出了那个东西，毫无疑问，这个冷冰冰的带着半惊恐半痛苦表情的石像曾是我们的老熟人——亚瑟·惠勒。

某种本能驱使我们跌跌撞撞地爬出了山洞，一口气奔下草木横生的山坡，直到看不见那不吉利的石狗为止。我们头脑一片空白，各种猜测、恐惧在脑子里搅成一团乱麻。本曾经与惠勒很熟，他非常难过，似乎理出了一些被我忽视的线索。

每次我们在绿坡上停下时，他便一次次地重复着：“可怜的亚瑟，可怜的亚瑟！”但直到他喊出“疯子丹”那个名字后，我才想起老萨姆·普尔说的他在消失前卷入的那场麻烦。本含蓄地说，疯子丹看到发生的这一切一定会很高兴。有一刻，我们两人都认为那个善妒的主人可能与雕刻师躺在这个山洞有关，但这个想法一闪而过，来得快去得也快。

最让我们困惑的是这个现象本身该如何解释。什么气体或者矿物质蒸汽会在这么短的时间内造成这种变化？我们完全不知。我们知道，正常的石化是一个缓慢的化学置换反应，需要很长的年代才能完成。然而，这里的两个石像仅仅几周之前都还是活着的——或者至少惠特曾是。猜测毫无用处。显然，我们能做的只剩下通知有关当局，让他们来猜一猜它们是什么；然而在本的头脑深处，关于“疯子丹”的想法仍然存在。不管怎样，我们终于抓着树爬回到了路上，本没有向村里走，而是朝老萨姆说的丹在山上的小屋那儿看去。从村里走过去，它是第二座房屋，那个老头已经睡了，睡在左侧离道路很远的一片茂密的栎树林里。在我反应过来之前，本已经拉着我上了一条铺着砂石的大路，穿过一片昏暗的农庄，到了越来越荒凉的地方。

我没有想到抗议，但当农业和文明那些熟悉的标志越来越少时，我真切感到威胁在逐渐增加。最后，一条狭窄荒芜的小路出现在我们左侧，而一座肮脏、未涂漆的房子的尖顶出现在一片病歪歪的半死不活的树林对面。我知道这一定是“疯子丹”的小屋；而我好奇惠勒为何选这样一个不讨人喜欢的地方打工。我胆战心惊地走上那条满是杂草、十分难走的小路，但本毅然大踏步地向前走，并开始用力地敲那扇摇晃的、散发着霉味的门，我也不能落后。

敲门没有回应，但回声中有一些东西经过一扇门发出一连串的颤抖。然而，本非常平静，立刻绕着房子寻找未上锁的窗户。他试的第三个窗户——在凄凉的小屋后面——可以打开，他助跑了几步，用力一跳，安全跳进了里面，然后把我拉了进去。

我们跳了进去，房间里满是石灰岩、花岗岩石块，凿切工具和泥塑模型，我们立刻意识到这是惠勒之前的工作室。到现在为止我们尚未发现任何生命迹象，但所有东西上萦绕着一种讨人厌的不祥的灰尘味。在我们左边有一扇打开的门，里面是厨房，在烟囱一侧，本打算从这里开始，寻找任何与他朋友最后栖身地有关的东西。他走在我前面很长一段，已经进了厨房门，所以起先我无法看清是什么让他低着头，嘴里发出低声的、恐惧的叫声。

然而有一刻，我确实看见了——我像在山洞一样本能地跟着他叫起来。因为小屋里——离制造奇怪气体和奇怪基因的地下工作室很遥远——有两个石像，我立刻认出那不是亚瑟·惠勒的手艺。在壁炉前一个粗糙的扶手椅中，被一根长长的生皮鞭捆在椅子上的是一个人形——又脏又老，邪恶、石化的面部带着一种深深的恐惧。

它旁边的地板上躺着一个女人的形体，形态优雅，面部看上去非常年轻美丽。它的表情似乎带着一种嘲讽的满足，在她伸开的右手边有一个大锡皮桶，内壁有些污迹，像沉积的黑色污垢。

我们没有走上前看那些奇怪的石化躯体，也没有进行任何交流，哪怕说一个字。这对石像曾是疯子丹和他的妻子，这一点我们并不怀疑，但怎么解释他们现在这种情形是个问题。当我们恐惧地察看四周时，忽然发现了可能导致这种情形的原因——因为我们周围的一切，尽管都覆着一层厚厚的灰尘，但似乎都正处于日常的家务活动中。

在这随意的一切中，唯一的例外在餐桌上，似乎是为吸引注意力，桌子中心被擦干净了，摆放着一本又薄又破的空白本子，上面压着一个很大的锡皮漏斗。本走过去看里面的内容，发现那像是一本日记，或者一系列有日期的记录，笔迹有些难辨，绝不是常写字的人写的。最开头几个字牢牢地吸引了我的注意力，不到10秒钟，他便喘息着迫不及待地阅读那字迹歪扭的文章——我从他的肩膀后面贪婪地跟着看。我们继续读——并走到了气氛不那么令人厌恶的隔壁房间——许多昏暗模糊的东西在面前变得格外清晰，一种复杂的感情令我们吓得发抖起来。

这是我们读到的内容——以及后来验尸官所读到的内容。公众已经在廉价报纸上看到了一个情节扭曲的、渲染夸张的版本，但其恐惧程度与我们在荒山小屋中独自弄清谜团，而隔壁死气沉沉般的寂静中躺着两尊巨大的石质怪物所感受到的那种简单、原始、真实的恐惧相比，简直不值一提。我们读完后，本用一种略微排斥的姿势把本子放进了口袋中，他说的第一句话是“我们从这儿出去吧”。

我们一声不响、高度紧张、磕磕绊绊地走到屋子前面，打开门，踏上漫长的回村里的路。在接下来的几天里我们发表了许多声明、回答了许多问题，我想本和我都未摆脱那整个悲惨经历所带给我们的影响。当地的一些官方部门和市里蜂拥而至的记者们也是——虽然他们烧掉了一本书和在阁楼盒子里发现的大量纸，毁掉了在那凶险的半山腰洞里深处的大量躯体。但那篇文章是这样写的：

11月5日——我叫丹尼尔·莫里斯。这里的人叫我“疯子丹”，因为我相信某些力量，而现在其他人已经不相信了。当我上雷山为狐仙祭献供品时，所有人都认为我疯了——只有偏远山区的人害怕我。他们试图阻止我在万圣节前夕祭献黑山羊，并总是阻止我举行打开大门的伟大仪式。他们应该很了解，因为他们知道我是拥护我母亲的万·考兰后代，哈得孙河这边任何一个人都知道万·考兰家族代代相传的东西。我的祖先是尼古拉斯·万·考兰，他是在1587年巫师事件中被绞死在维吉加特的那个男巫，每个人都知道他曾与那个黑人有过交易。

士兵们烧毁他的房子也根本不会得到他的《伊波恩之书》，他到达伦斯勒怀克后，过河到了伊索珀斯，然后他的孙子威廉·万·考兰把书带了过去，去问问金斯顿和赫尔利任何一个人，威廉·万·考兰对挡他们路的人会做什么。再问问他们，如果他们把我的叔叔亨德里克赶出小镇，他上了河和他的家人到了这个地方，他不能保留《伊波恩之书》会怎样。

我在记录这些——我会一直记录这些——因为我想要人们在我走后知道真相。而且，我怕我不把事情白纸黑字记录下来，我真的会疯掉。一切都不顺心，如果继续这样下去，我不得不用书中的秘密召唤某些力量。3个月前，雕刻匠亚瑟·惠勒来到山上，他们把他送到我这里是因为我是那个地方唯一除了种地、打猎、给夏天投宿的人剃发外无所不知的人。这家伙似乎对我说的话很感兴趣，还达成协议留在了这儿，每周支付他13美元，提供三餐饭。我让他住在厨房旁边的那间后屋，他可以放那些石块、工具，与纳特·威廉姆斯商议，炸石头，然后赶着牛车把石头拉回来。

那是3个月前。现在我知道为什么这个该死的、下地狱的杂种这么快就喜欢上这个地方了。根本不是因为我的话，而是因为我妻子罗斯的美貌，她是奥斯本·钱德勒的长女，比我小16岁，总是和镇上那些家伙眉来眼去。即使她总是不愿帮我举行十字架祭祀和万圣节祭祀仪式，但在这只肮脏的老鼠出现之前，我们还能勉强相处。我现在发现惠勒一直勾引她，让她非常喜欢他，几乎看都不看我一眼了，我想他迟早会和她私奔。

他干活非常慢，跟所有滑头滑脑的家伙一样，我有大量时间思考怎么解决这个问题。这两人都不知道我已经在怀疑他们了，但很快他们便会意识到不值得为此付出和一个万·考兰家庭破裂的代价。我向他们发誓我会玩出许多新的花样。

11月25日——感恩节！真是一个笑话！但我完成了自己要做的事，我有一些要感恩的事情。毫无疑问，惠勒试图和我妻子偷情，但我打算暂时让他继续当一个充满魅力的寄宿者。上周我从阁楼里昂德利克叔叔的老躯体上取下了这本《伊波恩之书》，我正在查询一些好东西并且不需要我去弄在这里找不到的祭品。我要找一种东西可以结束这两个鬼鬼祟祟的叛徒，同时不会让我惹上麻烦。如果其中剧情再曲折一些，就更好了。我想到召唤青春之神出动，但那需要一个孩子的血液，我得当心我的邻居们。那破旧的绿色封面让我充满希望，但也让我和那些邻居们相处得不太愉快。我不喜欢某些场面和气味。

12月10日——尤里卡！终于找到了，这正是我要的东西！复仇是甜蜜的——这是剧情的完美高潮！惠勒，这个雕刻匠——这简直太棒了！是的，真的，这个该死的偷情者将要做一个雕像，比他过去这几周刻的任何东西都卖得快！现实主义者，嗯？很好——那尊新雕像绝对够现实主义！我在书中第679页后面的一张手稿中找到了办法。从笔迹来看，我判断它是我曾祖父巴鲁特·匹德斯·万·考兰——1839年从新帕尔茨消失的那位——放在那儿的。呀！莎布·尼古拉斯！黑山羊永生不老！

坦白说，我找到了一个办法可以把这两只卑鄙的老鼠变成石像。这简直太简单了，与其说靠外界的某些力量，不如说是靠一些简单的化学反应。如果我能得到合适的东西，我就能酿造一种可以冒充家酿酒的饮料，一顿豪饮就可以让任何普通人睡得像头大象一样沉。它能极快地达到一种石化的效果。给整个机体注满钙盐和钡盐，迅速地用矿物质代替活细胞，任何东西都无法阻止这个过程。这一定是曾祖父在卡茨吉尔山脉面包山上举行的信魔者夜半大集会上得到的。那里过去常有怪事发生。我似乎听说过1834年新帕尔茨的一个人——斯夸尔·哈斯布鲁克——变成了石头或者那之类的东西。他是万·考兰家族的仇敌。我要做的第一件事是从奥尔巴尼和蒙特利尔订购5种化学物。之后有大把时间可以做实验。当一切结束后，我会把所有石像收拢起来，作为惠勒的作品卖掉来支付他过期的账单！他一直是一个现实主义者和自我主义者——在石头上做一幅自画像，并用我妻子来做另一个模型，对他而言不是很正常的事吗——就像他过去两周里一直在做的？相信那些迟钝的大众不会问这些奇怪的石头来自哪个采石场！

12月25日——圣诞节。世界和平，等等！这两个卑鄙小人盯着彼此看，当我不存在。他们一定觉得我是聋子、哑巴、瞎子！很好，上周二从奥尔巴尼订购的硫酸钡和氯化钙已经到了，从蒙特利尔订购的各种酸剂、催化剂和仪器随时都有可能到。诸神的磨坊——诸如此类！我要在低处那片小树林附近的艾伦山洞里做这些事情，同时会在这儿的酒窖里堂而皇之地酿些酒。应该可以找个借口请他们喝一杯新酿的酒——但不会为了骗这些神经错乱的傻子做复杂的计划。麻烦在于让罗斯取酒，因为她装作不喜欢酒。我在洞里对动物做的实验将有结果了，没人会在冬天想着去那儿。我会劈一些柴禾，来解释我的时间都用来干什么了。劈上一两小捆柴禾就可以唬住他。

1月20日——这活儿比我想象的难。关键在于各种成分的比例要十分精确。那些东西是从蒙特利尔订购的，但我还要再订购一些精确度较高的天平和一个乙炔灯。下面村里的人已经开始好奇了。希望快递公司不在斯蒂恩怀克的商店。我在到洞前池子里喝水、洗澡的麻雀身上尝试了各种混合物——把混合物溶化在池子里。有时把麻雀弄死了，有时麻雀又飞走了。很显然，我错过了看一些重要的戏。我想罗斯和那个自大狂正好利用我不在的这段时间——但我可以由着他们。我最后一定会成功的。

2月11日——终于制成了！今天在小池子里投了一份新制的混合物——充分溶化了——第一只来喝水的鸟像被枪击毙似的倒了下去。过了片刻我把它捡起来，它成了一件完美的石像，连最小的爪子和羽毛都石化了。它仍保持着喝水的姿势，肌肉没有一丝变化，所以一定是这种物质一进入它的胃，它便死了。我没料到会石化得这么快。但用一只小麻雀并不能准确测试出这种东西在一个大型动物身上的效果。我必须找更大的动物来测试，当我在那两个贱人身上用这种东西时，它的剂量必须合适。我觉得罗斯的狗雷克斯可以用来测试。下一次我要把它带过来，然后就说有一只大灰狼吃了它。她很在乎这只狗，在算总账前我不会介意对着她抽噎两下。我必须留意我保管书的地方。罗斯有时会到那些最奇怪的地方四处查探。

2月15日——越来越暖和了！在雷克斯身上做了实验，只用了两倍的剂量，药便像魔术一样起作用了。我修理了石头池子，让雷克斯喝水。它像知道喝了什么奇怪的东西，毛发竖立着、咆哮着，但它还来不及转头，已经变成了一尊石像。用给人的剂量应该再强一些，人比狗要强壮得多。我想我已经掌握了怎么配制这种东西，我准备对付惠勒那个“狗杂种”。这东西似乎无味，但为确保万无一失，我打算用我在屋里酿的新酒给它调调味。希望它真的是无味的，这样我就可以把它放在水里给罗斯喝而不用竭力地劝她喝酒了。我要分别对这两人下手——在外面山洞里对惠勒下手，在家里对罗斯下手。我刚配制好一份效力更强的药，并把洞前奇怪的东西全部清走了。当我告诉罗斯一头狼吃了雷克斯时，她哭得像只狗崽，惠勒则不停地安慰她。

3月1日——赞美主！我终于逮着了那个该死的孙子！我告诉他在这条路上发现了新的易碎的石灰岩层，他像一只黄毛杂狗似的跟着我一路小跑。我在山脊上放着一瓶用酒调了味的东西，我们到了这儿后他很乐意痛饮一顿。他连眼睛都不眨便咕咚咕咚地喝了下去——接着，还没数到三，他便倒了下去。但他知道我报了仇，因为我对他做的鬼脸，他看到了。我看到当他倒下去时，他脸上那种恍然大悟的表情。两分钟后，他变成了坚硬的石头。

我把他拖到了洞里，把雷克斯的躯体又放到了外面。那只毛发竖立的狗可以把人们吓走。逐渐到了春猎的时候，而且还有一个叫杰克逊的该死的肺结核患者住在山上的小屋里，常常在雪地里到处瞎逛。我还不想我的实验室和储藏室被发现！我回家后告诉罗斯，惠勒在村里看到一份电报要他立刻回家。我不知道到她相信不相信，但没有关系。出于形式，我把惠勒的东西打包好，带到了山下，告诉她我打算把这些东西给他用船运过去。我把它们放在了荒芜的拉佩耶的一口枯井中。现在轮到罗斯了！

3月3日——没办法让罗斯喝酒。我希望那东西味道足够淡，放在水里不会引起注意。我试过放进茶和咖啡里，但它形成了沉淀，所以不能用这种方式。如果把它放水里，就得减少剂量，就得靠较为缓慢的变化。中午霍格夫妇顺便来访，我努力把话题从惠勒的离开转移了。村里人人都知道没有电报发来，如果我们说他被叫回了纽约，而且不是坐汽车离开的，显然无法说通。该死的罗斯显得对整个事情十分怀疑。我不得不和她吵起来，把她锁在阁楼上。最好的办法就是让她喝下掺了那东西的酒——如果她能让步，就太好了。

3月7日——开始对付罗斯了。她不肯喝酒，所以我用鞭子抽她，把她赶上了阁楼。她再也不会活着下来了。我把一盘子咸面包和咸肉及一桶掺了少许药剂的水递给她，一天两次。咸的食物会使她喝大量的水，不久就会发生反应。我不喜欢我站在门边时她大叫着惠勒的样子。其余时间她完全安静。

3月9日——真奇怪，这东西在罗斯身上起效得这么慢。我得让药效强一些——我一直给她吃盐，她可能根本尝不出有药。好吧，就算这种方法对她无效，还有许多其他方法可以用。但我想把这个美好的雕像计划进行到底！今天早上我去了洞里，那儿一切正常。有时我听见罗斯在头顶天花板上走动，我感到她的脚步越来越拖沓。那东西一定起作用了，但是太慢了。药效不够强。我要使剂量能快速石化。

3月11日——非常奇怪。她还活着，还在动。星期二晚上我听见她妄图从窗户爬出去，便上去给了她一顿皮鞭。她看着很生气，但并不很害怕，眼睛肿胀。但是她根本不会从那样高的地方落到地上，而且也没有地方可以爬下去。那天晚上我做了梦，因为她在上面又慢又拖沓地走动，让我神经不安。有时我觉得她在开门锁。

3月15日——还活着，尽管剂量一直加强。感觉有些地方不对劲。她现在开始爬了，不能走了。但她爬着的声音很恐怖。她还把窗户弄得吱吱响，笨手笨脚地弄门锁。如果继续这样，我就要用皮鞭把她抽死。我困得厉害。我想罗斯是不是已经有所警戒了。但她肯定一直在喝那东西。我这犯困不太正常——我觉得是压力太大的原因。我困了……

（这里的字迹潦草、难辨，接着字迹变得更有力了，显然是女性的笔迹，字迹显示精神极度紧张。）

3月16日——凌晨4点——这是将死的罗斯·C.莫里斯添加的。请通知我父亲，纽约市山顶区2号公路的奥斯本·E.钱德勒。我已经读了这个畜生写的东西。我早就肯定是他杀害了亚瑟·惠勒，但看了这本可怕的笔记我才知道他是怎么杀害他的。现在我知道我躲过了什么。我发现水有怪味，所以喝了一口之后就再也没喝了。我把水全倒到了窗外，抿了一口我就已经半身瘫痪了，但我还能走动。口渴实在让人难受，但是我尽量少吃咸食物，我把这上面存放的一些旧锅盘放在屋顶漏水的地方能接一点水。

下过两场大雨。我觉得他在下毒害我，但我不知道是什么样的毒药。他写的那些关于我和他的事全是谎话。我们在一起从没开心过，他会给人施魔法，我感到我嫁给他是因为他对我施了一种魔法。我猜他对我和我父亲都催眠了，因为我们怀疑他与魔鬼做一些黑暗的交易，所以一直厌恶他、害怕他。我父亲说他是魔鬼的亲戚，我父亲说得对。

没有人知道作为他的妻子我都经历了些什么。那不是平常简单的残暴——但是上帝知道他是多么残暴，他经常用皮鞭抽我。这是这个年代任何人都根本无法理解的。他是一个怪物，举行着他母亲的族人流传下来的各种邪恶的仪式。他想让我帮他做这些仪式——我不敢，哪怕只是想想这些仪式是什么都让我害怕。我不肯，他就打我。把他要我做的事说出来真是亵渎神明。我能说的是从那时候起他就是一个杀人犯了，因为我知道有一晚他在雷山上祭献了什么。他一定是魔鬼的亲戚。我有四次试着逃跑，但都被他抓住并狠打。而且，他某种程度上能支配我的思想，甚至能控制我父亲的思想。

关于亚瑟·惠勒，我没有任何可感到羞耻的。我们确实彼此喜欢，但我们的爱是磊落的。自从离开我父亲后，他第一次给了我父亲曾给予我的关爱，并打算帮我逃出这个恶魔的手掌。他和我父亲谈过几次，并打算帮我逃往西边。我离婚后我们就会结婚。

自从那个畜生把我锁在阁楼后，我便计划逃出去杀了他。整晚我都留着那毒药，万一逃出去时发现他睡着，我要让他喝下去。刚开始，我一弄门锁或者试探窗户边的情形，他就会立马醒来，但后来他越来越累，鼾声越来越响。我总能根据他的鼾声判断出他已睡着。

今晚他很快便睡着了，我用力开锁，也没把他吵醒。我现在半身已经瘫痪，下楼很困难，但还是下来了。我发现他在这儿趴着桌子睡着了，灯亮着，他一直在桌子旁写这些东西。屋角放着他经常打我的那根长皮鞭。我用皮鞭把他捆在了椅子上，这样他便一动也不能动了。我抽打他的脖子，这样我可以把任何东西从他喉咙灌下去，而他却不能反抗。

就在我要完成时，他醒了过来，我猜他立刻明白我对他做了什么。他大叫着说出一些可怕的话，试图念一些神秘的咒语，但我从水槽里拿了一条洗碗布堵住了他的嘴。然后我看到了他一直在记东西的这个本子，于是停下来读它。我既震惊又害怕，几乎晕了四五次。我的脑子接受不了这些东西。之后我稳住情绪，和这个畜生谈了两三个小时。我对他和盘托出了我给他做奴隶的这些年来想对他说的一切，以及我对这本子里所说的这些可怕的事的想法，还有我必须做的许多别的事。

我说完后，他的脸气成了黑紫色，我想他已经有些神经错乱了。接着，我从碗柜里找了个漏斗，把他嘴里的洗碗布取出后，塞了进去。他知道我要做什么，但是没用。我已经把那桶毒水拿了下来，毫不犹豫地往漏斗里倒了足足半桶。

这个毒药的剂量一定很强，我看见这个畜生几乎立刻僵硬了，变成了呆滞的石灰色。十分钟后，我知道他已完全变成了石头。我不想摸他，但是当我把锡皮漏斗从他嘴里拔出来时，发出了一声可怕的哐当声。我本希望让这个魔鬼的亲戚死的过程更痛苦、更漫长一些，这本是他最应得的死法。

没什么好说的了。我已经半瘫痪，亚瑟死了，我也没什么好活的了。把这本子放在一个能被发现的地方后，我会喝下剩下的毒药，结束这一切。一刻钟后，我将变成石像。我唯一的愿望是，当有人在那个山洞发现亚瑟的石像时——这个畜生把它留在了那儿——把我埋在亚瑟的石像旁。可怜、轻信的雷克斯应该躺在我们的脚边。我不管被绑在椅子上的这个石头恶魔将会面临什么……

博物馆惊魂

1

第一次去罗杰斯的博物馆时，斯蒂芬·琼斯仅怀着怠惰的好奇。曾有人告诉他，南沃克街[1]河对岸有个诡异的地下室，那里的蜡像远比曾在杜莎夫人蜡像馆展出过的最骇人的雕像可怖。于是，四月的一天里，他决定去那儿亲眼看看，是否能见着什么让人兴致落空的东西。出乎意料的是，那里并没有让他失望。总之，他在那里察觉到了出奇的异样。诚然，展品中有一些老生常谈中血腥的画面——蓝胡子[2]、克里平医生[3]、德默斯夫人、里奇奥[4]、简·格蕾[5]、无数因战争和革命致残的受害者，以及诸如吉尔斯·德·莱斯[6]和萨德侯爵之流的恶魔——但除此之外，他还发现了其他令他喘不过气的东西，因此一直在此逗留到了闭馆时分。能陈列出这般藏品的男子，绝非什么平平无奇的江湖骗子，藏品之中蕴藏出甚至有些病态的想象力。

之后，他仔细研究了这个叫乔治·罗杰斯的男子。他曾是杜莎夫人

---

[1] 南沃克街：位于泰晤士河边的历史名区，邻近伦敦市内的多个标志性建筑，如南岸艺术中心、英国议会大厦等。

[2] 蓝胡子：法国诗人，姓名不祥，曾连续杀害自己的历任妻子。

[3] 克里平医生：霍利·哈维·克里平，疑似毒死并肢解了自己的妻子。

[4] 里奇奥：玛丽女王的秘书，在荷里路德宫中被女王的第二任丈夫达恩利勋爵以极其残忍的手段杀害。

[5] 简·格蕾：英格兰第一任女王，16岁时在伦敦塔下被玛丽女王处死。

[6] 吉尔斯·德·莱斯：英法百年战争期间任法国元帅，退役后沉迷炼金术，为此曾将上百名儿童虐待致死。

蜡像馆的员工，但曾经惹过一些麻烦，因此被解雇了。在人们口中的恶评里，他是个神志不清的人，有着疯狂的神秘崇拜——虽然之后他的地下博物馆大获成功让批评声收敛了些，但另一些流言又盛行起来。他热衷于畸形学和梦魇场景的肖像学，收藏了一些极度惊悚的雕像，连他都有自知之明，把这些雕像摆在仅对成人开放的展区。就是在这个展区，琼斯大开眼界。其中有些物种杂交而成的生物形象，只存在于想象中，通过恶魔般的雕琢和生动到瘆人的着色技巧来展现。

雕像中有一些耳熟能详的神话人物——戈耳工三姐妹[1]、喀迈拉[2]、恶龙、库克罗普斯[3]，以及它们那些令人胆战的同类；另一些则是根据暗中流传的地下传说中的形象雕塑而成的——漆黑无形的撒托古亚、触须密布的克苏鲁、长着长鼻子的夏乌戈纳尔·法格恩[4]，以及从诸如《死灵之书》《伊波恩之书》或是冯·琼兹特的《无名祭祀书》[5]那样通篇渎神谣言的书中提取的形象。但最可怕的还要属罗杰斯亲自创作的雕像，从没有哪个古老的传说胆敢描绘那样的场面。其中有好几件都是基于我们所知的生物做出的极为恐怖的创作，另一些似乎是基于对银河系外生物的狂热幻想。克拉克·艾什顿·史密斯的画作中也许出现过相似的场景——但没有哪一件画作像这些展出的雕像一样，可以在特殊的灯光下，凭借其庞大尺寸和鬼斧神工，营造出一种强烈的、令人心生抵触的恐怖效果。

斯蒂芬·琼斯在奇特艺术方面算是个很在行的鉴赏家，他在博物馆拱形展厅后面昏暗的工作室里见到了罗杰斯本人。这是一间阴森的地下室，狭窄得像缝隙的窗户在砖墙上水平排开，与隐秘庭院中古老的鹅卵石地面齐平，光线隐约透过灰蒙蒙的窗玻璃照进来。罗杰斯就在此养护

---

[1] 戈耳工三姐妹：希腊神话中的三位蛇发女妖，是海神的女儿。

[2] 喀迈拉：吐火的怪兽，形如银鲛。

[3] 库克罗普斯：宙斯手下的三名独眼巨人之一，协助宙斯制造闪电。

[4] 夏乌戈纳尔·法格恩：克苏鲁神话体系中的旧日支配者之一，也被称为“象之神”。

[5] 都是克苏鲁神话体系中的虚构魔法书。《死灵之书》是阿拉伯的疯狂诗人阿卜杜拉·阿尔哈萨德写成的虚构图书，传言会对阅读者的身心产生极其恶劣的影响。《伊波恩之书》记载着被人类遗忘的阴晦传说。

雕像，有时也会在此直接进行创作。长椅上摆放着奇形怪状的蜡制手臂、腿、头和躯干，置物架上散落着凌乱的假发、恶魔般的牙齿和呆滞的眼球。各式服装晾在挂钩上，其中壁龛里有一大块肉和一些颜料块，架子上摆满了各种各样的油漆罐和刷子。房间中央有一个巨大的熔炉，用于熔化浇筑雕像用的蜡块，火箱顶部有一个铰连的巨大铁壶，只要手指轻轻一碰，就能把熔化的蜡从壶口中倒出来。

除此之外，这个昏暗的地下室里还有些难以描述的东西——它们是精神错乱时看见的幻象中各个独立的部分。房间的一头有一道厚重的木门，被一道漆着奇异符号的异常沉重的挂锁锁上了。琼斯曾读过《死灵之书》，因此认出了这些符号，不由得浑身战栗。他猜想，这位展馆的负责人肯定在黑暗可疑的民俗领域有着令人不安的渊博学识。

与罗杰斯的对话同样令琼斯惊诧。眼前这个男人又高又瘦，蓬头乱发，他那苍白而毛发丛生的脸上，一双又大又黑的眼睛投射出令人焦灼的目光，直直凝视着自己。他并不反感闯进工作室里的琼斯，反倒很高兴有机会向一个气味相投的人倾诉自己的心事。他的声音中有着独特的深度和共鸣，紧紧压制着他的狂热。许多人认为罗杰斯疯了，对此琼斯并不感到奇怪。

过去几周里，琼斯不停地与罗杰斯通话，对方变得越来越健谈，他的话听起来也越来越可信。一开始，罗杰斯总在暗示自己的信仰和反常行为背后的合理性，后来这些暗示扩展成了故事——尽管有一些诡异的照片可以作证——但它们听起来夸张得有些可笑。六月的一天晚上，琼斯带着一瓶上好的威士忌，有些随意地登门拜访，那正是他们之间疯狂对话的开端。此前他已经听过足够疯癫的故事了——大多关于前往西藏、非洲腹地、阿拉伯地区沙漠、亚马逊流域、阿拉斯加以及太平洋中鲜为人知岛屿的神秘之旅，此外他还声称自己读过一些真假参半的怪诞书籍，如《纳克特抄本》的片段，以及邪恶的《巨噬蠕虫赞歌》[1]等，但这一切都没有六月的那个晚上，威士忌的魔力中发作的罗杰斯更让人

[1]《纳克特抄本》是克苏鲁神话体系中的魔法书，据称是地球上现存最古老的书籍。《巨噬蠕虫赞歌》是克苏鲁神话体系中献给巨噬蠕虫的赞歌。巨噬蠕虫是克苏鲁神话体系中的上级独立种族。

刻骨铭心地感到疯狂。

简而言之，罗杰斯开始含糊地吹嘘他发现了一些从未在自然界中被发现过的东西，并且还带回了证据。根据他醉酒后的长篇大论，为了研读那些抽象而原始的书籍，他去了人类从未到达的地方，并按照书中所写去了更偏僻的秘境，探索隐居至今的奇异生物——它们有永世长存的生命力，诞生之时比人类历史更加久远，并在特定情况下可以与异次元和异世界建立联系，与那些在史前就被遗忘的世界沟通。琼斯对他能凭空产生这样的幻想感到诧异。罗杰斯曾有过怎样的心路历程？杜莎夫人蜡像馆怪诞且病态的工作环境是他想象力飞驰的开端吗？或者这就是他与生俱来的倾向，而他对职业的选择仅仅是这种倾向下的必然结果？但无论如何，他的工作与他的观念密切相关。即使现在看来，他关于成人展区中最黑暗的梦魇的暗示并没有错。他不顾嘲笑，竭力告诉人们并非所有魔幻的怪事都是人类伪造的。

琼斯直言不讳地嘲笑了这些虚妄荒诞的言论，打破了罗杰斯对他日益增长的好感。显然，罗杰斯对他所说的一切都是认真的；他变得郁郁寡欢，愤愤不平，而他之所以还能够继续容忍琼斯，只是因为他有一种执拗的冲动，要挑战琼斯那彬彬有礼且自鸣得意的怀疑。罗杰斯无休止地讲那些疯狂的故事和关于祭祀无名上古神祇的事，时不时把客人带到屏风后面一个渎神的可怕空间里，并指出雕像中一些即使是最优秀的人类工艺也难以刻画出的特点。琼斯知道主人已经不再尊重自己了，但出于迷恋还是频频来访。有时，他假装同意罗杰斯的疯狂构想，以讨主人欢心，但罗杰斯很少被他骗到。

九月下旬，两人间的紧张局势一触即发。一天下午，琼斯又一次在博物馆可怖而熟悉的昏暗走道里漫步，突然听到罗杰斯的工作室里传来奇怪的声响。不仅是琼斯，在场的其他人也听到了。回声在巨大的拱形地下室里飘荡，他开始紧张起来。博物馆里的三个侍从面面相觑；其中一个侍从肤色黝黑，沉默寡言，长相酷似外乡人，在罗杰斯手下当修理工和助理设计师。他古怪的微笑似乎让其他两人感到困惑，琼斯敏锐地觉察出一丝令他非常不快的气息。这声音是狗的哀号，而且必定是在极度的恐惧和痛苦中才会发出这样悲哀的声音，包含着撕心裂肺的狂躁，骇人听闻。博物馆异常怪诞的氛围，又使它丑恶倍增。琼斯记得博物馆是不允许狗进入的。

他顺着声音来到罗杰斯的工作室门前，正打算进去的时候，那个皮肤黝黑的侍从把他拦了下来。“罗杰斯先生出去了，他吩咐过我们，他不在时谁也不能进去。”他用略带口音的腔调解释着，语气温和，暗含一丝歉意和嘲讽，“至于那声惨叫，毫无疑问是从博物馆后面的院子里传来的。这一带到处都是杂种流浪狗，它们打起架来有时声音大得吓人。博物馆里是绝不可能有狗的。但琼斯先生若想见罗杰斯先生，可以在闭馆前来找他。”

于是琼斯登上古老的石阶出了博物馆，在外面的街道上好奇地打量着这片肮脏的街区。街道上倾斜的破旧建筑确实非常古老，它们曾经是住宅楼宇，现在基本都改造成了商店和仓库。其中一些有山形墙的建筑的历史可以追溯到都铎王朝[1]时期。整个地区隐隐弥漫着恶臭的瘴气。博物馆所在的阴暗房屋旁，有一个低矮的拱门，阴森的鹅卵石小径从门中穿过。琼斯沿着小径走着，隐隐期待能到达工作室后面的院子里，解开他心中关于狗的困惑。傍晚夕阳的余晖下，院子里朦胧昏暗，围墙比那些破旧不堪的老房子所在的街面更加丑陋，透露着更加难以捉摸的险恶。这里一条狗也没有。琼斯想知道，如此疯狂的厮杀怎么会在这么短的时间里消失得一干二净。

尽管侍从说过，博物馆决不允许狗进入，琼斯还是紧张地往地下室的小窗里看了一眼——狭长的、几乎与地面齐平的窗框紧贴着杂草丛生的小道，肮脏的窗玻璃像瞪圆的死鱼眼睛一样令人生厌。窗户左边有一段破烂不堪的台阶，通向一扇闩紧的门。琼斯心中有一种冲动，叫他蹲在潮湿的碎鹅卵石路上往里看，但又担心自己够不着挂在长绳上的厚重绿色窗帘，无法将它拉开。玻璃外侧积了厚厚一层灰，他用手绢擦干净后，发现窗帘并没有挡住他的视线。

[1] 都铎王朝（1485—1603年）：亨利七世入主英格兰后开辟的第一个王朝，直到伊丽莎白女王去世为止。

地下室里太暗了，几乎什么都看不清，琼斯依次透过每扇窗户向里望去，古怪的工具陆续出现在他眼前。地下室里似乎很明显没有人；然而，当他从最右边靠近院子入口处的窗户往里看时，他看见公寓的另一头有一道亮光，于是便困惑地停了下来。这道光出现得毫无道理。那本就是房间的内侧，而琼斯也没见过房间的那个角落附近有任何可以燃烧的汽油或用于照明的电子设备。琼斯又看了一眼，这道光的形状是一个竖直的长方形。他想起那扇挂着异常沉重的大锁的厚木板门正是在那个角落，门从来没有打开过，上面潦草地涂画着远古禁忌魔法记录中被抹去的可怕符号。这扇门现在一定被打开了——而门内摆放着一盏灯。他从前对门通向何方、门后面藏着什么东西的种种猜测，现在都伴随着极度的不安再度复苏了。

琼斯在这片灰暗的街区漫无目的地踱步，快六点的时候回到博物馆内找罗杰斯。他无法解释为什么他会那么想在这个时候见到罗杰斯，但一定是潜意识里有所担忧：牵挂着可怕的狗叫，亦牵挂着那扇总是紧闭的门内透出的亮光。当他回到博物馆时，侍从们正要离开，他觉得奥拉布纳——那个黝黑的异乡人——正用一种狡猾的目光窃喜地打量着他。尽管那个家伙在他的主人面前也经常这么做，琼斯仍然感到不适。

年久失修的拱顶展厅阴森可怖，琼斯快步穿过，敲了敲工作室的门。过了很久，房间里才响起脚步声。琼斯再次敲门后，里面终于传出开锁的声音，古老的六格门不情愿地吱嘎作响，门后是身躯疲惫但眼神放光的乔治·罗杰斯。显然，这时这位展览者的情绪已经很不寻常。他的欢迎中夹杂着一阵别扭的不情愿和幸灾乐祸，他的谈话立刻转向了那些最丑恶且难以置信的夸张故事。

尚存的古老神灵——无名的牺牲者——壁龛里非人所作的恐怖作品——又是那一通大话，但这次罗杰斯的语气却特别自信。琼斯想，这可怜的家伙显然被他自己的疯狂所折磨。罗杰斯时不时偷偷瞥向房间尽头上锁的沉重木门，或是看看木门前不远处的粗麻布袋。麻布袋里面似乎躺着什么东西。时间一分一秒地过去，琼斯越来越紧张，开始犹豫是否要提及他原先急着要告诉罗杰斯的下午发生的怪事。

罗杰斯那阴森又洪亮的低音，在狂热的漫谈中几乎要炸裂。

“你还记得吗！”他吼道，“我跟你提过印度支那地区有个被毁的城市，就是丘丘人[1]生活的地方？即使你以前觉得黑暗中的长方体漂浮物是我做的蜡像，但当你看完这些照片，就不得不承认我确实到过那里。如果你像我一样，亲眼看见它在地下水池里扭动……

“这里还有一个更大的。因为我想在发表有关它们的任何言论之前，先亲自弄清楚是怎么回事，所以从没告诉过你。当你看到这些照片时，你就会明白，我是没办法伪造这样的地理景观的，而且我还有其他办法证明这绝不是我的蜡像作品。由于实验的原因，我不能把它放进展厅里，所以你从未见过它。”

他用怪异的眼神瞥向了那扇木板门。

“这一切都与《奈克特抄本》第八卷所说的那个漫长的仪式有关。当我弄明白时，发现它其实只有一个意思。在人类出现之前，在洛马尔大陆出现之前，北方世界已经有生灵存在，而我发现的就是其中之一。它引领我们一路到达阿拉斯加，从莫顿堡北上到达诺塔克河，我们知道它就在那里。那里有大片大片的独眼巨人遗迹。虽说遗迹比我们期望中要少些，但毕竟过了300万年，我们能有多大的期待呢？爱斯基摩人的传说不都朝着正确的方向发展了吗？我们找不到愿意和我们同行的家伙，只好坐雪橇回到诺姆[2]。在那种气候条件下，奥拉布纳的状态很不好——他变得闷闷不乐，十分恼人。

“我一会儿告诉你我们是怎么找到它的。当我们把废墟中央桥塔上的冰炸掉后，像预想中一样出现了一道楼梯和一些雕像。带着美国佬进去也不碍事。奥拉布纳颤抖得像枝头的叶子——你看他现在这副趾高气扬的样子，绝对想不出他当时的模样。他知道很多关于古老传说的事，所以感到害怕。阳光照不进这里，但我们的火把已经够亮了。我们看到了几百万年前先驱者的遗骸，那时这里的气候还十分温暖。有些骨头的形状你简直无法想象。在地下第三层，我们见到了一个象牙宝座，上面

[1] 丘丘人：克苏鲁神话体系中的虚构种族，属于下级仆从种族。

[2] 诺姆：阿拉斯加的城市。

的东西传达了巨大的信息——我不妨告诉你，宝座上不是空的。

“宝座上的那个东西一动不动——我们知道它是用于滋养神灵的祭品，但当时并不想吵醒它。最好先把这个宝座送到伦敦去。我和奥拉布纳回到地上去取大箱子，但打包完毕后，我们没法把它搬到地上去。这里的阶梯不是为人类设计的，我们的行进非常困难。总之，这个宝座非常重。我们必须叫美国佬来把它抬出去。他们并不急着进来，不过最危险的东西已经安然无恙地装进箱子里了。我们告诉他们这是一批象牙雕刻品——它们都是考古材料；他们看到象牙王座之后，大概都相信了。奇怪的是，他们并没有怀疑我们隐藏了其他财宝，也没有要求分享。后来他们一定在诺姆地区说了些怪异的故事；即使有象牙宝座那样珍贵的宝藏，我们都不确定他们是否还会回到那片废墟中去。”

罗杰斯停顿了一下，在桌上摸索了一阵，拿出一个装了一叠大照片的信封。他拿走其中一张，面朝下放在桌上，把剩下的递给了琼斯。照片中的场景确实奇怪：冰雪覆盖的山丘，狗拉的雪橇，穿着毛皮大衣的人，以及在皑皑白雪背景里巨大的废墟，轮廓的扭曲和石块的巨大都显得难以置信。有一个手电筒照亮的场景里，是一个不可思议的房间，里面有一些风格粗犷的雕像和一个奇怪的宝座，看尺寸绝不可能是为人类设计的。用巨型石砖砌成的高墙和奇特的拱顶上刻着一些符号，其中一些完全未知，另一些则是渎神的黑暗传说中提及的某些象形文字。王座上方隐现着一个可怕的标志，和挂着大锁的木板门上方墙上的标志完全相同。琼斯向紧闭的大门投去紧张的一瞥。这下毫无疑问，罗杰斯确实去过奇怪的地方，见过诡异的东西。然而，这张疯狂的室内照片确实可以轻易地伪造——只需要一点巧妙的布置，因此绝不能轻信。但是罗杰斯继续说：

“然后，我们一帆风顺地把箱子从诺姆运到了伦敦。这是我们第一次带回有希望复活的东西回来。我没有把它展示出来，因为它还有更重要的作用。它是神，需要祭品的滋养。当然，我不能为它带来像数百万年前一样的祭品了，那些生物已经不复存在了。不过总有其他办法——你懂的，血就是生命之源。只要在适当的条件下提供人类或动物的血，我们甚至可以召唤到比地球更古老的生命和元素。”

讲述者脸上的表情变得狰狞起来，琼斯坐在椅子上，不由分说感到坐立不安。罗杰斯似乎注意到了这位客人的紧张情绪，展露出万般邪恶的微笑。

“自我去年得到这个宝座后，我一直在尝试各种各样的仪式和祭祀。奥拉布纳没有提供太大帮助，他总是反对唤醒宝座的主意。也许是害怕它将带来的后果，他一直很讨厌这个宝座。他总是拿着手枪保护自己——傻瓜，装得好像人类的手段能对付得了它似的！他要是敢在我眼前拔出手枪，我非掐死他不可。他想让我把它杀掉，做个雕像。但我坚持我的计划，就算有像奥拉布纳那样的懦夫和像你这样该死的窃喜的怀疑者，我也要实现它，琼斯！我已经举行了一些仪式，也贡上了祭品，上周这一切终于有了转机。它接纳了我的祭品！它享用了我的祭品！”

罗杰斯舔了舔嘴唇，琼斯则吓得浑身僵硬。展馆的主人不再说话，起身穿过房间，走到那个引人注目的粗麻布袋前。他弯下腰，提起袋子的一个角，又继续说下去。

“你的嘲讽我已经听得够多了——现在你该明白了。奥拉布纳告诉我，你今天下午在这里听到一只狗尖叫。你知道它意味着什么吗？”

琼斯回过神来。尽管他很好奇，但比起进一步靠近谜团，他还是更希望能活着逃出去。但罗杰斯已经下定决心，掀开了麻布。麻布下面躺着一团被碾得粉身碎骨、看不出原形的东西，琼斯难以辨认它是什么。它曾是什么生物吗？它被压扁了，吸干了血，身上被刺穿了上千处，残缺不堪，骨骼畸形。下一秒琼斯突然反应过来——这是一只狗的遗体，也许是一只相当大的白狗。此刻它的样子丑恶扭曲至极，无法辨认出是什么品种。大部分的毛发被刺鼻的酸腐蚀掉了，失去血色的皮肤裸露在外，千疮百孔。无法想象它经历了怎样的酷刑，才会残破到如此地步。

琼斯心中生出极度纯粹的厌恶，比对罗杰斯日益增长的厌恶都更加强烈。他大惊失色，大叫一声跳了起来。

“你这个该死的虐待狂——你这个疯子——做这种事居然还敢和一个体面人这样说话！”

罗杰斯放下麻布袋，对这位冲着自己大吼大叫的客人恶狠狠地冷笑了一声。他保持着做作的平静说道：

“蠢货，你以为我为什么要这么做？快承认吧，从局限于我们人类的角度来看，这结果并不美好。它是什么？它不是人，也不会自称是人。牺牲仅是一种奉献。我把狗献给了它，至于会发生什么，那都是它的事，与我无关。它需要祭品的滋养，有它自己的进食方式。你来看看它究竟是什么样子。”

当琼斯还犹豫着站在原地的时候，演讲者回到了他的桌前，拿起那张面朝下没有展示的照片，用好奇的目光意味深长地看着它。琼斯接过照片，麻木地看了一眼。不一会儿，客人的目光变得更尖锐，也更加专注，照片中的生物拥有极度邪恶的力量，产生了催眠的效果。当然，罗杰斯拍摄这梦魇般的一幕时，也曾一度灵魂出窍。这是一件来自地狱的天才之作，琼斯想知道若它被展出，公众将会作何反应。如此丑恶的东西根本不该有存在的权利——也许在它被造出的那一瞬间，创作者的精神就完全错乱，使他只能崇拜它，并以自己的牺牲献祭。只有头脑绝对清醒的人，才能抵抗这用心险恶的催眠，认清它是或曾是亵渎神明的病态畸形物种。

照片上的东西像是蹲着，或是以其他方式保持平衡，置身于在另一张照片里出现过的精雕细刻的宝座的复制品上。这个场景难以用人类的语言描绘，因为在神志清醒的人的认知中，从来没有出现过与之相似的事物。也许它代表的事物，与这个星球上的脊椎动物有着一定关联——尽管这一点不太能肯定。画面里大部分是一个独眼巨人，它蹲下时都将近奥拉布纳的两倍高度，就蹲在上述邪恶生物的旁边。仔细看的话，就会发现它有一些类似高等脊椎动物的特征。

它的躯干近似球体，有六根长长的弯曲的肢干，末端是如螃蟹般的爪子。身体上端附着一个球体，像冒出的气泡一样向前突出，三只鱼眼构成了三角形，灵活的鼻子足足一英尺长，侧面像鱼鳃一样鼓起；这就构成了它的头部。它身体的大部分被绒毛覆盖，乍一看像是皮毛，但仔细观察就会发现，那是浓密的黑色细长触须，每根触须尖端都有一张用于吮吸的嘴，像是无数的蛇头。在鼻子的头部和下方，触须往往较长较粗，并带有螺旋状条纹，仿佛传说中美杜莎脑袋上的蛇。要说这样一个生物脸上有表情，听起来似乎有些自相矛盾；然而，琼斯觉得，那凸出的鱼眼构成的三角形，那斜斜戳出的长鼻，分明与地球甚至是太阳系之外的其他情感混合在一起，透露着人类无法理解的仇恨、贪婪和残忍。他想，罗杰斯一定倾尽才华，把他错乱精神中的恶毒全都注入了这一件反常的兽性作品中去了。这东西实在是太不可思议了——然而这张照片证明了它真实地存在着。

罗杰斯打断了他的思绪。

“行了——你觉得怎么样？你想知道是什么压碎了狗，用上万张嘴把它吸干了吗？它需要营养——而且还将需要更多。它是一位神明，而按照现在的等级制度，我就是它的第一位牧师。啊！莎布·尼古拉斯！山羊子孙千万！”

琼斯怀着厌恶和怜悯的心情放下了照片。

“罗杰斯你清醒点，这是行不通的。你知道，做事总该有个限度。这项作品固然伟大，但它对你百害而无一利。最好不要再去看它了——就让奥拉布纳把它毁掉，忘掉它吧！让我把这张令人作呕的照片也撕了吧！”

罗杰斯咆哮起来，夺过照片放回桌上。

“你——你这个无知的混蛋！居然仍认为这是一个骗局！你还以为它是我造的，你以为我的蜡像只是没有生命的蜡块吗！该死的，你简直还不如蜡像！但这次我有证据了，你迟早会知道的！但现在不行，它刚用完祭品，正在休息——但你迟早会知道的。没错，就是这样——到那时你就不会怀疑它的力量了。”

罗杰斯向锁着的木板门瞥了一眼，琼斯从长凳上拿起了他的帽子和手杖。

“行吧，罗杰斯，这些我们以后再说。现在我必须走了，但明天下午我会打电话来。你最好仔细考虑一下我的建议，想想它是否明智。也听听奥拉布纳是怎么想的吧。”

罗杰斯则露出了他野兽般的牙齿。

“哦？这就要走了？毕竟你已经害怕得不行了吧！害怕为自己的妄言付出代价！你非要说这些雕像只是蜡制的，可当我证明它们不是蜡制的时候，你却要逃跑了。我敢拿我的身份打赌，你就像那些不敢在博物馆里过夜的家伙一样——他们来时以为自己足够大胆，但一个小时后就只会尖叫着拍打大门想要逃出来！你要我问奥拉布纳怎么想，是吗？你们两个总是和我作对！你们只是想阻止地球迎来由它统治的时代！”

琼斯保持着冷静。

“不，罗杰斯——没有人反对你。虽然我钦佩你的手艺，但并不害怕你的体魄。不过现在我们俩都有点神经兮兮的，我想休息一下对我们都有好处。”

罗杰斯再次挑衅正要离开的客人。

“不害怕，是吗？那你为什么急着要走？你说说看，你敢一个人待在这间黑暗的屋子里吗？如果你不相信我说的话，那有什么好紧张的？”

琼斯密切注视着罗杰斯，他似乎冒出了些新想法。

“怎么说呢，我并没有特别着急——但让我一个人待在这儿有什么好处呢？它能证明得了什么呢？我不想待在这里过夜，只是因为在这里睡觉不太舒服。这对我们俩有什么好处？”

这次琼斯也有了一个主意，他以和解的口气继续说下去。

“听着，罗杰斯，我刚问过你如果我留下来会怎么样，而我们都知道结果。这只会证明你的雕像只是雕像而已，你不应该让你的想象力像现在一样猖獗。假设我确实留下来过夜了，还一直坚持到早晨，你能答应我换一个全新的视角看待一切吗——出门度假三个月，让奥拉布纳销毁你的新作品行吗？说吧，你看——这样公平吗？”

博物馆馆主脸上露出了令人费解的表情。显然他的大脑正飞速运转着，在各种矛盾的情绪中，邪恶的念头终于占了上风。他哽咽着作出了回答。

“再好不过了！如果你能坚持到天亮，我就接受你的建议。但你绝对不能耍赖。等我们吃了晚饭回来，我就把你锁在陈列室里，然后回家。平时奥拉布纳会在大伙儿来前半小时到馆，但明早我会比他到得更早，来看看你过得怎么样。除非你确定你的怀疑的正确性，我劝你还是别这么做。其他人都退缩了——你也还有机会。我想你敲敲外面的门，就能招来治安巡逻官。过一会儿你可能就会不太喜欢它了——尽管不是在同一个房间，但至少你得和它待在同一栋楼里。”

他们从后门离开，来到昏暗的院子里。罗杰斯随身带着那个麻布袋，里面还躺着可怕的尸体。在院子中央有一个检修孔，罗杰斯轻轻打开孔盖，带着令人颤栗的熟悉表情，把麻布袋和里面的所有东西倒进这被遗忘的阴沟迷宫里。琼斯打了个寒颤，当他们走到街上时，他吓得想要躲开身边那个瘦削的身影。

他们约定分头吃饭，十一点时在博物馆门前见面。

琼斯招呼了一辆出租车，穿过滑铁卢桥到达灯火通明的海滨时，总算松了一口气。他选了一家安静的咖啡馆吃了晚饭，然后去波特兰家洗澡，之后又买了一些东西。他漫不经心地想着罗杰斯现在会做什么。他听别人说，那人在沃尔沃斯路有一幢又大又阴暗的房子，里面堆满了他不愿意展出的晦涩难懂的书籍、神秘的用具和蜡像。据他所知，奥拉布纳和他住在同一幢房子的不同区域里。

十一点钟的时候，琼斯发现罗杰斯已经在南沃克街的地下室门口等他了。他们没有过多交谈，但每句话中都隐约带着威胁的紧张感。他们一致同意，只要是拱形展厅内都可以作为守夜的场所，罗杰斯也没有强迫守夜者待在极度恐怖的成人展区里。馆主关掉了工作室内的开关，熄灭了博物馆里所有的灯，然后拿出一大串叮当作响的钥匙，锁上了地下室的门。他没有与琼斯握手告别，径直走出门去，随手上了锁，踩着破旧的台阶离开了地下室。罗杰斯的脚步声渐行渐远，琼斯意识到，漫长而乏味的守夜这就要开始了。

2

巨大的拱形地窖里一片漆黑，琼斯咒骂起把自己带到这里来的那股傻劲儿。开始的半小时里，他不时地打开口袋里的袖珍电筒，可是现在，光坐在黑暗中那张供来访者休息的长凳上就足够让人抓狂了。每次灯光亮起，就会照亮一些病态、怪诞的东西——断头台、无名的杂种怪物、长满胡须的凶恶面孔，或被封喉的尸体上流淌的红色液体。琼斯知道，这些东西并不是真实存在的凶险，但经过整整一个半小时，他实在是不想再看见它们了。

为什么要迁就一个自己几乎无法想象的疯子呢？如果只是对他不理不睬，或者干脆叫个心理专家来，事情就简单多了。琼斯心想，这也许就是一个艺术家对另一个艺术家的惺惺相惜。罗杰斯身上有过人的天赋，理应抓住一切可能的机会，摆脱日益增长的狂热。能创造出令人难以置信的栩栩如生作品的人，离成为真正的大师肯定不远。他拥有森姆[1]或多雷的想象力，又掌握了布拉奇卡[2]的精密科学工艺。事实上，他对梦魇的刻画，相比布拉奇卡精雕细琢出的彩色玻璃植物模型毫不逊色，他为勾勒噩梦世界所作出的贡献完全比得上布拉奇卡在植物学界的成就。

午夜时分，黑暗中传来远处时钟的滴答声，琼斯为这一点来自外部世界的声音感到欢欣鼓舞。博物馆的拱形大厅像一座坟墓，弥漫着令人窒息的孤寂和阴森可怖的气息。即使能有一只老鼠，琼斯也会为之欢呼；但罗杰斯曾夸口说过，出于“某些原因”，从没有老鼠甚至昆虫靠近过这个地方。这实在是太奇怪了，但似乎千真万确。这里有的只是死一般的寂静。要是有什么东西能发出声音就好了！他拖着脚步走着，回声从一片死寂中清晰地传来。他咳嗽了一声，断断续续的回响中含了些嘲弄的意味。他发誓决不自言自语，否则就意味着神经崩溃。时间过得

[1] 西德尼·森姆：维多利亚时期英国艺术家，擅长创作奇幻和讽刺艺术作品。

[2] 利奥波德·布拉斯卡、鲁道夫·布拉斯卡：捷克玻璃艺术家，因能用玻璃制作出花草等生物模型而闻名。

异常缓慢，令人不安。他敢说自从他上次点亮灯光之后，已经过去了好几个小时，但现在传来的却只是午夜的钟声。

他希望自己的感官不要那么敏锐。在黑暗和寂静中，它们似乎变得更加敏感，会对极其微弱的感觉做出反应，而这些感觉真假难辨。他的耳朵有时会在夜里肮脏街道上的哼声中，听见难以捉摸的微弱响动，他模模糊糊想起些不相关的东西，譬如天体的旋律，以及未知的、难以接近的异次元外星生命正在对人们施压。全都是些罗杰斯经常会想到的事情。

他眼前的黑暗中，有一些飘浮的光点，以奇特的对称方式运动着。他从未见过这样运动的光，时不时对这些从无底深渊发出的奇异光线感到奇怪，它们绝非来自地球上的光源。它们不像普通的光点那样，只是宁静而漫无目的地漂浮——反倒透露着与这个尘世任何想法都相去甚远的意志。

突然，琼斯感受到了奇怪的气息。所有门窗都紧闭着，尽管没有风，琼斯还是觉得空气中有一丝动静。无形的压力弥漫开来——虽然还不足以让人觉得身边潜伏着瘆人的魔爪。天气异常寒冷。琼斯感到不适。空气中飘着咸腥味，闻起来像在地下污水中发酵过，隐约带了点说不出的霉味。

白天他从来没注意过蜡像也有气味。即使是现在，这若隐若现的气息闻起来也像不是蜡像该有的味道，它更像是自然博物馆里标本散发出的微弱腥气味。考虑到罗杰斯总说神祇并非都是虚构的——事实上，很可能正因为这样，才会让人嗅到幻象。人们不该过度想象——不就是这些事情把可怜的罗杰斯逼疯的吗?

此时此刻，寂寞令人心生恐惧，远处的钟声听起来像是来自宇宙深渊。琼斯想起罗杰斯那张令人发狂的照片——房间里潦草地刻满了符文，里面有一个神秘的王座，据说位于北极人迹罕至的荒凉地区一处300万年前的废墟内。就算罗杰斯真的去过阿拉斯加，那张照片肯定也只是弄虚作假的布景。按照常理，不可能有某处本身就有那么多可怕的雕像和符文。居然认为王座上会有那样的怪物——真是异想天开！琼斯好奇这疯狂的蜡像是否近在咫尺——也许就藏在那扇沉重的、上锁的门后面，门则通向工作室外某处。但对蜡像念念不忘可不行。满屋子不都是这些东西吗？其中不也有可怕程度并不亚于“它”的吗？左边薄薄的帆布帘后就是成人展区，陈列了几个疯子般的无名幽灵。

一刻钟过去了，和琼斯在一起的无数蜡像让他越来越紧张。他对博物馆太过熟悉，因此即使在黑暗中，他也无法摆脱停止想象它们的样子。黑暗反而给记忆中的形象更添了令人不安的色彩：断头台似乎在吱吱作响；满面胡茬的杀妻凶手兰德鲁露出扭曲的威胁表情；德默斯夫人切断的喉咙里好像发出了可怕的冒泡声；树干上悬挂的无头无腿的尸体，试图靠向血淋淋的树桩，越靠越近。琼斯闭上眼睛，希望幻象尽快淡去，但都是徒劳。当他闭上眼睛时，那些仿佛带有意识的奇怪光点却变得更加显眼，让琼斯如坐针毡。

突然间，他试图留住他以前一直想摆脱的丑恶幻觉——因为它们正被替换成为更加丑恶的东西。他不受控制地回忆起那些在阴暗角落流传的渎神传说，感觉故事里的杂交物种正慢慢涌向他，蠕动着，将他团团围住。漆黑的撒托古亚流着涎水，从蟾蜍变成了蜿蜒的长龙，几百只脚正在生长，橡胶般的瘦削翅膀在夜间中展开，仿佛正要前去杀死守夜人。琼斯强忍着尖叫的冲动。他意识到自己正被孩童才会有的恐惧所困扰，于是决定用成年人的理智来清空杂念。他发现，点亮手电筒还是有帮助的。尽管眼前画面可怕，总好过黑暗中的臆想。

但这也有缺点。即使在手电筒的光照下，他仍然怀疑帆布帘后的成人展区里，有一丝鬼鬼祟祟的轻微颤动传出。他想起了帘子后面有什么，不禁打了个寒颤。他想起了犹格·索托斯——它不过是聚攒在一起的色彩斑斓的球体，但却意味着令人震悚的邪恶暗示。这该死的东西究竟是什么？它慢慢地向他飘来，撞在隔板上。帆布右侧有一小块凸起——那是格陵兰冰原上的神秘毛绒物种诺弗·刻[1]的尖角，它时而两脚着地，时而四肢前行，时而又用六条腿走路。为了忘掉这东西，琼斯举起点亮的手电，壮起胆走向地狱般的壁龛。他的恐惧都只是幻觉，然

[1] 诺弗·刻：克苏鲁神话体系中的虚构种族，属于上等独立种族。

而伟大的克苏鲁面部长长的触须是不是真的缓慢而阴险地摆动起来了？他只知道这些触须是可动的，但没想到他自己移动时造成的气流也能使它们动起来。

他回到外面的座位上，闭上眼睛，任对称的光点飘动。远处的钟沉沉地敲了一下。怎么可能才一点呢？他点亮手表盘里的小灯，发现正是这个时刻。等待早晨到来的时间格外难熬。罗杰斯会在八点前来，比奥拉布纳来得更早。在这段漫长的时间里，地下室外面虽是亮的，但是没有光能照进来。除了工作室里的三扇小窗外，地下室所有窗户都用砖封死了。总而言之，这样的等待真是糟透了。

现在，他耳中几乎全是幻听——他敢发誓，他听见工作室里紧锁的门后传来窸窸窣窣的沉重脚步声。他没有把这潜伏的魔物与罗杰斯口中的"它"联系在一起。这东西是一种精神污染——它把它的创造者逼疯了，仅是它的照片都能在脑海中唤起恐惧。它不可能就在工作室里——显然它在上锁的木板门之后。这些一定都是纯粹的臆想。

琼斯仿佛听见工作室里传来钥匙转动的声音。他打开手电筒，面前只有那扇古老的六格门。他再次在黑暗中闭上眼睛，但觉得好像有可怕的咯吱声向他涌来——这次不是断头台的声音，而是工作室的门慢慢地、偷偷地打开的声音。决不能尖叫，因为一旦尖叫起来，他就会迷失自我。可以听到轻微的脚步声，或是说拖着脚步的声音，正慢慢地靠近他。他必须克制自己。当大脑中充满无名幻象时，他不是也做到了吗？脚步声越来越近，他终于失控了。他没有尖叫，只是在刺激下大口喘息起来。

"谁？谁在那儿？你要做什么？"

没有回答，但脚步声还在持续。琼斯不知道他更害怕什么——是打开手电筒，还是留在黑暗中，任凭那东西爬到自己身上？他深刻认识到，这东西和今晚经历的其他恐怖不同。他的手指和喉咙开始痉挛，再也无法保持沉默，黑暗中的未知事物成了最不能忍受的恐惧。他又歇斯底里地喊了一声："站住！你是谁？"他打开手电筒。然后，他被眼前的景象惊呆了，扔掉手电筒，疯狂地尖叫起来。

黑暗中，一个身躯巨大、亵渎神灵的黑影拖着脚步向他走来，既不完全是猿猴，也不完全是昆虫。它的毛皮松松垮垮地垂在身上，仅有雏形的、皱巴巴的脑袋醉醺醺地摇晃着，目光死寂。它伸出张开的前爪，全身紧绷，面无表情。在尖叫声和最后的黑暗来临之后，它跳了起来，琼斯被压在了地板上，还没挣扎就昏死过去了。

琼斯昏厥的时间没超过一分钟，当他恢复知觉时，那个无名的东西正拖着他飞速穿过黑暗。他被它弄出的动静惊得彻底清醒过来，更确切地说是它发出的声音。那是人才会发出的声音，听起来很熟悉。必定是一个活人，在用嘶哑而狂热的嗓音吟唱前所未有的恐怖歌谣。

"啊！啊！"它嘶吼着，"我来了！哦！兰·提格斯[1]，我带着祭品来了。让您等候多时了，如今您将得到应许的祭品。他对您的怀疑比奥拉布纳更深。请您撕碎他吧！吸干他所有的疑虑，变得更强大吧！从今以后，他将带着您的荣耀永存人间。不朽且无敌的兰·提格斯，我是您的奴仆，您的大祭司。您饿了，我为您带来祭物。我按启示引导您。我供您以鲜血，您赐我以神力。啊！莎布·尼古拉斯！山羊子孙千万！"

眨眼间，所有恐惧像一件弃置的斗篷般被琼斯丢开。他必须面对眼前的危险，于是重新找回了理智。这不是奇谈中的怪物，而是一个危险的疯子。一定是罗杰斯穿着自己设计的丧心病狂的服装，要把他献祭给蜡制的邪恶神明。他一定是从后院进了工作室，穿上伪装的外衣，然后前来抓住这位动弹不得、惊恐万分的受害者。他力量惊人，想要打败他就必须尽快采取行动。考虑到这个疯子对自己的潜意识信心满满，琼斯决定趁他还没抓得太紧，出其不意地袭击他。琼斯感觉自己触到了门槛，正进入漆黑的工作室。

琼斯借着致命恐惧的力量，从被拖着的半卧姿势中跳了起来。他瞬间挣脱了这个吃惊的疯子的手，下一瞬间又幸运地跳进黑暗中，用手掐住了袭击者毛皮下古怪的喉咙。同时，罗杰斯又再次抓住他，两人还未来得及准备便陷入了生死搏斗的绝境。毫无疑问，琼斯平时的运动训练

[1] 兰·提格斯：克苏鲁神话中的象牙玉座之神，也是旧日支配者之一。

救了他一命；而那个疯狂的袭击者则摆脱了一切公平竞争、礼节，甚至自卫本能的限制，像是个用于野蛮破坏的机器，力大无穷如豺狼虎豹。

喉间的呜咽有时会打断黑暗中可怕的争斗。鲜血喷涌，衣服被撕破。琼斯终于摸到了这个疯子的喉咙，扯下了怪物的面具。他一言不发，竭尽全力保卫自己的生命。罗杰斯反抗着，脚踢、指挖、头顶、口咬、手抓——竟还有力气时不时喊出话来。他喊的多是些与“它”或“兰·提格斯”有关的祭祀用语，对神经紧绷的琼斯来说，这哭嚎声像是从远方飘荡来的恶魔的鼻息和嚎叫。战斗接近尾声，他俩在地上翻滚，撞翻了长凳，也许还撞在了中央熔炉的砖墙上。厮杀结束之前，琼斯都无法确定自己是否能活下来，但他幸运地抓住了机会——他用膝盖猛击罗杰斯的胸膛，对方失去了力气。过了一会儿，他才确定自己赢得了这场战斗。

琼斯虽然筋疲力尽，还是勉强站了起来，跌跌撞撞地寻找墙上的电灯开关——他的手电筒丢了，衣服也被扯走了大半。他拖着跛脚的对手踉踉跄跄地走着，生怕那疯子会突然醒来袭击他。在开关箱里，他摸索着找到了正确的手柄。凌乱不堪的工作室终于被照亮，他用能找到的绳子和皮带把罗杰斯捆起来。那家伙的伪装——或是说残余的伪装——似乎是用一种奇怪得令人费解的皮革制成的。不知为何，琼斯摸到它时浑身起了鸡皮疙瘩，似乎还闻到了莫名其妙的铁锈味。卸下伪装，里面的常服里挂着罗杰斯的钥匙圈，精疲力竭的胜利者一把抓住这通往自由前最后一道关卡的通行证。小窗户的窗帘都拉得严严实实的，琼斯就让它们保持原样。

他在洗手池里洗去搏斗后的血迹，穿上戏服挂钩上他能找到的最普通的衣服，尽管它极其不合身。他推了推院子的门，发现门是用弹簧锁锁住的，从内侧打开不需要钥匙，但他还是带着它们，确保能顺利离开——显然，他急需找到一个与此事无关的人。博物馆里没有电话，但找一家通宵营业的餐馆或药店想必十分容易。就在他正要开门离去时，房间另一头传来可怕的咒骂声。他知道那是罗杰斯——左脸上有一道又长又深的抓痕，并已经恢复了知觉。

“蠢货！诺斯·伊迪克的孽种，克苏鲁之流！阿撒托斯狂吠的狗儿子！你本能成为圣洁不朽的祭品，现在却背叛了它和它的祭司！当心——它已经饥饿难耐了！本该是奥拉布纳——那该死的狗杂碎准备背叛我们，我才给你成为第一个祭品的荣誉。你们都给我等着，没有祭司在，它可不会那么温和。

“啊！啊！复仇近在咫尺！你明白本可以长生不老吗？看看炉子里待燃的火种！看看水壶里待溶的蜡块！我会像对待其他存在过的生命一样对待你。嘿！你信誓旦旦地说这里所有的人像都是只蜡像，那你也变成蜡像去吧！炉子烧好了！等它吃饱了，你就会像你看到的那条狗一样被压扁刺穿，变成永垂不朽的碎片！有蜡就够了。你不是说我是个伟大的艺术家吗？我会用蜡填满你身上每一个孔！啊！今后全世界都能看见你支离破碎的尸体，并猜测我拥有怎样的想象力才能创作出这样一具尸体！嘿！奥拉布纳会紧随你之后，扩充我的蜡像藏品！

“狗杂种——你还认为我的蜡像都是假的吗？怎么没想到它们是标本？到现在你总该相信，我是真的去过奇异之境，带回了神灵吧！胆小鬼——我为了吓倒你，披上了跛行兽的外皮，而你永远不敢面对它——仅仅看到它活着，甚至只是想一想，你都害怕得要命！啊！啊！它正饥渴地等待着新鲜的血液！”

罗杰斯靠墙站起来，被捆绑着扭动起来。

“听着琼斯，如果我放你一马，你能放开我吗？必须由大祭司来照顾它。奥拉布纳也够它吃了——当他被用尽时，我将用蜡填满他不朽的尸体，让全世界欣赏。这本是你的荣誉，可你拒绝了。我不会再打扰你了。放开我吧，我会和你分享它的力量。啊！啊！伟大的兰·提诺斯！放开我！放开我！它正在门后挨饿，如果它死了，古老的力量就不复存在了。嘿！嘿！放开我！”

尽管馆主疯狂的癔病令琼斯反胃，他也仅是摇了摇头。罗杰斯发疯似地盯着上锁的木板门，一次又一次把脑袋撞向砖墙，紧紧绑住的脚踝奋力踢动。琼斯担心他伤到自己，便上前把他死死绑在固定物上。罗杰斯扭动着从他身边慢慢挪开，发出了狂乱的尖叫，叫声凄厉至极，骇人听闻，声音大到难以置信。人的喉咙不可能发出如此尖利刺耳的声音。琼斯觉得如果这声音继续下去，就不必打电话求救了。即使这废弃的仓库区附近没有能听见惨叫声的邻居，过不了多久巡逻警察也会赶来。

“哇咂诶！哇咂诶！”那个疯子继续叫嚣，“呀咔咔卟——咿，兰·提诺斯——克苏鲁——诶！诶！诶——兰诺斯，兰·提诺斯！”

这家伙被捆得紧紧的，在凌乱的地板上扭动身子，移动到上锁的板门前，开始用头猛烈地撞门。琼斯不想再去绑他一次了，他由衷地希望刚才那场打斗没有耗尽自己。这场暴力搏斗正要命地折磨着他的精神，先前黑暗中无名的不安又回来了。罗杰斯和博物馆里的一切都是如此邪恶、病态，让人联想到生命之外的黑暗景象！一想到他的鬼才蜡像杰作，就叫人厌恶，而它现在一定就在那扇紧锁的门后，潜伏在黑暗之中。

这时，发生了一件令琼斯脊背冰凉的事，使他的每一根毛发——甚至手背上的细小毛发——都因难以言表的模糊恐惧竖立起来。罗杰斯突然停止了尖叫，把头撞在结实的木板门上，竭力坐起，歪着头，好像在专心倾听什么。突然，他的脸上绽露出恶魔般的胜利笑容，他又开始说话了——这次是嘶哑的低语，与先前洪亮的嚣叫形成了怪诞的差异。

“听着傻瓜！给我听好了！它听见我的声音了，就要出来了。你没听见它离开房间尽头的水池水花四溅的声音吗？我把水池挖得很深，再好的东西献给它都不为过。它水陆两栖，你在照片上见过它的鳃了。它从铅灰色的尤格斯星来到地球，那里的城市都在温暖的深海之下。它在里头没法站起来——它太高大了，得坐下或蹲着。让我把钥匙拿出来——我们必须让它出来，在它面前跪下。然后我们会出去找一只狗或猫，或者一个醉汉，给它提供必要的营养。”

让琼斯陷入混乱的不是那个疯子说的话，而是他说话的方式。在那疯狂的碎语中，他那极端疯狂的自信和真诚极具感染力。在这样的刺激下，可以想象沉重的木板门后的魔鬼蜡像，必带有赤裸裸的威胁感。琼斯凝视着那扇注满邪念的门，尽管门这一侧没有暴力使用的痕迹，还是能注意到门上几处明显的裂缝。他想知道门后的房间或是壁橱有多大，蜡像又是如何摆放的。他有一个关于坦克和跑道的疯狂想法，但都和他其他的猜想一样符合常理。

一瞬间，琼斯突然恐惧到窒息。他无力的双手松开了捆绑罗杰斯的皮带，一阵颤栗使他从头到脚抽搐起来。他也许猜到过这个地方能把他逼疯成罗杰斯那样——现在他算是真的疯了。他疯了，因为他出现了比此前向他袭来的任何幻觉都更加荒诞的感知。那疯子曾命令他去听门外水池里怪物出水的声音——现在，他向上帝保证，他真的听到了！

罗杰斯看到琼斯脸上恐怖的痉挛，露出悚人的表情。他咯咯笑起来。

"傻瓜，你终于相信了！你总算明白了！你听，它来了！把钥匙给我，傻瓜——我们必须尊敬它，侍奉它！"

但无论是疯言疯语还是理智的话语，琼斯都已经注意不到任何人类的声音了。恐惧麻痹了他，使他动弹不得，几近昏迷，狂乱的影像在他不受控制的想象中变幻莫测。一声水花溅起，有一种像是衬垫拖地的声音，仿佛有巨大的爪子湿淋淋踩在了坚硬的地面上。有什么东西在靠近。噩梦般的木板门的缝隙里，恶臭喷涌而出，与摄政公园[1]动物园哺乳动物笼前的气味相似却不相同。

他不知道罗杰斯有没有在说话。现实世界从他的感官中消失，他仿佛成了一座受困于梦境中的雕像，这种幻觉是如此的扭曲，以至于现实变得遥远且与己无关。他似乎听到门外陌生的海湾中传来嗅探或是鼻息的声音，然后咆哮声突然侵袭了他的耳朵，那个被捆死的疯子在他游离的目光中晃动，琼斯无法确定这些声音是不是他发出的。那该死的蜡像形象仍在他的意识中飘浮。这东西没有存在的权利。它不是要把他逼疯了吗？

就在他沉思时，新的疯狂迹象向他裹挟而来。有什么东西在沉重的门闩上摸索着。它又拍又拨地推着门板。厚重的木门发出砰的声响，声音越来越大，臭气熏天。此时此刻，门里面发起恶毒的、坚决的、猛烈的攻击，仿佛是在猛力撞击。不祥的撞击声——裂开的声音——涌出的

[1] 摄政公园：伦敦景观丰富的公园，建筑风格类似19世纪。

恶臭——倒地的木板——一只螃蟹一样的黑爪落地……

“救命！救救我！天啊！……啊——啊！……”

努力回想，琼斯至今能回忆起那时令人窒息的恐惧终于爆发，变成不由自主地疯狂逃离。他那时的行为，如同在最疯狂的噩梦中经历了一次最凶险的飞行；他似乎一跃就跳出了地下室，猛拉开大门，并在身后把门重重地关上，弄出哐当一声闷响，然后三阶三阶地蹦上石阶，不顾一切地疯狂冲刺，将铺着潮湿鹅卵石的庭院和南沃克街肮脏的街道远远甩在身后。

回忆到此为止。琼斯不知道自己是怎么回家的，他没有打过车的记录。也许仅凭盲目的本能一路飞奔——越过滑铁卢桥，沿着斯特兰德大街和查令十字街，沿着干草市场街和摄政街，冲向他居住的街区。当他回过神来叫医生时，他仍然穿着博物馆里拿来的奇装异服。

一周后，神经科医生允许他离开床到户外散步。

他没有对医生透露太多。他的经历笼罩着一层噩梦般的疯魔阴影，沉默才是唯一的出路。醒来后，他仔细地浏览了那个可怕的夜晚之后搜索的所有资料，但没发现有关博物馆里有任何怪物的记载。也难怪，那一晚有多少东西是真实的？现实在哪里结束，梦魇从哪里开始？难道他在阴暗的展室里时，精神就已经完全崩溃了吗？难道他和罗杰斯的搏斗也只是狂热的幻觉吗？如果他能想通这些恼人的问题，就能振作起来。他确信见过“它”的蜡像的该死的照片，因为只有罗杰斯的脑子里才会出现亵渎神明的形象。

两周后，他才敢再次到南沃克街去。他在清晨前往，这个时刻历经风雨的商店和仓库周围，人们都进行着最易保持理智的活动。博物馆的门牌还在，他走近时，看到它仍然开放。门卫微笑着冲他点头示意，他才鼓起勇气进入。拱形展厅里，一个侍从高兴地碰了碰他的帽子。也许那只是一场梦。他还敢敲响工作室的门去找罗杰斯吗？

奥拉布纳上前迎接他。他黝黑圆润的脸上略带讥讽，琼斯觉得他并不友好。他略带口音地说：

“早上好，琼斯先生。我们有一阵子没在这儿见到你了。你来找罗杰斯先生吗？抱歉，他不在。他要去美国出差，不得不离开。这确实非常突然。现在我是博物馆的主人，也是家里屋子的主人。罗杰斯先生回来之前，我会努力将一切保持原样。”

这个异乡人笑了——也许只是出于友好。琼斯几乎不知道如何作答，但还是设法含糊地问了几句他上次来访后第二天的情况。奥拉布纳似乎被这个问题逗乐了，认真构思起答案来。

“是的，琼斯先生——是上个月28日。我记得那天的原因很多。早上来时——你知道，我总在罗杰斯先生之前来——我发现工作间里一片狼藉。有许多东西要清理。那天我工作到很晚。我全权负责重要新作的二次焙烧。

“这项工艺非常困难——但罗杰斯先生教过我很多。如你所知，他是一位非常伟大的艺术家。他协助我完成了标本——我向你保证，他在材料上帮了大忙——但他很快就离开了，甚至连招呼都没打。我说过，他是突然被叫走的。工序中涉及一些重要的化学反应，弄出了很大的动静——当时，外面的卡车司机们还以为自己听到了枪响——这种想法太有趣了！

“至于新作品，自然充满不祥之意。绝对是件伟大的杰作——你知道，这是罗杰斯先生设计和制作的作品。他回来后会再考虑怎么处置它的。”

奥拉布纳再次露出笑容。

“这都怪那些警察。我们一周前将它展出过，有两三个观众晕倒了，还有一个可怜人在它面前癫痫发作。你看，它比其他作品都更加强大。首先尺寸就大得惊人。当然，它只陈列在成人展区的壁龛里。第二天，伦敦警察厅来的人把它从头到尾看了一遍，说它太可怕了，不适合展出，叫我们把它搬走。这太丢人了——它明明是一件艺术杰作——但在罗杰斯先生不在的时候，我不能擅自向法院上诉。他现在不愿在警方面前抛头露面，但等他回来后一定会这么做的。”

不知什么原因，琼斯感到越来越不安和厌恶。但奥拉布纳仍要说下去。

“你是个鉴赏家，琼斯先生。我确信向你说些我的个人见解不违反任何法律。当然，这得遵从罗杰斯先生的意愿——我们总有一天要毁掉这个它——但这么做罪大恶极。”

琼斯有一种强烈的冲动，想要远离成人展区，但奥拉布纳正带着满腔的艺术热情，牵着他的胳膊靠近。成人壁龛里挤满了无名的恶鬼，但一个参观者也没有。角落里的壁龛挂着一块大帘子，侍从微笑着走了过去。

“你可得知道，琼斯先生，这件作品的名字叫‘兰·提格斯’。”

琼斯剧烈地颤抖起来，但奥拉布纳完全不在意。

“罗杰斯先生研究过某些鲜为人知的传说，里面所述的上帝的特征之一就是体型巨大且不成形。当然，正如你常对罗杰斯先生说的那样，这全是胡扯。它一定是来自外太空，300万年前来到了北极。你将看到它对待自己的祭品时，相当怪异和可怕的举止。罗杰斯甚至把受害者的面部表情都做得像恶魔一样栩栩如生。”

琼斯剧烈地颤抖着，紧紧抓住壁龛前的黄铜栏杆。他看到帘子动起来时，几乎要伸手阻止奥拉布纳，但矛盾的心理阻止了他的行动。异乡人得意地笑起来。

“快停下！”

尽管琼斯紧紧抓住栏杆，他还是摇晃了一下。

“天啊！上帝！”

蜡像足有十英尺高，尽管只是蹒跚而行的姿势，半蹲的脚步里也透出来自宇宙的无限罪恶。覆盖着古怪刻纹的独眼巨人象牙宝座上，涌动着难以置信的惊悚。怪物中间那对肢体上，抱着一个压扁变形的东西，它没有血色，千疮百孔，有些地方被酸腐蚀了。受害者头部受了伤，耷拉在一边，以此才能看出那曾经是一个人。

这怪物根本不需要任何头衔，它的身形本就宛如地狱。那该死的脚印太过真实了，然而却无法尽数传递蕴藏其中的恐怖。球状的躯体——气泡一样突出的脑袋——三只鱼眼——足足一英尺长的鼻子——鼓鼓的腮——可怕的毛状突起上蛇头一样的吸盘——六条弯曲的肢干——螃蟹一样的黑爪——天哪！那蟹爪般的黑爪子是如此眼熟……

奥拉布纳的微笑像是诅咒。琼斯噎住了，死死盯着那件可怕的展品，越来越着魔。他感到困惑和不安。到底是什么若隐若现的恐惧控制着他，迫使他仔细地看下去？就是这种力量把罗杰斯逼疯了……罗杰斯，伟大的艺术家……说它们不是人造的……

他稳了稳身子。蜡像中的受害者耷拉着的脑袋，好像在暗示着什么。蜡像的脑袋并不是完全没有脸，反而有些面熟。它有些像可怜的罗杰斯那疯狂的脸。琼斯更仔细地看了看，有些疑惑。一个自私自利的疯子，在自己的杰作中塑造自己的形象，不是很合理吗？难道是琼斯潜意识中的恐惧压制了他，并在视觉上有所体现？那张血肉模糊的脸极其巧妙地用蜡处理过。那些小洞——完美再现了那只可怜的狗身上的创口！但还有更多细节。他的左脸颊上有一处不和谐的地方，这缺陷似乎不应该出现在整体的构图之中，仿佛是雕塑家在掩盖他的第一次创作留下的缺陷痕迹。琼斯越看下去，就越感到莫名的恐惧——然后一瞬间，他想起一件使他毛骨悚然的事情。那个噩梦般的夜晚——疯狂的搏斗——被绑着的疯子——还有罗杰斯的左脸颊上长长的、深深的伤口……

琼斯松开死死抓住栏杆的手，昏死过去。

奥拉布纳仍在微笑着。

门阶之物

1

的确，我曾对着我最好的朋友的脑袋开了六枪，但我还是希望通过这份陈述，说明我不是想谋杀他。首先，也许你们会认为，比起那个在阿卡姆精神病院的房间里被我射杀的人，我才更应该被称为失控的疯子。之后一些读者可能会仔细斟酌我的每一条陈述，将其与已知事实联系起来，然后问自己，看到了那个恐怖的证据——那门阶上的东西——之后，除了像我一样选择相信，还能怎样呢？

曾经，我也以为这个将我牵涉其中的荒诞故事不过是一些发疯时说的胡话罢了。甚至到了现在，我还是会问自己，我是被误导了吗？还是我根本就没有发疯？我也不知道。但其他人也想谈谈有关爱德华·德比与阿瑟纳丝·德比的怪异之事。甚至就连那些麻木的警察也无法解释最后那位吓人的访客到底是怎么回事。他们竭力编造了一个说法，说这是那些被解雇的佣人开的一个恐怖玩笑或者发出的警告，但他们心里明白，真相更加恐怖，更加不可思议。

因此，我说我没有谋杀爱德华·德比。相反，这么做是为了帮他报仇，也是为了清除地球上一些恐怖的东西。若是让它们继续存活下来的话，很可能会对全人类造成无法言喻的恐怖危害。我们日常走过的小路附近存在着某些黑色的阴暗地带，时不时会有邪灵穿梭其中。如果遇到这种情况，相关知情人士必须不遗余力地将其彻底铲除。

我和爱德华·皮克曼·德比打小就认识。他虽然比我小8岁，却非常早熟，因此在我16岁，而他才8岁的时候，我们俩就有了很多共同点。他是我见过的最出色的儿童学者，7岁就能写出忧郁、奇妙而近乎病态的诗句，这让他身边的家庭教师惊讶不已。也许，正是这种私人教育和娇生惯养、与世隔绝的生活造就了他的早熟。他是独生子，身体还很虚弱，这让宠爱他的父母担惊受怕，于是将他紧紧地拴在身边。没有护士陪着，他不能外出，他也鲜有机会与其他小孩无拘无束地玩耍。无疑，这一切都给这个男孩造就了一个古怪而讳莫如深的内心世界，而想象力则成了他获得自由的唯一途径。

不管怎么说，他少年时期就学识惊人、异乎寻常。纵然我的年纪更长，他随手写的东西也能令我沉迷其中。那段时间，我对这种怪诞风格的艺术比较偏好，并且发现这个年幼的男孩居然罕见地与我有着相同的志趣爱好。无疑，我俩之所以都喜欢这种阴暗而令人惊奇的怪诞艺术，主要源于我们居住的那个古老、腐朽、隐隐骇人的小镇——那个传说中受过巫婆诅咒还闹鬼的阿卡姆小镇。小镇那拥挤颓败的复折式屋顶、摇摇欲坠的乔治亚式栏杆，历经好几个世纪后仍旧耸立在阴郁低洼的密斯卡托尼克河畔。

时光匆匆，后来我转而学了建筑，放弃了为爱德华那些恶魔诗篇设计插图的打算，但我们的友谊并没有变淡。小德比那奇特的天赋发展异常明显，18岁那年，他把那些噩梦般的诗歌收集起来并以《阿萨托斯和其他恐怖》为名发表，引起了极大的轰动。他与声名狼藉的波德莱尔派诗人贾斯汀·杰弗里通信密切。贾斯汀是《巨石的子民》一书的作者，1926年去了匈牙利一个凶险、名声败坏的村庄后，在一所精神病院里尖叫着死去。

然而，由于娇生惯养，爱德华的生活自理能力与实际行动能力发展很迟缓。他的身体状况有所好转，但父母的过于谨慎却培养了他孩子气的依赖习惯。因此，他从未独自旅行过，也从未独立做过决定，独立承担过责任。人们很早就看出，爱德华无法像别人一样在商业或职业生涯中一展拳脚，但他的家族财产如此丰厚，以致并未造成什么悲剧。随着德比长大成人，却依旧保持着一脸稚气，让人猜不准他的年纪。他金发碧眼，肤色干净如孩童。他尽力蓄了一撮小胡子，好让自己的特征鲜明一些。他的声音柔和轻软，那娇生惯养、从不锻炼的生活让他看起来像个胖乎乎的少年，而非大腹便便的早熟中年。他个子很高，若非因为羞怯让他与世隔绝、一心读书，那英俊的脸庞会让他成为一个引人注目的风流浪子。

爱德华的父母每年夏天都会带他出国，他很快就接受了表层的欧式思潮和表达方式。就像爱伦·坡一样，他在诗歌方面的才华越来越转向颓废，而其他艺术方面的敏感与渴望也逐渐在体内有所激发。那段时间，我们的讨论很愉快。后来，我从哈佛毕业，在波士顿一家建筑师事务所学习，并结了婚。最后，自我父亲因身体不好搬到佛罗里达后，我又回到了阿卡姆，从事与我专业相关的工作，并安顿在萨顿斯托尔街的家庭农场。爱德华几乎每晚都来我家，直到后来我把他视为家里的一员。他按门铃或敲门的方式很特别，后来这种敲门声成了一种名副其实的暗号。所以，饭后我总是听着熟悉的三下轻快的敲门声，稍微停顿后，再敲两下。我不太经常去他家，但很羡慕他那不断扩充的书房里堆满的晦涩难懂的藏书。

由于父母不想让他离得太远，所以爱德华进了阿卡姆的密斯卡托尼克大学。他16岁入学，三年就完成了所有课程，主修英法文学，除数学和科学外，其他所有课程均获得高分。他很少和其他学生交往，尽管他很羡慕那些或是“勇敢”或是“放荡不羁”之人。他模仿他们那看似“聪明”的言语以及毫无意义的讽刺姿态，还希望有胆量学习他们那些不靠谱的行为。

但爱德华真正做到的，只是把自己变成一个极度热衷于地下魔法知识的人，因为无论过去还是现在，密斯卡托尼克大学图书馆在这方面一直颇负盛名。以前，他对这些幻想和古怪东西的研究只是停留在表面；而现在，因为前人留下的指导与谜题，他开始深入研究那些真实的咒语和未解之谜。他读过恐怖的《伊波恩之书》、冯·琼斯特的《无名祭祀书》，以及阿拉伯疯子阿卜杜拉·阿尔哈兹莱德的禁书《死灵之书》，但他从未告诉父母他曾读过这些书。爱德华20岁时，我儿子（也是我的独子）出生了。当我以他的名字给新生儿起名为爱德华·德比·厄普顿时，他显得很高兴。

25岁时，爱德华已是一位知识渊博的学者，一位颇有名气的诗人和幻想家。然而，由于缺乏与人接触和责任感，他的作品总是没有创意而显得书呆子气，从而阻碍了他的文学发展。我或许是爱德华最亲密的朋友了，我发现他真是一座宝库，装满了各种各样的重要理论和话题；而他也同样依赖我，需要我为那些他不愿向他父母提及的事情提供建议。爱德华一直保持单身，主要是因为他害羞、懒惰并且受父母的保护。他很少参加社交活动，大多数都是敷衍了事。第一次世界大战爆发时，由于身体不好以及根深蒂固的胆小，他只能待在家里。我则受命去了普拉茨堡参军，但从未离开过美国。

日子就这么一天天过去。爱德华34岁那年，他母亲去世了。在那几个月里，他因某种奇怪的心理疾病而丧失了正常生活的能力。他父亲带他去欧洲，他也试图摆脱这种困境，却没什么明显的效果。后来，爱德华似乎感受到一种奇怪的兴奋，仿佛从某种看不见的束缚中得到了部分解脱。虽然已步入中年，爱德华却开始融入更“高级”的大学生活中，并且参加了一些极度疯狂的活动。有一次，为了不让他父亲发现他参加了这些活动，他付了一笔巨额勒索费（钱是从我这儿借的）。有谣传说，一些疯狂的密斯卡托尼克大学学生极端古怪，甚至有人提到了黑魔法和一些完全不可信的东西。

2

爱德华38岁时，遇到了阿瑟纳丝·维特。她那时大约23岁，正在密斯卡托尼克大学修一门中世纪玄学的特殊课程。我一个朋友的女儿此前曾在金斯波特的霍尔中学见过阿瑟纳丝，但因为阿瑟纳丝很古怪，所以那个女孩一般都躲着她。阿瑟纳丝皮肤黑黑的，身材娇小，长得很漂亮，但眼睛有点过于凸出，有时候她的某些表情会让敏感的人感到极度不友好。不过，大家躲着阿瑟纳丝主要是因为她的出身和谈吐。她出身于印斯茅斯的维特家族，而那些流传了好几代的黑暗传说都提到了破败荒凉的印斯茅斯，提到了住在那儿的人们。有些故事是关于1850年的恐怖交易的；还有些故事说，那破败的渔港里住着几个古老家族，家族里的成员长得都很奇怪，好像不怎么像人。也只有以前那些守旧的北方佬才能想出这样恐怖的故事，并且还报以适当的敬畏之心不断流传这样的故事。

阿瑟纳丝的情况更为严重，因为她是伊弗雷姆·维特的女儿——他上年纪后与妻子生的老来女。他妻子因为总是戴着面纱，所以没人知道她长什么样。伊弗雷姆住在印斯茅斯镇华盛顿街一栋有些破烂的宅子里。凡是见过这栋宅子的人都说，阁楼的窗户总是用木板封着，每当夜幕降临后，总会有奇怪的声音从里面传出来，所以阿卡姆人都尽量不来印斯茅斯。众所周知，老伊弗雷姆曾经是一名出色的魔法学徒，有传言说他能随心所欲地掀起或平息海上的风暴。我年轻时曾见过伊弗雷姆一两次，那时他来阿卡姆的大学图书馆查阅一些禁书。我非常厌恶他那如豺狼一般阴郁的脸，脸上还留着一撮杂乱的铁灰色胡子。后来，就在他女儿阿瑟纳丝（遵其意愿，名义上由校长监护）即将进入霍尔中学就读前，伊弗雷姆因精神病死了，死状相当古怪。他女儿曾极其热衷于学习他的一切，有时候看起来和他一样凶残。

爱德华与阿瑟纳丝·维特相识的消息传开后，那位女儿与阿瑟纳丝同校的朋友讲述了许多奇怪的事。阿瑟纳丝似乎在学校总是以魔法师自居，她好像也真的能完成一些相当让人无法理解的奇特之事。阿瑟纳丝声称自己能够召引来雷电，但她那些看似成功的案例，通常归因于某种神奇的预测能力。显然，所有的动物也不喜欢她；而且她只需用右手随便比划几下，就能让任何一条狗吠个不停。有时候，阿瑟纳丝会表情异常地向同学们眨眨眼，吓唬吓唬他们，或者会根据自己的情形说一些既下流又极具风情的讽刺话；每当这时，她所表现出来的知识就会非常奇怪，说的话也很奇怪。对于她这种年纪的女孩来说，这真是够令人震惊的。

不过，最不寻常的是阿瑟纳丝还能非常奇特地影响其他人。很多事情都可以证明这一点。毫无疑问，她是一名天生的催眠师。她会用古怪的眼神盯着某个同学，常常使对方感觉自己好像换了种性格一样，自己的灵魂也暂时进入了这个魔法师的身体里，还能够从房间对面看见自己真正的身体，看见自己瞪着闪闪发亮的鼓凸的眼睛，眼里还透露着一种异样的神情。阿瑟纳丝还经常谈论意识的本质，认为意识独立于人体，或者至少不依赖于人体的生命活动。但最让阿瑟纳丝恼火的是自己居然不是男性——因为她坚信男性的大脑蕴含着某种独特且影响深远的庞大力量。她曾公开表示，要是拥有一个男性的大脑，在掌握未知力量方面，她不仅能与她父亲相当，甚至还能超越她父亲。

爱德华与阿瑟纳丝相遇在某个学生宿舍举办的一场“知识分子”聚会上。他第二天来找我时，嘴里念叨的都是阿瑟纳丝。他说阿瑟纳丝非常有趣，非常博学，这是最吸引他的地方，当然她的模样也很令他着迷。在此之前，我从未见过这个年轻女孩，只隐约记得曾经听别人提过几次，但我很清楚她是谁。令我惋惜的是，爱德华竟如此看重她。我没有说任何打击他的话，因为我知道这种话反而会让他更加迷恋她。爱德华也说他没有向他父亲提过这女孩。

接下来的几周，德比和我谈论的话题几乎都是有关阿瑟纳丝的。别人也在谈论着爱德华“迟来的春天”，虽然他们也认为爱德华看上去与实际年龄不太相符，但他们都认为爱德华并不适合担任那位古怪女神的骑士。虽说因为懒惰和放纵，爱德华有一点啤酒肚，但并不明显，而且脸上一丝皱纹都没有；相反，由于经常运用强烈的意志，阿瑟纳丝的脸上早早地长了鱼尾纹。

在这段时间里，爱德华带这个女孩来找过我，我当时就发现他们的这段感情并非爱德华单方面的想法。阿瑟纳丝也一直用那种非常具有侵略性的目光注视着他。我感觉两人之间的关系亲密到无人能解。不久，老德比先生找到了我。他一直都是我非常尊敬、非常钦佩的人。老德比先生听说了自己儿子结交新朋友之事，并从那“孩子”口中探出了事情的来龙去脉。爱德华打算和阿瑟纳丝结婚，甚至已经在看郊区的房子了。老德比先生知道我的意见通常会对他儿子产生很大的影响，问我有没有办法让他们俩分手，但我很遗憾地说明了自己的顾虑。这种时候，问题已经不是爱德华的意志薄弱就能解决的，而是这女孩的意志过于强烈。这个永远长不大的孩子已经将自己对父母的依赖转移到一个新的、影响力更强的人身上，我们对此已经无能为力。

一个月后，他们举行了婚礼。按照新娘的要求，婚礼由一名治安法官[1]主持。听了我的建议后，老德比先生没再反对，并且和我、我妻子及儿子一起参加了这个简单的婚礼，还有一些宾客则是大学里的那些狂野青年。阿瑟纳丝买下了小镇主街末端那栋建在乡间的克劳宁希尔德老宅。搬进老宅前，他们打算先去印斯茅斯进行一趟短途旅行，从那儿带上三名佣人，拿一些书和家用物品回来。然而，可能爱德华和老德比先生根本没想到，阿瑟纳丝之所以愿意待在阿卡姆，而不返回故乡，主要是因为她想距离大学、大学图书馆以及大学里那些“见多识广”的人更近一些。

爱德华度完蜜月回来看我时，我觉得他看上去有些变化。阿瑟纳丝让他刮了那不怎么浓密的胡子，但变化远不止这些。他看起来变得更加稳重、更加体贴了。以前，他幼稚叛逆起来会习惯性的撅嘴，但现在这种习惯已经变成了一种近乎真正的忧伤。我不知道自己到底该不该喜欢爱德华的这种变化。当然，此时的他比以往更像一个正常的成年人。也许婚姻是个好东西——难道不正是这种依赖对象的转变中和了他之前的性格，最终让他变得独立负责起来吗？爱德华当时是一个人过来的，因为阿瑟纳丝非常忙。她从印斯茅斯带了一大堆书和仪器，并忙着将它们收拾好，搬进克劳宁希尔德老宅的院子里或者屋内。不过，当爱德华说出“印斯茅斯”这个名字时，打了一个寒颤。

阿瑟纳丝在印斯茅斯小镇的家是一个相当令人不安的地方，但那里面的某些东西也教会了爱德华一些令人惊奇的东西。有了阿瑟纳丝的指导，爱德华在这些隐秘的知识上进步很快。有时候，阿瑟纳丝会提出一些非常大胆、非常激进的实验想法。德比没法自如地对之进行描述，但表示愿意相信她的能力和目的。带回来的那三个佣人也非常古怪：一对

[1] 在美国，地方治安法官拥有证婚权。

年纪非常大的夫妇，曾经服侍过老伊弗雷姆，偶尔会隐晦地提起老伊弗雷姆和阿瑟纳丝已过世的母亲；还有一个皮肤黑黑的小丫头，长得怪怪的，身上似乎有一股散不去的鱼腥味。

3

接下来的两年里，我和德比见面的次数越来越少。有时候，一连两个星期我家前门都没有传来熟悉的“3+2”式敲门声；而且他来找我时，或者越来越多的情况是我去找他时，他都几乎不愿和我谈什么重要话题。现在，他也不怎么愿意和我谈论那些神秘的研究，但以前他通常会详细地描述和讨论这些东西。他更不愿谈论他妻子。婚后，阿瑟纳丝老了许多。现在看来，似乎她才是两人当中比较年长的那个，这可真是件怪事。她脸上带着一种我从未见过的专注与坚决，整个面部隐隐给人一种说不出来的厌恶感。我妻子和儿子也同我一样注意到了这一点，于是我们渐渐不再与她来往。有一次，爱德华不小心说漏了嘴，说阿瑟纳丝对此表示不甚感激。德比夫妇偶尔也会去长途旅行，表面上说是去欧洲，但爱德华有时会暗示说是去一些很奇怪的地方。

结婚第一年后，人们开始聊起了爱德华·德比的变化。他们都是随便聊聊而已，因为爱德华的变化大多是心理上的，但这种闲聊却带来了一些有趣的观点。人们注意到，爱德华脸上偶尔流露的表情或者做的一些举动，都与他那一贯软弱的天性完全不符。例如，他以前根本就不会开车，但现在人们偶尔能看到他开着阿瑟纳丝那辆马力强大的帕卡德，在克劳宁希尔德老宅的车道上驶进驶出，操作手法还非常熟练。并且遇到交通状况不好时，他所表现出来的技术和信心也与平常全然不同。但这些情况似乎通常发生在爱德华刚从某个地方旅行回来后，或者正准备去某个地方旅行时。至于是什么样的旅行，没人能猜得到，但他经常去印斯茅斯大道。

奇怪的是，爱德华的这些变化似乎并不怎么让人欣慰。人们说，爱德华在这种时候看上去很像他的妻子，或者说像老伊弗雷姆·维特。或许是因为他的这种状态很罕见，所以看起来很不自然。有时候，他的这种状态会持续几个小时，之后又变得无精打采地躺在汽车后座上，由一名明显雇佣来的司机或汽车修理工开车。此外，他的社交活动越来越少，在他所参加的这些活动中（包括来找我的时候），他通常是过去那种优柔寡断的样子，而且他那种孩子气和不负责任的表现比以往更明显。阿瑟纳丝的脸看上去老了许多，而爱德华则因为非常放松，有时候甚至还会表现出一副夸张的幼稚心态，所以脸上除了在某些特殊情况下会偶尔闪过一丝悲伤外，几乎没什么变化。这真是件令人困惑的事。与此同时，我们听说德比一家几乎退出了那个“鲜亮的”大学圈子，倒不是因为他们自己厌恶，而是因为他们现在研究的某些东西甚至连那些最冷酷的颓废派人士都感到震惊。

婚后第三年，爱德华开始向我诉说他的恐惧和不满。有时候，他会无意间说出“走太远了”这样的话，有时候他又会暗自提到需要“拯救他的本性”。我一开始没怎么理会这些话。后来，我开始谨慎地询问爱德华，因为我想起我朋友的女儿曾经说过，阿瑟纳丝对学校其他女生能够施展催眠般的影响——学生们认为她们的灵魂在阿瑟纳丝的身体里，正穿过教室看着她们自己。我问的这些问题似乎令他立即警觉起来，他也表示很感激。有一次，他咕哝着对我说，以后要和我严肃地谈一次。

大概就是在这个时候，老德比先生去世了。对此，我后来一直感到很庆幸。爱德华非常沮丧，但还不至于精神崩溃。自结婚以来，爱德华几乎没怎么探望过他父亲，因为他把注意力都放在阿瑟纳丝身上，也把自己对亲情的全部渴望投入到阿瑟纳丝身上。有些人说爱德华失去亲人时表现得很麻木，特别是他在开车时变得越发得意与自信之后，这种说法就更多了。爱德华现在希望搬回德比家族的老宅，但阿瑟纳丝坚持住在克劳宁希尔德，因为她已经很适应那儿了。

不久之后，我妻子从一个朋友那儿听到一件奇怪的事。这位朋友是少数几个没有远离德比夫妇的朋友之一。她说她曾到主街的尽头去拜访这对夫妇，看到一辆汽车轻快地驶出车道。开车的是爱德华，他脸上带着一种古怪的自信和几乎是讥笑的表情。她按了按门铃，那个令人反感的丫头开了门并告诉她，阿瑟纳丝也出去了。但她走前碰巧抬头看了看房子。在爱德华书房的一扇窗户前，她瞥见了一张匆匆缩回的脸，那张脸上满是痛苦、挫败、绝望的神情，心酸到让人无法形容。这无疑就是阿瑟纳丝的脸，但她通常都是一副盛气凌人的样子，现在这模样真是令人难以置信。而且这个朋友还发誓，就在那瞬间，那双从面孔的眼眶里向外凝视她的，正是可怜的爱德华那悲伤而朦胧的眼睛。

再后来，爱德华来找我的次数多了些，而他的暗示偶尔也变得具体起来。他说的那些东西简直令人难以置信，即便是在这个充满传奇色彩的阿卡姆古镇也是如此。他还以一种诚挚且说服力十足的口吻来讲述他的这些阴暗知识，这让人们都开始担心他的神智是否正常。他提到了一些在偏僻的地方召开的恐怖集会；提到了缅因州森林中心地带的巨大遗址，以及遗址下方那个通向秘密深渊的巨大楼梯；提到了一些能让人穿过无形的墙，通往其他时空的复杂角度；还提到了通过骇人的人格交换魔法，前往某些偏远禁地或其他世界以及时空连续区间进行探索的方法。

爱德华还会时不时给我展示一些我完全无法理解的东西，来证实某些疯狂的暗示。这些东西的颜色让人难以描述，纹理也令人困惑不已，我以前从来没听过这样的东西。那怪异的曲线和表面无法让人想到其用途，也没有遵循任何几何学规律。爱德华说，这些东西都是“从外面来的”，他妻子知道怎么得到这些东西。有时候，大多是在他惊恐而含糊的低语中，他会提到老伊弗雷姆·维特，那个他以前偶尔在大学图书馆里见过的男人。他的这些描述从来都不具体，但似乎都围绕着一些特别恐怖的疑问，即这位老巫师是否真的从形到神都已彻底死亡。

有时候，德比说着说着会突然停下来。我在想，是不是阿瑟纳丝在远处也能探听到他讲的话，并通过某种未知的类似于心电感应的催眠来打断他，正如她曾经在学校展现过的那种能力一样。不过可以肯定的是，阿瑟纳丝开始怀疑德比告诉了我一些事。因为这几个星期以来，阿瑟纳丝一直试图用一种带有神奇魔力的语言和眼神来阻止德比找我。他要费好大劲才能来我家，虽然他假装去别的地方，但某种无形的力量通常会阻碍他的行动，或者让他暂时忘记自己的目的地。所以只有在阿瑟纳丝不在的时候，德比才能来找我——也就是说，要等她“用她自己的身体离开”的时候，他才能出来，他之前曾这样古怪地对我说。不过，阿瑟纳丝之后总是能发现爱德华来找过我，因为佣人们会监视他的行踪，但显然她并不想做出什么过激的行为。

4

那年8月，我收到了一封来自缅因州的电报。德比那时已经结婚3年多了。我已经有两个月没见到他，但听说他“出差”去了。人们都以为阿瑟纳丝和德比一起出差了。但有传言说，楼上那扇挂着双层窗帘的窗户后面藏了个人。人们还看到佣人们买了很多东西。也就是在这时候，奇森库克镇的治安官发电报告诉我，他们抓到了一个全身泥垢的疯子，那个疯子跌跌撞撞地从树林里冲出来，嘴上一直胡言乱语，还尖叫着叫我去保护他。那是爱德华，他只能记起自己的名字、我的名字以及我的地址。

奇森库克镇距离缅因州最荒凉、最幽深、最荒无人烟的森林地带很近，驱车到那儿需要整整一天，途中还会看到一些既奇妙又可怕的风景。我在镇上农场的一个小房间里找到了德比，他的状态很不好，正在狂暴与冷漠之间来回切换。但他一下就认出了我，并开始滔滔不绝地向我说一些毫无意义又很不连贯的话。

“丹，天啊！那是一个满是修格斯的洞！往下走6000级阶梯……那让人厌恶至极的地方……我从没让她带我去那儿，结果我却发现自己在那儿……啊！莎布·尼古拉斯！……那团阴影从祭坛上升了起来，有500个莎布·尼古拉斯在那儿嚎叫……那戴着头罩的东西在那儿叫着‘卡莫格’‘卡莫格’——那是老伊弗雷姆在巫师会的秘密名字……我就在场，她答应过我不会带我去的……一分钟前，我还被锁在书房里，接着我就出现在那儿了，她操控着我的身体去的——那个完全亵渎神明的地方，那个黑暗王国诞生的罪恶之洞，还有守卫者在那儿守着大门……

我看到了一只修格斯——它变化了形态……我受不了了……我也不会忍受的……如果她再带我去那个地方的话，我会杀了她的……我会杀了那个东西……杀了她、他，或者它……我会杀了它的！我会亲手杀了它的！”

我花了一个小时来安抚爱德华，所幸最后他终于平静了下来。第二天，我在村里给爱德华买了身像样的衣服，便和他一起动身返回阿卡姆。爱德华那歇斯底里的躁怒终于消散，开始变得平静。但是汽车经过奥古斯塔时，他又开始低声嘀咕了——仿佛看见这座城市就勾起了他某些不好的回忆。很显然，爱德华并不想回家。想到爱德华对他妻子产生了奇怪的幻觉——无疑，这种幻觉始于他受到催眠后遭遇的那些磨难——我也觉得爱德华还是暂时不要回家为好。所以我决定让他先去我家住一段时间，不管阿瑟纳丝会不会因此而不高兴。之后，我会协助爱德华离婚。因为从精神方面来看，这桩婚姻的延续很可能会让他走向自杀。我们的车再次驶进开阔的乡间时，他的嘟囔声渐渐消失了。我开着车，任他坐在我边上的座位打盹儿。

日落时分，我们的汽车穿过波特兰的时候，他又开始嘟囔了。但声音比之前清楚些，所以我仔细听的话，能听到一连串有关阿瑟纳丝的胡话。显然，阿瑟纳丝对他精神上的折磨十分严重，因为他已经对阿瑟纳丝产生了一系列幻象。爱德华含混咕哝地说，自己目前所处的困境犹如冰山一角。阿瑟纳丝正试图控制他，他知道终有一天，阿瑟纳丝会完全控制住他。即便是现在，她可能也只是在万不得已的时候，才会放松对他的控制，因为她的一次催眠坚持不了多久。阿瑟纳丝总是借着他的身体去一些不知名的地方，参加一些奇怪的仪式，并把他困在自己的身体里，锁在楼上。但有时候，阿瑟纳丝控制不住他，他会发现自己突然又回到了自己的身体，正处在一个遥远、恐怖甚至没人知道的地方。有时候，阿瑟纳丝会再次控制他，但有时候则控制不了。他经常身处某个地方，类似于我找到他时的那种地方……于是他只能一次又一次地从那么遥远的地方寻找回家的路，找到路后，又请别人带他回来。

最糟糕的是，阿瑟纳丝控制他的时间越来越长。她想变成一个男人，或者说想变成一个完整的男人，这就是她控制爱德华的原因。她曾经感觉到爱德华头脑灵活，但意志薄弱。总有一天，她会把爱德华的灵魂挤出去，带着爱德华的身体消失，然后成为像她父亲一样伟大的魔法师，并将爱德华永远困在那具女性的躯壳里——那甚至算不上是人的躯壳里。是的，爱德华现在对印斯茅斯的血统有了一些了解。他们与一些海里来的东西做了非常恐怖的交易……而老伊弗雷姆知道这个秘密。所以当他开始衰老时，做了一件恐怖的事来维持他的生命……他想长生不老……阿瑟纳丝会成功的，因为之前已经有了一次成功的示范。

正当德比在那儿嘟嘟囔囔的时候，我转过身仔细瞧他，他确实有所改变，这种印象我之前观察他时就有了。矛盾的是，德比的状态似乎比以往更好了，他的身体变得更加结实，人也变得更为正常，丝毫看不出他身上那股因为懒惰而造成的虚弱感。就好像娇生惯养了半辈子后，他终于真正活跃起来，并且会做适当的锻炼。我想，一定是阿瑟纳丝的那种力量迫使德比反常地开始做一些运动，并且时刻保持警觉。可是从刚刚开始，德比的神智就一直处于非常令人心疼的状态。他一直嘟嘟囔囔地说一些奇怪而又十分夸张的胡话，他说到了他妻子，说到了黑魔法，也说到了老伊弗雷姆，甚至还说了一些让我也相信的秘闻。他不断重复地念着一些名字，这些名字我曾在一些禁书上看到过。在他咕咕哝哝地说着这些东西的时候，他话语中蕴含的某些线索不仅与流传下来的神话一致，还非常连贯，让人深信不疑，也偶尔让我不寒而栗。他会一次又一次地停顿，仿佛是为了鼓起勇气揭露最后那些恐怖的东西。

"丹，丹，你不记得他了吗？你不记得他那邪肆的双眼，还有那从未变白过的蓬乱胡子了吗？他曾用那双眼睛看过我一眼，我从未忘记过这种感觉。现在，阿瑟纳丝也那样看着我。我知道为什么。老伊弗雷姆在《死灵之书》中找到了密咒。我不敢告诉你是哪页，哪天我告诉你的话，你去读一读也会明白的。然后，你就知道到底是什么吞噬了我。附……附……附……附……身，附了一个又一个身，他想获得永生。生命之光——他知道如何切断生命之光的联系，即便身体已经死了，生命之光也还能闪烁一段时间。我会给你一些暗示，也许你就能猜到了。听着——丹，你知道为什么我妻子总是煞费苦心地用左手写字吗？你见过老伊弗雷姆的手稿吗？你知道为什么当我看到阿瑟纳丝匆匆写下的某些便条时会怕得发抖吗？

“阿瑟纳丝……这个人真的存在吗？为什么他们大多数人认为老伊弗雷姆满肚子坏水呢？为什么吉尔曼夫妇会低声谈论，他发疯时阿瑟纳丝就会把他关进那个铺了垫子的阁楼房间里，那时候他尖叫的模样就像个受惊的孩子一样？这个房间有别人去过吗？关在那儿的是老伊弗雷姆的灵魂吗？到底是谁把谁关起来了呢？为什么老伊弗雷姆要花上好几个月的时间去寻找一个既头脑聪明又意志薄弱的人呢？为什么他会抱怨自己生的是女儿而不是儿子呢？丹尼尔·厄普顿，告诉我，那个恐怖的房间里到底做了什么邪恶交换呢？为什么那亵渎神灵的怪物可以肆意摆布那个意志薄弱又深深信赖着他的尚未成年的女儿呢？难道他没有永久性地附在那个孩子身上吗？就像阿瑟纳丝最后会对我做的那样？告诉我，为什么那个自称阿瑟纳丝的东西在没有防备的时候写下的笔迹会不一样，让你没法说那笔迹是……”

接着，奇怪的事发生了。德比的胡言乱语慢慢变成了尖细刺耳的尖叫声，接着又像机器一样，“咔哒”一声，声音戛然而止。我想起在我家的时候，他的某些自信举动也会突然停止。那时候，我就有点怀疑是阿瑟纳丝用自己那不可思议的力量通过心灵感应来干预他，让他保持沉默。但这次却完全不同，并且我感觉这一次更为恐怖。那一刻，坐在我旁边的德比的脸不断扭曲着，几乎让人完全看不出原貌；与此同时，他全身颤抖了一阵，仿佛所有的骨头、器官、肌肉、神经、腺体都在拆了重组，就是为了适应完全不同的姿势，完全不同的精神压力，甚至完全不同的人格。

我这辈子也说不出来到底哪里最恐怖。然而，一股恶心与厌恶的巨浪向我袭来，这种全然陌生又不正常的感觉让我的身体变得冰冷而僵硬，我握着方向盘的手也变得无力而迟疑起来。坐在我旁边的这个人不像是我交往了半辈子的朋友，倒像是某些来自其他外部空间的恐怖入侵者——某种未知而邪恶的宇宙力量，某种令人厌恶至极的东西。

我只犹豫了那么一小会儿，可就在那时，我的同伴抓住我的方向盘，强迫我和他换位置。此刻，暮色很浓，波特兰的灯光又远远落在后面，因此我无法看清他的脸，不过他的眼睛却亮得惊人。我知道现在的他正处于那种异常的亢奋状态，与平常完全不一样，很多人都曾注意到这一点。疲惫不堪的爱德华·德比现在居然会对我发号施令，居然敢抢我的方向盘。他以前可是从来不会维护自己的权利，也从没有学过开车的。这真是奇怪而不可思议。但事实就是如此。他沉默了一段时间，对于正深陷未知恐惧中的我来说，这是件值得庆幸的事。

借着比迪福德镇与索科镇的灯光，我看到了他那张紧紧抿着的嘴。而他那双眼睛里闪烁的光芒让我猛然打了个寒颤。人们说得对，转换成这种情绪后，他看起来像极了他妻子，像极了老伊弗雷姆。我并不纳闷为什么他的这种情绪不讨人喜欢。因为这些情绪流露出一些邪恶而又极其不自然的东西，而且在听了爱德华那些胡言乱语之后，那种邪恶感更明显了。我和爱德华·皮克曼·德比相识了一辈子，我能明显感觉到，坐在我身边的这个人完全就是一个陌生人，是一个从黑暗深渊来的入侵者。

直到我们开进一段漆黑的路后，他才开口说话，但他说话的声音没有一丝熟悉感。这种声音比我记忆中的更低沉、更坚定，也更果断，而且口音与发音也完全改变了。这让我想起了一些记得不是很清楚的东西，虽然很模糊、很遥远，但也相当令人不安。我察觉到，他的说话声中含有一种强烈而真实的嘲讽，这不是德比平常表现出的那种浮夸而矫揉造作的嘲讽，而是某种隐含着邪恶意味的冷酷而实实在在的嘲讽，说话间自然而然流露出来的。让我惊讶的是，我居然迅速地镇定下来，并且听清了那令人心惊胆跳的低语。

“厄普顿，我希望你能忘记我反抗的事，”他说，“你知道我的精神状态到底怎么样，我想你能体谅我。当然，我非常感谢你开车送我回家。

“你也必须忘记我曾对你说过的任何与我妻子相关的疯狂之事，以及一切与之相关的事。那都是因为我过于沉迷对某一领域的研究。我的世界充满了各种奇特的想法，当神智疲惫不堪时，就会幻想出各种光怪陆离的东西。我应该从现在开始好好休息一段时间，在这期间你可能见不到我，你也没必要责怪阿瑟纳丝。

“这次的旅行虽然有点奇怪，但真的很简单。在北方的森林里，有一些印第安人的遗迹——立着的石头之类的。这些东西都有很多民间传说。而我和阿瑟纳丝正试图寻找这些东西。这个过程很艰难，我几乎要疯了。我回家后肯定会派人去取车。相信一个月的放松会让我恢复过来。”

我不记得自己在谈话中说了什么，因为邻座带给我的那种怪异的陌生感占据了我的全部意识。每时每刻，我对这种难以捉摸的恐怖力量的恐惧都在增加。到最后，我对这段旅程结束的渴求已经到了歇斯底里的地步。德比没有松开方向盘，看到车子相继从朴茨茅斯和纽伯里波特飞驰而过，并且依旧这样飞速前行，我心里相当高兴。

汽车抵达绕过印斯茅斯通往内陆的高速路口时，我有点担心司机德比会选择那条海滨公路，穿过那个令人厌恶的地方。然而，他并没有那么做，而是飞快地驶过罗利和伊普斯威奇，朝着我们的目的地驶去。我们午夜前到达了阿卡姆，发现克劳宁希尔德老宅的灯还亮着。德比道过谢就匆匆下了车，而我则带着一股莫名的轻松感独自开车回家。这段旅程很可怕，最可怕的是，我根本不知道它的可怕之处到底在哪儿。听到德比说他可能这段时间都不会来找我时，我竟一点儿都不遗憾。

5

在接下来的两个月里，流言满天飞。人们都说经常看到德比处于那种精神亢奋的状态，并且这种情况越来越常见了。而阿瑟纳丝则几乎谢绝了所有访客，即便来拜访她的人寥寥无几。那段时间，爱德华只来找过我一次，当时他开着阿瑟纳丝的车过来，想拿回他以前借给我的书，于是我俩简单碰了个面。车子已经从当时他停在缅因州的某个地方取了回来。他正处于那种很亢奋的状态，只短短地待了一会儿，说了几句没什么意义的客套话就走了。很明显，这种状态下的他和我没什么可聊的。我还注意到，他按门铃时并没有不嫌麻烦地用那种“3+2”式的门铃暗号。和那天晚上在车里时一样，我又隐隐感受到一股莫名的恐惧，这种感觉深刻无比。因此，他的迅速离去对我而言是一种极大的解脱。

9月中旬的时候，德比消失了一周。有时候，一些颓废的大学生会刻意提起这件事，暗示德比当时是去拜见一位臭名昭著的邪教头目。这人最近受到英格兰的驱逐，然后跑到纽约去设立他的总部。就我而言，我无法忘记那段从缅因州驾车返回阿卡姆的奇怪旅程。在车上，我亲眼目睹了德比的转变，这对我造成了非常深刻的影响。我一次又一次地尝试着把这件事解释清楚，也想弄清楚到底是什么让我如此恐惧。

但最离奇的传言还是有关克劳宁希尔德老宅的。有人说曾听到老宅传来一阵阵哭泣声。那哭泣声听起来像是女人的，一些比较年轻的人认为这个声音有点像阿瑟纳丝的声音。不过，人们说只有在极少数情况下才会听到这种声音。有时候这声音会突然哽住，好像受到了外力的制止一样。有人说要去调查一下这事。但有一天，阿瑟纳丝突然出现在街上，与许多熟人愉快地交谈，为她最近不在家而道歉，顺便还谈到家里来了一位波士顿客人，这位客人患了让人神经崩溃、歇斯底里的疯病。之后，有关调查的说法也就消失了。虽然人们从未见到过这位来自波士顿的客人，但阿瑟纳丝的出现却让人无话可说。可是不久后，有人私下说曾听到过一两次男人的哭泣声。这让事情变得复杂起来。

10月中旬的一个晚上，我听到前门传来那种熟悉的“3+2”式门铃声。我打开门，发现爱德华站在门外。与此同时，我看了他一会儿，发现他恢复成以前那种性格了。自从上次从奇森库克驾车回来的途中，我看着他不断地胡言乱语之后，就再也没见过这种性格的他。他的脸不断抽搐着，还带着一种古怪的表情，似乎夹杂着恐惧与喜悦。等他进门后，我关上了门，他偷偷回头看了一眼。

他晃晃悠悠地跟着我去了书房，问我要了些威士忌来安神。我强忍着，没有问他任何事，一直等到他想开口说些什么的时候。最后，他哽咽着说了下面的话：

“丹，阿瑟纳丝走了。昨晚，佣人们出去后，我俩谈了很久，我要她保证以后不再折磨我。当然，我有一定的……一定的神秘防御能力，我之前没和你提过。她不得不让步，但是很生气。她收拾好行李就动身去纽约，径直去赶8:20到波士顿的车。我想人们会说些闲话，但我也无能为力。你不必提到这之间的麻烦，只说她长途旅行做研究去了就好。

“她可能会和她的某个信徒待在一起，她有一群这种可怕的信徒。我希望她跑到西部去，并且和我离婚。不管怎样，她答应离我远远的。太恐怖了，丹。她偷了我的身体，把我的灵魂从身体里挤出来，然后把我当囚犯一样关起来。我向她低头，假装让她占据我的身体，但我必须很谨慎。如果我足够谨慎的话，就能好好计划了，因为她无法逐字逐句或者非常细致地摸透我的想法。她只能感应到我的一些普遍的反叛情绪，她总认为我无力反抗，从未想过我会比她强，但我确实有一两个咒语管用。”

德比回头看了看，又喝了些威士忌。

“今天早上，那些该死的佣人回来后，我就解雇他们了。他们很不高兴，问了些问题，但还是走了。他们和她一样，都是印斯茅斯人，还和她很亲密。我希望他们赶紧走，但我不喜欢他们走时那副笑的样子。我必须尽我所能找回以前照顾我父亲的那些老佣人。我马上就搬回家。

“丹，你一定以为我疯了。但阿卡姆的历史应该可以证明，我曾经跟你说过的那些事以及我接下来要跟你说的这些事都是真的。那天从缅因州开车回来的时候，在我告诉你一些有关阿瑟纳丝的事后，你也看到了其中的变化。就在那时，她把我的灵魂赶出了我的身体。在那段旅途中，我最后的记忆就是——试图告诉你她到底是一个什么样的魔鬼。之后，她就夺取了我的身体。瞬间，我就回到了那栋房子里，回到了那间书房，那些该死的佣人把我锁在那儿。而我的灵魂则被困在那个恶魔的身体里……那甚至不是人……你知道，一定是她和你一起开车回家的……那个抢了我身体的饿狼……你应该知道其中的区别。”

德比停下来的时候，我打了个寒颤。我已经见识过这种差别了，但我能接受这样疯狂的解释吗？我那心慌意乱的客人变得更加狂躁了。

“我必须自救，丹，我必须自救。她会在万圣节这天永远地夺走我的身体，他们在奇森库克那边举行一场女巫集会，这场祭祀会把所有事情解决好。她会永远夺走我的身体……她会变成我，而我会变成她……永远……太迟了……我的身体会永远变成她的……她会变成一个男人，还会变成一个完完全全的人，正如她一直期待的那样……我猜她会把我杀了，趁我还被困在她的身体里的时候把我杀了。该死的，就像她之前做的那样，就像她、他或者它之前做的那样……”

爱德华此刻的脸扭曲得厉害，他的声音慢慢变成了低声细语，脸也靠了上来，让人极不舒服。

“你一定明白我在车上对你的暗示，她根本就不是阿瑟纳丝，而是老伊弗雷姆本人。我一年半以前就开始怀疑，现在终于知道了。没有防备的时候，她的笔迹就能证明这一点。有时候，阿瑟纳丝会草草写下一张便条，那一笔一画都和她父亲手稿上的笔迹一样。有时候，她还会说一些只有老伊弗雷姆那样的老人才会说的东西。当老伊弗雷姆感觉到死亡即将来临时，就和阿瑟纳丝换了身体。她是老伊弗雷姆唯一能找到的头脑灵活、意志薄弱的人。他永远地夺走了阿瑟纳丝的身体，正如她也几乎夺走了我的身体一样，他把阿瑟纳丝的灵魂困在那具旧身体里，然后毒死了她。难道你没看见老伊弗雷姆的灵魂无数次地通过阿瑟纳丝那个魔女的眼睛向外观看吗？而当她控制了我的身体的时候，他的灵魂又从我的眼睛里向外观看吗？”

低声说话的爱德华有点儿气喘吁吁，便停下来歇了会儿，喘了口气。我什么也没说，而他接着开口说话时，声音也几近正常了。我想，或许该把他送进精神病院，但我不愿成为把他送到那儿去的人。也许时间和离开阿瑟纳丝后所获得的自由会起作用，能让他恢复正常。我看得出来，他再也不想研究那些病态的神秘主义了。

“之后我会跟你多说一些，现在我得好好休息一段时间。我会跟你说一些被人们列为禁忌的恐怖之物，这些东西都是她告诉我的。即便是现在，因为一些可怕的祭司，这些古老的东西依旧存活在某些偏僻的角落里。有些人知道一些这个宇宙的秘密，这些秘密本不该为人所知，但他们不但知道，甚至还会做一些任何人都不该做的事。我曾经深深陷在里面，但现在该结束了。如果我是密斯卡托尼克大学的图书管理员，今天我就会烧掉那该死的《死灵之书》以及其他相关的所有资料。

“她现在再也不能控制我了。我必须尽快离开那间被诅咒过的房子，搬回我以前的家。我知道，如果我需要帮忙的话，你会帮我的。那些像恶魔一样的佣人，你知道的……如果人们过于好奇阿瑟纳丝的话。你看，我不能把她的地址给他们……然后，还有一些特别的搜寻队伍——某些邪教团体，你知道的，他们可能会误会我们分手的原因……他们中的一些人可能会有一些非常奇特的想法和主意。我知道，如果真的发生了什么变化的话，你也会支持我的，即便我不得不跟你说很多令你震惊的事。”

那天晚上，我让爱德华在客房住了一晚，第二天早上，他似乎更平静了些。我们讨论了一些关于他搬回德比老宅的安排，我希望他能尽快作出改变，不要把时间浪费了。第二天晚上，他没有来，但接下来的几个星期里，我们经常见面。我们尽量不谈那些古怪且令人不愉快的事，主要谈论德比老宅的翻新工作，或者谈爱德华答应明年夏天陪我和我儿子一起去旅游的事。

我们没怎么谈与阿瑟纳丝有关的事，因为我知道这个话题会让人心神不宁。那段时间里，各种各样的传言都有，但对于住在克劳宁希尔德老宅的那个古怪家庭来说，这并不是什么新奇之事。但有件事却让我放在了心上，那就是德比的银行经理人在密斯卡托尼克俱乐部的时候，因为情绪过于高涨，一不留神说出了爱德华定期给住在印斯茅斯的摩西、阿比盖尔·萨金特以及尤尼斯·巴布森寄支票的事。这样看来，是那些恶毒的佣人在向他勒索，可他却没有向我提过此事。

我希望明年夏天以及我儿子在哈佛的暑假能够快点到来，这样我们就可以和爱德华一同去欧洲了。但是我很快就发现，他并没有像我所希望的那样迅速恢复。因为他偶尔兴奋起来会给人一种歇斯底里的感觉，而恐惧与沮丧的情绪则显然出现得太过频繁。12月前，德比老宅翻新好了，但爱德华搬家的时间却不断推迟。虽然他痛恨并且看起来还有点害怕克劳宁希尔德老宅，但同时他也奇怪地受它的奴役。他似乎不怎么愿意拆除老宅子里的家具物什，并找各种借口来拖延。我向他指出这一问题后，他又莫名其妙地害怕起来。他父亲的老管家和其他重新召回的佣人都在老宅那儿。有一天，老管家告诉我，爱德华偶尔会在屋子里翻来翻去，好像在找什么东西，特别是地下室。他觉得这很古怪、很不正常。我在想，是不是阿瑟纳丝又写了什么令人不安的信，但管家说并没有收到她寄来的任何信件。

6

快到圣诞节的时候，有一天晚上，爱德华来我家找我，可是他却突然崩溃了。我正要把话题转向明年夏天的旅行，他突然尖叫着从椅子上蹦起来，带着一股令人震惊却又无法控制的恐惧。那种恐惧与憎恶无比强烈，也只有那噩梦里的深渊才能给一个神智正常的大脑带来如此强烈的刺激。

“我的脑袋！我的脑袋！天啊，丹，它正在撕扯我的灵魂，在敲打我的脑袋，还用爪子挠我，那个魔女——从外面来的东西——甚至现在已经是，伊弗雷姆——卡莫格！卡莫格！装满了修格斯的深坑——啊！莎布·尼古拉斯！那孕育千万子孙的山羊！

“火——火……超脱身体，超脱生命……在地下……啊！老天！”

待他的情绪慢慢平静下来，变得呆滞麻木后，我把他拉回椅子上，往他喉咙里倒了些酒。他没再反抗，但嘴唇动个不停，好像在自言自语。随后我便意识到他是想和我说话，于是附耳到他嘴边，想听听他那微弱的话语。

“又来了……又来了……她又试图控制我……我早该知道……什么都无法阻止这股力量，无论是距离、魔法，还是死亡，通通都不能……它来了一次又一次，大多是在晚上……我无法离开……太可怕了……老天啊，丹，如果你和我一样知道它多恐怖的话……”

他倒下了，陷入了昏迷，我给他准备了一个枕头，让他正常入睡。我没有叫医生，因为我知道医生会说他精神有问题。如果可以的话，就让事情顺其自然吧。他半夜醒了过来，我把他安排在楼上的房间，但他第二天早上就走了。他悄悄地离开了我家，没有惊动任何人。后来我打电话过去的时候，管家说他正在书房里不安地踱来踱去。

自那以后，爱德华很快就崩溃了。他又不来找我了，但我每天都会去看他。他总是坐在他的书房里，眼睛虚空地盯着，带着一种异样的神情，好像在聆听着什么。有时候，他表现得很正常，说的话也很有条理，但聊的都是一些非常琐碎的话题。一旦提到他的麻烦，提到他未来的计划，或者提到有关阿瑟纳丝的事，他就变得狂躁起来。他的管家说，每到晚上，他的这种情况就会很严重，这样下去很可能最后会伤到他自己。

我和他的医生、银行经理人、律师讨论了很久，最后决定带着医生以及两名同行的专业人士一起去看他。然而，问完第一部分问题后，他就猛烈地抽搐起来，看起来可怜极了。那天晚上，一辆封闭式汽车将不断挣扎的爱德华带去了阿卡姆精神病院。我成了他的监护人，每周去看他两次。听着他那疯狂的尖叫声、害怕的低语声，听到他满带着恐惧不断重复着"我必须这么做，我必须这么做……它会抓走我的……它会抓走我……在下面……下面那个黑暗的地方……妈，妈！丹！救我……救我……"之类的话，我几乎要哭了。

没人知道他恢复的希望有多少，但我尽量对此保持乐观。如果爱德华能出院的话，肯定需要一个家，所以我让他的佣人都搬到德比老宅。如果他神智还正常的话，肯定也会这么做的。至于克劳宁希尔德老宅，那里面有很多复杂的布置，还有那些让人摸不着头脑的藏品，我无法决定怎么处理，所以暂时不动，只是让德比家的女佣人每周去打扫一次主卧，提醒炉子工人别忘了生一堆火。

圣烛节[1]前，最后的噩梦来临了。残酷而讽刺的是，那噩梦到来之前，先给了我们一丝虚假的希望之光。1月下旬的某个早晨，精神病院打来电话，说爱德华的神智恢复了。他们说，虽然爱德华的连续性记忆严重受损，但他的神智肯定是清楚的。当然，还要让他留院观察一段时

[1] 圣烛节，又称献主节，新教称为献圣婴日或奉献基督于圣殿日。每年2月2日，天主教用来纪念圣母玛利亚的节日。

间，但结果应该不会有太大问题。如果一切顺利的话，一周后他就可以出院了。

听到这个消息，我欣喜若狂，便匆匆赶到精神病院。但当一名护士把我带到爱德华的房间时，我又停住了脚步，有点儿迷惑不解。爱德华站了起来，伸出手向我打招呼，脸上挂着礼貌的微笑。我当即发现爱德华正处于那种古怪的亢奋状态，这与他的本性完全不同。他的这种干练而强势的性格给人一种隐隐骇人的感觉。爱德华自己也曾发誓，他之所以表现出这种性格，是因为他的身体已经被他妻子所占据。这时候的他有着和阿瑟纳丝以及老伊弗雷姆一样锐利的目光，他的嘴唇也和他们的一样坚毅。他一开口，就让我感受到了同样的冷酷和讽刺，这样深刻的讽刺让人联想到潜在的邪恶。5个月前的那个晚上，就是这个人开着我的车在马路上飞驰，也是这个人在上次的简短会面中忘记了以前按门铃的暗号，并让我隐隐感到恐惧。自那以后，他就再也没出现过。可是现在，他又出现了，还带给我一种相同的感觉——那种亵渎神灵的怪异感以及无法言喻的厌恶和恐惧。

虽然爱德华最近的记忆明显丢失了一部分，但他还是和我提到了出院的事，而且态度十分友好。因此，我除了同意，别无他法。然而，我在想是不是发生了什么恐怖离谱的怪异之事，可是我又不知道这恐怖之处到底在哪儿。这个人确实神智正常，但他真的是我认识的那个爱德华·德比吗？如果不是的话，他又是谁？或者说他是什么东西？而爱德华又在哪儿呢？我该让他自由吗？还是该继续监禁他？又或者直接让他从地球上消失呢？他说的每一句话都蕴含着一股极度讽刺的意味。这双像极了阿瑟纳丝的眼睛更是让他说的某些话，例如“特别严密的监禁才能早点获得自由”这样的句子带着一种特别令人不解的嘲弄。我当时的表现一定很尴尬，幸好能早点离开那儿。

那一整天甚至包括第二天，我一直在想这个问题。到底发生了什么？到底是谁借着爱德华脸上那双怪异的眼睛在往外看呢？我所有的心思都放在这个可怕的谜团之上，什么也没做，就连我平时的工作也放下了。第三天早上，医院打来电话，说康复的病人没什么变化。到了晚上，我几乎要崩溃了。我承认我确实快崩溃了，虽然其他人会认为我的崩溃恰好证明我后来看到的那些东西都是幻觉。对此，我没什么可说的。只可惜不管我再怎么疯，也无法解释那些证据。

7

那天夜里，那种强烈的恐怖赤裸裸地爆发在我面前，我的灵魂深处袭来一股阴森的、无法撼动的恐慌。事情始于午夜前的一个电话。当时只有我一个人起来，我睡眼惺忪地拿起书房里的电话听筒，但电话另一头似乎没有人。我正准备挂断电话回床上睡觉时，听到电话另一头传来一阵非常微弱的声音。是有人说话很费劲吗？我仔细听了会儿，觉得自己听到的是一种液体的冒泡声——“咕噜……咕噜……咕噜……”古怪的是，这声音似乎让我联想到了某些含义模糊、晦涩难懂的词语和音节。我问是谁，但只传来“咕噜……咕噜……咕噜……”的声音。我只当这声音是电话机发出来的噪音，但后来一想，也有可能是电话坏了，只能接收讯号，却无法发送。于是我又说：“我听不到你说话，最好先挂了电话，打给拨号台试试。”我立刻就听到电话另一头的人准备挂断电话。

我说了，这是午夜前发生的事。后来经过调查，发现这电话是从克劳宁希尔德老宅打来的，但那时距离女仆按规定时间去那儿打扫房间的日子已经过去整整半个星期了。我只能稍稍透露一点儿从那栋房子里发现的东西——那宅子的一个偏僻的地下贮藏室里发生了剧烈的变化，到处乱七八糟，里面有一些人的脚印，有泥垢，衣橱也被人翻得乱七八糟，电话上也留有一些令人困惑的痕迹，还有一些被人使用过的文具，上面的痕迹显示那人在使用时很是笨拙，并且这一切都弥漫着一股久久无法散去的、让人恶心的恶臭味儿。警察——那些可怜的傻瓜——以为自己查清了这个案件而自鸣得意，居然还在追查那些被解雇的邪恶佣人，但他们早已从当下的骚乱中逃了。他们说这是一场针对以前发生的那些事的报复。而我之所以被牵扯进来，是因为我是爱德华最好的朋友，也曾给他提了很多建议。

白痴！他们以为那些粗野的小丑能仿造出那种笔记吗？他们以为那些小丑有能力弄出后面发生的那些事吗？他们看不到爱德华那具身体发生的变化吗？至于我，我现在完全相信爱德华曾经跟我说过的那些事。我们从未想过有些恐怖的东西能够超越生命的边缘，并且有时候人类的邪恶窥探会将它们召唤到我们的世界。那个魔鬼——伊弗雷姆或者阿瑟纳丝——召唤了它们，它们吞噬了爱德华，而它们现在正想要吞噬我。

我能确定我现在是安全的吗？那些力量在肉体死亡后依旧能存活于这个世界。第二天下午，我从虚脱中恢复过来，能够行走自如并且说话也有了条理之后，我就去了精神病院。为了爱德华，为了这个世界，我开枪打死了他。不过，在他火化之前，我真的能确定他已经死了吗？他们把尸体让不同的法医做了一些愚蠢的尸检，但是我要求必须将他火化。必须将他火化——因为在我开枪时，他根本就不是爱德华·德比。如果不把他火化的话，我会疯的，因为下一个很可能就是我。不过，我的意志并不薄弱。我知道那些恐怖的东西正围绕着我的意志不断翻滚，想要削弱我的意志，但我绝不让它们得逞。一条人命啊——伊弗雷姆、阿瑟纳丝、爱德华，现在会是谁呢？我绝不会让自己的灵魂被驱赶出我自己的身体……我也绝不和那个在疯人院被枪打死的恶魔交换灵魂。

让我试着把最后那段恐怖经历有条理地讲述出来。我不会说那些警察一直不予理睬的事，例如，两点前，至少有三名行人在主街遇到了那个身材矮小、长相丑陋、身上又散发着恶臭的东西，并且某些地方还留有一些相同的脚印。我只想说，大约两点时，一阵门铃声和敲门声把我吵醒了，按门铃和敲门的声音都有。来访之人迟疑不定地交替使用着这两种敲门方式，仿佛带着某种微弱的绝望，并且都试着使用爱德华那种“3+2”式的敲门暗号。

我刚从睡梦中醒来，头脑却处于一片混乱之中。德比就站在门口，他依旧记得敲门的暗号。那个拥有新人格的人肯定不记得这个暗号……是爱德华又恢复正常了吗？为什么他在这儿还表现出如此明显的紧张与匆忙呢？他是被提前释放的，还是自己逃出来的呢？我一边披上长袍，走下楼梯，心里一边想着，或许是因为他恢复了本来的性格，整个人又变得胡言乱语、变得暴力起来，于是精神病院撤销了他的出院决定，迫使他只能带着绝望逃了出来。总之，不管发生了什么，他现在又变成了以前那个好爱德华，而我会帮助他的！

我打开门，走进那拱形榆木门下的黑暗中。这时，一阵风朝我刮来，这风散发着一股让人难以忍受的恶臭味儿，几乎把我刮倒在地。我恶心得快要喘不过气来，差点儿没看见门阶上站了个又矮又驼的身影。敲门的人应该是爱德华才对，但这个身上散发着恶臭的矮家伙是谁？爱德华怎么有时间离开呢？在开门的前一秒，我不是听到他按门铃吗？

来访者身上套着一件爱德华的大衣，大衣的下摆几乎拖到了地面，袖子卷了卷，但依旧盖住了他的手。他头上戴着一顶宽边软帽，帽沿压得很低，脸上还蒙着一条黑色的丝巾。我摇晃着向前走去，那人发出了一种类似于液体冒泡的声音，正如我在电话里听到的那样——“咕噜……咕噜……”与此同时，他递给我一张大纸，纸张穿在长铅笔的一端，上面写满了密密麻麻的字。虽然这股古怪而不可名状的恶臭让我有点儿眩晕，但我还是抓起这张纸，并试图借着门道的光线看看上面写的内容。

无疑，这是爱德华的笔记。可他明明已经来了我家，还按了门铃，为什么还要给我写张字条呢？而且为什么那字迹看起来那么难看、那么潦草呢？由于光线太暗，我什么也看不清，只能回到大厅里。那矮家伙如同机械一般拖着步子跟了进来，然后在里屋的门阶上停下来。这位古怪的信使身上那股臭味实在让人难以忍受，我希望我妻子不会被这味儿熏醒。（感谢上帝，我的祈祷没有白费！）

我读着读着，感觉膝盖都软了；接着，我的世界一片漆黑。等我醒过来时，人还躺在地上，手因为恐惧而有点僵化，但依旧紧紧抓着那张令人憎恨的纸，上面写着：

丹，去精神病院杀了它。灭了它。这不再是爱德华·德比了。这是阿瑟纳丝，是她夺走了我的身体，但她早在3个半月前就死了。我骗你说她已经离开，其实是我把她杀了。我必须这么做。这事发生得很突然，当时我们周围没有别人，我的灵魂也还在我自己身体里。我看到一个烛台，于是抓起烛台砸向她的脑袋，把她砸死了。她原本会在万圣节那天永远夺走我的身体。

我把她埋在一个比较远的地下贮藏室里，并用一些旧箱子压着，然后清理掉所有痕迹。第二天早上，佣人们就有所怀疑了，但他们并不敢把这秘密告诉警察。我把他们遣散了，但谁知道他们以及教团里的其他人还会做些什么。

我想，有段时间我的状态还是很好的，没过多久，我就感觉有什么东西在撕扯我的大脑。我知道那是什么，我应该牢牢记住的。她那样的灵魂，或者说老伊弗雷姆那样的灵魂，都是半分离状的，人死后，只要肉体还在，灵魂就会继续存活下去。她抓住我，让我和她交换身体，然后她抓着我，把我的灵魂塞进她那具被埋在地窖的尸体里。

我知道之后会发生什么，这就是我崩溃的原因，也是我被送入精神病院的原因。事情还是发生了，我发现她把我塞进了黑暗中，塞进了她自己那腐烂的尸体里，那尸体被我藏在地窖的箱子下面。我知道她肯定占据了我在精神病院的身体——永远地占据了我的身体。因为万圣节已经过了，即便她当时不在现场，献祭也会起作用。可是现在她已神志清醒，并且准备出院去危害这个世界。我绝望了，不顾一切地拼命往外爬。

我已经说不了话，也打不了电话了，但我还能写字。我会想办法把这最后的话和警告带给你。如果你珍惜这个世界的和平和安宁的话，那就杀了这个恶魔，看着它被火化为灰烬吧。不然的话，它会一直活下去，换一个又一个身体，我无法告诉你它会做出什么事来。丹，离黑魔法远点，那是恶魔的东西。再见了，我最好的朋友。告诉警察这些，不管他们信不信。我很抱歉把这一切都牵扯到你身上。我很快就能得到安息了，这东西活不了多久的。希望你能收到此信，并杀了那东西，杀了它。

你的朋友爱德华

后来我才看到这张纸的后半部分，因为那晚看到第三段结尾处，我就晕倒了。当我看到堆在门阶上的那团乱七八糟的东西，闻到暖气吹打在它身上的味道后，我又昏过去了。这位信使早已一动不动，没了意识。

管家比我更坚强，早晨起来看到大厅那一幕，他没有晕倒；相反，他打电话报了警。警察过来的时候，我已被带上楼躺着了，但那东西——那乱糟糟的信使还躺在昨晚倒下的地方。他们都用手帕捂着鼻子。

最后，在那件属于爱德华的杂乱衣物下，他们发现有些东西已经开始液化了，恐怖得令人毛骨悚然。当然，里面还有骨头，有一块是凹进去的头骨。通过对牙齿的比对，他们发现这块头骨是阿瑟纳丝的。

穿越万古[1]

1

不管是生活在波士顿的居民，还是在其他地方留心报道的读者，恐怕都不会忘记在卡伯特博物馆发生的怪事。在新闻媒体的渲染下，博物馆中那具令人惊悚的木乃伊仿佛与那些古老而恐怖的谣言有了千丝万缕的关系。1932年，有一种病态的潮流和祭礼活动风行一时；同年12月1日，有两个人闯入了博物馆，并遭遇了厄运，媒体也都把这些事情和博物馆里的木乃伊联系了起来。所有的一切组成了一个像民间传说那样代代相传的经典神秘事件，并因此衍生出了一系列骇人听闻的猜测。

所有人似乎都意识到：媒体关于此次恐怖事件的公开报道中刻意掩藏了一些极其重要且极为可怕的事情。首先是关于闯入博物馆的那两个人尸体的报道，媒体对于其中一具尸体的状况只字未提，很显然相关的情况被突然抹去了——木乃伊身上那些奇怪的变化通常可以带来新闻价值，而后续报道中也丝毫没有提及。令人感到奇怪的是，这具木乃伊自此以后再也没有被重新放回展览柜中。在这个标本制作已经非常专业化的时代，博物馆却声称木乃伊腐坏严重已无法展出，显然这一理由是站不住脚的。

作为这所博物馆的馆长，我本可以揭露所有隐藏的事实，但是我有生之年都不会这样做。有些关于世界和宇宙的事情，大多数人还是不知

[1] 该篇手稿来自已故马萨诸塞州波士顿市卡伯特考古博物馆馆长理查德·H·约翰逊博士的遗物。

道为好。我也一直谨遵我们所有人（博物馆的工作人员、医生、记者和警察）在恐怖事件发生时一致做出的决定，不要将真相公之于众。但是，我始终觉得这件事极具科学性和历史重要性，它不应该被完全掩埋，至少应该留下点记录。出于这一考虑，我撰写了这份文稿，希望日后能够对那些严谨审慎的学者有所帮助。我会将这份文稿与我死后需要检验核实的文件放在一起，由我的遗嘱执行人来决定它的命运。过去几周内，我受到了某些威胁，加上发生的几起事件异乎寻常，我感到我自己以及博物馆的其他工作人员都处于某种危险之中。有几个传播甚广的秘密邪教组织盯上了我们，这些组织大多由亚洲教派、波利尼西亚教派和形形色色的神秘主义信徒组成。因此，我的遗嘱执行人可能不用等太久就可以开展工作了。[1]

我想，恐惧的真正开端是在1879年——早在我担任馆长之前——那时博物馆刚从东方航运公司获得那具可怕且令人费解的木乃伊。这具木乃伊的发现经过非常诡异，充满了险恶的意味。人们是在一片从太平洋海底突然隆起的土地上发现它的，当时它就在岛上一个远古遗迹的地穴里。古怪的是，却找不到任何有关这个远古遗迹的起源或者传说。

1878年5月11日，埃里达努斯号货轮从新西兰惠灵顿驶往智利瓦尔帕莱索，查尔斯·韦瑟比船长在途中发现了一个新岛屿。在地图上找不到关于这座岛屿的标记，显然它是由于火山作用新形成的。整座岛屿从海平面耸出，非常显眼，岛屿的形状呈圆锥体状，顶端像被削去一般。韦瑟比船长带领的先头登陆部队发现他们爬的这些崎岖的山坡有长期被水淹没的迹象，而在山顶还有不久前刚遭受地震等破坏的痕迹。在散落的碎石堆中，有一些大块的石头也显然有人工雕琢过的痕迹。稍加留心，就可以在这里找到一些先前在某些太平洋岛屿上也发现过的那种史前巨石阵。不过关于这点发现，考古界也无法解释缘由。

最后这些水手进入一个巨大的石头地穴，这曾经是一个巨型建筑的

[1] 遗嘱执行人的话：1933年4月22日，约翰逊博士突然离奇地死于心力衰竭。博物馆标本剥制师温特沃斯·摩尔大约在上个月中旬失踪。同年2月18日，威廉姆·米诺特医生被人从背后刺伤，并于次日死亡。

一部分，原本就被设置于地下深处，那具令人惊悚的木乃伊被发现时就蜷缩在一个角落里。水手们感到一阵短暂的恐慌——只是这恐慌也不全因为这具木乃伊，还因为看到墙上骇人的雕刻。尽管碰一下木乃伊都让人感到害怕和厌恶，他们还是鬼使神差地把它搬上了船。凑近一看，好像有一个不知道是什么金属做的圆筒刺穿了外面包裹的衣服，插在了这具木乃伊上。那个圆筒内有一卷薄薄的蓝白色薄膜，材质不明，上面用无法辨识的灰色颜料写着古怪的字母。在宽阔的石头地板中央有一扇活板门，但是这队人马没有移得开它的装备。

那时博物馆刚成立不久，看到关于这次发现为数不多的报道之后，馆方立刻买下了那具木乃伊和圆筒。皮克曼馆长还亲自去了一趟瓦尔帕莱索，全副装备地配置了一艘双桅纵帆船去寻找发现木乃伊的那个地穴，但是最后无功而返。等他们到达标记了那个岛屿的位置，除了广阔无垠的海面，什么都没看见。搜寻者们意识到，把海岛突然从水中隆起的那股地震的力量又把它带回到水下的黑暗中去了，就在那里孵化着未知的永世之谜，关于那扇移不开的活板门的秘密，也将永远在水底沉睡。好在木乃伊和那个圆筒保留下来了——木乃伊就放置在博物馆的展柜里，于1879年11月初在博物馆的木乃伊厅展出。

卡伯特考古博物馆专门研究这种远古和未知文明的遗迹，规模既不大，也不怎么出名，虽不属于艺术范畴，但是在科学界有很高的地位。它位于波士顿的灯塔山中心高档住宅区——位于弗农山大道，靠近乔伊街——原来是一处私人宅邸，改建为博物馆后在后方加盖了一间侧厅。过去，周围那些淳朴的邻居们还一度以这座博物馆为荣，直到最近发生了那些恐怖事件，博物馆从此也有了不受欢迎的恶名。

木乃伊厅位于这个原宅邸（由布尔芬奇[1]设计，于1819年建成）西侧的二楼，是美国木乃伊同类收藏之中最齐全的展厅，备受历史学家和人类学家尊重。在这里可以找到从最早的萨卡拉[2]标本到8世纪的科

[1] 查尔斯·布尔芬奇（1763—1844年），美国建筑师，是早期美国国会大厦的建筑师。

[2] 萨卡拉，埃及境内一个古代大型墓地，自埃及第一王朝起即有贵族在此下葬。其境内有全埃及最古老的金字塔。

普特人试图延续埃及传统制法干尸的典型例子，还有来自其他文化的木乃伊：包括最近在阿留申群岛发现的史前印度标本，在掩埋一切的火山灰遗迹深处发现的庞贝干尸——火山灰将他们死前最后挣扎的姿势封印成型，从矿井或世界其他施行挖掘工作的地方偶然得到的自然僵化的干尸——有些干尸是被突然埋没的，保留了临死前最后歇斯底里挣扎的古怪姿势，十分令人震惊。总而言之，在这里可以找到任何你想看到的木乃伊收藏。1879年的收藏远没有现在丰富，然而在当时也是十分瞩目的。但是那具从一个转瞬即逝的、海洋孕育的、岛屿上原始巨石堆砌的石头地穴中发现得来的木乃伊，不仅震撼人心，也始终是这座博物馆主要吸引人的亮点和不可思议的神秘之处。

这具木乃伊性别男，中等身材，种族不祥。死者保持着一种奇怪的蜷缩姿势。像爪子一样的手半掩着脸，下颌向前突出，枯槁的面孔上露出一种惊骇的表情，那样子十分恐怖，参观者们几乎走到展柜前看了一眼就吓得赶紧走开了。木乃伊的眼睛是闭着的，眼睑紧紧地包住鼓胀凸起的眼球，只有少量头发和胡子残存。整具干尸的颜色呈一种暗灰色，质地有点像是皮革，又有点像石头，专家也无从得知它是如何做到防腐的。木乃伊身上有些部分因长时间的风化和腐烂侵蚀有所损坏，一些特殊织物的破布仍然粘在尸体上，隐约可见一些陌生的图案。

为什么这具木乃伊看起来如此可怕、如此令人生厌呢？确实很难说清楚。人们对它有一种说不清道不明的微妙感觉，仿佛这遗物来自数不清的世代之前，无比古老又完全陌生。看着它就好像站在一个巨大的深渊边缘，向下望去深不见底，只看到深不可测的黑暗。不过最让人惊惧的是那张脸上极度恐惧的表情。那张下巴突出的脸上满是褶皱，一只爪子一样的手半掩着。参观者看着它时，这种神秘感让人不安，揣测遐想也毫无结果。木乃伊脸上那超乎正常人类的惊惧神情如此强烈，以至于看了一眼，这种恐怖的感觉就可以蔓延到参观者全身一般。

尽管该机构一贯隐蔽和低调的政策没让它成为卡迪夫巨人[1]一类的

[1] 卡迪夫巨人，美国历史上最有名的人类学骗局之一。1869年一支施工队在施工中挖掘出一具身长3米的巨人石化体，引起了广泛关注。但随后证实该巨人由一名叫乔治·霍尔的纽约无神论者为了取笑一名基督教牧师而特别制作的赝品。

流行轰动，但是即便如此，在那些经常光顾卡伯特博物馆的少数有鉴赏力的人当中，这个从古老的失落世界残存下来的遗迹很快就获得了一种不祥的名声。上个世纪，大吹大擂的粗俗作风还没有像现在这样在学术领域大行其道。当然，各种各样的学者都尽力把这种可怕的东西加以归类，但总是没有成功。消失的太平洋文明理论、复活节岛的图片和巨石建筑的波纳佩岛和南马都尔都可能是这一文明留下的遗迹。这些理论在学者间自由流传，学术期刊上发表的文章也各执其词，对可能是前大陆的猜测往往相互矛盾——有一种说法是这个大陆上的顶峰残留演变成了现在的美拉尼西亚和波利尼西亚等群岛。这些假设消失的文化或者大陆在时间上的多样性，既令人困惑又十分有趣。虽然是猜测，却在塔希提岛和其他岛屿的某些神话中发现了一些惊人的相关暗示。

与此同时，博物馆图书室里精心保存的那个古怪的圆筒和筒内令人困惑的象形文字卷轴也引起了相应的关注。毫无疑问，它们和木乃伊有着某种联系。因此，所有人都意识到，只要能揭开这两件东西所隐藏的秘密，那具恐怖的木乃伊之谜就很有可能迎刃而解。这个圆筒长约4英寸，直径约7—8英寸，是一种奇特的闪光金属，任何化学测验都无法鉴定，并且似乎所有试剂都对它不起作用。这个圆筒上盖着一个同等材质的盖帽，上面雕刻的图案分明可见，像是装饰用的，也可能具有某种象征意义。这些图案只是常规设计，但似乎遵循着某种特殊的几何原理，相互矛盾又难以描述。

同样神秘莫测的还有筒内的卷轴，这是一卷难以鉴定的整洁蓝白色薄膜，卷在一根像圆筒的材质一样的金属棒上，解下来展开有两英尺长。大号的粗体象形文字在卷轴的中心沿着一个狭窄的线条舒展开来，书写的灰色颜料也无法检测，语言学家和古文字学家都无法知晓这些文字的意义，把复印件拿给任何一个该领域的专家看，也没有人能看懂。

不过，有少数精通神秘主义和魔法文学的学者确实发现了有些象形文字和两三本书里描述或引用的原始符号相似，这些文本非常古老，晦涩难懂，仅限于圈内人之间秘传，《伊波恩之书》便是其中一个例子。据说这些文本是从失落的北方乐土传下来的，还有传说比人类更加古早的《纳克特抄本》，以及疯狂的阿拉伯人阿卜杜·阿尔哈兹莱德那怪异的禁书《死灵之书》。然而，这些相似之处都充满了争议。由于那时神秘学研究大多不受重视，根本没人费心拿这些象形文字的副本给神秘学家们看。如果早点有人将这些象形文字的副本给神秘学家们传阅，后来发生的事情可能会大有不同。事实上，任何一个读过冯·琼茨特的恐怖小说《无名祭祀书》的读者只要看一眼这些象形文字，就会发现它们之间确实有着意义重大的联系。然而，在这一时期，读过这本亵渎神明之书的人少之又少；从杜塞尔多夫发行的原版（1839年）到布莱德维尔译本（1845年）出版又被禁，再到1909年金色地精出版社删节版再版，在这段时间里，这本书的印刷本少得令人难以置信。实际上，要不是最近媒体铺天盖地的耸人听闻报道促成了恐怖氛围的高潮，在这之前，没有一个神秘学家或研究远古原始神秘历史的学者会注意到那古怪的卷轴。

2

就这样，这具可怕的木乃伊在博物馆里平静地度过了半个世纪。这个可怕的东西在有教养的波士顿人中间渐渐有了些名气，但仅此而已；而圆筒和卷轴的存在——经过十年的研究仍一无所获之后——实际上已经被大众遗忘了。卡伯特博物馆安静又保守，甚至没有记者或特约作家想过来这个平静无事的地方搜集些激起普通民众兴趣的素材。

1931年春天，博物馆购买了从法国阿维若行省几近消失、臭名昭著的福塞弗拉姆城堡遗址的地穴里发现的一些奇怪物品，以及难以解释的保存完好的尸体。卡伯特博物馆也因此登上了新闻专栏，大量媒体报道蜂拥而至。《波士顿邮报》不愧于其“迅猛”的特点，火速派了一名周日特约撰稿人来报导这一事件，并夸大了对该机构本身的描述。这个年轻人名叫斯图亚特·雷诺兹，他偶然发现了这具无名木乃伊，认为这可能会引起极大的轰动，甚至远远大过这次报道任务。由于对神智学知识略有所知，加上热衷于契奇沃德上校和路易斯·斯宾塞等作家对失落大陆和原始文明的推测，雷诺兹格外留心这具谜团重重的木乃伊——这一来自太古时代的遗物。

在博物馆里，这名记者总是提出各种各样的问题，有些问题一点儿也不明智，还没完没了地要求移动放置在展柜中的物品，以便从不同的角度拍摄照片，这使得他很讨人厌。在地下藏书室里，他也没完没了地盯着金属圆筒和薄膜卷轴，从各个角度给它们拍照，以确保拍到了这些象形文字的每一个细节。他还要求翻阅所有关于原始文化和沉没大陆主题的书籍——在那一坐就是3个小时，期间不停地记录笔记，直到为了赶去剑桥的怀德纳图书馆看一眼（如果图书馆允许他这么做的话）那令人愤怒的禁书《死灵之书》才舍得离开。

4月5日，文章被刊登在《周日邮报》上，里面充斥着许多木乃伊、圆筒和象形文字卷轴的照片，但措辞幼稚而自以为是，典型地为了迎合广大心理不成熟的读者而作的《周日邮报》式风格。整篇文章失实、夸张并且耸人听闻，却激起了人们愚蠢和浮躁的兴趣——结果，这个一向安静的博物馆里开始挤满了叽叽喳喳的人群，他们都跑到那具木乃伊跟前，呆呆地望着它出神。博物馆可从来没有这么热闹过，那过去一直庄严肃穆的走廊就是见证。

来博物馆参观的还有一些学者和知识分子。尽管这篇文章很幼稚——但是照片本身却多多少少透露了一些事实，而且有不少心智成熟又颇有学识的人偶尔也会看看《周日邮报》。我回想起去年11月博物馆里出现了一个非常奇怪的人，他戴着头巾，蓄着浓密的胡须，肤色黝黑，声音听起来很吃力，有些不自然，脸上毫无表情，粗笨的双手戴着白色手套，十分滑稽。他还操着一口粗俗的伦敦西区口音，自称是“斯瓦米·查古拉普夏大师”。这个家伙的神秘学知识丰富得令人难以置信，他似乎被卷轴上的象形文字和一个失落的远古世界的某些符号的相似之处深深地打动了，并对此满怀敬畏。此外，他还声称自己对那个古老的世界有着十分丰富的灵感。

到6月，木乃伊和卷轴已经声名远扬，传到了波士顿之外的地方，博物馆收到了来自世界各地的神秘学家和神秘学研究者的咨询，以及他们索要照片的请求。我们的员工对此可不怎么高兴，因为我们只是一个科学机构，并不想理会那些幻想家，不过出于礼貌，我们还是回答了所有的问题。结果，在《神秘学期刊》上发表了一篇极有学问的文章，署名是声名显赫的新奥尔良神秘主义者——艾蒂安·劳伦·德马里尼。他在文中声称，荧光圆筒上一些怪异的几何图案以及薄膜卷轴上某些具有可怕意义的象形文字，都与冯·琼茨特那本可憎的禁书《黑皮书》或《无名祭祀书》中重现的某些有着可怖含义的象形文字完全一样（这些象形文字都是从某些远古时期留下的巨石或从偏激的学者与狂热信徒组成的隐秘团体所举行的仪式上抄誊来的）。

德马里尼回忆起1840年冯·琼茨特惨死的情景（这是他那本可怕的著作在杜塞尔多夫出版发行一年后的事），并对部分可疑的恐怖消息来源发表了自己的看法。最重要的是，他强调了冯·琼茨特书中绝大多数象形文字与这些故事有着密切关联。在这些故事中，明确地提到过有一个圆筒和卷轴，这表明它们与博物馆里的东西的确有着不可否认的联系。然而，这些故事的时间跨度长到令人难以置信，所涉及的远古失落世界荒诞而陌生。所以对于这些匪夷所思的故事，人们更容易喜欢那些脑洞大开的奇想，而非相信故事本身。

人们显然是喜欢这种想象的，关于这些故事的报道纷纷见诸报端。随处可见那些带有文章的插图，讲述着或自称他们在讲述《黑皮书》中的传说，极尽描写木乃伊的恐怖，并将圆筒上的图案、卷轴上的象形文字与冯·琼茨特再现的符号进行比较，常常得出一些极尽耸人听闻且荒谬的结论。博物馆的参观人数突然上升到过去的三倍，人们对这个话题的兴趣从博物馆收到的海量邮件可见一斑——尽管这些邮件内容大多空乏累赘。显然，对想象力丰富的人来说，这具木乃伊和形成它的起源足以和大萧条带来的影响相匹敌，这也成了1931年和1932年人们讨论的主要话题。就我个人而言，这场风波的主要影响是促使我读了冯·琼茨特金色妖精出版社那版《黑皮书》——细细读来让我觉得头晕目眩、恶心作呕，不过幸好我没看过那本声名狼藉的作品的未删减版。

3

《黑皮书》中那些远古传说所提及的图案与符号确实和神秘卷轴及圆筒上的图案非常相似，明显是出自同一体系。这些传说令人着迷、惊奇和敬畏，它们跨越了难以置信的时光鸿沟——早在我们所知的任何文明、种族和土地之前——在神秘而绚烂的太古时代，存在着一个已销声匿迹的国家和一片大陆……那些传说将这片土地称为姆大陆，石碑上的原始语言纳卡尔文记录了它在20万年前曾辉煌灿烂，而当时欧洲只有一些混血生物，失落的北境之地也才刚刚知道那些用于敬拜无定形的黑暗之神撒托古亚的莫名仪式。

书中还提到，在一片非常古老的土地上有一个可纳王国或行省，早期人类发现了之前定居在这儿的先民留下的巨大废墟——不知道有几波未知生物从群星之间降落至此，在已被遗忘的太初世界生活了亿万年。可纳是一个神圣的地方，在这片土地的中央，雅迪斯戈山荒凉险峻的玄武岩悬崖直冲云霄，山顶有一个巨石砌成的巍峨碉堡，由暗黑星球犹格斯的外星人建成，比人类历史还古早许多。早在地球生物出现之前，犹格斯星的子民就在这里实行殖民统治。

犹格斯星人早在亿万年前就已经灭绝，却留下了一个永远不死的怪物——他们的地狱之神或守护神加塔诺托亚。这个怪物在雅迪斯戈山上的堡垒深处那看不见的地穴里永久地窝着。没有人攀爬过雅迪斯戈山，也没有人见过那座邪恶不洁的堡垒——除了可以远远地看到天边那个非标准几何形状的遥远轮廓；然而，大多数人都认为加塔诺托亚还在那里，在巨石墙下未知的深渊里挖掘打滚。人们坚信，必须向加塔诺托亚献祭，否则它就会从看不见的深渊中爬出来，就像它过去在犹格斯星人的史前世界中行走一样，也在人类世界里可怕地蹒跚而行。

人们说，如果不提供献祭，加塔诺托亚就会从地下钻出，来到洒满阳光的地面，并从雅迪斯戈山的玄武岩悬崖上笨重地走下来，给它所遇到的一切带来厄运。因为任何生物看到加塔诺托亚，即使只是看到一座完整再现的加塔诺托亚雕像，无论多么微小，都要经历比死亡更可怕的变化。所有犹格斯星人的传说都认定：看到神明加塔诺托亚，或者看到他的雕像，都会在极度惊骇中陷入麻痹瘫痪的石化状态。受害者的外部躯体会变成像皮革和石头那样的材质，但是大脑会永久存活在头颅里——被固定和囚禁在身体里，度过漫长的岁月，无法动弹也无能为力，却可以感知到永无止境的时代更迭，恐怖且令人发狂；直到那石化的躯壳由于侥幸或时间的原因而彻底腐朽，使得里边的脑子暴露于外而死亡，才算是它的终结。大多数脑子，当然等不及躯体千百万年后腐朽的解脱就已然崩溃癫狂。据说，没有人见过加塔诺托亚，但它带来的危险和当时犹格斯星人所面临的一样可怕。

在可纳有一种崇拜加塔诺托亚的祭礼，每年向它献祭12名年轻的勇士和12名年轻的处女。人们把这些祭品供奉在雅迪斯戈山脚下附近的大理石寺庙中，并把他们置于庙中燃烧的圣坛上，因为没有人敢攀登雅迪斯戈山的玄武岩悬崖，也没有人敢靠近山顶上的史前巨石碉堡。只有加塔诺托亚的祭司才能保护可纳和整个姆大陆，以免这暗黑之神突然从它那无人知晓的地穴中出来并将所有人石化，所以这些祭司也因此享有极大的权力。

这片土地上有100个暗黑之神的祭司，都位于大祭司伊玛斯摩之下。举办纳特节的时候，大祭司伊玛斯摩可以走在塔邦国王面前，并且当国王跪在多立克圣祠前时，他依旧可以骄傲地站在那里。每个祭司都有一座大理石府邸，一只黄金制作的箱子，200个奴隶和100个妃嫔。除此之外，他们还不受世俗法律的制约，并且握有生死予夺之权——除了国王的祭司。然而，尽管有这些守卫者，这片土地上始终弥漫着一种恐惧，唯恐加塔诺托亚从深渊里爬上来，邪恶地蹒跚下山，给人类带来恐惧和石化。后来，这些暗黑之神祭司甚至开始禁止人们去猜测或想象加塔诺托亚的恐怖模样。

正是在红月之年（据冯·琼兹特估计，为公元前173、148年），有个人第一次向加塔诺托亚及其威胁发起了挑战。这个大胆的异教徒是提尤格，他是莎布·尼古拉斯的大祭司，守护着千羊铜庙。他对诸神的力量思虑了很久，做了许多奇怪的梦，得到了许多启示，都涉及这个世界或是古早世界的生活。最后，他确信可以联合友善的诸神来对抗敌对的神明，并相信莎布·尼古拉斯、纳格、耶布以及蛇神伊格都准备站在人类一边，共同反对加塔诺托亚的暴虐和傲慢。

受母神莎布·尼古拉斯的启发，提尤格按照自己的规则，以僧侣使用的纳卡尔文写下了一个独特的咒语，他相信这个咒语可以使拥有者免受暗黑之神石化魔法的伤害。他想，有了这样的保护，一个勇敢的人就有可能爬上那可怕的玄武岩悬崖——人类有史以来第一次——进入传说中蛰伏着加塔诺托亚的巨石碉堡，在莎布·尼古拉斯和她的儿子们的帮助下和神面对面交锋。提尤格相信自己也许能够使它屈服，最终解救人类于威胁之中。经过他的努力，人类将会得到自由，他也会因此获得无上的荣耀。所有那些加塔诺托亚的祭司现在所拥有的一切将会由他来掌管，即使是王权、甚至神的地位，都是可以畅想的，都可以揽入怀中。

提尤格把保护符咒写在一卷帕萨贡薄膜上（据冯·琼茨特称，帕萨贡是已灭绝的亚基斯蜥蜴的内表皮），并把它封在一个用拉夫金属做成的雕花圆筒里。拉夫金属是犹格斯星的长老们带来的，在地球上的任何矿藏中都找不到。他长袍中怀揣的符咒能够使他抵御加塔诺托亚的威胁——如果这个可怕的生物出现并开始摧毁一切，这个符咒或许还能治愈被这暗黑之神石化的受害者们。因此，他计划爬上世人回避而无人涉足的高山，进入那座棱角怪异的巨石碉堡，与地穴中可怕的恶魔生物对峙。接下来会发生什么，他压根不敢想象；不过一想到可能会成为人类的救世主，他的意志就坚强起来。

然而，他没想到那些养尊处优的加塔诺托亚祭司如此善妒自私。他们一听到他的计划，害怕他们的特权和名誉因守护神地位的罢黜而受损，于是大声疾呼，反对这所谓的悖理逆天的行为，哭喊着没有人可以战胜加塔诺托亚。他们还声称，任何想把这个怪兽找出来的努力都只会招致人类被残酷屠杀的后果，任何咒语或者祭司都对它无济于事，希望公众起来反对提尤格的做法。然而，人们如此渴望摆脱加塔诺托亚的威胁而获得自由，对提尤格的技能和热诚充满了信心，毫不理会祭司们的呼喊。即使是通常任由祭司们摆布的国王，此时也拒绝禁止提尤格这趟勇猛无畏的“神圣之旅”。

就在那时，加塔诺托亚的祭司们暗中做了见不得人的事。一天晚上，大祭司伊玛斯摩偷偷溜到提尤格所在寺庙的卧房里，趁他熟睡时取出金属圆筒，默默抽出那卷威力巨大的卷轴，取而代之另一卷极其相似的卷轴。调包了的新卷轴做了很大改动，这上面的内容没有对抗任何神或恶魔的力量。把圆筒塞回熟睡者的斗篷里后，伊玛斯摩终于心满意足了，因为他知道，提尤格不太可能再去检查圆筒里的内容了。这个自以为还可以受卷轴保护的异教徒将会爬上那座禁忌之山，进入那邪恶之地——而加塔诺托亚，在没有任何法术的约束下，将会给他好看。

加塔诺托亚的祭司们再没必要去四处布道，反对提尤格的行动了。就让提尤格走自己的路吧，去迎接他的厄运吧！背地里，这些祭司会永远珍藏那偷来的卷轴——那真正有强大效力的咒语——由一代大祭司传给下一代大祭司，以便将来境况困顿、甚至某一天要反抗恶魔之神的意志的时候，这东西便可以派上用场。所以，那晚接下来的时间里，伊玛斯摩把那卷真正的卷轴放到一个为了隐藏它而打造的新卷筒中后，心满意足地进入了梦乡。

天火之日（冯·琼茨特没有解释这个名称的意义）的破晓时分，提尤格右手拿着一根特拉木杖，在人们的祈祷和吟诵中，在塔邦国王的祝福下，开始朝着那座可怕的山峰行进。他的长袍中揣着那个圆筒，自以为里边还装着那真正具有强大威力的咒语——因为他确实没有发现圆筒被掉了包，也没有察觉到伊玛斯摩和其他加塔诺托亚的祭司们在为他祈祷凯旋归来时的神情有什么讽刺的意味。

整个上午，人们都站在那里，望着提尤格在那座迄今为止无人涉足的玄武岩山坡奋力攀爬。他的身影越来越小，直到消失在去往山背那更危险的一侧，许多人还在那久久地驻足观望。那天晚上，一些有灵异能力的入梦者认为他们听到了一阵模糊的震颤，继而引发了山顶那场令人不安的震动，不过大多数人都认为他们的说法很可笑。第二天，成群的人望着这座山，祈祷着，他们想知道提尤格什么时候回来。接下来一天也是如此，日复一日。一周周过去了，他们等待着、希冀着，最后流着眼泪哀悼起提尤格来。再也没有人见过提尤格——这位原本可以把人类从恐惧中解救出来的英雄，再也没有见过。

自那以后，人们一想到提尤格的大胆行径就不寒而栗，更不敢去想他的不敬所招致的惩罚。对于那些憎恨神明意志，或者拒绝向加塔诺托亚献祭的人，祭司们也只是笑而不语。后来，人们知晓了伊玛斯摩的计谋，也没有因此改变看法。人们依旧觉得最好还是不要去打扰加塔诺托亚，再也没有人敢对这位神明发起挑战。岁月悠悠，王朝兴替，大祭司代代相传，列国兴亡更迭。这片土地也一时从海中隆起，一时又沉入了海中，几经起落。在可纳王国灭亡亿万年后，终于在一个风雷闪电的日子里，浪潮卷得天高；在一阵隆隆声中，整个姆大陆永远沉没到了海底。

在后来的亿万年中，古老的秘密就像一条永不断绝的细流，涓涓地流淌着。在遥远的异国他乡，依旧可以看到那些脸色铁青的人聚集在一起——他们是那次海洋魔鬼暴怒后的幸存者；还可以看到天空中弥漫着祭坛的烟雾，那是人们在崇拜那些消失了的神灵和恶魔。那座加塔诺托亚盘踞的巨石碉堡和圣山都不知道沉没到了哪个无底深渊，但是依旧还有人喃喃地念着它的名字，为它献上不可描述的祭品，唯恐它从深海之中冒出来，带着石化的威力摇摇摆摆地走在人群中，让人恐惧。

散落四方的祭司中酝酿着一种黑暗又神秘的邪教教团雏形——他们秘密结社，因为新大陆的人们信仰和敬畏着其他神灵和魔鬼，而且认为古老和陌生的神灵极为邪恶。这个邪教教团还做了许多丑恶的事情并珍藏了一些古怪物件。传说有一群神出鬼没的祭司依旧藏有能对付加塔诺托亚的咒语卷轴，就是伊玛斯摩趁提尤格熟睡时从他那里偷来的那卷；尽管已经没人能读懂这些神秘的音节，也根本猜不到失落的可纳王国、那座恐怖的雅迪斯戈山峰以及那恶魔所在的巨石碉堡究竟在世界的哪个角落。

尽管这个邪教团体主要在姆大陆曾经存在过的太平洋地区活动，在不祥之地亚特兰蒂斯和令人憎恶的冷原上也仍然有关于这隐秘可憎的邪教的流言。冯·琼茨特暗示传说中的地下王国昆扬[1]就曾存在这个邪教，并提供了明确的证据，证据表明此邪教已经渗透到埃及、迦勒底、波斯，还有被人们遗忘的非洲闪族帝国，甚至还包括新世界的墨西哥和秘鲁。此外，他还强烈暗示道，这个邪教与欧洲的巫术运动有着密切的联系——教皇颁布反对这一运动的诏书也无济于事。然而，西方并不适合这个邪教的发展，由于目睹了邪恶的祭仪和不可描述的献祭所激起的公众愤怒也完全摧毁了它的许多分支。这个邪教受到许多打击和封杀，最后发展成了一个更加隐秘的地下组织——但它的核心力量没有被彻底摧毁。因此，这个邪教总是能够以某种方式幸存延续，主要在远东和太平洋岛屿等地区流传着。在那些地区，它的教义还逐渐融入了波利尼西亚阿雷伊人的秘传学中。

冯·琼茨特给出了极为微妙却令人不安的暗示，说他曾与这个邪教有过实际的接触。所以当我听闻冯·琼茨特已死的传言时，不禁大为震惊。冯·琼茨特还提及，人们渐渐开始猜测这个邪恶神灵的外貌，并且把这种猜测加塔诺托亚外貌的习惯和在远古的姆大陆盛行的禁忌（禁止任何对这种恐怖的想象）做了对比——没有人曾见过那个生物（除了那个胆大包天的提尤格，他再也没有回来）。信徒们既敬畏又着迷地讨论着这个话题，冯·琼茨特由此产生了一种古怪的害怕和担忧——人们怀着满满的病态的好奇心，悄声细语地谈论着，在那座现在已经沉没的可怕山峰的史前建筑里，提尤格在生命尽头到来之前（如果他的生命已经到了尽头的话）究竟遇到了什么样的生物。这位德国学者对此话题的描述拐弯抹角、晦涩不明，使人不得不联想背后暗含的险恶，心里发毛。

同样令人不安的是冯·琼茨特对那卷被盗走的卷轴的下落及其最终用途的推测，别忘了那卷轴上写满了打败加塔诺托亚的咒语。尽管我相信这一切不过是纯属虚构的神话故事，但是一想到那可怕的神灵可能会出现在当今世界，想到人类突然变成一堆堆畸形的雕像，每一尊当中都包裹着一个活着的大脑——注定要在未来的数不清的世代里陷入呆滞

---

[1] 昆扬，克苏鲁神话中存在于北美洲地下深处的世界。一个来自太空但却非常类似印第安人的外星种族在此繁衍。他们与姆大陆及其他古老文明有密切来往。

和无助的意识之中，我还是禁不住打了个寒战。这位杜塞尔多夫的学者（冯·琼茨特）的叙述方式十分讨厌，字里行间全是暗示，极少有清楚的描述。我也终于理解了为什么他那本该死的书在那么多国家被禁，为什么被认为是亵渎神明、危险且不洁的了。

我厌恶地扭了扭身子，可是这东西却有一种邪恶的魔力——我完全无法放下这本书，直到把它完整地读完。据称，这些来自姆大陆的符号和象形文字的副本，与这个圆筒上的标记和卷轴上的文字惊人地相似，整个故事有着详尽的细节，显示了许多与这具可怕的木乃伊相似的迹象，模糊不明却令人恼怒。圆筒的卷轴——地处太平洋的小岛——老韦瑟比船长坚持认为发现木乃伊的巨石地穴原来位于一栋巨型建筑之下……不知怎么地，我隐约有些高兴，因为还没来得及打开那扇巨大的活板门，那座火山岛就沉没了。

4

我在那本《黑皮书》中所读到的内容，为后来发生的新闻和1932年春天近来在我身上发生的一些事件埋下了恰到好处的伏笔。起初，我不记得从什么时候开始有了这样一个印象，媒体对警察在东方或者其他地区针对那些古怪的邪教团体的活动报道得越来越频繁。但是到了五六月份，我意识到奇异秘传主义团体开始在世界范围内频繁地活动起来。而这些团体过去一贯保持低调，甚至很少听说，不由得令人觉得有些异常和惊讶。

我当时并没有将这些报道与冯·琼茨特的暗示，或者是人们对博物馆中那具木乃伊和圆筒的纷纷议论联系起来。反倒是各路秘教祭司在仪式或者演讲中提到的具有某种重要意义的音节，和反复出现的话语——经过媒体的反复铺陈——引起了公众的关注。结果是，我也不禁焦虑地注意到一个名字频繁出现——以各种讹传误用的方式——这似乎构成了所有邪教崇拜的焦点，而人们对这个名字显然怀着一种既敬畏又恐惧的古怪心情。提到的名字包括“吉坦塔”“坦诺托”“撒恩-撒”“加坦”以及“卡坦-托”——现在已有许多神秘学者与我书信往来，不消他们提醒，我也能从这些变体中看到它们与那个可怕的名字——冯·琼茨特所称的加塔诺托亚——有着可怕并且有影射的密切关系。

还有一些其他的事情也同样令人忧虑。这些报道一次又一次地提到“真正的卷轴”——晦涩不明，却让人深感恐惧。因为真正的卷轴就是关键所在，它可能会带来极为震撼的后果。而且报道中提到，这个东西由一个叫作“纳吉布”的保管，而这个纳吉布有可能是人，也有可能是某种生物。媒体还不断地重复着一个名字，发音听起来像托格、提克、尤格、佐布或尤布，我越来越激动，不由自主地把它和《黑皮书》里那个运气不好的异教徒的名字——提尤格——联系了起来。这个名字的提起，通常与这些神秘的话语有关：“那定然是他”“他看到了它的样子”“尽管他看不到也感觉不到，但他全都知道”“他把记忆穿越了万古”“真正的卷轴会解救他”“纳吉布持有真正的卷轴”“他知道在哪能找到它”。

毫无疑问，有一些非常古怪的东西已经流传开来。所以当那些与我通信的神秘学家，以及那些耸人听闻的周日报纸媒体开始把这些新的反常的骚动一方面与姆大陆的传说联系起来，另一方面又和最近发现的那具骇人的木乃伊联系起来的时候，我一点也不吃惊。第一波媒体宣传狂潮时有一篇文章广为流传，在那篇文章中提到了这些邪教活动、木乃伊、圆筒和《黑皮书》传说中的卷轴之间有着引人注目的联系。此外，文中还涉及了他们对整件事情奇思妙想的推测，甚为疯狂。在我们复杂的世界中，充斥着成百上千秘密的异教徒团体，这些论调很可能会唤起他们潜在的狂热。报纸也没有停止火上浇油——关于狂热崇拜的故事甚至比之前一系列的故事更疯狂。

随着夏天的临近，博物馆的工作人员注意到在前来参观的人群中多了些古怪的新面孔——在第一波媒体宣传的轰动效应之后，有了一段短暂的平静时光——但是第二波轰动很快又把参观者吸引到了博物馆。越来越多着装古怪、带有异域特色的人来到博物馆——黝黑的亚洲人，不伦不类的、留着长头发、蓄着胡须的棕色皮肤男人，穿着和自身气质极为不搭的欧洲服装的人——他们都一成不变地询问木乃伊馆的位置，然后你就会发现他们站在那儿盯着那个可怕的太平洋标本，如痴如醉。在这群古怪的外国人潮中，有一股平静而险恶的暗流，所有的保安工作人员都对此印象深刻，我也不免受其影响。我不禁想到这些外国人中间盛行的邪教崇拜，以及这些参观狂热与神话传说之间的关联。还有那具木乃伊和圆通卷轴，这些事物之间一定有着某种紧密的联系。

有时我甚至想把木乃伊从展馆中撤出——尤其是当工作人员告诉我，他有几次瞥见那些外国人在木乃伊面前古怪地敬礼，甚至在参观人群比较少的时候，他还听到这些人对着木乃伊低声唱和，听起来像是某种圣歌或者宗教仪式。木乃伊是单独放置在玻璃展柜里的，不管是那些报道还是传说，都加剧了人们对它石化作用的恐惧。其中一位保安就因此催生了一种奇怪的紧张幻想，声称他可以看见那极度弯曲、骨瘦如柴的爪子上，以及表情惊恐的皮革般的脸上，出现了某些模糊而微妙的变化。这些变化极其微小，却的的确确每一天都在发生着。他的脑海中甚至有一个念头怎么也挥之不去：那双可怕的鼓眼睛会突然睁开。

九月初，好奇的人群少了，木乃伊馆有时甚至空荡荡的，于是有人企图割开木乃伊的玻璃去接近那具木乃伊。罪犯是一个皮肤黝黑的波利尼西亚人，一名保安及时发现了他，并且在任何伤害发生之前就把他制服了。经调查，这名男子原来是夏威夷人，因参与某些地下宗教崇拜活动而臭名昭著，有相当多的违法犯罪记录在案，都与不人道的仪式和变态的献祭有关。在他的房间里发现了一些非常令人费解和不安的文件，其中包括许多写着象形文字的纸张，这些象形文字与博物馆的卷轴和冯·琼茨特《黑皮书》中卷轴上的文字非常相似；但是对于这些事，没有人能从他嘴里套出任何消息。

此次案发一周内，又发生了一起试图接近木乃伊的事件——这次是试图撬开玻璃柜的锁——结果还是被逮捕了。这名罪犯是锡加里岛人，他和夏威夷人一样有长期从事邪教活动的记录，并且同样表现出不愿与警方交谈的态度。有一名保安以前注意过这个人好几次，还听到他对木乃伊念了一段奇怪的咒语，并且明确无误地听到他在咒语中反复念叨

“提尤格”一词——这使得这桩案件格外引人注意，也格外阴郁不祥。这件事的结果是，我加派了一倍的保安驻守在木乃伊大厅里，并要求他们的视线永远不要离开这个臭名昭著的标本，片刻都不行。

可想而知，媒体对这两件事大做文章，又开始重提其关于有着绚烂史前文明的姆大陆的论调。媒体大胆地声称这个可怕的木乃伊不是别人，正是异教徒提尤格，就在他侵入的那座碉堡里，他被他看到的某样东西石化了，在经历了17.5万年地球的沧海桑田之后，原封不动地保存了下来。还有，那些行为怪诞的信徒们代表了从姆大陆流传下来的邪教团体，他们崇拜着这具木乃伊——或者甚至可能在寻求通过念咒语让它醒来等等——这些都被媒体以最耸人听闻的方式被强调和重申。

传说中曾经强调过，被加塔诺托亚石化的人，大脑可以免受石化作用的影响而仍存意识——媒体作者把这一点发挥到了极致，成了所有最疯狂的、最不可能的猜测的基础。人们也注意到了“真正的卷轴”的说法——最流行的观点认为：从提尤格处偷走的，用于对付加塔诺托亚的卷轴必定被保存在某个地方，那些邪教成员正试图想让提尤格再次和咒语联系起来。人们恣意地发挥着想象，于是，博物馆迎来了第三波参观狂潮。人们纷纷涌入博物馆，好奇地盯着那具恐怖的木乃伊——这已经成为这一系列不安的怪事的核心之一。

正是在这波参观狂潮中——其中许多人曾多次造访——人们才开始第一次纷纷讨论木乃伊外貌的模糊变化。我猜想——尽管几个月前紧张的保安也有这种令人不安的念头——博物馆的工作人员已经非常习惯了这具木乃伊古怪的形状，而没有注意到需要十分仔细才能注意到的日渐细微的变化。无论如何，来访者激动的讨论最终引起了保安们的注意，他们也不由自主地注意到了虽然难以察觉，但是显然正在发生的微妙变化。几乎与此同时，媒体捕捉到了这一点，可想而知这又会掀起怎样的满城风雨。

自然，我对这件事进行了最细致入微的观察，到10月中旬，我断定这具木乃伊要解体了。由于空气中某些化学或物理的影响，这半石半革的构造物似乎在逐渐变得松垮，导致在手脚的弯度和扭曲恐惧的面部表情的某些细节上有了明显的变化。经过半个世纪的完美保存，这具木乃伊现在的保存状况却令人不安，我让博物馆的标本剥制师摩尔博士仔细检查了好几次这个可怕的物体。他报告称，这具木乃伊整体上开始软化和松垮，并对着它喷了两三下收敛剂喷雾，但是不敢用任何猛烈的药物，以免它突然崩溃或加速腐烂。

那些对木乃伊好奇的参观者好像也受到了某种影响。因为之前媒体每次报道都会引来一批又一批的参观者，盯着木乃伊看，窃窃私语。但是现在，尽管报纸上依旧在没完没了地谈论着木乃伊的变化，公众却似乎明显已经感到一种恐惧，这种恐惧打败了他们病态的好奇心。人们似乎觉得博物馆笼罩着一种不祥的气氛，参观人数一下从高峰降到了明显低于正常的水平。参观者一少，不断涌入这个地方的古怪外国人就更加引人注目，这些外国参观者的人数一点也没减少。

11月18日，一名有着印第安血统的秘鲁人在木乃伊面前歇斯底里地发狂起来，也有可能是癫痫发作，之后他在病床上尖叫道："他要睁开眼睛！""提尤格在努力睁开眼睛看我！"当时我正打算把这件展品从展览中移除，但在董事会议上，其他保守派并不同意，我也被说服最终保留了这件展品。然而，那些一向朴素而安静的四邻，也开始纷纷给博物馆冠上邪恶且不祥的恶名。在这一事件之后，我发出指示，不许任何人在这来自太平洋地区的诡异遗物前长时间驻足。

11月24日，在博物馆惯常的下午五点闭馆后，一名保安注意到木乃伊的眼睛睁开了一分钟。这个变化很轻微——除了每只眼睛都能看到一弯薄薄的眼角膜之外，其他什么动作都没有。然而这个小小的变化，引起了全体博物馆人员的极大兴趣。摩尔博士被紧急召来，正准备用放大镜研究这个眼球暴露出来的部分，他这一动作导致那看起来像皮革一样的眼睑再次紧紧地闭上了。接下来任何想再次轻柔地打开这眼睛的尝试都失败了，而且这个标本剥制师不敢用任何激进的举措。他在电话里告诉我这一切的时候，我感到一种越来越强烈的恐惧，感觉事情绝不像表面看起来的这么简单。片刻间，我和公众的感觉一样：感觉到某些邪恶且难以名状的恐怖，从深不可测的时空中穿越而来，阴沉而险恶地笼罩在博物馆的上空。

两天后，一个面色阴沉的菲律宾人试图在博物馆闭馆时藏起来。保安把他抓了起来并带到警察局，罪犯拒不肯透露姓名，只得作为可疑嫌犯被拘留。与此同时，对这具木乃伊的严格监控似乎让成群结队的古怪外国人不再对它纠缠不休了。至少，在“严禁逗留”命令实施后，外来游客的数量明显下降。

12月1日，也就是星期四清晨，事情发展到了恐怖的极点。大约凌晨1点钟，从博物馆里传出了可怕的尖叫声，声音极度恐惧和痛苦。邻居们疯狂打电话投诉，一队警察和几名博物馆工作人员（包括我），迅速到达现场。一些警察包围了大楼，另一些警察和工作人员小心翼翼地走进博物馆。在主走廊里，我们发现夜间值班的保安被勒死了——脖子上还缠着一点东印度大麻——我们意识到尽管采取了所有的预防措施，一些邪恶的入侵者还是进入了这个地方。然而现在，坟墓般的死寂笼罩着一切，我们甚至害怕去楼上的侧厅，因为大家心里清楚那儿就是这件麻烦事的关键地点。打开走廊里的中央开关，如潮般的光线倾泻而下，照亮了整个建筑，我们也平静了一些。最后，我们不情愿地爬上弯曲的楼梯，穿过一个高高的拱门，来到了木乃伊馆。

5

鉴于之前发生的这些情况，必须严格审查关于这骇人听闻的事件的报道——我们一致认为，这些事情的进一步发展对这个世界意味着什么，公众知道这些并没有任何好处。我之前说过，在我们上楼之前，整个建筑都沉浸在一片明亮的灯光中。现在，灯光就照在那闪闪发光的展柜上，也照亮了里边恐怖的东西，一种无声的恐怖在蔓延，那些令人困惑的细节表明发生了彻底超出我们理解范围的事。有两名闯入者——我们后来一致认为他们一定是闭馆前就藏在大楼里的，但绝不可能是保安杀害的——他们已经死了。

一个是缅甸人，另一个是斐济岛人。警察知道这两人，因为他们都曾参与令人厌恶的恐怖邪教活动。他们已经死了。我们越是仔细观察他们的尸体，就越是觉得他们的死亡方式有一种难以形容的可怕。最见多识广、经验丰富的警察也没见过像这两张脸上的恐怖表情透出的疯狂和惨无人性。不过，这两具尸体的死亡方式和现存状态是完全不同的。

缅甸人瘫倒在无名木乃伊的展览柜旁，柜子上有一块玻璃被利落地割了下来。他右手拿着一卷蓝白色的卷轴，我一眼就看到上面写着灰色的象形文字——几乎和楼下图书馆里那个奇怪筒上的卷轴一模一样，尽管后来研究发现有细微的差别。尸体上没有暴力伤害的痕迹，从那张扭曲的脸上绝望而痛苦的表情看来，我们只能断定那人完全是被吓死的。

然而，最让我们感到震惊的是近旁的那个斐济人。有一名警察第一个碰到了他尸体，不由得发出惊恐的尖叫，这声尖叫让在博物馆四周居住的邻居们在这恐怖的夜晚感到更加惶恐不安了。事实上，当我们注意到斐济人因为恐惧而扭曲的黑脸，以及那只瘦骨嶙峋的手时——其中一只手还握着手电筒，所有的一切都呈现出致命的灰色——我们就应该知道这其中大有蹊跷。然而，当那个警察犹豫着碰了碰那具尸体，然后告诉我们的事情让我们都很错愕。即使是现在，我想到这也只感到一阵恐惧和恶心。简言之，这个倒霉的闯入者，在不到一个小时之前还是一个健全的美拉尼西亚人，计划犯下某些无人知晓的恶行，现在却变成了一个灰白色的人，皮肤像石头和皮革一样，浑身僵硬，那样子和蜷缩在被他破坏的玻璃柜里那个穿越万古的亵渎神明者一模一样。

然而，这还不是最可怕的。最可怕的是，我们还没看向地板上的尸体，就被木乃伊的状态吸引了注意力，并大为震惊。它的变化再也不能被称为模糊和微妙，因为它的姿势现在已经发生了根本的改变。它的僵硬感不知道为何消失了，整具木乃伊变得下垂和凹陷，那原本半掩着脸的手也垂了下来；上帝保佑！它那双骇人的大眼睛睁得大大的，似乎正直直地盯着那两个死于惊吓或遭遇更惨的事情的闯入者。

这种死鱼眼般的瞪视令人毛骨悚然，心智迷惑。当我们检查闯入者的尸体时，这种凝视也一直萦绕在我们的心头。它对我们的神经有着莫名的影响，因为不知怎么的，我们感到一种莫名的僵硬感在身上蔓延，即使最简单的动作也做不顺畅。然而后来，在我们传阅和检查写满象形文字的卷轴时，这种僵硬感又离奇地消失了。我感到自己无时无刻都不由自主地看向展柜里那双可怕的鼓眼睛。当我检查完尸体，开始仔细研究那双眼睛的时候，盯着那保存得极其完好的黑色瞳孔，我想自己在那玻璃般的表面上发现了一种非常奇怪的东西。我越看越入迷，最后下楼去了办公室——尽管不知道为什么我的腿很僵硬——拿回来一个多倍数放大镜。接着，我开始仔细地观察这双呆滞的瞳孔，其他人也满怀期待地凑上前来。

一直以来，我都相当怀疑这样一种理论，那就是在死亡或昏迷的情况下，最后一刻看到的场景或者物体会在视网膜上成像。然而，当我用放大镜仔细察看时，我就意识到在这个永世之身那呆滞的、鼓起的眼球里的成像不是这个房间折射的影像，而是某种另外的影像。当然，因为这具木乃伊已经有了些年头，视网膜表面的轮廓有些模糊。我毫不怀疑，这就是这双眼睛在万古以前最后一次看到的景象，但这景象似乎正在渐渐消失。我笨拙地摆弄着放大镜，重叠上另一块镜片想看得更清楚一些。不过，当这对眼睛因为某些邪恶魔法或罪恶举动而突然睁开，看见那些被活活吓死的闯入者时，那幅景象一定还是非常清晰、轮廓分明的——即便成像极其微小。调整好了添加的镜片之后，我可以分辨出许多之前看不到的细节，而我周围那群充满敬畏的人则全神贯注地听我滔滔不绝地讲述我所看到的一切。

因为在这里，1932年，一个波士顿的现代人正在察看某个属于未知且完全陌生、于亿万年前就已经消失、不再存在于世上和人们记忆里的世界。我看到，那儿有一个很大的房间——巨石堆砌的房间——而且我看到这一切的视角好像源于这个房间的某个角落。墙上的雕刻可怕而丑陋，即使看到的图像并不完整，它们赤裸裸的污秽不洁和野蛮兽性也让我作呕。这些雕刻的轮廓可怕而且邪恶，仿佛在墙上睥睨着所有观看它的人。我相信这绝非出自人类之手，甚至这些雕刻者都未曾见过人类。在房间的中央有一扇巨大的石制活板门，门被推了起来，下边有什么东西正准备从里边出来。这个东西本来应该是清晰可见的——确实，这个东西一定曾经是清晰可见的，当它的眼睛在那些惊恐万分的闯入者面前第一次睁开的时候——尽管在我的放大镜片下它只是一个有着模糊身影的庞然大物。

刚才我用特大倍数放大镜研究了木乃伊的右眼，片刻之后，我真诚地希望自己的研究就到此为止了。可事实是，这种发现和揭秘的热情占据了我，我又把这特大倍数镜头移向了它的左眼，期望在左眼的视网膜上能找到那个像右眼的那么黯淡的影像。我的手兴奋地颤抖着，同时又受某种难以理解的影响感到有些不自然的僵硬，所以颇费了一番工夫才慢慢把放大镜对准焦点。很快我就发现这只眼睛视网膜里的影像比右眼的清晰得多。我在半明半晦的折射中看到了那个令人厌恶的东西，在古老的失落世界中，那巨石堆砌的地穴里，它正从地面中央巨大的活板门下往上爬——我发出了一声含糊的尖叫，昏了过去。

我醒来以后，那具可怕的木乃伊的两只眼睛里都没有清晰的成像了。基夫警官用我的放大镜仔细地看着，因为我再也没勇气去面对那个不正常的东西了。我感谢宇宙间的所有力量，没让我早点去看那个东西。禁不住众人反复恳求，我鼓足了勇气才告诉大家，我在那个可怕的真相揭露的瞬间看到了什么。实际上，直到我们转移到楼下的办公室，看不到那个恶魔般的东西以后，我才能开口说话。因为我已经开始想隐藏对于那具木乃伊和它呆滞凸起的眼睛的最可怕、最奇幻的想法——那就是它有一种令人毛骨悚然的知觉，可以看见所有发生在它面前的东西，并且试图穿过时间的荒涯传达某种可怕的信息。这个想法真是疯狂——但是最后我想，也许把看到的一切不全说出来会更好。

毕竟，讲讲这件事也花不了多少时间。我瞥见从巨石地穴里那扇张着大口的活板门下渗涌出来的东西是一个庞然大物，如此令人难以质疑，我毫不怀疑它具有通过对视就可以杀人的原始能力。即使是现在，我也无法用准确的语言来描绘它的样子。我可以把它叫作巨型-触须-长鼻-章鱼眼-半无定形的-可塑的-部分鳞状和部分褶皱的怪物-啊！不管我怎么措辞，都难以表达我对它的恐惧和厌恶，也无法形容它的邪恶。它产生于黑色的混沌和无尽的暗夜，可憎、不洁，绝不是地球上的，甚至来自于银河系外。当我写下这些文字时，脑海中浮现的画面让我往后一倒，头晕、恶心作呕。当我把这一景象告诉办公室里围着我的人时，我必须费尽力气才能保持我已经恢复的清醒意识。

我的听众也没少受到震撼。整整一刻钟里，没有人用正常的声调说话，然而大家都在窃窃私语。众人一面感到畏怯，一面鬼鬼祟祟地议论着从《黑皮书》里那恐怖的传说，到最近报纸上报道的那些关于邪教流行的传言，再到最近在博物馆里发生的那些凶险的事件。加塔诺托亚……即使是它最小的身影也可以使人石化——提尤格——那个被掉包的假卷轴——他再也没有回来——那个真卷轴可以完全或者部分抵御石化作用——它还活着吗？——那可怕的邪教——那些无意中听到的话语——“那定然是他”“他看到了它的样子”“尽管他看不到也感觉不到，但他全都知道”“他把记忆穿越了永世”“真正的卷轴会解救他”“纳吉布持有真正的卷轴””他知道在哪能找到它”。直到黎明打破了这黑夜，东方露出了鱼肚白，我们的心绪才平静了下来，好像这恐怖也随着漫长黑夜散去了，被这一抹亮色所治愈。我们都恢复了理智和清醒，决定终止讨论这个话题，而关于我瞥见的一切，那是不该解释，或者再次想起的事情。

我们只向媒体透露了部分信息，后来又和新闻报刊一起限制了某些消息的流传。例如，尸检显示，被石化的斐济人的大脑和其他几个内脏器官是新鲜的，没有被石化，尽管它们被外部肉身的石化密封了起来——这是一种异常现象，医生们仍然感到困惑，严谨审慎地讨论着——我们不希望引起骚动。还记得之前有传说，声称被加塔诺托亚石化受害者大脑依旧完好，意识也仍然清醒。我们太了解那些街头小报了，十分清楚他们添油加醋的本事，知道把这件事情泄露出去会带来怎样的后果。

按照目前的情况，他们指出，那个拿着象形文字卷轴的人——显然是把卷轴从展柜被切割的开口塞到木乃伊身上的人——并没有被石化，而那个没拿卷轴的人却被石化了。他们要求我们做某些实验——把卷轴应用到石化的斐济人和木乃伊身上，我们愤怒地拒绝了这种迷信观念。当然，我们把木乃伊撤离了公众的视线，把它转移到了博物馆的实验室里，等待着权威的医疗机构进行真正的科学检查。鉴于之前的闯入者事件，我们对它严加看管；尽管如此，12月5日凌晨2:25，还是有人想闯进博物馆。防盗报警器响了，罪犯没有得逞，我们也没有抓住他，他逃脱了。

对于此事进一步的发展情况，公众毫不知情，对此我深表欣慰。我真希望接下来也没什么消息要公之于众。当然，没有密不透风的墙。如果我遭遇了什么不测，不知道我的遗嘱执行人会如何处理这份手稿。但至少，在所有秘密公之于众的时候，公众对此事也不再记忆犹新。此外，最后揭露真相的时候，也没有人会真正相信。这就是公众的奇怪之处。当街头小报捕风捉影的时候，他们照单全收。可真有什么异乎寻常的事实真相摆在眼前的时候，他们只会当笑话看。不过，对公众的精神健康来说，这样也许更好一些。

我之前说过，要对这具可怕的木乃伊进行科学的检查。12月8日，也就是可怕的事件达到高潮整整一周之后，由著名的威廉·米诺特博士和博物馆的标本剥制师温特沃斯·摩尔共同主持了这次检查活动。米诺特博士在一周前亲眼目睹了这个石化斐济人的尸检。博物馆理事劳伦斯·卡伯特和达德利·萨尔顿斯托尔博士也出席了活动。在场的还有在博物馆任职的在读博士梅森、威尔斯和卡弗、两名媒体代表以及我自己。本周，这个丑陋的标本情况并没有明显的变化，尽管它的表层松垮了一些，导致眼睛的位置不时地发生细微的变化。所有的工作人员都不敢看这个东西——它仿佛在安静中有意识地注视着这一切——想到这一点就让人难以忍受，就连我自己也是好不容易鼓足勇气，才出席了这次科学检查活动。

下午1点刚过，米诺特博士就来了。几分钟后，他开始着手检查这具木乃伊。他怀疑自己的操作可能会使这具木乃伊发生极大的崩解。考虑到这一点——这具干尸自10月1日以来越来越松垮——他决定在这些物质进一步崩坏之前进行全面的解剖。现场准备好了合适的实验室设备和器具，他立即开始了工作。突然，他对着木乃伊的灰色纤维状材质古怪地惊叫起来。

当他切下第一道深口的时候，他的惊叫声更大了，因为从刀口里慢慢渗出来一条深红色的血流。确实是血——这绝没弄错——尽管这个木乃伊的生命终结在亿万年之前。再经过几刀巧妙的切割，他发现有许多器官都没有受到石化作用的影响，保存度非常好，令人十分震惊。事实上，除了身体外部受石化作用有些变形和损坏，所有内脏器官都完好无损，这与在那个斐济岛民身上发现的情况十分相似，那位著名的医生也倍感困惑地倒吸了一口冷气。那双鼓起来的眼睛样子十分恐怖，保存状况却堪称完美，让人觉得神秘莫测且不可思议，但它们是否已经僵化却很难判断。

下午3:30，头颅打开了——10分钟后，我们这些目瞪口呆的参与者就立誓保守秘密，只有像这份手稿这样严密保管的文件才可以提及。就连那两位媒体人也愿意保持缄默。因为，打开头颅后，里边有一颗还在跳动的大脑。

超越时空之影

1

1935年7月17日夜里到18日凌晨，我在西澳地区发现了奇怪的东西。经受了整整22年的恐惧煎熬后，我靠着对这些记忆的神秘来源的绝望信仰得以救赎，不愿承认当时所见。我当然有理由希望，我的经历在某种程度上只是幻觉——支持我的愿望的理由有很多。然而，这段记忆的存在是如此真实且面目可憎，让我的愿望时不时落空。如果这一切都是真的，那么人类就不得不准备好接受其他宇宙的存在，正视自己在时间之漩中所处的位置，而不是仅提起就恐惧到麻木。此外，人们还必须提防潜伏的危险，即便它不会吞噬整个人类种族，但却能让难以预测的极度恐怖降临在试探者头上。正因如此，我才竭尽全力，想说服人们放弃一切对未知碎片的探索，远离当时我的探险队调查的原始巨石建筑。

假如我当时神志清醒，那么当晚我的经历在人类历史上绝对是史无前例的。此外，这段经历也证实了一切我竭力想要逃避的神话和梦境。幸运的是，当时的经历没有留下任何证据，因为在恐惧之中，我遗失了某样可怕的东西——如果它真实存在，且被我从万恶的深渊中带出来的话——它就成了证明那段经历存在无可辩驳的铁证。我身临恐怖之境时孤身一人，到目前为止也还没有告诉过任何人。我无法阻止其他人继续深入调查，但迄今为止，流沙阻止了人们揭开本就难以寻找的真相。现在，我必须做出明确的声明——不仅是为了让我自己保持理智，也是为了警告所有认真阅读这些话的人。

接下来这些内容中，科普读物和科学报刊的读者也许会对前半段故事的大部分内容感到熟悉。这些故事是我回程时在船舱里写的，我要把它们传达给我的儿子，密斯卡托尼克大学的温盖特·皮斯利教授。很久以前，我得了奇怪的失忆症后，他是唯一一个对我不离不弃的亲人，也是最了解我的情况的人。在所有的世人中，他是最不可能在听过我的离奇之夜故事后嘲笑我的人。我启程离开他身边之前并没有告诉他这些事，因为我认为还是写信告诉他真相更好些。对他来说，在闲暇时反复阅读我的书信，会比光听我含糊的说辞更有画面感。有了这些文字记录，他可以做他认为最合适的决定——加上适当的评注，发布到所有可能得到良好反馈的地方去。为了方便不熟悉我此前经历的读者，我会先进行详尽的背景概述，作为箴言的序章。

我叫纳萨尼尔·温盖特·皮斯利，老一辈人中阅读报刊或是六七年前阅读心理学杂志上刊登的信件和文章的人，大概都听说过我的名字。那时，媒体上充斥着我在1908—1913年间罹患奇怪失忆症的细节，其中提到了很多长期流传在我一直居住的马萨诸塞州小镇上关于灵异、恶魔和巫术的传说。然而，我想让大家知道，在我的遗传病史和早年生活中，都没有出现过任何疯狂或邪恶的病症。我需要强调这件事，以证明这一切病情都是从外界突然降临到我身上的阴影。也许是几个世纪来孕育的黑暗传统，给摇摇欲坠、阴魂不散的阿卡姆造成了特殊的弱点——尽管从我之后研究的其他案例来看，阿卡姆的弱点是否存在似乎值得怀疑。但最主要的一点是，此前我和我的祖辈从未有过任何异常。究竟是何物从何方降临在我身上，我至今都不敢断言。

我的父母是乔纳森·皮斯利和汉娜·温盖特·皮斯利，他们都有着纯正的古老黑佛希尔[1]血统。我出生在黑佛希尔，在靠近金山的波德曼街老宅里长大，直到1889年，18岁的我进入了密斯卡托尼克大学，才离开故乡去了阿卡姆。毕业后，我在哈佛大学学习经济学，1895年回到密斯卡托尼克大学，担任政治经济学讲师。13年来，我过着幸福快乐的生活，一切都风调雨顺。1896年，我和来自黑佛希尔的艾丽丝·基扎尔

[1] 黑佛希尔：马萨诸塞州的小镇。

结了婚，罗伯特·K.皮斯利、温盖特·皮斯利和汉娜·皮斯利是我们的孩子，分别于1898年、1900年和1903年出生。1898年，我成为副教授，1902年成为教授。那时，我从未对神秘学或变态心理学有过丝毫兴趣。

那是1908年5月14日，当时是星期四，我突然患上了奇怪的失忆症。事情发生得相当突然，尽管后来我意识到，在病发前几个小时，我曾出现短暂的、闪烁的混乱幻觉，而那一定是发病前的先兆症状。这种前所未有的情况使我非常不安。我的头很痛，有一种怪异的感觉——这种感觉对我来说非常新奇——仿佛有人正试图操控我的思想。

遗忘症彻底发作时，是上午10:20左右，当时我正在给二、三年级的学生讲政治经济学第六课，正讲到经济学的历史和当前的发展趋势。我的眼前开始出现奇怪的形状，觉得自己像是在教室外的某个奇怪房间里。我的思想和言语脱离了课堂内容，学生们意识到我说的话严重文不对题。我随即瘫倒在椅子上，任凭别人叫唤也一直昏迷不醒。此后的五年四个月零十三天里，我对自己的生活毫无记忆。

当然，我是从别人那里听说了自己的情况。晕倒后的16个半小时里，我没有任何知觉，这期间我被转移到了克雷恩街27号的家中，并接受了最好的治疗。5月15日凌晨3点，我睁开眼睛，开始说话，但不久医生和家人都因我的言行惊呆了。显然，当时的我不记得自己的身份，也不记得自己的过去，尽管不知为何，我似乎在极力掩饰自己失忆的事实。我困惑地注视着周围的人，面部肌肉做出陌生的表情。

就连我的话语本身听起来也生疏别扭。我笨拙地尝试使用自己的发音器官，用词奇怪而生硬，像是在照着书本辛辛苦苦地说出学来的英语。我的发音听起来野蛮而陌生，用词中有许多奇怪的古语，更多的是一些完全无法理解的表达。20年后，当时最年轻的医生回忆一切，觉得这些话语中有着某种震慑的威力。在我发病的后期，某句本身毫无意义的话有了实际的用途——首先是在英国，然后是在美国——尽管它句式繁杂，而且无可非议是从没有过的语句，但它却恰到好处地体现了1908年那位来自阿卡姆的奇怪病人话语中的神秘。

我的体力立刻恢复了，但还是花了很多时间重新学习如何使用手脚等身体器官。由于失忆期间我的身体存在着种种缺陷，因此这段时间里，我受到了严格的医疗护理。当我试图掩盖病症的努力失败后，我只好公开承认了病情，并希望了解尽可能多的信息。然而，当我发现医生们认为我的失忆症只是某种自然的病理情况时，我就不再对康复抱有想法。他们注意到，我开始努力钻研历史、科学、艺术、语言和有关民间传说的相关知识——有一些极其深奥，另一些则极其幼稚——但奇怪的是，其中很多内容都超出了我的认知范围。

同时，他们还发现，我令人费解得掌握了一些无从考究的知识——而我似乎想要隐瞒它们，并不想让人察觉。我总不经意间提到在公认可考的历史范围之外的模糊年代里发生的具体事件——看到他们惊诧的神情，我就改口说，这些都只是玩笑话。我还会以特有的方式谈论未来，曾有两三次真的引起过恐慌。这些离奇的现象很快就消失了，尽管一些观察者认为，是我出于某个秘密的理由选择了谨慎地隐瞒，而并非现象真正减弱了。事实上，我似乎异常渴望掌握身处的时代正常的言论、习俗和观点，仿佛自己是来自遥远国度的好学旅行者。

一获得许可，我就花上大把大把的时间用在大学图书馆里；之后不久，我开始制定起一些奇怪的旅行计划，并学习了美国和欧洲国家的大学里一些往后几年中充满争议的特殊课程。因为我的病情在当时的心理学界小有名气，因此身边从不缺少学识渊博的熟人。我成为教学课堂上继发性人格异常的典型案例——尽管我时不时表现出的奇怪症状或精心地模仿他人掩饰病情的行为，让教师们感到疑惑。

但我并没有遇到过多少真正善待我的人。我的言谈举止中，似乎有什么东西，会激起每一个我遇到的人心中模糊的恐惧和厌恶，仿佛我永生不能康复似的。这种隐隐的恐惧被与不可估量的深渊联系在一起，广为流传，旷日持久。我的家人也不例外。从我醒来时表现异常的那一刻起，我妻子就对我极其恐惧且嫌恶，发誓说我就是个剥夺了她丈夫身体的外星人。1910年，她和我离了婚，甚至在1913年，我恢复正常后，她也不愿再见到我。同样，从那以后我再也没见过我的大儿子和小女儿。

似乎只有我的次子温盖特，能够克服我的变化带给他的恐惧和反感。他当时确实觉得我变成了一个陌生人，但那时只有8岁的他却坚定地相信，我还会恢复正常。我康复后，他回到了我身边，法庭也同意把他的监护权交给我。后来几年里，他帮助我继续完成了我的学术研究。如今35岁的他，已经是密斯卡托尼克大学心理学系教授。但我并没有对我的症状所引发的恐慌感到奇怪——很显然，1908年5月15日醒来的那个人，无论从思想、声音还是面部表情来看，都不是纳萨尼尔·温盖特·皮斯利。

我不打算讲述自己1908年到1913年间的生活，这段经历读者们可以从旧报纸和科学期刊中读到，而且连我本人也不得不通过这种方式了解自己。当时我拥有一笔可以自己支配的资金，并把它们明智地慢慢花在旅行和去各种学术中心访学的行程上。我的旅途非常特别，其中包括前往偏远荒凉地区的长期调研。1909年，我在喜马拉雅山待了一个月；1911年，我骑骆驼深入阿拉伯沙漠的未知地带，引起了极大的关注。旅程中具体发生了什么，我不得而知。1912年夏天，我租了一艘船，在北极圈内卑尔根群岛[1]附近的海域航行，失望而归。同年，我进行了一次空前绝后的冒险，独自在弗吉尼亚州西部巨大的石灰岩洞穴中度过了数周时间。

在大学里面被当作课堂教案期间，我感觉自己被异常人格迅速地同化，我的第二人格似乎比我本身的聪明得多。我还注意到，自己的阅读速度和自学速度异常惊人：只需要在翻动书页的过程中快速浏览书籍，我就能掌握书中的全部细节；我在极短时间里解读复杂数字的能力同样令人称奇。尽管我一直小心翼翼地避免表现出这种能力，但关于我拥有影响他人言行的超能力的丑化报道还是偶尔会出现。

另外，当时有一些对我与学者团体领导者之间亲密关系的负面报道，还有学者怀疑我与被诅咒的古世界中无名的圣职组织有联系。这些谣言虽然从未得到证实，但无疑与我读过的一些主旨众所周知的书有关——毕竟向图书馆借阅珍藏本书籍，是不可能秘密进行的。书页上的

[1] 卑尔斯群岛：位于欧洲大陆北侧北极圈内，是挪威最北的领土。

批注表明，我曾仔细阅读过埃雷特伯爵的《尸食教典仪》[1]、路德维希·普林的《蠕虫之秘密》[2]、冯·琼兹特的《无名祭祀书》[3]《艾邦之书》[4]保存至今的片段，以及疯狂的阿拉伯人阿卜杜勒·阿尔哈兹雷德写的《死灵之书》等等。不可否认的是，在我患病期间，有一股新的地下邪教活动的浪潮开始兴起。

1913年夏天，我开始表现出了厌倦的迹象，原来的兴趣也在减退，并向若干同事暗示，我的病可能很快就会有转机。我循着逐渐恢复的记忆，谈起自己的早年生活——尽管大多数听众都觉得，我是在装模做样，认为我回想起这些只是偶然，而且可能是从我以前的私人文件中得知的。8月中旬，我回到阿卡姆，重新住进克林街空置已久的房子。我曾在房子里造了一台极其古怪的机器，使用的零件与当时欧美的科学仪器制造商都不相同，还把它小心翼翼地保护起来，防止任何足够聪明的人对它进行分析。曾有一名工人、一名仆人和一个新来的看门人亲眼见过它，他们描述它时，说那东西是木棒、轮子和镜子的奇怪组合，不过它只有约两英尺高、一英尺宽、一英尺厚。机器中央放置了一面圆形的凸面镜。所有物品的购买记录都能够找零件制造商证实。

9月26日星期五，从晚上到次日中午的时间里，我打发走了管家和女佣。屋里的灯一直亮到很晚，一个身形瘦削、皮肤黝黑、长相奇怪的异乡人叫来一辆汽车。最后一次有人看到屋里的灯亮着是在凌晨1点左右。凌晨2:15，一名警察发现这里一片漆黑，但陌生人的车仍停在路边，直到4点才开走。6点钟的时候，威尔逊医生家的电话响起，一个带有外国口音的声音迟疑地叫他到我家来，把我从罕见的昏厥中唤醒。这通长途电话经过追踪，是从波士顿北站的公共电话亭里拨出，但那里并没有这个瘦削的外国人来过的线索。

---

[1]《尸食教典仪》：16世纪法国贵族德雷特伯爵所著，分条记载了法国国内淫祠邪教耽溺于降灵术、食人癖、恋尸癖，并对这些团体的教义与行动做出了翔实的记录。

[2]《蠕虫之秘密》：克苏鲁神话体系中死灵巫师路德维希·普林撰写的魔法书。

[3]《无名祭祀书》：克苏鲁神话体系中的虚构魔法书。

[4]《艾邦之书》：由巫师艾邦所著古籍，记载了一系列神秘学、祭祀礼仪和魔法规则的知识，现今保存的不完整版本被译成了英文、法文和拉丁文。

医生来到我家时，发现我躺在客厅桌前的安乐椅上，昏迷不醒。擦得锃亮的桌面上有几处划痕，曾经有什么重物搁在那里。奇怪的机器不见了，后来也没有关于它的任何消息。毫无疑问，那个又黑又瘦的外国人把它拿走了。自从失忆症发作以来，我写过的每一张纸都在图书馆的壁炉中被烧成了灰烬。威尔逊医生觉得我的呼吸很不稳定，但在皮下注射后逐渐平稳下来。

9月27日上午11:15，我恢复了精力，当时已成惯常的面具般的脸上开始露出了正常的表情。威尔逊医生说，那表情并不属于我的第二人格，而是正常的我做出的。大约11:30，我含糊地咕哝了几个奇怪的音节——这些音节似乎与人类语言毫无关联。我似乎还在和什么东西争吵。中午刚过，管家和女佣就回来了——而我开始用英语呢喃起来。

"……当时的主流经济学家中，杰文斯代表了科学相关性的流行趋势。他试图将商业周期中的繁荣和萧条，与太阳黑子活动的物理周期联系起来，这也许是……"

纳萨尼尔·温盖特·皮斯利回来了——在他的记忆中，时间依旧是1908年，周四早晨的经济学课堂上，学生们抬头凝视着讲台上那张破旧的桌子。

2

我重新融入正常生活的过程痛苦而艰难。损失了5年时间的复杂性超出了我们的想象，当时的我有无数的事情需要调整。我听说了自己从1908年以来的行为事迹，感到震惊和不安，但仍试图尽可能从哲学的角度来看待这件事。最后，我重获了次子温盖特的监护权，和他一起在克林街的房子里安顿下来，努力回到了教学岗位——我的老教授职位是学院出于好意为我保留的。

1914年2月，我回到学校，但只工作了一年。那时我才意识到，我的经历对我的影响多么重大。尽管我已经完全清醒（我希望是这样的），本身的人格也没有缺陷，但我再也不能像从前那样集中精神了。模糊的梦境和古怪的想法萦绕着我，当世界大战爆发时，我的思绪转到思考历史事件上来，发现自己在以一种非常奇怪的方式看待历史。我对时间的概念——我对连续性和同时性的区分似乎有点混乱。我开始妄想，认为生活在某一个时代的人，可以把自己的思维投入到永恒的时间中去，以此了解过去和未来的时代。

战争让我产生了奇怪的感受，我想起了它的长远影响——仿佛我早就知道战争走向，并且能够回忆起未来的信息。所有这些仿佛精确的记忆都伴随着痛苦而来，并且心中仿佛有人为的障碍在抵触它们。当我隐晦地向他人暗示我的感受时，人们的反应各不相同。有些人不自在地看着我，数学系的人则谈起了相对论的新发展——当时只有他们在学术圈子里讨论，后来这些理论变得闻名起来。他们说，阿尔伯特·爱因斯坦博士正试图做出大幅度的简化，认为时间仅仅只是事物的一个维度。

但梦境和不安的感觉一直在我身上恣意妄为，我不得不在1915年放弃工作。有些影响令我十分恼火——让我一直认为失忆症让我开始了和某种邪恶存在的交流；我的第二人格确实是来自未知领域的入侵力量，使我本身的人格遭到了排挤。因此，我陷入了模糊而又可怕的猜测——在另一个人格占据我身体的那段时间里，真正的我究竟去了哪里，这是我一直想知道的。我和旁人谈话，阅读报纸和杂志，对我行尸走肉时拥有的知识和奇怪的行为了解得越多，就越感到不安。那些曾使他人困惑的奇怪现象，似乎与我潜意识中溃烂的黑暗认知惊人地一致。我开始疯狂地搜寻一切可能的信息——那个“我”在黑暗岁月里学习了些什么，去过哪些地方。

我所有的烦恼并非都像这样抽象。我的梦境似乎变得愈发生动具体。我知道除了我的儿子或某些值得信赖的心理学家外，大多数人会怎么看待我的梦境，所以我很少向任何人提起，但最终我开始研究其他病人，以证实出现这些幻觉是否是个例。我的研究得到了心理学家、历史学家、人类学家和经验丰富的精神专家的帮助，还得到了另一个拥有记载中出现过的所有关于人格分裂症患者记录的研究项目的支持。

我很快就发现，在大量真正的失忆症病例中，确实没有和我相同的情况。然而，还有一小部分记录中的患者，与我有过相似的经历，这令我感到困惑和震惊。其中一些来自古老的民间传说；另一些是医学年鉴中的病例史上的记载；有一两件则是正史中模糊带过的轶事。这样看来，虽然我承受过的特殊痛苦极为罕见，但自从人类历史可考以来，这种折磨每隔很长一段时间才发生一次。某些世纪可能会出现二三例，其他时候则不会发生，或者至少没有流传下来的记录。

这些病例的本质情况总是一样的——一个精神正常的人，突然开启了奇怪的第二人生，或长或短地过了一段完全陌生的生活。起初，病情表现为言语行动的笨拙，后来则表现为对科学、历史、艺术和人类学知识的高度精通，学习时表现出狂热的激情和异于常人的理解力。然后病人的意识突然回归，伴随着断断续续的朦胧梦境，梦中暗示着可怕事件的片段都被精心地抹去。我的噩梦与之十分相似——即使在最细小的方面有所出入，我也毫不怀疑它们的典型本质是一样的。其中有一两个案例让我产生了一种模糊的、渎神的熟悉感，仿佛我从前就已经通过某种难以想象的、令人毛骨悚然的宇宙通道了解过它们似的。有三例病情中特别提到了某种不知有何用处的机器，与其他人告诉我的在我经历第二次转变之前家中的机器一样。

调查过程中，另一件让我忧心忡忡的事情是，那些没有确诊失忆症的人，更容易出现难以捉摸的短暂噩梦。这些人大都思想平庸，或者比仅是平庸的人更无知——有的人甚至接近原始人的状态，几乎不可能成为超常学术研究和超自然知识的学习者。某一瞬间，他们会受到外来力量的冲击——然后这一切一闪而过，他们脑海中不属于人类的恐怖记忆就会迅速淡去。

过去的半个世纪中，至少发生过三起这样的案例，其中一例就发生在15年前。是否有什么东西从永恒的深渊中穿越而来，长久以来一直盲目地摸索着这个世界？这些昏倒的病人，是否被某个拥有超出理智信仰的家伙选中，成为那瘆人的邪恶实验中的实验对象？这些是我在虚弱时所作的含糊推测，研究过程中了解到的某些神话在一定程度上也催生了这样的幻想。我不得不承认，一些神话中的记录惊人地还原了我患上失忆症后的情况，但很显然，近几例失忆症的患者和他们的医生都不知道这些流传已久的上古传说。

我的梦境和幻象是如此恼人，因此我至今不敢开口谈论。它们百般疯狂，有时我甚至相信是我自己真的疯了。是不是某种特殊的错觉，折磨着患过失忆症的病人？可以想象，因为我们的潜意识努力地用伪记忆填补脑中令人困惑的空白，导致我们看见了怪诞的幻象。事实上（尽管后来似乎还是民间传说中的说法在我看来更有道理），这其实是许多帮我调查类似案例的外行人的想法，但他们和我一样，对各个案例的高度相似感到困惑。他们并不认为这真的是精神混乱的表现，而把它归因于生理上的神经性疾病。我试图追踪记录并分析幻象产生的原因时，他们也没有徒劳地尝试忽视或忘记它，而是由衷赞同我的做法，因为按照最完善的心理学理论，这种做法是正确的。此外，我也格外重视那些在我患病期间对我的病情做过研究的医生的建议。

我最初完全没有视觉上的困扰，而是我之前提到的更抽象的感觉。我感受到深不可测且无法言表的恐惧，害怕看到自己的形象，仿佛看到的是一个完全陌生且难以置信的、可憎的东西。每当我定睛看向镜子，看到穿着灰色或蓝色衣服的熟悉人形时，总会出现奇妙的解脱感，哪怕在获得这种解脱前，我不得不克服无限的恐惧。于是我尽量避免照镜子，选择去理发店剪头发剃胡子。

过了很久，我才把这种恐惧感与逐渐出现的短暂幻视联系起来。第一个关键点，就是我认为自己的记忆受到了外力的操纵。我觉得自己看见的每一幕景象，都有着深刻而可怕的意义，我与它存在着诡秘的联系，但总有人故意让我无法弄清其中的含义和关联。接下来，我试图弄清幻象中奇妙的时间顺序，不抱希望地尝试把每个碎片放回时空中的原位。

瞥见自己的形象并不可怕，仅是有些奇怪而已。在幻觉中，我仿佛置身于一间巨大的拱形房间里，高高砌起的巨石消失在头顶的阴影中。不知这一场景归属于何时何地，但建筑中透露出的对拱形结构的高度熟悉，以及应用程度极其广泛，仿佛这些作品出自罗马人之手。这里有巨大的圆窗，高高的拱形门，还有正常大小的工作台和桌子。巨大的深色木架在墙壁上排列开，上面摆放着极其厚重的书卷，书脊上写了奇怪的象形文字。摆放在外的石雕表面总有稀奇古怪的曲线几何图案，还雕刻着铭文，与书卷上的文字一模一样。黑色的花岗岩砌成巨型的建筑，石块顶端的凸面与底部的凹面吻合。屋中没有椅子，宽敞的台面上堆满了书籍、纸张和似乎是书写工具的东西——形状古怪的紫色金属罐子和顶端有污渍的杆子。尽管工作台很高，但我有时也能看见台面。屋里有巨大的球体水晶灯，以及由玻璃管和金属棒组成的不可思议的机器。窗户上安了玻璃，窗格中镶着结实的铁条。我不敢靠近窗户，也不敢向外张望，但从我的位置也能看见外面摇曳的蕨类植物的顶端。地板是巨大的八角形石板，房间里没有铺设任何地毯和帷幔。

后来，我感觉自己仿佛在扫视一条巨型石廊，看到了怪圈似的石砌走廊，以及同样是巨石砌成的巨大斜坡。这里没有楼梯，每条过道的宽度都超过30英尺。我飘过一些几千英尺高的建筑物。地下有好几层漆黑的地窖，还有被金属门闩锁死的活板门，门内隐隐传出特殊危险的气息。我仿佛是个囚犯，眼前看见的景象皆被恐惧笼罩。若我不是被自己的无知仁慈地保护着，墙上那些歪曲的象形文字就会嘲弄着向我灌输它们所带有的信息，让我的灵魂不堪重负。

后来，我的梦境中还出现了从巨大圆窗中看见的远景，以及在开阔平坦的屋顶看到的景色，有奇特的花园、无垠的荒地和斜坡尽头高耸的石柱。花园里，巨型建筑物数不胜数，在两百英尺宽的道路上排开。它们的外形各不相同，但很少出现占地小于500平方英尺或是低于1000英尺的楼宇。它们看起来那么宏伟，正面至少有几千英尺宽，在雾气弥漫的、灰蒙蒙的天空中宛如高山。这些建筑主要由石头或混凝土筑成，大多数都呈现出引人注目的奇特曲线结构。平坦的屋顶上修筑了花园，多数有扇形的护墙。有的花园里还有梯田和多层结构，也有开阔的空地。宽阔的道路上有行动留下的痕迹，但在幻象出现的早期，我无法对这些痕迹作出更细致的分析。

在某些地方，我看到巨大的黑色圆柱塔，远比其他建筑物更加高大。它们看起来十分独特，并显示出惊人的年代感，破旧不堪。这些建筑是用一种奇特的方形玄武岩砌筑而成的，墙体顶部略微向圆心倾斜。除了巨大的门之外，这些建筑没有任何窗户或缝隙。此外还有一些低矮的建筑，和黑色的柱形塔一样，因岁月的侵蚀而摇摇欲坠。不规则的方形石堆和密封的活板门一样，周围浓浓地笼罩着一种难以言喻的威胁气氛。

无处不在的花园诡异得让人毛骨悚然，千奇百怪的植物在宽阔的小径上摇曳，小径两旁陈列着雕琢怪异的巨石。植被多是异常高大的蕨类植物，有些是绿色的，有些则像霉菌一样苍白得可怕。其中有一种形似菖蒲的畸形植物，长着像竹子一样的枝干，高耸入云。还有些簇成团的不可思议的苏铁、怪诞的深绿色灌木和松柏科的树木。这儿的花都很小，黯然无色，辨认不出品种，在几何形状花坛里的绿叶丛中开放。在一些露台和屋顶花园中，开着更大更艳丽的花，花朵的形状令人反感，仿佛是人工刻意培植的。园中真菌的大小、外形和颜色都有些不可思议，千姿百态地点缀着花园，好似一种不为人知却历史悠长的园艺技巧。地面上那些较大的花园似乎保留了原生态的自然环境，但屋顶上的植被则更有选择性，也有更多的修剪痕迹。

天空中总是阴云密布，时有倾盆大雨。然而，我偶尔也能瞥见太阳——它看起来大得异常。同样，月亮的光影和其表面的纹路也不同寻常，令我费解。难得的是，当夜空非常晴朗时，我见到了辨认不出的星座。有时会见到和已知星座轮廓相似的星群，但一模一样的情况十分罕见；根据我辨认得出的星座，我判断自己一定是在南半球南回归线附近。远处的地平线总是烟雾缭绕，模糊不清，但能看见茂密的丛林里各种不知名的蕨类、芦木、封印木属植物，它们远离城市，曼妙的枝叶在涌动的雾气中嘲弄似地摇曳着。有时能从空中感受到有东西在移动的迹象，但我此前的幻觉中从未见过类似的场景。

1914年秋天，我开始偶尔梦见城市上空出现奇怪的漂浮物。梦境中的道路漫无止境，穿过可怕的森林，林中乔木的树干斑斑驳驳，一直通到另几座和我梦中常出现的城池一样奇诡的城市。永远笼罩着暮色的林中沼泽或空地上，黑色或彩虹色的石头堆砌成奇奇怪怪的建筑物。沼泽上横贯着长长的堤道，周围一片漆黑，看不清堤边潮湿的植被。有一次，我看见一处绵延数英里的荒地，遍布着久经风霜的玄武岩废墟，建筑风格类似闹鬼的城市里为数不多几座没有窗户的圆顶塔楼。另有一次，我看到一座圆顶和拱门遍布的城镇，越过城镇中码头上高耸的石柱，我看见了大海——烟雾缭绕，漫无边际。海上有不成形的巨大影子在移动，水面上无常喷起的水花激起了波涛。

3

我已经说过，这些疯狂的幻想并没有立即让人体会到其中的恐惧。诚然，许多人做过更加奇怪的梦——日常生活、看见的图画和阅读的书籍中不相关的片段组合在一起，在睡梦中构成反复无常而奇异的故事。在起初的一段时间里，尽管我以前从未做过如此疯狂的梦，但我还是认为这些幻觉再寻常不过。许多似是若非的异象，必有其基数庞大且难以追踪的琐碎源头；另一些则可能是1.5亿年前原始世界的映射，包含了有关二叠纪或三叠纪时期物种及其他情况的知识。然而，在几个月的时间里，幻境中震慑人心的力量在不断增加。梦境持续不断地体现出记忆的特质，当我把它和越来越抽象的干扰联系在一起时，这种“像是记忆”的奇怪感受随着时间开始消退，而1908—1913年间被第二人格占据时令人作呕的感觉又重新袭来，一段时间后，我莫名地厌恶起自己。

梦境中开始出现更确切的细节之后，它所夹杂的恐惧就放大了上千倍——直到1915年10月，我觉得我必须做点什么了。于是我开始深入研究其他失忆症和幻视的病例，觉得这样我就可以更客观地看待自己的病情，摆脱它对我的情绪束缚。然而，如我之前所述，起初的影响几乎与我预期中完全相反。当发现我的梦境是从前病例里毫厘不差的复制品时，我感到非常不安；特别是因为有些记录的时间太过久远，而我并不认为当时的人学习过任何系统的地理知识，因此也不认为他们本身会对原始景观有任何了解。更重要的是，记载中描述的细节和提供的解释细致到可怕，其中也涉及宏伟的建筑、丛林花园景观以及其他的事情。能够看到这些景象并感知到模糊的记忆就已经够糟了，但是其他看见幻象的人提出的暗示或判断，却带有疯狂的渎神意味。最糟的是，我的伪记忆正被更加疯狂的梦境和即将来临的启示所唤醒。但总的来说，大多数医生还是认可了我的做法。

我系统地学习了心理学，我的儿子温盖特也随着当时的潮流入了这一行——他的研究最终为他赢得了教授职位。1917年和1918年，我在密斯卡托尼克大学修读特殊课程。同时，我孜孜不倦地调查医学、历史和人类学的资料记录。我去了很远的图书馆，甚至还读了一本关于古老传说的可怕禁书。我的第二人格似乎对这些书充满兴趣，这一点令我十分不安。在受第二人格控制期间，我还读过一些禁书的实体书副本，书页上对恐怖片段和似乎非人类创造的习语的批注和修改，更是让我坐立不安。

这些批注大多关于各种书籍中的不同用语，作者除了有一定的学术能力外，似乎对所有此类书籍都有相当的了解。然而，冯·琼兹特的《无名祭祀书》上有一段与其他批注都不同的备注，其引人注目的程度令人担忧。这段话由象形文字组成，用的是批注德文版时相同的墨水，却不包含任何人类使用的符号。毫无疑问，它们与我在梦中经常见到的符号十分接近——有时我会在某一瞬间认为自己明白其中含义，离读懂它们仅一步之遥。更让我困惑的是，尽管我从头到尾都弄不明白其中的三种语言，但图书管理员们向我保证，他们曾检查过这些书籍并做过记录，书上这些批注确实都是我在被第二人格统治期间所做。

把从古至今零散的人类学和医学记录拼凑起来，我发现幻象与神话的重叠内容都相当一致，其涉及范围之广、夸张程度之深都让我彻底晕眩。只有一件事能让我安心一些，那就是神话早已存在。可是，有关古生代和中生代的景观的记载并不存在，究竟为何会出现在原始时代的寓言故事中，我对此毫无头绪，但这些场景确实被画下来了。因此，当时一定有能够构成这种幻象的基础存在。毫无疑问，失忆症的患者们都产生了一致的和神话有关的幻象，神话中的奇思妙想一定对患者们产生了影响，为他们创造了虚假的记忆。在我失忆期间，我读过或听过所有早期的传说——我的借阅记录充分证实了这一点。那么，我后来产生的梦境和记忆中熟悉的情感，会不会是我在第二人格时期习得的记忆悄悄存留下来的呢？其中一些神话，与其他史前的模糊传说有着重要的联系，尤其是那些涉及难以逾越的时间鸿沟的神话，它们也构成了现代神学中印度神话的一部分。

原始神话和现代幻觉因共同之处而融合，它们皆表明在地球漫长而大部分不为人所知的发展进程中，人类只是所有高度进化的统治种族中的一族，很可能还是最无关紧要的一族。它们都暗示着，在3亿年前，人类的第一个两栖类祖先从灼热的海洋中爬出来之前，早已有其他身形高耸入云的异形种族存在，并且已经深入研究且谙熟了自然界的每一个秘密。它们中有一些族裔来自外星，其中少数和宇宙本身一样古老；另一些则是从地衣中迅速进化而来，当人类所了解的地球上第一个生命出现时，它们早就存在已久。人们总畅谈宇宙长达数百万年的时间跨度，谈各个星系和宇宙的联系；而事实上，在人类的认识范畴内的时间非常有限。

但人类的传说和记载大部分都是关于一个诞生相对较晚的种族的，它们外形复杂怪异，与自然科学界所知的任何生命体都不相似，它们灭绝的时代仅仅比人类出现早了5000万年。它们是最伟大的种族，因为只有它们掌握了时间的秘密。它们拥有把聪慧的头脑投入到时间中的能力，能感知过去和未来，已经了解了地球上所有发生过和将要发生的事情，甚至跨越了数百万年的鸿沟，研究过每一个时代的学识。基于这个种族的成就，包括人类神话在内所有关于先知的传说从中而生。

在它们藏书浩如烟海的图书馆里，有大量的文字和图片资料，记载了地球从创世到毁灭的编年史，涵盖了过去及未来所有物种的形象和历史，并对每个种族的艺术、成就、语言和心理都有完整的记录。有了海纳万古的知识后，伟大的种族就从每个时代、每个种族中筛选出也许能为它们所用的思想、艺术以及处理问题的方式。过去的知识需要通过超出意识范围的思维投射获取，因此相比未来的知识更难习得。

在学习未来时，过程更加容易，材料也更加丰富。在适当器械的帮助下，它们的大脑能在时间中顺流而下，通过超感官的朦胧感知，抵达它所期望到达的时代。通过初步的检测，它会选择那个时期最易发现的最高等生命作为宿主，进入该生命体的大脑，建立起自己的思维，而原来被取代的思维会被遣返到入侵者的时代，滞留在入侵者的身体里，直到两者重新互换。投射进未来生物体内的思维，会模仿符合其寄生个体形象的行为，并尽快学习关于该时代信息和技术的一切知识。

与此同时，被转移到原始时代种族体内的思维，会被小心地看管。它将无法伤害它所占据的身体，而训练有素的提问者会榨取完它所了解的一切知识。如果伟大种族曾经探索过受讯对象所属的未来，并且带回了相应的语言信息，那么这类提问通常会使用受讯者自己的语言来进行。如果伟大种族难以亲自掌握某个思维使用的语言，那它们就会制造出足够聪明的机器，让机器像演奏乐器一样轻易地使用这门语言。这个伟大种族生物的外形为10英尺高的巨大锥体，表面布满褶皱，头部和其他器官附在从顶端伸出来的厚一英尺的膨胀肢干上。它们说话时，用附着在肢干末端的巨大爪子发出咔哒咔哒的声音，并通过10英尺身躯下一层黏性物质自如地进行蠕动。

当震慑住我的躯体的惊恐和怨恨褪去，且（假设它来自一个与伟大种族截然不同的躯体）适应了这个不再可怖的陌生的临时形象之后，它就可以开始在新的环境中学习，体验身体原主人拥有过的生活——学习类似的知识，体验类似的奇迹。只要采取适当的预防措施，并能找到相关的服务，它还可以乘坐巨型飞艇或由原子能发动的、巨大的船型车辆，在当下的世界漫游。此外，它还可以自由进出存放着这个星球过去和未来信息的图书馆。这使许多被束缚的思维接受了命运的安排；因为没有人比它们更加聪慧，对于它们来说，揭开地球隐藏的神秘面纱，就要揭开不可思议的历史，揭开令人目眩的未来，同样也包括它们自己所在年代之前的岁月。

有时，某些俘虏会得到许可，与从未来捕获的其他思维会面——与生活在他们自己时代之前或之后100年、1000年或100万年的意识交流。

所有囚徒都必须用它们各自所处时代的语言，将所有内容完整记录下来，这些文书将被存放在中央档案馆。

补充一点，某种特殊类型的可怜俘虏，会获得远远多于其他大多数俘虏的特权。它们是濒临灭绝的永久流亡者，身体被拥有不朽头脑的伟大种族成员占有。伟大种族的逃亡者占据即将死亡的肉体，试图让自己的精神彻底解放。悲惨流亡者的存在并不像人们所想的那样普遍，因为伟大种族的长寿削减了它们对生命的热爱——那些具有投射能力的卓越头脑更是如此。由于古老的思维会永久投射进未来的个体中，出现在它们之后的种族的历史中，因而会出现人格永久转变的案例，包括人类种族中也有这样的情况。

至于普通情况下的探索——当取代寄主的思维学会了它想获得的未来知识后，它就会搭建好一台类似于开启时空旅行所使用的机器类似的装置，并触发逆投射过程。它将再一次回到自己的时代，回归自己的身体，而被束缚的思维也会回到自己所属的未来，回到自己的身体里去。只有在交换过程中某一具躯体死亡，逆投射才会失败。当然，在这种情况下，探索者的思维就会像种族中那些逃亡者的头脑一样，在未来异族的肉体中继续生活；反之，被俘虏的思想就会像垂死的永久流亡者一样，不得不以伟大种族的身份，在过去的时代里过完一生。

最好的情况是，被俘虏的思想从前就来自伟大的种族——这种情况并不少见，因为它们在任何一个时期，都密切关注着自己的未来。那些逃避死亡的伟大种族占据同类躯体的情况非常少见，主要是因为垂死者如果与未来的伟大种族个体进行精神交换，会遭受极其严厉的惩罚。在进行此类投射时，对逃往未来的思维的肉体惩罚早就安排好了——有时还会强制它们进行逆向交换。在不同时空中发生的思维交换或逆向交换都会被记录下来，并认真地核对。思维交换投入使用之后，伟大种族中的成员进入各个时代的个体都有详细的记录，以便追踪它们停留的时长。

当被俘虏的外星思维回到未来自己的身体中时，将有一台复杂的仪器，清除它在交换期间所有关于伟大种族年代的记忆，以免它传播大量本该保密的知识，造成不必要的麻烦。已有过几起案例，由于传播本不该存在的知识，造成了未来世界的巨大灾难。在人类社会中，曾有两起伟大种族知识（被记载在古老神话传说中）传播的事件，带来了巨大灾难，后果尤为严重。那些被直接保留下来的关于遥远世界的知识中，只剩天涯海角的巨石废墟中的一小部分记录，以及《纳克特抄本》中的只言片语。

因此，回归自身时代的思维，仅对交换期间的事有着模糊且最支离破碎的印象。所有可以消除的记忆都被抹去了，因此大多数情况下，第一次交换后的记忆空白，只能靠梦境填补。有些人的大脑比其他人更擅长回忆，偶然在他们脑中闪过的回忆，有时会给未来带去有关过去时代禁止泄露的信息。而这当中的某些信息，或许一直被某些异教团体或组织秘密地保守着。《死灵之书》中记载了人类曾有一个异教团体，据说他们有时会为那些从远古来到当下旅行的伟大种族的思维提供帮助。

同时，伟大的种族几乎无所不知，它们会与其他星球的思想建立交流，探索它们的过去和未来。同样，它们也会探索遥远的太空中已经死去的星球的起源和往昔岁月，因此它们的头脑比它的躯体更加古老。曾有一个垂死世界中的生命掌握了终极的秘密智慧，于是找到了未来世界中长寿的物种，并把自己的思想集中迁移到最适合种族延续的未来生命中去——也就是10亿年前居住在地球上的锥状生物。伟大的种族就这样诞生了。与此同时，属于那些锥状生物的无数落后的思想被送往那个垂死的世界，留在令它们恐惧的躯体里等待毁灭的降临。后来，这个种族将会再度面临灭绝的威胁，但它们会再次将种族中最优秀的头脑送到遥远的未来，迁移到其他更加长寿的躯体中去。

这些背景信息，是我根据传说和自己的幻觉整理出来的。1920年前后，当我把资料整理得井井有条时，我感到从前一直在加剧的紧张感略有减轻。尽管这些奇想的源头只是我毫无头绪的感受，但毕竟我的大多数症状不都容易解释得通了吗？失忆期间，任何事情都有可能将我的注意力转移到对某些邪恶世界的研究——阅读禁忌的传说，和秘密行动的古老邪教成员会面。这些事情显然导致了我记忆恢复后的怪梦和不安情绪。至于那些图书管理员说由我所做、但我并不能读懂的批注，必定是我拥有超强语言天赋的第二人格的作品，并且毫无疑问，这些象形文字就是我所说的古老传说中提及的文字，然后出现在了我的梦境中。我试图联系邪教组织的领袖，以印证我的某些猜测，但我从未成功地和他们建立过联系。

起初，我有好几次想到在极其遥远的年代中，有如此多的案例并行发生，就十分担心；但另一方面，我认为这种令人兴奋的民间传说在过去无疑比现在更广为流传。也许所有与我相似的受害者，都早已熟知这样的故事，而我只有在经历了人格异常后才对其有所了解。当这些受害者失去记忆后，他们就会把自己和老生常谈的神话中的生物联系在一起——传说中的入侵者按理会取代人类的思维——于是他们开始探索，企图还原一个虚构的、不属于人类的过去。当他们的记忆恢复后，一切就颠倒过来，认为自己又变回了原样，而不是被挤出自身的流离失所的人格。因此，他们的梦境和伪记忆都遵循了传统神话的模式。

尽管这种解释看起来冗杂，但我认为它比其他的说法更加令人信服——很大程度上是因为其他的理论都存在很大的漏洞。很多著名的心理学家和人类学家也渐渐同意了我的观点。我越是思考，就越觉得我的推理具有说服力；直到最后，我终于建起了自己的堡垒，抵御幻象的入侵。假设我晚上还是能看得见幻象呢？那它们也不过来自于我读过的传说、听过的故事。假设我的大脑中确实存在反常的厌恶、诡异的观点和虚假的记忆呢？那也一定只是第二人格占领我的头脑期间，学习调查留下的后遗症。我的梦境和感受，都没有任何实际意义。

受到这种理论的保护，我的精神逐步稳定下来，尽管我还会因幻视（而非抽象幻觉）出现得越来越频繁、画面越来越详细而坐立不安。1922年，我觉得自己又能正常工作了，于是接受了大学心理学讲师职位，此前积累的知识都做到了学以致用。从前空缺的政治经济学教授职位早已有人补上了；即便我愿意回去，在我康复期间，经济学的教学内容也早就发生了翻天覆地的变化。当时我的儿子刚刚进入研究生学习阶段，很快就步入教授行列，因此我们做了很长一段时间的同事。

4

我还在持续仔细记录自己栩栩如生的离奇梦境，它们时时涌上心头，压得我喘不过气来。我认为，这些记录会成为十分有价值的心理学资料。我努力想让这些若隐若现的场景从眼前消失，但它们仍像记忆一样清晰得可怕。在记录时，我一丝不苟地重现幻象；但其他时候，我像夜晚收起窗纱一样，把幻象推开。我不会在日常谈话中提起此事，但由于关于我的报道中没有涉及这些情况，因此人群中流传起了关于我的精神健康问题的各种谣言。有趣的是，只有凑热闹的门外汉们相信这些谣言，医生和心理学家们则完全不以为然。

关于1914年后我的幻视的详细情况，已经交给了一名做事认真的学生负责记录，因此在这里我只作简要的说明。显然，随着时间的推移，我感觉自身受到的限制在减弱，眼界则大大地开阔了。然而，因为没有明确的动机，这个梦境在我眼中始终是支离破碎的。在梦中，我的行动变得越来越自由；我在许多奇怪的巨石建筑之间漂浮，沿着似乎是公共交通的巨大地下通道，从一座建筑飘到另一座建筑。有时，我会在地下最底层遇上紧闭的巨型活动门，四周总是笼罩着恐怖的禁忌气氛。这里有镶嵌着花纹的巨大水池，还有各种造型稀奇古怪的房间。还有一个巨大的房间，里面摆满了错综复杂的机械装置。一开始我对它们的外形和用途感到彻头彻尾的陌生；多年后，我在梦中可以听见它们的声响。我断定，视觉和听觉是我在梦境中保留的唯二感官。

1915年5月，我第一次在梦境中看到了生物，真正的恐惧由此拉开序幕。此前我一直通过对神话和病例的研究，来预测自己会看见的场景。在精神上的限制逐渐消失前，我看到建筑物周围的街道上缭绕着薄雾；后来，眼前的雾气变得越来越真实，越来越清晰，最后我终于能够毫不费力地勾勒出它们的轮廓。它们像是五彩斑斓的巨大锥体，高约10英尺，底部宽10英尺，由突起、鳞片和微弹的物质组成。锥体的顶端伸出四个灵活的圆柱形肢干，直径约一英尺，呈突起状，像是从圆锥体本身生出的复制品一样。这些肢干有时会收起来，几乎完全看不见，有时则伸展到约10英尺的长度。其中两肢是巨大的爪子或钳子，第三肢的末端长着四个红色的喇叭状附器官，第四肢的末端则是一个直径约两英尺的不规则黄色球体，上面有三只巨大的黑眼睛和四根细长的灰色茎秆，茎秆上生出形似花朵的器官，头的下侧则垂着八根绿色的触须。圆锥体底座一圈被橡胶质地的灰色物质缠绕，这些生物就靠这种灰色物质的膨胀和收缩来移动。

它们的行为虽然无害，但比起令人恐惧的外表，看见这些庞然大物做着本只有人类会做的动作，则更叫人吃惊。这些东西在开阔的空间里灵活地移动，从书架上取书放到大桌子上，或者把书放回原处，有时还会用绿色的触手攥住外形奇特的杆子奋笔疾书。它们的大钳子可以夹住书，同时也用于发出咔哒咔哒的刮擦声进行交流。它们没有穿衣服，只在锥形的身体上挂了背囊。它们通常把长了头的肢干保持在与身体顶端齐平的位置，偶尔也会抬高或降低。另外三肢不用时，就会垂下来靠在身体侧边，缩短到5英尺左右。从它们读写和操作机器的速度（桌子上的机器似乎与它们的思维有某种联系）来看，我认为它们的智力远远超过人类。

再后来，我发现它们无处不在。所有的房间和走廊里都挤满了它们：拱形地窖里，有它们的成员看管巨大的机器；开阔的道路上，有它们的成员开着巨大的船型汽车疾驰。我不再感到恐惧，把它们视作这里与生俱来的部分。我逐渐能辨别出个体间的差异，并发现它们其中有一些个体的活动似乎受到某种限制。这些受限制的成员虽然没有明显的生理差异，但使用的手势和其他一些活动习惯多种多样，不仅和大多数成员不同，彼此之间也不尽相同。根据我模糊的观察，它们写了大量各不相同的文字，但没有一种是典型的曲线象形文字。我认为其中有几个人书写的是我们人类所熟悉的字母。这些个体中，大部分成员活动起来比其他成员笨拙得多。

我在梦境中的观察角度似乎是脱离肉体的意识，因此我的视野比通常情况下更开阔；我可以自由飘浮，但速度和活动的空间都受到了限制。1915年8月，我开始对自己的肉体是否存在感到困扰。说是困扰，因为尽管我的梦境十分抽象，但我此前也提过我厌恶且恐惧自己的身体。我把对身体的恐惧和令人胆战心惊的梦境联系在一起。有一段时间，我在梦中谨小慎微，时时注意着不去低头看自己。那时我是多么感激陌生的房间里没有镜子。但我在梦中总能看见那些距离地面不少于10英尺的桌面，这使我非常不安。

有一种病态的力量在引诱我低头看自己。终于，有一天晚上，我再也无法抗拒这种诱惑了。起初低头看时，我什么也没看见。过了一会儿，我才意识到，这是因为我的头位于又长又灵活的脖子末端。我缩回脖子，向下定睛一看，眼中映入的是一个高10英尺、直径10英尺的圆锥体，披着鳞片，表皮皴皱，闪着五颜六色的光。一瞬间，昏昏欲睡的我猛地跳了起来，尖叫声足以惊动半个阿卡姆。

这段令人毛骨悚然的经历反复发生了几个星期，我才勉强接受了这可怕的幻象。梦中，我的身躯在陌生的环境里移动，从看不见尽头的书架上取下邪恶的书籍阅读，或是倚在桌旁，靠绿色的触手攥着笔写上几个小时的字。我对自己曾读过和写过的一些片断还留有记忆，其中有关于外星世界和平行宇宙的惊人记载，也涵盖了所有宇宙之外无形生命的生活。书中记载了曾生活在世界上的被遗忘的各种奇怪生命，以及人类灭绝后的数百万年中，各类怪异的智慧生物的编年史。我还读到过几段人类历史，与当今学者确信的真实人类历史一致。记录中的文字多为象形文字，我在嗡嗡作响的机器的帮助下，以一种奇怪的方式学习这种语言。它显然是一种黏着语，其中出现的词根与人类语言毫无相同之处。还有几卷书是用其他不曾见过的语言写成的，我同样需要借助机器，通过奇怪的方式学习阅读。这里很少用我知道的语言著成的书。此外，书中还有非常有用的图片，无论是文字间的插图，还是纯粹的图集，都给我的学习过程带来了极大帮助。一直以来，我似乎都在用英语叙写自己的时代。在梦中，我精通几种陌生语言；但醒来后，我却只能弄懂它们中一些琐碎而无意义的片段，尽管其中所描述的历史都已经留在了我的记忆中。

在我清醒过来，并开始研究与我相似的病例和根据梦境找出的古老神话前，我就明白了，我周围的这些生物就是世界上最伟大的种族，它们征服了时间，把思维送往每个时代进行探索。我也明白，当另一个思维来到我的时代操纵我的身体时，我本人的思维就被送往了别处。其他一些行为古怪的个体，同样也是来自各个时代被交换的思维。我似乎在用钳子说出咔嗒咔嗒的语言，与来自太阳系各个角落远离故乡的智慧思维交谈。

有一个思维来自我们所知的金星，它生活的时代在难以预想的未来；还有一个思维来自600万年前木星的一颗外卫星。而在来自地球的思维中，有一个来自古南极洲长着翅膀和星形脑袋的半植物种族；一个来自瓦留西亚[1]的爬行人种；三个来自人类时代之前北极极寒区中毛茸茸的撒托古亚崇拜者；一个令人反感的丘丘人；两个来自地球最后一个时代的蛛形纲物种；五个紧跟人类时代之后出现的强壮的鞘翅目物种，它们已被伟大的种族选定，作为下一次灾难降临时集体转移的目标；还有一些来自不同时期的人类。

和我交谈的人中，有来自公元5000年残酷的赞禅帝国的哲学家扬利哲、公元前50000年前统治南非的大脑袋棕色人种将军、12世纪佛罗伦萨的僧人巴特洛·柯西、在黄色人种因努托斯人[2]从西方到达极地10万年前就征服了这片环境恶劣的土地的洛玛尔王国[3]国王、公元16000年黑暗征服者中的一位魔术师努格·索斯、苏拉时代[4]的罗马法官提图斯·塞姆普罗尼乌斯·布莱苏斯、埃及第十四王朝且知道奈亚拉托提普可怕秘密的赫芬斯、亚特兰蒂斯中央王国的牧师、克伦威尔时代[5]萨福克郡的绅士詹姆斯·伍德维尔、秘鲁前印加时代[6]的皇室天文学家、公元2518年去世的澳大利亚物理学家内维尔·金斯顿·布朗、太平洋中消

[1] 瓦留西亚：西方神话中人类文明的起源地。

[2] 因努托斯人：一说是克苏鲁神话体系中基于因纽特人虚构的人种。

[3] 洛玛尔王国：克苏鲁神话中在远古时期从海中升起的王国。

[4] 苏拉时代：古罗马独裁者苏拉统治的时代。苏拉（约公元前138—前78年），古罗马统帅，政治家。

[5] 克伦威尔时代：1646年英国查理一世国王军队被打败，至1660年查理二世复辟王朝期间，议会军统治的时代。

[6] 秘鲁前印加时代：11—16世纪印加帝国。

失的耶和帝国[1]的大魔法师、公元前200年巴特克里亚[2]的官员提奥多提德、路易十三世时期的法国人皮埃尔·路易·蒙马尼、公元前15000年的西米里[3]族长克伦亚，以及其他许多人。我从和他们交谈的过程中，学到了大量令人震惊的秘密和令人眩晕的惊人真相，超出了我的大脑的接受范围。

每天早晨醒来，我都头脑发热，有时疯狂地想要去验证那些现代可知范围内的知识真实与否。过去的事实中展现出了新的、有待验证的层面，我惊叹于梦境可以为历史和科学添上如此惊人的一笔，因过去隐藏的秘密和未来潜伏的威胁而战栗。未来成员的述说中暗示的人类命运令人大为震惊，因此不会在这里把它写下来。在人类之后，强大的鞘翅目甲虫文明将崛起，而当上古世界迎来可怕的末日时，伟大种族的精英们将会占领甲虫们的躯体。之后，当地球的时代终结，这些思维将再次穿越时空，迁移到水星上的球形植物体内。在这之后它们还会占领其他的物种，悲哀地靠这颗冰冷的星球苟延残喘，挖掘星球被恐怖笼罩的核心，直至走到尽头。

同时，在我的梦中，我不断地书写有关自己的时代的历史——一半是自愿的，一半是为了增加进入伟大种族的中央档案馆的机会。档案馆位于城市中心地带的一座巨大地下建筑中，我通过频繁的工作和咨询，对它有了一定程度的了解。这个巨型档案馆如此设计的初衷，是为了让它能在伟大的种族存在时，永远不会毁灭。它能经受住地球上最剧烈的地震，其坚固程度超过了任何建筑。

这里所有的信息都以手稿或印刷品的形式，记录在极其强韧的纤维材料制品上，然后装订成册，可以从顶部翻开。它们都存放在奇特的灰色轻质防锈金属制成的独立书箱中，封皮上标有序号和伟大种族使用的曲线象形文字。这些箱子存放在长方形拱顶中用同样的防锈金属制成的封闭书架上，并上了锁，用结构复杂的旋钮固定着。人类的历史存放在

[1] 耶和帝国：克苏鲁神话中的领地。

[2] 巴特克里亚：公元前3世纪希腊殖民者在南亚次大陆建立的殖民国。

[3] 西米里：荷马史诗中居于阴暗潮湿土地上的民族。

最低等级脊椎动物资料室地库中一个特定的位置，这里专门存放关于人类以及人类之后统治陆地的毛茸爬行动物的资料。

但是，我从梦境中无法了解我在此处完整的日常生活。所有的场景都是模糊零散的碎片，且可以肯定，这些碎片并没有按顺序排列。我对自己在梦境中的生活有一个大致的猜测，我似乎拥有属于自己的巨型石屋。我作为囚犯的种种限制逐渐解除，因此在梦境中，我才可以穿过丛林中的大路，在陌生的城市里逗留，探索连伟大种族都恐惧退缩的没有窗户的巨型废墟。此外，我还乘坐过多甲板的巨型高速船只，以难以置信的速度进行长时间的海上航行；乘坐过形如炮弹的封闭式飞艇，靠电磁弹射升空移动，在荒野上空飞行。辽阔而温暖的海洋的彼岸，生活着其他的种族。在某片大陆上，我看到长着黑鼻子和翅膀的生物，它们生活在原始的村庄中，被选定为伟大种族下一次逃避灾难的宿主。这里平静而且充满生机，居民们在绿意盎然的村庄中生活。山丘低矮稀少，常常可以看见火山爆发的迹象。

至于我看到的动物，我可以为它们写出一套书。这里的动物都是野生的，因为在伟大种族的机械化文明中，家畜不再有存在的必要，所有的食物都是蔬菜或靠人工合成的。笨重的爬行动物在冒着热气的沼泽中扑腾，在浓稠的空气中飞翔，在海洋或湖泊里吐着水柱。在这些生物中，我大概能模糊地辨认出一些动物体型较小的古老祖先，比如古生物中常见的恐龙、翼手龙、鱼龙、迷路龙、鼠兔、蛇颈龙等等。但我对于鸟类和哺乳动物的观察毫无头绪。

土地和沼泽里不断有蛇、蜥蜴和鳄鱼出没，昆虫则在茂盛的植被中不停地嗡嗡作响。在遥远的海域中，生活着从未被人类发现的不知名怪物，向云雾弥漫的天空中喷出一团团如山一般的白沫。有一次，我乘坐一艘配有探照灯的巨型潜艇潜入了海底，看见了活生生的恐怖生物。我还看到了沉入海底的壮观城市废墟，以及随处可见的海百合、腕足动物、珊瑚和各种各样的鱼。

我在梦里面也了解了反映伟大种族的生理、心理、民间传说和详细历史的知识，但清醒后所知甚少。在此我记下的一些零碎内容，都来自我对古老传说和其他病例的研究，而非我的梦境。当然，随着时间的推移，我的阅读和研究开始和梦境接轨，甚至更加超前。于是，我可以预料到一部分梦境，并通过梦境验证所学的知识。这让我更能够安心地相信，我的第二人格完成的学习研究，就是我所有可怕伪记忆的根源。

显然，我梦中的场景发生在距今约1.5亿年前，古生代与中生代交替之际。这些被伟大种族占领的物质并没有进化成现存的陆生动物，甚至在人类科学研究的范畴中也未曾出现过。它们是性质特殊且高度特化的有机体，既像动物又像植物，细胞可以进行独特的代谢，以此消除疲劳，省去睡眠的需求。它们通过灵活的巨大肢体末端红色的喇叭状器官汲取半流体的养分，这种营养物方方面面都与现代物种摄取的食物完全不同。这些生物只有两种与人类共同的感官——视觉和听觉，其中听觉器官是头上灰色茎秆上的花朵状器官，此外还有许多其他人类无法理解的感官（因此进入它们身体的其他生物的思维无法体会）。三只眼睛的位置在脑袋上排列得恰到好处，使它们的视野比常人更开阔。这种生物的血液呈深绿色，十分黏稠。它们没有性别，通过种子或孢子繁殖，这些种子或孢子聚集在圆锥体身躯基部，只能在水下发育。它们在又大又浅的水缸培养幼体，但是由于个体十分长寿，平均寿命长达四五千年，因此它们培养的幼体数量并不多。

有明显缺陷的个体一旦被发现，就会被安静地处理掉。它们可以在不发生接触也不造成疼痛的情况下，仅用眼观察来诊断疾病和死亡的临近。死者会在庄严的仪式中被火化。前面提到过，一些机敏的大脑偶尔会通过思维时间旅行的方式逃避死亡，但这样的例子并不多；一旦发生，那么被强迫交换的未来思维就会受到最仁慈的对待，直至它所居住的陌生躯体生理死亡。

伟大种族似乎组建了松散的国家或联盟，管理体系中有明确的四大分支，不过各机构的工作也存在重叠之处。它们采取极端形式的集体主义制度，在保证主要资源合理分配的条件下，把权力下放到群众，由各个区域受过教育且通过心理测试的社会成员投票，选举出它们的代表理事会。尽管它们有家族血缘观念，且父母也会抚养自己的孩子，但并不刻意强调家庭的概念。

在观念和制度方面，它们与人类最明显的相似之处，表现在涉及高度抽象概念的领域，以及想要支配其他所有物种的冲动。还有一些相似之处则是它们有意识的模仿：伟大种族探索着未来，并复制其中它们喜欢的部分。它们学习了高度机械化的工业，因此种族成员不需要花太多时间工作，就可以享受丰富的休闲生活以及各式各样的智力及审美活动。这里的科学已经发展到了令人难以置信的高度，艺术也是生活中至关重要的一部分，而在我梦境中所处的时代，它们的科学和艺术都已经达到了顶峰。原始时代地质剧变带来的强烈影响，极大地促进了技术的发展——为了生存并维持生活环境的结构稳定，它们需要不断进步。

令人惊讶的是，这里的犯罪率很低，治安极为高效。刑法包括剥夺权利、监禁以及处死或极其残酷的精神折磨，而且绝不会在罪犯动机不明确的情况下执行。在过去的几千年里，这里发生的战争多为内战，有时则是为了反击爬行动物和章鱼科动物的入侵，或是为了对抗南极圈附近长着翅膀和星形脑袋的古老物种。它们有一支庞大的军队，作战武器的外形酷似相机，可以产生强大电流。这支军队为某个大家都缄口不提的原因随时待命，但很显然，这个原因与它们对黑暗的古老废墟，以及对地下最低层紧锁的巨型活板门无休无止的恐惧有关。

它们对玄武岩废墟和紧锁的门的恐惧，多数时候都表现为溢于言表的暗示，至多只会隐秘地悄悄提起。陈列在普通书架上的书本中，显然没有任何一点具体的信息。这是整个伟大种族中的禁忌话题，似乎与它们过去经历过的触目惊心的斗争以及将来要面对的危险都有联系，总有一天，这一恐惧会逼迫族人把敏锐的头脑转移到未来中去。与梦境和传说中的其他事物一样，我对此事的记忆也残缺不全，而它比普通的事件更令人费解。含糊的古老神话中恰好也避开了此事——也许是出于某种原因，所有相关的故事都被删去了。在我和其他病人的梦境中，能捕捉到的有关这一恐惧的暗示少之又少。伟大种族的成员从不主动地提起这件事，而我们只能在更敏锐、更善于观察的异族思维的帮助下调查此事。

根据零碎的信息，恐惧的来源是一个可怕的古老种族。那是一种类似水螅的完全陌生的物种，来自遥远得无法测量的宇宙深处，大约在6亿年前穿过漫漫宇宙来到这里，征服了地球和其他三个太阳系行星。我们了解到，它们并非完全实体的存在，其意识和感知与陆地生物截然不同。它们没有视觉，其精神世界则是一种颠覆性的非视觉印象模式。然而，在以物质构成的宇宙中，它们也拥有躯体，足以确保它们具备正常使用实体工具的能力。它们也需要住宿，但它们的房屋比较特别。虽然它们的感官可以穿透一切物质障碍，但躯体却做不到如此。某些形式的电能可以彻底摧毁它们。虽然没有翅膀或其他肉眼可见的使身体浮在空中的器官，但它们却可以在空中行动。它们的思维结构之特殊，使伟大种族无法以任何一种形式与之进行思维互换。

这些生物来到地球上时，建造了无窗的玄武岩巨塔，对其他物种进行了惨无人道的捕杀。也就是在那时，伟大种族离开了在充满争议的埃尔特顿陶片[1]中被称为“伊斯”的银河系外衰亡国度，入驻地球。初来乍到的伟大种族用自己创造的工具，轻而易举就制服了屠杀者的本体身躯，并把它们赶到了与地上住所相连的地下栖息地。随后，伟大种族封锁了地下的入口，留那些怪异物种在地下听天由命。后来，伟大种族的族人占领了大部分城市，保留了一些重要的建筑，但这么做并非因为它们漠不关心，也不是出于对科学和历史研究的热情，更大程度上只是因为迷信命运而恐惧。

但是，随着时间的流逝，某些模糊的邪恶迹象表明，地心世界中的古老种族正在变得越来越强大，且不断繁衍。在伟大种族占领的某些偏僻小城中，或是还留了未被封死的通往深渊的道路的荒无人烟的古城里，偶尔会爆发骇人听闻的入侵事件。在那之后，伟大种族采取了更严密的防范措施，永久性地封死了许多通往地心的通道。它们战略性地留下了一些上锁的活板门，以防古老生物在意想不到的地方突破封锁。地质变化会堵住原来的通道，摧毁地表世界上残存的废墟，但同时也可能

[1] 埃尔特顿陶片：英国萨西克斯郡发掘出的刻有字符的碎陶片及刻下的文章的总称，这些文字不属于任何现存的已知语言。

打开新的地心通道。

古老生物已经给伟大种族留下了不可磨灭的阴影，如若它们冲破防线，带来的灾难将不堪设想。伟大种族心中的恐惧情绪经久不衰，甚至不敢提起古老生物实体部分的样貌。因此，我从来没有机会弄清它们究竟长什么样。有一种模糊的迹象表明，它们的外型具有极强的可塑性，并可以在短时间里保持隐形。还有一些闲言碎语中说，它们可以控制大风，变成战场上对抗敌人的力量。还有传言说，那些有五个圆形趾的巨大脚印，似乎也是它们留下的。

很明显，伟大种族对即将降临的厄运极度恐惧。有一天，当古老物种最后一次袭击伟大种族并获得成功时，族人会为了躲避厄运，把成千上万的思维投射进时间的长河中，前往未来，进入安全的陌生躯体里。它们从精神投射中学到的从始至终的历史里，清楚地了解到这一恐怖预言的真实性，且明白它们现在寄居的物种将无一幸免。伟大种族已从地球未来的历史中了解到，古老物种并非想重新占领外部世界，但它们将为了复仇而发动一场突袭。也许比起阴晴不定的地表世界，它们更乐意生活在地球内部的深渊里，光明对它们来说也许毫无意义。亦或者，它们活了万古之久，也正随着时光流逝而逐渐衰弱。因为事实上，在甲虫种族灭绝后，它们就会死去，而来自伟大种族中逃逸的思维将会占领这个时代。与此同时，伟大的种族也时刻保持着警惕，尽管它们从不谈论此事，对此也没有任何公开的记录，但还是一直准备着强有力的武器。那些紧闭的活动门和漆黑无窗的老塔楼上，总是笼罩着莫名的恐惧。

5

这就是每晚都萦绕在我脑中的梦中世界。因为它来源于无法捉摸的伪记忆，所以我不寄希望于揭开其中任何恐惧背后的真相。正如我所说，我在研究中总是从理性的心理学角度出发，逐步做出的推理为我面对恐惧时提供了防御。随着时间的推移，我逐渐习惯了这种似有若无的幻象。尽管一切印象都很模糊，我还是时不时感到毛骨悚然，不过不再觉得自己就要被它吞噬了。1922年后，我又开始了正常的工作和娱乐生活。

随着时间的推移，我觉得我和相似病患的经历以及相关的民间传说应该整理出版，造福乐意认真钻研的学生。因此，我写了一系列的文章，简要地概述了整个研究，并绘制了一些描述形状、场景、装饰图案和象形文字的粗略草图加以说明。在1928年和1929年的《美国心理学会期刊》上，曾多次刊登过类似的文章，但从未引起足够的关注。同时，我还在继续仔细记录我的梦境，报告的数量已经多到令人吃惊的地步了。

1934年7月10日，我收到一封寄到心理学会的来信，拉开了我最疯狂的经历的序幕。信封上的邮戳来自澳大利亚西部的皮尔巴拉[1]，经过打听，在信封上签名的人是一位相当有名的采矿工程师。信中还附了一些万般诡异的照片。在此我将完整地还原信的内容，让大家明白这封信和附带的照片对我产生了多么重大的影响。

有一段时间，我感到震惊且难以置信。尽管我常常认为，那些映入我梦境中的传说，必有事实根据作为基础，但我不曾想过这个超乎想象的失落世界竟真真切切地存在。最具冲击性的是那些照片，展现着冰冷得无可争议的现实。在照片背景的沙漠里，一些被水冲蚀过、饱经风霜的石块显得格外扎眼。它们的顶部微微凸出，底部微微凹陷，背后仿佛隐藏了很多故事。当我用放大镜仔细观察它们的时候，可以非常清楚地看到巨大的曲线图案和偶尔出现的象形文字。它们的含义在我看来可怕至极。不过，这封信本身就已经说明了一切：

澳大利亚皮尔巴拉
丹皮尔街49号
罗伯特·B.F.麦肯锡（寄）

美国纽约东四十一号大街30号

美国心理学会

N·W·皮斯利教授（收）

---

［1］皮尔巴拉：澳大利亚西北部人烟稀少的旱区。

亲爱的先生：

近日我与来自珀斯的E.M.玻尔博士谈过话。看过他给我寄来的几篇论文与您的文章后，我觉得我最好向您说明我在金矿区东部的大沙沙漠[1]中的见闻。在您所描述的那些出现了巨大石雕、诡异图腾和曲线象形文字的古老城市的奇特传说中，我似乎发现了一件非常重要的事情。

我的黑人土著随从们总对“有记号的大石头”津津乐道，似乎对这些东西充满恐惧。在某种程度上，他们把这些与他们民族传说中的布代[2]联系在一起。传说里的布代是一个身材高大的老人，头枕着胳膊在地下沉睡了多年，总有一天他会醒来，吃掉整个世界。有一些快被遗忘的古老传说提到了巨大的地下石屋，屋中有一条又一条下行的通道，那里曾发生过可怕的事情。随从们说，曾有一些战士在战争中逃跑，掉进了一个洞里，再也没有回来。然而，当地人并不常说起这些事。

但我要说的不止这些。两年前，我在向东约500英里的沙漠中勘探时，见到一些雕琢奇怪的石头，它们被凿成大约3×2×2英尺大小，饱经风吹日晒。起初，我找不到随从们说过的痕迹，但当我凑近看时，尽管当时天气不好，采光极差，我还是能辨认出一些很深的刻痕线条。它们就像当地土著布莱克夫妇想描述给我们听的那样，是些怪异的曲线。我想这里肯定有三四十个石块，围成了一个直径约1/4英里的圈，其中一些石头几乎整个被沙子埋住了。

当我看到其中一些石块时，我仔细地环顾四周，想要寻找更多，并借助仪器仔细测算了这个地方。我还挑了10到12块最典型的石头拍了照片，已经附在信中。我曾经把这些信息和照片上交给珀斯政府，但他们无动于衷。后来我遇到了玻尔博士，他读过您在《美国心理学会期刊》上发表的文章，当时还碰巧提到了这些石头。他对此非常感兴趣。当我给他看照片时，他非常兴奋地说，这些石头和标记同您曾经梦见过、并在传说中找到过相关描述的那些砖石一样。他本想亲自写信给您，但此事耽搁了。此

[1] 大沙沙漠：澳大利亚西北部沙漠。

[2] 布代：一说是土著对克苏鲁的称呼。

外，他还给我寄来了大部分刊登过您的文章的杂志，看过您的插画和描述后，我立刻确信，自己见到的石头和您所描述的是同一种。您也可以从附寄的照片中看出这一点。不久后，玻尔博士就会亲自与您谈论此事。

现在我明白这一切对您来说有多重要了。毫无疑问，我们正面对一个未知文明的遗迹，它比我们之前幻想过的任何文明都更加古老，也为您的奇遇奠定了基础。作为一名采矿工程师，我懂得一些地质学知识。我能告诉您，这些石块实在是太古老了，古老得让我害怕。它们大多是砂岩和花岗岩，尽管其中有一块几乎可以肯定是由某种特殊的水泥或混凝土构成的。它们表面被水浸蚀的痕迹表明，这块陆地仿佛在很久以前被水淹没过，后来又重新浮出了水面——这都是这些石块制造和投入使用之后发生的。那少说也得是几十万年前的事了，天知道它们究竟经历了多少年头。对此我不愿细想。

考虑到您曾如此勤奋地追踪与传说有关的一切信息，我相信您一定想要带领一支探险队前往沙漠考古。如果您或您认识的组织能够提供资金，我和玻尔博士都准备接受合作。我可以召集十几个矿工，让他们负责任务繁重的挖掘工作。土著们在这一点上毫无帮助，因为我发现他们对这个特殊地点有着近乎癫狂的恐惧。我和玻尔博士都还没有对其他人提起过这件事，显然，我们都认为您应该优先享有一切与这个发现相关的荣誉。

从皮尔巴拉到目的地大约需要4天时间，我们需要车辆运输设备。我们的目的地位于沃伯顿1873年所走路线[1]的西南方向，距离乔安娜泉东南方向100英里。我们可以把东西沿德格雷河运到上游，不必带着它们从皮尔巴拉出发——不过这些都可以之后再谈。石块坐落的位置大约在南纬22° 3’ 14”，东经125° 0′ 39”，处于热带，沙漠气候条件非常恶劣。探险活动最好在6月、7月或8月的冬季时进行。欢迎您就相关事宜来信，我也热切希望能协助您制定任何有关考察此地的计划。阅读过您的文章后，我对该事件的深远意义印象深刻。玻尔博士之后会给您写信。如果您需要更及时地联系我，可以发送无限越洋电报到珀斯。

[1] 沃伯顿1873年所走的路线，是指著名英国探险家皮特·沃伯顿于1872—1873年间，从阿德莱德出发，穿越澳大利亚中心地带，抵达澳大利亚西海岸的路线。

谨盼您早日来信，请务必相信我。

最尊敬您的来信者

罗伯特·B.F.麦肯锡

1934年5月18日

这封信引起的直接后果可以在报纸上读到。我有幸获得了密斯卡托尼克大学的支持，而麦肯锡和玻尔博士在澳大利亚这边也做了有效的安排。我们并没有对公众把目标讲得太具体，因为它可能会成为廉价的报纸大肆炒作的素材，变成令人不快的玩笑。结果，纸媒对我们的报告越来越少，但也已经有足够的文章证明我们曾在澳大利亚寻找遗迹，并记录了我们为之做的各种准备。

与我同行的学者中，有地理系的威廉·戴尔教授（1930年至1931年米斯卡顿南极考察队的队长），古代史系的费尔德南·C.阿什利教授，人类学系的泰勒·M.弗里伯恩教授，以及我的儿子温盖特。1935年初，与我联系的麦肯锡先生来到阿卡姆，协助我们做最后的准备工作。他非常能干，且和蔼可亲，大约50岁，学识渊博，对此次旅行的情况非常熟悉。他准备的拖拉机已经在皮尔巴拉待命。我们租了一艘吃水量很小的货船，可以顺流而下。我们准备以最仔细、最科学的方式进行挖掘考察，连沙子也要一粒一粒筛查，并且不能破坏任何可能还处于或接近其原始状态的东西。

1935年3月28日，我们乘坐莱克星顿号蒸汽船从波士顿出发，优哉游哉地跨过大西洋和地中海，驶过苏伊士运河，穿过红海和印度洋，到达了目的地。不必多说，看到澳大利亚西海岸坑坑洼洼的沙滩，我十分沮丧。当拖拉机前往这个粗鄙的采矿小镇与荒凉的金矿区装载最后一批物资时，那情景让我更觉得厌恶。来迎接我们的玻尔博士年纪较大，性格开朗，聪明过人，而且有着丰富的心理学知识，因此我们父子俩和他进行了多次长时间的讨论。

当我们一行18人终于到达干燥的沙漠地带，把岩石踩得吱嘎作响时，多数人都怀揣着混杂有不安和期待的古怪情绪。5月31日，星期五，我们跨过了德格雷河的支流，进入了彻底荒凉的区域。当我们来到传说中古老世界的现实领地时，伴随着兴奋的恐惧开始在我身上恣意发作。令人不安的梦境和伪记忆对我的困扰丝毫不减，愈发助长了我的恐惧。

6月3日，星期一，我们见到了此次考察中第一批被沙子半掩的巨石。我无法描述自己触摸这些石块时的心情。从各个方面看，它就是一块货真价实的巨型砖石，与我梦中建筑墙面上的石块一模一样。石块有明显的雕刻痕迹。我的手颤抖着，意识到多年来折磨我的噩梦和令人困惑的研究中，让我觉得身处地狱的，正是这些曲线装饰图案。

经过一个月的挖掘，我们总共发现了约1250块石头，磨损和风化程度各不相同，其中大多数是顶部和底部呈弧形的有刻痕的巨石，也有一些体积较小且表面平整的方形和八边形石板，与我梦中铺设房间地面和过道的砖石相同，还有少量极大的弯曲石砖，像是用于砌拱顶、拱门或圆窗的。我们越向东北方向深入挖掘，找到的石头就越多，但仍然没有弄清它们曾经是如何排列堆砌的。戴尔教授对这些碎石感到震惊，它们的年龄超出了可鉴定的年代范围，弗里伯恩教授发现了一些符号，与古老的巴布亚和波利尼西亚传说有着隐隐的联系。石块的状况和散布位置，无声地诉说着令人眩晕的时间循环和狂野的地质剧变。

探险队里有一架飞机，我儿子温盖特经常驾驶它飞到不同的高度，从空中进行大范围搜索，通过地形的起伏和散落石块的痕迹进行判断，确定废墟大致的边界。但他几乎一无所获：每当他觉得自己在某处找到了显眼的线索，再次前往时就会发现它早已无影无踪——风吹动了沙子，导致了地表情况的变化。然而，其中还是有一两条转瞬即逝的线索让我心生不悦。我隐约觉得，它们似乎与我曾经在梦中见过的东西惊人地吻合，透露着令人胆战的虚假熟悉感。我忧心忡忡地望着东北方这片令人憎恶的贫瘠土地。

大约在7月的第一周，我对东北地区土地的情感变得越来越莫名其妙，心情开始复杂起来。这其中有恐惧也有好奇，但除此之外，还有一种持久而令人困惑的既视感。我尝试了各种心理学方法，试图摆脱这种感受，但没有成功。我失眠了，但减少进入梦境的时间正合我意。我养成了深夜独自在沙漠中散步的习惯——在某种怪异冲动的驱使下，我总是不知不觉地就往东北方向走。

有时走在路上，我会在散步途中被掩埋在沙子之下的远古石块绊倒。虽然这里能看见的石块比我们第一次见到石块的地方要少，但我确信，地表之下一定埋藏着许多。这里的地势比我们驻扎营地的地方要低，大风不时地把沙子吹成小山丘，露出一些古老石头的痕迹，同时又掩盖了另一些痕迹。我很希望我们的考察范围能扩大到这个地区，但同时又害怕可能会有令人难以接受的发现。显然我状态相当糟糕，但更糟糕的是，我无法对此做出合理的解释。

7月11日，月色煞白，沙丘里泛着诡异的光。我在夜间散步时，注意到一件怪事，而我当时反应已有明显的神经衰弱迹象。我比平日走得稍远了一些，看到一块与从前见过的石块不太相同的大石头。我见到它时，它几乎被沙子完全盖住了。我弯下腰，用手清开了沙子，打着手电筒仔细观察了一番。这是一个切割平整的方块，表面没有凹凸。构成这个石块的黑色玄武岩，也完全不同于其他花岗岩和砂岩，更不是我们熟悉的岩屑中偶尔会发现的混凝土。

我突然起身，转头以最快的速度奔向营地。逃跑时的我完全不受主观意识的控制，只有在接近帐篷时，我才想通了自己为什么会逃跑。我彻底明白了——那块奇怪的黑色石头，正是我曾在梦境中读到过的东西，是古老传说中最可怕的一环。它来自那些令伟大种族人心惶惶的玄武岩无窗高塔，是半物质构造的外来入侵者留在地表上的遗迹。这些外来者能操控大风那样的无形力量，是整个伟大种族不眠不休地抵抗的敌人。

我彻夜未眠，天亮时才意识到自己被神话吓退的行为是多么愚蠢。我不应该害怕，而应该充满热情地深入探索下去。于是第二天上午，我把这个发现告诉了其他人，于是戴尔、弗里伯恩、玻尔，还有我的儿子跟着我一起，来到了这一异常区域考察。然而，我们失望而归。我不知道那块石头的确切位置，而大风肆虐，已经对沙漠中的景象进行了翻天覆地的改造。

6

现在我要讲的是整段经历中最关键也最难以说清的部分。我无法确保这段经历的真实性，这给我的叙述增添了难度。我需要不时确认自己没有在做梦或是处于催眠状态；正是这种感觉，以及这段经历背后的深刻意义，促使我写了以下的记录。我的儿子是一名专业素养极高的心理学家，他对我的经历有着最全面也最感同身受的认知。

首先，我会概述一下客观事实，让大家对营地成员当时面临的境况有所了解。7月17日晚，被大风吹了一整天的我早早地躺下休息，但就是无法入睡。快到晚上11点的时候，我起了床，像往常一样感到东北方向有所异常。当我离开营地时，我看到了我们的澳大利亚矿工塔珀，并和他打了招呼。当时刚过满月，月光从晴朗的天空中倾泻下来，洒在古老的沙地上，泛起幽幽的白光。在我看来，月光中暗含了无尽的恶意。差不多整整5个小时都没有刮风，塔珀和其他整夜没睡的人都可以证明这一点。当晚我最后一次遇到人时，是澳大利亚矿工遇见朝东北方向走去的我，那时我正快速地翻越月光下苍白的山丘。

大约凌晨3:30的时候，沙漠里忽然刮起了大风，把营里的人都弄醒了。风吹倒了三个帐篷。天空中万里无云，沙漠中仍泛着冰冷麻木的月光。大家注意到我不在帐篷里，但鉴于我近期一直有散步的习惯，他们并没有太放在心上。然而，营中有三名澳大利亚人似乎在空气中感受到不祥的气息。麦肯锡向弗里伯恩教授解释道，他们是受到了黑人土著恐惧的传染——当地人都相信一个奇怪的邪恶神话，说天空晴朗时，会有大风长时间在沙漠中肆虐。人们悄悄谈论，说这些风是从地下发生过恐怖事件的大石屋里吹出的，除了在散布着刻有象形文字的巨大石块附近，其他地方从没有这种情况发生。将近4点的时候，大风突然开始减弱，沙漠里的山丘又变成了陌生的形状。

刚过5点，形如真菌的浮肿月亮西沉时，我跌跌撞撞地回到营地里。我的帽子不见了，衣衫褴褛，血淋淋的脸上伤痕累累，也没有拿手电筒。那时很多人都躺回床上去了，但戴尔教授还在帐篷外抽着烟斗。看到我气喘吁吁、几近疯狂的状态，他给玻尔博士打了电话。两人把我扶到小床上，让我找个舒服的姿势躺下。我的儿子被惊醒了，马上来和他们一起照顾我。他们强迫我躺着不许动，试图让我入睡。

但是我无法入睡。我难以说明当时自己的心理状况，那种感觉与我此前遭受的任何痛苦都不一样。过了一会儿，我坚持要说点什么，神经兮兮地想向旁人详细描述我的状况。我告诉他们，我散步时感到疲惫不堪，于是躺在沙丘上小睡了一会儿。然后，我做了一个比曾经任何一个梦都要可怕的噩梦。当我被突如其来的大风惊醒时，我极其紧张，神经紧绷。我慌慌张张地开始逃跑，频频被埋在沙中的石头绊倒，这让本来就蓬头垢面的我更狼狈不堪。考虑到我离开了营地几个小时，我应该是在沙丘上睡了很久。

我努力克制，绝口不提自己真实经历的怪事。但我提出希望能调整探险工作的计划，恳求大家终止在东北方区域里的一切挖掘工作。我的理由显然很无力——我说我们寻找的石块并不在那里，也不想冒犯矿工们的信仰，还有学院提供的资金不足，以及其他一些胡编乱造或是无关紧要的理由。很显然，没有人把这当回事儿，连我的儿子都忽视了我的请求，但他对我的身体状况显然是十分关心的。

第二天，我绕着营地走了一圈，但没有参与挖掘工作。既然无法阻止继续探索，我决定尽快回家，防止受到更深的精神伤害。我让儿子保证，一旦调查完这一区域就不再插手此事，并要他驾驶飞机送我去西南方向1000英里外的珀斯。我想，如果我之前见到的东西依然存在，那么即便遭到嘲笑，我也要向大家发出具体的警告。了解当地民间传说的矿工们大概会支持我的做法。就在那天下午，我的儿子迁就我做了一次航空调查，开着飞机侦查了所有我走过的地方。然而，我所发现的一切都已荡然无存。流沙把痕迹都抹去了，我们就像之前寻找那块奇异的黑色玄武岩一样一无所获。有那么一瞬间，我有点后悔自己前一晚在极度恐惧中失去了能够证明一切的可怕证据——但现在回想起来，我庆幸自己失去了它，至少这样我仍然可以相信，我的整场经历只是幻觉——同样，我也希望人们永远不会找到那个地狱般的深渊。

7月20日，温盖特带我去了珀斯，但他拒绝放弃探险并和我一起返回家乡。他一直陪着我，直到我搭乘25号开往利物浦的轮船离开。此时此刻，我在皇后号的船舱里，花了很长时间思考整个疯狂的事件，并决定至少要把真相告诉我的儿子，由他决定是否把一切公之于众。我写下了这篇关于我的故事的背景摘要，并把相关信息或多或少告诉了他人，以防发生不测。现在，我将尽可能简短地讲述那个可怕的夜晚，我离开营地时所发生的事情。

当时的我神经紧绷，心情急切得反常。我似是而非的记忆里生出一种莫名其妙的可怕冲动，指使我朝东北方向走去。在亘古时代被遗忘的无名遗迹里，我不时能看到半掩半露的巨大原始巨石。在这个万古长存的废墟中，我感到沉默的恐惧步步紧逼，不由自主地想起自己疯狂的梦境，想起梦境背后可怕的古老传说，想起当地居民和矿工的担忧，以及沙漠中雕刻着符文的巨石。

我拖着沉重的步伐前进着，似乎要前往亡灵的聚集地，越来越多令人困惑的幻象、冲动和伪记忆涌进我的脑海。我想到儿子之前说他从空中看到过，石头排列形成的线条隐约勾勒出一个轮廓，有一种不祥的熟悉感。有一种力量在我的记忆之门上摸索着，弄得门闩咔哒作响，而另一种未知的力量又在设法把门紧紧关上。

那一晚没有风，苍白的沙丘上下起伏，像被冻住的海浪。我没有目的地，但不知为何还在坚定地向前行走，仿佛命运已经为我指好了方向。我的幻觉溢出了梦境，出现在真实的世界里——每一块嵌在沙中的巨石，似乎都曾是史前巨石堆砌的巨大房间和走廊的一部分，上面雕刻着我被囚禁在伟大种族体内时熟知的象形字符。有时，我仿佛看见那些无所不知的锥形生物像梦中惯常的那样到处移动。我不敢往下看，生怕看见自己的身体也变得和它们一样。我从始至终都能看到沙漠之下的街区，还有熟悉的房间和走廊；我看见燃烧的阴森月亮，发光的球形水晶灯；我看见无边无际的沙漠，摇曳的蕨类植物和苏铁。我既清醒着，又在梦中。

我不知道自己走了多久，也不知道走了多远，当看见白天大风吹过后裸露出的石头时，我甚至不知道自己身在何处。这是我迄今为止见过的规模最大的废墟，它对我造成了巨大的冲击，以至于眼前的神话幻象突然消失了。再一次，我的眼前只剩下沙漠、阴森的月亮和不知年代的、散落的巨石。我走上前，驻足用手电筒照亮了那堆乱石。原来的沙丘被风吹走了，留下一堆低矮的不规则圆形巨石和一些小块的碎石。巨石约40英尺宽，2—8英尺高。

从看到它们第一眼起，我就意识到这些石头具有某种前所未有的特质。它们不仅数量庞大，而且当我在月光和手电光之下扫视它们时，砂砾侵蚀的痕迹也引起了我的注意。这些石块与我们之前的发现有着本质的不同，带有一种更加微妙的感觉。这并非我在看某一石块时产生的感受，而是看到眼前整片景象时的感觉。后来，我终于弄懂了，各块石头上的曲线图案是密切相关的，每一部分纹理都是一幅完整作品中的一部分。在这历经万古的废墟中，我第一次亲眼看到了巨型石头建筑的实体——它倒塌了，支离破碎，但万般真实地存在着。

我登上了一座小沙丘，吃力地爬上那堆巨石，不时用手指清掉沙子，努力理清各种大小、形状、风格和设计的曲线刻纹之间的关系。过了许久，我模糊地猜出了古老建筑的原貌，也猜出了原始建筑上的刻纹曾经展现的大概是怎样的设计。它与梦境中的场景如出一辙，让我惴惴不安。这曾是一条30英尺高的巨型长廊，地面由八角形的石板铺成，上方是坚实的拱顶。长廊右边有一些打开的房间，尽头的奇怪斜坡则蜿蜒着伸向地下更深的地方。

想到这里，我大吃一惊，因为这其中包含的信息比石块本身所能提供的信息还要多。我怎么会知道这里本应该是地下深处？我怎么会知道通往地面的斜坡就在我身后？我怎么会知道通往石柱广场的通道就在我左手边的上一层？我怎么会知道那间摆了机器的房间，以及通往中央档案馆的通道，就在向下两层的地方？我怎么会知道在地下四层有一扇可怕的上闩的活板门？我一定是被梦境冲昏了头脑，吓得直打哆嗦，一身冷汗。

我最后一次硬着头皮触碰了这些石头，感到一股微弱的湿冷空气从石堆中央附近的洼地向上涌出。再一次，我的幻觉立刻消失了，只看见阴冷的月亮和茫茫的沙漠，以及古老石头建筑的残骸。我眼前出现了可知可感的真实事物，向我传达着无穷无尽的隐秘暗示。涌动的气流说明，杂乱的石块之下，隐藏着一条巨大的沟壑。

我的第一反应是土著们相信的邪恶传说——在地下的巨石建筑里，发生了恐怖的事件，让巨大的气流从地下涌出。接着我又想起了自己的梦境，模糊的记忆在我的脑海里翻腾。下面是什么样的地方？古老神话和萦绕心头的噩梦的来源是什么？我踌躇了一阵，好奇心和科学热情战胜了恐惧，驱使我继续前进。

我似乎不受控制地移动，仿佛被不可抗拒的力量紧紧攥住。我把手电筒放回口袋里，使出前所未有的力量拼命推动石头，先推开一块碎石，然后再推下一块。从地下喷出强烈的潮湿气流，与沙漠的干燥空气形成了奇特的对比。地上出现了一道黑色的裂口，当我推开所有能够移动的碎石时，地上长长的裂口已经足以让我通过。月光照在裂口上，泛起幽光。

我拿出手电筒，向洞口照进一束亮光。我看见下方乱成一团的石堆，都朝北倾倒了45度，显然是上方坍塌的压力造成的。地表和地下的世界隔着一道深不可测的黑暗鸿沟，地道的顶端还保留着一点拱顶的残状。沙漠似乎直接覆盖在了这些巨型的建筑结构上——我无法想象它是如何在千百万年的地质变化中留存至今的。

回想起当时，对自己的境况一无所知，就只身潜入令人胆战的深渊的行为，我简直疯狂到了极点。但那天晚上的我，确乎毫不犹豫就踏上了这条通往地下的路。命运似乎早已安排好了方向，驱使我向前进发。为了省电，我断断续续地点亮手电筒，沿着那阴森的巨大斜坡往下爬。当能够找到良好的支撑点时，我就面朝前行进；有时则为了抓得更紧些，我只能转过身摸索着倒走。在手电筒的光圈里，我身边两侧远处摇摇欲坠的石墙隐约可见，上面雕刻着弯曲的纹路。然而，我看向行进的方向时，眼前只剩一片漆黑。

我不记得自己向下攀爬了多久。我的脑海中充斥着令人费解的暗示和想象，客观世界的事物似乎都离我很远。我仿佛失去了知觉，连恐惧也变得难以感知，像幽灵一样无力地斜睨着我。最后，我到了一处平坦的地面，周围堆满了倒下的石块、不成形的碎石和沙子。两边的墙高约30英尺，高墙的尽头是巨大的拱顶。我只能分辨出它们表面有刻纹，但雕刻的内容无法看清。我印象中最深刻的还是上方的拱顶。手电筒的光线无法到达走廊顶端，但拱型较低的下部却清晰可见。它们与我无数次在梦境中看到的拱顶别无二致。我禁不住颤抖起来。

在我身后的地上世界里，月亮只剩一个模糊的光影。我感到隐隐的暗示，警告我不要让月亮离开视线，以免找不到出路。我朝左边的墙壁走去，那里还保留着明显的刻痕。在堆满乱石的通道上前进几乎和从斜坡往下攀爬一样困难，但我还是选择走这条坎坷的道路。在某处，我试图把石块推到一边，清掉碎石，想看看路面是什么样子的。我看到八角形的大石板，表面虽凹凸不平，但仍然大致地紧铺在一起，这样熟悉的场景让我不寒而栗。

我靠近墙体，小心翼翼地借着手电筒的光，慢慢审视墙上的残迹。水流似乎侵蚀了岩石的表面，留下怪异的水垢。某些地方的建筑结构异常松散扭曲，我不禁好奇这个隐蔽的原始建筑遗迹，还能在地球的动荡中保留多少亿年。

最令我震惊的还是刻纹本身。尽管它们历经了时间的洗礼，快要面目全非，但近距离观察起来还算相对容易。我对这些刻纹的每一个细节都如此熟悉，感到出奇的惊诧。如果我仅是对这座建筑的风格感到熟悉，那还算是可以接受，因为这样我就可以解释称，是古老神话的撰写人从这些建筑中获得了灵感写下故事，而失忆期间研究了神话故事的我又读到了它们，于是在我的潜意识中，也留下了与之相关的印象。但是我要怎么解释，每一条曲线、每一处螺旋，都与我20多年来的梦境中的画面如出一辙呢？究竟发生了什么，使这些被遗忘的模糊图像，每晚丝毫不差地再现于我的梦境呢？

这绝非偶然，我的梦境与这里的场景也绝不是只有一点点相似。毫无疑问，我脚下这条千百万年来一直深藏在地下的古道，正是我梦境的源头，我对这里的熟悉不亚于我对阿卡姆镇克林街上自家房子的熟悉程度。的确，我在梦中看到了此地盛世时期的景象，但此刻眼前的景象也是如此真实。在惊恐之余，我已经清楚地意识到自己身处何地。我了解这里的构造，知道那座可怕古城的确切位置。我本能地意识到，尽管时过境迁，自己还是可以毫无差错地找到这座城市中的任何一个地方。我的天，这究竟意味着什么？我究竟是怎么知道这一切的？古老传说的背后究竟隐藏着怎样可怕的现实？

言语已经完全不足以表达折磨着我的恐惧和困惑了。我确信自己了解这里。我知道出现在自己面前的东西是什么，也知道在我头顶上的高耸塔楼坍塌成废墟的沙漠里曾经有什么。我战战兢兢地想着，也许已经没必要再把模糊的月亮留在视线中了。我被一种强烈的逃跑欲望裹挟着，但致命的好奇心又在驱使我前进，几乎要把我撕裂。自从我梦中的盛世至今数百万年来，这座城市里到底发生了什么？这座城市的地下迷宫和巨型高塔中，到底有多少建筑在地壳的剧烈运动中幸存下来？

我是否进入了一个被掩埋的、邪恶的万古世界？我还能找到写作工作者们所在的房间吗？还能找到那些寄住着星形脑袋的肉食植物思维的躯体在空白墙面上刻过的高塔图案吗？地下二层的通道还能通向存放异族思维的殿堂吗？在那个大厅里，有一尊外星生物的黏土雕像，它的原型是来自1800万年后居住在冥王星之外的一颗未知行星内部的半实体生物。

我闭上眼睛，用手抓着脑袋，徒劳地试图把这些疯狂的梦境碎片从我的意识中赶走。然后，我第一次强烈地感觉到周围空气流动起来，变得凉爽而潮湿。我打了个寒颤，意识到脚下的某个地方一定有无数条死寂沉闷的漆黑深渊正向外喷着气流。我回想起梦中那些可怕的房间、走廊和斜坡。通往中央档案馆的路还可以通行吗？我又一次回忆起那些曾装在防锈金属箱中的记录书卷。

根据传说和我的梦境，这些书卷记载了全宇宙从创世之初到毁灭之时连续不断的历史。从宇宙间各个星球被俘虏的思维来到这里，书写它们的时代。这实在是太疯狂了，可现在的我，不是已经跌跌撞撞地走进这个疯狂的黑暗世界中了吗？我想到了上锁的金属架子，想到了打开架子时需要破解的奇特旋钮装置。记忆清晰地浮现在我的脑海中。在最底层的陆地脊椎动物区，我曾多少次打开过这些错综复杂的装置啊！我脑海中的每一个细节都如此清晰，宛如昨日。如果我能找到梦中的资料库，那我就立马能打开这些上锁的架子。想到这里，我彻底发疯了。我继续在废墟里磕磕绊绊地走着，连蹦带摔地朝我记忆中印象深刻的斜坡向下走去。

7

至于之后发生的事，我就不再相信自己的记忆了。我还抱着最后一丝绝望的期盼，希望它们都只是一场极为恐怖的噩梦的一部分，或者仅是因为我精神错乱而产生的幻觉。我的头脑开始发热，一切感官都变得模糊起来，有时只能断断续续地起作用。手电筒的微弱光线刚一发出，就被无尽的黑暗吞噬，石墙和墙上的刻纹被岁月侵蚀，在忽隐忽现的亮光中如同魅影。某处巨大的拱顶坍塌了，我不得不翻过巨石堆，几乎要贴近那挂满钟乳石的破败屋顶。这场噩梦就此走向高潮，在伪记忆的亵渎下变得更加不堪入目。我不熟悉的事情只有一件，那就是我真实的身材尺寸与巨石建筑相比，究竟有多大的差异。我难以适应自己以当下渺小的身躯在这里行进，感到十分压抑，在这些高耸的墙壁前，仿佛身为人类才是不寻常的全新体验。我一次又一次紧张地低下头来看着自己的身体，因自己的人形身躯而隐隐不安。

我在黑暗的深渊中连滚带爬地前进，跌跌撞撞，常常摔倒，擦伤了自己，还有一次差点把手电筒摔碎。我熟悉这个魔鬼般的深渊中每一块石头、每一个角落。有好几次我停下脚步，用手电照亮一道道支离破碎但仍旧熟悉的拱门。有一些房间已经完全倒塌，其他的房间里不是空无一物，就是堆满了碎石。我看到大量的金属制品，有的还相当完整，有的已经破损，还有些已经被压碎或因受到猛烈撞击而变形。我把它们当作是梦中巨大的桌子或工作台，不敢妄自猜测它们的真实用途。

我来到了向下的斜坡前，继续往下走。走了一段时间，我在一个凹凸不平的裂口前停下来。这个裂口最窄的地方宽度不少于4英尺，从这里掉下去的东西都不见踪影，只留下一道深不见底的暗黑深渊。我知道这座巨型迷宫向下还有两层，回忆起最底层那扇用金属门闩锁住的活板门时，我又一次被吓得浑身发抖。现在不可能还有卫兵驻守了，潜伏在地下的古老种族早已实现了它们丑恶的复仇，步入了漫长的衰亡之中。到人类之后甲虫种族统治地球的时代，它们就灭绝了。然而，我想到当地的传说时，还是不禁毛骨悚然。

我费了好大的劲才跨过裂口，散落着碎石的地面使我无法快速移动，但我还是拼了命地助跑起来。我选择从靠近左边墙体的地方跳越，这个位置的裂隙最窄，深渊对岸的着陆点附近也比较整洁。在经历恐惧到窒息的跨越一瞬之后，我安全抵达彼岸。最后，我来到了下一层的走廊，在一间摆放机器的房间的拱门前绊倒了。我对这里的一切了如指掌，信心十足地翻过一堆又一堆堵住了长廊的废墟。我意识到，这条路将通向城市的中央档案馆。

当我跌跌撞撞地翻越走廊中的废墟时，我仿佛看到了亘古的往昔岁月。我不时能辨认出年代久远的墙体上雕刻的图案，有些是我所熟悉的，还有些似乎是在我梦中的时代之后添加上去的。因为这是一条连接下一层房屋的通道，所以除了连通其他方向的底层建筑的通道外，没有其他的拱门。路过一些十字路口时，我转头望去，久久注视着记忆深刻的走廊和房间。有两次，我注意到现场和我的梦境发生了出入；其中有一次，我能想起记忆中该处本应是封闭的拱门轮廓。

我剧烈地颤抖着，不可名状的虚弱感呆滞地填满了我的心房。我极不情愿地匆匆穿过一座没有窗户的、巨型塔楼的地窖，它早已破旧不堪。这个古老地窖的圆形拱顶足足有200英尺宽，深色的石块上没有雕刻任何东西。地板上除了灰尘和沙子，什么也没有，地窖里有一些通往地上或地下的洞口。房子里没有楼梯，也没有坡道——事实上，在我的梦境中，那些古老生物的塔楼本来就和伟大种族的建筑没有任何相似之处。建造它们的生物不需要楼梯或斜坡通行。在梦里，所有通向下方的洞口都被紧紧地封住，由守卫严密把守着。现在这些黑黢黢的窟窿就在我眼前，里面喷出一阵凉爽潮湿的空气。我不愿去想这无底深渊之下究竟是怎样的永夜。

我在一段堆满了废墟的走廊上艰难地前进，来到了一个屋顶已经完全坍塌的房间里。这里的废墟像山一样隆起。我登上石堆，穿过一片空地，手电筒已经照亮不了墙壁和拱顶了。我猜这里一定是铁匠铺的地下室，正对着地下的第三个广场，离档案馆不远。我难以想象这里曾发生过什么。

我再一次越过堆满碎石的走廊，但继续往前走了一小段路之后，前方就被完全堵死了。倒下的拱顶堆积如山，几乎要触到下陷的天花板。我不知道自己是如何把石块撬开，腾出一条路来，又如何在保持建筑不会整个坍塌的情况下把成吨的石块压得粉碎，还敢移开那些紧紧堆砌的碎石。现在回想起来，如果这不是一个噩梦，那么当时引导我做出这种行为的诱因就只剩下疯狂。我的确为自己开出了一条勉强能通行的路，或者至少在梦中我确实这么做了。我把一闪一闪的手电筒牢牢咬住，在瓦砾堆上扭动，试图挤过去时，感觉自己快被塌陷的天花板上参差的异形钟乳石撕裂了。

现在，我离目标中的地下档案建筑越来越近了。我打滑着爬过障碍物，举着手电筒，在目的地前最后一段走廊上摸索着前进。最后，我来到了一个低矮的圆形地窖前。不知为何，它奇妙地被保留了下来，四面八方的入口都敞开着。那些我的手电筒能够照亮的墙壁上，密密麻麻地刻满了象形文字，都是典型的曲线符号，其中有些是在我梦境之后的时期里加上去的。

我意识到，这是我命中注定的目的地。我立刻转向左边一道熟悉的拱门。奇怪的是，我几乎毫不怀疑自己会在斜坡上找到一条通往所有尚未坍塌的楼层的干净通道。这座受地球庇护的巨大建筑，是凭借超凡的技巧和力量建成的，可以一直坚持到太阳系的末日来临之时，不会被破坏，里面保存了整个太阳系的历史。经过天才的精密数学计算，巨大的石块以难以置信的平衡和韧性结合在一起，形成了和地球岩石圈一样坚固的结构。经历了以我的大脑无法想象的漫长岁月之后，这座档案馆虽被掩埋，但还是保持着最初的样貌矗立在原地。屋中积满灰尘的宽阔地板上，散落着其他建筑倒塌的废墟。

比起在外面的通道前进，在这里行走相对容易。至此，所有被障碍削弱的疯狂渴望，都狂热地爆发出来。我沿着拱门外令人惊叹的低矮过道奔跑起来，那一刻的感受我记忆犹新。我惊异于自己对眼前的场景如此熟悉。巨大的金属活板门映入眼帘：有一些门还保持着原状，而另一些已经被突破，还有一些在地质运动的高压下弯曲变形，但还不至于被震碎。空洞的架子下面，到处都是尘土。架上的箱子也似乎在地震中掉落了。偶尔在石柱上能看见一些符号或数字，标注着架上书卷的类别。

我在一个大门敞开的地下室前停下来，看到熟悉的金属箱子上沾满了沙尘。我费了好大劲，才把其中一个较小的箱子拖出来，放在地板上检查。箱子表面用象形文字写了它的名字，尽管这些文字的排列似乎有些微妙的不同寻常。我对箱子上锁的钩状机关的奇怪结构了如指掌，于是就打开了一个还没生锈的箱子，取出了里面的书卷。如我所料，这本书约20英寸长，15英寸宽，2英寸厚，薄薄的金属封面可以从顶部打开。粗糙的纤维书页似乎并没有受到时间的腐蚀。我研究了一下书本中用刷子写下的色彩奇特的字符——这些符号完全不同于普通的曲线象形文字，也不属于任何一种人类语言，而我对它还有着挥之不去的含糊记忆。我突然想到，这是我的梦境中另一个被俘虏的思维所用的语言——它来自一颗巨大的行星，那里有许多残存的古老生命，流传着原始行星还是碎片时的传说。与此同时，我回想起来，这一级存放的档案都是专门研究非地球行星的书卷。

我从书中回过神来时，发现手电筒的光开始逐渐变暗，于是迅速地换上了备用电池。然后，在更强烈的光线中，我又开始狂热地奔跑，在错综复杂的过道和走廊之间穿梭，时不时还能认出一些熟悉的架子。我的脚步在这里激起不和谐的回声，隐隐地困扰着我。这个坟穴里本该只有死亡和永恒的沉寂。在这千年未被踏足的尘土中，我留下的鞋印让自己胆战心惊。如果非要说我在这场疯狂的噩梦中发现了什么真相的话，那就是人类从未涉足此地古老的通道。我疯狂地奔跑着，头脑清醒但并没有任何特定的目标。然而，我迷糊的意志和埋藏的记忆正被一股邪恶的力量激活，因此我隐约觉得自己的奔跑也并非毫无目的。

我来到一段向下的斜坡前，沿着它走向地底更深的地方。奔跑时，我眼前的道路一闪而过，让我无暇思考。我的大脑天旋地转，但也开始有了某种节奏，使我的右手协调地摆动起来。我想要打开箱子上的机关，并知道需要借助错综复杂的力矩进行一系列烦琐的操作。它就像一个带有密码锁的现代保险箱，不管此刻的我是否在梦中，都能清楚地认识到这一点。我没有试图想通自己是如何从梦境或记在我潜意识里的传说中，学会打开这样一个格外复杂且精密的机关的。我对此一无所知。因为这整段经历——我仅通过梦境和神话，就对未知的废墟莫名地熟悉，以及对我面前一切事物都有着精准认知——这难道不是已经足够可怖了吗？也许那时我坚定地相信，整座被掩埋的城市只是一段疯狂的幻觉碎片，就像此时此刻头脑清醒的我，也有可能根本没有醒来。

最后，我到达了迷宫的底层，向右侧的斜坡走去。不知是什么原因，我放缓了脚步，即便这样做会降低我的行进速度。在最底层，有一个地方我一直不敢靠近；一旦试图走近，我就想起了那里究竟有什么令我害怕的东西——是一扇用铁锁加固密封的活板门，现在门边已经没有卫兵了。我像穿过同样有一扇活动门在内的黑色玄武岩地窖时那样，战栗地踮起脚尖悄悄行走。就像在地窖时一样，我又感觉到了一阵凉爽潮湿的空气吹过。我希望自己之前从没有选择右边的斜坡，虽然我当时并不知道自己为什么作出了这个选择。

我走到门前，看见活板门大开着，面前又有一排架子。我瞥见其中一个架子前的地板上积着薄薄的灰尘，散落着许多似乎是刚刚掉下来的箱子。与此同时，一股新的恐惧浪潮向我席卷而来，尽管很长一段时间里我都想不通恐怖的缘由。大片倒下的箱子并不少见，因为在时间的长河中，这座漆黑的迷宫一直在地壳的运动中起起伏伏，不时回响起震耳欲聋的物体坠落声。当我快要走进门去时，我才意识到自己为何会感受到那么剧烈的惊惧。

困扰我的并非掉落的箱子，而是地面上的灰尘。在手电的灯光里，我发现尘土的分布似乎没有它应有的那么均匀——有些地方的尘土看起来更薄，好像几个月前还被触碰过似的。对此我不敢肯定，因为即使它看起来相对较薄，但作为积灰也已经够多了。然而，这些灰尘较薄的区域似乎存在规律，让人难以冷静。我把手电筒靠近其中一个区域时，感到极度不安。这种规律感变得越来越清晰：曲线的全貌由五组近似直径3英寸的圆形痕迹组成，其中一组在前，四组在后。

这些约一平方英尺的印痕似乎有两个朝向，仿佛是去取了什么又回来了。印痕很浅，让人以为可能只是意外的幻觉，但我认为这来回的痕迹中散发出了令人恐惧的气息。因为这些印痕的一端连接到了那堆不久前才掉落的箱子前，而另一端则一直延伸向那扇透着阴冷潮湿气流的活板门。那扇已经没有守卫的活板门如今正敞开着，它的下面则是那超乎想象的深渊。

8

奇怪的冲动势不可挡，完全没过了我的恐惧。在我对刻纹和梦境记忆的真实性产生了惊恐的怀疑之后，我再也无法保持理性。尽管我的右手害怕得发抖，却仍有节奏地摆动着，似乎是急切地想打开箱子上的机关。不知不觉中，我已经踮着脚走过了那堆不久前刚掉落的箱子，穿过一片灰尘中完全没有足迹的区域，向着熟悉到病态的地方前进。我的头脑向自己质问了一连串的问题，至于它们从何而来，自己为什么要问，我也才刚刚开始思考。人类能够得着这个架子吗？我能靠人类的双手完成一系列复杂的操作，打开这道锁了上万个世纪的机关吗？这道机关还完好无损吗？对这道（我现在才意识到）自己又憧憬又害怕的机关，我该做什么？我又敢做些什么？它会向我证明超出正常观念的震惊事实，还是仅仅证明我确实还在睡梦中呢？

接着，我不再踮着脚尖碎步奔跑，而是一动不动地站定，盯着一排熟悉得令人发狂的书架。它们几乎完好无损，只有三扇门在近期被打开了。我面对这些书架时的心情难以形容——它们就像是我的老朋友一般，而这种感情是那么强烈，那么彻底。我抬头望着顶层离天花板最近的架子，那是我绝对够不着的地方，心想着怎样才能最顺利地爬上去。从下往上数第四排有一扇开着的门也许会有所帮助，而关着的门上面的锁可以作为我向上爬时手脚的支撑点。我像在其他需要用上双手的时候一样，用牙齿咬住手电筒。最重要的是，我不能发出任何声响。把我想要的东西取下来十分困难，但我也许可以把它的机关锁钩在自己的衣领上，像背着背包一样把它带下来。我又开始想，这道锁是否还可以使用。我毫无疑问可以熟练地重复每一个打开机关的动作，但不希望它刮伤我或弄出吱吱的声响，当然，我最希望我的手还能派得上用场。

我呆呆地望着这一排暴露在外的灰色箱子，莫名的强烈情感涌上心头。就在我右手可及的范围内，有一个箱子，上面刻的弯曲象形文字令我胆战，我比沉浸在纯粹的恐惧中时还要痛苦得多。即便我止不住颤抖，还是在雪花般飘落的灰尘中找到了想要的箱子，静悄悄地慢慢把它扯向自己。它和我打开过的另一个箱子一样，尺寸略大于20×15英寸，表面有浅浅的浮雕的曲线几何图案。箱子的厚度刚刚超过3英寸。我仓促地把它悬在我和书架之间，摸索着箱上的金属扣，终于打开了它。我抬起箱盖，把重物挪到背上，让钩子钩住我的衣领。解放了双手后，我笨拙地爬回满是灰尘的地板上，准备查看我带回的战利品。

我跪在沙尘中，把箱子翻过来摆在面前。我的手还在颤抖，既渴望又害怕取出箱子里的书卷——我觉得自己不得不这样做。我逐渐明白了自己的目标，而就在想通的一瞬间，我几乎要丧失理智。如果我不是在做梦，那么它的影响将远远超出人类精神所能承受的范围。最令我饱受折磨的是，我一时无法让自己继续相信，周围的一切并非一场梦。这种感觉真实得可怕——当我回想起当时的情景时，这种感觉再度袭来。

我终于颤抖着把书从箱子里拿出来，出神地盯着封面上的象形文字。书名中的曲线字符一笔一画极为清晰，我仿佛被它催眠，并且还能读懂。事实上，我不敢确保自己当时完全没办法阅读它们。不知过了多久，我才敢抬起那薄薄的金属盖子。当时我为了拖延时间，就想着为了省电，我从嘴里取出手电筒并关掉了。在黑暗中，我鼓起勇气，终于在一片漆黑中掀开了封面。然后，我用手电筒照亮了书页，并事先警告过自己，无论我发现了什么，都要克制自己不要发出声音。

我看了一会儿书中的内容，立刻几近崩溃，然而还是咬紧牙关，一声不吭。我瘫倒在地板上，一只手扶着额头。周围一片漆黑。这就是我既害怕又向往的真相。若不是我在做梦，这简直就是一个穿越时空的笑话。我一定是在做梦，但是我想把这东西拿回去给我的儿子看，让他评判这到底是不是真相。尽管在这深邃的黑暗中，我看不见周围的景象，但还是因恐惧而头晕目眩。最恐怖的想法和画面涌进了我的脑海，只一瞥就麻痹了我的感官和意识。

我想到了那些出现在尘土里、疑似脚印的痕迹，哪怕只是听到自己的呼吸声就害怕得发抖。我再次打开手电筒，就像被蛇咬住的受害者看着蛇的眼睛和毒牙一般，盯着翻开的书页。然后，我笨拙地在黑暗中合上书，把它放回了箱子里，啪的一声盖上盖子，锁上古怪的钩扣。如果这本书真的存在，如果整个深渊真的存在，如果我和世界本身真的存在，那么我就必须把它带回地面上，来证明这一切。

就在我摇摇晃晃地起身准备返回的时候，我还是对一切都心存疑惑。奇怪的是，在地下那可怕的几个小时里，我甚至连手表都没看一眼。我拿着手电筒，胳膊下夹着那只不祥的箱子，终于在无声的恐慌中踮起脚尖，穿过了吹出凉风的深渊和潜伏者留下痕迹的区域。当我沿着漫长的坡道向上爬时，虽有所放松警惕，但还是摆脱不了来时的旅途中尚未产生的恐惧阴影。

我的心中万般惊恐，再次穿过那座比城市更加古老的黑色玄武岩地窖。冷风还在从无人把守的洞窟深处涌出。我想到了伟大种族曾经害怕过的生物，想到它们可能仍然潜伏在地下，即便已经奄奄一息。我想到了那些若隐若现的五组圆形图案，想到了梦境中的怪异符号，想到了梦中大风的呼啸声。我想到了当地土著的传说，想起传说中地下废墟里涌出狂风的无名恐惧。

我通过墙壁上的雕刻判断自己的位置，认出了该进哪一层楼，最后，在路过我曾打开过的另一本书之后，我又来到了宏伟的拱形建筑前。我一眼认出右边就是我来时走的拱门。我走进门中，意识到门外摇摇欲坠的通道里堆满了大量的废墟，接下来的路途将会更加艰难。金属外壳的包袱压得我喘不过气，在各种各样的废墟和碎石中跌跌撞撞地穿行时，我的呼吸越来越难以恢复平静。

然后，我又回到了高及天花板的碎石堆前，勉强找到一条空隙挤过去。我再次在通道里战战兢兢地行走，在恐惧中挣扎着行进。来时，我一路上弄出了很大的动静，而现在，亲眼见到那些书卷的我害怕到不敢出声。这使我挤过缝隙的难度加倍，但我还是拼尽全力爬上了石堆，把装着书的箱子从缝隙里推了过去。然后，我咬着手电筒，从缝隙中向前爬，背部又一次感受到被钟乳石撕裂的疼痛。当我试图抓住箱子时，它从前方不远处的斜坡上掉了下去，发出令人窒息的撞击声，回音环绕，使我惊出一身冷汗。我立刻向箱子扑过去，悄无声息地把它抱进怀里——但我脚下的石块突然滑动了，毫无防备地发出了巨响。

这声巨响将我暴露于危险之中。不知是否是幻觉，我觉得身后传来一声幽远的回音。我似乎听见了刺耳的呼啸声，这声音不属于地球，难以用言语形容。也许这只是我的幻觉。如果真是如此，那么接下来发生的事情立刻成了冷酷无情的讽刺——若不是这呼啸声激起了我的恐慌，接下来的事情可能永远都不会发生。

我惊慌失措，完全无法平静，举着手电筒，无力地拖着箱子，从地上一跃而起，向前狂奔，大脑中除了疯狂的逃跑欲望外一无所有。我想逃出这噩梦般的废墟，冲向遥远的地面，回到月光下真实的沙漠世界里。我甚至没有意识到自己冲上了隆起的废墟，碎石堆积如山，直指屋顶茫茫的黑暗。我爬过处处是锯齿状碎石的陡坡，遍体鳞伤。接着，最大的灾难来了。正当我盲目地冲向废墟顶部时，一段下坡路突然出现在我面前。我一脚踩空，从石堆上滚落，迷宫里荡起了震耳欲聋的回响。

我不记得自己是如何逃离这个混乱的地下世界的，但有一瞬间，我突然回过神来，箱子和手电筒发出叮叮当当的碰撞声。我连滚带爬地沿着走廊逃跑。然后，就在我接近那个笼罩着不祥气氛的黑色玄武岩地窖时，一切都彻底失控了。隧道里废墟崩塌的回声逐渐消失平静后，我听见可怕的嚣叫不断响起——就像我之前一直听到的那样。这一次，我听得一清二楚——更糟糕的是，这声音不是从我的身后传来，它就在我的前面。

也许我当时尖叫了起来。在我含糊的记忆里，我似乎在地狱般的古老玄武岩地窖中，听见渎神的外星生物的咆哮声，从漂渺的虚无空间毫无防备地喷涌而出。我跑得快要双脚离地了。地窖里刮起了风，那不再是阵阵凉爽潮湿的清风，而是直直冲向我的猛烈狂风，从万恶的深渊中喷涌而出，伴随着惊悚的嚣叫。

我记得自己在千奇百怪的障碍物中逃窜，颠簸地前行，狂风和嚣叫一次次变得更加强烈，从我身后邪恶的地下空间里传来，似乎有意缠绕着我，在我身边阴魂不散。虽然这风是从我身后吹来的，但不知为何却成了我前行的阻力，仿佛绳索一般套住了我。我顾不上保持安静，弄得废墟里的碎石哗啦作响，翻过一大堆石块组成的障碍，再度回到了那座通向地面的建筑。我向摆放机器的房间的拱门瞥了一眼，当我看到通往向下两层的活板门前的通道时，吓得几乎哭了出来。但我没有哭喊，而是一遍又一遍地说服自己，这都是一场梦，我必须马上醒来。也许我现在正躺在营地里，也许我还在阿卡姆的家中。当我重新恢复理智时，我开始向更高的斜坡攀登。

我当然知道前方还有一道4英尺的裂口等着我再次跨越，但当时的我正饱受另一种恐惧的折磨，直到自己快从裂口跌落时，才意识到身临险境。进入地下时，我很轻易地就跨过了裂口，但回程的路上，由于恐惧和疲惫，以及抱着碍手碍脚的沉重金属箱，和恶魔弄出的、向后拖拽我的风，我还能轻松跨越吗？在最后一刻，我想到这道裂口下的无尽深渊里，可能就潜伏着那些古老的恶魔。

手电筒的灯光越来越弱，但当我走近裂口时，我还记得自己依稀看到了些什么。一阵寒风吹过，身后传来令人作呕的尖锐啸声，此刻却像一剂仁慈的鸦片，麻痹了我的想象，脑海中只剩对眼前张着血盆大口的深渊的纯粹恐惧。然后，我又听到自己面前传来了一阵阵轰鸣巨响，如潮水一般，在深不可测的地心深处响起，从裂缝中涌出。此刻，我身处纯粹的噩梦之中，失去了理智，凭借着动物的本能奋力逃窜，早已顾不得其他，只是挣扎着跃过斜坡上的碎石，仿佛这一路上根本不会出现什么深渊。终于，我来到了裂口的边缘前，倾尽全力纵身一跃，立刻就被一股潘多拉魔盒般邪恶的漩涡所吞没，身边充斥着令人作呕的嚣叫和真真切切的黑暗。

我的回忆到此为止，此后的印象完全是失心的幻象。梦与记忆疯狂地融合在一起，形成了一系列支离破碎的荒诞幻觉，与现实毫无关联。可怕的声音穿过黏稠的黑暗。它不属于任何一种已知的地球生命，是绝对陌生的声音。我体内沉睡的原始感官苏醒过来，带我领略了那些漂浮的古老恐怖生物居住的空虚深渊，一路通向没有阳光的峭壁和海洋，以及永恒黑暗中处处矗立着玄武岩高塔的城市。

原始星球及其远古时代的秘密在我的脑海中闪过，我对其的感知既非通过视觉也非通过听觉，而是一种我在从前最疯狂的梦境中也不曾体验过的感受。与此同时，冰冷潮湿的空气裹住了我，侵蚀着我，在黑暗的漩涡里，恶魔发出的该死嚣叫和令人窒息的寂静交替出现。

后来，我在幻象中见到了那座诡异的巨型城市，它并不荒凉，与我梦中所见到的景象一样。我又回到了圆锥形的非人生物体内，和伟大种族及其他生物待在一起，看着那些被囚禁的异族思维携带着书卷，在高大的走廊和宽阔的斜坡上来来回回。接着，在这场景中，瞬间闪现出一种看不见的可怕感觉——其中包括企图摆脱呼啸狂风的绝望挣扎，在半凝固的空气中像蝙蝠一样盲目冲撞的飞行感受，在旋风刮过的黑暗中疯狂地挖掘洞穴，在倒塌的砖石建筑上跌跌撞撞地匍匐前进。

我隐约看到一团模糊、弥散的淡蓝色光晕漂浮在头顶。接着，我又做了一个奇怪的梦，梦见自己被风追赶，爬上爬下——梦见自己在阴冷的月光下，从碎石堆中穿过，可怕的飓风刮过，我身后的废墟不断坍塌滑落。正是那令人发狂的月亮投下的呆滞单调的月光，我才意识到，自己又重新回到了那个熟悉、清醒的客观世界。

我瘫倒在澳大利亚荒漠的沙地上，喧闹的风发出了我在地球表面从未见过的嚣叫。我的衣服破烂不堪，全身都是伤痕。我慢慢恢复了意识，记不清自己真正的记忆究竟是从哪里消失，疯狂的幻象又是从哪里开始的。我似乎推开了一堆巨型石块，发现下面有一个深渊，看见了一段关于往昔的可怕启示，最后又经历了一场噩梦般的恐怖——但这之中，有多少真实，又有多少虚幻呢？我的手电筒不见了，我曾经可能发现过的金属箱子也不见了。这个箱子真的存在过吗？地下真的有深渊吗？我抬头望向身后，那里只有起伏的贫瘠沙漠。

妖风逐渐消停，西方天边霉菌般的浮肿月亮泛起了红晕。我摇摇晃晃地站起来，朝西南方向的营地走去。我到底经历了什么？难道我只是瘫倒在沙漠里，拖着饱受梦境折磨的身躯，穿越了数英里的沙土，途经了无数掩埋在地下的石块？若不是如此，我要怎么忍受这样的记忆活下去呢？我本相信自己看见的梦境只是源于神话的幻象，但在一系列新的怀疑中，这种信念又落入了古老地狱般的怀疑之中。如果深渊真实存在，那么伟大种族一定也真实地存在过——它不再是从有关宇宙和时空的渎神传说中衍生出的幻觉或噩梦，而是足以令灵魂畏惧到粉碎的现实。

我是否被带回到了一亿五千万年前，那个我曾在失忆时期到访过的、令人困惑的黑暗史前世界？难道现在我的身体也只是古老外星生命意识的载体吗？作为那些蹒跚移动的恐怖入侵者的俘虏，我是否真的见过盛世时期的原始石城，并被困在入侵者形象可憎的躯体里，在熟悉的走廊里蜿蜒前行？那些折磨了我20多年的梦境，是真实记忆的产物吗？我是否曾与来自人类知识无法触及的时空的思维进行过真诚的交谈，了解过宇宙过去和未来的秘密，并撰写了我所处时代的编年史，寄放在那巍峨档案馆的金属箱子里？而那些制造出咆哮狂风和恶魔般尖叫的远古生物——那些充满威胁感的潜伏者——真的在深渊之中存活了千百万年，在这个星球上的所有生物历经周而复始的生死循环时，慢慢等待衰亡吗？

我无法回答。如果深渊和其中的世界真实存在，那我将彻底失去希望。若是如此，那么在人类世界之上就确实存在着一种超越时间的力量，向我们投下超越认知的嘲弄阴影。但幸运的是，没有证据表明这些事情不是我基于神话而催生出的更加强烈的幻觉。我没有带回可以证明这一切的金属箱子，而且到目前为止，也没有探险队找到过地下长廊。如果宇宙的法则是向善的，那么这一切就会永远被掩埋。但我必须告诉我的儿子自己经历过的一切，让他以心理学家的专业眼光来判断我的经历的真实性，并决定是否把这个故事告诉其他人。

我说过，折磨了我多年的梦境背后究竟是怎样的恐惧，完全取决于我在巨石废墟中看到的景象是否现实。对我来说，逐字逐句写下这则重要的启示，读者们不会看不见其中真相。当然，最重要的线索就藏在那个金属箱子里的书卷上——它历经千百万年不曾受尘世侵扰的岁月，被我从那个被人遗忘的地下迷宫里挖掘出来。自从人类在这个星球上出现以来，还从来没有人读过它，也没有人碰过它。然而，当我在可怕的巨石深渊里用手电筒照亮书页时，我看到了脆弱的古铜色纤维书页上奇特的彩色字母——那其实并不是什么不知名的地球生物使用的象形文字；相反，那是我们熟悉的英文字母，是我自己的笔迹写下的英语单词。

克苏鲁神话全集

下

[美] 霍华德·菲利普·洛夫克拉夫特⊙著
欧阳瑾　车其姝⊙译

群言出版社
QUNYAN PRESS
·北京·

图书在版编目（CIP）数据

克苏鲁神话全集．下 /（美）霍华德·菲利普·洛夫克拉夫特著；欧阳瑾，车其姝译．-- 北京：群言出版社，2024. 12. -- ISBN 978-7-5193-1036-3

Ⅰ．I712.45

中国国家版本馆 CIP 数据核字第 2025KR8326 号

目　录

下　册

夜 魔

（献给罗伯特·布洛克）

我看见昏暗的宇宙打着哈欠，
黑色的行星漫无目的地运行——
它们在不易察觉的恐怖中去往何处，
它们无人知晓，没有光亮，没有名字。

——复仇女神

谨慎的调查员都不会贸然怀疑关于罗伯特·布莱克死因的普遍说法：被电击致死，或者放电使其产生深度精神休克而死。他对面的窗户的确没有破损，但自然界早已多次展示过其有能力制造令人匪夷所思的情形。他的表情很可能由面部隐隐的肌肉牵动而引起，但与所看见的东西无关。他日记中记录的，显然是对当地某些迷信或他发现的某些往事所产生的奇思异想。关于联邦山上那座废弃的教堂里出现的怪事，机灵的分析者毫不犹豫地认为那是无稽之谈，人们私下有意或无意地会把这些怪事与布莱克联系在一起。

毕竟，死者是一名作家兼画家，毕生致力于神话、梦境、恐怖、迷信等领域的研究，其作品贪婪地追求荒诞、鬼怪的场景和效果。他早年曾在这座城市停留，去拜访一位像他一样深陷神秘、禁忌学说的奇怪老者，后因伤亡惨烈的火灾而逃离，一定是某种病态的本能驱使他从密尔沃基的家中又回到了这里。他可能听过那些古老的传说，虽然他在日记中声明自己并未听过。也许，他的日记原本将揭露某个惊天大骗局，但他的死却使这朵花蕾还未来得及绽放就枯萎了。

不过，在检查、分析过所有证据的人中，有几位仍然坚持一些不够理性、不太寻常的观点。他们想仔细看看布莱克的日记，并指明一些事实，例如：那座老教堂的记录有毋庸置疑的真实性；1877年之前确实存在令人厌恶的异教星际智慧派；1893年，一位好打探的记者埃德温·M.勒里布里奇据载失踪，而且最重要的是，这名年轻记者死时面部因恐惧而极度扭曲。这些坚持者中，有一位正是当初极端狂热地把在老教堂的尖塔（那是一座黑色无窗的尖塔，而非布莱克日记中所说的这些东西最初所在的那座塔）中找到的那块棱角奇怪的石头和它装饰奇异的金属盒子扔进海湾的人。这个人是一位受人尊敬的医生，对奇怪的民间传说也很感兴趣，虽然他备受官方和民间的指责，但却声称他除掉了某样过于危险、不宜待在地球上的东西。

这两派意见孰是孰非，读者要自己判断。报纸提出了一些值得怀疑的具体细节，把罗伯特·布莱克当时所看到的画面——或以为看到的画面——或自称看到的画面，呈献给了其他人。现在让我们一字不漏、冷静客观、不慌不忙地读读这些日记，根据这位一系列阴暗事件的主角所表明的观点，把这些事情总结一下。

1934—1935年冬，年轻的布莱克回到普罗维登斯，在学院街一所绿草如茵的庭院中租下了一座老宅的上层，就在布朗大学附近约翰·海大理石图书馆后面高大的东山顶上。这是一个舒适迷人的住所，在这片如乡村般宁静的小型花园绿洲中，一只只友善的大猫在一座便棚顶上晒着太阳。这座乔治时期的房屋为正方形，带天窗的屋顶、带扇形刻饰的经典门廊、小格子窗，还有其他地方，都是19世纪初期的工艺特征。房子内部，所有门均为6镶板门，铺着宽大的地板，有一座殖民风格的旋梯和亚当风格的白色壁炉架，后部的一排房间比正常地面低了三级台阶。

布莱克的书房是西南角的一座大厢房，下面是屋前花园的一侧，透过西窗从坡顶望下去，下面镇上绵延的屋顶和屋后通红、神秘的落日尽入眼底。他的书桌就放在其中一扇西窗前。在远处的地平线上，是开阔的乡下那一片片紫色的山坡，联邦山幽灵般的山头便耸立在距其大约两英里远的地方。山上是密集而杂乱的屋顶，一座座尖塔高耸的轮廓神秘地晃动着，当城市的炊烟缭绕着上升，将屋顶和尖塔萦绕其中后，便形成一幅怪异的样子。布莱克有一种奇怪的感觉，好像在观看一个缥缈的未知世界，如果他试图找到或者进入这个世界的话，它可能就会在梦里消失，也可能不会。

布莱克将大部分书运回家后，又买了一些与其住处风格相配套的古典家具，然后开始专心致志地写作、绘画。他独自居住，自己动手做一些简单的家务。他的书房是北边的一间阁楼，从天窗玻璃透进的光线使书房格外明亮。第一个冬天，他创作了5篇最为知名的短篇故事——《盗墓者》《地窖的楼梯》《夏盖星》《纳斯谷》《星空的欢宴者》，还画了7幅油画。他研究的是些无名的、非人的怪物，以及外星球的景观。

日落时分，他常常坐在书桌旁，出神地俯视着西面——纪念堂深色的塔楼就在下面，乔治风格的法院钟楼，市中心高耸的塔尖，远处透着微光、塔尖耸立的山上那些不知名的街道、如迷宫般的山墙，这一切激起了他的想象。他从当地寥寥无几的熟人处得知，远处的山上是一个巨大的意大利人居住地，但是大部分房子都是美国佬和爱尔兰人当年留下的。他时常会拿双筒望远镜透过缭绕的烟雾，瞄准另一头那个诡异的、无法抵达的世界；辨认一个个屋顶、一根根烟囱、一座座尖塔，猜测里面可能隐藏的诡异、离奇的秘密。即便从望远镜里看过去，联邦山也如外星球，充满诡丽的气氛，就像布莱克创作的故事和绘画中那些虚无缥缈的奇观。当山丘融入灯火阑珊的紫色夜幕中后，这种感觉便会在他心头久久盘绕。法院的探照灯、工业托斯拉灯火通明的红色灯塔使这夜晚更显得诡异。

在联邦山那些遥不可及的事物中，一座巨大、阴郁的教堂最吸引布莱克。白天的某些时刻，它显得格外醒目；日落时，巨大的塔身和越来越细的塔尖在通红的天空下隐约显出黑色的轮廓。它似乎矗立在一个很高的地方。那布满污垢的正墙、从侧面可见的带人字屋顶的北墙以及巨大的尖顶窗户的顶端，突兀地耸立在周围杂乱的屋梁和烟囱帽上。它似乎是由石头建造的，已经历了一个多世纪的烟尘熏染、风雨侵蚀，看上去冰冷破败。从其玻璃的风格看，应属于最早期哥特复兴时期的实验样式。这一风格出现在厄普约翰时期庄严的建筑风格之前，对其后维多利亚时期的建筑轮廓和比例产生了重要影响。它大概建造于1810年或1815年左右。

几个月过去了，布莱克一直观察着这座遥远而令人恐惧的建筑，而奇怪的是，他的兴趣越来越浓厚。由于巨大的窗户从来没有灯光透出来，他知道教堂里一定没有人。观察得越久，他的想象力便越丰富，最后他开始想一些奇怪的事情。他觉得那里隐隐萦绕着一种荒芜、不寻常的气息，以致鸽子和燕子都会避开那些煤烟熏黑的屋檐。他从望远镜里总能在其他的塔和钟楼四周看到成群的鸟儿，但这里却从来无鸟落脚。至少，他在日记里是这样认为和记录的。他曾向几位朋友提到过这个地方，但没有人去过联邦山，对教堂的过去也一无所知。

春天，布莱克产生了一种深深的不安。他开始以缅因州残余的巫祭为创作背景着手计划已久的小说，但奇怪的是却无法进展下去。他在西窗前坐的时间越来越多，盯着远山以及群鸟环绕的黑色塔尖看。花园的树上长出了嫩叶，世界充盈着新鲜与美好，但布莱克却越发焦躁不安。就是这时候，他首次产生了穿过城市、亲自爬上传说中的山坡、进入那个他向往的烟雾缭绕的世界的念头。

4月下旬，就在阴影万古长存的五朔节之前，布莱克开始前往那片未知之地。他迈着沉重的双腿，穿过市中心一条条街道，穿过一座座阴暗凋敝的广场，终于到达那条朝上升起的街道饱经一个世纪沧桑的台阶。摇摇欲坠的多利安式门廊，杂色小格子的圆屋顶，他觉得这条路一定通往迷雾另一边那个观望已久却无法抵达的世界。此处蓝白相间的肮脏的路标对他而言没有任何意义。他注意到游荡的人群中陌生的黑色面孔，以及历经几十年风雨的褐色建筑中奇异的店铺以及店铺上那些外文招牌。他怎么也找不到他曾在远处看到过的任何物体，以致他再一次怀疑从远处看到的联邦山的景象是一个从无人类涉足的梦境。

时不时地有一面破旧的教堂正墙和墙体斑驳的尖塔进入视野，但都不是他要寻找的那堆黑色的建筑。他问一家店铺的主人是否知道那座巨大的石头教堂，那个男人尽管说着流利的英语，但却微笑着摇了摇头。布莱克越往上爬，这个地方就变得越来越奇怪。一条条错综的褐色小巷如迷宫般令人迷惑，却无一例外地通向南面。他穿过两三条宽阔的街道，以为瞥见了一座熟悉的塔。他再次询问一个商人是否知道那座巨大的石教堂，这次他发现商人撒谎说不知道。这个黑人的脸上露出了恐惧的表情，但他极力掩饰，布莱克看到他的右手做出了一个奇怪的手势。

接着，一座黑色的尖塔突然出现在他的左侧，映衬着阴沉的天空，耸立在朝南的错综小巷两侧层层的褐色屋顶上。布莱克立刻看了出来，他从大街出来，穿过一条条肮脏、未铺石头的小路向它走去。他再一次迷路，但他不太敢询问坐在门口的屋主或主妇们，也不敢问在昏暗小路的泥水中打闹的孩子们。

最后，他看见了那座塔，在西南面十分醒目，在一条巷子尽头还有一块巨石黑黢黢地耸立着。这时，他走到了一座四面受风的空旷广场上，广场铺着奇异有趣的鹅卵石，另一侧有一面高大的堤墙。这便是他要寻找的地方。墙顶宽阔的高地杂草丛生，围着铁栏杆，这个被隔开的不起眼的地方比周围的街道足足高出6英尺，上面矗立着一块悚人的巨石，尽管布莱克换了新的视角，但能确定就是它。

这座弃置的教堂十分破旧，高大的石垛有的已经倒塌，几处残垛也已垮塌，一半已没入了荒芜的枯草中。煤烟熏黑的哥特式窗户基本没有破损，但许多石窗棱已缺失。这些图案晦涩的彩绘玻璃保存得如此完好，令布莱克费解，要知道全世界的小男孩都是一样淘气。巨大的门原封未动地紧闭着。堤墙顶部一圈生锈的铁栅栏将高地完全包围。广场有梯阶通向上面的栅栏门，栅栏门显然上着锁。从栅栏门到教堂的路完全被荒草淹没了。这片高地荒芜破败，如一具悬棺。布莱克站在无鸟的屋檐下，看着四周无藤的黑墙，隐隐感到一丝凶险之气，却无法判断究竟是什么。

广场上人影稀少，布莱克看到广场北端站着一名警察，便上前询问关于教堂的事情。他是一个身心都非常健康的爱尔兰人，奇怪的是他除了指挥十字路口的交通、喃喃嘀咕着人们从未提及这座教堂，就什么都不愿说了。当布莱克逼问时，他匆促地说意大利牧师曾告诫所有人不许提这座教堂，说有恶魔曾住在那里，并留下了印记。他曾听他的父亲谈过恶魔发出的邪恶低语，他的父亲还向他回忆了儿时听到的一些声音和传言。

古时，这里曾有一个邪恶的教派，夜晚一群邪恶之人从某个不知名的海湾召唤了许多可怕的东西。一位善良的牧师为驱逐来到这里的恶魔牺牲了，尽管的确有人说过只要有光就能驱逐恶魔。如果莫利神父还活着，他一定有许多话要说。但现在却什么都不能做，只能听之任之。它现在没有伤害人，那些拥有过它的人或者已死，或者远走他乡了。在1877年那次威胁性的谈话后，他们便像老鼠一样逃走了，当时人们开始注意到附近时不时会有人消失。后来有一天，市政府因其没有继承人而将其没收充公，但任何碰过它的人几乎都没有好下场。大家觉得最好过几年再将其推翻，以免扰动那永远栖息于黑暗中的恶魔。

警察走后，布莱克盯着阴沉的带尖塔的教堂，发现这座使别人像他一样感觉凶险的建筑令他兴奋。他想知道在警察所讲述的古老传说的背后，到底有什么神秘的事实。它们可能只是这个地方可怕的外表所引起的传说，即便如此，它们也如一个陌生人一般闯入了他的一个故事中。

下午的阳光从移散开的云层后透了出来，但却似乎无法照亮耸立在高地上的古教堂那煤烟熏染的墙壁。春天的绿意并未将围着铁栅栏的加高的院子里那些枯黄的植物染绿，实在怪异。布莱克向高地慢慢走去，审视着堤墙和生锈的栅栏，寻找着进去的路。熏黑了的大殿有一种奇怪的、令人无法阻挡的诱惑。在台阶附近的栅栏上没有入口，但栅栏的北面缺了几根栏杆。他爬上台阶，绕着栅栏外狭窄的墙顶走到了缺口处。假如人们果真如此害怕这个地方，那么他便不会受到他人的干扰。

他站在路堤上，正要进入栅栏时被人注意到了。这时他向下看，广场上有几个人慢慢往外走，他们的右手做着与大街上那个店主相同的手势。几扇窗户砰地掉落，一个肥胖的女人冲到街上，把几个小孩拽进一所摇摇欲坠的未上漆的屋子里。栅栏缺口很轻松便能穿过去，布莱克在荒芜的院子里那些腐烂、缠绕的植物中艰难地走着。处处有基石饱经侵蚀的柱基告诉他这块地里曾埋葬着死人，但据他看来，应该是很久之前的事了。靠近教堂了，陡峭的教堂使他产生了一种压迫感，他克服了自己的情绪，上前试着推开正面墙上的三扇大门。这三扇门全都牢牢地上着锁，于是他沿着巨大的建筑绕圈，寻找着可以进入的小门。即便这时，他也不确定他是否希望进入这不祥的阴影中，然而它的怪异却吸引他不由自主地走了进去。

后面一扇光秃秃的窗户如张开着的大嘴，提供了必要的光线。布莱克向里凝视，看到布满蛛网的角落和被透进来的落日余晖微微照亮的尘埃。碎片、旧桶、破箱子，以及各种杂物进入他的眼帘，所有的东西都覆盖着一层灰尘，如同裹着寿衣，柔化了其尖锐的轮廓。一架鼓风炉锈迹斑斑的残骸表明这座建筑曾经使用过，它属于维多利亚中期的风格。

几乎不用动脑子，布莱克很容易就从窗户爬了进去，跳到了灰尘像地毯似的、遍布着碎片的水泥地板上。巨大的弧形地窖未被分隔。他看见右侧远处的角落里，在黑暗的阴影中，一扇黑色的拱门显然通往楼上。他感到异常的压迫，事实上当他进入这座阴森的建筑时便感到了，但是当他谨慎地侦察并发现一件满是灰尘却仍然完好的枪管时，他将枪管转向敞开的窗户，以便爬出去。他抑制着心里的感觉，接着双臂抱在胸前，穿过蛛网密布的宽敞的房间向拱门走去。满屋子遍布的灰尘使他有些窒息，身上也裹着如鬼影似的蛛网，他走到了拱门处，沿着伸入黑暗中的磨损的石阶向上爬。他没有手电筒，只能用手摸索着前进。在一个急转弯后，他感到前面有一扇关闭的门，根着吱吱呀呀的声音摸到了古老的门闩。门朝里打开了，布莱克看到过了门有一道昏暗的走廊，两侧镶板已被虫蛀了。

布莱克进入里面，便开始快速探索起来。里面所有的门都未上锁，他逐间屋子自由穿过。巨大的中殿几乎令人生畏，上空漂浮着灰尘；厢座、祭坛、沙漏、讲道坛，以及架在走廊一道道尖顶拱门之间、缠绕着哥特式廊柱的网状绳索上，都积着厚厚的灰尘。当西沉的夕阳透过巨大的拱形窗那奇怪的黑乎乎的窗玻璃时，在这片静寂的废墟上弥漫着骇人的昏暗的光线。

那些窗户上的画，因煤灰的熏染，已模糊难辨，布莱克没去辨认究竟画着什么，但从隐约的画面上他知道自己不喜欢这些画。设计大多较传统，根据他对晦涩的符号学的了解，这些设计与一些古老的图案有着密切的关系。画上的几位圣人显然都是一副乐于接受批评的神情，而其中一扇窗户似乎只能看到一块昏暗的空间，里面萦绕着螺旋状的奇怪的光。转过窗户，布莱克注意到祭坛上面布满蛛网的十字架不是普通的十字架，而是类似于神秘埃及最重要的生命之符。

在后部一间教堂法衣室旁边，布莱克发现了一张腐朽的书桌，以及发霉的高及屋顶的书架、散裂的书籍。在这儿他第一次感受到一种对客观存在的恐惧所产生绝对的震惊，因为这些书名告诉了他许多东西。全是黑暗、禁忌的东西，大多数正常人甚至从来没有听说过它们，或者只在战战兢兢的窃窃私语中听说过。这些被禁止的、可怕的、难以捉摸的秘密和远古符咒，在人类诞生之前的传说时代就一直延续着。他读了其中许多书——拉丁文本的令人憎恶的《死灵之书》、邪恶的《艾弗尼斯书》、迪厄雷特伯爵写的臭名昭著的《邪教》、冯·琼斯特的《无可名状的迷信》，以及老路德维格·普林的恐怖作品《蠕虫的秘密》。但是还有一些书他只是听过名字，或者连名字都没听过——比如《奈考提奇手稿》《孜延集》，还有一本书已经散裂了，字迹完全无法辨认，但里面的符号和图表却让研究神秘学的布莱克辨出后胆战心惊。显然，当地流传的谣言并非编造出来的。这个地方曾是一个比人类还古老的恶魔的所在地，它已超出了已知的宇宙的范围。

在破败的书桌里，是一个皮面小记录本，用奇怪的密码记录着各种词目。内容是手写的，包括当今天文学中仍然使用的常见传统符号，以及古代点金术、占星学以及其他神秘术学常用的一些符号——太阳、月亮、行星、相位、黄道十二宫的符号——密密麻麻的布满了纸页，并进行了分类和分段，由此看出，每个符号都对应着某个字母。

布莱克希望以后能破解这些密码，便将这本子装进了外衣口袋里。书架上的这些巨著，许多都令他有一种说不出的着迷，他忍不住想以后一定要来借阅。令他奇怪的是，为什么这么久以来都没人动过这些书。

近60年来，令人窒息的、无处不在的恐惧，使得人们不敢进入这荒弃之地，他会成为第一个想要战胜这恐惧的人吗？

布莱克将底层彻底转完后，又踏着厚厚的灰尘从幽暗的中殿走到前厅，在前厅他看到有门和楼梯，推测是通向黑暗的塔楼和尖塔的——这是长久以来对他而言遥远又熟悉的东西。由于厚厚的灰尘，爬楼梯时，他感到透不过气来，蜘蛛已在这块狭隘的空间里织了不能再密的蛛网。楼梯旋转向上，木板台阶又高又窄，布莱克偶尔从暗影中的昏暗窗户前经过，向外眺望着下面的城市。尽管他没有看见下面有绳子，却期望能在塔楼内找到一顶钟或能听见钟声，他过去常常透过望远镜研究这座塔楼窄窄的尖顶百叶窗。在这里他注定要失望了，因为当他走到楼梯顶时，发现塔膛内根本没有钟，显然它有完全不同的用途。

塔膛内面积约15平方英尺，微弱的光线从4个尖顶窗里透进来，每面各有一扇。这4个窗户被破败的百叶窗板遮挡着，显得暗淡无光。这些窗户原本装着更为适合的、密封的不透明窗帘，但这些窗帘现在大多已腐朽。在布满灰尘的地板中央有一根棱角怪异的石柱，大约4英尺高，直径平均约2英尺，每面都刻着粗糙怪异、完全无法辨认的象形文字。在这根石柱上，有一个形状奇特且不对称的金属盒子；它的铰链盖子搭在后面，盒子内积了十多年的灰尘下面似乎是一个鸡蛋形或不规则的球形物体，球径约4英尺。环绕柱子，7把大体完好的哥特式高背椅围成一圈，椅子后面，沿着墙上黑色的饰板，摆放着7幅破碎的巨大黑色石膏像，就像复活节岛上神秘的巨石像。在蛛网密布的塔膛一角有一架砌入墙内的梯子，上面是没有窗户的尖塔，梯子通向尖塔紧闭的活板门。

当布莱克习惯了微弱的光线后，他注意到在打开的、奇怪的浅黄色金属盒子里有一些怪异的浮雕。他走上前，用手和手帕尽量将灰尘擦掉，发现是一种畸形异质生物的图案；这种东西似乎是存在的，但不像地球上出现过的任何生命形式。那个看似球形、4英尺大小的东西，其实是一个近似黑色、有红色条纹的多面体，有许多不规则的小平面，像某种不寻常的晶体，又像用矿物质精雕细琢、仔细打磨而成的工艺品。这个东西没有接触盒子底部，而是靠其中间环绕的金属箍带悬在了半空。

7根设计奇怪的支架水平延伸至接近盒子顶部的内角处。布莱克看清这个物体后，对它的魔力大吃一惊，几乎无法将眼睛从上面移开。他看着那闪闪发亮的表面，觉得它几乎是透明的，里面有一个半成型的奇妙世界。他的脑海浮现出一幅幅外星魔法球的画面，有的魔法球里面有巨大的石塔，有的有巨山的山脉，却无生命迹象，在更遥远的空间只有一片混沌黑暗和隐隐的躁动，显示着意识和意志的存在。

当他的目光移开后，注意到远处通向尖塔的梯子旁边有一个角落有一堆灰尘。他说不清为什么会吸引他的注意，但它的外形向他大脑的潜意识里传递了一种信息。他向它靠近，边走边把悬挂着的蛛网拨到一边后，看到了一些残酷的画面。他用手和手帕很快探明了真相。布莱克的心情复杂而沮丧。它是一具人的骨骼，在这里一定有很长时间了。衣服已经破烂，从纽扣和碎布片可以看出是一件灰色男式西装外套。还有其他一些证据——鞋、金属扣、袖口大纽扣、过时的领带夹、一枚印着古老的《普罗旺斯电报》字样的记者徽章、一个破皮夹子。布莱克仔细检查了皮夹子，发现里面有几张记录着过去事情的账单：1893年的电影广告日历、一些印着“埃德温·M.勒里布里奇”的名片、一张用铅笔记满备忘录的纸。

这张纸有许多令人困惑的地方，布莱克在昏暗的西窗边仔细地读着上面的内容。里面杂乱地记录着下列片段：

1844年5月，伊诺克·鲍恩从埃及回到家中——7月购买了古老的自由意志教堂——他因进行的神秘学考古工作和研究而闻名。

第四浸信会的××博士1844年12月29日在布道时警告人们要当心星际智慧教派。

1845年年底第97次集会。

1846年——3起失踪事件——首次提及发光的偏方三八面体。

1847年的7起失踪事件——血祭事件开始。

1853年的调查未得出任何结论——关于声音的事件。

奥马利神父带着在埃及大废墟中找到的盒子讲述了恶魔崇拜——说他

们能够召集某种见光无法存在的东西，遇见弱光会消失，遇见强光会被赶走，然后就得再次召唤。这东西很可能是1849年加入星际智慧教派的弗朗西斯·X.费尼临终忏悔时出现的。这些人说偏方三八面体向他们展示了天堂和其他的世界，以及夜魔以某种方式告诉他们的秘密。

1857年奥林·B.埃迪事件。他们凝视水晶，通过自己的秘密语言召唤它。

1863年集会中有200人或者更多，不包括前面的人。

帕特里克·里根失踪后，爱尔兰男孩在教堂聚众闹事。

1872年3月14日报纸上有一篇扑朔迷离的报道，但人们都不去谈论它。

1876年6人失踪——秘密委员会拜访梅厄·道尔。

1877年2月通过的决议——教堂于4月关闭。

5月，联邦山一伙男孩威胁××博士和教区委员。

1877年年底之前181人离开城市——未提姓名。

1880年前后，幽灵事件开始发生——试图弄清报道的真实性，即自1877年开始，无人再进过教堂。

向拉尼根要摄于1851年的此地照片。

布莱克把这张纸重新放回笔记本中，把笔记本放进外套口袋里，转身看着下面尘土中的骷髅。笔记隐含的意思非常清楚，毫无疑问，为了寻求轰动的新闻，42年前这个人曾来到这座荒弃的大厦，而别人都没胆量这么做。或许没有人知道他的计划——谁知道？但他再也没有回报社（一直没有发回报道）。他鼓起勇气克服的那些恐惧会不会突然将他击倒，使他突然心力衰竭？布莱克弯腰看着隐隐闪烁的骨骼，发现它们的状态很奇怪。一些非常散乱，一些骨端似乎融化了，还有一些奇怪地发黄了，有模糊的十字标记。这种十字标记在一些衣服碎片上也有。头盖骨十分怪异——有黄色的斑点，顶部有一个十字形的洞，似乎某种强酸腐蚀了坚硬的骨骼。这副骨架这40年来一直寂静地躺在这里，究竟发生过什么，布莱克无从想象。

布莱克再次去看那块石头，在他意识到它后，便让它奇怪的作用力在自己脑海中上演模糊的历史剧。他看见一队队穿着长袍、头戴罩盖的形体，它们的轮廓不是人类，观看着无尽的沙漠，两侧是耸入云霄的雕刻的巨石。他看见在漆黑如夜的海底，塔墙林立，在漩涡状的空间里，冰冷的、闪着幽光的紫色薄雾前弥散着缕缕黑雾。在最远的地方，他瞥见一个巨大无边的黑色海湾，只有随风波动时才能看见固态或半固态的东西，阴郁的力量似乎使混乱加剧，似乎可以解答我们所有关于世界的矛盾、奥秘。

接着，魔咒突然被含混的惊恐打破。布莱克感到窒息，他转身离开石头，意识到某种无形的外星之物向他靠近，可怕而热心地盯着他。他感到与什么东西纠缠在一起——这个东西不是在石头里而是透过石头看着他——这个东西不停地跟着他，通过一种非生理的视力辨认他。显然，这让他越来越紧张——它也可能见证了他那可怕的发现。光线越来越暗，由于他未带照明工具，马上就得离开了。

就在那时，在一束暮光中，他在那块棱角奇怪的石头中看到一道微弱的光亮。他试着不去看它，但某种说不清的力量迫使他的目光回到石头上。这个东西能够放射微弱的磷光吗？死者笔记中所说的发光的偏方三八面体是什么？这个被抛弃的宇宙恶魔的巢穴究竟是什么？这里发生过什么？令鸟儿躲避的团团阴影中还潜伏着什么？这时，似乎有一丝莫名的恶臭从附近某个地方冒出来，但却不知究竟从哪儿来。布莱克抓住张开口的盒子盖，猛地扣上盖。盖子怪异的铰链还很灵活，将真真切切发着光的石头完全盖住了。

盖子合上时发出清脆的咔哒声，一阵窸窸窣窣的声音似乎从活板门的另一边头上漆黑的尖顶内部传来。毫无疑问，是老鼠弄出的声音——这是他进入这座可憎的建筑后，唯一现身过的活物。然而尖顶中传来的窸窸窣窣的声音还是令人毛骨悚然，他几乎是慌张地逃下盘梯，穿过令人毛发尽竖的中殿，进入穹顶的地下室，出来到了暮色渐浓的破败的广场上，接着又穿过联邦山一道道热闹的、恐惧萦绕的街巷，朝山下那些正常的中央街道以及学院区那些让他感觉像家的砖面人行道走去。

随后的日子里，他未向任何人说起这次探险，而是阅读某些书中的大量内容，在市中心查阅了多年的报纸档案，狂热地研究着从布满蛛网的教堂法衣室里带回的那本皮册子里的密码。他很快发现这密码不是简单的那种，研究很久之后，他确信密码所用语言不可能是英语、拉丁语、希腊语、法语、西班牙语、意大利语或德语。显然，他得把他奇怪的学识中最深奥的知识运用上。

每个傍晚，过去那种向西凝望的、熟悉的冲动又回来了，他看见在那层层耸立的屋顶构成的遥远而神秘的世界里，那座黑色的尖塔像昔日一样屹立其中。但现在对他来说，这座尖塔却带有了一丝恐惧色彩。他知道它戴着那个恶魔传说的恐怖面具，了解这些后，他眼前的景象开始以一种奇异的新的方式变得错乱起来。春天鸟儿返回时，当他观察它们在落日时分飞行时，他想象着它们以前所未有的恐惧避开那座荒凉的、孤零零的尖塔。当其中一群鸟儿靠近尖塔时，他认为它们会突然转向、混乱而惊慌地四散开来——他可以想象到那狂乱的鸟叫声，尽管声音不会越过中间遥远的距离被他听见。

6月，布莱克在日记中提到成功破解了那些密码。他发现，文章使用的是某些古老邪恶的教派所用的黑暗的邪灵语，经过之前的研究，他大约知道了文章的内容。奇怪的是，布莱克在日记中对破译的内容缄口不提，但他显然十分畏怯，对他的发现惊慌不安。日记中提到了由于盯着闪光的偏方三八面体而将一个夜魔唤醒的事情，以及他对那片黑色混乱的、港湾的一些疯狂的猜测。日记中提到这种东西无所不知，且需要大量的祭品。布莱克的一些日记中表现出对这个东西的恐惧，他似乎认为这个东西是被从国外秘密召唤而来的，虽然他补充说街灯可以形成一道无法穿越的屏障。

关于他经常提到的那个偏方三八面体，日记中称其为通往一切时空的窗户，追踪了自它于黑暗的冥王星上形成之日直至被古老的生物将其带到地上之前的历史。它被南极洲海百合类的生物所珍视，并将其置于它的奇怪的盒子中，被伐鲁西亚的蛇人从海百合生物的废墟中抢救出来。在亿万年后，它第一次进入人类之手，是利莫里亚人得到了它。它穿越了各种稀奇古怪的陆地和海域，然后与亚特兰蒂斯一起沉陷，直至一名克里特渔民将其打捞进渔网中，出售给埃及一伙肤色黝黑的商人。法老涅弗伦·卡围绕其建造了一座带有无窗地窖的寺庙，他的这一做法遭到了反对，结果在以后的纪念碑和资料中恶名远扬，后任法老和僧侣们自然将这座邪恶的神庙毁掉了，它便沉睡在神庙的废墟中，直至盗墓者再次将其挖出来。

7月初，当地报纸上奇怪地出现了一篇简短的报道，为布莱克的日记做了补充。文章说，自从一名陌生人进入废弃的教堂后，联邦山上一种新的恐惧似乎与日俱增。当地的意大利人悄悄议论着从黑暗无窗的尖塔中传出的窸窣声、碰撞声、刮擦声，并请神父驱逐一个总在他们梦境中出现的东西。他们说，有个东西总是不断地盯着门观看，等待足够黑的时候钻进去。

报纸文章中提到了当地存在已久的迷信，但对早期的恐惧的来源却没有过多提及。显然，今天的年轻记者并非考古研究者。令人好奇的是，从布莱克的日记来看，他因为没有重新掩埋那个闪光的偏方三八面体，以及让那座可憎的尖塔又重见天日，并唤醒里面沉睡的恶魔而后悔不已。但他同时也描述了他的幻觉如何危险，并承认有一种即使在梦里也挥之不去的病态的渴望，即非常想再次参观那座被诅咒的塔，再次从那闪光的石头里窥视宇宙的秘密。

接着，7月17日早晨的报纸将日记作者置于一种如临大敌的恐惧中。它只是一篇对联邦山的惶恐不安、略带诙谐的报道，但对布莱克而言，却令他感到莫名的恐惧。当天晚上，一场雷雨使城市的照明系统瘫痪了整整一个小时，在这阵黑暗的时间里，意大利人几乎要吓疯了。那些住在可怕的教堂附近的人发誓说尖塔里那个东西利用没有街灯的那段时间，已经进入了教堂房间，行动黏滞而可怕地四处乱窜。最后，它又回到了塔内，塔中传来一阵玻璃碎裂的声音。它能去往任何黑暗抵达之地，只有光才能让它消失。

当再次通电后，塔中传来一阵骇人的骚动，但是只要污黑的百叶窗板中能透进一点微弱的光线就已足够阻挡那东西了。它碰碰撞撞地及时爬回了它那黑暗的尖塔中，因为长时间的光亮将把它送回那位奇怪的陌生人所说的深渊中。在那阵黑暗的时间里，祈祷的人们在雨中用折纸或者雨伞遮挡着燃烧的蜡烛和明亮的灯具，聚集在教堂周围——光可以保护这个城市远离在黑暗中靠近的噩梦。当时，那些住得离教堂最近的人说，家里的外门咯咯吱吱地可怕地响着。

但这还不是最糟的。那天傍晚，布莱克在公告中得知了记者们发现的情况。最终，由于被恐怖事件的新闻价值所吸引，两名记者不顾疯狂的意大利人的阻拦，发现无法从门进入后，便从地窖的窗户爬进了教堂。他们发现门廊和幽寂的中殿的灰尘有同样被犁出的痕迹，还有一小块一小块破败的垫子和光滑的凳套散落在各处，十分奇怪。到处都有一股难闻的气味，到处都是黄色的污迹和类似烧焦的斑块。他们打开通往尖塔的门时，听到上面令人起疑的刮擦声停了片刻，又发现狭窄的旋转楼梯似乎被匆匆打扫了一遍。

塔内也是类似的半扫过的状态。他们提到了七边形石柱、翻倒的哥特式椅子、怪异的石膏像；但奇怪的是，并未提及那个金属盒子和那具年久残缺的骷髅。最让布莱克感到不安的，除了污痕、烧斑、臭味，便是最后一个细节，这个细节解释了为什么会有玻璃碎裂。塔的每扇尖顶窗的玻璃都破损了，有两扇窗外侧斜出的百叶窗板之间已仓促地被光滑的凳套填充物和粗糙的马鬃坐垫堵上了，窗户已经不透光了。还有更多的绸布碎片和一簇簇马鬃四散在新扫过的地板上，似乎有人想把塔内变为之前那种窗帘密闭、完全黑暗的状态，但中途被打断了。

通往无窗的塔尖的梯子上也有发黄的污点和焦黑的斑块，但是一名记者爬上去后，打开水平滑动的活板门时，将微弱的手电筒光束照向黑色的、散发着莫名恶臭的空间时，他发现里面昏暗无物，但是在手电筒光圈附近有某种生物留下的一些不成形的粪便碎块。显然，所有的恐惧在事实面前都荡然无存。也许有人戏弄了迷信的山民们，不然就是一些狂热分子为得到自己想要的好处而使劲煽动山上居民们的恐惧。或许，一些年轻人和一些世故的山民已经为外界添油加醋地上演了一场恶作剧。所以，当警署派一名警官调查事件的真假时，便发生了令人好笑的事。三个人接连寻找借口逃脱了警官的询问，第四个人极不情愿地去了，但很快又回来了，并且也没有提供什么有价值的材料。

从这个角度而言，布莱克的日记似乎是在为整个事件的发展推波助澜。他责骂自己没有亲自参与这次事件，狂暴地猜测再一次断电的后果。据说在那次断电之后，他血管暴突地给电力公司打电话，要求他们采取一切措施防止再次断电。他在日志中时时流露出担忧，不止一次提到那位记者探索昏黑的塔顶时，未发现金属盒子和石头，以及那年久残缺的、奇怪的骷髅。他认为这些东西已被移走了——至于被移到了哪里，被谁或者被什么东西移走了，他只能猜测。但他最恐惧的，还是他自身的心智和在遥远的尖塔里作祟的恶魔之间难以言喻的联系——这一切都是他的轻率举动造成的，因为他从那完全黑暗的塔内唤醒了沉睡的夜魔。他似乎感到他的意志力被持续地牵引着，那段时间拜访过他的人记得他坐在桌子旁，透过城市袅袅的烟雾凝望着西窗外尖塔林立的远山时那种心不在焉的神态。他在日记中一直详细地复述一些可怕的梦，以及他入睡后那种逐渐增强的罪恶而密切的联系。他在日记中提到，有一天夜里他醒来后却发现自己衣服穿得好好的，站在外面，机械地下了学院山向西走。他一次次地重复说，尖塔里的东西知道在哪儿能找到他。

7月30日后的一周，布莱克处于半崩溃的状态。他没有穿衣服，吃的东西全部由电话预订。来访者注意到他放在床边的灯芯绒衣服，他说夜游症使他不得不每晚把两脚踝绑起来，这样基本可以让他保持不动，如果他费力解结的话，就会让他醒过来。

他在日记中讲述了那段造成他崩溃的经历。30日晚上，他躺下后，突然发现自己在一个几乎全黑的地方四处摸索。他只能看见短短的、微弱的、水平方向的蓝光，但他能闻到一股浓烈的恶臭，能听见从头顶传来的奇怪、轻微而且鬼鬼祟祟的嘈杂声。他只要一动，便会被什么东西绊倒，每次弄出声响时，上面都会传来像是回应的声音——一种含糊的骚动声，夹杂着木头从木头上小心滑动的声音。

有一次，他的手在摸索时碰到了一根顶部有凹洞的石柱，之后又摸到了一架靠墙放的梯子，他试着往上面恶臭更强烈的一处地方爬，一股灼热的气流将他击倒了。在他的眼前，幽灵般的影像万花筒似的上演，过了一段时间，所有影像都融入了一个巨大的深不可测的黑暗深渊里，里面有无数个太阳和一个个更为深邃黑暗的世界在旋转着。他想到了关于终极混沌的古老传说，在它的中心，躺着盲目痴愚的万物之主阿撒托斯，他的周围环绕着一群无思想的、无定形的臣民在跳着舞，突然一阵魔笛吹奏的尖细单调的笛声使这一切渐渐停息下来。

接着，外面传来的一声尖锐的呼啸声将他从恍惚中惊醒，他又重回到了无法言喻的恐怖中。它是什么，他根本不知道——也许它是烟火滞后的爆鸣声，由于人们要祭祀各种守护神或者意大利的圣人，整个夏天联邦山都能听到烟火的爆鸣声。他大叫一声，从梯子上重重地摔下来，房间内黑暗无光，地上满是障碍物，他摸索着磕磕绊绊地从四周的障碍物中穿过，离开了这令人惊悚的地方。

他立刻知道自己身处哪里了，不顾一切地冲下狭窄的旋转楼梯，完全不理会磕碰造成的疼痛。他飞速穿过巨大的蛛网密布的中殿，跌跌撞撞地穿过满是垃圾的地下室，然后爬到了亮着街灯的外面，这里的空气一片清新。接着，他发疯似地冲下幽灵般的山丘，穿过黑色高塔林立的清冷死寂的城市，然后爬上一条东向的陡坡，回到了他那扇古老的房门前。

早晨，他再次恢复意识后，发现自己躺在书房的地板上，衣服穿得好好的，满身灰尘和蛛网，身上每寸肌肤都酸痛难忍，而且浑身淤青。当他对着镜子看时，发现自己的头发被严重烧焦，外套似乎带着一种奇怪的恶臭。从那时起，他的精神便崩溃了。从那以后，他便穿着睡衣懒洋洋地四处闲逛，除了盯着西窗外面，几乎什么也不做，遇到打雷的时候便吓得浑身战栗，并在日记中写一些胡言乱语。

8月8日午夜前一刻，发生了一场巨大的暴风雨。闪电不时袭击着城市各处，据报道，出现了两个引人注目的火球。大雨汹涌而下，时时轰鸣的雷声使成千上万人失眠了。布莱克担心照明系统出现故障，凌晨1点左右他试着给电力公司打电话，但公司为安全起见，电话已暂停服务。他在日记中记录了发生的一切——那神经质的大字、经常出现的难以辨认的字体，讲述了他自己越来越狂暴、越来越绝望的故事，可以看出来当时很多字迹是在黑暗中摸索着写下的。

为了看清窗外，他不得不关了屋里的电灯。他似乎大部分时间都坐在书桌旁，透过雨幕和市中心水光粼粼的绵延的屋顶，紧张地凝视着远处的灯火勾勒出的联邦山的轮廓。他不时地在日记中摸索着写下一些句子："千万别停电！""它知道我在哪儿！""我必须摧毁它！""它在呼喊我，但也许它这次并不想伤害我！"这些句子散落在日记的两页纸上。

接着，整个城市全部停电。根据电力公司的记录，停电发生在凌晨2:12，但布莱克的日记中没有说明时间。日记中记录的只有"灯灭了——上帝保佑！"在联邦山上，有一些观望者也和他一样紧张，成群被雨水浸透的人们撑着伞、遮住蜡烛、手电筒、油灯、十字架以及意大利南部常见的许多不知名的护身符，绕着邪恶的教堂周围的广场和街巷行进。他们赞美每一道闪电，当暴雨中的闪电变弱并最后全都消失时，他们便用右手做着神秘的敬畏的手势。一阵风吹来，熄灭了大部分蜡烛，场面变成一片漆黑，透出危险的气息。有人唤醒了斯彼利托·桑托教堂的默卢佐神父，他连忙赶到阴郁的广场，嘴里不断地祈祷着。然而，所有的祈祷都是徒劳的，黑暗的塔内确信无疑地传出了诡异的骚动声。

对凌晨2:35所发生的一切，很多人可以作证：一位聪明、受过良好教育的年轻牧师；中央车站的巡警威廉·J.莫纳汉，这位当时正好经过聚集人群的警官非常值得信赖，他出于职责停了下来询问；还有78位聚集在教堂周围的居民——特别是在广场没有墙阻挡的东面的那些人。当然，没有任何证据能证明这是一起超自然事件。有很多原因都可能导致这种事发生：在一栋巨大、古老、发霉且堆满各种东西的、长久荒废的教堂里，或许会发生我们不清楚的化学反应；恶臭的蒸汽——自燃——长期腐败产生的气体的压力——这无数现象中的任何一种都可能导致这种事情发生。当然，那种故意造谣的因素也不能排除。事情本身真的非常简单，时间不超过3分钟。默卢佐神父一直是一个时间观念非常强的人，事情发生时他看了好几次手表。

事情是从黑暗的塔内突然传来的一声巨响开始的。在此之前，从教堂传来一种奇怪的、散发着恶臭的类似呼气的声音，这恶臭越来越严重，而且非常令人恶心。最终，传来木头碎裂的声音；接着，一个巨大而沉重的物体砸落在东面墙下的院子里。因为当时所有的蜡烛都灭了，也看不清塔的主体，但当那物体掉落到地面附近时，目击者看到那是塔的东窗被煤烟熏黑的百叶窗板。

之后，一阵完全令人无法忍受的恶臭从高处看不见的地方冒了出来，人们咳嗽着，几乎被呛得窒息呕吐。与此同时，空中仿佛有一双巨大无比的翅膀扑扇着，引起气流的振动，突然一阵比之前更强烈的东风刮过，吹掉了人们头上的帽子和雨水滴答的雨伞。蜡烛熄灭后，夜晚所有东西都看不真切，但是一些向上仰望的人却在漆黑的夜空中看到了一片比夜色更深的黑暗——就像某种无形的云烟以流星划过般的速度射向东方。

这便是事情的全部经过。观望者又惊又吓，感到不安，几乎呆了，完全不知该做些什么，或不用做些什么。人们不知道发生了什么，也不敢放松警戒；过了片刻，一阵滞后的、尖利的闪电撕裂了洪涛般的天空，紧接着是一阵震耳欲聋的轰隆声，人们发出一声祷告。半小时后，雨停了；又过了15分钟，街灯突然亮起来，疲倦湿透的人们这才略感宽慰地回了家。

对于这件事情，第二天的报纸只在对暴雨的铺天盖地的报道中略微提了一下。似乎联邦山事件后发生的巨大的闪电和震耳欲聋的爆炸声也发生在东边更远的地方，那里涌出的恶臭同样引起了人们的注意。这个事件也影响到了学院山，那里的轰隆声惊醒了入睡的居民，并引起了周围各种充满困惑的猜测。那些本来就醒着的人当中，只有几个人看见了山顶附近异常的光焰，或者注意到了向上奔涌的空气几乎扫光了树上的叶子，甚至令人难以置信地使花园的植物变得枯萎直至死亡。人们一致认为，那突然出现的巨大的闪电球一定撞击到了这个社区的某个地方，但之后并未发现它撞击留下的痕迹。兄弟会的一位年轻人说，在最初的闪电突然出现后，他看见空气中有一团奇怪的、可怕的烟雾，但是他的观察还未经证实。然而，所有的目击者都认为，从西边来的强风以及如洪水般难以忍受的恶臭发生在闪电之前；同时，闪电后空气中充满了烧焦的气味。

人们十分谨慎地反复求证这些方面的事实，因为它们很可能与罗伯特·布莱克的死亡相关联。兄弟会宿舍的后窗正对着布莱克的书房，住在这个房间的学生们9日早晨就从书房的西窗看见了布莱克苍白的面孔，猜想他可能得了重病。当傍晚他们在同样的位置看到同样的面孔时，他们感到非常担忧。当闪电击中布莱克的房顶之后，他们举着灯前往他的公寓。后来，他们敲响了学院的大钟，最后找来一名警察撬开了布莱克的房门。

布莱克僵硬的身躯直挺挺地坐在窗边的书桌旁，当破门而入的人们看到他玻璃球似的突出的眼珠瞪得大大的，那扭曲的面孔因恐惧而抽搐的表情时，都感到一阵恶心和痛苦，纷纷转过脸去不敢看。尽管窗户完好无损，但验尸官验过尸体后，很快报告其死因为电击。对于死者严重扭曲变形的脸部，验尸官则认为这是一个长期进行变态的科学研究、心理严重失衡的人受到强烈电击之后的正常表现。他做出的这个推断，从死者公寓中发现的书籍、绘画和手稿及书桌上日记本中潦草的笔记也可以得到印证。布莱克直到最后一刻还在坚持写这些疯狂的笔记，在他收缩、痉挛的右手中还握着一支断了笔尖的铅笔。

停电之后，这些笔记变得极为杂乱，只有部分可以辨认。但是，仅仅从这些散乱的手稿中，就足以得出明显与那位唯物论的验尸官完全不同的结论，但是这种推测在保守派中很难被认可。迷信的德克斯特医生将那个奇怪的金属盒和有角的石头——当从发现它的那个黑暗无窗的尖塔中看时，一个会自动发光的物体——扔到了纳拉干西特海湾，这直接导致我们所有基于空想而形成的理论也一同化成了泡影。布莱克那离奇的想象力和严重的心理失衡，以及他对远古异教的长期研究，最终形成了我们所看见的这篇潦草的笔记——这篇笔记也成了唯一能证明这个离奇故事的证据。

灯还灭着——现在一定灭了有5分钟。我只能靠闪电来做记录。亚狄斯承诺过会不断闪电的！某种感应似乎使闪电结束了……雨、雷、风将一切都淹没了……那东西控制了我的思想……

我记忆混乱。我看见了以前从未见过的东西。来自其他世界、其他星系……黑暗……闪电似乎是黑色的，而黑暗似乎是光……

它不可能是我在漆黑中看到的真实的山和教堂。一定是闪电在我的视网膜上留下的印象。上帝保佑，意大利人在闪电结束后拿着蜡烛出去！

我在害怕什么？它难道是尼亚拉托提普的真身下凡？我想起了修格斯，还有更遥远的撒加，充斥着黑色行星的终极虚无世界……

巨大怪物展翅穿过虚无……无法穿过光亮的宇宙……由闪光偏方三八面体再造形象……送它通过可怕的光芒四射的地狱。

我的名字是布莱克——威斯康星州密尔沃基市东坎普街620号的罗伯特·哈里森·布莱克……我还在地球上。

仁慈的阿撒托斯！——闪电停止了——太可怕了——我通过一种怪异的感觉，不是视觉，能看见一切——光与黑暗已融为一体……山上那些人……等待……蜡烛和符咒……他们的神父……

距离感消失了——远即是近，近即是远。没有光——没有望远镜——看见尖塔——那座塔——窗户——我能听见——罗德里克·厄舍——我疯了或者要疯了——那东西在塔里骚动、笨拙地移动——我就是它，而它就是我——我想出去……必须出去，要聚集浑身的力量……它知道我在哪儿……

我是罗伯特·布莱克，但是我能看见黑暗中的那座塔。怪物的恶臭……感官在扭曲变形……爬上了那座塔的窗户，窗户碎裂，它出来了……

我看见它了——正飞过来——该死的风——无际的蓝色——黑色的翅膀——犹格·索托斯，救救我——看，那三瓣形冒火的眼睛……

门之银钥[1]

正值30岁的伦道夫·卡特不小心遗失了那把开启梦境之门的钥匙，此前他的生活一直平淡无奇，然而每逢夜深人静时，他总能在睡梦中来到某个异度空间，游荡在诡异的古城里；或来到缥缈的大海上，漫步于海面上的绝美花园里。但随着年纪的逐渐增长，他变得更为木讷，已经中年的他明显感觉到那个空间所带来的快乐正一点点远离自己。最后他竟被彻底隔绝在外，再也无法驾驶着梦境之船航行在奥卡诺斯[2]河上，无法再一睹特兰镀金的尖顶建筑。他再也不能骑着大象带领商队在柯雷德的茂密丛林里行进，不能再一赏月色之下那些被世人遗忘的绝美宫殿。

对于这些事物，他曾在书中读过许多，而且和许多人进行过探讨。出于善意，有些哲学家让卡特试着去探究那些事物之间的内在关联，进而分析出它们是如何一步步地构成了他脑海中的奇特幻想。但是经过这么一番折腾，哪还有什么奇妙可言。然而生活究其本质也只是存于脑海里一系列图像，所以现实与梦境其实本无差别，何谈谁更有价值了。世俗告诫卡特，要将真实存在的实体事物奉若神明，这样一来他慢慢地开始为自己沉浸于梦境而感到羞愧。自诩博学的人们对卡特的梦境通常是嗤之以鼻的，认为那些既幼稚又可笑，而卡特竟然也渐渐接受了他们的观点，但他忘记了一个事实——现实世界里人们的很多行为也是幼稚

[1] 本篇是作者1926年写的奇幻短篇小说，被认为是梦境系列的一部分。首次发表在1929年1月的《怪诞故事》杂志。

[2] 奥卡诺斯河和下文的特兰、柯雷德、纳拉斯，都是虚构地名。其中奥卡诺斯是河神，奥卡诺斯河是他统治的河流。

又可笑的，甚至还更荒谬，因为他们总是固执地认为自己所做之事都是有意义的、有目的的，然而宇宙万物从无到有、从有归无从来都是盲目的，谁也从来不会去注意黑暗里不时闪烁着的那一丝微弱光芒。

他们让卡特详细叙说梦境之事，然后再自作聪明地解释一通，直到其中再无神秘可言。卡特开始不耐烦起来，并表示自己渴望回到梦境之城，因为那里的神秘魔力可以将他脑海里生动的鲜活片段和有价值的联想编织成一幅幅美丽的画卷，让他收获一份份狂喜。但是每当这个时候，他们便会让卡特把注意力转向新发现的科学奇观，逼迫他去发现原子涡旋里的奇妙，去观察宇宙维度里的神秘。当卡特难以在这些已知的事物中发现那些世人熟知的法则时，自诩博学的人们便会指责他缺乏想象力、心智不成熟，这一切都归咎于他钟爱梦境里虚幻之物，而非现实世界里的奇观。

最终卡特败了，他试着像他们一样生活，违心地认为家长里短和俗世的情感要比奇幻的自由灵魂更为可贵。当那些人告诉他，一只待宰的猪或一个患胃病的农夫所承受的痛苦都远比他梦境中纳拉斯城的绝世之美更为重要时，他并未表示任何异议。对于纳拉斯城，他只依稀记得那里有数百个雕刻着图案的恢弘大门和玉砌的穹顶。在他们的熏陶和指引下，卡特还培养出了一种悲剧意识和悲悯情怀。

有时他想知道人类的愿望是如何肤浅、无常以及无意义，想看看源自人类本能的冲动是多么的空虚，尤其是在面对我们一直执着的、不切实际的梦想时。对于那些虚幻的梦境，他本可以利用此前世人教的冷漠微笑来对待，但是他发觉每天生活着的现实世界显得更为虚假，更加不值得受到重视。现实既不完美，也毫无理性和目的可言。就这样，他似乎成了一名幽默家，然而却忽略了一个事实——在这个宇宙中，协调和矛盾是彼此混淆、毫无界限的，就算是调侃也空洞而没有意义。

他的心灵一步步被束缚，他开始希冀于教会，希望可以得到教父们的青睐，能踏上脱离尘世的神秘大道。之后他留意到一直支配着教徒的竟然是那些空洞的幻想、虚幻的美丽、陈腐的平凡、虚假的端庄以及荒诞的真理，这些东西竟妄想继续控制其他人，这是多么的可笑啊！这无异于原始人在面对未知事物时表现出的荒诞的恐惧和猜测。面对那些与世人鼓吹的科学精神背道而驰的上古神话时，世人表现得如此煞有其事，想尽一切办法也要将其世俗化。卡特对此心生厌烦，正是这份不合时宜的严谨精神切断了古老教义之间的纽带，而那些教义本可以通过虚幻的梦境让人类找到一种庄重的仪式和一个更好的情感宣泄处。

后来，卡特与一些背弃教义的人相识了，他发现这群人还不如那群死守教义的人，这些人不明白美丽的本质在于和谐，不知道在这个没有目的的宇宙中生命之美是没有标准的，美与梦境、与早已经消逝的情感是协调统一的，它让整个地球从混沌中重生。他们更不知道善与恶、美与丑不过是人类认知观念的产物，而这种观念多半与他们的父辈有关，不同的种族和文化在这些观念方面也有着许多细微的差别。对于我说的这些，那群人要么是全盘否定，要么就将其归于粗鲁模糊的本能——农夫和野兽都有的一种本能，如此一来他们的生活自然就充斥着痛苦、不堪、不和谐以及一种令人发笑的自豪感，这种自豪感就来源于他们自认为已经摆脱某种不美好的事物，而事实上现在的他们被困在了一种更不美好的事物中。他们摒弃了对神明的恐惧与盲目崇拜，转身陷入了放纵和混乱的漩涡之中。

对于现实中的所谓自由，卡特不想深入体会，因为其中的低廉和卑劣感深深地伤害了一个单纯追求美丽的灵魂，理性让卡特对于他们的行为——把从背弃的信仰中窃取来的神圣用以粉饰自身的兽性冲动——感到深恶痛绝。即便大自然在人类的科学探索中多次暗示自身的无意义与无道德，但世人还是和他们鄙视的那些神职者一样都无法摆脱某种幻想，认定除了人们的梦想外，但凡生命皆是有意义的，难以放下对伦理、义务的固有概念。由于对公正、自由以及和谐的先入为主的错误观念，他们抛弃了对上古秘闻和古代信仰的崇敬，从不曾想到它们才是自身思想和判断的唯一源泉，或是作为这个没有固定目标或参照的无意义宇宙间唯一的引导和标准。失去了这些，他们的生活自然免不了要失去方向、丢失戏剧般的乐趣，最后只能沉浸在所谓有价值的、喧嚣的、狂喜又肆无忌惮的炫耀和兽性冲动来摆脱自身的倦怠感。当这些东西也令人乏味或厌恶后，他们便开始冷嘲热讽、自怨自艾，开始挑社会秩序的毛病，但从不会意识到自己的本性就如同长者信仰的对象一样易变和矛盾，也不懂“祸兮福所倚，福兮祸所伏”的道理。平静无波的永存之美只存在于梦境之中，在追求现实的道路上，这个世界逐渐失去了孩童般的天真无邪，也失去了最后一丝慰藉。

身处空虚与不安之中的卡特，试着活得像个有思想、有教养的人。增长的年岁让他逐渐远离曾经的梦境，变得不相信任何东西。但是，他心底始终存有对和谐的由衷热爱，这让他总能和各个阶层的人和平共处。他经常漫无目的地走在熙熙攘攘的城市中，眼前的一切在他看来都那么不真实，他不禁叹息起来。照耀在屋顶上的每一束阳光和华灯初上之下的栏杆广场都在一次次地提醒着他曾经的梦境，这让他开始疯狂思念那再也回不去的梦幻大陆。他开始四处游历，其实这只是个幌子，就算是第一次世界大战也丝毫没影响到他的心境，而且他那时就在法国外籍军团当兵。在旅途中，他也会交到一些朋友，但是没多久就被他们那些粗俗的情感、欠缺的想象力搞得疲惫不堪，这样一来他便心里偷偷窃喜幸好亲戚住得还算比较远，同时也不太和自己联系，因为他们并不理解他的精神世界，除了早已逝世的祖父和叔祖父克里斯托弗。

原本他在不能去往梦境之后就停止了写作，然而最近又重新拾起了笔头，但他从中没有得到一丝慰藉，因为世俗令他无法像以前一样轻易联想到美丽的事物，无法再获得写作灵感。另外，讽刺的幽默感进一步瓦解了梦境中的一座座高塔，对未知的恐惧摧毁了梦幻花园中的绝美花海。无情的现实、人类活动和世俗情感把所有美好的幻想都变成了他笔下浅薄的寓言故事、不值一提的社会讽刺。然而，他新出版的小说却取得了空前的成功，因为他知道应该如何迎合既无知又空虚的世人。在他们看来这些都是不错的小说，因为卡特在书中简单地描绘了自己过往的梦境，并好好地嘲弄了一番。可在卡特看来，就是书中这些可笑的诡辩毁了他的生活，他最终选择一把火烧掉了所有作品，并决定从此封笔。

自此之后，他构建了一种人为的幻象，并开始涉猎各种荒诞和诡异的书籍，以此当作平庸的解药。然而没多久，卡特发现这些东西也毫无意思，盛行的神秘主义学说和科学学说一样那么枯燥呆板，就连其中蕴藏着的真理光芒也无法掩盖这个问题。愚蠢、谎言以及糊涂的思想都是真实存在的，它们令世人难以从固有的生活中跳脱出来，难以到达一个更高的境界。于是卡特又买了一些古怪的书籍，结交了许多学识更渊博的人。他们在一起共同钻研那个鲜有人涉足的领域——意识的奥秘，共同学习有关生命、传说和远古时代之谜，而这些都是一直困扰着他的问题。渐渐地，卡特的情绪和心态都发生了转变，为了让自己更舒心，他甚至重新布置了在波士顿的家，把每个房间都刷上令自己舒心的颜色，放置了恰当的书籍和物品。

有一次，他听说在南方，人们都对某个人避之不及，因为那个人曾亲眼看到过亵渎神明之物，而这些就记录在从印度和阿拉伯走私来的史前书籍和泥板里。为此卡特还专程去拜访了那个人，并和他在一起共同学习、生活了长达七年之久，直至那件怪事发生，两人才不得不分开。某天半夜，两人进入了一座陌生又古老的墓地，等到出来时卡特才意识到自己孤身一人，这个事实令他惊恐万分。在那之后，他便回到了祖父曾居住过的阿卡姆——一个被女巫统治的、可怕的新英格兰老城。在漆黑的白杨树林里和摇摇欲坠的复折屋檐下，他经历了一些诡异且惊悚的事情，这些经历让他将一位思想狂野的祖先所写日记里的某几页永远封存了起来。但是这些恐怖也只能把他带到现实的边缘，而非他年轻时所熟悉的梦幻国度。因此到50岁的时候，他甚至对这个世界上所有的安宁和满足都感到无比绝望，眼前的世界忙碌到无暇顾及美丽，现实到容不下梦境。

卡特深深地意识到现实生活的空虚和无意义，所以在退休以后，他靠着青年时代那些充斥着梦想的破碎回忆来浑浑噩噩地度日。他总觉得这般苟延残喘地活着实在是太愚蠢了，因而他托一个南美的熟人搞到了一种可以磨灭记忆的奇怪液体。但是，他做事总是犹犹豫豫、拖拖拉拉，所以他仍整天沉浸在旧日的思绪中拿不定主意。卡特拆掉了家中墙上奇怪的帷幔，把房子整修成了童年记忆里的样子——有紫色的窗玻璃、维多利亚时代的家具等等。

随着时间的不断流逝，他竟开始庆幸自己尚能在这世界苟延残喘地活着。他青春时的经历以及长时间与这世界的格格不入，都令生活、人情世故于他而言非常遥远和不真切，而这些到后来竟又让卡特悄悄恢复了一点梦境魔力。多年以来，那些梦境所展现的只是日常生活中一些最普通事物的扭曲映象，如今的它们却藏匿着一些更为诡异和疯狂的东西，而这些正通过童年记忆的重现被真实地显现在梦里。这样一来，也令他记起了一些“无关紧要”的小事。为此，他经常从睡梦中惊醒，嘴里还喊着母亲和祖父的名字，然而他们早在25年前就已入土为安了。

某天夜里，卡特的祖父在梦里向他提起了一把钥匙。那位白发苍苍的学者就像真实存在一般，一本正经地谈论着家谱以及族人所做的奇异梦境，提到了那位双眼如灼的十字军祖先——他从一直囚禁着他的撒拉逊人身上探知了许多惊人的秘密，以及在伊丽莎白女王时期学习魔法的伦道夫·卡特爵士一世。另外，祖父还提到了曾在塞勒姆女巫案中逃脱被绞死惩罚的埃德蒙·卡特，是他将一把祖传的银钥匙放进了一个古董盒子里。在卡特梦醒之前，祖父还告诉他，在何处能找到那个有着奇怪盖子但没有把手的盒子，它是个有着200多年历史的精雕细琢的橡木盒子。

醒来后的卡特在家中到处翻找，终于在满是灰尘的大阁楼里找到了它，它被藏在一个大箱子的抽屉的最里面。盒子大约一平方英尺大小，表面的哥特式雕刻令人害怕，因而卡特对自埃德蒙·卡特以来没人敢打开它一点也不意外。他摇了摇盒子，里面没有传出任何声响，却散发出了一种神秘的香料味。在此之前，卡特认为这把钥匙只是家族中的一个模糊的传说，因为他的父亲就从未听说过有这样的盒子。盒子是用一把生锈的铁锁锁着的，而且找不到任何办法来打开这把可怕的锁。卡特隐约觉得能在盒子里面找到开启梦境之门的钥匙，但是祖父对于在何处使用、怎么使用钥匙丝毫没提及。

传说家族中曾有一个老仆人撬开了盖子，他在里面看到了一块烧焦的木头，上面印着一副可怕的面孔，突然袭来的无名恐惧感令他浑身发抖。卡特想尽办法终于打开了盒子，他发现里面有一把用褪色羊皮纸包裹的银钥匙，钥匙上刻有神秘的阿拉伯式花纹，但没有任何清晰的注释。羊皮纸很厚，上面只有用一根古老的芦苇写下的怪异的象形文字，看起来像是属于某种不知名的语言。卡特一眼便认出了这些字符，因为那些和他在某个莎草纸卷轴上看到的差不多。那个纸卷轴属于一个痴狂的南方学者，传闻他在一天的午夜悄无声息地消失了。卡特依稀记得那位学者每次读卷轴时都会止不住地颤抖，而现在的卡特也是如此。

不过卡特还是强忍着颤栗把钥匙清洗干净，放在了散发着香气的老橡木盒子里，之后每晚都放在身边才能安心入睡。在这之后，他的梦也愈发生动起来，虽然不是过去那些光怪陆离的城市和难以置信的花园。他的梦境似乎都有着同一个明确的目的——呼唤他，想用他所有祖先的全部意志把他拉向某个隐秘的祖籍源头。卡特深知自己必须追溯过去，才能全面地了解那些古老的事物。他日复一日地思索着北部的山丘地区，那里有灵异事件频发的阿卡姆、奔流不息的密斯卡托尼克河以及属于他家族的一处偏僻农庄。

迎着火红的秋日，卡特终于开车驶上了那条记忆中的道路，路过连绵起伏的山丘、满是石头的草地、偏僻的山谷、高耸茂密的森林、弯曲的道路和废墟的农庄，再穿过蜿蜒的密斯卡托尼克河，开上木头或石头搭成的乡村小桥在阿卡姆地区穿来穿去。在一个拐角处，他看见了一片大榆树密林，一个半世纪前他的一位祖先就曾离奇地消失在此处。寒风吹过，树木沙沙作响，卡特的身体开始止不住地颤抖，他看见了歪歪斜斜的小窗户和朝向北面的斜屋顶，那是老巫婆古蒂·福勒摇摇欲坠的农舍。他狂踩油门加速驶离此地，直到车子爬上了他的母亲和母亲的先祖们曾居住过的高地时才放缓车速。高地上的公路对面有一座古老的白房子，正俯瞰着这里美丽的岩石山坡和翠绿的山谷，眺望着遥远地平线上的金斯波特镇的尖顶，以及远处那隐隐约约的、承载梦境的古老海洋。

等车子开上更陡的山坡后，他终于看到了属于老卡特的那座房子。卡特已经40多年没来过这里了。等他开车抵达山脚的时候已经是半下午，他把车停在了半路的拐弯处，走下车来开始打量起这片夕阳笼罩下的金色田野。那一刻，他觉得似乎最近的梦境里蕴含的所有奇妙与期盼都呈现在眼前这宁静而神秘的景色里。那绵延在断壁残垣之间的犹如天鹅绒般的草地、美丽森林勾勒出的暗紫色群山轮廓，以及密林丛生的阴湿山谷——涓涓细流汩汩作响，蜿蜒地流过那些扭曲的庞大树根，眼前的一切让卡特联想到了宇宙中其他孤寂的星球。

有某种奇怪的感觉令他认为汽车不该出现在他要找寻的那个王国，于是他径直把车停在森林外面，接着把钥匙放进了上衣口袋里，继续向山上走去。此刻，树林已经把他完全吞没了，那所老房子就坐落在一个高高的山丘上，除了北边的树林外，那周边的树木全都消失了。卡特不知道它现在会是什么样子，因为自从30年前古怪的叔祖父克里斯托弗去世后，它就被一直闲置着无人照管。童年时，他曾在老房子里玩得不亦乐乎，在果园外的树林里还发现过许多奇特的东西。

卡特继续往前走着，暮色也越来越浓。他竟发现树林里开出了一条向右延伸的狭长缝隙，这让他远远地望见了暮色苍茫的广袤草地，瞧见了金斯波特中央山上那座古老的公理会教堂的尖顶——落日余晖将它照得泛着粉色，火红的夕阳映照在小圆窗的玻璃上。等折返回幽深的树林后，他才猛然发觉所见并非真实存在，那些都是在自己童年时才能见到的，因为当时人们为了建造公理医院腾地方，早早地拆毁了古老的白色教堂。记得那时这件事还上过报纸，因为上面提到人们在教堂所在的岩石山丘下发现了一些古怪的洞穴或通道，为此他还饶有兴趣地读了报纸。

这件事令卡特很是迷茫，这时突然传来了一个声音。即使时隔多年，但他仍熟悉不已，那正是老贝尼雅·科里的声音！他曾受雇于克里斯托弗叔叔，年幼的卡特第一次来这里时，贝尼雅·科里就已经很老了。卡特猜想现在他一定是个快老掉牙的老家伙！他怎么能发出如此尖细的喊声呢？卡特不禁怀疑起来，但是他敢肯定那尖细的声音绝不是贝尼雅之外的人发出来的。卡特听不清他在叫喊什么，但那种口吻却久久萦绕在他脑海，他思来想去后断定老贝尼雅一定尚在人世！

“兰迪先生！兰迪先生！你在哪儿啊？你想把你的玛莎婶婶吓死吗？她不是让你整个下午都守着那个地方，等天黑之后就马上回家吗？

兰迪！兰……迪！……你真是我见过的在树林里跑得最快的小男孩，你怎么坐在这蛇洞边！……喂！兰…迪！"

伦道夫·卡特越走越觉得不对劲，接着在黑暗中停下脚步，用手揉了揉眼睛。事情有些奇怪，他此刻一定是身处某个不该来的地方——一个本不属于他的地方，但是他已经越走越远，现在停下也于事无补了。一路上卡特都没去留意金斯波特教堂尖塔上显示的时间，尽管他本可以利用袖珍望远镜轻易办到。现在想来自己走了这么久还没到老房子，这确实有点儿不可思议。卡特不确定自己是否随身携带了袖珍望远镜，所以下意识地往上衣口袋里探了探，没有！真的没有！他只摸到了那把此前在盒子里找到的银钥匙。小时候，克里斯叔叔曾想告诉他一些怪事——关于装有钥匙的、未被人开启的古老盒子，当时玛莎婶婶却突然打断了他，还说克里斯不该给一个脑子本就装满古怪幻想的孩子讲这些事情。此刻，卡特回想自己是在何处找到这把钥匙时，发现有些事情似乎没有那么简单。他想起自己是在波士顿家里的阁楼中找到那把钥匙的，而且隐约记得当时自己还花了半个星期的薪水请帕克斯帮忙打开了盒子，并让他对此事保密。当他再一次回想这些事情时，脑海中帕克斯的脸突然变得很奇怪，岁月沉淀出的皱纹似乎瞬间爬满了这个活泼的年轻伦敦佬的脸庞。

"兰……迪！兰……迪！嗨！嗨！兰迪！"

一盏摇曳的提灯出现在了漆黑的拐角处，老贝尼雅一把抓住他面前沉默的、一脸困惑的旅人。

"该死的混小子！原来你在这里！难道你没听到喊声？你就不能答应一声？我喊了你快半个钟头了，你小子铁定一早就听到了！玛莎婶婶发现天黑了你还没回家，她就一直在担惊受怕，你知不知道？等你克里斯叔叔回家后我一定要告诉他这个事情，在此之前你最好给我好好待在家里！你要知道这时候的树林可不是个闲逛的好地方！我祖父曾告诉过我树林外面的那些可不是什么好东西！快跟来啊，兰迪先生！再晚点汉娜可不会为你留饭了！"

伦道夫·卡特跟着老贝尼雅走上了那条小路，此刻点点星光正透过秋日里高大的树枝微微闪烁着。到了远处的拐角，他瞧见了透过小玻璃窗照射出来的黄色光线，还听到了狗吠声。天空中的昴宿星正照得开阔的小山丘闪闪发光，在山丘的西侧坐落着一栋复折式屋顶的房子，它在夜色的笼罩下显得阴森森的。玛莎婶婶正站在门口张望着，等老贝尼雅把这个逃家的人推进来时，她竟没有过分苛责，因为她太了解克里斯叔叔了，也自然知道卡特的血液里蕴藏着怎样的家族天性。伦道夫没有把口袋里的钥匙拿出来，只是默默地吃完了晚饭，仅仅是在睡觉的时候才表现出了些许不耐烦。最近，他总能在清醒时梦到更美好的东西，现在的他迫不及待想用那把钥匙，看看究竟会发生什么。

早晨，卡特起得很早。要不是克里斯叔叔一把抓住他，把他硬塞到早餐桌旁的椅子上，伦道夫肯定早就跑到木材场去了。他不耐烦地扫视着这个铺有破地毯的、横梁和角柱光秃的低矮房子，直至看到屋后玻璃窗外果园里伸出的树枝时，才面露微笑。树林和山丘让他倍感亲切，它们是通向永恒王国的大门，而那个王国才是他该待的地方。

等出了家门、独自一人的时候，他摸了摸衬衫口袋里的钥匙才安心下来。他穿过果园来到那边的山坡上——林木葱郁的山坡向着高处不断延伸，甚至超过了这边光秃秃的小山。森林的地面长满了青苔，显得神秘莫测。在昏暗的光线下，长满青苔的巨石隐约地耸立着，就像屹立在一片神圣小树林里盘根错节的树干中的德鲁伊教[1]巨石。有一天，伦道夫在一段上坡路上穿过了一条湍急的小溪，那流水声像是在为潜伏着的牧神、埃吉潘人和树精吟唱着神秘的符文咒语一般。

之后，他来到了森林斜坡上的那个奇怪洞穴——乡下人都避之不及的可怕“蛇洞”，此前贝尼雅就一再警告过他别靠近那儿。洞穴深到人们难以想象，当然除了伦道夫以外，因为他曾下到过洞里，还在最深的黑暗角落处发现了一个裂口，它通向外面一个更高的洞穴——一个阴森的地方，那里的花岗岩墙壁极易引发幻觉，看起来应该是有人故意设计的。这一次，他像蛇一样爬了进来，用从客厅里偷来的火柴来照明，怀

[1] 德鲁伊教是西方世界最古老的信仰之一，每年于夏至、冬至、春分和秋分在巨石阵举行节气祭典，庆祝四季更迭。

揣着一种自身都难以解释清楚的热情缓慢地钻过那道裂缝。他说不出为何自己能这般自信地走近远处的那堵墙，也不知道为何能如此本能地拔出银钥匙，仿佛过去经常这样做一般。那天晚上他手舞足蹈地回了家，并且没有为晚归找任何借口，也丝毫不在意自己因为不理睬午餐、晚餐的开饭声而受到的责备。

如今，伦道夫·卡特的所有远方亲戚都在某件事上达成了一致——10岁时某些事情的发生激发了他的想象力。他的堂兄欧尼斯特·阿斯平沃尔比他整整大10岁，欧尼斯特能清楚地回忆起那个男孩在1883年秋天之后的变化。不仅伦道夫所见幻境是极少人能看到的，而且在对世俗事物的看法中所流露出的个人特质更是少有。总之，他似乎获得了某种奇特的预言能力。当时他对许多习以为常的事情都表现得很激动，但是后来发生的一系列事情却从侧面印证了他的预言能力。在之后的几十年里，随着新发明、新名字和新事物的不断涌现，人们开始惊诧于卡特在多年前说出的那些无心之词，现在看来它们确实与当下的世界有着千丝万缕的联系。其实当时的卡特也并不明白这些词的意思，也不知道为什么某些事情会令他产生情绪，他以为是那些不记得的梦境在作怪。早在1897年，每当一些旅人提到法国的贝卢瓦昂桑泰尔镇时，他就会脸色煞白。他的朋友们应该还记得一件事——1916年，当时的他在第一次世界大战中为法国外籍军团服役，就是在那个镇上差点把小命丢了。

伦道夫·卡特离开波士顿的家很长时间了，正是因为他的失踪，那些亲戚开始频繁谈论起这类事情。卡特的老仆人帕克斯，多年来一直默默忍受着主人的反复无常，他说自己最后一次见到卡特是在一天清晨，当时卡特带着最近找到的钥匙独自开车离开了。那把钥匙是帕克斯帮卡特从一个旧盒子里取出来的，当时他觉得自身似乎感受到了某种力量——来自盒子上诡异的雕刻和其他一些他难以明说的古怪东西。另外，帕克斯还表示卡特离开时说过是要去阿卡姆附近的祖籍故土。

在榆树山的半山腰处，也就是那条通往废弃的老卡特家的路上，人们发现卡特的车被小心地停放在了路边。车里放有一个用香木制成的浮雕盒子，这偶然的发现令这群乡下人害怕不已。盒子里只有一张奇怪的羊皮纸，上面记录的文字就连语言学家或古生物学家都无法辨认和解读。此前的一场雨水早已抹去了地上的一切足迹，好在波士顿来的调查人员还是找到了一丝痕迹，就在卡特家的老房子中坍塌的木材堆里。仔细观察良久后，他们断言最近有人在废墟里翻找过东西。之后，他们来到了山坡上的森林里，在其中的乱石间发现了一块普通的白色手帕，但都不敢断定它是否属于那名失踪的男子。

传言伦道夫·卡特已经死了，他的财产将被分配给他的继承人，但我坚决反对这种做法，我不相信他已经死了。时间和空间的扭曲、想象和现实的纠缠，只有梦境者才能洞悉。根据我对卡特的了解，我猜他一定找到了突破时间、空间束缚的办法。他是否会回来，我难以断言，因为他一直怀念着自己的童年时光，希冀自己可以前往失落的梦境之地。之后，他找到了一把钥匙，现在我开始相信，他一定找到了它的妙处，并且很好地使用了那个妙处。

我要是再见到他，一定会好好问问他，我期待着能马上在我们俩过去常逛的一个梦幻城市里相遇。在斯凯河旁的乌尔塔尔[1]，流传着一个传说——曾有一位新国王，他拥有埃莱克瓦达的猫眼石王座，那个王国就位于俯瞰着微光之海的玻璃悬崖顶端，而那片海里还生活着长有胡子和鳍的格诺里[2]，它们在海中建立了属于自己的奇异迷宫。我相信我知道该如何解释这些谣言，我迫不及待地想见识那把巨大的银钥匙，因为上面神秘的阿拉伯式花纹可能隐藏着这个盲目客观的宇宙中的所有意义和奥秘。

[1] 乌尔塔尔是幻梦境中一个有很多猫的小镇。下文中的埃莱克瓦达是虚构的一个地名，在其他故事中，卡特被描述成埃莱克瓦达的国王。

[2] 格诺里，作者虚构的一种类似人鱼、长有一到两条胳膊的怪异生物。

墙中鼠

1923年7月16日，在最后一个工人完成他的工作后，我搬进了埃克塞姆修道院。修道院的重建修复工作很艰巨，因为这栋建筑只剩下一个壳状的废墟；不过毕竟因为这里曾是我祖先的故居，所以我在修缮时丝毫不考虑开销的问题。自詹姆斯一世[1]统治时期以来，这个地方就没有人居住过。那时候发生了一件骇人听闻的惨案，但这案子几乎难以解释。修道院的主人、他的五个孩子和几个仆人都被杀死了。在众人怀疑和恐惧的阴云下，主人的第三个儿子被逐出了家。他是我的直系祖先，也是这个令人憎恶的家族中唯一的幸存者。大家都认为这个唯一继承人——埃克萨姆十一世男爵——沃尔特·德·拉·普尔是杀人犯，他的房产重归王室所有，他没有试图为自己开脱，也没有试图要回财产。对他来说比良心的谴责或法律的制裁更可怕的是某种恐惧，所以他只发了疯似的表示想要把这座古老建筑从他的视线和记忆中抹去，于是他逃到了弗吉尼亚，创立了100年后声名显赫的德拉普尔家族。

后来尽管埃克塞姆修道院被分配给了诺里斯家族，却一直没有人住。由于它是一种独特的复合建筑，人们对它进行了大量研究。它包括几座哥特式的塔楼，塔楼下面却是撒克逊式或罗马式，而地基又是更早时期的建筑风格或各种风格的混合——如果传说是真的，这些风格里有罗马式，甚至德鲁伊式或威尔士本土风格。这栋建筑的地基很奇特，一面与悬崖峭壁上坚硬的石灰岩融为一体，整个修道院从悬崖峭壁的边缘可以俯瞰安彻斯特村以西三英里的一个荒凉的山谷。建筑师和考古学家

[1] 詹姆斯一世，英国国王，他于1603—1625年在位，同时也是苏格兰国王詹姆斯六世，并于1567—1625年在位。

们都很喜欢研究这处被遗忘了几个世纪的古怪遗迹，但附近的乡村居民却非常厌恶它。几百年前，当我的祖先还住在那栋建筑里的时候，他们就憎恶它，到现在也还讨厌它，讨厌它上面肆意生长的青苔和胡乱滋生的霉菌。我到安彻斯特还不到一天，就知道自己出身于一个被诅咒的家庭。就在这一周，工人们炸毁了埃克塞姆修道院，之后便忙着除去地基的痕迹。

我一直知道有关祖先的简单信息，还知道我的第一个美洲祖先到达这片殖民地时身负一个奇怪的嫌疑。然而，对于细节，德拉普尔家族一向讳莫如深，我根本就一无所知。与那些种植园主邻居不同，我们很少吹嘘家族里参加过改革运动的祖先或其他中世纪和文艺复兴时期的英雄；家族中也没有任何传统流传下来，除了一件事，内战前家族里流传着一个密封的信封，每个大地主都会在里面记录一些秘事，地主死后这个信封由他的长子打开。我们珍视的是移民以来取得的成就；尽管有些守旧和不合群，但这是我们弗吉尼亚一脉血统的骄傲和荣耀。

内战期间，我们的好运到头了，发生在詹姆斯河岸卡法克斯的一场大火改变了我们的生活，将德拉普尔家夷为平地。我年事已高的祖父也葬身于那场大火，那封将我们所有人与过去联系在一起的信也随之消逝。时至今日，我依然能回忆起当年看到的那场大火，尽管那年我才七岁，火灾发生时联邦士兵们大喊大叫，妇女们尖叫嘶吼着，黑人们嚎叫、祈祷着。那时我的父亲在军队中参加里士满保卫战，我和母亲经过了许多手续之后才得以穿越战线去投靠他。内战结束后，我们都搬到了北方，我母亲就是北方人；后来我长大成人，步入中年，最后成了个有钱的、冷漠的北方佬。我父亲和我都不知道我们世代相传的信封里装的是什么，当我完全融入马萨诸塞州单调乏味的商业生活时，我对那些显然潜伏在族谱深处的秘密丧失了所有兴趣。要是我对这些秘密有所察觉，我倒是更乐意让埃克塞姆修道院的苔藓、蝙蝠和蜘蛛网继续保留下去！

我父亲于1904年去世，但没有给我和我唯一的孩子阿尔弗雷德留下任何遗言，我儿子那时已经没了母亲。这孩子对家庭情况了解得比我这个父亲还多，我只能开玩笑地给他讲一些关于过去的猜测。1917年第一次世界大战后期，他作为一名航空军官去了英国，给我来信讲了一些非常有趣的关于祖先的传说。很显然，德拉波特家族有着一段丰富多彩、波诡云谲的历史，因为我儿子的一位朋友、皇家飞行兵团的爱德华·诺里斯上尉，就住在安彻斯特郡的家族宅第附近，他讲了一些农民之间流传的迷信故事，那些故事内容非常疯狂，令人难以置信，就连优秀的小说家也编造不出那样的情节。当然，诺里斯本人并不把这些故事当真；但这些故事勾起了我儿子的兴趣，他给我的来信几乎全都在讲这些事。正是这些传说让我注意到了家族遗留在大西洋彼岸的遗产，并下决心买下祖宅，重新修建。诺里斯带阿尔弗雷德去那片风景如画的荒宅看了看，并提议我把宅子买下来，价格很合理，因为房子的现任主人就是他叔叔。

1918年，我买下了埃克塞姆修道院，但我的重建计划几乎立即被打乱了，因为我的儿子重伤致残回来了。在他活着的那两年，我满脑子只有照顾他一件事，甚至把我的生意交给了合伙人打理。1921年，我失去了最后一个亲人，也丧失了人生的方向，我不再年轻，成了一名退休制造商，我决定搬到新买的祖宅度过余生。那年12月我到了安彻斯特，受到了诺里斯上尉的热情款待。这个年轻人胖胖的，很亲切，对我的儿子评价不错，他保证会帮助我收集老房子的设计图和奇闻轶事，以便指导即将进行的重建工作。对于埃克塞姆修道院我并没有什么感情，对我而言它只是一堆摇摇欲坠的中世纪废墟，上面长满了地衣，悬崖边上还筑满了蜂窝状的白嘴鸦巢穴，给人一种危机四伏的感觉，除了两座独立塔楼的石墙外，房子楼层和其他内部构造都已被剥蚀。

渐渐地，我恢复了这座建筑物的原貌，就如我的祖先300多年前离开它时的那个样子，接着我开始雇佣工人开展重建工作。每次我都必须去附近其他地方雇人，因为安彻斯特的村民对这个地方有一种几乎难以置信的恐惧和憎恶。他们这种情绪非常强烈，以至于有时会传到外面的工人耳中，使得许多工人做到一半就跑了。然而他们惧怕和憎恶的似乎不止这座修道院，还有曾经住在里面的古老家族。我儿子曾告诉我，在他拜访安彻斯特的时候，村民们多少有点回避他，因为他是德拉普尔家族的人。而现在我也发现，我因为同样的原因遭受了一点排斥，直到后来我告诉村民们，我对自己的家族知之甚少。即使那样，他们也还是不喜欢我，所以我不得不在诺里斯的周旋下，才收集到大部分村民口耳相传的故事。也许村民们真正无法原谅的事情在于，我要重建的是一个他们非常厌恶的象征；因为不管理性与否，他们认为埃克塞姆修道院不过是恶魔和狼人出没的地方。

我把诺里斯为我收集的故事拼凑了起来，再加上几位研究过这片废墟的专家的叙述，我推断出埃克塞姆修道院坐落在一座史前神庙的遗址上；可能曾是德鲁伊教的庙或更早之前的神庙，这座庙一定是与巨石阵同时代的。在那里曾举行过一些难以形容的仪式，几乎没有人怀疑这个说法；还有一些令人不快的故事，说是罗马人把这些仪式变成了对西布莉[1]的崇拜。到现在修道院的地下室里还能看到一些铭文，上面清清楚楚地写着"DIV…OPS…MAGNA.MAT…"很明显是象征着母神麦格纳·玛特，罗马公民曾被禁止对这位神进行秘密崇拜，但也没能杜绝公民的祭祀活动。许多遗迹表明，安彻斯特曾是奥古斯都第三军团的营地。据说，那时的西布莉神庙富丽堂皇，朝拜者云集，在一位弗里吉亚祭司的带领下，一同在这里举行无名的仪式。传说还说，旧宗教的衰落并没有让人们停止祭祀仪式，祭司们有了新的信仰，但其实他们没有真正的改变。同样，据说这些仪式并没有随着罗马帝国的没落而消失，撒克逊人中的某些人对神庙遗址做了修补，这座建筑后来才得以保留一些基本框架，而这些撒克逊人还将这座神庙变成了一个邪教中心，七国时代有一半人对这个教派充满畏惧。公元1000年左右，一部编年史提到过这个地方，书中记载此地是一座由坚固的石头砌成的修道院，里面有一个奇怪而强大的修道会，周围是广阔的花园，即便没有围墙，惊恐的民众也不会踏足这座修道院。虽然在诺曼征服后，这个地方肯定急剧衰

[1] 西布莉，第一个为罗马所接受的东方神祇，她是母神，山脉与荒野自然之神，掌管生产力与生育。下文的麦格纳·玛特，是指西布莉在罗马被称为麦格纳，即"伟大的母亲"，是罗马人心目中的母神。

落，但它从未被丹麦人破坏过；因为在1261年，亨利三世将这片土地授予我的祖先吉尔伯特·德·拉普尔——埃克塞姆男爵一世时，没有遇到任何障碍。

在此之前，关于我的家族没有任何不好的记录，但后来一定发生了一些奇怪的事情。1307年的一部编年史称德拉普尔家族是“被上帝诅咒的”，而在村庄的传说中，对于这座在古代神庙与修道院地基上修建起来的城堡，除了邪恶和疯狂的恐怖，没有别的描述。那些炉边故事中全是最恐怖的描述，正是因为他们恐惧的闭口不言和隐晦的模棱两可使得传说变得更加骇人。这些传说把我的祖先描绘成一群世袭的恶魔，与他们相比，吉勒斯·德雷茨[1]和萨德侯爵[2]只能是彻头彻尾的新手。这些故事都是想暗示，几代以来偶尔失踪的村民都与他们脱不了干系。

在这些传说中，大恶棍一般都是男爵或他的直系继承人，至少大多数人都在小声议论这些。据说，如果一个继承人身体一直健康，就会早早神秘地死亡，为另一个更具有家族典型特征的子孙腾出位置。家族的内部似乎存在某种祭祀仪式，由房子的主人主持，有时只对少数成员开放。显然，这种祭祀仪式是根据气质和性情决定是否能够参加，而不太考虑血统，因为有几个嫁入这个家庭的人也加入了教团。来自康沃尔郡的玛格丽特·特雷弗小姐是男爵五世的次子戈弗雷的妻子，她成了全国孩子们最害怕的灾星，也是威尔士边境附近至今尚存的骇人民谣里的女魔头。另一位女性玛丽·德·拉·普尔女士的事迹也被民谣传唱到了今天，但与前者不同，这位女士在嫁给谢斯菲尔德伯爵后，很快就被丈夫和婆婆杀死了。但是，两个凶手在牧师面前忏悔之后，牧师不仅宽恕了他们，甚至还祝福了他们，不过牧师不敢将他们所说的告诉世人。

这些传说和民谣虽然只是些典型的粗鄙的迷信，却使我深恶痛绝。尤其让我恼火的是，这些民谣和故事一直流传着，而且跟我很多祖先有

[1] 吉勒斯·德雷茨（1405—1440年），法国元帅，1432年后被控参与一系列儿童谋杀案，受害者可能有数百人。吉勒斯被认为是1697年童话故事中残暴的蓝胡子查尔斯·佩罗的灵感来源。

[2] 萨德侯爵，法国贵族、革命政治家、哲学家和作家。关于他有各种色情暴力的丑闻。

关；此外，那些可怕习惯的污名还让我回忆起了令人极不愉快的丑闻，它是关于我的直系亲属的——我的堂弟，住在卡法克斯的伦道夫·德拉普尔，从墨西哥战场归来后就和黑人走得很近，而且成了一个伏都教祭司。

另一些传说则对我没什么太大影响，这些故事十分隐晦，例如在陡峭的石灰岩悬崖下方，饱受狂风侵袭的荒凉山谷里经常回荡着哀号和咆哮；春天雨后的墓地会散发出一股腐臭味；有一天晚上，约翰·克莱夫爵士的马在一片荒凉的田野上踩到一个摇摇晃晃、吱吱叫的白色东西；有个仆人在光天化日下在修道院里看到什么东西后发疯了。这些都是老生常谈的鬼怪传说，而在那个时候，我绝对是一个怀疑论者。虽然村民失踪的事情不容忽视，但依照中世纪的风俗，这些失踪案也没有特别明确的意义。好奇的窥探意味着死亡，在埃克塞姆修道院周围的堡垒里，不止一个头颅被砍下挂在修道院附近如今已完全毁坏的堡垒上示众。

还有几个故事极其生动，我听了都希望自己年轻时能多了解一些有关神话的知识。例如，有一种传说认为，一群长着蝙蝠翅膀的魔鬼每天晚上都在修道院守着妖魔夜宴——这些魔鬼需要大量的能量，所以修道院周围广阔的菜园里种植了大量的粗劣蔬菜。而所有这些传说中最生动、最富戏剧性的还是一个与老鼠有关的传说。据说，在那场导致城堡被遗弃的悲剧发生后三个月，小修道院里突然涌出了一支可憎的害虫军团——这支又瘦又脏、贪婪无比的老鼠军团扫荡了它们面前的一切事物。最终它们吞食了许许多多家禽、猫、狗、猪、羊，甚至还有两个倒霉的村民。关于这支在人们脑海里挥之不去的啮齿动物大军，有一系列神秘的传说，因为它散布在村庄家家户户，给所有人带来诅咒和恐惧。

虽然这些传说给我造成很多困扰，但我还是像个老人般，一步步固执地重建着祖宅。肯定是因为我脑子里一直想着，所以才让这些传说影响了我的心绪。另一方面，诺里斯上尉和身边帮助我的考古学家们不断地赞扬和鼓励我。

工程从开始到结束花了两年时间，看着那些宽敞的房间，带护壁板的墙壁，拱形的天花板，竖着栏杆的窗户，宽阔的楼梯，我心里充满了自豪与喜悦，这让我觉得即便在重建中花费了巨额的开支，也都是值得的。中世纪的每一个特征都被巧妙地复制，新建的部分与原来的墙壁和地基完美地融合在一起。祖先的宅邸已经重建完毕，我希望自己能够在当地挽回本家族的名声。我要一直住在这里，好证明德·拉·普尔（我又采用了这个名字原来的拼写）家族不一定都是恶魔。更令我感到安慰的是：虽然修道院是按照中世纪的设计重建的，但是它的内部却焕然一新，而且没有遭到老害虫和老幽灵的侵扰。

我说过，我是1923年7月16日搬进来的。我家有7个仆人和九只猫，我特别喜欢这些猫。最大的一只猫名叫“尼格尔曼”，已经七岁了，和我一起从我在马萨诸塞州博尔顿的家来到这里。其余几只猫都是我在修道院重建期间借宿在诺里斯上尉家时收养的。搬家五天来，我们的日常工作有条不紊地进行着，我的时间主要花在编纂整理古老的家族资料上。我现在已经了解到沃尔特·德·拉·普尔最后的悲剧和逃跑时的一些细节，我想这大概是在卡法克斯失火的那份遗失信件的内容。我的祖先当时似乎发现了一些极度恐怖的事情，并且在两个星期后残忍地杀害了家族里还在睡梦中的其他人，除了四个跟随他的仆人。发现那些事情之后他的行为举止变得完全不一样了，但我的祖先从未向其他人说过他发现了什么，只是稍微暗示了一点点，或许他透露给了那几个协助自己的仆人，但这些人在案发后全都不见了踪影。

这次蓄意的屠杀，受害者包括沃尔特的父亲、三兄弟和两姐妹，但大部分村民都宽恕了凶手，相应的刑罚也非常简单，以至于凶手逃到弗吉尼亚后没有受到任何惩罚和伤害，也没有乔装打扮；人们私下都说，他祛除了这片土地上的一种远古诅咒。究竟是什么发现导致了这种可怕的行径，我简直无法想象。沃尔特·德·拉·普尔一定多年来就知道家族里那些邪恶的故事，所以不是这些发现让他产生了什么杀人的冲动。那么，他是亲眼目睹了某种可怕的古老仪式呢，还是在修道院或附近偶然发现了某种骇人的、揭示了真相的符号呢？在英格兰生活时，人们都认为他是一个腼腆文雅的青年。在弗吉尼亚时，与其说他是一个冷酷无情的人，不如说他总是苦恼忧虑。在贝尔维尤有位名叫弗朗西斯·哈利的绅士冒险家，他在日记中将沃尔特描述成一个正直体贴、令人尊敬的人。

7月22日发生了第一起事件，尽管当时被轻描淡写地忽略，但与后来发生的事件相比，它有着异乎寻常的重要性。事情很简单，几乎可以忽略不计，而且在那种情况下是不可能引起注意的。因为当时我所住的建筑里除了墙壁之外，几乎都是崭新的，我周围都是一群神志健全的仆人，因此尽管当地存在诸多传说，但在这种情况下无端恐惧也是非常荒谬的。我后来只能记起来一件事，我对我的那只老黑猫的脾气十分了解，那时我觉得它非常警觉焦虑，在某种程度上跟它的本性完全不符。它在各个房间里转来转去，焦躁不安，也不休息，并且不断地嗅着这座哥特式建筑的每一面墙壁。我知道这听起来很老套——就像鬼故事里那条一定会出现的狗，总是在它的主人看到被包裹的尸体之前狂吠——但我没能像往常一样控制住它的行动。

第二天，一个仆人抱怨说家里所有的猫都很焦躁不安。他来到我的书房里，那是一间位于二楼西侧的高大屋子，有弯弯曲曲的拱门，黑色的橡木镶板，还有三扇哥特式的窗户，透过窗户可以俯瞰石灰岩悬崖和荒凉的山谷；就在仆人向我抱怨的时候，我看见全身乌黑的尼葛尔曼正沿着西面的墙壁悄悄爬过，不停地抓挠着一块覆盖在古老石墙上的新护墙板。我对那个仆人说，那块古老的石雕肯定有某种奇特的气味，人类可能没法察觉，但即便隔着新装的护墙板，知觉敏锐的猫还是能嗅到。我真的是这么想的，但那个仆人又暗示说房子里可能有老鼠或田鼠。我告诉他，这座修道院里已有300年没见过老鼠了，即便周围乡村常见的田鼠也极少出现在这些高墙后面，没人知道它们会在哪游荡。那天下午，我去拜访了诺里斯上尉，他确信，要是老鼠突然前所未有大规模地出现在修道院里，那么一定发生了难以置信的事。

那天晚上，我像往常一样没让男仆陪伴，独自回到我给自己挑选的西塔楼的房间去了。从书房出来，有一段石阶和一间小画廊——前者有几分古老，后者则完全是后来重建的。这个房间是圆形的，很高，墙上没有护壁板，而是挂着我在伦敦挑选的挂毯。确认尼格尔曼在我旁边后，我关上了那扇沉重的哥特式房门，借着电灯的灯光退了出去，那些电灯巧妙地仿造成了蜡烛的光，最后我关掉灯倒在雕花的四柱床上，那只猫庄严地趴在我脚边它惯常的位置上。我没有拉上窗帘，而是凝视着窗外我面对的狭窄的朝北的窗户。天空中有一丝极光的痕迹，窗户上精致的窗花衬托出令人愉快的轮廓。

我一定是在什么时候安静地睡着了，因为我清楚地记得，当那只猫从它休息的位置上猛地一跳时，我有一种离开奇怪梦境的感觉。我看见它在朦胧的极光中，头向前伸直，前腿放在我的脚踝上，后腿向后伸展。它紧盯着窗户西边墙上的一个点，这个点在我的眼里没有任何值得注意的标记，但现在我的全部注意力都集中在这个点上。当我注视着那面墙的时候，我知道尼格尔曼绝不会无缘无故地激动，挂毯是不是真的动了，我说不上来。我觉得它动了，非常轻微地动了一下。但我可以肯定的是，在它的后面，我听到了一种低沉而清晰的声音，像是老鼠疾跑的声音。不一会儿，猫纵身扑向挂毯，猛地扯掉了挂毯的一部分，露出一堵潮湿的古老石墙。石墙到处都被修补匠修补过，没有任何啮齿动物出没的痕迹。尼格尔曼在墙边跑来跑去，用爪子抓挠着掉在地上的挂毯，时不时地试图将一只爪子探进墙壁和橡木地板之间。但它什么也没发现。过了一会儿，它疲倦地爬回到我脚边的位置。我始终没有动，但那天晚上我再也没有睡着。

第二天早上，我问了所有的仆人，发现他们都没有注意到任何异常，只有厨师记得一只猫停在她房间窗台上的异常举动。夜晚不知什么时候，那只猫突然嘶吼起来，吵醒了厨师，她看见猫像是有目的一样，冲过敞开的房门跑下楼去。中午的时候，我昏昏欲睡，下午又去拜访诺里斯上尉，他对我所说的事情产生了极大的兴趣。这些离奇的事情——如此微不足道却又如此古怪——刺激了他的想象，并且让他回忆起了许多在当地流传的可怕故事。我们真的对老鼠的出现感到十分困惑，诺里斯借给我一些捕鼠器和老鼠药，我回来后仆人们把它们放在老鼠可能出没的地方。

那晚我觉得非常困，早早地睡下了，但却被某些可怕的梦折磨着。我仿佛从很高的地方俯视着一个污秽的、齐膝深、微微亮的岩洞，那里有一个长着白胡子的猪倌在用棍子赶着一群长满真菌、有气无力的牲畜，它们的模样使我感到说不出的厌恶。然后，那猪倌暂停了一会儿，稍稍打了个盹，一大群耗子便像雨点一样落在那个臭气熏天的深渊里，吞噬掉了猪倌和所有的牲畜。

突然，睡在我脚边的尼格尔曼活动起来，将我从这个可怕的梦境里惊醒。这一次，我不必再追问它为什么发出嘶嘶的低吼声，也不必再追问是什么恐惧使它把爪子伸进我的脚踝，因为此时房间每一面墙壁上都充斥着令人作呕的声音——贪婪的大老鼠发出的蠕虫般的蠕动声。这天夜晚没有微光，挂毯上什么景象也无法看清——昨天掉下来的那块毯子已经被换掉了——但我还没有恐惧到不敢去开电灯。

灯亮之后，我看见整张挂毯都在可怖地不停抖动，抖动的波浪呈现出某种奇怪的图案，像是在表现一支奇特的死亡之舞。几乎在一瞬间，动作停止了，声音也消失了。我从床上一跃而起，用旁边一只暖锅的长柄戳着挂毯，挑开毯子，想看看下面到底有什么。除了那堵打满补丁的石墙，什么也没有，猫也没有了对异象的紧张。当我仔细检查放在房间里的捕鼠器时，我发现所有之前打开的地方都弹起了，但曾经被抓到然后又逃脱的东西已荡然无存。

再接着睡是不可能的了，所以我点了根蜡烛，穿过走廊和楼梯，准备去书房。尼格尔曼紧紧地跟在我后面。然而，我们还没走到石阶上，那只猫就冲到我前面，消失在古老的楼梯上。当我独自走下楼梯时，我突然意识到楼下那个大房间里有声音。我绝不会听错那些声音。橡木墙内部到处都是老鼠，它们在乱窜乱撞，而尼格尔曼则像个徒劳的猎人在墙外狂躁地跑来跑去。走下楼梯后，我打开灯，但这一次声音并没有消散。那些老鼠还在不停地骚动，它们的脚步是那样的有力和清晰，我最后都能确定它们的动作朝着哪个具体的方向。这些生物，数量多到似乎无穷无尽，它们似乎正在进行一场大规模的迁移——从难以想象的高度到某种可以想象或无法想象的深渊。

这时，我听到走廊里有脚步声。过了一会儿，两个仆人推开了那扇巨大的门。他们正在搜查房子，寻找某种未知的骚乱来源。这场骚乱使所有的猫都恐慌地咆哮，它们急急忙忙从几层楼梯上跳下来，蹲在地下室紧闭的门前嚎叫着。我问他们是否听到老鼠的声音，他们都说没有听到。当我转身让他们注意听嵌板上的声音时，我意识到噪音已经停止了。我带着这两个人走到地下室门口，却发现猫已经散去了。后来我决定到下面的地窖去探一探，但目前我只是绕了一圈，查看了一下放在附近的陷阱。所有陷阱都弹上了，但什么都没抓到。我确信除了猫和我自己，没有人听到老鼠的叫声，于是我在自己的书房一直坐到天亮，从头至尾回想并思考着我所发现的那些与我住着的这栋建筑有关的传说。

上午，我靠在书房里那把舒适的椅子上睡了一会儿，虽然我计划的整体装修是采用中世纪的风格，但仍然继续使用这种椅子。后来我给诺里斯上尉打了电话，他过来帮我查看地下室。我们没有发现任何异常，但却发现这座地窖居然是罗马人修建的——这个发现让我们感到了难以克制的激动。每一个低矮的拱门和巨大的柱子都是罗马风格的——不是拙劣的撒克逊人仿造的罗马风格，而是恺撒时代严肃而和谐的古典风格；的确，墙上满是考古学家们反复探索过的熟悉的铭文，比如“P.GETAE.PROP...TEMP...DONA...”和“L.PRAEG...VS...PONTIFI...ATYS…”一类的文字。有些铭文提到了阿提斯，这令我不寒而栗，因为我曾读过古罗马诗人卡图勒斯的诗，也知道一些与这个东方神明有关的恐怖仪式，人们常将这种崇拜与对西布莉的崇拜混为一谈。诺里斯和我借着灯笼，试图解读某些不规则的长方形石块上奇怪的、几乎被抹掉的图案，这些石块通常被当作祭坛，但我们什么也看不出来。我们记得有一种图案，那是一种带有射线的太阳花纹，学者们认为那并非起源于罗马，这表明这些祭坛仅仅是由罗马祭司从同一地点的一些更古老、也许是土著的寺庙中移过来的。其中一块砖上有一些褐色的污渍，我想知道这污渍的来源。而最大的石块在房间的中央，它最表面有一些特征，是与火有关的标记，可能是焚烧祭品留下的。

猫就是在这样的情景下在地窖门前不停嚎叫，现在我和诺里斯决定在这里过夜。仆人们把沙发搬了下来，我告诉他们不要在意猫夜间的任何活动，我还将尼格尔曼带进了地窖，一方面是出于对它的喜爱，另一方面也是因为它或许能帮上忙。我们决定把大橡木门——一个带有通风缝的现代复制品——紧紧地关上；然后，我们睡了下来，灯笼仍然亮着，两个人静静地等待着接下来可能发生的一切。

地窖在修道会地基下方很深处，因此毫无疑问，它位于俯瞰荒凉山谷的石灰岩峭壁上。我很确定那些令人费解的、骚乱吵闹的老鼠全都跑到这里来了，虽然我不知道为什么。当我们满怀期待地躺在那里的时候，我渐渐在守夜过程中偶尔梦到一些似梦非梦的场景，猫不安地在我脚边来回走动把我惊醒。这些并不是什么好梦，但和我前一天晚上做的可怕的梦很像。我又看到了那微微亮的洞穴和那个猪倌，他周围还是那些难以名状、长满真菌、在污秽里打滚的牲畜。当我望着这些东西的时候，它们显得更近了，也更清楚了。

然后，我确实看到了其中一个怪物松弛的面孔——我尖叫着惊醒，尼格尔曼吓了一跳。诺里斯上尉还没睡，笑得前俯后仰。如果他知道是什么让我尖叫的话，或许会笑得更厉害，但也可能完全笑不出来。但我后来并没有想起来自己到底看到了些什么。极度的恐惧常常以一种仁慈的方式来打断我们的记忆。

我只记得，诺里斯把我叫醒了。他轻轻地摇晃我，将我从一个相同的可怕梦境里唤醒了过来，他催我听猫的响动。事实上，当时能听到很多种声音。石阶顶上那扇紧闭的门外面，有许多猫正在石阶上不停地嚎叫抓挠，那声音那场景实在是场噩梦，而尼格尔曼却毫不留意那些被挡在门外的同类，兴奋地绕着光秃秃的石墙跑来跑去。同时，我在石墙里听到了昨天夜里使我心烦意乱的那群乱窜的老鼠的叫声。

现在我心里产生了一种强烈的恐惧，因为这里有一些异常现象，已经无法用正常思维解释了。这些老鼠，如果不是只有我和猫幻想出来的话，那么它们一定是在罗马的墙壁上奔跑凿洞，可我原以为这些墙壁是由实心的石灰石砌成的。除非超过17个世纪的流水已经在这些墙体里面灌出了弯曲的隧道，然后那些啮齿动物又将通道啃磨得更加干净和宽敞了。但即便如此，仿佛幽灵存在般的恐怖丝毫没有减少，因为如果这些活生生的害虫真的存在，为什么诺里斯听不到它们那令人作呕的骚动呢？为什么他要我注意观察尼格尔曼，听外面的猫叫，为什么他要胡乱地猜测到底是什么东西惊扰了这些猫呢？

当我试着尽可能理性地告诉诺里斯我觉得自己听到的声音时，我的耳朵感知到那群生物疾跑的声音越来越小，那声音一直往下缩，一直缩到地窖的最深处，仿佛下面的整个悬崖上都布满了不断嗅探的老鼠。诺里斯并不像我预期的那样怀疑，反而像是被深深地震撼了。他向我打手势，让我注意到门口的猫已经停止了躁动，好像已经放弃了寻找那群老鼠。这时，尼格尔曼又开始躁动起来，疯狂地抓着屋子中央那座更靠近诺里斯的沙发的大石祭坛的底部。

此时，我对于未知的恐惧变得十分强烈。发生了一些令人震惊的事情，我看见诺里斯上尉——这个比我年轻、比我勇敢、或许比我更坚定的天生唯物主义者——也和我一样被吓到了。或许是因为他从小到大一直听着当地各种传说，已经对其非常熟悉。此刻，我们什么也做不了，只能看着那只老黑猫越来越没气力地抓挠着祭坛底部，它偶尔抬起头来，用平时它希望我帮它忙时的那种方式对我喵喵叫。

诺里斯拿起一盏灯笼，凑近祭坛，仔细察看尼格尔曼爪子挠过的地方。他默默地跪在地上，刮去几个世纪以来堆积的地衣，地衣连接着前罗马时代的巨石与棋盘状地面。他什么也没找到，正当他准备放弃时，我注意到一个细节，这恰好暗示了我之前的想象是正确的，但我还是禁不住打了个寒战。我把这件事告诉了他，我们俩都带着对于发现未知事物的执着，注视着那几乎难以察觉的细微地方。放在祭坛附近的那盏灯笼的火焰，似乎被一股气流吹动后微微晃动着。之前这里并没有气流，因此毫无疑问，一定是因为诺里斯刮去地衣露出了些许缝隙，才使得空气流动。

我们整晚都待在灯火通明的书房里，紧张地讨论着下一步该做什么。我们发现，有些地下室比罗马人所知的最深的砖石建筑还要深——有些地下室是三个世纪以来不断探索的考古学家都没有发现的——即使没有任何邪恶的背景，这一发现也足以使我们激动不已。我们对于这些发现非常着迷，但是我们仍然摇摆不定，我们犹豫着，究竟是放弃寻找，带着迷信的谨慎永远地离开修道院，还是满足自己的冒险精神，勇敢地面对未知深处可能发生的一切恐怖。到了早上，我们终于妥协了，我们决定去伦敦召集一群考古学家和科学家来解开这个谜团。需要说明的是，在离开地下室底层前，我们曾想要移动那座中央祭坛，却没能成功，现在我们知道了，那下面肯定有一扇门，那门通向十分恐怖的深渊。不过，不管门里面有什么样的秘密，都只能让那些比我们聪明的人来探寻。

我与诺里斯在伦敦待了许多天，并且先后向五位声名显赫的权威专家叙述了自己的发现，以及我们对于那些怪事的猜测和当地流传的奇闻轶事。我们相信，这些专家会尊重我们之后发现的任何有关家族的秘密。我们发现，他们中的绝大多数人并没有觉得我们说的事情很可笑，对其嗤之以鼻，反而表现出了强烈的兴趣，并十分赞成我们的举动。我没有必要把他们的名字一一列出来，但我可以说，他们中包括威廉·布林顿爵士，在他们那个时代，他在特罗德的发掘工作让大半个世界兴奋不已。当我们都坐上开往安彻斯特的火车时，我觉得自己即将发现某种可怕的事情；而在世界另一边，许多美国人对哈定总统的意外死亡表示哀悼，这似乎在呼应着我的这种感觉。

8月7日晚，我们到达了埃克塞姆修道院，那里的仆人很肯定地告诉我没有发生什么异常的事情。那些猫，包括老尼格尔曼，都非常平静；房子里的捕鼠器都没有弹起来。第二天我们就要开始探险了，我给所有的客人都安排好了房间。那天晚上，我回到塔楼上自己的房间歇息下来。伴着趴在脚边的尼葛尔曼，我很快就进入了梦乡，让人毛骨悚然的梦境向我袭来。梦里是一幅罗马盛宴的景象，就像是特里马乔[1]举办的盛宴一样，筵席中有一道用东西覆盖住的恐怖菜肴。接着，那该死的猪倌以及他赶着的那群污秽不堪的牲畜反反复复出现在我眼前。然而，当我醒来时，天已经完全亮了，只听到楼下传来平常活动的声音。那些老

[1] 特里马乔，罗马帝国时期佩特罗尼乌斯所著讽刺小说《萨蒂利孔》中主角，以一掷千金举办盛宴闻名。

鼠，不论它们是真实存在或是我想象当中的可怕生物，并没有出现；尼格尔曼仍旧安静地睡着。等到我走下钟楼时，我发现小修道院同样充斥着平静安宁的氛围。可是在已经聚集起来的几个学者当中，一个专注于通灵现象、名叫桑顿的先生告诉我一件在我看来非常荒谬的事情，他说我现在看到的都是某些不知名力量想要展示给我的东西。

一切都准备好了，上午11点，我们一行七人拿着明亮的探照灯与挖掘设备走进了地下室的底层，把我们身后的大门闩上。尼格尔曼一直和我们在一起，几个探险者都觉得不应该忽略它表现出来的激动，而且我们确实担心它的这种焦虑是因为某种啮齿动物而表现出来的。我们简单地记下了那些罗马时期的铭文与留在祭坛上的未知图案，因为三位学者已经见过它们，也都很清楚它们的特点。我们的注意力主要集中在那座重要的中央祭坛上，不到一个小时，威廉·布林顿爵士就让祭坛向后倾斜了，然后用某种大家都不知道的平衡力使祭坛保持住了平衡。

祭坛下面露出来的景象十分骇人，要不是我们做好了心理准备，绝对会吓个半死。在铺着瓷砖的地板上，有一个几近方形的开口，摊开在一段石阶上，石阶磨损得很厉害，几乎快成了斜面，中间是一排可怕的人骨或半人骨，让人感觉十分阴森恐怖。而那些保留着基本形态的骨架则表现出恐慌和惧怕的状态，上面都是啮齿动物啃咬过的痕迹。据推断，这些头骨主人生前都患有弱智、白痴病，或者是某些原始的半人半猿生物。在杂乱得像地狱一样的台阶上，拱形的下降通道似乎是从坚硬的岩石上凿出来的，并且有一股气流从下方通出来。这股急流并不像从一个封闭的地窖里喷涌出的有毒急流，而是一股清新的凉风。我们并没有停留太久，而是战战兢兢地在阶梯上清理出了一条往下走的通道来。就在这时，威廉爵士仔细察看了那些凿成的墙壁，奇怪地发现，根据笔画的方向，通道一定是从下面凿出来的。

现在我必须好好想想我的措辞。

我们在这些被啃得乱七八糟的骨头中间艰难地走了几步，看见前面有亮光；那不是什么神秘的磷光，而是一丝从俯瞰荒凉山谷的悬崖上未知的裂缝中透出的阳光。这样的裂缝外界根本不会注意到，因为不仅山谷里没有人居住，而且悬崖又如此之高，只有热气球驾驶员才能研究到它的表面。又再走几步，眼前的景象几乎让我们无法呼吸。毫不夸张，桑顿——那个通灵研究者——晕倒在他身后那个已被吓呆的人的怀里，身后那伙计也吓得够呛。诺里斯那圆胖的脸完全被吓到惨白，他只是含糊不清地叫了一声。而我当时什么都做不了，只能紧紧地闭着自己的眼睛，倒抽一口凉气，急促地喘着气。我身后的那个人——唯一一个比我年长的人——用沙哑的声音喊道："上帝！"这是我听过的最沙哑的声音。在这七个有教养的人当中，只有威廉·布林顿爵士能够保持镇静；我想这是因为他带领着这支队伍，而且一定早就看到了这个景象。

这是一个曲曲折折、泛着微光的岩洞，高得吓人，远得没人能够看得见，俨然一个充满无限神秘和恐怖暗示的地下世界。那里有一些建筑和其他遗迹——在惊恐的一瞥中，我看到了一座奇怪的古墓、野蛮的巨石圈、一片低矮的罗马废墟、撒克逊人留下的一堆杂乱的建筑，以及早期的英国木结构建筑。但是，在地面上呈现的可怕景象面前，这一切都显得微不足道。台阶周围几码远的地方，到处都是乱七八糟的人骨，至少跟台阶上的骸骨一样。它们伸展开来，像漂浮着大片泡沫的大海，有些已经支离破碎，有些则完全或部分地保持着骨架的形状；而后者大多摆出一副疯狂的样子，要么像是在与某种威胁力量搏斗，要么像是食人族抓住其他东西想将其吞食掉。

特拉斯克博士是位人类学家，他弯下腰去仔细辨认了其中的一些颅骨，发现了一种变质的混合物，这使他十分困惑。在进化的规模上，他们大多比皮尔当人[1]低，但从各个方面来看他们无疑就是人类。其中有许多已经是高级进化过的，还有极少数是高度发育、知觉敏锐的头骨。所有的骨头都被咬伤了，主要是老鼠咬伤的，但也有一些是被其他半人生物咬伤的。混在这堆骸骨中的还有许多是老鼠的小骨头——一群在这个军团中被遗留下来的"小士兵"。

[1] 1911年英国苏塞克斯郡律师陶逊在辟尔唐公地发现的一些颅骨化石。这些化石最初被认为是史前人类的一个新种"皮尔当人"。但1954年的研究发现该颅骨实际上是巧妙伪造的赝品，但在本文创作的年代这一骗局还未被揭穿。

我不知道我们中间有谁在经历过那个可怕的日子后还能保持头脑清醒。不论是作家霍夫曼还是休斯曼，都无法想象出比我那个扭曲的岩洞更不可思议、更令人抓狂、更怪诞的场景。在那个岩洞里，我们七个人踉踉跄跄走过一个又一个可怕的地方；被一个又一个新发现吓得路都走不稳，大家都竭力不去想三百年、一千年、两千年甚至一万年以前在那里发生过的事情。那是地狱的前厅，可怜的桑顿又昏过去了，因为特拉斯克告诉他，这其中一些骸骨一定是持续退化了20多代甚至更多代，以至于几乎又变成了四足动物。

当我们开始解读这些建筑遗迹时，我们的恐惧开始越积越多。这些四足动物——偶尔还有一些新补充进来的两足远亲——被关在石栏里，它们一定是实在受不了饥饿和对老鼠的恐惧而从石栏里挣脱出来的。这里曾经圈养着一大群这样的生物，显然是吃着粗劣的蔬菜长大的，在比罗马还要年代久远的大石箱底部，可以找到一种有毒的青贮饲料。我现在知道我的祖先为什么有这么多的大菜园了——天哪！但愿我能忘记这一切！我根本不想问圈养这些生物的目的是什么！

威廉爵士正拿着探照灯站在罗马废墟中，大声翻译了我所知道过的最令人震惊的仪式，并讲述了古代祭典时所用的饮食。后来，西布莉的祭司们发现了这种饮食，并将其与他们自己的饮食融合在一起。虽说诺里斯曾经在战壕里打过仗，但当他从这英式建筑里出来时，还是吓得连走路都走不直了。那就是一个屠宰场和厨房——他早有预料——但在这样一个地方看到熟悉的英国厨具，读到熟悉的英国涂鸦，有些甚至可以追溯到1610年，实在是令人难以忍受。我根本不敢走进那座建筑——那座只有我祖先沃尔特·德·拉·普尔的匕首才能终结里面进行的恶魔活动的建筑。

我鼓起勇气走进那座低矮的撒克逊建筑，那建筑的橡木门已经倒了，在那里我发现了一排可怕的石牢，牢房有十间，牢房的栅栏也生锈了。有三个牢房里还留有曾经被关在里面的人的骸骨，且全都是上等人的骸骨，我在其中一个瘦骨嶙峋的食指上发现了一枚印章戒指，戒指上面有着和我一样的盾纹。威廉爵士在罗马礼拜堂下面发现了一个地下室，里面的牢房年代要久远得多，但都是空的。在那些牢房下面是一个低矮的墓穴，里面有许多排列整齐的骨头，其中一些骨头上面整齐地雕刻着可怕的拉丁文、希腊文和弗吕吉亚语。与此同时，特拉斯克博士打开了一座史前古墓，发现了一些头骨，这些头骨看起来比大猩猩更像人一些，上面全是难以形容的抽象雕刻。在这一切恐怖的场景中，我的猫却还能泰然自若地阔步走着。我还看见它歇息在一座骨头堆上，那场面实在可怕，我真想知道它黄色眼睛后面是不是隐藏了什么秘密。

在一定程度上接受这个有些许光亮的地方所揭示的可怕事实——这个我梦里反复出现过的可怕的地方之后，我们转向那似无边无际的午夜般黑暗的洞穴，在那里，没有一束光线能从悬崖透进去。我们永远也不会知道，离我们不远的地方，有什么样幽暗的、难以窥探的世界在张开它的口子，但是可以断定，这个秘密对人类没有任何好处。不过我们眼前却有许许多多吸引着我们的场景，因为我们走了不远，探照灯就照出了一大片可憎的坑，老鼠曾经在这些坑里享受美味，但后来由于缺乏补给，饥饿的啮齿动物大军首先向饥饿的人畜群发动进攻，然后就在修道院里爆发了那场村民们永远也不会忘记的历史性的毁灭浩劫。

上帝啊！那些黑色的腐肉坑，那些被咬断啃过的骨头，还有那些被打开的头骨！那些被无数个世纪积累下来的猿人、凯尔特人、罗马人和英国人的骸骨填满的噩梦般的裂缝！有些坑已经被填满了，没人知道它们有多深。而还有一些在我们的探照灯下仍然是深不可测的，充满了令人难以名状的想象。我想起了那些倒霉的老鼠无意中掉进这暗无天日的深渊之中，结果会如何呢？

有那么一次，我的脚在一个可怕的大坑边缘打滑了一下，那一刻我吓得要死。我一定冥想了很久，因为那时我身边除了胖胖的诺里斯上尉，其他同伴都不见了。然后，从我以为自己知道的那个漆黑的、无尽的远处传来了一个声音；我看见我的老黑猫像一个长着翅膀的埃及神一样从我身边飞跑而过，径直冲进无尽的未知深渊。但我并没有落后太远，因为没过一会儿，疑虑就被解开了。那是那些魔鬼生下的老鼠的怪叫声，它们总在探求新的恐怖，并且决意要将我一直引领到大地中央那些露齿怪笑的深坑之中。在那片深坑里，奈亚拉托提普，这个疯狂的无面之神，正对着两个没有形体的吹笛白痴盲目地咆哮。

我的探照灯灭了，但我仍然不停地跑。我听见许多声音，阵阵哀号和各种回音，但那些老鼠窜动发出的不虔诚而又诡诈的声响越来越大，盖过了其他所有的声音；那声音慢慢地越来越大，越来越大，就像一具僵硬臃肿的尸体缓缓浮上一条油腻的河流，河水从一座座无边的玛瑙桥下流过，汇入一片黑色的腐臭海洋。有一些东西撞在了我身上——一些柔软的、圆胖的东西。那一定是老鼠；那支饱餐过死尸甚至活人的、黏黏糊糊、贪婪成性的军团……老鼠为什么不可以像德·拉·普尔家族的人吃掉那些人畜一样吃掉德·拉·普尔家族的人呢？……战争让我没了儿子，他们都该死！……那些北方佬放火烧掉了我卡法克斯的家，烧死了德拉普尔祖父，销毁了那个秘密……不，不，我告诉你，我不是那个泛着微光的洞穴里魔鬼一样的猪倌！那松弛的、长满真菌的东西上面不是爱德华·诺里斯的肥脸！谁说我是德·拉·普尔？……他活着，我的儿子却死了！……一个诺里斯家族的人怎么能占有属于德·拉·普尔家族的土地？……这是伏都教巫术！我敢说……那带斑点的蛇……诅咒你，桑顿，我会告诉你我的家族都做了些什么，教你再吓昏过去！……你们这些混蛋，我会知道你们如何……你们都想跟我一样吗？……大圣母！麦格纳·玛特！……阿提斯……这是阿加德和奥丹的故事……阿古斯！多纳斯的多拉斯特，阿古斯！安格……安格……嗯……唔……

他们说，三个小时后他们在黑暗里找到我的时候，我就在不停念叨着这些话；他们看见我蜷缩在黑暗里，身边是诺里斯上尉的矮胖尸体，已经被吃掉一半。我自己的猫跳跃着撕扯我的喉咙。现在，他们已经把埃克塞姆修道院炸掉了，把我的尼格尔曼从我身边带走了，把我关在汉威尔这个铁窗紧闭的房间里，悄悄议论着我的家族遗传和我的经历。桑顿就被关在我隔壁的房间，但他们不让我跟他说话。他们还试图隐瞒有关修道院的事实真相。每当我说起可怜的诺里斯的时候，他们便谴责我，说这可怕的事情是我做的。但他们肯定知道那不是我做的。他们肯定知道，是那些老鼠干的——

那些窜来窜去、疾跑不止的老鼠，让我无法入睡的老鼠；

那些在这座房间的垫子后面疾跑，引诱我陷入某些未知的更大恐怖的恶魔老鼠；

那些他们永远也听不见的老鼠；

那些老鼠，那些墙里面的老鼠。

神　殿[1]

1917年8月20日，我、卡尔·海因里希、冯·阿尔特贝格·艾亨斯坦家的伯爵，即时任德国皇家海军上校、U-29潜艇艇长，现在把装有此手稿的漂流瓶投入大西洋，具体位置我也不甚清楚，大致位于北纬20度、西经35度附近，我的潜艇就在此处沉没于海底。我写下这些，想把这些不寻常的事实呈现给公众，因为我知道，能活着2出去的机会微乎其微。我的周围情形极其险恶又异乎寻常，不仅U-29遭受了灾难性的巨大损伤，而我作为德国人的钢铁意志也几乎消耗殆尽。

6月18日下午，我们通过无线电向驶往基尔港的U-61潜艇报告，我艇于北纬45度16分、西经28度34分海域，击沉了一艘从纽约开往利物浦的英国货船“维多利亚号”。应海军部要求，我们拍摄了纪录影片，为了获得更好的影片效果，我们允许船员们坐救生艇离开。维多利亚号沉没的样子和画里一模一样，先是倾斜得厉害，然后船头先沉，船尾高高翘起，最后整个船身垂直沉入海底。我们的摄像机拍下了完整的一幕，不过这么精彩的影片也许永远没有机会到达柏林了，实在是可惜。拍摄完成后我们用炮击沉了救生艇，继续潜航。

大约日落时分，我艇再度上浮，在甲板上发现了一具海员尸体，双手死死抓着栏杆，姿势相当古怪，这可怜的家伙还挺年轻，皮肤黝黑，长得十分英俊；很可能是意大利人或者希腊人，无疑是维多利亚号的船员。显然，他自己的救生艇被我们击沉之后，他想到我艇上来寻求庇

[1] 本篇手稿发现于尤卡坦半岛海岸。尤卡坦半岛在地理上自成单元，历史上也和墨西哥的核心部分区分。这一地带有着众多玛雅文化的遗迹，玛雅文化遗址主要分布在今天的墨西哥和危地马拉。

护——在英国鬼子侵略我们的这场不义战争之中，他不过是另一个牺牲品罢了。我们的人想搜出一些纪念品，在他的外套口袋里发现了一件非常奇特的象牙制品，上面雕刻着一个戴月桂王冠的年轻人头像。我的同伴柯兰策上尉相信这玩意儿年代久远，也有艺术价值，所以从别人那里拿了过来。这东西怎么会落到一个普通海员手上？我和他都觉得不可思议。

把这个人的尸体被扔下船的时候，发生了两件事，在船员当中引起了一阵骚动。他的眼睛一直是闭上的，但在把尸体拖到栏杆边的时候，他的眼睛竟然睁开了，很多人似乎还产生了幻觉，看到那双眼睛仿佛静静地盯着俯下身来的施密特和齐默，嘲笑着他们。水手长穆勒上了些年纪，是只迷信的阿尔萨斯[1]猪，在目睹尸体丢到海里之后变得异常激动，信誓旦旦地说尸体只下沉了一点点就伸展四肢摆出了游泳的姿势，在波浪中向南游去。柯兰策和我都不喜欢这种村夫诳语，于是严厉地训斥了他们，特别是穆勒。

第二天，部分船员感到不适，这让情况变得有些棘手。显然这是由漫长的航程所造成的神经紧张，噩梦连连，有些人甚至变得恍惚茫然，神情呆滞；在确信他们并非装病之后，我免除了他们的职责。浅海暗潮汹涌，所以我们下潜到了相对平静的深海。这里海浪比较平稳，除了有一股海图上无法识别的神秘洋流一直向南流去。病人的呻吟声无疑很恼人，但看起来还没有影响到其他船员，所以我们没有采取极端措施。根据来自纽约的情报，我们决定原地不动，准备截击“达契亚号”邮轮。

傍晚时分我们上浮到海面，发现海面平静了很多。北边海平线上升起某艘战舰冒出的烟柱，但好在我们是潜艇而且距离较远，没有对我们构成威胁。更令人不安的，还是水手长穆勒的胡言乱语，随着夜晚的到来变得愈加疯狂。他幼稚得可恶，喋喋不休地重复他产生的幻觉。他宣称看见很多尸体从潜艇的舷窗外飘过，直直地盯着他看，尽管尸体被水泡胀，他竟能认出这些人是死于我们德军的胜仗之中，而我们之前发现

[1] 阿尔萨斯人，法国阿尔萨斯和洛林地区占多数的民族。属欧罗巴人种，通用德语和法语。多为天主教徒，部分人信奉基督教中的路德教派和加尔文教派。

并扔到海里去的年轻人就是他们的头儿。这些话简直是又荒唐又变态，所以我们把穆勒关了起来，用鞭子好好抽了一顿。其他海员对此惩罚不大高兴，但整顿纪律是必要的。以齐默为首的代表团让我们把那个神秘的象牙雕像扔到海里去，我们拒绝了这个提议。

6月20日，病了两天的海员博姆和施密特已经陷入了彻底的疯狂。我很后悔我们的人员配置中竟没有包括医生，因为德国人的生命是如此宝贵，然而这两人不停地胡说着什么可怕的诅咒，这已经严重破坏了军纪，所以我们采取了极端措施。船员们沉着脸，一声不吭地接受了这样的结果，但穆勒似乎因此安静了下来，后来也没给我们添什么麻烦。那天晚上我们放了他，他就默默地自己做事情。

接下来的一周我们都十分焦虑，密切关注着达契亚号，但穆勒和齐默的失踪更加剧了艇内的紧张气氛。尽管没有人亲眼目睹，但毋庸置疑，他们是因为内心的极度恐惧而投海自杀了。说实话，摆脱穆勒我倒是挺开心，因为就算他一言不发，对于其他船员还是有不利影响的。现在所有人都宁愿保持沉默，仿佛心底都藏着深深的恐惧。很多人病倒了，但并没有产生任何混乱。上尉柯兰策在这种压力下感到烦躁不安，很小的事情就使得他大为光火——比如那群海豚在U-29周围越聚越多，还有那股在海图上找不到的南向洋流愈加汹涌。

我们最终没有发现达契亚号，这样的失误并不罕见，我们也是高兴多于失望，因为这样一来，我艇就可以按规定返航威廉港了。6月28日中午，我艇转为东北方向，好笑的是，总有大群大群奇怪的海豚纠缠着我们不放，但我艇不受其扰，迅速归航。

下午两点，轮机舱的爆炸则完全是意料之外。在没有任何机械故障或是人员失误、也毫无预警的情况下，我艇受到了剧烈的震动，整个艇身遭到了严重变形。上尉柯兰策第一时间冲向轮机舱，发现燃料箱和大部分机械装置被炸得粉碎，工程师拉伯和施耐德当场死亡。我们的情况突然变得十分严峻，尽管空气再生装置没有受影响，压缩空气和蓄电池保持完好，上浮、下潜以及打开舱门的功能也能正常运行，但我们却再也无法操控或推进潜艇。如果我们坐上救生艇寻求救援，无疑就是把自己交到敌人的手中——那些无端地憎恨我们伟大的德意志民族的敌人，而我们的无线电在击沉维多利亚号之后就出现了故障，所以现在无法和任何一艘帝国海军的U型潜艇取得联系。

从爆炸发生之后直到7月2日，我们一直毫无计划地向南漂流，没有遇上任何船只。海豚仍然围绕着U-29，考虑到我们漂流的距离，这事还真是很不寻常。7月2日早晨，我们看见一艘挂着美国国旗的军舰，船员们开始焦躁不安，急于投降；水兵特劳伯急吼吼地催促着投降，鼓吹这种无耻的叛国行径，最后，上尉柯兰策不得不枪毙了他，这样才使得船员们安静下来，我艇继续下潜。

第二天下午，一群密集的海鸟从南方出现，更加不妙的是，海面也开始变得波涛汹涌，我们关闭了舱门继续观望，直到我们意识到，再不下潜的话我艇就要被惊涛骇浪所淹没了。气压和电量在持续降低，所以我们希望能尽量避免不必要的机械资源消耗，但在这种情况下我们别无选择，只能下潜。我艇潜得不深，几小时以后海面平静了一些，我们决定重新浮上海面。然而，新的问题来了，我们用尽一切办法想要上浮，潜艇却始终无法回应。囚禁在海里使船员们变得越来越恐惧，一些人又开始嘀咕上尉柯兰策的象牙雕像，直到看到手枪之后才闭上了嘴。我们让这些可怜鬼一直修理机械，即使知道是没有用的，也必须让他们忙个不停。

柯兰策和我通常轮流睡觉。这事发生在我睡觉的时候，大约是7月4日凌晨5点，发生了一次大规模暴动。那6个还活着的猪海员，怀疑我们已经完蛋了，突然对我们大发雷霆，理由是两天前拒绝向美国佬的战舰投降；他们精神错乱、情绪崩溃，像野兽一样歇斯底里地大吼大叫，肆意破坏艇内的仪器和设备；尖叫着胡扯这一切都是象牙雕像的诅咒，是那个看着他们又游走的年轻人的报复。上尉柯兰策似乎瘫痪了一般，无能至极，就像个软弱的莱茵兰娘娘腔。我开枪射杀了这6个疯子，确保他们都死掉了。这么做绝对是有必要的。

我们把尸体通过双联舱口抛到了海里，这样U-29上只剩下我们两个人。柯兰策看起来非常紧张，拼命喝酒。还好艇上的大量食物和化学制氧装备没被那群畜生破坏，我俩决定尽可能地活下去。我们的罗盘、深度计，还有其他精密仪器都毁掉了，所以今后只能靠手表、日历以及从舷窗或潜望塔中看到的物体来推测位置了。幸运的是，我们的蓄电池还有足够的电量，可以维持艇内灯和探照灯很长一段时间。我们经常打开探照灯观察艇周围，但只能看到海豚跟着我们游，和我们漂流的路径平行。我对这些海豚产生了科学上的兴趣，因为一般来说，短喙海豚是一种鲸类哺乳动物，必须呼吸空气才能生存，但我盯着其中一只海豚看了整整两小时，并没有看见它浮上海面去呼吸。

随着时间流逝，柯兰策和我都认为我们仍在向南漂流，同时下沉得越来越深。我们观察舱外的海洋动植物，也读了许多随身携带的关于这方面的书。但我不禁注意到，我这个同伴的科学知识十分浅薄。他根本没有普鲁士人的精神，而是沉迷于毫无价值的胡思乱想。即将到来的死亡对他产生了很奇怪的影响，他经常自责地为那些被我们送去地狱的男人、女人和小孩祈祷，而忘记了只要是为我们伟大的德意志帝国服务，一切都是高尚的。一段时间以后，他的精神错乱愈加明显，常常好几个小时目不转睛地盯着他的象牙雕像，嘴里还胡编着一些荒诞的故事，关于一些被遗忘在海底的东西。有时候，作为心理实验，我会引导他把这些胡言乱语继续说下去，听他絮絮叨叨地瞎扯些诗歌名句和沉船的传奇故事。柯兰策变成这样我感到非常遗憾，我真的不希望看到一个德国人变成这副模样；但他不配和我一起死。我感到自豪，我知道祖国会铭记我的功勋，我的子孙们也将以我为榜样。

8月9日，我们发现潜艇已经沉到了海底。我用探照灯的强光打到海床上，这是一片广阔的波状平原，几乎长满了海草，散落着软体动物的贝壳。到处都有奇形怪状的黏滑物体，上面挂着杂草和带壳的藤壶，柯兰策一口咬定这是躺在坟墓里的古代沉船，但他对一样东西感到困惑，有一块突出海床的硬物，大约四英尺长，两英尺高，侧面平坦，光滑的上表面形成了一个钝角尖顶。我认为那个尖顶其实是一块凸出的岩石，但柯兰策说他在上面看到了雕刻的花纹。过了一会儿，他开始发抖，像吓到了一样背过身去。我只能说，他被这广阔、黑暗、偏僻、古老而又神秘的海底深渊所震慑了，除此之外别无解释。他的精神已经很疲惫了，但我是个意志坚强的德国人，我很快注意到了两件事：一是U-29在深海的高压之下表现得很不错，二是那些奇怪的海豚仍在我们周围，在这样的深度之下，大部分自然学家都认为不可能存在高等生物。我相信，肯定是之前高估了我们的深度，但就算如此，这些现象也足够不同寻常。以海底为参照物，我们向南移动的速度和我在浅一些的地方以周围的动植物为参照物推测的速度差不多。

8月12日下午3点15分，可怜的柯兰策已经完全疯了。他一直在潜望塔操作探照灯，但我却看见他躲进了图书馆的隔间，我正在那里读书。他的表情立刻出卖了他。我把他说的话记在下面，划线标注的部分是他强调的："他在呼唤！他在呼唤！我听见了！我们一定要去！"说着，他从桌上拿起象牙雕像放进口袋，然后抓着我的胳膊，想把我从舱梯拽上甲板。我突然明白了，他的目的是打开舱门，和我一起跳入外面的海水。我根本没想到他会做出这样自杀和谋杀的癫狂行为。正当我尽力后退并尝试使他平静下来时，他却变得更加暴躁，嘴里说着："来吧，不要再等了，忏悔可以被宽恕，不要再负隅顽抗，等待你的只有无尽的罪孽。"后来我放弃了"抚慰"计划，采取了相反的方法。我告诉他，他已经疯了，变成了一个可怜的疯子。但他不为所动，仍旧大叫着："如果我疯了，那真是太仁慈了！希望神可怜可怜那些在可怕的死神面前仍旧麻木不仁的人吧！一起疯吧，他还在仁慈地呼唤！"

对于柯兰策来说，这一次的情绪暴发似乎给他减轻了一些精神压力；当他闹够了之后，就变得平静了许多。他说，如果我不愿意和他一起离开的话，他就自己走。我的行动方针立刻变得很清晰。他虽然是德国人，但只是莱茵兰的平民，而且是个潜在的危险分子，现在绝不能算是我的同伴，而是我的威胁，如果我同意他的自杀请求，我就能立刻摆脱这个人。我让他走之前把象牙雕像交给我，但他只是很诡异地笑了笑，我就没有再坚持。我又问他要不要给在德国的家人留下一些纪念品，或是一绺头发，如果我有幸得救的话可以帮他带回去，但他报以同样诡异的笑。所以当他爬上梯子的时候，我走到了操作杆那里，在等待了合适的时间之后，启动了送他去死的装置。确认他已经不在艇内以后，我打开了探照灯在艇周围搜索，想再看他一眼，因为我想知道，他是否会像理论上一样，迅速地被水压压扁，或是安然无恙，和那群离奇的海豚类似。可是我没有发现我死去的同伴，因为海豚非常密集，遮住了潜望塔的视线。

那天晚上，我有点后悔没从可怜的柯兰策的口袋里偷偷拿走那个象牙雕像，我老是想着那玩意儿。尽管我并不是艺术家的料，但我就是忘不了那个戴着树叶王冠的俊美头像。还是有些遗憾，现在没有人能和我聊天了，虽然柯兰策无法和我产生精神共鸣，但总比没有人说话的好。那天夜里我睡得不太好，总在想着最后一刻到底什么时候来临。我知道，获救的机会非常渺茫。

第二天，我登上了潜望塔，进行常规的探照灯勘察，潜艇北面的景象和四天前我们触底时几乎没什么变化，但我感觉到U-29漂流的速度减慢了。当我把光束照向南面时，我注意到海底呈斜坡状明显下沉，奇怪的是，在一些地方还有石头整整齐齐地堆在一起，像是严格按照某种样式排列的。潜艇没有立刻适应这突然的下沉，所以我不得不把探照灯往下打，投射出一道直直向下的光束。但由于方向变化得太快，探照灯里的某根线路出现了接触不良，我不得不耽误几分钟去修理，不过最终光束又亮了起来，照进了潜艇下方的海底深渊。

我是个不易受情绪影响的人，但在光束之下呈现的景象着实让我惊叹不已。其实作为一个普鲁士优秀文化培养的军人，我本不应该如此惊叹，因为地理和传统知识都曾描述过陆地海洋的大变迁。我所看到的是一片巨大宏伟的遗迹，建筑虽说不出风格，但气势恢宏，壮丽华美，保存的程度各异。大部分是大理石建筑，在探照灯的光束下熠熠生辉，总体布局应该是坐落在谷底的一座大城市，还有众多散落在陡峭斜坡上的寺庙和别墅。尽管屋顶坠落，立柱断裂，但仍保存着一种远古的显赫壮美，任凭时光流逝也无法抹去。

终于，我一直认为是神话的亚特兰蒂斯[1]就出现在我面前，我像个探险家一样激动不已。谷底曾有条河流流过，因为当我更仔细地观察时，我注意到了残存的石头、大理石桥以及海堤，除此以外还有曾经葱茏美丽的梯田和路堤的遗迹。我的狂热让我变得和可怜的柯兰策一样愚蠢和感伤，竟没有立刻注意到向南的洋流终于停了下来，U-29就像飞机着陆一样，缓慢地降落在了沉没之城。慢慢地，我也注意到，那群不寻常的海豚终于消失了。

大约两小时以后，潜艇最终停在了一个靠近山谷岩壁的铺有石块的广场上。从潜艇的一侧，我能看见城市的全貌，因为从广场到河岸之间是一个大斜坡；而在潜艇的另一侧，我刚好面对着庞大建筑的正面，雕琢精美，保存完好，显然是一座神殿，从坚硬的岩石上凿出来的神殿。这个庞然大物的原始建造工艺我无从知晓，只能对进行一些猜测。神殿的正面华丽宏伟，显然覆盖着岩壁上大大小小的空穴，因为墙上有许许多多分散的窗户。在墙中央是一扇敞开的大门，有一长段台阶通向这里，大门周围环绕着精美绝伦的浮雕，雕刻着酒神狂欢节中的人物场景。最巧夺天工的要数巨大的立柱和饰带，上面的雕刻有种无以言表的美。显而易见，描绘的是理想中的田园风光，还有男女祭司排成长列，手捧着奇怪的祭祀用品去祭祀某个光芒四射的神。雕琢技艺趋于完美，整体风格是希腊式的，也有不寻常的个性。它们古老得可怕，应该是希腊艺术最远古的祖先，而非近代嫡祖。无疑，这个庞然大物的每个细节都是从我们星球上的原始山岩上开凿出来的，是山谷岩壁的一部分，尽管我根本无法想象内部的广阔空间是如何挖掘出来的，或许核心部分本身就是一个或一系列洞穴。尽管年代久远，浸没海底，这座威严的神殿依旧保持着原始的宏伟，几千年后的今天，它长眠于海底峡谷无尽的黑暗和静默中，依然光彩夺目，完璧无瑕。

我已记不清花了多少小时凝望这座海底之城，看它的建筑、拱门、

[1] 亚特兰蒂斯，位于欧洲到直布罗陀海峡附近的大西洋之岛，传说中拥有高度文明的古老城邦。最早的描述出现于古希腊哲学家柏拉图的著作《对话录》里，据称其在公元前一万年被史前大洪水毁灭。

雕塑、桥，还有美丽而神秘的神殿。尽管我知道死亡正在逼近，我的好奇心却愈加强烈；我一遍遍地把探照灯的光束撒向四周，热切地探寻这古城的奥秘。光束之下我看到了很多细节，但岩石凿成的神殿，我却始终无法窥探到门里的一丝一毫。过了一会儿，我意识到需要节约能源，关闭了探照灯，因为我能看出，光束在这几周的漂流当中已经明显变弱了。然而，越是这种情况，我对水下秘密的探寻欲望却越来越强。作为德国人，我必须成为踏上这座被长久遗忘的城市的第一人！

我制作并检验了一套合金制的深海潜水服，还配备了手提灯以及空气再生装置。尽管一个人想要打开双联舱门会有些困难，但我相信凭借我的科学本领，一定可以克服所有阻碍，亲自走上这座长眠的古城。

8月16日，我打开了U–29的出口，朝着古河道的方向，艰难地走在泥泞残破的街道上。我没有看到任何动物或是人类的骨骼，但搜集了包括雕塑和硬币在内的大量古代文物。我无法用语言描述我的敬畏，那时穴居人还在欧洲大陆上流浪，尼罗河周边还没有人类居住，这里就出现了高度发达而繁荣的文化。要是这份手稿能被发现，你们一定可以依靠它的引导以及我的提示，揭开这些埋藏千年的奥秘。由于电池快要耗尽，我只好回到潜艇，决定第二天再去探索那座岩石凿成的神殿。

17日，正当我想要追寻奥秘的冲动愈加热切的时候，巨大的失望却像冷水把我浇透，因为我发现，用来补充手提灯的材料已被损毁，就是在7月那群猪暴动的时候。我极其愤怒，但日耳曼人的理智告诉我，绝不能毫无准备地进入一个漆黑的洞穴冒险，这或许是某个未知的海洋怪兽的洞穴，或是一个我进去了就无法走出的迷宫。我所能做的就是打开U–29越来越弱的探照灯，在它的帮助下走上神殿的台阶，欣赏它外部的雕刻。光束以一种向上的角度射入神殿的大门，我盯着朝里面看，希望能看到些什么，但所有努力都是徒劳，连屋顶也看不清。在用小棍子试了试地面以后，我又往前走了一两步，但我不敢再向前了。这是我生命中头一次感受到恐惧。我开始明白可怜的柯兰策的情绪是如何产生的，随着神殿对我的吸引越来越强烈，那不可见底的深渊也变得越来越可怕。回到潜艇，我关闭了探照灯，坐在黑暗中沉思。为了应对紧急情况，从现在开始必须节约用电。

18日，星期六，我一整天都没有开灯，我的日耳曼意志被无数的想法和回忆所折磨，几近崩溃。在到达这个阴森残缺的远古遗迹之前，柯兰策已经发疯并且死去，还劝我和他一起离开。命运保留我的理智，难道是要让我身不由己地进入这种无法想象、无比骇人的结局吗？无疑，我的精神压力太大了，我必须摆脱这种弱者才有的思想。

这天晚上，我彻夜难眠，整夜开着灯，丝毫不考虑明天会怎样。但想到电池会比空气和食物先耗尽，还是让我有些心烦。我想到了安乐死，还检查了自动手枪。快到早晨的时候，我一定是开着灯睡着了，因为下午醒来的时候，我发现周围一团漆黑，显然是电池耗尽了。我连续划亮了好几根火柴，同时开始后悔，为何那么没有先见之明，早早就用完了随身携带的几根蜡烛。

在浪费掉最后一根我敢浪费的火柴之后，我静静地坐在黑暗中。我开始思考自己不可避免的结局，脑子里飞快地闪现一些过去的事情，竟形成了一幅静止的图像。如果我的意志薄弱，或者再迷信一点，我肯定要被这图像吓得发抖，因为神殿外部雕塑上那个容光焕发的神的头像，竟然与那个死去的水手从海里拿来的象牙雕像一模一样，可怜的柯兰策最后就是带着它回到了海中。

这样的巧合让我头晕目眩，但还没有被恐惧吓倒。只有肤浅的人才会急于用原始的超自然力来解释这个异常复杂的事件。这一巧合确实奇怪，但我仍然拥有充分的理智，不会把这些毫无逻辑的情况，或者说从维多利亚号事件开始，到后来发生的一系列离奇可悲的事件与我现在的困境联系起来。我感到自己需要休息，于是吃了一片镇静剂，以保证一些睡眠。我紧张的神经反映到了我的梦境当中，因为我似乎听到了溺水之人的尖叫，看到了死人的脸紧紧压在潜艇的舷窗上。这些死去的面庞当中，就包括那个拿着象牙雕像的年轻人，生动的脸上似乎带着嘲弄的表情。

我在记录今天的事情时必须要谨慎，因为我有些神经衰弱，幻觉和现实不可避免地混合在了一起。从心理学上来说，我这个病例非常有意思，很可惜没有一个权威的德国专家来对我进行科学观察。我一睁开眼，就有一种难以抑制的欲望想去探访神殿，这种欲望越来越强烈，但我却本能地试图抵抗，想通过一些恐惧的情绪来平衡。接下来，我似乎看到了光亮，尽管电池已经耗尽，一切都在黑暗当中，而且我好像从正对着神殿的舷窗中看到了某种类似磷光的光芒。这引起了我的好奇心，因为我知道没有什么深海生物能够发出这么亮的光。但我还没来得及调查，我又有了第三种感受，但这实在太离奇了，我不得不怀疑自己记录下的感受是否客观真实。这可能是一种幻听；一种有节奏、有旋律的声音，就像某种原始而优美的圣歌或赞美诗，从完全隔音的U-29舱体外部传来。我的心理和精神状况肯定出了问题，于是我划亮了几根火柴，给自己灌下了一剂标准的溴化钠镇静液，似乎让我平静了一些，幻听症状也减轻了很多。但磷光还在，我实在是无法控制自己幼稚的冲动，来到舷窗前找寻它的来源。它太真实了，我甚至可以通过磷光辨认出周围熟悉的物品，包括刚才喝的溴化钠的空瓶，但却不在它原先的位置。我琢磨了半天，然后穿过房间去摸那个瓶子，它真的在我看到的地方。现在我知道了，这光要么是真实的，要么是一种固定不变、挥之不去的幻觉。因此，我不顾一切地登上了潜望塔，找寻亮光的源头。会是另一艘U型潜艇吗，来向我提供救援？

接下来的事件超越了自然法则，所以就算读者认为这不符合客观事实也是情有可原的，它们一定是我精神压力太大而产生的主观幻想。当我登上潜望塔时，我发现海水远没有我预期的那么亮。周围没有任何动物或植物的磷光，从山坡延伸到河岸的城市在黑暗中什么也看不见。尽管我看到的情景既不壮观，也不奇怪，更不可怕，我却再也不相信自己的知觉了。因为我看到，从岩石上凿出的海底神殿的门窗中，正生动地闪烁着摇曳的红光，仿佛神殿内部的圣坛上猛烈燃烧着的祭火。

后来的事情变得有些混乱。当我凝视着那些发出神秘光辉的门窗时，我看到了最离奇怪诞的场景，完全无法用语言描述。我感觉自己在神殿里面看到了一些物体，有的静止，有的移动，此时那不寻常的圣歌仿佛又飘来了，就和我醒来时第一次听到的一样。最后，所有的想法和恐惧都集中到了那个海里的年轻人，以及从神殿的立柱、饰带上复制下来的象牙雕像上面。我想起了可怜的柯兰策，也不知道他的尸体和他带回海里的象牙雕像如今在哪里。他曾经警告过我什么，我当时并没有注意。不管怎样，他是个愚笨的莱茵兰人，这点麻烦事就让他变疯了，对于像我这样的普鲁士人来说，没什么大不了的。

剩下的事情就变得简单了。我想进入神殿探访的冲动已经变成了一种莫名、迫切、不容否决的命令。我的日耳曼精神已无法控制我的行为，自此以后，决断力或许也只在小事上起作用了。疯狂的柯兰策毫无防护地跳入海中死去；但我是理智的普鲁士人，即便到最后，我也要物尽其用。当我知道我必须去的时候，我就准备好了潜水服、头盔，以及空气再生装置以备急用；同时立刻开始撰写这篇仓促的记录，希望有朝一日能为人所知。我会把手稿密封在玻璃瓶中，在我永远离开U–29时投入海中。

即使疯子柯兰策的预言犹在耳边萦绕，我也并不害怕。我所看见的不可能是真实的，而且我知道，自己的疯狂举动导致的最坏结果也不过是空气耗尽之后窒息而死。神殿里的光芒纯粹是幻觉，在这被人遗忘的黑暗深渊，我会平静地死去，像一个真正的德国人。我在写下这些文字的时候，耳边传来了魔鬼般的笑声，但我知道，这也只是因为我太累了，大脑产生了幻听。所以，我会小心地穿上潜水服，勇敢地走上台阶，进入原始神殿，进入那埋藏在无尽深渊和无尽岁月的静默的神秘之中。

寻梦秘境卡达斯

伦道夫·卡特曾经三次梦见过这座神奇的城市。每当他于梦境中站在这座城市的高台上凝神眺望的时候，就仿佛被一股什么力量一把抽离了梦境。夕阳下的这座城市可爱极了，从城墙到庙宇、从廊柱到布满大理石花纹的拱桥，都闪烁着金色的光芒，令人心旷神怡。城里有宽阔的广场和芬芳四溢的花园，还有银盆喷泉喷射出五颜六色的水柱，煞是好看。街道非常宽阔，两旁的树木被修剪得整整齐齐，花坛上繁花锦簇，象牙色的雕像优雅圣洁。在朝北的陡峭山坡上，攀爬着一层层红色的屋顶和古老的尖顶山墙，隐约可以看到下面长满青草的鹅卵石小道。这里是众神的喜爱之地，天空中回荡着如同天堂神曲一般的号角和钹的演奏声，洋溢着热闹和幸福的氛围。而这个地方是如此的神秘，就像云朵笼罩着一座神秘莫测的大山，可以看见却永远无法真正了解。看到眼前的这一切，卡特已是心驰神往，赞叹得说不出话来。不过与此同时，他心里又泛起一阵心酸，因为他怀疑自己对这座城市的记忆就要消失了。这座精美绝伦的城市对他来说极为重要，一想到可能无法再来这座梦境之城的痛苦，他便有一个急切的渴望涌上心头——想要再次回到这座城市。

他心里明白，这座城市一定对自己有着不同寻常的意义；但是他不知道自己是怎么来到这座城市的，是在哪个轮回[1]之中或是在哪种肉身状态、醒着还是在梦里来的，他真的说不清。这座城市仿佛让他想起了许久以前的少年时代，那时候他对这个世界总是充满了好奇，内心常常

[1] 轮回：在洛夫克拉夫特的小说中认为人会以不同的身份出现，形成一种循环轮回，原文用的Circle，所以这里译为轮回。

感到愉悦欢畅。在那些美妙的青春岁月里，晨昏和日暮在琴声和歌声中大步流星向前走去，预示着未来；一扇扇仙门大开，通向那些更远、更加精彩的奇迹。但是每晚当他入梦以后，站在那个放置奇形怪状瓮坛和雕栏的露台上往下望着那座静谧美丽又超脱尘世的夕阳之城时，他就能够感觉到暴虐专横的梦境诸神对他的束缚，因为他既无法离开那高高的露台，也无法从那数不尽的大理石阶梯上走下去。而阶梯之下，是条条伸展开来的街道，充满了古老法术的诱惑。

卡特第三次梦见这座城市，梦见那些想走却走不下去的阶梯，梦见夕阳中杳无人迹的静谧街道时，又被一把抽离了梦境。他醒来以后，虔诚地向梦境诸神祈祷了很久，祈祷他们能让自己再次梦见这座城市。梦境诸神反复无常，隐居在从未有凡人到过的寒冷荒原，居住在云层之上无人知晓的卡达斯峰的城堡之中。然而梦境诸神没有对卡特的祈祷作出任何答复，也没有显示出一丝仁厚。当他在梦中向他们祈祷时，梦境诸神也没有表露出任何赞许，抑或是叫他通过大胡子祭司纳什特和卡曼塔献祭。这些祭司的洞穴神殿中有着火焰立柱，就坐落在离清醒世界之门不远的地方。不过，他的祈祷似乎还是被听到了，因为仅仅是第一次祈祷之后，他就再也无法梦到那座奇幻之城了；就好像他那三次在梦境中远远瞥见的一切仅仅只是源于梦境诸神的某种意外或疏忽，他能够梦见这座城市这件事仿佛也违反了他们某种隐秘的计划或愿望。

夕阳余晖下金光闪闪的街道和古老的屋檐瓦舍间若隐若现的山间小道实在是让卡特心驰神往，夜不能寐，以至于到最后他整个人都有些精神恍惚了。于是他决心去寻找这个梦中秘境，勇敢地踏上征程。他决定穿过昏暗冰冷的沙漠，去找寻那座无人涉足的卡达斯山峰。据传说，卡达斯峰耸立在一片云雾之中，峰顶上环绕着星辰，而梦境诸神的神秘住所——永远处于黑夜之中的缟玛瑙城堡——就坐落在那座山峰之上。

他在浅睡的梦境中走下了七十级台阶，来到火焰洞窟，向大胡子祭司纳什特和卡曼塔说明了自己的这一想法。两位祭司都不约而同地摇了摇戴着双重冠的脑袋，发誓称这将是一场灵魂的死亡之旅。他们告诉卡特，既然梦境诸神的意思已经很明显了，就不要一再恳求，这种骚扰只会令他们不快。他们还提醒卡特，不仅从来没有人去过卡达斯这个不知名的地方，甚至从来没人敢去猜想它在哪里。不管这个地方是在我们的梦境之地，还是在北落师门或毕宿五的周围某个地方。如果在我们的梦境之地，那他还有可能抵达那里；但是有史以来，只有三个完整的人类灵魂曾经穿越那个邪恶的黑暗深渊去到其他的梦境，而且三个人中有两个人回来的时候已经彻底疯了。找寻卡达斯绝非一场轻松之旅，甚至途中经历的每一个地方都暗藏无数危险，还有最可怕的——在有序的宇宙之外，有一个连梦也到达不了的地方。一股没有固定身形的力量隐藏在一片混沌之中，它在宇宙外的虚空中央翻滚冒泡，亵渎着一切神明，具有毁灭一切的力量——它就是无所不能的恶魔之王阿撒托斯。没人敢大声说出它的名字，它在时间荒野之外，在人们想象不到的黑暗空间里。在那里，邪恶的鼓疯狂地敲打出闷响，哀怨的风笛稀稀拉拉地吹着单调的曲音，阿撒托斯就在这里饥饿地啃咬着，外神们则缓慢地随着这声音起舞，那笨拙的样子十分可笑。它们是完全不同的另一类神明，盲目痴愚而又阴暗无声，它们的灵魂和使者是伏行的混沌之神奈亚拉托提普。

祭司纳什特和卡曼塔在火焰洞窟对卡特发出了这些警告，但他仍然决心去寒冷荒原找寻无人知晓的卡达斯峰上的梦境诸神。不管那地方在哪儿，卡特都决心要说服梦境诸神，重新找回对那座城市的记忆，并请求他们允许自己可以再次在梦境之地看到那座城甚至在那里居住。他知道，这段旅途注定离奇而漫长，梦境诸神一定会给他设置重重障碍，阻挠他前行。不过卡特是个老练的入梦者了，他在梦境之地的经验十分丰富，何况还可以借助一些有用的记忆和工具。于是他认真仔细地思考了一下自己的行程路线之后，就和祭司们索要了一个告别祝福，大胆地走下了那七百级台阶[1]。不一会儿，卡特就穿过了沉睡之门，出发来到了魔法森林。

魔法森林里，无数低矮粗壮的橡树和向高处伸展的树枝绞缠在一起，形成一条条树枝通道，奇异的菌类发出微弱的磷光，这里住着鬼鬼祟祟又神神秘秘的族格。这些族格知道许多梦境世界不为人知的秘密，

[1] 前文是七十级台阶，此处成了七百级台阶，应是作者忘记前面内容出现的笔误。

还了解一些关于清醒世界的事情——因为森林里有两处地方可以接触到人类居住之地，不过说出这两处地方在哪儿将会招致灾难性的后果。在族格可以接近的人群间，经常有一些无法解释的流言和诡异事件发生，还有凡人离奇失踪，幸好这些家伙并不能去到梦境之地以外很远的地方。但是它们可以自由地穿行在靠近梦境世界的那些清醒世界的地方，只见一个个小小的棕色身影快速地飞来掠去，凡人的肉眼几乎无法捕捉它们的身影。族格们经常会带回来一些惊奇而刺激的故事，在它们喜欢的森林里、聚在它们的火炉边愉快地消磨着时光。这些小精灵大多生活在地洞里，有些也栖息在大树的树干里。尽管族格以吃菌类为主，但也有一些闲言碎语传说它们有时候也吃肉。不管族格们是吃实实在在的血肉还是吸食其他生灵的灵魂，可以确定的是，许多在梦境中到过那片魔法森林的入梦者都没有再出来。然而，卡特对此毫不畏惧。因为他经常做梦进入梦境之地，可以算得上一个经验丰富的入梦者，况且卡特通晓族格们使用拍打来表达意义的语言，并和它们定下了许多盟约。他曾经通过族格们的帮助，在塔纳里亚山那边的欧那盖找到了那座辉煌的西里菲斯城。每一年的一半时间里，西里菲斯城由伟大的库兰斯国王统治。而库兰斯这个名字是卡特从清醒世界中的另一个朋友口中得知的，库兰斯就是那唯一穿过群星深渊安全返回并且没有发疯的人。

卡特穿过巨大的树干之间那些散发磷光的低矮通道，像族格一样发出拍打的声音，时时留心倾听它们是否有所回应。他记得在靠近森林中间的地方有一个这类精灵聚居的村庄，在那里有一圈长满青苔的巨石；而有一个传说中还明确提到过这个地方曾经居住着更古老、更可怕的居民，不过已经是很久以前的事了，他们的文明也已经失落了，于是他加快了步伐朝那个方向走去。他沿着奇形怪状的菌菇一路走去，当他靠近那个恐怖的石头圈时，发现那里的菌类仿佛因千百年前的古老居民在这里起舞和献祭而生长得异常茂密似的。很快，茂密的菌菇散发出的微光便汇聚成了一片广阔而不祥的灰绿色，沿着森林的顶部弥漫铺展开来，一直蔓延到视线之外。这就是最靠近巨石圈的地方了，而且卡特知道他已经很接近族格的村落了。他又开始发出族格的拍打声，耐心地等待着回应。最后，他看到了许多双眼睛在盯着他，那不是别人，正是族格们，因为在分辨出它们狡猾的小小棕色身形之前，早就能看到它们那奇怪的眼睛了。

族格们从隐蔽的洞穴和多孔的树干中蜂拥而出，直到整个暗淡的原野都因为它们焕发出生机。有些狂野的家伙粗鲁地摩挲着卡特，还有一只甚至讨厌地揪住了他的耳朵，不过很快这群没规矩的家伙就被它们的长老管教得服服帖帖了。圣贤会议的长老认出了来客是卡特，给了他一葫芦发酵的树汁，这树汁是从一棵与众不同的树上萃取的。据说过去有个圣灵从月球上掉下了一颗种子，长成了那棵与众不同的树。卡特恭敬地接过来一饮而尽，一段奇怪交谈就开始了。不幸的是，这些族格并不知道卡达斯峰在何处，甚至也不知道寒冷荒原究竟是在梦境之地还是在其他地方。关于梦境诸神的传说五花八门，但可以确定的是，比起山谷，人们更可能会在高高的山尖上看到他们。因为每当月亮高悬天空、云层笼罩低垂的时候，他们就会在这样的高山之巅思恋过往，翩翩起舞。

过了一会儿，一只上了年纪的族格想起来一件其他同伴都没听说过的事。它说，在斯凯河对面的乌尔达仍保留着古老的《纳克特手稿》，这些手稿是由失落的北境之地清醒的人写的。多毛的食人族葛诺克打败了被许多庙宇供奉的欧拉多厄，并屠杀了洛马尔这片土地上的所有英雄之后，这些手稿就被埋在了梦境之地。这些手稿讲述了许多关于梦境诸神的事情。此外，在乌尔达，有人曾经看到过梦境诸神的神迹，甚至还有一个老祭司曾爬上一座大山，想要一窥梦境诸神在月光下起舞的情景。尽管他本人并没有看到梦境诸神的样子，但是他的同伴却看到了，并且因此招致了毁灭。

伦道夫·卡特向族格们道谢，族格们则友好地拍打着和他道别，并给了他另一葫芦月亮树酒带着路上喝。卡特就此出发了，他一路穿过磷光点点的树林，去往魔法森林的另外一边。奔腾的斯凯河从莱里昂的山坡上直冲而下，蜿蜒流过点缀在这片平原上的哈提格、尼尔和乌尔达城。有一些好奇的族格偷偷摸摸跟在他的身后，鬼鬼祟祟地爬行着。这些小东西想知道他会有什么奇遇，然后再把这些传奇故事带回去说给森林里的同伴们听。卡特离开村子之后，越往前走，那些高大的橡树就长得越密，他只得努力地寻找树木稀疏一点的地方穿行。在异常浓密的菌类和已经倒下腐烂发霉的糊状原木之间，耸立着一些死去了的或者将死的树木。看到这些地方他就会赶紧绕开，因为就在那儿，有一块巨大的石板躺在森林的地面上。据那些胆敢靠近这块巨石板的人称，它上面还有一个3英尺宽的铁环。卡特想到了那个长满青苔的远古巨石圈，猜想到这块石板可能是为何而建。族格们从来不在那块有大铁环的巨石板附近逗留，因为它们深知并不是所有被遗忘的东西都已经消亡，它们可不想看到地底下有什么东西将这块石板缓缓地顶起。

卡特绕开了几个该避开的地方，听到身后有一些更胆小的族格惊恐地拍打着。他早就知道它们一直跟在后面，所以也没有受到干扰，因为他已经渐渐习惯了这些爱打听的小生灵的异常行为。当他走到森林的边缘时，有一片昏暗的光线出现，他猜想那是薄暮的微光，可随着光线越来越亮，他意识到那已经是晨曦。在斯凯河奔腾而下的肥沃平原上，他看到袅袅炊烟从一座座茅屋顶上升起，到处都是整齐的树篱，一片片农田铺展开来，茅草屋顶点缀其间，一派宁静祥和的景象。有一次，他在一个农舍的水井边停下来讨了一杯水喝，所有的狗好像都受惊了似的，对跟在卡特身后、偷偷在草丛中爬过的族格“汪汪”狂吠起来。他又走到了另一处农舍，里边的人正在忙活，卡特向他们问了一些关于梦境诸神的问题，询问诸神是否经常在莱里昂山上跳舞。农夫和他的妻子没有回答这个问题，只是做了一个旧日封印的动作，并告诉他去尼尔和乌尔达的路。

到了中午，他穿过尼尔一条宽阔的马路，这条路他在之前的梦境中来过，这儿也是他在这个方向上到过的最远之处。没多久，卡特就到达了一座横跨于斯凯河上的石桥，工匠们在1300年前建造这座桥的时候，把活人祭品封在了中央桥墩之中。在河对岸，猫的频繁出现（它们都紧张地朝着跟在他后面的族格拱起了背）让他意识到已经进入了乌尔达的郊区。因为在乌尔达，有一条古老而重要的法律，任何人都不能杀害猫。乌尔达郊区景色秀丽，有着绿色的农舍，农场也用篱笆围得整整齐齐。更令人喜爱的是这座古雅的小镇古老的尖屋顶十分可爱，每一栋建筑的上层空间凸出来悬在空中，数不清的烟囱林立；小镇斜坡上铺着狭窄的街道，优雅的猫总是能自如地蜷缩在那儿，仔细观察还能看到它们身下铺着的古老鹅卵石呢。忽隐忽现的族格把猫吓跑了，卡特没工夫理会，径直往祭司们和上古记载指向的旧日之神神殿走去。那座神殿庄严肃穆，像一顶皇冠一样戴在乌尔达最高的山巅。它是一座石头做成的圆塔，塔外爬满了常春藤。在这座塔内，卡特找到了阿塔尔长老，他曾经去过砾石戈壁，爬上了哈提格克拉峰，并且安然无恙地回来了。

神殿顶部有一座装饰精美的神龛，里边有一个象牙台子，阿塔尔就在上面坐了整整300年。不过他仍然思路清晰，记忆力也不错。卡特从他那里知道了很多关于梦境诸神的事情——他们大多数只是地球上的神灵，对人类的梦境也没有完全的控制能力。倘若在我们梦境以外的地方，他们便既没有居所，也没有力量。阿塔尔还说，诸神心情好的时候也许会留心人类的祷告，但是凡人绝不该幻想去攀爬那座位于寒冷荒原卡达斯峰之上的缟玛瑙城堡。好在没有人知道卡达斯峰究竟在哪儿，因为攀登这座山峰的后果将非常严重。阿尔塔的同伴——智者巴尔扎伊，曾经仅仅因为攀爬了禁山哈提格-克拉峰，就在大声尖叫中被抛到了空中——那还是一座听说过的已知山峰。那么如果卡特找到了从未有人知晓的卡达斯峰，后果将会更加麻烦。尽管梦境诸神这样的尘世神明有时候也会被极具智慧的凡人超越，但是外部世界的许多神明都在保护他们，所以凡人最好还是不要去议论神明的事。历史上曾经发生过两次，梦境诸神把自己的力量烙在了古老的史前花岗岩上。一次发生在上古时期，人们猜想在那本古老得已经无法解读的《纳克特抄本》上有一幅画正描绘了这件事情；还有一次就是在哈提格-克拉峰上，智者巴尔扎伊试图窥探梦境诸神在月光下跳舞的时候，这些神明将他拖进了天空之中。阿尔塔对卡特说，所以啊，就让所有的神都自己待着吧，那会好得多，除了祈祷，什么也别干。

听了阿塔尔的劝告，加上在《纳克特手稿》和《玄君七章秘经》中的发现也帮助甚少，卡特感到有些失望，不过他并没有完全绝望。他先是问了老祭司关于自己从露台上看到的那座夕阳之城的事情，心想也许无需神的帮助自己也能找到它，但是关于那座奇幻的城市，阿塔尔也说不出个所以然来。阿塔尔说，这个地方也许只存在于专属他一个人的特殊梦境世界之中，并不在大多数人所知晓的普通梦境世界里，甚至还可能存在于另一个星球上。如果是那样，即使地球上的神灵愿意，也无法给予他去那里的指引。但是这座城市是不太可能在地球之外的，因为就是地球上的梦境诸神阻止了他再次前往此处，他很确定这就是梦境诸神想隐藏起来不让他找到的地方。

接着卡特干了件调皮的事，他给这厚道的主人灌了好多族格给他的月亮树酒，这位老人便开始变得有些啰哩啰嗦、口无遮拦了。喝了这奇怪的酒以后，克制的念头早就烟消云散，可怜的阿塔尔开始毫无顾忌地絮叨那些禁忌的事情。他告诉卡特，据旅行者们说，在南方海洋中的奥里亚布岛上有一座名为恩格拉内克的山峰，在山峰高处的坚石上雕刻了一幅巨画。阿塔尔还暗示卡特，那幅画极有可能是梦境诸神的临摹画像，就在那些尘世神明起舞于月光下的山顶时，他们将自己的容貌刻进了那块岩石里。说到这儿，阿塔尔打了个嗝，接着告诉卡特，由于这幅画的面容特征非常独特，他可以轻易地在人群中辨别出有这些特征的人，而他们就是梦境诸神的后裔。

这些发现无疑对卡特找寻梦境诸神之旅大有帮助。众所周知，年轻一些的梦境诸神会乔装打扮成人的样子，和凡间的女子结合。所以在卡达斯所处的寒冷荒原地界周围生活的农民中，一定有很多人身上流淌着梦境诸神的血液。所以，找到寒冷荒原的办法，就是一定要去恩格拉内克山上看看那幅石雕上的面容，找到这些面容的独特特征，然后去人群中寻找具有相似面容特征的人。不管他们和诸神的容貌相似度极高还是只有一点儿像，他们的居住地附近一定有梦境诸神居住，而且他们生活的村子后面一定就是坐落着卡达斯峰的砾石荒漠所在。

卡特肯定可以从这些地方打听到不少关于梦境诸神的事，而且这些身上流淌着诸神血液的神裔或许还从他们的先贤处继承了少量但是对卡特来说极为有用的记忆。他们可能并不知道自己的血脉渊源，因为梦境诸神行事低调，不喜欢声张，以至于几乎没有凡人特别注意过他们的面容，这一点卡特早在决定找寻卡达斯的时候就已经想到了。不过他们毕竟是梦境诸神的子嗣后裔，思想或许有些古怪而高傲，容易被普通的凡人误解；他们也应该会时常歌颂某些遥远的地方和花园，而那些歌谣中的地方与人们所熟知的甚至是梦境之中的地方都截然不同，因而普通人或多或少都会觉得他们有些古怪傻气。卡特也许可以从这些事情当中了解到关于卡达斯的古老秘密，或者获得一些与那座诸神想要藏匿的奇幻夕阳之城有关的线索。甚至在某些情况下，卡特或许还能抓住一个梦境诸神疼爱的孩子充当人质，或者直接俘虏某个年轻的神——当他乔装起来与美丽的农家少女一起生活在凡人乡间的时候。

然而，阿塔尔不知道如何寻找奥里亚布岛上的恩格拉内克山，不过他建议卡特沿着桥下汩汩流淌的斯凯河一直走到南方海洋去。乌尔达的自由民从来没去过南方海洋，但是那些坐船或者乘坐骡子拉的双轮大篷车而来的商人都是从那个方向来的，那边有一个大城市——狄拉利恩。不过在乌尔达当地人心目中，狄拉利恩可不是什么好地方，因为总是有载着红宝石的黑色桨帆船从无名海岸航行而来。从船上下来的这些珠宝商人勉强可以算作是人类吧，或者是类似人类的家伙，可是那船上的桨竟是无人操作自己摇摆的。在乌尔达，人们都觉得与不知名的地方来的黑船做生意极不审慎，何况这些船上连一个桨手都看不到。

阿塔尔说完这些事的时候已经昏昏欲睡了，卡特轻轻地把他放在黑檀雕花卧榻上躺着，彬彬有礼地把他的长胡子拢到胸前。当他准备转身离开时，他忽然察觉到身后已经没有了族格们克制的拍打声，心里不禁纳闷这些好奇心强烈的族格怎么不继续跟踪下去了。没多久，他就注意到乌尔达所有皮毛光滑、神气活现的猫都极为饥渴地舔着它们的下颌，一幅幅垂涎欲滴的样子，仿佛在高兴地等待着什么。他突然想起来，在他全神贯注地听老祭司说话时，从神殿下方传来隐隐约约的猫叫和吐痰声。他又联想到之前在神殿外面的时候，有一只特别放肆的族格在鹅卵石小道上盯着一只小黑猫，一副极为邪恶的饥渴相。在这个世界上，他最喜欢的莫过于小黑猫了。他仿佛明白了什么，停下来拍了拍正在舔着下颌的乌尔达皮光毛滑的小猫。卡特丝毫不为族格感到悲伤，因为这样一来，那些好奇的族格不会再跟着他走远了。

已是日落时分，卡特在一家古老的客栈安顿下来，这家客栈位于一条陡峭的小街上，从那里可以俯瞰下方的城区。他走到自己房间的阳台上，向下俯瞰这座城市的景色，只见红色的屋顶汇成一片海洋，可爱的鹅卵石小道星罗棋布，远处的田野也让人赏心悦目，所有的一切都在这斜阳夕照中色调渐渐柔和、充满魔力。如果不是有一个更伟大的夕阳之城的记忆激励着他继续前往未知的冒险之旅，他敢说乌尔达真的是一个非常宜居的地方。不一会儿，暮色降临，刷成粉色的山墙变成了神秘的紫罗兰色，小小的黄色灯光也从古老的格子窗里一团接一团地升了起来。塔楼顶上敲击着清脆的钟声，入夜以后的第一颗星星也开始在斯凯河对面的草原上空轻柔地眨起了眼睛。夜色弥漫，有歌声从远处传来，飘到了这座有着金银丝镶嵌的阳台和大理石棋盘花纹庭院的小城之中。那是琵琶演奏者在传唱那些古老的岁月，卡特也不由得跟着音乐的节奏点起了头。在这纯净的小城里，随处可见可爱的猫咪，就连它们的声音里好像也藏着一丝甜蜜；不过对于那些奇怪的奏乐，它们大多数严肃而沉默。有些猫偷偷离开了乌尔达，去往只有猫知道的神秘国度。据小镇上的居民说，那神秘的地方在月球背面的某处，猫儿们就从高高的屋顶上跳向那里。有一只小黑猫没有跟着大部队溜走，蹑手蹑脚地爬上楼来，跳到卡特的大腿上，发出咕噜咕噜的声音，和他嬉戏玩闹。等卡特最后有些倦了，就着旁边的小沙发——上面放着一个小枕头，里边塞满了让人昏昏欲睡的芬芳草药——躺下来的时候，小黑猫也在他脚边蜷缩了起来。

第二天早上，卡特加入了一支前往狄拉利恩的商队，他们带着乌尔达出产的羊毛和从忙碌的农场里收获来的卷心菜前去贸易。一行人骑上挂着铃铛的坐骑，沿着斯凯河边的平坦道路走了6天。有几个晚上，他们住在古朴的小渔村客栈里，其他几个晚上则在星夜下露营，听着平静的河面上传来阵阵渔夫的歌声。乡间风景秀丽，绿色的树篱和小树林清新怡人，尖顶农舍十分别致，八边形的风车也甚是可爱。

到了第七天，地平线上升起了模糊的烟雾，不一会儿狄拉利恩的黑色玄武岩高塔就映入了眼帘。从远处看，耸立着尖塔的狄拉利恩有点像是巨人的堤道[1]，街道昏暗而乏味。数不清的码头附近有许多阴沉的海边小旅馆，镇上挤满了奇奇怪怪的水手，他们来自世界各个地方，据说其中还有一些人根本不是从地球上来的。卡特向城里那些穿长袍的怪人打听奥里亚布岛上的恩格拉内克山，惊喜地发现他们对那里非常熟悉，这些船正是从奥里亚布岛上的巴哈那来的，而且有一艘船一个月之后就要回到那儿去。他们还告诉卡特，恩格拉内克山离此不远，从这里的港口骑马出发，不消两天就可以到恩格拉内克山。不过很少有人见过诸神的面容雕像，因为它位于恩格拉内克山极难攀爬的另一面，高耸于陡峭的绝壁和险恶的熔岩山谷之上。曾经有人爬到了那一面，梦境诸神对此大为光火，并且把这事告诉了外神们。

要想从狄拉利恩海边小酒馆的那些商人和水手口中打听这些消息可不容易，他们大多数只热衷于讨论那些黑色桨帆船的八卦。有一艘这样的黑船一个星期后就要到了，船上的红宝石来自无名海岸，镇上的人都怕看到它靠岸。那些来这儿做生意的人嘴巴真是太宽了，而且他们把头巾缠在前额隆起两个小包的样子真是格外难看。还有他们的鞋子，可以说是大家所见到的最短、最奇怪的了。最糟糕的是，在他们的船上有三排桨移动得极为协调且快速有力，却根本看不到桨手，这实在让人感到不安。黑船上的商人到城里交易，船就泊在港口好几个星期，却连船员的影子都瞧不见，这很不正常。而且黑船上的人从不买东西补给船只，这对狄拉利恩城里的酒店老板和杂货商、屠夫也很不公平。那些讨厌的商人，或许还有看不见的桨手，从不在屠夫和杂货商那里买任何东西，只顾着拿走红宝石换来的金子和在河对岸的帕格按磅计价买来的健壮黑奴。南风吹来码头上那些大黑船的气味恶臭无比，就连海滨小酒馆里

[1] 巨人的堤道：指英国北爱尔兰安特里姆平原边缘大约由四万多根巨柱组成的贾恩茨考斯韦角。这些石柱是玄武岩熔流涌出地面，冷却后收缩形成六边或四边、五边形的棱柱。因为形状整齐体积巨大，所以被传说为巨人修建的堤道。

最能忍受异味的常客也只能一直不停地抽浓烈的沙格香草，才能勉强忍受这种味道。但凡能从其他地方得到这些红宝石，狄拉利恩人是绝不会忍受这些黑船的，但是地球上梦境之地的所有矿床里，也产不了这样的宝石。

卡特耐心地等待着那艘来自巴哈那的船，期待着跟它去往贫瘠险峻的恩格拉内克山，一睹梦境诸神的石雕面容。在此期间，狄拉利恩城里这些四海为家的人主要八卦的也就是这些黑船的事情。在此期间，卡特也经常到那些远道而来的旅行者常去的地方，向他们打听寒冷荒原的卡达斯，以及他在梦境中从露台上看到的那座有着大理石墙壁和银色喷泉的奇幻夕阳之城。然而，他什么也没有打听到。不过有一次，在谈及寒冷荒原的时候，他好像看到有一个上了年纪的斜眼商人脸上露出了狡黠的神色。大家都知道他，因为只有他和伦格高原[1]的冰川里那可怕的石头村庄做生意，正常村民都没有去过那个村庄，据说那里晚上会升起火焰，从远处看去非常邪恶。甚至有传言说这个斜眼老头还与那位难以描述的大祭司打过交道。那位大祭司戴着一副黄色的丝绸面具，独自居住在一座史前的石砌修道院里。毫无疑问，这个斜眼商人和住在寒冷荒原上的大祭司有些往来，不过卡特很快就发现从他嘴里什么话也问不出来。

卡特等待的那艘桨帆船从玄武岩防波堤和高高的灯塔旁悄无声息地划进了港口，这艘格格不入的黑船一进港，吹进镇子的南风中就多夹杂了一丝恶臭，海边的小酒馆里因此传来一阵不安的骚动。过了一会儿，那些戴着鼓包头巾的、黑皮肤宽嘴小脚的商人鬼鬼祟祟地下了船，三三两两地朝岸上走去，去寻找珠宝商的集市。卡特仔细地观察他们，越看越觉得恶心。接下来，他又看到他们把从帕格买来的健壮黑人从踏板上赶到那艘古怪的桨帆船去，这些黑人一路嘟嘟囔囔、汗流浃背。卡特心里纳闷，这些可怜的家伙究竟要被送到哪片土地上去为奴——或者他们是否会被送上陆地都是个问题。

---

[1] 伦格高原（Plateau of Leng），是一座寒冷荒原，这个Leng和中文的冷可能是个巧合，为了区分开来，此处采用音译为“伦格高原”。

在那艘桨帆船停泊在狄拉利恩的第三个晚上，那群讨厌的商人中有一个人过来和卡特搭话。他脸上挂着阴险的假笑，暗示他在酒馆中听说了卡特四处打听的事情。这个人好像有些不能公开讲述的秘密，说话的声音也让人极为讨厌。卡特思忖着，这个人远道而来，必然是游历四方、见多识广，也许他真的知道些什么。于是卡特请他到楼上的房间做客，并锁上了房门。为了撬开他的嘴，卡特还拿出了族格给的月亮树酒来招待他。这个古怪的商人狂饮了一番，脸上依旧堆满了假笑。然后他也拿出了一个古怪的瓶子，里边装着他自己带来的酒。那个瓶子是由一整块红宝石镂空而成的，上面雕刻的图案有些奇怪，卡特完全看不懂。商人把酒递给卡特，卡特小心翼翼地抿了极小一口，旋即感到一股身处太空般的眩晕和热带雨林般的燥热。这时，那个古怪商人越笑越狠，卡特在晕过去之前，最后看到的就是那张黝黑可憎的脸一直在邪恶地狂笑，笑到额前橘色头巾缠着的两个小包中的一个都散开了，露出某样难以名状的东西。

后来，卡特终于从一阵恶臭中醒来，发现自己躺在一艘船上，准确地说，是躺在一艘船的甲板上的篷子下。卡特抬起头，看见南方海洋的瑰丽海岸正从身后飞速退去。他没有被绑起来，但有三个黝黑的商人在他旁边站着，不怀好意地咧着嘴笑，当看到他们头巾下的鼓包时，那感觉跟闻到从那罪恶的船舱口飘来的恶臭一样让人晕眩。他看到某个地球上的入梦者（他是古老的国王港口的一位灯塔看守）从前常常提起的那些辉煌的土地和城市一一从身边掠过；他还看到了扎尔梯台庙宇的台阶，那是忘却之梦的容身之所；还有声名狼藉的萨拉瑞昂的尖顶——那座有一千个奇观、由拉蒂精灵统治的恶魔之城，修拉阴森的花园——一片没有欢乐的土地，两座水晶岬角在上端交汇成一座金碧辉煌的拱门，守卫着索纳尼尔的港口，而那里则是一片梦幻福地。

这艘臭气熏天的船在底下那些看不见的桨手不正常的划桨声的催促下，以超自然的速度飞过这片美丽的土地。天黑之前，卡特看到舵手兀自将船朝着西方的玄武岩石柱驶去，除此之外别无目标。石柱后面的地方就是普通人所说的辉煌的凯修瑞拉所在地。但是这些聪明的入梦者清楚地知道凯修瑞拉就是一道巨大的瀑布门，穿过这座出现在地球上的梦境之地的海洋里的瀑布门之后，会堕入深不可测的虚无；穿过空无一物的空间之后会飞向外部世界和其他恒星，飞向有序宇宙之外的恐怖虚空。在那片宇宙之外的终极虚空里，疯狂的鼓声噪响，长笛尖啸，和他们的灵魂和信使奈亚拉托提普一起，外神们跳着令人毛骨悚然的舞蹈，恶魔之王阿撒托斯则在这一片混乱之中饥饿地啃咬着。

这三个商人一个劲地冷笑着，一言不发，丝毫没有透露他们的意图。可是卡特心里很清楚，他们和阻止他追寻卡达斯峰的家伙必定是一伙的。梦境之地的人们都知道，外神在人间有许多耳目。这些耳目不管是凡人还是类人的东西，都急切地渴望为那些盲目痴愚的东西卖力，以此换取成为外神丑恶的灵魂和信使这种优待，抑或是获得某种来自伏行的混沌之神奈亚拉托提普的恩惠。于是卡特推断，那些戴着鼓包头巾的商人听到他胆敢寻找居住在卡达斯的城堡里的梦境诸神之后，不管这个礼物会换来什么样的奖赏，就决定把他带走并交给奈亚拉托提普。卡特猜不出这些商人究竟居住在哪片土地上——到底是在我们已知的宇宙之内，还是在可怕的宇宙外部空间。他也想象不出自己会被带到哪里去交给那个在混乱中爬行的怪物换取奖赏。但是他知道，这些类人的家伙绝对不敢靠近无形的虚空中央阿撒托斯的终极黑暗宝座。

太阳下山时，商人们舔了舔他们那宽得夸张的嘴唇，饥饿地瞪着眼睛。有一个大嘴商人从某个隐蔽的船舱里走出来，手里拿着一个壶和一个装满碟子的篮子。然后，他们紧挨着蹲在了甲板上的天篷下，向同伴递着这些盘子，挨个取出冒着气的肉吃了起来。他们给卡特也递了一份，卡特发现这个肉的大小和形状都很可怕，脸色“唰”地一下比之前更加苍白了，趁没人看见，他赶紧把这些家伙给自己的那份肉丢进了海里。卡特不禁开始去想下面那些看不见的桨手，是什么样的可疑补给能够给予他们这样强大的力量。

当桨帆船从西方的玄武岩石柱间经过的时候，天色已经黑了，终极瀑布发出的声音让人更加感觉前方不祥。这道瀑布门溅起滔天浪花，甚至遮住了星星的光芒，甲板越来越潮湿，随着船只靠近这股涌流，船身也开始摇晃。接着，一声奇怪的哨笛响起，整艘船往前一跃，卡特感觉到一阵噩梦般的恐惧，感觉自己好像已经远离地球而去了；而这艘大船像彗星一样，无声地射进了太空里。他以前从来不知道太空中的各个角落会潜伏许多不断跳跃和挣扎着的形状不明的黑色东西，它们对从此经过的时空旅行者不怀好意地咧着嘴笑，有时还会用滑溜溜的爪子对这些引起它们好奇心的移动的东西摸来摸去。这些东西都是外神的幼体，和外神一样盲目痴愚，有着不同寻常的饥饿与渴望。

然而，这艘莽撞的桨帆船没有像卡特担心的那样径直冲向太空的更深处，因为他很快就发现舵手正在操纵着它朝月球驶去。此时的月亮是一弯新月，随着他们的靠近发出越来越强的光芒，月球表面奇特的环形山和尖峰也一一显现，令人不安。这艘船没有直接登陆，而是朝月球边缘驶去，很快卡特就明白了他们的真正目的地是永远背对着地球的——神秘莫测的月球背面。也许除了入梦者斯奈瑞斯科，没有一个真正的凡人见过它的样子。离得越来越近的时候，卡特看到月球的近景——到处都是坍塌的废墟，那些废墟的大小和形状都让他感到不自在。山上那些废弃的神殿，就这样到处散布着，可想而知那里曾经供奉的也不是什么正经的神灵，但是那些残垣断壁的对称性似乎暗含着某些无力应对的黑暗和深层含义。至于那些废弃神殿的旧信徒到底是什么样子，卡特绝不愿意再去猜想。

当船绕过月球边缘、驶过人类未曾见过的陆地时，这片古怪的土地上显现了有生命存在的迹象。卡特看见原野上长满了怪异的白色菌类，并散布着许多低矮宽敞的圆形农舍。他还注意到这些小屋没有窗户，看起来有点像爱斯基摩人的小屋。接着他就瞥见荒无人烟的海面上荡起油乎乎的波浪，卡特知道接下来又要转到水上航行了——或者至少要穿过某种液体。桨帆船落到水面上发出一种怪异的声响，这种被诡异的海浪荡起的感觉让卡特颇为疑虑。他们现在正飞快地向前滑行，有一次还碰见一艘类似的桨帆船，从它身边经过的时候打了个招呼。奇怪的是，除了那古怪的大海和漆黑的天空，什么也看不到。明明日光照耀，可这里的天空仍旧是一片漆黑，繁星满布。

不一会儿，前方就出现了起伏不平的海岸。还有城里密密麻麻的灰色塔楼，有的外观歪扭，有的簇拥在一起，这些塔楼无一例外全都没有窗户，恐怖且让人不安。卡特悔不该相信了戴鼓包头巾的商人，抿了那口古怪的酒，现在只能肠子悔青、暗自悲伤了。靠近海岸时，城里的恶臭越来越浓烈，他抬头看着那起伏不平的小山上的片片森林，认出来有些树和魔法森林里那棵独一无二的月亮树正是同宗同源，那些小小的棕色族格就是从那样的树上取了汁液酿成了它们的月亮树酒。

卡特现在能看清前方恶臭的码头上动来动去的身影是什么了。可他看得越清楚，心里就越感到厌恶和恐惧。因为这些身影根本不是人类，甚至压根儿不像人。实际上，它们不过是一些滑溜溜的灰白色生物，可以随意膨胀或收缩身形。它们主要的形态——尽管会经常变化——就是一种没有眼睛的癞蛤蟆，在那不知道是什么轮廓的鼻子根部有许多短短的粉色触手摆来摆去。这些家伙摇晃着身体在码头上忙来忙去，用超乎寻常的力气搬运着成捆成箱的货物，前爪中抓着长长的桨，时不时地从抛锚停好的桨帆船上跳上跳下。时而又见这些蛤蟆怪驱赶着一群奴隶，笨重地走着。这些奴隶长着和在狄拉利恩做生意的商人一样的宽嘴，十分接近正常人的样子。只有在它们不戴头巾、也不穿衣服和鞋的时候，才看起来一点也不像正常人。监工会捏一捏这些类人怪奴隶，确保挑出更加健壮的。这些家伙从船上被卸下来，装钉进巨大的板条箱里，由工人们推到低矮的仓库或者装上笨重的大货车运走。

有一次这些家伙被运上货车拖走时，卡特看到了开货车的家伙，即使是先前就在这个讨厌的地方看到了其他那些怪物，在看到这个司机的时候他还是不由得倒吸了一口凉气。时不时就有一小群类人怪奴隶被穿戴好、戴上头巾、打扮成黑黝黝的商人样子送上船去。紧随其后的是一大群滑溜溜的灰色家伙——蛤蟆怪们，这些蛤蟆怪则扮演官员、航海家和桨手的身份。卡特还看到了那些类人怪奴隶被安排做其他的工作，不需要什么特殊力量也不体面的工作，例如掌舵、做饭、搬运东西；或者去地球和其他星球任何它们想要从事贸易的地方和人类讨价还价。这些类人怪在地球上活动肯定是很方便的，因为它们戴好头巾、穿好衣服和鞋子之后就和普通人没什么两样，在人类的商铺里讨价还价丝毫不会感到窘迫，也不会有人觉得它们古怪而需要做出什么解释。但是大多数类人怪（除了过于瘦削羸弱或者疾病缠身的）都赤身裸体地被装订在板条箱里，被恶心的生物装上货车拉走。偶尔卡特也看到有一些其他的生物被卸载下来打包装箱；其中有些非常像这些类人怪，有些则不怎么像，还有些则完全不同。于是他不禁好奇是不是也有其他的一些来自帕格的矮壮黑人会在这里被卸下来，装进板条箱，然后搬上那些邪恶的货车被拉到内陆地区去。

当桨帆船停靠在一个油腻的松软岩石码头时，一群可怕的家伙从舱口爬了出来，其中两个抓着卡特，把他拽上了岸。这座城市的气味和模样难以形容，卡特脑海中只有一些零散的画面，比如铺着瓷砖的街道、黑色的门廊以及像一望无际的悬崖峭壁那样的没有窗户的灰色垂直墙壁。最后，他被拖进一扇低矮的门，在沥青一般的黑暗中被迫爬上看不到尽头的台阶。显然，光明或者黑暗对于这些讨厌的蛤蟆怪来说没什么差别。最后卡特被独自关在一间屋子里，这个地方的气味让人无法忍受，他几乎没了力气，不过他还是四处摸索了一下这间屋子。这是一个圆形的房间，直径大约20英尺。

从那时起，时间仿佛静止了一般。每隔一段时间就有食物塞进房间里来，但卡特碰都不愿碰一下。他不知道等待自己的是什么命运，但是他想自己被囚禁于此一定是在等待外神可怕的灵魂和使者——伏行的混沌之神奈亚拉托提普的到来。不知道过了几小时还是几天，那扇巨大的石门终于又打开了。卡特被推搡着下了楼梯，来到了红光照亮的街道上。那是月亮上的夜晚，城里到处都是拿着火把的奴隶。

在一个混乱的广场上排列着一支队伍：队伍中包括10个蛤蟆怪、24个类人怪火炬手——左右各11个，前后各一个。卡特被安排在队伍中间：前面5个蛤蟆怪，后面5个蛤蟆怪，两边各有一个举着火把的类人怪。有些蛤蟆怪吹着象牙雕制的长笛，发出作呕的笛声，这支队伍向前走过铺着瓷砖的街道，进入黑暗的、长满邪恶菌类的平原，不久后，它们开始攀爬城市后面一座地势较低的缓坡。卡特毫不怀疑，在某个可怕的斜坡或亵渎神明的高地上，伏行的混沌之神正在等待他。他希望早点结束这个悬念，那些不洁的笛子发出的哀鸣令人作呕，卡特祈祷着希望出现一丝哪怕只有些许正常的声音，他甚至愿意用一切来交换；但这些蛤蟆怪没有发出任何声音，奴隶们也不说话。

接着，星光闪烁的暗夜中的确传来了一个正常的声音。这个声音从高山上飘荡下来，穿过此起彼伏的山峰，在四周环绕的山峰间回荡着，拉长成一阵不整齐的合唱。这是猫在半夜的叫声，卡特终于知道，村里的老人们猜测那个神秘世界只有猫才知道是对的。猫中的长者们夜间从高高的屋顶上偷偷地跳下来，到这个神秘的世界里来主持正义。事实上，它们经常来到月球的背面，在这里跳跃、嬉戏玩闹，在古老的阴影里窃窃私语。而且在这儿，在这些恶臭家伙的队伍中间，卡特听到猫儿们友善的、唠家常的喊叫，陡然思念起家来了，想念那尖尖的屋顶、温暖的壁炉，还有那亮着灯的小小窗户。

伦道夫·卡特通晓猫的许多语言，在这个遥远而可怕的地方，他发出了一声恰如其分的叫声。其实他本不需要这样做，因为他一张开嘴就听到猫儿们的声音越来越近、越来越响，还能看见星光下一个个优雅的小影子成群结队地在山间灵活地跳来跳去。在这支邪恶的队伍还没来得及发出受惊的喊声之前，一片毛皮和爪子的海洋便如潮水般向它们扑了过去。笛声戛然而止，黑夜中传来阵阵尖叫。类人怪尖叫着死去，猫也在吐着口水，号叫着、咆哮着。直至所有的蛤蟆怪被杀死，臭气熏天的绿色体液汩汩淌进那片长满邪恶真菌的松软泥土里，它们也没有发出过任何声响。

火把的光照亮了眼前这壮观的场景，卡特从来没见过这么多的猫：黑色的、灰色的、白色的、黄色的、虎斑纹、杂色的；普通家猫、波斯猫、马恩岛猫、西藏猫、安哥拉猫以及埃及猫。这些猫都在广场上激烈地战斗着，头上顶着神圣的光环，这让它们供奉于布巴斯提斯[1]神庙里的女神更加受人尊崇了。猫儿们以7倍的力量猛地扑向类人怪的喉咙和蛤

[1] 布巴斯提斯：古埃及著名城市，历史上此地为猫神的顶礼膜拜中心，猫女神巴斯特的圣城，曾出土过巴斯特女神的铜雕像。

蟆怪长着粉红色触手似的鼻子，然后把它们野蛮地拖到长满菌类的平原上。平原上已经有成千上万的伙伴们在激战，不断冲入的猫儿们用爪子和牙齿狠狠地撕咬这些怪物，就像一场神圣的战斗一样。卡特从一个受了伤的奴隶手里夺过一支火把，但很快就被他这些忠实的捍卫者们的汹涌浪潮压倒了。他躺在一片漆黑之中，只听到战争的铿锵声和胜利者的呐喊，身上不停地擦过亲爱的朋友们在战场上来回奔跑时的柔软爪子。

卡特对猫儿们的仗义之举深感赞叹和敬畏，可是自己已经筋疲力尽，所以等不及战争结束就撑不住睡了过去。等他再次睁开眼睛醒来时，身边的景象十分奇怪。因为从月球上看去，地球变成了一个巨大的圆盘，比我们平时看到的月球还要大13倍，并且向月球表面如洪水般地倾泻下诡异的光芒。在所有宽阔的平原和起伏不平的山脊上，整齐地蹲着无数的猫。它们一圈圈地走着，队伍里领头的两三只猫舔着他的脸，发出咕噜的声音安慰他。几乎已经看不到死去的类人怪奴隶和蛤蟆怪的迹象，不过卡特心想自己还是看到了，因为就在不远处——在他与那些小战士们组成的紧密的圆圈之间的空地上——有一小块骨头残骸。

卡特现在用猫的轻柔语言和它们的首领交谈，从它们口中得知大家都知道他是这个族类的老朋友，它们集会时还会常常提起这件事。卡特经过乌尔达的时候，它们就认出了是他。皮光毛滑的老猫还记得它们发现族格对一只小黑猫露出凶神恶煞、饥肠辘辘的目光后，卡特是怎么安抚它们的。它们还回忆起，那只小黑猫去旅馆里找卡特时所受到的隆重招待，他还在早上离开的时候给了它一碟浓奶油。那只小猫的祖父就是现在这支队伍的首领，因为它从远处的山上看到了这支邪恶的队伍，认出了俘虏就是它们族类在地球上和梦境之地的同伴。

这时，从更远的山顶传来一声呼号，老首领突然停止了谈话。发出呼号的是军队的前哨之一，它驻扎在最高的山上，防守着地球猫害怕的天敌——来自土星的奇异巨猫。这些巨猫不知怎么的十分迷恋月球的阴暗面，并与邪恶的蛤蟆怪签订了协议结成同盟。众所周知，它们还对地球上的猫充满敌意，所以在这个节骨眼上必须开一个会，因为这事实在关系重大。

经过统帅们短暂的协商，猫们集聚起来，形成了一个更紧密的队形，紧紧地围着卡特，准备在穿越太空、跳回地球上梦境之地的屋顶中时保护他。这个老首领建议卡特让自己任由这些毛茸茸的跳跃者队伍平稳地托着，并且不费力地前进，并告诉他怎么顺从迎合猫儿们的动作，这些猫儿跳的时候他要怎么跟着跳，它们优雅地落地时，他也要同样跟着落地。首领还告诉他，它们可以送他去任何想去的地方。卡特决定回到黑色桨帆船出发的狄拉利恩城，因为他希望从那里扬帆起航，去奥里亚布岛上有梦境诸神石雕面容的恩格拉内克山，也希望顺便警告那座城市里的人，如果那些生意可以巧妙而审慎地终止的话，就不要再跟那些黑色的桨帆船有任何生意往来了。接着，一声令下，猫儿们把它们的朋友安全地夹在中间，优雅地一跃。而此时此刻，在月球山脉上某座不洁的峰顶上，伏行的混沌之神奈亚拉托提普正在一个黑暗的洞穴里徒劳地等待卡特的到来。

猫儿们迅速地越过了太空，由于被他的同伴团团包围着，卡特这一次并没有看到那些无固定身形的黑色东西在这深渊中潜伏、跳跃和挣扎。还没等他回过神来发生了什么，就已经回到了自己在狄拉利恩旅馆熟悉的房间里，而那些神秘、友好的猫则正成群结队地从窗口往外跳去。来自乌尔达的猫咪老首领是最后一个离开的，卡特握着它的爪子道别时，它告诉卡特猫儿们会在鸡打鸣之时回到各自的家中。黎明破晓时分，卡特走下楼去，得知从他被抓走的那天起，已经过去了一个星期，也就是说还有接近两周时间来等待那艘开往奥里亚布岛的船。在这期间，他告诉了所有人在黑色桨帆船上的一切遭遇以及那些生物的无耻行径。镇上大部分人都相信了他的话，然而珠宝商们过于钟爱红宝石，没有人敢完全保证不再与那些大嘴商人交易。所以，如果狄拉利恩将因为这样的交易招致任何不幸，那也不是他卡特的过失了。

大约过了一个星期，卡特等待的那艘船驶过了黑色防波堤和高耸的灯塔，进入了港口。卡特很开心地见到这是一艘由正常人驾驶的三桅帆船，两边的船舷涂了油漆，挂着黄色的大三角风帆，上面还有一个头发灰白的穿着丝绸长袍的船长。船上的货物是奥里亚布岛上小树林产的芳香树脂、巴哈那的手艺人烧制的精美陶器，以及用恩格拉内克山上古老熔岩雕刻的奇怪小雕像。他们用这些交换乌尔达的羊毛、哈提格色彩斑斓的纺织品，以及帕格的黑人穿过河流去割来的象牙。卡特向船长说了自己想去巴哈那的计划，船长告诉他去那儿的航程需要10天。在他等待的这一周里，他和船长聊了很多关于恩格拉内克山的事情，得知很少有人在那座山上看到过那幅石雕面容。大部分游客只是从老人、熔岩采集者或者面相雕塑者那儿打听到这个传说后就会感到满意，然后回到自己远方的家中谎称自己确实看到过传说中的石雕面容。这个船长甚至无法确定是否有活着的人看过那幅石雕面容，因为恩格拉内克山的另一面非常陡峭、贫瘠和险恶。还有许多关于山顶附近洞穴的传说，据说那里盘踞着夜魇。但船长不想说那夜魇是什么样子，因为这些生物会去那些经常想起它们的人的梦里。接着卡特问起寒冷荒原里无人知晓的卡达斯，还有那奇幻的夕阳之城，但是关于这些，这个好心人也实在说不出个所以然来。

一天清晨，当潮水重新涨起的时候，卡特跟随船只从狄拉利恩起航了。卡特回头望去，只见日出的第一缕曙光照在这座阴郁的玄武岩小镇稀疏嶙峋的尖塔上。往东航行的头两天，两边都是绿油油的海岸，常常可以看到有红色屋顶和烟囱的可爱渔村，从古老梦幻的码头陡峭地向上延伸，层层攀爬在海岸上；还有渔民们晒网的沙滩。但是到了第三天，他们急转往南，海浪变得越来越大，不一会儿就看不见陆地了。到了第五天，水手们都变得很紧张，船长为他们的惶恐感到抱歉，向卡特解释说这艘船马上要经过一座古老到记不得名字的失落之城。城中有长满水藻的墙和破碎的柱子，海水很清澈的时候人们甚至可以看到在深处有许多移动的影子，没有一个淳朴的人会喜欢这些。船长还坦诚地告诉卡特，除此之外，许多船也曾在这片海域失踪，那些船一靠近这片海域就会猛然下坠，然后再也没有出现过。

那天晚上，月光非常明亮，透过水面可以看到水下一条宽阔的街道。风很小，整个海面非常平静，船扬不起帆，走得很慢。卡特倚在栏杆上往下俯瞰，看到几十英尺以下有一座巨大的神殿穹顶，神殿前有一条大道，两侧林立着冷酷的狮身人面像，一直延伸到一处曾经像是公共广场的地方。海豚在遗迹附近快活地跳上跳下，鼠海豚则笨拙地四处欢腾，有时候浮游上来跃出水面。海平面波浪起伏的时候，船也跟着有些漂荡，人们从船上可以清晰地辨认出许久前这里攀援向上的街道和无数小房子被冲垮后倒塌的墙壁。

接着映入眼帘的是这座城市的郊区，视线的最远处是一座小山，上面有一栋孤零零的房子，房子的建筑结构比其他房子简单得多，而且受到的破坏比较少。这栋房子又黑又矮，四面都是广场，每个角上都有一座高塔，中央是一个铺着石块的庭院，四周都是稀奇古怪的小圆窗户。虽然大部分地方都长满了杂草，还能隐约看出这栋建筑是由玄武岩建成的。它可能是一座神殿，孤零零地矗立在那座遥远的山上，令人印象深刻。屋内有几条磷光闪闪的鱼，远远望去，就像小圆窗在闪闪发光一样。卡特没有责怪水手们的紧张害怕，借着淡淡的月光，他注意到中间的庭院中央有一块怪异的高大巨石，上面似乎绑着什么东西。等他从船长的船舱里拿起望远镜看了之后，发现那个绑着的东西是一个穿着奥里亚布丝绸长袍的水手，脑袋朝下，被剜去了眼睛。看到这个场景，卡特不禁由衷地庆幸渐起的微风正在把船吹向这片海洋中更加正常安全的海域。

翌日，他们和一艘紫色风帆船上的人攀谈了起来，这艘船是开往位于忘却之梦境中的扎尔的，船上装载着颜色怪异的百合球茎。在第11天晚上，他们终于看到了奥里亚布岛，远远看到了起伏不平的恩格拉内克山脉，还有那些覆盖着白雪的山峰。奥里亚布是一座很大的岛屿，它的港口巴哈那是一座很大的城市。巴哈那的港口由斑岩砌成，港口后面有巨大的石阶，城市就建在那上面。城里的街道也是由石头台阶砌成的，上面拱立着建筑物，还时常可以看到连接建筑物之间的天桥高悬其上。有一条大运河经由一个大理石关口的隧道穿过整个城市，通到内陆的亚斯湖。在亚斯湖远处的岸边是一座广阔的由黏土砖建造的史前城市的遗迹，然而这座城市的名字已经没有人记得了。夜晚，当船驶入港口时，索恩和塔尔这两座灯塔亮了起来，仿佛在欢迎回家的船只；巴哈那台阶之上的万家灯火也从窗户里缓缓升起来，轻柔地氤氲在夜色里。星星也悄悄点起了灯，直到攀援而登的陡峭海港上空布满闪闪发光的群星，它们又将身映调皮地倒影在平静的海面之上。

上岸后，船长邀请卡特到亚斯湖岸边的家中做客。小镇后面有一道斜坡，沿着坡直下就是船长家那栋小房子。船长的妻子和仆人拿出了有些奇怪但是很美味的食物来招待卡特。在那之后的一些日子里，卡特在熔岩采集者和雕像者可能聚集的酒馆和公共场所到处打听关于恩格拉内克的流言和传说，但是没有人去过这座山的高处，也没人见过那具石雕面容。恩格拉内克是一座险峻的山峰，山后只有一个被诅咒的山谷。此外，人们都相信，在那里，夜魔绝非仅仅只是神话传说。

当船长启航去狄拉利恩时，卡特下榻在了一家古老的客栈里。这家客栈开在老城区一条小巷子的石阶上，由黏土砖砌成，有点类似亚斯湖远岸那边的遗迹。在这儿，他拟定了攀爬恩格拉内克山的计划，并将从熔岩采集者处打听来的所有相关道路信息梳理总结了一番。客栈的老板是一位上了年纪的老人，他听过许多传说，给了卡特很大的帮助。这位老人还带卡特到这栋老房子楼上的房间里去，给他看了一幅粗糙的画。在遥远的过去，人们还很勇敢，不像现在这样不敢攀爬恩格拉内克高处的山坡，那时的一位旅客在客栈的黏土墙上刻下了这幅画。客栈老板的曾祖父听他的曾祖父说过，那位旅客曾经爬上了恩格拉内克山并且看到了那尊石刻面容，于是留下了这幅画供其他人观赏。但卡特还是毫无头绪，因为墙上的笔画仓促潦草，只画出了粗略的面容轮廓，面容之上还画着一群极其难看的小动物，它们长着犄角和翅膀，还有锋利的爪子和卷曲的尾巴。

最后，卡特收集到了能够在巴哈那的酒馆和公共场所收集到的全部信息，计划沿着亚特湖畔的道路前往耸立着恩格拉内克山脉的内陆地区。他雇了一匹马，在一天早晨出发了。一路上，他的右边是连绵起伏的小山、宜人的果园和整齐的小石屋，这使他想起了斯凯河两岸那肥沃的田野。等到傍晚时分，他已经靠近了亚特湖远岸不知名的古代遗迹，尽管经验丰富的熔岩收集者已经警告过他晚上不要在那里过夜，卡特还是选择了一处地方准备留宿。他发现在一堵岩块剥落的墙前有一根奇怪的柱子，就把马拴在了那儿。他自己则在一个可避风的角落里铺了一条毯子，这个角落上方有一些看不懂的雕刻，然后用另一条毯子把自己裹了起来，因为奥里亚布的晚上很冷。还没睡着的时候，他一度觉得好像有某种昆虫的翅膀从脸上拂过，于是他就把头完全蒙上，安稳地睡着了；直到听到远处松林里的玛嘉鸟声，卡特才醒了过来。

这时太阳才刚刚爬上山坡，阳光洒在残垣断壁上，这片荒凉的史前遗迹一直延伸到了亚斯湖边。卡特四处寻找拴在那里的马，惊慌地发现这匹温顺的马俯卧在拴着它的那根奇怪的柱子旁。更令他恼怒的是，他发现马已经死了。马的脖子上有一道奇怪的伤口，不知道什么东西从伤口处吸干了它的血。他的背包也被弄乱了，几件亮晶晶的小玩意儿不翼而飞，尘土飞扬的土地上到处都是带蹼的大脚印，他怎么也想不出来这种脚印的主人会是什么东西。他忽然想起了熔岩采集者的传说和警告，想到夜里拂过他脸的东西。接着他看到眼前有一条大道穿过这些古迹，消失在一座古庙低墙处裂开的一个拱门尽头，然后变成级级台阶延伸到瞥不见的深处。他不禁打了个寒噤，立刻背起包，大步流星地朝恩格拉内克山走去。

他沿着山坡往上走，穿过一片更加荒芜的乡间，这儿的有些地方甚至已经长成了密林。一路上卡特只看见几处烧炭人的小屋和从森林里收集树脂者的帐篷，空气中弥漫着树脂的芬芳，玛嘉鸟儿在阳光下欢快地唱着歌，在阳光下闪烁着七彩的光芒。太阳快落山时，卡特来到了一处熔岩采集者刚扎好的营地，他们背着沉沉的麻袋，刚从恩格拉内克低处的山坡满载而归。卡特也在这里安营扎寨，听他们唱歌和讲故事，还偷偷听到了关于其中一个熔岩采集者的某些故事。那个人是他们的同伴，他爬到了恩格拉内克山的高处，想要采集上方一大片上好的熔岩，可是到了晚上，同伴们也没见他回来。第二天所有人出发去找他，结果只找到了他的头巾，山崖上也没有任何跌落的痕迹。同行的长者说再找下去也无济于事，于是他们没有再继续寻找了。没有人发现过夜魇带走了什么，人们甚至不敢肯定这些野兽到底是真实存在还是只是传说。卡特问这些熔岩采集者们夜魇是否吸血、喜欢闪闪发亮的东西以及留下蹼状的脚印，他们都摇了摇头，似乎连听到这样的询问都感到有些害怕。卡特看他们都不再说话了，就停止了追问，回到自己的毯子里去睡觉了。

翌日清晨，卡特和熔岩采集者一同起身，相互道别之后，熔岩采集者骑着马往西边去了，他则骑着一匹从他们那里买来的新马往东行进。熔岩采集者中的长者送给卡特一些祝福，还叮嘱他最好不要爬到恩格拉内克山的高处去。卡特真诚地感谢了这群朋友，实际上却绝不愿听从他们的劝阻而停下脚步。因为他依旧觉得自己必须找到无人知晓的卡达斯上的梦境诸神，这样才能从他们那里赢得去往那座让他魂牵梦萦的城市之路。经过一段很长的上坡路之后，到了中午，他遇到了一些已经废弃的砖砌村庄，种种迹象表明这些山民曾经住在离恩格拉内克山如此之近的地方，并在这儿采集光滑熔岩来做雕像。事实上，过去他们一直在这里定居，直到那个古老客栈老板的祖父的年代。也就是从那时候开始，他们意识到自己的存在可能是不受欢迎的，于是搬到了山脉的更高处。可是他们到越高的地方去建房子，每当太阳升起时，就有越多的人消失不见。最后，他们决定还是一起离开为好，因为有时候会在黑暗中瞥见一些东西，却没有人能解释得清那是什么。最后，他们从山上下来，搬到了海边，定居在了巴哈那一个古老的城区里。他们在那里教授子孙古老的雕像技术，直到今天他们还以此为生。卡特在巴哈那的古老酒馆里四处打听时，正是从这些流散的山民子孙那里听到了关于恩格拉内克山最可靠的故事。

在这段时间里，卡特越靠近，恩格拉内克巨大而荒凉的那一面山坡就隐隐呈现出越来越高的样子。低处的山坡上长着些许稀疏的树木，再往上一点则是稀薄的灌木丛，再往上就是光秃秃的岩石，上面结满了冰霜，覆盖着终年不化的积雪，像幽灵鬼怪一样险峻地直指云霄。卡特可以看到那阴森森的石头裂开的缝隙，那极度险峻的样子让他根本不愿去想接下去的登山情景。在山坡上有些地方，已经凝固的熔岩流和火山岩渣堆散落在缓坡和山脊上。900亿年前，梦境诸神还不曾在它的山顶之上起舞时，它曾经喷出火焰，爆发出雷鸣般的轰隆声。现如今，它静默而险恶地高耸在这儿，隐蔽的一面刻着传说中那巨大而神秘的雕像。山上还有许多洞穴，这些洞穴可能是空的，里边只有古老的黑暗；或者——如果传说是真的——洞穴中还潜藏着无法猜测其具体形态的恐怖之物。

地面向上倾斜，一直延伸到恩格拉内克山脚下，那儿覆盖着稀疏的矮橡树和白蜡树，还散布着一些岩石、熔岩和古老的灰烬。那里还有许多驻扎的帐篷，前面有篝火的灰烬，采集熔岩的人通常在那里停留扎营；还有一些简易粗糙的祭坛，人们建来祈祷梦境诸神帮助他们避开梦境中的某些东西，或者是位于恩格拉内克山高处的道路上和迷宫般复杂的洞穴中的东西。傍晚时分，卡特走到最远处的一堆灰烬旁扎营过夜。他把马拴在一株小树上，裹上毛毯睡了过去。整个晚上，有只乌尼思[1]一直从某个隐蔽的池塘的岸边发出嚎叫，但是卡特并不害怕这种两栖恐怖生物，因为人们曾肯定地告诉他，这些生物根本不敢接近恩格拉内克的山坡。

隔天早上阳光明媚，卡特开始了漫长的恩格拉内克山的攀登之旅。他骑着马一直走，直到脚下的小路变得太过陡峭，连这头有用的牲口也走不了的时候，就把它系在了一棵矮壮的白蜡树上。接着他就独自爬了起来，先穿过一片森林，林中一片杂草丛生的空地上还有古老村庄的遗迹，然后跨过了长着稀稀拉拉灌木丛的草地。他很后悔离开了树林，因为斜坡太陡，所有的一切令人头晕目眩。他环顾四周，终于辨认出在脚下伸展开来的乡野，看到了那些雕像手艺人废弃的小屋、生产树脂的树林，还有树脂采集者的帐篷和五颜六色的玛嘉鸟在其间筑巢和歌唱的树林，甚至隐隐约约看到了极远处的亚斯湖岸的景象，那些人们已经忘却的、令人生畏的遗迹。他发现还是最好不要四处张望，继续向上攀爬，直到所有的灌木丛都变得稀疏，脚下除了偶尔可见顽强生长的野草，再也没有任何东西依附在山坡高处。

再往上爬，泥土变得越来越少，山坡上时常露出大片的裸岩，卡特偶尔可以看到秃鹰在裂缝筑的巢穴。再往上，这片山坡上就什么都没了，只剩大片大片的裸岩。要不是那些岩石都很粗糙、又风化得厉害，

[1] 乌尼思：梦境之地里一种生活在水塘边的生物。

他几乎就要爬不上去了。多亏了有突出的岩石、岩架以及一些小尖峰，他才可以借助这些继续往上攀爬。卡特偶尔可以见到一些熔岩采集者在易碎的石头表面留下的笨拙的擦痕，他很欣慰，因为这表示有健康正常的人类曾经在他之前到过这里。过了一定的高度，还可以见到人工开凿出来的落脚点与支撑点，有时也可以见到一些沿着上等矿脉或熔岩流分布的地方凿出来的小采石场和挖掘场，这些也都进一步证明曾有人到过这儿。在有一处地方，远离攀登主要路线的右侧，有一条狭窄的岩架有被人工凿开的痕迹，似乎曾有人想从那里寻找格外富集的火山岩脉。有那么一两回，卡特壮着胆子转过头看了看，下方的景色让他大吃一惊，整座岛屿以及从恩格拉内克山到海岸之间的所有景色都尽收眼底；他还看到了巴哈那的石头阶梯，远处烟囱里飘出来神秘的炊烟。海岸线之外，则是一望无垠的南方海洋，隐藏着许多古怪的秘密。

到目前为止，卡特已经在这座山上走了许多蜿蜒曲折的道路，所以现在还看不见更远处有石雕面容的一面。这时，他看见一块突出的岩石向左上方延伸，似乎正朝着他所希望的方向，满心希望这条路能一直走下去。10分钟后，他发现这条路的确不是死路，而是一条陡峭的道路，尽头是一处弧弯，如果不会突然中断或转向，那么沿着这条路走几个小时就能到达那个无人知晓的南坡，并且可以从那里往下俯瞰到荒凉的峭壁和被诅咒的熔岩山谷。他继续爬着，脚下出现了一片全新的地貌，他发现这些地方比他刚刚经过时看到的靠海地区更加阴郁和荒凉。山的这一面，也有些不一样，这里有一些刚刚离开的那条笔直的路线上没有的古怪裂缝和洞穴。这些裂缝和洞穴都位于陡峭的岩壁上，不管是他头上和下方的那些，仅凭人类的双脚都无法抵达。空气现在变得非常凛冽，不过他忙于全力应付这艰难的攀爬，根本无心在意。只有越来越稀薄的空气让他感到缺氧和不安，他想着也许就是因为这样许多旅行者都调头回去了；也许正是因为如此，人们才构想出了那些关于夜魔的离奇传说，以此来解释那些旅行者的消失，而实际上他们或许只是从这些危险的小径上跌下了山崖。他并没有把旅行者的传说放在心上，但仍准备了一把上好的弯刃刀以备不测。想要一睹石雕面容的念头令卡特战胜了其他的顾虑，实在是因为那幅石雕面容能够为寻找卡达斯上的梦境诸神提供某些线索。

最后，在高处刺骨的严寒下，他终于完全转过来到了恩格拉内克山的背面，看到了脚下深不可测的深渊，这些较小的峭壁和荒芜的熔岩深渊都是早前时期梦境诸神发怒留下的印记。往远处望去，整个乡间到南部的景象都尽收眼底：没有美丽的田野，也没有村舍的袅袅炊烟，只有无尽的荒漠。因为奥里亚布是一座很大的岛屿，从这个方向上根本看不到海的踪影。恩格拉内克山背面陡峭垂直的悬崖峭壁上也有很多无人可达的黑色洞穴和古怪裂缝。卡特往上看了看，头顶上方有一块凸出来的岩石，挡住了往上看的视线，有一瞬间卡特怀疑这是不是就意味着他无法再往上爬了。他现在正站在数英里的高处，努力在危险的多风环境里保持平衡，不免感到一阵战栗。在这一小片仅有的空间中，一边是死亡，另一边则是滑溜溜的岩壁。那一瞬间，卡特感受到了人们刻意避开恩格拉内克山隐蔽的一面的恐惧。然而他已经无法转回头了，太阳已经快下山了，如果没有路再往上走，那他只能在原地待到晚上，等到黎明时，他可能已经没了小命。

好在天无绝人之路，卡特及时看到了它们——只有经验非常丰富的入梦者才能看到的这些极难察觉的落脚点。对于卡特来说，有了这些支点就可以继续往上爬了。翻过这块向外悬着的岩石，他发现上面的山坡比下面的好爬多了，由于一块巨大的冰川融化后留下了一片满是沃土与岩架的宽大空间。左边的悬崖笔直向下，不知道顶有多高，底有多深。峭壁上有一个黑暗的洞窟张着大口，坐落在他恰好够不到的位置上。不过，在其他的地方，整个山体都大幅度向后倾斜，甚至给他留出了一块可以倚靠和休息的地方。

刺骨的寒意袭来，卡特猜想一定是靠近雪线了。他抬起头来，想看看那些闪闪发光的尖峰在彤红的夕阳下闪闪发光的美景。自然，积雪仍在数千英尺的高处，而在那下面则是一块突出的巨大危岩；就和他刚爬上的那块一样，黑色的轮廓醒目地映衬在峭壁上，和冰雪覆盖的白色尖顶形成了鲜明对比。当他看清楚那片峭壁的时候，他一面敬畏地抓住凹凸不平的岩石，一面喘着粗气发出了一声响亮的惊呼。因为那块在夕阳下闪烁着红光的巨大凸岩并没有保持其在尘世之初所被塑造出来的形状——它的表面被雕刻和打磨成了一副巨大的诸神面容。

夕阳下，这张脸严肃而可怖。谁也无法估量这幅石雕面容到底有多大，但是卡特立刻意识到，这绝非出自人类之手。它是众神雕刻出来的面容，高傲而威严地俯视着卡特。传言说这幅面容的特征十分独特，看过一眼就绝不会混淆。在卡特看来也确实如此，这些细长的眼睛和长叶状的耳朵，还有那细瘦的鼻子和尖细的下巴，都表明这根本不是普通凡人的面容，而是神的相貌。卡特紧紧依附在峭壁的鹰巢上，敬畏地看着这幅自己一直期望寻找到的石雕面容。这是一幅神明的面容，比预言中描述的更加伟岸，整张面容比一座雄伟的神殿还要大。这尊黑色的火山岩面容由古早时代的神力雕刻而成，现在在这夕阳下，从高处的神秘寂静之中俯瞰着下方的一切。卡特不禁为眼前壮观的景象所折服，连声赞叹。

这时，他又意识到了另一件事，内心大为慨叹。之前他就曾计划要到梦境之地寻找长得像这幅石雕面容的人们，以此判定他们就是梦境诸神的后裔，但是他现在没有再去寻找的必要了。因为他对雕刻在悬崖峭壁上的面容并不陌生，就是他常常在西里菲斯海港的酒馆里见到过的那些脸庞。那座海港位于塔纳里亚山脉后面的欧那盖，由库兰斯国王统治，这一点是他在清醒世界的时候就知道的。每一年，长成这般模样的水手们从北边乘着暗色的船而来，用他们的缟玛瑙交换雕琢好的玉器、金丝和西里菲斯会唱歌的红色小鸟，显然这些人正是他要寻找的诸神后裔。在他们居住的地方附近，肯定有一片寒冷荒原，荒原上肯定有无人知晓的卡达斯，卡达斯峰上则有梦境诸神居住的缟玛瑙城堡。所以他必须去西里菲斯，只不过西里菲斯和奥里亚布岛相隔甚远。卡特想了想，只有先回狄拉利恩港了，再沿着斯凯河逆流而上到尼尔去，穿过尼尔那座横跨在斯凯河上的桥，再次回到族格们的魔法森林里去。然后，他得再调转方向去往北方，穿过奥克诺斯河畔的田地，去有着镀金高塔的索兰。卡特心想，也许能在那里找到一艘桨帆船渡过瑟瑞利安海吧。

暮色已浓，那幅巨大的面庞雕刻在暮光中显得格外威严。卡特已身处夜色之中，他知道自己无法再往上攀爬，也下不去了，只得在那块岩石上停了下来。他只能站在这么点窄地方，抓着石头别掉下去，一面冷得瑟瑟发抖，眼巴巴地等待着黎明的到来。他祈祷自己能一直保持清醒，不然一睡着可能就会松手，穿过这令人头晕目眩的数英里空气，跌到峭壁上，然后坠入满是尖石、被诅咒的山谷。星星出来了，但是除了星星之外，他所看见的只有一片黑色的虚无，这种黑色的虚无和死亡紧紧相连。为了抵抗这种死亡的召唤，他只能紧紧地抓住岩石，从看不到的边缘尽量往后靠着。他在暮色中看到的地球上的最后一样东西是一只秃鹫，朝西面一处离他不远的峭壁翱翔而来，当它飞近那张着口但是卡特够不着的洞穴时，又尖叫着从空中掠过，匆匆飞走了。

突然，没有一丝声音的预警，卡特感觉在黑暗中有一只看不见的手把他的弯刀从腰带里悄悄抽了出来。接着就听见了这把刀跌落下去撞击在岩石上的声音。他往天空看去，仿佛看到了一个非常可怕的轮廓，瘦骨嶙峋，长着角和尾巴，还有蝙蝠一样的翅膀。不止这一只，还有其他许许多多这样的东西；它们无声地扇动着翅膀，纷纷从峭壁对面那个洞穴里飞出来。这群家伙密密麻麻地飞来，身影模糊，好像一群戴着斗篷的东西，逐渐遮住他西面的星光。接着，一只橡胶般的胳膊抓着他的脖子，冰冷冰冷的感觉，其他的不知道什么东西抓着他的脚，他就这样毫不费力地被架了起来，在空中晃荡着。不一会儿，星光全被遮住了，卡特心里明白，是夜魇抓住了他。

在一片寂静之中，夜魇默默地抓着卡特飞进了峭壁上的洞穴，然后穿过洞穴之后的巨大迷宫。起初，卡特出于本能地不断挣扎，夜魇就从容不迫地挠他。这些东西根本不会发出一丝声响，就连黏膜状的翅膀飞起来的时候也是寂静无声的。卡特就这样被它们抓着，那冷冰冰、湿溜溜、滑腻腻的触感着实让人心里发怵。很快它们便开始拍打着翅膀向下俯冲，一直往深渊里冲去。卡特一阵头晕目眩，他不知道这个深渊到底有多深，只感觉四周潮湿的空气仿佛在墓地里一样。卡特感觉他们像一颗子弹一样，正在射向一个恶魔般疯狂的漩涡。空气中回荡着他绵绵不绝的尖叫声，但是他一喊这些夜魔就拿它们的黑爪子更轻柔地挠他痒痒。接着他看见四周有一种灰色的磷光，猜测他们可能已经飞进了那些隐晦的传说中所描绘的地心世界。整个空间弥漫着从地心深渊里涌上来的原始迷雾，苍白的死亡之火照在上面便形成了点点磷光。里面弥漫着腐尸的恶臭之气，这个鬼地方，除了恐怖，一无所有。

最后，在身下，卡特看到远处有一排灰色的山峰，隐约感觉到有些不祥，他知道那一定就是传说中的托克山峰。这些山峰耸立在没有阳光的深渊里，险恶无比。它们高耸入云，比人们想象的还要高，像侍卫一样守卫着那可怕的山谷。传说，巨噬蠕虫就在那个地方恶心地蠕动身体，不断地挖掘着。但是卡特宁愿看着这些山峰，也不想转头看抓着自己的东西。这些粗鲁的家伙着实让人反胃，外表像鲸鱼，滑溜溜油腻腻的；长着向内弯曲的犄角，令人讨厌；翅膀像蝙蝠一样，扇动起来无声无息；抓握力超强的爪子，丑陋不堪；还有长着倒钩的尾巴，毫无意义地甩来甩去，惹人讨厌，让人心烦。最糟心的是，这些怪物从来不说话，也没表情，更别说会露出什么笑容了，因为它们根本就没有脸。那本该是脸的地方一片空荡，让人不禁浮想联翩。它们除了飞行和挠人痒痒之外什么也不会，这就是该死的夜魔。

当这些夜魔飞得更低的时候，托克山峰显露出一片灰色，在四周高耸着。这时卡特可看见在这无边无际的幽暗中，冷漠严峻的花岗岩上没有生物生存的迹象。飞得再低一些的时候，死亡之火已经燃烧殆尽，只有远古的虚无和黑暗笼罩在这些像幽灵一样的山峰之上。不久，他们就从这些山峰旁边飞远了，除了强劲湿冷的风从底下的洞穴刮来以外，什么也没有。接下来，这些夜魔最终降落到了一块地上，然后把卡特丢在这个黑暗的山谷径自飞走了。卡特完全不知道脚下是什么，他看不清楚，但感觉像是一层骸骨。这些守卫着恩格拉内克山的夜魔，不知道是奉了谁的命令要把他带到这儿来。只不过现在它们已经完成了任务，悄无声息地飞走了。卡特想要追寻它们飞去的踪迹，却无能为力。别说这些夜魔，就连托克山峰也已经看不到了。眼下四周什么也没有，只有这黑暗、恐怖、寂静和满地的骸骨。

通过种种迹象，卡特察觉到自己现在所处的地方正是巨噬蠕虫钻行的普纳斯山谷。他不知道等待自己的是什么，没有人见过巨噬蠕虫，甚至没有人想要知道它是什么样子。他自己也只是从某些模糊的传说中听闻过这怪物，据说它们会在成堆的骸骨中穿行，发出沙沙的声音，经过人身旁的时候会有一种黏滑的触感。人们看不到它们，因为它们只在黑暗中爬行。周围的骨头层不知道到底有多厚，卡特只有专心地听着四周的动静，生怕遇到巨噬蠕虫。不过即使是在这样可怕的地方，他依旧头脑清醒，盘算着接下来的行动。因为以前有一个经常和他聊天的人跟他提到过普纳斯山谷的传说，还告诉了他抵达那里的方法。简言之，这里似乎就是食尸鬼丢弃食物残渣的地方，如果他运气不错，甚至还能翻过那片看起来比托克山峰还要高的悬崖，抵达食尸鬼的领地边缘。食尸鬼吃剩的骨头像雨点一般洒了下来，他知道那就是目的地的方向。他发现自己可以向食尸鬼发出某种声音，让它们放一个梯子下来。说来奇怪，他和这些可怕的生物之间有一种非常古怪的联系。

这就要提到卡特原来在波士顿认识的一个人——一位创作奇异画的画家。这位作家有一个秘密的画室，在墓地附近一条古老而不洁的小巷里。他和食尸鬼相交颇深，对食尸鬼的语言了如指掌，甚至还教过卡特一些简单的音节，去听懂食尸鬼那令人作呕的咪咪声和咕咕声。后来这个人消失了，卡特不确定现在是否还能找到他，如果真的见面，他将第一次在梦境之地用上他觉得已经颇为遥远、只有在模糊的清醒世界才会使用的英语。但不管怎么样，他觉得自己应该能说服一个食尸鬼带他离开普纳斯山谷；至少，遇到一只能看得见的食尸鬼，总好过遇到一只看不见的巨噬蠕虫。

卡特在黑暗中走着，突然听到脚下的骨头里有声响，赶紧跑了起来。有一次，他撞到一个石子坡，意识到那就是托克山峰的山脚。接着，他听到了一阵哗啦哗啦声在空中远远响起，他越来越确定自己已经靠近了那片悬崖——食尸鬼的领地边缘。这山谷在悬崖底下数百英里，他不确定从这里发出的声音食尸鬼能否听到，不过这底下的世界好像有一种奇怪的磁场。他正想着，一块骨头飞过来砸中了他，那骨头很重，想必是一个骷髅头。他立刻反应过来自己就在决定命运的悬崖边了，使出吃奶的劲朝食尸鬼大声呼唤。

声音传播得很慢，过了好一段时间他才听到一声“咕咕”的回答。卡特欣喜若狂，终于得到了回应。食尸鬼们还告诉他，即将放下一架绳梯给他。卡特紧张而忐忑地等待着，生怕他的叫喊会在那堆骨头中激起什么波澜。没过多久，他真的听到远处传来了一阵沙沙声。他不愿意离开这个地方，唯恐错过食尸鬼的绳梯。最后，卡特实在受不了这种紧张的恐惧，慌张地想逃跑。这时，附近新堆积起来的骨头上传来一阵砰砰声，瞬间转移了他的注意力。那是一条梯子放下来的声音！卡特摸索了一分钟左右才拽住梯子，开始费劲地攀爬起来。然而在他往上爬的时候，那沙沙声也没有停止，而且越来越响，此时卡特已经离地面足足5英尺。他又拼命往上爬了有10英尺，感觉有什么东西在下面摇晃他的梯子。卡特不敢停，拼命往上爬，等他爬到大约离地面15到20英尺的时候，他感觉有什么东西从旁边滑了过去。那东西很大，表面光滑，似乎长着一节节凹凸相间的身形，还在不停地蠕动。卡特感到一阵绝望，一想到巨噬蠕虫那臃肿肥胖的巨型身躯就恶心，可为了摆脱这可能都没人类见过的怪物，他只能拼了命地继续往上爬，这样才有可能躲过一劫。

他一连爬了几个小时，胳膊酸痛，双手也起了水泡，直到再次看到灰色的死亡之火和托克山脉那不祥的尖峰，这才喘了一口气。终于，他辨认出了上方的悬崖凸缘，那是食尸鬼的地界，不过现在他还看不到与目前所爬路线垂直的那一面。又爬了几小时，他看到悬崖边探出了一张古怪的脸，那感觉就像看到卡西莫多从巴黎圣母院的护墙后探出了脑袋一般。这一瞥差点没让他晕倒，再松手掉了下去。不过片刻之后他就恢复了镇定，因为他那失踪的朋友理查德·皮克曼曾经介绍过一只食尸鬼给他认识，所以他十分清楚这些家伙的脸长得像狗一样，身材松垮，癖好不堪言说。那个丑陋的家伙把他拉上了悬崖，卡特舒了一口气，终于摆脱了令人眩晕的虚空。食尸鬼们正蹲坐成圈啃食着，满地都是吃剩的食物残骸，看到卡特上来以后不禁好奇地上下打量。卡特看到这一切，既没有失态，也没有大声喊叫。

现在他身处一片微亮的平原之上，到处都是巨大的岩石和地洞入口。有一只食尸鬼想捏他一把，另外的几只也若有所思地盯着他瘦弱的身躯，但这些家伙总体还算恭敬。他耐心地用咕咕和咪咪声跟食尸鬼们交流，询问他那个朋友的下落，惊奇地发现他现在已经是靠近清醒世界的深渊里一只颇有威望的食尸鬼了。一只上了年纪的食尸鬼说要带他去皮克曼现在住的地方，卡特看了看它发绿的身形，不由得感到一阵恶心。没办法，卡特还是跟着它钻入了一处宽敞的地洞，里面一片黑暗，土壤散发着恶臭。爬了数小时之后，他们终于出来了，来到一片昏暗的平原。平原上到处都是古老的墓碑、破损的骨灰瓮，一些纪念碑碎片也散落得到处都是，这些东西看起来像是来自地球的遗迹。卡特不禁一阵激动，自从穿过火焰洞窟，走下七百级台阶，穿过沉睡之门以来，他不知道自己已经走了多远，而此时此刻，他可能比任何时候都接近清醒世界。

卡特看到一只食尸鬼坐在一块墓碑上，仔细看发现那是一块从波士顿葛兰奈莱墓地[1]偷来的1768年墓碑。这个食尸鬼不是别人，正是从前的艺术家理查德·厄普顿·皮克曼。现在它就这样赤身裸体地坐在这里，皮肉如同橡胶一般，长相也趋近食尸鬼的容貌，原本的人类特征已经非常模糊。皮克曼依稀记得一点点英语，含糊不清地用一些单音节和卡特交流了起来，不过时不时地会冒出一些食尸鬼的咪咪声和咕咕声。卡特告诉它自己想去魔法森林，再从那里去塔纳里亚山脉后面的欧那盖的西里菲斯。皮克曼很怀疑食尸鬼们是否能帮得了卡特，因为这些清醒世界的食尸鬼和上方梦境之地的墓园没有任何关系（食尸鬼会把这些地方留给那些盘踞在死城里、长有脚蹼的蛙普），而且想要从它们的深渊去魔法森林并不容易，中间隔着千山万水，其中还包括那个可怕的古格巨人王国。

古格巨人体型庞大、浑身是毛。他们曾在魔法森林里立起许多巨石

[1] 葛兰奈莱墓地（Granary Burying Ground），波士顿的一处景点，1770年“波士顿大屠杀”的殉难者均长眠于此。另外Granary这个词的原意是谷仓，这里也有双关的意义，指墓地是食尸鬼的“谷仓”。

圈，并一直向外神与伏行混沌之神奈亚拉托提普献祭，没有人知道他们的古怪祭礼。不过有一天，尘世的梦境诸神听闻了他们的某件恶行，把这些古格巨人都驱逐出了魔法森林。从此，他们就被放逐到地下的巨大洞穴深渊里。食尸鬼生活的深渊和魔法森林只隔了一扇带有铁环的石门。虽然古格巨人害怕尘世诸神的诅咒而不敢去打开那扇门，但是对于凡人入梦者而言，穿越巨人们的洞穴并从那扇石门离开简直是无法想象的事情。因为在过去，凡人入梦者是他们再普通不过的食物，尽管现在被流放，且只被允许吃妖鬼，他们之间还流传着这些入梦的人类是多么可口的传说。妖鬼是惹人讨厌的家伙，它们住在兹因墓群，见不得阳光，像袋鼠一样用长长的后腿跳跃着前行。

所以食尸鬼皮克曼只能建议卡特要么从萨克曼德离开深渊，要么从一处墓地返回清醒世界。萨克曼德是一座荒废的城市，位于伦格高原之下。传说那里有长着翅膀的闪绿岩狮子守护着黑色的硝石台阶，走下那些台阶，就可以从梦境之地去到地底的深渊。如果选择另一个方案，从一处墓地返回清醒世界，则需要重新出发，再次走下七十级浅睡台阶来到火焰洞窟，再走下七百级台阶，穿过沉睡之门，然后来到魔法森林。萨克曼德现在是不知道怎么去了，回到清醒世界重新出发显然也并不适合卡特，何况他根本不想清醒过来，以免忘记迄今为止在梦境之中获得的所有信息。如果回到清醒世界，就会忘记那些从北方来到西里菲斯交易缟玛瑙的水手们神一般威严的面容，这对卡特的探寻之旅来说将会是灾难性的损失。他们是神的后裔，必定能给他指一条去到梦境诸神居住的寒冷荒原和卡达斯的路。

卡特费了不少口舌，曾是皮克曼的食尸鬼终于答应了他的请求，答应带他到古格巨人王国的高墙里去。只有当古格巨人们吃饱以后在屋内打盹的时候，卡特才能趁这个机会偷偷溜进那位于微光国度的圆形石塔。那座圆形石塔就是有着克丝封印的中央尖塔，尖塔里的台阶通往一扇石头活板门，一门之隔的外面便是卡特要去的魔法森林。皮克曼还同意指派三只食尸鬼给卡特充当帮手，让它们带着一块墓碑跟卡特一道出发，等到了那扇活板石门的时候就用那块墓碑充当杠杆帮卡特把门撬起。之所以再派三只食尸鬼一起，皮克曼是有考量的。因为食尸鬼对古格巨人来说多少有些威慑作用，古格巨人撞见食尸鬼在巨型墓地里大快朵颐的时候，也常常落荒而逃。

此外，皮克曼还建议卡特把自己也乔装成一只食尸鬼，把脸上疯长的胡子全部刮掉（因为食尸鬼不长胡子），再在泥里打滚，弄得满身泥土，这样外表上就更接近食尸鬼的样子了。再学食尸鬼一样耷拉着身体大踏步地走，把衣服捆成一束随身带着，就像一包食尸鬼们日常从坟墓里带出来的精挑细选的食物。古格巨人的城市将整个王国连在了一起，他们会首先抵达那里，然后穿过地洞，最后出现在距离克丝封印之塔的台阶不远处的一个墓地里。但是他们得小心，因为兹因墓穴的入口就在墓地附近。在那个大大的洞穴里，妖鬼们总是留心着上方想追寻和捕捉它们的居民。古格巨人睡着的时候，它们就会出来，不论食尸鬼还是古格巨人，都是它们攻击的对象，因为这些家伙根本无法分辨两者的区别。它们野性而粗暴，甚至同类相食。古格巨人在兹因墓群中一处狭窄的地方设立了一个岗哨，但是那个哨兵常常瞌睡连天，有时甚至还会被一群妖鬼吓到。尽管妖鬼们无法生活在光线之中，但是它们常常能在深渊里的灰色微光之中忍耐数小时之久。

卡特和三只食尸鬼帮手一起爬进了深不见底的地洞，食尸鬼们扛着一块板岩墓碑——上面写着“尼希米·德比上校，卒于1719年，葬于查特墓地，塞伦”。终于，他们从地洞中爬了出来，来到一片亮着微光的空旷地带——准确地说，他们来到了一片长满地衣的巨石林中。这些巨石很高，一眼望不到尽头，这就是古格巨人的墓碑。他们扭动着身子从地洞的右边出来了，往那些林立的巨石林望去，只看到耸立的巨石塔的巨大世界，直伸向灰色的天空。这就是古格巨人的巨城，仅仅是门廊就有30英尺高。食尸鬼们经常来这里，因为一个埋在坟墓里的巨人足够它们族群吃上一整年，尽管来这里有额外的风险，但是挖一个古格巨人的尸体也比打扰凡人的墓地强。此时，卡特终于明白他当初在普纳斯山谷偶尔遇到的那些巨大骸骨是哪里来的了。

就在墓地的外边，他们的头顶上方耸立着一处垂直的陡峭悬崖，悬崖下方就是那个巨大而险恶的洞穴，邪恶的兹因墓群的入口。食尸鬼告诫卡特要尽可能地避开，因为古格巨人就常常在那片黑暗之中猎杀妖鬼。没多久，卡特对这一切就眼见为实了。有只食尸鬼开始蹑手蹑脚地走近塔楼，看看自己估摸的古格巨人作息时间是否准确。就在这时，洞穴深处的幽暗之中闪现了一双眼睛，紧接着又是一双眼睛。那是妖鬼的眼睛，食尸鬼一靠近它们就立刻察觉到了，同时也说明洞中没有古格巨人。这只食尸鬼立即回到了地洞中，示意同伴们保持安静。最好不要惊扰到妖鬼，它们跟古格巨人打斗之后必定筋疲力尽了，说不定很快就会自行离开。片刻之后，一只像小马一样大小的东西跃进了灰色的微光之中，卡特觉得这猥亵的怪兽十分恶心，脸长得跟人一样，却没有鼻子，没有额头，也没有其他的五官。

现在，另外三只食尸鬼也加入了它们的伙伴，有一只食尸鬼轻轻地对卡特说，那几只妖鬼看起来精力充沛，这很糟糕。因为这表明它们根本没有和古格巨人的哨兵战斗过，仅仅只是趁巨人睡觉的时候从他们身边溜过而已。所以它们依然野性十足，战斗力也没有受到任何削弱，一旦发现并且对付下一个敌人时，能量依旧强大。看到这些污秽且不匀称的生物，真是一件不开心的事情，它们一下就聚集了15只之多，在巨大的塔楼和巨石林立的灰色微光里到处翻挖，像袋鼠一样跳着。但更令人不开心的是，这些妖鬼交流时发出的声音和它们在咳嗽时发出的特有的喉音一样让人难以忍受。尽管这些家伙已经够瘆人的了，从洞穴里走出来的怪物比这还要让人惊慌失色。

眼前突然冒出了一只爪子，足足有两英尺半宽，上面长着可怕的爪钩，接着又有另一只爪子出现在了洞穴口，然后一整只长满黑毛的大前臂都露了出来，接着是两只闪着光的粉红色眼睛，然后是整个水桶那么大的头颅。显然这个古格哨兵刚刚醒来，摇摇晃晃地走了过来。他的两只眼睛向外凸出了足足两英寸，眼睛上方是瘦削的眉骨，眉骨上长着粗糙的毛发，胡乱地往下遮盖着。但是这脑袋上最可怕的还是那张血盆大口，长满了黄色獠牙——与其他正常生物的嘴不同，古格巨人的嘴是竖着长的，从头顶一直纵裂到了下巴。

从这个倒霉的古格巨人在洞口出现，还没等他舒展开那20英尺的巨大身形，妖鬼们就一拥而上包围了他。有那么一瞬间，卡特特别害怕这个古格巨人会大喊着吵醒所有同伴，不过此时身边的食尸鬼压低着声音咕咕地告诉他古格巨人根本无法发出声音，只能通过面部的表情变化进行交流。接下来是一场可怕的战斗，妖鬼们从四面八方冲到古格巨人身上，拼命用牙齿撕咬着，用又硬又尖的脚爪凶残地踢打他。它们一边激烈地攻击这可怜的古格哨兵，一边用仿佛咳嗽时的喉音兴奋地交谈着。古格巨人那张纵列的大嘴偶尔咬住这只小家伙时，它们就会放声尖叫。要不是那个受伤的古格巨人哨兵开始退向洞穴深处，这个战场上的厮打和喊叫声肯定会吵醒城里睡着的巨人们。正因为巨人往后退去，骚动也渐渐平息，只剩下一片伸手不见五指的黑暗，那偶尔回响的可怖声音警示着战斗还在继续。

就在这时，最警觉的一只食尸鬼发出信号，号令大家一起前进。卡特就跟着那三只食尸鬼大步穿过巨石林，来到这座可怕的城市，走上那些散发着恶臭的昏暗街道。城中四处都是巨石塔楼，高耸在黑暗中，一眼看不到尽头。卡特和食尸鬼们没有说话，默默地在粗糙的岩石路面上缓缓走着，听到从黑暗的巨门后面传来隐隐约约的鼻息声，心里感到一阵阵厌恶。这些声音让人以为古格巨人还沉浸在熟睡之中，但是不知道什么时候就会醒来，出于这种担心，食尸鬼们开始加快了脚步。但是即便如此，这段旅程也无法很快到达终点，因为在巨人生活的城市里，任何空间和距离都放大了好多倍。最后，他们来到了一座高塔前的宽阔空地，高塔的巨门上固定着一个大得出奇的浅浮雕标记，即使不知道它是什么意思，只是看一眼也足以让人不寒而栗。这就是古格巨人王国里封印着克丝之印的中央高塔，隐约可见昏暗的塔中那巨大的石阶，它们就是通往上方梦境之地和魔法森林的通道。

现在，这一行人在一片漆黑之中开始了漫长的攀爬。由于这些台阶是专为古格巨人设计的，因此尺寸大得吓人，差不多每一级都有3英尺高，几乎难以攀爬。至于到底有多少级台阶，卡特无法作出准确的估计，因为他很快就筋疲力尽了，而那些灵活又不知疲倦的食尸鬼朋友则不得不来施加援手。在这看不到头的攀爬过程中，潜藏着无数被发现和追逐的危险。尽管由于梦境诸神的诅咒，没有古格巨人敢打开那扇通往魔法森林的活板石门，但是这座塔和这些台阶都在限令之外。只要没穿过那扇石头活板门，逃跑的妖鬼常常一直逃到了尖塔的最顶上也会被古格巨人抓住。这些古格巨人的听觉是如此灵敏，当整个城市里的巨人醒来以后，即使是光着手脚的攀爬者也逃脱不了他们的耳朵。何况古格巨人对来自兹因墓群的妖鬼如此熟悉，到那时，他们不消花上多久时间就能在这些巨大的阶梯上赶上这些更小和更慢的猎物。令人十分绝望的是，卡特了解到古格巨人就算追在身后也根本听不到他们的声响，想到他们会在黑暗中悄无声息地追踪并突然出现在这些攀爬者面前时，卡特不由得感到不寒而栗。此外，古格巨人对食尸鬼似有似无的那点恐惧也靠不住，因为在这样一个古怪的地方，古格巨人太占优势了。还有来自鬼鬼祟祟而又邪恶的妖鬼的危险，它们经常在古格巨人睡觉时跳入高塔。如果古格巨人睡的时间过长，这些妖鬼又很快干完了它们的勾当，它们一从洞穴中出来，这些攀爬者的气味就可能会被这些令人恶心、不怀好意的家伙捕捉到，那样的话，还不如被古格巨人吃掉呢。

卡特感觉他们仿佛已经在黑暗中爬了半个世纪，突然，一声咳嗽从头顶的黑暗之中传来。显然，那里有一只妖鬼，或者说有更多的妖鬼在他们进来之前就误入了这座石头尖塔。他很清楚，危险已经近在眼前。有那么一瞬间，他们都屏住了呼吸，片刻之后，领头的食尸鬼一把将卡特推到墙边，安排它的另外两个同类站到最佳的防御位置，并举起了那块古老的石板墓碑，随时准备在敌人可能出现时发出致命一击。食尸鬼在黑暗中依旧可以看清一切，所以与它们结伴同行可比卡特独自行动要好得多，接着，卡特听到妖鬼脚爪向下蹦跳时碰撞台阶发出的咔哒声，听起来好像不止一只。食尸鬼举起石板，随时准备应战。不一会儿，眼前突然闪现两只红里透黄的眼睛，只听见妖鬼们一边蹦跶一边气喘吁吁的声音。等到妖鬼往下跳到刚好是食尸鬼上方一个台阶时，食尸鬼用惊人的力量挥起那块墓碑。在妖鬼被砸成一堆恶心的肉泥之前，它只是发出了一声喘息就咽气了。这里似乎只有这一只妖鬼，片刻之后，食尸鬼轻轻地拍了拍卡特，示意他继续前行。和之前一样，它们不得不帮助他爬上台阶。不过卡特很开心可以离开那个血腥的杀戮现场，就让那只妖鬼四仰八叉地躺在那片黑暗之中吧。

最后，食尸鬼示意卡特停下来，卡特摸了摸上方，意识到他们终于抵达了那扇巨大的石头活板门。简直难以想象怎么打开这个庞然大物，不过食尸鬼想到了一个办法，它们希望能先合力把它推起来一点点，在缝隙中塞进那块墓碑，用它撑起石门，再让卡特从这个缝中钻出去。它们自己则打算再走下那些台阶，穿过古格巨人的城市回家去。之所以选择这条路线，是因为食尸鬼聪明狡黠，完全懂得巧妙躲避古格巨人王国的危险，况且它们也不知道如何从陆地上前往幽魅的萨克曼德，再穿过石头狮子看守的大门回到无底深渊。

这三只食尸鬼使劲地推着头顶的石门，卡特也使出了浑身的力气。果然最顶上一级台阶的旁边就是石门，食尸鬼们判断得没错。只见它们弯起那凭借恶心食物而长成的肌肉，使出浑身力气往上推起来。过了一会儿，一道亮光从推起的缝隙里照射进来。卡特按照之前说好的，赶紧把那块墓碑的一角塞进缝隙，接着他们更加用力地往上推，然而进展非常缓慢，每一次无法推到可以插入墓碑的缝隙时，他们不得不又从头来过。

突然，从下方的台阶上传来一阵声响，他们瞬间感到恐怖而绝望。那是那只妖鬼尸体滚落下台阶发出的砰砰声和哒哒声，一想到是什么把它们踢了下去，任何一种可能都令人不安。熟知古格巨人习性的食尸鬼仿佛发狂了一般，拼命地往上推那扇石门，很快石门就被推起来一大截，空间大到足够卡特把墓碑塞进去，瞬间撑起了一个很大的口子。它们现在先帮卡特爬出去，让他爬到它们橡胶般的肩膀上，等他能够抓住上方外面梦境之地的土地时，再指引他的脚继续往上爬。卡特一爬出来就清楚地听见台阶下方的喘息声已经十分逼近，食尸鬼们也瞬间爬了出来，一把抽开墓碑，啪地一下关上了那扇巨大的活板门。由于梦境诸神的诅咒，古格巨人永远也不能走出这扇石头活板门，所以卡特大松了一口气，一屁股瘫坐在魔法森林里浓密的怪异菌类上，他的食尸鬼向导们则蹲在旁边大口地喘气。

这片魔法森林依旧如此诡异，和他许久前经过的时候一样。但是比起刚刚离开的可怕深渊，这里可算得上一个避难的天堂了。石头活板门附近没生物居住，就连族格也害怕它而不敢靠近。卡特问食尸鬼们接下来怎么打算，显然要再回到那座高塔，穿过古格巨人王国回自己领地是不可能的了，它们也吓得够呛；可是要回到清醒之地的话就必须穿过火焰洞窟，还会遇到纳什和卡曼扎祭司，食尸鬼一听也连连摇头。所以最后只剩下从萨克曼德回到深渊之中这条路了，但怎么去萨克曼德却毫无头绪。卡特回想起来萨克曼德好像位于伦格高原下面的山谷之中，还想起来在狄拉利恩时有一个邪恶的斜眼老商人就是专门在伦格高原上做生意的。所以他建议食尸鬼前往狄拉利恩找找看，穿过这些旷野到尼尔去，再沿着斯凯河走到河口，就是狄拉利恩了。食尸鬼觉得这个主意不错，此时暮色已浓，意味着它们还要走上一整晚，于是这些家伙争分夺秒地跨开大步上路了。卡特握了握这些让人厌恶的野兽爪子，感谢它们一路以来的帮助，并请它们代为向那只曾经是皮克曼的食尸鬼表达谢意。这些食尸鬼一走，卡特不由得高兴地喘了口气，食尸鬼毕竟还是食尸鬼，它们充其量也只是人类喜欢不起来的同伴罢了。之后，卡特在森林里找了个池塘，洗掉身上在深渊里沾染的泥土，换上了一套一直以来随身小心携带的干净衣服。

入夜了，这片可怕的森林里到处都是怪异的树木，卡特借助它们散发出的点点磷光继续穿行。他沿着那条早已非常熟悉的路线出发去塔纳里亚山后面的欧那盖，西里菲斯城就在那儿。他一边走着，一边想起那匹留在山脚下的马，许久以前，他把它拴在了遥远的奥里亚布岛上恩格拉内克山下的一棵白蜡树上。不知道那些熔岩收集者们会不会给它喂食，会不会解开它的拴绳，也不知道自己还有没有机会回到巴哈那，赔偿那头在亚斯湖岸远古遗迹边被杀死的马的主人——如果那位年长的客栈老板还记得他的话。他回到梦境之地之后，脑子里不由得想了想这些事情。

走了没过多久，他听到有声音从一棵很大的空心树中传来，于是停下了脚步。那拍打的声音听起来像是族格们在召开一次重要的会议，可是他已经离开了那个巨石圈，现在也没心情跟族格说话。再走近一点，他听到族格们紧张激烈的声音，立即意识到它们正在讨论自己很关心的事情。这些族格首领集结在此，商讨着要不要对猫族发动战争。起因是当初有族格跟踪卡特偷偷溜到乌尔达却失踪了——事实上猫只是对某些不怀好意的族格施加了一点合情合理的处罚罢了。但族格们对这事积怨已深，现在，或者说至少一个月内，这些聚集的族格将对整个猫部族发起一系列出其不意的进攻，决意拿下独自活动的猫或者突袭毫无防备的猫群，总之绝不会给乌尔达那些数量庞大到数不清的猫们动员和操练的机会。这就是族格的计划，卡特意识到自己继续上路之前得先将其摧毁。

卡特蹑手蹑脚地走到森林边缘，朝着那片星光照耀的田野上发出了一声猫叫。附近一间农舍的一只大母猫听到了这声叫喊，把这个消息传给了这片绵延起伏的草地上的同盟——那些大大小小的，黑的、灰的、白的、黄的、虎斑色或杂色的勇士们。阵阵猫叫声遥相呼应，穿过尼尔，越过斯凯河，甚至传到了乌尔达，乌尔达数不清的猫们回应以异口同声的叫喊，立刻组成了一支军队。幸运的是月亮没有升起来，所以这些猫还在地球上。它们敏捷轻巧地跳跃着，从一个个壁炉中钻出，从一个个屋顶上跃下，不一会儿，一片毛茸茸的海洋便穿过了平原，来到了魔法森林的边缘。卡特在那里迎接它们，和在深渊里见到的以及与他同行的那些家伙相比，看到这些漂亮又健康的猫真是养眼怡神。他很高兴见到那可敬的朋友——他的救命恩猫站在乌尔达军队的最前面，它那皮毛柔顺的脖子上围着一圈象征身份的领圈，胡须威武地翘着。更令卡特高兴的是，那支军队里还有一只活泼的年轻猫，它担任中尉的职务——那不是别的猫，正是他许久以前在乌尔达的那个早晨给过它一碟奶油的小黑猫。现在它已经长得健壮魁梧、颇有作为了，卡特在和首领握手时，它也正发出咕噜咕噜声向他问好呢。它的祖父告诉卡特，它在军队里干得不错，也许再参加一场战斗就可以升为上尉了。

卡特简要地说了一下猫部族面临的危险，得到了四方低沉但充满感激的咕噜声。和将军们商量之后，卡特拟定了一项即刻行动的计划，立即向族格的议会和其他已知据点行军，预先阻止它们的突袭行动，并且迫使它们在还没发动侵略队伍之前就投降。于是，没有片刻耽搁，猫儿们如潮水般涌入了魔法森林，盘踞在族格召开议会的大树和巨石圈周围。看到这么多的新来客后，族格的拍打声迅速飙升成惊慌失措的高音，这些鬼鬼祟祟又好打听的棕色小东西几乎没有任何抵抗，仿佛还没开战就看到了自己的失败，现在已经不敢去想复仇的事了，还是先保全自己再说吧。

现在，半数的猫围坐成一个圈，把俘虏来的族格围在中间，留下一个小缺口，等在魔法森林里其他地方抓捕的猫陆续赶来加入这个环形队伍。卡特充当翻译，族格和猫达成了停战协定。条约规定允许族格保留其部落，并享有自由，但是每年必须向猫部族缴纳大量贡品——它们从森林里那些不太美妙的地方俘获的松鸡、鹌鹑和野鸡。12只年轻的贵族族格被带走，作为人质扣押在猫族位于乌尔达的神殿中。胜利者们明白地表示，只要有任何猫在族格的领地边界附近消失，等待它们的就是毁灭性的后果。事情都处理完了以后，猫们散开了阵型，让族格们一个接一个回到各自的家中。族格们赶忙溜走，可许多族格仍略带愠怒地回头望向对手。

现在，年长的猫族首领派了一些猫护送卡特穿过魔法森林，以便让他安全穿过族格的地界去到其他任何想去的地方，因为它觉得族格可能会因为战争计划的失败而对卡特怀恨在心。卡特感激地接受了这个提议，因为这样他的旅途不仅有了安全保障，还能有他喜欢的优雅的猫儿们陪伴。这群猫在成功完成刚才的任务之后就放松了下来，愉快地来到了卡特身边。卡特在这群快乐又可爱的猫的簇拥下出发了，准备穿过这片参天大树林立、散发着点点磷光的魔法森林。一路上，卡特和年长的猫族首领及它的猫孙聊着自己的探寻之旅，护卫队里其他的猫儿有的在追逐被风从长满菌类的古老地面卷起的落叶，有的沉溺于相互嬉戏。年长的猫首领告诉卡特，它曾经多次听说无人知晓的卡达斯峰就坐落在寒冷荒原上，但不知道具体在哪里。至于那座精美绝伦的夕阳之城，它闻所未闻，不过如果以后听到关于那座城市有关情况的话，它很乐意转告卡特。

它还告诉了卡特一些可以在梦境之地和猫儿们交流的重要暗语，并且在西里菲斯的一个猫群老首领面前对他大加赞赏，它就统领着那片土地。那只老猫，卡特早已略有所闻。它是一只高贵的马耳他猫，在大大小小的事上都颇具影响力。等这一行走到魔法森林边缘时，天已经亮了，卡特依依不舍地和这些朋友们道别。那只年轻的中尉猫咪想陪卡特一起上路，因为它还是一只小猫咪的时候就认识他了，可是老首领不允许，坚持它应该对整个部族和军队负责。于是，猫儿们纷纷回到了魔法森林中，卡特则独自继续他的探寻之旅。他踏上了一片神秘的金色田野，一条小河蜿蜒其中，两岸的柳树郁郁葱葱。

卡特非常熟悉魔法森林和塞勒纳海之间的原野，于是他愉快地沿着欧克纳斯河继续前行，这条欢唱的小河是他探寻之路的必经之地。太阳从长着小树林的山岗和草地缓坡上升起，阳光下，点缀着每个小山丘和山谷的花朵千姿百态、格外鲜艳。整个地区笼罩着一层宁静祥和的薄雾，这里的阳光比其他地方更加绚烂，夏天的小鸟啁啾和蜜蜂嗡嗡声也更加丰富悦耳。走过这片地方，仿佛就像走过一片仙境，让人感到前所未有的惊奇与快乐。

到了中午，卡特抵达了库兰的碧玉阶梯，这些阶梯沿着缓坡一直延伸到河边，阶梯之上就是那座可爱的神殿，神殿中有伊莱克·瓦达国王[1]。他的疆土位于缥缈的海上，他一年一度乘坐金轿子从遥远的疆土前来为欧克纳斯河神祷告。他青年时曾住在这条河流旁边的一栋农舍，那时欧克纳斯河神就曾经对他歌唱。库兰的整座神殿都是由碧玉砌成的，约占地一英亩，由高墙、庭院、7座尖塔和内殿组成。河水从隐秘的河道而入，河神在晚上会在这里轻柔地歌唱。当月亮照在这些庭院、阶梯和尖塔上的时候，人们多次听到了那奇特的音乐，但那音乐究竟是神的歌声还是神秘的祭司们的吟唱，只有伊莱克·瓦达国王才说得清楚。

[1] 伊莱克·瓦达国王：根据《银钥匙》最后的部分与《穿越银匙之门》的记叙，伦道夫·卡特曾统治此地。

因为只有他进过神殿，也只有他见过祭司。现在，在白天最困倦的时候，那座雕栏画栋、精致优雅的神庙一片沉寂，卡特继续行走在醉人的暖阳下，耳中传来潺潺的流水声和鸟儿蜜蜂的嗡嗡声。

整个下午，这位朝圣者都在芳香四溢的草地上和朝河流倾斜的缓坡上漫步，缓坡上有宁静的茅草屋，还有友善的众神的神殿，它们都是由碧玉或金绿玉宝石雕刻而成的。有时他走近欧克纳斯河畔，朝着那条清澈见底的溪流里活泼而色彩斑斓的小鱼吹声口哨；有时他则在沙沙作响的风中停下脚步，盯着河对岸广袤黑暗的森林，这片森林的树一直长到水边。在过去的梦境里，他曾看见过一些古怪的伯珀斯[1]迈着笨重的步子胆怯地从树林里出来喝水，但现在他再也没看到这些生物。有一次，他停下来看一条食肉鱼捕捉一只水鸟，这条鱼在阳光下露出诱人的鳞片，把水鸟引诱到水面，当那长翅膀的猎人想要俯冲下来捕捉这猎物的时候，这条食肉鱼突然用它的大嘴一把咬住鸟嘴，拖下水去。

将近黄昏时，他登上了一片长满青草的低矮高地，看到前方上千座镀金的索兰尖塔在落日余晖中闪烁着红光。那座不可思议的城市的墙壁高得令人难以置信，这些光洁雪白的墙壁从底部向顶端倾斜，联结成一块坚固的整体，没有人知道它们是如何建成的，因为它们比人类的记忆更加古老。虽然这些墙壁如此高大，而且它们上面还修建有上百扇大门与两百座塔楼，但是那些簇拥在城墙之内的白色群塔却要比这些雄伟的城墙更加高大。那些林立的尖塔除了金色尖顶之外通体洁白。周围平原上的人们看到这些白色群塔高耸入天空，有时闪着金光，通体清晰可见，有时塔尖云雾缭绕，有时白塔低处飘浮着云雾，而它们的金色尖顶则在云雾之上尽情地闪耀。索兰城的入口建在河上，那些巨大的大理石码头就是它的入口。华丽的香柏和印度乌木船缓缓地驶进码头，停泊在岸边，留着胡须的奇怪水手们坐在木桶和一堆堆包裹上，上面刻着遥远国度的象形文字。高墙之外是一片农田乡野，在那里，一座座白色的小屋在小山之间安然沉睡，有许多连接着石桥的羊肠小道在溪流和花园之间蜿蜒开来。

[1] 伯珀斯：一种生活在梦境之地的大型动物。

傍晚时分，卡特从这片青翠的土地向下走去，看到一片微光从河上升起，倒映在索兰金碧辉煌的塔尖上，轻轻浮动着。就在黄昏的时候，他来到南门口，被身披红袍的哨兵拦下，直到他说出三个难以置信的梦境才肯放行。因为说出这些梦境才能证明他是一个老练的入梦者，有资格走上索兰陡峭神秘的街道，到出售华丽的大帆船的集市里游荡。然后他就走进了那座不可思议的城市；他先穿过了一堵很厚的墙，墙上的门洞仿佛一条隧道一样深远；接着他在那些高耸入云的塔楼间的小路上穿行，道路又窄又深，蜿蜒曲折，起伏不平。灯光从栅格窗和阳台窗里透了出来，琵琶和笛子的声音也悄悄从庭院内飘荡而出，隐约还能听见院内大理石喷泉的水流声。卡特认得路，他慢慢地穿过黑暗的街道，来到河边，在一家古老的海滨客栈里，他找到了他在无数次梦中所认识的船长和水手。他在那里买了一张去西里菲斯的船票，那是一艘绿色的大帆船。他跟客栈里那只德高望重的猫恭敬地说了几句话后，就在那里住了一夜。

第二天早晨，卡特登上了开往西里菲斯的帆船。他坐在船头发呆，水手们解开缆绳，开始向塞勒纳海驶去。这是一段漫长的旅程，索里格两岸的风光和索兰河岸并没有什么区别，不时能看到右岸远处的山丘上出现一座奇特的庙宇，或者是河畔上坐落着一座寂静的村庄，红色的斜屋顶和渔网在阳光下铺展开来。卡特还是一心想着他的探索之旅，于是去和每一个水手套近乎，向他们打听曾经在西里菲斯酒馆里遇到的人——那些长着狭长的眼睛、长叶状耳朵、细瘦的鼻子和尖下巴的水手，他们乘着黑船从北方而来，用他们的缟玛瑙来换取雕琢的玉器、金丝和西里菲斯会唱歌的小红鸟。水手们对这些人所知不多，只知道他们很少说话，并对他们怀有一种敬畏之情。

那些人住在一个叫因格诺克的地方，距离这里很远。那片土地寒冷而昏暗，据说还离伦格高原很近，所以没有多少人愿意到那里去。尽管有人怀疑伦格高原只是个谣传，但是那四周峰峦高耸，难以逾越，所以也无从考证那片传说中有恐怖石头村落和修道院的邪恶高原是否真的就在那里。更有人觉得，这个谣传根本就是胆小的人因为看到黑夜中的尖峰如屏障一般高耸，因此生出的恐惧而已。当然，去到伦格高原的人，都跨过不同的海洋而来。那个地方根本无法定位，水手们也不知晓因格诺克还有哪些其他相邻的地界，而关于那个地方的诸多传言都隐晦不明，他们也从来没听说过寒冷荒原和卡达斯，更别提卡特所说的那座奇幻的日落之城了。卡特没有再问，他决定在此等待那些古怪的人从寒冷又昏暗的因格诺克过来，因为他已经笃定，这些人就是刻在恩格拉内克山上的诸神后裔。

当天晚些时候，他们的船行到了克莱德芬芳馥郁的丛林边，河流也开始变得蜿蜒起来。卡特希望能在这里上岸，因为在这些热带丛林里，沉睡着许多奇异的象牙白宫殿，孤独而完整，宫殿中曾经住着许多传说中的国王，他们的名字已经被人遗忘了。旧日之神的符咒使这些地方不受损害也不会腐朽，因为有文字记载也许有一天会再次需要它们；大象商队在月光下从远处瞥见了它们，尽管没有人敢靠近，因为它们的完整是属于守护者的。但是船继续向前航行，暮色掩盖了白天的嗡嗡声。头顶上的第一颗星星闪烁着回应河岸上最早出来活动的萤火虫，当丛林远远落在后面，只留下它的芬芳作为回忆标志着它的存在。整个晚上，帆船都在神秘莫测的未知世界中穿梭。有一次，一个瞭望员报告说东边的山上着火了，但昏昏欲睡的船长说最好不要盯着那里看，因为根本不确定是什么人或什么东西点燃了它们。

到了早晨，河面变得宽阔许多，卡特从河岸上的房屋判断出他们已经非常接近塞勒纳海上的大型商贸城市希兰底了。这里的墙壁是用粗糙的花岗石砌成的，房屋的尖顶则用横梁和灰泥山墙砌成。与梦境之地的其他人相比，希兰底人更像清醒世界的人；所以，除了人们想要进行货物交易，没有人会特意在梦境中寻找这座城市，不过这座城市倒是因为这里工匠打造的货物结实耐用而有些美名。希兰底的码头全是用橡木铺设而成，卡特一行人在这里靠了岸，随后，水手把缆绳系好，船长则走进酒馆和人们谈起了生意。卡特也上了岸，好奇地望着木制的牛车在满是车辙的街道上缓缓而行，兴奋的商人们在集市上直愣愣地叫卖着他们的货物。这些海边小酒馆坐落在铺着鹅卵石的小道边，离码头很近，海水溅起来的浪花蒸发以后在这些小路上留下盐渍，低矮的黑色横梁天花板和绿色的牛眼玻璃窗[1]使这些小酒馆显得非常古老。在那些小酒馆里，老水手们谈论着许多遥远的港口，讲着许多从昏暗的因格诺克来的奇怪的人的故事，但是和帆船上的水手们所说的比起来也没什么新意。最后，船在好一番卸货和装载之后，又一次在夕阳西下的海面上启航了。在夕阳的最后一道金色光芒的照耀下，整个画面无与伦比的神奇和美丽，希兰底的高墙和山墙也在身后变得越来越小了。

这艘帆船航行了两天两夜，驶过了塞利纳海，一路上只遇到了一艘船，还和他们交谈了一番，但是还看不到任何陆地的影子。第二天太阳快落山的时候，隐约可以看见远方的亚兰山，峰顶覆盖着白雪，山腰以下的斜坡上银杏树在摇曳，卡特知道他们已经来到了欧那盖和美丽的西里菲斯城。不一会儿，这个神话般的小镇上闪闪发光的尖塔、光洁如新的大理石城墙、墙上的青铜雕像以及纳拉克萨河入海口的巨大石桥都一一映入眼帘。接着，城市后方绿油油的小山坡也渐渐浮现在视野中，可以看到山上的小树林、种植日光兰的花园、小巧的神龛和村舍，更远处则是塔纳里亚紫色的山脊，看上去庄严而神秘，在它的后面是通往清醒世界和其他梦境之地的禁忌之路。

海港里停满了五颜六色的桨帆船，其中有些船是从云之城塞拉尼安驶来的，那是一座用大理石修建的城市，位于大海与天空相接的超凡空间之外；另外一些船则来自梦境之地各大海洋的港口，这些港口则是现实中人们非常熟悉的，所以在梦境之地也轮廓清晰、坚实稳固。卡特从舵手们中间走过，登上了这座香料馥郁的码头，在夕阳的余晖中，水手们在这里抛锚拴好缆绳，城市里万千华灯初上，在水上闪烁着光芒。这座城市似乎什么时候看起来都是崭新的，时间在这里仿佛失去了将一切变得黯淡的权力。一万年来，这座城市依旧如同绿宝石一样闪闪发亮，为纳斯-霍尔萨斯神所珍爱；城中80个头戴兰花花环的祭司也还保留着当年建造这座城市时候的样子；城门上的青铜雕像依旧锃亮，缟玛瑙铺

[1] 牛眼玻璃窗：一种玻璃上带圆形凸痕迹的手工玻璃，一般都安装在新英格兰地区非常古老的房屋中。

设的道路也没有任何磨损破败。矗立在城墙上的巨大青铜雕塑向下俯视着来往的商旅和赶骆驼的人，这些人出生的年代比寓言故事还久远，但是他们分叉的胡须上没有染上一丝灰白。

卡特没有立刻去寻找神庙、宫殿或者是城堡，只是待在朝向大海的城墙边，混迹于来往的商贩和水手之中。天色太晚的时候，人们散去，卡特无法再继续打听那些传说时，他找到一家自己过去十分熟悉的古老的小酒馆，在那里歇下了。当天晚上，他做了一个梦，梦见了自己一直苦苦寻找的住在卡达斯峰之上的梦境诸神。第二天，他沿着码头寻找那些来自因格诺克的古怪水手，但是人们告诉他这些人现在都不在港口，他们的桨帆船整整两个星期都没有从北方驶来了。不过卡特运气不错，发现有一个来自托拉邦的水手曾经去过因格诺克，甚至还在那片昏暗之地的缟玛瑙采石场工作过。据这个托拉邦水手说，那片地方的居民区以北必定有一片荒漠，因为每个人都仿佛对那个地方有些害怕，避之不及。据那个托拉邦人推断，那片荒漠就挨着伦格高原周围的群山屏障，所以人们对那个地方心存恐惧，但是卡达斯是不是就在那儿，他也不清楚。他还告诉卡特，确实还有一些关于那里的邪恶幽灵和无名哨兵的传说，不过大多隐晦不明。他不知道这些鬼东西是否真的存在，如果真的存在，就绝不会驻守在一片什么都没有的荒漠里了。

又过了一天，卡特沿着石柱街一路走到了绿松石圣殿，他准备找大祭司打听一下。在西里菲斯，人们主要崇拜的神明是纳斯-霍尔萨斯，但是在每天的日间祈祷中，他们也会念及每一位梦境诸神的名字。大祭司和远在乌尔达的阿塔尔一样，对梦境诸神的心情了如指掌。他强烈反对卡特任何寻找梦境诸神的尝试，因为这些神明暴躁易怒，反复无常，并且受到外部世界另一些神明的特殊保护——那些神明的灵魂与使者便是伏行的混沌之神奈亚拉托提普。他们将那座美妙的落日之城隐藏起来，就充分显露了他们的嫉妒心，他们根本不希望卡特再到那里去了。要是去找他们，还当面祈求重新见到那座城，后果根本不敢去想。过去从未有人找到卡达斯这个地方，那么未来继续没有人发现也无妨。那些关于梦境诸神居住的缟玛瑙城堡的谣言，怎么说都有点让人惶恐。

卡特谢过戴着兰花花冠的大祭司，离开了圣殿。他想寻找西里菲斯猫族的老首领，于是去了羊肉贩子的集市。果然，那只尊贵的猫正在缟玛瑙铺砌的人行道上晒着太阳呢。卡特走过去向它致意，它只是懒洋洋地伸出一只爪子，接着卡特做了自我介绍，并复述了一遍乌尔达老猫将军教给他的暗语，这位毛茸茸的首领立刻变得亲切健谈起来。它告诉卡特许多生活在欧那盖海边山坡上的猫儿们打听来的秘闻。虽然没有任何猫愿意上那些黑色船只，但是住在海边的胆小猫咪还是知道许多关于因格诺克人的秘密。它把这一切都告诉了卡特。

那些因格诺克人好像根本就不是来自地球，但这不是为什么没有猫登上他们船只的原因，真正的原因是猫儿们无法忍受因格诺克带来的阴鸷感。所以在那个冰冷幽暗的国度，从来都听不到猫儿欢快的咕噜声，就连最普通的猫叫也听不到。这种莫名的感觉到底是因为伦格高原四周无法逾越的山峰上飘荡着的东西，还是因为那些从寒冷刺骨的荒原向北逐渐渗透并扩散的东西，没有人能说清楚。可以肯定的是，猫儿不喜欢在那遥远的土地上时有一种置身外太空的感觉。在这个方面它们比人类更加敏感，所以绝不会登上那些驶向因格诺克玄武岩码头的黑色船只。

老猫首领还告诉卡特去哪里找他的朋友库兰斯国王。在卡特较晚的梦境中，库兰斯国王一半时间统治西里菲斯城中玫瑰水晶建成的无上喜乐之殿，一半时间则待在飘浮在空中的塞拉尼安云堡里。他似乎已经厌倦了这些华丽的宫殿，反而日益向往孩提时代熟悉的英格兰悬崖和低地。那些让他魂牵梦萦的小村庄，入夜后，古老的英格兰民谣从格子窗中飘荡而出；在那里，透过遥远河谷的葱翠隐约可见灰色的教堂塔楼尖顶可爱地探出头来。在清醒世界中，他无法回到这些地方，因为他的肉体已经死了。所以他认为再好不过的就是在梦境中构想出城市东部有一小片这样的乡村，那里的草地优雅地从海边的悬崖一直延伸到塔纳里亚山脚下。在那里，他住在一座灰色的哥特式石屋里，面朝大海。在他的想象中，那就是古老的特雷弗塔，他以及他祖先十三代人出生的地方。在附近的海岸上，他用想象力构建了一个康沃尔郡式的小渔村，村里有铺着鹅卵石的陡峭小路，还住着一些长得像英国人的村民，他一直想教他们记忆中康沃尔郡老渔夫们那亲切的口音。在不远的一个山谷里，他建起了一座诺曼大修道院，以便自己能从房间的窗口就能看到它的尖塔。塔的四周是教堂墓地，灰色的石头上刻着他祖先的名字，上面覆盖着青苔，看上去有点像是老英格兰的苔藓。虽然库兰斯在梦境之地中是一位君主，掌控着所有想象而成的美景和奇迹，但是只要能让他回到古老的英格兰度过哪怕只是愉快的一天，他都愿意交出自己的一切权力，放弃梦境之地的所有奢华和自由。因为那片哺育他的土地才是他永恒的心之所向。

知晓这一切之后，卡特和灰色皮毛的老猫首领道了别。库兰斯国王显然不会在那座玫瑰水晶修建的阶梯式宫殿里，于是卡特出了东边的城门，穿过长满雏菊的田野，径直朝一处尖顶山墙走去。卡特曾在公园里隔着橡树林看到过那儿，就在海边的悬崖上。他来到了一处巨大的树篱边，绕过它走到了一间小小的砖墙小屋的门口。他按了门铃，出乎他意料的是，开门的并不是身穿长袍、看上去像受过涂油礼的宫殿侍从，而是一个瘦削的矮老头，穿着一件布罩衫，说着一口远方康沃尔郡的古老方言。卡特随着他走上了一条林荫小道，两侧的树长得很密，就像英格兰的那些林荫道一样，然后踏上了安妮女王[1]时期设计风格的花园台阶。大门的两侧像旧式的陈设那样放置了石猫，穿着合身制服、留着小胡子的管家就在门前等候，接着便把他领到了图书馆。库兰斯——这位统治着欧那盖及塞拉尼安周边天空的国王，正坐在图书馆的窗户边，忧伤地看着他那座海岸上的小村落，心里希望能像过去一样，他的老保姆会在这时候走进来大声责骂他怎么还没准备好去参加教区牧师举办的无聊的草坪聚会；与此同时，屋外正有一辆马车已经备好，他的母亲则已经等得不耐烦了。

库兰斯披着一件晨衣（那是他青年时代的伦敦裁缝们最青睐的剪裁样式），热情地起身迎接来客；因为在他看来，见到一个从清醒世界来的盎格鲁-撒克逊人是非常难得的，即使他看到的只是来自马萨诸塞州波士顿而非来自康沃尔郡的撒克逊人。他们谈论了许久关于往昔岁月的

[1] 安妮女王（1665—1714年）：大不列颠王国女王，斯图亚特王朝末代国王。

事情，这两个老练的入梦者都对梦境之地那些不可思议的地方的奇观了如指掌，有太多的话题可聊。的确，库兰斯曾经穿越群星，到达了宇宙尽头的虚空，而且据说他是唯一一个从这样一次航行中神志清醒地回来的人。

终于，卡特提到了自己要去寻找卡达斯的计划，并问了库兰斯国王许多他已经向很多人打听的问题。可惜老国王根本不知道卡达斯在哪里，也对卡特口中那座奇幻的日落之城一无所知。他警告卡特，去找寻梦境诸神是非常危险的，外神们有各种各样神奇的方法来保护他们不被怀有好奇心的鲁莽之人打扰。他曾去过外太空，在那遥远的地方了解到了许多关于外神的事。特别是在无形的外部空间，所有的彩色气体都酝酿着最深的秘密。紫罗兰气体辛加克告诉了他有关伏行的混沌之神奈亚拉托提普可怕的事情，并警告他永远不要接近那片中央虚空，因为恶魔之王阿撒托斯就在那片黑暗之中饥饿地啃咬着。总之，最好不要去打扰梦境诸神。既然梦境诸神把那座城市隐藏起来不让卡特进入，那最好不要再去寻找它了。

不仅如此，库兰斯还告诉卡特自己的担忧，他认为卡特就算去了那座城市也毫无意义。因为在过去，他曾常年向往迷人的西里菲斯和欧那盖，向往那里自由、丰富多彩、有着愉快体验的生活以及没有枷锁、世俗和愚昧的日子。但是后来，他不仅来到了这片土地，还成为了这里的君主，一切却变得索然无味，自由与生机很快便消磨殆尽了，只剩单调的渴望，渴望找到记忆深处曾经有过的东西。成为欧那盖的君主并没有让他快乐，一想到那个让他在那里度过了整个青年时代的英格兰，那些已经失去的旧日熟悉的一切，他就垂头丧气。只要能再次听到康沃尔郡教堂里传出来的钟声，回味它们在整片丘陵和草地上的回响，他愿意放弃整个王国。只要能再次看到童年故乡村落的尖顶村舍，他愿意放弃西里菲斯海港中的数千座尖塔。基于自己的经验，他告诉卡特，那座未知的夕阳之城中其实并没有他所寻找的东西，也许最好还是让它留在一个辉煌灿烂又似忘未忘的梦境里。

所以他笃定卡特苦苦寻觅的梦境实际上也是在寻找记忆深处最初的

风景。过去，库兰斯国王还在清醒世界的旧日时，就经常拜访卡特，他知道，卡特就诞生在新英格兰风景秀丽的丘陵上。夜晚，笔架山上的灯火霓岚，古雅的金斯波特城内的高大尖塔与蜿蜒山间小道，古老、闹鬼的阿卡姆复折式屋顶，还有绵延数英里的愉快安宁的草场和山谷，石墙在那里蔓延，白色的农舍山墙从绿荫中探出头来——在他看来，这些风景才是卡特的归宿，但是伦道夫·卡特依旧要坚持他的寻梦之旅。两人各执己见，最后只好道别。卡特再次穿过青铜城门，回到了西里菲斯，穿过立柱街，回到了古老的防波堤边。他主动结识了更多远道而来的海员，一边期待着能等到一艘从因格诺克驶来的黑色桨帆船，载着特别面容特征的水手和实际上是诸神后裔的缟玛瑙商人。

一天夜晚，星星特别明亮，卡特突然瞥见在灯塔光芒的照耀下，他等待已久的那艘船进了港口。那些有着特殊面容特征的水手开始三三两两地出现在防波堤边的酒馆里。再次见到这些诸神后裔，卡特不免一阵激动，但是他很快冷静下来。卡特思忖着，这些人身上也许多少还保留着诸神的骄傲，不知道他们掌握多少秘密，也不知道他们还残存多少对诸神的记忆，这些记忆是模糊还是清晰。如果这个时候告诉他们自己的探寻之旅，或者着急打听他们居住地以北的寒冷荒漠，必定不是一个好的选择。所以卡特没有急着和他们搭话，而是默默地观察他们。卡特发现，这些水手虽然成群结队地出现在酒馆里，却很少和别人交谈，只是和自己的同伴聚在人少的角落里，哼着那些不知曾回荡在哪片陌生土地上的歌谣，对同伴们用其他梦境之地的人都不知道的语言讲着冗长的传说。在普通人听来，这些歌谣和故事不过是一些稀奇古怪的调子和晦涩难懂的旋律，可是它们是那么特别，人们不禁好奇这些曲调是从什么样的人那里传诵开来的。

这些奇怪的水手在西里菲斯的小酒馆里逗留了一个星期，在集市上做买卖。在他们开船之前，卡特已经乘上他们那艘暗色的船，他告诉他们，自己是一个开采红玛瑙的老矿工，希望到他们的采石场去工作。那艘船是用柚木做的，做工很精巧，饰以黑檀配件与黄金制成的花饰窗格，旅客住的船舱里还挂着丝绸和天鹅绒的帘子。一天早上，潮流转向的时候，水手们起锚，扬帆出发了。卡特站在高高的船尾，看着夕阳镀上西里菲斯城里金色的墙壁和青铜雕塑，还有那金色的尖塔。船渐行渐远，这些景象全都缓缓沉了下去，亚兰山峰那堆满积雪的山峰也越来越小。到了中午，除了眼前这柔和的瑟瑞利安海便什么都看不到了，整片碧蓝之中，只有一艘色彩艳丽的桨帆船在远处缓缓行驶，航向海天交接的云之城塞拉尼安。

夜幕降临，繁星点点。当北斗七星和小熊星座绕着北极慢慢地摇晃时，那艘黑色的船向它们驶去。水手们唱着陌生地方的奇异歌曲，然后一个接一个偷偷地溜到甲板上。与此同时，满怀渴望的瞭望员们低声唱着古老的圣歌，俯身在栏杆上，想看一看海面下在船荫处嬉耍的发光小鱼。到子夜的时候，卡特回船舱睡觉去了。等他再次起身的时候，海面上已经洒满了清晨的阳光，他留意到太阳似乎比以往更偏南了一些，于是，这一整天，卡特都在和他们交谈，试着了解他们。卡特小心翼翼地谈起因格诺克，谈到那座精致的缟玛瑙城，以及让他们感到恐惧的、据说就在那崇山峻岭之后的伦格高原。水手们谈起没有猫愿意生活在因格诺克，对此满是遗憾，他们觉得猫一定是因为附近以及对传说中不可逾越的险峻高峰的恐惧。他们告诉卡特，没有猫愿意待在因格诺克，实在令人遗憾，并且他们认为这一定是因为因格诺克离伦格高原太近的缘故。他们跟卡特说了很多事情，偏偏对伦格高原的事情闭口不言，他们始终觉得那片荒漠之中存在着某些让人不安的东西，为了避免不必要的麻烦，倒不如一口咬定那地方根本不存在。

后来几天里，他们聊到了因格诺克的采石场，之前卡特曾经提到要去那里工作。因格诺克有许多采石场，就连整座城市也是由缟玛瑙建成的。通常这些石块经工人们打磨抛光好就被送到雷纳、欧乐根和西里菲斯城去售卖。还有部分石料会流向城里的市场，等着从繁华港口索拉、伊兰内克和卡达特罗来的商人来此采买，因格诺克人常常用缟玛瑙从他们那儿换一些精致的货物。在遥远的北方，那个因格诺克人不愿意承认存在的寒冷荒漠中，有一座废弃的采石场，比任何其他采石场都要大。在古老到无法追溯的过去，曾有人在那座采石场中开凿了无比巨大的缟玛瑙。任何一个人看到那无边的凿痕都会惊恐不已。没有人知道是谁凿的，那块无与伦比的巨石又被运送到了哪里。人们都认为最好别去那里惹麻烦，说不定就有非人类的记忆还附着在那里。所以，在一片苍茫的暮色之中，采石场一片孤寂，只有乌鸦和传说中的夏塔克鸟停留在那片空荡之上。听完这番话，卡特陷入了沉思，因为他立刻想到，传说位于无人知晓的卡达斯峰之上的梦境诸神的城堡就是由缟玛瑙建成的。

一天天过去，太阳似乎越来越低了，头顶的迷雾却越聚越厚。不到两个星期，就完全看不到太阳了，白天也只有一丝诡异的灰色微光从云雾中透出来，头顶密云满布，仿佛永远也不会散去。晚上也没有了星光，只有点点冰冷的磷光在云层下方闪着。到第20天，卡特远远看见海中出现了一块巨大的锯齿状岩石。自从他们踏上远航，看着亚兰山的雪峰从身后渐渐消失，再也没有看到过一块陆地了。卡特赶紧询问船长那块岩石是什么地方，船长告诉他那地方没有名字，也没有任何船只想去那儿，因为晚上那里会传出令人不安的叫声。果然，入夜以后，那片嶙峋的花岗岩地上传来了阵阵沉闷的嚎叫，卡特庆幸他们没有在那里停顿，那块岩石原本也不是什么他要去的地方。水手们则紧张极了，他们祈祷着，唱着赞歌，直到这些声音从耳边消失。天快亮的时候，身在梦境之地的卡特也进入了梦乡，一连做了好几个噩梦。

又过了两天，一天早上，卡特远远地看见东边的方向显现出一排灰色的山峰，峰顶隐没在仿佛永远盘旋在这片昏暗大地上的阴云之中。看到这些，水手们高兴地唱起了歌，跪在甲板上开始祈祷。卡特知道，他们已经到了因格诺克的地界，而且马上就要在它那玄武岩港口停泊，上岸进城了。临近中午，黑色的海岸线出现了。快到下午3点的时候，因格诺克城的穹顶和尖塔也出现在了北边的视野里。这座古老的缟玛瑙城耸立在码头与城墙的上方，显得既罕见又奇特。城里所有建筑都是黑色的，上面有各式各样的镶金涡卷形装饰、凹槽以及阿拉伯图案，异常精致巧妙。高耸的民居上面有许多窗户，而房屋的侧面则雕刻满了花朵和令人称奇的对称图案，美得比阳光还要晃眼。有些建筑是洋葱头式穹顶，另一些则是梯台状的金字塔屋顶；除此之外，还有成簇的尖顶，设计巧妙而稀奇。低矮的城墙上贯穿着许多大门，这些大门比惯常的拱门更高，顶端雕有神的头像，那技法与恩格内克山的石像如出一辙。城市的中央有一座小山，山上耸立着一座16角塔楼，这便是这座城市的最高点。塔楼的平顶上还有着一座高高的尖顶钟楼，水手们说那是旧日之神的神殿，一位年长的大祭司在那里看守着所有的秘密。

每隔一段时间，就有一阵奇怪的钟声传来，在缟玛瑙城的上空回响，引来一片由号角、古提琴与吟唱声组成的隆隆神秘音乐的回应。殿顶高悬的走廊上有一排三脚架，不时地喷出火焰来。因为城里的祭司和百姓知晓古老的秘密，忠心耿耿地延续着梦境诸神古老的旋律，这些旋律记录在比《纳克特抄本》更古老的上古手卷中。当船驶过玄武岩防波堤进入港口时，城里那起初听起来细微的嘈杂声渐渐响亮起来。卡特看到码头挤满了奴隶、水手和商人：水手和商人都长着一张神似梦境诸神的脸，但奴隶们都长着一双斜眼，又矮又胖。传说他们从伦格高原另一边的山谷飘过或者绕过难以逾越的高峰而来，至于他们是怎么来的，没有人知道。从城墙延伸出很宽的距离便是码头，上面堆满了从停泊在那里的大船上卸下来的各式各样的货物；在码头的一侧堆积着一大堆缟玛瑙，其中有雕刻好的作品，也有未经加工的原料，全都等着运往雷纳、欧乐根和西里菲斯的遥远市场。

天还没黑，船就在一个凸出的石码头旁抛锚了，所有的水手和商人鱼贯上岸，穿过拱门进城。城市的街道是用红玛瑙铺成的，有的宽阔笔直，有的弯曲狭窄。靠近水边的房子比其他的都矮，在它们奇怪的拱形门廊上方挂着一些黄金制成的符号标志，据说是为了对庇佑自己的弱小神灵表达敬意。船长带卡特来到了一处古老的海边小酒馆，许多来自各个国家的古怪水手都聚集在那里。船长还答应卡特，第二天就带他去城里逛逛，顺便带他去北城门的小酒馆，那是缟玛瑙采石工经常去的地方。夜幕降临，小小的青铜灯亮了起来，酒馆里的水手们唱起了来自遥远地方的歌谣。但是，当那座高塔中传出的钟声开始在整个城市上空回荡，号角声、古提琴和吟唱声组成的隆隆乐章也回应着响起时，所有唱歌和讲故事的人都停了下来，默默地鞠着躬，直到最后一声回音消失殆尽。一种让人难以理解的诡异萦绕在这座暮光之城中，在这儿，人们庄严地举行着这些仪式，丝毫不敢懈怠，唯恐厄运和复仇会出其不意地降临。

卡特远远看见酒馆的角落里蹲着一个令人讨厌的身影，毫无疑问，那就是许久以前在狄拉利恩碰见过的斜眼商人，那个因为和伦格高原那些可怕的石头村子做生意而臭名昭著的糟老头。没有任何一个正常人会去那地方，因为一到晚上就能远远看到那个地方升起的邪恶火焰。据说他还和那位难以描述的大祭司有不少来往，大祭司常年戴着黄色的丝绸面具，独自居住在一座非常古老的石头修道院里。之前卡特在狄拉利恩向那些商人打听寒冷荒原和卡达斯的时候，这个斜眼商人的脸上就曾闪现过一丝古怪的神色，仿佛知道些什么。现在，他又出现在这暮光之城，在这因格诺克城出没，还离北边的奇观如此之近。一想到这里，卡特感到十分不安。不过还没来得及跟他说话，这个古怪的老头就一溜烟不见了。后来水手们说，这个斜眼老头是和一辆牦牛拉的大篷车一起来的。但是没人知道大篷车从哪里来，只知道车上装着传说中的夏塔克鸟蛋，巨大无比且美味，可以和伊兰内克商人交换精致的翡翠高脚杯。

第二天早上，天色依旧昏暗，卡特跟随船长一起在因格诺克的缟玛瑙街道上漫步，一路观赏街道边的建筑：镶花的门、图饰的堂面、雕花露台和镶嵌水晶的凸窗。它们看起来端庄肃穆，却又精巧可爱。时不时会出现一个耸立着带有黑色立柱和柱廊的广场，广场上的古怪雕塑有的是人类，有的则是一些神话人物。沿着长长的笔直街道望去，小巷、穹顶、尖顶和阿拉伯式屋顶形成层层叠叠的街景，美得难以形容。其中最壮观瑰丽的，莫过于那座极为巍峨的旧日之神中央神殿。这栋建筑有16面精心雕刻的侧墙、肃穆的圆顶和高耸的尖塔钟楼，凌驾于一切建筑之上，无论从哪个角度看都最为宏伟庄严。在东面，城墙和方圆数里格的草场之外，耸立着荒凉的山峰，据说那邪恶的伦格高原就在这些难以逾越的高峰之外。

卡特跟着船长来到这座宏伟的神殿前，这座神殿坐落在一个巨大的圆形广场中心，街道从广场中心向四面八方发散开去，仿佛轮毂里的轮辐一样。神殿的花园四周都用围墙围起来了，花园里有7道永远敞开的拱门，每道拱门之上都有和城门上十分相似的面容雕像。小路上铺着瓷砖，道旁排列着怪异的界标和神龛，人们虔诚地在上面漫步，据说神龛里供奉的都是友善的神明。花园里有许多缟玛瑙修建的喷泉、池塘与水洼，高处露台的三脚架上不时闪烁的火光倒映在水面上，也一闪一闪的。水里还有一些散发着微光的小鱼游来游去，据说这些小鱼是潜水者从海洋深处的荫丛里带回来的。传说，每当神殿的塔楼钟声响起并且回荡在花园和整个城市上空的时候，就会有号角、古琴与吟唱声从靠近花园大门的7座小屋里回应着飘扬而来。接着便有7支祭司纵队分别从那7道大门中走出，手里托举着一只金色的大碗，往外伸到一臂之外，碗中升腾起阵阵古怪的蒸汽。接着，那7支穿着黑色衣服、戴着头巾和面罩的祭司纵队汇集成一列队伍，踢着正步，大步流星地走到通往7座小屋的小道上，然后走进那些屋子，消失不见了。据说这些祭司从小屋底下的隧道回到了神殿之中，不过也有传闻那些隧道并不是通往神殿的，而是通向无人知晓的神秘世界。还有那么些流言声称那些戴着面罩与头巾的祭司根本不是人。

卡特没有走进那座神殿，因为只有覆面之王才有资格进入。他正准备离开花园，塔楼的钟声突然响了起来，靠近花园大门的小屋里也立即响起了号角、古提琴与吟唱声，回应着这震耳欲聋的阵阵钟声。7列祭司手捧着金碗，昂首阔步地从花园里的拱门中走了出来。他们的动作实在是太奇怪了，感觉根本不是人类祭司，卡特感到一阵莫名的恐惧。当最后一个祭司从视野中消失时，卡特也跟着离开了花园。他注意到，地砖上有一滴从祭司手里的金碗滴出来的污渍，船长看到也厌恶地赶紧拉着卡特离开了。他们准备去覆面之王的皇宫，那是一座十分宏伟的圆顶建筑，耸立在一座小山上。

覆面之王的宫殿是由缟玛瑙建成的，原本有一条宽阔的大路，弯弯曲曲地通往那里，不过那是供君王与他的随行骑乘牦牛或它们拉的双轮战车走的大道，卡特他们只能走其他又陡又窄的小路。船长带着卡特走上了一级级台阶的小路，路两边的墙壁上镶嵌着由黄金制作的奇怪符号。抬头可以看到两边的露台与位于墙外的凸窗，偶尔能听到几声轻柔的旋律，有时也能闻到充满异域气息的芳香。他们一路往上爬着，巍峨的高墙、巨型拱壁以及覆面之王宫殿那标志性的穹顶始终在前方高耸，怎么也到达不了。最后，他们穿过一道巨大的黑色拱门，来到了国王钟爱的花园。卡特不由得驻足惊叹眼前的美景：精致的缟玛瑙台阶和柱廊行道，鲜艳的花圃，攀附在金色格子上的花繁锦簇的树墙，雕刻着可爱浅浮雕的黄铜大瓮与三脚架，置于基座之上、用带纹理的黑色大理石雕刻出的、美得令人屏息的雕塑，用玄武岩铺底的泻湖与砌着地砖、饲养着发光小鱼的喷泉，色彩斑斓的鸟儿在小神殿的雕花圆柱顶上放声歌唱，巨大的青铜大门上有绝妙的漩涡形装饰，开满花的藤蔓爬满了每一寸锃亮的墙壁——所有这一切组合成了一幅极美的画卷，可爱美好得不像是真的，即便是在梦境之地也有些不可思议。这一切在散发着灰色微光的苍穹之下微微地闪烁着，如同一场幻觉。在它的前方是富丽堂皇的宫殿，修建着穹顶、装饰有图案，而它的右边则是那不可逾越的遥远山峰所展现出的奇妙轮廓。那些罕见而珍贵的花朵散发出的芬芳如同一层面纱一样蒙在这座不可思议的花园上，而那些小鸟与喷泉则始终歌唱着。这里再也没有其他人类的存在，卡特对此很高兴。接着，他们转身重新走下了那条缟玛瑙台阶小道，因为宫殿不允许访客进入；而且长时间地盯着那巨大的中央穹顶也不是什么好事，因为据说那里就是所有传说中的夏塔克鸟先祖居住的地方，它会向好奇的人们传送古怪的梦境。

此后，船长带着卡特来到城镇北部一个靠近商队大门的地方，那里有许多小酒馆，牦牛商人和缟玛瑙采石工人经常在那些小酒馆里聚集。船长把卡特带到一个房檐很低的酒馆后就离开了，因为他还有生意要做，而卡特也急着去找采石工打听北边的事。酒馆里很热闹，卡特很快就和他们搭起了话。卡特假意称自己是一位经验丰富的缟玛瑙采石工，急切地想了解因格诺克这边缟玛瑙采石场的情况。但他问来问去也没有什么新收获，因为一提到北方的寒冷荒漠和那个无人造访的采石场时，采石工人们就面露怯色，避而不谈。传说有某种使者居住在伦格高原四周难以逾越的险峻高峰上，还有邪恶的幽灵和无可名状的哨兵盘踞在北方散落的岩石堆上，这些都让采石工人们感到十分恐惧。他们还悄悄地小声告诉卡特，至于那传说中的夏塔克鸟，绝对不是什么好东西，正常人类最好根本不要看到它们（所以那只在国王宫殿穹顶中的夏塔克鸟先祖也一直被饲养在黑暗之中）。

第二天，卡特向采石工人们谎称想亲自去看看因格诺克各个不同的采石场，然后再去附近的农场和古雅的缟玛瑙村落看看。于是他租了一头牦牛，在马鞍上挂了几袋塞得满满的皮质行囊，以备旅途之用。商队大门外的大道笔直地横亘在田野中间，两侧散布着许多低矮圆顶的古怪农舍。卡特在几处房屋前停了停，朝屋子里的人打听了一些事情。有一次他留意到一处房屋里的主人面容严峻、沉默寡言，看起来如同恩格拉内克山上的石雕面容一般威严。卡特因此十分确定自己终于来到了梦境诸神的门口，或者说这个人至少拥有梦境诸神百分之九十的血液，只是居住在凡人之间。于是卡特对这位面容庄严、沉默寡言的人小心翼翼地称赞起梦境诸神以及他们曾赐予的一切福祉。

当天晚上，卡特把牦牛拴在一棵高大的莱格斯树下，在路边的草地上过了一夜。次日早上，他起来继续朝北前行，他要继续这段神圣的探寻之旅。差不多十点钟的时候，他来到一个叫乌格的小村庄，这里的民居都是圆形屋顶的小房子。来往的商人和采石工人常常在这里停留歇息，在小酒馆谈天说地，讲着各自的奇遇和故事。他们一般在这里短暂地休息调整，到了中午那支浩荡的篷车队伍会在此调头，前往瑟拉。然而卡特还是要继续沿着采石道往北走去，他沿着那条不断上坡的道路走了一整个下午。这条路明显比宽阔的大路要窄一些，越往前走，卡特发现路两边的石头多了起来，跟之前大路两边有很多田野的景象大不一样。到了晚上，卡特发现左手边那片低矮的山区陡然升成了一片巨大的黑色悬崖，所以他知道已经靠近矿区了，而在他的右手边，视线里始终都是无法逾越的荒凉远山。越往前走，从那些散居四处的农民、商人和运缟玛瑙的货车车夫那儿听到的传说也越来越可怕。

第二天晚上，他在一片巨大的黑色悬崖投下的阴影下宿营，把牦牛拴在场地里的一根柱子上。卡特注意到北方的云层下似乎散发出了更强的磷光，好几次他都好像看到了磷光下有某些黑色的轮廓。第三天早上，他终于遇到了这段旅途中的第一座缟玛瑙采石场，卡特热情地和凿石料劳作的人打了招呼。卡特一路往前走，碰到的采石场越来越多，直到当天入夜之前，他一共遇到了11座采石场。这一带全是缟玛瑙陡壁和大卵石地貌，什么植被也没有，只有巨大的石头碎块散布在这片黑色的土地上。在道路的右边，远远望去，一直都能看见那些高耸的灰色山峰，荒凉险峻，充满了险恶的意味。第三天晚上，卡特去了一群采石工人的帐篷里借宿，他们点着篝火，火光照在西边采凿后光滑的岩壁上，闪烁着光芒。采石工人们唱起了歌，讲着各自的故事。卡特察觉到，这些采石工人不仅知晓许多关于古老岁月的奇怪知识，还显露出了一些神灵才有的习惯，卡特推断出这些神的后裔身上还存留着一些祖先的记忆。他们问卡特要去哪儿，并警告他不要往北走得太远。卡特机灵地告诉他们，自己不过是要去寻找一些富含缟玛瑙石料的新峭壁，并且不会比普通的采石工人冒更大的风险。采石工人警告他，继续往北走的话，就会遇到那个奇怪的采石场，那里的巨石仿佛被比人类历史还古老的双手扭断，十分可怕，普通人是不会到那里去的。卡特没有听从任何告诫，翌日清晨，他和工人们道了别，就骑上牦牛，朝那苍茫昏暗的北方继续行去。不过令人不安的是，当他回头再次挥手告别的时候，他仿佛看到了一个人正在走近那顶帐篷，就是那个蹲坐在酒馆里、对他的回答闪烁其词的斜眼老商人，狄拉利恩的居民都猜测这个怪老头与伦格高原有着某些见不得人的生意往来。

卡特又经过了两座采石场，再往前走，仿佛已经没有了人烟，道路变得很窄，两边的黑色峭壁越收越紧，最后只剩一条刚好够牦牛走的狭窄上坡小道夹在这险恶的峭壁之间，而右边视野的远处，一直是那可望而不可即的荒凉山峰。越往前走，卡特感觉周围变得越来越黑、越来越冷。这里不仅人迹罕至，很快卡特就察觉到脚下的黑色土地上甚至没有了任何动物的蹄印，他意识到自己真的来到了古早时代的道路，古怪而又荒凉。偶尔有一只乌鸦在头顶上方的远处哀鸣，并且时不时能听到有翅膀的拍打声从一些巨石后面传来，这让他想到了传说中的夏塔克鸟，因此十分不安。好在大多数时候，除了他和那头毛发粗浓杂乱的牦牛坐骑独自前行，并没有其他的声响。不过让他心烦意乱的是，他发现这头得力的牦牛越来越不愿意继续往前走了，并且越往前走，一听到路上有什么小动静或者声响，它就越发激动地喷着鼻息。

现在，这条小路在两边闪闪发光的黑色岩壁间越收越窄，看起来也比之前更加陡峭了。路很不好走，牦牛经常滑倒在散布四周的碎石上。过了不到两个小时，卡特看到这段上坡路在前方即将到达顶点，在那之上除了灰蒙蒙的混沌天空，什么也没有。卡特满心希望接下来的道路就是水平或者是向下走的，不过要到达这个顶点也绝非易事，因为这条上坡路几乎是垂直的，并且十分危险，到处都是黑色的沙砾和小石子。最后卡特从牦牛背上下来，牵着这头困惑惊疑的牦牛向前走。每当它畏缩不前或者绊倒时，卡特就要非常吃力地拉着它，还要尽最大的努力不让自己摔倒。不经意间，他就到达了坡顶，卡特看到前方的景象，大口地喘着粗气。

这条路确实是笔直朝前伸展开的，并且还有点略微下坡的趋势，而两边依旧是垂直的高墙；不过左手边突然出现了一片开阔的空间，有数英亩面积之宽，像是某种古老的力量将天然的缟玛瑙峭壁撕裂开来，成了一座巨大的采石场。坚实的断崖上还留着巨大的凿孔，而在大地深处那位于低地上面的矿洞依旧敞着黑色的入口。这绝非普通凡人的采石场，因为凿孔的两边是巨大的正方形凿痕，可以看出这不知道是由什么手和凿子凿出来的巨大尺寸。体型巨大的乌鸦在锯齿的边缘上拍打着翅膀，嘎嘎地叫着。在看不见的深处，传来若有若无的嗖嗖声，说明在无尽的黑暗中可能有蝙蝠、熊怪和难以形容的幽灵。卡特站在暮色中这条狭窄的小路上，看着这条石头小径向下延伸开去，右手边高大的缟玛瑙悬崖一直延伸到了视线的尽头，而左手边高大的悬崖却突然在前面像被劈断了一般，形成了这个可怕又神秘的采石场。

突然，那头牦牛大叫一声，从卡特身边猛地一跳，挣脱了缰绳，惊慌失措地向前冲去。卡特眼睁睁地看着牦牛消失在去往北边的狭窄斜坡尽头，松动的石子被它飞奔的四蹄踢落，从采石场的边缘滚落下去，然后悄无声息地消失在了黑暗之中，没有传来任何掉落或者撞击底部的声响。卡特根本没心思去想这条稀疏的小道，他上气不接下气地追着飞奔而去的牦牛。很快，左手边的悬崖又重新出现了，于是脚下这条小路变得更窄了，卡特依旧追着那头牦牛留下的宽大脚印，疯狂地向前奔去。

有一回，他感觉自己听到了野兽的蹄声，好像就是他那头惊恐的牦牛发出的声音，受到这番鼓舞，卡特加快了速度向前追去。他向前猛追了数英里之远，眼前的景象一点点变得开阔，而那些难以逾越的灰色山峰的侧影也再次出现在右边悬崖的上方，前方则是一片开阔的场地，上面布满了岩石和大圆卵石，毫无疑问，这就是即将出现那片黑暗且无边无际的平原的征兆，他意识到自己可能很快就会抵达北方那片冰冷又可怖的荒漠了。然后卡特再一次听到了那头野兽的声音，比之前一次听得更加清楚，但是这一次却不是鼓舞而是恐惧，因为他意识到这个蹄声根本不是他那头受惊的牦牛发出的。他已经感觉到了这些蹄声来源于某种野兽，它们冷静地跟在他身后。

卡特心里一惊，这会儿也顾不得寻找那头受惊的牦牛了，先摆脱身后这些看不见的东西再说。他疯狂地朝前跑去，不敢回头看一眼，他心里明白那绝非什么正常的东西，甚至都不是人们口中常常提到的家伙。他的牦牛一定是先听到或感觉到什么才仓皇而逃的，他也不敢去想身后那东西是在因格诺克的居民区就开始跟着他，还是从那座黑色的采石场的深坑里爬出来的。他拼命向前跑去，两边的悬崖已经被抛在了身后，所有的道路都消失了，眼前只剩一片光怪陆离的砾石荒漠，夜色即将降临。卡特根本看不见他的牦牛蹄印，却总能听到身后传来可恶的蹄声，偶尔还夹杂着翅膀的拍打声和呼呼声，卡特心想这声音应该是来自某种庞然大物。他清楚地意识到，自己已经越来越深入杳无人迹的地域，不由得感到非常烦乱。因为他知道自己已经在这片破碎又荒凉的碎石荒漠上彻底迷失了方向，只有右边那些遥远又难以逾越的山峰能给他一点方向的指引。即便如此，平原上的灰色微光越来越暗淡，逐渐被云层的磷光所取代，这些山峰也因此变得更加模糊晦暗了。

卡特终于感受到了这个北方国度的冰冷和黑暗，在一片昏暗之中，他却仿佛瞥见了一样可怕的东西。他一度以为那是一片黑色的山脉，但现在他看到了更多的东西。笼罩在云层里的磷光把它照清楚了，甚至照出了它的部分轮廓，低低的雾气在后面闪闪发光。他说不出那东西距离有多远，但肯定很远。它有几千英尺高，从高耸的灰色山峰一直往西延伸到难以形容的空间，形成一个巨大的凹弧形。那里曾经确实是一片巨大的缟玛瑙山脉的山脊，但现在那些山已经不再是山了，因为有比普通人的手更大的手或者什么东西改造过它们。它们像狼群或食尸鬼一样，静静地蹲伏在世界之巅，云雾在其上方盘旋笼罩，永远守护着北方的秘密。它们蹲成一个巨大的半圆形，那些看起来像狗一样的山被雕刻成可怕的雕像，高高地举起右手，仿佛在威胁着人类。

云层散发的磷光闪烁着，远远望去，那些像狗一样的山戴着双王冠的脑袋仿佛也动了起来。但是当卡特踉踉跄跄地走过去时，他看到它们朦胧的膝盖上出现了巨大的身影，而这些东西在动，可以肯定的是这些动作并非幻觉。眼见着这些东西的形体越来越大，翅膀呼呼地拍着，卡特知道自己对这些家伙的种种疑惑已经有了答案。它们不是地球上其他地方或梦境中所知的任何鸟类或蝙蝠，因为它们比大象还大，脑袋像马一样。卡特知道它们一定是那些邪恶传说里的夏塔克鸟，并且不再怀疑究竟是什么邪恶的守卫和无名的哨兵令人们如此恐惧地回避了这个极北之地的荒漠。当他听天由命地停下来时，他终于敢回头看了。后面跟着的正是他曾经碰到过的那个矮胖斜眼商人！他咧着嘴，对卡特不怀好意地笑了起来。只见他骑着一头瘦长的牦牛，在卡特后面小步跟着。在他前面，是一群带路的夏塔克鸟，恶狠狠地斜眼瞪着卡特，翅膀上还粘着来自地底深坑的白霜和硝石。

这些原本存在于传说中的马头怪鸟围成了一个巨大的圆圈，将伦道夫·卡特团团困住，与此同时斜眼商人从牦牛上跳下来，站在他面前咧着嘴笑，然后示意卡特爬到讨厌的夏塔克鸟背上去。卡特没有惊慌，他只是犹豫不决，正在和内心的嫌恶作斗争之际，斜眼商人一把将他推了上去。爬上去不太容易，因为夏塔克鸟没有羽毛，只有鳞片，而且鳞片很滑。他刚坐下，斜眼人就跳了上来，坐在他身后，留下一头瘦削的牦牛由一头巨大的鸟带着向北走去，走向雕刻过的山脉组成的巨环。

现在，夏塔克鸟载着他们急转飞入寒冷的空中，无休止地向东飞升而去，向着那些高耸的灰色山峰侧面飞去，据说伦格高原就在那之后。它们飞到了云层之上很高的地方，最后那些传说中的山峰终于出现在了他们身下。因格诺克的居民从来没有近距离看过它们的样子，因为它们总是隐藏在闪闪发光的迷雾所形成的高空漩涡之下。当他们从这些山峰上空飞过时，卡特把这些山峰看得清清楚楚，他还看到在最高的山峰顶上有一些奇怪的洞穴，不由得联想到了恩格拉内克山上的洞穴。但是，当他注意到斜眼商人和马头夏塔克鸟都对它们表现出奇怪的恐惧时，他并没有多问。

飞过那些山峰之后，夏特克鸟现在往低处飞去，云层下面露出一片光秃秃的灰色平原，在很远的地方闪耀着微弱的火光。他们不断飞低的时候，下方不时出现一些孤零零的花岗岩小屋和荒凉的石屋村，屋子上的小窗户闪着暗淡的光。从那些小屋和村庄里传来了刺耳的笛声和令人作呕的铃锤的嘎嘎声，证明因格诺克人关于伦格高原地理位置的推断完全正确。因为卡特听到过这些声音，传说这些声音只会回荡在伦格高原的上空，而健康的正常人从来没有到过那里，所以，这个邪恶又神秘的地方就是伦格高原。

在微弱的火光周围，有黑影在跳舞，卡特很想知道这些黑影究竟是什么。因为从来没有健康的正常人去过伦格高原，人们只是远远地看到这里的火光和石头小屋才知道这个地方。这些身影跳得很慢、很笨拙，而且身子疯狂地扭曲和弯曲着，样子难看极了。看到这些，卡特一点也不奇怪为什么那些传言里总是充斥着晦暗不明的怪异和恐怖了，或者说他终于明白就是这些家伙让梦境之地的人对这片寒冷荒原感到恐惧。夏塔克鸟又飞得更低了一些，卡特看着这些跳舞的东西，这种让人恶心的感觉却无比熟悉。他瞪大眼睛使劲想要看得更清楚一些，绞尽脑汁地回忆自己以前好像在什么地方见过这种生物。

这些家伙好像不是用脚掌而是用蹄子在跳舞，头上好像戴着某种假发或有小犄角的头巾装饰，身后则长着短小的尾巴，当它们做向上仰的动作时，卡特还看到它们长着一张又宽又大的嘴。这时，他知道它们是什么东西了，也知道它们根本没有戴任何假发或头巾。这些生活在伦格高原上的神秘居民就是乘黑色桨帆船到狄拉利恩港贩卖红宝石的商人的同族！那些到狄拉利恩贩卖红宝石的商人虽然看着像人类，却和正常人并不完全相同，它们已经沦为了月兽的奴隶。许久以前，和它们长得一样的黝黑商人把卡特诱骗上了那艘恶臭的桨帆船，那时候卡特就见过它们了。后来，卡特被带到了月球上那座肮脏的城市，看到这些东西的同类在不洁的码头上被月兽驱使奴役——瘦弱的被迫留下来干活，肥胖的则被打包装走留作他用。当时卡特还很奇怪那长得像水螅一样的月兽从哪里弄来了这些生物，原来是伦格高原。卡特一想到那些可以随意变幻形状的月兽肯定也知道伦格高原这个地方，不由得打了个寒颤。

但是夏塔克鸟没有停下来，它继续往前飞去，飞过火堆、石屋和那些正在跳舞的不像人类的东西，飞过灰色花岗岩构成的贫瘠的小山，飞过岩石、冰川和雪覆盖着的昏暗荒原。天亮了，低矮云层散发的磷光被北方世界朦胧的暮色所取代，那只可恶的鸟仍打定主意地继续在寒冷和寂静中飞翔。有时，斜眼商人会用令人讨厌的喉音和他的坐骑说话，夏塔克鸟则会用像磨砂玻璃刮擦一样刺耳的窃笑来回答。这段时间，地势越来越高，最后他们来到了一片狂风呼啸的平地，这里似乎就是充满诅咒、无人居住的世界屋顶。在那里，在寂静、昏暗和寒冷中，孤零零地矗立着一座没有窗户的低矮建筑物，它由粗陋的石头建成，屋子的周围还立着一圈粗糙的巨石。一切看起来都不像是人类建造和生活的痕迹，卡特不由得想起那些古老的传说，推断出自己确实已经来到了最恐怖、最传奇的地方——那偏远而古老的修道院里独自居住着人们不敢提及的高阶祭司，脸上戴着黄色的丝绸面罩，负责向外神以及伏行的混沌之神奈亚拉托提普祷告。

这只讨厌的鸟停在了地上，斜眼商人跳了下来，然后把卡特也拽了下来。卡特现在明白了自己为什么被抓。显然，这个斜眼商人是黑暗势力的耳目，他急于把一个凡人拖到他的主人面前。因为这个凡人妄图找到无人知晓的卡达斯，到梦境诸神的缟玛瑙城堡里当面向他们祈求。看来卡特以前被狄拉利恩的月兽的奴隶俘虏，也有可能是这个商人干的好事。它们的任务被营救卡特的猫儿们挫败了，现在，这个斜眼商人打算继续完成它们的恶事，把可怜的卡特带到一个可怕的地方，和恐怖的奈亚拉托提普见面，让他亲自告诉卡特，对无人知晓的卡达斯的探寻是多么大胆。因格诺克北部的伦格高原和寒冷荒原一定很接近外神的居住区域，而且在那里，通往卡达斯的道路都会被严加守卫。

那个斜眼商人个子很小，但长着马头的巨鸟对他似乎很顺从。于是卡特跟着他的脚步，穿过那一圈立着的岩石，进入那座没有窗户的石头修道院的低矮拱门。里面没有灯光，但邪恶的商人点燃了一盏小小的陶制灯，上面刻着病态的浅浮雕，他推着囚犯穿过迷宫般的狭窄蜿蜒的走廊。走廊的墙上画着一些比历史还要古老的可怕的图画，其风格是地球上的考古学家所不知道的。无数个世代过去了，它们的颜料依然很鲜艳，因为可怕的冷和干燥的冷让许多原始的东西活了下来。卡特在昏暗摇曳的灯光下匆匆地瞥过那些图画，并为它们所讲述的故事感到不寒而栗。

这些古老的壁画描绘了所有关于伦格高原的事情，一帧帧历史画卷在这些墙壁上铺展开来。其中就有那些长着犄角、蹄子和宽嘴的类人怪，它们围绕某些被遗忘的城市邪恶地跳着怪异的舞蹈。其中有些壁画描绘了古老的战争，记录了这些伦格高原的类人怪与附近山谷里紫蜘蛛战争的场景。在有一些壁画中，卡特还看到类人怪对来自月亮的桨帆船和从船中蹦跶出来的亵渎之物臣服的场景。这些黏滑的灰白色生物没有固定的形态，却被伦格高原的类人怪奉为神明，就连它们的桨帆船每次一来就带走数十个最壮硕的同伴也毫无怨言。那些来自月球的可怕怪兽就住在海中一个升起的小岛上，可以从壁画中分辨出，那个海岛正是去往因格诺克路途中曾经见到的那块无名巨石——那块充满诅咒的灰色岩石。因格诺克的水手们都对那里避之不及，可怕的嚎叫就从那座岛屿上传出，整晚都在夜空里回荡。

壁画上详尽地描绘了类人怪修建的伟大海港和都城。这些城市骄傲地耸立在悬崖峭壁和玄武岩码头之间，雄伟的神殿和雕刻令人惊叹。整个城市由许多的立柱建成，从悬崖出发，穿过一扇有六座狮身人面像的大门，可以看到两边都是立柱的街道，这些街道通往一个巨大的中央广场，广场上有一对带翅膀的巨大狮子守卫着一处通往地下的阶梯的入口。那对有翼大石狮多次出现在壁画之中，巨大的闪绿岩两翼在日间的灰色微光和夜晚的云层磷光下闪闪发亮。卡特在这些反复出现的画面前踱步时，终于意识到了这些狮子是什么，也突然明白在远古以前甚至黑色桨帆船没有到来之前的时代，类人怪统治的那座城市是什么。他绝没有弄错，因为梦境之地中有大量关于那个地方的传说，绘声绘色。毫无疑问，那就是传说中的萨克曼德，城中那对孪生的巨大石狮就守卫着从梦境之地通往大深渊的阶梯。早在人类出现之前，它的遗迹就已经在时光的荒涯里风化了数百万年。

另一些壁画则描绘了那些将伦格高原和因格诺克分隔开来的荒凉的灰色山峰以及在那些山峰的岩壁上筑巢的夏塔克鸟。壁画中还展示了山顶附近那些连最大胆的夏塔克鸟也会尖叫着飞走的奇特洞穴。卡特在经过这些洞穴时就看到了它们，并注意到它们与恩格拉内克山上的洞穴很像。现在他明白这些相似并非偶然，因为在壁画中已经显示出了洞穴的可怕居民，他对那些蝙蝠翅膀、弯曲的犄角、带刺的尾巴、可卷握的爪子和橡胶般的身体并不陌生。他见过这些毫无声响、用爪子钳住他不断拨弄的动物；这些愚蠢的家伙是大深渊的守护者，即使是梦境诸神也对它们要畏惧三分，它们并不遵从奈亚拉托提普的命令，而是将古老的诺登斯尊为自己的神明。它们就是可怕的夜魇，从来不会大笑甚至是微笑，因为它们是没有脸的家伙——盘旋在普纳斯山谷和通往外部世界的路上，在黑暗中无尽地扑腾着它们的翅膀。

斜眼商人把卡特推进一个巨大的圆顶空间，这个空间的墙壁上雕刻着令人震惊的浅浮雕，中心有一个裂开的圆坑，周围环绕着六个险恶的石头祭坛。在这臭气熏天的大地窖里没有光亮，只有那个阴险的商人的小灯微弱地照着，卡特也只能借由这点儿光一点点地窥到一些细节。远处的尽头是一个五级台阶组成的石头高台，上面有一个金色的宝座，宝座上坐着一团肥胖的人形，穿着饰有红色图案的黄色丝绸衣服，脸部戴着黄色的丝绸面具。斜眼商人用手做了一些手势，作为回应，隐藏在黑暗中的那团人形则从丝绸外衣中伸出爪子，举起一只雕得很难看的象牙长笛吹着，从它那飘动的黄色面具下吹出一些讨厌的声音。这种奇怪的交流持续了一段时间，在卡特看来，那笛声和那臭气熏天的地方的气味中，有一种熟悉得令人作呕的东西。这使他想起了那个红光照亮的可怕城市，想起了曾经列队经过的令人作呕的队伍，想起了在地球上的猫儿们冲来拯救他之前在月球的乡下那段可怕的经历。他知道高台上的那个怪物无疑就是不可描述的大祭司，许多关于他的传说把他描绘成恶魔一般，还有一些关于他的更为荒诞的揣测，不过卡特根本不敢去想这个可怕的大祭司到底是什么东西。

突然，那块有花纹的丝绸从一只灰白色的爪子上滑落了一点，卡特终于知道那个恶心的大祭司是什么了。又一阵强烈的恐惧感袭来，任凭内心有多慌乱，他所有的理智都告诉自己——无论多难也要从盘踞在这金色宝座上的东西面前逃脱。他知道自己要穿越那令人绝望的石头迷宫才能回到外面的寒冷荒原上，即便逃了出去，那可恶的夏塔克鸟也还在原地严阵以待。无论如何，他都打定了主意，一定要从这个穿着丝绸长袍、蠕动着身体的怪物面前逃脱。

斜眼老头把一盏古怪的灯放在深坑旁一座高高的石头祭坛上，祭坛上有一些不知道是什么东西滴下的污渍。他走上前，比划着手势和大祭司交谈起来。在这之前完全消极被动的卡特虽然极为害怕，现在突然猛推了斜眼老头一把。内心的恐惧让他有些疯狂，所以推出去的力量出奇的大。斜眼老头立刻跌进了那座敞口的深坑之中——传说古格巨人就在那片黑暗的深渊里猎杀妖鬼，而可怕的兹因墓群就在那里。几乎同时，他从祭坛上一把抓过那盏灯，疯狂地冲向壁画迷宫。他顾不上选择方向，只管拼命地往前跑，丝毫不敢不去想身后爪子在石头上发出的鬼祟声响，以及在黑暗的廊道中无声地蠕动爬行的怪物。

没多久，卡特就开始后悔自己不假思索的鲁莽行径，现在他只希望自己能按照之前进入这个壁画走廊的路线原路返回。现实是，这些道路相似又混乱，根本找不到什么提示和帮助，不过他还是想尽力一试。现在看到的那些壁画比之前进来时看到的更加可怕，卡特意识到自己所在的走廊根本不是通往出口的。又过了一段时间，他确信已经没有人跟踪，于是放慢了一点脚步。但是，还没等他松口气，又有了新的麻烦事——手里的灯越来越暗了。卡特意识到很快就会陷入一片漆黑，什么都看不见，也找不到方向。

终于，最后一丝亮光也消失了，卡特只好在黑暗中慢慢摸索，一边祈祷梦境诸神能够给予帮助。有时，他感觉到石头地面向上或向下倾斜，还有一次他绊倒在一个似乎没有任何理由存在的台阶上。他感觉越往前走周围的环境就越潮湿。每次碰到两条路交会或者是有其他小路的岔口时，他总是尽量选择最缓的下坡路。地洞里的气味和周围墙上、地面的污渍提醒他已经到达了可恶的伦格高原的地洞深处。尽管一直往下走去，但是没有任何迹象表明底下会有什么恐怖的东西，只有想着可能会遇见恐怖之物这件事情本身让人惊恐疑惧、凝神屏气。前一刻他还在一个几乎平整的地方，在光滑地面上慢慢摸索，下一秒他就突然像一颗子弹一样头晕目眩地射进了几乎垂直的洞穴，向下跌进了无尽的黑暗之中。

这是一场让人癫狂的下坠，卡特感到一阵阵反胃。他不知道自己究竟往下掉了多深，大约几个小时以后，他感觉已经跌到了尽头，停了下来。他抬起头，阴云在北方国度的夜空里无精打采地闪着微光。身旁是一片残垣断壁，墙面岩块剥落，立柱残破，人行道上长满了草，那些草从地砖下冒了出来；灌木丛和树根把地面撑起，裂开成许多碎片。身后是一面几近垂直的玄武岩峭壁，深色的岩壁上雕刻着一些恶心的场景，峭壁高耸，一眼看不到头。岩壁上有一个拱型岩洞，里边是看不到头的黑暗——这就是他刚掉出来的洞口。视线前方是两排柱子，一直延伸开去，还有一些碎片和立柱基座，彰显着这里过去曾是一条宽阔的大道。从路边摆放的瓮盆可以判断出这原来是一条穿行在花园中间的大道。在道路的尽头，立柱开始朝两边分布，他因此得知那里过去有一个巨大的圆形广场。夜晚的云朵苍白惨淡，在它们的笼罩下，一对巨大的可怕之物若隐若现。它们是一对巨大的闪绿岩双翼石狮，在这对狮子的中间是黑暗和阴影。这对狮子并不像那些残垣断壁一般，而是完好无损，两个巨大的头颅怪异地仰向天空，足足有20英尺高，仿佛在对着身边的废墟嘲弄地咆哮着。卡特现在完全明白了这是什么东西，他听过这对孪生狮子的传说。它们就是大深渊的永恒守护者，不用说，眼前这片昏暗的废墟就是古老的萨克曼德了。

卡特找了一些掉落在附近的大石块和奇形怪状的岩屑堵住了峭壁上的拱洞，想想接下来可能要遇到的危险就够受的了，他可不希望有任何东西从伦格高原上那可恶的修道院里一路跟随至此。既然来到了萨克曼德，就要想着怎么回到梦境之地的居民区去，可是下去食尸鬼的洞穴也无济于事，想想上次三只食尸鬼帮他穿过古格巨人城市出去之后，甚至都不知道怎么回萨克曼德，只能转道去了狄拉利恩找些老到的商人打听。卡特绝对不想再次从古格巨人的地底世界穿行，冒着风险进入那座可怕的克丝封印之塔，再从那里登上巨石阶梯返回魔法森林。可眼下那也许是没有办法的办法。没有帮手，他再也不敢独自一人去翻越伦格高原，穿过那座孤零零的修道院了；也许还要想办法对付夏塔克鸟或者其他大祭司的使者。如果可以弄到一条船，他就可以划船回因格诺克。他记得修道院迷宫里的史前壁画上就画着现在所处的地方离萨克曼德的玄武岩码头不远，可在这个废弃已久的城市哪里能找到船呢？他自己也造不出一条船来呀！

卡特正冥思苦想，突然一种奇怪的感觉袭来。他定睛看了看眼前这座城市，夜晚的云朵发出的微光把这一切照得惨白：黑色的碎柱子、戴王冠的狮身人面像、破败的城门以及那对双翼石狮，它们犹如两具巨大的尸体一般横躺在这里。就在此时，右前方的远处仿佛有一片忽明忽暗的绿光，可以肯定绝对不是阴云发出的磷光。卡特望着那片亮光，不免有些不安，他顿时意识到这里并不是只有自己一个人，在这座寂静的荒城中，还有别的生物存在，于是他蹑手蹑脚地走过杂乱的街道，穿过几堵颓墙间的窄缝。待他走近一看，原来是码头附近的一堆篝火，一堆模糊不清的东西围着，黑压压的，一种致命的危险感笼罩着一切。远处是油乎乎的海面，波浪一阵阵拍打着港口。卡特定睛一看，泊在港口里的那艘船正是来自月球的黑色桨帆船，他吓得愣在了原地。

卡特不想再窥探了，他正准备轻手轻脚地爬回去，突然看见那堆模糊的黑影中好像有什么动静，而此时一阵奇怪的声音也传入了他的耳中。那是食尸鬼的惊叫声！没多久，就变成了一群食尸鬼的痛苦呻吟。卡特的好奇心战胜了恐惧，他借着一大片废墟投下的阴影，悄悄地继续往前爬行。到了一条无遮挡的空旷街道，他就趴卧在地，像虫子一样用肚子继续向前蠕动；等到了一片倒塌的大理石堆的时候，他又不得不站起来，以免发出声响。不过他总是能够悄然不被发现，不一会儿就顺利地来到了一根大石柱子之后，那儿可以窥见整个火堆的场景。他看清楚了，那堆邪恶的篝火周围蹲着一群长得像癞蛤蟆的月兽，以及它们的类人怪奴隶。有几个奴隶一边在泛着绿光的火苗上烧着古怪的铁矛，一边不时地用烧得白热的矛尖刺三个囚犯。它们被紧紧捆着，痛苦地扭动着身体。从触手的动作卡特就能看出来月兽对此十分享受，那该死的长着模糊形状鼻子的怪物。而且这一声声撕心裂肺的惨叫让他突然意识到这些食尸鬼不是别人，正是帮助他走出大深渊、安全抵达魔法森林的那三只食尸鬼！自从在魔法森林中分道扬镳之后，它们就去找寻萨克曼德，期望从那里回到自己的地下世界。卡特一想到这儿，恐惧一下放大到了极点。

他猜想可能是食尸鬼在狄拉利恩打听萨克曼德的时候被灰蛤蟆似的亵渎者听了去。这些怪物不希望它们接近伦格高原，也不希望它们跟那个难以形容的大祭司有所接触，因此把它们抓了过来。可篝火堆边的月兽数量众多，现在根本没法营救他的盟友。他想起自己离食尸鬼的黑暗王国并不算远，现在爬到东边的石狮广场，从那里下去深渊显然是眼下最好的办法。下去深渊也不可能遇到比这些月兽和类人怪更恐怖的东西了，说不定还能在那儿找到许多帮手，一起把月兽赶上那艘桨帆船。出于经验，卡特判断石狮子守护的那处入口也会像通往深渊的其他大门一样被大群的夜魇看守着。不过他毫不害怕，因为食尸鬼曾教过他说夜魇能听懂的暗语，他知道这两种生物之间有着十分严肃的契约。

卡特又在废墟中悄悄地爬行着，慢慢靠近中央广场和那对石狮。月兽们正沉浸于虐待食尸鬼的娱乐活动，就连卡特有两次不小心在散落的石头中弄出了声响也没有听到。卡特又来到了一片荆棘丛中摸索着前行，好在有一些矮小的树木稀稀疏疏地长在其间。头顶上方，夜晚的云朵散发出暗淡的磷光，那对巨大的石狮若隐若现。卡特鼓起勇气继续往前，终于来到了石狮相对的地方，他知道深渊入口就在那里。只见这两座闪绿岩石狮蹲伏在雕有浅浮雕的基座上，图案十分可怕。它们之间相距10英尺，中间就是一个铺着地砖的院子，院子中央还立着缟玛瑙栏杆的遗迹，一口黑色的深井敞在其中。看着那结满污垢、长满霉菌的石阶，卡特知道自己来到了大深渊的入口。

往下走的过程真是十分可怕。卡特走了几个小时，在一个深不可测、又陡又滑的螺旋形楼梯上绕来绕去，什么也看不见。台阶又窄又破，里面的泥土油滑而黏腻，根本不知道什么时候会摔下去直冲进最大的坑里。他同样也不确定，如果在这条原始的通道里真有守卫的话，夜魇会在什么时候或者怎样突然袭击他。他的周围到处都是令人窒息的、深渊的气味，里面的空气根本让人无法呼吸。过了一段时间，他变得非常麻木，昏昏欲睡，与其说是出于理智的意愿，不如说是出于一种机械的惯性。当他完全停止移动时，他也没有意识到任何变化，因为有什么东西从后面悄悄抓住了他。他在空中飞快地飞着，直到感受到了一阵恶意的挠弄，他才知道，自己被橡胶般的夜魇抓住了。

卡特一觉醒来，发现自己置身于一群阴冷潮湿的无脸有翼怪物之中。他记起了皮克曼教他的暗语，挣扎着在狂风和混乱的飞行中大声地念了出来。据说夜魇没有头脑，但是一听到这些暗语，所有的挠弄立刻停止了，它们急急忙忙地把俘虏调整到一个更舒服的姿势。受到这一举动的鼓舞，卡特大胆地用暗语告诉它们那三只食尸鬼被月兽抓走并且饱受折磨，需要组织队伍去营救它们。虽然夜魇无法说话，但是它们似乎明白了卡特的话，果断地加快了飞行的速度。突然，浓密的黑暗被地心的灰色暮光所取代，前面出现了一片平坦贫瘠的平原。食尸鬼喜欢蹲在上面啃食，散落的墓碑和骨骸就表明了它们的居民身份。卡特发出一声响亮的紧急召唤声，20多个洞穴里的食尸鬼立即出来了。夜魇现在飞得很低，让卡特站了起来。卡特和食尸鬼们谈起事来，夜魇们则往后退了退，弓着身子围成了一个半圆形。

听完卡特的话，四只食尸鬼立刻钻进不同的洞穴，把消息传递给其他同伴，并立即开始集结救援队伍。好一会儿之后，一只德高望重的食尸鬼出现了，对夜魇们做了几个手势，于是两只夜魇重新飞进暗夜之中，去召唤更多的同伴过来。不一会儿，这片泥泞的土地上就挤满了它们的黑色身影。更多的食尸鬼一个接一个地从洞穴里爬了出来，它们兴奋地咕咕叫着，排成一支简单的列队，而夜魇就在不远处恭敬地弓着身子。最后，理查德·皮克曼——这位曾经生活在波士顿的食尸鬼，骄傲又威严地加入了列队。卡特一股脑把所有的事情都告诉了它，皮克曼一边惊讶会在这里和他相遇，一边对所发生的事情一脸严肃，似乎十分重视。食尸鬼越聚越多，皮克曼和几位长老在旁边的空地上开了个短会，商讨怎么去营救食尸鬼同伴。

几位长老最后仔细检查了列队，一声令下，一群夜魇立刻飞走了。剩下的夜魇则依次伸着前腿，跪在地上待命。每个食尸鬼都有一对夜魇作为护送使者，等它们一走近，就被架起来一起飞向了那黑暗，只剩下卡特、皮克曼和其他长老还留在原地。皮克曼告诉卡特，夜魇是先头部队，也是食尸鬼的战斗坐骑，它们已经前往萨克曼德营救同伴了。最后，卡特和食尸鬼长老们也走向了在一旁等待的夜魇，湿滑的爪子抓着他们飞入了一片黑暗之中。他们在风中不断盘旋上升，朝双翼石狮大门和萨克曼德的古怪废墟飞去。

过了很久之后，卡特再次看到了萨克曼德，以及那北方国度散发出来的阴沉微光。一大群食尸鬼和夜魇乌泱泱地挤在巨大的中央广场上，随时准备战斗。卡特确定，白昼就要来临，已经无法奇袭敌人了。不过这无关紧要，这支强大的军队就证明了一切。码头边的篝火还燃着微弱的火苗，但是月兽们已经没有再折磨三个奴隶了，因为食尸鬼已经发不出痛苦的呻吟了。最前面的是独自飞行的夜魇先头部队，后面跟随架着食尸鬼的夜魇坐骑，听到命令之后，它们立刻腾空而起，呈完备的队形，呼啸着扫过荒凉的废墟，径直朝那团邪恶的篝火扑去。卡特和皮克曼在队伍的最前面，他们来到月兽的大本营时，它们毫无戒备。只见三个食尸鬼囚犯被五花大绑，一动不动地躺在篝火边，有几个负责看守它们的月兽在一边打着盹，类人怪奴隶也睡着了，就连负责守卫的哨兵也昏昏欲睡、哈欠连天，仿佛放哨这种事也没什么要紧的，敷衍了事。

夜魇和食尸鬼突然发动了猛攻，一大群夜魇一拥而上，瞬间制服了每只月兽和类人怪。不过这灰色的蛤蟆怪本来就不会发声，只是类人怪奴隶还没来得及尖叫，就被夜魇橡胶般的爪子掐得死死的，不得不乖乖就范。夜魇冷笑着抓住它们的俘虏，月兽那果冻般的无定形身体在它们的爪子下拼命挣扎，那扭动的样子让人反胃极了。月兽一剧烈扭动，夜魇就会拉扯它们的粉色触须，它们只好疼得停止挣扎。卡特原以为会是一场血雨腥风的大战，没想到食尸鬼的计划如此精妙妥帖，只见它们朝夜魇下达了几句简单的咕咕声指令，夜魇就把所有的俘虏带到了大深渊。食尸鬼说，剩下的事情就交给夜魇，因为它们的本能足以应付这一切，又吩咐把俘虏都分给巨噬蠕虫、古格巨人和妖鬼，以及其他一切残暴猎食的家伙，总之人人有份。食尸鬼终于大获全胜，有几个去给自己的三个同伴松了绑，好好安抚了一番，另外一些伙伴则去附近寻找有无遗漏的月兽，再去码头上那艘恶臭的桨帆船里瞧瞧，确保没有漏网之鱼。毫无疑问，月兽和类人怪都被一网打尽了，因为这里已经没有了任何其他的生命迹象。卡特想留着桨帆船，好乘它去梦境之地的其他地方，于是劝食尸鬼不要将它击沉。出于对他报信的感激，食尸鬼满口答应。他们还在船上发现了一些非常古怪的器物和装饰，有些东西卡特一看就立刻丢进了海里。

夜魇完成了它们的使命就散去了，食尸鬼向获救的同伴问起了事情的经过。原来这三只食尸鬼听了卡特的话，从魔法森林穿过尼尔和斯凯河来到狄拉利恩，看到一处孤零零的农舍，就进去偷了凡人的衣服穿在身上，然后模仿人类走路的样子继续前行。它们到狄拉利恩的小酒馆打听怎么去萨克曼德，人们对它们的古怪举止和面容指指点点、议论纷纷，直到有个上了年纪的旅行者告诉它们路线。

打听到只有一艘去勒拉格冷的船可以带它们去目的地的时候，这三只食尸鬼就准备在此耐心等待。不料，邪恶的密探向外神报告了它们的行踪。没过多久，一艘黑色的桨帆船来了，上面走下来一些做红宝石生意的宽嘴商人。食尸鬼被他们邀请去酒馆喝酒，那些宽嘴商人从一个红宝石雕刻的瓶子里倒出一些酒给它们喝。那个瓶子古怪得很，是用一整颗红宝石镂雕而成，充满了诡秘的色彩。等它们酒醉醒来，就发现自己已经变成了俘虏，躺在那该死的黑色桨帆船里，与卡特之前的经历一模一样。只不过它们没有被看不见的桨手带到月球上去，而是被带到了萨克曼德古城，显然是要把它们带到那不知名的大祭司跟前去。经过北海的时候，它们的船只在一块嶙峋的岩石上作了短暂停留，食尸鬼们第一次在那里看见了桨帆船的真正主人。蛤蟆怪不定形的身形和恶臭的气味让麻木迟钝的食尸鬼也无法忍受。这些月兽驻扎在这片岩岛上，对俘虏来的生物尽情地折磨，阵阵惨叫却被它们当作娱乐消遣。后来它们就在萨克曼德的港口抛锚上岸了，就是在它们看到的港口边，被矛尖刺来刺去，备受折磨。幸好有卡特他们赶到，才终止了这一切。

这三个可怜的家伙诉说完这场遭遇之后，就加入了关于下一步计划的讨论，它们提议先去那座嶙峋的岩岛，直捣蛤蟆怪的大本营，并彻底歼灭所有月兽驻军。夜魔们一听到要飞越海面，就表示反对，因为它们实在是不喜欢在水上飞行。绝大多数食尸鬼都同意受伤同伴的提议，只是没有夜魔的帮助，怎么去那片岩岛也让人一筹莫展。卡特意识到它们不会操作那一排排巨大的船桨，于是自告奋勇来教它们，食尸鬼们立刻拍手称好。此时北国的天空已经泛起灰色的微光，白昼即将到来。一队精挑细选的食尸鬼鱼贯走进那艘恶臭的大船，依次在桨手的长凳上坐下来。卡特发现这些食尸鬼学得很快，于是趁天还没全亮，就绕着港口试航了好几回。卡特指挥它们练习了足足三天，才确定可以安全出发。经过一番训练之后已经熟练掌握划船技巧的食尸鬼和夜魔一起登上甲板，皮克曼则与其他几位长老聚集在一起商讨如何接近目的地和作战的具体计划。总之，这一行人划着桨帆船开始了它们的征服之旅。

他们起航了，然而第一个晚上就听到了嚎叫声，从岩石上传来。船上所有人听到后都害怕地颤抖起来，不过抖得最厉害的是那三只被解救的食尸鬼，因为它们最清楚那嚎叫声背后的意味，不由得心有余悸。大家都认为还是不要在夜间发起进攻，所以就把船泊在了磷光闪闪的云层下，等待下一个灰蒙蒙的黎明。直到天完全亮了，嚎叫声才停止。桨手们划起长桨，慢慢驶向那座嶙峋的巨大岩石。岩石岛上锯齿状的花岗岩尖峰就像张开的大嘴，撕扯着阴沉的天空。岛的一侧很陡峭，整座岛上都看不到那些没有窗户的奇怪房子和墙壁，也没有低矮护栏和巡逻守卫的道路。没有人乘着船像他们这样如此靠近这个地方，或者说至少没有人乘船而来并安全返回。不过卡特和食尸鬼们无所畏惧，依旧坚定地向这座岩岛驶去。据那三只被救出来的食尸鬼所说，它们遭受迫害的码头应该在岩岛的南边，位于陡峭的岬角之间的避风港里，所以它们先绕到了岩岛的东面去寻找那个码头。

海岬是岩岛的延伸地带，它们紧密相连，窄得每次只能过一艘船。海湾外似乎没有守卫，所以这艘桨帆船大胆地驶了进去，穿过水槽似的海峡，驶进了后面那恶臭的污浊码头。然而，这里却是熙熙攘攘，生机勃勃。几艘船停泊在一个险恶的石码头上，几十个类人怪奴隶和月兽在码头边搬运板条箱和盒子，或者驱使着无名的、令人难以置信的恐怖之物拉动笨重的马车。在码头上方的垂直悬崖上凿出了一座小石城，从一条蜿蜒的道路开始，一直延伸到看不见的更高的岩壁上。至于那巨大的花岗石山峰里面究竟有什么东西，谁也说不上来，但是从外面看，却一点也不乐观。

看到有船驶进港口，码头上的生物都兴奋不已。那些有眼睛的生物专注地盯着这艘黑船，还有一些没有眼睛的家伙则兴奋地扭动它们粉色的触须。它们自然想不到桨帆船已经易主，因为食尸鬼看起来就很像有角有蹄的类人怪，而夜魇都在船底部，位于岸上看不见的位置。食尸鬼长老们已经制定了完整的计划：码头一靠岸就把夜魇放出去，然后直接把船开走，这些没有头脑的家伙自然会料理剩下的事情，好好发挥它们动物的本能。被困在岩石上孤立无援的话，这些长犄角的飞行者会首先去抓任何它们能在那里找到的活物，然后，除了归航的本能之外，它们完全无法思考，它们会忘记对水的恐惧，迅速地飞回深渊，顺便带着它们吵闹的猎物在黑暗中找到合适的目的地，而那些被抛在黑色深渊里的东西基本上就没什么活命的机会了。

皮克曼走到船的底层，对夜魇作了简单的交代。等它们就要靠岸的时候，码头上传来一阵骚动。卡特意识到，这些月兽和类人怪已经开始怀疑这艘船的身份了。这时，桨帆船上的食尸鬼舵手没能正确地抛锚，这更让岩岛上的守卫发现了这些假扮类人怪的食尸鬼和真正的类人怪之间的差别。它们一定是发出了某种无声的警报，因为顿时一大群发臭的月兽同时从无窗房屋的黑色小门里涌了出来，从右边蜿蜒的道路上倾泻而下。船头撞到码头时，一阵奇怪的标枪雨击中了桨帆船，两个食尸鬼倒下了，另一个受了点轻伤；但就在这时，所有的嵌板都被打开了，发出一股黑色的旋风，像一群长角的巨型蝙蝠一样，在城市上空盘旋。

这些软绵绵的月兽正试图用一根巨大的长杆推开入侵者的船。但当夜魇开始袭击时，它们再也顾不上这事儿了。看到那些无脸的橡胶怪物开始消遣这些月兽是一种非常可怕的景象。只见这些夜魇如乌压压的密云一般穿过城镇，穿过蜿蜒的道路，一直飞到峭壁上方。有时，一群扑着翅膀的黑色飞行者在空中会不小心掉落它们的蛤蟆怪俘虏，然后这可怜的受害者就会摔得稀碎，不堪目睹，恶臭无比。最后一批夜魇下船之后，食尸鬼首领发出了咕咕的撤退口令，桨手悄悄地将船驶出了灰色岬角之间的港口，只留下夜魇和那些怪物在城市里一片混战。

皮克曼没有让船走远，而是让属下把船泊在了岩岛附近一英里处。它们一边为受伤的同伴包扎伤口，一边耐心地等候夜魇得胜并确保它们安全离开。皮克曼知道它们还需要一点时间用没怎么发育的脑子下定决心，克服对飞越大海的恐惧，所以等了它们好几个小时。入夜了，白昼的灰光已经消失不见，取而代之的是低矮云层散发出的点点磷光。食尸鬼长老们一直望着岩岛高处，等待夜魇完成任务后飞走的迹象。天快亮的时候，远远看见一些黑色的小点——那是夜魇的身影，它们先是胆小地在最高的山峰之上盘旋，不一会儿就汇聚了一大群。破晓的时候，这一大群夜魇似乎又分散开来，一刻钟之内就彻底消失在了东北方的天空尽头。夜魇终于鼓起勇气飞走了！有那么一两次，卡特似乎看到有东西从那层稀薄的黑云中掉下来，估计那是倒霉的月兽，掉到海里也不会游泳。最后，等食尸鬼看到所有的夜魔都带着它们的俘虏朝萨克曼德和大深渊飞去，终于满意了。它们把桨帆船再次驶回了灰色的岬角之间，这群骇人的同伴都登陆上岸，好奇地在这片充斥着塔楼、鹰巢和堡垒的光秃秃的岩石间游荡。

在岩岛上那些无窗的房屋里，掩藏着许多可怕的秘密。卡特一行人走进去之后，发现里边还有许多月兽的俘虏，在经过它们的消遣和折磨之后，已经不同程度地残缺不全了。卡特避开了某些尚存一丝气息的东西，又急忙避开了一些他都不能肯定是什么的东西。整个房子臭气熏天，里面摆着许多奇形怪状的架子，还有一条月亮树雕刻而成的长凳，所有的家具内侧都画满了不知名的狂野图案。屋内到处都是数不清的武器、器具和装饰品，包括一些用整块红宝石雕刻的巨大神像，刻画的是地球上没有的东西。尽管红宝石本身很珍贵，却没有人愿意拿走，甚至都不愿意多看几眼。不过卡特不辞劳苦地用锤子将其中的五具雕像砸成了非常小的碎块。他还收集了散布的长矛和标枪，经皮克曼的同意，把它们分发给了食尸鬼。这些装置对像狗一样蹦跳行走的食尸鬼来说十分新奇，好在它们相对简单，在经过简单的提示之后很容易掌握。

在岩石上方的建筑里，神殿比私人住宅要多得多。它们在数不胜数的、雕凿而成的小室中，发现了许多刻着可怕雕塑的祭坛、沾染着可疑污渍的洗礼盘，以及用来崇拜某些东西的神龛——这些受信奉的东西远比居住在卡达斯峰上的温和神明更可怕。从一座巨大神庙的后面，有一条黑色的小路伸向低处，卡特拿着火把，走进岩石深处，来到了一个毫无光亮的巨大的穹顶地窖之中。这个大厅的顶上布满了邪恶的雕刻，中央裂开了一口深井，就像在伦格高原上的那座独自居住着无法描绘的大祭司的修道院里的一样。在远处阴影的一边，那口可恶的深井之外，他仿佛看到了一扇奇怪的青铜小门，但是出于某种原因，他感到一种无法解释的恐惧，害怕打开它，甚至害怕走近它。他加快脚步，匆匆穿过洞穴，回到那些骇人的盟友身边，这些家伙却悠然自得而放任地游荡着，卡特丝毫没有这种感觉。食尸鬼看了看月兽们未完成的消遣，并从中也找了点乐子。它们还发现了一大桶强效的“月亮酒”，正准备把它滚到码头上运走，说不定以后可以用来交换点货物。此时，那三只食尸鬼想起了在狄拉利恩时这些酒的威力，警告它们的同伴千万不要品尝。在靠近水边的一个拱顶洞里，有许多从月亮的矿藏里挖来的红宝石储存，有打磨好的，也有原始坯料，不过食尸鬼们发现这些宝石也不好吃，就对它们毫无兴趣。卡特也不想拿走这些东西，因为他清楚地知道是那些鬼怪家伙挖出了这些宝石。

突然，码头上的哨兵发出了兴奋的咪咪声，所有食尸鬼全都转过头来，放下手中的活，簇拥到岸边，盯着海面。在灰色的岬角之间，一艘崭新的黑色桨帆船正迅速驶来，用不了多久，甲板上的类人怪就会察觉到有人入侵这座城市，并向甲板下面的怪物发出警报。好在卡特之前就已经给食尸鬼分发了长矛和标枪，他负责指挥，皮克曼负责协助他的命令得到执行，他们一起把食尸鬼组成了一支队伍，准备阻止这艘桨帆船登陆。很快，船上就开始骚动，船员们好像已经发现了岛上的异样。随后，它们似乎发现食尸鬼数量众多，寡不敌众，于是将船停了下来。犹豫片刻之后，类人怪们将船掉转头去，从海岬之间驶开了。卡特他们估计类人怪要么是开着船去寻求增援了，要么就是打算从其他地方继续登陆。于是，他们立刻派出一队侦察兵去山顶察看敌人的路线。

几分钟后，一个食尸鬼气喘吁吁地跑回来报告，它们已经发现了月兽和类人怪的行踪。这些家伙果然从其他地方登陆了，它们从崎岖不平的海岬东边爬上岸，正沿着连山羊也无法安全行走的隐蔽的小路岩壁上爬上来。正说着，卡特他们又看见那艘桨帆船穿过水槽似狭窄的海峡，但只出现一秒就消失不见了。没一会儿，第二个侦察兵也从山顶上气喘吁吁地跑下来，说又有一队人马从另一个岬角登陆了。它还说，每队人马数量都很多，桨帆船上大概只剩下一排稀稀拉拉的桨手了。只见月兽的桨帆船很快就出现在了悬崖之间，停在恶臭的港口，似乎是停在那里观望，随时准备加入战斗。

这时，卡特和皮克曼已经把食尸鬼分成了三拨，两拨分别去对付入侵的敌军，它们接到命令就立即爬上了月兽登陆的悬崖，另一拨留在城里，又被分成了陆军战队和海军战队。在卡特的指挥下，城里的陆军战队登上了它们之前俘虏来的桨帆船，准备划着它去和月兽决一死战。留在月兽桨帆船上的驻军已经所剩无几，它们见状立刻往后退过海峡，到了宽阔的海面上。卡特并没有立刻下令追击，因为他知道城市附近更需要支援。

与此同时，那些月兽和类人怪的分遣部队已经爬上了岬角顶端，它们的身影在灰色的暮光下显得格外骇人。入侵者们那地狱般的细笛子已经开始呜咽了，这些混杂的、无固定形态的队伍和月球上那亵渎神明的蛤蟆怪散发的气味一样令人作呕，接着，只见食尸鬼的两拨进攻队伍扛着标枪加入了战斗，阴暗的天际衬托出它们混战的刀光剑影。食尸鬼的咪咪声越来越响，类人怪发出野兽般的嚎叫，笛子奏出地狱般的哀鸣，所有这一切逐渐混响成一种恶魔般的嘈杂，混乱到难以形容。悬崖上战斗的死伤者从海岬的狭窄山脊上掉了下来，有的掉在海港之内，有的掉在外面宽阔的海面上。掉到港内的尸体会被某些水下生物迅速拖到海底，只留下一个巨大的气泡腾出海面。

两军在空中激战了半个小时，直到西边悬崖上的入侵者全部被歼灭。然而，东边悬崖上的战场就没这么顺利了，月兽的首领似乎就在那里统领战斗，所以那边的食尸鬼不得不慢慢退回到斜坡上。发现这一情况后，皮克曼迅速从城里的队伍派兵增援东边悬崖。西边的战事结束时，胜利的幸存者也急忙跑过去帮助深陷困境的同伴，入侵者抵挡不住，只好沿着海岬狭窄的山脊再次返回。这时，几乎所有的类人怪都被杀死了，但最后一批月兽依旧用强有力的爪子紧紧抓着长矛，殊死抵抗。食尸鬼的标枪已经耗尽，战斗变成了一场空手对白刃的战斗。

食尸鬼大怒，疯狂地攻击对手，蛤蟆怪抵挡不住，纷纷掉入海中，海港内一个个升起的气泡表明了它们遭受的厄运，而那些掉落在外侧开阔海域里的月兽，有些奋力游到了悬崖脚下，在潮汐岩石上再次登陆，有些则被盘踞在那儿的桨帆船救了起来。悬崖已经被挤得满满当当，再也上不去一只食尸鬼。有些食尸鬼在悬崖上被月兽杀害了，还有的中了敌军桨帆船里投出来的标枪，但也有少数幸存下来，获得同伴的救助。

确保陆地上已经没有威胁之后，卡特指挥食尸鬼驾着桨帆船从海岬之间疾驰而去，直到把那艘敌舰赶到很远的海面，然后，他命令船停下来，转头去营救岩石上或仍在海里游着的食尸鬼。

最后，由于月兽的桨帆船被赶到很远的海面，已经没有威胁了，而还在陆地上的月兽也集中在一处，于是卡特组织了一支庞大的队伍在敌军后方的东岬登陆。这些吵闹的月兽腹背受敌，很快就被砍成碎片，或者被推到海里去了。战斗很快就结束了，到了晚上，这些残忍的食尸鬼长老们一致认为岛上已经没有这些恶心的家伙了。与此同时，月兽也把那艘桨帆船划走了，于是，卡特一行人决定，在月球上的恐怖势力集结起来攻击他们之前，最好从这片邪恶的嶙峋岩岛撤离。

因此，到了晚上，皮克曼和卡特把所有食尸鬼集合起来，仔细地数了一下，发现有1/4以上的食尸鬼在白天的战斗中阵亡了。皮克曼一向不赞成杀死或吃掉同类伤员这种可怕的古老习俗，他命令食尸鬼把伤员安置在桨帆船里的铺位上，剩下健康健全的去划桨，或者干点别的什么。天空中还是布满了一成不变的低云，趁着点点磷光，他们的桨帆船起航了。对于离开，卡特一点也不留恋，那座充满邪恶秘密的小岛没什么好留恋的，只是岛上黑漆漆的穹顶大厅、大厅中央的无底深井，还有那令人厌恶的青铜大门却一直在他的脑海中不安地徘徊，对它们的想象挥之不去。黎明时分，萨克曼德那片武岩码头遗迹出现在了视野里。有几只夜魔哨兵依旧在那里等着它们归来，有的蹲坐在破败的柱子上，看起来像长了犄角的石像鬼一样；有的骚弄着城里的狮身人面像，那早在人类时代到来之前就曾经辉煌又失落了的城市遗迹。

食尸鬼在萨克曼德坍塌的碎石堆中找了个地方扎营，派出一名信使去召集更多的夜魔过来，它们需要足够的坐骑。皮克曼和其他首领对卡特一路提供的帮助非常感激；卡特现在也开始觉得自己的计划确实精妙漂亮，并想着自己也许可以因此提出一些要求，不单单请求盟友帮助他离开这片梦境之地，说不定还能请它们帮助他继续自己的终极探寻之旅——寻找无人知晓的卡达斯峰上的梦境诸神，并让自己重新回到那座在梦境中被无端隐去的奇幻夕阳之城。于是，他开始对食尸鬼的首领讲述这些故事，关于他所知道的卡达斯所在的寒冷荒原的一切，以及巨大的夏塔克鸟和雕刻成双头的群山关隘。他告诉它们夏塔克鸟是害怕夜魇的，因格诺克和邪恶的伦格高原周围的地界上高耸着连绵的灰色山峰，这些长着马头的巨鸟飞过这些山峰时一看到上面夜魇的黑色洞穴就会惊叫着仓皇逃窜。他还提到了从那座大祭司居住的无窗修道院里看到的壁画，壁画上也描绘了许多关于夜魇的事情。他了解到，即使是众神也对夜魇敬畏三分，因为夜魇的统治者可不是伏行的混沌之神奈亚拉托提普，它们敬畏的神明是极其古老的大深渊之主诺登斯。

卡特咕咕地将所有这些故事一股脑儿告诉了聚集在一旁的食尸鬼们，接着简单地说出了自己的想法。卡特心想自己最近给这些长得像狗、皮肉像橡胶的食尸鬼提供了这么多帮助，索取一些回报应该也不算过分，于是他大着胆子说想要它们帮忙召集足够多的夜魇，来帮他摆脱巨大的夏塔克鸟，背他飞过雕刻成双头的群山关隘，到达没有任何凡人能够安全折返的寒冷荒原。他想飞到寒冷荒原中卡达斯峰之上的缟玛瑙城堡，去那里请求梦境诸神允许自己前往那座无法再次在梦中见到的夕阳之城。他十分确信夜魇不费吹灰之力就能把他带到那里去，因为他相信这些家伙可以高高地避开那些平原上的危险，越过那些永远蹲伏在灰色微光中、哨兵般双头雕刻的群山关隘。因为地球上不存在任何对这些长着犄角的无脸家伙而言危险的东西，就连梦境诸神也对它们十分畏惧。甚至外神难以预测的干预或者行动，也不会给它们带来不测，虽然外神通常都只负责监管温和的尘世神明。至于外部世界的恐怖空间，对它们来说也是无关紧要的，因为这些悄无声息、滑溜溜的飞行家并不信奉奈亚拉托提普，它们只会向强大而古老的诺登斯俯首称臣。

卡特继续说道，10—15个夜魇组成的群体就足以让任何夏塔克鸟群不敢靠近了。不过他还是希望比他更熟悉夜魇习性的食尸鬼也能加入，帮忙管理这些家伙。然后这支队伍可以把他放在神话般的缟玛瑙城堡城墙内任何一个方便的位置，在他冒险进入城堡向梦境诸神祈祷的时候，它们就可以在暗处等他回来，或者等他发出某些信号。如果有食尸鬼愿意护送他进入梦境诸神的宫殿，他就感激不尽了，因为有它们作陪，自己的请求也会显得更有分量。不过他不会强求这一点，只是希望它们能把自己送到无人知晓的卡达斯峰之上的城堡，并把他安全带回来就好了。如果梦境诸神答应了他的请求，那他们还有最后一程——去那座奇幻的日落之城；如果请求无果，那就只得回到魔法森林，再穿过沉睡之门回到清醒世界。

卡特说话的时候，所有的食尸鬼都聚精会神地听着，时间一分一秒过去，派出的信使召集来的夜魇越来越多，这些家伙把天色都遮盖得有些阴沉昏暗了。这些令人惊悚的夜魇围着食尸鬼军队成一个半圆，恭敬地等候命令。长得像狗似的食尸鬼首领们则在认真地考虑旅行者卡特的需求，食尸鬼皮克曼和它的伙伴们严肃地咕咕叫着，最后卡特得到的回报远远超出了他的预料。就像他帮助食尸鬼征服月兽一样，它们也会和他一起踏上冒险之旅，到那从未有人折返之地去驰骋；不仅借若干夜魇盟军给他，还会派出它们扎营时的整个军队；所以这支队伍既有作战经验丰富的食尸鬼老兵，也有新集结的夜魇，食尸鬼只给自己保留了一小部分驻军看守被俘的黑船和从海上那块嶙峋的岩岛上俘获的战利品。只要卡特一声令下，它们随时就可以起飞，到了卡达斯之后，一列训练有素的食尸鬼会陪他一起进入那座梦境诸神的缟玛瑙城堡，当他提出诉求的时候，在一旁默默地支持他。

卡特听了这番话，心里说不出的感动，他对这个结果十分满意，于是和食尸鬼首领们一起为这场大胆的冒险之旅制定详细的计划。他们决定从高处出发，越过可怕的伦格高原、无名的修道院和邪恶的石头村庄，然后在广阔的灰色山峰上做短暂停留，因为夜魇的洞穴像蜂窝般布满了山顶，他们就在那里与夏塔克鸟的克星们商量对策。然后再根据从夜魇那里得到的建议来选择最终路线：要么穿过因格诺克北部坐落着雕刻山脉的沙漠，要么穿过比邪恶的伦格高原更北的地方，接近无人知晓的卡达斯。长得像狗又像狗一样忠诚的食尸鬼和没有头脑的夜魇并不害怕前往杳无人迹的沙漠和旅途可能遭遇的一切；想到卡达斯高耸的孤城和神秘的缟玛瑙城堡，它们也没有感到任何威慑性的敬畏。

大约中午时分，它们组好了纵队，每个食尸鬼选择一只夜魇充当坐骑，卡特和皮克曼并排在纵队的最前面，而整个队伍的前方，则独自飞行着两排夜魔充当护卫。只听见一声轻快短促的咪咪声，皮克曼一声令下，整个军队犹如一大团噩梦般的黑云，从萨克曼德原始破碎的石柱和狮身人面像旁腾空而起。他们越飞越高，直到城镇后面巨大的玄武岩悬崖轮廓渐渐明晰，荒凉贫瘠的伦格高原郊野的景象也逐渐映入了眼帘。愈到高处，身下的高原愈发小了；当他们向北飞越过狂风大作的伦格高原时，卡特又一次看到了那圈粗糙的巨石和那栋低矮的无窗建筑，他知道那个戴着丝绸面罩的亵渎之物就在那里，一想到自己不久前差点没逃脱它的魔爪，卡特不由得打了个寒噤。这一次它们没有下降，军队像蝙蝠一样从贫瘠的土地直飞了过去，高高地飞过了不洁的石头村庄里燃烧着的微弱篝火；对那些长着蹄子和犄角，永远在那里扭曲着身体跳舞和吹着笛子的类人怪，看都没看一眼，一刻也没有停留地径直飞走了。有一次，他看到了一只夏塔克鸟在平原的低空上飞着，不过当它看到他们时，就立刻发出可怕的尖叫，惊恐地向北方飞去了。

黄昏时分，他们到达了因格诺克的屏障——那些起伏不平的灰色山峰，盘旋在山顶附近的古怪洞穴周围。卡特又向皮克曼回忆说，夏塔克鸟真的十分害怕这些洞穴。食尸鬼首领们开始不停地发出咪咕声，长着犄角的飞行者从每个巍然高耸的洞穴中陆续飞了出来。这群食尸鬼用夜魔们的丑陋姿势和它们交谈了良久，很快就清楚了，最好的路线是直接越过因格诺克北部的寒冷荒野，因为伦格高原的北部充满了看不见的陷阱和难以预料的困难，即使是夜魔也不喜欢经过此处。据说在某些位于奇怪土丘上的白色半圆形建筑周围聚集了许多股深不可测的势力，即使是普通的民间传说也会让人把这些势力与外神和伏行的混沌之神奈亚拉托提普联系起来，令人胆颤。

对于卡达斯，居住于高峰的飞行者几乎一无所知，只知道在北边一定有某些巨大的奇迹，夏塔克鸟和雕刻成双头的群山关隘就守卫着这些奇迹。夜魔们暗示道，在远方那片无迹可寻的土地上，的确存在某些传闻中所说的怪物；它们还回想起，虽然没有明确的证据，但确实有一些隐晦的闲言碎语声称在那片土地上有一个永夜的王国。卡特和食尸鬼亲切地向它们道了谢，然后飞过最顶端的花岗岩尖顶，飞进了因格诺克上方的天空。夜晚，云层依旧低垂，在点点磷光的映衬下，他们看到远处的连绵群山，被某种原始力量刻入了恐惧——雕刻成石像鬼的样子。

这些石像鬼仿佛蹲伏在那里，围成一个可怕的半圆，它们的腿在沙漠上，头冠则高高穿过了发光的云层。它们看起来很邪恶，就像狼一般，还长着两个脑袋，满脸怒容地高举着右手，面容呆滞而恶毒地注视着人类世界的边缘，令人毛骨悚然地守卫着不属于人类的寒冷北方世界。邪恶的夏塔克鸟纷纷从它们骇人的大腿处飞升而起，没等夜魇先锋队出现在雾蒙蒙的天空中时，它们就已经逃走了，仿佛伴随着阵阵癫狂的窃笑。这列军队越过这些石像鬼山，朝北径直飞去，昏暗的荒漠上没有任何地标的显现。云层发出的微光越来越暗，到最后卡特什么也看不见了，只有环绕在四周的黑暗。但是夜魇们无所畏惧，它们本来就生长于地球上最黑暗的地穴之中，它们并非用眼睛去看，而是用潮湿和光滑的表层去感知周围的环境。夜魇没有片刻停歇，毫不犹豫地从大风中掠过，即使风中夹杂着可疑的气味和让人不得不留意的可疑声音。他们一直在凝重的黑暗中穿行，飞越了难以想象的无比广阔的空间，以至于卡特怀疑他们是否还在地球的梦境之地。

接着，云层突然变得稀薄，星星如鬼魅般出现，从上空散发出光亮来，而他们身下依旧是一片黑暗。天空中那些他们在别处从未遇到过的暗淡的星星，仿佛是有着某种意义的灯塔，指引着某种方向。并非因为这些星星组成的星座形状有什么特别之处，而是这些熟悉的形状现在却显现出人们从前未能明白的深意。所有的星星都朝向北的方向聚拢，天空中群星闪耀，仿佛每一条群星组成的曲线和每一簇星群都只是某个庞大设计的一部分，这个巨大的设计攫获着他们的眼球，并吸引着他们加速前进，仿佛要超越这片无尽延伸的冰冻大地，达到某种神秘而可怕的目的。卡特朝东望去，那些巨大的灰色山峰形成了因格诺克的天然屏障，依旧在那里耸立着。因为在星光的映衬下，卡特看到了一个起伏不平的锯齿状轮廓，表明这些山峰还在那里，不过现在看来那些山峰比之前更加破碎，山脊上仿佛敞着巨大的裂缝和古怪的尖顶。卡特仔细研究了一下那个怪诞轮廓所预示的某种转折和倾向，它似乎和星星的暗示有一些微妙的共通之处：都指引他们向北而去。

夜魇飞得极快，卡特不得不努力捕捉看到的每一个细节。突然，在星光的映衬下，他看到就在最顶端的山脉之上有一个黑色的物体正移动，而它的轨迹与他自己这支有些奇怪的队伍的轨迹完全平行。卡特听到食尸鬼在旁边发出交头接耳的咕咕声，知道它们也瞥见了那个东西的身影。有那么一会儿，卡特觉得那东西可能是一只巨大的夏特克鸟，但是看尺寸比夏塔克鸟大得多。然而，很快他就否定了自己的想法，因为从它露出在山顶上的形状来看，那根本不是任何长了马头形状的鸟类。星光黯淡，卡特看不清它的轮廓，看起来就像某个被无限放大的双王冠脑袋，或者是一对脑袋，而它快速上下移动穿过天空的样子看起来更像是一个没有翅膀的古怪之物。卡特不知道这东西究竟在山脉的哪一侧，但是他很快就明白了，这个家伙的身躯很庞大，在他刚看到的那一截之外肯定还有其他部分，因为卡特往后面一看，山脊裂缝之上的星光都被它的身躯挡住了。

接着，山脉上出现了一个很大的豁口，豁口处有一条低矮的道路将山脉彼侧的伦格高原和这一侧的寒冷荒原连接了起来，星光在这条小道的上方微弱地闪烁着。那个庞然大物毫无章法地在山脉的尖峰上飞过，卡特目不转睛地盯着那个豁口，想着自己也许能够在天空微光的映衬下看清楚那东西下半截身体经过这个豁口时的样子。那东西此刻已经飞在了卡特一行的前面，每双眼睛都死死地盯着山脉的豁口处，等着山峰上方的巨大物体慢慢靠近这个缺口，现出完整的轮廓。它好像意识到自己已经跑到了食尸鬼队伍的前面，于是稍微放慢了速度。有一分钟，大家的心都提到了嗓子眼儿，接下来的一个短暂瞬间，那怪物的完整轮廓完全显现了。食尸鬼感到了一种令人窒息的强烈恐惧，卡特也感觉灵魂都在战栗，久久不能平复。因为这个在山脊之上飞行起伏的东西只不过是一个脑袋——准确说是一个戴着头冠的双头脑袋——而头之下则长着一个支撑它的可怕的肿胀的身体，大步行走着。那是一副漆黑得有点像人的身体，但是又扭曲得像鬣狗一般，它的头上戴着一对锥形的顶冠，足足有天空一半的高度。这犹如山脉一样高大的怪物小步慢跑着，沉默而鬼祟。

不过卡特已经是一个老练的入梦者了，看到此情此景不仅没有慌神，甚至都没有尖叫。但是当他转过身，惊恐地看到身后起伏的山巅之上还有其他可怕的脑袋在第一个脑袋的轮廓之后鬼鬼祟祟地上下移动时，他不禁战栗起来。南方的星星照亮了后面笔直矗立着的三座雄伟山峰，它们像狼一样踮着脚尖缓缓移动，高高的帽冠在数千英尺的高空中晃荡着。这些被雕刻成岗哨的山峰不再高举着右手、蹲伏成半圆形盘踞在因格诺克以北，它们有不得不履行的职责，并且正在尽忠职守；但是这些东西从来不说话，走路也毫无声响，这真是可怕至极。

这时，皮克曼一声令下，夜魇陡然升高，飞向星空，直到看不到天空中还有别的高耸的东西——既看不到静止的灰色花岗岩山脊，也看不到雕刻成双头、戴着头冠的行走中的山脉。下方始终一片漆黑，夜魇扑打着翅膀，在太空中虚无缥缈的笑声和狂风中向北奔涌，没有一只夏塔克鸟或其他更不值一提的东西从荒凉的原野腾空而起，在后面追赶他们。他们越飞越远、越飞越快，直到似乎超过了子弹的速度，卡特感到眩晕，因为此时他们甚至接近轨道上行星的速度了。虽然卡特知道在梦境之地的空间和面积不同于清醒世界，但是他实在纳闷为什么他们以这么快的速度飞行，还是可以看到地球依旧在脚下延伸。他能够确定的是他们已经进入了一个永夜的国度，头顶上的星群仿佛微微地调动了朝北的方向，聚拢在一起，就像要将这支飞行的队伍掷入北极的空隙之中，好似把一个袋子拧起来，要把里边的最后一点东西倒出去一样。

接着，卡特注意到夜魇已经不再奋力振动双翅，而是收起了黏膜状的羽翼，像是漂浮在这狂风之中休息，任由它在身边呼啸和讥笑。意识到这些长着犄角的无脸生物的怪异行为，卡特不禁惊恐万分。一股气流将这支队伍疯狂而无情地向北拽去，那是一种来自尘世以外的力量，就连食尸鬼和夜魇也无能为力，只能任由它将他们带走，飘向那有去无回的北方世界。最后，前方的地平线上出现了一道孤零零的白光，随着他们靠近，这道光越升越高，光线下面是一团黑色的东西，大到足以遮蔽星辰。卡特认为那道光芒一定是来自山上的某座灯塔，而能从这般高空俯瞰到的那团黑东西必然是一座巍峨磅礴的高山。

光线越升越高，光线之下则一片漆黑。终于，他们看到了那团黑色的物体，那是一个表面凹凸不平的锥形体，庞大到遮蔽了近半个北方天空。尽管这支队伍已经飞得很高了，那座锥形物依旧高耸在他们之上，高耸于地球上所有的山峰和其他任何东西的上方，散发着苍白而险恶的光芒。塔尖伸入无任何生命迹象的苍穹之中，神秘的月亮和疯狂的星群盘绕其上。从未有人听说过眼前这大山一样的东西，它太大了，大到仿佛远处高空的云朵不过是山脚边的一处装饰，而天顶上那令人缺氧的大气也不过是它的一条腰带一般。这个庞然大物桀骜而刁钻地在天地之间架了起来，在黑暗的永夜之中耸立着，不知名的星星在其顶端散发着微弱的光芒，轮廓令人望而生畏却又显得意味深长，一开始只是隐约可见，而现在好像每一刻都比上一刻变得更加清晰起来。他们在被疯狂拖进这座巨堡，食尸鬼们发出惊恐的咕咕声，卡特不由得战栗起来，唯恐飞驰的军队撞上巨石悬崖上坚不可摧的缟玛瑙城堡，粉身碎骨。

山峰顶上的光线越升越高，直到融入盘旋其上的群星星光之中，那些星体不怀好意地向这支飞行的队伍眨着眼睛。而山峰之下的整个北方一片黑暗，黑夜冷峻而无情地从无底的深渊一直笼罩到无尽的高处，只有苍白闪烁的灯塔停在所有视野的顶端，无法触及。卡特目不转睛地盯着最顶端的那片光亮，终于看清了星光映衬下这座山峰在漆黑的背景里勾勒出的轮廓线条。巨大的山峰上一层一层地垒满了圆顶高塔，数不胜数。奇伟险峻的城垛和台阶在微弱的星光下显得又小又黑，甚是渺远。从它们闪烁出的非凡光彩就可以判断，这些建筑根本不是尘世间的能工巧匠所造。在那高不可攀的顶端，坐落着一座超乎凡人想象的城堡，在顶端星光的照耀下，散发出险恶的光芒。卡特知道，他苦苦寻觅的地方终于到了。那就是卡达斯峰，那上面的堡垒就是梦境诸神的家园，那就是他被禁止入内甚至不准幻想的终极目的地。

就在他意识到这一点的时候，这支被疾风控制的队伍猛地升到了更高的地方。显然，这阵风想要把他们都吸附到那座位于惨白的光亮照耀之中的缟玛瑙城堡。那座巨大的黑山离得如此之近，以至于当他们快速向上飞行时，也是飞快地从山的侧面一掠而过，至于那些地方又是什么样子，由于四处都是一片黑暗，卡特根本看不清。缟玛瑙城堡的黑色塔楼越逼越近，大到让人生畏。一个人站在它的门槛上，就像一只蚂蚁站在地球上最雄伟的城堡台阶上一样。卡特猜想堆砌城堡所用的岩石很有可能就是由不知名的力量从因格诺克北部巨大的山脊豁口采集的，否则他再也想不到哪里能有如此巨大的岩石。无数星体在塔楼上方环绕成一个双王冠的形状，闪耀着病态的灰黄色光芒，因此光滑的缟玛瑙城堡阴暗的墙壁上也笼罩着一种微光。现在可以看清楚那座苍白的灯塔就是最高塔楼上一扇亮着光的窗户。当这支无法控制自身行动的队伍接近山顶的时候，卡特仿佛看到了一些令人不快的阴影从广阔的微光世界中一闪而过。接着，他就看到了那扇奇怪的拱形窗户，那种设计和尘世的窗户全然不同。

他们的飞行速度好像慢了下来，巨大的墙壁高耸入云，他们飞近的时候，可以瞥见一堵城墙上有一扇巨大的门。城堡内的院子里也是一片黑暗，他们径直朝一处巨大的拱形入口飞去，仿佛被它吞没了一般，然后是更深处的黑暗。冷风在缟玛瑙城堡伸手不见五指的黑暗迷宫里阴冷地飞旋，卡特不知道那冷风在空中无尽地盘旋，究竟经过了什么样的路径，在那一片黑暗的静默之中，到底存在着怎样的环形楼梯和走廊。他们一直向上飞行，就像进入了一个可怕的无尽深渊，没有一丝声音，也没有任何触感和可以看见的东西能打破这样的神秘和黑暗。尽管他们组成了庞大的队伍，却依旧一起迷失在这比地球上任何城堡都更广阔的空间里。最后，卡特突然意识到自己已经身处那座犹如灯塔一般的高塔的房间之中，他花了很长时间才看清远处的墙壁和高高的天花板，才意识到他的确不再置身于外面无边无际的天空中了。

伦道夫·卡特原本希望能够由食尸鬼作为护卫和随从列队两侧，陪同他一起庄重地走到梦境诸神的王座之前，显示自己能够来去自由，睿智而强大，并以一个入梦者的身份来到梦境诸神的王座前，不卑不亢地提出自己的要求。他知道梦境诸神并不会太难对付，他们原本是地球上温和的神明，没有超出凡人的特别杀伤力。即使过去任何凡人在诸神的居所或者山脉上找到这些尘世的神明时，外神和奈亚拉托提普会无情地出手干预，但是卡特仍然坚信自己足够幸运，外神和伏行和混沌之神奈亚拉托提普也不会像以往一样刚好出现。如果这些外神干预，他就让惊世骇俗的护卫们上，食尸鬼反正没有主人，而夜魇也绝对不是他们的奴隶，它们只效忠大深渊之主阿尔希克·诺登斯。这些不过是卡特之前的设想，但是现在，他看到寒冷荒原中，这座超自然力量形成的卡达斯峰四周都是黑暗的魔法和无名哨兵层层把守，外神负责保护这些温和而脆弱的尘世神明，时刻保持警惕。尽管这些外神无法直接统治食尸鬼和夜魇，但是在关键时候能够毫不费力地控制它们的行动。所以，伦道夫·卡特和他的食尸鬼伙伴一起来到梦境诸神的王座前的时候，根本算不上是一个自由而强大的入梦者。他们一路被太空中噩梦般的暴风席卷和驱赶，被北方荒原看不见的怪物惊吓，无可奈何地飘浮在这可怕的光线之下，仿佛被俘虏和控制了一般。无声的命令驱散了这令人恐惧的狂风，他们才失去重心，重重地倒在了缟玛瑙地板上。

眼前既没有金色的祭台，也没有任何庄严的、戴着皇冠的、头顶光环的神明——那些有着狭长眼睛、长叶状耳朵、细瘦鼻子与尖尖下巴，和那张雕刻在恩格拉尼克山脉上的面孔一样的梦境诸神。所以，卡特自然也没法提出自己的诉求。除了那座塔楼，卡达斯山顶上的缟玛瑙城堡阴森黑暗，诸神一无所踪。卡特好不容易来到了寒冷荒原，找到了无人知晓的卡达斯峰，可他却找不到梦境诸神。这个塔楼的房间里依旧闪着可怕的光芒，空间之广阔，跟塔外的广袤空间几乎没什么区别，就连对面的墙壁和天花板都仿佛要消失在这翻滚卷腾的薄雾中，难以看清。梦境诸神确实不在这里，这里只有一些看不见的东西在四周潜伏，微妙而令人恐惧。温和的神明不在，外神的代理人也不在，这意味着这座缟玛瑙城堡不再坚不可摧。他不敢去想接下来会发生什么难以预料的骇人之事，只感觉到自己被风卷来是一种预谋，而奈亚拉托提普——那个伏行的混沌之神还不知道怎么一直在密切地注视着这一切呢。无固定形状的恐怖之物奈亚拉托提普是外神们的灵魂与信使，而那些真菌般的月兽就是拥护奈亚拉托提普的信众。卡特不禁想到还在岩岛上战斗的时候，月兽一见战局不利，就偷偷将那艘黑色的桨帆船开走了。

卡特一边回想这些，一边从食尸鬼中摇摇晃晃地站起来。突然，没有一丝预兆，从那散发着白光的巨型房间里响起一阵可怕的号角声，就像恶魔发出了三次响彻天际的刺耳尖叫。当第三声号角的回音突然消失时，卡特发现只剩自己一个人。“食尸鬼和夜魇是怎么被突然从空气中掳走的？为什么会这样？它们又去了哪里？”所有这些问题的答案不得而知。他只知道自己突然变得孤独了，无论什么看不见的力量嘲弄般地潜伏在他周围，都绝不是属于地球上梦境之地的友好力量。没过多久，从房间的最深处传来了一个新的声音。这也是一种有节奏的号角声；但与前三次喧闹的号角声大相径庭，就是那次声音突然变走了他那些怪诞的同伴。在这低沉的号角声中，回荡着缥缈的属于梦境里的美好，还有优美的旋律轻轻相和，每一段奇妙的和弦和有些怪异的节奏中，仿佛还蕴含着某种异国情调。这时，卡特闻到一阵芬芳飘来，和这支金色的曲子相得益彰；头顶上则出现一道光亮，颜色循环往复地变化，不同于地球上的任何颜色光谱，光亮中响起一首号角吹成的曲子，这一切宛如一曲古怪的交响乐一般和谐。火炬在远处熊熊燃烧，卡特紧张地期待着，号角声越来越近了。

两列高大的黑色奴隶纵队走了过来，他们腰间缠着七彩丝绸带，头上绑着巨大的头盔状闪光金属火炬，只见一阵阵香脂的香味隐隐地从火炬中飘逸而出，如一阵阵轻烟般缭绕着散开。这些奴隶的右手拿着水晶魔杖，魔杖尖端被雕刻成斜眼睥睨的银蛟，左手拿着又长又细的银色号角，依次吹着。他们肩膀上戴着金制的徽章，脚下戴着脚镣，也是金子制成的，每一对脚镣之间还有一条约束他们步伐的金链子，让他们看起来沉稳和持重。他们是地球上梦境之地里的黑人，这一点确凿无疑，但是这些仪式和服装却和地球上的尘世没有半点关系。他们在卡特面前10英尺的地方刚一停下来，一个个号角仿佛就被自动塞进了他们每个人厚厚的嘴唇中。接下来爆发出一阵喜庆喧闹的号角声，还有从黑暗中发出的狂野的叫喊声，这些声音好像都被施加了某种魔法，变得格外高调刺耳。

然后沿着两列黑人方队之间的宽阔小道，一个长长的身影跨步走来。此人身材高大苗条，长着一张古代法老年轻时的面庞，穿着光彩夺目的长袍，头戴闪烁着天然光芒的金色双王冠。那帝王般华贵的身影大步走近卡特，他举止高贵，五官呈古铜色，仿佛是某种暗黑神灵或者堕落天使。他的眼角闪烁着某种慵懒的神采，像是一种反复无常的脾气，不怒自威。他开口说话语调轻柔，仿佛是潺潺流淌的忘川[1]水流荡漾出的柔和涟漪。

“伦道夫·卡特，”那个声音说，“你可知道凡人是不能来见梦境诸神的。守卫者们已经报告了你要寻找梦境诸神的事，外神们在终极虚空随着笛声翻滚的时候，也悄悄地留下了讯息。

“你可知道，智者巴尔扎伊登上哈提格克拉山，妄图偷窥梦境诸神在月光下起舞、在云端歌唱的时候，他遭受了什么样的境遇。他的有去无回其实是因为彼时外神也和梦境诸神在一起，干脆利落地解决了他。哦，那不过是做了他们该做的事情罢了。奥法拉特的泽尼格也曾试图寻找寒冷荒原中的卡达斯，而现在他的头盖骨就镶在一个我不需要说出名字的人的小指头的戒指上。

“但是你，伦道夫·卡特，勇敢地面对了尘世梦境之地中的一切挑战，即使经历挫败，也依旧热血不减。你来这里不是出于好奇之心，而是在寻求自身应得的东西。我知道你对温和的尘世神明一直存在敬畏之心，然而他们却让你再也无法触及你梦境中美好的夕阳之城，这完全是因为他们自身的小小贪婪，因为他们确实渴望占据你的想象力所创造的那些不可思议的美好，并发誓从今以后不再居住在其他地方。

“他们离开无人知晓的卡达斯峰之上的城堡，住在你那座奇幻的夕阳之城里。白天在有着漂亮纹理的大理石宫殿里狂欢，太阳落山时，则在芬芳的花园里观赏夕阳在神殿、柱廊、拱形桥梁和银盆喷泉上洒下的金色光辉，还有宽阔的街道上摆满鲜花的瓮坛和一排排闪闪发光的象牙

[1] 忘川（Lethean Streams）出自Lethe，即古希腊神话中在冥府流动的五条河流之一。相传死者只有喝过此河的水，忘记了本有的记忆才能转生。

雕像。夜幕降临时，他们在露水中爬上高高的露台，坐在雕花的斑岩长凳上观赏星空，或者倚在栏杆上眺望城市北面陡峭的山坡，千家万户点燃的蜡烛散发出的柔和黄光，从山坡上古老尖顶山墙的小窗户一个接一个升了起来。

“诸神在你的夕阳之城里乐不思蜀，全然忘记了自己的身份和责任。他们忘记了地球上的高地和见证过他们青年时期的群山，只留下来自外太空的外神们还在顾念和打理着被他们遗忘殆尽的卡达斯。此刻，他们正在遥远的地方，在你童年生活过的一个山谷中嬉戏玩耍。伦道夫·卡特，你的想象力瑰丽无比，噢，你真的是一个既睿智又强大的入梦者。仅凭你对童年一点小小的思绪和怀恋，就建造成了一座无与伦比的城市，比梦境之地的任何一座城市都更加迷人可爱。你把梦境诸神从其他所有凡人的梦境组成的世界中抽离出来，吸引到了完全属于你的世界中去。

“尘世神明离开了他们的宝座，蜘蛛在宝座上翩翩起舞；他们留下这个王国让外神以他们的黑暗方式去统治，造成了一些混乱和恐惧。伦道夫·卡特，那些来自外部世界的力量也能给你带来混乱和恐惧，因为正是你让他们心烦意乱，但他们知道只有你才能让梦境诸神重返他们的世界。而他们，包括其他任何来自永夜国度的力量都无法进入你的梦境世界，所以，只有你自己才能把梦境诸神礼貌地请出去，让他们穿过北方的暮色，回到自己寒冷荒原的卡达斯峰，回到他们自己的老地方去。

“所以，伦道夫·卡特，我以外神的名义宽恕你探寻卡达斯的冒昧，并命令你去自己梦境中的夕阳之城，把那些慵懒昏睡、逃避职责的梦境诸神赶回他们该待的地方去。那座城市的上空永远回荡着美妙的号角声和钹的碰撞声，如同天国的神曲悠扬动人，让诸神流连忘返。你一直想弄明白，这座城市到底在哪里，它的存在又蕴含着什么神秘的意义。你饱受折磨，因为你发现从清醒世界到梦境之地，关于这座城市的记忆不断消逝。这些既美好又有纪念意义的事物不断失去，令你倍感痛苦。实际上这座城市不难找到，它是你辉煌岁月的象征和纪念。它就像是一颗稳定而永恒的宝石，所有美好在其中闪耀结晶，照亮你的黑夜之路。看呐！你要去探寻的不是未知的海洋，而是去追溯那些你再熟悉不过的岁月；回去寻找幼年的那些快乐却又有些陌生的事物，以及寻找过去在阳光下匆匆瞥见古老魔法的旧场景——它们开阔了你当时的眼界。

“那座黄金和大理石的奇幻之城，就是你青年时代所见所闻和所爱的一切。它是夕阳下波士顿山坡上那些屋顶和朝西的窗户上火一般通红的闪光，是花香弥漫的公园，是山上巨大的圆屋顶，是架有许多桥梁的查尔斯河懒洋洋地流过的紫罗兰山谷里参差不齐的山墙和烟囱。这些场景你都看到过，伦道夫·卡特，当春天的时候，你的保姆第一次推着你的小车出去游玩的时候，你就看到过；这些东西就是你肉眼所见的最后的东西，存留在记忆和爱的深处。你所幻想的那座城市，还是年代久远的塞伦礼拜堂和在那里沉思的往昔岁月，是幽灵般的马布尔黑德[1]在过去几百年里块块剥落的岩石，是夕阳下从马布尔黑德的草地上远远望见港口对面的塞伦礼拜堂的塔楼和尖顶上闪耀着的红光。

“还有坐落在蓝色港湾七座小山上的普罗维登斯，绿色的梯田通向古老的尖塔和城堡，古雅而高贵。新港像幽灵一般从梦境般的防波堤上升起。阿克汉姆和长满苔藓的山墙屋顶以及城市后方的多石草甸就在那里。远古的国王码头烟囱鳞次栉比，还有荒芜的采石场、古老高悬的山墙、高耸的悬崖峭壁，远处则是漂浮着浮标的海洋，笼罩在一片乳白色的迷雾之中，所有的一切都奇幻得令人赞叹。

“康科德的凉爽山谷，朴茨茅斯的鹅卵石小路，新罕布什尔暮色中弯曲的乡村小道，被高大的榆树半掩着农舍的白色墙壁，从井里取水吱嘎作响的提桶，格洛斯特的盐商码头和特鲁罗风中摆舞的柳树……放眼望向波士顿郊区，可看到远处陡峭的城镇和层峦叠嶂，在罗德岛腹地乡间的巨石的后面，是寂静的石头斜坡和长满常春藤的低矮小屋。大海的气味和田野的芬芳一同扑面而来，密林深处充满魅力，黄昏时分的果园和花园也让人愉悦。伦道夫·卡特，这些构成了你的城市，因为它们是你内心深处的思念。你出生的故土新英格兰赋予了你的灵魂这些永不消

[1] 马布尔黑德：马萨诸塞州著名的疗养地。

逝的美好，多年的记忆和梦境将这些美好一点一点积攒，最终形成了你那座栩栩如生的奇幻之城。你若想再次回到那个摆放着古雅花瓮的雕栏大理石露台，从那里走下层层台阶，到城中宽阔的广场和七彩喷泉处去，只需要回到对童年的留恋和幻想的思绪中去。

“看窗外！群星依旧在这片永夜王国的上空闪耀着，其中一些就在你熟悉和珍视的场景之上闪耀着。是的，没错，就连群星，也无法抵挡你那座奇幻之城的魅力；也许，它们在梦境之地的花园上散发出更加夺目的光彩。你看，那是心宿二星，它此时正在特雷蒙特街道的屋顶之上眨着眼睛，你可以从灯塔山上你自己家里的窗户看到它。而群星之外，就是外神盘踞的深渊，也许有一天你也会经过这些毫无心智的东西。不过如果你足够聪明的话，是不会做这种蠢事的，只有一个凡人能够安然无恙地从终极虚空中返回而没有完全丧失理智。在宇宙之外的终极虚空里，所有的恐惧之物都争相吞噬彼此来获取生存空间，越小的东西越邪恶。想必你已经跟我的那些信使打过交道，知道我并不想让你灭亡。如果不是因为确信你肯定能自己找到这里，加上我又在其他地方忙着，也许我会亲自帮你一把。总之，尽量避开那地狱般的宇宙外部虚空吧。去寻找你的梦境之城，把不尽忠职守的梦境诸神体面地送回到他们青年时代曾经历的场景中去，那些场景正在急切地盼望他们归来。

“我这有一个更简单的方法，你不必烦恼如何回忆起那些遥远而模糊的记忆。看！这里有一只巨大的夏塔克鸟。实际上有一个奴隶牵引着它，只是为了让你不要害怕，我隐去了他的身形。黑人尤加什虽然被隐去了身形，但是会默默帮你骑上这只长满鳞片的家伙。准备好，朝着天顶以南最亮的织女星去吧，直到你在高处的太空中听到有歌声传来为止。你要注意，高空中有许多危险，所以当你听到第一个音符的时候就要立刻让夏塔克鸟停下来。往后回望大地，你将会从一座神殿的神圣屋顶上看到艾莱德纳永远燃烧着的祭坛之火，那座神殿就在你一直寻找的夕阳之城中。飞吧，直到听到歌声就停下来，不要迷失了方向！不消两个小时，你就可以抵达那座夕阳之城的露台了。

“当你靠近这座城市，朝着那个过去常常站在上面眺望那些辉煌景象的高高露台上飞去的时候后，你要不断地猛戳夏塔克鸟，直到它发出大声尖叫。梦境诸神坐在露台上、陶醉于芬芳之中的时候，夏塔克鸟的尖叫声就会传入他们的耳朵，他们听到并且心领神会之后，心里就会升起一股思乡的愁绪，然后开始想念那座位于卡达斯峰之上的阴郁城堡和盘旋在其上方的永恒群星王冠，而你那座夕阳之城的任何奇观都已经无法再慰藉他们的心灵。

“接下来你和夏塔克鸟必须降落在他们身边，他们看到并且抚摸这只黑色的马头鸟的时候，你要向他们讲述卡达斯峰上发生的事情。告诉他们，你刚从那儿来，看不到尽头的高顶大厅已经空无一人、金色的宝座已经黯淡无光，而那些纵情欢愉的旧时光也已经消失殆尽。夏塔克鸟也会用自己的方式向他们讲述，不过它没有任何劝服的力量，只能靠梦境诸神自己回忆起那些古老和珍贵的往昔岁月。

“你要反复提及梦境诸神的家乡，和他们过去美妙的青年时光，直到他们热泪盈眶，要你告诉他们已经忘记的归家之路。这时，你可以把在一旁等候的夏塔克鸟放飞空中，它会发出归巢的叫声。梦境诸神听到这个声音之后就高兴得手舞足蹈，毫不犹豫地像过去一样跟在这只大鸟的身后，昂首阔步地穿过宇宙外部的深渊，回到卡达斯峰，回到他们熟悉的塔楼和穹顶之中。

“他们走了之后，你就可以永远地拥有那座奇幻的夕阳之城。尘世的梦境诸神会回归自己的职守，继续掌管凡人的梦境。你看，窗户开着，窗外星星闪烁，夏塔克鸟已经开始喷着鼻息、发出不耐烦的窃笑声了，现在就出发吧！在黑暗之中朝着南边最亮的星星飞去，那是织女星的方向。但是你要切记，一听到歌声就要立刻停下来调转方向，否则将会被无法想象的恐怖力量吸入尖叫和狂吠的深渊。不要忘记我的提醒，最好避开外部世界的虚空之中潜伏着的外神，他们毫无心智，却非常强大而可怕。

“嘘！夏塔克鸟！走吧！把尘世诸神带回卡达斯来。再见吧，伦道夫·卡特，多加小心！你最好向万物祈祷，不会再遇见我的任何一种形态，因为我就是奈亚拉托提普，伏行的混沌之神！”

伦道夫·卡特坐在丑陋的夏塔克鸟上喘着气，头晕目眩。只见这只夏塔克鸟朝着织女星发出的冰冷的蓝色强光飞去，尖叫着快速冲向了太空。卡特回头看了一眼，身后的尖塔密密麻麻，簇拥着那座缟玛瑙城堡。那座大厅的窗户散发出耀眼的白光，在尘世的梦境之地云层上方孤独而可怕地闪耀着。他感觉四周的黑暗中有巨型水蛭一般的恐怖之物滑过，还有许多看不见的蝙蝠翅膀在他周围扑腾，他紧紧抓住夏塔克鸟马头上肮脏的鬃毛。群星仿佛也在嘲弄他，像是跳舞一般，不停地变幻，又像是在暗示某种厄运。卡特不禁想到之前是否还有凡人也像他一样，看到这样的景象而心生恐惧。太空中狂风呼啸，仿佛在诉说着宇宙之外令人茫然的黑暗和孤独。

飞过前面闪闪发光的苍穹之顶后，又出现了一种神秘的迹象：破晓时刻来临之前，暗夜里的东西悄悄溜走了，所有的怪风和恐惧也随之消散。金色星云像波浪一样起伏不停，十分诡异；远处传来一阵旋律，伴随嗡嗡作响的微弱和鸣，这声音远非我们尘世的星空中所有。声音越来越响，夏塔克鸟竖起了耳朵，仿佛得到了某种暗示一般向前猛地扎了下去，卡特也弯下腰紧紧抓住夏塔克鸟的鳞片。那是一种任何人也无法唱出的旋律，黑夜和群星共同谱写了这首乐章，在天空中回荡。它是如此古老，古老到连太空和奈亚拉托提普以及外神们还没出生之前，它就已经存在了。

夏塔克鸟越飞越快，卡特把腰弯得更低了一些，他一面陶醉于脚下壮丽峡谷的鬼斧神工，一面不由自主地在外太空魔法的漩涡中飞旋。奈亚拉托提普曾经警告过卡特要当心，不要陷入这歌声之中。然而，现在看来，这种警告只不过是一种无情的嘲弄，他之所以这么做，不过是为了证明自己知道通往神奇的夕阳之城的途径、揭晓那些游荡在外的梦境诸神的秘密，并且可以指派黑人奴隶轻而易举地把他们带回去。卡特现在根本无力掌控局势，他试图扭转这恶心的坐骑，但那污秽的巨鸟依旧冷漠地睥睨邪笑，猛烈地向前飞去。它兴奋地挥舞着光滑的巨翅，不怀好意地径直飞向那些梦境无法抵达的可怕深渊。而无人敢言及名讳的恶魔之王阿撒托斯就在无垠的终极虚空中央等待着他，那股没有固定身形的力量隐身于最深的混沌之中，翻滚着、亵渎着一切神明。不用说，让卡特遭遇虚空深渊的疯狂复仇就是奈亚拉托提普给暴虐的神灵的唯一礼物。

这只令人毛骨悚然的鸟坚定不移地服从邪恶使者的命令，载着卡特径直向前，穿过一群群不停地抓挠、潜伏和跳跃在黑暗中的无定形物体——它们是外神没有头脑和心智的幼体，在终极虚空中有着不同寻常的饥饿和渴望。

夏塔克鸟继续坚定不移地向前飞去，一路情不自禁地窃笑个不停，这些咯咯的笑声和它时不时爆发的狂乱尖叫融入了夜空中的星云漩涡之中，仿佛合奏成了一曲引诱人性命的塞壬之歌[1]。那只可怕的怪兽载着无助的骑乘者一路猛冲，快速地飞行着，穿过最远的边缘，冲向最外面的深渊。群星和所有东西都被抛在了身后，夏塔克鸟载着卡特像流星一样射入无形空间，飞向那些位于时空之外、无法想象也没有光亮的巨大空间。无固定身形的阿撒托斯就在那里饥饿地啃咬着，身边环绕着可憎巨鼓敲打出的低沉却令人发疯的巨响，与邪恶长笛吹奏出的单调空洞的哀号。

夏塔克鸟继续向前——向前——穿过尖叫和笑声肆虐、黑暗拥挤的深渊，突然，即将面临毁灭的卡特想起了一个画面，是遥远的、被神祝福的土地的画面；他的脑海中还有了一个自我救赎的想法。因为奈亚拉托提普一心计划着坑害卡特，却一时疏忽告诉了他最重要的东西，任何冰冷的恐惧都无法抹去的存在——那就是他的家——位于清醒世界中新英格兰灯塔山的家。

“那座黄金和大理石的奇幻之城，就是你青年时代所见所闻和所爱的一切。它是夕阳下波士顿山坡上那些屋顶和朝西的窗户上火一般通红的闪光，是花香弥漫的公园，是山上巨大的圆屋顶，是架有许多桥梁的查尔斯河懒洋洋地流过的紫罗兰山谷里参差不齐的山墙和烟囱。这些场景你都看到过，伦道夫·卡特，当春天的时候，你的保姆第一次推着你

[1] 塞壬之歌：塞壬源自古老的希腊神话传说，在神话中被塑造成人面鱼身的海妖，飞翔在大海上，拥有天籁般的歌喉，常用歌声诱惑过路的航海者而使航船触礁沉没，船员则成为塞壬的腹中餐。

的小车出去游玩的时候，你就看到过；这些东西就是你肉眼所见的最后的东西，存留在记忆和爱的深处。你所幻想的那座城市，还是年代久远的塞伦礼拜堂和在那里沉思的往昔岁月，是幽灵般的马布尔黑德[1]在过去几百年里块块剥落的岩石，是夕阳下从马布尔黑德的草地上远远望见港口对面的塞伦礼拜堂的塔楼和尖顶上闪耀着的红光。”

他还在继续头晕目眩地向前，穿过黑暗飞向终极毁灭……卡特感觉到黑暗中有看不见的触角不停抓挠。黏乎乎的口鼻来回推搡，还有无名的东西痴痴地窃笑。但是伦道夫·卡特脑海中却渐渐浮现了些许画面和思绪，他清楚地知道自己现在还位于梦境之地，所以这意味着他仅仅是在做梦而已，而某个处于清醒世界之中的地方——那座他幼时居住的城市依旧还在清醒世界里。脑海中有个声音再次响起：“你只需要回到童年时所留恋的幻想与思绪里去。”卡特往左转了转，又往右转了转，不管往哪里转都是伸手不见五指的黑暗，但是他只需要转身就可以了。

此时，伦道夫·卡特虽然被身下那只疯狂往前冲的怪物紧紧地拽住了所有感官，但他还是可以转身和移动。他可以移动，并且只要他想，他还可以跳下这只听从奈亚拉托提普命令向毁灭冲去的该死的夏塔克鸟。他可以跳下去，勇敢地面对那些永远沉寂在暗夜之中的深渊，至少它们还不如潜伏在混沌中央等待他的厄运更让他害怕。他可以转身、移动、跳跃……他会的，他会的……

卡特此时别无选择，他绝望地跳下这只长着马头的邪恶巨鸟，向下跌进了无尽的虚空。卡特只感觉到无边的黑暗，仿佛亿万年的时光就在身边流转，宇宙起起灭灭，群星凝结成星云，又流散成群星，周而复始，而伦道夫·卡特仍然还在那些无边无际的黑暗空间中坠落着。

亿万年的时光继续流转，宇宙的演变也不过是一个个徒劳的无限循环，因为一切事物都回到了没有经历宇宙生生灭灭的浩劫之前的样子。物质和光在宇宙消亡之后重生了，和宇宙见过的太多次一样。彗星、太阳和所有物质世界发出耀眼的光彩，开始焕发出生机。可是没有任何活着的有机物能够遗留它们在宇宙灭亡之前的样子，也无法证明它们在宇宙重生之

[1] 马布尔黑德：马萨诸塞州著名的疗养地。

后又会是什么样。所有的一切来了又去，周而复始，无始无终。

卡特继续向下跌落，突然，眼前出现了天空、风和紫色的强光。卡特知道，在黑暗中，有美好的神灵和邪恶的鬼魅，伴随而来的，还有阵阵猎物被捕杀的凄厉惨叫。无人知晓的终极循环里曾存在过一个入梦者关于童年的美好怀念，于是在这个混沌之中，重新创造出了一个清醒世界和一座让人珍爱的古老城市。在卡特跌落的过程中，这些幻想与思绪也被赋形，证明了它的存在。那道紫色的强光，就是气体辛加，它在虚空中为卡特指明了方向。而美好的神灵，就是大深渊之主诺登斯，他从深不可测的下方大声吼出了对卡特的指引。

星星的光晕越变越大，最后消失在了天际，此时天色已经拂晓，黎明犹如金色、胭脂红和紫色的喷泉一般喷涌开来，入梦者仍然在坠落着。紫色的光带将外部太空的邪恶之物一一击碎，它们发出阵阵惨绝人寰的尖叫声，仿佛要把太空撕裂一般。古老的诺登斯发出了胜利的号叫。因为当奈亚拉托提普的使者追捕卡特的时候，一道光芒突然将它们全都烧成了灰烬。伏行的混沌之神不得不困惑地停了下来。终于，伦道夫·卡特实实在在地走下了层层宽阔的大理石阶梯，来到了属于他的那座夕阳之城，再次回到了那片美丽的土地——哺育他的故土新英格兰。

早晨，无数汽笛和管风琴一起奏成了和鸣，耀眼的晨曦在山上的议会大厦的圆形穹顶上折射之后，穿过紫色的窗户，令人眼花缭乱。伦道夫·卡特在自己波士顿的房间里从睡梦中猛地惊叫着跳了起来。鸟儿在浓荫遮蔽的花园里啁啾，格子棚架上爬满了祖父栽种的葡萄藤，那让他甚是怀念的清香飘了过来；典雅的壁炉架、雕花飞檐和装饰了奇异花纹的墙壁都格外光彩照人。一只皮毛光滑的黑猫之前正在炉边酣睡，这会儿正从主人的惊悸和尖叫声中打着哈欠醒来。而在非常非常遥远的地方，在沉睡之门、魔法森林、那些花园土地、瑟瑞利安海、因格诺克昏暗的边缘郊区地带之外，伏行的混沌之神奈亚拉托提普沉着脸着，大步走进位于寒冷荒原的卡达斯峰之顶的缟玛瑙城堡，粗暴地奚落那些在精美绝伦的夕阳之城里沉浸于芳香之中、尽情狂欢时被他粗暴地拖拽回来的温和的尘世神明。

皮克曼的模特

艾略特，你别以为我疯了。这世上有那么多奇怪的人，奥利弗的祖父死活也不坐汽车，你怎么不去嘲笑他？我不愿意坐那该死的地铁，那是我自己的事情，用得着你来管？再说，打车到得更快。要是坐了那个大铁皮车，我们不是还要从公园街步行上山吗？

我是有点神经兮兮的，比去年你见我的时候还严重了些，但是你也没必要来给我看病啊！这其中的缘由可就说来话长了。老天在上，我真的庆幸自己现在还无比清醒。为何这么刨根问底？你以前可从不这样！

好吧，如果你非要追问到底的话，我就告诉你得了，谁叫你一听说我退出艺术俱乐部、疏远皮克曼，就像悲痛的老父亲一样狂给我写信呢！现在皮克曼消失了，我才敢偶尔去一趟俱乐部，但是我的神经丝毫没有放松过。

不，我不知道皮克曼到底怎么样了，而且我也不想知道。你肯定觉得我是因为知道些什么小道消息才和他绝交的吧！你猜得没错，我一点也不想知道他去哪儿了。这个事情还是让警察去查吧，如果不是那么为难的话，毕竟他们连他曾化名皮特斯到北角区[1]租房子都查不出来！我不确定自己是否还能找到那地方。我可没说大白天我去找过！好吧，我想我可能真的清楚他为什么偏偏要租在那里。别急啊，马上就说到关键！等听完你就知道我为什么不告诉警察了。他们要是知道了，必然会让我带路，但我是绝不会再去那里的，那地方透着古怪。因为那件事，如今我再也不会坐地铁，你要是想笑就笑吧！而且地下室之类的地方，我也不想再去了。

[1] 北角区，美国马萨诸塞州的波士顿市的一个社区，城市最古老的居住社区。

你知道我的为人，我可不像雷德博士、乔·麦诺特、博斯沃思那群挑剔的老女人，我绝不会为了那些愚蠢的理由和皮克曼绝交。病态艺术并不会令我惊恐，如果有一个人能有皮克曼那样的天赋，无论他的画作有何种倾向，和他结交都绝对是我的荣幸。不过在波士顿，再也找不出比理查德·厄普顿·皮克曼这样优秀的画家了，不管从前还是现在我都一直这样认为，即便是当初看到那幅《饲养食尸鬼》[1]后，我的想法也丝毫未变。你要知道——就是因为那幅画，麦诺特才和他绝交了。

你应该很清楚，一位画家要是想画出皮克曼那样的画作，就必须画工精湛、洞悉自然才行。如果你随意找一个给杂志画封面的人让他肆意喷绘，他或许也能画出梦魇、女巫安息日[2]或恶魔肖像，然而唯有伟大的画家才能画出令人身临其境、毛骨悚然的作品。因为只有真正的艺术家才了解恐惧的本质和它引发的生理反应，他们能用精确的线条和比例把我们潜在的本能和遗传的恐惧记忆相连接，用恰当的颜色对比和明暗效果来激起心底潜藏的异样感觉。我没必要告诉你为什么富塞利[3]的画能令人浑身战栗，而廉价的鬼故事插页图只能令我们捧腹大笑。只有极少数画家能抓住某些超越世俗的东西，并利用画作让我们这些凡夫俗子感受到，虽然不过是转瞬即逝。古斯塔夫·多雷可以、西姆可以、芝加哥的安格罗拉[4]可以，但是皮克曼的天赋却是前无古人的，我对天起誓，也必将是后无来者的。

你别问我那些画家究竟见到了什么。你也知道的，从自然界或模特那儿得到的灵感作出的画是充满生气的，这和那些商业画家在空荡的画室里循规蹈矩地画出来的完全不是一回事。我承认，特立独行的画家确

[1] 食尸鬼是一种阿拉伯传说中的恶魔或怪物，他们会劫掠坟墓，以死者尸体的血肉或幼儿为食，或将人诱至沙漠中杀害并吞噬。

[2] 女巫的安息日是一个术语，用来指那些被认为从事巫术和其他仪式的人的聚会。

[3] 亨利·富塞利（1741—1825年），瑞士画家、绘图家和艺术作家。他的许多作品都涉及超自然的主题。

[4] 古斯塔夫·多雷，法国艺术家、版画家、插画家、漫画艺术家和雕刻家。西德尼·赫伯特·西姆是维多利亚时代晚期的英国艺术家，主要以怪诞讽刺的艺术作品而闻名。安东尼·安格拉是美国画家、版画家和美术指导，毕业于芝加哥艺术学院。由于他本人是意大利移民，所以他的作品关注的是那些难以适应外国文化的人。

实能以幻象作为创作模特，或者从自身灵魂所在的虚幻世界中召唤出逼真的事物。总之，皮克曼画中的梦境和那些伪画家胡编乱造的梦境截然不同，就像生活中的画家所画之物绝不同于函授学校出来的漫画家的画作一样。假如能亲眼目睹皮克曼所见之物，我的天啊！我在说什么胡话！我们还是先喝杯酒再接着说。上帝啊！要是真能看见那人（假设他还是个人的话）所见之物，我肯定是活不了了！

你应该记得皮克曼的强项就是画脸。自戈雅[1]之后，我不相信这世上还有第二个人，能将纯粹的地狱恐怖如此和谐地融入一系列特征或扭曲表情中。在戈雅之前，你也就只能看看中世纪的那些家伙——他们曾在巴黎圣母院和圣米歇尔山画上了石像鬼和吐火银鲛。中世纪的人们总是对这些东西深信不疑，说不定他们还真见过呢！因为那个时代确实古怪得很。

在你离开的前一年，我还记得你亲自问过皮克曼呢，问他到底从哪里得到这些灵感和想象的！他当时是不是对着你鬼魅地笑了笑？雷德当初和他绝交，也要拜他的笑容所赐。当时的雷德很痴迷比较病理学，总是喜欢吹嘘自己的学识，说各种的精神或身体症状都蕴藏着生物学或进化学上的意义。他说自己越来越讨厌皮克曼，最后竟变得很害怕他，因为那家伙的容貌和表情正朝着令人厌恶的方向在慢慢变化，变得越来越不像人了。雷德还大谈特谈过皮克曼所食之物，说他不正常又古怪得要命。如果你和雷德写信聊到过这些事情，我猜你当时一定说一切都是幻觉而已，说他只是被皮克曼的画作弄得神经兮兮，出现幻觉罢了。他和我谈到这些的时候，我也是这样劝他的。

但是，你可千万别以为是这些导致我和皮克曼断交的。正相反，我对他还是很敬佩的，那幅《饲养食尸鬼》简直太棒了！然而俱乐部却不愿意展出它，美术博物馆也不接受这份礼物，甚至没人愿意买它，所以在皮克曼失踪前，他一直把它挂在家中。现在皮克曼的父亲把画带回了塞勒姆——皮克曼就来自古老的塞勒姆家族，曾有一位祖先在1692年塞勒姆女巫案时被吊死了。

[1] 弗朗西斯科·戈雅（1746—1828年），西班牙浪漫主义画家和版画家。

有段时间我正准备为古怪艺术的专著积累素材，那时我会经常拜访皮克曼，渐渐地成了一种习惯。我之所以想写专著可能也是因为他吧！总之，对当时的我来说，他简直就是个宝贵的资料库和建议箱。他把所有的画都拿出来给我看，包括那些钢笔素描，我敢肯定要是俱乐部的那些成员看到这些的话，皮克曼一定会被马上踢出去。没过多久，我几乎成了他的狂热信徒，像个小学生一样认真地听着那些疯狂的艺术理论和哲学思辨——要是别人听到一定会把他送到丹佛斯精神病院。我将他视为英雄，而其他人又对他日渐疏远，所以他变得非常信任我。一天晚上，他悄悄地对我说，如果我口风紧又有胆量的话，他或许可以给我看一些不寻常的东西——比他家里的任何画作都要更阴森的东西。

"你得明白，"他说，"有些事情在纽伯里街根本行不通——那里不合适，反正在那里想都不敢想。我的工作就是洞悉魂灵，而这里全是暴发户在泥土铺设的人造街道，所以你甭想在这儿找到它们。后湾区[1]可不是波士顿，因为它历史很短，没有什么记忆可言，也很难吸引当地的魂灵前来。如果这里真有鬼魂的话，也不过是些囿于盐沼和浅湾里的鬼魂罢了。我一直寻觅的其实是人类鬼魂——那些高度组织化的魂灵，它们能够在窥探地狱的瞬间就明白眼前所见的意义。

"对艺术家来说住在北角区再好不过了，如果他是一位虔诚的唯美主义者，肯定会因为那里是传统的汇集地，而甘愿忍受那贫民窟般的环境。天啊！难道你没意识到，那种地方可不全是人造出来，而是自身不断扩张而成的吗？一代又一代的人在那里成长、生活和死亡，在以前的某些时代，甚至没有人会害怕在那里度过一生。你不知道1632年在考普山上有一个磨坊吗？现在的街道有一半都是1650年铺好的，我可以指给你看哪些是已经屹立了两个半世纪之久的房屋，甚至更久远的也有！它们目睹了周边的现代房屋是如何倒塌成一堆粉末的。如今，人们对生命及其背后的力量又知晓多少呢？如果你说塞勒姆巫术仅是种错觉的话，我敢打赌要是我曾曾曾曾祖母尚在人世的话，她一定会强烈地反驳你，

[1] 后湾区最早只是一片湿地和沼泽，后经填海造地而成，如今尽是美丽的维多利亚式褐砂石建筑和优雅的教堂。

并告诉你许多真实的事件。那些人将她在绞架山上绞死，牧师科顿·马瑟则伪善地站在一旁，静静地看着一切。该死的马瑟，他害怕有人能从这该死的乏味牢笼中挣脱出来。我真希望有人能对他施咒，或者在暗夜中吸干他的血也好！

“我可以指给你看那家伙的住所，也可以告诉你他从来不敢进的另一所房子，虽然他总是自我吹嘘有多天不怕、地不怕。他才不敢把自己知道的全部事情写进那愚蠢的《业绩》或者是幼稚的《无形世界里的奇异》[1]里。听我说，你知不知道整个北角区曾有过四通八达的隧道，有些人借此互相来往，去墓地或海边？就让地面上生活的人们继续去搜寻、检举日常生活中的怪事，然而他们根本难以触碰，就连那些夜晚的奇怪声音他们也难以找到源头！

“哎呀，伙计！在这里始建于1700年、至今还没有搬动的房子里，我敢打赌，十幢里有八幢的地窖都有奇怪的东西。几乎每个月里，你都能在报纸上读到工人们在拆房的废墟中发现了砖砌的拱门、水井，它们也不知通向何处。这样的房子，去年在汉契曼街就发现过，你可以从高架上看到它。这里曾居住过女巫、魔法所召唤之物，有海盗和他们从海上掠夺来的东西，有走私犯和私掠船船长等等人物。我可以告诉你，那时的人们真的知道如何生活和延长寿命！不过只有勇敢又聪慧的人才能明白，现实并不是唯一的世界！相比而言，你瞧瞧那所谓的艺术家俱乐部，里面净是些头脑简单的家伙，看到任何一幅不符合贝肯街茶话会氛围的画也会被吓得浑身颤抖、抽搐。呸！

“要说现代的唯一好处，我看就是人们太蠢了，蠢到永远不会探究过去，竟还真以为地图、札记和旅游指南能告诉我们北角区里有什么！呸！我可以领你到王子街以北的三四十条交错的小巷中去，除了成天挤在那里的外国佬，没多少当地人知道那些地方的含义，估计连十个都不到。难道你指望那些意大利佬了解？别做梦了，瑟伯！那些古老的

---

[1]《耶稣基督在美洲的光辉业绩》，马瑟的作品，包括几本圣徒传记，并描述了新英格兰人定居的过程。《无形世界里的奇异》是马瑟写的另一本书，为他在塞勒姆女巫案中所扮演的角色进行了辩护。

地方就像是一场华丽的梦，充满了惊奇、恐惧与不平凡，然而没有任何一个活着的灵魂可以理解和得益于它们。或者更确切地说，唯有一人可以——就是我，我对过往的探究可不是白费的！

“瞧！我就知道你对这类东西感兴趣。如果我告诉你我有另一间工作室，在那里我可以捕捉到古老恐怖的夜灵，画出我在纽伯里街想不到的东西，你作何感想？当然，我可不会告诉俱乐部里那群该死的老处女——雷德，那该死的家伙！竟然诋毁我是个逆进化的怪物。没错，瑟伯，很久以前我就下定决心了——不仅要描绘出生活中的美，更要描绘出其中的恐惧，所以我去了蕴藏恐怖生物的地方，进行了一番探索。

“最后我发现了一个地方——我敢说除了我，见过那儿的北欧人不到三个。那离高架桥不远，但距如今有几百年的历史了。我去那里就是为了地窖里那口旧砖堆砌的怪井——就是之前我跟你提过的那种。那个棚屋看着就像马上要坍塌一样，压根没人愿意住在那里，我都懒得说租金有多便宜。窗户是用木板封着的，我觉得这样再好不过了，因为我也不需要什么阳光。我在地下室里作画，那里让我的灵感疯狂迸发，不过一楼的其他房间我还是简单装修过。房东是西西里人，我租房用的是彼得斯这个化名。

“你要是感兴趣的话，我今晚就带你过去。我想你会喜欢那些画的，就像我此前说过的，在那里我才可以肆意挥洒地作画。那里不是很远，而在这样的地方坐出租车太惹眼了，我又不想引起别人的注意，所以常常走路过去。我们可以在南站搭地铁去巴特里街，再走一会儿就到了。”

艾略特啊！我当时在听完那番长篇大论之后，就马上赶去搭乘一辆出租车，来到了南站坐地铁。大约12点的时候，我们在巴特里街站下了车，走出台阶后就沿着宪法码头旁边的旧海滨路一直往下走。我没留意过什么十字路口，所以也说不清走的是哪条路，但我肯定那条路绝不是去格里诺的。

转弯后，我们穿过一条巷子——那是我有生以来见过的最古老、最肮脏的。这条巷子空无一人，墙壁破败不堪，窗户支离破碎，隐约可以在月光下看见古老又破败的烟囱。眼前矗立着的房子几乎都始建于科顿·马瑟时代，另外我至少还看见了两座有着凸出屋檐的房子。有一次，我觉得自己看到了一排尖顶，那些是早已绝迹的复折式屋顶样式，尽管考古学家说波士顿早就不存在这种房子了。

我们从那条昏暗的小巷向左拐，拐进了一条同样寂静但更狭窄的黑暗小巷。没过一分钟，我发觉我们又在黑暗中向右拐了一个很大的弯。走了没多久，皮克曼拿出手电筒，这时我发现了一扇老式的十格木门，看上去已经被虫蛀坏了。打开门，他把我领进了一条空荡荡的门厅，门厅里曾铺有富丽堂皇的黑橡木板——虽然装修得很简单，但却令人联想起安德罗斯、菲普斯[1]和巫术时代，真够毛骨悚然的！然后他带我穿过了左边的一扇门，点上了一盏油灯，叫我不要拘束。

艾略特，如今我也算是这条街上公认的坚毅之人！但我不得不承认，在看到墙上的东西时，我心里极度不舒服。那些都是他的画——在纽伯里大街上画不出来、也未曾展出过的画作——看来他说的“肆意挥洒”一点也没错。来，再喝一杯，反正我非得再喝一杯了！

我没法明说那些画到底长什么样子，因为简单线条里蕴含的是可怕、不敬神明的恐怖，难以置信的厌恶感以及败坏的道德，这些都难以用语言来描述。他的画里没有西德尼·西姆笔下的奇异画风，也没有克拉克·阿什顿·史密斯[2]笔下那些令人呆若木鸡的土星风景和月球真菌。皮克曼画的背景大多是古老的教堂墓地、茂密的树林、海边的悬崖、砖砌的隧道和古老的镶板房间，或者是简单的石砖拱顶。离这所房子不到几个街区远的考普山墓地也是他爱画的景象。

这种疯狂和可怕都蕴藏在画中的前景人物中——皮克曼的病态艺术在魔鬼肖像画中体现得淋漓尽致。这里面的人物基本不是人类，但又往往都接近人类。它们虽然大致都是两足动物，但身体前倾，身上还有些

---

[1] 埃德蒙·安德罗斯爵士（1637—1714年），塞勒姆审巫案时的弗吉尼亚总督。威廉·菲普斯爵士（1651—1695年），第一位由英王室任命的马萨诸塞湾行政首长，他对女巫案的审判深感不满，于1692年解散特别审判法庭。

[2] 克拉克·阿什顿·史密斯（1893—1961年），自学成才的美国诗人、雕塑家、画家，擅长写奇幻、恐怖和科幻短篇小说，本书作者洛夫克拉夫特就非常欣赏他的作品。

犬科动物的影子，身上是令人恶心的胶质皮肤。啊！它们仿佛就在我眼前！别逼我，求你了！它们在进食——我不告诉你它们吃的是什么。它们有时会成群结队地出现在墓地或地下通道，似乎是在为它们的猎物——或者更确切地说是它们的宝物——而战。皮克曼多么该死的表现力！竟赋予这群无眼珠的怪物如此鲜活的生命！这些东西会在夜里从开着的窗户里跳进来，蹲在熟睡的人类的胸口上，它们准备随时撕开猎物的咽喉。还有一幅画布里的它们正围着绞刑架上一个被绞死的女巫大喊大叫，而她那张死脸和它们竟然十分相似。

你以为这些可怕的主题和布景能把我吓晕过去？我可不是三岁孩童，这样的事情我以前见多了。那些面孔，艾略特，就是那些该死的可怕面孔，它们如此的鲜活，仿佛透过画布在斜视我，甚至在淌口水！天啊，实在太真实了！那个恶心的巫师用颜料唤醒了地狱之火，手中的画笔就像是一根滋生噩梦的魔杖。艾略特，快把酒瓶给我！

我记得有一幅叫《课堂》的画——上帝啊，请宽恕我！原谅我竟见过那样的画！听着——在一个教堂的院子里蹲着一群叫不上名字、像狗一样的东西，它们围成一圈正教一个人类孩童如何像自己一样进食，这种画面你能想象得到吗！我猜那就是暗中被偷换走的人类小孩——有一个古老的神话，说的是那些怪物如何窃取人类的婴孩，并将幼崽放入婴儿的摇篮之中的。皮克曼描绘的正是那些被偷幼孩的遭遇——是如何成长的。在人类和非人怪物的脸上仔细端详后，我察觉到了一种可怕的关系。在各种变态的表现中，皮克曼描绘出了一种讽刺和可怕的进化过程。原来，那些像狗一样的怪物其实是从人类进化而来的！

我不禁想知道皮克曼会怎样描述它们被遗留在人类世界的幼崽。不经意间，我的目光扫到了一幅画，而它刚好解答了我的疑问。那是一间古老的清教徒房间——屋顶上是笨重的粗房梁，窗户是一排排的格子窗，屋内摆着一张长椅和一套笨重的17世纪家具，一家人正围坐在一起，而父亲在诵读《圣经》。除了某张脸，那里的每张脸都映衬着高贵与崇敬，然而那张脸上只有嘲笑——来自深渊的嘲笑。显然，这个少年应该是那位虔诚父亲的儿子，但实际上是不洁之物的同类——被交换的幼崽。极其讽刺的是，这位少年长得和皮克曼并无差别。

这时，皮克曼已经在隔壁房间里点亮了一盏灯，还很礼貌地为我把门打开，问我是否愿意看看他的新画作。恐惧和厌恶感让我说不出话来，所以我没能出声反驳这个提议——我想他完全能理解我当时的感受，但还以此为豪。艾略特！我绝不是个懦夫，但凡有点不同寻常的事情就大喊大叫的！已经中年的我阅历丰富、见多识广。我在法国部队里的所有事情，你应该全知道的，所以明白我可不会被轻易吓到！没过一会儿，我就恢复了精神，习惯了那些把新英格兰殖民地画成了地狱附属国的可怕作品。但是尽管如此，隔壁房间的东西还是令我失声尖叫、双腿发软，我不得不抓紧门框。在另一个房间的画作里，我看到了曾在先祖时代肆意妄为的食尸鬼和女巫们，然而这些作品却将这种恐怖完美地融入了日常的生活中！

天啊，那个人是怎么画出这种东西的！在一幅名为《地铁事故》的画作中，有一群污秽之物正从某个不知名的墓穴里悄悄爬出，快速钻过博伊尔斯顿街地铁站的地面裂缝，爬上站台，突袭上面熙熙攘攘的人群。另外一幅画则描绘了考普山墓地中的舞会，而画的背景正是现代社会。其他的许多画都是关于地下室的，怪物们钻过石砌房屋中的孔洞和裂缝，鬼魅地笑着隐匿于桶或炉子后面，静静地等待着地窖里第一个猎物的出现。

这其中的一幅画让我恶心至极，里面描绘的是比肯山的巨大截面，那些凶残的怪物乌泱泱地像蚂蚁一般，在满是孔洞的地面里钻进钻出。现代墓地里的舞会被皮克曼随意地描绘出来，最令我震惊的场景是一个无名墓穴——几十只怪物簇拥在一个手里拿着著名的波士顿旅游指南的“人”的周围，他显然在大声朗读指南的内容，怪物们正指着其中的一段话，脸上都挂着癫狂的笑容。那一张张面庞扭曲得令人毛骨悚然，我甚至觉得现在还能听到那些恶魔般的回声。那幅画的名字正是《霍姆斯、罗威尔和朗费罗长眠于奥本山公墓[1]》。

---

[1] 奥本山公墓是美国第一个乡村或花园公墓，距离波士顿以西6.4公里。它是波士顿婆罗门教的许多杰出成员的埋葬地，也是国家历史地标。

等我逐渐镇定下来，再重新审视充满邪恶和病态的第二间房时，我忍着厌恶开始分析起房间里画作的特点。首先，这些东西之所以让我厌恶，是因为皮克曼把自身的残暴和冷酷表现得淋漓尽致、毫不遮掩。这家伙肯定是全人类残忍无情的敌人，他常通过描绘肉体、头脑的苦痛以及人类的堕落来获得满足感。其次，人们会害怕是因为这些画本身很杰出，其中蕴含着令人信服的艺术——当我们看到它们时，仿佛亲眼看到恶魔，令人浑身颤栗。不过奇怪的是，皮克曼作品的恐怖并不是源于画作主题的选择性和怪诞性。在他的画里，没有任何东西是模糊、扭曲或因循守旧的，所有的一切都轮廓鲜明、栩栩如生，细节刻画得细致入微，就算多看一眼对每个人来说都是一种折磨，尤其是画中的那一张张脸！

我们面前的绝不仅是艺术家的诠释，画中描绘的分明是魔窟，清清楚楚，客观明白。天啊！一定就是这样！他压根不是什么幻想家，也不是什么浪漫主义者——他甚至从没想过要描绘那些令人辗转反侧、斑斓又转瞬即逝的梦境，而是无情又讽刺地展现了某个稳定、机械的恐怖世界——他眼中直接、真实又辉煌的世界。只有上帝才知道那个世界长什么样子，知道皮克曼这家伙在哪里瞥见过那些亵渎神灵的身影——它们在那个世界行走、奔跑和爬行。不管他的画作灵感来源于什么，但有一件事是很清楚的，皮克曼在任何意义上——无论是在构思还是在执行上——都是一位彻底的、勤勉的科学现实主义者。

皮克曼领着我下到地下室，去他的那个画室。我壮起胆子，想让自己不被未完成的画布上的恐怖画面所吓倒。当下到潮湿台阶的尽头时，他将手电筒转向空旷地下室的一个角落，我看到那泥地上有一块砖砌而成的古井。走近一看，我发现井有5英尺宽，井壁有1英尺厚，井口高出地面6英寸。我想它应该是17世纪的古井或者更早也说不定，不过确切的时间我不是很肯定！皮克曼说这口井曾是山丘隧道网的一处入口。在我不经意打量这口古井时，我发现它似乎没有被完全封死，只是用厚木板将井口盖了起来。我把所有的事情在脑海里捋了一遍，我想如果皮克曼的疯狂暗示不是无稽之谈的话，那就肯定与这口井有关。想到这里，我不禁汗毛倒立。之后，我哆哆嗦嗦地跟着他往前走，我们穿过一扇门来到了一间宽敞的房间——里面铺着木质地板、配着各种家具，俨然是画室无疑了。屋内的一盏煤油灯，是作画光线的唯一来源。

摆在画架和墙边的那些半成品，与楼上的成品画相较起来毫不逊色，都充分展现出了画家的卓越画技、呕心沥血。所有的场景被描绘得十分细腻，铅笔线条都透露出皮克曼对视角和比例的精确把握。他的确是位学识广博的伟大画家，即便现在我也要承认这一点。我注意到桌子上有一个大相机——皮克曼告诉我常用它来拍摄各种场景作为画作的背景，这样他就不用再去镇上到处采景，只要待在工作室、对着照片就可以作画了。对于要长时间绘画的他来说，一张照片带来的效果与真实的景色或模特不相上下，所以他说自己隔三岔五就会用到它。

房间里到处摆满了令人作呕的素描、未完工的怪物画作。突然间，皮克曼将一块罩布掀开，那幅巨大的油画就这样闯入我的视线。这时我失声尖叫起来，这辈子我从没叫过这么大声——这也是今天晚上我发出的第二声尖叫。我的尖叫声，不断在古老而又潮湿的地窖里回荡。慈悲的造物主啊！我不知道画里究竟有多少是真实的，又有多少是狂热的幻想，但我想现实中的人类是不可能拥有如此的梦境的！

画里面是某个亵渎神明之物，它体型庞大，难以名状，一双眼闪着诡异的红光，利爪中抓着一个人——应该说曾经是个人的东西，正像孩子咬棒棒糖一样咬着手中的人头。它蹲伏着，但当你看向它时，你会觉得它随时都有可能丢弃眼前的猎物，转身扑向你这个更美味的食物。然而，这所有恐惧产生的源头从来不是这些恶魔的主题，不是因为那张有着尖耳朵、赤目、塌鼻子以及流着口水的像狗一样的脸，也不是因为它满是鳞片的利爪、发霉结块的躯干和半是蹄子的双脚。尽管其中的任何一个特征都能把一个脆弱的人逼疯，但这些都不是我此刻恐惧的原因。

这一切都是因为他精湛的画技，艾略特！不敬神明、不寻常的可怕技巧！我这一辈子还从未在别处见过这样的画作——画布上的人物能如此鲜活、富有生命气息。怪物就在那里——它一边咀嚼着口中的猎物，一边紧盯着我——我知道在凡是存有大自然法则的世界中，一个常人绝不可能在没有模特的情况下画出这样的东西来，除非他将灵魂出卖给了恶魔，好让自己能够窥探到深渊处的地狱。

在画布的空白位置，有一张用图钉钉着的皱巴巴的纸——我想它很可能是一张照片，皮克曼想参照它来描绘一个噩梦般的背景。就在我准备伸手去抚平它的时候，皮克曼突然警觉起来，神色紧张。从我的尖叫声在地窖里不断回响的那一刻起，他就一直在屏气凝神地听着。现在的他虽然没有此前的我那么害怕，但也是被吓得不轻。不过比起精神上的折磨，更多的是来自肉体。他掏出一把左轮手枪，示意我别出声，然后慢慢地走出地下室，并随手关上了门。

门关的那一刻，我浑身麻痹，动弹不得。我学着像皮克曼一样去倾听，似乎听到了悉悉窣窣的跑动声，以及一连串不知从何处传来的叫声。这让我联想到了大老鼠，身体也跟着打起了寒颤。之后，门外传来了一阵低沉的咔嗒声。不知怎么搞的，我起了一身的鸡皮疙瘩——那是一种鬼鬼祟祟、摸来摸去的咔嗒声，原谅我无法用语言来形容那到底是什么。那就像沉重的木头落在石头上，或者砖木落在砖石上的声音——你知道这让我想到了什么吗？

没过多久，那声音又再次传来，比刚才更大了。好像还伴着一声巨响，似乎是那根木头又在往下掉、砸中了什么东西，这次掉得更深了。紧接着又是一阵尖叫声——是皮克曼发出来的，他正学着驯狮人的样子对着空中连开六枪，可能希望以此来震慑住某种东西。之后传来的是一阵阵低沉的尖叫声和撞击声，似乎有越来越多的木头砸在石砖地面上了。声音很快消失了，门也突然间开了，这把我吓得够呛。这时皮克曼拿着还冒烟的手枪走了进来，嘴里咒骂着从古井里爬出来的“大老鼠”。

“谁也不知道它们吃的是什么，瑟伯！”他咧着嘴道，“因为那些古老的地道不仅通向墓地、女巫的房子，还通往海岸。如今它们这么急切地往外爬，想必是原有的可食之物已所剩无几了。我想是你的尖叫声激怒了它们，所以你来到这些古老地方时最好小心点——这些啮齿类朋友的存在是这里的唯一缺点，但我认为它们在烘托气氛、点缀色彩上还是很有用的。”

那天晚上的惊魂冒险就这样迎来了尾声。皮克曼答应过让我看看他的画室，他可真是让我看了个够！最后，他领着我在迷宫般的小巷里穿来穿去，不过出来的方向明显和来时不同。因为路灯出现时，我们正走在一条似曾相识的街道上，道路的两旁正屹立着一排排的公寓和老宅。最后我才发觉那是查特街，不过我走得太急了，没注意到是从哪条巷子拐进查特街的。我们抵达的时候，地铁都停运了，所以我们只能穿过汉诺威街走回商业区去。要说那时候走过的路线，我可是记得明明白白——我们从特里蒙特街走到了贝肯街，然后皮克曼在乔伊街的拐角处和我分开了，而我则转身进了街巷。自此以后，我再也没同他有过任何来往。

你问我为什么要和皮克曼断交？别急啊！今天我们喝的酒够多了，我得叫点别的喝，等我叫杯咖啡再慢慢讲吧！有一点我可要说清楚，我不和他来往绝不是因为惊悚的画作，虽然那些画足以让他被波士顿的房东和俱乐部撵走。不过我说了这么多，你应该知道为什么我死也不愿意搭地铁、不愿去地下室了吧！在和他分别的第二天早上，我在自己的上衣口袋摸出了一个东西来——就是地下室的画布上那张皱巴巴的纸。至于它是怎么在我口袋里的，我记不清了，可能是我一时情急胡乱地塞进了口袋。那时的我竟天真的以为它是张风景图片，皮克曼参照它画出了怪物画作的背景。正当我准备再次抚平那张纸时，最惊悚的事情来了！哦，我们的咖啡来了！什么都不加的黑咖啡是最好喝的，来！艾略特，你尝尝。

其实，那张纸就是我和皮克曼断交的真正原因。理查德·厄普顿·皮克曼是我认识的画家里最杰出的，当然也是最邪恶的，他超越了人类生命的界限，擅自闯入神明的领域，进而陷入了无尽的痴狂中。艾略特，我想老雷德说的是对的，皮克曼早已不是人类了！或许他本就降生于鬼魅的黑暗中，又或者他只是找到了开启禁忌之门的方法。不管是因为何种原因，反正结果都一样。如今他走了，不过是又回到了那无尽的黑暗中去了！来，把吊灯打开。

那东西被我烧了，至于烧的是什么，你也用不着去瞎猜！因为我什么也不会说。当然，你也别问我，那屋子里像鼹鼠一样到处乱爬的是什么东西，为什么皮克曼要谎称它们是老鼠。嘘！这些都是秘密。你可能听说过从老塞勒姆时代流传下来的一些怪事，不过科顿·马瑟还记载过更诡异的东西。皮克曼的画真是太逼真了！他到底是怎么画出这些脸的，这真是太让我们诧异了。

好吧，好吧！那张纸根本不是什么背景图片，分明是画布上的那个怪物。它就是皮克曼画作的模特，而那个背景也就是他的地下画室的墙壁，连细节都一模一样啊！艾略特，我对天发誓！那绝对是对着怪物拍出来的真实照片！

（孔莉　译）

异乡人

夜晚男爵梦见了许多灾祸，
好战宾客也整宿不得安宁，
梦见女巫恶魔、墓穴蠕虫，
这将注定是冗长噩梦一场。

——济慈[1]

倘若一个人的童年记忆只能带来恐惧和伤心，那将是何等的不幸！每当回首那些孤独的时光，他只能想起自己独自待在阴暗的大房间里，房间挂着褐色窗帘，摆满了成排令人发狂的古书，或是记起躲在暮色苍茫的树林里痴痴地发呆的日子，那片树林里藤蔓丛生，树木怪异扭曲。这样的一个人是何其悲惨啊！虽然上帝给予我的只有迷惘、失望、空洞和破碎，然而每当我思想不断游离，快要到达另一个维度空间时，我只能紧抓这些回忆不放，因为只有它们才能令我满足。

我是个连自己的出生地都不知道的家伙，只知道那是一座极其阴森的古堡，里面的走廊总是黑漆漆的，天花板出奇的高，抬眼望去全是蜘蛛网和暗影。摇摇欲坠的走廊里的墙壁似乎常年那么潮湿，空气中总是弥漫着一股恶臭，就像是堆积成山的尸体散发出来的。古堡里几乎暗无天日，因而我时常点蜡烛来照明。这时的我便会呆呆地望着它们，

[1] 约翰·济慈（John Keats，1795—1821年），杰出的英国诗人作家之一，浪漫派的主要成员。他才华横溢，与雪莱、拜伦齐名，善于运用描写手法创作诗歌，将多种情感与自然完美结合，从生活中寻找创作的影子。文中的片段摘自济慈的叙事诗《圣艾格尼丝之夜》（The Eve of St. Agnes）。

希望以此得到片刻的慰藉。屋外也没什么阳光，因为参天的树木早已超过了古堡上可攀爬的尖塔，遮天蔽日。然而，只有一座黑色的尖塔是个例外，它刺破了这个树木围成的“苍穹”，进入了另一个我不知道的天空。但是这个塔早已残破不堪，除非我能够踩着上面一块块的砖头往上爬，否则别无他法。

我想必在这里已经住了很多年，但具体多久我也不太清楚。不过一定有人在那个时候照顾我的起居饮食，然而屋子里除了我自己，我想不起还有另一个人的存在，更准确地说是没有其他的活物的存在，除了那些悉悉窣窣的老鼠、蝙蝠和蜘蛛。不管是谁在照料我，我想他肯定非常年迈，因为我初次见到的人就是个外型与我十分相似，但是肢体扭曲、皮肤干瘪的老家伙，他看起来都快和古堡一样老了。至于那些埋在地基深处的石坑里的骸骨和骷髅，我早已见怪不怪了，在我看来这些已经是我日常生活的一部分，它们甚至比我在许多发霉的书中看到的生物彩图来得更加自然。在古堡里没有什么老师来督促、指导我学习，但是我靠自己成功地看完了那些书，掌握了我现在所有的知识。这些年来我从没听过任何人的声音，甚至我自己的。即便我在书上读到过一些演讲稿，但是我从没想过要大声地朗读出来。至于我自己的样子，我也从未见过，因为古堡里没有镜子。所以，我本能地认为自己和书中插画里的年轻人长相一样，加上我记得的事情很少，于是我感觉自己应该是个年轻人。

以前，我经常会穿过古堡外恶臭的护城河，独自躺在漆黑寂静的树下，连着几个小时回想着书中读到的内容，幻想自己置身于无尽森林之外的明媚世界，被一群活泼的年轻人簇拥着。记得有一次，我曾试图逃出那片密林，但当我离城堡越来越远后，树荫却愈发浓重，空气里弥漫着的恐怖气息也愈发浓郁。于是我开始疯狂地往回跑，以免在这黑暗的寂静迷宫里迷失方向，连古堡也回不去。

自此之后，我开始习惯躺在无尽的暮色中做着美梦，漫长地等待着某些东西，尽管我不知道自己究竟在等待什么。被黑暗和孤独长期包围着的我疯狂地渴望着光明，我再也按捺不住心底疯长的欲望，最后只能高举希冀的双手，伸向那座孤零零的、高过森林、直指未知外太空的黑色残破高塔。虽然一不小心就会摔得粉身碎骨，但是我仍决意要爬上那座高塔，就算瞥一眼天空后就当场死去，也总好过这一生从未见过。只要一眼，我此生无憾。

在阴湿的黎明时分，我踏上了破旧不堪的石阶，一直走到阶梯的尽头，然后再踩着狭小的石头往上继续爬。没有楼梯的圆柱形石柱看起来是那么的恐怖、阴森和残破，还有受惊的蝙蝠悄无声息地在我周围飞过。不过更可怕的还是我缓慢的移动速度，尽管我拼尽全力往上爬，但头顶上的黑暗却未减少分毫，我心底有某种寒意正悄然而生。我很好奇自己为什么还没有见到一丝阳光，然而战战兢兢的我根本不敢往下一看究竟，我猜可能是黑夜降临的缘故吧！我用一只手徒劳地在四周摸索着，希望可以发现一扇窗户，让自己爬进去、朝外看一看现在究竟有多高。

我在这阴森的峭壁上爬了好一段时间，仍一无所获。突然间，我感觉自己的头顶似乎碰到了一个坚硬的东西，我猜那一定是塔顶，或者至少是其中某一层的木板。黑暗中的我腾出一只手去摸了摸那块东西，发现它是石头做的，根本推不动。于是我抓着黏乎乎的墙上任何可抓住的东西，绕着塔壁爬了一圈后，才找到石板上可以推动的地方。之后我爬到了那里，用头顶顶开了上面的板子或像门的东西，然而周围还是没有一丝光亮，向上摸空的双手宣告我此次攀登的结束。原来石板其实是一扇门，通向的是一个更宽广、平坦的石面，此处应该就是塔顶的瞭望室了。通过沉重的石板门的时候，我小心翼翼，并竭力不让它再次关上，然而我失败了。最后我筋疲力尽地瘫在石面上，只听砰的一声板门突然合上了，但愿出去时我还能撬开它。

此时，我相信自己已经爬到了一个惊人的高度，远远高出那些该死的参天树木。我挣扎着从地板上爬起来，开始到处摸索着，希望找到窗户，透过它们好让自己看一看书中描绘的天空、月亮和繁星。但是天不遂人愿，我发觉这房间密不透风，里面全是巨大的大理石架子，上面放着令人讨厌的长方形盒子，大小奇怪、令人不安。我越想越觉得奇怪，不知道在这个与城堡隔绝多年的房间里，究竟隐藏着什么古老的秘密。突然，我的手碰到了一扇刻着奇怪花纹的门，门上还挂着一块石头。我推了推门，发现是锁着的，我不知道自己哪来的一股冲劲，砰的一下子就把它给拽开了。门开的一刹那，我心中洋溢着前所未有的狂喜，静静地看着皎洁的月光照进华丽的铁栅栏，安详地在门前的石阶上吐洒着清辉。天空中的那轮满月，除了在梦中和那些我都不敢称之为回忆的朦胧幻境外，我还从未见过呢。

我觉得自己应该是身处古堡的最高处，便开始朝着门外奔去，然而月亮突然被云遮住了，我也被什么东西绊倒了，黑暗中的我只能慢慢地摸索前进。当走到那道栅栏门时，我在门上摸了好半天才发现门没有上锁，但并不敢轻易去推开它，因为我害怕会从这么高的地方直接摔下去。这时，月亮又悄悄地露出了头。

其实在所有的冲击事件中，最可怕的还是那些完全出乎意料、荒诞得令人难以置信的事情。回想起来，我以前所经历的一切恐怖事件都远比不上眼前这奇异的景象，一切都是那么的纯粹、简单，而我看到的再也不是令人眩晕的密林，是坚实的大理石地面、花纹各异的石柱和一座古老的石砌教堂——坍塌的塔顶在月光下闪闪发亮。

我半昏半醒地推开了铁栅栏，踉跄地走到那条分叉的、铺着白色碎石的小路上。我的脑袋虽然昏昏沉沉，但仍清楚地渴望着光明，眼前景象纵然奇异炫目，也难以阻挡我前进的步伐。我不知道、也不在乎这一切究竟是因为疯狂、幻想还是巫术，我决心不惜一切代价也要追求到属于自己的光芒与欢乐。我不知道我是谁或者究竟是什么，现在又在何处。我继续跌跌撞撞地前进着，我惊觉自己所走的每一步都绝非偶然，而是受到脑海里恐怖的潜在记忆的驱使。之后，我穿过一扇拱门，离开了这个布满石板和柱子的地方，踏入了一片宽阔的田野。我沿着田间小道继续前行，偶尔我会发现某片草地上存有些许遗迹，似乎那里以前是一条古道，这时我便会穿过草地去一看究竟。有一次，我甚至游过了一条湍急的小河，河里有很多满是苔藓的大石块，原来此处曾有一座桥横跨于河上。

我漫无目的地走了两个多小时，才抵达了我此行的目的地——密林中一座爬满苔藓的古堡。它看起来熟悉得让人抓狂，但又夹杂着一丝令我费解的陌生感。城堡外的护城河被泥土填埋了，熟悉的塔楼也被一一摧毁了，而两边新建的侧塔更加令我困惑。直到我看到了许多扇开着的窗户，我才欣喜起来。此刻，它们正在烛光的照耀下熠熠生辉，不时传出令人愉悦的欢声笑语。我往前走了几步来到窗前，透过其中的一扇窗户，我看见一群身着奇装异服的人正在愉快地互相攀谈着。我以前从未听过人类的言语，所以只能模糊地猜测他们的对话内容。其中一些人似乎有点眼熟，这不免让我回想起了非常遥远的往事，但其他人我还是第一次遇见。

我高兴地爬上低矮的窗户，进到了灯火通明的房间里。我没想到这一次自己还是要失望，又一次从满是希望的光明时刻跌回到现实的绝望漩涡。噩梦还是找上了我，房间里的一切发生了翻天覆地的变化。我跨进门槛的瞬间，屋里的每张脸都因惊恐而变得扭曲不堪，每个人都发出了惊悚的惨叫声。他们在喧闹和恐慌中四处逃亡，有几个人甚至还被吓昏了，不过马上就被拼命逃跑的同伴拖走了。许多人用手捂住眼睛、盲目又笨拙地胡乱往外冲，他们多次撞翻家具、撞到墙壁，最后好不容易找到一扇门得以逃出。

在明亮的房间里，只有我一个人呆呆地站着，茫然地听着他们渐行渐远的尖叫声。后来，转念想到此刻我身边可能潜伏着某个看不见的东西时，我不禁浑身战栗。我扫视了一眼周围，发现房内空无一人，但当靠近某个凹室时，我听到了里面有一些响动，原来里面有一个镀金的拱门，通向另一个与这类似的房间。我每靠近拱门一步，那个影子的样子就清楚一分。在看到它真容的那一瞬间，我发出了一声可怕的嚎叫——这一生中我发出的第一个声音，同时也是最后一个，这声音也把我自己吓了一大跳。我眼前竟是个令人匪夷所思、难以形容的恐怖怪物。只要看上一眼，就能立刻把人逼疯，难怪它成功地把那群快乐的人们变成了精神错乱的逃亡者。

我无法描述出它的样子，因为它拥有腐烂的古老躯体，身上汇聚着这世间上所有的不洁、诡异、厌恶、畸形，那污秽的、流脓的身体象征着不洁。它本该永远隐匿在地球上，此刻却光明正大地出现在人类面前。它根本就不属于这个世界，或者说不再属于这个世界。最令我恐惧的是，透过身上某些裸露在外的骨架，我发觉它就像是一个极度扭曲的人类，这是多么的荒诞又可笑啊！它身上发着霉的、破破烂烂的衣服透出某种怪异，这更让我感到惊恐。

尽管我快要被吓瘫了，然而逃跑的力气还是有的。我一步步向后挪着，希望可以逃离这里，但结果还是未能逃出这个未知怪物的魔爪。它鬼魅的双眼正紧紧地盯着我、蛊惑着我，让我难以闭眼。值得庆幸的是，我已被吓得眼神迷离，看不太清眼前那可怕的东西。我想举起双手蒙住眼睛，然而却精神紧绷到连手臂也不听使唤，身体也紧跟着失去了平衡。为此，我不受控制地向前踉跄了好几步。等站定身体后，我竟发现污秽之物近在咫尺，几乎可以听到它空洞又可怕的呼吸声。此刻的我快要疯了，下意识地伸开双手想阻止浑身恶臭的怪物接近，我的指尖不小心碰到了它那伸出来的腐烂爪子，那恐怖瞬间仿若宇宙毁灭一般。当时我没有叫出声来，但是黑夜里的食尸鬼全都在尖叫，往事也如潮水一般涌入脑海，将我淹没。我想起了所有的往事，记起了阴森城堡和密林外的世界，以及自己现在又身处何处。最令我惊恐的是，在我抽回那被玷污的手指时，我一眼便认出了那个站在我面前的、正斜睨着我的不洁之物。

世间万事皆苦乐相依，此刻治愈我痛苦的良药便是遗忘。在极度惊恐的瞬间，我突然忘记了那个令我恐惧的存在——可怕的黑影，只剩往事在我脑海里不断重现。在梦里，我成功逃离了那座闹鬼的、受诅咒的房子，独自在月光下奔回了之前的铺着大理石的教堂庭院。我走下塔顶的台阶、推了推石门，发现原先的那扇石制的活板根本打不开了。然而我并不后悔，因为我恨透了那座古堡和那些诡异的参天巨树。

现在，我只能与暗夜中友好的食尸鬼们作伴，白天则在涅弗伦·卡[1]的墓穴中玩耍，墓穴就位于尼罗河的哈多思地区某个未知的山

[1] 涅弗伦·卡，是作者虚构的一位疯狂的埃及法老。

谷里。我深知光芒从来不属于我，我能看到的就只有照耀在涅弗石冢上的月光，我能感受到的快乐也只有大金字塔下尼托克莉丝[1]的无名宴会。在这充满野性和自由的新环境中，我却异常地感谢自己这个异乡人的身份。

虽然“遗忘”这剂良药舒缓了我的情绪，但我始终明白自己就是个异乡人，是这个世纪里那些称为人类的家伙中的异类。这一点其实在某个瞬间我就明白了，那一天我向镀金大框架里的可憎之物战战兢兢地伸出了手指，碰到的却是磨得发亮又冰冷坚硬的镜面。

（孔莉　译）

[1] 尼托克莉丝是埃及第六王朝的最后一任法老，埃及历史上第一位行使全埃及政治权力的女王。作者将她描写为可怕的脸烂半边的食尸鬼女王。

外 神

大地诸神居住在大地最高的山巅之上，从不允许任何人类来亵渎他们的样貌。曾经的他们居住在较矮的山峰上，后来因平原上的人类不断攀登被岩石和积雪覆盖的山坡，诸神只好越搬越高，最终搬到了这座山——地球上最后的高峰。每次离开曾居住过的古老山峰时，他们都会抹去留下的一切痕迹。据说仅有一次是个例外，他们在恩格拉内克山中的岩石上刻下了自己神圣的容貌。

但现在，他们来到了秘境卡达斯，那是一片寒冷荒原，至今未有人类涉足。那也是最后一座山巅了，除此之外再也没有地方让他们躲避逼近的人类。诸神变得愈发严厉起来，禁止人类前往卡达斯，一旦踏足就有去无回。所以对于卡达斯，人类还是从不知道比较好，否则一旦知道了，他们必定会自作聪明地要去攀登。

有时，无所不能的诸神也会泛起思乡之情。他们会在寂静的深夜重游曾居住过的山峰，并在记忆的山坡上试着像以往一样玩乐，那时的他们会忍不住地小声啜泣。住在白雪皑皑的苏莱地区的人们曾感受过诸神的眼泪，然而却误以为只是雨滴。在雷利昂地区的人们也能够听到诸神发出的叹息，它就夹杂在凄切的晨风里。诸神常乘云游历四方，聪明的农夫间流传着众多传说，告诫着他们不要在多云的夜晚靠近某些山巅，因为诸神早已不像过去那般仁慈了。

在斯凯河对岸的乌撒，有一位非常渴望见到诸神的老人，他潜心专研《玄君七章秘经》，且对存于遥远和冰冻的古老洛玛尔之地的《奈克特抄本》了然于心。这位老者名为智者巴尔扎伊，村民们都在议论他是如何在奇怪的月食之夜爬上山的。

巴尔扎伊对诸神了解颇多，能够说出他们的行踪，甚至是一些秘密，因此他也被人们信奉为半神。正是由于他对乌撒居民的忠告，当地人一致通过了禁止杀猫的法律条例。关于圣约翰节前夜[1]的午夜时分黑猫究竟去了哪里，他只向年轻的牧师阿塔尔一个人透露过。巴尔扎伊熟读地球诸神的传说，一直希望能够一睹他们的真容，他深信那些关于诸神的神秘知识能够保护自己不受他们的怒火牵连，因而当他知道诸神会在月食之夜出现在哈瑟克·科拉山后，就决意要摸黑爬上山去。

哈瑟克·科拉山位于哈瑟克外遥远的石漠中，它像寂静的庙宇中的石像一样矗立着。山峰周围的雾气总是透着一股悲伤，而那雾气正是诸神对此处的过往回忆，当初诸神居住于此时就深爱着这里。诸神时常乘着云重游哈瑟克·科拉，他们会向山坡上撒下苍白的雾气，然后伴着皎洁的月光在山顶上纵情歌舞。哈瑟克当地的村民们说，不管村民在何时去爬哈瑟克·科拉山都会深感不适，倘若是在苍白的雾气掩盖山顶和月亮的时候，更是不得了，爬上去的人恐有性命之忧！但是当巴尔扎伊带着他的门徒——年轻的祭司阿塔尔从邻近的乌撒来到这里时，他并没有听从村民的忠告。阿塔尔不过是一个客栈老板的儿子，所以免不了会感到害怕。但巴尔扎伊的父亲却是住在古堡里的一位伯爵，巴尔扎伊和他的族人一样从不相信那些迷信，因而听到那些忠告，也只是对害怕的农夫们报以嘲笑罢了。

巴尔扎伊和阿塔尔不顾劝告，毅然决然地离开哈瑟克，进到石漠去了。夜幕降临的时候，他们还会在篝火旁谈论诸神的一些事情。走了许多天后，他们才得以远望到烟雾缭绕的哈瑟克·科拉山。到了第13天，他们终于来到山脚下，而阿塔尔也随之害怕起来。年事已高的巴尔扎伊不仅学识渊博，还无所畏惧，他大胆地走在前面，带着阿塔尔往上爬。据《纳克特抄本》上所写，自桑苏时代以来，还从未有人能活着登上哈瑟克·科拉山。

一路上有很多岩石，深坑、断壁和落石也让这条路变得更加危险。越爬到高处，气温就越冷，积雪也越多。虽然巴尔扎伊和阿塔尔用斧子

[1] 圣约翰节前夜是施洗者约翰节前的庆祝活动，于每年6月23日的日落时分开始。

和木棍艰难地往上爬，但也免不了时常滑倒。到后来，空气慢慢变得稀薄，天空也变换了颜色，两个登山者感到呼吸越来越困难，然而还是咬牙坚持着向上爬。这一路上，他们惊叹于眼前的奇异景象，一想到月亮出来后苍白的雾气弥漫山顶时将会发生的事情，他们就心潮澎湃。三天来，他们不断向着大地上最高的山巅越爬越高，晚上就扎营等待着月亮被云雾覆盖的那一刻。

整整四个晚上都没有云来，月光只是穿过孤寂山顶上的薄雾静静地照在山上。到了第五个晚上，他们迎来了满月。巴尔扎伊发现天空的北面出现了一团浓云，他和阿塔尔彻夜观察着。厚重的云团缓慢从容地前进着，每一步都透露着威严，它们将两人头顶上的山峰团团围住，把月亮和峰顶也遮蔽了起来。当云雾缭绕，云层越来越厚、越来越不平静的时候，两人只能呆呆地注视着天空。巴尔扎伊知道许多关于诸神的传说，此刻的他正屏气凝神地听着某些声音，但是阿塔尔因为寒冷的雾气以及对那份威严感的敬畏而心生恐惧。之后，巴尔扎伊摸索着继续往上爬，边爬边向阿塔尔急切地招手，但他过了好久才跟上来。

浓雾让攀爬变得异常困难，虽然阿塔尔也在向上爬，但和巴尔扎伊还是隔了一段距离，只能借着朦胧的月光看到有个灰色身影在昏暗的山坡上攀爬。巴尔扎伊已经爬得很远了，尽管年事已高，但似乎比阿塔尔爬得更轻松些，他不畏陡峭的山坡，也不会因为坡上的黑色大裂口就停下脚步，而这些裂口就算是阿塔尔也只能勉强跳过。他们就这样跌跌撞撞地往上爬，跨过了无数岩石，跃过了无数裂口。这一路上荒凉的冰峰和无声的花岗岩峭壁，令两人心生敬畏。

爬着爬着，巴尔扎伊突然从阿塔尔的视线中消失了，他爬上了一个可怕的绝壁——向外突出的峭壁，它挡住了任何一个未受大地神明指引的登山者的去路。阿塔尔还待在下面很远的地方，正思考着待会儿怎么爬上去。这时，阿塔尔发现天空有一束光愈发明亮，仿佛那个未被云遮盖的山顶以及月光照耀着的众神集会地就近在咫尺。在朝着峭壁和明亮的天空方向不断攀爬时，阿塔尔心底出现了一股前所未有的恐惧感。紧接着，巴尔扎伊的狂喜声透过迷雾从远处传来，阿塔尔听到他高呼着：

“诸神的声音，我听到了！他们正在哈瑟克·科拉山顶的狂欢宴上载歌载舞！是我——巴尔扎伊先知听到了大地诸神的声音！现在的浓雾变得稀薄，月光很明亮，我或许真能看见诸神在这个他们年轻时喜爱的哈瑟克·科拉山上忘情地舞蹈！巴尔扎伊是多么智慧啊！他比诸神更伟大，他们的咒语和设置的障碍对于他的意志来说都是虚无！我，巴尔扎伊要亲眼瞧瞧诸神——狂傲、藐视世人的神秘诸神。”

阿塔尔不曾听过巴尔扎伊听到的那些声音，但他现在快到了凸出的峭壁处，正仔细地寻找落脚处往上爬。这时，巴尔扎伊的喊声又再次传来，这一次更尖锐、更响亮：

“雾现在很稀薄了，地上有月光投下来的诸神的影子。他们的声音高亢而狂野。瞧着吧！诸神肯定害怕智者巴尔扎伊的到来，他比他们都要伟大……月光照耀，诸神背对着月亮翩翩起舞。诸神载歌载舞的模样，我将尽收眼底……月光越来越暗了，诸神开始害怕了……”

巴尔扎伊叫喊的同时，阿塔尔感到空气在悄悄地变化，大自然在向着更为强大的法则低头。虽然山路比以往任何时候都更为陡峭，但攀登起来却出奇地容易，他一下子就移动到了凸起的峭壁上，此刻的他觉得什么都不阻挡不了前进的步伐。然而，月光却愈发暗淡。当阿塔尔在薄雾中继续攀爬时，他再一次听到智者巴尔扎伊在迷雾中的叫喊声：

“月光消失啦！诸神在黑夜里纵情舞蹈。看！是月食！月亮不知道正被什么东西侵蚀着，我在任何一本人类书籍或诸神之书中都没看到过……哈瑟克·科拉山上一定有某种神奇魔力。听！诸神不再惊慌地尖叫，他们在哈哈大笑！啊！冰雪覆盖的斜坡正朝着那片黑漆漆的天空在升高……瞧啊！瞧！在这黯淡的月光下，我终于瞧见了诸神的模样！”

此刻阿塔尔正在峭壁上爬得头晕眼花。他听到黑夜中传来阵阵令人厌恶的嘲笑声，其中还夹杂着人类的哀号声——只有在噩梦中的地狱火河旁才能听到的。那声哀号，就像一个颠沛流离的人将一生的痛苦与恐惧情绪全部汇聚起来，在这一瞬间全部释放出来一般：

“是外神！外神！这些来自异度地狱空间的神明在守护着大地上软弱的诸神！……快转过脸去！……快回去！……不要看！……不要

看！……是报复啊！来自无尽深渊者的报复……该死的、受诅咒的深渊……救救我！救救我！慈悲的大地诸神啊，我快要坠入天空深处了！”

阿塔尔赶紧闭上双眼，捂住了耳朵。为了不被那股可怕力量拉入天空，他纵身往下一跳。那不断回响在哈瑟克·科拉山上空的轰隆雷鸣声，惊醒了平原上淳朴的农户以及哈瑟克、尼尔和乌撒地区本分的居民，他们纷纷跑出家门，抬头看着天空的云团以及任何书中都不曾提到过的奇怪月食现象。当月亮重现时，阿塔尔竟安然无恙地躺在积雪的山坡上，他不曾看见大地诸神，更别说可怕的外神。

据古老的《纳克特抄本》记载，桑苏在年轻时也曾攀登过哈瑟克·科拉山，那时他只发现了无数的冰块与岩石。然而这一次，事情变得有些不一样了。哈瑟克、尼尔和乌撒的村民们战胜了恐惧，他们准备趁着白天爬上骇人的山坡去找寻智者巴尔扎伊。在山顶上光秃秃的岩石上，他们发现了一种宽达50腕尺的巨大符号，在古老又晦涩难懂的《纳克特抄本》中，有许多章节都出现了与之类似的可怕符号。除此之外，他们再无其他发现。

村民们没找到智者巴尔扎伊，也无法说服阿塔尔神父为他的灵魂进行祷告。不过自那天之后，哈瑟克、尼尔和乌撒的居民开始害怕月食。每当山顶和月亮被白雾遮蔽时，他们就会躲在家里整日祈祷。在哈瑟克·科拉的薄雾之上，大地诸神仍会像过去一样忘情地舞蹈，他们知道自己是安全的，因为再也没有哪个愚蠢的人类会来打扰，就好像重回到人类从不会攀登到高山上的时代。

（孔莉　译）

穿越银钥匙之门[1]

1

这是一个巨大的房间，墙上挂着几张奇特花纹的花毯，地上铺着一张年代久远、工艺精美的布哈拉地毯。四个男人围坐在一张铺满文件的桌子旁边。从房间的远角处，催眠般的乳香烟雾一阵阵飘过来，一位年事已高的黑仆穿着深色制服，时不时地往铁质的三角架上添加香料。房间的一侧墙上有个很深的壁龛，一台棺材形状的奇怪座钟不停地滴答作响。钟面上画着令人不解的象形文字，四根指针的运行方式与地球上任何时间系统都不相同。这是个异常奇怪、令人不安的房间，却与接下来要处理的事务颇为相称。因为这片大陆上最了不起的神秘主义者，同时也是数学家和东方学者，在他坐落于新奥尔良的家里，邀请了其他三人前来，准备着手处理另一位毫不逊色的神秘主义者，同时也是学者、作家以及梦想家所遗留下来的财产，因为早在四年之前，他就从地球表面消失了。

伦道夫·卡特终其一生都在尝试逃离现实世界的无趣和局限，想要进入那诱人的梦境和其他维度的康庄大道，终于在1928年10月7日他54岁的时候，消失在了人们的视线中。他的创作生涯一直相当神秘而孤独，从他的怪诞小说中推断出的许多情节要比他自己的生活奇异得多。但他与哈利·沃伦这位来自南卡罗来纳州的神秘学家交往甚密，后者的研究方向是喜马拉雅山脉牧师的原始纳卡文。事实上，正是卡特，在一

[1] 本文由洛夫克拉夫特和埃德加·霍夫曼·普赖斯合著。

个雾气弥漫、诡异可怕的午夜，亲眼目睹沃伦消失在一个古老的墓穴。他看见沃伦只身进入潮湿恶臭的地下室，然后就再也没有出现。虽然卡特住在波士顿，但他的祖先们都是来自被女巫诅咒的老阿卡姆后方的那片闹鬼的荒郊野岭，卡特最终也正是消失在这片年代久远、神秘阴森的山林当中。

早在1930年就辞世的老仆人帕克斯，曾声称在卡特的阁楼上发现过一个有着古怪香气、雕刻着诡异花纹的盒子。盒子里装有一些难以辨认的羊皮纸文稿和一个带有奇特花纹的银钥匙。卡特在给别人的信中也曾经提起过这些东西。帕克斯说，卡特曾经告诉他，这把银钥匙是他的传家宝，能够帮助卡特开启遗失的童年大门，以及那些只有在模糊、简短、难以捉摸的梦境中才能造访的奇异空间与梦幻秘境。其后某一天，卡特带上这个盒子和里面的东西开车离去，再也没有回来。

后来，人们在残破不堪的阿卡姆后方的山林中发现了卡特的汽车，就停在一条野草丛生的古道旁边。卡特的祖先们曾经就住在这片山林中，而卡特老宅里那个被损毁的地下室还仍然朝天敞着大口。1781年，就在不远处一片高耸的榆树林中，另一个卡特不可思议地消失了。不远处是一栋半腐烂的木屋，在更早的时候，女巫古蒂福勒就是在这里制造了很多咒语的药水。1692年，这一地区是由那些塞伦女巫审判运动中的逃亡者所建立起来的，甚至直到现在，地名中还隐约含有不祥的意味，尽管很多人都不愿意正视这一点。埃德蒙德 · 卡特曾经逃出了绞架山，但有关他巫术的故事不胜枚举。如今，他的后代也加入他的行列，独自去了某个地方。

在车里，他们发现了那个雕着诡异花纹的香木盒子，以及那份没人能读懂的羊皮纸文稿。但是银钥匙不见了，大概跟着卡特一起消失了。更神秘的是，关于这起失踪案没有任何确切线索。来自波士顿的侦探们说，卡特老宅那儿倒落在地上的木料有些异常，似乎被人移动过，还有人在被称为“蛇窝”的可怕洞穴附近发现了一块手帕，就位于岩石山脊处树木阴森的斜坡上。也就是从此时开始，那些有关“蛇窝”的乡野传说又开始传播开来。农夫们窃窃私语，巫师老埃德蒙德 · 卡特曾经利用那个可怕的洞穴进行某些亵渎神灵的活动，后来还添油加醋说伦道夫·卡特小时候就对那个洞穴十分着迷。卡特小的时候，那座有着复折屋顶的庄严老宅依然矗立在山丘上，他的叔祖父克里斯多夫就租住在那里。他时常拜访那儿，也偶尔奇怪地谈起过“蛇窝”的故事。人们记得他曾经说起过一条深沟，以及远处不为人知的洞穴；他9岁那年曾在洞穴里待了难忘的一整天，之后整个人就发生了巨大的变化，这件事也是发生在10月份，从此以后，卡特似乎就拥有了预测未来的神秘本领。

卡特消失的那天夜里雨下了很久，没有人能发现他离开汽车之后的脚印。蛇窝里面到处都在渗漏，泥泞不堪。只有愚昧的乡巴佬小声地谈论他们自以为是的发现：在高出路边的榆树林里有脚印，在靠近“蛇窝”的阴森山坡上，就是发现手绢的地方也有脚印。但有谁会注意这些又短又粗的小脚印呢，就像伦道夫·卡特小时候穿的那双方头靴的鞋印一样？那些乡巴佬还有一个同样荒唐的发现：老本杰明·科里那双独特的无跟靴印和那些短粗的小鞋印似乎交会在一起，在伦道夫小的时候，老本杰明是卡特家的雇工，但要知道，他30年前就去世了！

就是这些流言蜚语，加上卡特自己对帕克斯等人说过，那把雕刻着蔓藤花纹的银钥匙将会帮助他开启遗失的童年时代大门，所以一大批神秘学者宣称，这个离奇失踪的男人事实上穿越了四十五年，沿着时间轴回到了1883年的10月，变回了那个在“蛇窝”待了一天的小男孩。他们认为，那天晚上从蛇窝出来的时候，他其实是以某种方式穿越到1928年，然后又折返回去，因为从那以后，他不是就知道未来的事情了吗？但他从未说过任何1928年以后的事情。

其中一位学者——这位来自罗德岛州普罗维登斯的怪异老者，曾与卡特有过长期亲密的通信往来。关于卡特的失踪，他有更加详尽的推测。他坚信，卡特不仅是重回童年，还得到了更深程度的释放，自由地徜徉在五光十色的童年梦境当中。在奇怪的设想之后，这个人发表了关于卡特失踪的完整故事，在故事中，他暗指离奇失踪的卡特已登上了艾莱克·瓦达的猫眼石王座，这个传说中的尖塔之城位于玻璃悬崖的顶部，俯瞰着一片暮光之海——在那里，长有胡子和鱼鳍的格罗林人建造了神奇的迷宫。

正是这位老者沃德·菲利普斯，曾言辞激烈地反对把卡特的财产分配给他的继承人——都是些远房表亲，因为他仍然活在另一个时空，有一天很可能还会回来。持反对意见的是卡特的一位表兄，来自芝加哥的法务精英欧内斯特·B.阿斯平沃尔，尽管他比卡特年长十岁，但在法庭辩论中却敏捷尖锐得像个年轻人。激烈的争辩已经持续了四年之久，如今了断的时间终于到来，这间坐落于新奥尔良的诡异大房间就成了处置和商讨卡特财产分配的场所。

这里正是卡特的遗嘱保管人和财产执行人的家——研究神秘学和东方古代史的著名学者、克里奥尔人艾蒂安·罗兰·德马里尼就住在这里。卡特曾在战争期间遇到了德马里尼，那时他们都在法国外籍兵团服役，因为拥有相似的品位和观点，曾经有过亲密的交往。在一次难忘的联合休假时，博学年轻的克里奥尔人带着苦闷惆怅的波士顿梦想家来到了法国南部的巴约讷，向他展示了这座阴森的千年古城之下、黑暗久远的地下室中埋藏的可怕秘密，他们的友谊就此缔结。卡特遗嘱中任命德马里尼作为执行人，但现在这位热心的学者并不乐意主持这个财产处置会议，对他来说，这是个令人伤心的工作，因为与罗德岛的老者一样，他认为卡特并没有死。但与现实世界的残酷理智相抗衡时，神秘主义者的梦境又有多少份量呢？

如今，在这座法式老屋的奇怪房间里，围坐在桌子旁的是那些声称有权利分割遗产的人。卡特所有继承人的住所都曾张贴有本次会议的法定告示，但如今只有四个人坐在这儿，听着那个记载非地球时间的棺材样座钟发出异常的滴答声，以及从半掩着的扇形气窗中传来的院子里喷泉的冒泡声。随着时间消逝，四人的脸都渐渐淹没在了三脚架中升起的卷曲烟雾中。三脚架里肆意堆满了燃料，似乎越来越不需要那个老黑仆的照料了，他总是悄无声息地走来走去，神色渐渐变得紧张起来。

他们当中有艾蒂安·德马里尼本人——精瘦、黝黑、英俊，留着小胡子，看起来仍然年轻。还有代表继承人的阿斯平沃尔，他满头白发、身形肥胖，留着两边的络腮胡，脸上写满了愤怒和烦躁。此外还有普罗维登斯的神秘学者菲利普斯，他身形瘦削、头发灰白、鼻子突出、驼背勾腰，但脸修得干干净净。第四个人则看不出年龄，却也很瘦，皮肤黝黑，蓄着胡须，一张端正但毫无表情的脸，头上缠着一条象征高等婆罗门身份的头巾，那双漆黑锐利、几乎看不出虹膜的眼睛仿佛是从很远的地方往外张望。他自称是来自贝拿勒斯的查古拉普夏大师，拥有极为重要的信息需要传达。德马里尼和菲利普斯都曾与他有过书信往来，很快就意识到他神秘的自命不凡中也带有一丝真诚。他说话时总有些不自然，声音古怪单薄，有金属质感，说起英语来仿佛十分费力；但他的语言和其他土生土长的盎格鲁-撒克逊人一样简单、准确而又地道。从着装款式来看，他是个标准的欧洲人，但他的衣服宽松得可笑，再加上他浓密的黑胡须、东方人的头巾，以及白色的大手套，给他带来了一种奇特的异国风情。

德马里尼一边用手指拨弄着卡特汽车里发现的羊皮纸，一边开始说话。

“这张纸上的内容我一点儿也看不懂。菲利普斯先生也无法解释。查斯霍德上校声称这不是纳卡文，也与复活节岛‘会说话的木板’上的象形文字毫无相似之处。但盒子上的雕花却极易令人想起复活节岛上的图形。我注意到这些文字的书写特点，所有的字母都似乎挂在横线格上。我回想起可悲的哈利·沃伦曾经有过一本来自印度的书，书里的文字书写形式与此最为接近，但当我和卡特在1919年拜访他的时候，他什么也没有告诉我们。他说我们最好不要知道，还暗示说这本书可能并非来自地球。12月的时候，他拿着这本书进入了古墓的地下室，但他和书都没有再出现过。不久前我凭记忆画了一些书上的字符，连同卡特那张羊皮纸的复印件一起寄给了我们的朋友查古拉普夏大师。大师相信，在参考一些文件和咨询一些专家之后，他应该能够给出解释。

“但那把钥匙……卡特曾给我寄过一张照片，上面奇怪的阿拉伯式花纹不是字符，却似乎与羊皮纸上的象形文字同属一种文化。卡特经常说，他就快要解开谜团了，尽管他从来没有提起过任何细节。曾有一次，他似乎对整桩事情有了诗意般的解释。他说，那把古老的银钥匙将可以打开一连串的大门，正是这些大门阻挡了我们踏入那个时间与空间的宏伟走廊，进而跨越真正的边界。自从舍达德利用自己的非凡天份建造出了千柱之城埃雷姆的巨型穹顶与无数宣礼塔，并将它们隐藏在佩特拉–阿拉伯的沙漠中后，就从未有人能跨越这道边界。卡特在信中写道，那些饥渴难耐的托钵僧和流浪者曾经回来描述过那座不朽的大门，以及那雕刻在拱门楔石上方的巨大手掌，但从来没有人能够回来证明他曾跨越过大门，并在那散播着石榴石的沙漠上留下脚印。卡特认为，这把钥匙正是那个巨大的手掌试图抓住的东西，而这注定是徒劳的。

“我们也无法确定，卡特带走了钥匙，却为何没有带上羊皮纸？也许是忘记了，也可能是他想起曾经有人带过一本写着相似文字的书进入一座墓室却再也没有出来，所以才忍住没有带上它。又或者因为这东西对于他想做的事情无关紧要。”

当德马里尼停下来时，老菲利普斯用一种尖锐刺耳的声音开始说话：

“我们只能在梦中才能理解伦道夫·卡特的遨游。我也曾在梦境里去过无数古怪的地方，也曾在斯凯河对岸的乌撒听说过很多古怪和意味深长的事情。似乎羊皮纸确实是无关紧要的，因为卡特重新进入了他童年时代的梦境，如今已是艾莱克·瓦达的国王。”

阿斯平沃尔先生满脸怒火，说话的时候变得更加气急败坏：“能不能让那个老疯子住嘴？我们已经听够了这些白日梦。现在的问题是分割财产，时间差不多了，我们该做正事了。”

查古拉普夏大师第一次用他那奇怪的异域嗓音开始说话：

“先生们，这件事比你们想得更为复杂。阿斯平沃尔先生不应该对梦境里的证据不屑一顾。菲利普斯先生的见解不够完整，也许因为他梦得不够多。而我自己，做了足够的梦——在印度时我们常常这样，就像卡特家族的人一样；而你，阿斯平沃尔先生，是卡特的姨表哥，自然不是卡特家族的人。

“我自己的梦境，包括其他来源的信息，都告诉了我很多你们仍然不清楚的事情。比如，卡特忘了带上那张当时无法看懂的羊皮纸，但其实后来他发现如果带上会更好。你看，四年前的十月七日黄昏时分，卡特带着银钥匙下车之后的事儿，我真的知道很多。”

阿斯平沃尔冷笑了一声，但其他人来了兴趣，坐直了想听个究竟。三脚架中的烟雾继续弥漫，棺材样的座钟开始发疯似的滴答作响，像极了某种来自外太空的神秘电码。印度人靠在椅子上，半闭着双眼，用他不自然但地道的语音，继续讲述着后来发生的故事，在他的听众面前，一幅关于卡特的画面正徐徐展开。

2

阿卡姆后方的那片小山林充满了奇异的魔法——或许是1692年老巫师埃德蒙德·卡特从塞伦镇逃到那里以后，施法从星星和墓地中召唤而来的某些东西。自从伦道夫·卡特踏进这片山林起，他就知道自己已经接近了其中的一道大门——一些无知无畏、遭人痛恨且心智怪异的人可以通过这些门穿越隔绝现实世界和外部世界之间的巨型高墙。卡特感觉到，此时此刻，就在这里，他可以成功地实现那把年代久远、失去光泽的银钥匙上所包含的启示，早在几个月前，他就已经能够破译这些隐含在蔓藤花纹中的信息。他知道该如何转动钥匙，如何把钥匙举起对着落日，还有在第九次和最后一次转动之间该念什么咒语。所以，在这样一个接近黑暗极点和穿越大门的地方，银钥匙一定可以发挥它最初的功能，卡特也必将能在他一直怀念的遗失的童年时代落脚。

他把银钥匙放入口袋，走出汽车，往山坡上走去，沿着蜿蜒的山路，朝着黑暗的核心越走越深。在这个阴森逼人、时常闹鬼的村子周围有爬满葡萄藤的石墙，幽暗的林地，奇形怪状、无人照看的果园，还有窗户洞开的废弃农舍和叫不上名字的废墟。日落时分，当远处的金斯波特尖顶在红色的霞光中闪耀时，他拿出钥匙，做了必要的转动，念出了准确的咒语。后来他才意识到，仪式起效的速度快得超过他的预料。在越来越暗的暮光之中，他听到了一声来自过去的呼唤。那是老本杰明·科里——叔祖父克里斯多夫的雇工。老本杰明不是已经去世三十年了吗？三十年前从何时算起？现在是哪一年？他身处何处？1883年10月

7日，本杰明为什么要呼唤他，发生什么奇怪的事了？是不是他在外面逗留的时间太久，超过了玛莎婶婶的规定？衬衫口袋里的钥匙哪里来的？不是应该放着两个月前九岁生日时父亲送的那个望远镜吗？是他在家中阁楼里找到的吗？在山林中蛇窝后方的大山洞深处，他那敏锐的眼睛曾从参差不齐的岩石缝隙中瞥见了一个神秘大门，这把钥匙可以开启吗？人们总是把那个地方和老埃德蒙德·卡特联系起来，其他人通常不会去那里，除了小卡特，也没有人曾注意到有这么一个地方，更不可能从树根盘绕的岩石裂缝中钻过去，来到巨大的黑洞前。究竟是谁在岩石上雕刻了这道大门？是老巫师埃德蒙德，还是他施魔法召唤并指挥的其他人？那天晚上，小伦道夫和克里斯叔叔、玛莎婶婶在复折屋顶的小木屋里一起吃了晚饭。

第二天，小卡特早早就起了床，穿过虬枝交错的苹果园，来到了地势较高的林地。在那奇形怪状、茂密得可怕的橡树丛中，蛇窝的入口就隐藏在那里，黑暗邪恶，令人生畏。小卡特心中产生了一种无法名状的渴望，他笨拙地去摸衬衫口袋，看看那把奇异的银钥匙是否还在，甚至没有注意到他的手帕已经丢了。带着紧张而又大胆的自信，他爬进黑暗的洞口，擦亮了从客厅带来的火柴，照亮他前方的路。没过多久，他已经爬出了那段盘根错节的裂缝，进入了一个巨大的未知洞穴，最后来到了一堵形态怪异的石门前面，石门的形态绝非天然，似乎是有人刻意为之。在这潮湿滴水的石门前，眼前的情景令他目瞪口呆，惊叹不已，他擦亮了一根又一根火柴，目不转睛地凝视这一切。想象中的拱门楔石上方有一块突起，这真的就是那个巨大的手掌吗？卡特拿出了那把银钥匙，凭借模糊的记忆，做了一些动作，也说了一些咒语。忘了什么吗？他只知道自己想要跨越阻碍和深渊，来到梦想中的自由国度，在那里，所有的维度都消融在了绝对之中。

3

接下来发生的事情很难用语言描述，充满了清醒世界中不存在的悖论、矛盾以及反常，但在我们奇异的梦境当中也只算寻常，因为在这个狭隘、死板而客观的清醒世界里，只存在着有限因果和三维逻辑。印度人继续讲述着故事，他的语气中无法避免地带有一丝幼稚的夸张，简直比穿越回童年这件事还要诡异。阿斯平沃尔先生满脸厌恶，轻蔑地哼了一声，不想再听下去了。

在山洞里黑暗灵异的岩室中，伦道夫·卡特进行了银钥匙的仪式，事实证明他并不是白费力气。从第一个音节和姿势开始，一种奇怪而可怕的氛围就开始蔓延，声音开始变形，时空出现了变幻莫测的骚动和混乱，但却绝不是我们能理解的那种运动和延续。慢慢地，时间和位置不再具有任何意义。一天前，伦道夫·卡特奇迹般地跳跃了几十年，现如今男孩与男人之间已没有区别。只有伦道夫·卡特这个物体，脑袋里装着一些奇怪的图片，这些图片与地球上的场景和环境没有任何关联。前一刻，这儿还是一个洞窟，最里面的石壁上好像还有一个怪异的拱门和巨大的雕塑手掌，而现在洞窟和石壁似乎消失了，又似乎没有消失，仅仅闪过一系列只有大脑才能感知的印象，在这种不断变化的观感中，伦道夫·卡特这个物体体验到了某种感觉，不断在他脑海里盘旋，不过他却无法清楚地意识到自己是如何获得这些感觉的。

仪式结束之后，卡特知道他已经不再身处地球上的任何一个地方，也不属于历史上的任何年份，但发生的一切却又似乎有些熟悉。神秘的纳克特残本中曾有过暗示，而当卡特破解了银钥匙上的花纹时，阿拉伯疯子阿卜杜勒·阿尔哈萨德所写的禁书《死灵之书》中的一整个章节似乎也有了意义。一道大门已经被打开——并非是终极大门，相反，是从终极大门开始，一条从地球和时间延伸出去的通道，可怕而危险地通往所有尘世之外、宇宙之外以及物质之外的最终虚无。

这儿会有一位指引者——一位非常恐怖的指引者；他是数百万年前地球上的一个存在，那一段时光人类无法想象，那些被遗忘的生物在冒着热气的星球上蠕动，建造了奇怪的城市，而在那最后破碎的废墟中，最早的哺乳动物就要开始出现。卡特记得，骇人的《死灵之书》曾隐秘而不安地描绘过指引者的存在。

阿拉伯疯子在书里写道："那些敢于越过帷幕寻求窥探之人，敢于视他为指引者之人，劝你们还是放弃这些念头吧，这才是更慎重的选择。因为《透特之书》中曾描述过单单一瞥会付出何等恐怖的代价。没有人跨过这道门还能回来，因为超越尘世的广阔无垠中，到处都是抓取和约束着我们的黑暗物质。那深夜徘徊的幽灵，藐视'远古封印'的恶灵，每座坟墓中看守秘门的兽群，还有从坟墓中生长出的孽生之物——所有这些黑暗都比不上守卫大门的他；因为，他就是太古者，乌姆尔·亚特·塔维尔，抄写员笔下的'长生者'。"

回忆和想象在沸腾着的混沌中形成了昏暗模糊的图像，但卡特知道这只是回忆和想象而已。然而他感到，这些画面也不可能出自他的意识，倒不如说是一些庞大的真实——不可言喻、超乎现实的真实，围绕在卡特周围，努力转化成他能理解的符号。因为地球上没有一个人可以理解那些影像的外延，它们位于我们熟悉的时空之外，交错在隐秘的深渊之中。

卡特的面前飘浮着各种影像和场景的盛会，他不自觉地将它们与地球上那被遗忘的最原始古老的过去联系在一起。丑陋的生物在奇异的手工制品中慢慢悠悠地蠕动，这样的场景正常人连做梦也不会见到，画面中还有不可思议的植物、悬崖、山脉以及不同于人类样式的石头建筑。那里有海底城市和它的住民；还有球形、圆柱形以及难以形容的带翅膀的生物从沙漠中的高塔射向太空，或者从太空猛冲下来。卡特能理解的就是这些，尽管这些画面与他毫无关联，相互之间也没有联系。他自己也不停地变换着形态和位置，但他旋转着的想象力只能感受到形态和位置的不断变化。

他曾经渴望找寻儿时梦境中的魔法国度，在那里，大帆船在奥卡诺兹河溯河而上，穿过索蓝之地那镀金的尖顶森林，被遗忘的宫殿以及它那带有纹理的象牙色柱子完美地长眠于月光之中；更远处，大象商队迈着沉重的脚步走在克烈的芳香丛林中。如今，他沉醉于更加广阔的幻境中，几乎不知道自己想要追寻什么。无穷的想法和亵渎神灵的狂妄念头在他的脑海中滋生，卡特知道自己将可以无畏地面对可怕的指引者，向他询问那些关于自己的怪异而恐怖的事情。

突然间，这场印象深刻的盛会似乎到达了一种模糊的稳定状态。卡特眼前出现了大量高耸的巨石，根据某种未知反常的几何规则排列起来，上面雕刻着形态怪异且无法理解的图形。光线从说不清颜色的天空中透下来，方向变幻莫测甚至相互矛盾，却又像约定好似的，停留在一行弧形的巨大基座上，基座上面雕刻着象形文字，形状近似于六边形，拱顶上有很多被遮盖住了、看不清轮廓的东西。

除此以外，那里还有一样东西，它没有安置在基座上，而似乎是滑动或者漂浮在类似地面般浑浊的低层上。它的轮廓并不稳定，有那么几个瞬间，仿佛像是远古时期的生物，或类似人类的模样，但比普通人类大半倍。与基座上的其他东西一样，它也被某种灰布包裹得严严实实，卡特甚至看不到任何孔洞，也不知道它是从何处得以窥见外面。也许它根本不需要看，因为它似乎属于另一种生物体系，与仅仅拥有肉体组织和感官的人类大不一样。

片刻之后，卡特知道他刚才的推断是对的，因为卡特听到了它在“说话”，尽管没有语言，没有声音。虽然它念出了一个可怕骇人的名字，但伦道夫·卡特并没有害怕地退缩。相反，他做出了回应，同样没有声音，没有语言，还根据那令人不寒而栗的《死灵之书》中所教的方式，表达了他的敬意。因为自从洛马尔岛从北极的海中升起，有翼者来到地球并将古老的知识教授给人类以后，全世界都极其惧怕它。它是真正最可怖的指引者，大门的守卫者——乌姆尔·亚特·塔维尔，抄写员笔下的“长生者”。

正如指引者无所不知无所不晓，他知道卡特的来临，也明白他在探寻什么，同时也能看出这个站在他面前的寻梦者毫无畏惧。指引者没有表现出骇人的模样，也没有显露出一丁点的恶意。在某个瞬间，卡特甚至有些疑惑，阿拉伯疯子写下的那些极其亵渎神灵的描述，以及《透特之书》中的节选文字，是否都是出于妒忌以及此时此刻的不知所措，又或者指引者只在畏惧他的人面前表现出恐怖与邪恶。随着这样的信息不断传递出来，卡特在意念中把这些信息转译成了语句。

“我确实就是你们所知的太古者，”指引者说，“我们一直在等你——上古者们和我。欢迎你，尽管你已经耽搁了太长时间。你拥有那把钥匙，也打开了第一道门。如今，终极大门已为你准备妥当。如果你心存畏惧，你不必继续前行。你可以沿着你来时的路毫发无损地回去。但如果你选择继续前进……”

这段停顿有一种不祥的征兆，但传达出的意思还是相当友好。卡特一刻也没有犹豫，因为心中有一股燃烧着的好奇心，驱使他继续向前。

“我会继续前进，”他回应道，“我会接受你作为我的指引者。”

得到回应后，指引者似乎通过他的长袍做出了某种手势，可能是抬起了一只胳膊，或者其他类似的身体部位。接着又是另一个手势，凭借自己渊博的学识，卡特知道现在已经离终极之门相当接近。光线变成了一种无法言说的颜色，近似六边形的基座上的“形状”，如今轮廓变得更加清晰了。当它们坐得更加直立起来时，看上去竟与人类有些相似，尽管卡特知道它们不可能是人类。它们被遮盖住的头上，似乎安放着不确定颜色的巨大王冠。在鞑靼地区某座高山的悬崖峭壁上，曾由某位被遗忘的雕刻家雕刻出一些无名的人像，这些戴了宝冠的轮廓奇怪得令人联想起那些人像；透过斗篷上的某些皱褶，能看出它们紧紧抓握着长长的权杖——那经过雕刻的杖头体现了一种怪异与古老的神秘感。

卡特暗暗猜想它们究竟是谁，来自哪里，曾侍奉过谁，同时也默默揣度它们为了侍奉究竟付出了怎样的代价。但他依然心甘情愿，因为再冒这一次险，他就可以了解一切。他坚信，那些诅咒的言辞不过是些捕风捉影的流言蜚语，就算只是单纯的一瞥，但人类的无知也总是使他们诋毁和谩骂自己看到的一切。他感到很惊愕，有些人竟在散播上古者们是多么穷凶极恶，这种想法是多么荒唐可笑！这些上古者怎么会愿意从它们永世无尽的梦境中醒来，把愤怒宣泄在人类身上？如果是这样，就相当于它们会慢慢地停顿下来，去打击一只蚯蚓，向它发起可怕的进攻。此时，类六边形基座上的所有“东西”同时用它们的权杖做出了某种姿势（权杖上的花纹雕刻得非常奇异），它们向卡特致意，并给他传递出了可理解的信息：

“赞颂您，太古者，也赞颂你，伦道夫·卡特，你的勇气使你成为我们的一员。”

此时，卡特看到一个基座空了出来，太古者默示他，这是给他保留的。他还看见了另外一个基座，相较其他的基座更为宏伟巨大。所有的基座排列成一条既非半圆也非椭圆，既非抛物线也非双曲线的怪异弧线，而这个基座就位于这条弧线的中央。他想，这一定就是指引者的王座了。按照一种无法言喻的方式，卡特站起来移动过去，登上了他的位置；然后，他看见指引者也坐了下来。

在一片朦胧中，太古者徐徐拿起了某样东西——和那些被遮住的同伴一样，太古者利用长袍的皱褶抓住了什么东西。那似乎是一个巨大的金属球，弥漫着隐约的光影，实际是什么东西卡特也无法确定，可能只是看上去像个球。当指引者把它伸到前方时，某种近似幻觉的低哑声音开始弥散，并且按照固定的间隔高低起伏——像是某种旋律，却绝不是地球上的任何旋律。似乎是一种吟诵，或者在人类的思维中，这种氛围会被理解为吟诵。不久，那个球体开始发出微光，慢慢地它的微光变成了一种跳动着的、颜色不明的寒光，卡特发现它的闪烁节奏正与那吟诵的奇怪旋律保持一致。接下来，那些站在基座上，头戴王冠、手执权杖的“东西”开始依照一种无法言喻的节拍，进行微弱而诡异的扭动，而一种看不出颜色的类球体光晕笼罩在了它们包裹着的头部。

此时，那个印度人稍作停顿，神秘地看着那只棺材样的高大座钟——那只有着四根指针，上面雕刻着象形文字，而且不按所有地球上的节奏发出古怪声音的高大座钟。

“德马里尼先生”他突然对见多识广的主人说，“不用说你应该也知道，那些坐在六边形柱子上，被遮盖着的东西是依照什么样的怪异旋律吟诵和摇动的。在美国，只有你接触过世界的外延。至于那台座钟，我估计是以前常常提及的那位不幸的静修者——哈利·沃伦送给你的吧。那位预言家宣称，他是唯一去过依安·霍城却还活着的人，这座城市是古老而阴森的冷原遗留的隐秘宝藏——他还从那座禁城里捎回了某些东西。关于它微妙的本质，我不清楚你了解多少？如果我做的梦和我读过的书都没骗我的话，那么这些都是由那些对第一道大门非常了解的人所记录的。不过现在，还是让我继续我的故事。”

大师继续讲述：最后，扭动动作与那吟诵般的氛围停了下来，环绕着它们头部的摇曳光晕也变得黯淡。那些头部也垂了下来，保持静止。此时，那些包裹着的“东西”突然古怪地瘫倒在基座上，但那个类球体依旧有规律地跳跃着，周围带有无可名状的光芒。卡特看得出来，那些上古者已进入梦乡，与他第一次看见它们的时候一样。另外，他也想知道，当自己到达时，它们是从怎样广阔无边的梦中苏醒过来的。慢慢地，一些事实开始渗透进入他的大脑，他明白了，那个古怪的吟诵仪式本质上是一种指引与教导。他的新同伴——那些上古者又被太古者引导进入了一种奇异的新梦中，而它们的梦境则会开启终极之门，银钥匙便是此门的通行证。他也知道，在梦境深处，它们凝视着与地球毫无关联的绝对外围，凝视着那深不可测的浩渺；他也知道，如果要实现这一目标，自己的存在必不可少。

指引者并未与其他上古者一起进入梦境，仿佛仍在给予更多微妙而无声的指引和教导。卡特看得出来，他正在描绘那些伴他左右的上古者将要进入的梦境；他也知道，当每一个上古者梦见了太古者所描绘的场景时，就会产生一幅只有内核的图像，而图像的核心连卡特的肉眼也能看得见。当上古者们的梦境趋于一致，图像全景就呈现出来，而他的一切所需都能通过集中提炼凝结成真实的形貌。他曾在地球上见过相似的场景——印度的专家们围成一个圈，通过协同投射他们的意念，可以将某种意念转变成有形的物质；而在年代久远的阿特兰特，很少有人敢公然谈及此类事情。

然而，终极之门究竟是什么，该怎样穿越？这些问题卡特仍然感到困惑，仅有一种既紧张又渴望的感受在他心中翻滚。他意识到，自己已经拥有了某种身体，而且手中还拿着决定命运的银钥匙。对面耸立着的大堆巨石如墙壁一般整齐，卡特的双眼被墙壁中心所吸引，完全无力抗拒。突然，卡特感到来自太古者的信息流停了下来。

他第一次意识到这种精神和物质上的完全死寂是如此可怕。在此之前，卡特一直能够感知到某种非同寻常的旋律，尽管只是一些源自地球空间外延、含糊而又诡秘的节奏，但此时如深渊般的死寂似乎笼罩了一切。尽管他能感觉到自己的身体，却听不到呼吸的声音。乌姆尔·亚特·塔维尔这个类球体所发出的光辉慢慢趋于稳定，停止了颤动。耀眼的光晕静止地笼罩在可怕的指引者那被遮盖住的头上，比上古者们头顶的光环要明亮得多。

卡特突然感到一阵强烈的眩晕，那种迷失的感觉变得无限大。那奇异的光芒似乎蒙上了一层无法穿透的黑，黑色愈来愈浓，围绕在上古者们周围，紧紧地覆盖在它们那类六边形的王座上，周围突然有了一种令人震惊的遥远氛围。接下来，他感到自己好像飘了起来，飘向了那深不见底的深渊，而一阵阵芳香的温暖轻拍着他的脸庞，他就好像漂浮在一片玫瑰色的炙热海洋里，那是一片醉人的美酒海洋，泛着泡沫的浪花拍打着黄铜色烈焰的海岸。当他在朦胧中看见那广阔而汹涌的海浪拍打着远处的海岸时，他被强烈的焦虑和恐惧紧紧抓住。此时，那死一般的静寂被打破了——汹涌的海浪开始用一种既非实际声音，也不是清晰词句的语言对他说话。

“真理之人超越了善恶”一种似是而非的声音吟诵道。“真理之人已前来觐见万物归一者。真理之人清楚，幻觉是唯一的真实，而物质却是欺骗。”

此时，在那堆令卡特目不转睛的高大石块上浮现出一座庞大拱门的形状。卡特想起来，在三维地球那遥远而又不真实的表面，自己很久以前在那个洞穴的岩室里似乎曾瞥见过的这道大门。他意识到自己正在使用银钥匙——似乎他天生就会凭着直觉转动钥匙，与他打开内层大门的过程十分相似。他意识到，那轻拍着他面颊的玫瑰色醉人海洋，实际上只是那坚硬的石墙在他的咒语下臣服，而上古者们也借助思维的浪潮合力帮助他施行咒语。于是，在冲动的本能和固执的决心的指引下，他继续向前面飘去——终于穿越了终极之门。

4

对伦道夫·卡特而言，穿过那堆不规则的巨石建筑就像是穿越群星之间深不可测的巨大深渊，让人头晕目眩。在很长一段距离中，他感觉到那种强烈而神圣的芳香在周围狂欢般地澎湃着，在那之后，他仿佛听到巨大的翅膀在扇动，又仿佛听到唧唧喳喳的鸟鸣，还有许多不属于地球、甚至不属于太阳系的东西发出的低语声。往后看去，他看到的并不只是一道门，而是无数道大门，其中一些大门的形态相当混乱怪异，他一直努力使自己忘记这一景象。

这时，他突然感受到一种更深的恐惧，远比大门的混乱形态带给他的恐惧更加强烈——那是一种无法逃避的恐惧，因为恐惧本身就与他自己有关。即使他的身体在穿过第一道门时失去了某些稳定的东西，只剩下一个不定型的内核，而且他也无法确定与四周那些轮廓模糊的物体之间到底是什么关系，但那毕竟没有破坏他的统一性。他仍然是伦道夫·卡特，仍然是翻滚的维度中的一个确定的点。但如今，穿越终极之门后，他感受到一种巨大的惊恐——他不再是一个人，他变成了很多人。

他同时在许多地方出现。在地球上的1883年10月7日，一个名叫伦道夫·卡特的小男孩在寂静的黑夜离开了"蛇窝"，走过乱石纵横的斜坡，穿过树枝缠绕的果园，回到了阿卡姆后山他叔叔克里斯多夫的房子里；然而，在同一时刻，地球上的1928年，一个酷似伦道夫·卡特的模糊身影在超越三维的地球外延之中，在一群上古者的簇拥下，登上了基座；而在此处，终极之门后方那未知而又无形的宇宙深渊中，还有第三个伦道夫·卡特。而其他地方，在某个无数图像交叠的混沌里，还有着无数混乱的存在。卡特明白，这些存在就和现在这个穿越了终极之门的他一样，都是他自己——它们不仅数量庞大，而且形态多样，简直荒谬得可怕，令他几近疯狂。

无数个"卡特"处于无数个场景中，这些场景属于地球发展史上每一段已知或不确定是否存在的时期；甚至包括那些超出常识、怀疑与可信之外的遥远时期。这些"卡特"形态各异，有人类，也有非人类；有脊椎动物，还有无脊椎动物；有的有感官认知，还有的毫无思维；有动物的，还有植物的。还有些“卡特”甚至与地球生物毫无相似之处，而是肆意蠕动在一些其他星球星系、其他银河系甚至其他四维宇宙空间的场景里；生命的种子从一个世界飘荡到另一个世界，从一个宇宙飘荡到另一个宇宙，但诞生出来的都是他自己。有些过眼烟云就变成了梦境——既朦胧又生动，既单一又持久——他一直梦了这么多年，但有些场景一直萦绕不去、十分熟悉却又令人痴迷，甚至有些恐怖，然而却无法用任何世间的逻辑来解释原因。

这样的现实，让伦道夫·卡特进入了极度绝望之中——这种恐惧前所未有。即使是那个毛骨悚然的夜晚，卡特二人在一轮残月下冒险进入那古老而又恶心的古墓，最后仅有他自己出来，当时的恐惧也远不足与现在相提并论。即便死亡、毁灭或精神、肉体上的痛楚也无法激发这种自我迷失的极度绝望。相对来说，融入虚无只不过是平静的遗忘；而意识到存在，却又知道自己不再能与其他东西明确区分开来——知道自己不再有“自我”——这才是最难以言喻的苦痛与恐怖。

他记得曾经存在过一个来自波士顿的伦道夫·卡特，却不清楚现在的他——这个终极之门外的地球实体碎片——到底是不是那个伦道夫·卡特。他的“自我”已经完全消失；尽管个体存在显然已失去了意义，但如果真有一个东西还可以称之为“他”的话，他就会同样以某种不可思议的方式，意识到了无数个自我。仿佛他的身体突然变成了印度神庙里三头六臂的偶像。他不断思考着这种聚合状态，尽管十分茫然，但仍试图弄清楚哪部分是原来的，而哪部分是后添进来的——是否真的会有些原来的东西能与其他化身区别出来。多么幼稚而可怕的想法！

接着，就在这绝望的思绪中，穿越过终极大门的“卡特”碎片从恐怖底岸被卷到了黑暗深渊，那里的恐怖有增无减。这一回，恐惧主要来源于外部——一种力量或意识，迅速面对着他，围绕着他，还蔓延在他的身体里。而且除了此时的存在之外，它似乎也是卡特的一部分，与全部时间共存，与所有空间相连。尽管没有任何可见的图像，然而它的存在感，包括那集合了局部、一致与无限的恐怖概念让卡特惊恐得无法动弹，任何一个“卡特”碎片都想象不出竟可以存在如此可怕的恐怖情境。

面对这种骇人的惊愕，那个“卡特”此刻忘却了个性毁灭所带来的恐怖。无限存在与自我之间，万物归一，一归万物——并非只属于某一个时空连续体，而是与无限存在的终极生命本源有联系——这仅剩的无边无际的存在，既超越了幻想，也超越了数学逻辑的范围之外，也许就是地球上的某些秘密教派私下谈论的“犹格·索托斯”，可能也曾作为其他名字的神明出现；其中有那些来自犹格斯星的甲壳类动物所敬奉为“超越者”的存在，也有那些螺旋星云中的空洞大脑通过“不可解译之印”所了解的存在——然而，刹那间，这个“卡特碎片”意识到，这些思考是多么狭隘片面和无关紧要。

就在此时，这个“存在”开始对卡特碎片讲话了，能量如巨浪般沉重地袭来，如雷鸣般动人心魄，如火焰般熊熊燃烧——那是一股聚集的能量，以几乎无法忍受的猛烈轰炸它的接受者，之后出现了一种神秘奇异的韵律，带有某种清晰的变奏曲。卡特记得，在穿越过第一道门后的变幻莫测的世界里，上古者们曾和着这种旋律吟诵摇摆着，而那可怕的光线则随之闪烁，似乎无数恒星、世界和宇宙都聚集在空间中的一点上，伴随那无法阻挡的暴怒带来的冲击力，它们结合在一起，要把这里彻底湮灭。但在这更大的恐惧之中，较小的恐惧渐渐削弱，因为燃烧的热浪似乎以某种方式将这个穿越了大门的卡特与其他无数个副本隔绝开来——在一定程度上似乎给他找回了一些身份的幻觉。一段时间之后，听者终于能将这股浪潮翻译成他所能理解的话语，他的恐惧与压抑开始衰退。恐惧变成了纯粹的敬畏，那原本看起来亵神的异象，此刻却变得无法言喻的庄严起来。

“伦道夫·卡特，”它似乎在说，“在你星球的外延，我的那些化身——上古者们，已把你送到此处。它们告诉我，你曾重返了自己那遗失的小小梦境之国，但得到了更大的自由后，便产生了更大更高尚的欲望与好奇。你渴望沿着金色的奥卡诺兹河溯河而上，渴望在兰花盛开的克烈寻访被遗忘的象牙城，还渴望君临艾莱克·瓦达的猫眼石王座——

在那儿，精美的高塔与数不清的穹顶雄伟显赫地崛起，顶尖指向那仅有一颗红色孤星的天空，那里与你们的地球和所有已知物质都很不一样。如今，穿越了两道大门以后，你希望了解一些更加崇高的东西。你不会再像个孩子一样，从自己厌恶的现实逃进一个钟爱的梦境里，你必须像个成人一样冲破一切梦境与现实，探寻那最深处的最终奥秘。

“你的愿望，我觉得很不错；我打算准予这个愿望。实际上，我只为从你那个星球过来的生物准予过十一个愿望——其中只有五次是为了一些你称之为‘人’或类似人的生物。现在，我已准备好向你呈现终极奥秘，并且看着这个奥秘击毁一颗脆弱的心灵。然而，在你完整目睹最后和最初的秘密之前，如果愿意的话，你仍然可以行使一次自由选择的权利，趁着帷幕还没从眼前拉开，穿过那两道门，返回地球。”

5

那汹涌的思绪浪潮突然在瞬间停止，把卡特留在一片荒芜和令人敬畏的死寂当中，四周只有无边无际的虚空，但这位追寻者知道，那个存在仍在这里。他停顿了一会儿，努力思考那些话语的内在含义，接着他向深渊回应道：

“我接受，我不后退。”

浪潮再次汹涌而来，卡特知道，那位存在已收到了他的回应。随后，启示与阐释犹如洪水般从那不受任何限制的思维中喷涌而出，为追寻者开启了新的前景，并帮他做好准备去饱览那些过去未曾奢望能知晓的宇宙奥秘。那个存在告诉他，三维世界的见解是多么幼稚和局限！除了上下、前后、左右这些已知方向之外，还有其他无穷无尽的方向。他向追寻者展现了地球上的神灵是如此的渺小和无知，例如他们那小气的、凡人般的喜好以及情绪——他们的憎恶、痛恨、仁爱以及虚荣；他们对赞美与献祭的渴望，以及那些违背理性和自然的信仰需求，都是如此的微不足道。

尽管大多数信息都转化成了卡特能够理解的话语，但有些信息通过其他感官传递给了卡特。或许是双眼所见，又或许仅仅是想象所得，卡特感知到自己正处在一个多维空间，这里完全超越了人类的眼睛和大脑所能想象的程度。现在他看见，在那阴森逼人的阴影中，先前那个力量汇聚的漩涡，此刻已变成一片无边的虚空，还有一大片令他头晕目眩的创造物。站在某个难以置信的有利视角上，卡特注意到许多庞大奇异的轮廓，尽管他毕生都在研究神秘学，但那多种多样的延伸已完全超越了他迄今所知的任何有关生物、大小与边界的概念。他渐渐懵懂地理解，1883年阿卡姆镇农舍里那个名叫伦道夫·卡特的小男孩，那个在第一道门后面坐在类六边形基座上的朦胧轮廓，那个如今身处无底深渊、直面这位存在的卡特，还有他幻想或潜意识中的那些“卡特”，究竟是如何同时存在的。

接下来，那些思绪的浪潮变得更加猛烈，并且开始设法加深他的理解，将他这个极小的部分与那多种形式的存在相互调和。它们告诉他，空间中的每个形状只不过是更高维度的物体在与这个空间相交时产生的一个面而已——就像是立方体上切割下来的一个正方形，或是球体上切割下来的一个圆形。因此，三维空间中的立方体与球体也不过是从相对应的四维物体上切割下来的一部分而已，人类只有通过猜想和梦想才能了解那样的世界；同样道理，这些四维物体也是从五维物体上切割下来的一部分，如此等等，一直可以推论到那令人晕眩而又遥不可及的最高维——原型无限。乌姆尔·亚特·塔维尔发出指令让上古者们进入梦境的地方被称为微小统一体，人类与人类之神所属的世界仅仅是一个渺小事物上微不足道的一个面而已——就是第一道门后面的微小统一体的一个三维截面。然而人们却将此视作现实，将所有多维的原型视作虚幻，这就与真实情况恰恰完全相反了。实际上，我们称为实质和现实的东西不过是一些影像与幻觉，而我们称为影像和幻觉的东西才是真正的实质与现实。

浪潮继续涌动着告诉他，时间其实是静止的，没有起点也没有终点，时间会流动并且能够发生变化只是一种假象。实际上，时间本身就是一种假象，只有那些生活在有限维度中、视野狭窄的存在才会认为有过去、现在和未来。人类想出时间这个概念只是因为所谓的变化，然而这些变化也是一种错觉。所有存在于过去、现在、将来的事物，事实上都同时存在。

这些启示神圣而庄严地向卡特袭来，根本不容置疑。即便这些内容完全超越了他的理解，但他仍然觉得它们必然是正确的，因为这个最终出现的宇宙现实彻底推翻了之前所有狭隘的视野，以及那些片面的观点；而他对于那些深奥的思索也足够熟悉，这让他能够摆脱那些局部和片面的思想的约束。他的整个追寻不正是基于他认为局部与片面都是虚妄这一信念吗？

在一段长时间的停顿之后，那些浪潮继续告诉他，在低维度空间里，居民所谓的变化只不过是意识产生的结果，是从多个宇宙视角观察这个外部世界产生的结果。切割圆锥产生的截面会因切割的角度不同而不同——可能会得到圆形、椭圆、抛物线或者双曲线，而圆锥本身并无变化——所以，一个稳定连续的真实体也会由于视角的变化而产生不同的局部变化。鉴于意识视角的多样化，那些生活在内层世界里的弱小生命其实都只是奴隶，因为就算偶尔有些异常情况，他们也不能学会控制异常。只有极少数研究神秘禁忌学的学者能对这种控制略知一二，进而征服时间与变化。但那些大门之外的生命体却能按照意愿，任意控制视角，领略宇宙无穷无尽的模样：包括那些不完整的、不断变化的局部景象，还有超越了局部景象之外永恒的整体全貌。

当浪潮再次停顿时，卡特开始惊恐而模糊地理解了那段关于自我迷失的谜语的终极背景，这段谜语起初令他极其害怕。他的直觉将启示碎片一块块拼接起来，带着他越来越接近奥秘的真谛。他知道，若非乌姆尔·亚特·塔维尔的魔法保护，让他可以精准地用银钥匙开启终极之门，其实大量可怕的启示在第一道门内就会席卷而来，他的自我会被无数个卡特扯得支离破碎。卡特迫切渴望得到更清晰的认识，因此他也通过浪潮传达了自己的想法，想知道更多关于各个卡特碎片之间的确切关联：如今这个越过终极之门的卡特；仍坐在第一道门外的类六边形基座上的卡特；1883年的小男孩卡特；1928年的中年人卡特；给他留下遗产并为他的自我提供保护的各个先祖；还有那些生活在其他世界和其他远古时代里无法名状的住民，只要通过终极视角看一眼那可怕的模样，便能辨认出它们就是卡特。浪潮徐徐涌出，那个存在对他的问题做出了答复，并且尝试去阐释清楚那些几乎超越了人类大脑的信息。

那些浪潮继续解释道，有限维度中的所有生物与他们的后裔，以及生物体的每个生长阶段，都不过是一个超越维度之外的空间中的原始存在的不同截面而已。每个独立的生物个体——不管是儿子、父亲，还是祖父等，以及每个生物个体的不同成长阶段——婴儿、儿童、青年、成人，都只是同一个原始存在的无限“面”之一，只是观察者意识平面的切割角度不同而已。不同年龄阶段的伦道夫·卡特；伦道夫·卡特和他的各个先祖，无论是人类还是人类之前的生物，也无论是陆地生物还是更原始的生物——所有这些都不过是时空之外那个终极永恒的“卡特”原型的不同截面。这些虚幻投影的区别仅仅在于意识选取了不同的角度来切割那个永恒原型时获得了不同的截面。

在这无尽的宇宙循环中，角度的细微变化便能将今日的学者变为昨日的儿童；便能将伦道夫·卡特变为那个在1692年从塞伦逃到阿卡姆后山的巫师埃德蒙德·卡特，或者变为那个在2169年用怪异的方式把蒙古部落从澳大利亚驱赶出去的皮克曼·卡特；还能将人类卡特变为居住在北方净土的远古生物卡特——在那里他敬奉着那位从卡斯艾利星（曾经绕大角星旋转的双行星）空降地球、全身乌黑而柔韧的撒托古亚的古老住民；也能将地球人卡特变为生活在卡斯艾利星上无确定形状的远祖，或者变成来自银河系另一端斯状提星上的更远古的生物，或生活在更古老的时空连续体中的一种四维气态意识，又或是将来沿着诡异轨道飞行的放射性暗黑彗星上的一棵植物脑等等。

那些原型——浪潮有规律地涌动着继续告诉他——都是终极深渊里的住民。它们虚无缥缈，难以形容，只有极少数低维世界里的梦想家才能猜到它们的存在。其中的首领就是正在向他阐释的这位存在，实际上它就是卡特自己的原型。卡特以及他的先祖对于那些被视为禁忌的宇宙秘密所表现出的永不满足的渴求，正是这个终极原型一步步诱导的自然结果。每个世界里，所有杰出的巫师、思想家和艺术家，都是它的一个“面”而已。

这些信息让卡特敬畏至极，几至昏厥。怀着一种恐惧的兴奋，伦道夫·卡特的意识向那个超自然存在——其实它就是卡特的起源——致敬。当那些浪潮再一次停顿时，他在万籁俱寂中思索着那些奇怪的仪式，那些奇怪的问题以及那些更加奇怪的请求。异乎寻常的场景与意料之外的揭示已让他感到茫然无措，而各种古怪的观念仍在他的脑海里冲突游走。他突然想到，如果这些揭示是完全正确的，那么只要他能够控制魔法，让自己的意识平面转变视角，也许就能够亲自造访那无限遥远的古老岁月和宇宙的每个角落，而他过去唯有进入梦境才能了解。银钥匙不正是提供了这种魔法吗？它不是先将他从1928年的成人，转变成1883年的男孩，继而又将他转变成一个完全脱离于时间之外的东西了吗？说来也怪，尽管此时他没有身体，但他知道那把银钥匙仍然在他身边。

死寂仍在持续，伦道夫·卡特传达出了那些令他感到困扰的想法与问题。他知道，身处在这个终极深渊，他与他原型的每一种“面貌”都是等距的——无论是人，还是非人；无论是地球上，还是地球之外；无论是银河系里，还是银河系之外；他狂热地好奇自己的其他面貌是什么样的——特别是在时间和空间上与1928年的地球相距最遥远的那些面貌；或者那些时常在他梦境中出现的面貌。他由此推断，自己的原型存在可以通过改变意识平面，把自己送回任意一个遥远的过去。即使卡特已经历过许多奇迹，但他仍然渴望更令人兴奋的奇迹，渴望亲自走在那些出现在残缺的梦境中、难以置信的怪诞场景里。

尽管没有明确的目的，但他请求那个存在让他进入一个昏暗而奇妙的世界：那里有五个彩色的太阳、诡异的星象、令人晕眩的黑色悬崖，还有长着尖爪的像貘一样的长鼻住民、古怪的金属尖塔、无法解释的隧道，以及浮动的神秘圆柱；而这一切曾经一次又一次地闯入他的睡梦中。他依稀觉得，那个世界在所有可想象的宇宙里与其他世界的联系最为通畅；而他也渴望去探索那些他曾瞥见过其开端的场景，渴望穿越时空去探访更遥远的世界，那里有长着尖爪、像貘一样的长鼻住民穿行往返。对卡特来说，早已没有时间去害怕了，在他离奇一生的所有紧要关头，绝对的好奇心总是能战胜其他一切。

当浪潮恢复它们那令人畏惧的涌动时，卡特知道他的大胆请求已得到了准许。那个存在正向他讲述那些不得不穿越的黑暗深渊；讲述那个位于未知星系里的五体恒星，它的周围旋转着许多外星世界；讲述那个世界中那些尖爪长鼻的种族及其长久作战的敌人——在地下掘穴的可怕生物。它也告诉卡特，考虑到他所追寻的那个世界的时空要素，他的意识视角与那个世界的意识视角必须同时倾斜，才能穿越到他曾居住过的那个世界去。

那个存在警告他，如果他还希望从他所选的那个遥远陌生的世界折返的话，他就必须记住自己的角度标志。卡特迫不及待做出了肯定答复，他确信银钥匙还在自己身边；同时他相信，既然银钥匙能够改变世界与自我的视角，将他扔回到1883年，那么银钥匙上面一定包含着刚才提到的标志。这时，深渊里的存在感知到了他的急躁，就表示它已准备好去完成这种荒谬的鲁莽行为了。此时，浪潮突然停了下来，随后是一段短暂的寂静，充满了难以形容且令人不安的紧张期待。

接下来，没有任何预警地传来了一阵嗖嗖的风声，一阵击鼓般的咚咚声，然后演变成了震耳欲聋的雷鸣声。再一次，卡特感觉自己变成了无数巨大能量汇聚的焦点，在并不陌生的外太空节奏中，那股力量猛烈地冲击、捶打、烧灼，简直令人无法忍受。他几乎难以分辨这到底是一颗燃烧的恒星爆炸所产生的炙热，还是终极深渊里那冰冻万物的严寒。与我们宇宙里任何光谱都截然不同的光线与色带在他面前闪烁、贯穿和交织着，同时他也察觉到了自己以快得吓人的速度在运动。在此期间，他曾在某个瞬间瞥见有一个身影正独自坐在一张比起其他基座来更像是六边形的模糊王座上……

6

当印度人停下他的讲述时，他看见德马里尼与菲利普斯正全神贯注地看着他。阿斯平沃尔则假装漠不关心他的叙述，双眼刻意盯着他眼前的文件。而棺材样座钟的怪异节奏此时则带上了一丝不祥的新意味。那只无人照管的三脚架已被烟灰堵塞，散发的烟雾交织成奇异而令人费解的形状，与那随风摆动的挂毯上的怪诞图案构成了令人不安的组合。刚才照料三脚架的黑人老者已经不在房间里了——或许是某种愈加紧张的氛围把他吓跑了。当讲述者继续他那古怪费力但却用词地道的语言讲述时，声音中透出一种歉意，使他有些犹豫不决。

“你们也发现了，这些牵扯到深渊的事情确实难以置信，”他说，“但接下来你们会发现那些实在、有形的东西更加难以理解。这就是我们的思维方式。当奇迹从模糊的梦境进入三维空间，就会显得愈发难以置信。我不应该告诉你们太多——那是另一个完全不一样的故事。我只会告诉你们那些你们必须知道的事情。”

在穿越最后那团诡异而多彩的节奏漩涡之后，卡特突然间感觉自己又回到了过去一直出现的梦境里。和以前很多个夜晚一样，他身处一片多彩的烈日之下，跻身于一大群尖爪长鼻的生物中，穿过一条条样式怪异、迷宫似的金属街道；而当他往下看时，他发现自己的身体与其他生物一样——全身布满皱褶，有些地方长着鳞片，古怪的关节如同昆虫一般，外形却很可笑得与人类十分类似。银钥匙仍紧握在他手上，只是他的手掌已变成了一只看起来相当恶心的爪子。

在下一个瞬间，那如梦般的感觉消失了，倒更像是刚从梦中惊醒。终极深渊——深渊里的那个存在——还有那尚未诞生的未来世界里、某个荒诞古怪的种族中一个名为“伦道夫·卡特”的生物——这些都是亚狄斯星上的扎库帕巫师曾长期反复梦见过的一些东西。这些梦境不断地持续出现，甚至妨碍到了他的主要职责，影响他施法将那些可怕的巨蠕虫压制在地洞中。他曾藏在光束套中到访过无数真实的世界，而这些梦境与他回忆中那些真实的世界时常混淆在一起。如今，它们变得空前真实。那把沉甸甸的银钥匙就实实在在地握在他的右前爪中，这正是他曾梦见过的一幅场景，但梦里的结局并不美好。他必须好好休息一下，认真查阅奈兴的碑文，看看接下来有什么好的建议。他走进一条主广场旁的小巷，爬过一堵金属墙，走进自己的住所，然后慢慢走到了放置碑文的架子前。

七个日分以后，扎库帕敬畏而几近绝望地蹲在它的棱镜上，因为真相给他打开了一整段相互冲突的全新记忆。在此以后，他将再也无从了解作为一个独立存在的安宁，因为每时每刻，他总是有两种存在：他一方面是亚狄斯星上的巫师扎库帕，但不得不忍受那个烦人的地球哺乳动物卡特的思维，虽然他曾经是卡特，以后也会变成卡特；而同时，他也是波士顿的伦道夫·卡特，看着自己这具尖爪长鼻的身体而畏惧得发抖，尽管他过去就曾是这样，现在又变回了这副模样。

大师用嘶哑的声音说着，他吃力的声音已经显露出疲惫。时间在亚狄斯星上流逝，在该星球的居民当中流传着一个无法三言两语讲清楚的传说：亚狄斯星的生物在光束套的保护下能够探访斯壮提、姆斯乌、凯斯以及分散在二十八个星系中的其他世界；同时，他们也可以在银钥匙以及巫师所知的各种各样其他标志的帮助下，在漫长的时光中来回穿行。在这颗行星上如蜂巢一般的原始隧道中，到处潜伏着惨白又充满黏液的巨蠕虫，他们长期以来与这些蠕虫进行着惨烈的激战。图书馆里的知识汇集自上万个已灭亡或仍存在的世界，这里常常会举行令人敬畏的集会。巫师们也曾与亚狄斯星上的其他智者召开过紧张的会议，甚至包括最古老的智者“波”。扎库帕从未告诉任何人他曾遭遇过什么，但是每当伦道夫·卡特这一面占据优势，他就会疯狂地研究每一种能够返回地球和恢复人形的可能办法，并且拼命地练习用那怪异的嗡嗡声说出人类的语言，尽管他的喉部器官并不适合这么做。

卡特很快就惊恐地发现银钥匙无法帮助他恢复人形。凭借他的记忆、他的梦境，以及他从亚狄斯星球上所获得的知识，他断定银钥匙是地球上北方净土的产物，仅作用于人类的个人意识视角，但事已至此，为时已晚。尽管如此，它依然能够通过改变行星角度，让使用者以不变的肉身在时光隧道中任意穿梭。卡特发现曾经有一条附加的咒语，可以赋予银钥匙原本缺乏的无限力量，但这也是人类的发现——是他回不去的那个世界所特有的，连亚狄斯星上的巫师们也未能成功复制。这条咒语曾经写在那张无法破译的羊皮纸上，与银钥匙一起装在那个诡异的雕花木盒里。卡特此刻强烈地懊恼自己竟把它落在了地球上。深渊里那个遥不可及的存在曾警告他一定要记住自己的标记，也确信他已经万无一失了。

随着时间缓慢地推移，他越来越努力地想要利用亚狄斯星上的大量知识来寻找一种方法重返深渊并找到万能的存在。凭借这些新知识，那张神秘的羊皮纸他也应该能理解得差不多；但在当前的状况下，这种能力却是天大的讽刺。然而有时候，当扎库帕处于上风时，他就会尽力抹去那些自相矛盾的卡特记忆，因为这些记忆总是令他混乱烦躁。

漫长的时光安静地流逝着——漫长得人类大脑根本无法理解，因为亚狄斯星上的生命只有历经长时间的轮回才会死去。在数百次的抗争以后，“卡特”似乎压制住了“扎库帕”，于是他花了大量时间来计算亚狄斯星和人类地球在时空上的距离，那数字大得惊人，可能有数十亿光年，简直超过了可以计量的范围，但亚狄斯星上古老的学识帮助卡特能够掌握这样的事实。他还培养了一种新的能力，可以在梦境中让自己向地球飞去，同时了解到许多有关我们星球的知识，这些知识他以前闻所未闻。然而，他始终无法梦见那条写在那张遗失的羊皮纸上的咒语，而这才是他此刻最需要的。

最终，他想出了一个逃离亚狄斯星的疯狂方案——该方案始于他发现了一种药物，这种药物可以让扎库帕一直保持休眠，但不会消除扎库帕的学识与记忆。他相信，自己的精确计算将能帮助他裹在光束套中完成亚狄斯星上的生物从未完成过的飞行。他将亲身跨越无名的亘古、穿越浩瀚的星系，最终抵达太阳系和地球。一旦抵达地球，即使是这副尖爪长鼻的相貌，他仍可以通过某种方法找到那张在阿卡姆被他落在汽车里的羊皮纸，并且破译上面诡秘的象形文字，然后在咒语和银钥匙的帮助下，恢复正常的地球人相貌。

他并没有对计划中蕴含的巨大风险视而不见。他知道一旦自己将行星转到了正确的角度（在太空疾驰时无法变换角度），亚狄斯星就会变成由胜利的巨蠕虫所掌管的死亡世界，他在光束套里逃离的计划也将会面临严峻的挑战。他也很清楚，自己一定要能熟练地保持假死状态，来忍耐漫长的旅程，穿越那深不可测的宇宙鸿沟。他也知道，就算他的冒险之旅成功了，作为一个亚狄斯星生物，他还必须让自己对地球上的细菌以及其他有害的环境具备免疫力。不仅如此，他还必须准备好一种方法可以在地球上伪装成人形，直到找回并破译那张羊皮纸，然后真正恢复人形。否则，他很可能暴露，然后作为一个不该存在的物种而被人类消灭。而且，他还需要准备些黄金——幸好这在亚狄斯星上可以得到，让自己渡过寻觅羊皮纸的艰难时期。

卡特的计划进展得相当缓慢。他准备了一个特别坚韧的光束套，能够承受跨度极大的时间旅行和史无前例的太空飞行。他测试了所有的计算，并且在梦中一次次向地球飞去，让它们尽可能接近1928年。他尝试假死的技能取得了惊人的成功，也发现了正合他需要的细菌药剂，并且还计算出了在各阶段他必须适应的自重应力。此外，他精心制作了一件蜡质面具，并准备了一套宽松的服装，使他能够作为人类的一员走在人群中。当他开始从亚狄斯星上逃离时，这里一定会变成一个暗无天日、死气沉沉、前景未卜的世界，为此他创造了一个双倍强大的咒语，希望到时候能抑制住那些可怕的巨蠕虫。此外，卡特还收集了大量能够压制住扎库帕的药物——这在地球上是找不到的——直到他能够摆脱这具亚狄斯星的身体。另外，他也并未忘记储备少量在地球上使用的黄金。

计划开始的那一天，卡特仍然充满了疑惑与恐惧。他爬上了自己的光束套站台，以飞往三倍星尼索为借口，匍匐进入闪闪发光的金属护套，里面的空间刚好可以让他完成银钥匙的仪式。仪式开始后，容器缓缓漂浮起来。天空剧烈沸腾、暗无天日，难以忍受的痛苦折磨着他。宇宙似乎任性地卷曲了起来，而其他星座则在漆黑的夜空中舞蹈。

忽然，卡特感觉自己到达了一种新的平衡。星际深渊的彻骨寒意向他的容器袭来，他也能看见自己在太空中自由漂浮——他起飞时所在的金属建筑很久以前就已生锈坍塌了。在他的下方，大地像是化脓溃烂一般，爬满了巨大的蠕虫；甚至就在他低头看的那一刻，一条蠕虫竖起数百英尺高，用惨白而黏稠的前端攻击他，但他的咒语十分有效，转瞬间他就毫发未损地逃离了亚狄斯星。

7

在新奥尔良那间摆设奇特的房间里，老黑仆本能地逃之夭夭，而查古拉普夏大师那怪异的嗓音变得越来越沙哑无力。

“先生们，”他继续说，“在我给你们展示一些特别的证据之前，我不会要求你们相信这些事情，不妨把它看作神话故事吧。伦道夫·卡特作为一个难以描述的外星生物，裹在一个薄薄的金属套中，如火箭般飞越了数千光年的路程——那是一段长达数千年的时间，无法用英里来计数的距离。在此期间，他极其谨慎地测算好休眠的时间，计划在登陆地球（1928年，或者1928年左右）的前几年结束这段休眠期。

“他绝不会忘记唤醒自己。别忘了，先生们，在那段长眠之前，他已经在亚狄斯星那恐怖怪诞的外星场景中清醒地生活了数千年。孤单漫长的旅程中陪伴他的只有那彻骨的严寒、断续的噩梦，以及透过观察孔的匆匆一瞥。目之所及都是各种恒星、星团与星云——数千年的等待之后，它们的轮廓终于开始变得与地球上看到的那些熟悉的星座相似起来。

“某一天，他似乎下降进入了太阳系。他看见了星系边缘的凯兰斯星与犹格斯星，飞近海王星的时候，还在表面瞥见了令人毛骨悚然的白色真菌。经过木星时，通过近距离观察浓雾，他不仅了解到了一个不可告人的秘密，还看见了其中一个卫星上的骇人景象。他也凝视过火星这个红色圆盘上杂乱无章的巨石遗迹。当地球慢慢靠近时，它就像是一弯新月，逐渐放大到惊人的程度。虽然回家的兴奋感觉让他一刻也不愿浪费，但卡特仍旧放缓了速度。我并不奢望你们能理解他当时的感受，这里就不描述了。

“最后，卡特在地球上空盘旋，直到西半球黎明的到来。他希望降落在当初离开的地方，就是阿卡姆后方靠近“蛇窝”的群山之中。如果你们曾经离家这么久——我知道，你们当中有一个人的确如此——我相信你们就能理解，当新英格兰那起伏的群山、高大的榆树、奇形怪状的果树以及年代久远的石墙出现在卡特眼前时，他是多么的激动。

“他在拂晓时分降落在卡特老宅下方的草地上，此处的僻静令他庆幸。与离开时一样，此时已入秋，山间的芳香抚慰着他的灵魂。卡特吃力地把金属容器拽上了长满树木的斜坡，拖进了“蛇窝”，但它无法穿过野草蛮生的裂隙进入内部岩室。在岩室里，他穿上了人类的服饰，戴上蜡制面具来遮盖自己怪异的身体。他把金属容器在那里藏了一年多，直到某些情况发生了变化，他才不得不转移到新的藏匿地点。

“他走回了阿卡姆，顺便练习如何抵抗地球重力，以及学着人类的姿态操控身体，并在一家银行把金子兑换成了现金。他假装自己是个不怎么会说英语的外国人，四处打听了一番，发现这一年是1930年，仅仅比他的目标1928年晚了两年。

“当然，他的处境依然十分艰难。不仅不能公开自己的身份，而且必须始终保持警惕，食物方面也有些困难，还需要节省着使用那些能维持扎库帕休眠的外星药物，他明白自己必须尽快行动。他在衰败的波士顿西区租了一间房子，在这里，他可以低调地继续生活，开销也不算高。之后他立刻着手调查伦道夫·卡特的地产与财产情况。也就是这时候，他得知了焦急的阿斯平沃尔先生打算分割他的财产，也得知了德马里尼先生与菲利普斯先生在勇敢地保护它们。”

印度人挪动了一下身体，然而那张黝黑、平静、胡须浓密的脸上依旧没有浮现任何表情。他继续说：

“卡特想办法得到了一份那张失踪羊皮纸的完整复印件，于是开始破译它。我很高兴自己提供了一些帮助——他在很久以前就求助过我，并且通过我与世界各地的其他神秘学家取得联系。之后我搬去波士顿与他同住——那是钱伯斯大街一个残破的小屋。至于那张羊皮纸，我很乐意为德马里尼先生解答困惑。我想对他说，上面的象形文字并非纳卡文，而是拉莱耶文，是在数亿个轮回之前由克苏鲁的后代带来地球的。当然，这只是一篇译稿，来自北方净土的原稿是用扎特文写的，比这份译稿要早数百万年。

“需要破译的内容比他之前查阅的资料多得多，但他从来没有放弃。今年年初，他从尼泊尔带回的一本书帮助他取得了重大进展，无疑他很快就会取得成功。但可惜的是，这时出现了一个不利因素——那些抑制扎库帕的药物已经耗尽。好在这件事还不算恐怖性灾难，因为卡特的人格正在逐渐获得躯体的控制权；即使扎库帕占上风时，他通常也会变得相当混乱，不会对卡特的工作造成干扰，而且这种状况的持续时间越来越短，现在只会由某些异常的刺激来诱发。更重要的是，扎库帕找不到那个可以将他带回亚狄斯星的金属容器，虽然有一次他险些就找到了，但在扎库帕完全休眠时，卡特又把它藏到了其他地方。扎库帕的苏醒所造成的不良影响，仅仅是让一些人受到了惊吓，并在波士顿西区的波兰人和立陶宛人之间制造了一些可怖的谣言。迄今为止，扎库帕还没有对卡特周密准备的伪装造成损害，但有时他会扯掉这些伪装，所以有些部分不得不做些更换。我曾见过伪装下面的模样——你们还是不见为好。

“一个月前，卡特看到了这次会面的启事，他知道如果他想保住自己的财产，就必须迅速行动起来。事关紧急，他无法等到破译出羊皮纸，恢复人类形态之后再着手处理此事，所以他授权我代表他出席会议。

“先生们，我想说的是，伦道夫·卡特没有死，他只是暂时处于一种不太寻常的状态。但最多两三个月以后，他就能以适当的模样出现，并争取他财产的保管权。有必要的话，我随时可以出示一些证据。所以，我恳请你们无限期推迟此次会议。”

8

德马里尼与菲利普斯仿佛被催眠了一般，目不转睛地盯着那个印度人，阿斯平沃尔则不屑地发出了一连串的哼哼声和吼叫声。这位老律师的反感此刻终于爆发了，他怒不可遏地用一只青筋暴起的拳头猛敲桌面，说话声几乎像在咆哮。

“这种胡说八道还有完没完？我已经听这个疯子、骗子说了一个小时。现在，他居然如此不要脸地说伦道夫·卡特还活着——无缘无故要求我们推迟财产处置！为什么不把这个无赖赶出去，德马里尼？你想把我们都变成这个骗子、白痴的笑柄吗？”

德马里尼平静地抬了抬手，轻声地说：“让我们慢慢地仔细想一想。这是一个非常奇异的故事。这里面的事情，在我这个略知一二的神秘学者看来，也不是完全不可能。而且从1930年起，我就一直收到大师的信，信件内容与他的叙述也是相符的。”

当他停顿的时候，老菲利普斯先生唐突地插了一句话：“查古拉普夏大师刚才提到了证据，我也认为证据在这个故事中相当重要。过去的两年当中，我本人也从大师那里收到了许多与故事内容吻合的古怪信件；但其中有些表述实在难以置信。你能给我们看一些有形的东西吗？”

最后，面无表情的大师用沙哑的嗓音缓缓做出了回应，又一边从宽松的大衣口袋里取出了一样东西。

“各位先生，尽管你们没有人见过真正的银钥匙，但德马里尼与菲利普斯都见过银钥匙的照片。那么，这东西你们看起来熟悉吗？”

他颤颤巍巍地用那只戴白手套的大手把东西放到了桌子上，那是一柄笨重而黯淡的银钥匙——差不多五英寸长，做工充满了未知的异域风格，钥匙上刻满了极度怪异的象形文字。德马里尼与菲利普斯都不禁倒吸了一口气。

“就是它！”德马里尼大声喊道。“相机不会说谎，我不会弄错的。”

但阿斯平沃尔喊叫着做出了回应。

“蠢货！一把钥匙能说明什么？如果这真是我表兄的那把银钥匙，那么这个外国佬——这个该死的黑鬼——就该解释一下他是怎么到手的！伦道夫·卡特早在四年前就和这把钥匙同时失踪了。我们怎么知道他没有遇到抢劫和谋杀？他自己都差不多是个疯子了，而且还在和那些更疯狂的人交往。

“听着，你这个黑鬼——你从哪里拿到钥匙的？难道你杀了伦道夫·卡特？”

大师的面容出人意料的平静，没有丝毫波动；但那双空洞得没有虹膜的黑色眼睛里却燃烧着愤怒。他极其费力地说：

“阿斯平沃尔先生，请克制一些。我还可以提供另一种形式的证据，可能会使大家都不太愉快，但希望我们能客观些地看待这些证据。这里是一些写于1930年以后的文件，有着明显的伦道夫·卡特的风格。”

他笨拙地从宽松大衣里抽出一个长信封，将它递给了喋喋不休的律师。德马里尼与菲利普斯的思维已然混乱，怀着仿佛看到奇迹的心情地看完了这些文件。

“当然了，这些笔迹几乎无法辨认——别忘了，伦道夫·卡特目前的双手并不适合书写人类文字。”

阿斯平沃尔匆匆扫了一眼这些文件，明显有些困惑，但并没有改变他的态度和举止。房间里充斥着兴奋、紧张以及无名的恐惧。那棺材样的座钟发出的怪异节奏对于德马里尼和菲利普斯来说如同魔鬼一样邪恶，但律师阿斯平沃尔似乎满不在乎，他接着说道：

“这些看起来分明就是高明的伪造。如果不是，那也很可能意味着伦道夫·卡特正被一些不怀好意的人所控制。现在要做的事情只有一件——逮捕这个骗子。德马里尼，你能打电话报警吗？”

“让我们再等一下。”房子的主人德马里尼说，“我觉得这件事不需要找警察。我有个主意。阿斯平沃尔先生，你面前的这位先生是一个造诣深厚的神秘学者。既然他说他是伦道夫·卡特的亲密朋友，那我想问问他一些只有亲密朋友才能回答的问题，如果他能回答出来，你会相信他吗？我了解卡特，可以问一些这样的问题。让我找本书来，好好做一次测试。”

他转向通往图书馆的那扇门，而菲利普斯则呆呆地看着，无意识地跟着他走。阿斯平沃尔仍原地不动，仔细地研究他面前这位异常平静的印度人。突然，正当查古拉普夏笨拙地把银钥匙放回口袋时，律师发出一声咆哮，德马里尼和菲利普斯也停下了脚步。

“嘿，老天，我知道了！这流氓是乔装打扮的！我根本不信他是个东印度人。那张脸——根本不是脸，是张面具！他的故事给了我启发，事实就是这样！那张脸根本没有动过，头巾和胡须遮住了面具边缘。这家伙不过是个骗子！还装什么外国人！我一直在注意他说的话，就是个北方佬而已。看看那手套——因为他知道指纹会暴露身份。混蛋！我要把那东西扯下来。”

“住手！”大师嘶哑而怪异的声音里多了一种超出人类理解的恐惧。“我说过，如果有必要，我可以给出另一种证据。但我警告你们别逼我这么做。这面红耳赤的老家伙说得对，我其实并不是东印度人。这张脸只是一张面具，里面根本就不是人类。这一点你们已经猜到了，几分钟前我也知道被你们发现了。但问题是，如果我拿下面具，事情将会变得非常不愉快——无所谓了。欧内斯特，我不妨告诉你吧，我就是伦道夫·卡特。”

所有人都一动不动。阿斯平沃尔轻蔑地哼了哼，做了些含糊不明的手势。德马里尼与菲利普斯站在房间那头，一面看着涨红了脸的律师，一面观察律师对面那个包着头巾的背影。座钟的滴答声诡异得令人不寒而栗。三脚架上的烟雾与随风摇摆的挂毯一起跳起了死亡之舞。最后，被烟呛了一口的律师打破了沉默。

“不，你不是卡特！你这个骗子——你吓不住我！你不想脱下面具肯定有不可告人的原因。说不定我们还是熟人呢！快给我拿下来——”

当他伸出手去时，大师用一只戴着手套的手笨拙地抓住了他的手，同时发出一声既痛苦又惊讶的怪异吼叫。德马里尼向两人走去，但又疑惑地停住了，因为那个冒牌印度人的抗议，变成了完全无法理解的咯咯嗡嗡声。满脸通红的阿斯平沃尔怒发冲冠，那只空着的手朝着对方浓密的胡须猛冲过去。这一次他成功地抓住了什么，并把它发疯似的拽了下来，于是整张蜡制面具从头巾里掉落，攥在了律师暴怒的拳头里。

就在此时，阿斯平沃尔惊恐地大叫了一声，嗓子里发出汩汩的声音。菲利普斯与德马里尼看见他的脸剧烈抽搐着，因彻底的恐惧而产生了极其疯狂、严重而可怕的癫痫，他们不曾见过人类的面容竟可以扭曲成那副模样。与此同时，那个冒牌大师松开了律师的另一只手，晕眩似的摇摇晃晃站起来，发出极端怪异的嗡嗡声；只见那个戴着头巾的生物，突然奇怪地瘫倒在地上，摆出一种异于人类的姿势，开始拖着古怪而痴迷的脚步，踉踉跄跄地走向那只回响着诡异的宇宙节奏的棺材样座钟。他裸露的脸已转向别处，所以德马里尼与菲利普斯也不知道律师的举动到底透露了什么信息。接着，他们的注意力转向了阿斯平沃尔，他刚才重重地摔倒在了地板上。此刻他们终于缓过神来，但当他们赶到阿斯平沃尔身边时，发现他已经死了。

德马里尼迅速望向大师那蹒跚离开的背影，他看见一只大号的白色手套松松垮垮地从一条摇晃的胳膊上滑落下来。乳香的烟雾愈发浓密，只能瞥见那露出来的手是个又黑又长的东西……德马里尼还没来得及赶上那个离去的背影，老菲利普斯已经用一只手拉住了他的肩膀。

“不要去！”他低声说，“我们不知道对方是什么。你懂得，这是他的另一面——扎库帕，那个来自亚狄斯星的巫师。”

那个缠着头巾的背影此刻已经走到了那台怪异的座钟前。透过浓烟，围观者隐约看见一只黑爪笨拙地摸索着那扇雕刻有象形文字的高大钟门，还发出了奇怪的咔哒声。紧接着，那个身影进入了那只棺材样的箱子，并在身后关紧了门。

德马里尼再也按捺不住了，但当他走近打开钟门时，里面竟空无一物。那诡异的滴答声仍在继续，敲打着可以帮助开启所有神秘大门的宇宙黑暗节拍。地板上躺着大号的白色手套和死去的阿斯平沃尔，他手里还攥着那个胡须浓密的面具，却无法透露更多的信息。

一年过去了，没有任何关于伦道夫·卡特的消息，他的财产也仍未处置。一位自称“查古拉普夏大师”的人在1930—1932年曾从一个波士顿的地址写信咨询过许多神秘学者。这地址确实曾租给过一个奇怪的印度人，但他在新奥尔良的会议前不久就离开了，从那以后再也没有人见过他。据说他皮肤黝黑、面无表情而且胡须浓密。他的房东认为那张官方展示的黝黑面具看起来与他非常相像。然而，从未有人怀疑他与当地斯拉夫人当中流传的梦魇般的幽灵有任何关联。也有人曾在阿卡姆后山搜寻过所谓的“金属容器”，但没有任何发现。不过，阿卡姆第一国民银行的一名职员清楚地记得，1930年10月有一个裹着头巾的奇怪男人曾兑换过一些零散的金块。

德马里尼与菲利普斯仍然无法把整件事梳理清楚。说到底，哪部分才是真实的？他们听了一个故事。他们有一把钥匙。但1928年的时候，卡特曾经大量分发过银钥匙的照片，所以这把钥匙很有可能是根据其中某张仿制而成的。他们还拥有一些文件——仍然说明不了任何问题。他们还曾见过一个戴面具的怪人，但见过他真面目的人已经死了。在紧张的气氛和乳香的浓雾中，活人消失在座钟里，这种情节很容易被认为是一种双重幻觉。毕竟，印度人很懂得催眠。所有证据表明，这位“大师”只是个觊觎伦道夫 · 卡特财产的诈骗犯，同时尸检结果也显示阿斯平沃尔死于休克。仅仅是愤怒造成了这场悲剧吗？还是故事里的某些东西可能也是悲剧的起因……

这是一个巨大的房间，墙上挂着几张花纹奇特的挂毯，屋子里弥漫着乳香的烟雾。艾蒂安 · 罗兰 · 德马里尼常常独坐在房间里，带着无法言说的心绪，听着那只雕刻有象形文字的棺材样座钟敲打发出诡异的节奏。

（景杰 译）

畏避之屋

1

即使最恐怖的事情发生之时，讽刺也随之而来。有时它往往贯穿在种种事件的每个脉络之中，有时它也只是和事件中的人物、地点有所关联。后者的情况在古城普罗维登斯发生的一件事中得到了极好的验证。40年代末，埃德加·爱伦·坡当年在追求才华横溢的女诗人惠特曼夫人时，常常在这座城市逗留，虽然求爱以失败告终。坡通常选择在福利街的一座豪宅落脚——这家改名为“金球旅馆”的豪宅屋顶高得遮蔽了华盛顿、杰斐逊和拉斐特的雕塑，他最喜欢朝北沿着同一条街散步，这条街会途经惠特曼夫人的房子和邻近的圣约翰山教堂墓地，墓地里遍布着18世纪的墓碑，这对他来说蕴含着特殊的魅力。

然而现在讽刺之处就在这儿。在日复一日的散步途中，这位世界上最杰出的恐怖怪诞小说大师总是会经过街东边的一座房子，它又脏又乱，位于突兀隆起的小山坡上，还有一个杂草丛生的大院，该地区还只是个没有完全开发的小山村的时候，它已经建在这儿了。坡似乎从来没有在书中写过或在口头上提到过它，同时也没有任何证据表明他甚至注意过它。然而，对于知晓某些信息的两个人来说，这所房子同那些毫不知情的天才路过这所房子的时候的狂野幻想一样恐怖，甚至比这还可怕。而且这所房子荒凉地伫立在这儿，斜视着过往的行人，就像一切无法言说的恐怖标志。

这所房子无论过去还是现在，仍然让好奇者着迷。那原本是一座农舍，或者说是半独立式的农舍，沿袭了18世纪中叶新英格兰殖民地时期的普遍风格——流行的尖顶式屋顶、两层楼、无窗阁楼，以及随着人们品位的提高而采用的当时时兴的乔治亚式门道和室内镶嵌木板。房子面朝南，山墙的一端埋在朝东隆起的小山坡上较低的窗户下面，另一端则直通街道的地基。这所房子是在一个半世纪前根据这一特别地区曲折蜿蜒、坡度不一的道路设计而成。这条路如今称作福利街——最初称之为后街。这条小道起初修建得蜿蜒曲折，以便能够穿过第一批定居者的坟墓。直到人们将死者全都迁移到了北墓地后，它才得以修直，进而从那些古老的家族土地横穿而过。

起初，西面的墙壁就建在高出公路20英尺的一块陡峭的草坪上。但在革命时期，街道由于拓宽进而挖掉了路边的草坪，露出了墙基，所以不得不用砖块砌好地下室的墙面，于是便在低沉的地窖临街开了一扇门、两扇窗，新修的公共旅游线路从门前穿过。100年前，当人行道铺设完毕后，最后一块草坪也被凿去，坡在散步的时候，看到的一定是一段与人行道齐平的灰色砖头砌成的陡峭斜坡，在10英尺高的斜坡上方，是一栋由砖瓦砌成的古屋。

如农田一般的土地向后一直朝小山坡的深处延伸，几乎延伸到了惠顿街。房子南面的空地紧挨着福利街，当然比现有的人行道高出很多，形成了一个露台，露台是由高高的石墙围砌而成，潮湿的石墙上长满了苔藓，石墙中间有一段陡峭的狭窄台阶，台阶在凹凸不平的石墙之间向内延伸，一直通到泥泞草坪的上方。阴冷的砖墙、荒废的花园里被拆除的水泥瓮、从由多结木棍制成的三脚架上掉下来的生锈水壶，还有类似的一些用具，映衬着久经风霜的前门，前门上还挂着一盏残缺的扇灯，门旁是腐烂的爱奥尼亚式壁柱和被虫蛀掏空的三角山墙。

我小时候只知道这所令人畏避的房子里死过很多人——多得可怕。有人告诉我，就因为这个原因，最初的房主在建房20年后就搬走了。这所房子显然不太干净，可能受到了地下室的环境影响。地下室很潮湿，真菌滋生，而且弥漫着一股病房的味道，走廊闭塞，空气不通，水井和水泵里的水质量欠佳。这些问题已经够糟的了，我所认识的人也都信以为真，猜测是地下室影响了房子的风水。只有我研究古文物的叔叔伊莱休·惠普尔博士的笔记，才最终向我揭示了那时候有些人对这所房子一些模棱两可、令人恐惧的猜测，这些猜测在过去的仆人和底层民众间已形成了一种不可明说的民间传言。但这些猜测从未深入人心，当普罗维登斯发展成一个人口不断流动迁徙的现代化大都市时，这些猜测大多也早已被人遗忘。

大体情况是，社区里部分民众坚信这所房子绝不是真正意义上的闹鬼。这里也没有流传甚广的铁链哗啦作响、冷风呼啸、灯光熄灭、窗外人影的故事。极端思想的人有时会说这所房子“不走运”，但即便是他们也只能这么说。真正无可争议的是，死在那里的人多得可怕，更准确地说应该是过去死在那里的人多得可怕，因为在60年前一些古怪的事情发生之后，这所房子由于没人敢租而一直空着。曾经住在这里的人并不都是因为某种问题而突然死去。更确切地说，他们的生命力似乎在无端地衰竭，因此无论他们在正常情况下表现出哪种衰弱的迹象，他们都会死得很快。那些没有死的人在不同程度上会表现出贫血或肺病的症状，有时脑子还不好使，这所房子的卫生状况因为这些问题的出现而显得尤为糟糕。还得再说一句，邻近的房屋似乎完全没有受到这所房子的影响。

在我的不断追问下，叔叔才给我看了那些笔记，其实在这之前我就知道了这种情况。这些笔记终于使得我们俩着手进行调查，现在想想就后怕。在我的童年时代，人们避而远之的房子总是空无一人，房子旁长着几棵老树，树上光秃秃的，树干上长满了瘤，模样着实让人害怕，牧草修长，叶子却显得苍白怪异，只有在噩梦里才会出现的那种畸形的杂草长在地势颇高的梯田院子里，鸟儿也从不在这里逗留。我们这些男孩子过去常常在这个地方乱跑，我还记得我小时候对这个地方害怕得很，不仅害怕这邪门怪异的植物，而且对那座破落的房子里怪异的气氛和味道也甚是害怕，那所房子的前门没有上锁，我们进去就是为了体验一下害怕的滋味。玻璃窗上镶嵌的小块玻璃基本都碎了，墙壁上悬着的内饰镶板、摇晃的室内百叶窗、剥落的墙纸、掉下来的灰泥、摇摇欲坠的楼梯和残破的家具碎片使得房子弥漫着一种无法言喻的荒凉气氛。厚重的灰尘和密密麻麻的蜘蛛网让孩子们更加真实地感受到了这种恐惧。那个男孩确实有胆子，自告奋勇爬上通往阁楼的梯子，那是一个巨大的椽架阁楼，只有透着山墙尽头的几扇小窗户闪烁的星光才能看得清楚。阁楼里箱子、椅子和纺车的残骸堆积如山，这些被无数年的灰尘遮蔽的物品透露出地狱般可怕的模样。

不过，阁楼毕竟不是房子里最可怕的地方。最可怕的是房子下面潮湿阴冷的地窖，从某种程度上来说，我们一到这儿身体总是异常地排斥，尽管地窖完全是在地面的街道边上，只有一扇薄薄的门和一堵嵌着窗户的砖墙，把它与繁忙的人行道隔开。我们无从知晓是害怕陷入它的魔力之中而无法自拔，还是出于自己的精神层面和理智思考而想要竭力远离它。一方面，房子的臭味在那里显得最为浓烈，另一方面，我们不喜欢看到白色的真菌，它们偶尔会在夏季的某个下雨天从坚硬的地面上冒出来。那些真菌奇怪的样子就像外面院子里的植物，它们的外形着实可怕，长得好像毒蕈和印第安烟斗，不得不说这是一种拙劣的模仿，而且我们在其他任何场合都没有见过这种样子的真菌。它们腐烂得很快，有一段时间还微微发出磷光，因此夜里路过房子的行人有时会说，破旧的玻璃窗里面臭味弥漫，妖火闪烁。

我们从来没有——甚至没有趁着我们最疯狂的万圣节气氛——在夜间参观过这个地窖，但在我们白天多次的到访中，特别是在天气阴沉、潮湿的时候，我们还能探测到真菌发出的磷光。我想我们还发现了一件更微妙的事情——一件非常奇怪的事情，然而，这最多只能算是我的心理暗示。我指的是泥土上显露的一种浑浊的白色图案——在地下室厨房巨大的壁炉旁，我们有时以为可以在这些稀疏的真菌中找到一种模糊不清、不断变化的霉菌或硝石的沉淀物。我们偶尔会突然发现，这块图案和两倍人体的模样惊人地相似，尽管通常不可能存在这样的关系，而且通常我们也看不到什么白色的沉积物。在一个下着雨的下午，我脑子里对这种关系的幻想似乎尤为强烈。另外，我脑子里曾经幻想过我瞥见一种气体从一团氮气中朝着张开大口的壁炉喷去，这种气体很稀薄，颜色淡黄，还闪烁着微光，我随后和叔叔谈起了这件事。他对我这种奇特的幻想感到发笑，但他的这种发笑似乎夹杂着一种回忆的味道。后来，我听说在一些普通老百姓的古老传说中也有类似的说法。同样的，这个说法也暗指从大烟囱里冒出来的黑烟形成如恶狼一般的形状，以及某种蜿蜒的树根从松散的地基中伸入地窖所形成的奇怪的轮廓，令人毛骨悚然。

2

直到我成年以后，叔叔才把他收集到的有关这所畏避之屋的笔记和资料摆在我面前。惠普尔医生是位理智但很保守的老派医生，尽管他对这个地方很感兴趣，却并不急于鼓励年轻人去琢磨那些不正常的事情。以他自己的观点来看，那就是简单地认定这所房子的卫生状况明显不合格，而与异常无关。但他也意识到，引起他自己兴趣的优美风景，会在一个男孩的头脑幻想中呈现出各种令人毛骨悚然的联想。

惠普尔医生是个单身汉，白发苍鬓，胡子刮得干干净净。这位老派绅士也是当地著名的历史学家，他经常与西德尼·S·赖德和托马斯·W·比克内尔等人既坚持传统又热爱争辩的斗士进行辩论。他和一个男仆住在一座乔治亚式的宅邸里，它紧挨着古老的砖砌法庭和殖民地大楼（他的祖父——著名的私掠者惠普尔上尉的堂兄，在1772年焚烧了国王武装的纵帆船“加斯佩”号——1776年5月4日在这座大楼里投票支持罗德岛殖民地独立），房子的大门装有门环，门前铺有台阶，台阶两旁装有铁栏杆，坐落在北法院街的陡坡上，房子诡异地在坡上保持着平衡。在他潮湿、低矮的图书室里，室内白色镶板已经发霉，置放了一个厚重的雕花壁炉架，几个小玻璃窗被藤条遮蔽，图书室里都是他古老家族的遗物和记录。其中有许多无从考究的典故都提到了福利街的那所畏避之屋。那个瘟疫之地离福利街不远，就在法院大楼上方，房子建在第一批定居者攀爬定居的陡峭山坡上。

最后，在我日复一日的纠缠下，我也逐渐长大成人，终于从叔叔那里找到了我所追寻的那些尘封已久的传说，摆在我面前的是一部相当奇怪的编年史。正如系谱学里面的事件一样冗长，数据繁杂，令人厌倦，但它却贯穿着一种延绵不断的神秘感，经久不衰的恐惧和超乎寻常的恶意，这些传说给那位好医生留下的印象远不如我这么深刻。不同的事件不可思议地结合在一块，看似不相干的细节却蕴含着可怕的可能性。我内心萌生了一种不同以往的强烈好奇感。与之相比，我孩子气的好奇心显得微弱而幼稚。这些传说的首次揭露让我对此做了一项详尽的研究，并最终驱使我着手验证，此次的研究却令我胆战心惊，结果也证明这对我自己和我的好奇心来说都是一场灾难。由于我叔叔最终坚持要参加我着手的探查，在那所房子里我们俩待了一个晚上以后，他最终没能和我一块安全离开。没有高尚的灵魂，没有在漫长岁月里充满荣誉、美德、品位、仁爱和学识的灵魂陪伴，我是如此的孤独。我在圣约翰教堂墓地竖立了一个大理石骨灰瓮来纪念叔叔——这里也是坡深爱的地方。那是一片隐藏在山上的大柳林，在那里，坟冢和墓碑静静地蜷缩在阴暗的教堂、福利街的房子和堤墙之间。

这所房子的历史，在杂乱的日期里被揭开。在它的早期历史里没有任何关于它的建造的记录，也没有这所房子的富贵主人使用邪术的记录。然而，从一开始，灾难气息就来得很明显，很快就变成了不祥的预兆。我叔叔对这所房子精心编纂的记录始于1763年，记录里一系列不同寻常的细节恰好印证了这种预兆。这所被人避之不及的房子，似乎威廉·哈里斯和他的妻子罗比·德克斯特是首批居住者，他们的孩子埃尔卡娜出生于1755年，阿比盖尔出生于1757年，小威廉出生于1759年，露丝出生于1761年。哈里斯是西印度贸易中的一位大商人兼海员，与奥巴迪亚·布朗以及他的侄子合办的商行有贸易往来。1761年布朗去世后，新的尼古拉斯·布朗公司聘用他担任普罗维登斯号船长，这艘由普罗维登斯承建的双桅船重达120吨，这使他有资本能够建造他结婚以来一直想要的新家园。

房子的地点选在了后街，最近街道得以重新修葺，面貌焕然一新，潮流时尚。此街沿着拥挤的齐普赛德上方的小山坡的一侧延伸，这是他一直梦寐以求的房子，这所房子的位置毫无疑问恰到好处，这也是中等收入家庭购房的最佳之选。哈里斯在自己的第五个孩子即将出生前，赶紧搬了进去。那孩子是个男孩，12月出生，可惜不幸夭折。而且从那之后一个半世纪以来，那所房子里没有一个孩子能活着出生。

次年4月，孩子们接连生病，阿比盖尔和露丝没能熬过月底。约伯·艾夫斯医生经过诊断认为孩子患上了婴儿热，但其他人则宣称这只是一种导致身体消瘦、生命衰弱的疾病。无论如何，这种疾病似乎会传染。他们雇佣的两个仆人之一汉娜·伯恩，在6月份也是死于这种疾病。另一个仆人艾利·利迪森经常抱怨自己内心过于软弱，如果不是突然爱上了被雇来接替汉娜的米赫塔贝尔·皮尔斯，他本可以回到他父亲在罗合伯的农场。第二年他也去世了——这的确是可悲的一年，因为威廉·哈里斯同样在这一年去世，他因不适应马提尼克岛的气候，身体逐渐变得虚弱不堪，在过去的十年里，他的职业使得他在马提尼克岛生活了相当长的一段时间。

失去丈夫的罗比·哈里斯再也没能从丈夫去世的打击中恢复过来。两年后，她的第一个孩子埃尔卡娜去世，这致命的打击让她彻底崩溃。1768年，她患上了一种轻微的精神错乱症，从此就被关在楼上。她的未婚姐姐梅茜·德克斯特于是搬进来帮忙打理这个家庭。她长得相貌平平、骨瘦如柴，但力气却大得很，但是她的健康状况从搬过来之后开始明显变差。她非常疼爱她不幸的妹妹，尤其疼爱她唯一健在的外甥威廉。威廉从一个健壮的婴儿长成了一个体弱多病的小伙子。今年，仆人米赫塔贝尔死了，另一个仆人史密斯也离开了这个家，走时没有告知具体的原因，至少没有给出明确的解释，只是嘴里嘟囔着一些荒诞的故事，老是抱怨说他不喜欢这个地方的气味。有一段时间，梅茜找不到任何仆人，因为五年内有七人发疯或病死，这使得谣言开始到处传播，到后来演变得如此离奇。然而，她终于从外地找到了仆人安·怀特——一个来自北金斯敦的郁郁寡欢的女人，和一个名叫泽纳斯·洛的能干的波士顿人，两人一起出发去了埃克塞特镇。

安·怀特第一次让这种不祥的传闻化为了真实的谈资。梅茜应该知道，最好不要从努塞内克山雇任何人，因为那偏远之地和现在一样，曾经也是迷信之地，让人惶恐不安。早在1892年，埃克塞特的一个社区就挖出了一具尸体，人们煞有其事地焚烧了尸体的心脏，以防止某些所谓的天理报应损害公共健康和社区和平的环境，我们完全可以想象得到在1768年发生相同事件时大家的看法。安·怀特的舌头像毒蛇一样不停地吐着信子散播谣言，不出几个月，梅茜就解雇了她，一位来自纽波特的忠实和蔼的亚马逊女人玛丽亚·罗宾斯代替了她的工作。

与此同时，可怜的罗比·哈里斯却发了疯，嚷嚷着自己的噩梦和那骇人听闻的幻想。有时候，她的尖叫声让人难以忍受，很长一段时间里，她发出的尖叫总是让人惊恐不已，这使得她的儿子不得不和他的堂弟法勒·哈里斯暂时住在新学院大楼附近的长老会巷。经过这段时间的借宿，威廉似乎有了好转，如果梅茜像罗比·哈里斯那般聪明善良，她就会让他永远和法勒住在一起。哈里斯太太暴跳如雷地喊着些什么，嘴里的这些话她平时很少说，或者更确切地说，如此夸张的叫喊声使得他们只能告诉自己这是一场纯粹的闹剧。一个只懂一丁点法语的女人经常用那种粗俗惯用的法语大吼大叫几个小时；同样是这个女人，对啥都充满着防备，总爱盯着一个东西激动地抱怨，仿佛那东西咬着她还要把她嚼碎似的。这听起来确实很荒唐吧？1772年，仆人泽纳斯去世了。哈里斯太太听到这件事后笑得出奇地开心，好像完全不记得她了。第二年她也去世了，葬在北墓地她丈夫的墓边。

1775年英国爆发骚乱后，威廉·哈里斯只有16岁，尽管身子还很虚弱，但还是成功加入了格林将军领导的侦查军。从此，他的身体逐渐好转，声望也扶摇直上。1780年，他转入安吉尔上校的部队效力，而后成为新泽西州罗德岛部队的一名上尉，与伊丽莎白镇的菲比·赫特菲尔德相识并结婚；次年他光荣退役，将菲比·赫特菲尔德带到了普罗维登斯。

这位年轻士兵的回归并不是一件完全令人高兴的事。的确，这所房子仍然完好无损，门前的街道也拓宽了许多，名字由后街改为了福利街。但是，梅茜·德克斯特那曾经健壮的身体遭受了一次严重且离奇的衰退，导致她如今成了一个弯腰驼背的可怜相，声音空洞，脸色苍白，模样令人心里发毛，剩下的那个仆人玛丽亚在某种程度上也具有同样的特征。1782年秋天，菲比·哈里斯生下了一个死胎女婴。次年5月15日，梅茜·德克斯特永远告别了她朴素、高尚、辛勤操劳的一生。

威廉·哈里斯终于彻底确信了他所居住的地方根本不健康，于是采取措施，封锁大门，永远放弃了这所房子。他把新开的金球旅馆作为一家人的临时安置点，并打算在威斯敏斯特街建造一座崭新的、更加精致的房子，这所房子位于大桥对面小镇不断扩建的地区。1785年，他的儿子杜蒂出生在那里。他一家人一直住在那里，直到商业扩建才迫使他们穿过河流，翻过山头来到新东区的安吉尔街定居，在这里已故的阿切尔·哈里斯曾于1876年建造了一座盖有法式屋顶的豪宅，内部装修豪华，外观却丑陋不堪。威廉和菲比都死于1797年暴发的黄热病，因而杜蒂是由他的堂兄、佩莱的儿子拉斯伯恩·哈里斯抚养成人。

拉斯伯恩是个务实的人，尽管威廉想让福利街的房子空着，但他还是租了出去。他认为他有义务最大限度地利用好这个孩子的财产，而他自己对导致许多房客死亡和生病的缘由显得漠不关心，即使人们对这所房子普遍反感的情绪与日俱增，他也视而不见。1804年，镇议会命令他用硫磺、焦油和香樟熏蒸这所房子的时候，他内心可能也就恼火而已，并无其他。四个人死在这所房子的事情引起了大家广泛的讨论，大家猜测这大概是由于当时正在逐渐消退的黄热病造成的，因为大家都说那地方有股黄热病的味道。

杜蒂本人对这所房子不怎么上心，因为他长大后做了一名私掠船船长，在1812年的战争中，他在卡胡恩上校的手下出色地完成了服役任务，随后安全退役，并于1814年结婚，在1815年9月23日那个令人难忘的夜晚当了父亲，当时一场大风把海湾的海水吹到了半个城镇的上空，在威斯敏斯特街上还浮起了一条巨大的单桅帆船，它的桅杆几乎都能敲到哈里斯的窗户了，种种迹象预示着这家生的肯定是个男孩，男孩取名叫韦尔科姆，意为一个水手的儿子。

他的到来并没有救得了他父亲。1862年，父亲在弗雷德里克斯堡光荣地死去。他和他的儿子阿切尔都不知道这所人人避而远之的房子是一处几乎没有人愿意租下的厌弃之地——也许是因为它散发着一种邋遢的陈年霉味。事实上，在1861年的一系列住户死亡事件发生之后，这所房子就再也没有被租出去过，而人们对战争的着迷使得这所房子逐渐被人遗忘。卡灵顿·哈里斯是这个家族的最后一个男性后裔，在告诉他我在这所房子里的经历之前，他只知道这里是一个被人遗忘的美好传说的源头。他本打算拆掉它，在工地上盖一所公寓，但后来听了我的叙述，他决定留着它，并且安上了水管，打算租出去。他在出租方面也没有遇到任何困难，恐惧已然不在。

3

不难想象，哈里斯家族的编年史对我的影响有多大。在这些持续不断的记录中，我似乎感到房子里存在着一种超越我认知的自然界中的不死恶灵。很明显，恶灵与房子有关，而与家族无关。我叔叔通过仆人的闲谈、从报纸上剪下来的剪报、医生同事给的死亡证明的复印件，以及诸如此类事情中记录下来的各种各样、不那么系统的数据中了解了这些传说，而这也证实了我的这种感觉。所有这些材料我都不会与人分享，因为我叔叔是个不知疲倦的古董收藏家，他对这所无人问津的房子非常感兴趣。但是，我可以谈谈几个要点，这些要点因为在不同来源的许多报告中重复出现而引起了我的注意。例如，仆人们的流言蜚语几乎一致地认为，屋子里那个恶臭的地窖在邪灵势力中具有至高无上的地位。曾经有仆人——尤其是安·怀特——不愿使用地下室的厨房，至少有三个说得清楚的故事诞生在这儿，树根和一片片的真菌会在这儿的地面上勾勒出半人半妖的古怪模样。因为我在童年时看到过一些东西，因此后来的这些故事深深地吸引了我，但我觉得这些故事的大部分意义在很大程度上都被当地的鬼故事中常见的一些桥段所掩盖了。

安·怀特满脑子都是埃克塞特的迷信，她提出了一个令人咂舌，但大家却都认同的传言：他们断言，一定有一个吸血鬼被埋在这所房子的下面，这个吸血鬼的尸体要保持其身体形态，就必须靠活人的血液或精气为生。祖母辈的人说，要消灭吸血鬼必须把它挖出来，烧掉它的心脏，或者至少要把一根木桩刺穿它的器官。安固执地坚持在地窖里进行搜查，这是导致她被解雇的主要原因。

然而，她的故事赢得了广泛的听众，并且更容易被大家接受，因为这所房子确实坐落在曾经的坟地之上。在我看来，他们的兴趣与其说是取决于这种情况，还不如说是取决于他们如何以一种刻意的方式使得故事情节与某些别的事情相吻合。比如，已经离开的仆人普里泽夫德·史密斯也曾抱怨，有什么东西在夜里"吸了他的气"——他比安来这儿的时间更长，虽然从未听过安的故事。从1804年查德·霍普金斯博士给发烧病人签发的死亡证明书中可以得知，四名死者均无故缺血。从可怜的罗比·哈里斯的胡言乱语中，我们可以发现她在那些晦涩难懂的句子里抱怨过一个长着尖利的牙齿、目光呆滞、忽隐忽现的人。

虽然我不会无端地迷信，但这些事情在我身上产生了一种奇怪的感觉，这种感觉因两份新闻剪报而变得更加强烈。这些剪报都涉及大家敬而远之的这所房屋中的死亡事件：一份来自1815年4月12日的《普罗维登斯公报乡村杂志》和另一份来自1845年10月27日的《每日记录编年史》刊物——这两份剪报都详细描述了一个令人震惊的可怕情况，这种重复的报道是极其震撼的。似乎这两个事件都显示了一个相同的细节，即1815年一个名叫斯塔福德的温文尔雅的老太太和1845年一个名叫埃莉扎尔·杜菲的中学教师在垂死之时，都变得面目全非，目瞪口呆，还试图撕咬主治医师的喉咙。最后一个死亡案例使得没人再敢住在这儿，更令人费解的是，病人在渐渐发疯后会迸发贫血症，随后死去，而这些贫血的病人会灵巧地找到亲属脖子或手腕上的伤口来努力吮吸他们的鲜血。

这些事情发生在1860年到1861年间，当时我叔叔刚开始尝试临床医疗实践。在离开前线之前，他从学长同事那里听到了很多关于这些事情的消息。因为这所散发着恶臭、大家都躲得远远的房子没有人敢租，但真正令人费解的是那些受害者——一些学识粗浅的人——竟然懂得用法语胡言乱语地骂人，而他们无论如何都不可能学习法语。这让人想起了近一个世纪前可怜的罗比·哈里斯，我叔叔受此事的触动，于是开始收集关于这所房子的历史资料。在他从战争前线回来后的一段时间里，他收集了查尔斯博士和惠特马什博士的一手资料。的确，我看得出叔叔对这个问题想得很深，他为我自己的兴趣感到高兴，这是一种豁达而富有同情心的兴趣，这是他能够同我讨论别人只会一笑了之的事情。他的想象力是远不及我的，但他觉得这个地方是个激发想象力的好地方，在怪诞和恐怖的领域里，这里是寻找灵感值得关注的地方。

就我而言，我更加觉得应当严肃地对待整个问题，并立即开始审查证据，同时尽可能多地积累证据。1916年阿切尔·哈里斯去世，在这之前我曾多次与当时的房子主人也就是阿切尔·哈里斯交谈，从他和他仍然健在的未婚妹妹爱丽丝口中得到了我叔叔收集的所有家族数据的真实佐证。然而，当我问他们这所房子与法国或法语有什么联系时，他们坦诚地承认自己像我一样困惑和无知。阿切尔什么也不知道，哈里斯小姐也只告诉我她祖父杜蒂·哈里斯听说的一个古老的典故可能会透露出一点信息。这个老海员，在他儿子韦尔科姆死于战场的两年后还活着，他自己也不知道这个传说，但他回忆道，他最早的护士、年老的玛丽亚·罗宾斯似乎暗自意识到一些事情，罗比·哈里斯用法语讲的胡言乱语可能具有某种奇怪的意义，在那个不幸的女人生命的最后几天，她也经常听到这种话。自1769年起，到1783年全家搬走时，玛丽亚一直住在这所让人退避三舍的房子里，她也见证了梅茜·德克斯特的死。有一次，她向年幼的杜蒂暗示，在梅茜临死前的那一刻，发生了一件奇怪的事情，但杜蒂·哈里斯很快就把这件事全忘了，只知道那是件奇怪的事情。不过，爱丽丝甚至连这一点也记不起来了。她和她哥哥对这所房子的兴趣没有阿切尔的儿子卡灵顿那么大，卡灵顿是现在的主人，我跟他谈了谈我的经历。

哈里斯一家所能提供的情况我已经收集完毕，于是我把注意力转到早期的城镇记录和事迹上，这种热情比我叔叔在相同工作中偶尔流露出来的热情更澎湃。我希望从1636年开始全面了解这个遗址的历史，或者更早一点，如果能发掘出纳拉甘塞特印第安人的传说来提供数据的话那就更好了。一开始，我发现这片土地是属于最初授予约翰·斯罗克莫顿的那块狭长宅基地的一部分，也是他许多类似的宅基地中的一块，宅基地从河边的城镇街道开始，一直延伸到山上与现代希望街大致对应的界线。当然，斯罗克莫顿的地块后来被细分成很多块。因此我努力地追查着那块土地的划分记录。这块土地后来就是我们所知道的后街，如今叫福利街。有传言说，这的确是斯罗克莫顿的墓地。但当我仔细查看这些记录时，我发现墓穴早就被转移到帕夫塔克西路的北墓地。

突然间，我偶然发现，因为这个不是记录土地划分的主要记载，主要的记载很可能被我遗漏了，这件事激起了我极大的兴趣，就好像它与这件事的几个奇怪阶段相吻合一样。在1697年的记录里显示埃蒂安·鲁莱特夫妇租下了一小块地。最后，法语元素也显现了，而且还有另一种更深层次的恐怖元素，这个名字从我读过的各类志怪小说里浮现出来，平时却藏在文字的阴暗角落里。我狂热地研究着后街在1747年到1758年之间进行缩短修葺之前的地图位置。正如我所料，那座令人畏避的房子现在所处的位置就在这儿，埃蒂安·鲁莱特夫妇把他们的墓地安排在一层楼高的阁楼后面，而且没有任何坟墓迁移的记录。事实上，这份记录的结尾十分混乱。在我找到一个叫埃蒂安·鲁莱特的地方大门之前，我不得不彻底查找了罗德岛历史学会和谢普利图书馆的资料。最后我确实发现了一些东西：某种模糊但可怕的东西。我立刻开始以全新的研究状态，怀着激情澎湃的心情，细致入微地检查这所令人畏避的房子下面的地窖。

鲁莱特一家似乎是1696年从东格林威治迁来纳拉甘塞特湾西岸的。他们是来自考德的胡格诺派教徒，在普罗维登斯选区允许他们在镇上定居之前很多人不是很欢迎他们。1686年《南特法令》撤销后，他们来到东格林威治，但是也不受欢迎。有传言说，他们不受待见不仅仅是因为种族和民族偏见的问题，还有土地争端的原因，这些争端涉及其他法国定居者和英国人之间的竞争，连安德罗斯州长都无法平息。不论如何，他们几乎是被东格林威治的居民赶到了海湾的边上。但是，他们热情的新教信仰，以及被赶出海湾下方的村庄时所表现出来的痛苦，使得镇长起了恻隐之心。在这里，新来的居民被允许在一个避风港处安家。肤色黝黑的埃蒂安·鲁莱特不太擅长农业活动，反而更擅长阅读一些奇怪的书籍和绘制古怪的图表。她在镇街最南边的帕尔顿·蒂林加斯特码头的仓库里找到了一份教职。然而，后来那儿发生了一场暴乱——这场暴乱也许发生在老鲁莱特死后的40年后，在那之后，似乎没有人再听到过这个家族的消息。

一个多世纪以来，在新英格兰海港平静的生活中，大家对鲁莱特一家的事情都记得非常清楚，这家人也因此经常被大家有声有色地谈起。埃蒂安的儿子保罗，是一个性格乖戾的家伙，他古怪的行为很可能引起了一场暴动，把一家子都给毁了，人们尤其觉得这种猜测非常可信。虽然普罗维登斯从未像它的清教徒邻居们那样对巫术感到恐慌，但老妇人们却直率地说，这是因为他祷告的时机不对，也没找对神灵。这一切无疑构成了老玛丽亚·罗宾斯所知道的传说根源。它与罗比·哈里斯和其他住在这所令人畏避的房子里的人用法语胡言乱语的关系，仅凭想象或以后的发现应该就可以确定。我想知道，那些了解这些传说的人当中，有多少人能够意识到我广泛的阅读会令我总是联想到一些吓人的事情：《病态恐怖年鉴》中一篇悲惨的文章讲述了一位来自科德的雅克·鲁莱特的故事，他在1598年被定为恶魔，但后来被巴黎议会从火刑柱上救出，关在了疯人院。据说，当时有一个男孩被两头狼杀死并撕碎，而随后赶来的人们在一处树林里发现了满身鲜血和碎肉的鲁莱特，有人还看见一只狼毫发无伤地跑了。当然，这的确是一个完美的炉边故事，就是故事的名字和地点有点儿奇怪。但我认为普罗维登斯说闲话的人没有几个知道这个故事。要是他们知道的话，姓氏上的巧合必然会引发一场激烈而可怕的行为——事实上，是否正是那些并不全面的流言蜚语引发了最终的骚乱，并将鲁莱特一家从镇上完全消抹掉了呢？

我现在越来越频繁地跑去那个被诅咒的地方，研究花园中病态的植物，检查建筑物的所有墙壁，仔细检查地窖的每一寸土。最后，在卡灵顿·哈里斯的允许下，我为地窖里那扇直通福利街地下室的废门配了新的钥匙，准备采取更直接的方式在屋外和地窖里来回，而不是经过黑暗的楼梯、一楼大厅和前门等地方。在这个潜藏着大量病态事物的地方，我花了许多个漫长的下午，四处寻找、摸索着。阳光透过地上布满蜘蛛网的窗户照射进来。那扇不上锁的门让我有一种油然而生的安全感，因为那扇门离外面平静的人行道只有几英尺远。我的努力没有得到任何新回报——只有同样令人沮丧的、沉闷的、难闻的气味和地板上隐约散发着的硝烟味。我猜想，一定有许多行人透过这扇破碎的玻璃窗好奇地看着我。

最后，在叔叔的建议下，我决定夜探地窖。在一个风雨交加的午夜，电筒的光束在发霉的地板上闪烁，地板上出现了一些奇怪的轮廓，还有模样扭曲的部分磷光真菌。那天晚上，这个地方出奇地让我感到精神不振，我几乎做好了准备，就在这时，我看到——或者说我想我看到了在地上这片白色的沉积物中，找到了我孩提时代就怀疑的"蜷缩的身体"的清晰模样。它的样子是如此的清澈，令我非常震惊。当我注视它的时候，我仿佛又看到了多年前那个下雨的下午，它那淡黄的模样，闪着微光，伴随着微弱的呼吸声，当时可是把我吓了一跳。

在壁炉旁，它从地上的人形模子上面渐渐升起，蒸汽发着光，微妙地扭曲着身体，在潮湿的空气中颤抖地漂浮着，好似形成了一个模糊不清却令人震惊的模样，随后逐渐消散得不成形状，伴随着一股恶臭扑鼻而来，飘入大烟囱的黑洞之中。这真的很可怕，对我来说更可怕的是因为我对这个地方太了解了。我不愿逃跑，眼看着它渐渐消失——看着它，我觉得它也在贪婪地看着我，我看得见他的双眼，却无法形容。当我把这件事告诉我叔叔时，他非常激动。经过一个小时的紧张思考，叔叔终于作出了一个明确却很疯狂的决定。他在心里掂量着这件事的重要性，以及考虑到我们之间重要的关系，坚持要我们俩——如果可能的话——在那个发霉、被真菌诅咒的地窖里，一连待上几个晚上，一起积极地守夜，以消除这所房子里的恐怖。

4

1919年6月25日，星期三，我和叔叔向卡灵顿·哈里斯适当地透露了我们的计划，但没有告诉他我们想在那里做什么。我和叔叔带着两张露营椅和一张折叠帆布床，以及一些更重、更复杂的科学仪器，来到了这所令人畏避的房子。我们白天把这些东西放在地窖里，用纸遮住窗户，计划晚上回来守夜。我们把地下室到一楼的门锁上了。有了地窖外面的钥匙，我们准备把昂贵而精致的仪器——我们秘密地花了大价钱才弄到的——留在这里，我们守夜的时间可能要无限期延长。我们打算一起坐到很晚，然后两个小时轮流守夜直到天亮，先是我自己，然后是我的叔叔，他已经懒散地躺在小床上休息了。

叔叔从布朗大学的实验室和克兰斯顿街的军械库购置仪器，凭着天生的领导才能，他本能地决定了我们这次冒险的方向，这极好地展现了这位81岁的老人潜在的活力和适应力。伊莱休·惠普尔一直按照自己作为医生所宣讲的卫生标准来生活，要不是后来发生的事情，今天他应该还是一个充满活力的人。只有两个人怀疑这里发生了些事情——卡灵顿·哈里斯和我。我不得不告诉哈里斯，因为房子是他的，他有权知道房子里发生了什么。然后，我们在出发之前也和他谈过。在我叔叔走后，我觉得他会理解并帮助我做一些非常必要的公开的答疑。他的脸色变得很苍白，但他同意帮助我，觉得现在可以安全地出租这所房子了。

如果说在那个下雨的夜晚，我们感觉不到紧张，那必定是粗鄙而令人发笑的吹牛。我已经说过，我们在任何意义上都不是幼稚地相信迷信，但科学研究和反思告诉我们，已知的三维宇宙包含了整个宇宙中物质和能量的最小部分。在这种情况下，众多真实的、压倒性优势的证据表明，某些强大力量顽强地存在于这个宇宙，就人类的观点而言，这是异常可怕的东西。说我们真的相信吸血鬼或狼人的存在，只是我们内心对未知事物的一种漫不经心的描述。更确切地说，我们不准备否认我们可能对某些不熟悉的生命体和逐渐衰退的物质进行公开的修改。由于它与其他空间维度更为密切的联系而很少存在于三维空间中，但又离我们自己的边界足够近，从而会偶尔出现在我们空间为我们提供研究机会，但是我们由于缺乏适当的视角，可能永远没机会去了解。

简言之，在我叔叔和我看来，一系列无可争议的事实表明，在这所令人畏避的房子里，有些东西仍在不断地徘徊。这些事实可以追溯到两个世纪前，那些不受欢迎的法国定居者中的个别居民，仍然可以通过罕见的、未知的原子和电子运动定律，在屋内继续运转。鲁莱特家族对实体世界的外缘有着异常的联系——对普通人来说，这些暗黑层只会让他们排斥和恐惧——他们记录下来的历史似乎证明了这一点。也许是经历了17世纪30年代大骚乱的鲁莱特一家中一个或多个人在他们病态的大脑中建立了某种运动模式，特别是邪门的保罗·鲁莱特，躺在暴徒谋杀后的死人堆里才得以幸存，并继续沿着最初确定的力量轨迹在某个多维空间中发挥作用，而且这种轨迹是由他们对暴徒侵害所造成的疯狂憎恨来决定的。

按照包括相对论和原子内部作用理论在内的新科学的观点，这种事情肯在物理或生物化学上是站不住脚的。我们可以很容易地想象一种物质或能量的异形核，以一种无形或其他形式的方式，通过渗透其他我们更容易触碰觉察到的生物体，吸食它们的生命力，或吸取它们的身体组织及体液来维持生命，有时也会与这些生物的身体组织完全融合。它可能会表现得充满敌意，也可能仅仅出于盲目的自我保护动机。在任何情况下，这样一个怪物必然是我们人类想要除掉的异类或入侵者，消灭它是每个人的首要责任。

使我们困惑的是，我们完全不知道可能会在哪里碰上这种事。神志清醒的人甚至都没有见过它，也几乎没有人真真切切地感受过它。它可能是纯粹的能量——一种超越物质领域的虚无缥缈的形式——也可能在一定程度上可以称之为物质。一些未知的、模棱两可的可塑性物质，能够随意地改变为近乎固体、液体、气体或微小的未知状态的物质。在一些古老的传说中，地板上的人形霉菌斑、黄色蒸汽的形状和弯曲的树根，都至少说明了与人的形状有着千丝万缕的联系。但是这种相似性到底有多具有代表性，能否永久持续，没有人能确定。

我们设计了两种武器来对付它：一种为它量身定做的由强力蓄电池驱动的大型克鲁克斯射线管，配有特殊的屏幕和反射镜，如果它被证明是无形的，就只能以具有强烈破坏性的乙醚辐射来对抗。另一种武器是在世界大战中使用过的一对军用火焰喷射器。如果能证明它在一定程度上是物质且抵挡不住机械的破坏的话，我们就会像迷信的埃克塞特人那样，把这东西的心脏烧掉，当然前提是它的心脏真的可以点燃。我们把所有这些具有攻击性的机械装置都放在地窖里，小心地和行军小床及椅子放在一起。这些东西离壁炉很近，因为那里的霉菌会呈现出怪异的形状。顺便说一句，那些让人浮想联翩的形状，只有在我们摆放家具和仪器的时候，以及那天晚上我们回来真正守夜的时候，才依稀可见。有那么一会儿，我有点怀疑自己是否见过更清晰且棱角分明的画面——但后来我想起了那些传说。

我们在地下室的守夜从晚上10点开始。随着时间的推移，我们没有发现任何有关事情进展的希望。外面被雨水侵蚀的街灯发出微弱的光芒，灯光透过雨水投射进窗户，地窖里面让人讨厌的真菌也发出了微弱的磷光，这两种光交织着照亮了墙上滴水的石头，墙壁上所有的白色痕迹都消失了。潮湿、恶臭、发霉的坚硬地面上长满了令人恶心的真菌，凳子、椅子、桌子和其他老得不成样的家具的腐烂残骸到处都是。头顶上是一楼厚厚的木板和粗大的横梁，破旧的木板门是通往房子楼下其他储藏室和房间的。石阶摇摇欲坠，木扶手破烂不堪，还有那粗糙的、坑坑洼洼的黑砖墙壁炉，在那里，生锈的铁片揭露了过去的痕迹，里面有钩子、铁叉、吊钩，还有一片荷兰灶台的炉门。我们把简朴的行军床、折椅以及我们带来的笨重而复杂的破坏性武器等所有东西都放在了这些东西的中央。

就像我以前独自探险一样，我们没有锁上通往街道的门；因为这样即使在我们手足无措的情况下，我们也能沿着这扇敞开的大门直接逃出去。我们的想法是，只要我们做好充分的认识和观察，我们持续深入的夜探行动就能找出潜伏在那里的任何邪恶的生灵。而且，在做好准备的情况下，我们可以运用已经准备好的多种装备彻底消灭它。我们不知道要多久才能找出它的踪影并消灭它。我们也知道此次冒险绝非称得上安全，因为我们不知道遇到的这个东西到底有多么强大。但我们认为这场游戏值得冒险一试，绝不能后退，我们决定就我们两个单干；我们知道如果寻求别人援助的话，只会让我们遭到他们的嘲笑，他们甚至可能会破坏我们的整个行动计划。我们俩一直聊到深夜，直到我叔叔愈发地越昏昏欲睡，我才提醒他躺下睡两个小时。

我独自坐在那里直到凌晨，心里感觉某种类似恐惧的东西就在我身旁，这使得我毛骨悚然——我说的是独自一人，因为就我独自一人坐在睡梦者的身旁。也许我比叔叔内心感到更孤独。我叔叔喘着粗气，一进一出的呼吸声伴随着外面淅沥的大雨，还不时夹杂着远处传来的滴水声，这水滴的声音着实让人害怕——因为即使在干燥的天气里，房子里的潮湿也令人作呕，而在这场暴风雨中，房子简直就像沼泽一样潮湿恶臭。趁着真菌散发的幽光和从纱窗缝里射进来的微弱街灯，我开始研究起墙壁上松散而古老的砖石。在这一过程中，有一次地窖里的恶臭气味就要使我作呕时，我打开了门，四处张望着街道，饱览熟悉的景色，大口呼吸着清新的空气。地窖里依旧没有发生任何值得我注意的事情。我不停地打呵欠，最终疲惫战胜了恐惧。

我叔叔睡梦中激动的表现引起了我的注意。在第一个小时的后半段时间里，他在小床上不安地翻身了好几次，但现在他的呼吸完全不规律，偶尔嘴巴里发出一声叹息，叹息声里还夹杂着几声令人窒息的呻吟。我打开手电筒对着他，发现他的脸变了形，于是我起身走到小床的另一边，再次看了看他，检查他是否有任何的不适。可是，考虑到某些相关琐事，眼前的情况让我感到极其不安。我一定是把所有奇怪的情况和我们所处的位置以及任务的险恶程度联系在了一起，因为这种情况本身并不可怕，也没什么不正常。我所注意的不过是我叔叔的面部表情，肯定是因为我们的处境才导致他做了些奇怪的梦，使得他心神不宁，流露出非常不安的表情，而且今天的表情似乎一点也不像他的性格。他平时脸上挂着的总是一种和蔼可亲、温文尔雅的平静面容，而现在他内心的复杂情绪似乎正波涛汹涌地挣扎着。总之，我认为是这种变化才使我感到不安。正当我叔叔气喘吁吁喘着粗气的时候，他的眼睛睁得大大的，好像他看到的不止我还有许多人，他脸上的表情很奇怪，一点也不像他平时的样子。

他的嘴巴突然开始咕哝起来，我不喜欢他开口时嘴巴和牙齿的样子。因为他嘴巴里嘟囔的几个字我一开始并没有听懂，后来我突然听懂了其中的几个意思，这让我惊恐万分；这时我想起叔叔曾接受过全面的教育，而且还翻译过许多人类学和考古学文献，我这才放下心来。因为德高望重的伊莱休·惠普尔此时正在用法语喃喃自语，我依稀分辨出的寥寥几句话，似乎与他从著名的巴黎杂志上改编的暗黑神话有关。

突然，叔叔的额头上开始冒起汗珠，他在半梦半醒间突然直接跳了起来，嘴里混杂的法语也变成了使用英语大叫着，嘶哑的声音激动地喊道："哎呀，哎呀！"接着，叔叔完全清醒过来，面部表情也恢复了正常。他抓住我的手，开始讲起他的梦来。我只能用惊恐的心情来推测梦的核心含义。

他说，他从一系列非常普通的梦境画面中飘然而出，进入了一个与他读过的所有东西都无关的奇异场景。它是属于这个世界的，但也同时不属于这个世界——或许称之为一种界限模糊的几何混沌；在这个混沌的场景中，他可以看到他所熟知的事物的元素以最陌生的方式结合在一起，令他感到非常的不安。杂乱无章的画面奇怪地叠加在一起，引人遐想；在这种排列中，时间和空间要素似乎以最有悖常理的方式糅杂在一起。在这个万花筒般的幻象漩涡中，偶尔会有快照，如果我们可以使用这个术语的话，它的图像异常清晰，但是内容却混杂得异乎寻常。

有一会儿，叔叔以为他躺在一个别人无意挖出来的露天深坑中，一群愤怒的人皱着眉头看着他，他们的脸全部被头上的三角帽和凌乱的头发遮得死死的。他又一次感觉到自己在一所房子里头，很明显这是一座古老的房子，但房子里的情况和居住者都在不断地发生变化，他永远无法确定这些面孔、家具，甚至房间本身，因为门窗似乎和更有可能变化的物体一样处于一种变化的状态。叔叔讲话的声音很奇怪——奇怪得要命——他几乎都快不好意思开口说话了，好像他讲的事情别人都不会相信似的。他说，在这些奇怪的面孔中，有许多无疑是哈里斯家族脸部的特征。一直以来，他感觉快要窒息一样，仿佛某种无处不在的东西已经在他的身体里扩散开来，试图控制住他的命数。一想到这生死攸关的劫数，我就不寒而栗。他的生命已经走过81年了，却还要对付就连朝气蓬勃、身强体壮的身体都有可能害怕的未知力量。但在另一个瞬间，我意识到梦只是梦，这些令人不安的景象最多不过是我叔叔对最近充斥在我们脑海里的各种调查和期望的反应。

与叔叔的谈话很快就消除了我奇怪的想法。过了一会儿，我禁不住打了个哈欠，睡着了。叔叔现在似乎很清醒，他很高兴能有这么一段时间来接替我守夜，尽管噩梦让他在既定的两小时远未结束前就惊醒过来。我很快就睡着了，而且立即就做了一个最令人不安的梦。在梦境中，我内心感受到一种无限的极度孤独，敌人从四面八方涌向我被囚禁的监狱。远处许多人渴望我的鲜血，他们的喊声回响在我耳边，我似乎被捆住了，并被塞住了嘴。我叔叔的脸浮现在我面前时，并没有我醒着时那么愉快，我还记得我梦中许多徒劳的挣扎和尖叫。这不是一个令人愉快的梦。有那么一瞬间，当梦中的尖叫声穿透梦境的障碍，将我猛然惊醒时，我一点也不觉得后悔。我在尖叫声中惊醒过来，眼前每一个客观存在的物体都显得格外清晰和真实。

5

我躺在小床上，脸却朝向背离我叔叔椅子的方向，以至于猛醒之时，眼里看到的只有通往街道的门，偏北朝向的窗户，以及朝北房间里的墙壁、地面和天花板，所有这些景象在灯光下以扭曲的样子浮现在我的脑海里，却那么栩栩如生，这光线比真菌发出的幽光或者街道上的街灯还要亮。这不是一道强光，甚至算不上一道强光。当然，光线强度还不足以让我正常地看书。但它在地板上投下了我和小床的影子，这是一种微黄色的光，而且很有穿透力，好像是一种比光线更强烈的东西。尽管我的另外两个感官受到了猛烈的冲击，但我还是凭借着我欠佳的感官感受到了这一点。因为此时的我耳边回响着那震耳欲聋的尖叫声，而我的鼻孔里充满了恶臭。我的大脑和感官都很警觉，意识到这是极不寻常的！我几乎是不由自主地跳了起来，转身去拿我们放在壁炉前发霉地方的那些具有杀伤力的设备。等我转过身来，却有些害怕眼前的景象：因为我叔叔一直在尖叫，我不知道该怎样去保护我们俩。

然而，这景象竟比我担心的还要糟糕。还有比恐惧更可怕的东西，而这正是我们一直梦寐以求地探寻的——这是恐怖梦魇的极致，宇宙保留这种恐惧以此来摧毁不幸被诅咒的少数人。在真菌肆虐的泥土里，冒出一具雾气弥漫的尸体——淡黄色的死尸，冒着气泡，雾气缠绕着飘得很高，模糊的轮廓好似半人半妖的怪物，透过这个轮廓，我可以看到远处的烟囱和壁炉。眼前看到的都是眼睛——像狼一样狡黠的眼睛——还有皱巴巴、像昆虫一样的脑袋，随后在屋顶上化为一股薄雾，腐臭的薄雾盘旋着，最后消失在烟囱之上。我说我看到了这个东西，但只有在有意识的回忆中，我才可以完全找到它那该死的形成方式。那时候，对我来说，它不过是一团湿热的、隐约闪着磷光、发出恶臭的云团，令我厌恶至极。云团时而缭绕，时而消融，形成了一个令人恶心的可塑体，使我把所有的注意力都集中在了这个物体上。那个物体就是我的叔叔——可敬的伊莱休·惠普尔——他那正在腐坏发黑的脸斜视着我，叽哩咕噜地说个不停，还伸出正逐渐溶解滴落的爪子，想要依靠那个恐怖事物带来的狂怒把我撕碎。

我没有被吓趴下，按照既定计划进行的想法使我不至于发疯。我一直训练自己，为关键时刻做准备，正是这种盲目的训练如今救了我。当我认识到这冒泡的恶灵难以用物质燃烧或化学反应消灭时，我没有拿起左边的喷火器，而是接通了克鲁克斯管射线装置的电流——这是人类技艺能从自然空间和液体中发射出来的最强辐射——对准那不死的亵渎恶灵。这时，空气中出现了一道淡蓝色薄雾，并爆发出一阵剧烈的噼啪声；随后，淡黄色薄雾逐渐变淡。然而，我很快就发现，这种变化只是暂时的，机器发射的电磁波没有产生任何效果。

随后，在那可怕的场景中，我看到了一种新的恐惧，这让我颤抖的嘴唇开始哭泣，双腿蹒跚地走向那扇通往安静街道的没有上锁的门，顾不得我对这个世界到底释放了多少病态的恐惧，也不在乎别人如何评价议论我。在那暗淡的蓝色和黄色薄雾交融之时，我叔叔的身体开始出现一种令人恶心的液化，实在难以形容这种液化的实质。在这种液化中，他逐渐消失的面孔变幻着从液体表面掠过，那种变幻的过程，估计只有疯子的脑子里才能想象得出。他既是一个魔鬼，又是一大群人脸，既像一个停尸房，又像一场游行盛会。在混杂不明的光束照射下，那张胶状的脸呈现出十几种——几十种——上百种变化。他咧着嘴笑着，好像他的脸深陷在一具溶化成牛油般的尸体里面，那尸体就像古罗马军团漫画一样，说怪也不怪。

在那里面，我看到了哈里斯家族的特征，既充满了男性化的特征，也蕴含着女性化特征，有成人的模样，也有婴儿的样子，同时还富含其他特征，年迈和青春、陌生和熟悉相互交织。我在设计学院的博物馆里看到过一个可怜的疯罗比·哈里斯的微缩模型，那是一个残次的仿制品。还有一次，当我从卡灵顿·哈里斯家的一幅画中回忆起梅茜·德克斯特时，我想我看到了她骨瘦如柴的样子。这种恐怖简直难以言喻。最后，一副仆人和婴儿相融的奇异面孔在满是真菌的地面旁蠕动着，地面上正流淌着一滩绿色的油脂，这些变化的五官似乎在相互斗争，竭力想形成像我叔叔那样慈祥的面孔。我更愿意这样去想，在这一刻叔叔仿佛还活着，他正试图向我道别——我希望这是真的。当我跌跌撞撞地走到街上时，我干渴的喉咙打出一个嗝，仿佛是在和叔叔告别；一股稀薄的油脂跟随我的步伐，形成一条细微的溪流，渗进门缝，流到了雨水淋湿的人行道上。

剩下的记忆一片模糊，令人害怕。雨水浸透的街上一个人也没有，整个世界我不敢对任何人诉说此事。我漫无目的地向南走，经过学院山和雅典娜博物馆，沿着霍普金斯街，经过一座桥，来到商业区。在那里，高楼大厦似乎可以保护我，就像现代物质保护着现代世界一样，使其远离古老肮脏的邪物的侵害。接着，灰蒙蒙的黎明湿漉漉地从东方舒展开它的面容，勾勒出那座古老的小山和它那令人肃然起敬的尖塔轮廓，好像在召唤我，让我回到那可怖的工作还没结束的地方去。最后，我全身湿透，也没戴帽子，在晨光中迷迷糊糊地走进了福利街那扇可怕的门。门依旧半开着，仍然在那些早起的居民眼前神秘地摇晃着，而我却不敢告诉他们昨晚发生的事情。

地上的油脂已经没有了，因为发霉的地板上都是空隙。壁炉前也没有发现由硝石形成的巨大双体雕像的痕迹。我看了看小床、折叠椅、仪器、我那顶没人管的帽子，还有我叔叔那顶发黄的草帽，心里感受到的就剩下恍惚，我几乎记不起什么是梦，什么是现实。随后我缓过神来，我明白我目睹了比我想象中还要可怕的事。我坐下来，尽可能理智地猜测昨天到底发生了什么事，如果这是真的，我该怎样结束这场恐怖。物质武器不能消灭它，电磁波也不能消灭它，凡人所能想到的任何东西都拿它没办法。这时，我想起一件事，那就是除了那些散发出来的奇异色彩之外，还有什么呢？是某种外来的邪气，或者是吸血鬼的雾气，正如埃克塞特的乡村传说那样，潜伏在某些教堂墓地的吸血鬼？我觉得这是个线索，我又看了看壁炉前的地板，那里的霉菌和硝酸盐形状古怪。十分钟后，我下定决心，拿着帽子回家，洗澡、吃饭，然后打电话订购了一把鹤嘴锄、一把铁锹、一个军用防毒面具和六大瓶硫酸，这些都要在第二天早上送到福利街那间人人避而远之的房子的地窖门口。忙完之后，我试着睡会儿觉，但实在无法入睡，于是花了几个小时读了会书，还写了一些无聊的诗句来安抚我的焦躁情绪。

第二天上午11点，我开始挖地窖。这天天气晴朗，心情自然也很舒畅。我独自一个人在这儿，尽管我很害怕我所寻求的未知恐惧，但一想到要告诉任何人，我就更加害怕了。后来，我把这件事告诉了哈里斯，这非常有必要，因为他听过一些老人讲的稀奇古怪的故事，可是他一点儿也不相信。当我在壁炉前翻起发臭的黑土时，我的铁锹把土里的白色菌落铲断了，菌落里渗出了一块黏糊糊的黄色脓液，脑子里冒出来的可怖想法使我浑身发抖。地下世界隐藏着一些对人类有害的秘密，在我看来，这就是其中之一。

我的手很明显在发抖，但我仍在挖，很快就挖出了一个大坑。坑有六英尺见方，随着坑越挖越深，臭味越来越浓，我毫不怀疑，我马上就要和这个恶魔接触了。一个半世纪以来，这个恶魔的气味一直在诅咒着这所房子。我想知道它看起来会是什么样子——它的形式和实质会是什么，在漫长的吸食人生命的岁月中它会变得多大。最后我从坑里爬了出来，把堆积的泥土分散开来，然后把盛满硫酸的大瓶子在洞口两侧摆好，必要时我可以把它们迅速地全部倒进坑里。布置好这些之后，我把挖出来的泥土倒在坑的外侧；我的挖掘也变得更慢了，随着气味越来越浓，我戴上了防毒面具。站在坑底，而且即将面对一个无名的东西，我感到惴惴不安。

突然，我的铁锹碰到了比泥土还软的东西。我打了个寒颤，做好姿势打算从坑里爬出来，这个坑现在已有我的脖子那么深。然后我又恢复了勇气，拿着手电筒，刮掉了更多的泥土。我发现这个东西的表面像玻璃，带有一股鱼腥味——就像某种腐烂到一半的早已凝固的半透明胶状物。我又往里面刮了刮泥土，发现它还是有形状的。这个东西有一个裂口，里面部分物质被折叠了起来。但露在外面的面积很大，大致呈圆柱形，就像一个蓝白相间的巨大软烟囱，它最大部分的直径约有两英尺。我又刮了刮泥土，然后立刻从坑里跳出来，从那肮脏的东西旁边跑开。我发疯似的把沉重的硫酸瓶拧开盖，把里面的腐蚀性物质倾倒进那个可怕的裂口里面，倒在我看见的那个巨型怪物上——我突然意识到，那正是怪物巨大的胳膊肘，那真是难以想象的场景。

随着硫酸全部倒进深坑，一股绿黄色雾气直冲窖顶，形成了一个个漩涡，让我眼花缭乱，我会永远记得这个场景。整个山上的居民都在谈论那天的黄雾，说那是工厂的废料倾倒在普罗维登斯河里，散发出的剧毒和可怕的烟雾。但我知道他们讲的是毫无根据的。他们还谈论说，当时从地下水管或气体管道中传出了令人惊悚的剧啸声——显然他们又错了，如果我敢将那些事情说出来，是可以纠正他们的看法的。那种震惊真的难以言表，我都不知道我是怎么熬过来的——我倒完第四个硫酸瓶后，我确实晕了过去，因为那刺鼻的烟雾开始透进我的防毒面罩，我不得不去处理这个问题。当我恢复意识时，我发现这个深坑没有再散发出新的气体了。

随后，我把剩下的两个瓶子倒空，也没有发现什么特别的情况。过了一会儿，我觉得可以安全地把土铲回坑里了。我还没做完手里的工作，天就黑了，但我的恐惧已经完全消失了。潮湿的空气也显得没有那么臭了，所有奇怪的真菌都枯萎了，变成了一种无害的灰色粉末，像灰一样在地板上随风飞扬。地下深处某种最可怕的恐怖物种已经永远消失了；如果真有地狱的话，它终于得到了一个不洁之物的可憎灵魂。当我轻轻拍实最后一铲泥土之后，我第一次流下了眼泪，也只希望借此真诚地悼念我敬爱的叔叔。

第二年春天，畏避之屋的露台花园里，再也没有长出苍白的草坪和奇怪的野草。但房子仍然显得很怪异，但它的怪异之处却让我着迷；当它为了给一家俗气的商店或庸俗的公寓楼让路而被拆除时，我油然发觉我的内心交织着一种奇怪的情感，既感到释怀，却也深感遗憾。院子里原本不结果实的老树开始长出了小巧香甜的苹果；去年，鸟儿也开始在多结的树枝上筑起了巢。

（阮方圆　译）

自外而来

我最好的朋友克劳福德·蒂林哈斯特身上发生的变化，真是想起来都令人不寒而栗。自两个半月前的那一天起，我就再也没有见过他。那天他告诉我，他正在做某些物理和超自然研究。我对此有些敬畏，甚至感到有些害怕，于是劝诫了他一番，他却突然怒气冲冲地把我从他的实验室和房子里赶了出来。我知道他现在整天把自己关在阁楼的实验室里，摆弄着那台发电机，不吃东西，也不许仆人来打扰。但是我没想到，短短十周时间就可以将一个人变得面目全非。看到他那么一个健壮的人突然消瘦成这样，我真的很难过。他原来饱满的肌肤已经变得蜡黄，脸色惨白，眼窝深陷，顶着厚厚的黑眼圈，眼里还闪烁着异样的神情。不仅如此，他的额头上还青筋凸起，满是皱纹，手还在不停地颤抖和抽搐。看到他变成这个样子，我更不是滋味。再看看他那邋遢的模样，衣衫不整，头发蓬乱，发根都有些发白了。原来他的脸总是刮得干干净净的，现在满脸胡子拉碴，胡须也变得花白。他这个样子真的太让人震惊了！克劳福德·蒂林哈斯特把我赶走数个星期后，又给我发了一通前言不搭后语、不清不楚的信息，叫我来他家里。这就是我来他家时所见到的他的样子。这看起来人不人、鬼不鬼的家伙，哆嗦着让我进门，手上拿着蜡烛，一边走一边鬼鬼祟祟地回头四处张望，好像在伯纳文莱特大街这幢古老又偏僻的房子里有什么看不见的东西让他感到恐惧似的。

克劳福德·蒂林哈斯特本来就不该学习科学和哲学。这些事情应该让那些感觉麻木又不近人情的研究员去做，因为这两门学科只会给感觉敏锐、善于探索的人带来两种同样的选择——都是悲剧性的。对于像克劳福德·蒂林哈斯特这样的人来说，如果探索科学和哲学失败了，他会非常沮丧绝望；如果成功了，他也会有一种难以言说甚至无法想象的惊惧。蒂林哈斯特曾饱受失败、孤独和忧郁的折磨；但是现在我知道，他又因为成功而备受苦楚。说到这，我自己都害怕得想吐。十周前，当他突然告诉我他即将要发现什么时，我确实警告过他。他当时脸涨得通红，情绪激动，声音高得有些不自然，尽管还是学究气十足。

“对于我们周围的世界和宇宙，”他当时说，“我们知道什么呢？我们获取这个世界观感的途径少得可笑，对周围事物的认识也极其狭隘。自造物主创造我们以来，我们只能看到我们能看到的东西，却无法了解它们的本质。我们自以为五官的感知能力十分强大，可以理解这无边无际的复杂宇宙，殊不知其他生物有更强的感官能力，可以感知到更加广阔且完全不同的范围。它们不仅可能看到跟我们不一样的东西，还能看到并分析整个物质、能量和生命的世界。这个世界近在咫尺，我们却无法感知。我一直都相信这样奇怪却无法接近的世界是的确存在的，并且触手可及。现在我还相信自己可以找到一种能够打破这些壁垒的方式。我不是在开玩笑。24小时之内，桌子边那架机器将会产生一种光波，然后作用于我们体内那些已经萎缩退化的感官，虽然人类对这些感官的存在一无所知。在这种光波中，我们可以看到许多人类从未见过的情景，甚至人类所知道的有机体都不知晓的情景。我们会看到，狗到底在黑暗中对什么吠叫，猫半夜竖起耳朵又在倾听什么。我们会看到这些东西，还会看到其他任何有生命的生物体都没见过的东西。不需要肉体的移动，我们便可以越过时间、空间和维度，一窥造物主创造的世界尽头是什么。”

蒂林哈斯特之前说这些话的时候我就劝过他。因为我很了解他，他说这些并不是为了好玩，而是出于内心的害怕。可他执着于此，还因为我的劝告把我从他家里赶了出来。现在他依旧很狂热，但是想倾诉的欲望战胜了愤懑，于是他用命令的口吻给我写了一封信，上面字迹潦草，几乎难以辨认。当我走进这位朋友——突然变成了瑟瑟发抖的怪人——的住所时，那些仿佛潜伏在黑暗中的恐怖渐渐对我也产生了影响。他十周前说的那些话和那些信念好像就在小小烛光之外的黑暗里被赋形，他空洞而异样的声音也让我很不舒服。我真希望仆人们就在周围忙活着，却遗憾地听到他告诉我，他们三天前都离开了。这事真蹊跷，最起码老格雷戈里应该在离开他的主人之前跟我报个信。在我被蒂林哈斯特愤怒地赶出来以后，是老格雷戈里和我保持联络，告知我他主人的相关情况。

不过，我对蒂林哈斯特提到的东西越来越好奇，甚至有些着迷了，于是这种感觉很快就战胜了恐惧。现在这老朋友到底希望我怎么样，我也只能猜测，但毫无疑问，他肯定有一些惊人的秘密或者发现要告诉我。因为之前我反对过他对无法想象的东西那些超自然的窥探；现在很明显，他已经从某种程度上证明了之前告诉我的那些言论的合理性，我已经差不多感受到了他这种情绪；只不过，胜利的可怕代价也已经逐渐显现了。跟随这个男人手上摇曳的烛光，我穿过这个房间空旷的黑暗。电灯好像都关掉了，于是我问了问在前面带路的老朋友，他说这么做是有确切理由的。

“这太过分了……我不敢，”他咕哝着。我特别注意到了他喃喃自语的新习惯，因为他过去并不喜欢自言自语。我们走进阁楼实验室，注意到那台讨厌的电机发出病态凶险的紫色光芒。它连接着一个强大的化学电池，但似乎没有接上电源；因为我记得，在试验阶段，这台机器运转起来时就会发出噼里啪啦和呜呜声。在回答我的问题时，蒂林哈斯特咕哝着说，这种永久的光不是我能理解的任何意义上的一种电。

现在他让我坐在那台机器旁边，它就在我右边。他又在一簇玻璃灯泡下面的某个地方打开了一个开关。机器开始发出往常那种噼里啪啦的声响，后来又变成一种呜呜声，最后渐渐变成轻微的嗡嗡声，显示出它要回归平静的迹象。同时光线也是一边增加，又渐渐消退了，然后变得暗淡，散发出不同寻常的颜色，或者是混合的颜色，我说不出这种颜色是什么，也形容不出来。蒂林哈斯特一直在注视着我，发现了我困惑的表情。

“你知道那是什么吗？”他低声说，“那是紫外线。”看到我惊讶的神情，他发出了古怪的笑声。“你以为紫外线是看不见的，事实也是如此——但你现在可以看见它，还能看见许多原本看不见的东西。”

“听我说！那个东西产生的光波唤醒了我们身体中一千种沉睡的感官；亿万年来，我们从分离的电子进化成人类这一有机体，并在这一过程中保留了这些感官。我已经看到了真相，也打算展现给你看，你想知道这一切会是什么样子吗？我来告诉你。”蒂林哈斯特坐在我对面，吹灭了蜡烛，可怕地盯着我的眼睛。“你现在拥有的感觉器官——我想最先是耳朵——会捕捉到许多感受，因为它们和休眠的感官有着紧密的联系，然后就会是其他的了。你听说过松果腺体[1]吗？弗洛伊德那个肤浅的内分泌学家，还有那些支持他的所谓的弗洛伊德学派，都是一群容易上当受骗的暴发户[2]。他们的无知真是可笑。松果腺体是器官中最大的感觉器官——我发现了这一点。它最后就会像视力一样，还能向大脑传输可视的画面。如果你是普通人，这就是你获得最大限度信息的途径……我的意思是获得自外部世界而来的信息的途径。”

我环视着这间朝南倾斜的阁楼，空间很宽敞，房间里的光源只有那些昏暗的射线，而这些射线是平时肉眼看不到的那种光线。远处的角落全都笼罩在一片昏暗之中，整个房间朦胧得有些不真实，房间里原本的布局难以分辨，这种模糊的感觉好像还会催生人的幻觉和想象。蒂林哈斯特沉默着，在这期间，我仿佛置身于一座不可思议的巨大神庙之中，庙里供奉着早已死去的神灵；一些模糊的建筑由无数的黑色石柱组成，从潮湿的地板拔地而起，一直伸展到云雾缭绕的视线之外。这个画面一度栩栩如生，紧接着取而代之的却是一种更恐怖的思绪——那就是在无色无声的无尽空间中赤裸裸的孤独。那是一种空虚的感觉，而且除了空虚感之外绝无仅有。我像个孩子一样害怕起来，从裤子后面的口袋中掏

---

[1] 松果腺体，有人称之为“第三只眼”，脊椎动物大脑中存在的一个内分泌腺体，位于脑部中央两半球之间，主要分泌褪黑激素（N–乙酰–5–甲氧基色胺）调制动物的睡觉和觉醒等“生物钟”的功能。许多人相信这是人类体内已经退化的第三只眼（故作者有此一说），但该说法正确性待考。另外在许多文化和宗教中也认为此处在人体内有非常高的地位。

[2] 弗洛伊德在心理学研究时将松果体看作一种简单的内分泌腺体（事实上目前大多数医学家仍如此认为），故有此一说。

出一把左轮手枪。从我在东普罗维登斯被打劫的那个晚上起，我总是在天黑以后带着这支手枪。这时，有声音从最遥远的地方悄然而至。这个声音非常模糊，轻声震动着，带着明显的节奏，却同时有着一种异乎寻常的狂野特质，让人听了以后仿佛身体也会受到这声音施加的轻微折磨一般，好似一种不小心被磨砂玻璃刮到的感觉。与此同时，我明显感觉到有一股冷风也从声音传来的方向吹来，从我身边吹过。我凝神屏气地等待着，感觉风和声音越来越大；这种感觉使我产生了一种古怪的念头，那越来越近的风和声音，像极了我被绑在一段铁轨上，而迎面正要驶来一辆巨大的火车头。我开始和蒂林哈斯特说话，我一开口，所有不寻常的观感都突然消失了。我只看见坐在对面的这个人、发光的机器和昏暗的公寓。蒂林哈斯特看了看我下意识地拔出的那支手枪，冷冷地笑了笑。从他的表情来看，我敢肯定，他和我一样看到和听到了些什么，即使不比我多也绝不会比我少。我轻声告诉他刚刚我经历了什么，他只命令我尽量保持安静，认真倾听。

“不要动，”他警告道，“因为在这些光线中，我们既能看见，也能被看见。我告诉过你仆人们都走了，但我没说他们是怎么离开的。就是那个蠢头蠢脑的女管家——我警告过她不要那么做，她还是打开了楼下的灯，电线感应到了共振。那场景一定相当可怕——我就在这儿都能听见那些尖叫声，尽管我是在另一个方向看到和听到这一切的，后来发现屋子里到处都是一堆堆空空如也的衣服，实在是太可怕了。厄普代克夫人的衣服就在前厅的电灯开关附近——所以我才知道她当时做了什么。一定是什么东西抓住了他们。但只要我们保持不动，就很安全。记住，我们面对的是一个可怕的世界，在这个世界里，我们实际上是无能又无助的……别动！”

听他讲完这些仆人们经历的事，我大为震惊；他突然命令我不要乱动以防被抓让我措手不及。在这双重打击下，我感到有些瘫软无力。我正害怕着，脑海里再次开启了蒂林哈斯特口中那来自“外部世界”的观感。现在我已置身一个声音和动作的漩涡，眼前满是令人不解的画面。我看到了这个房间模糊的轮廓，在这个空间里的某个位置，就在我右手边，好像有一根难以辨认形状的柱子，又像是云朵做的一样，翻滚沸腾着向上穿透了坚硬的房顶，接着我好像又看到了那座神庙，和之前不一样的是，这一次柱子伸到了一片光的海洋之中，沿着这模糊不明的柱子倾泻下使人头晕目眩的光线。那之后，整个画面千变万化，跟万花筒一般，在这些混乱的画面、声音和难以描述的观感中，我感觉自己好像要解体了，或者在某种形式上我要失去自己的固有形态了。有一个非常确定的画面闪现，我永远都忘不了。片刻间，我好像看到了一片奇怪的景象，旋转的球体在夜空中闪烁着光芒，然后一切都渐渐褪去，我看见一个由无数散发着光芒的恒星所组成的星座或银河。这星座或银河有着固定的形态，那正是克劳福德·蒂林哈斯特扭曲了的脸。另一刻我感觉到某些有生命的巨大物体擦过我的身边，甚至偶尔直接穿过或者飘过我那本应该是固态的躯体。我想我看到了蒂林哈斯特正在看着它们，仿佛通过他那训练有素的感官，就可以从视觉上捕捉到它们。我想起他曾提到过的松果腺体，不由得好奇他异乎寻常的眼睛究竟看到了什么。

突然间，我仿佛拥有了一种视觉超能力。在一片光影交织中，出现了一幅画面，虽然模糊不清，但却能持久存在且保持稳定。这的确有些熟悉，因为这不同寻常的画面叠加在地表原有的景象上，就像电影院里把影片投放到屏幕上一样。我看到了阁楼上的实验室、发电机器和对面蒂林哈斯特那难看的模样；但是在所有熟悉的事物之外，奇奇怪怪的东西充斥了剩余的每一寸空间。不管是活物还是其他物体，都有着难以形容的形状，杂乱无章地混杂在一起，让人看了心生厌恶。在每一个我熟悉的事物周围充斥着无数怪异而陌生的东西。同样地，所有已知的事物似乎都融入了其他未知事物之中，未知事物也融在这些熟悉的事物中，相互交融。在所有的活物中，最显眼的是那些黑乎乎的、果冻似的巨型怪物，它们随着机器的震动而微微颤动。出现了大量的这种怪物，令人生厌，我惊恐地看到它们重叠在一起；它们是半流体，能够穿过我们所知道的固体。这些东西没有一刻是静止的，似乎带着某种恶毒的目的永远地漂浮着。有时它们似乎会互相吞噬，攻击者向受害者扑过去，瞬间就可以把对方从视线中抹去。我颤抖地意识到是什么东西让那些不幸的仆人们消失了，当我努力观察这个新出现而原本看不见的世界，努力去探寻它的其他性质时，我脑海中关于仆人被怪物吞噬的念头挥之不去。然而蒂林哈斯特一直在看着我，还开口对我说话。

“你看到它们了吗？你看到它们了吗？你看到那些漂浮在你周围、吧嗒吧嗒跳动的东西了吗？你看见那些人们称之为纯净空气和蓝天的生物了吗？难道我没成功地打破这道壁垒吗？难道我没向你展示任何其他活着的人都未曾目睹过的世界吗？”只听见他在这可怕的混乱中尖声叫喊，那张疯狂的脸咄咄逼近。他的眼睛像是一对燃烧着熊熊火焰的深渊，狂怒地瞪着我。那台机器仍可恶地嗡嗡作响。

“你认为是那些扑腾着的东西让仆人们都消失了？蠢货，它们是无害的！但是仆人们却不见了，不是吗？你之前还想阻止我；当我需要哪怕一点儿鼓励的时候，你只会泼我冷水；你害怕宇宙的真相，你这个该死的胆小鬼，但现在我抓住你了！到底是什么让仆人们从这个世上消失了？又是什么让他们怕得大声尖叫？不知道，是吧？你很快就会知道的——听我说——你认为真的有时间和光波吗？你认为有形式或物质之类的东西吗？我告诉你，我已经抵达的世界是你那小脑袋瓜所无法想象的！我看到了在无限世界之外的‘外部世界’，并从群星上召来了恶魔……我统治着那些从一个世界来到另一个世界散播死亡和疯狂的暗影……由我主宰这个空间，你听见了吗？现在有东西在追捕我——可以把人吞噬和溶解的东西——但我知道如何躲避它们。他们将得到你，就像他们得到我的仆人一样。激动人心吧，亲爱的先生？我早就告诉过你不要动，很危险。到目前为止我都不停地告诉你不要动，我在救你——保全你的性命，这样你才可以看到更多景象并听我说完这一切。如果你之前移动了，那它们早就抓住你了。别担心，它们不会伤害你的。它们也没有伤害那些仆人——那些可怜的家伙是因为看到了那些东西才叫得如此大声的。我的宠物们并不漂亮，因为它们来自一些审美标准……完全不同的地方。解体一点也不疼，我向你保证——但我想让你看到他们。我几乎看到了他们，但我知道如何停下来。你不好奇吗？我一直都知道你不是科学家！发抖吧，哈？害怕看到我发现的终极事物而发抖吗？那你为什么不动呢？累了吗？好了，别担心，我的朋友，它们来了……看！看啊，你这该死的，看！它就在你的左肩上……”

接下来我要说的就很简短了，你可能从报纸上读到过类似的情节。警察听到从蒂林哈斯特的老房子传出一声枪响，发现我们在那里——蒂林哈斯特死了，而我失去了意识。他们逮捕了我，因为左轮手枪在我手里。不过三个小时后，我被释放了，因为他们发现蒂林哈斯特是中风而亡的。而且，他们看到我的枪口对准了那台可恶的机器——现在它已经变成了一堆无法修复的碎片，散落在实验室的地板上。我没有透露太多所看到的东西，因为我担心法官怀疑我说的每一个字。不过，听了我含糊其词的描述，医生对我说，我无疑是被这个怀恨在心且杀意重重的疯子催眠了。

我真希望自己能相信医生的话。如果我可以不去想四周的空气、头顶的蓝天，我那紧张不安的神经也会好过一点。我从来没觉得如此孤独和难受，尤其是感到疲倦的时候，有一种毛骨悚然的被追踪感让人后背发凉。我无法相信医生的话，因为这样一个简单的事实——他们说克劳福德·蒂林哈斯特杀了那些仆人，可是警察根本没找到他们的尸体。

（车其姝　译）

潜伏的恐惧

1. 烟囱上的阴影

在一个雷电交加的夜晚，我前往暴风山顶废弃的宅邸，寻找潜伏的恐惧。我对怪诞和恐怖事物的热爱，使我在文学生涯和生活中产生了一系列对怪异之事的探求。但我的这种热爱并不莽撞，因此我并不是只身前往，而是在到达目的地后，找了两个强壮的老实人同行。因为他们体格健壮，在这次惊心动魄的探险中，我一直和他们待在一起。

有一群记者一个月前经历了令人窒息的恐惧，那是一场充斥着死亡的噩梦，而他们现在还在附近徘徊，所以我们只能悄悄离开村子。后来我才想到，他们也许能帮助我；但那时，我并不想和他们扯上关系。多希望我当初让他们和我同行，这样长期以来我就不必独自背负这个秘密了。我选择独自承受，是害怕世人以为我疯了，或者害怕这个秘密会把他们逼疯。但现在，我无论如何也要把它说出来，免得被它压垮。我真希望我从来没有隐瞒它。因为我，也只有我，知道在那光秃的荒山上潜伏着怎样的恐惧。

我们驾驶一辆小汽车，穿越了数英里的原始森林和山丘，来到一段被葱茏的树木挡住的上坡路前。夜晚的山林不像日间那样，有成群的来访者，显得更加阴森，因此尽管使用乙炔头灯容易引起注意，我们还是忍不住频频点亮它。天黑以后，这里就不再是普通的风景区了，我相信，即使我不知道那里潜伏着恐怖之物，也会注意到它病态的景象。当被死亡阴影笼罩时，野生动物也会学乖——这里根本见不到动物。那些被闪电劈得伤痕累累的古树大得出奇，不自然地扭曲着；地表的植被厚得惊人，散发着狂热的气息；杂草丛生、尘埃飞扬的土地上，奇形怪状的闪电熔岩[1]像是膨胀得不成比例的蛇和人的尸骨。

一个多世纪以来，恐惧一直潜伏在暴风山上。这个地区发生了一场震惊世界的灾难。我从报纸上读到此事，立刻意识到了其中的异常。这是在卡茨基尔[2]一处与世隔绝的高地，荷兰文明曾经短暂地渗透到这里，带来微弱的影响。文明消退后只留下几座被毁的公馆，以及偏僻的山坡上一些清冷的小村庄，由一群已经退化的非法住民族群占据着。国家警察局成立前，很少有人到这里来；即使是现在，巡逻警察也很少到达这里。然而，这种恐惧在这一带的村庄自古就流传着；寄居在此的混血族裔偶尔离开山谷，用手工编织的篮子交换他们无法靠捕猎或养殖获得的生活必需品，但山中的恐惧却是他们与世隔绝的单调生活中常常谈起的话题。

恐惧潜伏在高地上被遗弃的马滕斯公馆里，这里的山区常受雷暴袭击，所以被称为“暴风山”。100多年来，山里这座古旧的宅邸一直是人们津津乐道的话题。传言说，每到夏天，巨大的死亡阴影就会悄悄降临，向四面八方蔓延开去。那些村庄的居民们呜咽着讲述恶灵的故事，说它们在天黑后会抓住落单的路人，把他们带走，或是以残忍的手段把他们撕咬成碎片；有时，居民们也会低声谈论那座血迹斑斑的遥远宅邸。有人说，雷声会把潜伏的恐惧从居所召唤出来，也有人说雷声就是它们发出的声音。

出了这片深山老林，就不再有人相信这些天花乱坠又自相矛盾的故事，以及故事中对神出鬼没的恶魔毫无条理地夸张描述了；然而，从没有任何村民怀疑过马滕斯庄园闹鬼的传闻。当地的历史容不得怀疑，尽管传说生动真切，但调查人员从未发现过任何有关潜伏者存在的可怕证据。山中的祖母们讲过关于马滕斯幽灵的怪谈；这些传说主要是关于马

---

[1] 闪电熔岩：闪电击中沙丘或砂岩时瞬间产生高温，岩石内部成分熔化或汽化后在雨水中快速冷却形成的岩石体，多为长条状。

[2] 卡茨基尔：美国纽约州一个小镇。

滕斯家族本身的——他们家族遗传的与众不同的眼睛，他们漫长的怪异历史，以及那场凶杀的诅咒。

吸引我前来的恐怖事件，几乎可以证实某些最狂野的山地居民的传说，但整个事件的过程既突然又不祥。某个夏夜一场史无前例的雷暴雨之后，村庄被一名非法住民四处逃窜的骚乱惊动了，他这种反应绝非出于单纯的幻觉。可怜的当地人说，有难以言述的恐怖事件发生在他们身上，他们尖叫哀号着，并且他们对此深信不疑。没有人亲眼看见潜伏的恐惧，但听见了当地一个村子里传来的死亡降临前的哭声，从这一点他们就知道死亡已悄然蔓延开来。

次日早晨，市民和州警察跟着战战兢兢的山地人，来到他们所说死亡降临的地方。确实有人死了。在闪电袭击后，其中一个非法住民的村落地面塌陷，几个散发着恶臭的棚户区坍塌了；但除财产损失外，还有生命逝去，使建筑坍塌的损失变得无足轻重。这里原来大概有75人居住，但现在没留下一个活口。凌乱的土地上洒满了人类的残骸和鲜血，留下被恶魔的牙齿和魔爪蹂躏过后触目惊心的画面；然而，现场没有见到任何行凶者离开的痕迹。大家很快统一意见，一定是某种可怕的猛兽干的。不再有人提出“这种神秘的死亡仅是发生在这场针对衰落族群的恶劣谋杀中”的论调。只有在人们发现有25名属于该族群的人从死亡现场失踪时，这一论调才再次引人注意；但即使这样，它也很难解释那么多人是如何被杀的。事实是，夏夜里一道闪电从天而降，留下了一座死寂的村庄，村里的尸体因撕扯、咀嚼、抓咬而被严重毁坏。

尽管两地相距超出了3英里，慌乱的村民还是立刻把这恐怖的场面与闹鬼的马滕斯公馆联系起来。但警察只是怀疑；在调查中，他们只是随意地把它纳入调查范围，发现它荒废已久之后，就彻底弃之不顾了。然而，村民们却在这里仔细地调查着。他们彻查了房子、池塘、小溪、灌木丛以及附近的森林。但一切都是徒劳；死亡来袭，除了生灵涂炭之外，没有留下任何其他痕迹。

搜寻工作进行到第二天，报纸记者翻山越岭蜂拥来到暴风山，对此事进行了详细报道。报道中描述了很多细节，并记录了许多采访，讲述当地祖辈们传下来的历史怪谈。我可是个恐怖鉴赏家，对此见怪不怪，因此我起初只是漫不经心地读着那些报道；但一周后，我感受到一种令人不安的怪异，所以1921年8月5日，我和记者们一起涌到莱弗茨康纳的一家旅馆；莱弗茨康纳是离暴风山最近的地方，被作为公认的调查者总部。三个星期过去，记者散去，基于我所做的大量调查研究，我终于可以自由展开对恐怖真相的探索。

因此，在这个夏夜，当远处传来轰鸣的雷声时，我离开熄火的汽车，和两位全副武装的同伴一起，徒步登上通往暴风山顶的最后一段崎岖的山路，用手电筒照亮面前高大橡树林后阴森的灰色墙壁。幽寂的黑夜里，像盒子堆砌般筑成的高大墙体在恍惚的微弱光线中，隐隐显出白天没有的恐怖迹象。但我并未踌躇——我已经下定决心要验证此事。我相信是雷声把死亡恶灵从可怕的秘密地盘里召唤出来的；不管那恶灵是实体还是无形的瘟疫，我都要去了解它。

我之前彻查过废墟，因此制定了周详的计划。传说中常提到扬·马滕斯被谋杀的离奇事件，因此我选择将他的房间作为守夜的地方。我敏锐地察觉到，这位很久以前的受害者的房间最契合我的研究目的。房间大约20英尺见方，和其他房间一样，摆放着废弃的家具。它位于房子二楼的东南角，有一个巨大的东窗和一个狭窄的南窗，都没有安装玻璃或百叶窗。大窗户的对面墙上有一个巨大的荷兰式壁炉，镶嵌着刻有《圣经》中浪子回头故事[1]的瓷砖；扇窄窗的对面墙上，有一张宽敞的嵌入式的床。

穿过树林的雷声越来越大，我按照计划做了更具体的安排。首先，我把带来的三套绳梯并排系在大窗户的窗台上，确定它们通往外面草地上合适的落地点，然后从另一个房间拖出一张四柱床，侧向紧靠着摆在窗户旁。我们在床上铺上杉树枝条，在床上给自动手枪上了膛后，两人休息，另一人守夜。这样无论恶灵从何处冒出来，我们都有路可逃：如果它在房子里，我们就从窗户的梯子逃走；如果从外面进来，我们就通

---

[1] 浪子回头：圣经故事，一个挥霍家财的孩子回到家中后，父亲热情接待的故事。详见路加福音第15章第11—32节。

过门和楼梯离开。根据经验，我们认为即使在最坏的情况下，它也追不上我们。

我负责从午夜12点到1点值夜，尽管那栋房子格外阴森，窗户无遮无拦，屋外电闪雷鸣，我还是感到格外疲倦。我夹在两个同伴中间，乔治·班纳特靠近窗户，威廉·托比靠近壁炉。班纳特睡着了，显然他也困倦得有些反常，所以我让托比值下一轮班，尽管他也困得频频耷拉下了脑袋。有趣的是，我却一直出奇专注地看着壁炉。

雷声越来越响，惊扰了我的梦；我在短暂的睡梦中，看见了天启般的幻象。可能是因为靠窗的同伴的胳膊在睡梦中不停地挥向我的胸膛，我一直半梦半醒。我没有清醒到能确认托比是否在履行哨兵的职责，但总觉得十分焦虑。邪恶之感从未如此紧迫地压迫过我。后来我一定又睡着了，因为当夜色可怖得比我从前的任何经验和想象都更加尖锐时，我的头脑陷入了空虚的混沌中。

在这样的恐怖之下，人类灵魂最深处的恐惧和痛苦，在遗忘之门内绝望而疯狂地挣扎起来。我被猩红色的疯狂眩光和恶魔的嘲弄声唤醒，恐惧和纯粹的痛苦在不可思议的幻想中往复，愈演愈烈。周围一片漆黑，但我的右边空空荡荡，我知道托比不见了，上帝知道他去了哪里。左边同伴那沉重的手臂仍然压在我的胸口上。

接着，一道天启般的闪电划过整座山，照亮了远古树林里最黑暗的角落，把扭曲生长的上古树木劈成了碎片。恶灵般的巨大火球一闪而过，沉睡的同伴突然惊醒了，窗外的强光描出一个活灵活现的影子，投射到我一直盯着的壁炉上方的烟囱上。我还活着，头脑清醒，这像个难以置信的奇迹。令我不解的是，烟囱上的影子不是乔治·班纳特或其他人类的影子，而是一个地狱最深处的火山口亵渎神明的异形；这无名亦无形的可憎之物，是人类的大脑无法理解，笔墨也无法描绘的。一秒钟后，我独自一人在那被诅咒的宅子里噤声颤抖着。乔治·班纳特和威廉·托比不见踪影，甚至连挣扎的痕迹都没留下。此后他们杳无音讯。

2. 暴风中的过客

在森林深处的宅邸中有过这次可怕的经历之后，我感到精疲力竭，在莱弗茨康纳的旅馆里神经兮兮地躺了好几天。我记不清自己是如何回到车里，是如何发动它，再悄悄溜回村子去的；我只记得枝蔓横生的巨树、恶魔般的雷鸣和这一带零零星星的低矮土墙上横亘的卡戎[1]般的魅影。

我思考着那冲击了我思维的魅影，禁不住一阵颤栗，然后陷入了沉思，意识到自己好像揭露了地球上最黑暗的恐惧之一——那些来自外层时空的无名恶魔的抓挠声，回荡在宇宙的最边缘处，时不时让人类听见；然而人类视觉的限制仁慈地保护着我们，让我们远离了这些毁灭与破坏。我不敢细想自己看到的影子是什么。我克制不住想弄清那晚我和窗子之间的东西究竟为何物的本能，每每想起就禁不住发抖。如果它只是在咆哮或是嗤笑，也能削弱它至极的可怕。然而它太安静了，只是把沉重的肢体压在我胸口上……显然它是活物，至少曾经是活物……我曾经进入过扬·马滕斯的房间，而房间的主人就被埋在房子附近的墓地里……如果班尼特和托比还活着，我一定要找到他们。为什么它抓走了他们，却留下了我呢？当时侵袭我的只有令人窒息的困倦和可怕的梦境……

很快我意识到，我必须把这件事告诉别人，否则我会彻底崩溃。我决定继续探索潜伏的恐惧，因为在那时，轻率无知的我认为，无论真相会带来多大的冲击，总比保持无知要好些。因此我决心制定最佳方案；谁会相信我的话呢？我该如何寻找那个曾经让我的同伴从人间蒸发、并投下梦魇般的阴影的恶灵呢？

我在莱弗茨康纳的熟人大多是些和蔼可亲的记者，他们中还有几人驻守在此，等待屠杀悲剧的最后消息。我决定选择亚瑟·门罗，他是这里的同事之一，爱好与我相似。他又黑又瘦，大约35岁。他是个不受传统思维经验限制的人，从他的教育水平、品位、智慧和气质中可见

[1] 卡戎：希腊神话中冥王哈迪斯在冥河上的船夫，负责将死者渡过冥河。

一斑。

9月初的一个下午，我给阿瑟·门罗讲了我的故事。从一开始他就表现出兴趣和共鸣，听完故事后更是全神贯注地分析和讨论了这件事。此外，他的建议也非常实用：推迟前往马滕斯公馆的行动，收集更详细的历史地理信息，做出更完善的防御计划。在他的提议下，我们在乡间搜寻罪恶的马滕斯家族的信息，找到了一位拥有一本极具启发性的祖先日记的人。我们也花了很多时间和对山中情况一知半解的当地居民讨论，并在制定最终计划前，通过详细的历史资料彻底调查了公馆以及其他各个与潜伏者传说有关地点的情况。

调查的成果起初并没有太大价值，尽管我们列出的表格中似乎有一种明显的趋势，即到目前为止，报告中恐怖事件高发地区，要么是公馆周边一带，要么是公馆附近树木繁茂的森林。确实有例外存在；事实上，之前那起惊动世界的恐怖事件，就发生在远离公馆的荒芜之地，附近甚至没有树林。

至于潜伏者本身是什么样的，愚蠢而胆小的棚屋居民没有给出任何有用的信息。他们众说不一，认为它是蛇、巨人、雷魔、蝙蝠、秃鹫或是一棵会走路的树。我们同意假设它是一种对闪电和雷暴相当敏感的生物。虽然在一些传闻中说它有翅膀，但考虑到它不太出现在开阔地带，我们认为它主要在陆地上活动；唯一的矛盾是，它若要单独顺利完成所有那些人们认为是它做的事情，就必须以极快的速度移动。

我们越是了解棚屋居民，就越觉得他们甚至有些出乎意料地讨人喜欢。他们很单纯，由于不幸的血统和长期的隔离，他们族群的规模在慢慢变小。他们害怕生人，但也逐渐习惯了外人的存在；后来，当我们伐倒所有的灌木丛，拆掉所有的隔墙，寻找潜伏的恐惧时，他们还帮了我们大忙。当我们请他们帮忙寻找班纳特和托比时，他们真的很难过；他们想要帮忙，却明白这些受害者和他们族人中的失踪者一样，已经不在人世了。我们确信他们就像濒临灭绝的野生动物，很多成员都惨遭杀害或是迁离此地。我们只能焦灼地等待下一场悲剧的发生。

10月中旬，我们的调查陷入了困境。由于夜晚总是晴朗，没有恶灵袭击事件发生，我们在房屋和乡村中的搜查总是无果，只好认为潜伏的恐惧是非物质形态的力量。我们担心降温之后，就不得不停止探险，因为众人皆说恶灵在冬天没有动静。就这样，调查的最后一日，我们对这个曾被袭击的村庄进行了一番仓促而不抱期望的考察；从前的居民已经因为恐惧遗弃了这里。

这个不幸的小村庄没有名字，很久以前就坐落在圆锥山和枫树岗之间一处隐蔽但没有树木的裂隙中。村子更靠近枫树岗一些，原始居民的住所在枫树岗一侧的山洞内。它位于暴风山西北方向约两英里处，距离那座橡树林环绕的公馆3英里远。在村庄和公馆之间离村庄2.25英里处，有一片开阔的田野，除了有一些蛇形的低矮土丘外，地势相当平坦，零星长着些杂草等植被。考虑到地形环境，我们最后得出，这个恶灵肯定是来自圆锥山南面树木茂盛的地带，那里距离暴风山的西面不远；而我曾走过的道路的高低起伏，是枫树岗滑坡造成的。在枫树岗一侧山坡上有一棵孤零零的高大乔木，会召唤恶灵的雷电袭击。

我和亚瑟·门罗对各个遭到过袭击的村庄都拜访了不下20次，对每一寸土地都进行了细致入微的勘察。即使村民们对不可思议的可怕袭击司空见惯，但发生这样令人窒息的恐怖事件，且没有留下任何线索，实在太过离奇；我们明知徒劳又必须有所作为，终于在天色渐暗时，心中只剩毫无头绪的悲观热情，在铅灰色的天空下行走。我们的调查极其细致——我们进入了每一间屋子搜查，挖开了每一个土丘寻找尸体，在山脚下每一个荆棘密布的地方寻找过兽穴和洞窟，但都没有结果。然而正如我所说，我们隐隐感到恐惧的威胁——仿佛有长着蝙蝠翅膀的巨型狮鹫蹲在山顶上，以跨越宇宙的亚巴顿[1]之眼斜睨着我们。

傍晚，随着时间的推移，周围景象越来越难以看清。我们听见暴风山上雷声轰鸣，虽然不像晚上那样惊天动地，但身处村庄的我们仍然感到震慑。那时，我们不抱希望地祈祷这场暴风雨能持续到天黑。带着这种期许，我们从无物可寻的山坡上来到距离最近的居民区，寻找棚屋居民作为调查帮手。尽管他们胆小，但一些年轻人足够信任我们提供的保

[1] 亚巴顿：希腊语中“地狱”的意思。

护措施，还是答应给予帮助。

然而，我们刚要动身，就下起了倾盆大雨，因此不得不找地方避雨。天色暗如夜晚，我们只能跌跌撞撞地前行。凭着对村庄的了解，借着频频划过的闪电的光亮，我们很快到达了村里最严实的小屋中。建筑房屋的原木和实木板参差排列着，屋子的门和小窗都朝向枫树岗。我们常在这里调查，对房子很熟悉，狂风暴雨中，我们顺利关上身后的门和粗糙的百叶窗。漆黑之中，我们沮丧地坐在颤颤巍巍的箱子堆上抽着烟斗，偶尔拿出口袋里的手电筒点亮。闪电时不时透过墙上的裂缝照进来；这天下午如此昏暗，让每一道闪电都显得格外刺眼。

我坐在暴风雨中的黑暗里，想起暴风雨中夜晚的可怕经历，不寒而栗。自从经历过那个噩梦般的夜晚，怪异事件就频频勾起我的思绪。我反复纳闷，如果恶灵是从窗口或室内向我们靠近，为什么会先带走两边的人，而把中间的我留到最后，直到火球投下的巨影把我吓跑。为什么它不从某一侧开始，依次带走受害者呢？它用来捕捉猎物的触角是什么样的？也许是因为它知道我是领头人，才暂且放我一马，留着我好让我的命运比同伴的更加悲惨？

当我沉思的时候，仿佛是为了加强戏剧效果，一道骇人的闪电落在近处，劈开了泥土。与此同时，雷鸣如豺狼发出的恶魔般的怒吼。我们确信枫树岗上那棵孤零零的树又被闪电击中了，门罗从箱子上站起来，走到小窗前，想看个究竟。当他拉开百叶窗的瞬间，风雨呼啸着涌进来，震耳欲聋，我听不见他说了什么。他探出身去，试图揣摩大自然怒吼声中的深意，而我在等他回屋来告诉我一切。

风声逐渐平静，诡异的黑暗褪去，暴风雨过去了。我本希望它一直持续到深夜，以便我们调查，但我身后的墙洞里窸窸窣窣的阳光打消了我的念头。我向门罗提议，在下一场瓢泼大雨之前，最好还是让屋里见点光，于是我打开门闩，推开简陋的门。外面的地上有一大滩奇怪的泥浆和星星点点几个水洼，还有刚刚发生的轻微山体滑坡带来的新鲜泥土；我看不出有什么东西值得我的同伴一直一声不吭地探出窗外去看。我走到他身边，碰了碰他的肩膀，但他没有反应。我又开玩笑似的摇晃他，但当他转过来时，一阵扎根远古的绝症般的恐惧，伸向超越时间的深渊孕育出的不可名状的暗夜噩梦，死死扼住了我。

亚瑟·门罗死了。他的脑袋被撕咬过，脸颊已经不见了。

3. 红色眩光的意义

1921年11月8日那个风雨交加的夜晚，我提着一盏放出幽光的灯笼，独自在扬·马滕斯的墓地愚蠢地挖着坟坑。因为雷雨即将来临，我从下午就开始挖了。夜色已至，暴风雨在繁茂的枝头肆虐，我感到兴奋。

8月5日以来，我经历了公馆里的恶灵之影事件，反复的紧张和失落，以及10月暴雨中小村庄里发生的事，认为自己的头脑已经有些糊涂了。此后，我安葬了离奇死亡的同伴。我知道外人无法理解究竟发生了什么，所以干脆让他们以为亚瑟·门罗失踪了。人们搜寻过他的下落，但什么也没找到。也许棚屋居民知道是怎么回事，但我不想再让他们担惊受怕了。我似乎变得麻木。在公馆受到的惊吓对我的大脑产生了某种影响，我认为是我意识中对恐怖的追求失控了，并发展到灾难性的地步。亚瑟·门罗的遭遇让我誓死保持沉默独行。

光是挖掘坟墓这一点，就足以让任何普通人感到不安。高耸的原始树木怪诞地扭曲着，像地狱里德鲁伊教[1]寺庙中高大的柱子一样蔑视着我；雷声轰鸣，狂风呼啸，雨却很小。闪电穿过斑驳的树干，浅浅照亮了屹立的废弃宅邸那盘绕着常春藤的潮湿石墙，房子周围荒芜的荷兰式花园里，小径和花坛长期得不到充足的光照，被霉菌般散发恶臭的苍白色富营养植物霸占了。园中墓地离房子最近，墓旁畸形的树木落下扭曲的树枝，仿佛树根穿过了地狱的石板，从下面汲取毒液。远古黑暗森林中溃烂的褐色枯叶下，我不时能看到因闪电击中而突起的低矮土丘的险恶轮廓。

历史，把我带到了这座古墓前。事实上，在一系列仿佛是嘲弄我一

[1] 德鲁伊教：凯尔特文化中占有统治地位的宗教，教徒作为部落中的领导者及神职人员存在。“德鲁伊”一词原意为“熟悉橡木的人”。

般的恶魔事件发生之后，我也只剩下历史可以考究。我和亚瑟·门罗在研究中发现的大量当地传统使我相信，潜伏的恐惧并非物质上的现实存在，而是死于1762年的扬·马滕斯的幽灵，他长着獠牙，驾着午夜的闪电而来。这就是我为什么要傻乎乎地挖掘他坟墓的原因。

马滕斯庄园由格利特·马滕斯于1670年建造。他是一名来自新阿姆斯特丹的富商，反感英国统治下反复无常的规章制度，于是在密林莽莽的偏远山区的山顶建了这栋豪华的宅邸，生活在与世隔绝的怡人风景中。此地唯一的弊端，就是夏季常有雷暴。选择在此建造宅邸时，他以为雷暴频发是那一年的偶然事件；后来他才意识到，这并非偶然。他觉得这样的风暴会威胁生命，就建造了一个避难的地窖。

关于格利特·马滕斯后代的信息，比他本人的要少，人们只知道他们在对英国文明的厌恶中长大，接受着非英国文明的教育。他们生活得极其隐秘，据称由于与世隔绝，他们的语言能力和理解力变得相当迟钝。从相貌上看，他们的眼睛都有着特殊的遗传，通常一只是蓝色，另一只是棕色。他们与社会的联系越来越少，最后开始和庄园里的佣人通婚。庞大家族中一部分人离开了贵族群体，搬到山谷的另一边，与没有纯正血统的当地人混居，后来成了现在这些惶惶不安的棚屋居民。其余的人郁郁寡欢地留在祖宅里，变得越来越排外，沉默寡言，但对频繁的雷暴却有着神经质般的敏感反应。

这些信息大部分是通过扬·马滕斯传到外人耳中的。当奥尔巴尼会议[1]的消息传到暴风山时，年轻的扬·马滕斯出于不安加入了殖民军队。他是格利特·马滕斯的后裔中唯一一个与外界接触过的人。1760年，参与了6年反殖民运动后，他回到家乡，尽管长着马滕斯家族独特的双眼，但他的父亲、叔伯和兄弟们都把他视作外人，对他充满憎恶。他不再像当时的马滕斯夫妇，放弃了自己的偏见，也不再陶醉于山中的雷雨。相反，这里使他沮丧；他还经常给奥尔巴尼的朋友写信，计划离开祖上的宅邸。

---

[1] 奥尔巴尼会议：1754年英国商务部为了促进北美殖民地团结，在纽约州奥尔巴尼召开会议，号召共同抵御法国殖民地在北美的扩张。

1763年春天，扬·马滕斯在奥尔巴尼的朋友乔纳森·吉福德因为扬不再来信而感到担忧，想到马滕斯公馆内的矛盾和纷争，他决定亲自去看望扬，于是骑马去了山里。他的日记显示，他在9月20日到达暴风山中年久失修的豪宅，发现马滕斯一家都闷闷不乐，目光瘆人，他们动物般肮脏的外表使他大为震惊。他们磕磕巴巴地告诉他，扬已经死了，并坚称他是在前年秋天被闪电击毙的，埋葬在无人打理的下沉式花园里。他们带来访者去看了那座没有墓碑的光秃坟墓。马滕斯夫妇的态度令人生疑，吉福德十分反感。一周后，他带着铁锹和锄头到了墓地。和他预期中一样——头骨像是遭受过野蛮的击打，被残忍地击碎——回到奥尔巴尼后，他公开指控马滕斯夫妇谋杀了他们的孩子。

虽然缺乏具有法律效力的证据，但这件事很快就在村民中快速传开了。从那以后，马滕斯一家就受到了世界的排斥。没人愿意和他们打交道，人们把偏僻的公馆视作受到诅咒的凶宅，避而远之。不知他们在庄园里是怎么做到自给自足的，但远处的山丘上偶尔能瞥见房中亮起的灯光，证明他们还在那里生活。直到1810年，人们都还能看见灯光，但那之后就很少见了。

与此同时，关于山中宅邸的怪谈开始流传。于是人们加倍小心地远离此地，并尽可能隐瞒每一段悄悄流出的传说。直到1816年，棚屋居民发现房子里才有灯光亮起。当时，有人来这里勘查，发现房子已经彻底荒废，部分坍塌了。

房屋周围没有骷髅，所以人们推测马滕斯家族离开了此地，而非死在这里。他们似乎几年前就离开了，临时搭建的顶层公寓表明，在搬走之前，这个家族的规模扩大了许多。但他们的文化水平很低，家具腐朽，银器散落，可以看出在搬走之前，这些东西已经弃置很久了。凶恶的马滕斯夫妇已经走了，但人们对阴宅的恐惧还没散去；新的怪谈一次次出现，人们的恐惧也一次次激增。这座房子把遗弃、恐惧与扬·马滕斯的复仇之魂紧紧联系在一起；在我挖开扬·马滕斯坟墓的那个晚上，它就静静地立在那里。

我曾说过，花大把时间挖开坟墓是愚蠢的，无论从挖掘对象还是方法的层面来说都是如此。我很快挖出了扬·马滕斯的棺木——现在里面只剩下灰尘和硝石了——但我愤怒地想掘出他的灵魂，于是在他墓穴里又乱挖了一通。天知道我会发现什么——那时我只是一心想把夜间出没的鬼魂的坟墓挖个底朝天。

我说不清到底挖了多深；终于，我的铁锹和脚下都不再是泥土。当时，此事意义重大：坟墓下有一个地下空间。我的疯狂理论得到了令人毛骨悚然的印证。我一个趔趄导致手中的灯熄灭了，于是拿出袖珍手电筒，照进朝着两边无限延伸的小隧道。它大到足够一人通过，但神志清醒的人不会亲身去尝试。可我那时一心一意沉浸在解密的狂热中，忘记了危险，失去了理智，顾不上洁癖，就要去揭露潜伏的恐惧。我不顾一切进入地道，朝房子的方向前进，盲目而快速地向前爬，甚至没能保持手电筒一直照亮前方。

什么样的词汇可以描述一个人迷失在地球深处时的状态呢？张牙舞爪、全身扭曲、胸闷气短，深陷在永恒黑暗中的混沌，忘记了时间、安全、方向和物体的概念，只知拼命地挣扎？感知到地道内存在恐怖之物时，我本能地作出了这样的反应。很长一段时间，我都保持这个状态，感觉生命仿佛在记忆深处逐渐消散，与黑暗底端的鼹鼠和蛆为伴。在无休无止的挣扎中，我偶然把先前遗忘的手电筒弄得咔啦作响，让它朝着前方弯曲延伸的地道发出诡异的光亮。

这样爬了一段时间后，手电筒的电池没电了，通道陡然开始向上倾斜，改变了前进的方向。当我抬高视线时，在即将熄灭的光线中，我毫无防备地看见远处闪着两道恶魔般的光芒；它带着彻骨的憎恨，在令人抓狂的朦胧记忆中闪光。我本能地停止前进，但一时间也忘记了逃离。这双眼睛开始向我靠近，眼睛主人的身上，只看得清一只爪子。但这爪子多惊人啊！我听到上方远处传来我熟悉的轻微动响。那是山中肆虐的雷声，让人发狂——我一定是向前爬了好一段距离，所以现在离地面很近。低沉的雷声隆隆地响个不停时，那双空洞的眼睛充满恶意地瞪着我。

谢天谢地！我当时不知道那是什么，否则我就要丧命了。雷声召唤了它，我才因此得救，因为在令人窒息的对峙之后，外面天空中掠过一道像往常悲剧发生前那样划破土地的闪电。它像狂怒的独眼巨人，撕裂了上方的泥土。我两眼发黑，暂时失了聪，但并没有彻底昏迷。

我在流动的泥浆中无助地挣扎着，直到感到雨水落在头顶，才冷静下来，发现自己来到了地面上一个熟悉的地方——暴风山陡峭的西南坡上未被森林覆盖的地方。闪电接连不断地照亮塌陷的地面，眼前是从树木繁茂的高坡上延伸出的样貌古怪的小山岗。在这片混乱的景象中，没有任何东西和我逃出的致命墓穴相关。我的大脑中乱得像是装了一个地球，当南面远处亮起烈火灼烧的红光时，我还没有反应过来，自己经历了怎样的恐怖。

两天后，当棚屋居民告诉我红光究竟是什么时，我感到比在地道内看见爪子和眼睛时更刻骨铭心的恐惧——它意味着更加恶劣的事。指引我回到地面的闪电划过后，20英里外的村庄中爆发出一阵惊恐的骚乱。悬垂在树上的无名怪物掉进了一间屋顶破旧的小屋里。它杀了人，但逃走之前，棚屋居民们发疯似的烧毁了小屋。这个长着爪子和瘆人眼睛的怪物杀人时，地面正好塌陷了。

4. 眼中的恐惧

如果其他人也知道我所知道的关于暴风山中潜伏的恐惧，那么他的头脑必不可能保持正常，并会独自前往山中一探究竟。至少已经有两个真实存在的怪物被摧毁了，多少让人觉得在这个妖魔鬼怪千变万化的地狱里，身心安全都有了些保障；然而我的探索热情还在不断膨胀，我看见的真相也变得愈发可怕。

我从那震慑人心的双眼和利爪下逃离后的第三天，察觉到那怪物就在离我20英里远处，不怀好意地徘徊着，双眼紧紧监视着我，吓得我抽搐起来。但这份恐惧中还掺杂着好奇和诱人的怪诞，甚至夹杂了一份愉悦。有时，在城市上空盘旋的死亡噩梦的阵痛中，心甘情愿疯地狂尖叫着和扭曲的梦魇一起投入裂谷中未知的无底深渊是一种解脱，甚至是令人欣喜。暴风山中的噩梦被唤醒了。得知有两只怪物在此地出没，我疯狂的欲望被激起，想要一头扎进被诅咒的土地里，赤手空拳一寸寸地挖开这片死亡笼罩的土地。

我很快又来到扬·马滕斯坟前，回到原处徒劳地挖起来。大范围的塌方导致地下通道的一切线索都被掩埋，而雨水又把泥土冲进了先前开挖的坑里，因此我也弄不清那天自己到底挖了多深。我又一次艰难地前往那个烧死了地狱怪物的遥远村庄，但这对减轻我的苦闷几乎毫无作用。在那间意义非凡的小屋的灰烬中，我发现了几块骨头，但显然不是怪物的。棚屋居民们说这家伙只害死过一个人，但我认为他们的判断并不准确，因为这里除了一个完整的人类头骨之外，还有另一块显然曾经也属于人类的骨头碎片。虽然人们都看到了怪物一头栽下来，但没有人能说出它究竟长什么样；但凡瞥见过它的人，都只能说出它是魔鬼。我仔细察看了它曾栖落的大树，也没有找到什么明显的痕迹。我想在黑森林里走走，可这次我没有看到大得吓人的树干，也没有在扎进地下前就像蛇一样盘曲的巨根。

接下来，我打算更加仔细地彻查这座荒凉的小村庄。这里是死亡最频繁发生的地方，也正是在这里，我目睹了亚瑟·门罗的死亡。虽然之前的搜索微不足道，但现在我有了新的线索要去证实。在令人毛骨悚然的掘墓经历之后，我明白怪物至少有一部分时间是在地下活动的。11月14日，我在圆锥山和枫树岗的山坡上调查，从那里可以俯瞰被死亡气息笼罩的不幸村庄。

我找了一个下午，什么也没找到。傍晚时分，我站在枫树岗上，俯视着村庄，视线穿过山谷来到暴风山。在绮丽的日落之后，月华初升，银色的月光如水一般倾泻在平原、远处的山坡以及千奇百怪的小土丘上。我知道这宁静的田园风光背后隐藏着什么，因此心生憎恶——憎恶冷嘲热讽的月亮、虚情假意的平原、腐败溃烂的高山和背地阴险的土丘。在我看来，一切都被可恶的传染病玷污了，还与带着看不见的扭曲力量的邪恶盟友狼狈为奸。

不久，当我心不在焉地注视着月光下的景色时，我的视线被特殊结构的地形和某样奇特之物吸引住了。我并不精通地质学，因此一开始就对这里异样的山地情况感到好奇。我注意到暴风山周围尽管平原上的土丘不如山顶附近多，但分布相当广泛。它们精妙而反复无常，史前冰川与之相比无疑也变得平平无奇。月亮低悬，在地上拖出长长的影子，我强烈地感到各点各排的土丘与暴风山顶有某种特殊的关系。不可否认，以山顶为中心，土丘一圈一圈无限地、不规则地放射分布，仿佛病态的马滕斯公馆伸出的恐怖触须。这个想法让我兴奋得无法解释，我驻足思考它们引起我注意的原因。

分析得越多，我就越难以相信基于表象和我的地下经历之上生出的怪诞推断。还没等我反应过来，我就像发了疯一样语无伦次地自言自语起来："我的上帝！鼹鼠洞……这该死的地道和蜂窝一样……有多少出口……在公馆那天晚上……它们先抓走了班纳特和托比……我们的两边……"我跑去离我最近的土丘拼命地挖起来，兴奋使我浑身颤抖。然后又像此前进入坟墓的恶魔之夜一样，我再次找到了隧道的入口。

在那之后，我记得自己抓着铁锹奔跑起来。我竭力奔跑，穿过洒满月光的高低不平的草地，穿过怪物出没的山坡、病态的森林、险峻的深渊。我跳跃着，尖叫着，喘着粗气，一路奔向阴森的马滕斯公馆。

我记得为了找到土堆下隧道的中心，我在荆棘丛生的地窖里到处乱挖。然后我记起自己在过道上被绊倒时，偶然在烛光里投下诡异阴影的杂草之下，发现古老烟囱底部的通道入口，于是放声大笑起来。我不知道那地狱般的隧道里潜伏着什么，只能等待雷声把它唤醒。有两只怪物已经被杀掉了，也许没有更多了。但我意已决，要发掘这些真实存在的生物隐藏最深的秘密，而我曾不止一次认为这种恐惧是真实存在的生命体。

我不知该独自一人带着手电筒立即去探索这条通道，还是设法召集棚屋居民一起去探险。不久，风吹灭了蜡烛，把我留在黑暗中，打断了我的思考。月光不再从房顶的缝隙中照进来，我听见意蕴不祥的隆隆雷声传来，本能地提高了警惕。困惑的想法充满了我的大脑，引导我摸索着走向地窖最深处的角落。不过，我的眼睛始终没有离开过烟囱底部那可怕的洞口；我瞥见破碎的砖块和畸形的杂草，闪电穿过窗外的树林，隐隐照亮了上方砖墙上的裂缝。我无时无刻不被夹杂着好奇的恐惧裹挟。风暴会召唤什么——或者它还将带来什么？在闪电的光亮里，我在一丛繁茂的杂草后面坐下，透过草丛，我能看见洞口，但确保洞口里面的家伙看不见我。

如果上帝是仁慈的，他一定会从我的大脑中抹去我接下来看到的景象，让我平静地度过余生。失眠成了我的家常便饭，听见雷声时，我还要靠注射鸦片制剂保持镇定。一切发生得太突然了，毫无征兆；恶魔像老鼠一样从深坑里窜出来，发出来自地狱的喘息和令人窒息的咕噜声，带着暴发的瘟疫从烟囱下面的通道里涌出——夜色中令人作呕的腐败生物喷涌而出，比最黑暗的致命魔法还要可怕。它们沸腾着，翻滚着，涌动着，像蛇喷出的黏稠毒液一样冒着气泡，曲身从大开的洞口冲出，像化粪池里扩散的病毒，从地窖里的每一个出口溢出，冲进那该死的午夜森林里，散布着恐惧、疯狂和死亡的讯息。

天知道有多少这样的家伙——至少成千上万。惨淡的闪电断断续续地划过，我看见它们川流不息地奔跑着，令人震惊。当视野里的怪物少到可以单独观察时，我看出它们是浑身毛发的恶魔，矮小畸形，形如猿猴——这么形容简直算是对猿猴族群的恶毒侮辱。它们安静得可怕，当掉队者中某一个熟练地转过身，以惯用的捕食技巧啃食起它们中最弱小的同伴时，也几乎没弄出任何尖叫声。其他家伙狼吞虎咽地吃完剩下的东西，还回味无穷似的流下涎水。尽管我感到极度的恐惧和厌恶，但这些都被病态的好奇心战胜；当最后一个怪物独自从梦魇般未知地下世界冒出来的时候，我拔出自动手枪，在雷声的掩护下向它开了枪。

它们尖叫着滑行，猩红的、疯狂、身影汹涌着，在闪电划过的乌紫天空下，一个接一个紧跟着穿过血迹斑斑的无尽走廊……无形的幽灵和千奇百怪的食尸恶鬼，难以忘怀的场景；树林中过度生长的橡树，枝干巨大无比，根如毒蛇般盘绕着，从寄住着食人恶魔的土地里吮吸毒液，丛状触须从变态的寄生者的大本营中探出……疯狂的闪电掠过藤蔓盘绕的围墙和真菌密布的阴森拱廊……感谢上帝，让我在无意识中本能地来到有人居住的村庄里，宁静之中得以在晴朗的星空下小憩。

一周后，我完全康复，于是派了一队人去奥尔巴尼，炸掉马滕斯公馆和暴风山的整个山顶，堵住所有找得到的土丘洞口，砍掉了一些看着能让人失去理智的过度生长的树木。之后，我终于可以睡一会儿了，但只要我心中还潜藏着关于无名的恐惧的秘密，我就永远无法安心休息。它将一直困扰我，谁说得清恶魔是否被赶尽杀绝了呢？谁又知道世界上其他的角落里，是否还有类似的生物存在呢？我认识的人中，有谁能全然不怀疑地球上未知的洞窟里潜伏着能带来毁灭的梦魇呢？每每看到井口或地铁入口，我都不寒而栗……为什么医生不能给我一些药物让我安睡，或者至少让我在听见雷声时保持冷静呢？

我射死那个外表难以形容的、掉队的家伙后，定睛看了看被手电筒照亮的怪物。它的构造如此简单，我愣了将近一分钟，回过神来时开始琢磨。这生物的长相令人作呕：它像一只肮脏的白色大猩猩，长着尖锐的黄色毒牙，皮毛凌乱。它们是哺乳动物高度退化的产物，在地表和地下活动，单独产卵繁殖，吞食同类获取营养；它们是潜伏在阴暗处肆虐咆哮的混沌与咧嘴嘲笑的恐惧的化身。它死时还看着我，眼睛看起来很奇怪，和我激动而模糊的地下记忆中注视着我的眼睛是一样的。两只眼睛中，一只是蓝色，另一只是棕色，正如古老传说中马滕斯家族的异色眼睛。恐惧如洪水般悄无声息地淹没了我。我终于明白，消失的马滕斯家族成了什么样；也明白了轰雷声中，马滕斯公馆究竟是怎样可怖的存在。

（张乐然　译）